한국한문학의 미학적 접근

강민구 외 저

보고사

간행사

31인의 한국한문학 연구자들이 집필한 이 책은 '한국한문학의 연구 대상은 호한하지만 그 연구 방법은 빈한하다.'는 공통된 문제의식 아래 만들어졌다.

한문학이란 것이 쥐오줌으로 얼룩지고 좀벌레가 갉아먹은 한적(漢籍)을 뒤적이는 일이기에 사람들은 한문학을 고리타분하고 우원(迂遠)하다고 간주한다. 그러나 한문학 연구자들은 현실 갈등의 해소책과 미래의 전망을 제시하기 위하여 부단히 노력하였다. 한편 어떤 때에는 시대의 논리에 강박되어 의식의 과잉 현상이 표출되기도 하였다. 또 어떤 때는 수입 이론의 이식에 열중하기도 하였다. 그와 같은 방법론 적용의 오류는 미학적 연구의 필요성을 촉발하였다. 물론 미학도 서구의 문예 미학에서 연원하거나 변용된 것임을 부인할 수 없다. 그러나 전통적 미학 이론을 발굴하고 구축하기 위하여 꾸준히 노력한 결과, 그것은 하나의 방법론으로서 지위를 획득하게 되었다.

이 책에 실린 논문들은 동방한문학회에서 2011년부터 그 이듬해까지 '한국한문학의 미학적 접근'이라는 주제 하에 발표·토론 후『동방한문학』에 게재된 논문을 개고한 것으로서 한국한문학의 제분야를 미학적 시각과 방법론으로 분석한 성과의 집대성이다. 이 책은 다음과 같이 크게 4부로 구성되어 있다.

'Ⅰ. 한문학의 사적 전개와 미학'은 한문학사를 미학적 시각으로 조망한 것이다. 'Ⅱ. 한문학의 갈래와 미학'은 한문학의 문체와 소재를 미학적 방법론으로 분석한 것이다. 또 'Ⅲ. 한문학의 작가와 미학'은 크게 작가론의 범주에 속하되 작품론을 겸하는 것으로서 미학적 관점과 방법론으로 작가와 작품을 분석한 논문들이 속한다. 한편 'Ⅳ. 한문교육과 미학'은 한문교육에도 문학적·심미적 교수(敎授)가 필요하다는 문제 의식에 입각하여 이루어진 것이다.

아무쪼록 이 책이 한국한문학의 발전에 방향성을 제시하는 하나의 지침(指針)이 되기를 기원한다.

2012년 8월 15일 강민구

차 례

III. 한문학의 작가와 미학

IV. 한문교육과 미학

I

한문학의
사전 전개와
미학

한국한문학의 미학적 조명

이민홍

Ⅰ. 동아시아 문예미학의 기반

동아시아 문예미학은 공부자(BC, 551~479)가 그 기반을 구축했다. 『논어』에는 미학에 준하는 단편적인 기록들이 산재한다. 공부자는 "흥어시, 입어예, 성어악(興於詩, 立於禮, 成於樂. -태백泰伯)"이라고 했다. "시"는 『시경』이고 "예"는 『예기』이며 "악"은 『악기(樂記)』를 지칭한다. 이를 기준하여 유추하건데 공부자 문예미학의 근원은 "흥(興)"이다. 조선조 사인(士人)들이 중시했던 시학의 한 범주로서 "인물기흥(因物起興)"을 외쳤던 까닭도 여기에 있다.

『논어』집주에 "흥"은 '기(起)'라 했고, 성정(性情)에 "정(正)"과 "사(邪)"가 있는 바, 『시경』은 성정의 정을 감발시키는 것을 본분으로 삼는다고 했다. 공부자가 『시경』 300여 편을 일러 "사무사(思無邪)"라고 한 것은 이를 부연 설명한 것이다. "입어예(立於禮)"는 『예기』를 통해 선(善)을 확립시킨다는 의미이고, 예의 근본은 공경심(恭敬心)과 겸손의 마음을 갖

추는 것으로 보았다. "성어악(成於樂)"은 『악경(樂經)』을 통하여 사특한
마음과 심성의 나쁜 잔재를 씻어내어야 한다는 것이다. 공부자의 "시학
·예학·악학"에 근거한 미학의 본령은 모두 "사무사"에 목적을 두었다.
공부자는 『육경(六經)』가운데 『시경』을 가장 중시했는데, 『시·서·예·
악』에서 『시』가 첫머리에 나오는 것도 이를 뜻한다.

　공부자는 "육대악무(六代樂舞)" 중 제순(帝舜)의 악인 "소악(韶樂)"을 일
컬어 "진선진미(盡善盡美)하다고 했다. "소악"은 미와 선을 모두 갖춘 최
고의 악무(樂舞)이기 때문에, 중원 왕조의 초시대적 국가악무로 삼아야
한다고 했다. 제(齊)나라에서 "소악"을 관람한 뒤, 좋아하던 고기 맛을
삼 개월 동안 잃었다(三月不知肉味 ─술이述而)라고 표현할 만큼 극찬했다.
"소무(韶舞)"를 두고 "진미진선"이라고 평한 사실에서, 공부자 미학사상
의 내용 중 선의 비중이 매우 큼을 확인할 수 있다. 주(周)나라의 국가악
무인 "대무(大武)"를 두고 진실로 아름답기는 하나(盡美), 최고로 선하다
고(盡善)는 볼 수 없다고 평했다. 이는 주나라가 은(殷)나라를 무력으로
잔인하게 전복시킨 뒤 개국(開國)한 사실에 대한 공부자의 인식에 말미암
은 것이다.

　공부자 미학사상(美學思想)의 범주는 위에 언급한대로 선과 관련된 윤
리도덕이 큰 비중을 차지하지만, 예술의 서정성(抒情性)과 오락성(娛樂
性)도 인정한 점은, "지어도, 거어덕, 의어인, 유어예(志於道, 據於德, 依於
仁, 遊於藝. ─술이)"에서 육예(六藝 ─예禮·악樂·사射·어御·서書·수數)를 두
루 체득해야 한다는 말에서 엿볼 수 있다. 공부자가 인정 한 서정성과
오락성은 도덕과 인을 바탕 한 이성(도심道心)의 테두리 속에 있는 "성정
지정(性情之正)"을 의미한다. 공부자 미학사상의 영역과 범주는 송대 성
리학자들에 의해 상당히 축소되었다. 공부자 미학사상의 수용에 있어서
송 대 성리학자들이 도덕적 관념적 척도로 재단한 사실을, 만일 공부자

가 목도했다면 잘했다고 칭찬하지 않았을 것이다.

공부자는 동아시아의 문원(文苑)을 미학사상으로 아름답게 장식했다. 공부자의 미학사상은 공부자 이전 육대(六代)의 미학적 사유를 수렴하여 이를 재창조하면서 윤리 도덕도 함께 결부시켰다. 공부자는 문학 또한 다른 학문과 마찬가지로 사회를 광정시키고 인심을 순화할 임무가 있다고 했다. 한대(漢代)를 지나 "위(魏)·진(晋)·남북조(南北朝)"를 거치면서 문예미학은 더욱 발전하여, 당대(唐代)를 전후하여 "시품(詩品)·문품(文品)·부품(賦品)·사품(詞品)" 등으로 분화되었고, 이 과정에서 『논어』가운데 "문(文)"자만 나오면 전부 오늘날 산문으로 여겨 독자들을 혼란하게 한 사례도 있다.

『논어』「팔일(八佾)」편 "주감어이대, 욱욱호문재, 오종주(周監於二代, 郁郁乎文哉, 吾從周)."와 「옹야(雍也)」편 "질승문측야, 문승질측사, 문질빈빈연후, 군자(質勝文則野, 文勝質則史, 文質彬彬然後, 君子.)"의 "문·질"을 두고 "문"은 문장의 꾸밈이나 수식으로, "질"을 바탕이나 주제 등으로 해석하기도 하지만, 이들 예문의 경우 문은 주나라가 국가 경영의 기반으로 삼았던 "문가사유(文家思惟)"로 "질"은 은나라가 주축으로 삼았던 "질가사유(質家思惟)"로 보는 것이 타당하다. 고대 중원 국가들은 역대로 "문질(文質)·정삭(正朔)·오행(五行)"을 왕조의 교체와 더불어 변혁 했던 역사적 사실에 대한 표현인데, 이를 문장의 수식이나 주제로 일괄적으로 보는 것은 잘못이다. 문과 질을 문장의 수사적 표현이나 주제를 지칭한 것도 많지만, 그 근저에는 은문화(殷文化)와 주문화(周文化)를 저변에 깔고 있는 경우도 적지 않다.

Ⅱ. 문예미학과 국가명운의 결부

중원을 에워싼 동서남북의 소위 사이(四夷) 국가들 가운데 우리 한국
이 통시적으로 공부자의 미학사상을 가장 비중 있게 수용했다. 우리 선
인들은 공부자의 미학사상을 "사회미학(社會美學)"적으로 연역하여 수용
했다. 공부자는 시를 "언지(言志)"에 국한하지 않고, 사회상의 전반을 교
정시키는 "이시정세(以詩正世)"적 역할을 수정해야 한다고 했으며, 우리
선인들도 이 같은 문예의식을 긍정하고 시문을 통하여 사회를 교화해야
한다고 인식했으며 이를 일러 "시교(詩教)"라고 칭했다.

공부자는 「양화(陽貨)」편을 통하여 "그대들은 왜 시(『시경』)를 공부하
지 않느냐, 시는 사람을 감흥 시키고, 사물을 올바르게 관찰하게 하며,
사람들과 함께 어울려 화락하게 하며, 사회상을 비판할 수도 있으며,
가깝게는 부모를 섬기고, 멀리는 임금을 섬기는 도리를 알 수 있을 뿐
아니라, 새나 짐승 풀 나무 등의 이름도 배우게 된다. 자왈, 소자하막학
부시, 시가이흥, 가이관, 가이군, 가이원, 근지사부, 원지사군, 다식어
조수초목지명(子曰 小子何莫學夫詩, 詩可以興, 可以觀, 可以群, 可以怨, 近之
事父, 遠之事君, 多識於鳥獸草木之名.)"라고 했다. 사회에서 일어나는 모든
일들을 살필 수 있고, 사람들과 어울리는 데도 도움이 되며, 현실의 부조
리를 비판하며, 어버이를 섬기고 지도자에게 충성하는 올바른 길을 알
수가 있고, 자연 속에 존재하는 무수한 동식물들의 이름도 터득하게 된
다는 주장에서, 공부자의 광범한 주제영역을 융합한 사회미학적 시의식
을 접할 수 있다.

조선조에 들어 와서 두보시를 국가차원에서 번역하여 보급시킨 것도,
두보가 사회미학적 시의식으로 시를 지었으며, 그 같은 시가 조선조 사
회에 긍정적으로 작용할 것을 기대했기 때문이다. 고려조 후반기의 문단

을 불교적 사유와 조충전각적(雕蟲篆刻的) 기교에 침윤되었다고 하여 유가들은 이를 폄하했다. 두보를 "시성(詩聖)"이라 평한 것 역시 사회미학을 조선조 사인들이 긍정한 데서 비롯되었다. 법송파(法宋派)를 위시해 법명파(法明派), 법당파(法唐派) 등 중원의 한시미학(漢詩美學)들을 수용했지만, 이에 수반된 본격적 논리체계는 수립되지 못했다.

다양성과 획일성은 각각 장단점이 있지만, 획일화로 진행되는 것이 역대 한국문단의 특징이다. 사회미학에도 "미시(美詩)"와 "자시(刺詩)"가 공존하지만, 우리민족은 사회상의 긍정적인 면을 형상한 "미시"에 비중을 두고, 현실의 부정적인 면을 부각시키는 "자시"를 저급하다고 생각했다. 그리하여 역대 문단을 대체로 미시 창작 방면으로 획일화 되는 경향이 대세가 된 것도 같은 이유에서이다. 조선조 시인들이 공부자의 "미자권징(美刺勸懲)"을 포괄하는 사회미학 중, 자시 분야를 저평가한 것은 주체적 미학론의 전개이다.

6세기 무렵 중원에서 발간된 종영(鍾嶸, ?~518)의 『시품(詩品)』과 유협(劉勰, 464-535)의 『문심조룡(文心雕龍)』 및 9세기경 사공도(司空圖, 837~908)의 『이십사시품(二十四詩品)』 등이 고려조 문단에 유입되었다. 12,13세기경 이인노(李仁老, 1152~1220)의 『파한집(破閑集)』과 최자(崔滋, 1186~1260)의 『보한집(補閑集)』 속에 『시품』과 『문심조룡』 등은 물론이고, 사공도의 『24시품』도 애독했음이 확인된다. 고려조 문단은 "탁물우의(托物寓意), 환골탈태(換骨奪胎)" 등의 일반론을 벗어나, "준장(俊壯), 정묘(精妙), 함축(含蓄), 표일(飄逸), 청원(淸遠), 호방(豪放), 청아(淸雅), 경준(勁峻), 평담(平淡)" 등 품격론에 입각하여 시문을 짓고 비평하는 풍조가 편만해 있었다. 사공도의 『24시품』에 나타난 "품격론"은 사회미학 영역 중 자시보다 미시에 치중된 미의식이다. 조선조 성리학자들의 눈에는 고려조 시인들의 이 같은 시의식과 시작 태도를, 강건한 주제의식을 약화시켜 문약(文弱)으로 흐르게 한 요인으로 생각했으며, 이를 "조충전각지도(雕蟲篆刻之徒)"로 격하했다.

　시문을 사회상과 결부시키는 것은 시문도 정치의 흥채(興替)와 직결된다는 문학관에 의한 것이며, 악무가 정치와 접맥하고 있다는 예악인식과도 결부된다. 문학과 악을 정치와 연결시키는 것은 동아시아의 오래된 사유이며, 이 같은 사유와 맞물려 사회미학은 더욱 그 함의(含意)를 확충시켰다. 조선조 일부 사인들은 고려조의 멸망을 퇴폐적 악무와 문약에 흐른 문단도 일인을 담당했다고 한 것은 문학을 정치와 결부시킨 사례이다. 문덕곡(文德曲), 신도가(新都歌)" 등도 개국을 합리화하고 예찬하는 사회미학적 악무인식(樂舞認識)의 범주에 포함시킬 수 있다. 고려조의 은성한 사회상을 일정한 선에서 대변한 「한림별곡」을 위시한 가곡들을, 퇴계가 "긍호방탕, 설만희압(矜豪放蕩, 褻慢戲狎)"하다고 비평한 것 역시, 시가를 사회상과 연결시킨 예이다.

　한국 역대 문단은 동아시아 공유의 미학사상을 개방적으로 수용하여 한국화 시켰다. 유가사상에 바탕한 "사회미학" 중 공부자의 "사부(事父) 사군(事君)"의 충효적 주제의식을 한국만큼 발전 확충시킨 나라는 동아시아 어디에도 없다. 충효를 주제로 한 시문과 시조 작품 등이 넘쳐나는 것도 이 같은 문단상황의 반영이다. 조선조 개국 후 15세기 학계와 문단은 『육경』을 기반으로 하여 민족 전래의 전통문화를 긍정하는 보수적 사인군(士人群)과, 송조(宋朝)에서 전래된 성리학에 몰두하는 사림파가 공존했다. 사림파는 신라 고려조를 거쳐 전승된 전통적 시문을 "음풍영월(吟風詠月)"로 간주하고 청산되어야 할 문풍으로 인식했으며, 수천 년간 자자손손 계승된 전통문화와 신앙을 저급하거나 미신으로 단정하고, 이를 극복되어야 할 현상으로 취급했다. 조선조 한양성균관(漢陽成均館)과 개성성균관(開城成均館)의 양대 국립대학 유생들이, 전통문화와 신앙에 대한 배척과 수천여 년 간 전래된 성소(聖所)들의 파괴행위도 성리학의 보급과 무관치 않다.

　12·13세기 경『보한집』에 나타난 고려조 문단의 품격론에 바탕 한 미학사상은, 15세기 무렵에는 위축되어 진작되지 못했다. 조선조 개국 주역들의 고려조에 유행했던 미학사상, 즉 품격론에 대한 기부감과 관련이 있다. 사실 품격론은 고도의 관념적 논리체계와 미적 쾌감을 전제로 하지 않을 경우 그 진가를 알기가 어렵다. 난해한 사공도 "24시품"을 척도로 하여 시를 짓고 감상하는 것이 무슨 큰 의미가 있느냐는 인식이 밑바닥에 깔려 있었다. 하물며 시는 학자가 즐겨할 만큼 중요한 것이 아니라는 사고가, 사림파들에게는 보편적 인식이었던 점을 유추할 때, 난해하고 관념적 유희로 여겨질 소지가 있는 "품격미학"을 높이 평가하기에는 문제가 있었을 것이다.

　사림파들의 일관된 시작에 대한의 폄하성 주장과는 달리 성리학에 심취하지 않았던 일군의 사인들은 많은 시를 남겼다. 과거시험에 응시하기 위해서『육경』과 더불어 시는 꼭 알아야 했다. 그러므로 역대 우리 선인들은 호불호를 떠나 한시는 필수 교양이었다. 최치원(崔致遠, 857~?)의 『계원필경(桂苑筆耕)』이 신라 고려조의 문집이 거의 인멸되었음에도 불구하고 전승된 이유는, 고운(孤雲)이 "사육문(四六文)"의 대가였고 사육문은 과거에 필수적으로 사용되었기 때문이라는 해석도 있다. 그러므로 어느 시대를 막론하고 사인들이 시를 짓고, 차운(次韻)과 화운(和韻)을 하는 것이 생활의 일부였으므로, 한시미학은 반드시 필요로 했다.

Ⅲ. 성정미학·천기미학·성령미학의 대두

16세기 사림파들은 사회미학의 범박한 주제영역에 불만을 느껴, 성리학적 이데올로기에 부합되는 새로운 문예미학을 찾기 시작했다. 사림파가 성리학을 저변으로 한 미학사상을 창출하기 위해, 우선 음풍영월적 시풍과 조충전각적 수사기교와 절제되지 않은 서정과 남여상열적 주제의식과 시사(時事)의 부정적 인식 등을 배제했다. 16세기 사림파들은 위에 열거한 주제영역을 배제하고 "음영성정"만을 오로지 해야 한다고 주장하고 또 이를 실천했다. 이 같은 과정을 거쳐 그들이 어렵게 창출한 새로운 미학이 바로 "성정미학(性情美學)이다. 16세기에 들어와서 조선조 사인들은 모두 성리학자이였고, 따라서 "이기설(理氣說)"과 "인심도심설(人心道心說)"에 수반된 "성정론(性情論)"은 심천(深淺)의 차이는 있었지만 상식이 되어 있었다.

인간은 하늘로 부터 "성(性)"을 부여받았고 이를 주재하는 것이 "심(心)"이고 심이 외물을 만나서 발현된 것이 "정(情)"인데, 평소에 함양이 많으면 선정(善情)이 나타난다고 했다. "의(意)"는 "정"에 계획된 의도와 연관된 경우이며, "지(志)"는 어느 한 곳에 표적을 둔 것이며, "의"는 음이요, "지"는 양이라고 했다. 그리하여 "성정"은 "심"에 통제되고 "지"와 "의"는 "정"에 제어된다고 했다. "시언지(詩言志)"라는 동아시아의 가장 오래된 시론에 대한 부연이다. 성정이 유출될 때 외물과 만나서 그 발출 방향에 따라 "천리(天理)"와 "인욕(人欲)"이 나누어지는 바, "직발(直發)"은 천리이고 "횡발(橫發)"은 인욕이 된다고 했다.

성정미학에서 말하는 "성정"은 반듯하게 발출된 "칠정(七情)"에 국한시켰으며 이를 "성정지정"이라고 했으며, 시는 "성정지정"만을 음영해야 한다고 했다. 조선조 문단의 주제영역이 온통 권선징악으로 획일화 된 이유도 성정미학과 관련이 있다. 올바르게 발출된 "희·노·애·구·애·오·욕"만이 시문의 주제가 되어야 한다는 미의식은, 동아시아 모든 나라 가운데 조선조 문단이 가장 현저했다. 남의 성공을 기뻐하고, 잘못에 분노하며, 불행을 슬퍼하고, 행여나 과오를 저지를까 두려워하며, 사랑 받을 사람만을 사랑하고, 잘못을 저지른 사람은 미워해야 하고, 선행을 많이 하고자 하는 욕심들과 같은 "칠정"을 "천리"라고 하고, 이를 시문에 형상시켜야 정당한 문학이라고 했다.

칠정이 비뚤게 발출되면 인욕이 되는 바, 이 인욕은 문학의 주제가 되어서 안 된다는 미의식은 조선조 오백년 동안의 주류가 되었다. 일상 생활 중 직발 된 칠정의 향유는 쉽지가 않고, 오히려 횡발 된 칠정을 경험하는 일이 많은 것이 사실이다. "성정지정"과 더불어 "성정지사(性情之邪)"도 함께하는 삶의 와중에, 자칫 성정미학적 주제에서 벗어난 부분을 시문으로 형상할 소지가 보다 많았기 때문에, 조선조 사인들이 현실 문제와 거리를 둔 채 "산수시"에 탐닉했던 것일까. 산수의 시적 형상도 제한되어 산수의 미를 형상하는 것을 저급하다고 인식하여, 돌 한 덩어리와 나무 한 그루 풀 한 포기도 "천리"와 "도심"에 연결시켜야 한다고 주장 했다. "산수시"는 죽림칠현 유의 시인 군이 나타날 소지가 많다. 조선조는 고려조와 달리 "열목오이(悅目娛耳)"적 산수시가 풍부하지 않은 까닭 역시 성정미학과 관계가 있다.

성정미학과 산수시의 결합은 고려조의 "죽림고회"유의 노장적 풍조는 쇠퇴되고, 주자의 「무이구곡(武夷九曲)」과 이를 음영한 산수시들이 수 세기를 두고 풍성하게 창작된 사실도, 조선조 사인들이 창출한 성정미학과 불가분의 관계가 있다. "성정미학"은 미자권징적(美刺勸懲的) 미의식에서 현실의 어두운 면을 묘사하되, 독자들의 심성을 "성정지정"으로 인도하는데 목적을 두어야 하며, 단순히 현실비판에 치중하여 독자의 감성적 쾌감에 영합하는 기자적(譏刺的) 시각은 부정했다. 그러므로 자시의 창작은 활발하지 못했다. 사회는 미시보다 자시의 제재가 더 많다. 독자층도 미시(美詩)보다 자시(刺詩)를 애호하는 경향이 있다. 사회의 비리나 부정적 사실을 시로 형상하면 독자는 대체로 통쾌하다는 생각을 갖게 된다. 그러므로 시인은 자신도 모르게 자시 창작에 대한 미련을 버리지 못한다.

16세기가 저물고 17세기에 접어들자 조선조 문단에로 변화가 일기 시작했다. 서정의 국축 등 많은 문제점을 가진 "성정미학"을 대체할 새로운 미학사상을 필요로 했다. 이에 시작에 몰두하는 일부 사인들은 "음영성정론"에서 "성정"에 초점을 맞추어, 시가 어찌하여 성리학적으로 재단된 "성정"만을 형상해야 하느냐는 의구심을 갖게 되었다. 성정미학이 제한하고 배제시킨 주제영역에 대한 향수가 살아남과 동시에 성정미학적 서정에 대한 거부감이 증폭되었으며, 그리하여 성정미학이 쳐놓은 울타리 밖 인간 본연의 정감에 대한 긍정과 더불어 이 울타리를 걷어치워야 한다는 욕구가 생겼다.

그리하여 시인의 자연스런 서정을 방해하는 "성정론" 대신 "천기론"을 수용하여 17세 무렵 시는 "천기"를 형상해야 한다는 시풍이 일어났다. "천기유동(天機流動)"은 "음영성정"과 대응되는 용어이다. "성정"과 "천기"의 함의는 다르다. 인간의 심성을 성리학적 성정론에서 해방시켜 현실의 부정적인 사실과, 외물과 접촉하여 억제되지 않고 발로된 자연스런 정감도, 시의 주제로 편입되어야 한다는 인식의 전환과 연결된다. "천기"는 『장자(莊子-대종사(大宗師))』편에 나오는데, 인간이 타고난 천품과 본성을 의미한다. "성정" 대신 "천기"를 사용한 것은 시 창작에 있어서 자연스런 정감의 발로를 더 이상 막지 말아야 한다는 선언이다. 장자도 인간의 본능적 욕망을 심하게 노출시키는 자를 일컬어, 천기가 천박하다

(기기욕심자, 기천기천其嗜欲深者,其天機淺－대종사), 라고 했고, 기욕이 심한
자는 정욕이 많은 자를 뜻한다고 해석했다. 천기에도 깊고 얕음이 있다.
천기가 천박한 자는 욕망에 휘둘리고, 깊은 자는 "진인(眞人)"의 경지로
나아간다고 장자(莊子, BC.365~270)는 말했다.

  16세기 전 후 일반화 된 "음영성정" 대신 "천기유동"이라 일컬은 이유
는 무엇일까. "천기"는 "천의(天意)"나 "영기(靈機)"라는 견해도 있다. "천
기"를 시문창작에 적용시킨 것은 "성정미학"을 준거로 한 획일화된 의경
에 대한 불만과 관련이 있다. "천기미학"은 송대 말엽 풍미하던 주리적
관념시에 대한 비판의식이 내재된 엄우(嚴羽)의 "흥취설(興趣說)"과도 관
련이 있다. "흥취"를 중시할 경우 음영성정적 묘사와는 거리가 생기고,
신비적 "묘오"설이 부각된다. 따라서 송시의 관념성을 부정한 엄우는
또 하나의 새로운 관념론을 제시했다는 비판도 있다. 17세기 조선조에
제기된 "천기미학"은 "성정론"과 "흥취론" 및 왕부지(王夫之, 1619~1692)
의 "객관론" 등이 혼용하는 과정에서 생긴 미학이다.

  18세기 영 정조 시대는 "강희(康熙), 옹정(雍正), 건융(乾隆)"대(1662~
1795)에 꽃 핀 찬란한 문화와 어울려 중원에 뒤지지 않는 문화가 한반도
전역에 형성 되었다. 청나라로 가는 사행을 통해 많은 문헌들이 조선조
에 유입되었고, 이들 문헌 중 원매(袁枚, 1716~1798)의 『소창산방시문집
(小倉山房詩文集)』과 『수원시화(隨園詩話)』도 있었다. 원매의 일련의 저작
을 접한 조선조 사인들은, "천기미학"이 성정론의 굴레에서 벗어나는
자극제가 되긴 했으나, 명확한 논리체계가 없는 점을 아쉬워했던 차에,
원매의 저술들에서 이 같은 갈증을 풀 수 있는 미학사상을 접하고, 일부
사인들이 시 창작에 이를 활용했다.

  원매는 "성정은 시의 본원이며 작품은 개인의 개성적 성정을 노래해야
하기 때문에 고인의 시를 본받는 등의 의고적 태도를 버리고, 개성적

영감을 토대로 한 창신적 시작을 해야 한다"고 했다. 그러기 위해 인륜도
덕을 중심으로 한 교화적 주제의식에 국한되지 말고 생활하면서 느낀
정감을 가리지 말고 형상해야 하며, 다양한 소재와 주제도 수용하여 특정
품격에 구애받지 말 것을 제안했다. 원매는 기존의 품격론과 형식적 미학
사상 등을 버리고, 성령(性靈)"에 입각하여 자유스럽게 창작에 임해야
한다고 주장했는데, 이를 한마디로 요약하면 "성령미학(性靈美學)"으로
규정할 수 있다. 그리하여 18세기 조선조 시단에는 "성령미학"이 하나의
흐름으로 나타나 시 창작에 새로운 바람을 불러일으켰다.

Ⅳ. 동아시아 문예미학의 추이와 한국문단

중원시단에는 역대로『시품(詩品)』,『문품(文品)』,『사품(詞品)』,『부품
(賦品)』,『속시품(續詩品)』등의 서적들이 저작되어 널리 읽혔다. 13세기
전후 고려조 시단에도 이들 문헌이 수입되었음이『파한집』·『보한집』을
통해 확인되고, 특히 "사공도의『24시품』"에 영향을 많이 받았다. 고려
조와 조선조를 합쳐 10세기에 걸쳐 한국한문학은 중원의 미학사상을 수
용하여 한국적으로 첨삭 또는 재창조하여 시창작과 비평에 활용했다.
엄우의『창랑시화』와 "전후칠자"의 영수인 왕세정(王世貞, 1526~1590)의
『예원치언(藝苑卮言)』왕부지(王夫之)의『선산유서(船山遺書)』, 원매(袁枚)
의『수원시화(隨園詩話)』등의 문헌들도 함께 들어와 유포되었다. "송,
원, 명, 청"의 왕조교체와 상관없이 각종 문헌들이 연속부절로 들어와,
한국 역대 문단에 많은 영향을 끼쳤다.

『주자대전』등 성리학에 관련된 서적의 유입이 주춤해진 것과 달리,
문예미학에 수반된 책들은 한층 증가했다. 이 같은 문헌들의 유입에 힘

입어 고려를 지나 조선조에 걸친 문단에 수준 높은 미학사상이 착상된 것이다. 이를 대체적으로 요약하면 "사회미학"을 필두로 "성정미학", "천기미학", "성령미학" 등의 미학사상이 보급되어 창작과 비평의 척도가 되었다. 이들 미학사상 이외에 여러 각종 미학견해들도 존재했을 것이지만, 가장 영향력을 발휘한 것이 위의 사대 "미학사상"이었다.

중세 고려 조선조의 문단은 동아시아 문단과 한 덩어리가 되어 전개되었다. 중원으로부터 다양한 미학사상이 유입되었지만, 한국 문단에서는 선별적으로 수용하고 이를 재창조하여 우리의 문단현실에 맞게 적용시켰다. 율곡이 "수년간 질병으로 신음하면서 때때로 고시를 수집하여 여러 시체를 갖추었다. 시의 본원이 오랫동안 막혀 말류가 다기하여 시를 배우려는 자가 현혹되어 올바른 길을 찾을 수가 없다."라는 탄식이 나온 것도 다기 다양한 미학론이 존재했음을 지적한 것이다. 율곡은 조선조 문단에 펼쳐진 미학사상의 다양성과 번잡성을 지양하여 "팔품격론(八品格論)"을 제시했다.

한국의 역대 시인 묵객들은 시 창작 못지않게 시론과 시 비평에도 관심을 경주했다. 중원에서 새로운 미학사상이 대두되면 동아시아 여러 나라들 거개가 중원문단과 호흡을 같이 하면서 부침을 거듭했지만, 각종 미학사유 중 "성정미학"만은 항상 일정한 지분을 가진 체 저변에 흐르고 있었으며, 현재까지도 그 영향력이 지속되고 있다.

한국한문학은 동아시아의 글로벌 문원에 한국적 특징을 가진 채 중요한 위치를 차지하고 있다. 중국은 동이제국(東夷諸國)을 동문지국(同文之國)이라 칭하여 문화제국주의(文化帝國主義)의 번방(藩邦)에 예속시키려 했다. 한국은 중원의 문화제국주의에 대응하여 이화제화(以華制華)의 전략을 구사했다. 통일신라 이후 중원의 한문학을 한국한문학으로 특화시켜 발전을 거듭했고 북적·서융·남만과 달리, 우리나라와 일본이 유독

한문학을 열성적으로 수용했다.

필자는 일찍이 "한국한문학"이라는 용어가 마땅치 않아서 우리겨레의 민족문학과 통합하여 한문학(韓文學)이라고 말한바 있다. 한문학(漢文學)에서 한국을 첨가하여 한국한문학(韓國漢文學)으로 일컬어 진 것은 분명 발전이다. 사실 한국한문학의 주된 주제영역과 표현영역 거의 모두가 중원의 콘텐츠가 아니고 우리의 것이다. 사정이 이러함에도 불구하고 한국이라는 관사도 붙이지 않고 한문학(漢文學)이라 관습적으로 칭하는 것은, 중원의 한문학으로부터 오래전에 독립한 사실을 무시하고 이 용어를 계속 사용하는 것은 문제가 있다.

중국인들이 한국 대학에 "한문학과"라고 하면 쉽게 그 의미를 파악하지 못하는 점도 있고, 또 전통적으로 "한학"이 중국어 통역과 연계된 사실도 참고가 된다. "동체서용(東體西用)"이라는 말과 견줄 때, "한체한용(韓體漢用)"으로 일컬을 수 있다. 한국한문학은 그 실상으로 볼 때, 중원의 문체(장르)만 차용했을 뿐이지, 앞서 말한 것처럼 주제나 소재 등 모두 우리의 것을 담고 있다.

동방한문학회에서 연면히 변화 발전을 지속해온 한국한문학을 한 단계 더 격상시키기 위해 "한국한문학의 미학적 접근"이라는 야심적인 기획을 했는데, 이는 한국한문학 연구의 새로운 지평을 여는 계기가 될 것이다. 학회 명 앞에 동방이 붙은 것도 의미가 있다. 중국의 오악 중 동악인 태산을 제일 높이 받드는 이유는 해가 떠오르고 모든 생명이 잉태하기 때문이라 했다. 이제 우리 한국한문학은 새로운 장을 열어야 할 시점에 와있다. 동방한문학회가 한국한문학을 미학사상과 결부시켜 검토하려는 시도는 변화를 요구하는 학계와 학인들의 의중에 부합된다.

시문은 미학과 만날 때 그 위상과 예술성이 증폭된다. 미학은 인간의 지적영역 모두를 제재로 삼아 아름답게 재창조하는 연금술과 같다. 미학적 조명을 받지 못한 문학은 생경이고, 생경은 독자들로부터 버림받는다. 살벌한 현대 건축물 가운데 남대문과 동대문을 비롯하여 서울역 청사가 시선을 끄는 것도, 미학적 조명을 받았기 때문이며 시문 역시 동일하다. 시문이 주제만 덩그렇게 응결되었을 경우 독자들이 외면하는 이유도 여기에 있다. 생활수준이 향상되면 주택이 주거기능에 머물지 않고 문화공간으로 다시 태어나는 것과 마찬가지다. 이제 한국한문학도 경복궁과 창덕궁 종묘 남대문 같이 글로벌 환경에서도 높은 평가를 받으며 살아남기 위해 미학적 조명을 받을 필요가 절실하다.

한국한문학은 풍성한 콘텐츠를 갖고 있지만, 대부분 정제되지 않은 다이아몬드 원석 같은 상태로 남아있다. 그러므로 한국한문학 연구자들은 글로벌 시장에 내놓을 보석으로 만들어야 할 임무가 있다. 일찍이 공부자(BC, 551~479)도 자공(BC, 520~460)이 "미옥이 있는데 궤속에 감춰두겠습니까, 아니면 높은 값에 사려고 하는 사람을 찾아 파시겠습니까."라고 묻자, "팔아야지, 팔아야지, 나는 고가의 구매자를 찾고 있다.(『논어』-자한)"라고 답한 사실을 두고 후세 학자들은 "현옥자수(衒玉自售)"라 하여 추숭했는데, 한국한문학도 "현옥구수(衒玉求售)"를 위해 미학적 조명을 하여 보옥으로 만들어야 할 것이다.

V. 예악론과 산수화론의 수용

미학의 영역에는 주제영역과 표현영역 제재영역 이념영역 등 그 경계는 광활하다. 문예미학으로 좁혀서 한국한문학 연구와 관련지을 경우, 기존에 통시적으로 다루어진 미학사상과 여기에 추가하여 예악론과 화론(畵論)을 덧붙이고 싶다. 미학사상에 악론과 예론 그리고 화론을 원용할 필요가 있다. 한국한문학의 미학적 연구지평에 예악론을 포용했을 때 그 파급효과는 크다. 그 한 사례로 중국의 유백아(俞伯牙)와 종자기(鍾子期)의 만남을 계기로 하여 창작된 금곡(琴曲)「유수(流水)」를 거론할 수 있다. 금곡 "유수"는 "고산(高山)"과 접속되어 「고산유수」로 부연되어 수천 년간 전승되다가, 명대 주권(朱權, 명태조明太祖의 16남)에 의해 서기 1425년 「신기비보(神奇秘譜)」에 편록 되었다.

춘추전국시대(BC, 770~221) 중엽에 만들어진 금곡과 이에 곁들여 노랫말까지 첨가된 가곡 「고산유수」가 시공을 뛰어넘어 전래된 이유는 예악론을 근저에 깔고 있었기 때문이다. 지음 종자기의 사망 소식을 들은 유백아는 불원천리하고 종자기의 무덤을 찾아가 거문고를 연주하며 다음과 같이 노래했다.

지난 해 봄 이 강가에서 그대를 만났는데	長記去年春江上 相逢君
오늘 다시 오니	今日到江濱
그대는 보이지 않고 무덤만 남았구나	不見知音空見墳
슬프고 또 슬퍼서	傷心復傷心
눈물만 흘리는 나를 위해	不忍淚如傾
강물도 구름을 만들었네	江漢爲我生愁雲
술잔을 방초에 올리노니	一杯綠蟻奠芳草
황천하의 그대도 알고 있겠지	泉下悠悠聞不聞
이후부터 내 연주를 알아 줄 이 없구나.	從此少知音.

유백아는 눈물을 흘리며 비통한 심경으로 종자기의 강변 무덤가에서 「고산유수」를 거문고 가락에 올려 노래한 뒤, 줄을 끊고 악기를 부순 후 종신토록 거문고를 타지 않겠다고 맹세했다. 지음과 지기를 잃은 인간의 애틋한 심경이 비장하게 다가온다. 시문이 노래나 관현을 타거나

입혀지면 그 생명력과 감동은 가히 폭발적이다. 따라서 문예미학에서 악론을 비중 있게 수용해야할 당위성이 여기에 있다.

악(樂)을 락(樂)이라고 한 것은, 즉 음악은 인간을 즐겁게 하는 것이라는 의미이다. 악론의 본질을 쾌락이라고 정의한 선인들의 지혜는 현실적이다. 악의 경우 군자는 도를 즐기고, 소인은 사욕을 즐긴다고 했다. 악은 사악을 씻어내며 예는 음일(淫佚)을 예방하는데 목적이 있으며, 이 풍역속(移風易俗)에는 악만큼 효과적인 것이 없다. 악이 종묘, 족장향리(族長鄉里), 규문(閨門)에 행해질 때, 각각 화경(和敬), 화순(和順), 화친(和親)으로 구현된다. 악의 기능 중 시문에 적용되는 미학사유는 주로 "화순"에 치중 되었다.

마음이 기쁘고 즐거우면 입은 노래하고 싶고 손은 춤추고자 하며 발은 발장단을 치고 싶어 한다. 악은 아(雅)를 숭상해야 하므로 음성(淫聲)을 멀리해야 한다는 것이 악론의 요지이다. 금곡 「고산유수」는 "붕우유신"을 미학적으로 승화시켜 슬픔에 대한 정감적인 아름다움을 극대화시켰다. 소위 칠정 중 직발 된 애심은 감동적이고 아름답다. 즐겁고 유쾌한 노래보다 격조를 지킨 슬픈 노래가 시공을 초월하여 애호되는 까닭도 여기에 있다. 「고산유수」가 수천 년을 살아남아서 감동을 주는 것도 직발 된 애심을 거문고의 가락에 얹어 노래했기 때문이다.

예부터 공업을 이루면 악을 짓고 정치가 안정되면 예를 만든다(공성작악, 치정제례功成作樂, 治定制禮 ―예기)라고 했다. 조선조의 "용비어천가(龍飛御天歌) 문덕곡(文德曲) 보태평(保太平)" 등의 악장이 그 실례이다. 나라가 태평해야 제례작악(制禮作樂)을 하는 이유는, 세상이 어지럽고 백성이 기한에 떨고 있는데 예악이 무슨 소용이 있느냐는 현실인식에 있다. 악의 본질은 덕을 형상하고 공적을 기리는 것(象德表功)이다. 조선조는 국가차원에서 "예악론"을 받아들여 통치에 활용하고 백성의 심성을 선한 방향으로 인도코자 했다. 사람은 슬퍼할 때가 제일 선량해진다는 말이 있다. 앞에 인용한 「고산유수」가 벗을 그리워하는 정감적인 가사가 절묘한 거문고 가락에 입혀져 가창될 때, 이를 듣는 사람들의 심성은 선의 극치에 도달한다. 따라서 예악론이 문예미학과 맞닿을 경우 그 파급효과는 증광 된다.

고려조 역시 삼한통합을 완수한 뒤 해당 지역의 민심을 수습하고 통일국가의 정체성을 확보하기 위해, 백제권역 백성을 염두에 둔 「정읍사」와 신라유민을 겨냥한 「처용가」와 고구려 지역 백성들을 통합하기 위해 「동동」을 『고려사』 「삼국속악(三國俗樂)」 장에 편차하여 국가악무로 삼은 것도 궤를 같이 한다. 고려조는 창업주 개인을 찬양하기 보다는, 통합된 백성들을 고려조에 흡수하기 위해, 장악한 삼한 고지 백성들이 즐겼던 가무를 국가악무로 승격시켰다. 조선조는 고려조와 달리 창업주와 그 후계 왕들의 공업을 기리는데 초점을 맞추었다.

"문·사·철"이 하나로 통합되듯이 "시·서·화"도 동일한 미학론으로 묶어진다. "문·사·철"은 본래 하나였지만, 시대가 진행됨에 따라 분화되었다가, 분화로 말미암아 나타난 결함이 축적되어 효용가치가 저하되자 결국 원상으로 돌아간 것이다. 시와 서예 그리고 회화도 서로 분리되어 있기보다는 하나로 융합되었을 경우 그 가치가 배가된다. 그런 의미에서 한국한문학의 미학적 연구영역에 화론의 편입이 요망된다. 시중화(詩中畵)와 화중시(畵中詩)라는 통념도 이들의 관계가 밀접함을 말하고, 회화가 서법에서 발원되었다는 설과 한자가 상형문자라는 사실도 "시론·서론·화론"의 융합이 요구되는 소이이다.

한국 한시 가운데 가장 많은 분량을 차지하는 것이 산수시이다. 산수시가 이처럼 풍성한 이유는 조선조 중기에 형성된 "성정미학"과도 연관이 있지만, 국토의 대부분이 산으로 형성된 현상에서도 찾을 수 있다.

성리학에 몰두한 사인들은 귀거래 한 강호를 이기설과 연계하여 인식해
야 한다는 생각을 가졌다. 이에 미적자연(美的自然)에 선적자연(善的自然)
을 첨가했고, 여기에도 만족하지 못하여 재도적 산수인식의 경지까지
확충하여 진선미를 모두 포용코자 했다.

성리학을 바탕으로 한 재도적 산수시 창작에 만족하지 못하고, 산수화
에 관심을 가졌고 특히 중원의 "무릉도원"과 "무이구곡"등 저명인사들이
은거했던 강호를 그린 산수화들에 주목했다. 16세기 무렵 주자의 은거지
"무이구곡"을 묘사한 "무이구곡도"가 널리 유포된 것이 그 실례이다. 중
원의 구곡도에 자극을 받은 사인들은, 그들의 은거지인 강호를 구곡으로
재구한 다음, 화원을 동원하여 화폭에 담아 이를 감상하는 과정에 "화론"
에 관심을 가지게 되었다. 16세기를 전후하여 시론과 화론이 자연스럽게
어울린 까닭이 여기에 있고, 이로 인해 화론이 문예미학에 포용되어 시
문 창작에 영향을 주었다. 조선조 문단의 산수시 창작에 음양으로 영향
을 끼친 화론은 북송대의 화가 곽희(郭熙)의 『임천고치(林泉高致)』 중 「산
수훈(山水訓)」이 있다.

　세인들이 이르기를 "산수에는 가볼만한 곳과 가서 구경할 수 있는 곳과
가서 노닐 수 있는 곳과 가서 살 수 있는 곳이 있다"고 한다. 그림이 이런
경지에 이르면 묘품이 된다. 다만 가볼 만하고 구경할 만한 곳을 그리는
것이, 찾아서 노닐 만하고 살 만한 곳을 얻어 그리는 것보다는 못하다.
……, 산은 물을 얻어야 활기가 있고, 물은 산을 얻어야 아름답게 된다.
……, 산에 안개와 구름이 없으면 봄에 꽃이 없는 것과 같다. 산에 구름이
없으면 수려하지 않고 물이 없으면 건조하고 도로가 없으면 활기가 없고
나무가 없으면 생기가 없고, 심원(深遠)이 없으면 얕고, 평원(平遠)이 없으
면 가깝고, 고원(高遠)이 없으면 얕게 된다. 산에는 삼원(三遠)이 있다. 산
아래에서 산정을 쳐다보는 것을 고원이라 이르고, 산 앞에서 산 뒤를 엿보

는 것을 심원이라 하며, 가까운 산에서 먼 산을 바라보는 것을 평원이라 한다. 고원의 색은 맑고 밝으며 심원의 색은 무겁고 어두우며, 평원의 색은 명암이 함께 있다. 이것이 삼원이다. 고원의 형세는 우뚝 솟아 있고 심원의 의취는 중첩되고 평원의 의취는 트이어 아득하다. 인물이 삼원에 처할 경우 고원에 있으면 분명하고 또렷하며, 심원에 있으면 가늘고 작으며, 평원에 있으면 맑고 깨끗(沖澹)하다. 명료한 것은 짧지 않고 세쇄한 것은 길지 않고 충담한 것은 크지 않다.

산수를 "가행(可行)·가망(可望)·가유(可游)·가거(可居)"로 분류한 것도 흥미롭고, 산은 물이 있어야 활기차고 물은 산을 얻어야 아름다워진다고 했으며, 산에 안개와 구름이 없으면 봄에 꽃이 없는 것처럼 무미건조하다고 평했다. 산허리에 구름이 걸리지 않으면 높게 보이지 않고, 물 없는 산은 아름답지 않고, 도로가 없으면 활기가 없고, 숲이 없으면 생기가 없으며, 심원과 평원과 고원이 없으면, 얕고 가깝고 낮아서 수려하지 못하다고 했다. 산에는 삼원이 있는데, 고원과 심원 그리고 평원이 그것이다. 산을 보는 위치에 따라 삼원을 분류하고, 삼원의 색상과 형세 및 의취를 밝힌 후, 인물이 삼원에 놓일 때 화폭에 나타난 형상도 언급했다. 곽희는 산수화를 말하고 있는데도 불구하고, 이 글을 읽는 독자는 그림이 아닌 실제 자연을 접하는 듯한 인상 을 받게 되는 이유는, 아마도 그가 당대의 저명한 화가임과 동시에 탁월한 문장력을 지닌 은일풍의 학자였기 때문이다.

율곡(1536~1584)이 편찬한 시선집 『정언묘선(精言妙選)』에 「팔품격론 (八品格論)」이 나온다. 이 중 그가 최고 반열에 놓은 「원자집(元字集)」의 시들을 일컬어 "충담소산(沖澹蕭散)"이라 했다. 곽희의 「산수훈」은 삼원 중 평원(平遠)의 의취를 두고 충융(沖融)하면서 표묘(縹緲)하고 충담하다고 했다. 따라서 여러 가지 정황을 참작컨대 율곡도 「산수훈」을 읽은 것으로 여겨진다. 『율곡전서』 13권에 윤두수(1533~1601)가 염주목(鹽州牧)으로 부임하자 즉시 평원당(平遠堂)을 지었는데, 율곡이 이 당에 와서 대작하다가 「평원당기(平遠堂記)」를 지었다. 당명이 평원 것도 우연일 수도 있으나, 곽희의 「산수훈」과 상통하는 면이 있다.

윤두수가 염주목에 부임한 즉시 객관 남쪽에 부지를 조성하여 당을 짓고, 평원(平遠)이라는 편액을 달았다. 율곡은 "심성의 본체가 허령(虛靈)에 부합되어 외물에 가려지지 않고 선양(善養)을 하면, 외물 모두가 이(理)에 처하게 된다. 그러기 위해 청광(淸曠)한 곳에 당사(堂榭)를 조성하면, 심성이 맑아져 정치에도 도움이 된다 -평원당기(平遠堂記)."라고 했는데, 이는 그의 팔품격론과도 접맥된다. 당사와 당사가 위치한 산수의 평원을 성리학과 결부시켜 논한 율곡의 인식이 흥미롭다.

Ⅵ. 중원 미학론의 통시적 수용과 그 전개

동아시아 제국 가운데 중원 미학사상을 가장 전향적으로 받아드려 활용한 나라는 우리의 역대 사인들이었다. 신라조의 경우 최치원(857~?)위시한 빈공제자(賓貢諸子)들이 중원에서 공부할 무렵, 사공도(司空圖, 837~908)는 과거에 합격(함통연간(咸通年間), 860~873)했으나, 벼슬하지 않고 은거하여 『24시품』 등을 저술했다. 사공도는 고운 보다 20년 연장이다. 사공도가 왕성하게 활동할 시기에 고운은 장안에 유학했고, 헌강왕(재위 875~885) 11년(885)에 귀국했으니, 당에서 어쩌면 사공도와 종영(鍾嶸, ?~518)의 『24시품』과 『시품』을 접했을 가능성도 있다.

중원에서 발간된 미학 관련 문헌들이 본격적으로 유입되어 읽혀진 시기는 고려시대였다. 그러므로 고려시대의 시문들을 미학적 시각으로 정

치하게 검토하면 고려조 문단에 파급된 중원 미학사상의 일단을 포착할
수 있다. 고운이 창작한 「향악잡영(鄕樂雜詠)」에 나타난 악무들은 당시
동아시아에 보편화된 산악잡희(散樂雜戲)의 하나였으며, "향악(鄕樂)"이
라는 용어를 오로지 신라의 민속적 악무로 인식하는 것도 문제가 있다.
왜냐하면 중원의 악무에도 "향악"이라는 장르가 존재하기 때문이다. 이
제현(李齊賢, 1287~1367)의 「소악부」가 중원에서 토속적 악무를 형상하
는 장르의 하나였던 것도 동일하다.

　통일신라 이후 우리나라의 악무와 문단은 동아시아적 글로벌 권역에
있었다. 「향악잡영」이 정설화된 것처럼 과연 서라벌에서 연희된 악무를
노래한 것인지, 아니면 그가 유학하여 공부하고 생활했던 당의 수도 장
안에서 연희된 산악잡희의 일부를 읊은 것인지는 쉽게 단정하기 어렵다.
"향악잡영"의 배경이 어떠하던 간에 이 시가 천여 년을 지나도록 관심의
대상이 된 이유는 백성들이 애호했던 악무를 형상했기 때문이다.

　역대 한국의 문단은 통시적으로 우리의 파트너였던 "한(漢)·진(晉)·
남북조·수·당·송·원·명·청"의 문단과 호흡을 같이하고 있었다. 우
리 역대 문단도 중원의 수준 높은 미학사상을 수용하여, 어떤 경우는
중원의 미학론을 능가하는 경지에 이르기도 했다. 조선조에 들어와 "법
송파·법명파·법당파"등이 굴기하여 문단을 풍성하고 다양하게 발전시
킨 이유도, 중원의 미학사상을 받아드렸기 때문에 가능했다.

　중원 미학사상의 저술 중 사공도의 『24시품』이 고려 조선조 문단에
파급효과가 가장 컸다. 사공도의 『24시품』은 종영의 『시품』과 사혁(謝赫,
-남조南朝 제인齊人) 원앙(袁昻, 양대인梁代人) 등의 『화품(畫品)』, 유협(劉
勰, 465~532?)의 『문심조룡』 등을 집대성한 미학론의 결정판이다. 『24시
품』은 당대의 두보(杜甫, 712~770)와 백거이(白居易, 772~846)를 중심한
사회미학파와 왕유(王維, 701~761, 698~759) 등의 은일미학파(隱逸美學派)

중, 은일사상을 기반으로 하여 전개한 미학론이다. 조선조의 경우 초기에는 "사회미학"을 추존하다가 중기부터는 "은일미학"과 연관된 산수시 계통으로 이행되었다.

16세기 조선조 문단은 사공도『24시품』중 노장적 색채를 가진 품격은 배제하고, 성리학적 이기론을 근저로 산수시와 접맥시킨 "성정미학"과 연관된 품격론을 수용한 사림파가 시단의 주류를 이루었다. 성정미학의 흥성기에도 일각에서는 명대문단의 "전후칠자"의 미학을 수용한 법명파도 그 세력을 확장하고 있었다. "전 칠자"는 정통 유가 문학론에 입각한 "시교"와 "악교"를 주장했지만, 조선조 성정미학의 근거가 된 송대 성리학파와는 거리가 있었다. 그들은 성리학에 의해 서정이 제약된 송시의 범주를 벗어나 "한·위·성당"의 시풍으로 회복해야 한다고 주장했다. 소위 조선조 법당파의 출현은 이 같은 동아시아 문단의 추이와 관계가 있다.

"전 칠자"와 "후 칠자"는 16세기에 발흥하여 그리스 로마를 본받자는 서양의 르네상스처럼, "한, 위, 성당"의 시문을 전범으로 하자고 제창했는데, 이를 두고 복고나 의고로 인식할 것이 아니라, 문학의 본질을 되찾기 위해 정통 문예미학으로의 복귀로 보는 것이 순리이다. 송시가 당시와 같다면 이는 문단의 정체요 답보다. 송 대의 성리학적 미학론을 수용한 16세기 사림파가 동아시아 문원을 새로운 국면으로 발전시킨 업적은 평가되어야 한다.

"전 칠자"와 "후 칠자"가 중원 문단에서 활동할 무렵, 조선조 문단에도 퇴계 율곡 등 사림파의 기라성 같은 문인들이 배출된 것은 우연이 아니다. 이 무렵 "성정미학"을 창출하여 동아시아 문단에 신풍을 불어 넣은 선학들의 업적을, 성리학과 연결되었다는 이유로 과소평가하는 것은 정당하지 않다. "전 칠자"와 "후 칠자"가 새로운 미학론을 내세워 중원 문단을 장식할 즈음에, 조선조 사림파들은 "성정미학" 이라는 독창적 미학론으로 대응하여 중원 문단과 맞섰다고 볼 수는 없을까.

16세기 이후 조선조 문예미학의 주류는 성정미학이었지만, 또 다른 미학론이 간헐적으로 출현하여 성정미학과 공존했다. 특히 명말 청 초 왕부지(王夫之, 1619~1692)에 의해 완성된 "정경론(情景論)"은 성정론을 평가 절하했다. 그는 금욕적 인욕의 절제를 거부하고 자연스런 인정을 문학에 형상해야 하며, 시는 "정중경(情中景)"이요 "경중정(景中情)"인 만큼 정경합일(情景合一)이 되었을 때 자득의 묘를 얻는다고 했다. 왕부지의 이 같은 미학사상을 일각에서는 주기적(主氣的) 객관론으로 보기도 한다. 요컨대 왕부지는 "성정미학"에서 벗어나 "정경미학(情景美學)"으로 시단을 이끌고자 한 것이다.

왕부지는 성리학의 핵심인 이(理)의 역할을 인정하지 않고, 천리가 곧 인욕이라고 하여 이를 긍정했다. 정과 성은 대립되는 것이 아니고, 정은 성(性)의 단(端)이라 주장했으며, 이는 주정적(主情的) 미학론의 이론적적 기초가 되었다. 경에서 정이 생기고 정 가운데 경이 있으므로 정과 경은 비록 이름은 둘이지만 분리하기가 어렵고, 이를 "의경"이라 일컬었다. 왕부지의 "의경미학"은 정과 경이 하나라는 논리에서 성립된 것으로 "정경미학"의 이칭이다.

18세기 조선조 후기 문단에 변화를 준 원매(袁枚, 1716~1797)는 시는 시인의 개성적인 성정을 형상하는 것이므로, 성리학적 성정론을 벗어나 인간 본연의 "성령"을 노래해야 한다고 했다. 그는 시인이 성령을 읊은 사실을 두고 법당이니 법송이니 라고 하는 것은 의미가 없다고 반박했다. 그러므로 당시나 송시를 모방하는 의고적 태도에서 일탈하여, 개성적이고 독창적인 시문을 창작하려면 "성령미학"에 뿌리를 둬야 한다고 했다.

시가 성령에서 발원한 개성적 성정을 자득하지 못했을 때, 그것은 시의 본질을 상실하게 됨으로 고인의 시를 모방하거나 도습하지 말 것을 역설했다. 원매는 당 송 시문의 굴레를 벗어나, 시의 본원인 제순(帝舜)과 공부자의 미학사상이 담긴 『시경』과 고시들을 전범으로 삼을 것을 제창하고, 이들 작품을 노장이나 불가의 선오(禪悟) 등으로 해석하려는 것은 잘못이라고 했다. 원매의 이 같은 "성령미학"은 "법당, 법송, 법명"을 외치며 시작과 비평에 몰두하던 조선조 문단에 큰 파문을 일으켰다.

통일신라 이후 천여 년 간 중원의 미학사상을 수용하는 과정에 "품격미학"이 관심을 끈다. 특히 사공도의 『24시품』은 고려조를 거쳐 조선조 문단에도 상당한 영향력을 행사했지만, 조선조의 경우 불교나 노장적 색채가 있는 것은 제외하고, 유가적 정통 미학론에 포용되는 부분만 선별적으로 수용한 점이 주목된다.

시문학이 찬란하게 발화했던 당대는 "사회미학"과 "은일미학"의 양대 미학사상이 공존했다. 사공도의 『24시품』은 현실 문제를 다룬 사회미학과 변별되는 "공령의경(空靈意境)"을 중시한 "은일미학" 계열에 속한 미학론인데, 송대 엄우와 청대 왕사정(王士禎, 1634~1711) 등에 의해 "묘오설"과 "신운설"로 계승되었다.

한국 역대 문단의 미학사상의 전개에서, "사회미학"은 현저하게 발휘되지 않았던 반면, 오히려 "은일미학"이 세력을 얻은 감이 있다. 조선조에 진입하여 은일미학은 원천적으로 내재된 노장사상으로 말미암아 사인들에게 표면적으로는 환영을 받지 못했으며, 이로 말미암아 "성정미학"이 힘을 얻어 문단을 주도했다. 16세기를 지나면서 성리학이 성정을 속박하는 것을 반대한 원굉도(袁宏圖, 1568~1610)와 원중도(袁中道, 1570~1623)의 "성령설"이 제기되었고, 이를 원매가 계승 발전시켜 "성령미학"을 완성했다.

한국문단을 관류했던 미학사상은 "사회미학, 성정미학, 천기미학,

성령미학, 정경미학, 의경미학, 공령미학"등과 은거생활과 연계된 "은
일미학"도 일정한 영역을 차지하고 있었다. 이 밖에 다양한 미학론들이
명멸했지만, 큰 줄기는 위에 열거한 미학론이 한국 문원을 견인했다.
이들 미학론의 근저에는 "유가·도가·불가, 제자백가"등의 이념이 흐
르고 있었으며, 예악론과 화론도 첨가되어 한국문단을 더욱 풍요롭게
장식했다.

고려 산문의 미의식

원주용

I. 서론

한문학의 역사를 일반적으로 시문(詩文)의 역사라고 하듯이, 한문학의 중심축의 하나는 문장에 있다고 하겠다. 우리를 포함한 동아시아 한자문화권의 문화 현상 가운데 시문, 그 중에서도 산문 문장이 차지하는 비중의 정도로 보아 한자 문화권의 문학사는 문장사(文章史)로 보아야 한다는 포괄적 전제 아래 이제껏 산문문학에 대한 많은 관심과 연구가 이루어져왔다.[1] 본고 역시 산문문학에 대한 관심 속에서 한국한문학의 미학적접근의 일환으로 작성된 것이다.

주지하듯이 고려의 한문학은 나말(羅末)의 문풍을 답습하는 것으로시작하여 성종(981~997)에 의한 흥학(興學) 조치 이후 문학이 진작되었다가 문종(1046~1083)을 전후하여 숭문정책에 힘입어 시문(詩文)이 점

---

1) 장원철, 「한문산문에서의 미학적 특성」, 『한국한문학과 미학』, 태학사, 2003, 239쪽.

차 부화해지고 경박한 무리들이 나와 끝내 문약(文弱)으로 흘러 전대미
문의 무신란을 맞이하게 된다. 무신란(1170~1270) 이후 신진사인(新進
士人)들에 의해 부화한 문풍을 바로잡고자 하는 시도가 있었으며, 충렬
왕(忠烈王, 1274~1308) 때 성리학을 받아들여 문학에 새로운 바람을 불
러일으켰다. 본고에서는 이러한 고려 한문학사를 바탕으로, 무신란 이
전까지를 전기, 무신란을 전후한 시기를 중기, 무신란 이후 고려의 멸
망까지를 후기로 나누어 고려 산문의 미의식에 관해 고찰하고자 한다.

  고려 시대 산문의 미의식을 몇 마디의 말로 적확하게 개념화시키는
것은 매우 지난(至難)한 일이다. 그러므로 고려 한문학사에서 비교적 뚜
렷이 나타나는 특징적인 국면을 토대로 일반화하여 서술할 것이다. 따라
서 개개인이 지니고 있는 미의식의 특징과는 다소 차이가 있을 수 있다.

  그리고 고려 후기 몇몇의 작가들을 제외하고는 문집이 존재하지 않
고 현존하는 산문은 대부분 『동문선』에 수록된 것이 거의 전부인데, 『동
문선』에 실린 55종에 달하는 산문 양식을 모두 다루기에는 지면상 제약
이 있으며, 하나의 양식을 통해 미의식의 흐름을 파악하는 것이 더 적절
하리라 여겨진다. 그런데 『동문선』에는 주의(奏議)·교서(敎書)·제고(制
誥) 등과 책(冊)·표전(表箋)·계(啓) 등 정교적(政敎的)이거나 의례적(儀禮
的)인 산문이 거의 대부분을 차지하고 있다. 고려 전기의 산문 가운데
정교적이거나 의례적이지 않은 산문은 7편의 기문(記文)밖에 없다. 그러
므로 정교적이거나 의례적이지 않으면서 고려 시대 전 시기를 거쳐 두
루 존재하는 양식인 기문을 중심으로 드러나는 특징을 도출하고자 한
다. 이러한 연구가 한문 산문 미학에 일조할 수 있기를 기대해본다.

Ⅱ. 고려 전기의 섬려미(纖麗美)

통일신라 원성왕(元聖王) 4년(788)에 실시된 독서출신과에서 상등(上等)에 『문선』을 채택하여 변려문이 성행하게 되었으며, 통일신라 말기 최치원(崔致遠)을 비롯한 견당유학생(遣唐遊學生)들은 만당풍(晩唐風)을 도래하기에 이른다. 만당풍은 수많은 고사와 대우, 성률의 조화, 극도의 수식 등을 중시하는 변려문이 주류이다. 고려 전기는 "신라말부터 고려 전기까지의 문인들은 오로지 만당풍을 익혔다."[2]라는 김종직(金宗直)의 언급처럼 통일신라의 이러한 문풍을 그대로 이어받다가, 광종 때에 쌍기(雙冀)의 건의로 과거제도가 시행되기에 이른다. 그런데 과거 문장은 일정한 형식 안에 작가의 의사를 표현하려고 하니, 자연히 내용보다는 표현기교면의 발달을 가져올 수밖에 없었다.[3] 이윤보(李允甫, 1150년 전후 생존)는 이에 대해 다음과 같이 말하고 있다.

> 사관 이윤보는 학식이 정밀하고 박식하며, 시와 산문에 모두 근본이 있었다. 일찍이 후학들이 글자를 이용하여 글을 짓는 것을 보고 비웃으며 "과거문의 습관과 구기를 다 씻어 낸 뒤에야 문장을 가르칠 수 있겠다." 라고 했는데, 지금이 그 때보다 훨씬 못하다.[4]

과거 문장의 폐단에 대해 지적하고 있다. 과거에서 종장(終場)에 치는 시무책은 변려문으로 지어졌으므로, 변려문의 습관과 구기에서 모두 벗어나야만 문장을 가르칠 수 있다는 것이다. 이것은 당시 글쓰기의 방식

---

2) 金宗直, 『靑丘風雅』, 「靑丘風雅序」, "羅季及麗初 專習晚唐"

3) 이병혁, 「韓國科文研究」, 『동양학』16집, 동양학연구소, 1986, 30쪽.

4) 崔滋, 『補閑集』中. "李史館允甫 學識精博 詩文皆有根蒂 嘗笑後學使字屬辭曰 洗盡場屋習氣然後 文章可敎也 今之後輩 下於彼時遠矣"

이 유미적 형식주의인 변려문에 치중하고 있다는 것을 의미하는 것이다. 서긍(1091~1153)도『고려도경』에서, "대체로 성률을 숭상하나 경학은 잘 하지 못하며, 그들의 문장을 보면 당나라의 잘못된 폐단과 유사하다."[5] 라 하였고, 이제현(李齊賢)도 "(쌍기가) 창도한 것은 부화한 문장뿐이었으 므로, 후세에 와서 그 폐단을 이루 헤아릴 수 없다."[6]라 하여, 고려의 문풍이 부화한 만당풍의 말폐와 비슷하다고 언급하고 있다.

이후 성종(981~997)에 의한 숭문정책과 예종(1105~1122), 인종(1122 ~1146) 등 호문주(好文主)에 의한 응제시를 짓는 분위기 속에서는 개인의 자유로운 개성을 발휘하기 보다는 조충전각하는 부화한 문풍으로 흐를 수밖에 없었다. 당시의 문풍에 대해 서거정(徐居正, 1420~1488)은『동인 시화(東人詩話)』에서,

> 고려는 광종(949~975)·현종(1009~1031) 이후로 문사들이 많이 나와 사부와 사륙변려문이 문채 나고 화려하여 뒷사람이 미칠 수 있는 경지가 아니다. 다만 문사와 의론에 문제될 수 있는 것이 많다.[7]

라 하여, 광종(949~975)과 현종(1009~1031) 이후에도 화려한 나말(羅 末)의 문체를 그대로 답습하고 있다고 언급하고 있다.

이것으로 보아 고려 전기의 문풍은 '농섬부려(穠纖富麗)', 즉 '섬려(纖 麗)'하다고 할 수 있다. 당나라 서법가(書法家)인 두몽(竇蒙)의『어례자격 (語例字格)』에 의하면, 섬(纖)은 "문채가 바탕보다 나은 것(文過於質曰纖)."

---

5) 徐兢,『高麗圖經』권40,「儒學」. "大抵以聲律爲崇 而於經學未甚工 視其文章 髣髴唐 之餘弊云"

6) 李齊賢,『益齋亂藁』권9,「光王」. "倡以浮華之文 後世不勝其弊"

7) 徐居正,『東人詩話』下. "高麗光顯以後 文士輩出 詞賦六四 穠纖富麗 非後人所及 但 文辭議論 多有可議者"

이므로, 섬려(纖麗)는 '내용보다는 꾸밈에 치중하여 화려함을 보여주는 것'이라 하겠다. 고려 전기의 정교적이거나 의례적인 산문은 모두 이러한 경향을 지니고 있으며, 기문 중에는 이예(李預)의 「삼각산중수승가굴기(三角山重修僧伽崛記)」가 가장 대표적이라 할 수 있다. 그러므로 이 글을 통해 고려 전기의 문예미를 고칠하기로 한다. 다음은 이 글의 서두부분이다.

> 盖聞/恒星匿彩 彰異兆於大虛 ‖ 滿月端容 耀休光於賢劫. 力摧魔外之衆 ‖ 獨作天人之師. 暨氈身之旣灰 ‖ 憫世眼之將滅. 故/金人之體 飛漢夢以告來 ‖ 貝葉之詮 傳竺乾而重譯. 憑玆衆正 ‖ 導彼群生. 若聞雷而解聾 ‖ 如執熱以得濯. 繇是/列刹相峙 丕冒幅員之區 ‖ 神僧開生 漸弘調御之法. 至如/康會踐吳王之殿 ‖ 道安登晉帝之車. 石趙圖澄 ‖ 姚秦羅什.[8]

> (대개 들으니 항성의 숨은 빛은 허공에 이상한 징조를 나타내며, 둥근 달의 단아한 얼굴은 아름다운 광채를 현세에 비친다. 힘써 마귀의 무리를 배제하고 홀로 하늘과 인간의 스승이 되었다. 인간으로의 몸이 장차 사라진 뒤에 세상 사람들이 바라볼 만한 것이 없어질 것을 민망하게 여기었다. 그러므로 금으로 만든 불상은 한나라 황제의 꿈에 날아와서 들어와 고하였고, 조개조각에 기록한 불경의 말씀은 인도에서 전하여 거듭 번역되었다. 이러한 모든 법에 의하여 저 여러 중생을 인도 하였으니, 우뢰소리를 듣고 귀가 트이고 뜨거운 것을 잡았다가 물에 손을 넣는 것과 같다. 이로 인하여 여러 사찰이 서로 솟아 있어 세계의 방방곡곡에 크게 널려 있으며, 거룩한 중이 종종 나타나서 차츰 지도하는 방법을 넓혔다. 이를테면 강회는 오왕의 궁정에 들어갔고, 도안은 진제의 수레에 올랐다. 석씨의 조나라에서는 도증이 있었고, 요씨의 진나라에서는 구마라집이 있었다.)

이 글은 1106(예종1)년 이예가 왕명을 받들어 지은 것으로,[9] 이예는

---

8) 『동문선』 권64, 「三角山重修僧伽崛記」.

딸 정신현비(貞信賢妃)가 선종(宣宗)의 왕비였으며,10) 예종(睿宗) 때 조
정에 포열(布列)되어 있으면서 토론하고 윤색하여 부지런히 학문에 힘
썼으므로 중화의 풍도가 있었다는 김연(金緣)·김부일(金富佾)·김부식
(金富軾)·김부의(金富儀)·최유청(崔惟淸)·정지상(鄭知常) 등과 함께 거론
되는 인물이다.11)

　이 글은 변려문의 전형을 잘 보여주고 있다. 우선 자수(字數)면에서
4,6‖4,6/6‖6/6‖6/4,6‖4,6/4‖4/6‖6/4,6‖4,6/7‖7/4‖4의 형태로, 각 구의
자수는 4자를 연용하거나 6자를 연용하고, 4,6자를 번갈아 사용하기도
하였으며, 가끔 변환을 주어 7자를 연용하기도 하였다. 이러한 현상은
위에 제시한 인용부분만이 아니라 이 작품의 전편에 걸쳐 일관된 형태로
진행되고 있어, 사륙 구식의 전형을 보여주고 있다.

　둘째로 변려문의 중요한 특징 가운데 하나인 대우를 구사하고 있다.
대우는 허사와 허사, 실사와 실사가 서로 대칭이 되거나, 같은 방식의
구가 서로 대칭이 되도록 배열한 것을 말한다. '恒星匿彩 彰異兆於大虛
‖ 滿月端容 耀休光於賢劫'은 '주어+서술어+빈어+보어'를, '力摧魔外之
衆‖獨作天人之師'은 '서술어+빈어'를, '金人之體 飛漢夢以告來‖ 貝葉
之詮 傳竺乾而重譯'은 허사는 허사와, 실사는 실사를, '列刹相峙 丕冒幅
員之區‖神僧閒生 漸弘調御之法'은 복문(複文)은 복문을 서로 같은 구식
으로 대칭이 되게 배열하고 있다. 이러한 배열 역시 전편에 걸쳐 나타나
고 있다.

---

9) 같은 글. "上謂曰 菩薩神通之化 招提修葺之由　宜刻貞珉　敻流後世 爰徵不敏之伎 俾
　演無疆之休 臣譽乏渾金 科叨片玉 逢時積幸 濫廁文苑之 備員 避命無階 輒讚梵宮之能事
　時乾統六年丙 戌歲十月日 謹記"
10) 『고려사절요』 권7, 예종 1년.
11) 李齊賢, 『역옹패설』 후집1.

셋째로 평측을 강구하고 있다. '恒星匿彩 彰異兆於大虛 ‖ 滿月端容 耀休光於賢劫'은 '평평측측 평측측평측평 ‖ 측측평평 측평평측평측'으로 정확하게 평성 대 측성, 측성 대 평성을 강구하고 있다. 하지만 이어지는 '力摧魔外之衆 ‖ 獨作天人之師'에서는 '측평평측평측 ‖ 측측평평측평'처럼 완벽한 평측을 강구하지는 않았다. 이후에 이어지는 부분 역시 완벽한 평측과 그렇지 아니한 것을 번갈아 활용하고 있지만, 평측에 상당히 주의하고 있음을 알 수 있다.

넷째로 전고를 많이 활용하고 있다. 전고를 많이 사용하고 있어 일일이 다 예를 들 수 없지만, '聞雷'는 『삼국지』「촉지(蜀志)·선주전(先主傳)」에, 조조가 유비와 대화를 나눈 것에 대한 주석에 나오는 것으로 다른 일을 빌려 자기의 진실 된 감정을 가리는 것을 말하고,12) '執熱'은 『시경(詩經)』「대아(大雅)·상유(桑柔)」에, "누가 뜨거운 물건을 쥐고서, 가서 손을 씻지 않으리오?"13)에서 손을 씻어 뜨거움을 해결한다는 것을 말하고 있다. 또한 '여러 사찰이 서로 솟아 있어 세계의 방방곡곡에 크게 널려 있으며, 거룩한 중이 종종 나타나서 차츰 지도하는 방법을 넓혔다.'는 예를 보여주기 위해 강회·도안·석씨·요씨를 인용하고 있다.

끝으로 노장과 불교의 영향으로 현실적인 사회와 인생을 버리고 허무맹랑한 환상이나 꿈만을 쫓은 위진남북조 시대의 문풍을 이어가고 있다.

자식 없는 여자가 절하며 기원하면 곧 훌륭한 아들을 낳으며, 말을 잃은 노인이 정성을 다하여 고하면 바로 잃었던 말을 찾는다. 병든 사람이 애절히 간구하면 병상에서 신음하던 소리가 곧 그치며, 벼슬을 구하는 사람이

---

12) 『三國志』, 「蜀志·先主傳」. "是時曹公從容謂先主曰 今天下英雄 惟使君與操耳 本初之徒 不足數也 先主方食 失匕箸" 裴松之注引 『華陽國志』 "于時正當雷震 備因謂操曰 聖人云 迅雷風烈必變 良有以也 一震之威 乃可至於此也"
13) 『詩經』, 「大雅·桑柔」. "誰能執熱 逝不以濯"

> 간절히 원하면 조정에서 막혔던 벼슬길이 바로 트인다. 소금을 구하면 바닷가의 사람이 구워 가지고 오기도 하며, 갓을 원하면 서울의 여자가 만들어 바친다. 그 밖의 신기한 경험은 이루 다 말할 수 없다.[14)]

이 단락에 앞서 이예는 승가대사가 천복사에 거처하면서 행한 신이한 행적을 먼저 언급하는데, 다음과 같다. 정수리 위에 구멍이 있어서 솜으로 막아 두었다가 밤이 되어 솜을 빼버리면 그 정수리 구멍에서 향기가 나와서 연기가 방에 가득하여 특이한 향내를 풍기었다. 새벽에 향기가 다시 정수리 속으로 들어가면 또 솜으로 이를 막아 두었다. 대사가 항상 발을 씻는데 사람이 그 물을 받아 마시면 고질병이라도 모두 나았다. 중종이 하루는 내전에서 대사에게 말하기를, "서울에 비가 오지 아니한 것이 수개월이 되었으니, 바라건대 대사는 자비를 베풀어 나의 고민을 해결해 주시오." 하였다. 대사가 곧 병에 들어 있는 물을 가지고 널리 뿌렸더니, 별안간 검은 구름이 모이더니, 단비가 많이 내렸다는 것이다.[15)] 그리고서 위에 제시한 인용문처럼 승가굴의 영험에 대해 언급하고 있다.

이 작품은 서두의 상징적인 내용으로 시작하여 임금의 언급으로 글을 끝맺는 형식을 취하면서, 내용의 전달에다 주안점이 있기는 하지만, 보다 더 형식적인 꾸밈에 치중하여 기려(綺麗)함을 잘 보여주는 글이라 하겠다.

---

14) 『동문선』 권64, 「三角山重修僧伽崛記」. "至如無兒婦 稽顙而祈 卽生良胤 失馬翁淪誠 以白還得舊驂 告病苟哀 蟻榻之鬪聲忽息 求官儻切 鷺庭之滯迹俄翔 或乞監而海客炙來 或請帽而京姬製獻 其餘神驗 不可殫論"

15) 같은 글. "尋出居薦福寺 常獨處一室 而頂上有穴 恒以絮窒之 夜則去絮 香從頂穴中出 煙氣滿房 非常芬馥 及曉香還頂中 又以絮窒之 師常濯足 人取其水飮之 痼疾皆愈 中宗一日於內殿 語師曰 京畿無雨 已是數月 願師慈悲 解朕憂迫 師乃將甁水汎灑 俄傾陰雲聚起 甘雨大降"

이 외에도 김부식(金富軾, 1075~1151)과 동시대 인물인 혜소(慧素)가 강원도 통천군 금란 북쪽에 있는 총석정에 기문을 지었는데, 문열공 김부식이 희롱하면서 "이 선사가 율시를 지으려고 한 것인가?"라 하였다.16) 율시는 엄격한 자수와 대우 등을 갖추어야 하는 것으로, 김부식은 혜소가 지은 기문이 변려문의 형식을 지니고 있음을 비꼬고 있는 것이다. 곽동순(1130전후로 생존) 역시 성산의 공관에 한 사객(使客)이 십운시를 남겼는데, 말이 번거롭고 뜻이 꼬여 있는 것을 보고는 "이것은 기문이지, 시가 아니다."17)라고 하였다. 이것은 당시 문인들이 기문을 지을 때, 섬려에 치중하고 있었다는 것을 방증해주는 것이라 하겠다.

그런데 이예보다 앞 선 시기인 1026(현종17)년에 지어진 최충(崔冲, 984~1068)의 「봉선홍경사기(奉先弘慶寺記)」에는 변려문의 형태가 많이 보이기는 하지만, 이예의 「삼각산중수승가굴기」만큼 철저하지는 않다. 그리고 이예 이후 1117(예종12)년에 지어진 김연(金緣)의 「청연각기(淸燕閣記)」, 1129(인종7)년에 지어진 김수자(金守雌)의 「행학기(幸學記)」 역시 변려문이 쓰였으나 완벽한 변려문의 형태를 취하고 있지는 않다. 그렇다고 하더라도 고려 중기 이후 쓰여 진 기문과 견주어 보면 자수를 한정하거나 대우의 구식, 평측의 강구, 사조(詞藻)의 화려함 등 기려(綺麗)함을 잘 보여주고 있다고 하겠다.

Ⅲ. 고려 중기의 질박미

위진남북조시대 유미적 형식주의가 절정에 다다르자, 당나라에서 이

---

16) 崔滋, 『補閑集』上. "金蘭叢石亭 山人慧素作記 文烈公戱之曰 此師欲作律詩耶"

17) 崔滋, 『補閑集』上. "星山公館有使客留題十韻 辭繁意曲 郭東珣見之曰 此記也 非詩也"

에 대한 반성으로 고문으로 돌아가자는 바람이 일었듯이, 고려 전기 섬려가 지나쳐 유미적 형식주의로 치닫자, 변려문에 대한 폐단을 비판하고 고문에 대한 관심을 가지기 시작하였다. 유미(唯美)가 정점으로 도달하고 있을 즈음, 작자의 생각을 자유롭게 표현하고자 하는 경향이 자연적으로 나타날 수밖에 없는 것이다. 일례로 선종(宣宗, 1084~1094)대 활약한 김황원(金黃元)은 젊은 시절부터 고문을 배워 우리나라의 일인자로 불렸는데, 당시 재상인 이자위(李子威)가 그의 산문이 당시에 숭상하는 변려문을 따르지 않는 것을 미워하여 "이런 무리들이 한림원에 오래 있게 되면 반드시 후생들을 그르칠 것이다."라 말하고 쫓아내기도 하였다.[18] 이후 예종(1105~1122)대 최충의 후손인 최약(崔瀹)도 다음 예화에서 문예만을 숭상하고 있는 당시의 상황에 대한 문제의식을 제기하고 있다.

　　최약이 과거에 급제하여 예종을 섬길 때, 국가에 일이 없어 왕이 글짓기를 숭상하고 연회를 즐겼다. 한번은 왕이 서경의 대동강에서 연회를 베풀고 시신들과 더불어 시문을 주고받았다. 최약도 지제고로서 따라 갔다가 글을 올려 간하기를, "옛날 당나라 문종이 시학사를 두려고 하자, 재상이 '시인 중에는 경박한 사람이 많으니, 만약 고문을 받는다면 성총이 흔들릴까 두렵습니다.'라 하니, 문종이 마침내 그만두었습니다. 제왕은 마땅히 경술을 좋아하며 날마다 고상한 선비들과 경사를 토론하며 정치하는 이치를 자문하여야 하는데, 어찌 어린아이들과 같이 조충전각을 일삼아 자주 경박한 사신들과 더불어 음풍농월 하여 하늘이 준 깨끗한 천성을 상하게 하는 일이 있어서야 되겠습니까?"라고 하니, 왕이 기꺼이 받아들였다. 어떤 한 사신이 틈을 타서 아뢰기를 "최약이 말한 선비는 저희들을 제외한다면 달리

---

18) 『고려사』 권97, 「列傳」 10, 金黃元 條. "金黃元字天民 光陽縣人 少登第 力學爲古文 號海東第一 淸直不附勢 與李軌善 同在翰林 以文章著名 時稱金李 遼使至黃元作內宴口號 有鳳銜綸綍從天降鼇駕蓬萊渡海來之句 使驚嘆求寫全篇而去 宰相李子威惡其文不隨時所尙日 若此輩久在翰院必詿誤後生 遂奏斥之"

누가 있겠습니까? 최약은 시에 뛰어나지 못하기 때문에 이런 말을 한 것입니다."라고 하니, 왕이 노하여 춘천부사로 좌천시켰다.[19]

이후 김부식(金富軾, 1075~1151)은 변려문으로 써야하는 표문(表文)인「진삼국사기표(進三國史記表)」를 고문으로 썼는데, 최해(崔瀣, 1287~1340)가『동인지문사륙(東人之文四六)』에 이 작품을 실으면서 "非四六"[20]이라는 주석을 달았고, 김택영(金澤榮)의『여한십가문초』에 이 작품이 실려 있는 것으로 보아, 이「진삼국사기표」는 고문이며, 김부식이 고문을 썼다는 것을 알 수 있다. 또한 문행(文行)이 있어 간관(諫官)에 뽑혔던[21] 이지명(李知命, 1127~1191)은 임춘(林椿)에게서 "한유(韓愈)와 유종원(柳宗元)을 배워 스스로 만족했다."[22]라는 평을 받았고, 오세재(吳世才)도 "그대의 재주는 한유와 같아, 학자들 중에 흠모한 이 많다네. …… 어느 때 그대와 문을 논하며, 다시 오늘의 한유를 만날까?"[23]라는 칭송을 받고 있다. 임춘 자신 역시 이인로(李仁老, 1152~1220)로부터 "선생의 산문은 고문의 풍모를 얻었다."[24]라는 평을 들었던 사람이다. 이처럼 고려 전기 문벌귀족의 몰락과 고려 중기 신진사인의 등장으로 무신란 전후에 이르면 이전에 일기 시작한 고문에 대한 바람이 거세지고, 고문가들도 산문사에 등장하

---

19)『고려사』권95,「列傳」8, 崔瀹 條. "瀹登第 事睿宗時 國家閑暇 王尙詞賦 好遊宴 嘗宴西京 大同江 與侍臣唱和 瀹亦以知制誥從 上書諫曰 昔唐文宗欲置詩學士 宰相奏 詩人多輕薄 若承顧問 恐撓聖聰 文宗乃止 帝王當好經術 日與儒雅討論經史 咨諏政理 安有事童子雕篆 數與輕薄詞臣吟風嘯月 以喪天衷之淳正耶 王優納之 有一詞臣乘隙日 瀹所謂儒雅 除臣等 別有何人 瀹短於詩 故有此言 王怒左遷春州府使"

20) 崔瀣,『東人之文四六』권10.

21)『고려사절요』권13, 明宗 條. "以爲有文行 擢爲諫官"

22) 林椿,『西河集』권2,「次韻李相國知命見贈長句」, 220쪽 a. "餁韓驫柳聊自足"

23) 林椿,『西河集』권1,「漢陽吳賢良世才見訪 以詩謝之」, 212쪽 a. "君才似文公 學者多欣慕 …… 何時與論文 更見今韓愈"

24) 林椿,『西河集』,「西河先生集序」, 207쪽 b. "先生文得古文"

기 시작한다.

　이러한 영향은 글쓰기에도 그대로 반영된다. 꾸밈에 치중하여 화려함을 보여주는 섬려함보다는 작자의 생각을 자유롭게 전달하며 내용을 알기 쉽게 제시하는 질박한 글쓰기를 위주로 하게 된 것이다. 『논어』에, "언사는 뜻이 통달할 뿐인 것이다."라는 말에 대해 주희가 "언사는 뜻을 통달함을 취할 뿐이요, 풍부하고 화려함으로써 훌륭함을 삼지 않는다."라고 단 주석에서 보이는 것처럼,[25] 고려 중기는 화려한 기려미(綺麗美)가 아니라 뜻을 전달하는 질박미(質朴美)를 추구하였다. 두몽의 『어례자격』에 의하면, 질(質)은 "스스로 화려함을 줄인 것(自少妖姸曰質)."이므로, 질박은 '꾸밈없이 작자의 생각을 평이하게 전달하는 것'이라 하겠다.

　그럼 고려 전기에서부터 비롯된 문학의 부박(浮薄)함과 형식주의를 배격하고 당대의 문학을 새롭게 일으키기 위해서는 무엇보다 상고주의에 바탕을 둔 고문의 부흥과 숭상에 있음을 진지하게 역설한 임춘[26]의 기문에서 이러한 경향을 고찰하기로 한다. 다음 글은 기러기 그림을 보고 적은 인사잡기(人事雜記)에 해당하는 「화안기(畵雁記)」이다. 서두는 이렇게 시작한다.

　　도인 혜운이 기러기를 그린 그림 1장을 가지고 나에게 와서 보여주었다. 기러기가 모두 39마리인데, 모양이 서로 같지 않은 것이 18마리였다. 그 날아오르는 것, 모여드는 것, 물 마시는 것, 쪼는 것, 일어나는 것, 엎드린 것, 펴고 있는 것, 움츠린 것 등 모양들이 자세하게 빠짐없이 들어 있으니, 이것은 또한 정밀하게 힘씀이 지극한 것이었다.[27]

---

25) 『論語』 권15, 「衛靈公」. "子曰 辭 達而已矣(註釋: 辭 取達意而止 不以富麗爲工)"
26) 박성규, 「林椿의 文體 改革」, 『고려후기 사대부문학연구』, 고려대출판부, 2003, 18쪽.
27) 林椿, 『西河集』 권5, 「畵雁記」, 254쪽 d. "道人惠雲持一畵鴈圖 就予 以觀 凡三十九鴈 而狀之不同者十有八焉 其翔集飮啄起伏伸縮之形曲盡 而無遺矣 是亦精强之至者也"

주객법(主客法)의 객(客)을 놓지 않고 그대로 본론으로 들어가는 직기
(直起)의 방법을 사용하여 서두를 시작하고 있다. 2자부터 13자까지 자
수(字數)를 자유롭게 활용하면서 인위적으로 자수를 만들려고 하는 흔적
은 찾아볼 수 없다. 또한 변려문에서는 거의 쓰이지 않던 13자의 허사,
즉 '이(以)·범(凡)·이(而)' 등을 적절히 구사하고 있다. 주지하듯이 허사
는 고문에 있어 중요한 역할을 하는 것으로, 허사의 활용은 당·송문의
특징으로 진(秦)·한문(漢文)과는 다른 점이다. 그리고 이러한 허사의 활
용은 고문의 문장표현에 있어 중대한 변화로 간주하기도 하는데, 한유는
이러한 허사의 새로운 길을 열었으며 사용에 있어 남보다 뛰어났다.[28]
임춘은 혜운이 가져온 39마리가 그려진 기러기 그림을 보고 '精强之至'
라는 간략한 화평(畵評)을 남기면서 부화(浮華)하지 않게 담담하게 서술
하고 있다.

그리고 이어지는 단락은 혜운이 그림을 얻은 과정과 기문을 청탁한
이유에 대해 말하고, 임춘이 화가의 생각을 글로 전달하기는 불가능하다
는 대답을 제시하는 대화의 방식을 사용하여 제시하고 있다.[29] 이 작품
의 거의 절반을 차지하는 단락임에도 자수나 허사면에서 서두와 같은
방식으로 전개되고 있다. 다음은 이 글의 마지막 단락이다.

　　반드시 그 형태와 수의 대략을 남기려 한다면, 두 마리가 마주보고 엎드

---

28) 金鐘聲, 「韓愈의 書信體 散文 연구」, 『中國語文論叢』 제17집, 중국어문연구회,
　　1999, 230쪽.

29) 林椿, 『西河集』 권5, 「畵雁記」, 254쪽 d~255쪽 a. "道人之言曰 此吾家舊物也 工之
　　名氏則不知也 以其奇且古 蓄之久矣 始則甚寶惜之 今乃釋然 蓋君子不可以留意於物 但
　　寓意而已 況爲浮屠者 旣輕死生去嗜欲 而反重畵 豈不謬錯而失其本心哉 今將歸江南 以
　　畵付吾弟某者而去焉 子若書其形數以畀 則異日讀之 雖不見畵 可以閉目而盡識也 余笑
　　曰 爲是畵者 當其畵時 必先得成形於胸中 奮筆直遂而後乃得至此 則心識其所以然 而口
　　不能言之 余雖巧說 若工之所不能言者 安得而盡之"

려서 목을 갖다 대고 서로 걸치고 있는 것, 피곤한 듯 언덕이 교차되는 곳에
등이 어렴풋이 보이는 것, 날개를 솟구쳐 날아오르려 하나 아직 일어나지
않는 것, 머리를 쳐들고 엎드린 것, 그 목을 늘이고 발을 들고 있는 것, 걸
어가면서 쪼아 먹는 것, 우뚝 서서 움직이지 않는 것, 무리로 모여 있는
것, 둥글게 돌아서서 서로 보다가 물을 마시려고 가는 것, 나란히 서서 다
투어 발돋움하는 것, 발을 재게 놀리는 것, 그 날개를 펼치고 또 곁눈질하
는 것, 돌아다보는 것, 날개를 퍼덕이는 것, 장난치는 것, 조는 것 등등 이
것이 그 대강이다.[30]

이 단락은 이 작품의 가장 중요한 역할을 담당하고 있는 부분이다.
임춘은 '者'라는 유자(類字)를 사용하여 각양각색의 기러기의 모습을 글
로 형상화하고 있다. 유자(類字)는 문장의 기세를 씩씩하게 하고 문의(文
義)를 넓히는 수법으로, 산문에서 여러 구에 걸쳐 동일한 글자를 쓰는
것을 말한다. 한유의 글이 고문의 으뜸이 된 것은 이 방법에 각별히 유의
했기 때문이라고 한다.[31] 임춘은 한유의 글 중 이런 수법을 사용하고
있는 「화기」를 모의하여 이 작품을 지었기에, 반복된 유자(類字)와 동작
이나 동작성을 띠는 글자를 통해 눈앞에 기러기의 생생한 모습을 재현하
고 있는 것이다. '詩中有畵'가 아니라 '記中有畵'라 할 수 있다. 자수면에
서도 2자에서 13자에 이르기까지 다양하게 구사하면서 인위로 조탁하지
않고 자연스럽게 눈에 보이는 그대로의 기러기의 모습을 포착하여 그려
내고 있다.

---

30) 林椿, 『西河集』권5, 「畵雁記」, 255쪽 a. "必欲存其形與數之粗者 則有兩對伏而交頸
相又者 纍纍然微見背脊於崖岸之交者 聳翅欲翔而未起者 昂其首而伏者 伸其吭而跂者
且步且啄者 几立而不動者 群聚者 圜而向赴飮者 駢而爭翹者 拳其足(日+殺)者 披其羽其
又傍睨者 廻眄者 刷者 戱者 睡者 此其大略也"

31) 『文則』권2, 『欽定四庫全書』集部9, 699쪽. "文有數句用一類字 所以壯文勢廣文義也
然皆有法 韓退之爲古文覇 於此法尤加意焉"

임춘은 이 작품에서 고려 전기의 기문과는 달리 난해한 전고는 전혀 사용하지 않고, 대우 역시 거의 쓰지 않으면서 허사의 적절한 구사와 반복된 유자(類字), 그리고 다양한 자수의 변화를 활용해 꾸밈없이 그림의 내용을 평이하게 전달하고 있다.[32] 그래서 마지막에 "나는 그의 말에 따라 하나 둘 수를 적어서 그에게 줄 뿐이요, 기문을 지은 것은 아니다."[33]라는 언급으로 작품을 맺고 있는 것이다. 이 외에 「일재기(逸齋記)」·「동행기(東行記)」 등에서도 이러한 경향을 읽을 수 있다.

동시대 인물인 이규보(李奎報, 1168~1241) 역시 질박한 글을 쓰고 있다.

> 성 동쪽의 초당에 상원과 하원이 있는데, 상원은 세로가 30보나 되고 가로도 마찬가지이다. 하원은 세로와 가로가 겨우 10보쯤 된다. 보는 예전에 밭을 산정하던 방법으로 계산한 것이다. 매년 여름 5~6월이면, 무성한 풀이 다투어 자라서 사람의 허리에 닿았는데, 그래도 베지 못하였다. 집에는 키 작은 종 3명과 파리한 아이 종 5명이 있는데, 그들은 이것을 보고 부끄럽게 여겨, 무딘 호미 하나로 서로 번갈아가며 풀을 베는데, 겨우 3~4보쯤 베면 그치고, 10일이 지난 다음에 또 다른 곳에 난 풀을 베는데, 풀은 전에 베었던 곳에 다시 나서 수북하게 된다. 또 10일이 지난 뒤에 다시 수북한 풀을 베면 풀이 또 뒤에 베었던 곳에 나서 수북하게 된다. 이와 같아 마침내는 다 베지 못하였으니, 이것은 내가 일을 감독하는 것이 해이하고 종들이 힘을 쓰는 것이 게으른 때문이다.[34]

---

32) 임춘의 산문에 이러한 질박미만 있는 것은 아니다. 「上金侍郎啓」의 경우 고려 전기와 마찬가지로 전형적인 변려문의 형식을 취하고 있으며, 「上李學士知命書」은 어려운 典故를 동원하여 자신의 현학적인 측면을 마음껏 구사하고 있다.

33) 林椿, 『西河集』 권5, 「畵雁記」, 255쪽 a. "余因其言 爲甲乙帳而授之耳 非所以爲記也"

34) 李奎報, 『東國李相國集』 권23, 「草堂理小園記」, 528쪽 c. "城東之草堂 有上園下園 上園縱三十步 橫如之 下園縱橫纔十許步 步則依古算田法 而計之也 每夏五六月 茂草競秀 至捋人腰 而猶不使之翦之也 家有矮奴三羸僮五 見之不能無愧 以鈍鋤一事更相刮薙 纔三四步而輟 閱旬日 又理他處 則草生前所理處 蓊然蓁然矣 又旬日 復理蓊然蓁然者 則

이 글은 갑인(1194)년, 이규보의 나의 27세 때 지은 것으로, 성 동쪽에 있는 초당에 상원(上園)과 하원(下園)이 있었는데, 그 중 작은 정원인 하원을 몸소 손질하고서 지은 인사잡기(人事雜記)이다. 360여자 밖에 안되는 짧은 글이지만, 『동문선』과 『동문수(東文粹)』에 선재(選載)되어 있을 정도로 이규보의 대표작 가운데 한 편이다.

이 단락은 정원이 황폐하게 된 경위에 대해 언급하고 있는 부분이다. 난해한 전고를 사용하지도 않고, 자수에 구애받지 않고 자유자재로 구사하고 있으며, 대상을 화려하게 꾸미거나 수식하지 않고, 다만 객관적 사실을 평이하게 기술하고 있다. 다음에 이어지는 내용 역시 마찬가지이다.

드디어 그들을 용서해 힐책하지 않고, 마침내 내가 스스로 아래쪽에 있는 작은 동산을 손질하였다. 작은 동산은 나의 힘으로도 충분하므로 결국 게으른 종들은 그만두게 하고 내가 몸소 손질하였다. 썩은 나무나 더부룩한 풀을 자르되, 낮은 데는 덜 자르고 높은 데는 더 잘라서 바둑판처럼 평평하게 만들었다. 그래서 갈포 옷과 사모를 착용하고 그 위를 거닐며, 대자리와 돌베개를 사용하여 그 가운데 누워있으면, 숲 그림자는 땅에 흩어지고 맑은 바람은 솔솔 불어온다. 아이는 나의 옷자락을 잡고 나는 아이의 이마를 쓰다듬어 주며 유쾌한 기분으로 날을 보낼 수 있으니, 이는 또한 한가히 사는 자의 한 낙지인 것이다.[35]

이 단락에서도 인위로 글귀를 조탁했다는 흔적은 거의 찾을 수가 없다. 동산을 손질하는 과정, 손질 후에 그곳에서 누리는 즐거움에 대해

草又生後所理處 翁蓁然滋茂矣 如是而終不能盡去焉 此予之督役弛 而奴之用力怠故也"
35) 같은 글, 528쪽 d. "逐莫而不詰 乃自理下之小園 小園力足勝 故遂去怠奴 而躬自理之 剗蕪榴翳 增卑落高 使平如棋局之面焉 於是葛衣紗帽 徙倚乎其上 竹簟石枕 偃臥乎其中 林影散地 淸風自來 兒牽我衣 我撫兒項 熙熙怡怡 足以遣日 此亦閑居者之一場樂地也"

화려함을 줄이고 사실만을 평이하게 전달하고 있는 것이다.

이규보는 이 글의 마지막 단락36)에서 후한 때 진번(陳蕃)이 15세 때에 방에 한가히 있으면서 뜰도 쓸지 않자, 그 아버지의 친구인 설륵(薛勤)이, "젊은이는 어찌 청소를 하지 않는가?" 하니, 진번은 "대장부는 마땅히 천하를 청소해야하지, 어찌 방 하나를 청소하겠소?"라고 한 전고를 사용했을 뿐 거의 전고를 사용하지 않으면서 자신의 주변에 일어났던 객관적 사실을 있는 그대로 담담하게 직서하고 있다. 이외에 28편에 달하는 그의 기문 거의 대부분이 이러한 방식으로 전개되고 있다.

이러한 질박미는 고려 중기 이후에도 지속적으로 나타나는데, 예컨대 이색의 「기기(記碁)」나 이제현의 「송신원외북상서(送辛員外北上序)」 등에서도 엿볼 수 있다. 그리고 고려 전기에 시작된 고문에 대한 인식은 무신란을 전후하여 바람을 타고 널리 퍼져나가기 시작하여 질박한 글을 많이 지었지만, 정교적(政敎的)이거나 의례적(儀禮的)인 글에서는 여전히 기려(綺麗)한 변려문이 지어지고 있었다.

Ⅳ. 고려 후기의 정밀미

무신란(1170~1270) 이후 신진사인들은 독자적 세력을 형성할 만큼 성장되지 못했다. 무신정권 하에서 자기의 문학으로 무신에게 봉사하면서 무신으로부터 보호 육성이 되어왔다. 이렇게 성장해 온 신진사인들은,

---

36) 같은 글. "嗚呼 有三十步之園 不能勝理 移於十步之地 然後僅能理焉 是豈拙者之效歟 推是而移之朝廷 顧復穢其務而不理耶 然昔陳仲擧不掃一室 其志遠也 由是言之 大丈夫之 蓄意 亦豈了言哉 因自笑而私志之 志而觀之 亦往往自大笑 笑復以爲樂也 甲寅五月二十 三日 記"

무신정권이 넘어지고 점차 그 정치적 진출이 활발해지면서, 드디어 고려 후기의 신흥사대부로 발전해갔다. 이들은 전기의 '귀족문신'과 대조적인 '관료학자'들이며, 왕조에 기생하는 귀족들에 비하여 자기의 토지를 발판으로 가지고 있는 이 신흥사대부들은, 그 생활에 있어서 훨씬 주체적이며 전진적이었다.37) 이들 신흥사대부들이 지방 중소 지주로서 그리고 일부 신진 관료로서 자기네의 정치적·사회적 세력을 향상시키기 위해서는 대장원주이며 중앙 권력층인 세신거실(世臣巨室)들과의 이해의 대립에서 승리의 방향을 쟁취하지 않으면 안 되었다. 이들은 새로운 이데올로기로써 성리학을 강력히 내세웠다.38) 안향(安珦, 1234~1306)으로부터 유입되기 시작한 성리학은 이제현을 거쳐 이색에 이르러 "이목은은 익재의 문생으로 정주학을 처음으로 창도했다."39)라는 김택영의 칭송을 받게 된다.

이러한 성리학의 유입은 문학에 있어서도 변화가 나타난다. 다음은 서거정(徐居正)의 언급이다.

고려 광종·현종 이후로 문사가 배출되어 사부와 4·6변려문이 화려하면서도 섬세하고 풍부하면서도 아름다워 후대 사람들이 미칠 바가 아니다. 다만 문사와 의론에는 논의할 만한 것이 많이 있다. 당시에는 정자와 주자의 『집주』가 우리나라에 유포되지 않았으므로, 성명과 의리의 심오한 이치를 의논한 것이 잘못되고 어긋난다고 해서 괴이하게 여길 것이 없다. 대개 성리학은 송나라에서 성행했다. 송나라로부터 위로 자사·맹자 이후로 작자들이 한 둘이 아니지만, 이고·한유만이 정도에 가까우니, 하물며 우리나

---

37) 이우성, 「고려중기의 민족서사시」, 『한국의 역사상』上, 창작과비평사, 1992, 157~158쪽 참조.
38) 이우성, 「한국유교에 관한 단상」, 『한국의 역사상』, 창작과비평사, 1983, 234쪽.
39) 金澤榮, 『金澤榮全集』, 「雜言 四」, 430쪽. "李牧隱以益齋門生 始唱程朱之學."

라에 있어서랴? 충렬왕(1274~1308) 이후로 『집주』가 비로소 유포되니,
배우는 자들이 성리의 영역으로 빨리 들어가게 되었다. 익재 이제현 이후
로 가정 이곡·목은 이색·포은 정몽주·삼봉 정도전·양촌 권근 등 여러 선
생들이 서로 이어서 일어나 도학을 제창하여 밝혀서 문장의 기습이 거의
고풍에 가까웠고, 시부와 4·6변려문도 저절로 우열이 가려지게 되었다.40)

서거정은 "성리학을 배우기 시작하면서 시부와 4·6변려문이 저절로
우열이 가려지게 되었다."고 하여, 성리학 도입 이후 문학이 변화하였다
고 인식하고 있다.

그러면 성리학 도입 이후 문학에 있어서 구체적인 변화란 어떤 것인
가? 앞서 인용한 서거정의 언급에서 그 단초를 찾아보면, '배우는 자들
이 성리의 영역으로 들어가게 되었고, 도학을 제창하여 밝혔다'는 것은
성리학의 존재론인 이기설과 수양론인 거경궁리설(居敬窮理說)을 다루고
있다는 것이고, '문장의 기습이 거의 고풍에 가까웠다'라는 것은 변려문
이 아닌 고문으로 지었다는 것을 의미하는 것이다. 즉 고문의 방식으로
성리설(性理說)의 내용을 담아내었다는 것이다. 이것은 단순히 서사만으
로는 작품을 구상할 수 없고 의논이 가미되지 않을 수 없다는 것이다.
성리에 대한 공부가 깊어지면서 정치한 논리를 전개하다 보니, 고려 후
기 이전에 볼 수 없었던 정밀한 글쓰기가 이루어진 것이다.

'정밀'에서의 '정'은 "안으로 온축된 것"41)이며, 또한 '정'에는 "자구를
따지고 살펴서 아주 미세한 부분까지 분석해 내는 것"42)이라는 의미도

---

40) 徐居正, 『東人詩話』下. "高麗光顯以後 文士輩出 詞賦四六 穠纖富麗 非後人所及 但
    文辭議論 多有可議者 當是時程朱輯註 不行於東方 其論性命義理之奧 紕繆牴牾 無足怪
    者 盖性理之學盛於宋 自宋而上思孟而下 作者非一 唯李翺韓愈爲近正 況東方乎 忠烈以
    後 輯註始行 學者駸駸入性理之域 益齋而下 稼亭牧隱圃隱三峰陽村諸先生 相繼而作 倡
    明道學 文章氣習庶幾近古 而詩賦四六 亦自有優劣矣"
41) 郭紹虞, 『詩品集解』, 「精神」. (淺解: 精含於內)

포함되어 있다. 그리고 두몽의『어례자격』에 의하면, '밀'은 "잠깐이라도 일어나는 것을 용납하지 않는 것(間不容發曰密)."이므로, '정밀'은 '내면적으로 미세한 것을 분석하여 치밀하게 논의를 전개하는 것'이라 하겠다. 그럼 정주학을 처음으로 창도했다는 이색의 글에서 이러한 경향을 살펴보기로 한다. 다음 작품은 목은 나이 53세 경신(1380)년에 양진재(養眞齋)에 쓴 누정기로, 『동문선』과『동문집성』에도 실려 있는 작품이다. 이 단락은 양진재에 대한 명명(命名)의 의미를 풀이하고 있는 도입부분이다.

> 양진재는 전 안동대도호보사 강공이 거처하는 곳이다. 공이 병석에 오래도록 누워 있다가 그의 외제인 장원 김순중에게 부탁해서 나에게 기문을 요청해 왔다.[43]

목은(牧隱)은 기문이 시작되는 서두에, 양진재는 강시(姜蓍, 1339~1400)가 거처하는 재(齋)의 명칭이라고 제시하고서, 기문을 부탁받은 상황을 언급하고 있다. 양진재의 위치는 어디이며, 어떠한 구조로 이루어졌고, 주변의 경관은 어떠한지에 관한 서사적 내용은 전혀 없이 글이 시작되는 첫머리에 15자나 되는 긴 문장으로 시작하고 있다. 고려 중기까지 일반적으로 제시되는 누정기에 들어있는 서사적 내용을 간략히 줄여 놓고 있는 것이다. 그리고서 이어지는 단락에서 병든 자신과의 공통점을 내세워 자신이 기문을 짓게 된 배경을 언급하고서, 이 글의 핵심이라고 할 수 있는 다음 단락으로 이어지는데, 무극(無極)의 '진(眞)'과 양진재(養眞齋)의 '진(眞)'을 연결시켜 명명(命名)의 의미를 풀이하고 있다.

---

42)『文心雕龍』,「體性篇」. "精約者 覈字省句 剖析毫釐者也"

43) 李穡,『牧隱文藁』권3,「養眞齋記」, 23쪽 b. "養眞齋前安東大都護姜公之所居也 公臥病久矣 託其外弟金壯元純仲 求子記"

　대저 사람은 기라고 하는 것을 받아서 생명을 영위하는데, 그것은 바로 강건한 건의 기운과 유순한 곤의 기운이요, 이것을 다시 구체적으로 나누어서 말한다면 수·화·목·금·토이다. 그리고 양기음우와 양변음화의 근원을 찾아본다면 무극의 진으로 귀결될 뿐이다. 이 무극의 진에 대해서는 언어와 문자를 가지고 표현하기 어려우나, 『시경』에서 "상천의 일은 소리도 없고 냄새도 없다."라고 한 것이 바로 무극의 소재임을 암시한 것이 아닌가 싶다. 그래서 주자는 태극도를 지을 때에도 "무극이태극"이라고 하였으니, 이는 대개 태극이 하나의 무극이라는 것을 찬양하기 위한 것이었다 하겠다.[44)]

　무극(無極), 즉 태극(太極)은 천지가 아직 나누어지기 전 태초의 본원을 말한다. 또한 우주 만물이 생성되고 순환하는 원리라는 의미까지 내함하고 있다. 태극(太極)은 『주역』·「계사전(繫辭傳)」의 "역에는 태극이 있는데, 이것이 양의(兩儀)를 낳고 양의는 사상을 낳는다."[45)]에서 처음 보이다가, 철학의 범주에 포함된 것은 주돈이(周敦頤)의 「태극도설」부터인데, 장재(張載)에 와서 보다 선명해지고, 주희(朱熹)에 와서는 태극을 리(理)로 파악하였다.[46)] 목은 역시 "하늘의 체는 그 근본을 태극에 두고서 만물로 흩어진다."[47)]라든지, "태극은 적의 근본이며, 그것이 한 번 움직이고 한 번 고요함에 따라 만물이 순일하게 변화한다."[48)]라는 언급에서 알 수 있듯이, 우주의 근원을 태극으로 보고 있다.

---

44) 李穡, 『牧隱文藁』 권3, 「養眞齋記」, 23쪽 b~c. "夫人之受是氣以生也 乾健坤順而已矣 分而言之 則水火木金土而已矣 求其陽奇陰耦 陽變陰化之原 則歸於無極之眞而已矣 無極之眞 難乎名言矣 詩曰 上天之載 無聲無臭 其無極之所在乎 故周子作太極圖 亦曰 無極而太極 蓋所以贊太極之一無極耳"

45) 『주역』 권21, 「繫辭 上」, 607쪽 c. "易有太極 是生兩儀 兩儀生四象"

46) 김근호, 「太極」, 『조선유학의 개념들』, 예문서원, 2003, 28~35쪽 참조.

47) 李穡, 『牧隱文藁』 권10, 「可明說」, 80쪽 b. "天之體 本於太極 散於萬物"

48) 李穡, 『牧隱文藁』 권6, 「寂菴記」, 49쪽 a. "太極寂之本也 一動一靜而萬物化醇焉"

목은은 사람이 기를 받아서 생명을 영위하는데, 이 기가 건과 곤으로 음과 양이요, 더 구체적으로 분류하면 수·화·목·금·토인 오행이라고 하였다. 『주역』의 "하늘의 운행이 강건하다."·"땅의 도는 유순하다."49)의 내용을 인용하여, 음과 양을 풀이하고 있는 것이다. 그리고 홀수인 양이 기수(奇數)이고 짝수인 음이 우수(耦數)인데, 바로 이 하늘의 생수(生數)와 땅의 성수(成數)가 서로 어우러져서 일어나는 만물의 온갖 변화를 일으키는 양기음우(陽奇陰耦)와 양변음화(陽變陰化)가 무극의 진(眞)으로 귀결된다는 것이다. 무극은 태극(太極)과 별도로 존재하는 것이 아니라 무극이면서 태극이라 했다. 무극이 곧 태극인 것이다. 이 태극이자 무극은 소리도 없고 냄새도 없는 우주 최초의 모습인 것이다. 목은은 이렇게 주돈이의 「태극도설」을 인용하여 무극의 진(眞)을 도출해내고 있다.

목은은 이 무극(無極)의 진(眞)은 바람이 불거나 우레가 치더라도 혼연하여 조금도 변함이 없을 것이며, 사람이 사물에 접하더라도 적연할 것이니, 비유하자면 거울이 어떤 대상을 비춰준다 해서 그 대상에 영향을 받는 일을 없을 것으로 보았다.50)

결국 이러한 인식을 바탕으로 사람이란 존재도 태어나면서부터 이미 무극의 진을 구비하고 있다는 것을 알 수 있는데, 오직 대인의 자격을 갖춘 사람만이 그것을 내부에서 잃지 않기 때문에 대인이 될 수가 있는 것이니, 외부로부터 그것을 얻어서 대인이 될 수 있는 것이 아니라고 하였다.51) 즉 외물에 영향을 받지 않아야 대인이 될 수 있다는 것이다.

---

49) 『주역』 권1, 「乾卦·象辭」, 76쪽 d. "天行健"; 『주역』 권2, 「坤卦·文言」, 107쪽 a. "坤道其順乎"

50) 李穡, 『牧隱文藁』 권3, 「養眞齋記」, 23쪽 c. "在天則渾然而已 發風動雷之前也 在人則寂然而已 應事接物之前也 發風動雷而渾然者無小變 則應事接物而寂然者當如何哉 譬之鏡 姸媸在乎物 而鏡則無迹 曷甞以照物之故 爲物所汙哉"

51) 李穡, 『牧隱文藁』 권3, 「養眞齋記」, 23쪽 c. "是知人之生旣眞矣 惟大人者不失之 故能

목은은 강시(姜蓍)가 비록 병이 들긴 하였지만 그래도 자신의 거처에 양
진(養眞)이란 현판을 내걸었던 것을 보면 그가 외물의 유혹에 넘어가지
않으리란 것을 확신했던 것이다.52)

목은은 주돈이의 「태극도설」을 통해서 강시의 이러한 외물에 유혹당
하지 않음을 양진(養眞)의 '진(眞)'자를 가지고 기문을 구성하였다. 성리
학에서 중요한 우주론인 무극을 가지고 미세하게 분석하며 치밀하게 논
의를 전개하여 청탁자의 인품과 거처의 이름을 정밀하게 연결시켜 글을
엮어가고 있는 것이다.

다음은 문생(門生)인 염정수(廉廷秀;?~1388)가 자신의 거처를 훤정(萱
庭)이라 짓고 기문을 청탁하자 지어준 「훤정기(萱庭記)」이다. 이 작품은
창작 시기가 표기되어 있지 않아 정확히 알 수는 없으나 앞뒤에 실려
있는 작품들로 추정해볼 때, 대략 목은의 나이 40대 후반이나 50대 초반
에 지어진 것으로 보인다. 『동문선』과 『동문팔가선』에 수록되어 있어,
목은의 대표작 가운데 하나임을 알 수 있다. 서두는 『시경』의 시를 인용
하여 훤(萱)이라는 글자를 풀이하는 것으로 시작된다.

> 『시경』에 이르기를, "어디에서 훤초를 얻어 와, 우리 집 뒤 마당에 심어
> 볼까?"라고 하였는데, 이를 해설하는 이가 망우초라고 하였고, 자서에는
> 훤이며 또한 망우초라고 풀이하고 있다. 훤은 잊는다는 말이니 바로 근심
> 을 잊는다는 뜻이요, 훤이라는 글자 속에는 선이 들어 있으니 답답함을 푼
> 다는 말이다. 마음이 답답할 때 풀어버리면 통창하게 되고, 마음에 근심이
> 있을 때 잊어버리면 즐겁게 되는데, 즐겁게 되면 어버이의 뜻을 알고 잘
> 따르게 되어 어버이도 즐겁게 되고, 통창하게 되면 천지에도 통해져서 천
> 지가 또한 평온해지게 마련이다.53)

爲大人耳 非大人之從外得也"

52) 같은 글. "姜公雖病 能以養眞扁其齋 則其不誘於物 斷可知矣"

휜정(菅庭)의 '휜(菅)'을 설명하기 위해 목은은 여러 내용을 모은 집주의 형식을 취하고 있으며, 서술방식 역시 "諼之言忘, 忘其憂也. 萱之從宣, 宣其鬱也."처럼 등식의 방법을 사용하고 있음을 볼 수 있다. 이어서 휜(諼)은 바로 근심을 잊는 것이요, 휜(萱)은 답답함을 푼다는 말로 그 의미를 풀이하고 있어, 『사서집주(四書集註)』를 읽는 듯한 느낌이다. 마음의 답답함을 풀어버리면 통창하게 되고, 근심을 잊어버리면 즐겁게 된다. 즐겁게 되면 어버이를 잘 따르게 되어 어버이도 즐겁고, 통창하게 되면 천지에도 통해져서 온 세상이 평온해지게 된다는 것이다. 이처럼 하나의 문제를 제시하고 이것을 차근차근 실마리를 이어서 풀이하고, 연역적으로 논증하는 서술방식을 사용하고 있다.

목은은 이어서 휜(萱)은 하찮은 물건이고 또 그리 중요하지 않은 글자로 보일지라도, 그 속에 천리와 인정의 도리가 밝게 드러나 있다고 하면서, 성리학에 있어 우주론의 근간인 이기에 관해 다음과 같이 언급하고 있다.

하늘과 땅 사이에 기가 충만해 있는데, 사람은 물론이고 다른 생물들도 모두 이 기를 받아서 살아가고 있다. 그런데 무리를 나누어 같은 종류끼리 모여 살면서, 물은 축축한 곳으로 우선 번져가고 불은 건조한 곳으로 먼저 타들어 가는 차이를 보이는 등 외면적으로는 각양각색으로 어지럽게 뒤섞여 있는 것처럼 보이기도 하지만, 내면적으로는 그야말로 질서정연하여 찬연히 빛나는 가운데 그 조리가 한 번도 문란해진 적이 없었다.[54]

---

53) 李穡, 『牧隱文藁』 권2, 「萱庭記」, 15쪽 a. "詩曰 焉得萱草 言樹之背 釋之者曰 忘憂草也 字書釋萱 亦曰 忘憂草也 諼之言忘 忘其憂也 萱之從宣 宣其鬱也 有鬱于心而宣之則通 有憂于心而忘之則樂 樂則順乎親而親亦樂 通則通于天地而天地以平"

54) 李穡, 『牧隱文藁』 권2, 「萱庭記」, 15쪽 b. "天地氣也 人與物受是氣以生 分群聚類 流濕就燥 外若紛揉 而內實秩然粲然 倫理未嘗紊也"

천지를 기로 인식하여 사람과 사물은 이 기를 받아 생성된다는 것이다. 이것은 주자의 "천지는 다만 기뿐이다(天地只是一氣)."[55]라는 사상과 궁극의 자리를 태허로 삼고 태허를 기로 단정하여 기의 취산(聚散)에 의하여 인간 만물이 생멸(生滅)한다고 주장한 장횡거(張橫渠)와 같은 맥락을 지니고 있다.[56]

그런데 이 기를 받아 생성된 사물은 겉으로 보기에는 무질서한 것처럼 보이지만 내면에는 질서정연한 법칙이 내재해 있다고 보았다. 결국 만물이 생성될 때, 모든 인(人)과 물(物)이 기를 받아 형성되는데 무질서가 아닌 질서정연한 가운데 생성된다는 것이다. 목은은 여기서 기를 규정하는 가운데 만물에 내재한 윤리성을 강조함으로써 근원적 법칙으로써 리(理)의 존재를 확인하였다. 기가 근본적이고 구체적인 존재임을 밝히면서 동시에 리(理), 곧 온갖 사물의 다양함에 내재하는 질서와 윤리에 주목하고 있는 것이다.[57] 목은은 외면적으로는 각양각색으로 어지럽게 뒤섞여 있는 것처럼 보이기도 하지만, 내면적으로는 그야말로 질서정연하여 찬연히 빛나는 가운데 그 조리가 한 번도 문란해진 적이 없는 이 세계의 질서와 윤리를 사람도 역시 지켜나가야 한다고 보았던 것이다.

그런데 이렇게 되고자 한다면 지켜야 하는 삶의 자세가 있다고 했다. 즉 기를 받은 사군자는 소년 시절에 글을 읽으며 사물의 이치를 탐구해 가야만 천하의 사리에 밝아질 것이요, 장년 시절에 임금을 섬기며 사물을 다스려야만 천하의 사리에 공평해질 것이다. 그렇게 되면 마음이 넓

55) 『朱子語類』 권53권, 1286쪽.

56) 이기동 지음, 『동양삼국의 주자학』, 정용선 옮김, 성균관대출판부, 2003, 113~117
    쪽 참조.

57) 琴章泰, 「牧隱 李穡의 儒學思想」, 『牧隱 李穡의 生涯와 思想』, 일조각, 1996, 141
    ~142쪽 참조.

어져서 사사로움이 없게 되어 누가 되는 일이 없을 것이며, 마음이 활짝 펴지면서 쾌활해질 것이니 마음에도 손상이 없게 되는 것이다. 그러면 화기가 감돌면서 모든 일이 순리대로 전개되고 얼음이 녹듯 모든 갈등이 해소될 것이니, 그 사이에 털끝만큼이라도 서로 어긋나는 점이 생길 수 없게 된다는 것이다.58)

결국 목은은 집주의 방식으로 사용하여 연역적으로 논증하는 서술방식으로 시작하여, 기에 의해 생성되는 만물들을 설명하면서 온갖 사물의 다양함에 내재하는 질서와 윤리를 제시함으로써 문생인 염정수 역시 이러한 사군자처럼 질서정연하면서도 조리 있는 삶의 자세를 지니도록 설교하고 있다. 매우 미세한 것의 분석으로부터 시작하여 성리학의 근간인 이기를 설명하면서 사군자의 자세가 어떠해야 하는지 치밀하게 논의를 전개하고 있다. 고려 전기의 기려(綺麗)와 달리 고문의 방식을 사용하고 있고, 고려 중기의 질박과는 다른 미세한 것을 분석하여 정밀하게 논의를 전개하고 있다.

이 외에 그의 많은 기문과 도은(陶隱) 이숭인(李崇仁)·양촌(陽村) 권근(權近) 등의 글에서도 이러한 경향을 읽을 수 있다.

신흥사대부들은 권문세족과 대결을 승리로 이끌기 위해서는 이론적으로 무장하지 않을 수 없었다. 이러한 상황이 글쓰기에 있어 문학적 형상화는 상대적으로 부족할 수 있지만 논리적으로 정밀해졌고, 또한 성리학에 대한 공부를 통해 심성론에 대한 이해가 깊어지면서 이전의 글쓰기와는 달리 치밀하면서 정밀해질 수 있었던 것이다. 그리고 고려 전기의 글은 공용적 기능이 강했는데 반해 후기로 오면서 개인의식이

---

58) 李穡, 『牧隱文藁』 권2, 「萱庭記」, 15쪽 b. "士君子 少也讀書而格物 則天下之事理致其明 壯也事君而理物 則天下之事理歸于平 蕩蕩也何累於吾氣 愉愉也何傷於吾心 怡然理順 渙然氷釋 夫豈有一毫之齟齬於其間哉"

드러나는 글이 많아졌고, 서사 중심에서 의론 중심으로 서서히 변화가 일어나는데, 이러한 변화 역시 정밀한 글쓰기를 할 수 있었던 배경이 되었던 것이다.

V. 결론

이 글은 한국산문문학에 대한 관심 속에서 한국한문학의 미학적 접근의 일환으로 작성된 것으로, 무신란 이전까지를 전기, 무신란을 전후한 시기를 중기, 무신란 이후 고려의 멸망까지를 후기로 나누어 고려 산문의 미의식에 관해 고찰한 것이다.

고려 전기는 나말(羅末)의 문풍을 그대로 이어받다가, 광종의 과거제도, 성종의 숭문정책, 예종과 인종 등 호문주(好文主) 등의 요인으로 내용보다는 꾸밈에 치중하여 화려함을 보여주는 섬려미(纖麗美)가 뛰어났다. 엄격한 4, 6의 자수와 대우의 구사, 평측의 강구, 비현실적 이야기 등으로 이루어진 정교적·의례적인 글에서 기려미(綺麗美)를 발견할 수 있으며, 기문 중에는 이예(李預)의 「삼각산중수승가굴기(三角山重修僧伽崛記)」가 가장 대표적이라 할 수 있다.

고려 전기 섬려(纖麗)가 지나쳐 유미적(唯美的) 형식주의로 치닫자, 변려문에 대한 폐단을 비판하고 고문에 대한 관심을 가지기 시작하였다. 고려 전기 문벌귀족의 몰락과 고려 중기 신진사인의 등장으로 무신란 전후에 이르면 이전에 일기 시작한 고문에 대한 바람이 거세지고, 고문가들도 산문사에 등장하기 시작한다. 고려 중기는 화려한 섬려미가 아니라 꾸밈없이 작자의 생각을 평이하게 전달하는 질박미를 추구하게 된 것이다. 임춘(林椿)·이규보(李奎報) 등의 작가에게서 이러한 경향을 읽을 수 있다.

고려 후기 신흥사대부는 지방 중소 지주로서 그리고 일부 신진 관료로서 자기네의 정치적·사회적 세력을 향상시키기 위해서는 대장원주이며 중앙 권력층인 세신거실(世臣巨室)들과의 이해의 대립에서 승리의 방향을 쟁취하지 않으면 안 되었다. 그래서 새로운 이데올로기로서 성리학을 강력히 내세웠다. 성리에 대한 공부가 깊어지면서 정치한 논리를 전개하다 보니, 고려 후기 이전에 볼 수 없었던 내면적으로 미세한 것을 분석하여 치밀하게 논의를 전개하는 정밀한 글쓰기가 이루어진 것이다. 이색(李穡)을 비롯해 권근(權近), 이숭인(李崇仁) 등의 글에서 이러한 경향이 나타난다.

고려 시대 산문의 미의식을 적확하게 개념화시키는 것은 매우 지난(至難)한 일이다. 하지만 이러한 일련의 작업을 통해 산문이 지니고 있는 미적 특징을 발굴하고, 다양한 방법을 통해 검증하는 작업이 이루어져야 할 것이다. 그렇게 되면 한문학이 지니고 있는 총체적인 미를 그려낼 수 있을 것이라 사료된다.

참고문헌

『高麗史』, 아세아문화사, 1990.

『周易』, 대동문화연구원, 1984.

金澤榮, 『韶濩堂文集定本』. 아세아문화사, 1978.

徐居正, 『東文選』, 민족문화간행회, 1994.

徐居正, 『四佳集』, 『韓國文集叢刊』 11.

徐居正, 『東人詩話』, 집문당, 1998.

李穀, 『稼亭集』, 『韓國文集叢刊』 3.

李奎報, 『東國李相國集』, 『韓國文集叢刊』 2.

李穡, 『牧隱集』, 『韓國文集叢刊』 3·4·5.

李崇仁, 『陶隱集』, 『韓國文集叢刊』 6.

李齊賢, 『益齋亂藁』, 『韓國文集叢刊』 2.

林椿, 『西河集』, 『韓國文集叢刊』 1.

崔滋, 『補閑集』, 아세아문화사, 1972.

김근호, 「太極」, 『조선유학의 개념들』, 예문서원, 2003.

琴章泰, 「牧隱 李穡의 儒學思想」, 『牧隱 李穡의 生涯와 思想』, 일조각, 1996.

金鐘聲, 「韓愈의 書信體 散文 연구」, 『中國語文論叢』 제17집, 중국어문연구회, 1999.

박성규, 「林椿의 文體 改革」, 『고려후기 사대부문학연구』, 고려대출판부, 2003.

원주용, 『목은 이색 산문 연구』, 한국학술정보, 2008.

이기동, 『동양 삼국의 주자학』, 정용선 옮김, 성균관대출판부, 2003.

이병혁, 「韓國科文硏究」, 『동양학』 16집, 동양학연구소, 1986.

이우성, 「고려중기의 民族敍事詩」, 『한국의 역사상』 上, 창작과비평사, 1992.

_____, 「韓國儒敎에 관한 斷章」, 『한국의 역사상』, 창작과비평사, 1983.

장원철, 「한문산문에서의 미학적 특성」, 『한국한문학과 미학』, 태학사, 2003.

허권수, 「고려후기 성리학과 한문학의 교섭양상」, 『한문학보』 13집, 우리한문학회, 2005.

16세기 호남시의 미의식

- 의경의 아름다움 -

김종서

I. 머리말

시는 시인 자신의 외부환경의 반사인 동시에 그의 모든 의식의 표현이다. 그러므로 시인 자아 밖의 자연과 외경뿐만 아니라 사건과 행동까지 포함된 모두 외부조건과 정서, 사상, 기억, 감동, 환상까지 포함한 시인 내부의 심적 작용을 적합한 언어의 탐색을 통해 드러낼 때 좋은 시라고 할 수 있다. 우리 문학사에서 당시(唐詩) 특히 성당시(盛唐詩)를 모범으로 삼는 것은 이러한 시의 총체적 여건이 충분히 드러나 있어서 작가나 독자에게 예술적 심미의식을 주기 때문이다.[1]

---

1) 吳戰壘 저·유병례 역(2003), 280~281쪽 참조. 사실이나 도리를 설명하고 밝히는 '해석성 언어'가 아니라 문학저작은 느낄 수 있는 예술 형상을 창조하기 위해 '묘사성 언어'를 사용한다. 이 그려내는 언어표현은 정확하지도 않고 그 의미 역시 고정되어 있지 않다. 의미의 불확실성을 받아들이는 데 다소 귀찮긴 하지만, 독자들의 지적 경험과 상상력을 발동시켜 문학작품의 재창조에 적극 참여하게 만든다. 의미의 불확실성은

16세기의 우리 시사를 보면 송시 특히 강서시풍(江西詩風)이 문단의 주류를 형성하다가, 중종·명종 시기를 기점으로 점차 변화하여 선조·광해 연간에 이르러 당시풍의 유행이 시단의 주된 흐름으로 나타난다. 그 중심에 호남시단(湖南詩壇)이 자리한다.2) '호남십걸(湖南十傑)'로 대표되는 호남의 시인들과 특히 삼당시인(三唐詩人)의 시사적 위상은 16후반 당시풍의 유행은 송시의 단점을 극복하고 주정적이고 낭만적인 시풍을 열었다는 점을 꼽아야 한다.3)

신라 말엽과 고려 초기는 만당풍이 유행하였으며, 고려 중엽에 이르러 소식(蘇軾)의 시풍을 전적으로 학습하였고, 조선조 초엽까지 소식과 황정견의 시풍을 을 중시한 송시풍이 여전히 유행했다4) 16세기 당시풍으로 시풍의 주류가 전환되면서 허균(許筠), 이수광(李睟光) 등은 당시의 우수성을 옹호하고 송시의 폐단을 이론적으로 지적하였다.5) 이러한 학당 풍0조로 전환하게 된데 대해서는 과다한 용사의 사용과 모방을 강조

또한 다의성을 지칭하는 것으로 시가 어휘의 다의성은 시의 의미를 넓혀주고 독자들에게 다원적인 해석의 가능성을 제공해 준다. 이런 수법을 잘 형상화하여 고도의 미감을 형성하고 있는 것이 당시이다.

2) 李睟光,『芝峯類說』권14, 文章部 7,「試藝」."頃世詩人多出於湖南, 如朴訥齋祥, 林石川億齡, 林錦湖亨秀, 金河西麟厚, 梁松川應鼎, 朴思菴淳, 崔孤竹慶昌, 白玉峯光勳, 林白湖悌, 高苔軒敬命, 表表者也."

3) 당송시의 논쟁은 안대회(2000), 41~50쪽 참조.

4) 金宗直,「靑丘風雅序」."得吾東人詩而讀之, 其格律無慮三變. 羅季及麗初, 專襲晚唐. 麗之中葉, 專學東坡. 殆其叔世, 益齋諸公, 稍變舊習, 裁以雅正. 以迄于盛朝之文明, 猶循其軌徹焉."

5) 許筠,「鶴山樵談」."本朝人, 文則三蘇, 詩學黃陳, 故卑野無取."許筠,「惺所覆瓿藁」四卷, 文部一,「宋五家詩鈔序」."詩至於宋, 可謂亡矣. (中略) 指近趣遠, 不涉理路, 不樂言筌爲最上乘, 唐人之詩, 往往近之矣. 宋代作者, 不爲不小, 俱好盡意, 而務引事, 此以險韻窘押, 自傷其格."李睟光,『芝峯類說』卷九, 文章部 二,「詩」."唐人作詩, 專主意興, 故用事不多. 宋人作詩, 專尚用事, 而意興則少. 至於蘇黃, 又多用佛語, 務爲新奇, 未知於詩格如何. 近世此弊益甚, 一篇之中, 用事過半, 與剽竊古人句語者, 相去無幾矣."

되면서 형식성에 경도된 송시의 풍조가 정감에 근거하는 시의 본령을 잃게 되었다는 것을 반성한 결과로 나왔다. 새로운 시를 써야한다고 주장하는 시인들이 나타나 새로운 경향의 시작을 실천하고, 동시에 그 움직임에 조용히 동조하는 시인들이 나타날 때 시풍이 변화한다. 그런 의미에서 16세기의 호남시인과 그 중 특이한 성취를 보인 삼당시인은 우리 한시사의 하나의 분수령을 이루었다.6)

16세기 호남시의 새로운 경향은 당시풍의 습득과 그 미적 성취에 밀접한 관련이 있다. 삼당파를 비롯한 호남시인들의 등장은 송시풍을 당시풍으로 전환시켜 우리 한시사의 분기점을 이룩했다는 평가에 대한 이면적 의미의 탐색에 목표를 두어야 한다.7) 본 논문에서 논의하고자 하는 호남시단 대상은 인적, 시간적, 공간적 범주로 구분한다. 인적 범주는 호남 출신을 바탕으로8) 시간적으로는 16세기를 대상으로 하며 임진왜란이 일어나는 1592년 이전을 주된 범주로 삼는다. 이 기간이 호남의 시인들의 시가 고도의 성취를 이룬 시기이기 때문이다. 공간적 범주로는 호남지방의 흥취를 구현한 시 뿐 만아니라 인적 범주에 드는 시인들이 시사를 맺어 수창한 호남 이외의 공간까지도 호남시단의 활동 범주에 둔다.9)

특히 최경창 백광훈 이달을 명명하는 '삼당시인'이라는 명칭에는 그 작품의 성격과 미적 성취가 당풍적 특질을 집약하였다는 평가를 한 것이

---

6) 호남시단과 삼당시인이 이룩한 당시풍의 모습은 김종서(2003a), 참조.
7) 16세기 호남의 문화와 문예적 배경 및 시단 형성은 김종서(2007), 120~129쪽 참조.
8) 호남 출신은 아니라 하더라도 호남의 학적 또는 문화적 영향을 받은 시인들을 대상으로 한다. 이달은 고향이 홍주지만 박순의 영향을 입어 최경창, 백광훈과 함께 교유하였고 삼당시인으로 일컬어지므로 호남시인의 범주에 두었다. 호남 시인들의 개별 논문들에 대한 자료는 김종서(2003a) 참고문헌을 참조할 것.
9) 김종서(2003b)에서 林祥 - 林億齡, 宋純, 鄭萬鍾, 林亨秀, 金麟厚, 梁彭孫 - 朴淳, 梁應鼎, 李後白 - 鄭澈, 白光勳, 崔慶昌, 金成遠, 高敬命, 林悌로 이어지는 박상 계열을 호남 문학의 주류로 설정하였다.

다. 그러므로 삼당시는 당시풍으로서의 특질이 잘 발휘되어 그들의 시가
예술적 미적으로 성공했다는 바탕 아래서 이해되어야 할 것이다. 본 논
문은 성당 시인들의 미적 성취와, 16세기 호남시 특히 삼당시인의 시를
비교하여 그 의경의 형상화 방법과 아름다움을 대비해 살핀다. 이를 모
습을 통해 우리 선인들의 성취한 미의식이 어떤 것이었는가를 확인할
수 있을 것이다.

Ⅱ. 진솔한 정감의 자연스런 표출

1. 자연스런 흥취

시의 본질은 감정의 진실성을 발현하는 데 있다. 시에 구현된 정감이
순박한 인간 본연의 순수한 심성을 보존하고 있어야 미감을 형성한다.
그래서 좋은 시를 읽으면 순박하고 깨끗한 본성을 발견할 수 있는 것이
다. 참된 감정에서 우러나온 시는 사연스러우면서도 억지로 꾸민 흔적이
없기에 순박하고 천진한 아름다움을 지니고 있다. 이런 시를 이룰 수
있는 것은 작가의 참된 감정이 순수한 정신의 여과를 거친 것이기 때문
이다. 이런 미감이 발현되었기에 좋은 시를 쓰고자 할 때는 당시에서
그 예술적 경계와 미적 표현을 학습하게 된다.

호남의 시인들은 자연스런 시를 추구하였다. 그들은 저마다 시인으로
서 천재적 재능을 갖추고 있었고, 또한 학습을 통해 전공하고 연마하여
자연스런 시를 창조해 내었다.[10] 그들 시가 자연스러운 것은 인간 정감

---

10) 李廷龜, 「玉峯集序」(白光勳, 『玉峯集』). "句法精鍊, 音調響亮, 中律度, 讀之, 鏘然爲
    金石聲, 其所謂正其趨向, 而得聲之精者也.", 許筠, 『惺叟詩話』, "二家詩(李達·崔慶
    昌), 余選入於詩刪者, 各數十篇, 音節可入正音, 而其外不耐雷同也. 孤竹詩, 篇篇皆佳,

과 자연의 경물이 만나 이룬 경계가 맑고, 시인의 내면 정감을 쉬운 언어로 담박하게 표현하면서도 함축하고 있는 내용이 풍부하여 무한한 여운을 주기 때문이다.[11] 이는 형식미를 과도하게 추구한 결과로 나타난 강서시파의 시적 폐단을 극복하려는 방안으로, 가장 좋은 시의 모형을 바로 당시에 두고 그 학습을 통해 그 미적 성취를 탐구한 결과였다.[12]

시가 자연스럽다는 것은 시의 정서가 이성의 단련과 여과를 거치면서 그 찌꺼기를 걸러 내어 더욱 순수하게 정제된 상태를 의미한다. 시의 단련은 심미적으로 정감의 질량을 조절하여, 그 영향력을 증대시키고 아울러 감정과 대상에 맞는 언어를 사용하여 감정을 정형화시키는 것이다. 그리고 이것을 다시 창작 주체의 대상으로 변화시켜 음영(吟詠)과 관조를 진행하여 하나의 경계를 형성하고, 독자로 하여금 다시 그 경계를 느껴 보게 만든 것이다. 이것은 감정의 예술 가공 과정이며, 또한 마음속 정감이 문자화된 시로 변화하는 과정이기도 하다.[13]

사영운(謝靈運)의 「등지상루(登池上樓)」에 "연못에는 봄풀이 돋아나오고[池塘生春草]"라는 구절은 자연스럽고 담박하기 그지없다. 이 구절이

必鍊琢之, 無歉於心然後, 乃出故耳.", 許筠, 「蓀谷山人傳」, "凡五年, 怳然若有悟, 試發之詩, 則語甚淸切, 一洗舊日態. 卽倣諸家體而作長短篇, 及律絕, 句鍛字鍊, 聲揣律摩, 有不當於度, 則月竄而歲改之. 凡著十餘篇, 乃出而咏之諸公間, 諸公嗟異之. 崔·白皆以爲不可及, 而霽峯·荷谷, 一代名爲詩者, 皆推以爲盛唐."

11) 김종서(2005a) 참조.

12) 허균의 「蓀谷山人傳」에는 朴淳의 계도를 받은 이달이 송시풍의 시를 버리고 당시를 수학하게 된 계기와 당시의 학습에 매진하는 과정이 나타나 있다. 여기에서 당시학습 방법과 주로 공부하였던 교재의 목록을 살필 수 있다. 許筠, 「蓀谷山人傳」, "達方法蘇長公, 得其髓, 一操筆, 輒寫數百篇, 皆穠贍可詠. 一日, 思庵相公, 謂達曰, '詩道, 當以魏唐爲正, 子瞻雖豪放, 已落第二義也.' 遂抽架上太白樂府歌吟, 王·孟近體, 以示之, 達矍然 知正法之在是. 遂盡捐故學, 歸舊所隱蓀谷之庄, 取文選, 及太白盛唐十二家·劉隨州·韋左史, 暨伯謙唐音, 伏而誦之, 夜以繼晷, 膝不離坐席."

13) 吳戰壘 저·유병례 역(2003), 33쪽 참조.

당시의 지평을 열었다고 알려진 것은, 정과 경이 감응하는 과정에 자구를 다듬고 조탁하는데만 있는 것이 아니라 진실하게 정서를 자연스럽게 드러내었기에 다듬은 흔적이 없는 당시 미의식의 시원이 되기 때문이다.14) 이 구절은 봄날에 새롭게 느꼈던 신선하고 선명한 정감을 묘사하였고, 시구의 구성도 또한 사언스럽다. 시인은 마음 속 깊숙한 곳으로부터 봄에 대한 놀라움과 기쁨에 환호하면서 자신의 병든 몸도 생동하는 만물과 함께 소생하리라는 것을 예감한다. 이러한 시구는 마음속 깊은 곳에서 흘러나온 것이지 결코 인위적으로 지어낸 것이 아니다. 그러기에 쪼고 다듬는 수식의 극진한 경지에 이르렀기에 다시 자연스럽게 된 것 같았다는 평을 받는다.15)

　당시는 정감을 재료로 하여 비흥(比興)의 기법과 영묘(影描)의 기법을 통해 미감을 생산한다. 송시의 기법이 직서적인 부(賦)에 치우치고 포진(鋪陳)에 중점을 두어서 논리적 문장과 같아 시인의 정감을 드러내놓고 설명16)해 버렸기에 정서적 미감을 전달하기엔 부족하다. 엄우(嚴羽)가 말한 송시 비판과 당시 옹호의 논리는 탁월한 시사를 준다. 그는 표현하고자 하는 내적 정서가 언어 속에 매몰되어 형식화 하는 것을 경계하고,

---

14) 吳戰壘 저·유병례 역(2003), 229쪽 참조. 陶淵明의 많은 시가 진실 되고 자연스러웠다. 이런 미의식을 성당의 두보와 이백, 왕유의 시에서도 또한 구현하려한 모습이었다. 도연명의 시풍을 평한 '맑은 물 속에 핀 연꽃[淸水出芙蓉]'은 자연미에 경도된 심미적 취향 역시 참된 감정을 긍정하고 인간의 참된 심령을 적극 지지한 데서 나왔다고 할 수 있다.

15) 王世貞, 「書謝靈運集後」. "余始讀謝靈運詩, 初甚不能入. 旣入而漸愛之, 以至於不能釋手. 其體雖或近排, 而其意有似合掌者. 然至濃麗之極, 而反若平淡, 琢磨之極, 而更似天然, 則非余子所可及也."

16) 申景濬, 『旅庵遺稿』, 卷八, 「詩則」. "唐人喜述光景, 故其詩多影描, 宋人喜立議論, 故其詩多鋪陳. 大抵述光景, 出於國風之餘, 而頗少眞厚之味, 立議論, 出於兩雅之餘, 而全露勘斷之跡, 俱未始不出於三百篇之餘, 而其視三百篇, 亦遠矣. 世之人, 皆以爲唐人以詩爲詩, 宋人以文爲詩, 唐固勝於宋, 宋固遜於唐. 此以唐詩多影描, 宋詩多鋪陳故也."

미감으로 변화시키는 방법으로 흥취(興趣)를 제시하여, 이로(理路)를 거치지 않고 언어의 통발에 빠지지 않는 것이 좋은 시라고 하였다. 개념의 유희에 빠지지 않고, 전고 사용에 골몰하여 시어를 조정하는 데에 전념하지 말고, 시가 가진 본래의 정감 즉 "시는 타고난 마음을 읊조리는 것[詩者吟詠情性也]"을 강조한다.

정감이 진실하다고만 해서 시가 되는 것이 아니라 언어를 통해 형상화되어야 한다. "영양(羚羊)이 뿔을 걸고 자는 것처럼 흔적이 없다"라는 형상적 비유는 성당시인이 추구한 흥취의 미의식을 의미한다. '정취(情趣)'와 '취미(趣味)'의 뜻이 있는 '흥취'는 외물의 형상을 빌려 시인 내심의 심미 정취를 촉발하여 심미 흥취를 구성한다.[17] 이런 시의 심미의식은 정감이 형상 속에 완전히 융합되어야 하며, 유형의 형상[景] 속에 무형의 정감을 조화시킬 때 나오는 것이다. 이는 형상 속에 내포되어 있는 정감으로 형성된 경계라 할 수 있다. 엄우는 이러한 경계는 바라볼 수는 있되 눈앞에 가져다 놓을 수는 없으므로 공중의 소리요, 상중의 빛깔이며 물에 비친 달 같고 거울에 비친 모습 같은 것이라고 한다. 이는 성당시가 본질적인 정서와 형식적인 표현이 조화된 미적 성취를 적시한 것이다. 표면적으로 그림이나 영상처럼 시각적으로 인식되면서 내면적으로는 정서가 함축되어 있어 말 밖의 뜻[言外之意]을 전달하는 효과를 나타낸다.[18]

---

17) 羅立乾, 『鍾嶸詩歌美學』, 58쪽. "「集韻」, '興者, 象也.' 至于這個概念中的趣, 則當是情趣和趣味之義. 所以興趣作爲詩學槪念, 實在包含着兩個相互關聯的含義. 旣持外物形象, 觸發詩人內心審美情趣, 而構成的審美興趣, 又指這種審美興象所具有的美感趣味, 也就是鍾嶸所說的美感滋味."(李宇正, 「嚴羽詩論硏究」, 연세대학교 중어중문학과 박사학위논문, 257쪽 재인용.)

18) 嚴羽, 『滄浪詩話』, 「詩辨」. (郭紹虞 편저) "夫詩有別材, 非關書也. 詩有別趣, 非關理也. 然非多讀書, 多窮理, 則不能極其至.[『詩人玉屑』에 '而古人未嘗不讀書, 不窮理'로

엄우가 말한 당시의 이런 모습은 바로 흥취를 담고 있는 의경이 자연
스럽게 형성된 시세계를 가리킨다.[19] 이러한 의경은 현실 생활의 구체
적인 감성을 포괄하는 동시에 예술적 정취를 담고 있다. 의경이란 시에
있어서 내적 정서와 외적 경상(景象)에서 융화된 우주나 인생에 대한 시
인의 느낌, 체험, 깨달음의 총체를 말하는 것이다. 이렇게 완성된 시는
독자에게 감동을 주며 한번 노래함에 세 번 탄식하게 하는 시가 된다는
것이다.

옥계단엔 흰 이슬이 맺혀지더니	玉階生白露
밤이 깊자 비단 버선 스며들기에	夜久侵羅襪
수정으로 만든 주렴 내리고 나서	却下水晶簾
영롱한 가을 달을 바라다본다.	玲瓏望秋月

– 이백, 「옥계단의 원망[玉階怨]」

'옥계원'이란 임금의 총애를 잃은 궁녀의 원한을 주제로 한 고악부의
제명을 빈 것이다. 이 시에는 주인공의 내면 정감을 언급한 것은 한 자도
없다. 그러나 묘사된 형상 자체의 사소한 부분이, 보이지 않는 상외의
세계를 지향하였기에 독자는 자신의 경험으로 보충하고 상상력을 발휘

되어 있다.] 所謂不涉理路, 不落言筌者, 上也. 詩者, 吟詠情性也. 盛唐諸人惟在興趣.
羚羊掛角, 無迹可求. 故其妙處瑩徹玲瓏, 不可湊泊, 如空中之音, 相中之色, 水中之月,
鏡中之象. 言有盡而意無窮. 近代諸公作奇特解會, 遂以文字爲詩, 以才學爲詩,以議論爲
詩,[『詩人玉屑』에 '以議論爲詩, 以才學爲詩, 以是爲詩.'로 되어 있다.] 夫豈不工, 終非
古人之詩也. 盖于一唱三嘆之音有所歉焉.'

19) 원행패 저·강미순 등 공역(1990), 47쪽 참조. 의경은 보통 작가의 主觀情意와 客觀
物景이 상호 융합되어 형성된 예술경계를 말한 것으로 시인의 주관적 감정, 사상, 의
취, 이상과 같은 '意'와 외계의 객관적인 경상, 사물에 해당하는 '景'을 포괄하는 말이
다. 작가로서의 의경은 주관적인 情, 意와 객관적인 物, 景의 유기적인 통일을 말하며
독자로서의 의경은 景象에 대한 체험을 통하여 사색하여 느낀 심오한 의미다.

하여 짐작하고 음미하게 한다. 어느 한 글자도 원망을 말하지 않았으나 은근한 원망의 뜻이 글자 바깥에 넘쳐난다. 표면상 맑고 밝은 시어들로만 구성되어 있고 차갑고 투명한 이미지마저 더해져 아리땁고 고운 여인상만이 부각되어 나타날 뿐 원망의 심사는 비쳐지지 않는다. 밤마다 기다림에 지친 원망은 언외에 부치고 전혀 내색하지 않는 냉염(冷艶)한 지성마저 엿보이게 한다.

기, 승구는 야경을 묘사하여 '나말(羅襪)'을 통해 경치 가운데 사람이 있음을 나타내고, '생(生)'과 '침(侵)'은 시간의 경과를 암시한다. '옥계(玉階)'·'백로(白露)'라는 경물 환경을 통하여 가을바람 부는 속에 찬이슬을 무릅쓰고 뜰 앞의 돌계단 위에 오래도록 서 있는 사람의 모습을 보여주어 여러 방면에서 연상을 전개해 나갈 수 있도록 유도하였다. 전, 결구는 '하(下)', '망(望)'이란 두 동작만으로 인물의 행동을 묘사만 할 뿐 그 여인의 심정을 묘사하지 않았다. 주렴을 내린다는 것은 밤이 너무 깊어 기다림에 이미 희망이 없음을 암시하며, 가을 달을 바라봄은 외로운 정을 풀기 어렵고 잠도 이룰 수 없어, 다만 달을 빌어 위안거리로 삼을 따름이다. 이같이 달을 바라보는 정경에는 수많은 추억과 그리워하는 마음이 언외에 담겨 있다.

> 오색실이 꿰인 바늘 수틀에다 놓아둔 채　　　　　五色絲針倦繡窠
> 옥계단엔 석류꽃이 막 새롭게 피었는데　　　　　玉階新發石榴花
> 하얀 평상 찬 대자리 아무 일도 할 게 없고　　　銀床氷簟無餘事
> 하루 종일 앞 정원엔 나비들만 많이 나네.　　　　盡日南園蛺蝶多
> ─ 이달(李達), 『손곡시집』, 칠언절구, 「평조사시사(平調四時詞)·하(夏)」

이달이 중국의 평조를 모의해서 귀족 여인의 사시 생활의 흥을 읊은 시이다. 시의 정감적 질량이 격정적이거나 둔하지 않고 여인의 행태가 그 심경에 맞게 곱게 조절되었다. 실재 사물을 묘사하면서 여인의 내면 심경이 맑고 정갈한 상태에 있음을 추정할 수 있도록 형상화하였다.

기 승구는 여름날 규방의 안과 밖의 양태를 상상할 수 있도록 화면을 시각적으로 배치하고 있다. 네모난 모양의 수틀, 수를 놓다 중단한 채 오색실이 바늘이 매어져 있다. 창 바깥 옥계단에는 석류꽃이 막 빨간 꽃 봉우리를 피어내고 있다. 시각적인 풍경이다. 전, 결구는 규방 아가씨의 한가하고 걱정 없는 심사를 풍경을 통해 그려 상상할 수 있도록 화면으로 나타내었다. 아가씨가 앉았을 하얀 평상과 시원한 대나무 자리가 있고, 하루 종일 앞 정원에 핀 꽃을 찾아드는 분주한 나비만 떼를 지어 날고 있다. 한 폭의 여름 그림을 그렸는데 그 속에 살아가는 여인의 한가한 심사가 말 밖에 여운으로 남는다.

여인이 한가롭고 조용해서 무료하기까지 한 여름날에 여인의 심리 상태를 간접적 정황묘사를 통해 추정하도록 만들었다. 실제로는 여인의 모습을 그리지는 않았다. 다만 여름 경물들을 포착해 내고 있을 뿐이다. 여인이 행했을 흔적과 여인이 보았을 집 주변의 풍경만을 스케치하듯 그려냈을 뿐인데 독자로 하여금 오히려 여인의 정갈하고 한가한 심경을 느낄 수 있도록 시를 구상하였다. 작품의 구상이 치밀하고 함축적이며 경물 속에 정감이 내재되어 있어 여운을 남기고 있다.

정이라는 것은 경속에 가만히 미묘하게 내재되어 있어야 평면적인 경물을 입체적으로 인식되게 한다. 그러므로 경을 어떻게 펼쳐내는가에 따라 작가가 담아놓은 다양한 정감의 상태를 연상을 통해 형상적으로 감지해야 인식할 수 있는 것이다. 이는 한시가 이룩한 특이한 미감을 형상화하는 기법으로, 시를 시각화 시켜 그림처럼 형상화되어야 내용인 정감이 연상될 수 있게 되고, 그 형상 속에 정감을 내재시켜야 감동을 줄 수 있게 되어 시에 감흥의 소리를 울려낼 수 있으며 끝나지 않는 여운을 확보할 수 있는 것이다.

2. 서정성의 발현

경과 정을 아울러 갖추려는 것이 한시의 미학이다. 이는 소식이 왕유 (王維)를 두고 평한 '시 속에 그림이 있고, 그림 속에 시가 있다[詩中有畵 畵中有詩]'의 경지를 의미한다. 한시는 대체로 정감을 펴는 문학이므로 정을 펼쳐 보이기 위해 경물의 서술에 가장 힘을 쏟는다. 정이란 시각적 으로 보이지 않는 감정의 소리이므로 근본적으로 음악성을 띤다. 음악은 시각으로 그려낼 수 있는 것이 아니라 노래로 불러내는 것이다.

시의 서정성의 발현은 형식상의 운율화와 관련이 있다. 시에 운율이 있는 까닭은, 감정을 바탕으로 경물과 공명할 때 필요하기 때문이다. 사물에 대응하는 감정의 발전과 변화는 일정한 리듬이 있게 마련이라 시는 애초부터 음악과 자연스런 연관을 맺고 있다.[20] 음악은 자연스럽 게 감정을 유발시키고, 감정도 자연스럽게 음악을 환기키며 상호간에 미묘하게 감응하고 공명하는 관계를 지닌다. 운율이 시의 형식이 되고 정감의 부호가 되는 것은 이런 관계 때문이다. 시는 이미지가 몽롱하고 감정이 매우 함축적이기에 운율을 통하여야 대체적으로 정감의 의향을 정확하게 파악할 수 있다.

시의 내면이 명료하지 못하게 표현되었다고 해도 바로 시를 읊으면 서 느끼는 감정이 이미 운율의 형식을 통해서 나오기에 그 시의 아름 다움을 엿볼 수 있다. 이는 시가 언어예술일 뿐 아니라 시를 생성시키 는 인간의 감정의 바탕이 이미 음악성을 지니고 있음을 내포한다. 음

---

20)『詩經』,「詩大序」. "詩者, 志之所之也, 在心爲志, 發言爲詩. 情動於中而形於言, 言之 不足, 故嗟歎之, 嗟歎之不足, 故永歌之, 永歌之不足, 不知手之舞之足之蹈之也. 情發於 聲, 聲成文, 謂之音."

악성은『시경』과 악부시의 전통을 이어받은 당시에서 미적 경지를 이루었다. 조선에서 송시풍에 대한 반발로 당풍이 흥기한 것도 내적 정서를 표현하는데 소리를 통해 울려 내는 음악적 자유에서 미의식을 느끼려는 각성에서 오는 시인식의 전환 때문이다. 그래서 양 경우(梁慶愚)는『제호시화(霽湖詩話)』에서 당송시의 구별은 격률과 음향(音響)에 달려 있다고 하였다.21) 이는 당풍의 특징을 음악성에 두고 있음을 잘 말한 것이다.

악부시는 근본적으로 노래이다. 민요에 바탕한 악부시는 특히 가락과 소리를 중시한 것으로 형식미에 경도된 시의 경직성을 극복하고 음영성을 강화하여 시 본연의 서정성을 확보하려는 대안이었다. 16세기 호남시단의 시인들이 당풍을 추구하면서 그 학시의 요결이 바로 악부시에 있음을 분명히 인식했다. 조선 중엽에 당풍이 유행하면서 음영성을 중시하였기에 호남시인들은 율시보다는 절구를 선호하였고, 특히 칠언절구 악부시를 많이 창작하였다. 특히 궁원류(宮怨類)나 죽지사류(竹枝詞類) 등의 작품들이 모의되어 생산되었고 여성화사의 목소리를 빌린 의고풍의 시들이 창작되었다.22)『악부신성』에 수록된 작품을 통해 다양한 악부시가 널리 실험했음이 최경창, 백광훈, 이달, 임제, 이수광을 통해 확대되었음을 알 수 있다.23)

---

21) 梁慶愚,『霽湖詩話』. "唐宋之辨, 在於格律音響間."

22) 김대현(2002)은 李後白의 시의 특징을 회화적 형상화를 개척한 점과 여성의 전면적 등장이라고 하였다. 여성의 등장이야말로 호남문학의 주요한 특질을 보여주는 성과로 최경창이나 백광훈의 시에 잘 이어져 발전하였다고 하였다. 김종서(2009)는 이달의 악부시 수용 양상을 살폈다. 이달을 비롯한 삼당시인들이 악부시를 모의했다는 측면에서는 감정의 진실성이 떨어지지만 시어의 굴곡과 배치, 함축 등을 통해 시를 조탁해 냄으로써 시적 형상성은 매우 뛰어나다. 단순히 조탁을 넘어 자연스런 경지에 이르렀기에 당풍의 시인으로써 명성이 높아진 것이다.

23)『樂府新聲』에 대한 해제는 황위주(1989), 80쪽 참조. 155~166쪽 참조.

절구의 언어풍격은 정경이 핍진한데다가 자연스러운 가운데 여운이 있다. 편폭이 짧으므로 과다한 수식을 허용하지 않는다. 음악의 가사로 상용되기 때문에 괴벽하고 생경하게 쓸 수가 없다. 따라서 절구의 언어는 일반적으로 보다 선명하고 자연스러우므로 고의로 애매하게 쓰지 않고 지나치게 조탁하거나 수식하지도 않아, 실제적인 정감이나 경물이 보는 듯 완연하다. 그러므로 정감이 진실하도고 표현이 자연스러워 함축적이고 영묘적이어서 뛰어난 미감을 형성한다. 더욱이 시의 결미부분에서는 말이 다한 듯하면서도 여전히 수많은 말을 하지 않은 채 남겨 놓아 여운이 가늘게 이어져 실처럼 끊이지 않는 미의 향유를 사람들에게 줄 수 있다. 이런 점이 당나라 시인들이 즐겨 지은 시의 양식이었고, 호남시인들이 이런 절구에서 미의식을 느껴 수용하였던 것으로 보인다.

침상까지 비쳐드는 달빛을 보니	牀前看月光
아마도 땅 위의 서리 빛인가?	疑是地上霜
고개 들어 산 달을 올려다보고	舉頭望山月
고개 숙여 고향을 그리워하네.	低頭思故鄉

– 이백, 「고요한 밤의 그리움[靜夜思]」

절구의 구성방법은 일반적으로 전편의 중심을 하나의 초점에 모이게 하고, 그 밖의 재료로는 초점을 에워싸며 부각시켜 주변을 강조하는 식으로 이 초점을 돌출시킨다. 절구는 선경후정(先景後情)의 방식을 많이 사용되기에 이 초점의 위치는 통상적으로 시편의 후반부에 있다.

이백의 이 시는 고향을 그리는 정을 화자의 동작을 통해 함축하였다. 기구에서 침상 앞의 밝은 달빛에서 감흥을 일으키고 승구에서 희고 깨끗한 달빛의 경관을 그려냈다. 전구에서는 달빛으로 말미암아 고개를 드는 행위로 달을 바라보는 흥취를 불러내었고, 결구에서는 고개를 숙이는

것으로 다시 천리 밖 고향에서도 명월을 함께 하리라는 연상을 하게하여
아득히 멀리 떨어진 고향에 대한 그리움을 드러내었다. 주제를 깨우치게
하는 말은 단지 마지막 구뿐이다. 앞에서 고요한 밤의 모습을 겹겹으로
노출시키며 향수를 구불구불 끌어들이는 심리과정을 함축한 표현이 매
우 자연스럽다. 결구의 고개 숙이는 행위로 상념에 짖은 마음을 나타냈
다. 단지 고개를 들고 숙이는 단순한 행위를 묘사했지만 향수의 시름을
공감하게 한다.

삼월이라 광릉에는 산에 가득 꽃이 핀 채   三月廣陵花滿山
개인 강에 돌아갈 길 흰 구름 새 나 있는데   晴江歸路白雲間
배 안에서 돌아보며 가리키는 봉은사엔   舟中背指奉恩寺
소쩍새 몇 소리 속 스님은 문 닫으리.   蜀魄數聲僧掩關
                              – 최경창, 『고죽유고(孤竹遺稿)』,
                    「봉은사 스님의 시축에 쓰며[奉恩寺僧軸]」24)

　이 시는 네 수의 연작시 가운데 첫 번째 시이다. 기구와 승구에서는
이 시를 쓴 시점과 봉은사 주변의 아름다운 봄 풍경을 묘사하였다. 한강
가의 봉은사에 들러 스님을 만나고 그와 작별하면서 지은 작품이다. 전
체적으로 화평하면서도 사용된 시어들도 한결같이 곱고 맑은 표현들로
짜여 있고 시의 정감이 후반에 집중되어 여운을 준다.
　기구와 승구는 꽃이 핀 광릉과 한강을 배를 타고 가면서 바라보는 풍
경이다. 홍(紅)과 백(白)의 색채 대비가 화사함을 더하였고, 리듬이 매우
부드럽다. 소리와 가락이 잘 붙어있어 'ㄴ, ㄹ, ㅇ'의 유성음이 서로 연결

24) 문집에는 같은 제목의 네 수 중 첫째 수로 실려 있으며『국조시산』,『箕雅』,『大東詩
　　選』에는 「贈僧」으로 되어 있다.『詩評補遺』에는 轉句와 結句가 "船人遙指奉恩寺, 杜宇
　　一聲僧掩關."으로 되어 있다.

되어 낭송하면 통창하고 유려한 맛이 난다.

전구와 결구에서는 스님과 헤어지고 돌아 나오며 봉은사를 바라보면서 느끼는 정감을 형상화하였다. 결구의 소쩍새 울음소리는 시 내면 공간을 청정한 공간으로 만들고 있고, '승엄관(僧掩關)'은 시의 끝 부분을 의도적으로 세속과 격리된 공간으로 만들었다. 독자들에게 시적 여운을 남겨주기 위한 시 쓰기의 습관적인 표현이다. 배를 타고 뒤를 돌아보는 시인과 배웅하고 문을 닫고 돌아서는 스님의 모습이 절로 연상된다. 문 닫는 행위는 계절 변화에 관심 없다는 표현으로 감정의 변화가 없는 스님의 행태를 나타내 스님이 이룩한 수양의 경지와 인격을 언외로 나타내고 있다. 풍경과 상황 묘사에다 흥의 가락을 넣어서 자기 흥을 심화시켜 절 안 스님의 행태를 묘사해 유심(幽深)하면서 현실을 벗어난 경지를 함축해 흥의 범주를 확대하고 있다. 허균은 만당의 기풍이 있다[降涉晩李]고 지적하였다. 시상이 부드럽고 정감적이기에 만당이라고 평한 것이다. 이와 함께 풍경을 그려내면서도 음률이나 의경의 구사에 성공을 거두어 높게 평가할 수 있다.

16세기 당시풍 시 인식의 본질은 소리[聲·音]에 있다. 이 성(聲)은 인간 내면의 감정의 울림이다. 이 시기 시인들이 추구했던 것은 이른바 소리와 심기의 어울림인 성기지화(聲氣之和)이다.[25] 한시의 작자는 그 목소리가 각기 다르다. 그의 기질과 삶의 환경에 따라 소리가 달라지며, 작자는 그가 지은 작품의 배경과 심정 상황에 따라 작품의 소리를 달리 나타낸다. 목청과 음색, 소리의 질량이 감정에 따라 각기 다르기 때문이다. 시 본질로서의 소리는 운(韻)이며 내적 소리는 정감이다. 독자는 읊으면서 오는 직감에 따라 감동하는 것이다. 그러므로 내적 율격으로 시의

---

25) 송준호(2006), 40~41쪽 참조.

언어가 모국어의 입말 수준으로 읊고 노래될 때에나 파악할 수 있는 감정의 소리를 정음(正音)이라고 한 것으로 보인다.[26]

Ⅲ. 함축된 표현과 언외지의(言外之意)

좋은 시는 독자들에게 새로운 세계를 경험하거나 지나온 세계를 새로운 방법으로 경험하게 해준다. 그렇기 때문에 시는 그 삶의 총체적인 진실의 표현이며 확대이다. 시인은 시인 자신의 의식을 통해 반영된 외부와의 세계를 언어를 통해 미감을 구체화하고 있다. 시란 단순히 다른 세계를 살아있는 것같이 묘사할 뿐 아니라 그 깊은 의미를 탐색해야 된다. 시인은 내적 정서를 표현하기 위하여 구체적이거나 상상적인 경(景)을 그려낸다. 경만 묘사하고 정서가 함축되어 있지 않은 시는 묘한 운문은 될지 모르나 완전한 시라고 할 수 없다.

1. 함축된 표현

호남 시는 자연스러운 표현과 함축적 수사로 구현되었으며 다양한 의경을 형성하여 흥취를 담고 있어 말 밖에 넉넉한 여운을 남기고 있다. 다양한 함축의 기법을 사용하여 내적 밀도를 높이는 미적 수사를 하였고 언어 운용의 능숙도가 뛰어나다. 호남시인들 중 특히 삼당시인은 당시의 형상화 방법을 습득하여 한자를 우리말보다도 자유롭게 구사하여, 모국어적 자기화 경지로 끌어올려 운용함으로써 독특한 경지를 이룩하였다.

말하려는 정감을 시의 앞에 두고 배경을 뒤에 배치하는 경우, 시가

---

26) 호남시의 소리의 문제와 음영성은 김종서(2006)에서 다루었다.

정태화되며 대상을 바라보고 흥을 안으로 갈무리하는 의경을 형성하게
된다. 곧 흥을 함축시키며 내향화 하는 방법이다. 배경을 뒤에 배치하면
시 한 편이 그림이 될 가능성이 많으며 정감이 함축되어 여운이 길다.
단지 경물을 묘사할 뿐이나 정의(情意)가 저절로 드러난다. 시인이 그려
보이는 것은 그의 눈앞에 펼쳐진 경치나 대상에 대한 묘사일 뿐이다.
그러나 시인이 그리고 있는 그 대상 안에는 이미 시인의 희로애락의 정
감이 담겨져 있다. 경물의 묘사를 전, 결구에 놓게 되면 시적 주체의
감정을 극대화하면서 시상을 풀어버리는 것이 아니라 오히려 시상을 그
림으로 갈무리하여 정감을 함축하는 효과를 갖게 되어 형상의 밖에 긴
여운을 주는 효과를 지닌다.27)

벗님네는 서쪽으로 황학루를 떠나가서   故人西辭黃鶴樓
고운 꽃 핀 춘삼월에 양주로 내려가니   煙花三月下揚州
외론 돛배 먼 모습만 푸른 하늘 사라지곤   孤帆遠影碧空盡
하늘 끝에 흘러가는 장강물만 뵐뿐이네.   唯見長江天際流
　　　　　- 이백, 「황학루에서 광릉으로 가는 맹호연을 전송하며
　　　　　　　　　　　　　　　　　[黃鶴樓送孟浩然之廣陵]」

　이백 37세 무렵의 작으로 추측되는 송별시이다. 다만 경만을 읊었을
뿐 이별의 슬픔은 언급이 없다. 그러나 거기 창망의 정이 언외에 서리어
말은 끝났으나 이별의 정은 끝이 없다. 친구 맹호연은 배를 타고 광릉으
로 떠나고, 시인 이백은 황학루 난간에 기대어 가는 배를 아득히 전송하
고 있는 정황이다. 표연히 떠나가는 돛배의 모습은 사라지고 끝없이 흘
러가는 장강의 풍경이 펼쳐질 뿐이다. 하염없는 지켜보는 시인의 쓸쓸한

---

27) 김종서(2005d)에서 백광훈 시의 다양한 함축적 모습을 다루었다.

마음은 아득히 하늘 끝으로 흘러가고 있는 장강의 흐름과 일체화된 의경을 형성하여 정감이 끝없이 이어가고 있음을 느끼게 한다.

시인이 수많은 말들로 이루 다 서술할 수 없을 때에 이르면, 말없는 가운데에 독자 스스로 짐작하고 깨닫게 하는 데 의지하게 된다. 이러한 '뜻이 말의 바깥에 남아있다[意在言外]'의 표현방법은 독자들에게 사고하고 음미해 볼 광활한 여지를 남겨, 시가의 표면적인 글자에 제시된 것보다 훨씬 더 많은 인생의 감상을 얻을 수 있게 한다. 한시에서 대부분 선경후정(先景後情)의 방식으로 표현하지만 때로는 이런 선정후경(先情後景)의 표현은 절구의 체재가 직면한 '말은 간결하나 뜻은 포괄적[言簡意賅]'이어야 한다는 모순을 해결하여 정이 말 밖에 남아있어 긴 여운을 주는 효과가 있다.

> 가을 풀이 시들어진 고려 때 절에　　　　　　秋草前朝寺
> 헐은 비엔 학사의 글만 남았고　　　　　　　殘碑學士文
> 천년토록 흘러가는 물만 남은 채　　　　　　千年有流水
> 저물녘에 가는 구름 눈에 차누나.　　　　　　落日見歸雲
> 　　　－ 백광훈(白光勳), 『옥봉시집(玉峯詩集)』, 「홍경사(弘慶寺)」

이백의 앞 시와 의경이 비슷하다. 이 시는 경물만이 배치 묘사되었지만 시인의 쓸쓸한 나그네 심사가 여운으로 남는다. 풀 우거져 쓸쓸한 역원에 학사 최충(崔沖)이 썼던 비만 헐어진 채 글자만 일부 남아 있어 인간사의 무상함을 느끼게 한다. 천년 세월 동안 물은 끊임없이 흘러가고 지는 해에 돌아가는 구름만 눈에 가득하다. 자연의 유상함과 인생의 무상함이 대비적으로 나타나 있다. 허망하다 쓸쓸하다는 감정의 토로 없이 말 없는 가운데 풍광을 제시만 할 뿐이지만 형성된 의경에는 정감을 내재하고 있어 쓸쓸한 여운을 준다.

기구와 승구는 명사구로만 배치하였다. '우거져 있다', '남겨져 있다'라는 서술어를 생략 배치함으로써 상념에 마음이 끊기는 상태를 압축하여 표현하고 있을 뿐 아니라, 시상을 닫아서 분위기를 희미하게 처리하여 회고의 상념을 배가시키고 있다. 전구와 결구에선 흐르는 물을 천년의 유구한 세월에 비유하여 인간사의 허망함을 구체화시켰다. 그리고 시인의 입장을 마지막 '귀(歸)'자에 집약시켜서 저물 무렵 눈에 가득히 들어오는 떠가는 구름을 통해 훌륭했던 학자의 글로 표현되는 한때는 영화로웠지만 인간들의 역사도 한 세상을 마치면 누리던 것을 모두 놓아두고 누구나 구름처럼 저렇게 돌아가야 한다는 인생무상의 귀결점을 제시하였다.

이 시는 퇴락해 버려진 절, 쓸쓸한 풍경과 분위기, 거기서 받는 서글픈 탄식과 처연한 마음의 정조가 쓸쓸한 여운을 준다. 그렇기 때문에 허균은 『국조시산』에서 '절창(絕唱)'이란 비어(批語)를 달았고 『학산초담(鶴山樵談)』에서도 이 시를 언급하였다.28) 홍만종은 『소화시평(小華詩評)』에서 이 시를 수록하고, "아절(雅絕)하고 옛 시에 핍근하다."29)라고 평가하였다.

2. 남겨진 여운

한시는 작품 전체가 한 편의 그림으로 읽히기를 지향하므로 좋은 한시

---

28) 許筠, 『鶴山樵談』. "白光勳, 字彰卿, 字法逼二王, 筮仕命參奉禮賓. 嘗過弘慶寺, 題詩曰: '秋草前朝寺, 殘碑學士文. 千年有流水, 落日見歸雲.' 壬午病卒京邸. 蘭雪姊氏, 感遇詩有曰 '近者崔白輩, 功詩軌盛唐.'

29) 洪萬宗, 『小華詩評』. "白玉峯光勳弘慶寺詩曰: '秋草前朝寺, 殘碑學士文. 千年有流水, 落日見歸雲.' 雅絕逼古."

란 외적 경물을 어떻게 묘사하는가에 달려있다고 하겠다. 언어를 통한 시적 형상화는 독자들로 하여금 상상을 통하여 생각 속에 그림을 그리게 한다. 시인으로서 눈과 화가로서의 눈을 일치시켜 경물을 바라보며 회화적인 시의 의경을 표출해 내는데 이상적 시의 경지를 두고 있다. 그렇기 때문에 낭풍의 시법을 제득한 호남의 시는 영묘적 기법을 통한 회화성이 두드러지며 그 안에는 시인의 흥취가 내재되어 있어 여운을 준다.

호남시단 시는 한 글자 한 글자 모두가 명백하게 알기 쉬운 글자들로 시 구절을 이루고 있고, 인위적으로 시어를 짜 맞추지 않아 한 폭의 담백한 수묵화를 보는 듯하다. 그렇지만 그 화면 속에는 시인의 흥취가 녹아들어 대상과 더불어 하나가 되어버린 조화된 경계를 이루고 그 속에 흥취를 내재하여 무한한 여운을 느끼게 한다. 호남의 시인들은 청신한 경물을 잘 음영하여 시의 의경이 맑고 담박하다.

빈산에는 사람일랑 아니 보이고　　　　　　　　空山不見人
사람 말만 메아리쳐 들려오는데　　　　　　　　但聞人語響
석양빛이 숲 깊숙이 들어와서는　　　　　　　　返景入深林
다시금 푸른 이끼 위를 비추네.　　　　　　　　復照靑苔上
　　　　　　　　　　　　　　－ 왕유(王維), 「사슴 울짱[鹿柴]」

왕유의 작품으로 한 폭의 그림을 그려내었다. 풍광만을 묘사하였으나 그 속에 작자의 정서와 숨어사는 이의 즐거운 흥취와 깨끗한 인격이 내재되어 있어 여운을 준다. 기구와 승구는 청각적 이미지를 통해서 오히려 '빈 산'의 고요함을 강화하였다. 전, 결구는 시각적 이미지를 통해서 '빈 산'의 그윽하고 깊숙한 분위기를 그려내고 있다. 이런 속에 살아가는 청정한 왕유의 정신과 생활의 흥취가 말 밖에 여운으로 남는다. 왕유는 이런 밝고도 깨끗한 자연의 분위기 표현에 가장 능숙한 시인이랄 수 있

다. 그의 소박하고 청신한 수묵화와 속세의 먼지가 끼지 않은 전원을
형상화한 시에서 우리는 누구나 다 알면서도 표현해 내기는 힘든 고원한
경지를 느낄 수 있다.

이런 표현의 아름다움에는 자신도 모르는 사이에 자연의 대상과 자신
의 정서가 합일되는 경계를 이루었음을 보여준다. 객관화되고 그림화된
영묘적 표현 밖의 반전이 주는 경이감과 흥취가 자연스럽게 울려나온다.
이처럼 함축된 시어를 통해 작자의 내적 정서를 밀도 있게 시적 감흥으
로 표현해 내는 것이 당풍의 특질이라고 할 수 있다. 호남시단의 시는
한 폭의 풍경화를 보듯 생생하지만 그 속에 다양한 정서를 내재시켜 정
(情)과 경(景)이 융화된 경계를 이루어 깊은 여운을 남긴다.

> 한 해 중에 봄이 끝난 날인데다가 　　一年春盡日
> 천 리 길 멀리 가는 사람이라서 　　千里遠行人
> 버들꽃은 이별의 한 그 마음같이 　　楊花似別恨
> 바람결에 제냥 펄펄 날리는구나 　　風處自紛繽
> 　　　　　　 － 백광훈, 『옥봉시집』, 「삼월 그믐에 김계의를 이별하고
> 　　　　　　　　　　　　　　　[三月晦別金季義名從虎]」

이 시는 주변의 경관을 그렸지만 근본적으로 감정에서 근원화여 의
경을 형성하고 있다. 시인은 주관적인 정감을 객관적인 사물에 투사해
서 대상을 주체화시킨다. 버들개지는 본래 감정이 없는 무생물이지만
송별이라는 특정한 상황 속에서 이별의 감정을 외물에 부여하여 비로
소 의인화되고 시인을 위해 새로운 흥취를 생성한다. 이렇듯 주관적인
감정이 투사되어서 생성된 의경은 어떠한 은유나 상징적 의미를 지니
기 마련이다.

그믐날 이별이 못내 아쉬워 슬픈 감정을 버들개지에 의탁하였다. 삼월

그믐날은 일 년 가운데 봄이 다 끝나는 날이다. 그 시간만으로도 안타까움을 주는 날이다. 이런 날은 친구와 함께 아쉬움을 달래야 하는데 오히려 친구마저 보내야 하는 상황이다. 주위를 둘러보니 버들개지가 펄펄 날리고 있다. 저 버들개지도 봄을 보내고 또 벗을 보내는 어수선한 심사를 말이나 하는 듯이 바람 부는 곳을 따라서 제멋대로 펄펄 날아간다.

작품 전체를 명사구의 시행들만으로 배열하여, 설명이 아닌 제시 형태로 구성함으로써 시적 함축도를 극대화한다.[30] 이런 배치법을 통해 한시가 고도의 상징과 비유로 응축되어 높은 문학성과 예술성을 성취하고 있음을 볼 수 있다. 훌륭한 한 편의 한시는 시인 자신의 독백으로서가 아니라 대상을 통한 객관적 상관물로 독자에게 전달된다. 한시는 단어와 단어를 비약적으로 제시하여 둘 사이의 서술관계를 생략해 버림으로써 풍부한 함축을 포함한다. 그러므로 독자들은 시 읽기를 마치는 순간 다시금 대상 속에 녹아들어 있는 시인의 정의를 읽는 과정으로 몰입하지 않으면 안 된다. 흔히 시인이 시를 짓는 것은 무엇을 말하고 설명하는 과정이 아니라, 하고 싶은 말 가운데 불필요한 것을 덜어내는 과정이라고 말을 한다.

한 줄인지 두 줄인지 기러기 날고   一行兩行雁

만 점인지 천 점인지 산도 많은데   萬點千點山

삼강인지 칠택의 밖 인 듯싶고   三江七澤外

---

30) 劉若愚 저·이장우 역(1984), 71쪽 참조. 같은 낱말을 다른 품사로 사용할 때 더욱 큰 이점은 유사한 함축과 연상을 가진 다른 단어를 찾는 대신, 정확하게 그와 같은 함축과 연상을 보존할 수 있다는 것이다. …… 또한 명사를 동사처럼 사용함으로써 작자는 그 묘사를 더욱 공고하게 할 수 있다 . …… 이 점은 시인들로 하여금 최대로 가능한 한 간결하게 쓸 수 있도록 하고 동시에 모든 사소한 裝身具(수식어)를 배제함으로써 일반적이고 보편적인 특질을 이루게 한다.

동정호와 소상강의 사인 듯하네.　　　　　　　洞庭瀟湘間
　－ 이달, 『손곡시집(蓀谷詩集)』, 「김양송의 화첩에 쓰며[題金養松畵帖]」

　이 시는 생략과 함축을 통해 상상과 창의력을 확보하여 참신한 의경을 형성하고 있다. 양송당(養松堂) 김시(金禔, 1524~1593)의 화첩을 보고 지은 시로, 평면화 된 그림을 무한한 상상의 공간으로 재구성하여 입체화 하여 살려내고 있다. 원근의 의미까지 생각했다. 이 시는 설명하는 말이 없이 명사구를 배치만 함으로써 시가 이루어졌다. 단어만으로 번역해 보면 "한 줄 두 줄 기러기, 만 점 천 점 산, 삼강 칠택 밖, 동정 소상 사이."가 된다. 서술어를 생략하고 명사구를 배치하여 의미를 함축시켰는데 생략된 서술어를 찾아내어 읽어야 의미가 분명해진다.[31]

　기, 승구는 실재 그림에 그려져 있는 경물이다. 그림 안에는 줄지어 날아가는 기러기가 있고 수많은 산들이 펼쳐져 있고 강이 흐르고 있는 그림으로 짐작된다. 전, 결구는 작가가 자신이 생각하는 가장 아름다운 곳으로 상상하여 의경화 하고 평면의 그림을 실재 공간으로 대체하여 입체화하는 효과를 준다. 구체적으로 그림속의 장소를 경치가 아름답다는 삼강, 칠택, 동정호, 소상강 일대로 상상한다. 삼강이나 칠택의 바깥인 듯싶고, 동정이나 소상의 사이 인 듯싶다. 비지정 미확정의 장소를 설정하여 실제로 어딘지는 모른다는 것을 이렇게 소재를 배치하여 놓은 관념산수의 그림 배치 수법을 시에 그대로 쓰고 있다.

　한시는 형식적 단순화를 지향하면서 내면은 다양화를 시도한다. 적은 언어로 많은 내용을 담고자 하기에 생략이 존재하고 그 생략된 여백을

---

31) 송준호(1996), 294쪽 참조. 이 작품에는 실제로 설명기능을 해야 할 중요한 글자들이 생략되어 있다. 이달은 전반의 주부와 후반의 술부를 의도적으로 모호한 상태로 만들어 이내 상상공간화하고, 우리들의 사리판단력과 언어능력, 그리고 그림 감식능력과 전고적 지식을 전제로 하여 이 작품의 이해를 유도하고 있을 뿐이다.

상상해 내야하며 그 여백이 바로 여운을 준다. 이런 경향의 시가 당시이며 송시는 설명하고 들어내려 함으로 여운이 없다.

Ⅳ. 정감과 경물이 조화된 의경

시는 정을 펼치는 것이다. 서정시는 시인이 주관적 자아와 외부 세계인 객관적 경물의 대립을 의식하고, 개별적으로 감동하는 의식의 모습을 미적으로 형상화한 것이다. 시인은 내적 의식의 거울을 통해서 외부 세계를 인식하고, 다양한 정감을 반사한 그림을 그려내어 내심의 비밀을 드러낸다. 정감은 그것이 부착하고 기탁할 매개체를 필요로 하며, 정감이 매개체로 삼은 객관적 경물을 묘사함으로써 시가 형상화 된다. 이러한 객관적 경물은 주관적 정감이 어떤 감동을 드러내기 위해 선택한 매개체이기도하며, 또 정감 자체가 경도된 것이기도 하다.

예술 형상의 기법으로 인간 사상 감정을 표현하는 것이 시의 본질이다. 시의 형상화는 결국 자아와 객관사물, 정과 경의 관계를 떠나서는 이루어질 수 없는 일이다. 의경은 보통 작가의 주관정의(主觀情意)와 객관물경(客觀物景)이 상호 융합되어 형성된 예술 경계[32]를 말한 것이다. 시인의 주관적 감정, 사상, 의취, 이상과 같은 '의(意)[情]'와 외부 세계의 객관적인 경상, 사물에 해당하는 '경(景)[境]'을 포괄하는 말이다. 당풍의 한시가 높게 평가 받은 것은 정경(情景)의 교융(交融)된 모습을 보이고, 그 조화된 형상 속에 흥취가 내재되어 그 형식과 미감이 잘 통합된 것이기 때문이다. 경물 자체에 관심이 있는 것이 아니라 그

---

32) 원행패 저, 강미순 등 공역(1990), 47쪽 참조.

려진 경물을 통해 시인의 정감을 투영하고 이를 통해 독자의 마음에 감동을 일으키게 한다.[33]

그러나 시로 형상화된 사람들의 환경 혹은 외부 세계로서의 경은 사물 자체는 결코 추상적이며 고립되어 있지 않다. 그런 것들은 다만 모종의 정감적인 요소와 연계되어야 관계가 발생하고, 내면의 감동이 울려야 비로소 상관된 의미를 낳아 시적 대상이 된다. 청풍명월(淸風明月), 화조월석(花朝月夕), 산수임천(山水林泉) 등과 같은 대상도 각기 다른 시인들의 정감체계에 따라 각양각색의 관계를 발생시킴으로써, 향기와 빛깔이 다른 시를 꽃피우는 것이다. 산수 등의 객관적 경물은 시인의 붓 아래서 각자 개성을 지닌 새로운 경물로 태어난다. 이는 사실 시인에 의해 심미화 되고 시인의 정감적인 개성이 투사되어 나타난 결과이다.

1. 정경의 교융

정과 경은 문학의 바탕을 이루는 두 개의 근본적 요소의 또 다른 표현이다. 왕국유(王國維)는 '의(意)[情]'와 '경(境)[景]'이 혼연일체를 이룬 것이 의경의 가장 높은 경지라고 하였다.[34] 의경 가운데 객체는 이미 '의인화' 되어 정감화 되어있고, 주체는 이미 '대상화' 되어 그림화 되어 있다. 주체[情]와 객체[景]는 각각 상대를 향해 스머들고 전화되어 상대방 속에 내가 있고 내 속에 상대방이 들어와서 물아(物我)가 혼연일체되어 새로운 성질을 지닌 통일체를 생성하는 것이다.[35]

정경이 상호 교융하게 되면 경물과 사람의 정이 서로 느끼고 통하여

33) 周振甫(1986), 78~79쪽 참조.
34) 王國維, 『人間詞乙稿』, 「山陰樊志厚敘」. "文學之事, 其內足以攄己, 而外足以感人者, 意與境二者而已. 上焉者意與境渾, 其次或以境勝, 或以意勝. 苟缺其一, 不足以言文學."
35) 吳戰壘 저·유병례 역(2003), 74~75쪽 참조.

의경이 생성된다. 사람은 사물의 정을 잘 체득하게 되고, 사물은 사람의 마음과 통하게 되면 물아가 혼연일체를 이루어 의경은 저절로 상호 교류하여 미감이 생성된다.

뭇 새들도 높이 날아 사라져가고	衆鳥高飛盡
외론 구름 홀로 떠가 한가로운데	孤雲獨去閒
서로 봐도 물리지 않는 것이란	相看兩不厭
오로지 경정산이 있을 뿐이네.	只有敬亭山

                            – 이백, 「홀로 앉아 경정산을 바라보며[獨坐敬亭山]」

이 시는 시인은 객체화 되어 있고 경정산은 의인화 되어 한 폭의 그림을 만들고 있다. 새는 날아가고 구름은 흘러가 널찍한 하늘은 한가롭기만 하다. 천지간에 유일한 지기는 경정산 뿐이다. 서로 말없이 아무리 바라보아도 싫증나지 않는다. 적막한 시인은 기꺼이 청산과 친구가 되고 적막한 청산도 시인을 향해 정을 듬뿍 머금고 있다 '상(相)'과 '양(兩)' 두 글자는 사람의 마음과 사물의 미음이 서로 교류함으로써 쌍방향으로 한가롭고 그윽한 의경을 구성하고 있음을 나타내었다.

이러한 의경은 경이 정으로 가고 정이 경으로 와서 안팎으로 서로 맞이하여 조화되었기 때문에 분리하기 어렵다. 이러한 의경은 정과 경이 혼연히 일체를 이룬 경지에 가깝다. 청산 같은 것은 비록 무정한 사물이지만 마주 바라보아도 싫증이 나지 않는다. 이는 피차 마음과 모습이 비슷함을 느꼈거나 시인이 정을 옮겨가는 작용으로 간주할 수도 있다. 정이 가게 되면 주는 것 같은 느낌이 있고, 흥이 오면 대답을 받은 듯 기분이 드는 것이다. 이처럼 마음의 정과 사물인 경이 서로 쌍방향으로 교류한다. 산이 괜히 좋아지는 것은 애초 산에게 준 나의 정감 때문이지만, 산도 또한 심취 동화되어 있는 나를 좋아할 것이 당연하다. 정과

경이 언제까지나 물아의 구분 없이 길이 서로 바라보며 즐기고 있는 의
경을 형성하여 시인의 자락한 정신 경지를 느끼게 한다.

강가 바위 취해서 누워있자니　　　　　　　　　醉眠江上石
해 떨어져 먼 봉우리 그늘 져가고　　　　　　　　日落遠峯陰
새만 홀로 앞 여울을 날아 지나가　　　　　　　　獨鳥前灘過
숲속에는 침침하게 안개 깔리네.　　　　　　　　沈沈烟雨林
　　　　－ 백광훈, 『옥봉집』 상, 「예상강 가에서 취한 뒤에[汭上路醉後]」

경물에 접해서 정을 은근히 내보이는 것은 대부분이 내향성을 지닌
의경으로 함축미가 뛰어나다. 이 시는 사물의 윤곽선만 그려내는 방법으
로 풍광을 그저 대강 스케치하여 형상화하여 그 속에 작자의 정감을 담
았다. 이런 백묘법은 단순한 윤곽의 선만 그리는 것이 아니다. 그리는
사람의 인격이 지필묵에 의해 미묘하게 이루어내는 정신의 선이다. 기,
승구는 자아를 객체화시켜 먼데서 바라보는 것으로 설정하여 하나의 풍
경으로 그려내었다. 저녁의 풍경은 정태적 모습으로 한시에서 조용함을
추구하는 정서와 맞닿아 있으며, 이는 자연의 원모습에 가장 가까이 가
려는 시인 정서의 대변이다. '면(眠)'이라 쓴 것은 자기와 풍경을 객체화
시켜, 자고 있는 상태를 나타냄으로써 자는 사람을 객관화시켜 바라보는
대상으로 만들었다.

전, 결구는 저녁 무렵의 고즈넉하고 약간은 쓸쓸한 풍경의 한 단면을
스케치하였다. 저물녘 둥지로 날아가려는지 새만 홀로 앞 여울을 날아
지나가고 안개가 낀 숲에는 저녁의 땅거미가 덮여가고 있다. '침침(沈沈)'
은 어둠이 서서히 덮여가는 실제의 모습이면서 술에 취해 아직 집으로
향하지 못하고 있는 객체화한 나그네의 약간은 쓸쓸한 심상을 표상하고
있다. 저녁 강가의 풍경을 스케치만 하였지만 그 속에 작가의 쓸쓸한

심사를 내재시킴으로 정경이 융합되었다. 정경만을 제시함으로 해서 작가의 내적 상태를 암시하는 기법을 썼다.

경에 나아가서 정을 나타내 보이는 경우는 일종의 내향적인 의경이 된다. 그것이 나타낸 경관의 모습은 대부분 아주 크지는 않지만 정감은 매우 미묘하다. 예를 들어 쓸쓸하고 흔적한 감정은 말로 표현할 수 없기에 사물에 기탁하기 마련이다. 혹은 마음속 깊숙이 내재해 있던 느낌이 경을 따라 일어났지만, 일시에 그것을 분명하게 설명할 수 없기에 아예 설명하지 않고 그 경물을 그대로 점화해 그려내어 독자 스스로 느끼게 만든다. 이러한 의경은 함축성이 뛰어나며 그 뜻은 깊숙이 감춰져 있다. 그렇지만 경물의 상태와 분위기를 통해 모종의 정서를 암시해 준다. 내심에 간직된 정감은 설명하기 곤란하므로 관조되고 관찰된 경물의 외피를 입고 무언의 표정에 호소하여 시인과 독자의 마음이 서로 통하는 효과를 거두게 된다.

2. 담박한 풍격

작품이나 작가의 미의식이나 분위기가 개괄되어 나타나는 총체적 인상을 풍격이라고 할 수 있다. 작가의 사상과 미적 경향은 그 시대의 사회 생활의 산물이므로 작가의 풍격은 시대의 제약을 받는다. 시인이 살아간 시대의 특징·정신·풍조 등이 문예 작품 중에 구체적으로 반영되어 있는 것이 시대풍격이다. 일정한 한 시대의 작품은 서로 같거나 서로 비슷한 영역이 있어서 다른 시대의 작품과는 다른 풍격을 지닌다. 당풍을 체득한 호남 시인들은 '청(淸)'과 '담(淡)'으로 집약되는 맑고 담박한 시의 풍격을 형성하였다.[36] 호남시인에 대한 제가의 품평을 살펴보면 호남시단

---

36) 김종서(2004a)에서 호남시에서 '淸'의 미감이 공통적으로 나타나며 맑고 탈속적인

의 시에서 공통으로 나타나는 것은 다양한 '청(淸)' 계열의 풍격이다. 당시를 배운 인물들의 시는 대체로 이와 유사하고, 또 이러한 평어 다음에는 대체로 당시에 가깝다는 평이 함께 딸려 있을 때가 많다. 이는 절구에 있어서는 왕유의 시풍과 많이 닮고 있다는 점과도 관련이 있다.

> 가지 끝에 연꽃이 피어났는지   木末芙蓉花
> 산속에서 붉은 망울 터뜨리는데   山中發紅萼
> 냇가 집은 고요해 인적 없는 채   澗戶寂無人
> 어지러이 피었다가 또 지는구나.   紛紛開且落
> — 왕유, 「자목련 핀 언덕[辛夷塢]」

시인은 때로 경에 나아가서 정을 나타내기도 한다. 정감이 경물과 동화되면 경물은 심경과 같아지므로 일종의 묘오(妙悟)한 느낌을 낳는다. 감정을 직설적으로 표현하여 흔적을 그대로 남기면 절묘함을 얻기 힘들다. 그렇기 때문에 경물로 변화시켜 의지하여 내면을 관조함으로써, 독자들이 그 뜻을 스스로 터득하게 하는 것이 훨씬 좋다. 왕유의 전원산수시가 대부분이 그러하다.

깊은 산 속 차가운 언덕에 있는 목련은 때가 되면 피고 때가 되면 진다. 영고성쇠를 전적으로 자연의 이치에 맡기고 세상일에 관여하지 않으니, 감상해 줄 사람이 있든 말든 전혀 개의치 않는다. 이처럼 담담하고 고요하게 자기 자신을 운명에 맡기는 품성은 바로 시인 자신의 반영이기 때문이다. 경물에 접해서 정감을 나타낼 때 반드시 시인 자신이 경험한 실제의 경치일 필요는 없다. 왕유의 이 시는 망천의 실경을 묘사한 것이다. 비록 시냇가 오두막집 인적 없이 고요한 곳이기는 하지만 사실 암암

경계 형성, 맑고 유려한 가락 추구, 맑고 담박한 시어 배치라는 측면에서 살펴보았다.

리에 시인의 시각이 존재하고 있다. 그렇지 않다면 이러한 시의를 담은
화면을 포착할 수 없었을 것이다.

오래된 군이라서 성곽도 없고   古郡無城郭
산 속 집은 엉성한 채 숲만 있는데   山齋有樹林
쓸쓸해라, 사람들이 흩어져 간 뒤   蕭條人吏散　·
겨울 옷 다듬질 소리 물 건너오네.   隔水搗寒砧
　　　　　　　　　　－ 최경창, 『고죽유고』, 「고봉산 서재에서[高峰山齋]」[37]

　이 시는 최경창이 고봉군에 있는 사택인 산 속 서재에서 읊은 시다.
인적이 드문 산 속에서 눈에 띠는 경관과 일들을 스케치하여 보여주었을
뿐인데 그 속에 작가의 맑으면서도 쓸쓸한 정감이 함축되어 있다. 이
시에는 시인의 목청이 조용하고 가라 앉아 맑으면서도 쓸쓸한 인상을
준다. 풍경의 제시만으로 맑고 쓸쓸한 분위기를 감지하도록 하였고 작가
의 깨끗한 맑은 정서의 상태와 인격의 분위기를 감지할 수 있다.
　기, 승구는 산재의 깊숙한 위치와 고적한 분위기를 한층 더 강화하여
주변 공간의 쓸쓸함을 나타냈다. 오래된 고을이라 성곽도 전혀 없고,
주변에는 나무숲만 둘러 있다. 산 서재 근처에는 성곽의 흔적이 남아있
지 않아 현장의 분위기가 고적한 인상을 준다.
　'소조(蕭條)'가 주는 의상(意象)은 가을 풍경 자체가 쓸쓸하게 느껴짐을
나타낸 표현이다. 자아 감정을 문면에다 드러내지 않고 소제들을 객체화
하여 제시하는 수법이다. '한첨(寒砧)'이란 겨울옷을 다듬질하는 소리로
늦가을 쓸쓸한 분위기를 나타내어 시간의 쓸쓸함까지 확장시켰나. 청각
적 이미지와 촉각적 이미지가 어우러진 표현으로, '한(寒)'자에는 쓸쓸한

---

37) 『대동시선』에는 「題高峰郡山亭」으로 되어 있다.

자신의 정서가 투영되어 있다. 이러한 표현을 통하여 앞에 배경으로 제시되어 있는 현장의 분위기를 자신의 내밀한 흥취로 통합해내 쓸쓸한 여운을 준다.

호남시인들의 맑은 풍격의 시는 산수·전원간의 풍류와 이에 대한 희구를 그리는 내용이 많다. 이러한 내용의 시를 통하여 불우한 자신들의 현실을 초극하고, 나아가 아려한 자연미와 청징한 전원생활의 멋을 담박하게 그려냄으로써 청신한 시세계를 이룰 수 있었다.

호남 시는 맑고 담담하면서 시원스런 미감이 두드러진다.[38] 그들 시의 소리가 유려하고 탁하거나 막히지 않으며 시어나 뜻이 독창적이고 진부하지 않으며 청신(淸新)하다. 그래서 그들의 시를 읊으면 인상이 선명하게 떠오르고 전고나 지나친 수식을 가하지 않아 문장이 막힘이 없이 매끄럽다. 또한 그들 시의 표현은 비분강개하거나 큰소리치지 않는다. 소박하고 모남이 없이 안온하게 글을 이끌고 가 차분하고 담담한 정조가 실려 있다. 익숙한 제재와 표현, 완곡한 어법과 짜임새 있는 구법을 통해 어조가 급박하지 않고 자연스런 의경을 형성하여 고담(古淡)한 맛이 느껴진다.

> 하늘 살던 신선 학이 가을 하늘 내려와도　　　　中天笙鶴下秋霄
> 천년 전의 고운(孤雲) 자취 쓸쓸히 사라진 채,　　千載孤雲已寂寥
> 밝은 달 뜬 골짝에는 물만 남아 흐르건만　　　　明月洞門流水在
> 모르겠네, 어느 곳이 무릉의 다리인 줄.　　　　不知何處武陵橋
> 　　　　　　　　　　　- 이달, 『손곡시집』, 「가야산을 찾아가서[尋伽倻山]」[39]

---

[38] 호남시단의 시나 삼당시인의 시에 공통적으로 나타나는 풍격의 경향도 '淸'의 미학이다. (김종서(1995)에서 백광훈의 풍격을 '淸新'과 '古淡'으로, 김종서(2004b)에서 최경창의 풍격을 '淸寒', '悍勁'으로. 김종서(2005c)에서 이달의 풍격을 '淸新雅麗', '苦節'로, 김종서(2005b)에서 박순의 풍격을 '淸邵'를 중심으로 살펴보았다.

이 시는 시인의 감정과 생각이 상상으로 변하여 그것으로부터 사실과 비슷한 경계를 생성하였다. 상상과 사실 사이에 끼어들어 있는 의경이 있지만, 총체적으로 보면 여전히 주관적 심경이 투사되어 있으며, 환상화한 모습도 비교적 명확하게 드러나 있다.

가야산을 찾아가서 홍류동 골짝에서 최치원(崔致遠)이 신선이 되었다는 전설을 매개로 하여 시상을 전개 하였다. 기, 승구는 가야산을 찾아가서 학을 보고서 신선이 타는 학으로 상정하여 천 년 전에 최치원이 신선이 되어 갔던 일을 상상하였다. 중천에서 살던 학이 내려올 정도로 산은 신령스럽게 옛날 그대로 남아 있지만 거기 머물렀던 최치원은 가고 없다. 자연 유상과 인생 무상의 허무한 정감을 함축하고 있다. 허균은『국조시산』에서 승구 뒤에 "허공 가운데 경치를 펼쳐놓아 바라보니 속이 시원해진다.[空中布景, 覽之泠然]"라고 평하였다.

전, 결구는 달빛 환히 비치는 홍류동 골짝을 통해 무릉도원(武陵桃源)을 상상하고 가야산의 깊고도 신비한 분위기를 만들어 내어 신선향의 의미를 함축하여 사라진 고운의 자취를 아쉬워하는 정감을 여운화하였다. 흐르는 물을 천년의 유구한 세월에 비유하여 인간사의 허망감을 감추면서 독자로 하여금 신선세계의 동경과 상상력으로 끌어들인다. 그래서 허균은 "짐짓 그 안개 속에 떨어뜨려 놓았다.[故墮其烟霧中]"고 하는 평한 것으로 보인다. 의경의 묘사가 핍진하지만 상상의 흔적이 분명히 드러나 있다. 시인이 주제를 처음 정할 때 허구를 사실로 만들려거나, 거짓을 진실로 삼으려는 의도가 있었던 것은 결코 아니지만 상상의 허환성(虛幻性)을 드러내면서 진실과 허환의 모순 속에서 의경을 만들고 흥취

---

39)『국조시산』,『기아』,『대동시선』에는「伽倻山」으로 되어 있다. '秋霄'가『국조시산』에는 '雲霄'로,『대동시선』,『기아』에는 '秋宵'로 되어 있다.

를 여운화 하였다. 청신하고 탈속적인 시인의 모습이 느껴진다. 허균은
『성수시화』에서 "이달의 시는 신라 이래로 당시를 본받은 사람으로 더
뛰어난 자가 없다."라고 하면서 이 시를 꼽았다.[40]

호남시인들의 시는 서정적이고 심미적인 자연 완상과 그 경에 담겨진
정감이 조화를 이루고 있다. 그 시에는 청정하고 탈속적인 시인의 정신
과 자연 경물이 융합되어 관조된 자연의 모습으로 형상화되어 나타난
다. 호남의 시인들은 유학을 배운 그 시대의 선비로서 동질성을 지니고
있지만 그들의 시에는 유독 흥취가 내재되어 있다. 그 결과 그들의 시는
서정적이고 심미적인 자연인식이 청신하면서도 탈속적인 정신적 풍모
와 표리를 이루어 담박하면서도 맑고 고운 풍격을 창출하고 있다.

V. 맺음말

우리 문학사에서 16세기의 숭당풍조(崇唐風潮) 특히 성당시를 모범으
로 삼아 시풍을 변화시켰다. 당시는 시의 총체적 표현 여건이 충분히
드러나 있어서 작가나 독자에게 예술적 심미의식을 주기 때문이다. 삼당
파(三唐派)를 비롯한 호남시인들의 등장은 송시풍을 당시풍으로 전환시
켜 우리 한시사의 분기점을 이룩했다. 본고는 성당 시인들의 시와 16세
기 호남시인 특히 삼당시인의 시를 비교하여 그 의경 설정의 형상화 방
법과 미적 아름다움을 중국의 당시에 대비해보고 그들이 이룩한 성취를
살펴보았다.

---

40) 許筠, 『惺叟詩話』. "盧相, 見僧軸, 有孤竹及益之詩, 題曰: '當代文章伯, 惟稱李與崔,'
皆非溢辭也. 仲兄, 亦言 李詩, '自新羅以來, 法唐者, 無出其右.' 嘗稱其 '中天笙鶴下秋
霄, 千載孤雲已寂寥. 明月洞門流水在, 不知何處武陵橋.'之句, 可以爲不可及."

호남시인들은 진솔한 정감의 자연스런 표출을 중시한다. 그들은 저마다 시인으로서 천재적 재능을 갖추고 있었고, 또한 학습을 통해 전공하고 연마하여 인공의 흔적이 없는 자연스런 흥취를 형상화 하였다. 그들 시가 자연스러운 것은 인간 정감과 자연의 경물이 만나 이룬 경계가 맑고, 시인의 내면 정감을 쉬운 인어로 담박하게 표현하면서도 함축하고 있는 내용이 풍부하여 무한한 여운을 주기 때문이다. 이는 형식미를 과도하게 추구한 결과로 나타난 강서시파의 시적 폐단을 극복하려는 대안으로, 가장 좋은 시의 모형을 바로 당시에 두고 그 학습을 통해 미적 성취를 탐구한 결과였다. 그들이 추구한 학당의 요결은 형식미에 경도된 시의 경직성을 극복하고 음영성을 강화하여 시 본연의 서정성을 확보하려는 데 있었다. 음영성을 중시하였기에 호남시인들은 율시보다는 절구를 선호하였고, 특히 칠언절구 악부시를 많이 창작하였다.

호남의 시인들은 의경 형성을 위한 함축된 표현과 언외지의를 중시한다. 다양한 함축의 기법을 사용하여 내적 밀도를 높이는 미적 수사를 하였고 언어 운용의 능숙도가 뛰어나다. '의재언와(意在言外)'의 표현방법은 독자들에게 사고하고 음미해 볼 광활한 여지를 남겨, 시가의 표면적인 글자에 제시된 것보다 훨씬 더 많은 인생의 다양한 정감을 얻을 수 있게 한다. 함축된 시는 영묘화를 통한 회화성이 두드러지며 그 안에는 시인의 흥취가 내재되어 있다. 한시는 형식적 단순화를 지향하면서 내면은 다양화를 시도한다. 적은 언어로 많은 내용을 담고자 하기에 생략이 존재하고 그 생략된 여백을 상상해 내야하며 그 여백이 바로 여운을 준다. 이런 경향의 시가 당시이며 송시는 설명하고 들어내려 함으로 여운이 부족하다.

호남시인들은 정감과 경물이 조화된 의경에서 시의 미감이 뛰어나다. 당시의 형상화하는 방법은 다양한 정감을 설명하지 않고, 대신 경물을 통해 시각적으로 재구성해 보여주는 것이다. 그 재구성된 형상 속에서 정감을 연상할 수 있게 되면, 독자는 자신의 경험으로 공감하게 된다. 이것이 보이지 않는 감흥의 소리를 보여주는 방법으로 끝나지 않는 여운을 확보할 수 있게 된다. 당풍의 한시가 높게 평가 받은 것은 정경의 교융되어, 그 조화된 형상 속에 흥취가 내재되어 형식과 미감이 잘 통합된 시이기 때문이다. 경물 자체에 관심이 있는 것이 아니라 그려진 경물을 통해 시인의 정감을 투영하고 이를 통해 독자의 마음을 감동시킨다.

호남 시는 의경이 맑고 담담하면서 시원스런 미감이 두드러진다. 그들 시의 소리가 유려하고 탁하거나 막히지 않으며, 익숙한 제재와 표현, 완곡한 어법과 짜임새 있는 구법을 통해 어조가 급박하지 않고 자연스런 의경을 형성하여 담박한 맛이 느껴진다. 호남시단 시는 한 글자 한 글자 모두가 명백하게 쉬운 글자들로 시 구절을 이루고 있고, 억지로 시어를 짜 맞추지 않아 한 폭의 담백한 수묵화를 보는 듯하다. 그렇지만 그 화면 속에는 시인의 흥취가 녹아들어 대상과 더불어 하나가 되어버린 조화된 경계를 이루고, 그 속에 흥취를 내재하여 무한한 여운을 느끼게 한다. 호남의 시인들은 정감과 경물을 청신하게 음영하여 시의 의경이 맑고 풍격이 담박하다.

참고문헌

羅立乾, 『鍾嶸詩歌美學』, 三民出版社, 1990.
南龍翼, 『箕雅』, 아세아문화사 영인, 1977.
南龍翼, 『壺谷詩話』(洪萬宗, 『詩話叢林』, 아세아문화사 영인본, 1991).
朴　淳, 『思菴集』, 경인문화사영인, 1988.

朴　淳,『譯解 思菴集』, 충주박씨 문간공파 간행, 1989.

白光勳,『玉峯集』,『삼당집』, 해동문화사 영인 1985.(경인문화사간본 1991. 한
　　국문집총간 47.)

申景濬,『旅庵遺稿』.

嚴　羽,『滄浪詩話』.

吳世昌,『大東詩選』, 아세아문화사 엉인, 1977

王國維,『人間詞話』, 文馨出版社, 1975.

王世貞,『曲藻』.

王世貞,『藝苑巵言』.

李　達,『蓀谷詩集』, 한국문집총간 61.

李　達,『蓀谷集』, 해동문화사 영인, 1985.

李睟光,『芝峯集』, 한국문집총간 66, 영인본.

周振甫,『詩文淺釋』, 北京師範學院出版社, 北京, 1986.

崔慶昌,『孤竹遺藁』, 해동문화사영인, 1985. 한국문집총간 50.

許　筠,『國譯 惺所覆瓿藁』, 민족문화추진회, 1989.

許　筠,『國朝詩刪』, 아세아문화사 영인, 1983.

洪萬宗,『詩話叢林』, 아세아문화사 영인본, 1991.

『詩經』.

김대현, 「靑蓮 李後白 漢詩에 나타난 두 가지 새로운 경향」,『한국어문학연구』
　　제53집, 한국어문학회, 2002.

김종서, 「16세기 湖南 시의 美的 特徵」,『한국한문학연구』39집, 한국한문학
　　회, 2007.

＿＿＿, 「16세기 湖南 시의 吟詠性」,『한국한시연구』제14집, 한국한시학회,
　　2006.

＿＿＿, 「16세기 湖南詩壇 시의 自然스러움」,『東洋漢文學研究』21집, 동양한
　　문학회, 2005a.

＿＿＿, 「16세기 호남시단과 당풍」, 성균관대학교 박사학위논문, 2003a.

＿＿＿, 「16세기 湖南詩壇과 三唐詩人」,『韓國漢詩研究』11, 태학사, 2003b.

김종서, 「16세기 湖南詩壇의 風格的 特性-'淸'의 풍격을 중심으로-」, 『東方漢
　　　文學』 27집, 동방한문학회, 2004a.
_____, 「孤竹 崔慶昌 詩의 風格-淸寒·悍勁을 중심으로-」, 『韓國漢詩硏究』
　　　12, 태학사, 2004b.
_____, 「思菴 朴淳 시의 風格-淸邵를 중심으로-」, 『韓國詩歌硏究』 19집, 한
　　　국시가학회, 2005b.
_____, 「蓀谷 李達 詩의 風格 - 淸新雅麗·苦節을 중심으로-」, 『韓國漢詩硏
　　　究』 13, 태학사, 2005c.
_____, 「蓀谷 李達의 樂府詩 受容과 美的 成就」, 『한국한문학연구』 44집, 한
　　　국한문학회, 2009.
_____, 「玉峯 白光勳 시의 風格」, 『한국한시연구』 3, 태학사, 1995, 99~165쪽.
_____, 「玉峯 白光勳 詩의 含蓄的 性格」, 『한국한문학연구』 35집, 한국한문학
　　　회, 2005d.
송준호, 「우리 한시의 이해를 위한 하나의 시론」, 『한국한문학연구 특집호』, 한
　　　국한문학회, 1996.
_____, 『우리 漢詩 살려 읽기』, 새문사, 2006.
안대회, 『조선후기시화사』, 소명, 2000.
吳戰壘 저·유병례 역, 『중국시학의 이해』, 태학사, 2003.
원행패 저·강미순 등 공역, 『중국시가예술연구』, 아세아문화사, 1990.
劉若愚 저·이장우 역, 『中國詩學』, 동화출판공사, 1984.
李宇正, 「嚴羽詩論硏究」, 연세대학교 중어중문학과 박사학위논문, 1993.
황위주, 「조선전기 악부시 연구」, 고려대학교 박사학위논문, 1989.

18세기 노론계 문인의 미의식

윤지훈

I. 서론

17세기 말 서인(西人)에서 갈려져 나온 노론(老論)은 숙종대와 영·정조대를 거치면서 남인(南人)과 소론(少論)에 의해 몇 차례 실권의 위기를 맞기도 하였으나, 조선이 멸망할 때까지 지속적으로 정국을 주도하였다. 그 결과 노론은 다른 당파에 비해 상당한 부를 축적할 수 있었고, 그 부를 바탕으로 남다른 문화적 특수를 누릴 수 있었다. 물론 조선후기 노론에 속했던 모든 문인이 그러했다고 말할 수는 없겠으나, 노론 중에서 근기 지역을 중심으로 활동했던 문인들은 대체로 비교적 풍부한 문화적 기반 속에서 생장하였던 것으로 보인다. 즉, '먹고 살만 해야 옷도 사고 책도 산다.'라는 옛말처럼 생을 영위하는 데 필요한 최소한의 요건을 태생적으로 구비하였던 이들에게 문예활동이란 삶을 풍요롭게 하는 하나의 수단이자 또 다른 삶의 목표로 작용하였던 셈이다.

현재 이들의 문집 속에 문예적 성격이 짙게 밴 글들이 풍부하게 수록되어 있는 것도 이와 무관하지 않다. 이들은 문예에 있어서 자신들이 누릴 수 있는 이점을 최대한 활용하여 상당한 수준의 문예적 감식안을 확보하고 나름의 미의식을 형성하였으며, 수많은 문예적 산물을 생산·향유하였는데 바로 그 결과물이 문집 속에 고스란히 남아 있는 것이다. 따라서 노론계 문인들의 미의식은 한 개별 당파의 미적 수준이란 차원을 넘어서 조선후기 최첨단의 문예의식과 문예 활동이라는 보다 거시적인 의미를 지닌다고 할 수 있다.

본고는 이러한 관점에 입각하여 18세기 노론계 문인의 미의식에 대해 살펴보고자 한다. 우선 18세기로 주제를 한정한 것은 18세기가 아직 노론이 일당 독제의 세도정치를 구가하기 이전으로 다양한 담론과 현상이 공존하던 개방적 시기라는 점에서 19세기 보다 다채로운 미의식을 확인할 수 있다고 생각되기 때문이다. 또한 논의의 초점을 특정 문인이나 계파에 한정하지 않고 노론 전체를 대상으로 확장한 것은 "한국한문학의 미학적 접근"이란 기획 주제가 미시적 차원의 접근 보다는 장르별, 혹은 시기별 미학적 특징의 개괄이라는 성격을 요구하고 있다고 판단되기 때문이다. 따라서 본고는 기존의 관련 연구 성과를 바탕으로, 이를 18세기 노론계 문인의 미의식이란 주제에 맞게 재구성하여 개별 나무가 아니라 숲 전체의 모습을 조망해 보는 데 그 목적이 있음을 미리 밝혀 둔다.

II. 미의식의 형성 배경과 그 사상적 기저

조선의 문인들은 건국초기로부터 임진왜란이 일어나기 전까지 약 200년 동안 계속된 태평성대를 기반으로 그들만의 유흥 문화를 발달시켰다.[1] 그리고 이러한 유흥적 경향은 두 번의 전란과 당쟁의 과열로 인해 잠시 주춤하는 모습을 보이다가 17세기에 들어 문예 전반에 걸친 관심으로 더욱 확장되어 나타났다. 주로 자신의 의지와는 상관없이 사회적 혼란으로 인하여 정계 진출이라는 사대부의 본원적 욕망을 거세당할 수밖에 없었던 문인들 사이에서 고동서화(古董書畵)와 같은 문예물에 대한 애호가 나타난 것이다.2) 하지만 초기 근기지역의 처사문인들을 중심으로 나타나던 이러한 문예물의 애호 경향은 시간이 지날수록 점차 중앙 정계에 몸담고 있던 관각 문인에게로까지 그 범위를 확장하며 활발한 양상을 띠며 전개되었다.

　사람은 성품에 따라 좋아하는 바가 있다. 벼슬을 좋아하는 자도 있고 돈을 좋아하는 자도 있고 건축을 좋아하는 자도 있다. 노래하는 기생이나 놀이하는 잔치, 닭싸움이나 말달리기, 바둑이나 도박을 좋아하는 자도 있고, 신기한 화훼와 나무와 돌을 좋아하는 자도 있으며, 먼 지방에서 온 진귀하고 특이한 것을 좋아하는 자도 있다. 산수 사이에서 노닐기를 좋아하는 자도 있고, 서적을 모으기를 좋아하는 자도 있으며, 그림을 보는 것을 좋아하는 자도 있다. 그런데 그 사람이 좋아하는 바를 보면 그 사람의 아속(雅俗)을 알 수 있다. 무릇 산수를 즐기는 것은 몸이 부실하면 할 수가 없는 것이고, 서적의 일은 늙거나 병든 사람은 할 수가 없다. 오직 그림을 좋아하는 것만은 절벽을 기어오르거나 산등성이를 올라가는 수고로움이 없고 눈을 놀라게 하고 마음을 놀라게 하는 고역 없이 방 안에서 올려다보고 굽어보며 온 사해를 상상 속에서 유람할 수가 있으니, 노년을 즐기며 병든 몸을 조리할 수 있는 묘함이 있다.3)

1) 임형택(2002) 참조.
2) 신영주(2006) 참조.
3) 金尙憲, 『淸陰集』 卷38, 「題尹洗馬敬之所蓄古今名畵後序」. "人之性, 厥有攸好, 有好軒冕者好錢者好土木者, 好聲伎游讌鬪鷄走馬博奕賭財者, 好花卉木石之新奇, 遠方之物珍怪異產者, 好遊山水者, 好聚書籍者, 好觀畵者, 觀其所好, 其人之雅俗可知已. 夫山水

위 글은 서인(西人)의 거목인 김상헌(金尙憲)이 윤경지(尹敬之)의 화첩
에 적어준 서문이다. 그는 이 글에서 사람은 성품에 따라 좋아하는 바가
다르다고 전제한 후 화훼·박혁·기완을 비롯한 산수·서화 등 다양한 문
예물을 그 예로 거론하고 있는데, 이들을 바라보는 그의 시선이 주목된
다. 그는 과거 도학자들의 완물상지(玩物喪志)의 관점과는 달리 상당히
우호적이고 긍정적인 관점에서 문예물을 대하고 있다. 논의의 초점이
서화에 한정된 감이 있긴 하지만, 그는 분명 문예의 존재 가치를 새롭게
인식하고 문예물이 본래 지니고 있던 '취(趣)'를 탐구하려는 경향을 보이
고 있다. 이는 17세기 무렵 조선의 문인들 사이에 문예의식이 성장되고
있음을 확인할 수 있는 대목이라고 할 수 있는데, 그의 이러한 문예의식
은 이후 김수항(金壽恒)을 거쳐 김창협(金昌協)과 김창흡(金昌翕)에게 전
승되고, 그것이 다시 이병연(李秉淵), 안중관(安重觀), 이하곤(李夏坤) 등
을 비롯한 노론계 문인들에게 계승되어 문예방면의 풍부한 성과를 제출
하였다는 점에서 특히 주목된다. 다시 말해 조선후기 문인들은 모든 것
을 도(道)와 연관 지어 생각하고 인식하던 과거 사유의 틀에서 벗어나
서화나 서책 같은 문예물에도 나름의 가치가 있음을 인정하며 개방적
문예의식을 형성할 수 있었고, 그것이 당시 집권 세력이었던 노론들의
물적 토대와 만나서 시너지 효과를 일으키며 한층 진화된 형태로 발전하
였던 것이라고 말할 수 있다. 그네들이 보여준 고동서화와 같은 문예물
을 통해 '취(趣)'를 얻으려던 경향과 이를 문학으로 확장시켜 문학 본래의
심미적 쾌감에 주목하려던 경향, 수려한 산수자연의 경관이나 일상의
소소한 일들을 문학에 담아내려고 했던 경향 등이 그 대표적인 예라고

之樂, 乏濟勝之具者不能也, 書籍之業, 老且病者不能也. 惟好畫者, 無攀崖陟巘之勞, 無
劇目銖心之役, 偃仰一室, 神游四海, 自有娛老養痾之妙."

할 수 있거니와 이들은 한결같이 상당한 부의 축적을 담보하는 문예 활
동이란 점에서 더욱 그러하다고 하겠다.

서책의 경우를 예로 들어 보자. 서책은 과거 인쇄술이 발달하지 않았던
조선에서는 부유층의 전유물이었다. 『소학』이나 『논어』, 『맹자』, 『통감
절요』 등과 같이 비교적 보편적으로 보급된 서책들도 있었지만 궁벽한
시골이나 변방에서는 이들마저도 없는 경우가 많았다. 그러므로 이러한
사정을 고려할 때 당시 중국에서 수입된 최첨단의 서책들은 막대한 부를
소유하고 있거나 상당한 권력을 가진 이가 아니면 볼 수 없었는데, 노론
계 문인들의 문집 속에는 이들 서책에 대한 독서 기록이 풍부하게 남아
있는 것이다. 육조(六朝)와 당송(唐宋)이래 명말(明末) 공안파 문인들의
작품까지 방대한 양의 산수유기를 집대성해 놓은 『명산승개기(名山勝槩
記)』의 경우, 일찍이 이를 통해 김수증(金壽增)은 왕세정(王世貞)의 유기를
접했거니와 김창협의 아우인 김창즙(金昌緝)은 『명산최승(名山最勝)』이라
는 4책의 산수유기집을 편찬하면서 『명산승개기』를 참조한 바 있다.4)
그리고 김창흡은 이 책을 통해 중국과 우리나라의 산수가 명칭이 다름을
설명하였고, 김창흡과 교유가 깊었던 김이헌(金履獻)은 『와유록(臥遊錄)』
을 편찬할 때 이를 보았다는 기록이 남아 있다.5) 또한 유만주(俞晩柱)의

---

4) 金壽增, 『谷雲集』卷4, 「遊曲淵記」. "寒溪雪嶽, 古所謂山嶽之神秀者也. 雄盤嶺海數
百里間, 東卽雪嶽, 南卽寒溪, 非但名於我東, 王維楨寒溪山記, 載於中國名山記中, 蓋聞
於天下矣."; 金昌緝, 『圃陰集』附錄, 「年譜」. "先生雅好山水, 慕禽尙之遊, 而顧善病, 且
難於久違親側, 旣未遂志, 則乃遍覽古今名山記, 旁搜諸書, 掇其契意者, 編成一書, 名
曰: 澄懷, 作序以識之, 見文集後. 又選名山記爲四冊, 目之曰: 名山最勝."

5) 金昌協, 『農巖集』卷34, 「農巖雜識」. "中國所稱洞, 皆指巖窟石穴中, 空可居者耳. 我
國則不然. 凡山谷深邃處, 輒以洞名之. 考韻書, 洞空也. 兩山之間, 有谷焉, 是亦有空義,
稱洞亦無不可, 而至於京城坊里之名, 亦以洞稱, 則尤無謂. 不知何自而有此訛也. 然周人
之玉, 宋人之鼠, 同以璞名, 則方俗所習同名而異實者, 自古而然. 非獨此一事也, 亦各隨
其稱而已. 讀名山記, 偶書."; 閔遇洙, 『貞菴集』卷11, 「存吾齋處士金公墓誌銘」. "旣病

독서일지인 『흠영(欽英)』을 보면 『우초신지(虞初新志)』를 비롯한 김성탄
(金聖嘆) 평점본(評點本) 『수호전(水滸傳)』·『서상기(西廂記)』등 수많은 명
청대 서책들이 열거되어 있으며, 이덕무(李德懋)도 문집과 『뇌뢰낙락서
(磊磊落落書)』에 많은 수의 명청소품(明淸小品)을 인용하고 있다. 이러한
노론계 문인들의 독서 체험은 당시 부와 권력을 함께 지니고 있었기에
가능하였을 것으로 생각되며, 이들이 다양한 방면에 걸쳐 학문적 호기심
을 나타낸 점도 관심을 끌지만 그 호기심을 실현 가능케 한 배경에 노론
이 지니고 있던 물적 토대가 자리하고 있다는 사실도 주목된다.

그런데 18세기 노론계 문인들은 문예의식 뿐만 아니라 문명의식에 있
어서도 남다른 성과를 보였다. 사실 조선후기 문명의식의 성장은 임병양
란을 거친 이후 화이관(華夷觀)의 변화로 인해 조선도 중국에 못지않은
문화의 우수성과 진리를 추구하는 문명국가임을 자부하던 소위 '소중화
(小中華)'와 관련이 깊다. 병자호란 이후 '오랑캐'로 여겨지던 청나라가
중원의 지배자로 부상하면서 명나라를 대신하여 중화의 문명을 계승한
조선이야말로 진정한 중화 문명의 이상을 구현하는 문명국가임을 재인
식하게 되었던 것인데,[6] 여기에 송시열의 학통을 이어받은 노론이 핵심
노릇을 담당한 것이다. 이 시기 노론계 문인들은 다소 상반되긴 하지만,
중화 문명을 파괴한 청을 배척하고 명의 문화적 유산을 계승하려는 움직
임과 중화 문명을 이 땅의 현실에서 부분적으로 담보하려는 움직임을
보였다. 인물성이론(人物性異論)을 주장했던 호론(湖論)의 경우 주자의 의
리명분을 절대시하며 배타적이고 강경한 태도를 지녔고, 인물성동론(人
物性同論)의 입장을 보인 낙론(洛論)들은 "지금 또한 천하가 오랑캐의 풍

廢衰落, 無復四方之志, 乃聚古今諸名山記, 纂括而編成之, 名曰: 臥遊錄."
6) 유봉학(1995) 참조.

속을 따른 지가 오래되었으나, 우리 동방만은 궁벽한 모퉁이에서 옛 의
관과 예악을 바꾸지 않고 엄연히 소중화로 자처하고 있다. 그렇다고 해
서 요순(堯舜)과 삼왕(三王)이 다스렸고, 공자, 맹자, 정자, 주자가 가르
쳤던 중국의 땅과 백성을 모두 짐승의 젖을 먹고 누린내를 풍겨대는 집
단으로 여기고 더 이상 문헌을 찾아볼 수 없는 곳으로 본다면 잘못된
것이다."[7]라는 김창협의 언급처럼 변화된 국제 현실을 탄력적으로 대응
하면서 시간의 추이와 함께 배청의식이 다소 완화되는 경향을 보였다.[8]
그러나 중요한 것은 이들이 호론에 속하건 낙론에 속하건 간에 다른 당
파의 문인들에 비해 비교적 대명의리에 대한 입장을 문명의식과 연관
지어 강력하게 견지하고 있었다는 점이다. 이들의 주장이 자신들의 정치
적 생명력을 높이기 위해 다분히 의도적으로 산생된 측면이 있긴 하나,
그 이면에 자리하는 '문화 우위'의 관점에 입각한 명분의리의 강조와 이
를 통해 심미적 위안을 확보하고자 했던 일련의 움직임들은 자기만족과
이상적 가치의 실현을 통해 얻어지는 미의식의 추구에 기반을 두고 있다
는 점에서 주목되는 것이다.

　전통적으로 '미(美)'는 '선(善)'과의 통일을 요구하며, '선'의 최고 경계
에 도달하는 것이 '미'의 경계에 도달하는 것으로 인식되어졌다. 과거
윤리와 도덕의 감화 효과를 중시했던 유가의 논리를 미학의 관점에서
본다면 심미 의식 속에 순수하고 고상한 도덕이 구비되기를 요구하는
것이며, 도덕적으로 완정한 것만이 미학적으로도 그 가치를 인정받을
수 있는 것이다.[9] 따라서 이러한 관점에서 노론계 문인들이 주장한 문명

---

7) 金昌協, 『農巖集』 卷22, 「贈黃敬之欽赴燕序」. "今天下復爲左衽久矣. 我東僻在一隅,
　獨不改衣冠禮樂之舊, 邃儼然以小中華自居, 而視古赤縣神州堯舜三王之所治, 孔孟程朱
　之所敎之地與民, 槩以爲湩酪腥羶之聚, 而無復有文獻之可徵則過矣."

8) 이현승(2007) 참조.

의리에 기반을 둔 주장들은 실효성의 여부를 떠나 자신들이 추구하던 가치의 실현이란 차원에서 미의 경계에 도달하느냐 못하느냐의 여부를 결정하는 중요한 문제일 수밖에 없다. 그리고 그것이 이상과 현실의 괴리를 극복하기 위한 각고의 고민을 거쳐 북학의 논리와 같은 당시 조선 사회의 문제점을 찾고 이를 개선하려는 노력으로 이어져 조선 사회를 한 단계 발전시킨 견인차 역할을 담당했다면 그 의미는 더욱 남다르다고 하겠다. 본고가 노론계 문인들의 미의식이 산생된 배경을 논하면서 그들의 문예의식과 함께 문명의식을 중요한 하나의 키워드로 다루고 있는 것은 바로 이러한 이유 때문이다.

Ⅲ. 미의식의 특징과 전개 양상

1. 자연스러움의 추구와 '취(趣)'의 구현

조선후기 문단에 새롭게 대두된 문학적 경향의 하나로 천기론(天機論)을 꼽을 수 있다. 일찍이 장유(張維) 등에 의해 촉발된 천기론을 필두로 여항인을 둘러싸고 전개된 천기론, 사대부 문인들의 문학 기반을 설명하는 천기론 등 다양한 층위의 천기론이 조선의 문단에 나타났다. 그런데 이들 천기론이 공통적으로 지향하는 바는 한 마디로 '자연스러움의 추구'란 말로 요약될 수 있다. 마음속에 있는 다양한 감정을 솔직담백하게 표출하는 것이 바로 천기론의 지향인 셈이다. 18세기 노론계 문인들도 당시 문단의 분위기와 발맞추어 문예 작품을 창작할 때 이 천기를 대단히 강조하였다.

---

9) 이택후·유강기(1992) 참조.

시는 성정의 발현이자 천기의 움직임이다. 당나라 사람들의 시는 이 점을 터득했기 때문에 초당, 성당, 중당, 만당을 막론하고 대체로 모두 자연스러웠다. 지금은 이 점을 알지 못하고 오로지 성음과 모습을 모방하고 분위기와 격식에 힘써 옛사람을 따르려고 하는데, 그 성음과 면모가 비록 혹 비슷하기는 하나 기상과 흥취는 전혀 다르다. 이것이 명나라 사람들의 잘못된 점이다.10)

김창협은 시는 성정의 발현인 동시에 천기의 움직임이라고 정의하였다. 그리고 당나라 사람들의 시가 자연스러운 것은 바로 성정의 발현과 천기의 움직임이란 두 가지 요건을 충족시켰기 때문이라고 말하고 있다. 성정과 함께 천기가 있어야 보다 시다운 시가 탄생한다는 것인데, 과거 도학자들이 시를 성정에만 결부시켜서 사고하던 사유방식에서 벗어나, 천기의 작용을 시 창작의 요건으로 상정하고 보다 쉬우면서도 자연스러운 시의 창작을 추구한 것이다. 또한 김창협은 천기를 흥취와 관련지어서도 사고하였다. 흥취란 외부사물에 촉발되어 일어나는 영감의 작용으로 시인이 객관 경물을 바라볼 때 자연스럽게 일어나는 미적 감흥인데,11) 어떠한 의도를 가지고 작위적으로 쓰이지 않은 시, 흥이 모여지고 뜻이 이른 뒤에 무심히 표출되어진 것이 좋은 시이다. 그래서 오원(吳瑗)과 같은 문인은 "내 성품이 산수를 좋아하며, 친구를 좋아하고, 술을 좋아하고 또 시를 좋아한다. 내 시는 까닭 없이 지어지진 않는다. 산에 오르고 물가에 가면 지어지고, 친구를 보면 지어지고, 술이 있으면 지어진다. 많기를 구하지도 않고 공교하기를 구하지도 않는다. 바야흐로 흥

---

10) 金昌協, 『農巖集』卷34, 「農巖雜識・外篇」. "詩者, 性情之發, 而天機之動也. 唐人詩, 有得於此. 故無論初盛中晚, 大抵皆近自然. 今不知此, 而專欲摸象聲色, 黽勉氣格, 以追踵古人, 則其聲音面貌, 雖或髣髴, 而神情興會, 都不相似. 此明人之失也."

11) 정우봉(1992) 참조.

취가 모여지고 의(意)가 이르러, 그 무심(無心)이 발하여진 것은 일찍이 유심(有心)이 되도록 해본 적이 없으며, 유심으로 이루어진 것은 반드시 무심하고자 애쓰지도 않았다. …… 천기의 자연스러움을 아는 사람은 알 것이다."[12]라고 말하며 시 창작에서 자연스러움의 발현을 중시하는 발언을 남긴 바 있다.

그런데 이 천기는 비단 시 창작에만 국한되어 적용되는 것이 아니다. 이하곤(李夏坤)의 말을 빌리자면 천기는 서화 창작에서도 중요한 요소로 작용한다. 즉, "그림은 고인을 모방하게 되면 필세가 옹졸하여 천기가 활발하게 되지 않는다. 표제가 제한받으면 구상이 메말라 정신이 둔해진다. 모름지기 고인을 모방하지 않고 표제에 제한을 받지 않은 다음에야 자연히 기운이 생동하고 뜻과 형태가 모두 갖추어지게 되며 바야흐로 신품에서 나와 신묘함으로 들어가는 경지가 있게 된다."는 것이다.[13] 이처럼 당시 문인들이 회화에도 천기라는 용어를 사용했다는 사실은 천기가 인간에게 감응하는 순간 매우 미적인 속성을 지니게 된다는 것을 의미한다.[14] 다시 말해 문학이나 서화를 논하면서 천기를 언급했다는 것은 이들이 자신들의 창작물 내부에 존재하던 진실성과 아름다움에 대해 어느 정도 인식하고 있었으며, 인간의 내면적 진실과 정(情)을 강조하고 있었다는 사실을 말해주는 것이다. 그 결과 이들은 서화를 창작할 때 형사(形似)가 아니라 신정(神情)의 표현을 목적에 둔 핍진(逼眞)을 강조

12) 吳瑗, 『月谷集』卷9, 「題詩稿後」. "吾性好山水好朋友好酒, 又好詩, 其詩無故不作. 登山臨水則作, 見朋友則作, 有酒則作, 不求多不求工也. 方其興會意到, 其無心而發者, 未嘗使之有心也, 有心而成者, 不必欲其無心也. (中略) 天機之自然, 知者其知之"
13) 李夏坤, 『頭陀草』冊13, 「與畫師書」. "凡畫倣古人, 則筆勢局促, 而天機不活, 限標題, 則意匠枯燥, 而精神頓減. 須不倣古人不限標題, 然後自然氣韻生動, 意態具足, 方有出神入妙之境矣."
14) 박수밀(2002) 참조.

하며 "그림이란 것은 반드시 전체를 형사할 것이 아니라, 그 뜻을 얻는
것이 필요하다."는 등의 언급을 남기기도 했다.15)

이처럼 18세기 노론계 문인들은 문예 작품을 언급할 때 대체로 '천기
(天機)', '천진(天眞)', '진절(眞切)', '신필(信筆)' 등의 용어를 사용하여 공
교한 수식보다도 인간의 내면 정서를 진솔하게 담아내고 사물의 모습을
담박하게 그려내는 자연스러움의 미의식을 추구하려는 경향을 보였는
데, 이는 '개성의 추구'나 '참됨의 추구', '진솔함의 추구' 등과 일맥상통
하는 개념이다. 박지원(朴趾源)이 "글이란 자신의 생각을 나타내면 그만
이다. 제목을 놓고 붓을 잡은 다음 문득 옛말을 생각하고 억지로 고전의
내용을 찾아서, 뜻을 근엄하게 꾸미고 글자마다 장중하게 하려는 태도는
마치 화공을 불러 초상을 그리게 하면서 용모를 고치고 앞에 나서는 것
과 같다."16)라며 문장을 거짓되지 않은 참모습을 표현하는 것이라 주장
했던 것도 이 경우에 해당된다고 하겠다.

그런데 이 자연스러움의 미의식은 곧 '취(趣)'의 구현과 밀접한 관련을
맺는다. 도덕적인 규제나 억압을 통해 인간의 마음을 제어하지 않고 인
간의 내면세계를 자연스러움의 관점에서 접근할 경우 심미적 쾌감이나
흥취를 위한 일체의 모든 행위가 허용될 수 있다. 물론 도덕적으로 비난
을 받거나 몰지각한 행동으로 남에게 피해를 주는 행위까지 긍정될 수는
없겠지만 유가에서 정해놓은 도덕적 틀에서 벗어나지 않는 범위 내에서
삶의 질을 높이기 위해서 행해지는 모든 취미 활동들이 가능해진다.

예로부터 뜻이 높고 운치 있는 선비는 산수를 성명으로 삼고 서화를 다반

15) 安重觀, 『悔窩集』 卷4, 「題九龍暴帖」. "畵不必一切形似, 在得其意而已."
16) 朴趾源, 『燕巖集』 卷3, 「孔雀舘文稿自序」. "文以寫意則止而已矣. 彼臨題操毫, 忽思
古語, 强覓經旨, 假意謹嚴, 逐字矜莊者, 譬如招工寫眞, 更容貌而前也."

사로 하니, 깨끗하고 빼어난 기운을 지니고자 하면 자신의 소산하고 한가
로운 취미에 의탁할 뿐이다. 그러므로 밝은 창가에 책상을 정돈하고 향을
피우고 차를 달이고, 마음에 맞는 사람과 더불어 이야기하고 뛰어난 글씨
와 그림을 품평하니 이것이 인생 제일의 즐거움이다.[17]

이하곤은 위 글에서 자신이 산수 유람과 서화 감상에 남다른 취미가
있음을 고백하고 있다. 그리고 자신의 취미를 인생 제일의 즐거움으로
손꼽으며 대단히 긍정적 행위로 묘사하였다. 실로 문예 활동에 대한 전
폭적인 지지라고 할 수 있는데, 이들이 문예 활동을 긍정할 수 있었던
것은 심미적 쾌감이나 흥취와 같은 '취(趣)'의 구현을 추구한 결과이다.
유만주가 상선대에서 어느 거문고를 연주하는 자에게 "옛날에 도연명은
북창 아래에 누워서 줄 없는 거문고를 연주하였습니다. 거문고인데 줄이
없으니 거문고의 오묘함을 아는지 모르는 지 여부를 어찌 논할 수 있겠
습니까만, 도연명이 손으로 연주를 하였으니 어찌 취를 기탁한 것이 아
니겠습니까? 나는 거문고에 대해 그 취를 사랑하니, 내가 그 취를 사랑
하는 것은 또한 도연명의 뜻일 뿐입니다."[18]라고 말하며 문예 활동에서
취가 구현되었는가의 여부를 강조하였던 것이 이러한 사실을 증명한다.
요컨대, 18세기 노론계 문인의 미의식은 자연스러움의 추구와 '취(趣)'
의 구현이란 특징적 모습을 보이고 있으며, 이러한 경향은 18세기 초
김창협과 김창흡 형제를 위시하여 18세기 말 북학파에 속했던 문인들에

---

17) 李夏坤,『頭陀草』册18,「題一源爛芳焦光帖」."自古高人韵士, 以山水爲性命, 以書畫
爲茶飯, 盖欲資其淸泠秀潤之氣, 以寄吾蕭散閑遠之趣耳. 故明囱淨几, 焚香淪茗, 與意
中人縱談山水, 評品法書名畫, 此爲人生第一至樂."

18) 俞晩柱,『通園稿』,「琴解」."昔陶淵明臥北窓之下, 弄無絃之琴, 琴而無絃, 則解不解何
論. 而淵明猶手弄之, 豈非以趣耶. 余於琴, 愛其趣, 余之愛之也, 亦淵明之意耳." 정우봉
(2009) 423쪽에서 재인용.

이르기까지 공통적으로 나타나는 현상이다. 그러나 이들 경향이 과연 노론만의 고유한 특징으로 말할 수는 없다. 천기론에 기반을 둔 자연스러움의 추구나 '취'의 구현을 강조한 것은 노론이외에도 동시대의 근기지역 소론과 남인계 문인에게서도 보이는 모습이다. 따라서 18세기 노론계 문인의 미의식을 糾명하기 위해서는 이상의 특징을 바탕으로 전개된 문예 활동의 전반적인 양상을 주목할 필요가 있다. 동일한 이론을 공유하고 있더라도 그 이론이 실천되는 과정에서 범위와 정도의 차이가 생길 수 있기 때문이다.

2. 문예물에 대한 애호와 산수미의 발견

　　정자를 용산(龍山)과 광릉(廣陵) 사이에 두고 매화, 국화, 소나무, 대나무를 많이 심어 때때로 복건과 야복 차림으로 나가서 소요하였다. 손님이 오면 향을 피우고 단정히 앉아 경사(經史)를 토론하였으며, 곁에 고금의 법서(法書), 명화(名畵), 동옥(銅玉), 이정(彝鼎)을 두고 품평하고 감상하였으니, 마음이 담박하여 세상의 영리를 바람이 없었다.[19]

　　남공철(南公轍)의 문예물에 대한 애호가 잘 나타나 있는 글이다. 남공철은 주지하듯이 서화재(書畵齋)란 별도의 고동서화 소장처를 마련하는 등 문예물에 대해 각별한 관심을 기울였던 인물이다. 그는 위 글에서 풍광이 좋은 곳에 정자를 마련해 두고 손님이 오면 함께 나아가 경사(經史)를 토론하고 곁에 있던 고동서화를 감상하던 자신의 생활상을 담담한 어조로 기술하고 있다. 그가 저술한 「서화발미(書畵跋尾)」도 이러한 그의

---

19) 南公轍, 『金陵集·穎翁續藁』 卷5, 「自碣銘」. "置亭龍山廣陵之間, 多植梅菊松竹, 時以幅巾野服, 出往逍遙. 客至, 焚香淸坐, 討論經史, 傍列古今法書名畵銅玉彝鼎, 評品賞玩, 泊然無榮利之慕."

생활에서 산생된 결과물이겠거니와 18세기 경화세족에 속한 노론계 문인들은 자신이 지니고 있던 막대한 부를 바탕으로 상당한 수준의 문화생활을 영위할 수 있었다. 이하곤의 경우 "유독 서적을 혹애하여 누가 책을 파는 것을 보면 옷을 벗어서라도 그것을 구입했다. 장서가 거의 일만 권에 이르렀는데 위로 경사자집(經史子集)으로부터 아래로 패관소품, 의복(醫卜), 불가와 도가의 서책에 이르기까지 갖추어 두지 않은 것이 없었다. 그리하여 몸소 비점을 찍는다거나 평어를 붙인다거나 하며 섭렵 관통하여 비록 병석에 있을 적에도 일찍이 하루라도 손에서 책이 떠난 적이 없었다."[20]라는 그의 언급처럼 문예물 중에서 서책을 대단히 애호한 바 있다.

문예물에 대한 이들의 애호는 심지어 정신(鄭敾)과 같은 예인을 만나 상호 예술적 공감대를 형성하면서 진경문화를 견인하기도 했다.[21]

> 경자년 4월에 나는 풍악에 들어 구룡연을 보고 매우 장관이라 여겼다. 돌아와 정선에게 그 경개(景槪)를 말하니, 그 역시 수묵 그리기를 좋아하는 사람인지라 듣고는 벌떡 일어나 앉은자리에서 붓을 휘두르니, 곧 천 길 기세가 완연히 본래 경치의 쾌함을 볼 수 있었다.[22]

위 글을 보면 김창흡의 제자인 안중관이 1720년에 금강산을 유람한 후, 구룡연에서 느낀 감상을 정선에게 전달하고 정선은 그의 말을 토대로 다시 그림으로 재구성하고 있다. 문인들의 전언이나 문학 작품을 보

---

20) 강명관(1999) 264쪽에서 재인용.

21) 고연희(2001) 참조.

22) 安重觀, 『悔窩集』卷4, 「題九龍暴帖」. "庚子初夏, 余入楓嶽, 觀於水, 得九龍暴, 甚壯之. 歸與殿中元伯語其槩, 元伯喜爲水墨喜者, 聞之, 聳然從坐上, 灑筆直就之, 便見千尺氣勢宛然本景快矣哉."

고 그림을 그리고, 예인들의 그림을 보고 문인들이 문학 작품을 창작하는 일련의 과정을 통해 서로의 예술적 성취를 인정하는 지경에 이르게된 것이다. 문예물에 대한 남다른 애호가 없었다면 불가능했을 법한 일들이 실제로 일어났던 것이다. 그러나 이 역시도 18세기 경화세족들의문예 활동 경향과 궤를 같이하는 것이어서 노론계 문인만의 고유한 특질이라고 말하기 어렵다. 다만 여타 당파에 비해서 노론들이 보다 부를축적할 기회가 많았고, 중국에서 수입된 첨단의 문예물을 접할 계기가많았을 것으로 추론할 수 있을 뿐이다.

반면, 18세기 노론계 문인들이 지은 산수유기에는 비교적 노론만의특징이 선명하게 남아 있어 주목된다. 기실 산수유기는 산수를 애호하는작가가 산수체험을 통해 발견된 산수미를 글로 형상화한 것이다. 그래서산수유기는 유사 이래 끊임없이 창작되어 왔으며 그 역사 또한 길다.그러나 노론계 문인들의 산수유기가 주목되는 점은 산수 경치 자체를충족된 문학대상으로 재발견하고 사실적으로 묘사하였으며, '천기(天機)'나 '취(趣)'를 통해 '흥(興)'과 '쾌(快)'의 즐거움을 얻고자 하였다는 사실이다. 예컨대, 남인인 이만부(李萬敷)와 노론인 김창협이 금강산이란동일한 산수를 대상으로 남긴 유기를 살펴보면 이만부는 금강산을 통해인의예지와 같은 유교적 가치덕목을 배우려고 한 반면,23) 김창협은 금강산을 성인군자에 비유하여 그 매력에 한번 빠지면 헤어 나올 수 없으며 산수에서 얻어야 할 것은 참된 즐거움이라고 말하며 산수가 지니고있는 산수미를 탐닉하려는 모습을 보였다.24) 이만부가 산수자연을 통해

---

23) 李萬敷, 『息山集·息山先生別集』 卷3, 「金剛山總記」. "取之雖博, 不足以盡, 不如取之吾身. 取其安而重以爲仁, 取其流而通以爲智, 取其峻截而明爽以爲義, 取其委曲而彰徹以爲禮, 取其尊而拳以爲德之厚, 取其無所不有, 以爲道之備, 取其煥然粲然, 以爲文章,於是得所以觀山者."

인간성정의 발현이라는 미학적 측면을 무시한 채 사변적이고 교훈적인 내용을 담으려 하였다면, 김창협은 산수를 유람자의 미적 욕구를 충족시키고 문학 창작의 욕구를 불러일으키는 원천으로서 문학창작의 산실이자, 휴식과 풍류의 공간으로 파악한 것이다.25) 일찍이 김창협이 중국 역대문인들의 산수와 관련된 글 중에서 취를 느낄 수 있는 작품만을 200여 수 선별하여 『문취(文趣)』를 엮었던 사실은 산수를 바라보던 그의 시각을 보여주는 단적인 예라고 하겠다.26)

산수를 바라보는 노론계 문인들의 이와 같은 관점의 차이는 실제 작법의 차이로도 이어졌다. 앞서 언급한 이만부와 같이 도학 중심의 사고를 지닌 문인들의 산수유기는 대부분 정경에 대한 묘사가 세밀하지 못하며 의론을 삽입하여 철학적 이치를 탐구하려는 경향이 있다. 설령 의론의 삽입이 없고 정경만을 서술한 경우라 하더라도 그것은 묘사가 아닌 견문을 나열하는 수준에서 벗어나질 못했다. 반면 노론계 문인들의 산수유기는 유람자의 동선을 따라서 풍경을 상세하게 묘사하며, 의론이 삽입된 경우도 대부분 정감적 흥취를 기술한다. 게다가 이들은 보다 높은 수준의 심미적 만족을 위해서 실경과 이를 예술작품에 구현하는 단계에서 생길 수 있는 차이를 극복하기 위해 중국의 문예이론을 수용하고, 다양한 이론들을 모색하여 '진(眞)'과 '환(幻)', '정(正)'과 '기(奇)' 같은 구체적 묘사기법을 제출하였으며,27) 심지어 산수미의 기준을 정하여 어느 곳의

---

24) 金昌協, 『農巖集』卷25, 「柳集仲溟嶽錄跋」. "余嘗謂觀山水, 如見聖賢君子. 自其未見時, 則唯得一面焉幸矣, 及旣得見而望其容貌, 聽其言論, 而眞知其可愛慕, 則去而思之, 愈久愈不忘, 而其欲復見也, 乃甚於未見時, 蓋余於楓嶽, 實然矣. (中略) 究觀其妙而深得夫眞樂, 如古人所謂前日見其面今日識其心者."

25) 김혈조(1999) 참조.

26) 申靖夏, 『恕菴集』卷10, 「文趣序」. "今以與是選者觀之, 皆其人高古閑淡, 遺外聲利, 好自放於泓淨崢嶸之會, 而與樵牧傴釋接. 故其言之有趣而可好者如此."

산수가 더 아름다우며 심미적 쾌감을 주는지에 대해 품평하려는 모습을 보이기도 했다. 이는 김창협, 권섭(權燮), 이하곤 등의 경우가 그러하다고 하겠거니와 안석경(安錫儆)의 「동유기(東遊記)」는 산수에 대한 이들의 품평 경향을 극단적으로 보여주는 작품이다. 안석경의 「동유기」에는 금강산의 수많은 승경 중 가장 빼어난 곳을 순위별로 품등하고 그에 대한 이유가 '어디가 몇 번째이다. 그 이유는 이러하기 때문에 선정하게 된 것이다.'와 같은 방식으로 설명되어 있다.28) 산수란 자연 공간을 새롭게 인식하고 그 속에 내재해 있던 아름다움을 추구하고자 했었기에 이러한 활동들이 가능했던 것이라고 할 수 있다.

3. 문예작품의 창작과 문명의식의 발현

필기나 야담과 같은 문예작품의 창작과 향유도 그 전개 양상이 산수유기와 비슷하다. 과거 사대부 문인들에 의해 꾸준히 창작되었던 필기라는 기록의 전통이 조선후기 다양한 사회적 현상과 만나면서 다양한 양태로 발전하는 한편 야담이라는 서사장르를 창출하기도 했는데, 그 중심에 노론계 문인들이 있었던 것이다. 실제로 지금까지 밝혀진 이들 작품의 작가들을 보면, 『학산한언(鶴山閑言)』의 저자 신돈복(辛敦復)은 『천예록(天倪錄)』의 저자인 임방(任埅)과 매우 친밀한 사이였으며, 『삽교만록(霅橋漫錄)』을 지은 안석경의 외숙이다. 『동패낙송(東稗洛誦)』의 저자인 노명흠(盧命欽)은 집안이 한미하여 평생을 홍봉한(洪鳳漢) 집안의 숙사(塾師)로 있었는데, 홍봉한은 다시 임방의 사위이고, 『계서잡록(溪西雜錄)』의 저자인 이희평(李羲平)은 홍봉한 집안과 인척관계였음을 확인할 수

27) 고연희(2001) 참조.
28) 윤지훈(2005) 참조.

있다.29) 18세기 후반 정조의 문체반정에 논란이 되었던 인물들이 대부분 노론인 점을 보더라도 이들 사이에서 문예작품이 얼마나 유행하였던가를 짐작할 수 있겠다.30) 아마도 노론계 문인들이 주로 당대 집권층을 형성하며 막강한 권력과 부를 누리고 있었음을 감안한다면 이들이 다른 당파의 문인들보다 손쉽게 중국의 문예물을 접할 기회가 상대적으로 많았기 때문에 이러한 현상이 가능했을 것으로 여겨진다.

　그러나 노론계 문인들이 여타 문인들에 비해 문예작품을 풍부하게 창작, 향유할 수 있었던 보다 근원적인 요인은 자연스러움의 추구라는 그네들의 미의식이 일정 부분 영향을 미쳤던 것이 아닌가 한다. 안석경의 동생인 안석임(安錫任)에 따르면 그의 부친인 안중관이『산필(散筆)』이라는 문예작품을 창작하게 된 동기는 "서(敍), 논(論)과 같은 경우 혹 제도에 얽매여 마음속으로 밝히고자 하는 것들을 다할 수 없어서 혹 마음대로 붓을 놀려 여기저기 기록하였다."31)라고 하였다. 일정한 격식이 있는 기존의 한문학 장르에서 미처 담아낼 수 없는 흉중의 생각들을 필기라는 자유로운 형태의 문학 양식을 통해 기록하였다는 것이다. 그러므로 인간의 내면세계를 자연스럽게 표출하고자 했던 노론들이라면 필기와 같은 자유로운 형식의 문예작품에 충분한 매력을 느꼈을 것이며, 그것이 활발한 창작 활동의 동인이 되었을 개연성은 충분해 보인다. 이들이 남긴 문예작품들이 다분히 '취'의 구현이라는 유희적 성격을 지니고 있으면서도 일상에 주목하고 이를 기록으로 남기려는 사대부의 기록정신과 새로운 사회 현상에 대한 관심을 집약하

29) 이명학(1982); 김영진(1998, 2000) 참조.
30) 유봉학(1998) 참조.
31) 安錫任,『雪橋別集』,「雪橋別集序」. "第敍論之屬, 或拘於裁, 不得悉吾心之所欲明者, 則或肆筆散識."

고 있는 것도 이러한 사실을 대변한다.

노론계 문인들이 창작한 『농암잡지(農巖雜識)』, 『운양만록(雲陽漫錄)』, 『삽교예학록(霅橋藝學錄)』 등과 같은 문학 방면에 전문적인 필기류 저술들도 문예작품 창작의 한 예라고 할 수 있다. 주로 근기지역에서 활동한 노론계 문인들을 중심으로 이러한 학술 서적의 창작 활동 경향이 나타났는데, 이는 당시 노론계 문인들이 문학이 지니는 미학적 특질에 많은 관심을 갖고 있었음을 반증하는 사례이다. 과거 문인들이 무엇을 전범으로 삼을 것인가에 대해 고민을 했다면, 이들은 전범을 통해 무엇을 어떻게 학습하고 이를 실제 작품에 어떻게 반영할 것인가를 진지하게 고민하기 시작했던 것이다. 그 결과 이들은 작품에서 느껴지는 느낌이나 인상만을 단순히 제시하던 인상 비평의 방식에서 벗어나 비평의 대상작품을 편장자구(篇章字句)의 층위로 세분하여 분석하고, 그 분석을 바탕으로 작품이나 작가의 특징을 종합적으로 밝히는 방식을 취하여 전문 문학 비평서를 창작하였으며, 평점 비평의 방식을 사용한 비평 선집들을 편찬하였다. 이들 작품의 경우 앞서 언급한 순수 문예작품과 동일선 상에서 언급하기 힘든 측면이 있긴 하지만, 이 역시 노론계 문인들의 미의식 발로라는 측면에서 본다면 문예작품 창작의 범주에 속하는 것으로 생각해 볼 수 있다.

한편, 18세기 노론계 문인들은 문명의 실현에도 상당한 관심을 보였다. 여기서 말하는 문명은 성인이 천하의 질서를 세워 사방을 밝힌다는 의미로 종래 한자문화권에서 사용되던 개념이다. 이 문명은 곧 '중국=세계중심=문명'을 의미하며, 중국을 제외한 주변국들은 어디까지나 문명을 지닌 중심부에 의해 피동적으로 교화되는 대상일 뿐이다. 따라서 이 문명이란 개념은 그 함의부터가 성인과 밀접하게 관련되어 있기 때문에 이들이 남긴 가르침과 문물제도를 기본 이념으로 표방한 유교와 불가분

의 관계에 놓일 수밖에 없다.32) 즉, 유교의 대표적 정치 모델인 왕도정
치(王道政治)는 성왕들이 펼쳤던 정치이며, 그들이 말하는 인의예지의
덕, 복식 제도, 예악과 정형(政刑), 오상(五常) 등은 그 구체적 덕목인
셈이다. 이러한 점을 고려할 때 의리명분에 남다른 관심을 지니고 있었
던 노론계 문인들에게 당시 상황은 문명의 위기로 인식되어지기에 충분
했다. 청나라에 대한 적개심이 점차 완화되고 풍속이 문란해져 가는 모
든 제반 상황들이 이들에게 문명의 상실로 다가왔던 것이다. 그래서 이
들은 상실된 문명을 회복하기 위해서 전통적 화이론을 견지하기도 했고,
무너진 인륜을 다시 일으키기 위해 실용적 차원의 대응방안을 모색하려
는 움직임을 보이기도 했다. 예를 들어 김창협의 경우를 살펴보면 그는
문화론적 입장에서 당대 현실을 객관적으로 직시하고, 그 속에서 중화의
유풍을 배워야 한다고 말하였다. 청나라가 중화를 집권한 사실을 인정하
고, 당시 중국이 청나라의 지배를 받고 있지만 그곳에 사는 백성들과
그들의 문화는 과거와 다름없기 때문에 조선이 아무리 명나라의 적통을
이은 소중화로 자부하더라도 결코 청나라의 문화를 따라갈 수 없다고
말하면서 이를 적극적으로 받아들여야 한다는 논리이다.33) 또한 안석경
은 '도'를 인간이 마땅히 지켜야 할 '인륜'이라는 것을 비롯하여 의식주
등 인간이 삶을 영위하기 위한 일체의 모든 것이라 사고하고, 한 시대를
살아가는 지식인이라면 시세를 고려하여 현실에 사용할 수 있는 실용적
대응방안을 마련해야 한다고 주장하며 현실 제도의 모순을 고발하고 때
로는 부분적인 개혁을, 때로는 전면적인 개혁을 통해 이를 개선해나가려

---

32) 임형택(2009) 참조.
33) 金昌協, 『農巖集』卷22, 「贈黃敬之欽赴燕序」. "今天下復爲左衽久矣. 我東僻在一隅,
   獨不改衣冠禮樂之舊, 遂儼然以小中華自居, 而視古赤縣神州堯舜三王之所治, 孔孟程朱
   之所敎之地與民, 槩以爲渾酪腥羶之聚, 而無復有文獻之可徵則過矣."

는 대안들을 모색하려는 모습을 보였다.[34] 따라서 조선을 부강한 나라로 만들고 자신이 꿈꾸던 문명을 조선에 실현하겠다는 것에서 출발한 이들의 주장은 대상과 정도의 차이는 있겠으나 '후생(厚生)'의 관점에서 '이용(利用)'을 주장하며 청나라의 벽돌과 수레와 같은 사소한 것에도 비상한 관심을 기울였던 박지원으로 대표되는 북학파의 논리와 맞닿아 있다. 요컨대 북학파의 논리가 비록 그들의 남다른 자질과 식견에 의해 생성된 면이 있긴 하지만, 그들이 대체로 노론계 문인에 속한다는 사실로 미루어 볼 때 문명의 발현이란 미의식이 그들의 사상을 주체적이고 적극적인 모습으로 발전시킨 내적 연원이라고 생각해 볼 수 있다. '진선 (盡善)'이 곧 '진미(盡美)'로 인식되어졌던 과거의 사유 체계 속에서 이들이 추구한 이상향은 비록 각기 다른 모습으로 표출되었지만, '진선'의 구현을 꿈꾸고 실현하고자 했던 노력의 흔적들은 공히 '진미'의 추구라는 미학적 가치의 실현으로 수렴되고 있음은 부정할 수 없을 것이다.

IV. 결론

이상의 논의를 정리하면, 18세기 노론계 문인들은 문예의식의 성장이란 당시 시대사적 조류에 발맞춰 상당한 수준의 문예의식을 선보였다. 이들은 이론적으로는 천기론에 바탕을 둔 자연스러움의 미의식을 추구하는 한편, '취'의 구현이라는 문예물에 내재해 있던 본원적 가치에 대해 재인식하려는 모습을 보였다. 그리고 이러한 문예에 대한 이론적 배경을 자신들이 지니고 있던 물적 토대를 결합시켜서 고동서화와 같은 문예물

---

34) 윤지훈(2009) 참조.

을 혹애(惑愛)하고 문학이 주는 본래의 심미적 쾌감을 탐닉하였으며, 수
려한 산수자연의 경관이나 일상의 소소한 일들을 문학에 담아내려고 했
던 경향 등과 같은 풍부한 성과를 제출하였다. 이들은 또한 송시열의
학통을 이어받아 노론이 태생적으로 갖고 있던 의리명분을 문명의식과
결합시켜 '문화'를 바탕으로 한 문명의식의 발현, 즉 '진선'의 실현을 통
한 '진미'의 추구라는 미학적 가치를 구현하려는 경향도 나타냈다.

그러나 앞서 언급했듯이 18세기 노론계 문인들이 보여준 이와 같은
미의식은 조선후기 문인들의 보편적 특성과 궤를 같이 하는 것도 있고,
노론만의 특수한 성향이 반영된 경우도 있다. 따라서 노론계 문인들의
미의식을 볼 때 보편성과 특수성이란 동전의 양면과 같은 두 가지 면이
동시에 존재하고 있음을 염두에 둘 필요가 있다. 즉, 18세기 노론계 문인
이 여타 당파에 비해 문예적 특수를 누리고 다양한 문예 활동을 펼쳤던
것은 사실이지만, 이 시기에 들어서면 학문과 문예적 방면에 있어 당파
를 초월하여 서로 교유하고 공감대를 형성한 경우가 상당히 많았으며
같은 노론에 속했다고 해도 낙론과 호론의 입장이 다르고 같은 낙론도
연원과 시대에 따라 다른 견해를 제출할 뿐 아니라 당파가 다르더라도
비슷한 문화를 공유한 경우에 같은 목소리를 내고 있는 복잡다기한 상황
을 고려해야 하는 것이다. 본고가 18세기 노론계 문인의 미의식을 고찰
하면서 대략적인 경향성을 밝히는 데에 초점을 맞춰 서술하였던 것도
바로 여기서 연유한 것인데, 본고가 지니는 이러한 한계들은 추후 연구
를 통해 보완하도록 하겠다.

참고문헌

金尙憲,『淸陰集』.

金壽增,『谷雲集』.

金昌緝,『圃陰集』.

金昌協,『農巖集』.

南公轍,『金陵集』.

閔遇洙,『貞菴集』.

朴趾源,『燕巖集』.

申靖夏,『恕菴集』.

安錫儆,『雪橋集』.

安重觀,『悔窩集』.

吳 瑗,『月谷集』.

俞晩柱,『通園稿』.

李萬敷,『息山集』.

李夏坤,『頭陀草』.

강명관,「조선후기 서적의 수입·유통과 장성가의 출현」,『조선시대 문학 예술의 생성 공간』, 소명출판, 1999.

고연희,『조선후기 산수기행예술 연구』, 일지사, 2001.

김영진,「조선후기 사대부의 야담 창작과 향유의 일양상」,『어문논집』37, 안암어문학회, 1998.

＿＿＿,「유만주의 한문단편과 기사문에 대한 일고찰」,『대동한문학』13, 대동한문학회, 2000.

김혈조,「한문학을 통해 본 금강산」,『한문학보』1, 우리한문학회, 1999.

박수밀,「조선후기 문학과 회화의 상호조명」,『한국한문학연구』30, 한국한문학회, 2002.

신영주,「17세기 문인들의 취의 구현과 서화금석에 대한 관심」, 성균관대 박사학위논문, 2006.

유봉학,『연암일파 북학사상 연구』, 일지사, 1995.

_____, 『조선후기 학계와 지식인』, 신구문화사, 1998.

윤지훈, 「삽교 안석경의 금강산 유기」, 『한문학보』 12, 우리한문학회, 2005.

_____, 「안석경의 사유방식과 경세론에 대한 일고」, 『동방한문학』 41, 동방한
    문학회, 2009.

이명학, 「한문단편의 작가로서의 안석경」, 『이조후기 한문학의 재조명』, 창작
    과 비평사, 1982.

이택후 · 유강기, 『중국미학사』, 대한교과서주식회사, 1992.

이현승, 「18세기 초반 낙론계열 성리학의 형성과 사회문화적 영향」, 『한국사상
    사학』 28, 한국사상사학회, 2007.

임형택, 「한국고전에서 '멋'의 미학 −溪山風流와 관련하여」, 『한국문학사의 논
    리와 체계』, 창작과비평사, 2002.

_____, 『문명의식과 실학』, 돌베게, 2009.

정우봉, 「김창협 시론의 비평사적 의의」, 『어문논집』 31, 고려대 국어국문학과,
    1992.

_____, 「조선후기 문예이론에 있어 趣 개념과 그 의미」, 『한문학보』 21, 우리
    한문학회, 2009.

19세기 산문의 미학적 특징

- 학술과 문예를 중심으로 -

최 식

Ⅰ. 머리말

19세기 학술과 문예의 특징은 훈고학과 고증학으로 대변되는 한학의 성행, 박학(博學)의 추구에 따른 다양한 독서와 장서가(藏書家)의 출현 및 다양한 필기류 저술로 요약할 수 있다. 이는 당시 경화세족이 다양한 지식과 새로운 정보에 대한 갈증을 해소하는 하나의 방편이었다. 19세기 중국은 건륭제(乾隆帝, 1711~1799)와 그 뒤를 이은 가경제(嘉慶帝, 1760~1820)의 치세로 이른바 '건가성세(乾嘉盛世)'라 하여 청조(淸朝) 문화의 난숙기요 대성(大成)의 시대로 일컬어지며, 조선은 정조(正祖, 1752~1800)의 문화정책으로 학술과 문예의 부흥기를 구가한 이후이다. 당시 경화세족은 경제력을 바탕으로 중국으로부터 대량의 서적을 유입·유통하고, 이를 바탕으로 당대 학술과 문화를 선점했을 뿐 아니라 청조의 학술과 문예 동향에도 민감하게 대응한다.

필자는 19세기 산문의 미학적 특징을 학술과 문예를 중심으로 살펴보고자 한다. 먼저 19세기 한학의 성행과 '실사구시'의 담론을 살펴보고, 방대한 독서와 장서가(藏書家)의 출현 및 소설 창작과 독서에 대한 옹호와 지향을 검토하고, 끝으로 다양한 필기류 저술과 그 특징을 알아보고자 한다. 이는 당시 경화세족의 학술과 문예를 정치하게 살펴 19세기 학술과 문예적 특징을 파악하고, 나아가 19세기 산문의 미학적 특징을 이해하는 초석이 될 것이다.

Ⅱ. 한학(漢學)과 '실사구시(實事求是)'

19세기 훈고학과 고증학으로 대변되는 한학의 성행은 학계에서 한송논쟁(漢宋論爭)으로 비화되고 한송절충론(漢宋折衷論)으로 그 접점을 찾아간다. 그 무렵 김정희(金正喜, 1786~1856)는 1809년 연행(燕行)을 계기로 청조의 옹방강(翁方綱, 1733~1818) · 완원(阮元, 1764~1849) 등과 편지를 왕래하며 학술적 교류 성과를 「실사구시설(實事求是說)」로 집약하는데, 옹방강과 완원이 주장한 '실사구시'의 내용과 관련이 깊다. 한편, 고증학에 상당히 경도되었던 이정리(李正履, 1783~1843)는 '실사구시'에 착안하여 서재를 '실사구시재(實事求是齋)'로 명명하고 홍석주(洪奭周, 1774~1842)와 홍길주(洪吉周, 1786~1841)에게 글을 청한다. 따라서 이정리의 '실사구시재'와 체협(禘祫)에 대한 관심은 김정희가 「실사구시설」을 짓고 『노례체협지(魯禮禘祫志)』를 편찬한 사실과 무관하지 않다.

1. 한학의 성행과 한송절충론(漢宋折衷論)

정약용(丁若鏞, 1762~1836)은 18세기 이후 중국의 고증학과 한학이 본

격적으로 조선 학계에 수용되면서 야기된 문제를 거론하는데, 훈고학을
매우 부정적으로 인식한다.[1] 또한 김매순(金邁淳, 1776~1840)도 모기령
(毛奇齡, 1623~1716)이나 정현(鄭玄, 127~200)을 떠받들고 고아하다고 자
부하며, 장구(章句)와 집주(集注)를 공령(功令)의 속학(俗學)으로 돌려버리
고서 거만하게 깔보며 고상한 운치라고 여기는 중국 학계의 상황을 비판
한다.[2] 이는 청조뿐 아니라 조선에도 한학으로 대변되는 훈고학과 고증
학이 점차 맹위를 떨치는 상황을 대변한다.

　홍석주와 성해응(成海應, 1760~1839)의 한송논쟁은 당시 학계의 상황
을 그대로 반영하는데, 사고전서총목에 대한 견해차에서 출발한다.[3] 학
술적 논쟁은 고증학과 『사고전서』에만 그치지 않고, 한학과 송학(宋學)
으로 논의가 확대·심화되어, 중국 서적의 유입과 고증학 및 한학의 성행
과 관련한 학계의 분위기를 사실적으로 담고 있다.[4] 홍석주가 송학의

---

1) 정약용, 『茶山詩文集』 권11, 「五學論」 二. "古之爲學者五, 曰博學之, 審問之, 愼思之,
明辨之, 篤行之. 今之爲學者, 一曰博學之而已, 自審問而下, 非所意也. 凡漢儒之說, 不
問其要領, 不察其歸趣, 唯專心志以信之. 邇之不應乎治心而繕性, 遠之不求乎輔世而長
民. 唯自眩其博聞强記宏詞豪辨, 以眇一世之陋而已. 其有謬義邪說, 足以爲萬世之害者,
則函受并容, 以爲天下之義理無窮. 斯則先聖先王, 其格言至訓, 悉爲是湮晦而不章, 磨滅
而不立矣, 豈不悲哉."

2) 김매순, 『臺山集』 권8, 「答丁承旨」 二. "明淸以來, 儒士之粗挾才氣, 而不肯專心事朱
者, 類皆撬毛芬鄭, 自命古雅, 而以章句集注, 歸之於功令俗學, 傲然俯視以爲高致. 是其
心地眼界, 蚤已偏蔽不公, 又安能保有虛明瞭焉, 不差於金鐵珉玉之辨耶?".

3) 홍석주, 『鶴岡散筆』 권1, 37. "考證之學, 固不爲無益于讀書也. 近世之學, 專以是爲
務, 說經者, 不講義理, 讀史者, 不問治亂, 唯以字訓之同異年月之先後斤斤焉, 爲平生之
家計, 弊精以求之, 焦脣以爭之, 終身仡仡而不知止, 其亦可謂枉用心矣, 余嘗與成海應
龍汝, 論四庫全書總目, 有書累百言反覆抨擊, 頗自謂切中近世之弊. 然其時所論, 專爲紀
曉嵐而發, 曉嵐固辯於考證, 然其文章識解, 亦實有過人者. 若今世所謂名儒者, 愈精愈
博, 愈巧愈新, 而其學術則愈不可問矣. 然彼亦豈不知其爲末務小道哉?"

4) 홍석주, 『淵泉集』 권17, 「答成陰城書」와 成海應, 『研經齋全集』 권9, 「答洪淵泉斥考
證書」 참조.

입장에서 한학의 장점을 수용하려는 한송절충론을 주장한 반면, 성해응은 고증학과 한학을 긍정·옹호하고, 한학의 입장에서 한송절충론을 주장한다. 특히, 성해응의 주장은 당시 송학 일변도에서 탈피하여 고증학과 한학을 수용하려는 분위기를 반영한다.

홍길주 또한 당시 고증학의 성행과 풍미를 심각하게 우려하고,[5] 「의발책(擬發策)」에서 고증학과 한학의 성행과 풍미를 경계·비판하고 아울러 한학과 송학을 둘러싼 학술적 논쟁을 공론화시켜 문제점을 해결하고 그 대안을 모색한다.[6] 나아가 한학과 송학을 둘러싼 학술적 논쟁의 해법이자 대안을 제시하는데, 다름 아닌 송학의 입장에서 한학과 송학의 합일이다.[7]

---

5) 홍길주, 『孰遂念』 제15관. "近世考證之學, 徒費精力, 無益於身心, 爲學者, 所宜深戒."

6) 홍길주, 『沆瀣丙函』 권1, 「擬發策一道」 참조.

7) 홍길주, 『沆瀣丙函』 권10, 『睡餘瀾筆』 續下 138. "余嘗擬作發策一道, 略擧漢學病處, 近又作詩途醇溪昆仲燕行, 極言中國攷訂家詆侮程朱之弊. 士友讀者, 或曰, 漢儒不可斥, 漢與宋, 故當調停. 唯斥近儒之詆宋賢者而已. 或曰, 漢宋未始有爭, 何事乎調停, 亦奚可容扶抑? 余謂此數說, 俱不免助長崇漢抑宋者銳氣. 大抵, 漢儒之於六經, 其功不可誣也. 非西漢之儒, 則程朱氏何從而見六經? 微東漢之儒, 則程朱氏何資而曉訓詁? 唯其名物制度之外, 釋文義談道理, 往往牽强附會, 甚或大悖彝倫, 余於發策中, 已擧其數段矣. 烏可以有功聖經之故而并諱其短耶? 且其名物訓詁之好處, 朱子固皆取用矣. 旣取用前人之解, 則其說無從以繁複也. 至性命理氣之奧, 倫綱風敎之重, 漢儒之所闊略, 而擧世之所晦瞢者, 則又不得不重言累語以大明之也. 後儒見朱子之詳於此而略於彼, 遂謂朱子之學, 殿名物而專性理, 不倣此, 則非所以學朱, 遂至註下添註, 疑外惹疑, 充卷溢裒, 生生不已, 斯又非朱子意也. 朱子之於名物, 旣以漢儒已備之故而略之, 後朱子者之於性理, 獨不可以朱子已備之故而略之耶? 今者, 漢宋之訟, 片言而可以決, 漢儒之功不可廢, 而其釋文義談道理者, 弗可從也. 朱子於名物訓詁, 已從漢儒好處, 而說性談理, 却又煥然光明, 後儒唯一遵朱子, 則漢儒之可從者, 包其中矣. 君子通經學古, 將以用諸修己而治人也. 此漢儒宋賢之所同準, 而後之爲漢爲宋者, 于此俱闕如也. 吾見漢宋之同, 而未見其異耳, 尙何爭之有哉? 吾願今之學者, 惟一遵朱子, 而翦剔枝葉, 孜孜乎修己治人之實而已."

2. '실사구시'의 담론과 층위

'실사구시'의 담론은 두 가지 방향으로 전개되는데, 하나는 실용실천 (實用實踐)의 '실사구시'이고, 다른 하나는 한송절충(漢宋折衷)의 '실사구 시'이다. 이는 이정리의 '실사구시재'와 김정희의 '실사구시설'과 밀접한 관련을 맺는다.

홍석주는 '실사구시'를 '무실구시(務實求是)'로 바꾸어, 공소한 송학의 폐단과 지엽에 치우친 고증의 말폐를 비판하고 학문의 실용과 실천을 중시하는 방향으로 나아간다.[8] 홍길주 또한 '실사구시'를 독서의 실용과 실천을 중시하고 추상적·관념적 내용에서 벗어나 현실의 일상에서 실천 할 수 있는 실질적 방향으로 인식한다.[9] 이들은 '실사구시'를 실용실천 의 측면으로 인식한다.

반면, 김정희는 '실사구시'를 송학의 공소함을 극복하기 위한 방법으 로 한학의 정밀한 훈고를 '실사(實事)'로 보며, 한학의 명물훈고(名物訓詁) 를 극복하기 위한 방안으로 송학의 의리탐구를 '구시(求是)'로 본다. 이는 옹방강의 편지에서 한학과 송학을 절충하려는 견해와 〈실사구시잠(實事 求是箴)〉의 '핵실재서(覈實在書), 궁리재심(窮理在心)', 그리고 완원의 「의

---

8) 홍석주, 『淵泉集』 권25, 「實事求是說」. "客曰 然則如之何而可也 余曰 是無患焉 求其 是而已矣 後世之爲學者 亦自謂求其是矣 而不能以措諸用者 空言而非實事也 其營營于貨 財衣食之塗者 皆自謂求其實矣 然所求者 利害之實 而非是非之實也 使其事必務實 實必 求是 則學安有不誠 治安有不古哉 太初曰 善哉 言乎 大學之始 不曰窮理而曰格物 物者固 實事之謂也 ".

9) 홍길주, 『峴首甲藁』 권2, 「實事求是齋記」. "獻王之事, 今雖不可攷, 史稱王好古書, 所 致書與漢朝埒, 王之所以求實事之是者, 顧不在書乎? 西京之儒, 專一經以爲學, 用之治 郡, 則爲良牧守, 用之治獄, 則爲良獄吏, 用之治財賦, 則爲良有司, 用之治天下國家, 則 爲良宰相, 實事之是, 又豈在方策外哉? 唯今之所謂讀書者, 判不與古昔侔. 凡其平易切 近, 有裨乎心與身, 可以推諸日用施爲之間者, 一截棄不詁, 唯就夫高妙虛遠, 紏紛錯互, 不可方而究者, 仡仡至千萬言不斁, 及其處一事理一人, 茫然不知所嚮負. 於是乎笑之者 曰, '古書無當於實用.' 嗚呼, 是豈書之罪哉?"

국사유림전서(擬國史儒林傳序)」 내용과 관련이 깊다. 또한 홍석주가 학문
의 실용과 실천을 강조한 대목과 정약용이 성리학과 훈고학을 비판한
내용과도 일맥상통한다. 따라서 김정희의 '실사구시'는 옹방강과 완원
등 청조 학술과 문예의 최신 동향을 착실히 수용하는 한송절충의 성격으
로 조선 학계의 학문적 성과를 일정정도 반영한다.[10]

Ⅲ. 독서와 '삼한의열녀전(三韓義烈女傳)'

조선후기는 서적의 수집과 유통이 이전보다 더욱 확산된다. 중국으
로부터의 서적 수입과 유통, 감영판의 다양한 보급, 나아가 활발한 활
자의 주조와 방대한 분량의 출판이 이루어진다. 특히 문화군주를 자임
하던 정조는 중국에서 간행되는 거질에 해당하는 서적들도 즉시 수입
하여·소장했을 뿐 아니라 다양한 종류의 서적을 출판하는 등 서적에
남다른 관심을 보인다. 정조가 1772년부터 1800년까지 편찬한 문헌을
목록화한 『군서표기(群書標記)』가 대표적이다. 당시 경화세족은 박학
(博學)의 추구와 맞물려 방대한 서적의 수집과 유통, 나아가 독서삼매
경에 빠지게 된다.

1. 독서의 함의와 내용

홍길주는 독서지사를 자처할 정도로 독서의 역할과 필요성을 깊이 인
식한다. 더욱이 세상의 책과 독서에 대한 일방적인 주장과 달리, 개방적
인 태도로 책과 독서의 다양성, 나아가 효용성을 찾는데 주력한다. 이는

---

10) 김정희, 『阮堂全集』 권1, 「實事求是說」 참조.

일방적이고 획일적인 사고에서 벗어나 개방적인 태도로 책과 독서를 새롭게 인식한다.

따라서 세상 사람들이 '자질구레한 이야기'로 치부하여 깔보는 서적도 탐독한다. 포송령(蒲松齡, 1640~1715)의 『요재지이(聊齋志異)』·원매(袁枚, 1716~1798)의 『신제해(新齊諧)』·기윤(紀昀, 1724~1805)의 『열미초당필기(閱微草堂筆記)』 등에 대한 언급과 도종의(陶宗儀, 1316~1369)가 편찬한 『설부(說郛)』를 농서(農書)로 착각한 일화, 기윤이 『사고전서』를 교감하다가 저지른 실수담 등에서 다양한 독서취향과 개방적 태도가 감지된다. 또한 허무맹랑한 저술로 지목되는 『산해경』, 연의소설(演義小說)의 최고걸작으로 손꼽히는 나관중의 『삼국지연의』, 한에서 북송 초기까지의 소설류를 광범위하게 수집한 『태평광기(太平廣記)』, 청나라에서 발간한 『소림광기(笑林廣記)』·『권희원가(勸喜寃家)』 등 다양한 중국 서적의 탐독은 홍길주를 비롯한 경화세족의 독서 범주와 취향을 사실적으로 보여준다.

아울러 방대한 서적 중에서 독서할 만한 서적을 선정·분류한 각종 독서목록과 독서록이 출현하는데, 『홍씨독서록(洪氏讀書錄)』·『사부송유(四部誦惟)』·『서림일위(書林日緯)』 등이 대표적이다. 『홍씨독서록』 4권은 1810년 홍석주가 홍길주를 위해 자신이 읽은 서적과 읽어볼만한 서적 424종을 선정하고 경(經)·사(史)·자(子)·집(集)으로 분류한 것이고,[11] 『사부송유』는 1828년 홍길주가 홍현주(洪顯周, 1793~1865)에게 구경(九經)·육사(六史)·제자(諸子)·백가(百家)의 문장을 4부로 구분하여 암송하고 생각하며 힘써 독서할 것을 당부하며 완성한 것이다.[12] 이는 방대한

---

11) 홍석주, 『淵泉集』 권18, 「洪氏讀書錄序」 참조.
12) 홍길주, 『縹礱乙幟』 권1, 「四部誦惟詮」 참조.

서적을 엄선하고 분류하여 독서목록을 선정한 점에 의미가 있으며, 나아
가 서적에 대한 해박한 지식과 독서의 범위를 추측할 수 있다.

이와는 달리 『서림일위』는 1829년에 책력에 따라 표목(標目)을 정하
고, 1년 360일 중 중국 전대 문헌에서 해당 날짜의 기록을 집성하되,
월령(月令)과 세시(歲時) 등을 뛰어넘어 경전과 문집, 기타 필기류 저술
등을 총망라한 새로운 형태의 독서록이다. 유희한묵(遊戲翰墨)의 희작적
성향을 배제할 수 없지만, 홍길주의 독서 범주와 취향뿐 아니라 경화세
족의 학술과 문예의 단면을 보여준다.13)

더욱이 경화세족 가운데 개인 장서각을 만들 정도로 많은 장서를 소유
한 장서가가 출현한다. 이는 중국 서적의 유입과 유통, 문헌의 보급과
확산에 기인한다. 『홍씨독서록』과 『사부송유』 및 『서림일위』에서 거론
한 서적의 분량을 고려하면, 홍길주 역시 방대한 서적을 소유한 장서가
로 판단된다. 표롱각(縹礱閣)은 일종의 장서각으로, 그 규모와 모양, 그
리고 풍부한 장서와 경·사·자·집으로 분류한 서적의 종류 등이 확인된
다.14) 표롱각의 실존 여부는 확인할 수 없으나, 서적을 경·사·자·집으
로 분류하고 비단 갑·수놓은 장정·시렁·첨축(籤軸) 등으로 세분한 것에
서 나름의 서목(書目)을 구비한 듯하다. 또한 『동국성리대전(東國性理大
典)』·『동국근사록(東國近思錄)』·『동세설(東世說)』·『동사문유취(東事文類
聚)』의 편찬 기획은 개인 장서각을 만들 정도로 많은 장서를 소유한 장서
가임을 반증한다.15)

---

13) 최식, 「항해 홍길주의 독서취향과 『書林日緯』」, 『대동한문학』 29, 대동한문학회,
2008 참조.
14) 홍길주, 『孰遂念』 1관, 「縹礱閣記」 참조.
15) 홍길주, 『孰遂念』 13관. "東國文獻, 寥寥甚可恨. 東史固宜修, 而其餘故事之可貽後則
者, 與其幽逸韻奇可資文詞之用者, 倂宜蒐輯. 如名臣錄·名臣奏議·自警編等書, 前人有
倣撰者, 取以刪潤, 俾成善本, 固好. 他如性理大全·近思錄·世說·事文類聚等書, 倂以

2. '삼한의열녀전'의 옹호와 지향

'삼한의열녀전'은 숙종 때 경북 선산에 살던 향랑(香娘)이 뜻하지 않은 사람에게 시집을 가서 남편의 박해를 견디다 못해 슬픈 노래를 남기고 자결한 사실을 바탕으로 김소행(金紹行, 1765~1859)이 1814년 저술한 한문소설로, '삼한습유(三韓拾遺)' 또는 '향랑전(香娘傳)'으로도 불린다. 김소행은 '삼한의열녀전'을 저술하고 당대를 대표하는 문장가인 김매순과 홍길주에게 서문을 부탁한다. 김매순은 체용론(體用論)과 문도합일(文道合一)을 추구하는 정통 고문가이고, 홍길주는 독특하고 개성 넘치는 문학세계를 추구하는 문장가이다. 여전히 소설의 창작은 물론 독서조차 금기시하는 세태에서, '삼한의열녀전'을 옹호하고 변론하는 글을 남긴다. 이는 소설의 창작과 독서에 대한 옹호이자 변론이다.

김매순은 작문의 체용(體用)을 거론하는데, 체는 작문 원리[요체(要諦)]로 간(簡)·진(眞)·정(正)이고, 용은 작문 행위[수사(修辭)]로 번(繁)·가(假)·반(反)이며, 체용의 결과가 바로 리(俚)·기(奇)·격(激)이다. '사달(辭達)'의 논리로 설명하면, 간·진·정는 '사(辭)'에 해당하고, 번·가·반은 '사달'의 과정이며, 리·기·격은 '사달'의 결과인 셈이다. 아울러 번·가·반으로 리·기·격에 해당하는 사례를 『서경』·『서경』·『논어』 등 경전을 인용하여 수사를 정당화한다. 또한 장자·굴원·사마천의 비루(鄙陋)·궤탄(詭誕)·요려(拗戾)도 경전에 버금갈 뿐 아니라, 총화·패설·소설·희곡 모두 여기에서 발원한다고 주장한다. 따라서 김소행의 '삼한의열녀전'은 장자·굴원·사마천의 글과 우열을 다투기 때문에 김소행과 '삼한의열녀전'을 변론한다는 내용이다.[16] 특히 총화·패설·소설·희곡 등의 문체를

原書門目, 蒐取東國前言故事, 各成一部, 甚好."

16) 김매순, 『臺山集』 권7, 「三韓義烈女傳序」 참조.

긍정적으로 평가하고 인정한 대목은 주목된다.[17)

홍길주는 김소행이 '삼한의열녀전'을 지을 수밖에 없었던 이유와 자신이 서문을 쓸 수밖에 없는 사정을 시변(時變)의 논리로 정당화한다.[18) 이는 천지는 때에 따라 운수(運數)가 변한다는 언급,[19) 시대의 운기(運氣)를 거론하여 지금의 시가 한시(漢詩)나 당시(唐詩)가 될 수 없음을 지적한 대목[20)과 지금 시대에 태어났다면 공령대우(功令對偶)를 지을 수밖에 없다[21)는 주장과 일맥상통하는 주장이다. 따라서 뛰어난 옛 작가라도 지금 세상에 태어나 향랑의 의열을 기술한다면 반드시 김소행과 같을 것이며, 그들이 향랑의열전을 읽고 서문을 짓는다면 반드시 자신과 같을 것임을 강조한다. 또한 호통(互通)의 논리로 김소행의 '삼한의열녀전'과 자신의 서문을 읽고 평가할 것을 당부한다. 즉, 문장을 창작할 때는 시변의

---

17) 이규필, 「臺山 金邁淳의 學問과 散文 硏究」, 성균관대 박사논문, 2010 참조.
18) 홍길주, 『縹礱乙幟』 권4, 「三韓義烈女傳序」 참조.
19) 홍길주, 『峴首甲藁』 권8, 『尙友書』. "世之譚詩者, 必宗唐. 然天地與時而運化, 人之聲氣, 從而不相入, 彊今而貌古, 反北以狀南, 雖聖人弗能, 設能之, 贋也. 所謂學古者, 依其法遵其式耳, 音調氣韻, 非所及也."
20) 홍길주, 『峴首甲藁』 권4, 「答鄭景守書」. "大抵詩不必言其格律之高下, 何者爲漢, 何者爲六朝, 何者唐爲宋也? 詩祖於三百篇, 就三百篇而讀之, 商周异體, 邶齊唐秦不同調, 而論之者, 固未嘗病周之不能爲商, 疵邶齊之不能爲唐秦者, 聲氣之殊, 不得不然也. 詩發乎聲, 聲由乎氣, 氣主乎運, 運係乎天. 今之運氣, 非漢晉唐宋之運氣也, 今之詩, 不能爲漢晉唐宋之詩, 猶周之不能爲商, 邶齊之不能爲唐秦也. 李杜之詩, 何遽出蘇李應劉下哉? 其詩則唐詩也, 非漢晉之詩也. 蘇陸之馳騁文章, 又豈渾滄之流哉? 其詩則宋詩也, 非唐之詩也. 今又去宋朝, 幾百年, 而竊竊焉求漢唐於字句之間者, 不其遠歟?"
21) 홍길주, 『峴首甲藁』 권4, 「與李元祥書」. "古之爲文者, 無騈儷. 騈儷始自晉唐間, 當其詩也, 上自詔勅誥制, 以至乎書牘序記碑志版碼之文, 無不用騈儷. 至韓退之起而掃之, 古文復行, 然猶未能廢騈儷而去之, 詔冊表箋露布上樑之作, 至今以騈儷爲主. 雖學如朱子, 文如蘇軾者, 皆爲之, 極工而不厭也. 蓋君子生乎其時, 不得不爲其時之所爲也. 今之功令對偶, 卽唐宋之騈儷也. 雖其體有高下巨細之不同, 然生乎今時者, 又不得不爲今時之所爲也. 推而言之, 則唐宋之騈儷, 亦秦漢以上之所無也. 使孔孟而生於唐宋, 亦必爲騈儷, 極工而不厭也. 使朱子蘇軾而生於今之時, 亦必爲功令對偶之文, 極工而不厭也."

논리를 강조하고, 문장을 읽고 평가할 때는 호통의 논리를 중시한다. 따라서 시변의 논리로 소설의 창작을 옹호하고 호통의 논리로 소설의 독서를 변론하기에 이른다.

이러한 소설의 창작과 독서의 옹호와 변론은『문선(文選)』과 같은 화려한 문장이나 명말(明末)의 소품문(小品文)도 모두 육경(六經)에 근원한다[22]는 주장과 소품문·전기문(傳奇文)·세속의 부첩문(簿牒文)과 항요배학(街謠俳謔)까지 긍정한 대목[23]에서 거듭 확인된다.

IV. 필기류 저술과 특징

19세기는 다양한 형태의 필기류가 출현한다. 특히 경화세족은 경제력을 바탕으로 중국으로부터 대량의 서적을 유입·유통하고, 이를 바탕으로 당대 학술과 문화를 선점했을 뿐 아니라 청조의 학술과 문예의 동향에도 민감하게 대응한다. 득히 김매순의『궐여신필(闕餘散筆)』, 홍석주의『학강산필(鶴岡散筆)』, 홍길주의 '수여삼필(睡餘三筆)', 홍한주(洪翰周, 1798~1868)의『지수염필(智水拈筆)』은 당시 경화세족의 학술과 문예적 취향을 대변한다. 이러한 필기류는 저술 시기도 다르고 그 특징과 양상도 제각각이다. 김매순의『궐여산필』은 체용론(體用論)에 입각한 통합적 사유와 문도합일(文道合一)을 통한 문장론의 추구를 주장하고, 홍석주의

---

22) 홍길주,『縹礱乙㡇』권13,『睡餘放筆』94. "文詞各體, 無不濫觴於六經. 詩之大叔于田小戎韓奕, 書之顧命, 文選綺麗之祖也. 詩之月出小㦸, 書之微子梓材, 明末小品之源也.[或曰: '微子梓材, 卽嘉隆王李之祖, 陳風, 大抵多胚胎小品.']"

23) 홍길주,『沆瀣丙函』권5,『睡餘灡筆』18. "文章亦然. 雖小品之文, 傳奇之文, 俗下簿牒之文, 以至街謠俳謔, 無不有極妙處, 遇之, 未嘗不欲亟棄舊學而傚之也. 若其力主先入之見, 而不慕乎新者, 苟非成家, 決是寡悟."

『학강산필』은 주로 경학 방면에서 송학의 입장에서 한학과 고증학을 비판적으로 인식·수용하는 자세를 보인다. 이와는 달리, 홍길주의 '수여삼필'은 독서와 문장에 대한 독특하고 참신한 기술이 주목되며, 홍한주의 『지수염필』은 조선후기를 대표할만한 필기류 저술로 다양한 지식과 새로운 정보를 분류하고 배치한다.

1. 체용론(體用論)과 문도합일(文道合一)의 추구 : 궐여산필(闕餘散筆)

『궐여산필』은 6권 3책으로, 김매순이 1839년 여름 아들 선근(善根)과 문인 이석장(李碩章)을 시켜 6권으로 선사(善寫)하고, 『논어』에서 뜻을 취한 것이다. 이는 1806년 김달순(金達淳, 1760~1806)의 옥사에 연루되어 20여 년간 재야에 은거하던 시기에 고민하고 사유했던 학문 세계의 편린으로, 특히 고염무(顧炎武, 1613~1682)의 『일지록(日知錄)』과 연관이 깊다. 『일지록』의 체제는 상편은 경술(經術), 중편은 치도(治道), 하편은 박문(博文)인데, 『궐여산필』은 그 체제뿐 아니라 서술 방식과 저술 성격도 매우 유사하다.

김매순은 체용론에 입각하여 통합적 사유를 시도한다.24) 학문의 본질을 선(善)을 이루는 것으로 규정하고, 선을 이루기 위한 인간의 활동을 학문으로 인식한다. 또한 학문을 선의 이치를 인식하는 단계인 '체'와

---

24) 김매순, 『臺山集』 권18, 『闕餘散筆』. "學者無他, 爲善而已. 但善不可以徒爲也, 必須探究講習, 積累培養, 使道理慣熟於眼, 趣味浹洽於身, 然後事之應乎外者, 總貫一本而善始無不實矣. 此致知存心, 所以居力行之先, 而其名曰學之體也. 善不可以知而遂已也. 旣有得於心矣, 則在閭門而有閭門之事, 在朝廷而有朝廷之事, 人物之邪正, 當辨別也, 言議之得失, 當裁擇也. 禮樂敎化之廣大, 錢穀兵刑之猥瑣, 凡事之在天壤之內, 而不得不與吾身相接者, 必須隨其知之所及而處之有道, 不以精粗而取舍, 然後理之具乎內者, 俵散萬條, 而善始無不著矣. 此中節之和, 所以承大本之後, 而其名曰學之用也. 兼體用該事理, 統名之曰學, 而其歸成得一箇善而已."

인식한 이치를 삶에 적용하는 단계인 '용'으로 구분한다. 따라서 체와
용을 아우르고 일과 이치를 두루 갖추어야 진정한 학문임을 강조한다.
체용론은 학문뿐 아니라 성(性)과 도(道)의 관계에도 그대로 적용된다.25)
'체'는 종합적 인식을 통해서 원리와 이치를 인식하는 과정이라면, '용'
은 그렇게 인식한 원리와 이치를 현실에 적용하는 과정이다. 따라서 인
식과 실천의 결합을 체용론에 입각하여 통합적으로 인식한다. 이는『궐
여산필』의 도처에 산견되는데, "체와 용을 구비하고 도와 덕을 겸전한
자를 선비라 한다."26)와 "겸허한 마음가짐과 때로 민첩함은 공부의 시작
과 끝이지만, 수양을 이루는 것과 도가 쌓이는 것은 그 효과의 시작과
끝이다."27)는 언급도 체용론과 관련이 깊다.

또한 일찍이 도와 문의 관계를 새롭게 정립하여, 종래의 도문론(道文
論)과는 달리 문의 중요성과 위상을 한껏 높여 도와 문이 조화롭게 합일
된 상태, 즉 문도합일을 추구한다. 이는 정자·주자의 학술과 한유·구양
수의 문장을 높이 평가한 대목에서도 확인된다. 비록 학술과 문장을 구
분하고 있지만, 실상은 학술과 문장의 겸비를 전제로 한다. 따라서 "구양
수의 문장과 주자의 의리를 합쳐 일가를 이룬 자는 오직 선생일 따름이

---

25) 김매순, 『臺山集』권15, 『闕餘散筆』. "性與道, 固無差別, 而性者體也, 道者用也. 性
者總會之名, 道者散殊之稱, 又豈容全然無別? 然而不害爲同者, 以其循善不雜惡, 卽用
而認其體, 就殊而觀其一耳."

26) 김매순, 『臺山集』권18, 『闕餘散筆』. "聖人之敎, 莫備於孔門, 而有一言而可盡者, 曰
博文約禮也. 非文無以明道, 非禮無以成德, 德立而爲體, 道達而爲用. 體用俱備, 道德兼
全者, 命之曰儒."

27) 김매순, 『臺山集』권18, 『闕餘散筆』. "盖學所以爲己也. 纔有虛驕務勝之心, 則量狹識
蔽, 外騖內荒, 無以受益而擇善. 故遜志爲居業之基址, 志旣遜矣, 而苟不隨時隨處, 孶孶
用力, 則斯須之弛, 而前功盡棄, 豪忽之遺, 而全體不完, 故時敏爲進德之節度, 此二者工
夫之始終也. 基址立矣, 節度備矣, 則施身而身修, 施人而人理, 如種必穫, 如食必飽, 有
不期然而然者, 所謂厥修乃來, 而信息見矣. 修來不已, 富有日新, 則道德充積, 與身爲
一, 應不窮而用不竭, 所謂道積厥躬, 而成就極矣. 此二者功效之始終也."

다."28)는 언급은 문도합일을 추구한 학문과 문학의 최종 평가인 셈이다.

2. 한학과 고증학의 비판과 수용 : 학강산필(鶴岡散筆)

홍석주는 1836년 장단의 백학산에 은거할 무렵부터 광진으로 옮길 때까지『학강산필』을 집필한다. 내용은 자유분방하나 보다 체계적인 형태로 경학·사학·문학 등 다방면에 걸친 다양한 학문적 편력과 관심을 피력한다. 특히 고증학과 한학의 성행에 따른 한학과 송학의 학술적 논쟁을 송학의 입장에서 고증학과 한학의 장점을 수용하려는 한송절충론을 견지한다. 또한 한학과 고증학을 비판·수용하는 태도는 만년에 저술한『학강산필』에 오롯이 담겨 있다.

홍석주는 고증학이 성행·풍미하는 학계의 분위기를 비판하고, 중국학계에 고증학이 만연한 상황을 진단하고 심각하게 우려한다.29) 또한 학문적 방법으로 유용한 고증학 자체를 부정·비판하기 보다는 한학과 고증학의 폐단을 묵과하지 않는다.30)

---

28) 김상현,「臺山集跋」."贊農巖文簡先生, 有曰歐陽子之文章, 朱文公之義理, 合爲一家者, 惟先生庶幾焉. 尙鉉於文淸先生, 亦云爾."

29) 홍석주,『鶴岡散筆』권1, 39. "近世中國之儒, 率多斥宋儒爲空言, 而以考證爲徵實之學. 吾未知主敬求放之工, 與偏傍音詁之辨, 果孰爲實用也. 又未知君臣父子之倫, 與草木蟲鳥之名, 果孰爲輕重也. 宋儒之學, 非一槩也, 而其醇者, 必宗論語. 近世之學, 亦非一率也, 而其精者, 乃以爾雅說文爲宗. 吾又未知爾雅說文之與論語, 孰切於實功也. 然爲宋儒之末學者, 亦固有以召此譏矣. 聖賢之訓, 必就夫衆人之所可見者, 人之所不能見者, 聖人亦未嘗輕言也. 是以性與天道, 子貢猶歎其不可聞, 而孟子言性, 不過以四端之已發者證之. 故曰 乃若其情, 則可以爲善矣. 情者性之發也 衆之所可覩也. 今號爲能宗宋儒者, 動輒言萬物一原之性, 氣質未雜之理, 陰陽未分之太極, 是果孰見而孰證之耶? 故曰 爲宋儒之末學者, 亦固有以召空言譏也."

30) 홍석주,『鶴岡散筆』권3, 20. "近世攷證之弊, 余旣屢言之矣. 然攷證之學, 亦有不可廢者. ……余非惡攷證也, 惡夫先攷證而後義理者也. 惡夫攷證者之捨大軆而先瑣末者也. 至於文獻之徵, 疑似之辨, 亦烏可廢攷證哉?"

따라서 오로지 고증학에만 집착하는 당시의 학풍과 세태를 좌시하지 않고 비판하기에 이른다.[31] 고증은 문헌의 징험과 의문의 분별을 위해서 필요하나, 그 말폐는 이미 회복이 불가능한 상태다. 따라서 한학과 송학을 구분하고 송학의 입장에서 한학의 장점을 수용하려는 한송절충론을 견지한다.

이러한 인식은 고증학자로 널리 알려진 고염무와 모기령의 평가에서 분명하게 드러난다. 고증학자들이 고염무와 같다면 고증학을 비판하지 않을 것이라 단언하면서도,[32] 한편으로『춘추좌전』의 '사회(士會)와 진문공(晉文公)·구범(咎犯)이 같은 시대가 아니다'는 내용을 제대로 살피지 않은 고염무의 고증을 비판한다.[33] 모기령의 평가도 마찬가지다. 모기령의 잘못된 오륜변증으로 인륜이 허물어졌다고 신랄한 비난을 일삼다가도,[34]『주례』에 모기령의 설을 수용하고, 금고문 상서 논쟁에서

---

31) 홍석주,『鶴岡散筆』권1, 37. "理義經濟文章之學, 由漢至宋, 亦旣已畧備矣. 後來者, 繼以有作其大者, 終無以求勝於前人, 唯其微細而不急者, 時或有前人之所未及, 彼旣欲務勝於前人, 則勢亦不得不求諸前人之未及, 其勢固不得不出於考證, 考證之大者, 前人亦已盡之矣. 其勢又不得不出于至小且末者. 嗚呼, 自今已往, 天下之學術, 將日以益下矣."

32) 홍석주,『鶴岡散筆』권1, 38. "余非惡夫考證也. 近世考證之學, 自顧寧人始. 如寧人者, 大節偉然, 可竢百世, 當時讀書之士, 固未有能先之者也. 其人旣正, 其學亦醇, 其言皆和平溫雅. 其於宋儒, 雖有異同, 亦未嘗肆口詆訶也. 使考證之家, 皆若是者, 吾亦何病夫考證哉? 余嘗見近人說經之書, 幾數百卷, 大抵皆考證之論, 鮮有一可採. 唯一條言孔子不出妻者, 極有理. 玆故表而出之 以告世之學者, 使考證而皆如是者, 吾又何病夫考證哉?"

33) 홍석주,『鶴岡散筆』권4, 23. "『日知錄』, 歷擧韓墨呂覽諸書, 時世牴牾者, 至于莊列寓言, 亦皆條辨則, 殆不免辭費矣. 其中一條, 言士會不與晉文公咎犯同時, 則又失之疎. 文公城濮之戰, 咎犯佐上軍, 而其還也, 以士會攝車右, 左氏之文, 甚明, 豈亭林未之攷歟?"

34) 홍석주,『鶴岡散筆』권5, 100. "三綱五倫, 天地之大經, 生人之大義, 窮六合亘億載, 而不容有異說者也. 彼毛奇齡者, 獨肆然鼓喙曰, '古之五倫只有父母兄弟耳, 君臣夫婦朋友皆人合也. 以父子君臣夫婦長幼朋友謂之人倫, 始于孟子, 此戰國以後之人倫, 非春秋以前之五倫也.' 反復辯論, 凡數千百言, 至以君臣夫婦之列於五倫, 爲開闢以來, 一混沌. 嗟乎! 以五倫之重且大, 而彼必欲毁壞之若此, 亦何怪其詆侮先賢顚倒經訓哉?"

도『고문상서원사(古文尙書寃詞)』의 내용을 상당부분 수용한다.[35] 이는 송학의 입장에서 한학과 고증학을 비판하면서도 장점을 수용하려는 한 송절충론적 입장과 무관하지 않다.

3. 독서와 문장의 인식과 심화 : 수여삼필(睡餘三筆)

홍길주는 조선뿐 아니라 청조의 학술과 문예 동향을 예의주시하며 '수여삼필'에 기록한다. '수여삼필'은 글상자에 보관해둔 수많은 쪽지 가운데 한둘에 해당하는 내용을 정리하여 방대한 분량으로 완성한 저술로, 특히 독서와 문장에 대한 독특하고 참신한 견해가 돋보인다.

홍길주는 글의 핵심을 제대로 파악하는 것을 중시하고,[36] 개방적인 태도로 책과 독서의 다양성, 나아가 효용성을 찾는데 주력한다. 즉, 일방적이고 획일적인 사고에서 벗어나 개방적인 태도로 책과 독서의 의미를 모색한다.[37]

책과 독서의 새로운 모색은 문자와 문장의 인식으로 심화되는데, '문시활물(文是活物)'에서 분명하게 드러난다.[38] 문장은 제목에 맞게 크게

---

35) 심경호, 「조선후기의 경학연구법 분화와 모기령 비판」, 『동양학』 29, 단국대동양학연구소, 1999 참조.

36) 홍길주, 『縹礱乙懺』 권13, 『睡餘放筆』 99. "讀古人佳作, 須先尋其意匠所由入之徑路. 夫然後能取爲己有, 而他日作文, 便可髣髴其妙處. 今人讀古人文, 徒見其外著之光耀氣勢, 已先眩駭, 便自畫以不可幾及, 唯拾取糟粕以資功令之用."

37) 홍길주, 『沆瀣丙函』 권7, 『睡餘瀾筆』 149. "世恒言; '天下書籍綦多, 無暇徧閱, 而文章道術, 浸不如古. 須有知事之秦始皇出, 擇其非經不急者, 而焚之然後, 方可讀書而爲學.' 此非通論也. 又有一種之說, 以爲天下之凡以書名者, 皆可讀皆可觀. 斯亦行不得. 余則曰; '經史等好書, 固不可不讀. 餘書, 隨得隨觀, 或觀或否, 都無不可. 以言乎非經無益, 則戰國諸子以下, 俱屬當燒. 以言乎小道可觀, 則近世叢瑣雜纂, 皆有助發識悟處耳.'"

38) 홍길주, 『縹礱乙懺』 권13, 『睡餘放筆』 105. "文是活物, 能大能小, 各隨其題而已. 以升爲題, 不可以做侖, 亦不可以做斗. 若无論勻侖升斗, 並做了斛, 是成甚麼樣子? 假如以極鄙俗醜穢之物爲題, 則便須極力肯貌其鄙俗醜穢之狀, 使人如睹其眞, 而不患文之不雅麗."

할 수도 작게 할 수도 있다. 또한 대상이 무엇이냐에 따라 실물을 접하는 것과 같은 효과를 낼 수 있도록 핍진하고 정확하게 표현해야 한다. 따라서 문장은 대상에 따라 표현 방법도 다르기 때문에 핍진하고 정확한 표현이 요구된다.

또한 '문시활물'은 세상의 만물을 독서로 인식하는 태도로 연결된다. "문장은 다만 독서에 있지 않고 독서는 다만 책속에 있지 않다."[39] 독서는 책에 국한되지 않고 세상 만물로 확대된다. 이는 세상 사람들이 책을 펼치고 옹알옹알 소리내어 읽는 독서와는 다르다. 나아가 천지간에 항상 살아있어 죽지 않는 것을 문자로 인식하기에 이른다.[40] 따라서 천지간의 항상 살아있어 죽지 않는 문자를 읽어내는 것이 곧 독서이고, 천지간의 항상 살아있어 죽지 않는 문자를 표현하는 것이 바로 문장이다.

심지어 진시황의 분서갱유를 거론하며 육경이 끝내 전하지 않더라도 걱정할 것이 없다고 단언한다.[41] 천지 만물이 모두 독서의 대상이고 천

如嫌其筆墨之汚, 便作婉麗輕纖語, 使讀者認是做美女珍寶, 則尙可謂之工於文乎?"

39) 홍길주, 『縹礱乙幟』권12, 『睡餘放筆』3. "余嘗論文章不但在讀書, 讀書不但在卷帙, 山川雲物鳥獸艸木之間, 及日用瑣細事務, 皆讀書也. 間以此旨屢見于著述, 或在稿中. …… 似此絶世奇文, 左邱太史之所瞠乎後也. 余于是二行, 讀天下之奇文者, 幾十百篇, 不覺手舞而足蹈, 必臨卷數行墨, 嘎嘎作喉齒音然後, 以爲讀書者, 烏足以語此?"

40) 홍길주, 『孰遂念』5관, 「諸子彙序」. "每入大都會場市, 見千萬人聚而譁者, 若披諸子文而讀之. 夫人同乎其頭目耳口肩背腰腹手足也? 開闢至今, 幾萬萬億梯人, 莫有一同者. 文同乎其字句言意也? 結繩至今, 幾萬萬億兆篇, 莫有一同者. 人雖同其形, 其禀則異, 猶以木爲器, 器各一木也. 唯文字不然, 吾之所用, 卽人之已用者, 如是而不盡, 如是而莫有一同. 故曰天下之恒活活不死, 唯文字而已."

41) 홍길주, 『沆瀣丙函』권9, 『睡餘瀾筆』續 1. "嬴政焚書, 千古之愚人也. 書顧可焚耶? 是徒以簡編之所載謂之書, 故意其可焚而滅也. 書固與天地俱生, 其將與天地俱滅, 烏可得以焚而滅乎? 倉頡朱襄未生之前, 天地之間, 未始無書也. 試嘗見平朝雲海之間, 恒有累億萬卷文字, 雖萬嬴政, 焉能焚此? 嬴政所焚之書, 儒者誦以相傳, 至漢而六經之文, 以次復出, 世以是爲幸. 然藉使六經遂不傳, 雲海之間, 累億萬卷, 固自在也, 何患乎六經之不復作也?"

지간에 항상 살아있어 죽지 않는 것을 문자이니, 책을 불살랐던 진시황
은 천고의 어리석은 사람이다. 따라서 설령 육경이 끝내 전하지 않더라
도 구름과 바다 사이에 수억 수만 권의 책이 절로 존재하기 때문에 다시
육경을 지을 수 있다. 더욱이 내 문장이 곧 문장의 중원이 되듯이, 구름
과 바다 사이에 존재하는 수억 수만 권의 책을 자신이 읽고 문자로 표현
하면 바로 문장의 중원에 해당하는 육경이 된다는 논리와 일맥상통한다.

4. 지식과 정보의 분류와 배치 : 지수염필(智水拈筆)

홍한주는 1862년 윤 8월에 지도(智島)로 유배되어 이듬해 8월 집으로
돌아오기까지 13개월간의 유배기간에 『지수염필』의 집필하고, 약 2개
월 뒤 책으로 완성한다. 『지수염필』은 8권 4책 총 251조목인데, 『계해일
사(癸亥日史)』에 따르면 1863년 1월부터 7월 사이에 200여개 조목이 쓰
였고, 나머지 50여개 조목은 1862년에 쓰였다.[42] 『지수염필』은 각 항목
의 편폭이 일정하지 않고, 내용 또한 국내는 물론이려니와 중국·일본
·서양과 관련한 내용 등을 광범위하게 수록한다.

『지수염필』은 서적의 유입과 유통에 따른 다양한 지식과 새로운 정보
의 분류와 배치를 통한 지식정보의 재생산과 연관이 깊다. 특히, 담배
·아편 등 이국적 문물에 남다른 관심을 갖고 주목한다. 아편은 당시 우
리나라에 별다른 영향을 미치지는 못했지만, 중국에서는 시급히 해결할
사회적 최대 이슈의 하나로, 이후 영국과의 아편전쟁으로 비화되기에
이른다.

당시 중국의 최대 현안으로 부상한 아편연은 『연원직지(燕轅直指)』와

---

42) 김윤조, 「홍한주의 일기와 『지수염필』 저작」, 『한문학보』 19, 우리한문학회, 2008
참조.

『오주연문장전산고(五洲衍文長箋散稿)』에도 그 내용이 보이지만, 『지수염필』과는 다르다. 『연원직지』는 1833년 1월 27일조에 아편연의 제조법을 매우 간략하게 소개하는 수준이며,[43] 『오주연문장전산고』의 '아편연변증설(鴉片煙辨證說)'에는 견문을 근거로 당시 청나라에서 아편연이 유행하는 상황과 조치상황 등을 제시하고, 각종 문헌을 토대로 제조와 복용 및 효능까지 기술한다. 그러나 '아편연변증설'에서 짐작할 수 있듯이, 각종 문헌들을 토대로 아편연에 대한 정보를 나열하고 변증하는데 주력할 뿐, 아편연의 심각한 폐해와 부작용으로 인한 청나라의 병리현상과 문화적 충격 등을 인식하는 수준에는 미치지 못한다.

『지수염필』은 아편연에 대한 지식과 정보를 바탕으로 매우 논리적이고 탄탄한 구성을 지닌다. 아편연에 대한 기본 정보를 제공하는 한편 아편연에 대한 부정적 평가를 제시하고, 아편연의 제조와 복용뿐 아니라 그 효능과 부작용을 상세히 기술하며, 아편연으로 인한 청나라의 병리현상과 문화적 충격 및 서양세력의 야욕까지 진단한다.[44] 이는 아편연에 대한 단순한 지식과 정보를 나열하는 수준을 뛰어넘어, 다양한 지식과 새로운 정보를 토대로 분류하고 배치하여 논리적이고 짜임새 있는 새로운 지식과 정보를 재생산하는 단계로 발전한다.

---

43) 김경선, 『燕轅直指』 5, 1월 27일조. "蓋鴉片烟者, 出自西洋. 其法殺純陽男子, 以其膏血, 栽培南草, 作膏食之. 或云以罌粟和藥煎成, 能令人收攝精神. 記起幼時事, 而但筋骨弛廢, 氣血耗減, 不久卽死. 故屢煩禁飭, 而終不止熄云."

44) 홍한주, 『智水拈筆』 권7, '鴉片烟' 참조.

V. 맺음말

지금까지 19세기 산문의 미학적 특징을 학술과 문예를 중심으로 살펴보았다. 당시 학술과 문예적 특징은 한학의 성행과 '실사구시'의 담론, 장서가의 출현과 같은 독서 열풍, 소설에 해당하는 '삼한의열녀전'의 옹호와 지향, 나아가 당대 학술과 문예적 취향을 대변하는 다양한 필기류 저술이다.

19세기 훈고학과 고증학으로 대변되는 한학의 성행은 학계에서 한송논쟁으로 비화되고 한송절충론으로 그 접점을 찾아간다. 이후, 이정리의 '실사구시재'와 김정희의 '실사구시설'과 밀접한 관련을 맺는다. 따라서 '실사구시'의 담론은 크게 두 가지 방향으로 전개된다. 하나는 실용실천을 중시하는 홍석주와 홍길주의 '실사구시'이고, 다른 하나는 김정희가 청조와 조선 학계의 학술적 성과를 반영한 한송절충의 '실사구시'이다.

또한 박학의 추구와 맞물려 방대한 서적의 유입과 유통은 독서 열풍과 다변화를 이끈다. 따라서 다양한 중국 서적의 탐독을 계기로 각종 독서목록과 독서록, 장서가의 출현으로 이어진다. 김소행의 '삼한의열녀전'은 변화하는 문예적 토양에서 탄생하며, 김매순과 홍길주는 각각의 논리로 소설의 창작과 독서를 옹호하고 변론하는데 앞장선다. 김매순이 '체용'과 '사달'을 근거로 김소행과 '삼한의열녀전'을 변론한 반면, 홍길주는 '시변'의 논리로 소설 창작을 옹호하고 '호통'의 논리로 소설 독서를 변론하기에 이른다. 당시 소설의 창작은 물론 독서조차 금기시했던 상황을 고려한다면 파격적인 언급이 아닐 수 없다.

더욱이 19세기 학술과 문예적 취향을 대변하는 다양한 필기류는 그 특징과 양상도 제각각이다. 김매순의『궐여산필』은 체용론에 입각한 통합적 사유와 문도합일을 통한 문장론의 추구를 주장하고, 홍석주의『학

강산필』은 주로 경학 방면에서 송학의 입장에서 한학과 고증학을 비판적
으로 인식·수용하는 자세를 보인다. 이와는 달리, 홍길주의 '수여삼필'
은 독서와 문장에 대한 독특하고 참신한 기술이 주목되며, 홍한주의『지
수염필』은 조선후기를 대표할만한 필기류 저술로 다양한 지식과 새로운
정보를 분류하고 배치한다.

따라서 19세기 산문의 미학적 특징은 이러한 학술과 문예를 바탕으로
형성되고 있다. 더욱이 당대 학술과 문화를 선점하고 청조의 학술과 문
예 동향에 민감하게 대응하던 경화세족과 관련이 깊다. 그러므로 19세기
학술과 문예적 특징을 규명하는 작업은 당시 경화세족의 학술과 문예를
정치하게 살피고, 나아가 19세기 산문의 미학적 특징을 이해하는 초석으
로 삼을 수 있다.

참고문헌

金邁淳,『臺山集』, 한국문집총간 294, 민족문화추진회.
金正喜,『阮堂全集』, 한국문집총간 301, 민족문화추진회.
成海應,『研經齋集』, 한국문집총간 273~279, 민족문화추진회.
翁方綱,『覃溪手札帖』, 서울대 도서관.
_____,『覃溪赤牘』, 선문대 박물관.
_____,『覆初齋文集』, 文海出版社, 1969.
阮　元,『揅經室集』, 中華書局, 1993.
丁若鏞,『與猶堂全書』, 한국문집총간 281~286, 민족문화추진회.
洪吉周,『書林日緯』, 고려대 도서관.
_____,『孰遂念』 7책, 버클리대(自然經室藏本).
_____,『新訂書林日緯』, 연세대 도서관.
_____,『峴首甲藁』·『縹礱乙㡟』·『沆瀣丙函』, 연세대 도서관.

洪奭周, 『淵泉集』, 한국문집총간 293·294, 민족문화추진회.

_____, 『鶴岡散筆』, 서울대 도서관.

洪翰周, 『智水拈筆』, 국립중앙도서관 소장.

_____, 『智水拈筆』, 서벽외사수일본 13, 아세아문화사.

국립중앙도서관 편, 『秋史 김정희 : 學藝 일치의 경지』, 2006.

과천문화원 편, 『후지츠카 기증 추사자료집Ⅲ : 秋史와 韓中交流』, 2007.

과천문화원 편, 『후지츠카 기증 추사자료집Ⅲ : 후지츠카의 추사연구자료』, 2008.

박무영 외 옮김, 『홍길주 문집』 1~7, 태학사, 2006.

유홍준, 『완당평전 3 : 자료 해제편』, 학고재, 2002.

정 민 외 옮김, 『19세기 조선 지식인의 생각창고』, 돌베개, 2006.

강석중, 「홍석주의 『鶴岡散筆』에 나타난 문학관에 대하여」, 『한국학논집』 37, 한양대 한국학연구소, 2003.

김문식, 『朝鮮後期 經學思想硏究 : 正祖와 京畿學人을 중심으로』, 일조각, 1996.

김새미오, 「淵泉 洪奭周 散文 硏究」, 성균관대 박사논문, 2008.

김윤조, 「홍한주의 일기와 『지수염필』 저작」, 『한문학보』 19, 우리한문학회, 2008.

김철범, 「김매순의 지적 사유의 비망록, 『궐여산필』」, 『문헌과 해석』 45, 문헌과해석사, 2008년 겨울호.

藤塚鄰 著, 朴熙永 譯, 『추사 김정희 또다른 얼굴』, 아카데미하우스, 1994.

_____, 藤塚明直 엮음, 윤철규 외 옮김, 『秋史 金正喜 硏究 : 淸朝文化 東傳의 硏究』, 과천문화원, 2009.

박무영, 「'睡餘三筆'의 문학적 사유」, 『열상고전연구』 17, 열상고전연구회, 2003.

손혜리, 「硏經齋 成海應 散文의 硏究」, 성균관대 박사논문, 2005.

심경호, 「조선후기의 경학연구법 분화와 모기령 비판」, 『동양학』 29, 단국대 동양학연구소, 1999.

이규필, 「臺山 金邁淳의 學問과 散文 硏究」, 성균관대 박사논문, 2010.

이선경, 「秋史 金正喜 思想의 實事求是的 특성」, 『한국철학논집』 19, 한국철학사연구회, 2006.

이홍식, 『홍길주의 꿈, 상상, 그리고 문학』, 태학사, 2009.

임형택, 「『智水拈筆』 解題」, 『智水拈筆』, 서벽외사수일본 13, 아세아문화사.

정 민, 「'睡餘三筆'을 통해본 沆瀣 洪吉周의 사유방식」, 『한국학논집』 39, 한양대 한국학연구소, 2005.

_____, 「淵泉 洪奭周의 學問精神과 古文論」, 『한국학논집』 16, 한양대 한국학연구소, 1989.

정혜린, 「金正喜의 淸代 漢宋折衷論 수용 연구」, 『한국문화』 31, 서울대 한국문화연구소, 2003.

진재교, 「19세기 京華世族의 讀書文化-洪奭周 家門을 중심으로」, 『한문학보』 16, 우리한문학회, 2007.

_____, 「19세기 箚記體 筆記의 글쓰기 양상-『智水拈筆』를 통해 본 지식의 생성과 유통」, 『한문학연구』 36, 한국한문학회, 2005.

_____, 「조선 후기 箚記體 筆記 硏究-지식의 생성과 유통의 관점에서」, 『한문학연구』 39, 한국한문학회, 2007.

최 식, 「19세기 '實事求是'의 다양한 층위와 학적 지향」, 『한국실학연구』 19, 한국실학학회, 2010.

_____, 「고증학과 홍길주의 「擬發策」」, 『한문학보』 16, 우리한문학회, 2007.

_____, 「조선후기 필기의 특징과 양상-풍산 홍씨 필기류를 중심으로」, 『한문학보』 22, 우리한문학회, 2010.

_____, 「항해 홍길주의 독서취향과 『書林日緯』」, 『대동한문학』 29, 대동한문학회, 2008.

_____, 『조선의 기이한 문장 : 항해 홍길주 산문 연구』, 글항아리, 2009.

최석기, 「淵泉 洪奭周의 학문성향과 『대학』 해석의 특징」, 『한문학보』 15, 우리한문학회, 2006.

최원경, 「沆瀣 洪吉周의 『孰遂念』: 지식과 공간의 인식」, 성균관대 박사논문, 2008.

Ⅱ
한문학의
갈래와
미학

고려후기 만시에 나타난 죽음의 형상화와 미적 특질

-목은 이색의 시를 중심으로-

하정승

Ⅰ. 문제제기

인생을 살면서 가장 극적인 순간은 언제일까? 아마도 이 땅에 첫발을 내딛는 출생과 모든 것을 정리하고 떠나는 죽음의 순간이 아닐까 싶다. 특히 죽음은 자신이 살아온 삶의 흔적들을 모두 남겨두고 간다는 면에서 인생의 끝마무리라 할 수 있기에, 인생을 시작하는 출생과는 자못 그 의미와 성격이 다르다. 우리 한시사에서는 죽음을 소재로 한 시들이 계속해서 창작되었는데, 이를 보통 '만시(挽詩)'라 일컫는다.[1] 죽은 자를 기리는 인간의 행위는 어찌 보면 본능과도 같은 것이다. 비단 문학뿐만 아니라 음악, 미술, 무용, 연극, 영화에 이르기까지 다양한 예술 영역에

[1) 우리 한시사에서는 보통 '만시'라고 일컫는 것에 비해서 중국한시사에서는 '만시'라는 용어 외에 '애만시(哀挽詩)' 또는 '애도시(哀悼詩)'로도 불려졌다. 가령 송의 시인 매요신(梅堯臣)의 죽음을 기리며 쓴 구양수(歐陽脩)의 '애만시'가 대표적이다.

서 창작된다. 또한 동양과 서양, 옛날과 지금 모두에서 끊임없이 작품이 만들어진다. 아마 인류가 존재하는 한 앞으로도 그러할 것이다. 그러고 보면 죽음을 소재로 한 작품은 사랑을 다룬 것과 더불어 가장 보편성을 띠고 있는 문학 영역이라 할 수 있겠다. 일반적으로 만시에는 망자에 대한 시인의 추억이 오롯이 담겨 있기 마련이다. 가장 짧은 형식인 시의 언어로 망자의 생전의 모습과 인품, 성격, 업적 등 다양한 삶의 모습을 그려내야 하니 그리 쉬운 일은 아니다. 하지만 그렇기 때문에 만시는 그만큼 극적이고 애절하며 미적 성취도가 높기도 하다.

　만시는 그 내용과 특징이 묘지명과도 상당한 유사성이 있다. 묘지명이나 만시 모두 기본적으로 작가가 망자에 대한 추억과 그리움, 자신과의 관계, 그리고 생전의 삶의 모습, 태도 등을 서술한다는 면에서는 동일하다. 하지만 묘지명이 망자에 대한 전기적 성격을 갖는 산문형식의 '지(誌)'와 운문 형식의 '명(銘)'으로 구성된 것은 한시 형식을 취하는 만시와 다른 점이라 할 수 있겠다. 만시의 분류 또한 묘지명의 분류와 비슷하다. 다른 이가 망자를 추억하며 쓴 일반적인 묘지명과 스스로의 묘지명을 자기가 지은 일명 '자찬묘지명(自撰墓誌銘)'이 있듯이, 만시 역시 다른 이가 망자를 기리며 쓴 일반적인 만시와 스스로의 죽음을 생각하며 쓴 이른바 '자만시(自挽詩)'가 있다. 또한 한시사에서는 '도망시(悼亡詩)', '도붕시(悼朋詩)', '곡자시(哭子詩)' 라는 것도 있는데, 이는 각각 아내, 벗, 자식의 죽음을 다룬 시를 일컫는 말로 이러한 시들 역시 크게 보면 만시의 일종이라 할 수 있겠다.[2] 사실 만시의 창작 전통은 매우 오래되었으니

---

2) 자만시(自挽詩)를 다룬 대표적인 연구물로는 임준철(2007); 권혁명(2008); 임준철(2010)의 논문을 참고할 만하다. 일반적인 만시의 경우, 한국의 만시를 뽑아 해설을 가한 전송열(2008)의 저서와 전재강(2010)의 논문이 있다. 중국시가사에서 만시의 전통을 추적한 연구로는 주기평(2009)의 논문을 꼽을 만하다.

중국에서는 이미 위진남북조시대 문인 반악(潘岳)이 자기의 부인이 죽자 이를 슬퍼하며 「도망(悼亡)」시 세 수를 지었다. 그 말이 너무나 애절하고 진지하여 읽는 이를 감동시켰기 때문에 이후로 당나라의 원진(元稹)을 비롯한 많은 시인들에 의해 '도망시'가 지어지게 되었다.3) 도망시 외에 친구의 죽음을 노래한 '도붕시' 계열은 가장 많이 창작된 장르로 당나라 백거이(白居易)의 「哭李三」이나 두보(杜甫)의 「故武衛將軍挽詞」가 유명하다. 자식의 죽음을 다룬 '곡자시(哭子詩)'는 송나라 유극장(劉克莊)의 「工部弟哀詩二首」와 원나라 왕기(王沂)의 「悼兒」·송경(宋褧)의 「和王師魯哭子詩卅七韻」 이후로 명·청대까지 계속해서 지어졌다. 특히 명나라의 저명한 문인 이동양(李東陽)은 그의 문집 『회록당집(懷麓堂集)』의 권98을 「곡자록(哭子錄)」이라 하여 여러 문인들과 차운한 시들을 실어놓을 정도로 곡자시의 창작에 애정을 쏟았다.

중국과 마찬가지로 만시 창작의 전통은 우리나라에서도 일찍부터 시작되었다. 지금 전해지는 가장 이른 시기의 작품으로는 김부식의 만시를 들 수 있다. 고려시대 시인들 중 만시를 남긴 작가로는 김부식을 필두로 김극기, 최해, 이규보, 임춘, 최자, 안축, 이제현, 이곡, 이색, 이집, 정몽주, 김구용, 이숭인 등을 꼽을 수 있다. 문학사에 주요 인물로 등장하는 사람치고 만시를 남기지 않은 사람이 없다고 해도 과언이 아닐 것이다. 특별히 고려시대의 만시라고 해서 조선시대의 시들과 확연히 다른 점이 있다고 할 수는 없다. 다만 조선시대에 들어서면 확실히 다양한 작가의 다채로운 작품의 만시들이 등장하는 것은 분명하다. 조선시대의 만시는 작품의 양적 질적 측면에서 모두 주목할 만한 성과를 거두고 있다는 말이다. 하지만 한시사 전체를 놓고 보았을 때, 고려시대의 시인들

---

3) 傅璇琮 편, 『중국시학대사전』, 절강교육출판사, 1999, 1165쪽, '도망시(悼亡詩)' 참조.

에 의해 만시가 창작되었기 때문에 조선시대에 들어서 그 같은 문학적 성과를 거두었다고 보는 것이 옳을 것이다.

본고에서는 목은 이색의 시를 중심으로 고려후기 만시의 문학성과 미적 특질을 고찰해 보기로 하겠다. 많은 시인들 중 특별히 목은을 중심으로 살펴보는 이유는 일단 다른 시인에 비해 창작된 만시의 양이 가장 많고, 내용면에서도 매우 다채로워 만시의 문학적 특질을 거론하기에 가장 적합하기 때문이다. 논의의 전개상 필요할 경우에는 다른 시인들의 작품과도 비교하면서 목은 만시의 문학적 특질을 규명해 보기로 하겠다.

II. 고려시대 만시 창작 경향과 『목은집』 소재 만시의 작품 개황

고려시대의 만시 창작은 김부식(1075~1151)에게로 거슬러 올라간다. 현재 『동문선』에 전하는 그의 만시는 모두 4수인데 예종(睿宗)과 그의 비 경화왕후(敬和王后), 그리고 김순(金純)과 친구 권적(權適)의 죽음을 맞아 쓴 것이 있다. 특히 권적은 절친한 벗으로 만시의 애절하고 비통한 문학성을 유감없이 보여주고 있어서 후대에 지어진 만시의 전형이 되었다고 해도 좋을 것 같다. 고려시대 만시의 창작 경향을 이해하기 위해 김부식의 작품을 먼저 살펴보기로 하자.

학사 권적을 곡하다

글과 검으로 그때에 변경에 들어갔을 때	書劍當年入汴京
황제가 친히 영광스런 급제자 이름을 내려주셨네	玉皇親賜好科名
붓 놀리는 민첩함은 따를 이 없고	揮毫敏捷渾無類
술을 대하면 따로 정이 넘쳤다네	對酒□□別有情

> 홀홀한 뜬 구름같은 인생길, 한바탕 꿈처럼 놀라게 되고　忽忽浮生驚大夢
> 바람같은 뛰어난 기개는 자연으로 돌아갔네　　　　　飄飄逸氣返元精
> 끊어진 거문고 줄은 아교로도 잇기가 어려우니　　　斷絃難得鸞膠續
> 늙은 이 친구는 눈물 머금고 구슬피 읊조린다네　　　含淚悲吟老友生[4]

　인용시의 대상이 된 인물인 권적(1094~1147)은 고려 예종·인종 년간
에 활약했던 문신이다. 본관은 안동으로 어려서부터 수재로 이름을 날렸
고 예종 때 유학생으로 뽑혀 송나라의 태학(太學)에 입학하여 당시 한창
일어나던 주돈이(周敦頤)·정호(程顥)·정이(程頤)의 성리학을 공부하였
다. 송나라에서 실시하던 과거에도 합격하여 벼슬길에 올랐다가 귀국하
여 고려조정에서 한림학사, 판전객시사(判典客寺事) 등을 역임한 인물이
다. 김부식과는 20여년의 나이 차가 있는데 시의 내용으로 보아 김부식
이 권적을 후배로서 매우 아꼈던 것 같다.

　제 1구의 변경(汴京)은 송나라의 옛 수도 하남성 개봉(開封)이니, 곧
수련은 권적이 송나라에서 태학에 입학하여 공부하고 과거에 합격한 사
실을 말하고 있는 것이다. 제 3구는 권적의 글짓는 솜씨가 빼어남을 말
하는 것이고, 4구는 그가 재주만 뛰어난 것이 아니라 성품 또한 인간미
가 넘치고 정이 많았음을 보여준다. 시의 후반부인 경련과 미련에서는
권적의 죽음에 대한 시인의 아쉬움과 안타까움, 즉 개인적인 감정을 토
로하고 있다. 우리 인생은 뜬구름처럼 덧없고 허무하니 그렇게 뛰어난
권적같은 사람도 바람처럼 자연으로 돌아가 버렸다. 시인은 권적의 죽음
앞에서 그저 눈물만 머금고 망연자실한 채 시를 읊조리는 것 외엔 달리
할 것이 없다. 왜냐하면 끊어진 거문고 줄은 아교로도 붙이기 힘들듯이
이미 세상을 떠난 사람과 이 땅에서의 우정은 더 이상 유지하기 어렵기

---

4) 김부식, 『동문선』 권12, 「哭權學士適」.

때문이다. 여기에서 눈여겨보아야 할 표현은 김부식이 자신을 '늙은 친구[老友生]'로 지칭하고 있는 부분이다. 이 말 속에는 54세라는 한창 나이에 죽은 권적과 70이 이미 넘은 자신을 대비시키며 권적의 이른 죽음을 안타까워하고 있는 뜻이 담겨져 있다. 위 인용시는 한국한문학사에서 초창기 만시의 대표적인 작품으로 보여지며 만시가 갖는 쓸쓸하고 처완(悽惋)한 미적 특질을 잘 나타내고 있다는 점에서 후대 만시를 짓는 시인들에게 많은 영향을 주었을 것으로 짐작된다.

김부식 이후로 이규보나 최해 같은 한 시대를 대표하는 시인들도 만시를 많이 남겼고, 그 이후로 죽은 이를 추모하는 글로 산문에서는 묘지명, 시에서는 만시를 창작하는 것이 하나의 문학적 전통이 되다시피 하였다. 특히 글을 잘 쓰는 저명한 문인일수록 만시나 묘지명을 많이 썼는데 그 것은 일차적으로는 망자와 관계된 지인들이 찾아 와서 글 부탁을 많이 했기 때문이기도 하지만, 시인이나 작가로서의 문학적 솜씨를 만시와 묘지명을 통해 유감없이 보여줄 수 있는 요소도 있기 때문이었다. 이제 살펴볼 이규보(1168~1241)의 만시는 절친한 벗이 먼저 세상을 떠난 것을 슬퍼하는 것인데, 시인의 애절한 심정이 잘 그려져 있는 수작이다. 다음 시를 보자.

고 승선 최종번을 추모하며 곡하다

사귀는 교분이 일찍부터 친밀하여	交分嘗投密
다행히도 아름다운 풍모의 당신과 함께 했다네	芳塵幸獲陪
내 일찍이 바닷가에 유배될 때	子曾流瘴海
그대 또한 선대로 향해 버렸네	君亦向仙臺
외로이 역참에 도달했을 때	行到孤亭宿
바야흐로 멀리서 온 부고를 듣게 되었네	方聞遠訃來

재상의 지위에 오르지도 못하고	未成金鼎用
먼저 옥같은 재주가 꺾여 버렸네	先折玉林材
옛날에 계를 맺고 깊이 사귀었건만	伊昔深論契
동시에 또 재앙을 입었구나	同時又被災
죽고 사는 것은 비록 다르지만	死生雖異矣
환난은 거의 가깝구나	患故殆幾哉
갑자기 하늘 문을 열고 들어가려고	奄忽天扃逝
이렇게 바삐 떠날 길을 재촉한 것인가	倉皇驛道催
내 몸도 오히려 돌보지 못했기에	我躬猶不恤
당일엔 슬퍼할 겨를도 없었네	當日未遑哀
옛 자취를 이제 다시 보니	舊蹟今還覩
비통한 심정이 찢어질 듯하네	悲腸不奈摧
눈물방울은 싸라기눈처럼 날리고	涕泣飄似霰
곡성은 우레보다 크다오	聲放殷於雷
다시는 회포를 펼 수 없으니	無復開懷抱
장차 누구와 함께 술잔을 들 수 있을까	將誰擧酒杯
친한 벗을 이제 잃어버렸으니	知音今已喪
부질없이 코에 묻은 진흙만 한탄하네	空恨鼻墁堆[5]

인용시의 주인공은 고려중기의 저명한 문인이었던 최유청(崔惟淸)의 손자인 최종번(崔宗蕃)이다. 그의 부친은 12세기 후반에 활동했고 평장사를 지낸 최선(崔詵)이다. 최종번 역시 승제(承制) 벼슬을 지냈던 인물로 『보한집』에 그의 시 「登高望長安」이 '교장(佼壯)'한 시의 예로 소개되어 있을 정도로 문명이 있었던 것으로 보인다. 이규보는 위 시를 짓게 된 배경을 원시에 서문을 달아 다음과 같이 말하고 있다.

---

5) 이규보, 『東國李相國集』 권17, 「追哭故承宣崔宗蕃 幷序」.

경인년 11월 21일은 내가 남쪽에 유배된 날인데 이날 친우 최승선이 죽었다. 숙정(宿亭)에 와서 부음을 들었으나 만시를 지어 곡할 겨를이 없었다. 이듬해에 서울에 돌아와 문자 사이에서 우연히 그가 서(署)한 이름을 보고 측연히 상심한 나머지 시로써 추모하고 곡한다.[6]

인용문의 경인년은 1230년이니, 1230년 11월 21일 한 사건에 휘말려 이규보가 전라도 부안의 위도(猬島)로 유배 간 사건을 말한다. 그런데 하필 공교롭게도 이규보가 유배 가는 도중에 최종번이 죽었다는 소식이 들려온다. 위 인용시의 제 9구 "옛날에 계를 맺고 깊이 사귀었건만"을 통해서 알 수 있듯이 최종번은 이규보와 '사인계(四人契)'를 맺으며 깊은 교분을 나눴던 사이였다. 하지만 본인이 유배객의 신세였기에 친구의 만시를 지을 경황이 없었다. 15-16구 "내 몸도 오히려 돌보지 못했기에/ 당일엔 슬퍼할 겨를도 없었네"는 이러한 상황을 말해주고 있다. 그러다 이규보는 이듬해인 1231년 7월에 해배되어 개성으로 돌아와 산관(散官)의 자리에 있으면서 몽고에 대한 국서 작성을 전담하게 된다. 여러 문서들을 보다가 우연히 최종번이 서명한 서류를 보게 되었고 이에 잊고 있었던 친구의 죽음이 새삼 떠오르면서 비통한 심정이 일어나고 망자를 위한 시를 짓게 되었던 것이다.

인용시의 후반부인 제 17-24구가 이 시의 핵심이다. 시인은 죽은 친구의 "옛 자취를 다시 보니 비통한 심정이 찢어질 듯" 하였다. 눈물을 "싸라기눈"처럼 흘리고 통곡 소리는 우레보다도 크게 울었다. 흉금을 터놓을 좋은 벗을 잃었으니 "다시는 회포를 펼 수 없"게 되었다. 시인은 이같은 마음의 상심을 마지막 23-24구에서 "친한 벗을 이제 잃어버렸으니/부질

---

6) "庚寅十一月二十一日, 予南流, 是日交友崔承宣卒, 至宿亭聞訃. 未暇爲詩哭之. 明年還京輦, 於文字間, 偶見所署姓字, 惻然傷心, 以詩追哭."

없이 코에 묻은 진흙만 한탄하네"라고 토로한다. 코에 묻은 진흙만 한탄
하다는 말은 지기가 죽고 없으므로 더 이상 코에 묻은 진흙을 떼어줄
사람이 없음을 탄식하는 말이다.7) 인용시는 만시 중에서도 친구를 잃은
슬픔을 쓴 '도붕시(悼朋詩)' 계열에 속한다. 독자들은 시를 통해서 시인과
망자와의 관계는 물론 죽은 친구에 대한 깊은 애정과 슬픔을 느끼게 되
며, 어느덧 시인의 감정에 독자 스스로가 이입되어 같은 슬픔을 공유하는
경험을 하게 된다. 이것이 바로 잘 지어진 만시가 갖는 미덕이자 문학적
효과인 것이다. 만시는 이러한 문학적 매력 때문에 고려시대 전체를 통해
계속해서 지어졌고, 특히 후기로 갈수록 더욱 많은 시인들에 의하여 창작
되었다. 이규보 이후로 고려후기를 대표하는 만시 작가로는 이색과 이숭
인8)을 들 수 있다. 특히 이색은 총 56제 76수의 만시를 남겼다. 우선

---

7) 옛날 초(楚)나라 영인(郢人)의 코 끝에 파리 날개[蠅翼] 만한 진흙덩이가 묻자 석수
(石手)를 시켜 그 진흙을 깎아내려고 하였다. 석수는 곧 도끼를 가지고 그 진흙을 깎아
서 떼어냈는데도 영인의 코가 조금도 상하지 않았다. 그 소문을 듣고 송원군(宋元君)이
석수에게 자기 코도 깎아 보라고 하자 석수는 대답하기를 "영인의 코만을 깎을 수 있는
데 지금 그가 죽고 없으니 다른 사람은 깎을 수 없습니다."라고 하였다. (이상은 『莊子』
권6 외편 「徐无鬼」 참조.) 이 시에서는 지기를 잃은 한탄의 의미로 사용되고 있다.
8) 도은 이숭인의 경우에는 작품 수 자체가 많은 것은 아니지만, 그 애절함이 시적으로
훌륭하게 형상화된 것들이 많다. 가령 「민망이 곽비승 견심의 죽음을 전해왔다. 슬프
다, 견심이 갔구나. 내가 민망과 함께 영표에서 유리하면서 떠돌아다니다 해를 넘기려
하니, 살아 있는 이나 죽은 이 모두 진실로 애처로운 정이 글에 나타난다. 견심의 이름
은 복이다[民望傳郭秘丞見心歿嗚呼見心己矣吾與民望流離嶺表行且徂歲存歿可哀情見乎
辭見心名復]」라는 다소 긴 제목의 다음 시를 보자. "이 생이 족히 아까운데/내 벗이 또
죽었다 전해오네/부를 짓는 것은 산의 남쪽 나그네/글을 짓는 것은 지하의 낭관이로다
/풍상에 세월은 저물어가고/시와 술을 즐겼던 옛날의 놀이가 처량하네/무슨 일로 밤중
의 달은/시름 겨울 때 집 들보에 가득 비쳐오는가[此生足可惜/吾友復云亡/作賦山陽客/
修文地下郎/風霜流景暮/詩酒舊游涼/何事中宵月/愁時滿屋樑)." 비승 벼슬을 한 곽복이
라는 벗이 죽었다는 소식에 도은은 슬픔을 견디지 못하고 시를 쓴다. 더구나 이 때는
도은이 유리하며 떠돌아다니고 있을 때였기에 친구의 죽음에 더욱 망연자실 할 수밖에
없었다. 이 시의 압권은 마지막 尾聯이다. 친구를 잃은 슬픔에 수심에 겨워 늦은 밤까
지 잠을 이루지 못하고 처량하게 대청마루에 앉아 있는데, 때마침 밤중의 달빛이 집의

작품 수만 놓고 보더라도 고려시대 시인들 중에서 가장 많은 양이고, 한국한문학사 전체를 통해서도 최상위에 들 것이라고 여겨진다. 뿐만 아니라 그 내용과 문학적 완성도 측면에서 보더라도 목은의 만시는 매우 우수한 작품들이기 때문에 필자는 한국한시사에서 만시 문학의 최고 시인 중 한사람으로 이색을 꼽고 싶다. 다음은 필자가『목은집』에서 만시로 볼 수 있는 작품들을 뽑아서 표로 정리해 본 것이다.

〈『목은집』 소재 만시 일람표〉

시제	형식	『목은시고』 소재 권수	비고 (대상 인물)
旣還學之明年正月晦 先考訃音至 奔喪歸鄕 侍慈堂終制 歲癸巳春暮也 朱同年印成有詩 次其韻 三首	칠언율시	권2	李穀(부친)
西原伯鄭公挽詞 諱賴	칠언율시	권5	鄭賴
哭僧 名神運	칠언율시	권6	神運(승려)
朴密直夫人挽詞 三首 名形	칠언절구	권6	朴密直의 夫人
全判書敬先挽詞	오언율시	권6	全敬先
金思亭夫人李氏挽詞	오언절구	권6	金思亭의 夫人李氏
哭李左使	오언율시	권7	李左使
七月初八日 聽詔征東省 拜明善學士在焉 卄一日 王太醫來 語及明善 仙去十餘日矣 驚呼之餘 作歌以哭	칠언율시	권8	明善學士
哭崔先生宰 三首	오언율시	권10	崔宰
與廉東亭拜玄陵 夜歸有作	칠언율시	권13	恭愍王

들보에 가득 비쳐온다. 마당 가득한 달빛은 벗을 잃은 슬픔을 극대화시키고 있다. 가히 서정성 넘치는 만시의 백미라 할 수 있겠다. 이처럼 도은시에는 대체로 知己를 잃은 슬픔을 표현한 '悼朋詩' 계열의 작품이 많은데 도은의 만시를 통해서 그의 시적 재주가 뛰어남을 다시 한 번 확인할 수 있다.

書樵隱銘後	칠언고시	권14	李仁復
趙思謙挽詞	칠언절구	권16	趙思謙
哭李月城 成瑞	칠언율시	권16	李成瑞
南村夫人請上黨韓公書墓銘 公持示予 更定澤除歲月 因有所感	칠언율시	권16	李公遂
哭鐵原君崔孟孫	오언율시	권16	崔孟孫
哭永嘉權侍中	오언율시	권16	權皐
哭權萬戶室李夫人	오언율시	권17	權萬戶의 夫人 李氏(목은의 妻兄)
哭權興祖判事	칠언절구	권18	權興祖
妻兄萬戶室李氏夫人百齋 昨日雪 今日寒 不得出門 況山路耶 縮坐自悲 吟成 一首	칠언율시	권19	權萬戶의 夫人 李氏(목은의 妻兄)
圓明寺以醴泉忌席至 有是作	오언고시	권19	醴泉府院君 權漢功
九月二十三日	칠언율시	권19	恭愍王
忌日不吟 今已棘口矣 援筆卽成	칠언율시	권19	모친(金氏)
日城君思道 挽詞	칠언절구	권20	鄭思道
臘月初五日 忠穆王忌辰也 設齋龜山寺 宰樞入眞殿庭下 肅拜而退 臣樞因有所感	칠언절구	권20	忠穆王
十二月初八日 外姑之母判書尹公諱言孫之室金學士諱周鼎之女之忌旦 樵始贅花原之門 金氏猶無恙 一年而歿 其葬也 樵從衆子弟後 亦執事焉 實至正丙戌歲也 當是日 邀乞食僧 略設薦福齋 錄成 一首 俾子孫無忘焉	칠언율시	권21	尹言孫의 夫人
閔判書夫人安氏挽詞	오언율시	권23	閔判書의 夫人 安氏
六月十日 拙翁忌旦 其壻權判書齋僧 鄕俗也 僕略以助儀與席 歸而志之	칠언율시	권24	崔瀣
二十九日 益齋侍中忌旦也 與同年鄭簽書公赴圓明齋席 宋同年又在子壻之列 雖與於座 不可以同年目之 則門生二人耳 然鄭公位樞密 僕忝省宰封君 則雖多奚益哉 獨恨庸夫商	칠언율시	권25	李齊賢

議有故不來耳			
哭易菴成壯元	칠언율시	권25	成士達
哭孫密陽君	오언율시	권25	孫氏(미상)
聞淸州慶侍中仙去 悲悼之至 長言拜哭	칠언율시	권26	慶復興
哭宋同年夫人李氏	칠언절구	권26	宋懋의 부인 李氏 (益齋 李齊賢의 딸)
哭西隣大夫人	오언율시	권27	淸城君 韓修의 어머니
慶侍中挽詩 復興	오언율시	권27	慶復興
吉昌君夫人洪氏挽詞	오언율시	권27	權適의 부인 洪氏
哭姜政堂 君輔	칠언절구	권28	姜君輔
哭李應揚 元富	칠언절구	권30	李元富
哭內院監主龜谷大禪師	오언율시	권30	龜谷大禪師 覺雲 (승려)
柳景輝與室俱病 同時亡 今日同葬城南	칠언절구	권30	柳景輝
林四宰岳父挽詞	칠언절구	권30	우참찬 임모의 장인
哭宋同年	칠언율시	권31	宋懋
哭廉侍中	칠언율시	권31	廉悌臣
因曲城喪 三日不吟 今乃吟成長句	칠언율시	권31	廉悌臣
治具赤脚病亡 哀之廢吟數日	칠언율시	권32	하녀
西原君洪夫人挽詞	육언고시	권32	韓修의 후처
哭廉侍中夫人	칠언율시	권32	廉悌臣의 부인 權氏
聞圓齋辭世哭之	오언율시	권32	鄭樞
公權之葬 病不果會 悲慨之餘 又題 一首	칠언율시	권32	鄭樞
哭同庚黃檜山	칠언절구	권32	黃裳
哭蔡翁主	칠언절구	권32	미상

八月初十日 葬曲城夫人權氏 冒雨困甚 明日 歸歇馬 午飧入城 日已西矣	오언고시	권32	廉悌臣의 부인 權氏
柳代言夫人元氏挽詞	오언율시	권33	柳代言의 夫人 元氏
哭辛判事云吉	오언율시	권33	辛云吉
赴圓齋七齋于報法寺	칠언절구	권33	鄭樞
昨聞朴判書契長卽世 曉作挽詞	칠언율시	권33	朴契長
七月十九日 益齋侍中忌旦也 子孫設齋于靑 郊東法幢寺 穡力疾助禮而歸 有感 一首	칠언율시	권34	李齊賢

이상의 표에서 알 수 있다시피 목은은 다양한 형식으로 만시를 썼다. 즉 오언절구 1제, 칠언절구 13제, 오언율시 15제, 칠언율시 23제, 오언고시 2제, 육언고시 1제, 칠언고시 1제 등이다. 고시와 근체시, 오언시와 칠언시를 아울러 가히 한시의 거의 모든 형식이 모두 사용되었음을 알 수 있다. 만시의 대상이 되는 인물은 사대부와 그들의 부인이 압도적으로 많지만, 기타 왕족, 승려, 하녀에 이르기까지 매우 다양하다. 이를 좀 더 구체적으로 살펴보면 친구와 그의 부인을 다룬 '도붕시' 계열의 작품이 가장 많고, 기타 부모님의 죽음을 다룬 것, 왕족과 종에 대한 것들이 있다. 도붕시 중에서는 특히 원재(圓齋) 정추(鄭樞)에 대한 시가 3수나 되며 그 내용 또한 매우 애절한데, 이는 원재와 목은과의 깊은 교분을 말해주는 것으로 볼 수 있겠다. 왕에 대한 만시는 공민왕에 대한 것이 2수인데 이 역시 공민왕과 목은과의 관계를 보여주는 것으로 매우 흥미롭다. 이에 대한 구체적인 내용 분석은 다음 3장에서 살펴보기로 하겠다.

특히 필자의 관심을 끈 것은 하녀에 대한 만시인데, 사대부 문인이 자기 집에서 부리던 종[하녀]의 죽음을 만시로 쓴 경우는 조선시대에는 종종 보이기도 하지만, 고려시대에는 매우 드문 일로 이를 통해 목은의 따뜻한 성품은 물론 그가 신분의 고하에 관계없이 한 인간의 실존적 죽음을 문학이라는 양식으로 표현해 보려고 노력했음을 알 수 있다. 사실 바로 이러한 점이 목은 만시가 갖는 주요한 문학적 특징이라고 할 수 있을 것이다.

Ⅲ. 목은 만시의 미적 특질과 문학성

이색은 많은 양의 만시를 지었기 때문에 그 대상과 내용 역시 매우 다채로운 특징을 보여주고 있다. 사실 이것은 만시뿐만이 아니라 목은시에서 전체적으로 나타나는 목은 문학의 모습이기도 하다. 다시말해 목은의 만시는 다양한 경향을 지닌 목은시의 일부로서 문학적 특징 역시 그 궤를 같이 한다고 할 수 있겠다. 먼저 부친 이곡의 죽음을 당해 쓴 시를 살펴보자.

> 학궁에 돌아간 다음 해 정월 그믐에 선고(先考)의 부음을 받고 분상(奔喪)하여 고향에 돌아와서 자당을 모시고 상제를 마치니, 때는 계사년 늦은 봄이다. 동년(同年) 주인성(朱印成)이 시를 지었으므로 그 운에 차하다.

답답한 마음 풀려고 억지로 조용히 읊노라니	欲陶堙鬱強微吟
강물과 봄 시름 그 어느 것이 깊고 얕을까	江水春愁誰淺深
술을 끊은 것은 이미 세속의 웃음거리 되었으나	止酒已爲流俗笑
거문고를 타 보니 성현의 마음을 알겠도다	援琴方見聖賢心
매번 진정표를 볼 때마다 근심이 맺힐 듯하고	每觀李表憂如結
시경을 읽을 적엔 눈물이 옷깃에 가득했네	嘗讀菽詩淚滿襟
이 심정 어느 날에야 그칠 것인가	秪此情懷何日已

마침내 단사가 또한 황금을 이룰 것이다　　　　丹砂畢竟亦成金[9]

　가정(稼亭) 이곡(李穀)은 1351년(충정왕 3) 1월 1일에 향년 54세의 나이로 고향인 충청도 한산(韓山) 숭문동(崇文洞)에서 세상을 하직하였다. 이때 목은은 원나라 국자감에 입학하여 공부하고 있었는데, 부친의 부고를 듣고 바로 귀국하였다. 이색이 원나라 국자감 생원이 된 것은 1348년이고, 부친상을 치르기 바로 전 해 가을에 잠시 휴가를 얻어 고향으로 왔다가 겨울에 다시 국자감으로 들어갔는데 얼마 지나지 않아 부친이 세상을 뜬 것이다. 이색이 휴가차 고향으로 귀근(歸覲)한 것도 부친의 병과 관련이 있을 것으로 짐작된다. 위 인용시는 삼년상을 모두 마치고 1353년 늦봄에 부친의 죽음을 돌아보며 지은 것이다. 제 1-2구는 부친의 죽음과 삼년상 동안 쌓였던 답답한 회포를 시로써 풀어보는데, 봄날에 느끼는 수심은 아무리 생각해 보아도 깊은 강물에 못하지 않음을 말하고 있다. 제 5구의 "진정표"는 진(晉)나라 이밀(李密)이 쓴 것으로 진의 무제가 그를 등용하려 하자 조모의 병환을 치료하기 위해 사양한다는 내용의 글이다. 6구의 시경은 『시경』「소아」의 "요아(蓼莪)"편으로 진정표와 시경 모두 부모에 대한 자식의 지극한 효심을 말하고 있는 것이니, 이 시에서는 부친에 대한 시인의 애끊는 마음을 표현한 것이다. 부친의 죽음을 슬퍼하는 이같은 종류의 만시는 모친의 죽음을 맞아서도 그대로 이어졌다.[10]

---

　9) 이색, 『牧隱詩藁』 권2, 「旣還學之明年正月晦 先考訃音至 奔喪歸鄕 侍慈堂終制 歲癸巳春暮也 朱同年印成有詩 次其韻 三首」.

10) 목은의 만시 중에 어머니의 죽음과 기일을 맞아 쓴 다음 작품이 있다. "하늘같은 어머님의 은덕 보답하기 어려워/해마다 기일만 되면 코끝이 시큰거리네/읊조림을 잠시 멈추니 천지가 좁은 듯하고/앉고 눕기 불편하고 날씨는 차갑기만 하네/진자리 마른자리 그 마음은 간절했건만/봉양하고 장사하는 예는 시들어버렸네/어느 때에야 다시 한산 땅을 가 볼까/병중의 세월은 탄환처럼 빠르기만 하구나(每也如天報德難, 年年忌旦鼻生酸, 吟哦暫輟乾坤窄, 坐臥不便風日寒, 就濕回乾心懇惻, 養生送死禮凋殘, 何時更

사실 목은 만시 중에서 가장 많은 양을 차지하고 있는 것은 친구의 죽음
을 다룬 소위 '도붕시' 계열의 작품들이다.

　어제 박판서(朴判書) 계장(契長)이 세상을 떠났다는 말을 듣고 새벽에 만
사를 짓다.

초은 어른 문생으로 제삼인 급제자	老樵門下第三人
가학으로 훈도 받고 기미도 진국이었네	家敎熏陶氣味醇
갑자생으로 환갑 넘긴 지 얼마 되지 않아 떠나가니	甲子更端俄屬纊
무진생인 나는 뒤에 남아 눈물로 수건 적신다	戊辰居後獨霑巾
거북 관인을 풀어 술 사준 그 우정 얼마나 두터웠던가	解龜換酒情猶渥
촛불에 줄 긋고 시 짓던 일 묵은 자취 되어 버렸네	刻燭題詩迹已陳
부음 듣고 하룻밤 내내 잠을 이루지 못했으니	直得一宵眠不穩
만가를 어찌 제 정신으로 부를 수 있으리	薤歌焉得有精神[11]

　인용시는 박계장이 죽었다는 소식을 듣고 쓴 것이다. 어제 부음을 듣
고 새벽에 썼다는 것으로 보아 아마도 잠을 온전히 이루지 못한 것 같다.
그만큼 친우의 죽음에 대한 목은의 상심과 충격이 컸던 것이다. 박계장
에 대한 자세한 생평은 알 수 없지만 시의 내용으로 보아 초은(樵隱) 이인
복(李仁復)의 문하로 과거에 제 삼인으로 급제했음을 짐작할 수 있다.
제 3구에서 갑자년 생이라고 했으니 1324년 출생으로 1328년생인 목은
과는 네 살의 나이차가 난다. 환갑을 넘긴 지 얼마 되지 않아서 죽었다고
했으니 1384년에서 1385년 사이에 죽은 것이고, 이 시 역시 그 즈음에
지어졌을 것이다. 수련은 박계장의 집안이 명문으로 일찍부터 가학이
있었음을 말하고 있다. 경련은 생전의 박계장과의 우정을 반추한 것이

　踏韓山路, 病裏光陰似轉丸)"(『牧隱詩藁』 권19, 「忌日不吟 今已棘口矣 援筆卽成」.)
11) 이색, 『牧隱詩藁』 권33, 「昨聞朴判書契長卽世 曉作挽詞」.

다. 아마도 박계장은 평소에 기분이 동하면 허리에 찬 금거북 도장을 풀어서 저당잡히고 술을 거나하게 샀던 모양이다.[12) 또한 이 둘은 초에 금을 긋고 그 초가 다 타기까지 시를 짓는 내기를 했던 이른바 '각촉시(刻 燭詩)'를 즐길 정도로 우정이 깊었던 사이였다. 그러니 미련에서 "부음 듣고 하룻밤 내내 잠을 이루지 못했"다고 하는 말이 과장이 아님을 알 수 있다. 시인은 지금 친구의 만가를 제 정신으로 부를 수 없을 정도로 정신적 혼돈과 낙담 상태이다. 이 시는 친구의 죽음을 접한 시인의 정신 적 충격을 잘 보여주는 도붕시의 수작이라 할 만하다. 다음은 깊은 교유 를 나눴던 정추의 죽음을 다룬 시이다.

뜬구름 같은 인생 누군들 죽지 않겠는가마는	浮生誰不死
오늘 나는 유달리 마음이 아파온다	今日我偏傷
공적으로 말하면 하늘처럼 크고	公道如天大
사적인 정으론 장강과 같은 우정을 지녔기 때문이지	私情與水長
가을 산은 암담하게 비껴 서있고	秋山橫暗淡
새벽 비는 처량하게 가는 길 전송하네	曉雨送凄涼
상여 소리 어찌 차마 들을 수 있겠는가	薤曲那堪聽
명정조차도 바쁘다는 듯 빨리도 가는구나	銘旌去似忙[13)

이 시의 주인공은 원재 정추로 그는 목은이 가장 아꼈던 친구였다. 사실 정추와의 인연은 선대로 거슬러 올라가는데, 가정 이곡과 원재의 부친 설곡(雪谷) 정포(鄭誧) 또한 막역한 사이였다. 『목은집』에 원재와

---

12) 사실 이것은 李白의 「對酒憶賀監」 시를 용사한 것으로, 그 시의 서문에 "賀知章이 나 를 처음 보고는 謫仙人이라고 일컬으면서, 허리에 찬 금거북 패물을 풀어서 술을 사 주며 즐거워하였다.[解金龜換酒爲樂]"라는 말이 나온다. 이 시에서는 이백의 시인으로 서의 재주를 알아 본 하지장처럼 박계장 역시 목은을 알아주었다는 의미로 쓴 것이다.
13) 이색, 『牧隱詩藁』 권32, 「聞圓齋辭世哭之」.

주고받은 시가 여러 수 보이고, 정포의 문집인 『설곡집』의 서문을 목은이 썼으며, 한걸음 더 나아가 정포와 정추의 집안 내력을 정리한 글인 「정씨가전(鄭氏家傳)」까지 기록한 것은 목은과 원재와의 깊은 우정을 보여주는 실례라 할 것이다. 이같은 사실을 반영하듯이 만시 역시 원재와 관계된 시가 무려 3제, 5수[14])나 되어 다른 이에 비해서 매우 많은 편이다.

위 인용시는 세 수의 연작시 중 세 번째 작품이다. 우리 인생은 그 누구도 죽음을 피할 수 없다. 어찌보면 인간은 태어난 후로 줄곧 죽음을 향해 가고 있는 것인지도 모른다. 그래서 인생은 "뜬구름" 같은 것이다. 누구나 한 번은 죽는 것이기에 죽음이 무어 그리 대수인가라고 한다면 이는 매우 이성적이고 논리적인 발언이다. 누구나 죽지만 죽음은 그래도 슬픔이요 고통인 것이다. 왜냐하면 그것은 망자와 이 땅에서의 마지막 이별을 의미하는 것이기 때문이다. 그 이별의 아픔은 망자와 친밀한 관계일수록 더욱 커질 것이다. 그래서 목은은 2구에서 "오늘 나는 유달리 마음이 아파온다"라고 말한다. 그리고 이어 3, 4구에서 그것은 "장강과 같은 우정" 때문이라고 밝히고 있다. 제 1구에서 4구까지의 전반부가 망자와 시인과의 개인적 친분을 밝히고 있는 것이라면, 후반부인 5구부터 8구까지는 묘사를 통한 사적인 감정을 이야기하는 이른바 '선경후정(先景後情)'의 기법이다. 오늘따라 가을 산은 암담하게 보이고 아침부터 비는 처량하게 내린다. 사실 산이야 어제 본 산과 다름이 없고 비 또한 오늘이라고 특별히 처량하게 내릴 리가 없는 것이지만, 지금 시인이 느끼는 모든 것은 암담, 처량, 슬픔 등의 단어로밖에 설명할 수 없다. 그래

---

14) 위 인용시는 오언율시로 된 세 수의 연작시이고, 그 외 칠언율시인 「公權之葬 病不果會 悲慨之餘 又題 一首」(『牧隱詩藁』 권32)와 칠언절구 「赴圓齋七齋于報法寺」(『牧隱詩藁』 권33.)가 있다. 이 시들을 통해서 정추의 49재까지 참여할 정도로 목은이 그에 대한 사랑과 애정이 깊었음을 알 수 있다.

서 시인은 친구의 마지막 가는 길을 차마 볼 수 없고 상여 소리도 차마 들을 수 없다. 그 사이 상여의 행렬은 야속하리만큼 빨리도 지나가버리고, 그렇게 산 자와 죽은 자의 영원한 이별은 마무리된다.

정추의 죽음을 맞아 쓴 또 다른 시에서는 "동년은 점점 줄어들고 나는 아직도 살아 있으니/오늘 분명히 알겠도다 만물이 불평등하다는 것을(同年漸少吾猶在, 今日明知物不齊)"15)이라고 말하고 있다. 함께 과거에 급제하고 함께 관직 생활을 하며 동고동락했던 친구들은 모두 다 사라져가고 이제 혼자만 남았다는 고독감이 목은의 마음을 무겁게 하고 괴롭게 하고 있다. 그 마음의 무거움, 또는 불편함은 가장 친한 벗 정추의 죽음으로 극에 달한다. 그래서 급기야 "만물이 불평등하다"고 까지 말하는 것이다. 위 인용시는 매우 서정적이면서 망자에 대한 애절한 감정을 시적으로 탁월하게 형상화했다는 점에서 고려시대 만시 중 가장 뛰어난 작품의 하나라 해도 과언이 아닐 것이다.

7월 8일에 조칙을 들으러 정동성(征東省)에 갔을 때 녕선학사(明善學士)도 그 자리에 함께 있었는데, 21일에 왕태의(王太醫)가 와서 얘기하던 가운데 명선이 죽은 지가 이미 10여 일이 되었다고 하므로, 깜짝 놀라 외치고 나서 노래를 지어 哭하는 바이다.

원나라 조정에서 급제한 이가 두 사람 남았는데	元朝進士二人存
병이 든 지 오래인데다 두 눈까지 어둡구나	臥病長年兩眼昏
지팡이 짚고 정동성에서 함께 조칙 들었는데	扶杖省中同聽詔
하늘나라 바라보자니 넋이 나갈 듯하네	望槎天上欲銷魂
잠깐 동안 신선세계로 놀러 간 것인지 알 수 없지만	那知數日仙遊去
많은 공로 세우고 객사한 것이 가장 원통하구나	最是多生客死冤

---

15) 이색, 『牧隱詩藁』 권32, 「公權之葬 病不果會 悲慨之餘 又題 一首」.

무성한 수양버들도 나의 아픔을 아는지　　　　　　　楊柳依依知我痛
길가에 낮게 드리워서 오는 수레를 막는구나　　　　低垂門巷截來轅16)

　위 인용시는 명선이라는 학사가 죽었다는 소식을 듣고 쓴 것인데, 제
1구 "원나라 조정에서 급제한 이가 두 사람 남았는데"라는 말로 보아
명선은 아마도 목은처럼 원나라의 국자감에서 공부했던 인물로 보여진
다. 이 시에서 눈여겨 볼 대목은 명선의 죽은 시점이다. 7월 8일에 목은
은 그와 함께 정동행성에서 임금의 조칙을 들었는데, 7월 21일 어의가
와서 명선의 죽음을 알려주었으니 불과 2주 만에 부음을 들은 것이다.
더욱 놀라운 것은 어의가 이야기 할 때에는 이미 명선이 죽은 지 10여
일이 지난 뒤였다는 점이다. 그렇다면 7월 8일 목은이 명선을 만나 지
불과 며칠 후에 그가 죽었다는 계산이 나온다. 따라서 명선은 아마도
오랜 지병이 있어서 죽은 것 같지는 않아 보인다. 만약 중병을 앓고 있었
다면 7월 8일 조칙을 들을 때 나오지 못했을 것이기 때문이다. 이 시만
가지고 정확히는 알 수 없으나 명선은 갑작스런 사고로 죽었거나 또는
심장마비 같은 것으로 인해 예기치 못한 죽음을 당한 것으로 보여진다.
이러한 추측은 인용시 제 6구의 "많은 공로 세우고 객사한 것이 가장
원통하구나"라는 말을 통해 입증이 된다. 모든 정황으로 보아 명선은
무엇 때문인지는 알 수 없으나 갑자기 당한 어떤 사고로 인하여 객사한
것으로 판단된다. 이 때문에 부음을 전해들은 목은의 첫 반응은 깜짝
놀라고 소리를 질렀던 것이다. 시인은 마음을 가라앉히고 아무리 생각해
보아도 그의 죽음이 믿겨지지 않는다. 그래서 제 5구에서처럼 "잠깐 동
안 신선 세계로 놀러 간 것"이라고 애써 스스로 위로해 보기도 하지만,

---

16) 이색, 『牧隱詩藁』 권8, 「七月初八日 聽詔征東省 拜明善學士在焉 廿一日 王太醫來 語
　　及明善 仙去十餘日矣 驚呼之餘 作歌以哭」.

그러나 명선의 죽음은 너무나 원통할 뿐이다. 이러한 시인의 마음을 아는 것인지 길가 수양버들도 가지를 길게 드리우고 상여를 실은 수레의 행차를 막는다. 조금이라도 더 망자를 이 땅에 두고 싶어 하는 간절한 시인의 바람을 상징적으로 보여주는 구절로 해석된다. 목은의 만시에는 친구뿐만이 아니라 친구의 부인이 죽은 것을 애도하는 시도 여러 수 보이는데 이러한 작품 역시 도붕시의 하나로 볼 수 있다.

김사정(金思亭)의 부인 이씨에 대한 만사

죽헌엔 이제 거문고 소리 끊어졌는데	竹軒今絕響
김해 땅엔 예전부터 명성이 전해 왔지	金海舊流芳
돌이켜 생각해보면 정은 끝이 없고	回首情無極
사정(思亭)엔 석양만 걸려 있구나	思亭掛夕陽17)

오언절구의 짧은 형식이지만 매우 압축적으로 시인의 감정을 드러낸 인용시는 김사정의 부인 이씨에 대한 것이다. 사정(思亭)은 고려후기의 문인 김희조(金希祖)의 당호이다. 김희조는 14세기 초·중반에 정계에서 크게 활약을 했던 김륜(金倫)의 아들로, 수차례 고려 조정을 대표하여 원나라에 사행을 다녀왔고,18) 1357년에는 동지공거가 되어 염흥방(廉興邦)등 33인의 과거 급제자를 선발할 정도로 문명이 있었다. 이는 제정(霽亭) 이달충(李達衷)이 사정과 그 집주인을 생각하며 「사정부(思亭賦)」를 쓴 것에서도 김희조가 당대 사대부들에게 얼마나 명망이 있었던 인물이었는지를 알 수 있다. 제 1구의 '죽헌(竹軒)'은 김희조의 부친인 김륜의

---

17) 이색, 『牧隱詩藁』 권6, 「金思亭夫人李氏挽詞」.

18) 그는 1353년(공민왕 2)에 원나라 태자의 책봉을 하례하고 돌아왔고, 3년 뒤 다시 원나라 태자의 千秋節을 하례하고 돌아왔다.

호이니, 김희조의 부인 이씨가 명문가에 시집왔음을 말하는 것이다. 망
자에 대한 시인의 감정은 마지막 3-4구에 드러나 있다. 돌이켜 생전의
이씨를 추억해보니 그에 대한 추억은 끝이 없다. 하지만 이제 지상에서
는 더 이상 그녀를 볼 수 없다. 안주인을 잃은 사정 옛집엔 붉은 저녁노을
만이 자리를 지키고 있을 뿐이다. 망자에 대한 깊은 정과 많은 생각들을
오언절구라는 가장 짧은 형식으로 담아내기는 쉬운 일이 아니다. 그래서
대체로 만시는 절구보다는 율시로 지어지는 경우가 일반적인 현상이다.
위의 인용시처럼 오언절구로 지을 경우에는 극도로 정제된 표현과 함축,
상징이 필요하다. 마지막 결구 "사정엔 석양만 걸려 있구나"는 고도의
함축이 이뤄진 표현으로 이른바 말 바깥의 뜻, 즉 '언외지의(言外之意)'를
느끼기에 충분한 수작이라 할 것이다. 다음에 살펴볼 시는 동시대의 스
승 역할을 했던 저명한 문인의 죽음에 대한 것이다.

초은의 묘지명 후미에 쓰다.

경산의 초은은 신선이 되어 올라가고	京山樵隱登仙去
외로운 학만 아득히 공중을 날아가네	獨鶴渺渺空中擧
광암사 구름 연기 참담하여 빛이 없구나	光巖雲煙慘無色
요동 들에서 어떤 이의 말을 다시 들을까	遼野何人更聞語
당년에 초은의 뒤를 따르던 한 동자는	當年隨後一童子
병 많고 근심도 많아 이제는 늙었다네	多病多憂今老矣
억지로 몽당붓 들어 묘지명을 쓰는 것은	强拈敗筆銘幽堂
훗날의 훌륭한 사관을 기다리기 위해서라네	祇爲他年有良史
이 노인은 곧장 옛 문풍을 따르려 하여	斯翁直欲追古風
저 멀리 세월을 뛰어넘어 문장의 우두머리 되었다네	遠跨千載文章宗
당시에 공이 쓴 비문 한두 편	當時碑誌一二篇
글자와 뜻 예스러움이 옛 문자를 베낀 듯	字古義邃摹鼎鐘

다만 몹시도 아끼어 스스로 감추고서　　　　　　祗是愛惜自祕多

두 손으로 만지기만 하여서 매우 화가 났지　　　深嗔兩手徒摩挲

인간 세상 어느 곳이든 감식안 갖춘 이가 있어　人間到處有具眼

응당 유창한 문장을 뱉어낼 수는 있지만　　　　應須吐出如懸河

혹자는 재주는 높으나 기력이 짧아서　　　　　或是才高氣力短

바쁜 마음에 왕왕 땀만 흘리기도 하지　　　　　心煩往往膚流汗

혹자는 소인의 참소하는 입을 피하며　　　　　或是避却讒夫口

미친 이에게서 비난이 나올까 두려워 한다오　恐有譏評出狂竪

공은 평생에 안하무인의 경지로　　　　　　　平生眼前無一人

이백 두보 한유 유종원과 어깨를 나란히 했네　李杜韓柳爲比隣

누가 알았으랴 목은이 다행 중 다행으로　　　誰知牧隱幸又幸

국가의 전례 맡아 문단에서 모시게 될 줄을　參掌國典陪文茵

이제는 선배들이 모두 다 돌아가고　　　　　如今前輩盡凋落

백발로 적막을 향해 외로이 읊조릴 뿐이네　　白首孤吟向寂寞

알겠도다 공은 구원에서 응당 크게 웃겠지만　知公九原應大笑

우리 무리들 쓸모없어진 지 이미 오래라네　　久矣吾曹束高閣[19]

　인용시는 초은 이인복(1308~1374)이 죽자 그의 묘지명을 쓰고 남은 느낌을 다시 시로 기록한 것이다. 이인복은 고려후기의 명신 이조년(李兆年)의 손자이고, 우왕 때의 실권자였던 이인임(李仁任)의 형이다. 또한 고려의 성리학이 수용되는 과정에서 큰 역할을 하였던 백이정(白頤正)의 문인이기도 하다. 그래서인지 이인복은 고려말의 성리학자들 중에서도 원칙에 투철한 인물로 알려져 있다. 목은은 이인복의 죽음을 "경산의 초은은 신선이 되어 올라가고, 외로운 학만 아득히 공중을 날아가네"라고 묘사함으로 시를 시작하고 있다. 제 5-6구 "당년에 초은의 뒤를 따르던 한 동자는, 병 많고 근심도 많아 이제는 늙었다네"에서 동자는 물론

---

19) 이색, 『牧隱詩藁』 권14, 「書樵隱銘後」.

목은 자신을 지칭한다. 이인복의 몰년이 1374년이므로 이 시는 1374년, 목은 나이 47세 때에 쓴 것인데, 시인은 본인을 "늙었다"라고 말하고 있다. 이러한 표현은 계속되는데, 25-26구에서는 "이제는 선배들이 모두 다 돌아가고, 백발로 적막을 향해 외로이 읊조릴 뿐이네"라고 말한다. 본인의 나이가 실제로 연로해진 것은 아니나 주위의 스승과 선배들이 모두 세상을 떠나자 상대적으로 자기가 매우 늙어가고 있다는 인식이 강해진 것으로 보인다.

  시의 전체적인 내용은 이인복의 문장과 학문을 기리는 것으로 시인은 망자를 이백, 두보, 한유에 비기고 있다. 또한 본인이 이인복의 밑에서 국가의 전례를 맡아 가까이서 모실 수 있었던 것을 커다란 행운이자 다행으로 여기고 있다. 그만큼 학계와 문단의 선배로서 이인복에 대한 존경심이 컸음을 보여주는 대목이다. 목은은 학계의 원로 외에도 왕이나 당대의 벌열, 공신들에 대한 만시도 남겼다. 왕으로는 충목왕, 공민왕에 대한 시가 있다. 다음을 보자.

  염동정(廉東亭)과 함께 현릉(玄陵)을 참배하고 밤에 돌아오면서 짓다.

비교할 수 없는 은혜와 영광 무리에서 뛰어났으니	不次恩榮迥出群
근래의 슬픈 감정 다시 어떻게 말하랴	近來悲感復何云
실바람에 수양버들은 봄비를 머금었고	風輕細柳含春雨
눈 그친 먼 산은 저녁 구름에 막혔네	雪盡遙山隔暮雲
나 홀로 정상에 오르려 해도 저 사람들을 어찌하리요	我自顚隮焉彼相
하늘이 이제 편벽되이 사문을 망치는구나	天方廻遹喪斯文
향 사르고 강신주 부어 쌍쌍이 절 올리고	焚香澆酒雙雙拜
말을 타고 돌아오니 해는 또다시 지고 있다	馬上歸來日又曛[20]

---

20) 이색, 『牧隱詩藁』 권13, 「與廉東亭拜玄陵 夜歸有作」.

인용시는 목은이 염흥방(廉興邦)과 함께 공민왕의 묘소를 참배하고 돌아와 쓴 것이다. 공민왕의 죽음에 바로 접해서 쓴 것은 아니고, 묘소를 둘러본 뒤에 쓴 것이기에 일반적인 만시라고는 할 수 없겠으나 망자에 대한 추억과 애도, 그리고 슬픔을 주된 시적 정서로 하고 있기에 넓은 의미의 만시로 보아도 좋을 것 같다. 더구나 제 2구에서 "근래의 슬픈 감정"이라고 한 것으로 보아 인용시는 공민왕이 죽은 뒤 그리 멀지 않은 시점에서 쓰여진 것으로 여겨지기 때문에 만시의 범주에 넣어도 무리가 없어 보인다. 2구에서 "슬픈 감정[悲感]"이라고 말한 것에도 나타나 있듯이 이 시의 주된 정서는 '슬픔'이다. 시인에게 공민왕의 죽음이 '비감'으로 절실하게 다가 온 것은 무엇 때문일까? 그 답의 실마리는 제 1구에서 찾을 수 있다. 다른 신하들과는 "비교할 수 없는 은혜와 영광"을 받고 누렸기 때문이다. 그토록 총애를 주었던 왕이 죽었으니 그 허탈함은 견딜 수 없었을 것이다. 더불어 공민왕이 실행했던 개혁 정치를 더욱 확대 발전시켜야 한다는 생각과 나라의 앞날에 대한 걱정이 시인으로 하여금 공민왕의 죽음을 더욱 슬프고 착잡하게 만들었을 것이다. 이러한 감정으로 주위를 둘러보니 눈 그친 먼 산이 저녁 구름에 막혀 있는 것이 시선에 들어온다. 왜 하필 '막혀있는[隔]' 산이 눈에 들어왔을까? 그것은 일차적으로는 시인의 마음이 꽉 막혀있듯이 답답하기 때문이요, 또한 임금이 여러 간신배들에게 둘러싸여 있기 때문이기도 하다. 이렇게 보면 산은 임금을, 구름은 간신배를 상징한다.[21]

---

21) 임금과 관계된 목은의 만시에서는 유독 구름과 산, 또 저녁놀이 자주 등장한다. 가령, 충목왕에 대한 만시(「臘月初五日 忠穆王忌辰也 設齋龜山寺 宰樞入眞殿庭下 肅拜而退 臣穡因有所感」, 『牧隱詩藁』 권20.)에서도 "적막한 구산에 저녁놀은 그 몇 번이던가(寂寞龜山幾夕曛)"라던가 "문득 구름 모습도 참담함을 알겠도다(便覺雲煙有慘容)"라는 표현이 그것이다. 여기에서도 왕의 죽음은 시인으로 하여금 비통함과 참담함을 불러 일으키고 있고, 또한 왕의 죽음은 마치 저녁놀처럼 자신과 나라의 불안한 미래를 나타

그런데 여기에서 재미있는 점은 산과 구름 앞에 놓여있는 수식어이다. 산은 "먼 산"이라고 표현했고, 구름은 "저녁 구름"이라고 하고 있다. '먼'은 현재 임금과 목은과의 정서적 거리를 의미하는 것이고, '저녁'은 간신배들의 앞날을 상징하는 것이다. 이러한 해석은 제 5-6구를 통해 다시한 번 확인할 수 있다. "나 홀로 정상에 오르려 해도 저 사람들을 어찌하리요, 하늘이 이제 편벽되이 사문을 망치는구나"라고 했으니, 공민왕사후에 정계를 바로 이끌어 가야겠다는 다짐을 해보지만 "저녁 구름"같은 간신배들에 막혀 어찌 할 수 없으니 하늘이 이 나라를 망친다는자조이다. 목은에게 있어서 공민왕의 죽음은 하늘이 고려를 버리고 망치는 것으로 생각될 만큼 커다란 의미였다. 그렇기에 시인의 감정은 '비감'일 수밖에 없는 것이다. 이같은 슬픔은 마지막 8구에까지 계속된다. 무덤을 참배하고 집으로 돌아오는 길, 석양은 지고 있다. 아마도 지는 석양은 목은과 고려의 불안한 앞날을 상징하는 것인지도 모른다. 이 장면은마치 영화의 마지막 엔딩처럼 매우 시각적이면서도 주체할 수 없는 슬픔을 극도로 절제하여 잘 나타내고 있다. 이러한 시각적 형상화, 절제의미 등은 목은 만시가 가지는 주요한 미적 특질로 판단된다.

철원군(鐵原君) 최맹손(崔孟孫)을 곡하다.

시서를 읽던 선배들은 이제 드물고	詩書前輩少
벌열 공신은 그 몇이나 남았는가	閥閱幾人存
도가 곧으매 명성은 더욱 중하고	道直名逾重
나이 늙어서 지위가 처음 높아졌네	年高位始尊
구름 낀 숲은 겹겹 산으로 이어졌고	雲林連疊嶂
안개 낀 풀은 평원에 가득하네	煙草靄平原

내고 있기도 하다.

붉은 명정이 바람에 펄럭이면서   丹旌風吹動
아스라이 도성문을 **빠져** 나간다   依依出國門22)

위 시의 주인공은 고려후기의 문신 최맹손(?~1379)이다. 그는 1365년
(공민왕 14)에 밀직제하이 되었고, 그해 철원군에 봉해졌던 인물이다. 시
의 후반부 5-8구는 앞에서 살펴본 시와 마찬가지로 매우 회화적인 전개
가 펼쳐진다. 첩첩 산중에 구름은 가득하고, 안개 낀 평원엔 풀이 무성하
다. 구름과 안개의 이미지는 시를 시각적으로 만들어주면서 동시에 매우
몽환적인 분위기로 만든다. 5-6구의 이미지가 무채색에 가깝다면 마지
막 7-8구는 강렬한 유채색이 등장한다. "붉은 명정이 바람에 펄럭이면
서, 아스라이 도성문을 빠져 나간다"에 나타나는 '붉은 명정'은 앞 구의
'안개'나 '구름'과 대조를 이루며 이 시의 색채 이미지를 강렬하게 만들고
시각적 효과를 극대화 시키고 있다. 뿐만 아니라 앞의 시들에서는 볼
수 없었던 '바람'까지 등장하며 만장이나 깃발들이 바람에 펄럭거리는
소리를 통해 청각적 효과까지 일으키고 있다. 이같은 시각과 청각적 이
미지들의 조화와 적절한 배합은 만시에 나타나는 생과 사의 마지막 이
별, 슬픔을 시적으로 훌륭히 승화시켜 주고 있는 것이다. 사실 이미지즘
의 시적 활용은 목은 만시의 두드러진 표현 기법으로서 여러 시들에서
나타나고 있다. 가령,

적막한 청산 속에 맑은 물소리   靑山漠漠水泠泠
하늘의 별들이 지하의 영을 비춰 주리라 天上星臨地下靈
점점 멀어져 가는 상여꾼의 노랫소리 一曲薤歌聲漸遠
이생에선 멋진 모습 다시는 못 보겠구나 此生無復見儀形23)

---

22) 이색, 『牧隱詩藁』 권16, 「哭鐵原君崔孟孫」.

라는 시를 보자. 이 시는 이원부(李元富)의 죽음을 애도하며 쓴 것인데, 특히 청각적 효과가 두드러진다. 시는 처음 시작부터 "물소리"로 시작 하더니 "상여꾼의 노랫소리"로 끝이 난다. 소리를 말하고 있지만, 사실 은 물소리의 근경에서 시작하여 "점점 멀어져 가는" 상여 소리의 원경 으로 끝이 난다고 보아도 좋다. 또한 시의 어디에도 눈물이나 슬픔, 곡 성 등은 직접적으로 등장하지 않지만, 마지막 결구에서 "이생에선 멋진 모습 다시는 못 보겠구나"라고 함으로써 망자의 죽음에 대한 아쉬움을 그 어떤 시보다 효과적으로 그려내고 있다. 또 다른 만시에선 "상여 소 리 아득해라 어디로 향하는가/푸른 산빛이 옷깃을 적신다(薤曲依依何處, 山光滴翠霑衣)"[24]라던가 "머리 돌려 바라보는 여강의 상류/돌아갈 하나 의 길 저 멀리 비껴있네(回首驪江上, 迢迢一路斜)"[25]라고 읊고 있다. 모 두 청각과 시각적 이미지를 적절히 활용하여 슬픔이라는 정서를 드러 내야 하는 만시의 미학적 효과를 극대화 시키고 있다.

한편 목은의 만시에는 왕이나 권력 있는 공신, 저명한 학자만 등장하는 것이 아니다. 목은은 평소 고유가 있었던 승려는 물론이고 집안일을 하 는 여종의 죽음에도 진심으로 애도하는 시를 썼다. 다음 시를 보자.

> 부엌일을 도맡던 하녀가 병으로 죽었기에 며칠 동안 시 읊는 일도 잊은 채 슬픔에 잠기다.

> 아침저녁 밥 먹을 때 없어서는 안 될 것은 　　朝夕餐殽不可無
> 싱겁고 짠 맛 비계와 살을 적당히 맞추는 일 　調和鹹淡與膏腴
> 그녀가 매일 정성껏 보살펴 준 그 덕분에 　　憐渠每日施微力

---

23) 이색, 『牧隱詩藁』 권30, 「哭李應揚 元富」.

24) 이색, 『牧隱詩藁』 권32, 「西原君洪夫人挽詞」.

25) 이색, 『牧隱詩藁』 권33, 「柳代言夫人元氏挽詞」.

몇 년 동안 병든 이 몸 보전할 수 있었구나	使我多年保病軀
어미와 자식이 서로 만나 바야흐로 기뻐했는데	母子相逢方喜快
생사가 갈린 운명에 단지 탄식만 나오는구나	死生有命但嗚呼
늙은이는 살고 젊은이는 죽는 일 예로부터 있었지만	老存少沒由來事
하늘의 도는 아득하고 아득하니 누가 감히 따지리요	天道冥冥誰敢圖[26]

　시의 내용으로 보았을 때 부엌살림을 주관하던 여종이 죽었던 것 같다. 인생을 살면서 의식주가 가장 중요한 일이고 그중에서도 먹는 일은 더더욱 중요한 일일 것이다. 단순하게는 생명을 보전해주는 역할을 할 뿐만 아니라 먹는 것 자체가 하나의 즐거움이요 기쁨인 것이다. 그러기에 "아침저녁 밥 먹을 때 없어서는 안 될 것은" 싱겁고 짠 맛을 맞추는 일이다. 즉 조리를 잘 하여 음식의 맛을 맛있게 해야 하는 것이다. 그런데 매일같이 맛있는 음식을 해 주던 그 여종이 죽었다. 사실 "그녀가 매일 정성껏 보살펴 준 그 덕분에" 목은은 병든 몸을 보전하고 유지할 수 있었던 것이다. 제 5구로 볼 때 죽은 여종은 죽기 얼마 전에야 어떤 이유로 서로 떨어져 지냈던 자식과 오랜만에 상봉을 했었던 것 같다. 그러나 모자 상봉의 기쁨도 잠시, 그들은 또 다시 생과 사가 영원히 갈리는 운명에 직면해 버렸다. 시인은 이 기막힌 상황 앞에서 "단지 탄식만 나온"다 라고 말할 수밖에 없다. 하지만 "하늘의 도는 아득하고 아득하니 누가 감히 따질" 수 있겠는가? 이 역시 운명으로 받아들일 수밖에 없는 것이다. 이처럼 목은은 미천한 신분의 여종에게 까지 관심을 기울이고 진심으로 애도하는 시를 썼다. 목은에게 여종의 죽음은 종의 죽음이 아니라 살아생전 자기를 보살펴 주던 한 인간의 죽음이었던 것이다. 그 죽음은 결코 절친했던 벗의 죽음이나 심지어 자기가 모셨던 왕의 죽음과

---

26) 이색, 『牧隱詩藁』 권33, 「治具赤脚病亡 哀之廢吟數日」.

별반 다를 것이 없다. 죽음 앞에 모든 인간은 평등한 것이고, 죽은 망자를 추억하고 그 죽음을 슬퍼하는 것은 여종이나 사대부나 같은 것이다. 즉 생전의 신분은 차이가 있었을지라도 그를 기리는 만시는 여종의 만시나 사대부의 만시나 다르지 않다. 이것이 만시가 갖는 또 다른 문학적 매력인 것이요, 목은은 이 점을 진솔한 만시 창작을 통해 잘 보여주고 있다.

이처럼 목은이 쓴 만시에는 다양한 죽음들이 등장한다. 왕족, 권문세가, 사대부, 승려, 여종과 같은 신분적 분류 이외에도 가령, 요절의 죽음, 천수를 다 누린 죽음, 평생의 뜻과 포부를 펼쳐보지 못하고 아쉽게 떠난 죽음, 갑자기 예고도 없이 당한 객사의 죽음, 부부가 병으로 같은 날 떠난 기막힌 인연의 죽음27) 등이 그것이다. 시인은 어떤 죽음이던 자기가 보았을 때 기록할만한 가치가 있다고 판단되는 죽음에는 시를 써서 남기고 있다. 이것이 목은의 만시가 숫자적으로 양이 많게 된 직접적인 이유이지만, 단순히 양이 많다는 것뿐만 아니라 다양한 인간의 다양한 죽음을 다양한 내용의 시로 남기고 있다는 점이 더욱 중요하다. 바로 이 점이 목은 만시가 갖는 중요한 문학적 특질인 것이다.

Ⅳ. 결어

모든 것이 그렇듯이 시작이 있으면 끝이 있는 법이다. 우리들 인생도 마찬가지여서 출생이 있고 죽음이 있다. 한시사에서는 죽음을 당한 인물에 대해 시인의 추억과 애통함과 아쉬움을 담아 망자를 그리는 시를 '만

---

27) 가령 柳景輝라는 사람이 병이 들어 부부가 동시에 죽자 이를 위로하는 시가 보인다. (『牧隱詩藁』 권30, 「柳景輝與室俱病 同時亡 今日同葬城南」.)

시'라고 일컫는다. 만시는 이미 중국의 한시사에서도 많이 지어졌던 장
르였다. 일찍이 백거이나 두보와 같은 당시에서는 물론이요, 구양수,
소동파 같은 송시 작가에서도 즐겨 창작되어졌음을 확인할 수 있다. 고
려의 문단에서도 이같은 당시와 송시의 영향을 받아 만시가 많이 지어졌
다. 고려전기의 대표적 문인인 김부식은 여러 수의 만시를 썼고, 그 후로
저명한 문인 치고 만시를 쓰지 않은 이가 거의 없을 정도로 만시의 창작
은 묘지명과 더불어 글 잘하는 문인이 갖춰야 할 필수 요소처럼 되어
버렸다. 본고에서는 특히 목은 이색을 중심으로 하여 고려후기 만시의
창작 경향과 미적 특질을 고찰해 보았다. 목은은 고려시대 시인들 중에
서도 가장 많은 양의 만시를 창작했으며 그 대상 인물과 내용 역시 다채
로워 만시가 갖는 문학성을 규명하기에는 가장 적합한 시인으로 보인다.
    현재 전하는 목은의 만시는 대략 76수 정도이다. 이만한 양은 조선조
문인들의 문집에서도 쉽게 찾기 힘들 정도로 상당한 양이다. 또한 단순
히 작품의 분량만 많은 것이 아니라 그 대상이 되는 인물들 역시 왕,
공주, 권신, 사대부, 귀부인에서부터 승려, 집에서 일하는 여종에 이르
기까지 참으로 다양하다. 이것은 목은의 교유관계가 폭넓었다는 것을
방증할 뿐만 아니라, 목은이라는 인물이 기본적으로 인간에 대한 애정과
관심이 컸던 따뜻한 성품의 소유자였음을 보여주는 것이다. 이는 또한
목은이 남긴 산문 작품 중에서 묘지명의 양이 많은 비중을 차지하고 있
는 데에서도 확인할 수 있다.
    만시의 미학은 애절함과 비통함에 있다. 잘 된 만시일수록 그 슬픔은
커서 망자를 전혀 모르는 독자일지라도 어느새 눈물을 흘리게 된다. 이
러한 '비장미(悲壯美)' 또는 '비개미(悲慨美)'야말로 만시가 지어지고 또
독자들이 그것을 읽게 되는 가장 중요한 미적 특질이다. 또한 만시를
지음에 왕이나 권신의 죽음을 기리는 시와 여종의 죽음을 기리는 시에

시인은 차별을 두지 않는다. 생전의 신분이나 업적은 분명 차이가 있었겠지만, 망자에 대한 시인의 안타깝고 애절한 감정은 동일하다. 사람은 귀천이 있었을지 몰라도 그를 기리는 시에는 귀천이 없다. 이것이 바로 문학이, 특히 만시가 갖는 매력이자 큰 미덕이라 할 수 있을 것이다.

참고문헌

『국역 동국이상국집』, 한국고전번역원, 1982.
『국역 동문선』, 한국고전번역원, 1976.
『도은집』, 『한국문집총간』 6, 한국고전번역원, 1988.
『목은고』, 『한국문집총간』 3·4·5, 한국고전번역원, 1988.
『문연각 사고전서 전자판』, 중국무한대학출판사, 1997.

권오석 역, 『신역 장자 외편』, 홍신문화사, 1994.
권혁명, 「남효온의 자만시 연구」, 『동양한문학연구』 27집, 동양한문학회, 2008.
傅璇琮 편, 『중국시학대사전』, 절강교육출판사, 1999.
임정기·이상현 역주, 『국역 목은집』, 한국고전번역원, 2000.
임준철, 「자만시의 시적 계보와 조선전기의 자만시」, 『고전문학연구』 31집, 한국고전문학회, 2007.
_____, 「조선시대 자만시의 유형적 특성」, 『어문연구』 38권 2호, 한국어문교육연구회, 2010.
전송열, 『옛 사람들의 눈물』, 글항아리, 2008.
전재강, 「한강 만시의 성격 연구」, 『국어교육연구』 46집, 국어교육학회, 2010.
주기평, 「중국 만가시의 형성과 변화과정에 대한 일고찰」, 『중국문학』 60집, 한국중국어문학회, 2009.

16세기 후반 비지류 문장의 미의식 분화에 관한 고찰

서한석

I. 들어가며

16세기는 매우 역동적인 시대였다. 정치·사상·학문 등 사회 제반에 걸쳐 지속적인 변화가 이루어지고 있었으며, 16세기 말에는 임진왜란으로 인하여 개국 이래 유지되던 사회질서가 근저에서부터 충격을 받게 되었다. 이러한 일련의 시대변동은 당대 문인들의 문예인식에도 반영되었고 그 결과 문학적인 측면에서도 많은 변화가 일어나게 되었다.

당시의 여러 가지 사건들 중 문학사에 큰 여파를 남겼던 것으로는, 명나라 복고사조의 도입과 전파를 들 수 있다.[1] 윤근수(尹根壽)가 주동이 되어 복고사조를 받아들였던 사실과 이로 인해 야기된 문단의 변화 및 문학사적 영향에 대해서는, 강명관 교수의 연구 이래 많은 연구성과가

---

[1] 명나라 전후칠자의 문풍을 일컫는 말에 몇 가지가 있으나 본고에서는 복고사조 혹은 복고파라고 칭하였다.

발표된 바 있다.[2] 그간 축적된 연구결과를 보면, 복고사조가 도입된 이후 그 영향을 받아 조선의 산문이 발전했다는 점을 공통적으로 거론하고 있다. 조선 전기에는 문학의 중심이 한시에 치우쳐 있어 상대적으로 산문은 관심을 덜 받았으나, 복고사조의 영향을 받으면서부터 산문의 문예적 성취에도 관심을 기울이기 시작했고, 이에 따라 작법·구법 등 문장의 수사적 측면에도 주목하게 됨으로써, 과거에 비해 문학의 수준이 한차원 향상되었다는 것이다.

그렇다면 명의 복고사조가 도입된 이후, 조선의 산문에는 구체적으로 어떤 변화가 일어났을까? 본고는 이 물음에 대한 단서를 찾아보려는 시도에서 작성되었다. 다만 본고에서 고찰할 대상을 산문 전체가 아닌 비지류에 한정한 것은, 기왕에 고문론과 비지류 문장이 밀접하게 관련된다는 지적이 있어왔으므로[3], 비지류 문장을 비교하는 작업을 통해서 진한 산문을 추종하는 복고사조의 영향을 받은 문인들과 그렇지 않은 문인들간 표현 수법이나 추구하는 미의식에 차이점이 드러날 것으로 판단되기 때문이다.

Ⅱ. 16세기 전후 비지류 문장의 추이

비지류 문장에 대한 조선 문인들의 인식은 16세기를 축으로 그 이전과

---

2) 강명관(1995)·(1998)·(2002), 김우정(2002)·(2003)·(2006)·(2007)·(2010a)·(2010b)과 심경호(1999). 그리고 서한석(1999), 신승훈(2005), 이성민(2008) 등이 있다. 이외에도 전후칠자와 관련된 다수의 연구가 있으나 지면상 생략한다.

3) 고문운동과 비지류 문장의 관계는 한유에 관한 연구에서 항상 언급되던 것으로, 최근 중문학계에서 발표된 오수형(2009)의 연구를 하나의 예로 들 수 있다. 한국한문학과 관련해서는 대표적으로 이종호(1990)·(1991)·(1996)·(1998)와 정순희(2004)·(2006)의 연구 등이 있다.

이후가 확연히 구분된다고 생각된다. 확실히 조선 전기는 한시가 문학의 중심을 차지하고 있었고 이러한 관념은 조선 후기까지 변화가 없었다. 산문은 조선 중기부터 점차 문인들의 관심을 받기 시작하여 후기로 갈수록 점차 중시되기에 이르렀다. 그런데 산문 중에서도 비지류 문장은 이러한 변화에 민감하게 반응하여 서(序) 발(跋)이나 기문(記文) 등 여타 장르의 산문에 비해 그 변화의 폭이 컸다고 할 수 있다.

본래 비지류는 엄격하게 사실을 지향하는 제약적 성격으로 인해, 역사 서술의 보조적인 역할이나 혹은 정해진 투식을 이용하여 상례(喪禮)를 위해 사용되는 의식적인 용도로 많이 쓰였다.4) 15세기까지 비지류 문장에 대한 조선 문인들의 인식은 이 수준을 벗어나지 않았으며, 이에 따라 비지류 문장을 짓는 일도 활발하게 이루어지지 않았던 것으로 보인다. 반면 16세기에 들어서면 시대의 변화와 아울러 문인들의 인식이 변했고, 이어 복고사조의 영향을 받으면서 비지류 문장에도 대대적인 변화가 시작되었다. 이후 17세기가 되면 비지류의 양적인 면에서부터 그 이전과는 판이하게 다른 양상이 드러난다. 이러한 추이는 문집의 목차만 살펴보더라도 쉽게 알 수 있다. 우선 15세기와 17세기 비지류 문장의 추이를, 각 시대의 대표적인 문인이라 할 수 있는 서거정(徐居正, 1420~1488)과 김종직(金宗直, 1431~1492), 성현(成俔, 1439~1504) 그리고 송시열(宋時烈, 1607~1689)과 김창협(金昌協, 1651~1708)·이의현(李宜顯, 1669~1745)을 예로 들어 살펴보기로 한다.

서거정의 경우 『사가집(四佳集)』 총 36권 27책 분량 중 「문집보유(文集補遺)」 권1에 비지류 9편이 있고, 김종직의 『점필재집(佔畢齋集)』에는

---

4) 비지류 문장이 지니는 성격과 그 사적 변천에 대해서는 이미 기존 연구들에서 개괄적으로 언급된 바 있으므로 이에 대한 췌언은 생략한다. 대표적으로 이종호(1996)·(1998), 황의열(2006) 등이 있다.

25권 7책 중 「점필재문집(佔畢齋文集)」 권2에 5편이 실려있다. 성현의 경우는 『허백당집(虛白堂集)』 36권 8책 중 수록된 비지문은 없다. 반면 17세기의 문집 현황은 이와는 사뭇 다르다. 송시열의 『송자대전(宋子大全)』에는 234권 102책 중 154~171권까지 신도비·유허비(遺墟碑)·묘정비(廟庭碑)·정려비(旌閭碑) 등 121여 편의 비명과 권172~180까지 묘갈문 108편, 권181에 능지(陵誌) 3편, 권182~188 묘지 73편, 권189~201에 묘표 264편 등 총 569편에 이르는 방대한 양의 비지류가 실려있다. 한편 김창협의 『농암집(農巖集)』은 묘지명 18편, 신도비명 1편, 묘갈 3편, 묘표 6편, 속집 권하의 묘지 1편이 있어 총 29편이 있다. 송시열에 비교하면 매우 적다 할 수 있지만, 김창협의 제자인 이의현의 『도곡집(陶谷集)』을 보면 전체 32권 중에서 권9부터 권20까지가 모두 비지류로써, 문집의 1/3가량을 차지하며 신도비명 31편·비명 3편·비(碑) 5편·비갈명 65편·묘지명 54편·묘표 44편·행록 1편 등 203편의 글이 수록되었다.[5] 지금까지 내용을 간략히 정리하면 다음의 표와 같다.

〈표 1〉

	文人	文集		碑誌類 文章	비고
15세기	徐居正(1420~1488)	『四佳集』	36권 27책	9	
	金宗直(1431~1492)	『佔畢齋集』	25권 7책	5	
	成俔(1439~1504)	『虛白堂集』	36권 8책	0	
17세기	宋時烈(1607~1689)	『宋子大全』	234권 102책	569	
	金昌協(1651~1708)	『農巖集』	36권 18책	29	
	李宜顯(1669~1745)	『陶谷集』	32권 16책	203	

5) 이상의 자료들은 『한국문집총간』 소재 문집류를 대상으로 확인하였다.

위 표는 단순하게 문인들의 문집에 보이는 작품을 수치적으로만 비교한 것이다. 위에 언급된 문인들이 모두 당대를 대표하기에 부족함이 없는 문인들임은 부정할 수 없는 사실이다. 그러므로 위 도표에서 밝힌 각 문인들과 그들이 남긴 비지류 문장의 숫자로 미루어 볼 때, 우리는 15세기 문인들의 비지류 문장에 대한 인식은 후대 문인들에 비해 상대적으로 낮았으며, 16세기 이후로 비지류에 대한 문인들의 관심과 평가가 점차 높아지고 있었다는 사실을 추론할 수 있다.

이러한 인식의 변화는 15세기에서 16세기를 살았던 문인들의 경우를 아우르면 더 확실해진다. 예를 들어 이행(李荇, 1478~1534)의 경우 그의 문집 『용재집(容齋集)』은 10권 7책의 분량인데, 이 중 권9~10은 '산문'이라 제목하였다. 여기에는 묘지 10편, 묘갈 8편, 비명 9편 총 27편의 비지류 문장이 있어, 한 세대 앞선 서거정·김종직·성현에 비해 상대적으로 많은 작품이 실려 있음을 볼 수 있다. 그러나 그 목차를 자세히 보면 묘지·묘갈·비명 등이 구분되지 않고 혼재되어 있어서, 후대의 문집에 종류별로 구분되어 있는 것과는 다른 양상을 볼 수 있다.

〈표 2〉

	文人	文集	碑誌	비고
15~16세기	李荇(1478~1534)	『容齋集』 10권 7책	27	종류 구별없이 혼재

이는 이행이 앞 세대의 문인들에 비해서 비지류에 관심을 갖고 저술을 하기는 하였지만, 후대의 문인들만큼 비지류 문장에 대해서 선명하게 인식하고 있지는 못했기 때문에 빚어진 현상으로 생각된다.[6] 요컨대

---

6) 황의열은 "조선 초기의 작가들에게 있어 비지류 산문은 문학이라는큰 논란거리의 작은 소재로서나, 그 자체로서의 논란거리로 그다지 적절치 못하다고 여겨졌던 듯하다.

15세기 말에서 16세기 초를 거치면서 조선의 문인들은 비지류 문장을 다시보기 시작했으며, 이행의 경우가 바로 그러한 과도기에 위치한다고 보여진다. 한편 이렇게 16세기 비지문에 대한 문인들의 인식이 변하게 된 계기에 대해, 이종호 교수는 성리학의 보급과 심화 그리고 이에 수반된 예제(禮制)-상례(喪禮)의 보급을 원인으로 제시한 바 있다.[7]

Ⅲ. 16세기 후반 미의식의 분화양상

주지하다시피 16세기 후반은 전후칠자로 대표되는 명나라 복고사조의 영향을 받게 된 시기였으며, 이 영향으로 조선 문단에는 고문에 대한 논의가 활발하게 일어났던 때였다. 그런데 조선에 들어온 복고사조는 명에서의 그것과 동일하지는 않은데, 명나라와 조선의 역사적·사회적·문화적 상황과 배경이 같지 않았기 때문이다.[8] 그렇다면 월정(月汀) 윤근수(尹根壽)는 명나라 복고사조의 어떠한 면모에 주목하고 이를 조선에 알리고자 노력했던 것일까? 윤근수에 대한 서애(西厓) 유성룡(柳成龍)의 언급에서 하나의 단서를 찾을 수 있다.

유성룡은 선조(宣祖)와의 대화 도중 윤근수가 '이몽양(李夢陽)과 이반룡(李攀龍) 즉 전후칠자의 글을 좋아하였고 그로 인해 서사(敍事)에 뛰어

우선 실제 비지 작품에서 그러한 고민의 흔적이 잘 발견되지 않는다. 즉 대부분의 작품이 전통적인 비지의 격식에 잘 맞고 파격이나 신의는 잘 보이지 않는다는 것이다"라고 하였다.(황의열(2006), 330~331쪽)

7) 이종호, 앞의 책 참조.

8) 이러한 차이점이 생기게 된 원인에 대해 서한석(1999), 65~72쪽에서 소략하게 언급한 바 있다. 명의 사회경제적 혼란과 상대적으로 안정된 조선의 상황, 전후칠자가 정치적으로 고난을 겪은데 비해 조선문인들은 능력과 포부를 펼 수 있었던 점. 그리고 사상적으로 자유로웠던 명과 달리 조선은 성리학을 철저히 따른 점 등을 들었다.

나다'고 밝혔다.[9] 이는 윤근수의 문학적 성향을 확인시켜주는 동시에 그의 영향을 받은 문인들 역시 유사한 성향을 지니고 있으리라는 것을 추측케 한다. 이 언급의 의미를 좀더 확대해보자면 당시 복고사조의 영향을 받아 고문을 추구한 작가들과 그렇지 않은 작가들 사이의 차별점은, 서사가 주를 이루는 문장에서 두드러진다고 할 수 있다. 또 서사성(敍事性)이 두드러진 종류의 글로는 인물에 대한 기록인 비지류 문장을 들 수 있는데, 이는 앞서 확인한 것처럼 16세기를 기점으로 변화의 폭이 크게 드러났던 장르이다.

그러므로 이 장에서는 16세기 문인들 중 복고사조의 영향을 받은 문인과 그렇지 않은 문인들의 비지류 문장을 통해서 양자간 문예미의 구현양상에 어떠한 차이점이 있는지 확인해보고자 한다. 고찰의 대상으로 선별한 문인은 윤근수와 유성룡 그리고 이들보다 한 세대 뒤의 서경(西坰) 유근(柳根)과 백사(白沙) 이항복(李恒福) 네 사람이다. 이들의 성향이 각각 다르긴 하였으나 모두가 문학을 통해 입신양명한 경세가(經世家)였고, 비슷한 시대를 살아갔으며 동시대 및 후대의 문인들에 의해서 경세문장(經世文章)으로 추앙을 받았다. 이 네 문인들은 이렇게 유사한 면모도 많지만 한편으로는 각자 뚜렷한 주관과 개성을 지니고 나름의 문예미를 추구하였다. 그러므로 이들의 작품에 드러나는 미학의 차별점을 살펴보는 것은, 16세기 비지류 산문에 일어났던 문예미의 분화양상을 검토하기에 유리한 점이 있으며, 나아가 당대의 문학사적 지형도를 재구성 해보

---

9) 『선조실록』 27년(1594) 7월 23일. "成龍日 '其人亦病於文者, 而好李夢陽, 李攀龍之文, 故長於敍事, 而紆餘反覆, 曲盡事情, 則不能矣.'"(그 사람도 문장에 문제점이 있습니다. 이몽양과 이반룡의 글을 좋아하기 때문에 서사에는 솜씨가 있으나 이리저리 반복해가며 사정을 곡진하게 쓰지는 못합니다) 서애가 말한 '문제가 있다'는 말은, 윤근수의 문장이 당시 조선의 절박한 사정을 간절히 알려야 할 회자문(回咨文)을 쓰기에는 적당치 않다는 뜻이었다.

는 데에도 일조를 할 수 있을 것이다.

1. 유성룡의 혼후(渾厚)와 윤근수의 주일(遒逸)

(1) 유성룡의 혼후

유성룡에 대해서는 그간 다방면에 걸친 연구성과가 제출되었다. 다만 그의 산문에 관해서는 아직 연구가 미진한 편이라 할 수 있다.[10] 본고에서는 유성룡의 비지문 중 대표적인 작품을 통해서 그의 산문에 드러나는 문예미의 일면을 살펴볼 것인데, 먼저 유성룡의 산문에 대한 평가를 간단히 살펴보기로 한다.

이민구(李敏求)는 "육예(六藝)와 경전(經傳)에 근본하여 성리(性理)의 근원에서 드러나고 일용(日用)의 실질을 바탕으로 삼으니 끝내는 정밀한 도리를 체득하여 순수함을 이룩하였다. (중략) 강하가 터짐에 천리까지 흘러넘쳐도 근원은 마르지 않으며, 비바람이 몰아침에 잠깐 사이 도랑에 물이 가득차니, 나에게서 우러나온 것이 무궁하여 상대에게 미치는 것도 흡족하였다"고 말한 뒤 문장과 사업은 두 가지가 아니라는 취지로 경세문장(經世文章)으로써의 의미를 부여하였다.[11] 한편 이준(李埈)은 서애가

---

10) 서애의 문학에 관해서는 신두환(2007), 이정화(2007), 조민경(2004) 등을 참고하였다.

11) 李敏求,『東州集』卷2,「西厓柳先生文集序」,『文集叢刊』94, 274쪽. "操觚之士孰不刻劃心肝, 以蘄合乎作者之軌度, 而一不免闖於理窒於用者, 滔滔是也. 公之文以六藝經傳爲本, 發乎性理之原, 資乎日用之實, 卒澤之精義, 純和粹如也. 謂雲漢天章耶, 布縷紵絮寒可衣也. 謂金玉寶貝耶, 菽粟粱飢可食也. 江河之決, 一瀉千里而本源不竭, 風雨之集, 頃刻滂濞而溝澮皆盈, 出於己者無窮, 而及乎物者普洽." 경세문장의 의미를 부여한 부분은 다음과 같은 내용이다. "세상에서는, '문장과 사업은 두 가지여서 시대가 태평하면 유학자를 숭상하고 세상이 어지러우면 장군을 등용한다.'라고 하지만, 이는 다만 배운 데만 집착되어 문장만 숭상하는 선비들이 하는 말일 뿐이다. 한마디 말로도 민심을 얻고 도적의 꾀를 꺾는 것이 경술에 있는 것을 누가 알며, 명석하고 진실하게 펼쳐

사서(史書)와 경서(經書)를 읽음에 지극히 세미한 곳까지 파고들었으며 "학문이 쌓여 문장으로 나타난 것은, 땅과 바다같이 깊고 두터워 천고를 꿰뚫을 수 있고, 해처럼 빛나고 옥처럼 깨끗하여 육경을 도울 수 있어서, 쇠와 돌이 서로 울리는 맛은 있으되 아름다운 글과 화려한 말로 꾸민 흔적은 없다. 사람들은 그서 겉으로 빼어나게 드러난 문장만을 볼 줄 알고 그 근본이 어디에서 나왔는지는 모른다"[12]라고 하였다.

이 두 가지 언급을 종합하면, 서애의 문장은 실질에 바탕한 경세문장 으로써 도도하게 흘러넘치면서도 꾸밈없이 자연스럽고 순수한 미감을 지니고 있었다는 것을 알 수 있다. 이러한 서애의 문장에 대해 사관은 '정숙(精熟)'하다고 평한 바 있고, 19세기 허전(許傳)과 송태인(宋泰仁) 등 영남 사림들은 '혼후(渾厚)하다'고 평가하였다.[13] 그런데 서애의 비지문 에 있어서는 정숙보다는 혼후의 미감이 더욱 적절하다고 생각된다. 혼후

낸 주청에 임금의 마음을 열고 덕화로 백성을 구제하는 것이 여기에 있는 것을 누가 알며, 또한 큰 계획을 치밀하게 세워 문필로 입을 대신하고 지극한 정성으로 일월을 바로잡으며 한 손으로 거센 풍랑을 막을 줄을 누가 알겠는가? 탁상에서 계획을 싸내어 저 먼 데까지 시행하는 것을 촛불로 비추고 수를 세듯 두루 알아서 국가를 거듭 회복시 킨 업적이 뚜렷하게 드러나고 기울어지는 운명을 만나 더욱 빛낸 것은 모두 책에 갖추 어 있으니, 어찌 그렇지 않겠는가'

12) 李埈, 『蒼石集』, 「西厓先生文集跋」, 『文集叢刊』64, 476쪽. "其積之於學而發爲文章, 則地負海涵而有足以貫穿千古, 日光玉潔而有足以羽翊六經. 有金石相宣之味, 無葩藻靡 語之飾, 人徒見其英華發外之盛, 而不知其本之有自."

13) 『宣祖實錄』, 40년(1607) 5월 13일. 卒記 史官은 "사람을 應接하는 즈음에는 고요하 고 단아하여 말이 적었고 붓을 잡고 글을 쓸 때에는 一筆揮之하여 뜻을 두지 않는 듯하 였으나 문장이 精熟하여 맛이 있었다.(應接之際, 靜雅簡默, 操筆爲文, 一揮而就, 若不 經意, 而精熟有味)"라고 하였다. ; 『承政院日記』高宗 25년(1888), 4월 17일. '문정공 유성룡을 문묘에 배향할 것을 청하는 송태인 등의 상소'에서 "그 연원의 바름과 학문의 순정함, 行誼의 탁월함, 문장의 渾厚함은 백세의 儒宗이 될 만하며"라고 언급한 바 있 다. 이 글은 1883년 許傳이 저술한 것이다. (「請西厓先生從祀文廟疏」, 『性齋集』, 『문집 총간』309, 16쪽)

란 화려한 수사와 꾸밈이 없이 질박하면서도 중후한 느낌이 드는 경우를 말한다. 본래 비지류 문장은 묘주에 대한 과장된 의미부여나 사실과 다른 수식이 있어서는 안된다. 이는 퇴계 역시 매우 중요시했던 것이다. 퇴계가 묘주의 인물됨과 행적을 있는 그대로 가감없이 드러내고자 한 것은 이미 밝혀진 점인데, 퇴계와 유성룡의 관계를 감안하면 유성룡이 퇴계의 비지문자론을 수용한 것으로 보아도 지나치지 않을 것이다.14)

유성룡의 비지류 문장에 드러나는 전체적인 미감은 혼후라 할 수 있으나, 글을 읽으면서 가장 먼저 받게 되는 느낌은 고아(古雅)이다. 유성룡은 비지류 문장의 전형적인 서술체제를 따르면서 짧고 리듬감 있는 어구를 활용한 간결한 문장으로 인물을 묘사하였다.15) 예를 들어 「의빈부경력우공갈명(儀賓府經歷禹公碣銘)」은 우언겸(禹彦謙)에 대한 묘갈명인데, 묘주(墓主)의 조상 언급 – 생애와 환력(宦歷) 서술 – 성품과 인물됨 묘사 –부인과 자손 기술 – 명(銘)이라는 비지류 문장의 전형적인 형태와 구성을 보여준다. 그런데 구사된 문장을 보면 4언 내지 5언구가 가장 많이 쓰였다. 간혹 한 구절의 길이가 긴 경우도 있지만, 이는 모두 당대 조선의 지명이나 관직명이 포함된 부분이거나 혹은 사람들이 전하는 말을 그대로 인용한 경우가 대부분이다.16)

특히 인물의 성품을 설명하는 부분에서 짧고 리듬감 있는 구절을 집중

---

14) 퇴계는 체요(體要)와 간엄(簡嚴)을 중시하고 기(奇)를 추구하다가 고례에서 벗어나지 말 것을 요구하였으며, 지명이나 관직 등 명칭의 사용에 있어서도 실제 그대로 사용해야함을 강조하였다. (이종호(1990, 1991) 참조)

15) 본래 비지문은 짧은 구절을 이용하는 것이 일반적이다. 임서(林紓)는 "긴 어구를 늘어놓아야 할 경우에는 반드시 끊어서 짧은 어구로 하고 허자를 많이 사용해야한다. 그렇지 않으면 구절구절 종이 위에 떨어져 응축되고 무겁다."고 하였다.(심경호 역(2001), 266쪽 재인용)

16) 예를 들어 '妣懷德黃氏副司果諱汀之女' '掌隸院司評兼推刷都監郎廳' '每誦古人雖欲孝 誰爲孝之語' 등등의 구절이 있다.

적으로 사용하는데, 이는 선진고문(先秦古文)의 고아한 분위기를 이용하여 인물의 성품을 보다 집중적으로 부각시키려는 의도에서 비롯된 것으로 보인다. 「의빈부경력우공갈명」에서 묘주의 어렸을 적 행실에 이어 "公生而有美質, 純謹異常. 凡所玩好, 雖愛之甚, 父母有不悅, 輒棄去不復爲."같은 부분이나, 성상한 뒤 우애롭고 효성스러운 성품을 설명하는 "稍長, 事聞人長者, 爲學不倦. 居家事親孝, 與兄弟友, 待族黨厚. 母夫人患風疾, 長在牀褥, 公晨夜在, 視寒暖之節, 調其藥餌, 未嘗委之人, 積數十年不懈. 服喪哀, 奉祭謹. 晩年得官, 尤以祿不及養爲痛, 每誦'古人雖欲孝誰爲孝'之語, 輒嗚咽流涕."같은 부분들이 그러한 예가 될 수 있다. 이렇게 고문투의 문체를 이용하여 묘주의 됨됨이를 묘사한 것은, 비지류 문장의 격식에 맞게 우아한 표현으로 묘주를 묘사 – 褒해야 했기 때문일 것이다.

그런데 이러한 점은 문장에 사용하는 어구의 선택에 있어서도 동일하게 적용될 것인데, 서애의 글에는 독특한 점이 드러난다. 선진고문처럼 짧고 간결한 문장을 사용하면서 봉사 또한 자주 사용하였지만, 관직명이나 지명 등을 서술할 때에는 당대 조선에서 통용되던 명칭을 그대로 사용하였다는 점이다. 인물의 생애와 환력을 기술할 때 예외없이 조선의 관직명과 지명이 그대로 노출시켜 사용하였는데, 이는 퇴계의 갈문수사 (碣文修辭) 방법에 영향을 받았기 때문이다.[17] 이러한 점은 뒤에 살펴볼 서경(西坰) 유근(柳根)의 경우와도 확실히 구별되는 점으로, 유근은 비지류 문장에서 관서(官署)나 관직명을 기술할 때 중국 혹은 고대의 명칭을 많이 차용하였다.

유성룡의 비지류 문장 중 특별한 기교나 수식이 없으면서도 묘주의

---

17) 이종호(1991), 57~58쪽.

성품을 잘 묘사하고, 글을 읽는 독자로 하여금 깊은 여운을 느끼게 하는
작품으로는 「정부인이씨묘지(貞夫人李氏墓誌)」를 들 수 있다. 이 글은 유
성룡의 부인에 대한 묘지명인데, 부인 이씨의 가문과 선조를 짤막하게
서술하면서 시작된다. 이어지는 둘째 단락은 부인의 생애를 개괄한 부분
으로 "夫人生壬寅(1542). 十八, 歸于成龍. 三十八, 以夫貴封淑夫人. 四
十一, 陞貞夫人. 四十八而終, 己丑(1589)七月二十五日也."라는 짧은 구
절로 마쳤다. 셋째 단락에서는 부인의 뛰어난 인품을 묘사했는데, 한사
(寒士)나 다름없는 가난한 자신과 결혼하여 고생이 심했음에도 마음 편하
게 여겼다는 것과 가난한 살림에도 손님이나 제사가 있을 때면 풍성하게
음식을 마련한 일, 그리고 부인이 낡은 옷을 입던 일 등을 서술하였다.
넷째 단락은 유성룡 자신과 부인 사이에 있었던 몇 가지 일화를 기술하
며 부인을 추억한 부분이다. 자신이 자주 집을 비우고 지방을 오가던
일과 부인이 병에 걸렸을 때 고향에 다녀오기 위해 집을 나서다 마지막
으로 얼굴을 본 기억, 빈장(殯葬)을 치를 때 국사(國事)로 인해 따라가지
못했던 것과 서울 출신이라 서울을 좋아했는데 끝내 자신 때문에 영남에
묻히게 되었다는 것 등을 차분한 필치로 서술하였다.

　「정부인이씨묘지」은 짧은 편폭의 글로써 특별히 이씨 부인을 수식했
다거나 추어올리고자 노력한 흔적은 전혀 보이지 않는다. 단지 유성룡과
이씨 부인 두 사람 사이에 있었던 몇 가지 일들을 짧고 간결한 필치로
서술했을 뿐이다. 하지만 이 글을 읽는 독자들은 이씨 부인의 훌륭한
인품을 알게 됨과 동시에 부인을 지극히 사랑했던 유성룡의 애틋한 마음
에 깊은 여운을 느끼게 된다.[18] 비지문에 드러나는 혼후함이란 바로 이

---

18) 「題畵雁」 "乍斂靑雲翼, 眞成白頭翁. 春江無伴侶, 淸興與誰同" 시를 보더라도 서애의
　마음이 어떠했는지 짐작할 수 있다. 이 시는 이정화(2007), 70~71쪽에서 재인용하였다.

러한 부분에서도 확인될 수 있을 것이다.

(2) 윤근수의 주일

윤근수는 선진고문을 존숭하여 사마천(司馬遷)과 반고(班固)를 특히 좋아했고 한유(韓愈)도 추종하였으며19), 문장의 기세를 중시했지만 시의성(時宜性) 없이 지나치게 난삽하고 어려운 글은 좋지 않게 여겼다.20) 이러한 부분 역시 그가 서사에 뛰어나다고 평가를 받는 데 일정한 작용을 했을 것이다. 그가 서사에 능했던 사실은 유성룡의 언급 외에 다른 기록에서도 볼 수 있다. 윤근수가 과거에 급제한 직후(1589 명종14)에는 춘추관기사관으로써 역사기록을 잘한다는 평을 받은 일이 있고21), 1608년 사신으로 왔던 명의 문인 웅화(熊化)는 "중요한 것을 기록하여 사실이 갖추어졌으며 버리고 취함에 잘못이 없으니 옛날 훌륭한 역사가의 풍모가 있다"22)라고 고평한 바 있다.

윤근수의 문학에 드러나는 품격에 대해서 명의 육가교(陸可敎)는 주일 침울(遒逸沈鬱)이라 하였고, 웅화는 담아침울(澹雅沈鬱)이라 평한 바 있다.23) 이 평가들은 시에 대한 언급이다. 그러나 이를 통해 그의 산문

---

19) 장유는 월정에 대해 '꿈속에도 못 잊은 작자의 모범은 사마천과 반고였다네(型範作者, 夢寐遷固)'라고 하였으며(『谿谷集』, 「祭月汀尹先生文」, 『文集叢刊』92, 147쪽), 신흠 또한 '앞장서서 고문을 하여 선진과 서경(西京)을 위주로 하되 사마자장(司馬子長)을 매우 좋아하셨다.(倡爲古文, 以先秦西京爲主, 而酷好司馬子長)'라고 하였다.(「海平府院君月汀尹公神道碑銘」, 『象村稿』, 『文集叢刊』72, 94쪽.)

20) 時宜性에 관해서는 趙翼, 「上月汀先生書」(『浦渚集』, 『文集叢刊』85, 265쪽)를 통해 알 수 있다. 서한석(1999), 31~35쪽. 김우정(2001) 참조.

21) 申欽, 『象村稿』, 「海平府院君月汀尹公神道碑銘 幷序」, 『文集叢刊』72, 91쪽. "庚申, 承文院注書·春秋館記事官, 以史才聞"

22) 熊化, 『月汀集』, 「月汀先生集序」, 『文集叢刊』47, 175쪽. "篇中所載, 多壬辰死事之臣, 文核事該, 取舍不謬, 有古良史氏之風焉."

역시 짐작할 수 있다. 윤근수가 기세있고 웅혼한 문장을 좋아했던 점에
비추어 본다면 그의 비지류 문장에 드러나는 품격은 주일(遒逸) – 웅건
표일(雄健飄逸) 이라 할 수 있을 것이다. 윤근수가 남긴 인물에 대한 글은
비명(碑銘) 2편, 묘갈(墓碣) 7편, 묘지(墓誌) 2편의 11편과 전(傳) 2편이
있다. 이는 모두 충의지사(忠義之士)와 효자를 입전한 글이다.[24] 본래
권말에 비장만뢰(碑·狀·挽·誄) 등이 더 있었으나 속집으로 옮긴 후 여력
이 없어 간행하지 못했다는 기록이 있는 것으로 보아 인물에 관한 기록
은 더 많았을 것으로 추측된다. 현재 남아있는 글들은 모두 충의롭고
강직한 인물이거나 지극한 효성을 보여준 인물에 대한 것으로써, 그중에
는 사족(士族)이지만 학문을 배우지 못해 입신양명하지 못했거나 혹은
학문을 연마했으나 출사하지 않은 인물도 있다. 이렇게 잘 알려지지 않
은 인물의 덕성을 재발견하여 기록으로 남긴 점은 『사기』 열전과도 상통
하는 부분이다.

윤근수의 비지류 작품을 보면 인물의 성격묘사와 형상화에 치중했음
이 드러난다. 주인공에 관한 특징적인 소재-일화를 선택하고, 파격(破
格)의 수법을 통해 구성상의 묘미를 추구하면서도 고풍스러운 문장을
사용했다. 이중에서도 파격이 먼저 눈에 띄는데, 월정은 전체 문장의
주제를 글의 제일 앞에 배치시키는 파격을 통해서, 인물을 선명하게 형

---

23) 陸可敎, 『月汀集』, 「朝天錄序」, 『文集叢刊』47, 300쪽. "其詩 遒逸沈鬱 類發之天籟,
而與世之吹一咮於劍首者, 懸殊", 熊化, 「月汀先生集序」, 『月汀集』, 『文集叢刊』 권47,
175쪽. "其一爲朝天錄, 大都皆戀闕懷君之什, 澹雅沈鬱, 得作者之體. 其一則近撰序銘傳
誄等, 篇中所載, 多壬辰死事之臣, 文核事該, 取舍不謬, 有古良史氏之風焉."
24) 「贈吏曹參判趙公一軍殉義碑」·「參議高公神道碑銘幷序」·「大邱府使李公遵道墓碣銘」·
「吏曹正郎李公仲悅墓碣銘」·「贈左贊成趙公德源墓誌銘」·「僉知李公幹墓誌銘」·「禮曹判
書成公壽益墓碣銘」·「贈吏曹判書行顯陵參奉金公墓碣銘」·「慶州府尹李公墓碣銘」·「南
君軫墓碣銘」·「加平郡守申公墓碣銘」과 전으로는 「籠岩先生傳」·「朴監役小傳」이다.

상화하였고, 동시에 전체 문장의 구조를 치밀하고 유기적으로 만들어
내었다. 이러한 방법은 비지류 문장처럼 일정한 양식과 형태를 지니는
문장에서, 격식을 갖추면서도 고정화된 형식을 탈피하여 글의 집중력과
일관성을 강조하는 효과적인 수법이라 할 수 있다.

예를 들어 윤근수가 가평군수였던 신여주(申汝柱)에 대해 쓴 「가평군
수신공묘갈명(加平郡守申公墓碣銘)」를 보면 다음과 같이 시작된다.

　　가정 무오년 겨울 가평의 관아에 불이 나자 군수인 신여주 공이 신주
　　를 꺼내오려고 타오르는 불길 속으로 들어갔다가 끝내 구하지 못하게 되
　　었다.25)

윤근수는 글의 첫머리에 묘주인 신여주가 사망한 경위를 먼저 밝혔다.
그런데 이 일화는 글 전체의 주제이자 결론이기도 하다. 독자는 이 인용
문만으로도 글의 전개와 주제에 대해 이미 짐작하게 된다. 이러한 방식
은 한유의 비지문에서 볼 수 있다. 한유가 죽은 딸인 한나(韓挐)를 위해
쓴 「여나광명(女挐壙銘)」은 "女挐, 韓愈退之之第四女也, 惠而早死"라는
구절로 시작된다. 이 글에 대해 요시카와코지로[吉川幸次郎]는 "혜이조사
(惠而早死)라는 4글자로, 불행한 딸의 일생을 총괄하였다. 중국의 문장에
서 총괄은 뒤에 오는 것이 보통으로, 처음에 오는 것은 파격이다. 한유는
이 글에서 파격적으로 중량을 문장의 앞에 두었다"고 서술한 바 있다.26)

이처럼 윤근수 또한 파격의 수법으로 글의 첫머리에 주제를 제시하고,
이어 신여주에 대한 세간의 평가가 수록하였으며, 다시 묘주의 가계와

---

25) 尹根壽, 『月汀集』, 「加平郡守申公墓碣銘」, 『文集叢刊』47, 274쪽. "嘉靖戊午冬, 加平
　　衙廨燼於火, 郡守申公汝柱, 將奉出廟主, 直入烈焰中, 遂至不救."
26) 吉川幸次郎(2006), 239~256쪽.

이력·성품 등을 서술한 뒤 마지막에는 명(銘)이 있다. 이 글의 내용을 이루는 요소들을 나누어 본다면 글을 부탁받은 경위와 묘주의 가문, 묘주의 출생과 이력, 명문 등 일반적인 비지류 문장과 큰 차이점은 없다. 또한 첫머리의 짧은 언급을 묘주의 생애 부분에 포함시켜도 무리가 없다. 하지만 만약 이 첫머리의 주제이자 결론부분이 후반부에 포함되었다면, 이 글은 일반적인 비지문과 차별성이 없는 평범한 비지류 문장이 되었을 것이다.

이렇게 윤근수는 인물을 명확히 드러내주는 결론을 글의 첫머리에 위치시켜 주제를 선명하게 부각시킴으로써, 이후 서술되는 모든 내용들이 묘주가 '효'를 이룰 수 있었던 배경이 되도록 안배하였다. 그리하여 글 전체가 '효'라는 주제에 의해 유기적으로 결합되어 묘주의 성격을 효과적으로 형상화해낸 것이다. 이러한 수법은 다른 글에서도 보인다. 「이조정랑이공중열묘갈명(吏曹正郎李公仲悅墓碣銘)」은 을사사화(乙巳士禍) 때 희생당한 이중열(李仲悅)에 대한 글이다. 이 글 역시 다음과 같은 언급으로 시작된다.

> 대체로 가정 을사년(1545)의 일인데, 권세를 잡은 간신이 기회를 엿보아 국권을 장악하고는, 공경(公卿) 이하가 반역을 하려 한다고 이름을 날조하여 제거했는데, 그 화가 정미년(1547)에 이르러서도 그치지 않았다. 이조정랑 이 공 역시 유배지에서 원통하게 돌아가셨으니, 그 소식을 들은 사람들은 지금까지도 슬퍼한다.27)

라고 말하며 글을 시작한다. 역시 독자는 이 부분만 읽어도 주제를 짐

---

27) 尹根壽, 『月汀集』, 「吏曹正郎李公仲悅墓碣銘」, 『文集叢刊』47, 280쪽. "盖在嘉靖乙巳, 權奸乘時竊國柄, 誣名公卿以下爲逆亂而芟刈之. 其禍至丁未未已. 吏曹正郎李公亦冤死謫所, 聞者至今悲之."

작하게 되며, 그 자세한 내용에 대한 궁금증을 갖게 되는데, 이 궁금증
은 뒤에 이어지는 묘주의 가계와 이력, 일화 등을 읽으면서 자연스럽게
풀린다. 그런데 윤근수는 묘주의 이력을 서술하면서, 당시 권신인 이기
(李芑)를 논박하여 미움을 받았다는 사실과 죽음에 임해서도 전혀 동요
하지 않고 짐작했던 태도를 서술하였다.[28] 첫머리에서는 묘주가 억울
하게 죽은 대강의 사실만을 말하고, 후반부에서 구체적인 일화를 제시
함으로써 묘주가 죽게 된 원인을 밝힌 것이다. 이러한 구조는 묘주가
죽게 된 원인을 보여줌과 동시에 이중열과 이기의 비교를 통해 묘주의
충의롭고 강직한 성격을 강조하면서, 한편으로는 이기에 대해 은연중
에 포폄을 가한 것이라 할 수 있다. 파격을 통한 수미상관의 치밀한 구
성과 일화를 통한 인물의 대비적 형상화를 이루어냄으로써 묘주의 인
물됨을 성공적으로 형상화하였던 것이다.

2. 유근(柳根)의 전아(典雅)와 이항복(李恒福)의 신기(新奇)

(1) 유근의 전아

유근에 대해서는 아직까지 본격적인 연구가 이루어지지 않았으므로
우선 생애를 간략히 살펴보기로 한다. 본관은 진주(晉州)로 자는 회부(晦
夫), 호는 서경(西坰)·고산(孤山), 시호는 문정(文靖)이다. 증조는 팽수(彭
壽) 조부는 윤(潤), 생부는 진사 영문(營門)이며 어머니는 안세언(安世彦)
의 딸인데, 둘째 조부인 준(濬)의 아들 광문(光門)에게 출계하였다. 15세
에 황정욱(黃廷彧)에게 나아가 문장을 배웠다. 22세 때인 1570년에 사마
시(司馬試)에 합격한 뒤 퇴계(退溪)를 배알하고 경의(經義)를 물었으며,

---

28) 尹根壽, 앞의 글. "同紀芑之齷齪, 芑深怨之, 至是人爲公懼. …… 公竟不免, 聞命不亂,
裁書親庭言身後事, 遂就死."

홋날에는 기대승(奇大升)의 문인이 되었다.29) 1572년 문과에 급제한 이후 성균관 전적·예조좌랑을 거쳐 사가독서(賜暇讀書)를 하고 정언(正言)이 되었다. 1583년에는 병조좌랑(兵曹佐郞)으로써 당시 병조판서(兵曹判書)였던 율곡 이이를 도와 변방의 대비책을 세웠고, 이후 이조정랑 사간 좌승지 예조참판 경기·충청도관찰사 호조·예조판서 좌참찬 우참찬 제조 등을 차례로 역임하였으며, 정묘호란 때 강화로 왕을 호종하다가 통진에서 세상을 떠났다.

정치적으로는 서인(西人)에 속하여 1591년과 1595년 정철(鄭澈)의 일파로 탄핵을 받아 파직당하기도 하였다. 문학적으로는 젊어서부터 문재가 있다하여 명성이 알려졌으며,30) 이를 계기로 1580년과 1587년 일본 사신 겐소[玄蘇]를 접대할 선위사(宣慰使)에 선발되었고, 1592년에는 조선의 사정을 살피기 위해 파견된 명의 사신을 맞이할 영위사(迎慰使)가 되기도 하였다. 1604년에는 대제학이 되어 문병(文柄)을 잡았고, 이 듬해에는 찬집청(撰集廳)에서 「동인시문(東人詩文)」을 초서(抄選)하였다. 1606년에는 원접사(遠接使)로써 명의 사신 주지번(朱之蕃)·양유년(梁有年) 등을 영접하고, 1609년에는 실록 편찬에 참여하기도 하였다.

몇 가지 기록에 의하면 유근은 최립(崔岦)·윤근수·심희수(沈喜壽)·이호민(李好閔)·이덕형(李德馨)·이정귀(李廷龜)·신흠(申欽) 등 여러 문인들과 두루 교분이 있었으며, 10여 세 위였던 최립과 특히 가까웠던 것으로 보인다.31) 최립이 남긴 글에서 당시 유근의 문명(文名)을 가늠할 수

---

29) 유근은 고봉에 대한 만사에서 스스로를 문인이라 일컬었다.(『高峯別集附錄』 권2)

30) 金震標, 『西坰集』, 「西坰集識」, 『文集叢刊』57, 424쪽. "自博士弟子時, 已負藝苑重望. 甫釋褐, 卽被湖堂之選. 逮夫中年以來, 主盟詞壇."

31) 『簡易集』에 서경에게 준 글이 11편 실려 있는데 서경이 간이를 여러 차례 방문한 사실과 간이에게 문장을 고쳐달라고 했다는 등의 내용이 보인다.

있는 단서를 찾아볼 수 있는데, 그는 "바야흐로 문장을 가지고 오늘날이 시대에 종장(宗匠)의 기대를 한 몸에 지니고 있는 위치에 있다"거나 "문단의 거장(巨匠)으로 관각에 계셔야 마땅할 분이 해마다 만리 길 무얼 찾아 떠나시오"라는 언급을 남겨 유근의 문학적 수준을 높이 평가한 바 있다.32) 문학적 자부심이 대단했던 최립이 유근에 대해 이러한 평가를 남겼다는 것은 당시 유근의 문명이 상당했음을 보여주는 증거라 할 수 있다.

　한편 송시열(宋時烈)은 유근에 대해 조금 더 구체적인 언급을 남겼다. 송시열이 쓴『서경집(西坰集)』서문을 보면 "사학(詞學)의 명가(名家)로 당시의 여러 공들과 함께 제왕의 모유(謨猷)를 윤색하고 조칙(詔勅)을 제진(製進)하였으니, 참으로 성대하고 훌륭하여 후세 사람으로서는 감히 바랄 수 없다"라는 언급이 보인다. 또한 유근의 시에 대해서도 '천재(天才)는 서경(西坰)이 오봉(五峯)만 못하지만 인공(人功)은 오봉(五峯)이 서경(西坰)만 못하다'는 평가를 남겼다.33) 우암의 '인공에 뛰어났다'는 언급을 수사의 측면에서 해석하자면, 차라리 난삽할지언정 평이하게 쓰지 않고자 했던 최립의 성향과도 연결되는 점이다. 추측컨대 두 사람의 교분이 특별했던 데에는 이러한 문학적 성향도 작용했을 것으로 보인다. 그런데 유근의 문학적 성향은 당시의 문인들과는 다른 점이 있었다. 이는 선조와 인견할 때의 문답에서 드러난다.

---

32) 崔岦,『簡易集』권3,「送柳西坰赴京師序 - 冬至兼陳奏使」,『文集叢刊』49, 286쪽. "且公方以文章, 負宗匠之望於一時, 其所求書, 尤必以爲文章也. (중략) 匠妙詞林館閣宜, 頻年萬里問何爲."

33) 宋時烈,「西坰詩集序」,『西坰集』,『文集叢刊』57, 419쪽. "公以詞學名家, 與一時諸公, 潤色王猷, 奎章鍾奏, 郁郁乎, 洋洋乎, 後世無能望焉. (중략) 公最與五峯李公詩名相埒焉. 不佞雖未涉聲病之流, 而嘗聞前輩譚藝之餘論, 西坰不如五峯之天才, 而五峯不如西坰之人功, 評者以爲知言云爾."

"상이 이르기를, '경은 어찌하여 명나라의 시를 보지 않았는가? 반드시 이유가 있을 것이니 말을 하라.' 하니, 유근이 아뢰기를, '명나라의 시는 우리 나라의 시와 다름이 없기 때문에 신이 보지 않았습니다.' 하였다. 상이 웃으면서 이르기를, '시는 보지 않았지만 문장도 보지 않았는가?' 하니, 유근이 아뢰기를, '문장도 보지 않았습니다.'하였다."34)

1606년 8월 6일 선조는 원접사의 임무를 마치고 돌아온 유근을 인견하였다. 그리고 돌아간 중국 사신과 정세에 대해 논하던 중 갑자기 유근에게 명나라의 문학을 보지 않는 까닭을 물었다. 유근의 이러한 성향은 그의 교유관계나 임진왜란을 거친 당대의 분위기로 미루어 볼 때 매우 드문 일이었을 것으로 판단된다. 때문에 선조까지도 유근에 대해서 명나라의 문학작품을 보지 않는 까닭을 묻기에 이른 것이다. 유근의 대답에 드러난 문학적 성향은, 앞서 살펴보았던 윤근수나 뒤에 살펴볼 이항복과는 확실히 구별되는 부분이다. 유근이 서인에 속하였기에 윤근수를 비롯한 서인계 문인들과 교유가 있었을 것은 자명한 사실인데, 그럼에도 불구하고 명에서 유행했던 복고론에 대해 관심을 기울이지 않았던 것이다.

그렇다면 이러한 유근의 비지문은 어떠한 양상을 보여주는지 살펴보기로 한다. 우선 유근의 비지문에서 드러나는 미의식으로는 전아를 들 수 있다. 전아는 속되지 않게 문예의 법도를 잘 지켜 쓴 시와 문장을 평가하는 용어이다. 유협 이래 전아의 가장 주요한 기준은 유가 경전의 규범을 준수하는 것이었다. 경전의 가르침을 거부하는 삿됨[邪]이나 천박한 속됨[俗]이 없어야 하며, 한편으로는 전통적인 지향을 따르지 않는 새롭고[新] 기이함[奇]도 용납되지 않는 품격이다.

『서경집』에 수록된 비지문은 권7에 수록된 「의정부좌참찬홍공신도

---

34)『선조실록』39년(1606) 8월 6일.

비명(議政府左參贊洪公神道碑銘)」·「형조참의지제교이공묘갈명병서(刑曹
參議知製敎李公墓碣銘并序)」·「이조참판목공신도비명(吏曹參判睦公神道碑
銘)」·「백씨증영의정비명(伯氏贈領議政碑銘)」네 편으로 각각 홍담(洪曇)·
이원손(李元孫)·목첨(睦詹)·유격(柳格)에 대한 글이다. 이외에 인물에
관한 기록으로는 행장 두 편이 더 있다.[35] 유근의 작품은 모두 동일한
문예미를 보여주는데, 본고에서는 유근이 자신의 맏형에 대해 쓴 「백씨
증영의정비명」을 주 대상으로 하여 두 가지 특징적인 면에 대해 살펴보
기로 한다.

첫번째는 종래의 비지류 문장에서 보이는 체제와 격식에 부합되게 서
술되어 있다는 점이다. 유근의 비지문을 보면 크게 서문(序文)과 명문(銘
文)의 두 부분으로 구분된다. 서문은 다시 글을 부탁받은 계기 - 묘주의
가문과 세계 설명 - 묘주의 생애와 환력 - 성품과 일화 - 부인 - 후손
- 의 순서로 구성이 된다. 최후에는 명문이 위치하여 앞의 서술을 총괄
하는 역할을 하였다. 다른 세 편의 비지문도 편폭에 길고 짧은 차이는
있지만 비지문의 격식을 충실히 따르고 있다.

「백씨증영의정비명」의 첫째 단락은 자신의 형이 세상을 떠난지 34년
만에 비석을 세우게 된 일에 대해 '늦춘 것이 아니라 기다린 것'이라 말하
면서 시작된다. 유근이 이 글을 쓴 시기는 그와 백씨의 두 아들이 모두
공신의 반열에 오른 때로써 그의 형 또한 추증받게 되었기 때문이다.[36]

35) 『西坰集』 권7, 『文集叢刊』 57, 514~523쪽. 행장은 구사맹(具思孟)과 오세현(吳世賢)
    에 대한 「贈領議政議政府左贊成具公行狀」과 「贈議政府左贊成司饔直長吳公行狀」이다.
36) 柳根, 『西坰集』 「伯氏贈領議政碑銘」, 『文集叢刊』 57, 520쪽. "惟我伯氏正言公, 卒於萬
    曆甲申(1584), 葬于槐山先墓之後. 丁巳(1617)距甲申, 三十四年, 其弟根始克刻銘于石,
    非敢緩也, 蓋有待也. 萬曆乙巳(1617), 追贈伯氏承政院都承旨, 以第二男時行參宣武功臣
    原從一等故也. 不肖弟根猥忝扈聖功臣二等, 追錄伯氏扈聖原從二等, 仍贈吏曹參判. 長男
    時會參宣武原從一等, 加贈吏曹判書. 甲寅, 累贈議政府左贊成大匡輔國崇祿大夫議政府

둘째 단락에서는 자신의 형과 선조들을 간략히 기술하고 모친의 성품을 비교적 자세히 묘사하였다. 셋째 단락에서는 형의 생애를 개괄하였고, 넷째 단락에서는 형의 성품과 관리로서의 몸가짐, 어려서부터 함께 지냈던 사실과 임종할 때 후사를 부탁한 일화를 썼다. 다섯째 단락에서는 형수의 가문과 성품, 그리고 후손들을 서술하였고, 마지막 명문에서는 형에 대한 추모의 마음과 동시에 후손들에 대한 권계의 의미를 담았다.

두 번째 특징으로는 문장을 짧고 간결하게 구성하면서 동시에 진한 고문의 전고를 차용함으로써 고아함을 강조하고 있다는 점이다. 문장에 관직명이 길게 들어가는 경우를 제외하면 구절의 길이가 짧은 편인데, 예를 들어 유근이 자신의 부친과 모친에 대해 묘사한 부분은 다음과 같다.

"先君有至行厚德, 孝友敦睦, 信于友朋, 宗族親舊, 日冀其宿達, 擬資其澤. 慈闈, 婦人中有土君子識見, 母夫人, 博通經史, 洞曉事理, 得於慈敎者, 爲多."

위 글을 보면 알 수 있듯이 유근은 4언구를 중심으로 짧은 구절을 반복적으로 사용하였다. 이 또한 인물의 성품을 강조하기 위한 수단으로써 古文의 투식을 이용하여 문장을 구성한 것이다. 유근은 이렇게 짧고 간결한 구절에 전고를 많이 사용하였는데, 비율로 보자면 본고에서 살펴본 문인들 중 사용빈도가 가장 높다고 할 수 있다. 「백씨증영의정비명」만 보더라도, 克(새기다:詩經), 錫命(周易), 見背(晉 李密), 戸之~有齋季女(詩經), 鍾愛(晏子春秋), 宜(和順:詩經), 榮養(晉書), 視息(漢 蔡琰「悲憤詩」), 中(급제하다의 의미), 在告(資治通鑑), 委頓(三國志), 吉語(漢書), 力疾(國

領議政兼領經筵·弘文館·藝文館·春秋館·觀象監事 世子師, 蓋以特會祭衛社及享難原從一等故也. 噫, 聖朝錫命及此, 是豈二男一弟所能致哉! 實伯氏爲善之報發於身後也."

語), 通籍(漢書), 祿養(易林), 志願(嵇康 與山巨源絕交書), 攀號(南史), 隕絕
(資治通鑑), 杖(부축하다;韓愈 畫記), 脩短(曹植「洛神賦」), 奄忽(後漢書) 등
秦漢散文에 근거를 둔 용례들이 빈번하게 사용되었다. 그 중에서도 인
물의 宦歷을 서술할 때면 거의 예외없이 고어투의 명칭을 사용하는데,
銀臺(承政院), 栢府(司憲府), 薇垣(司諫院), 夏官(兵曹), 地部(戶曹), 秋官
(刑曹), 亞卿(參判), 貳車(輔佐官), 南宮(禮曹) 등이 그러한 예이다. 이러한
서술 방식 자체에 대해서는 그 당시 이미 비판적인 견해가 제출되었으
나, 유근의 경우는 문장의 전아함을 강조하기 위한 수단으로써 자주 활
용했던 것으로 보인다.[37]

(2) 이항복의 신기

조선의 문인들이 입덕·입공·입언의 삼불후를 중시했으나 여기에도
우선순위는 있어서, 덕이 우선이었고 공과 언이 뒤를 이었다. 이항복
역시 문학으로 입신양명하여 공업을 세운 대표적인 인물 중 하나이지
만,[38] 그의 입공—임진왜란과 광해조의 혼란기의 행적—이 집중적으로
부각됨으로 인해 문학적인 면은 상대적으로 조명을 받지 못해왔다. 그러
나 이항복은 문학적인 성취에 있어서도 상당한 수준에 도달한 문인이었
다. 젊은 시절 고문과 제자백가의 다양한 사상을 학습하여 현실적이고
개방적인 학문 성향을 지녔고, 문학에서는 고문을 추종하고 거실직서(據
實直敍)의 서술 태도를 견지하였으며, 문장의 기세를 중시하고 신기의

---

37) 조선의 관직명이 아닌 중국의 관직명을 쓰는 등의 서술방식은 퇴계 이후 후대의 문
인들에 이르기까지 지속적으로 비판을 받던 점 중의 하나이다.(이종호(1990) 참조)
38) 신흠의 다음과 같은 언급이 대표적이다. "宣廟中年, 邦域無虞, 生民樂業, 稱小康矣.
上嚮用文學之士, 新進之年少有才藝者, 如漢陰·白沙諸人, 皆能以文章致身, 卒爲國大
用, 可謂得其力矣."(『象村稿』, 「求正錄 上」.)

품격을 드러내었다. 이 거실직서의 창작 태도는 한시에 있어서도 마찬가
지여서 그의 작품에는 당대의 역사 현실이 핍진하게 드러나는데, 이는
두보(杜甫)의 시사(詩史)와도 연관되는 것으로 이항복 시의 특징 중 하나
이다. 그의 이러한 문학적 성취에 영향을 준 사람으로는 이제신(李濟臣)
과 윤근수를 들 수 있으며, 이외에도 신흠·이정귀·장유와 박미(朴瀰)
·정두경(鄭斗卿) 등 많은 문인들과 관련이 있다.39)

　이항복의 문학에 대한 당대 문인들의 평가는 '고문을 배워 서사에 솜
씨가 있다'는 것이었는데, 그 자신도 이러한 평가를 받아들였고 서사에
있어서는 나름의 자부심을 드러내기도 하였다.40) 현재 전해지는『백사
집』에 신도비명 묘지명 등 인물에 관한 전장비지류 문장이 많은 것은,
이항복이 당대에 중망(重望)을 지니고 있었던 데다 서사에 능한 문장력까
지 겸비했던 상황이 반영된 것이다.

　이항복이 남긴 글 중에서 '신기'의 품격을 살펴볼 수 있는 글로는「율
곡선생비명(栗谷先生碑銘)」을 들 수 있다. 이 글은 율곡 문하의 선비들
사이에서 이의가 제기되어 결국 문장을 개찬하기에 이르렀던 작품이다.
『백사집』에는 이항복의 원 작품과 개작된 작품 그리고 이정귀와 김장생

---

39) 이항복의 문학에 대해서는 서한석(2007)을 참조하였음. 단적인 예로 이의현은 "國初
　典文衡者, 幾且百人, 而知有古文者, 尹月汀·李白沙·申象村·張溪谷·金淸陰·李澤堂·
　金息庵·李西河·金濃巖, 若干人而已."(『陶谷集』,「陶峽叢說」)라 하여 문형으로써 고문
　을 알았던 이들 중에 백사를 꼽고 있다.
40) 이항복이 지은 이축(李軸)의 묘갈명에 "其族孫鄭上舍斗源, 來致公遺意曰, '(중략) 嘗
　聞鰲城學古文, 多銘賢公卿, 我死得其文, 誌我葬足矣.'"(「推忠奮義秉幾決策平難功臣輔
　國崇祿大夫完山府院君李公墓碣銘」,『白沙集』)라는 언급이 있다. 이외에「羅公墓碣銘」
　이나「故通訓大夫行渭原郡守崔公墓表」에서도 유사한 언급이 보인다. 한편『北遷日錄』
　에는 사람들이 백사의 신도비를 누가 지을 것인지 물어보자 신흠을 거론하면서 "그의
　장점이고 어떤 면에서는 나보다 뛰어나다"고 답한 일이 있다. 이항복은 자신의 문장이
　신흠에 못지 않으며 어떤 점에서는 신흠보다 더 뛰어나다고 여겼음을 알 수 있다.

(金長生)이 개찬 과정에서 주고받은 편지가 있다. 한편『율곡전서(栗谷全書)』에는 「신도비명(神道碑銘) 병서(并序)」와 정엽(鄭曄)이 이항복에게 보냈던 편지 그리고 이정구·김장생 사이에 오간 편지가 실려있다.[41] 이 논란은 이항복 생전에 이미 시작되었다. 정엽은 이항복에게 율곡의 '거가지행(居家至行)과 입조언론(立朝言論)에 대한 설명이 미진하며, 학문을 논한 부분의 말은 유가(儒家)의 말이 아닌' 점을 지적한 바 있으나, 이항복이 이를 수용하지는 않았다.[42]

이항복이 지은 「율곡선생비명」과『율곡전서』에 실려있는 개찬된 「신도비명 병서」를 대조해보면, 대략 110여 곳에서 300여 자 가량 늘어난 것으로 확인된다. 율곡에 대한 이 두 작품과 개찬과정에서 논의된 내용을 살펴보면, 이항복의 문학적 특징과 품격의 일면을 확인할 수 있다. 개찬 과정과 신도비명에 대해 살펴보기로 한다.

이정구는 논란이 일어나자 김장생에게 편지를 보내어 이항복이 생전에 이미 이런 일을 예견했다는 사실과 논란이 일어나게 된 원인을 다음과 같이 밝혔다.

---

41) 글이 지어진 시기는 1613년 무렵으로 판단되는데 백사가 세상을 떠난 것은 1618년이고 묘비가 건립된 것은 1623년 인조반정 이후이므로 개찬하는데 꽤 오랜 시간이 걸렸던 셈이다. 이정구의 「墓表陰記」에는 '임오연간(1612) 행장을 정리하였으나 발표하지 못하고, 백사 이정승에게 묘명을 청하였으나 비를 세우지 못하였다'는 구절이 있다. 백사는 1613년 박응서(朴應犀) 등의 옥사때 연루되어 파직당하는데 이러한 상황과 관련되는 것으로 보인다.『白沙集』에서 "而洒薦紳韋布, 日益嚮往, 鳩材斬石, 圖所以垂永者, 委重於余, 固辭不敢, 凡六往返而猶持不釋, 慇然敬諾. 俄又儚在素簀, 泯泯伏荒野" 라고 한 것은 이러한 상황을 말한다.

42) 李恒福,『栗谷先生全書』,「神道碑銘 并序」,『文集叢刊』45, 389쪽. "守夢鄭曄, 上白沙李相書曰, (중략) 於先生居家至行·立朝言論, 有所闕略. 至於癸未三司挾私憾肆邪論之狀, 此乃大段是非, 而下語不明快. 末段論學處, 如蜃閣·御風等語, 似非儒家說話." 그런데 이 부분이 훗날 다시 논란이 된 것으로 보아 백사는 정엽의 지적을 받아들이지 않았음을 알 수 있다.

"시생(侍生)의 생각에 이 말들은 모두 틀린 것입니다. 이 분은 고문사(古文辭) 짓기를 좋아하고 송유(宋儒)들의 진부한 문장을 연습(沿襲)하려 하지 않았지요. 때문에 애당초 글을 지을 때부터 이미 이러한 비방이 있을 것을 우려하여 누차 제게 말씀하셨습니다."[43]

"대개 백사공은 문장을 지을 때 기(氣)를 주로 하였고 단어를 쓸 때에는 신기(新奇)를 드러내는 데 힘을 썼습니다."[44]

이정귀는 이항복이 진부한 표현을 배제한 고문사를 썼다는 사실과 문장의 기를 위주로 용사의 신기를 추구했기에 사람들이 제대로 이해하지 못하는 것이라고 하였다. 이어 '백사의 글은 저절로 기작(奇作)이니 지금은 이만큼 글을 쓸 수 있는 사람도 없고 한 글자라도 가감할 수 있는 사람이 없다'면서 '시끄러운 의논은 곧 잠잠해질테니 형께서 사람들을 안정시켜 이 글을 (그대로) 쓰는 것이 마땅하다'라고 하였다.[45] 그러나 이정귀의 이러한 변호에도 불구하고 논란은 그치지 않았다.

다른 문인들은 당시의 상황을 잘 모르는 후대 학자들은 이 글을 보고 오해할 수 있다는 이유로 계속 수정을 요구하였고, 심지어 고치지 못할 바에야 글을 폐기하고 새로 써야한다는 주장이 나오기에 이르렀다. 이에 결국 이정귀가 '몇 마디 어구를 첨가하여 전현(前賢)의 논의를 증명하고 일부 글자를 고쳐 후인의 의심을 풀어주는 것만 못하다'는 타협안을 제

---

43) 李廷龜, 『月沙集』, 「答金沙溪」, 『文集叢刊』70, 98쪽. "此文之出, 多士之質疑於侍生者, 甚多. 或嫌其推許不滿, 或疑其論癸未年事不明白. 侍生之意, 則諸說皆非也. 此翁喜爲古文辭, 不欲沿襲宋儒陳文, 故當初製時, 已憂其有此謗, 屢言於生矣."

44) 李廷龜, 앞의 책, 「答金沙溪」. "蓋白沙公爲文, 以氣爲主, 下語務出新奇."

45) 李廷龜, 앞의 글. "大槩鼇翁此文, 自是奇作, 今世無能爲此者, 況今已作千古人, 誰能加減一字, 又誰能捨此而傹然爲段文昌乎? 多士之曉曉, 久應自息, 老兄須痛言於諸人, 以定群心勿撓, 用此文爲當."

시함으로써 논란은 일단락되었다.46) 특이한 점은 개찬에 관여한 인물의 성향에 따라 이항복의 문장에 대한 호오가 갈렸다는 사실이다. 당시 문학에 명성이 있던 이정귀는 백사의 글을 '기작(奇作)'으로 인정하고 '미진한 점이 없지는 않으나 비지의 체격에 부합되고 추허(推許) 또한 지극하다'고 했지만, 이정귀 외에 학사로서의 성격이 강했던 인물들은 이러한 점을 받아들이고자 하지 않았다.

이정귀가 말한 신기는 기기(奇氣) 혹은 웅매(雄邁)와 유사한 관점으로써, 새로운 의미와 기발한 언어구사를 의미한다. 그런데 유협은 '낡은 요소를 제거하여 혁신적인 새로움을 추구하는 것'이지만 한편 '위험하고 괴이한 길로 빠지기 쉽다'고 경계한 바 있다.47) 그리하여 "경전의 규범을 법으로 삼고 제자(諸子)와 사가(史家)들의 방법을 자세히 살펴보며, 사상과 감정의 변화를 철저히 깨우치고 문체를 상세히 살펴본 연후에야, 새로운 의미가 싹터나와 기이한 문사로 수식할 수 있게 된다"48)고 하였다. 이렇게 본다면 이정귀가 말한 '용사의 신기'함이란 전에 없던 신조어를 만들어내는 것만을 의미하지 않으며, 알려진 전고를 새로운 의미로 해석하여 사용하거나 혹은 원래의 의미를 뒤집어 기발한 비유로 쓰는 경우 등이 포함될 수 있다.

논란 중 오간 편지글을 통해서 살펴볼 때, 이항복의 글 중 문제가 되었던 부분은 고문사를 이용하고 신기를 드러낸 부분이며, 정엽의 말에 의

---

46) 李廷龜, 앞의 글, 100쪽 ; 李恒福,『栗谷全書』,「神道碑銘」,『文集叢刊』45, 389쪽. "時晦·汝益之意, 則總論以下, 極欲盡棄而改之. 鄙意則以爲文之歸重, 在於總論, 若盡改則文體不倫, 且極未安, 不如全用元文而略添數語, 以證前賢之論, 略改數字, 以破後人之疑而已."

47) 劉勰,『文心雕龍』,「體性」. "新奇者, 擯古競今, 危側趣詭者也."

48) 劉勰,『文心雕龍』,「風骨」. "若夫鎔鑄經典之範, 翔集子史之術, 洞曉情變, 曲昭文體, 然後能孚甲新意, 雕畫奇辭."

하면 율곡의 행적에 대한 추허가 만족스럽지 못한 부분과 율곡의 학문을
추앙하면서 외가(外家)-도가의 말을 쓴 것 두 가지 경우가 해당된다.
이에 대해 차례대로 살펴보기로 한다.

우선 추허가 만족스럽지 못한 예로 언급된 것은 율곡이 열아홉 살에
절에 들어갔던 사실을 서술하는 부분이 해당된다.

> "十九, 出家入金剛山, 堅固戒定, 忽自念于心日, '萬象歸一, 一歸何處?' 思之
> 又思, 終未有窾竅. 然後盡棄其學, 遂發篋而取孔氏書, 伏而讀之. (19세에 출가
> 하여 금강산에 들어가서 계정(戒定)을 견고히 닦다가 갑자기 스스로 마음에
> 생각하기를, "만상이 一로 돌아가면 一은 어느 곳으로 돌아가는가"하고, 생
> 각하고 또 생각해도 끝내 그 요령을 찾지 못하였다. 그런 연후에 그 학문을
> 모두 버리고 상자를 열어 공씨(孔氏)의 글을 취하여 경건히 읽었다.)

여기서 문제가 되었던 것은 '출가'라는 구절이었으며, 「신도비명 병
서」에는 이 구절이 '입금강산(入金剛山)'으로 바뀌어 있다. 율곡의 출가
여부는 당시 매우 민감한 문제였는데, 이항복이 '출가'라는 표현을 직
접적으로 쓰자 이를 꺼렸던 것이다. 율곡이 산에서 내려올 때 머리카
락이 있는 것을 직접 보았으니 불교에 귀의했던 것은 아니라는 주장도
있었고[49], 율곡은 선조에게 '1년간 불교에 빠졌다가 돌아와 마음이 깨
끗하지 못한데 분수에 넘치는 벼슬을 받게 되었다'면서 자핵(自劾)한
일도 있다.[50]

---

49) 李廷龜, 『月沙集』, 「答金沙溪」, 『文集叢刊』 70, 100쪽. "出家入金剛山, 先生在山寺
一年而還, 未嘗削髮, 生等亦嘗聞之. 金同知玄成公親見其髮於下山之時, 其日出家者, 似
失實, 故此二字去之."
50) 李恒福, 『文集叢刊』 62, 248쪽, 「栗谷先生碑銘」. "公陳情自劾日, '髫年求道, 學未知
方, 遂耽釋敎, 從事禪門, 追周一年, 抽臟濯腑, 未足洗汚. (중략) 上日, '自古雖豪傑之
士, 未免爲佛氏所陷溺, 且悔過自新, 其志可嘉.'" 김집(金集)의 묘지명에도 '친구들과 이

이항복이 출가라는 단어를 굳이 사용한 것은 불교에 귀의했던 사실
이 율곡을 추앙하는 데 아무런 문제될 것이 없다고 여겼기 때문이다.
이 글의 전체 내용을 보면 이항복은 율곡의 학문적 업적도 추앙했지
만, 그에 못지 않게 경세가로서의 면모를 부각시키고 있다. 팔조목의
마지막 항목이 평천하인 이상 유학자들이 추구해야할 궁극적인 목표
또한 여기에서 벗어나지 않을 것이다. 이항복은 율곡이 이단에 빠졌다
가 돌아온 이후의 행적에 초점을 두고, 즉 유학에 기반한 경세가로서
경세제민(經世濟民)을 위해 힘을 기울였던 점을 더욱 강조하고자 했던
것이라 할 수 있다.

다음으로는 율곡을 추숭하면서 유가의 문자가 아닌 어구를 이용하는
경우와 용사를 보기로 한다. 정엽은 이항복의 문장 중에서 '其立也猶蜃
閣之浮于海'라는 문장의 '蜃閣[신기루]' 그리고 '御風歷階' 등의 어구를
거론하였고, 이정귀는 '鑿龍門'·'上達而後下學'·'蜃閣之浮于海' 등의
구절을 들었다.[51] 성리학자인 율곡의 학문을 논하면서 신각(蜃閣)이나
어풍력계(御風歷階)라는 구절을 쓴 것이 왜 문제시되는지는 쉽게 알 수
있을 것이므로, 여기에서는 '착용문(鑿龍門)'·'상달이후하학(上達而後下
學)'의 경우를 살펴본다.

또 생각건대 학문에 나아간 순서는 마치 우(禹) 임금이 용문(龍門)을 뚫

별하고 금강산에 들어가 계정(戒定)을 굳건히 하다가 침식을 잊기도 하였다'는 기록이
보인다. 이 부분은 백사의 저술 태도 중 하나인 거실직서(據實直敍)와 연관된다고 보여
진다. 거실직서는 퇴계가 비지문을 작성할 때에도 중요한 기준으로 작용했는데, 이에
대해서는 이종호 교수가 언급한 바 있다.

51) 李廷龜, 앞의 글. "今者論先賢學問, 而不用儒家文字, 推許則至矣, 而語或不瑩. 其曰
鑿龍門, 其曰上達而後下學, 其曰蜃閣之浮于海等語, 其意蓋以先生之學, 一蹴高明, 似無
循序漸進之功, 故人或疑其倒用工夫."

는 것과 같으니, 먼저 그 긴요한 곳으로부터 여수(汝水), 한수(漢水), 제수(濟水), 탑수(漯水)를 뚫어서 형세를 따라 힘차게 흐르는 것과 같다. 때문에 이를 보는 사람들은 상달(上達)한 뒤에 하학(下學)을 한 것처럼 느끼게 된다. 그러나 세상에 거꾸로 하는 공부가 어디에 있겠는가?[52]

인용문은 율곡의 학문적 성취에 대해 묘사한 부분이다. 첫 문장을 보면 이항복은 『서경』 「우공편(禹貢篇)」에 보이는 우임금의 치수(治水)에 관한 내용과 흔히 쓰이는 '하학상달(下學上達)'이라는 구절을 인용하여 율곡의 학문적 성취를 비유하였다. 물을 억지로 막아 가두려다가 실패한 곤(鯀)과 달리, 우임금이 치수에 성공한 원인은 흘러 내려가는 물의 속성을 이용하여 중요한 지점을 먼저 뚫어주는 것으로부터 사업을 시작한 데에 있다는 것이다. 백사는 우임금이 용문의 막힌 곳을 먼저 뚫고 난 뒤 물길에 따라 각각의 강물을 소통시켰다는 사실을 들어서, 율곡의 학문도 중요한 맥락을 먼저 통하게 함으로써 막히지 않고 자연스럽게 뻗어 나갈 수 있게 한 것이라는 점을 비유하였다.

그런데 이항복은 이 사실을 묘사하는 과정에서 '하학상달(下學上達)'을 뒤집어 '상달이후하학(上達而後下學)'이라고 표현했는데, 이는 율곡의 학문적 성취도를 강조하기 위한 표현이었다. 율곡의 학문적 성취가 극히 높기 때문에 다른 사람들이 얼핏 보기에는 마치 천부의 재능으로 '상달이후하학(上達而後下學)'한 것처럼 보인다는 뜻이다. 하지만 이 문장의 끝에서 이항복은 '거꾸로 하는 공부가 어디 있겠는가?'라고 반문하였다. 이는 율곡 역시 하학상달의 학문 과정을 따랐다는 것을 반어적으로 말함

---

52) 李恒福, 『白沙集』, 「栗谷先生碑銘」, 『文集叢刊』 62, 250쪽. "又疑其進學之序, 若禹之鑿龍門也. 先從肯綮處, 透汝漢濟漯, 沛然順勢, 故見之者若上達, 而後下學, 然世安有倒用功夫者?"

으로써, 율곡의 학문 과정과 그 성취를 재차 강조한 것이다. 사실 이 '상달하학(上達下學)'이라는 말은 동(動)·정(靜)의 학문태도와 수양론에 관련해서 주자도 인정한 부분이었다.[53] 그러나 정엽 등 당시의 학자들은 율곡의 학문에 대해 오해할 소지가 있다는 이유를 들어 이항복의 문장에 대한 수정을 요구했던 것이다.

IV. 마치며

비지문은 망자(亡者)의 생애를 개괄하고 그를 찬양 혹은 애도하는 용도의 글이다. 중국에서는 한나라 이후 점차 성행하기 시작하여 당나라 때에는 일반적인 풍조가 되었다. 우리나라에서는 15세기부터 16세기를 거치는 시기에 비지류 문장에 대한 문인들의 인식이 크게 변화하였고, 이에 따라 저술된 양 또한 비약적으로 증가하였다.

본고에서는 이러한 일련의 과정 중 16세기 후반 명의 복고사조가 도입된 이후, 그 영향을 받은 문인과 그렇지 않은 문인들의 비지류 문장은 어떠한 미감과 서술 양상을 보이고 있는지 살펴보았다. 고찰의 대상이 된 문인들은 유성룡·윤근수·유근·이항복이었으며, 이들의 비지문을 분석함으로써 특징적인 면모의 일부를 확인할 수 있었다.

이들 네 사람은 모두 문장으로 입신양명하여 정치적으로 중요한 위치에 이르렀고, 16세기 당대 대제학을 역임했다는 공통점을 지닌다. 또한 동시대 혹은 후대의 문인들은 이들 모두에 대해서 경세문장으로써 높은 의의를 부여해왔다. 이상과 같은 점들을 고려한다면, 이 네 문인 모두가

---

53) 김기현(1980), 148~150쪽.

16세기 당시 조선 문단의 한 자리를 차지하고 영향력을 끼친 인물로 거론하는 데에는 부족하지 않을 것이다.

윤근수는 명의 복고파 문풍을 추종하여 복고사조를 조선에 도입했고 또 그 영향을 받아 문장의 서사적인 측면에 장기를 발휘했다. 이항복 역시 고문을 배워 서사에 능하다는 평가를 받았는데, 이 두 사람은 명 문단의 영향을 받아 진한고문을 추구했다는 공통점을 지닌다. 한편 유성룡과 유근은 이들과는 성향이 달랐다. 특히 유근은 선조와의 대화에서 드러나듯 스스로 명의 영향을 받지 않으려했던 경우였다. 그러므로 이들의 비지문을 비교 고찰해보는 과정을 통해 복고사조의 영향을 받은 경우와 그렇지 않은 경우를 구별할 수 있는 하나의 단서를 살펴볼 수 있었다.

윤근수는 주일(遒逸)의 문예미를 드러내며 파격과 대비의 수법을 이용하였고, 이항복의 경우는 문장의 기세를 중시하면서 용사의 신기를 강화하는 수법을 사용하였다. 이들은 이러한 문장의 수사기교를 활용함으로써 묘주의 인품을 성공적으로 형상화해냈던 것이다. 한편 유성룡은 혼후한 문장을 통해 비지류 문장의 일반적인 격식에서 벗어나지 않으면서도 깊은 여운을 남겨주었고, 유근 역시 정해진 체제를 엄수하는 동시에 간결한 고문의 투식과 선진산문의 전범을 취하는 등 전아한 품격으로 망자를 잘 묘사하였다. 요컨대 윤근수와 이항복 등 당시 고문을 추종했던 문인들은 인물의 전형을 선명하게 창조하기 위해서 문장의 서사적 수법에 관심을 기울여 문장에 수사기교를 발휘했으며, 유성룡이나 유근 등 이들과 다른 성향을 보여주는 문인들은 일반적인 비지류 문장의 정격을 준수하면서 우아하고 고아한 문장을 이용하여 진정을 담아 묘주를 묘사해 내었던 것이다. 당대 문인들이 이룩한 이러한 문학적 성취가 후대 문인들에게 이어졌음은 물론이다.

마지막으로 본고에서 미진했다고 생각되는 점은 다음과 같다. 본고는 비지류 문장만을 대상으로 고찰을 시도하였기 때문에, 개별 문인의 문학 전반에 대한 종합적인 고려는 심도 깊게 진행되지 못했다. 한편 연구를 진행하면서 예기치 못했던 점도 발견할 수 있었다. 선진산문에 근거한 전고의 차용은 일반적으로 복고사조 – 의고문의 특징 중 하나로 인식되는 점이다. 그런데 본고에서 살펴본 네 문인들은 모두 공동적으로 이러한 성향이 드러났으며, 특히 명의 문학은 보지 않았다고 말했던 유근의 문장에서 고문을 용사한 비율이 상당히 높다는 점을 알 수 있었다. 일정한 격식과 체제 안에서 망자를 기려야 하는 비지문의 속성에 기인하는 것으로 생각되나, 이러한 현상에 대해서는 다른 문인들의 작품까지 포함하여 보다 세심한 분석이 이루어져야 할 것이다. 이는 차후 진행할 연구의 과제로 남겨둔다.

참고문헌

『西厓集』, 『韓國文集叢刊』 52.
『月汀集』, 『韓國文集叢刊』 47.
『西坰集』, 『韓國文集叢刊』 57.
『白沙集』, 『韓國文集叢刊』 62.
『栗谷全書』, 『韓國文集叢刊』 44.

강명관, 「16세기 17세기 초 진한고문파의 산문비평론」, 『大東文化研究』 41, 대동문화연구원, 2002.
_____, 「16세기 말 17세기 초 擬古文派의 수용과 秦漢古文派의 성립」, 『한국한문학연구』 18, 한국한문학회, 1995.
_____, 「許筠과 明代文學」, 『민족문학사연구』 13, 민족문학사연구소, 1998.
吉川幸次郎, 『漢文の話』, 筑摩書房, 2006.

김기현, 「晦齋 李彦迪의 哲學思想」, 『민족문화연구』 15, 민족문학사연구소, 1980.

김우정, 「선조 광해 연간 문풍의 변화와 그 의미-전후칠자 수용 논의의 반성적 고찰을 겸하여」, 『한국한문학연구』 39, 한국한문학회, 2007.

_____, 「신흠의 視古修辭와 이정구의 隨意抒寫에 관하여」, 『한문학논집』 30, 근역한문학회, 2010b.

_____, 「越境의 文學, 文學의 越境 : 申欽의 散文과 前後七子」, 『대동문화연구』 69, 대동문화연구원, 2010a.

_____, 「月汀 尹根壽 散文의 性格」, 『한문학논집』 19, 근역한문학회, 2001.

_____, 「조선 중기 복고적 산문의 두 경향 -최립과 유몽인을 중심으로」, 『한국한문학연구』 37, 한국한문학회, 2006.

_____, 「최립 고문사의 성격에 관하여」, 『한국한문학연구』 32, 한국한문학회, 2003.

_____, 「최립 산문의 문체론적 고찰」, 『한문학논집』 20, 근역한문학회, 2002.

서한석, 「李恒福 漢詩의 詩史的 性格에 關한 小考」, 『大東漢文學』 24, 대동한문학회, 2006.

_____, 『백사 이항복의 산문에 관한 연구』, 성균관대 박사학위 논문, 2007.

_____, 『월정 윤근수의 산문에 관한 연구:의고문풍의 도입과 관련하여』, 성균관대 석사학위 논문, 1999.

신두환, 「서해 유성룡의 성리학과 문예미학에 관한 담론」, 『한국한문학연구』 40, 한국한문학회, 2007.

신승훈, 『16세기 전반 17세기 전반기 문학이론의 다변화 양상:유몽인 이수광·신흠·허균을 중심으로』, 고려대학교 박사학위논문, 2005.

심경호 역, 『한문문체론』, 이회, 2001.

_____, 『조선시대 한문학과 시경론』, 일지사, 1999.

안병렬, 「退溪碑誌文考察」, 『퇴계학』 1, 안동대학교, 1989.

오수형, 「韓愈의 碑誌文과 古文運動」, 『中國文學』59, 한국중국어문학회, 2009.

이성민, 『분서 박미 문학 연구』, 성균관대 박사학위 논문, 2008.

이정화, 「서애 유성룡의 삶과 시세계의 변이과정 연구」, 『한국한문학연구』 40, 한국한문학회, 2007.

이종호, 「碑誌類 散文의 傳記文學的 성격」, 『한국한문학연구』19, 한국한문학회, 1996.

_____, 「조선고 고문론과 비지류 산문-그 전기문학적 성격을 중심으로」, 『한국 고문의 이론과 전개』, 태학사, 1998.

_____, 「朝鮮朝 士大夫層의 碑誌文字論」, 『대동한문학』 3, 대동한문학회, 1990.

_____, 「退溪의 碣文修辭에 대하여」, 『퇴계학』 3, 안동대학교, 1991.

임완혁, 「碑誌文에 나타난 亡人의 形象化 方式-비지문을 둘러싼 인간의 상호 관계를 통해 본」, 『대동한문학』 32, 대동한문학회, 2010.

정순희, 「고문론과 비지류의 상관성 再考」, 『한국문학이론과 비평』, 한국문학이론과 비평학회, 2006.

_____, 「古文論과 碑誌類의 상관성-陶谷 李宜顯의 碑誌類를 중심으로」, 『어문연구』 46, 어문연구학회, 2004.

조민경, 『서애 유성룡의 시문학연구』, 성신여대 석사학위 논문, 2004.

황의열, 「비지류의 특징과 변천 양상」, 『동방한문학』 31, 동방한문학회, 2006.

한국 제화시의 미학

구본현

I. 서론

우리의 옛 그림을 아름답게 만드는 것 가운데 하나가 바로 여백이다. 여백은 대개 그려진 대상을 도드라지게 만들기 위해 이용되지만, 때로는 그림으로 표현할 수 없는 그 무엇인가가 존재한다는 깨달음을 표현한 것처럼 느껴지기도 한다.

형상이나 색깔로 그려낼 수 없는 것을 표현하기 위해 우리 선조들은 그림의 여백에 시를 적어 넣었다. 그것이 바로 제화시(題畵詩)다. 그림 위에 직접 써야 제대로 된 제화시라 할 수 있겠지만, 여백이 적을 때에는 별지에 시를 써서 첩(帖) 또는 축(軸)의 형태로 그림과 함께 묶기도 하였다. 그림과 함께 존재하지는 않지만, 그림을 보고 느낀 것을 지은 것 또한 사실상 제화시라 할 수 있다.

제화시는 대상 그림의 소재와 제재, 구성, 솜씨, 수법, 주제 등에 대한 해석의 결과물이다. '회화'라는 또 다른 예술과 결합된 상태로 존재하므

로, 제화시의 미학적 특징은 그림과 한시의 결합 양상, 즉 상호 보완에서
비롯하는 종합적 미감이라 할 수 있다.[1]

그런데 제화시의 미학적 특징을 규명하기 위해서는 몇 가지 주의해야
할 점이 있다. 첫째는 '그림'이 지닌 다양한 성격 가운데 오로지 그림이
다루고 있는 소재만을 시화(詩化)한 작품을 제화시에 포함시켰을 경우의
문제이다.

> 위천(渭川)에서 고기를 낚는 그림
>
> | | |
> |---|---|
> | 비바람이 쓸쓸히 낚시터를 씻기는데 | 風雨蕭蕭拂釣磯, |
> | 위천의 새와 물고기는 세상일 잊을 줄 아네. | 渭川魚鳥識忘機. |
> | 어쩌자고 늘그막에 나는 매 같은 장군[2]이 되어서 | 如何老作鷹揚將, |
> | 백이와 숙제 고사리 캐다 굶어 죽게 하였나? | 空使夷齊餓採薇?[3] |

바늘 없는 낚싯대를 드리운 채 천하를 낚을 때를 기다리던 강태공을
그린 「위천조어도(渭川釣魚圖)」를 보고 지은 시이다. 그런데 이 시의 작
자인 김시습(金時習, 1435~1493)은 정작 그림의 내용과 구성에 큰 관심
을 보이지 않았다. 예컨대 '어조(魚鳥)'라는 시어는 자연물을 가리키는
관습적인 표현일 뿐, 그림의 내용과는 별 상관이 없다. 왜냐하면 낚시하
는 모습을 원경(遠景)의 시점으로 그린 그림에서는 대개 눈에 보이지 않
는 물고기를 그려 넣지 않기 때문이다.

전구와 결구에서 알 수 있듯이, 김시습이 궁극적으로 관심을 두고 있

1) 이혜순, 「목은 이색의 제화시 시고」, 『한국문화연구원논총』 25, 이화여자대학교 한
   국문화연구원, 1987, 197~213쪽.
2) 『시(詩)·대아(大雅)·대명(大明)』의 "維師尙父, 時維鷹揚. 涼彼武王, 肆伐大商, 會朝
   淸明."에서 비롯한 표현이다.
3) 김시습, 『기아(箕雅)』 권2, 「위천조어도(渭川釣魚圖)」, 아세아문화사, 2007, 148쪽.

는 것은 그림이 선택한 제재, 즉 강태공의 행적이다. 강태공이 성군(聖君)을 도와 암군(暗君)을 몰아낸 것은 분명 칭송되어야 할 일이지만, 충신을 죽게 만든 책임에서 자유로울 수 없다는 것이 김시습의 생각이다.

김시습이 그림의 제재에만 주목한 이유는 세조의 왕위 찬탈과 그에 동조한 이들을 비판하기 위해서였을 것이다.4) 김시습의 절개를 확인할 수 있는 훌륭한 작품이지만,5) 김시습의 시집에 이 시가 '영사(詠史)'라는 항목 아래 분류되어 있고 제목 또한 「조이조수(嘲二釣叟)－여망(呂望)」으로 되어 있다는 사실6)에서 문제가 발생한다.

화제(畵題), 화면(畵面), 화법(畵法), 화의(畵意) 등 전반적인 요소를 고려하지 않은 채 단순히 화제에만 주목한 시를 가지고서는 제화시의 미학적 특징을 밝히기 어렵다. '그림과 한시의 결합'이라는 제화시의 본래적인 면목을 찾아내기 어렵기 때문이다.7)

둘째, '그림과 한시의 결합'을 구체적으로 살피기 위해서는 당연히 그림과 한시가 모두 존재해야 한다는 조건이 뒤따른다. 그러나 입과 손을 통해 무한히 복제될 수 있는 한시와 달리, 그림은 유일본으로 존재할 수밖에 없다. 안타깝게도 현존하는 제화시들 대부분은 대상 그림이 없는 상태이다. 따라서 제화시만을 가지고 '그림과 한시의 결합' 양상을 살펴봐야 한다는 한계에 봉착할 수밖에 없다.8)

---

4) 이제신(李濟臣), 『청강시화(淸江詩話)』. "<u>金悅卿落拓不遇, 詩文極高. 徐達城嘗一邀致, 出「姜太公釣魚圖」請題. 卽書一絕云 …… 達城</u>默然良久曰: '子之詩, 吾之罪案也.'"

5) 『정조실록(正祖實錄)』 18년(1794) 9월 30일 첫 번째 기사. "敎曰: "風雨蕭蕭拂釣磯, 渭川魚鳥共忘機. 如何老作鷹揚將, 空使夷, 齊餓採薇?"云, 而"鷹揚"比靖難勳臣, "夷, 齊"取以自况者. 故處士金時習題「渭川垂釣圖」詩, 義也.'"

6) 김시습, 『매월당시집(梅月堂詩集)』(『한국문집총간』 13) 권2, 「조이조수(嘲二釣叟)」, 109a쪽. 이하 『한국문집총간』은 '총간'으로 약칭한다.

7) 같은 이유로, 개별 그림이 아닌 회화 이론을 다룬 한시들도 본 연구 대상에서 제외한다.

8) 제화시 연구의 난점과 그 해결 방안에 대해서는 졸고, 「한국 제화시의 특징과 전개」,

　이러한 난점을 극복하기 위해서는 회화와 문학이 지닌 갈래 상의 차이에 주목하는 수밖에 없다. 즉 그림은 색·모양·질감 등으로 대상을 형상화하며 문학은 언어로 대상을 형상화한다는 사실에서 논의를 시작할 필요가 있다.

　회화 감상에 있어서는 눈을 통해 전달되는 시각 심상이 거의 유일한 정보원이 된다.9) 이와 달리 언어는 시각 이외의 다른 감각들도 재현할 수 있다. 그림이 표현하지 못하는 청각·후각·촉각·미각 등의 감각 정보를 담아내는 제화시를 통해 그림에 대한 감상과 해석에 일정한 도움을 얻을 수 있는 것이다.

　또한 회화는 '화폭'이라는 제한된 공간에 존재한다. 즉, 순간적으로 정지된 화면을 그릴 수밖에 없다. 반면에 문학은 '서사'라는 기법을 활용하여 시간의 흐름에 따른 '사건'을 형상화할 수 있다. 정지된 화면의 전후 맥락을 보충해주는 제화시를 통해 그림을 보다 잘 이해할 수 있는 것이다.10)

　한편, 그림과 한시는 모두 일성한 '주제'를 지닌다. 장작자가 표현하고자 하는 사상과 감정은 그림에서 색과 형태로 표현된다. 이러한 그림의 주제가 감상자에게 이해되고 소통될 수 있으려면, 반드시 일정하고 보편적인 의미를 지니는 어휘와 문장, 즉 명제의 형태로 전환되어야 한다.

『동방한문학』 33, 동방한문학회, 2007, 263~302쪽 참조.

9) 동아시아의 전통 회화에 비해 중세 서양화나 현대 회화에서는 질감 또한 매우 중요시된다. 그러나 그림을 손으로 만지는 것은 대개 금기시되어 왔으며 현실상 거의 불가능한 일이기도 하므로 질감 또한 눈을 통해 감상할 수밖에 없다.

10) 예컨대 앞서 살펴본 「위천조어도(渭川釣魚圖)」는 강가에서 낚시하는 노인의 모습만을 그릴 수 있을 뿐이다. 감상자는 김시습의 시를 통해 노인의 정체, 낚시라는 행위의 의미, 노인의 이후 행적, 그와 연관된 여러 인물들과 사건들을 연상할 수 있게 된다. 즉, 그림에 나타난 정지된 화면을 '사건'의 한 장면으로 해석할 수 있게 되는 것이다. 김시습의 시를 영사시(詠史詩)로 파악한 것은 바로 이러한 서사적 성격 때문이다.

따라서 언어를 매개로 하는 제화시가 대상 그림의 주제를 보다 명료하게 만들어줄 수 있다. 때로는 화의(畫意)에 대한 시인의 재해석을 통해 그림과 한시 모두에 보다 함축적인 미감을 불어넣기도 한다.

　이상의 세 가지 특징과 원리는 엄격하게 구분되는 것이 아니지만 논의의 편의를 위해 순서대로 살펴보기로 한다.

II. 감각 심상의 다양화

　그림의 의미는 거의 시각 정보를 통해 전달된다. 일상생활에서 인간이 얻는 정보의 90%가 시각 정보인 만큼, 시각은 매우 중요한 감각이다. 시각은 가장 구체적이고 생생한 감각이므로 시각 정보는 대개 가장 정확한 정보이기도 하다.

　시각 정보가 지닌 이러한 장점은 제화시에도 그대로 나타난다. 그림을 감상하는 것은 일단 화면이 제공하는 다양한 정보를 수용하는 것인바, 시각의 이동에 따른 묘사로 한 편의 제화시를 창작할 수 있다.

> 가을 산 그림을 보고, 일본의 은상인(闇上人)을 위해 짓다

솔솔 부는 가을바람에 강 물결이 이는데	秋風嫋嫋江水波,
앞산과 뒷산에 온통 단풍이로구나.	前山後山霜葉多.
숲 사이로 굽이굽이 다리11) 감돌고	穿林石棧相紆縈,
때때로 우뚝하게 누각이 솟았네.	時見樓閣跨崢嶸.
들판 너머 술집 깃발이 드높이 날리고	野外風帘高百竿,

────────────

11) '석잔(石棧)'은 양쪽 산의 바위를 깎고 그 위에 나무를 얹어 만든 다리를 가리킨다. 당(唐) 이백(李白)의 「촉도난(蜀道難)」에 "地崩山摧壯士死, 然後天梯石棧相鉤連."이 보인다.

맑은 물굽이에 작은 다리 그림자 거꾸러졌네.	小橋倒影臨淸灣.
절뚝이는 나귀 탄 외로운 나그네 어디로 가나?	蹇驢孤客何所之?
채찍으로 가리키며 시 읊노라 걸음이 느릿느릿.	吟鞭指點行較遲.
포구12)에 밀려든 찬 조수에 물풀이 반 잠겼는데	別浦寒潮漲半蒿,
어부가 이리저리 돛단배를 저어가네.	漁郎隨意移輕舠.
아득한 긴 하늘에 아지랑이 자욱하고	長天渺渺煙茫茫,
해 지는 모래톱에 난초가 향기롭네.	重洲落日蘭芷香.
이 그림 그린 화가는 분명 호사가구나,	當時畫史好事者,
언덕과 골짜기를 몸속에 감추었으리라.	想見丘壑藏膏肓.
이 그림 펼쳐보니 문득 심신이 황홀하여	披圖忽此心神融,
강동에 놀고 싶은 먼 흥이 일어나네.	起我遠興遊江東.
강동의 순채와 농어는 별일 없으리라,	江東蓴鱸政無恙,
바람 품은 돛배 따라 하늘 끝을 바라보네.	目斷天涯半帆風.13)

　　가을날의 산수를 그린 「추산도(秋山圖)」를 보고 서거정(徐居正, 1420~
1488)이 지은 작품이다. 어떤 그림을 보고 지은 것인지 알 수 없으나,
청(淸) 왕석곡(王石谷)의 「추산행려도(秋山行旅圖)」를 참조하면 서거정 시
의 특징을 보다 잘 이해할 수 있다.

　　동양의 산수화는 원근법에 따라 평행투시도법으로 그리는 것이 일반
적이다. 화면 중앙에 위치하여 가장 먼저 눈길을 끄는 지점에는 대개
구도의 기준이 되는 경물을 그린다. 왕석곡의 그림을 보면, 중앙의 강물
을 기준으로 삼아 좌우로는 벼랑을, 상하로는 산과 바위를 배치하였음을
알 수 있다. 왕석곡의 그림은 세로가 긴 족자의 형태인데, 만약 서거정이

---

12) '별포(別浦)'는 강이 바다나 또 다른 강과 만나는 지점을 가리킨다.

13) 서거정, 『사가시집(四佳詩集)』(총간 10) 권2, 「추산도(秋山圖), 위일본은상인작(爲日
　　本闇上人作)」, 244d쪽. 『기아(箕雅)』 권13에 '跨'가 '誇'로, '政'이 '正'으로 되어 있다.
　　『속동문선(續東文選)』 권4에도 실려 있다.

〈그림 1〉 청(淸) 왕석곡(王石谷),
「秋山行旅圖(추산행려도)」

본 그림이 가로로 펼치는 축(軸)의 형태였다면 중앙 부분에는 화면 전체를 가로지르는 강, 화면 상단에는 먼 산, 화면 하단에는 가까운 벌판을 그렸을 것이라 추정할 수 있다.

그림을 감상할 때에는 구도의 기준이 되는 화면의 중앙 지점을 먼저 보게 마련인데, 서거정 또한 예외가 아니었으리라 추정된다. 작품의 첫 부분이 강물에 대한 묘사로 이루어져 있기 때문이다.

이후로는 상하로 이동하는 시선에 따라 시상(詩想)이 전개된다. 강물에 대한 묘사 다음에 화면 상단에 보이는 첩첩한 가을 산에 대한 묘사가 이어지는 것이다. 그림의 제목이 「추산도」이므로 산에 대한 묘사가 중심이 되는데, 전체적인 산의 외양을 묘사한 다음 산속의 디테일한 경관을 묘사하였다. 계곡 사이에 놓인 나무다리가 보이고, 그 다리를 따라 시선을 옮기면 높이 솟은 누각이 나타난다.

그런 다음 화면 하단으로 눈길을 돌린다. 근경(近景)에 해당하는 강 아래쪽으로 들판이 그려져 있는데, 그 가운데 술집과 다리가 먼저 눈에 들어온다. 술집과 다리 사이로 길이 이어져 있는데, 이를 따라 시선을 이동하다 보면 나귀를 탄 나그네에 눈길이 멎게 된다.

이후 자연스레 나그네가 향하고 있는 방향으로 시선이 이동한다. 산속의 절을 찾아가려는 것인지,[14] 아예 산을 넘으려는 것인지 알 수 없지만, 아마도 나그네는 강을 건너려고 나루를 향하고 있을 것이다.

화면을 차례로 살펴본 서거정의 시선이 마지막으로 멈추는 곳은 강물 위의 돛단배이다. 나그네가 향하는 방향선상에 돛단배가 그려져 있을 가능성이 높은데, 이는 이 시의 전체적인 주제와 긴밀하게 연관된다.

이 시는 조선을 찾아온 일본인 승려에게 준 것인데, 은상인(誾上人)이 동쪽에 있는 자신의 고향을 그리워할 것임은 쉽사리 추측할 수 있는 사실이다. 이에 서거정은 용사(用事)를 활용하여 은상인의 처지를 위로하려 한다. 그림 속의 어부가 동쪽으로 배를 저어가는 것과 은상인의 고국이 동쪽에 있다는 사실에서 '강동(江東)'을 배경으로 하는 장한(張翰)의 고사를 연상한 것이다.

그림 속의 산수는 은상인의 고향처럼 아름답고 탈속적인 공간이다. 그러니 느긋하게 배를 저어가는 뱃사공처럼[15] 은상인 그대 또한 조선 땅의 아름다움과 조선 사람들의 친절한 人情을 넉넉히 경험하고 천천히 돌아가라는 뜻이 된다. 이것이 서거정 시의 궁극적인 주제이다.

그림을 감상하는 방법은 사람마다 제각각이지만, 대개의 경우 화면 중앙을 기준으로 상하나 좌우로 시선이 이동하게 된다. 서거정의 시는 그림의 소재들이 놓여 있는 방식, 즉 그림의 구도에 충실하게 시점을

---

14) 산속에 높이 솟아 있다는 묘사로 보건대 화면 상단에 그려진 누각은 틀림없이 절일 것이다.

15) '반범풍(半帆風)'이라는 시어는 왕발(王勃)의 '일범풍(一帆風)' 고사를 새롭게 표현한 것으로, 천천히 배를 몰며 아름다운 경치를 여유롭게 완상한다는 의미를 지닌다. 서거정은 다른 제화시에서도 '반범풍(半帆風)'이라는 시어를 쓰고 있는데, 이에 대해서는 졸고, 「한시에서의 용사(用事) 활용 양상 연구」, 『국문학연구』 22, 국문학회, 2010, 86~87쪽 참조.

이동시킴으로써 그림 전체를 감상하
는 하나의 방법을 제시하였다는 특징
을 보인다. 마지막 부분에서는 창작
의 상황과 적절하게 결부되는 묘사를
배치하였는데, 시상(詩想)의 조직과
구성이 치밀하여 부섬(富贍)하면서도
공교롭다는 미적 특징을 지니게 된
다. 서거정의 시를 읽음으로써 그림
에 대한 이해와 감상의 가능성이 더
욱 풍부해지는 것이다.

서거정의 시에서 알 수 있듯이, 그
림이 전달하는 시각 정보를 언어로
바꾸어 표현하는 것이 제화시의 전형
적인 특징이다. 이때의 미적 특징은

〈그림 2〉 송(宋) 하규(夏圭),
「동정추월(洞庭秋月)」

그림이 강조하고 있는 소재가 무엇인지, 그 구도가 어떠한 것인지, 화가
가 궁극적으로 전달하려는 주제가 무엇인지를 해석하고 표현하는 데서
만들어진다.[16] 그것이 정교하고 합리적일 때 미학적 수준이 높다고 할
수 있는 것이다.

한편, 제화시는 전체 화면상의 묘사를 언어로 충실히 재현할 뿐만 아
니라 화면의 일부분에 주목함으로써 적극적이고 주체적인 감상 내용을

---

16) 그림의 소재와 구도를 시각 심상화하여 제화시를 창출하는 양상에 대해서는 최경환
의 논문들이 참조가 되는데, 최근의 연구로는 강세황의 그림과 제화시를 분석한 것을
들 수 있다. 최경환, 「화가의 자작 제화시와 화면상의 이미지의 재산출 방향(1): 강세
황의 〈칠탄정십육경도시〉를 대상으로」, 『한국고전연구』 22, 한국고전연구학회, 2010,
357~390쪽 참조.

시화(詩化)하기도 한다.

　　동정호에 뜬 가을 달

　　구름 속에 일렁이는 황금빛 둥근 떡,　　　　　雲端激激黃金餠,
　　서리 뒤에 출렁이는 푸른 옥빛의 물결.　　　　霜後溶溶碧玉濤.
　　밤 깊어 바람과 이슬 무거운 줄 알겠구나,　　　欲識夜深風露重,
　　배에 탄 어부의 한쪽 어깨 높은 걸 보니.　　　倚船漁父一肩高.[17]

「소상팔경도(瀟湘八景圖)」는 우리나라에서 가장 유행한 산수도이다.[18] 이에 대한 제화시 또한 고려와 조선에 걸쳐 다수가 창작되었다. 위 시는 송(宋)의 화가 송적(宋迪)이 그린 「동정추월(洞庭秋月)」에 대해 명종(明宗)의 명을 받아 이인로(李仁老, 1152~1220)가 지은 것이다.[19]

이인로는 위에서 아래로 그림을 감상하여 화면을 묘사한 것으로 보인다. 일렁이며 흐르는 구름 사이로 황금빛 떡 모양의 보름달이 모습을 감췄다 드러내고, 그 아래로 푸른 옥빛의 호수가 잔잔한 물결을 일으킨다. 강물 위에 달그림자가 비칠 터이니 그림의 위아래가 모든 같은 광경이다. 묘사가 뛰어나긴 하지만 소순흠(蘇舜欽)의 시를 점화(點化)한 것이어서 높이 평가할 수는 없는 구절이다.[20]

---

17) 이인로(李仁老), 『동문선(東文選)』 권20, 「송적팔경도(宋迪八景圖)-동정추월(洞庭秋月)」(8수 중 2수).

18) 우리나라의 「소상팔경도」에서 대해서는 안휘준, 『한국회화의 전통』, 문예출판사, 1988, 162~249쪽 참조.

19) 『매호유고(梅湖遺稿)』에 실린 진화(陳澕)의 「송적팔경도(宋迪八景圖)」 주(註)에 "按明宗嘗命群臣製「瀟湘八景圖」詩, 盖此詩作於是時. 李大諫一代宗匠也. 公以童卯, 與之方駕, 俱爲絕唱, 雖以長吉之〈高軒過〉, 萊公之〈華山〉詩, 無以過之. 公之於詩, 眞天才也."라 하였다. 총간 2, 284a쪽 참조.

20) 서거정, 『동인시화(東人詩話)』(상). "大諫仁老「瀟湘八景」詩 …… 語本蘇舜欽'雲頭激

이인로 시의 뛰어난 미감은 전구와 결구에서 만들어진다. 이인로는 배에 탄 어부의 모습에 주목하여 그에 대한 묘사로 시상(詩想)을 마무리 하였다. 그런데 송적의 그림보다 약간 후대에 그려진 하규(夏圭)의 「동정 추월」을 봐도 알 수 있듯이,[21] 「동정추월」 그림은 대개 호수와 달, 주변 의 건물과 산 등 전체적인 풍경을 그려야 하므로 호수 위의 배를 크게 그리지 않는다. 따라서 배에 탄 인물의 모습도 자세하기 그리기 어렵다. 그럼에도 불구하고 이인로는 배에 올라 달밤의 풍경을 감상하는 어부의 행동에 주목하였다. 즉, 이 부분이 그림의 핵심이라 생각한 것이다.

이인로의 시를 이해하는 관건은 그 의미가 분명하지 않은 '일견고(一肩 高)'라는 시어에 있다. 이현보(李賢輔)는 「어부가(漁父歌)」 제1장에서 "雪 鬢漁翁이 住浦間 自言: '居水이 勝居山'이라 하놋다. 빈 떠라, 빈 떠라. 早潮纔落 滿潮來ᄒ노라. 至匊恩, 至匊恩, 於思臥. 倚船 漁父이 一肩이 高로다"라 하여 이인로의 시구를 그대로 가져다 쓴 바 있다. 이는 '일견 고(一肩高)'를 노 젓는 모습으로 이해한 것으로 보인다. 이와는 달리 "배 에 기댄 어부 흥에 겨워 한쪽 어깨 올랐구나"라 번역하여 흥이 오른 모습 으로 보거나[22] 뱃전에 기대어 조는 모습으로 보기도 한다.[23]

그런데 '일견고(一肩高)'를 제대로 해석하기 위해서는 승구(承句)에 보 이는 '상후(霜後)'에 주목해야 한다. 이는 물빛이 매우 푸르다는 것을 나

激開金餅, 水面沉沉臥綵之'句, 點化自佳. 元學士趙孟頫愛此詩, 改後句曰: '記得太湖楓 葉晚, 垂虹亭上訪三高.' 其必有取舍者, 存焉." '삼고(三高)'는 월의 범려(范蠡), 진(晋) 의 장한(張翰), 당의 육구몽(陸龜蒙) 등 오 지역 출신의 세 고사(高士)를 가리킨다.

21) 현재 송적의 「소상팔경도」는 전하지 않는다.

22) 고연희, 「소상팔경, 고려와 조선의 시화에 나타나는 수용사」, 『동방학』 9, 한서대학 교 동양고전연구소, 2003, 221쪽.

23) 여기현, 「소상팔경시의 표상성 연구 (Ⅰ): 이인로의 〈송적팔경도〉의 경우」, 『반교어 문연구』 2, 반교어문학회, 1990, 207쪽.

타내기 위한 장치인 동시에 날씨가 매우 춥다는 이후의 시상(詩想)을 예비하는 것이기도 하다. 그림의 시간적 배경은 분명 가을이지만, 어부가 체감하는 날씨가 어떠한지는 구체적으로 그려내기 어렵다. 시원한 가을 바람이 부는 날씨인지, 아니면 조금 쌀쌀한지, 몸이 떨릴 만큼 추운지 표현하기가 쉽지 않은 것이다.

이인로는 배에 탄 어부의 한쪽 어깨가 높아 보이는 것에 주목하여 날씨가 매우 춥다고 이해하였다. 전구(轉句)에 '풍로중(風露重)'이라 하였으니, 배를 모는 어부가 찬바람을 피하기 위해 몸을 웅크리는 바람에 한쪽 어깨가 올라간 모습으로 보는 것이 온당하다.24) 송(宋) 곽희(郭熙)의 『임천고치(林泉高致)』에 그림으로 그릴 만한 시구(詩句)로 무명씨의 "舍南舍北皆春水, 但見群鷗日日來. 渡水寒驢只耳直, 避風羸僕一肩高."가 실려 있는데, 여기에 보이는 '일견고(一肩高)'가 곧 차가운 바람을 피하는 모습이다.

쌀쌀한 바람이 불고 서리가 내리지만 어부는 추위를 아랑곳하지 않는다. 오히려 차가운 날씨를 즐기는지도 모른다. 공기가 차가우면 달빛과 물빛이 더욱 선명해지고 그에 따라 정신이 더욱 또렷해진다. 기분 또한 맑아지니 말 그대로 '청량(淸涼)'이다.25) 달과 호수와 하나가 된 어부의 내면과 이에 감정을 이입하는 감상자의 마음 모두가 청량해진다. 화면의 일부에 불과한 디테일에 주목함으로써 그림 전체의 분위기, 즉 화의(畵

---

24) '의선(倚船)'은 '뱃전에 기대다'라는 뜻으로 널리 쓰이지만, '승선(乘船)'으로도 해석할 수 있다. 『예기·곡례상』에 "婦人不立乘."이라 하였는데, 당 공영달(孔穎達)의 소(疏)에 "立, 倚也. 婦人質弱, 不倚乘, 異男子也. 男子倚乘, 婦人坐乘, 所以異也."라 하였다.

25) 서거정이 『동인시화』(상)에서 李大諫仁老「瀟湘八景」絶句, 淸新富麗, 工於模寫."라 하여 청신(淸新)한 미감을 높이 평가하였거니와 이 구절은 당 왕창령(王昌齡)의 「동계완월(東溪翫月)」에 보이는 "光連虛象白, 氣與風露寒."을 연상시키기도 한다.

意)를 재해석해낸 솜씨에서 이인로 시의 미감이 만들어지는 것이다.

한편, 제화시는 그림이 전달할 수 없는 다른 감각 심상들을 활용하여 새로운 미감을 만들어낼 수 있다. 시각 다음으로 많은 정보를 전달하는 것이 청각이므로 청각 심상을 통해 그림의 감상과 이해를 돕는 방법이 주로 활용된다.

원숭이 그림에 쓰다

늙은 원숭이 제 무리 잃고,　　　　　　　　老猿失其群,
해 지는데 외로운 나무에 올랐네.　　　　　落日孤査上.
꼿꼿이 앉아 머리도 돌리지 않고,　　　　　兀坐首不回,
왼 봉우리 울리는 소리 듣고 있는 듯.26)　想聽千峰響.

같은 자리에 있던 신광한(申光漢)과 정사룡(鄭士龍)이 붓을 던졌을 정도로 훌륭하다는 평가를 받은 나식(羅湜, 1498~1546)의 작품이다.27) 허균은 이 시에 대해 성당(盛唐)의 풍격이 있다고 칭송하였다.28) 현대 화가이기는 하지만 여웅재(黎雄才, 1910~2001)의 그림을 참조하면 나식의 시를 보다 잘 이해할 수 있다.

나식의 문집인 『장음정유고(長吟亭遺稿)』에는 포도를 따서 돌아오던 원숭이가 실수로 떨어뜨린 포도를 줍는 모습을 묘사한 또 다른 시가 실려 있다.29) 이를 참조하면 무리와 함께 먹을거리를 구해 돌아오던

---

26) 나식, 『國朝詩刪』 권1, 「題畵猿」, 아세아문화사, 1983.

27) 허균, 『惺叟詩話』. "羅長吟湜有詩趣, 往往逼盛唐. 申, 鄭諸老, 會于人家, 方詠蒲桃畵簇, 沈吟未就. 長吟乘醉而至, 奪筆欲書簇上. 主人欲止之, 湖老曰: '置之.' 長吟作二絶, 其一曰 …… 湖老大加稱賞, 因閣筆不賦. 蓀谷亦云: '此盛唐 「伊州歌」法, 所謂截一句不得成篇者也.'"

28) 『국조시산』의 비(批)에 "此申, 鄭所閣筆, 而蘇老所歎服. 乃 「伊州」 遺格, 所謂截一句不得, 盛唐人能之."라 하였다.

늙은 원숭이가 낙오한 상황을 읊은
것인지도 모른다.

만약에 낙오한 것이 어린 원숭이
였다면 무리를 찾느라 이리저리 숲
을 헤매며 울겠지만, 이 시에 등상
하는 노회한 원숭이는 너무나도 침
착하다. '孤査'는 '외딴 나무', 즉 주
위의 나무보다 키가 큰 나무를 가리
킨다. 사방이 가장 잘 보이며, 자신
의 모습을 도드라지게 만드는 곳이
바로 '孤査'의 꼭대기이다.30)

꼿꼿이 서서 고개를 돌리지 않는
다는 것은 무엇엔가 집중하고 있다
는 뜻이다. 늙은 원숭이가 '올좌(兀
坐)'하고 있다는 것은 일견 어울리

〈그림 3〉 黎雄才, 「嶺外猿啼」

지 않는 의경이지만, 나식의 새로운 해석에 따라 매우 자연스러운 표
현이 된다. 원숭이는 그 울음소리가 구슬프므로 여웅재의 그림처럼 대
개 소리 내어 우는 모습을 그리기 마련인데, 이를 작은 소리라도 놓치
지 않으려 귀 기울이는 모습으로 이해한 것 또한 나식만의 독특한 해
석으로 보인다.

---

29) 『장음정유고』(총간 28, 150d~151a쪽)에 같은 제목으로 실린 또 하나의 시는 "山猿
擁馬乳, 脚踏長長枝. 收拾落來顆, 誰知雄與雌?"이다.

30) 『장음정유고』에는 '孤査'가 '枯槎'로, 『기아(箕雅)』(권1, 77쪽)와 『대동시선(大東詩
選)』(권2, 246쪽)에는 '古査'로 되어 있다. '枯槎'와 '古査'는 모두 잎이 다 떨어져 휑한
나무를 가리킨다. 시야가 좋고 눈에 잘 띈다는 점에서 '孤査'와 그 의미가 통한다.

해가 질 때면 집으로 돌아가는 짐승들이 자기 무리들을 부르며 소리 내어 운다. 늙은 원숭이는 자신을 찾는 소리, 무리들이 서로 부르는 소리를 가려내고자 귀를 기울이는 것이다. 혼자 내는 소리보다는 무리 여럿이 내는 소리가 클 것이므로, 먼저 무리들이 있는 방향을 알아낸 뒤 그쪽으로 소리를 내어 자신의 위치를 알릴 것이다. 원숭이가 똑똑하다는 것이야 널리 알려진 것이지만, 나식이 그려낸 늙은 원숭이는 그야말로 영험하다. 위기를 극복하는 지혜는 연륜에서 비롯하기 마련인데, 사람뿐만 아니라 짐승 또한 그러하다는 것이 나식의 생각이다.

나식이 본 그림에는 아마 나뭇가지에 걸터앉은 늙은 원숭이 하나만이 그려져 있었을 것이다. 이처럼 단순한 그림을 보고 얻을 수 있는 느낌은 감상자의 지식·경험·상황 등에 따라 천차만별일 것이다. 이에 대해 제화시를 짓는다면 단순히 그림의 묘사가 훌륭함을 읊을 수도 있고, 나그네로서의 외로움, 버려진 신하로서의 서글픔, 가버린 세월에 대한 탄식 등을 노래할 수도 있을 것이다.

그런데 나식은 늙은 원숭이의 지혜로움을 연상케 함으로써 평범한 해석을 거부하였다. 허균이 이 시를 일러 '기(奇)'하다고 한 것이나 이달(李達)이 '그림 속에 또 그림이 있다'고 칭송한 것은 아마도 이러한 독창적인 해석 때문일 것이다.

이 시가 뛰어나게 느껴지는 또 다른 이유는 회화로 구현할 수 없는 '소리'라는 감각을 제대로 살려내고 있다는 점이다. 쓸데없는 소음을 만들어 내는 것은 인간뿐이다. 그러므로 인간이 없는 깊은 산속에서는 요란한 소리가 들릴 까닭이 없다. 오히려 적막함을 느끼기 쉽다. 그러나 자세히 들어보면 산속에는 수많은 소리들이 존재한다. 늙은 원숭이가 귀 기울여 듣고 있는 소리는 자연의 소리, 생명의 소리, 이유가 있는 소리이다.

그러므로 원숭이의 모습에만 주목하기 마련인 감상자는 나식의 제
화시를 읽고 난 뒤 눈을 감고 원숭이가 들으려는 소리의 정체를 상상
하게 된다. '소리'는 해석이 불가능한 가장 추상적인 기호이다. 그럼에
도 동양인은 원숭이 소리를 슬픈 소리로 해석하는 관습을 지니고 있
다. 원숭이 소리는 애끓는 소리라 하니, 자식을 잃은 어미 원숭이 소리
만큼이나 무리의 어른을 찾는 원숭이 소리도 구슬플 것이다. 그 소리
를 상상하고 해석하는 과정을 통해 다양한 정서가 환기되고 새로운 인
식이 가능해진다. 눈을 감음으로써 오히려 그림을 더욱 잘 감상하게
되는 것이다. 그림이 전달할 수 없는 감각 심상을 이용하여 그림과 시
의 경계에서 새로운 미감을 만들어낼 수 있음을 보여주는 좋은 예라
할 수 있다.

Ⅲ. 서사 기법의 활용

그림은 정지된 상태에 대한 묘사로 이루어진다. 한시는 묘사의 세밀함
에 있어서 그림을 뛰어넘기 힘들다. 예컨대 언어로는 '홍(紅)', '주(朱)'
정도의 묘사만이 가능하지만, 그림의 경우 명도와 채도에 변화를 주면
수십 가지의 붉은색을 표현할 수 있다. 여기에 붓놀림의 거칠고 부드러
움 등에 변화를 주면 더욱 더 풍부한 묘사가 가능해진다.

그러나 그림은 시간에 따른 변화를 포착할 수 없다. 병풍 그림처럼
사계절을 연속적으로 그리는 것은 가능하지만, 이는 모두 정지된 장면을
묘사하는 것에 불과하다. 전통적인 회화에서는 하나의 사건을 연속적인
그림으로 표현하는 만화(漫畵)의 기법을 찾아보기 힘든 것이다.

반면에 언어는 순차적인 서술이 가능하다. 어떤 제화시들은 서사의

요소를 도입하여 그림이 표현하는 정지된 시간의 앞뒤를 보충하기도 한
다. 이것이 그림을 이해하는 데 도움을 줄 수 있음은 물론이다.

사물·현상의 변화나 사건을 직접 서술함으로써 서사적 효과를 만들어
내기도 하지만, 가장 간편하고 보편적인 서사의 방법은 용사(用事)를 활
용하는 것이다.

봄날 정원의 미인 그림

떨어지는 꽃잎은 물고기 비늘처럼 날리고	落蘂飄魚鱗,
소나무 비추는 햇빛은 물총새처럼 흐르네.	松光流翡翠.
나막신 울리는 소리 들리는 듯하더니	如聞屐響來,
회랑 깊숙한 곳에서 그만 꿈을 깨고 말았네.	夢斷迴廊邃.[31]

박제가(朴齊家, 1750~1805)가 미인도를 보고 지은 시이다. 제목과 내
용을 참조하면 박제가가 대상으로 삼은 그림은 봄 풍경이 가득한 뜰과
이를 내다보는 건물 속의 미인으로 구성되어 있을 듯하다.

아마도 화가는 아름다운 봄 풍경보다 더욱 화사한 미인의 모습을 그
려내기 위해 정성을 다하였을 것이다. 그러나 제 아무리 노력을 기울
인다 해도 실재하는 미인의 아름다움을 온전히 표현할 수는 없다.

박제가 또한 몇몇 글자로 미인의 아름다움을 묘사하는 것이 불가능
하다고 여겼던 듯하다. 미인의 외모에 대한 묘사를 포기하였기 때문이
다. 대신 물고기 비늘처럼 반짝이며 흩날리는 꽃잎, 비취처럼 푸른빛
을 띠며 햇살 속에서 반짝이는 소나무 등 아름다운 봄 풍경을 묘사하
는 데 힘을 쏟았다.

찬란한 봄 풍경도 빛을 잃고 마는 미인의 아름다움을 어떻게 표현할

---

31) 박제가, 『貞蕤閣三集』(총간 261),「題春院美人圖」, 513d~514a쪽.

것인가? 박제가는 미인의 용모가 아닌, 미인이 남긴 흔적을 묘사함으로써 '꿈속에서나 만나볼 수 있는 비현실적인 존재'로 미인을 탈바꿈시켜 놓았다.[32]

이때 박제가가 중요하게 이용한 것이 바로 청각 심상이다. 시각에 비해 불충분한 정보를 전달하는 청각 심상을 동원하여 미인의 아름다움을 상상하게 만든 것이다. 미인이 지나간 자취에 대한 묘사는 한편으로 미인이 남긴 향기를 상상하게 만들어 후각 심상을 연상시키는 효과를 만들어내기도 한다.

이 시에 활용된 다양한 감각 심상은 용사를 활용하는 과정에서 탄생한 것이다. 회랑 가득 나막신 소리가 울려 퍼진다는 것은 서시(西施)의 고사를 가져다 쓴 것이다. 오왕(吳王) 부차(夫差)는 '향섭랑(響屧廊)'이라는 건물을 지었는데, 서시가 나막신을 신고 이곳을 거닐 때 오묘한 소리가 건물 내부에 울려 퍼지곤 하였다.[33]

서시는 왕소군(王昭君), 양귀비(楊貴妃), 조비연(趙飛燕) 등과 함께 중국 역사상 가장 널리 알려진 미인이다. 이들은 모두 빼어난 미모를 지닌 인물들이지만, 비극적으로 삶을 마감했다는 공통점 또한 지닌다. 사람들이 서시를 미인으로 여기는 것은 단순히 외모 때문만이 아니다. 가난한 농부의 딸로 태어난 서시는 나라를 위해 인생을 바친 불행한 여인이다. 대의를 위해 자신의 행복을 포기한 서시의 역사적 행적이, 외모의 아름다움을 넘어선 새로운 아름다움을 만들어내었던 것이다.

서시가 오왕 부차에게 지은 미소는 모두 서시의 행복과는 무관한 것

---

32) 정일남, 「초정 박제가의 제화시 연구」, 『퇴계학과 한국문화』 35, 경북대학교 퇴계연구소, 2004, 241쪽.

33) 송 범성대(范成大), 『오군지·고적』, "響屧廊, 在靈巖山寺. 相傳吳王令西施輩步屧, 廊虛而響, 故名. 今寺中以圓照塔前小斜廊爲之, 白樂天亦名鳴屧廊."

이었으므로 내면의 행복에서 우러나는 환한 웃음과는 분명한 차이를 보였을 것이다. 서시는 웃는 얼굴이 아닌 찡그린 얼굴이 아름답기로 유명하였거니와, 박제가가 보았던 그림 속의 미인 역시 오묘한 표정을 짓고 있었을 것이다. 그것은 아름다운 봄을 맞이하였으나 밖으로 나갈 수 없는 유폐된 여인의 표정이거나 임과 헤어진 슬픔이 묻어나는 표정일 수도 있다.

화사한 봄 풍경과 미인을 병치한 그림은 대개 즐거움을 가져다주는 것이 일반적이지만, 박제가는 그림 속 미인의 표정에 보이는 이중성을 포착함으로써 모순적인 감정을 경험하였던 것이다. 박제가의 제화시를 읽은 독자는 그림을 감상하던 눈을 감고 그림 속의 여인과 역사적 인물인 서시를 동일시하여 그 자취를 더듬는다.

서시의 신발 소리를 따라 회랑에 들어서지만, 회랑 깊숙한 그 어디에서 상상을 멈추게 된다. 눈을 감고 서시의 아름다움을 상상하려는 것은 헛수고에 불과하다. 서시는 더 이상 존재하고 않고, 남은 것은 재현에 불과한 그림 속의 미인뿐이기 때문이다. 결국 그림과 시 어느 것으로도 미인의 진정한 아름다움을 제대로 표현할 수 없다는 것이 박제가의 생각이라 할 수 있다.

자신이 경험한 감정적·인식적 전환을 표현하기 위해 박제가가 선택한 수법이 바로 용사(用事)이다. 봄날의 정원을 완상하는 미인의 자태를 구구절절 묘사한다고 해서 미인의 내면을 그려낼 수는 없는 노릇이기에 용사를 활용한 것이다. 미인의 내력과 처지를 상상하게 만들고, 이에 따라 그림을 감상하는 이들을 또 다른 해석의 가능성으로 이끄는데서 박제가 시의 미적 특징이 구현되는 것이다.

고깃배를 그린 그림

갈대 섬에 바람 불고 눈발이 허공에 날리는데   蘆洲風颭雪漫空,
술을 사서 돌아온 후 작은 배를 매어 두었네.   沽酒歸來繫短蓬.
비껴 부는 젓대 소리, 강 위의 달은 흰데   橫笛數聲江月白,
자던 새가 물가의 안개 속에서 날아오르네.   宿禽飛起渚烟中.[34]

  홍만종(洪萬宗)에 의해 당시(唐詩)에 핍진하다는 평가를 받은 고경명(高
敬命, 1533~1592)의 시이다.[35] 이 시에는 작중 인물의 감정이나 인식을
알아볼 수 있는 구절이 없는데, 시각과 청각 심상을 이용한 객관적 묘사
가 뛰어나기에 높은 평가를 받았던 것으로 보인다.
  그러나 경물 묘사만 놓고 보자면 시는 그림의 구체성을 뛰어넘기 어렵
다. 물론 회화 수법으로도 갈대숲에 부는 바람 자체를 그릴 수는 없다.
다만 이리저리 누운 갈대와 휘날리는 눈발을 그려 바람을 표현할 수 있
을 뿐이다. 바람과 같은 동적인 변화를 자세하게 묘사하기 어렵기는 한
시 또한 마찬가지이다. 고경명 또한 '전(颭)'과 '만(漫)'이라는 술어만으로
바람이 부는 풍경을 묘사하였을 뿐이다.
  이 시의 장점은 묘사가 아닌 서사에 있다. 회화가 담아낼 수 없는 서사
의 요소를 도입함으로써 그림과 상호 보완하는 미적 특징을 만들어낸
것이다.

---

34) 고경명, 『霽峯集』(총간 42) 續集, 「漁舟圖」, 151c쪽.
35) 홍만종, 『小華詩評』. "高霽峰敬命, 壬辰為義兵將, 梁慶遇掌書記. 軍務之暇, 語及論
  詩, 霽峰稱道蓀谷詩格曰: '世罕其儔.' 梁曰: '蓀谷詩出於晚唐, 一篇一句可咏, 豈若閣下
  濃麗富盛乎?' 霽峰曰: '豈可易言其優劣乎? 七言律, 排律等作, 則吾不讓李, 至於短律若
  絶句, 決不可及. 昔守瑞山郡時, 邀李於東閣, 留連累朔, 與之唱和. 每賦絶句, 不敢以本
  人體參錯於其間, 倉卒學唐, 半真半假, 誠可愧也.' 梁逢人每言. 文人相輕, 自古而然, 霽
  峰之於蓀谷, 推許至此, 置己右, 益見其長者也. 余觀霽峰「漁舟圖」絶句曰 ……其聲韻
  格律極逼唐家, 豈可謂半假乎? 公蓋自謙也."

고경명 시의 각 구절은 시간적
인 순서로 이루어져 있다. 기구(起
句)는 눈이 내리는 강, 즉 사건의
배경이 되는 시공간을 묘사한 것
이라 할 수 있는데, 자연스레 소상
팔경의 하나인 '강천모설(江天暮
雪)'을 연상시킨다.

술을 사서 돌아왔다고 한 승
구(承句)의 내용에다 제목의 '어

〈그림 4〉 정선(鄭敾), 〈한강독조도(寒江獨釣圖)〉

주(漁舟)'를 결합하면, 어부가 물고기를 낚아 그것으로 술을 사온 것임
을 알 수 있다. 즉, 시 속의 인물이 눈이 내리는데도 고기를 낚았다는
것을 알 수 있다. 이는 자연스레 당(唐) 유종원(柳宗元)의 「강설(江雪)」
"千山鳥飛絕, 萬徑人蹤滅. 孤舟蓑笠翁, 獨釣寒江雪."과 이에서 파생
되어 크게 유행한 화제(畵題)인 〈한강독조도(寒江獨釣圖)〉를 연상하게
만든다.

전구(轉句)와 결구(結句)는 유종원이 묘사한 풍경의 다음 장면에 해당
한다. 눈 내리는 강에서 물고기를 낚은 뒤 이를 팔아 술을 산다. 그리고
다시 강 가운데 모래섬으로 돌아와 배를 묶는다. 사람의 자취가 없는
시간과 공간 속에서 홀로 자연과 하나가 되는 탈속을 경험하는 것이다.
어느새 눈이 그치고 달이 환하다. 아름다운 설경에 취흥이 더해져 자연
스레 피리를 분다. 피리 소리와 밝은 달빛에 놀란 새가 아침이 되지 않았
는데도 잠에서 깨어 강 위로 날아오른다.

고경명이 본 그림에는 눈 쌓인 벌판과 강 위로 떠오른 달, 술잔을 마주
한 채 피리를 불고 있는 어부, 갈대숲에서 날아오르는 새의 모습만이
그려져 있을 것이다. 이러한 그림만으로는 시간의 흐름에 의한 경물의

변화와 이에 따른 인물 내면의 변화를 포착하기 어렵다. 고경명은 서사의 요소를 도입함으로써 그림에 묘사된 장면의 전후 맥락을 이해할 수 있는 단서를 제공한다. 그 결과 그림과 시의 결합에서 비롯하는 새로운 미적 효과가 만들어지는 것이다.

Ⅳ. 화의(畵意)의 명료화와 함축화

동양화는 모양을 비슷하게 그리는 데 그치지 않고 인간과 세계에 대한 통찰의 결과를 담아내야 한다. 이른바 "불구형사(不求形似), 사의전신(寫意傳神)"이 그것이다.[36] 그런데 전통적인 동아시아의 사고방식에 따르면 뜻, 생각, 깨달음 등은 회화나 문학 그 어느 매체로도 전달할 수 없다. 왜냐하면 형상 그 자체는 참된 인식을 표상하는 것이 아니기 때문이다.

그럼에도 불구하고 '도(道)'를 표현하고 소통하기 위해서는 어쩔 수 없이 형상을 빌려야만 한다. 회화와 한시에서는 이러한 보순을 타개하기 위해 형상 자체와 그 관계망 속에 뜻과 감정을 해석할 수 있는 실마리를 숨겨 놓는다. 그 실마리는 다양한 해석을 가능케 하는데, 이것이 '언외지의(言外之意)', '화외지상(畵外之象)'이 된다.

이때 해석의 실마리 역할을 하는 형상들의 의미와 그것들의 상관관계는 논리적이어야 한다. 등장인물이나 감상자의 내면에 일어나는 '감동'(감정과 인식의 변화)은 주관적인 것이지만, 이것이 보편성을 얻으려면 '객관화'라는 목적에 충실한 형상화가 이루어져야 하는 것이다.[37]

---

36) '진경산수화'라는 것은 과거의 산수화와는 다른 새로운 정신을 담은 것이지 실제 경치를 소재로 삼았다는 소극적 의미만을 지니는 것이 아니다.

따라서 그림이 전달하고자 하는 바의 애매모호함을 명확하게 하거
나 더욱 다양하게 만드는 방식으로 제화시를 창작하기도 한다. 화가
가 의도한 바를 풀이해 주거나, 그림을 보다 주체적으로 해석함으로
써 보다 다양한 방식으로 그림을 이해하고 감상할 수 있도록 도와주
는 것이다.

그림에 쓰다

푸른 버들, 닫힌 문은 누구의 집일까?	綠楊閉戶是誰家?
반쯤 솟은 붉은 누각에 조각구름 비치네.	半出紅樓映斷霞.
무정한 꾀꼬리가 진종일 울어대더니	無賴流鶯啼盡日,
맑게 갠 저녁 골목에 떨어진 꽃잎 많구나.	晚晴門巷落花多.[38]

염정(艷情)을 주제로 한 그림을 보고 지은 이달(李達, 1539~1618)의
제화시이다. '홍루(紅樓)'라 하였으니 집안에 아가씨(또는 기생)가 있음
을 짐작할 수 있고, 문이 닫혀 있다 하였으니 찾는 이가 없음을 알 수
있다. 여기에 꾀꼬리가 사랑과 연인을 상징한다는 사실을 결부하면,
집안의 아가씨는 분명 사랑을 갈구하는 여인임에 틀림없다.

또한 버들, 꾀꼬리, 떨어진 꽃잎을 통해 그림과 시의 계절적 배경이
늦봄임을 알 수 있다. 봄은 사랑과 청춘의 계절이다. 그러한 계절이 저
무는 시점에, 짝을 부르는 꾀꼬리 소리가 들린다. 이는 분명 홀로 있는
여인의 가슴에 큰 상처를 안길 것이다.

---

37) 이에 대해서는 졸고, 「한시에서의 '언외지의'의 개념과 그 구현 원리에 대하여」, 『한
국한시연구』 18, 한국한시학회, 2010, 83~110쪽 참조.

38) 이달, 『蓀谷詩集』(총간 61) 권6, 「題畫」(4수 중 2수), 37c쪽. 『국조시산』과 『列朝詩
集』에도 실려 있다. 『기아』와 『대동시선』에 '閉'가 '門'으로, '啼'가 '鳴'으로, '晚'이 '曉'
로 되어 있다.

짝을 부르며 버들과 꽃나무를 왕래하는 꾀꼬리 때문인지 대문 앞의 골목에는 꽃잎이 가득하다. 막바지 봄바람에 꽃이 진 것인지도 모른다. 어느 쪽이든 떨어진 꽃잎은 사랑을 받지 못한 여인의 신세를 상징한다. 저무는 봄은 저물어가는 청춘을 의미하며, 떨어진 꽃잎은 말 그대로 낙담한 마음을 가리킨다. 해가 저물어 밤이 되어도 아가씨는 잠을 이루지 못할 것이다. 등불 아래 수를 놓거나 책을 읽다가 멍하니 창을 열고 밝은 달을 바라보며 사랑하는 임을 그리지 않을까? 새벽녘 베갯머리가 눈물에 젖어 있지는 않을까?[39]

이달의 시를 통해 그림을 추측해 보면 화면상에 인물이 존재하지 않음을 알 수 있다. 감정을 표현하는 시어 또한 보이지 않는다. 그럼에도 불구하고 허균은 『국조시산』에서 이 시를 "농염칭정(穠艶稱情)"이라 평하였다. 그림으로는 그릴 수 없는 인물의 감정과 내면을 추측하고 상상하도록 도와주기 때문이다. 즉, 그림의 주제를 명료하게 만드는 데서 이달 시의 미적 특징이 만들어지는 것이다.

그림 부채에 쓰다

가을바람 속의 누른 잎,	黃葉秋風裡,
노을 질 때의 푸른 산.	靑山落照時.
아득한 강남 땅 그 어느 곳인가?	江南杳何處?
외로운 배 느릿느릿 흘러가누나.	一棹去遲遲.

부채에 그려진 가을 풍경을 읊은 월산대군(月山大君) 이정(李婷, 1454~

---

39) 『기아』와 『대동시선』에는 '晚'이 '曉'로 되어 있는데, 이럴 경우 시간의 경과를 표현한 것이 된다. 밤사이 떨어져버린 꽃잎은 밤새 잠을 이루지 못한 여인의 슬픈 처지를 가리킨다.

1489)의 시이다. 더위를 물리칠 바람을 일으키는 것이 부채의 기능이므로 시원한 가을 풍경을 그린 것이다. 원경에 산을 그리고 그 아래 강을, 강 가운데 작은 배 한 척을 그린 그림으로 보인다.

그런데 월산대군은 화의(畵意)를 보다 주관적으로 해석하였다. 실상 기구(起句)와 승구(承句)에 묘사된 풍경은 그리 아름답지 않다. '황엽(黃葉)'은 이제 그 기능을 잃고 곧 떨어질 나뭇잎이다. 바람이 불지 않아도 곧 떨어질 처지이건만 가을바람까지 불어오니 더욱 위태롭다. 백일(白日), 백운(白雲)과 어울려 푸른빛을 자랑하던 청산(靑山)도 석양이 지면 본래의 푸른빛을 잃고 만다.

푸른빛을 잃은 산, 나뭇잎이 떨어진 공산(空山)은 볼거리가 없다. 해가 지는 시간이니 배를 대어야 하지만 외로운 배 한 척은 멈출 기미를 보이지 않는다. 시인이 보기에 배가 향하는 곳은 '강남(江南)'이다. 강남은 이상향, 즉 매일매일 부딪치는 현실적 괴로움과 슬픔이 없는 곳을 의미한다.

그러나 실존하지 않는 강남으로 갈 수 없음은 화가도 시인도 잘 안다. 그래서 느릿느릿 서두르지 않는 배를 묘사한 것이다. 해가 지면 더이상 눈으로 아름다운 풍경을 완상할 수 없으나 다른 감각의 세계가 열린다. 청각과 촉각을 통해 강바람과 물결의 새로운 의미를 경험하게 될 것이다. 얼마 후면 달까지 뜰 것이니 그러면 배가 지나는 지금 이곳이 곧 강남이 된다. 이러한 해석을 가능케 하는 시어가 '지지(遲遲)'이다. 앞부분에 보이는 다소 황량한 묘사를 반전(反轉)하여, 지금 이곳이 곧 '강남'이라는 주제를 해석할 수 있는 단서를 제공하는 것이다.

위와 같은 해석은 그림과 시를 감상하는 이의 연상에 의해 완성된다. 따라서 이와 다른 해석에 대한 가능성도 열려 있다. 앞부분의 묘사가 주는 애상적인 느낌을 그림과 시의 핵심으로 이해할 수도 있다. 논

리적으로 해석될 수 있는 가능성을 다양하게 만들어내는 것이 곧 함축
이거니와, 그림에 대한 시인의 적극적인 해석이 그림의 함축성을 더욱
풍부하게 만들어주는 것이다.

 한편, 그림이 먼저 창작되고 이를 대상으로 하여 제화시가 창작되는
경우가 많기 때문에 그림의 창작·전승의 상황과 내력에 바탕을 둔 제
화시가 창작되기도 한다. 그림의 소장자가 시인에게 제화시를 청하는
것이 대표적인 경우이다. 이와 같은 경우에는 제화시의 주제를 제대로
이해하기 위해 창작의 상황에 대한 이해가 무엇보다 중요하게 된다.

 매 그림에 쓰다

 서리 같은 털 털어내고 금빛 부리 적시고는   霜毛新拂淬金牙,
 서풍에 곁눈질하며 나뭇가지에 서 있네.   側目西風倚樹柯.
 그림 속에서 한 번 빌려 낼 수만 있다면   欲向畵中容一借,
 세상의 여우와 토끼를 몽땅 잡을 수 있으련만.   世間狐兎太紛挐.

 이경전(李慶全, 1567~1644)이 매 그림을 보고 지은 시이다. 매가 지
닌 강인한 외모와 용맹함을 훌륭하게 묘사한 그림 솜씨를 칭송하는 것
이 이 시의 표면적인 주제라 할 수 있다. 『기아』에는 제목이 「제화응
(題畵鷹)」으로 되어 있어서 이를 제외한 또 다른 해석이 불가능하다.

 그런데 이경전의 문집에는 제목이 「응안화(鷹雁畫), 기이제독여송(寄
李提督如松)」으로 되어 있어서40) 이경전의 의도가 다른 곳에 있음을 알
수 있다. 즉, 조선을 구하러 와준 이여송을 매에 견줌으로써 여우와 토
끼처럼 간교한 왜적을 물리쳐 달라는 간청의 마음을 담은 것이다. 이
경전의 시는 그림의 솜씨를 칭송하는 동시에 그림의 주인까지 칭송하

---

40) 이경전, 『石樓遺稿』(총간 73) 권1, 「鷹雁畫, 寄李提督如松」(2수 중 1수), 315b쪽.

는 이중적 주제를 효과적으로 표현하였다. 그림을 둘러싼 주변 정보를
알지 못한다면 사실상 이러한 해석이 불가능하다.

> 망천도
>
> 가을 해 서산에 지는데,　　　　　　　　　　秋日下西岑,
> 저물녘 어스름이 먼 나무에 피어오르네.　　　暝烟生遠樹.
> 끊어진 다리의 두건 쓴 두 사람 가운데　　　斷橋兩幅巾,
> 누가 망천의 주일일까?　　　　　　　　　　誰是輞川主?[41]

최수성(崔壽峸, 1482~1521)이 「망천도(輞川圖)」에 대해 읊은 시이다.
가을날 서산으로 해가 지고 먼 숲에 자욱하게 안개가 일어나는 풍경을
묘사하였다. 사방 멀리까지 숲이 보인다는 '원수(遠樹)'는 인가가 드물
다는 사실, 즉 망천 일대가 속세와 격리된 곳임을 암시하는 시어이다.
게다가 다리가 끊어졌으니 망천이라는 곳은 배를 타고 물을 건너야만
닿을 수 있는 곳이다.

그림에 보이는 두 사람은 분명 주인과 손님일 것이다. 혹 화가는 망
천의 주인인 왕유(王維)와 그를 찾아온 배적(裴迪)을 그리려 했는지도
모른다. 그러나 최수성의 입장에서는 누가 망천의 주인이고 손님인지
중요하지 않다. 두 사람 모두 은거의 의지를 나타내는 '폭건(幅巾)'을
쓰고 있기 때문이다.

그런데 이 시는 남곤(南袞)이 김정(金淨)에게 산수도를 보내어 시를
구하였을 때, 마침 김정을 방문하였던 최수성이 지은 것으로 전해진
다. 남곤은 최수성의 시를 보고 입을 다물었다고 한다.[42] 남곤은 권력

---

41) 최수성, 『국조시산』 권1, 「망천도」, 아세아문화사, 1983, 245쪽.

42) 金堉, 『己卯錄』(장서각 소장본), 77b쪽: "南袞嘗以山水圖一幅, 寄沖庵求題詩. 公[崔
壽峸]訪沖庵, 適見之, 遂題其上日 …… 袞見而銜之."

욕에 눈이 멀어 기묘사화를 일으킨 장본인이다. 그런 그가 '누가 망천의 주인인가'라는 대목을 매우 못마땅해 했을 것임은 불문가지이다. 이 질문은 결국 '이 그림의 진정한 주인은 누구여야겠는가?'라는 질문인데, 속세의 영달을 위해 악행을 저지른 남곤은 당연히 주인의 자격이 없기 때문이다. 이러한 속뜻을 알아차렸기에 남곤은 입을 다물고 말았던 것이다.

따라서 그림의 주제는 '은거에의 의지', '은자에 대한 칭송'으로 해석할 수밖에 없으나, 창작 상황을 고려할 경우 최수성의 시에서는 '남곤에 대한 풍자'라는 또 다른 주제가 도출될 수 있다. 이처럼 다양한 주제를 함축하는 방식으로 제화시를 창작할 수 있으며, 그 결과 그림과 시 양쪽 모두 보다 뛰어난 예술성을 확보하게 된다.

V. 결론

그림에 보이는 내용을 단순히 언어로 바꾸어 놓아도 한 편의 제화시를 만들어낼 수 있지만, 시각적인 묘사만으로 이루어지는 회화의 특징을 보완하기 위해 다양한 감각, 그 가운데서도 청각 심상을 활용함으로써 새로운 미적 효과를 창출해내는 것이 제화시의 미학적 특징이라 할 수 있다. 정지된 순간만을 묘사할 수 있는 회화와 달리 서사 요소를 도입함으로써 회화 감상의 가능성을 넓히는 것 또한 제화시의 주요한 특징이다. 또한 제화시는 화가가 의도한 주제를 풀이하거나 이를 재해석함으로써 그림의 이해와 감상을 돕기도 한다.

제화시의 미적 특징들과 이들을 구현하는 원리들은 독립적으로 드러나기보다는 하나의 작품에서 상호 결합되는 경우가 많다. 이때 만들어지는 미적 특징 또한 매우 다양하므로 이를 복합적으로 고려하는 것이 마땅하다.

최근 한문학의 외연이 확대되면서, 한시를 예술 작품으로 이해하기보다는 역사적·사회적·문화적 특징을 보여주는 증거 자료로 삼는 경향이 커지고 있다. 작품의 문학성을 따지기보다는 작품이 만들어진 시대 상황을 이해하는 보조 자료로만 활용하고 있는 것이다. 이런 상황에서 회화라는 예술 장르와의 결합에서 만들어지는 제화시는 한시의 예술성을 밝혀낼 수 있는 중요한 연구 대상이라 할 수 있다. 앞으로 제화시에 대한 관심이 높아지기를 기대한다.

참고문헌

남용익 편, 『기아』, 아세아문화사, 2007.
장지연 편, 『대동시선』, 아세아문화사, 2007.
허균 편, 『국조시산』, 아세아문화사, 1983.

고연희, 「소상팔경, 고려와 조선의 시화에 나타나는 수용사」, 『동방학』 9, 한서 대학교 동양고전연구소, 2003.
구본현, 「한국 제화시의 특징과 전개」, 『동방한문학』 33, 동방한문학회, 2007.
_____, 「한시에서의 '언외지의'의 개념과 그 구현 원리에 대하여」, 『한국한시 연구』 18, 한국한시학회, 2010.
_____, 「한시에서의 用事 활용 양상 연구」, 『국문학연구』 22, 국문학회, 2010.
안휘준, 『한국회화의 전통』, 문예출판사, 1988.
여기현, 「소상팔경시의 표상성 연구 (Ⅰ): 이인로의 〈송적팔경도〉의 경우」, 『반교어문연구』 2, 반교어문학회, 1990.

이혜순, 「목은 이색의 제화시 시고」, 『한국문화연구원논총』 25, 이화여자대학
    교 한국문화연구원, 1987.

정일남, 「초정 박제가의 제화시 연구」, 『퇴계학과 한국문화』 35, 경북대학교
    퇴계연구소, 2004.

최경환, 「화가의 자작 제화시와 화면상의 이미지의 재산출 방향(1): 강세황의
    〈칠탄정십육경도시〉를 대상으로」, 『한국고전연구』 22, 한국고전연구학회,
    2010.

연행 문학의 미의식

- 두려움과 설레임, 그리고 그리움 -

이군선

I. 서론

조선이 청과 국교를 맺은 이후 지속적인 사신의 왕래를 통해 수많은 연행록이 쏟아져 나왔다. 지금까지 청과의 관계 속에 알려진 연행록의 종류만도 377편[1]에 이르고 그 형식도 시, 일기, 일기와 산문의 결합 등으로 매우 자유롭다. 이러한 다양한 연행록 속에 담겨진 내용을 관통하는 심미의식은 무엇이라고 할 수 있을까? 인간의 내면에 흐르는 미의식은 특정한 무엇으로 명료하게 구분될 수 있는 것은 아니다. 해외여행을 떠나기 전 날 일반적으로 느끼는 감정은 설레임과 떨림, 그리고 약간의 알 수 없는 두려움 등일 것이다. 또한 집을 떠나 즐거운 것도 있지만 가족에 대한 그리움, 음식에 대한 그리움 등의 감정도 아울러 갖게 될

---

1) 임기중, 『연행록 연구』, 일지사, 2006, 30쪽. 임기중은 연행록에 대하여 원·명·청으로 시대 구분을 하여 밝혀 놓았는데 청대에 이루어진 연행록을 377종으로 밝혀 놓았다.

것이다. 연행 역시 이국 여행의 하나로 본다면 그 여행의 기록물에 이와 같은 복잡한 감정이 밑바탕에 자리 잡고 있을 것이다.

연암(燕巖) 박지원(朴趾源, 1737~1805)의 『열하일기(熱河日記)』다음 대목은 연행록(燕行錄)에 공통으로 작용하는 미의식의 전체를 조망해 볼 수 있는 자료라고 생각한다.

지금 큰 장마를 만나, 물가 나루터와 배가 정박하는 본래의 장소가 모두 유실되고 강 중류의 모래톱도 살피기 어려운 형편이니, 뱃사공이 조금이라도 그 형세를 놓친다면 사람의 힘으로는 되돌릴 수 없는 일이 생길 지경이다. 일행 중 역관들은 예전의 경험을 번갈아 들이대며 강을 건널 날짜를 뒤로 물리자고 떼를 쓰고, 용만의 부윤인 이재학도 측근의 비장을 보내 며칠을 더 묵도록 만류했다. 그러나 정사는 기어이 이날을 강 건널 기일로 정하고는, 조정에 올릴 장계에도 이미 압록강을 건너는 날짜를 써넣어 버렸다. 아침에 일어나 창문을 여니, 짙은 구름이 잔뜩 끼었고, 비올 기세가 산에 그득했다. 세면을 하고 머리를 빗은 다음에 행장을 정돈했다. 집에 보낼 편지와 여기저기 보낼 답장을 손수 봉하여 파발 편에 부치고 나서야, 아침 죽을 대충 먹고 일행이 머무는 숙소로 천천히 걸어갔다. (중략) 아마도 열흘을 숙소에서 꼼짝 못하고 있던 터라, 모두들 지루한 생각이 마음에 그득하여 훌쩍 날아가고 싶은 충동이 울컥 생겼을 것이다. 게다가 장맛비로 강물이 불어나서 더더욱 조울증이 생겼을 것이다. 그러나 떠날 날이 갑자기 닥치고 보니, 비록 강을 건너고 싶지 않아도 이젠 어쩔 수 없게 되었다. 가야할 앞길을 멀리 바라보니 습하고 무더운 날씨가 사람을 찌는 듯하고, 고향 집을 돌이켜 상상해 보지만 구름과 산으로 아득히 막혀 있다. 사람의 상황이 이렇게까지 되면 크게 낙심이 되어 되돌아가고 싶은 후회가 어찌 없을 수 있으랴. 이른바 장대한 뜻을 품고 멀리 여행하기를 평생 기다리며 항시 입버릇처럼 '반드시 한 번은 구경을 해야지' 하던 말도 이쯤 되면 별 것이 아닌 두 번째로 밀려날 것이다. 그들이 '오늘은 강을 건넌다'라고 한 말도, 실상은 통쾌하고 신이 나서 하는 말이 아니라, 이제는 어쩔 수

없구나 하는 자포자기의 심정에서 나온 말일 것이다.[2]

이 글에 나타난 심미의식을 문맥에 따라 적출해 보면 설레임과 두려움, 그리고 그리움으로 정의할 수 있을 것이다. 처음에 가졌던 생각은 새로운 세계를 향하여 훌쩍 떠나는 것이었다. 이러한 마음은 십여 일 동안 머물며 발이 묶이자 더욱 간절하였던 것이다. 그런데 막상 강을 건널 기일을 정하고 나니 이제부터는 "장대한 뜻을 품고 멀리 여행하기를 평생 기다리며 항시 입버릇처럼 '반드시 한 번은 구경을 해야지' 하던" 연행에 대한 낭만적인 설레임보다는 미지의 상황에 대한 두려움이 앞선다. 거기에다 날씨까지 좋지 않으니 두려움은 더욱 배가되는 것이다. 이러한 상황에서 "집에 보낼 편지와 여기저기 보낼 답장을 손수 봉하여 파발 편에 부치"는 행위와 "고향집을 돌이켜 상상해 보지만 구름과 산으로 아득히 막혀 있다."는 표현은 그리움의 소산이다. 본고는 연행록에는 이러한 복잡한 마음이 종합적으로 표출되어 있으며 연행록의 저변에 흐르는 심미의식이라 생각하고 논의를 전개하고자 한다.

---

2) 박지원 지음, 김혈조 옮김, 『열하일기』(돌베개, 2009), 6월 24일 신미일, 30~31쪽.
"今當盛潦汀步蟻泊 皆失故處 中流礁沙 亦所難審 操舟者少失其勢 則有非人力所可廻旋
一行譯員迭援故事 固請退期 灣尹李在學亦送親裨 爲挽數日 而正使堅以是日爲渡江之期
狀啓已書塡日時矣 朝起開牖 濃雲密布 雨意彌山 盥櫛已罷 整頓行李 手封家書及諸處答
札 出付撥便 於是略啜早粥 徐往舘所 (中略) 蓋一旬留舘 擧懷支離之意 皆畜奮飛之氣 可
以淋雨江漲 益生躁鬱 及此期日愆屆 則雖欲無渡不可得也 遙瞻前途 溽暑蒸人 回想家鄉
雲山渺漠 人情到此 安得無憮然退悔 所謂平生壯遊 恒言日不可不一觀云者 眞屬第二義
其日今日渡江云者 非快暢得意之語 乃無可奈何之意耳"

Ⅱ. 두려움

두려움의 사전적 정의는 "자신에게 위협적이거나 위험한 상황 혹은 그러한 상황을 만드는 대상을 피할 수 없다고 지각될 때 경험하게 되는 감정이나 정서"이다. 이 두려움이라는 말에는 근심, 걱정, 불안 등의 감정까지 포함될 수 있다. 연행록에서 이 두려움의 정서는 주로 예정에 없던 돌발 상황 및 미지의 상황에 대한 불확실성에 기인하는 경우가 많다. 다음은 도애(陶厓) 홍석모(洪錫謨, 1781~1857)가 연행도중 온정(溫井)에서 노숙하며 지은 시이다. 홍석모는 1826년 부친 홍희준(洪羲俊, 1761~1741)을 모시고 연경에 다녀왔다.

이슬 맞고 자는 차가운 한밤	露宿寒宵裡
구름이 모여드는 너를 들판 가운데	雲屯廣野中
불 켜진 성은 대낮 같고	火城明作晝
털로 된 어두운 장막은 바람을 막네	氈幕暗防風
술 힘 빌려 잠을 청하는데	酒力媒眠著
피리 소리 새벽까지 들리는구나	笳聲犯曙通
이번 행차 변방 수자리와 같으니	此行同戌塞
하늘 가르는 기러기 소리 근심스럽네[3]	愁聽雁橫空

온정(溫井)은 책문(柵門)에 들어가기 바로 전에 있는 역참이다. 홍석모는 책문을 앞두고 온정의 역참에서 노숙을 하며 새로운 세계로 첫발을 내딛게 된 순간의 감정을 이렇게 표현하였다. 이제 책문으로 들어서면 청(淸)인 것이다. 앞날을 생각하니 잠이 제대로 오지 않는다. 이제부터

---

3) 홍석모 저, 이관성 역, 『달빛 아래 연경에서 노닐며-유연고(遊燕稿)』, 문진, 2010, 57쪽. 「노숙온정참(露宿溫井站)」.

본격적인 연행이 시작된 것이다. 억지로 잠을 청하려 술을 마셨지만 앞
날에 대한 불안감은 쉽게 잠을 이루지 못하게 한다. 그로 인해 날아가는
기러기 울음소리마저 근심스럽게 들린다. 실제 기러기가 근심스럽게 운
것이 아니라 작자의 심리 상태가 기러기의 울음소리를 근심스럽다고 인
식하게 한 것이다.

　미지의 상황에 대한 두려움은 사신이 황제와 만나게 될 때 극에 달하
게 된다. 잘못하여 사신의 임무를 무사히 마치지 못할 경우 미치는 파장
에 대한 두려움이다. 다음의 경우는 노가재(老稼齋) 김창업(金昌業,
1658~1721)이 백씨(伯氏)인 김창집(金昌集, 1648~1722)을 모시고 북경에
갔을 때의 기록이다. 청의 황제가 조선의 서적에 대하여 묻자 어떻게
대답하여야 할지 의논하고 있다. 당시 청은 문인들이 결사(結社)하는 것
을 엄금하였고 글에 나타난 반만 사상을 가지고 문자옥안(文字獄案)을
일으킴으로써 문인들을 잔혹하게 제압하였다. 강희(康熙)·옹정(雍正)·
건륭(乾隆) 3대에 일으킨 크고 작은 문자옥안으로 문헌에 기록되어 있는
것만 하여도 7~80건에 달하는 것으로 보고되었다.[4] 또한 금서(禁書)로
지정된 서적의 목록도 있었다. 시대가 이러한데 황제가 조선이 가지고
있는 서적이 무엇인가를 물으니 조선 사신으로서는 이에 대하여 답을
하기가 매우 난감하였을 것이다. 답을 잘못하게 되는 경우 기휘에 저촉
되어 사신의 임무를 제대로 수행하기 어려워질 것이기 때문이다.

　　바야흐로 함께 대답할 말을 의논하였는데, 조금 있다가 제독(提督)과 필
　첩식 상존(筆帖式 常尊)이 황제의 말씀을 적어 보냈다. 그 글에 이르기를,
　"그대들은 모두 독서를 좋아하니 혹 가져온 문장이 있거든 어떤 서적이건
　막론하고 모두 가져와라. 짐이 보고 이야기하리라. 그대들은 감추지 말고

---

　4) 김영덕·허용구·김병수 편집, 『중국문학사』 하, 청년사, 1990, 329쪽.

모두 가져와라. 한번 보는 것은 아무 상관이 없다. 묻노니, 그곳에 청에 없는 어떤 책들이 있느냐?"하였다. 사신들이 상의하기를, "황제가 이미 우리나라에 있는 책을 묻고, 또 없는 책에 대해서도 물었은즉, 비록 금서(禁書)에 관계되더라도 한결같이 모두 몰래 숨긴다면 성실한 도리가 아닙니다. 이와 같이 간곡하게 요청한 뒤에 반드시 금서로써 트집 잡을 것도 아니며, 비록 묻는 바 있더라도 명나라 때 가져왔던 것이라고 대답하면 일은 그리 난처하지 않을 것입니다. 그러나 이해로 따진다면 금서를 빼내 버리고 알리는 것이 또한 좋을 것이오."하였다. 드디어 '사서(四書)', '오경(五經)', '제자(諸子)', 『강목(綱目)』, 『사문유취(事文類聚)』 등의 책과 아울러 10여 종을 나열해서 적었다. 역관들이 오경 중의 『춘추(春秋)』는 금서이기에 빼어 버리고 대답하려 하나, 사리에 닿지 않으므로 오경도 기록하였다. 병서(兵書)에 이르러서는, 아무것도 없다고 할 수가 없어 『손무자(孫武子)』·『오자(吳子)』·『삼략(三略)』 등의 책을 모두 아울러 적어 넣었다. 지금 가져온 서적으로는 딴 책이 없어 백씨의 『당률광선(唐律廣選)』, 부사의 『육선공주의(陸宣公奏議)』를 바치기로 하였다.

창춘원(暢春苑)에서 문답한 말에 대해 상세히 더 물어보았더니, 다음과 같다. 예무시랑(禮部侍郞) 이격(□格)이 밀하기를, "시신이 기저온 책은 어떤 책이오?"하기에, 수역이 대답하기를, "원로에 날려오느라 어느 틈에 책을 보겠습니까?"하였다. 통관이 말하기를, "사신이 교자 안에서 책을 봤다는 말을 들은 듯한데, 어찌 책이 없다고 합니까?"하기에, 수역이 대답하기를, "사신이 노중에서 본 것은 일기에 불과합니다."하였다고 한다. 일기 중의 설화도 저들에게 보일 수 없는 것이 있기 때문에 혹시 일기를 들여보낸다면 장차 걱정스러운 일이 있을 것 같았다. 내가 그래서 책 한 권을 만들어 우문으로 하여금 압록강을 건넌 뒤부터 날이 맑고 흐림과, 자고 쉰 곳, 거쳐 온 길을 밤새워 베껴 쓰게 하여 의외의 일에 대비하였다.[5]

---

5) 김창업, 『연행일기』 계사년 1월 3일. "方同議所對之辭 已而提督及筆貼式常尊以皇旨謄送 其文曰 伊等俱好讀書 或有持來的文章 不拘何樣書籍 俱拿來 朕覽曉諭 伊等無得隱匿 盡皆拿來 一覽並無妨碍 問伊處無淸朝何樣書籍云 使臣相議 以爲皇帝旣問我國所有書籍 又以所無書籍爲問 則雖係禁書 一槩祕諱 非誠實之道 如是懇叩之 後必不以禁物

황제가 조선이 가지고 있는 서적의 목록을 요구하자 예정에 없던 돌발 상황에 대하여 어떻게 대처할 것인가 고민하는 모습이 역력히 나타나 있다. 이와 같이 사신의 임무 수행과 관련하여 돌발 상황에 나타나는 두려움의 모습은 다음의 글에 보다 잘 나타나 있다.

서두에서 보았듯 박지원이 연행할 때 도강 시부터 시간이 지체되었는데 게다가 황제의 만수절에 맞추어 열하(熱河)의 피서산장(避暑山庄)까지 가야하는 일이 발생한 것이다. 이때의 시간에 쫓기는 모습을 연암은 "애당초 책문을 들어선 뒤로, 길에서 자주 비를 만나고 물이 막히어 통원보(通遠堡)에서는 앉아서 5~6일을 허비했으므로 정사가 밤낮으로 근심하였다. 나는 때마침 그 건너편 구들에 묵었으므로 비 소리가 들리는 밤이면 곧 불을 밝히고 밤을 새웠다."라고 표현하였다. 이제는 비만 오면 제시간에 도착해야 하는 문제 때문에 노심초사하게 되는 것이다. 그러면서도 사신의 임무 수행을 위해 "나는 나랏일로 왔으니 물에 빠져 죽는 한이 있더라도 이는 내 직분이라, 또한 어찌하리."라고 하며 강을 건널 결단을 내리는 모습을 그려놓았다.

초나흗날, 나는 밖에 나가 유람을 하다가 날이 저물 무렵에 취해 돌아와서는 이내 곤하여 잠이 들었다. 한밤중에 잠시 잠이 깨었는데, 옆의 사람들은 이미 잠에 곯아 떨어졌다. 목이 몹시 타서 물을 찾으러 상방(上房)에 갔

爲咎 設有所問 但以明朝所甞得來爲對 事不打緊 以利害言之 使知禁書之出去亦得矣 遂以四書五經綱目諸子事文類聚等書 幷書十餘種列錄 譯輩以五經中春秋爲禁書 故去而對之 然不成事理 故以五經錄之 至於兵書 亦不可謂全無 故孫武子吳子三略等書 幷皆入錄 現今帶來書籍 無他册 以伯氏唐律廣選 副использ陸宣公奏議呈納爲定 暢春苑問答之辭 更加細問 則禮部侍郞二格曰 使臣持來書 是何書耶 首譯曰 遠路驅馳 奚暇看書 通官及 似聞使臣於轎內看書 何謂無書也 首譯曰 使臣路中所看 不過是日記也 日記中說話 有不可使彼人看 若或收納日記 事將可慮 余遂造一册 使遇文將渡江以後陰晴及宿歇程道 連夜抄書 以備意外之事"

더니, 마루에 촛불이 환하게 켜져 있다. 정사가 내 인기척을 듣고는 나를 불러, "잠시 전 잠이 깜박 들어 열하로 가는 꿈을 꾸었는데, 행렬의 짐 보따리까지 눈에 선하네."라고 하시기에 나는, "길에 올 때 열하에 대한 생각을 너무 골똘하게 했기 때문에 지금 비록 편안하게 거처하는데도 오히려 꿈으로 나타난 것이겠지요."라고 대답하고는, 물을 마시고 돌아와 베개를 베자마자 코를 골고 잠이 들었다. 꿈속에 홀연히 벽돌을 밟는 여러 사람들의 신발 소리가 들렸다. 마치 담장이 무너지듯 집이 쓰러지듯 와자자껄 들리기에, 나도 모르게 벌떡 일어나 앉으니 머리가 빙빙 돌고 가슴이 퉁탕거렸다. …… 중략 …… 이제 저렇게나 급한 발자국 소리가 나는 것을 보아서는 무슨 일인지 알 수는 없으나 큰 일이 나긴 난 모양이다. 급하게 옷을 챙겨 입을 즈음에 시대가 급히 달려와서, "지금 즉시 열하로 가야 한답니다."라고 한다.6)

열하까지 가지 않아도 될 것이라고 안심하고 있었는데 갑자기 열하로 가게 되었을 때의 정황을 기록한 것이다. 정확하게 앞일을 예측할 수 없는 상황에서 일어나는 걱정과 두려움은 주로 사신의 임무 수행과 관련하여 생기게 된다. 이처럼 미지의 상황에서 생기는 두려움은 연행록의 한 축을 이루는 미의식이라고 할 수 있을 것이다.

Ⅲ. 설레임

설레임의 사전적인 정의는 '마음이 가라앉지 아니하고 들떠서 두근거

---

6) 박지원 지음, 김혈조 옮김, 『열하일기』(돌베개, 2009), 8월 5일 신해일, 456~457쪽.
"初四日 余出遊覽 薄暮醉還因困睡 夜深乍覺 傍人已熟寐 喉渴轉甚 往土房索水 堂中燭明
正使聞余聲呼謂曰 俄乍眠夢赴熱河 行李歷歷 余對曰 在道時 熱河憧憧在念 故今雖安居
猶發夢寐 飮水歸次 抵枕卽鼾睡 夢中忽聽衆靴踏瓴 如場壞屋撝 不覺蹶然起坐 頭眩胸搗
(中略) 及此急足橐橐 莫知何事 而第有大事變矣 方披衣之際 時大急來告曰 卽今赴熱河矣"

림'이다. 이러한 감정은 무엇인가 새로운 상황을 맞이하거나 바라던 일이 이루어지게 되었을 때 주로 나타난다. 연행록에서 설레임의 감정은 새로운 경치 문물 이국풍경, 유람에의 포부실현 등을 기술할 수 있던 내적 동인으로 꼽을 수 있다.

다음은 김창업이 연행을 동경하다 꿈이 이루어지게 되었을 때의 일을 기록한 것이다.

> 임진년(1712) 6월 23일 政(인사행정)에서 백씨가 동지사겸사은사(冬至使兼謝恩使)가 되었다. 그 때에 백씨는 중병을 앓다가 막 나아서 자제 한 사람이 따라가야 하였고 또 우리 형제들은 모두 중국을 한번 보고 싶어 하였다. 이에 숙씨께서 가려고 하였는데 얼마 있다가 그만두어 내가 곧 대신하여 타각(打角)으로 계하(啓下)되니 일시에 조롱과 비난이 시끄럽게 일어났고 친구들은 대부분 그만둘 것을 권유하였다. 나는 농으로 답하길, "공자께서 미복으로 송을 지나신 것은 오늘에도 통행되는 일인데, 나만 어찌 유독 불가한가?"라 하니 듣는 이가 모두 웃었다.[7]

백씨를 모시고 가는 연행을 처음에는 숙씨(叔氏)인 삼연(三淵) 김창흡(金昌翕, 1653~1722)이 가려고 하였으나 김창업이 대신 가게 되었다. 김창업의 형제들은 모두 중국에 가보기를 원하던 터였는데 이러한 상황에서 비교적 행동이 자유로운 자제 군관의 신분으로 연경에 갈 수 있다는 것은 그에게는 큰 행운이 아닐 수 없었던 것이다. 그런데도 '조롱과 비난이 일시에 일어났고 친구들은 대부분 그만둘 것을 권유하였다'고 한 것을 보면 50이 넘은 나이에 타각의 신분으로 연행을 따라 가는 것이 수월

---

7) 김창업, 『노가재연행일기』권1. "壬辰六月二十三日政 伯氏爲冬至兼謝恩使 時伯氏大病新瘳 子弟一人宜隨往 且吾兄弟 皆欲一見中國 於是 叔氏欲行 已而止 余乃代之 以打角啓下 一時譏謗譁然 親舊多勸止 余詼諧日孔子微服過宋 爲今世通行之義 吾何獨不可乎 聞者皆笑"

한 것이 아니었음을 알 수 있다.8) 그럼에도 불구하고 연행을 고집하는 것을 보면 김창업이 얼마나 연행을 동경하고 있었는지 알 수 있다. 연행을 실현할 수 있는 기회가 왔을 때의 설레임에 대한 표현인 것이다. 연경에 가고자 하는 마음은 다음의 시에도 잘 나타나 있다.

남자로 태어나 뜻이 어긋나지 않음을 다행으로 여기고	自幸懸弧計不違
문을 나서니 무엇 때문에 느릿느릿 서운해 하리	出門何用謾依依
백 년 된 갑 속에서 방신검을 꺼내 차고	百年古匣防身劍
칠 척의 쇠약한 몸에 단후를 입었네	七尺衰軀短後衣
장사가 어찌 집만 지킬 수 있으리	壯士寧能守蓬戶
어린 시절 진실로 금미에서 수자리 살기 원했노라	兒時固願戌金微
이로부터 온 세상이 모두 비웃는다 해도	從他擧世皆嘲笑
만 리 연경 두루 밟고 돌아오리9)	萬里幽燕遍踏歸

남아로 태어나 그토록 바라던 연행의 기회를 맞아 문을 나섰으니 머뭇거릴 이유가 없다. 이에 부지런히 군관의 복장으로 옷을 갈아입는다. 중국여행이라는 열망 앞에서 잠시 우스꽝스럽게 보일 수도 있는 군복을 입는 것은 감수할 수 있는 것이다. 이런 것을 가지고 온 세상 사람들이 조롱하며 비난한다고 해도 연경을 두루 구경하고 돌아오겠다고 자신의 포부를 밝히고 있다.10) 문을 나섰을 때의 포부와 설레임이 문면에 그대로 나타나 있다.

다음은 도애 홍석모의 시이다.

---

8) 이군선, 「김창업 연행일기의 서술시각과 수법에 대한 고찰」, 성균관대학교 석사학위 논문, 1997, 8쪽.

9) 김창업, 「次伯氏辭家韻」, 『老稼齋集』, 권5.

10) 이군선, 「김창업 연행일기의 서술시각과 수법에 대한 고찰」, 성균관대학교 석사학위 논문, 1997, 9쪽.

삼천리 머나먼 길 서울을 떠나오니	三千里別洛城中
말 머리에 서방의 삭풍이 불어오네	馬首西天送朔風
오십에 비로소 유람하는 뜻 이루었는데	五十始成蓬矢志
먼 길 열렸으니 나의 유람 누가 막으랴11)	吾遊誰障道遐通

아직 국경을 벗어나지는 않았지만 이미 연행은 시작되었다. 역시 연행
을 하게 되어 길을 가는 순간의 감정 표출인 것이다. 머나먼 여정이고
북쪽을 향해 가는 동안 바람은 차갑게 불어온다. 그러나 그토록 꿈꾸던
유람에의 포부를 실현하게 되었고 이제 길을 출발하였으니 아무도 이
길을 막을 사람이 없다. 홍석모는 유람에의 즐거운 심정을 이렇게 표현
한 것이다. 다음은 총수산(葱秀山)을 지날 때의 감정을 읊은 시이다. 총
수산은 평산을 지나 있는 산으로 명의 주지번(朱之蕃)이 사신으로 와 중
국 진강부의 총수와 비슷하다고 하여 총수라는 이름을 붙여 주었다.

이름이 같은 천리의 총수	千里一葱秀
경치도 비슷한데 이름 또한 같네	形似名亦似
새긴 불상 옥천의 곁에 있으니	刻像玉泉傍
경치의 뛰어남 알아낸 주지번이네	闡發朱太師
명승은 사람을 만나기도 못 만나기도 하니	物有遇不遇
이 사람 아니었다면 누가 알아주었을까	非人孰識此
나의 여행이 압록강 건너면	吾行渡馬訾
두 지역 비교할 수 있겠지12)	兩地可較比

유람에의 포부와 새로운 세계를 향한 설레임의 감정이 드러나 있다.
연경을 향하여 북쪽으로 가다가 총수산을 만나 주지번이 이름을 붙였음

---

11) 홍석모, 「初二日早發平山」.
12) 홍석모, 「過葱秀」.

을 떠올리고 중국에 들어서면 두 나라의 경치를 비교해 보겠다는 다짐을 하고 있다. 앞으로의 여행에 대한 기대감의 표현인 것이다. 다음은 통군정(統軍亭)에서 정기묵(鄭基默)에게 화답한 시이다.

천지의 대가가 거처하는 곳 보려하니	將觀天地大家居
서생의 계책 우활하다 탄식하지 마오	莫歎書生計本疏
부평초 같은 우리, 유람하는 뜻 이루었으니	萍水共成蓬矢志
요동 만 리 길 수레가 가볍구나[13]	燕遼萬里在輕車

　이제 조금만 더 가면 중국 땅이다. 도애는 중국 땅을 앞두고 그토록 원하던 유람의 뜻을 이룬 만큼 길가는 수레가 가볍기만 하다. 도애는 연행길을 함께 가고 있는 정기묵에게 이렇게 자신의 생각을 보임으로써 연행을 하게 된 기쁨과 설레임을 표현하였다.
　다음은 봉황성(鳳凰城)에서의 감회를 읊은 것이다.

봉황산은 어찌 그리 우뚝한 지	鳳山何縹縹
평지에 높은 성이 솟았네	平地起高城
가까이 동국을 이웃하였지만	襟帶隣東國
마을은 성경을 본떴구나	村閭倣盛京
휘황한 저자의 수많은 상점	交輝千旁市
팔기병을 나눠 관리하네	分管八旗兵
책문 안의 번화한 곳	柵內繁華處
처음 여행길 눈이 번쩍 뜨이네[14]	初行眼忽明

　봉황성은 연행 노정 상 책문 다음에 있는 곳으로 매우 번화한 곳이다.

---

13) 홍석모, 「和鄭友源孝韻」.
14) 홍석모, 「午炊鳳凰城」.

도애보다 몇 년 뒤 연행을 하게 되는 관암(冠巖) 홍경모(洪敬謨, 1774~
1851)는 봉황성의 번화 상에 대하여 다음과 같이 기록하였다.

여염집과 상점들이 길을 끼고 연달아 뻗쳐 있으며 주루와 채방들이 현란
하여 눈을 어지럽게 한다. 여기는 중국의 궁벽한 한 모퉁이에 불과한데도
번화하고 풍요롭기가 이미 우리나라의 도시가 미칠 바가 아니다.[15]

변방에 있는 작은 성이지만 그 번화함은 홍경모의 눈을 놀라게 하기에
충분하였다. 감탄이 절로 나올 수밖에 없는 광경이다.

도애는 먼저 봉황산과 봉황성의 모습을 소개하고 이어 성시의 발전상
에 대하여 읊었다. 휘황한 저자의 수많은 상점들은 도애의 눈을 번쩍
뜨이게 함에 충분하였다. 아울러 변방의 도시임에도 불구하고 이렇게
번화한 모습을 보인다면 연경의 모습은 떠올리기만 하여도 충분히 흥분
될 수 있는 것이다. 새로운 문물을 접한 순간의 환희와 앞으로의 기대로
인한 설레임이 드러나 있는 것이다.

다음의 기록 역시 심전(心田) 박사호(朴思浩)의 봉황성에 대한 기록으
로 중국의 번화상에 대하여 기록하며 앞으로의 여행에 대한 기대감을
표현하고 있다.

심양(瀋陽)에서부터 동북쪽으로 와라선창(瓦喇船廠)에 이르기까지 그 사
이가 수천 리나 된다. 봉황성은 거마가 빈번히 다니는 도회지로서 성곽,
누대, 상점, 거리의 번성함이 사람으로 하여금 마음과 눈이 부시게 하여
일일이 살펴볼 겨를이 없다. 옆의 사람이 날더러 웃으면서 말하기를, "요
동, 심양, 산해관, 황서(皇城)이 날로 점입가경이요 갈수록 더욱 훌륭한데,

---

15) 홍경모, 『冠巖存稿』 9, 「鳳凰城市記」. "閭閻市肆 夾路連亘 朱樓彩膀 炫耀迷眼 此不
過中國之窮徼一隅 而繁華富盛 已非東國都市之所及"

지금 갓 들어온 변성(邊城)을 보고 어찌 이렇게 감탄한단 말인가?"하니, 그렇다면 앞길의 장관은 미루어 알 만하다.[16]

이처럼 연행록의 저변에 흐르고 있는 설레임의 심미의식은 유람에의 포부 실현과 새로운 경치와 문물에 대한 기대감의 표현에서 기인하는 것으로 파악할 수 있을 것이다.

Ⅳ. 그리움

그리움의 사전적 정의는 '보고 싶어 애타는 마음' '사랑하는 마음으로 간절히 생각함'이다. 남녀간의 그리움, 가족간의 그리움 등 그리움의 종류는 여러 가지가 있다. 또한 앞에서 언급했던 해외 인사와의 교유, 그리고 역사에 대한 안타까움 아쉬움 등이 많이 나타나는 역사 유적에서의 회고도 넓은 범주에서 본다면 그리움과 연결될 수 있다. 연행록에 주로 나타나는 그리움은 고향을 떠나 나그네가 된 입장에서 이국에서의 고향에 대한 그리움과 낯선 세계에서 만난 벗과 이별한 후의 그리움이라 할 수 있다. 차례로 살펴보기로 한다.

먼저 이국에서의 고향에 대한 그리움의 표현 부분을 보기로 한다.
다음 시는 홍경모가 사신으로 연경에 가며 고향 생각을 하고 있는 모습을 그리고 있다.

나무로 쌓인 천 개의 벼랑 돌아 다시 가로지르니   繞樹千崖轉復橫

---

16) 박사호, 『心田稿』, 十一月二十八日. "蓋自瀋陽東北 至瓦喇船廠 其間爲數千里 鳳城作綰轂都會之地 城郭樓垍市肆牌街之盛 令人心目眩耀 應接不暇 旁人笑余曰 遼東瀋陽山海關皇城漸入佳境 愈往愈壯 則今見初入邊城 何必乃爾 然則前路壯觀 推可知也"

짙은 구름 층층이 끼었고 시냇물 소리내며 흐르네　　玄雲層疊澗流鳴
어쩔거나 저 관산의 길이여　　　　　　　　　　　　胡爲乎彼關山路
어쩔 수 없이 예물 싸들고 가야 하네　　　　　　　　無可奈何皮幣行
탕정은 낙엽이 메웠지만 그래도 씻을 만하고　　　　湯井葉塡猶堪洗
황전에 봄이 왔지만 누가 있어 밭을 갈리　　　　　荒田春及有誰畊
하늘 끝 삼월에 꽃 풀이 늦게 피었는데　　　　　　天涯三月芳華晚
날마다 고향 생각 꿈과 함께 다투네17)　　　　　　日日鄉愁與夢爭

　탕산(湯山)은 총수산 바로 전의 노정(路程)이다. 중국에 들어온 지 얼마
되지는 않았지만 벌써 고향생각이 간절해진다. 첩첩산중을 지나 조공으
로 바칠 폐물을 가지고 가는 길은 멀고 험하기만 하다. 변방이라 황폐하
기만 한 들녘에도 봄은 찾아 왔건만 경작할 사람이 그리 많지 않다. 홍경
모는 이런 광경을 보며 고향을 떠올리고 있다. 북쪽 끝인 이곳에도 봄이
와 꽃들이 피어 있는데 고향의 풍경은 이보다 훨씬 아름다울 것이다.
이러한 상상을 하다 보니 날마다 꿈속에서라도 고향으로 돌아가고픈 마
음이 들었던 것이다.

이국에서 잔치 열어 높은 분들 기뻐하는데　　　　殊域猶供侍彩歡
오늘 밤도 잔치하여 새벽까지 노는구나　　　　　今宵又看曙更蘭
역관의 매화는 먼저 봄소식을 전하고　　　　　　驛梅已報先春信
궁궐의 떡은 늙지 않은 단약보다 낫네　　　　　宮餅還勝不老丹
많은 술집에서 빚은 술 팔아 세밑의 맛을 보여주고　釀露百帘呈歲味
집집마다 폭죽 소리로 추운 겨울 보내네　　　　　爆雷千戶餞冬寒
옥하관에서 잠 못 이루고 고향 생각 간절한데　　玉河無寐鄉思切
짧아지는 머리에 관을 반듯이 쓸 수도 없네18)　　短髮蕭蕭不整冠

---

17) 홍경모, 『관암산방운석외사속편』 1, 「탕산도중(湯山途中)」.
18) 홍석모, 『유연고』, 「이십구일남관제야구점(二十九日南舘除夜口占)」.

이 시는 홍석모가 남관에서 제석(除夕)을 맞이하여 지은 시이다. 남관은 바로 옥하관이다. 중국의 춘절 풍속을 보여줌과 동시에 이국에서 맞이하는 명절에 고향 생각이 더욱 간절함을 잘 보여주고 있다. 이역에 사신으로 와 명절을 맞이하여 잔치를 벌이고 있다. 4구의 "궁궐의 떡은 늙지 않은 단약보다 낫네"라는 표현은 이날 어선방(御膳房)에서 사신늘에게 잔치를 베풀어 주고, 광록시(光祿寺)에서 세밑 음식을 나누어 준 일을 말한 것이다. 술집마다 술을 팔고 집집마다 폭죽을 터트리는 시끌벅적한 중국의 춘절을 바로 앞둔 날 저녁이다. 명절을 축하하며 노는 이 자리에서 홍석모는 홀로 고향을 그리워하며 잠을 못 이루고 있다. 이역에서의 명절은 쓸쓸함만큼 고향에 대한 그리움의 정이 더욱 솟아나는 법이다. 홍석모는 바로 이런 심정을 8구의 시로 표현해 놓았다.

다음의 시는 사신의 일이 끝나 돌아가게 되었을 때의 기쁨과 아쉬움을 토로한 것이다.

봄바람에 동쪽 수문루 밖으로 나와	春風東出水門樓
해좌의 돌아가는 사람 중국을 떠나는구나	海左歸人別帝州
북경의 늘어진 버들 날씨는 화창하고	洛陌柳舒天氣暢
해자의 다리는 파도에 움직이고 세월은 흘러가네	濠橋波動日華流
한 달 아침저녁으로 문안을 받들고	三旬定省承安候
만 리 길 행장 꾸려 장대한 유람하였네	萬里行裝作盛遊
좋고도 좋구나 고향으로 돌아가니 더없이 상쾌한데	好好還鄉心更快
옥하관의 나무에는 남모르는 근심 피어오르네[19]	玉河館樹暗生愁

고향으로 돌아가는 기쁨과 벗들과 헤어짐을 아파하고 있는 심정이 나타나 있다. 겨울에 출발하여 북경에 도착하여 한 달여를 머문 뒤 마침내

---

19) 홍석모, 『유연고』, 「初四日自皇城離發」.

고향을 향해 출발하게 되었다. 고향으로 향한다고 생각하니 모든 것이 화평해 보인다. 돌아간다는 생각에 기분이 한껏 고양되었는데 다시 생각해보니 북경에서 만난 친구들과 헤어져야 하는 이별의 순간이 다가오게 된 것이다. 기쁨과 아쉬움이 교차하는 순간이라 할 수 있다.

다음은 친구와 헤어지기 아쉬워하는 마음을 표현한 시이다. 장소천(蔣少泉)은 홍석모가 중국에서 만난 인물이다. 장소천은 추음(秋吟) 장시(蔣詩)의 아들이다. 효람(曉嵐) 기윤(紀昀, 1724~1805)이 이계(耳溪) 홍양호(洪良浩, 1724~1802)의 문집에 서문을 지어줄 때 그 서문의 글씨를 쓴 사람이 바로 추음 장시이다. 홍석모가 장소천을 찾았을 때 추음은 고향으로 돌아갔고 장소천만 북경에 남아 있었으므로 자주 찾아가서 선대의 교유에 대하여 이야기 하며 교유하였다. 고국으로 돌아갈 때가 다가오자 장소천과 이별을 눈앞에 두니 언제 다시 만날 기약이 없게 된 것이다.

선비 모임 옛일 이야기하고 이별에 슬픈 마음	文筵叙舊悵臨分
만 리에서 그리는 마음 낙수가 구름 같네	萬里相思洛水雲
춘범의 댁에서 의기투합하여	春帆門庭懷托契
시를 짓고 읊조리니 그대 가장 뛰어나네	悉吟詞翰識超群
도간이 어머니 상을 만난 것이 참으로 꿈 같은데	陶家鶴弔眞如夢
소아의 꾀꼬리 재잘대는 것을 어찌 다시 들으랴	周鴉鳥嚶那更聞
저속하다 여기지 않고 정성 다해 날 대해주니	傾倒寸心消鄙吝
부평초 같은 인생에 어느 날 그대와 다시 만날까	萍蹤幾日再逢君
요동의 숲을 지나 황금대 보고	行過薊樹接金臺
한유의 고향 지나며 동기창의 별장 지났네	緬憶昌黎送董來
바다 건너 조선에서 반평생 보낸 것이 아쉬운데	海國幾嘆半生老
사신으로 와 예전 조부가 왔던 길을 밟아 보네	星槎還踵昔年陪
요 순 옛 땅 처음 구경하며	唐虞故地心初豁

중국 여러 친구들에게서 안목이 트이네　　　　王李諸君眼一開
돈독한 마음 지닌 소천에게 감사함 느끼며　　　多謝少泉情好篤
더욱 친하고자 자하배에 술을 따라 바치네[20]　祝親爲贈紫霞杯

　이러한 아쉬움은 떠나온 후의 그리움으로 남게 된다. 이들은 이별 후
에도 서신을 통하여 지속적으로 안부를 주고받으며 교유를 이어나간다.
특히 18세기 말부터는 잦은 연행으로 인하여 몇 번씩 연행 길에 오르는
경우도 있게 되면서 북경에서 만났던 인사들을 만나러 가는 즐거움과
헤어지고 난 후의 그리움에 대한 표현이 증가하였다.
　이렇게 보면 그리움에 대한 정서는 고향에 대한 그리움, 이별의 아쉬
움, 이별 후의 그리움 등을 포괄하고 있는 심미의식이라고 할 수 있을
것이다.

V. 결론

　이상으로 다양한 연행록의 저변에 흐르는 미의식에 대하여 살펴보았
다. 지금까지 논의한 내용을 요약하는 것으로 결론을 대신하고자 한다.
인간의 내면에 흐르는 미의식은 특정한 무엇으로 명료하게 구분할 수
있는 것은 아니다. 연행 문학의 미의식 역시 마찬가지이다. 본고는 연행
문학의 미의식을 두려움, 설레임, 그리고 그리움으로 잡아보았다.
　두려움의 사전적 정의는 "자신에게 위협적이거나 위험한 상황 혹은
그러한 상황을 만드는 대상을 피할 수 없다고 지각될 때 경험하게 되는
감정이나 정서"이다. 이 두려움이라는 말에는 근심, 걱정, 불안 등의 감

---

20) 홍석모, 『유연고』, 「蔣少泉鈇宅 與熊雲客劉眉士玫會話 和贈少泉別詩二首」.

정까지 포함될 수 있다. 연행록에서 이 두려움의 정서는 주로 예정에 없던 돌발 상황 및 미지의 상황에 대한 불확실성에 기인하는 경우가 많다. 정확하게 앞일을 예측할 수 없는 상황에서 일어나는 걱정과 두려움은 주로 사신의 임무 수행과 관련하여 생기는 것을 확인할 수 있다.

설레임의 사전적인 정의는 '마음이 가라앉지 아니하고 들떠서 두근거림'이다. 이러한 감정은 무엇인가 새로운 상황을 맞이하거나 바라던 일이 이루어지게 되었을 때 주로 나타난다. 연행록에서 설레임의 감정은 새로운 경치 문물 이국풍경, 유람에의 포부실현 등을 기술할 수 있던 내적 동인으로 꼽을 수 있다.

그리움의 사전적 정의는 '보고 싶어 애타는 마음' '사랑하는 마음으로 간절히 생각함'이다. 남녀간의 그리움, 가족간의 그리움 등 그리움의 종류는 여러 가지가 있다. 또한 앞에서 언급했던 해외 인사와의 교유, 그리고 역사에 대한 안타까움 아쉬움 등이 많이 나타나는 역사 유적에서의 회고도 넓은 범주에서 본다면 그리움과 연결될 수 있다. 연행록에 주로 나타나는 그리움은 고향을 떠나 나그네가 된 입장에서 이국에서의 고향에 대한 그리움과 낯선 세계에서 만난 벗과 이별한 후의 그리움이라 할 수 있다.

이러한 미의식을 고려하여 연행록을 읽어 나간다면 연행 문학의 의미를 보다 풍성하게 할 수 있을 것이라고 생각한다.

참고문헌

김창업, 『노가재연행일기』.
_____, 『老稼齋集』.

박사호, 『심전고(心田稿)』.

박지원 지음, 김혈조 옮김, 『열하일기』, 돌베개, 2009.

홍경모, 『관암산방운석외사속편』.

_____, 『冠巖存稿』.

홍석모 저, 이관성 역, 『달빛 아래 연경에서 노닐며-유연고』, 문진, 2010.

김영덕 허용구 김병수 편집, 『중국문학사』 하, 청년사, 1990.

이군선, 「김창업 연행일기의 서술시각과 수법에 대한 고찰」, 성균관대학교 석
　　사학위논문, 1997.

임기중, 『연행록 연구』, 일지사, 2006.

선시의 미의식

- 불가시를 중심으로 -

김미선

I. 연구의 범위

본 논고에서는 「선시(禪詩)의 미의식(美意識)-불가시(佛家詩)를 중심(中心)으로-」에 대해 논의하고자 한다. 먼저 불가 선시를 남긴 내용의 근거가 될 수 있는 형성배경을 돌아보고 그 속에 드러난 다양한 미의식의 세계를 불교의 수행관법 중 하나인 조고각하(照顧脚下)에서 반관(反觀)의 미(美)를 중심으로 연구 범위를 삼고자 한다. '불가시(佛家詩)'와 '불교시(佛敎詩)'란 용어가 많이 쓰이는데 혹은 혼용하여 이해하는 경향이 있지만 불가시라고 하면 창작 주체가 승려인 시승(詩僧)이 된다. 불가의 선승이 남긴 한시라는 말부터 자칫 오해의 소지가 있게 된다. 종래로 불가의 선 수행에서는 '문자를 세우지 말라' 하여 '불립문자(不立文字)'라고 하였는데 이러한 불립문자의 세계인 불가에서 선어(禪語)의 위상을 찾는 일이란 참으로 감당하기 어려운 과제이다.

이러한 실마리를 풀기 위해 불가의 불립문자에 대한 입장을 짚어보면, 불가에서 불립문자로 선의 세계를 표방하는 이유를 언어라는 어떠한 틀에 가두어 버리면 이미 생명력을 잃게 되기 때문이다. 진공묘유(眞空妙有)의 선의 세계는 어떠한 언어나 문자도 용납하지 않을 뿐만 아니라 일체의 형식적인 틀도 거부 한다. 그럼에도 불구하고 불가의 수행세계와 언어 미학의 상관성은 불립문자(不立文字)이면서 불리문자(不離文字)의 관계성을 거부 할 수가 없는 일이라 하겠다.

이러한 관점에서 선시 문학을 이해하기 위해서는 선시 속에 드러난 선승들의 미의식을 이해하는 일이 선행 되어져야 할 문제이다. 선시 문학에 드러난 미의식은 또한 불가의 선종에 대한 이해가 있어야 함은 물론이고 그러면서도 불가문학이 불가사상을 너무 강조하다보면 그 원형을 상실할 우려도 있음을 간과 할 수 없는 일이다.

이에 필자는 불가의 득도의 경지인 불립문자의 경지로 가는 과정에서 불리문자(不離文字)로 언어의 미학을 추구하는 선시에 대하여 깊은 관심을 가져오고 있다. 이러한 불가 선시의 세계에 접근하기 위해 우선 수행(修行) 납자(衲子)들의 선시에 드러난 미의식을 고찰하여 불가의 많은 선승들이 남긴 선시를 들여다 볼 수 있는 기초로 삼고자 한다.

Ⅱ. 불가 선시의 배경

본고에서는 불가 선시의 미의식에서 반관(反觀)의 미의식을 연구범위로 하여 고찰할 것을 위의 연구범위에서 밝혔다. 이에 불가 선시에 드러난 전반적이 미의식의 특징을 조명하기 위하여 불가 선시의 배경을 살펴보기로 한다.[1)]

선(禪)이 본래 불타(佛陀)에서 연원하지만 하나로 크게 성황을 이룬 것은 중국에 와서 이다. 중국에 선법(禪法)을 전한 보리달마(菩提達磨)의 뒤를 이어서 6대를 내려와 6조 혜능(慧能)에 이르러 비로소 선종(禪宗)이 크게 일어나기 시작하였다. 이어 무수한 선어록(禪語錄)에 의하여 선문학(禪文學)이 이루어 졌다. 이러한 선문학의 세계에서 가장 주목 되어지는 분야는 선시(禪詩)라 할 수 있겠다.

중국의 선시는 선종의 형성과 함께 당시(唐詩)의 성황을 만나 발전하였다. 선(禪)은 계(戒)·정(定)·혜(慧) 삼학(三學) 가운데 하나로 중요시 되어 왔다. 부처님이 방대한 경전을 통하여 연기법을 설하신 내용은 3장 12분교2)로 나누는데 이러한 경전에 대단한 문학성을 함축하고 있다. 이 중에서 선문학(禪文學)에 가까운 것으로 운문형식을 하고 있는 응송(應頌)과 풍송(諷誦)을 들 수 있다. 이것은 뒤에 선종이 일어나면서 많은 어록이 만들어 지고 게송이 남겨지는 연원이 되었다.

이렇듯 깨달음에 이르는 필수불가결한 수레가 곧 선(禪)이다. 이러한 선의 실천을 종(宗)으로 내세운 것이 바로 중국의 선종이다. 당대의 선종의 사상적 근거는 선종에서 표방하는 보리달마의 「사구게(四句偈)」3)이다.

---

1) 본 학회 「한국 한시의 특징과 전개 Ⅲ」의 기획 주제에서 발표한 졸고, 「선시(禪詩)의 특징과 전개 양상」(동방한문학 제42집, 동방한문학회, 2010.)에서 본 논고의 선시의 미의식에 대한 논지를 이끌어 내기 위하여 선시의 전개과정을 참조 하였다.

2) 3장 12분교 : 경(經)·율(律)·논(論) 3장과 계경(契經)·응송(應頌)·기별(記別)·풍송(諷頌)·무문자설(無問自說)·인연(因緣)·비유(譬喩)·본사(本事)·본생(本生)·방광(方廣)·미증유법(未曾有法)·논의(論議)의 12분류를 말한다. 종래에 9분교였던 것을 뒤에 12분교로 나눈 것이다.

3) 달마(達磨), 「사구게(四句偈)」: 이 게송은 달마(?~528)조사의 시로 알려져 있다. 조사는 남인도 향지국(香至國)의 셋째 왕자로 태어났으며 본명은 보리다라이며 동인도 승려 반야다라(般若多羅)(?~457)의 제자로 40년 동안 스승을 섬겼다고 한다.

문자로 세울 수 없어서	不立文字
경전 밖에 별도로 전하니	敎外別傳
곧 바로 마음을 가리켜	直指人心
성품을 보고 성불하라.	見性成佛

위의 달마의 게송은 선시의 미의식이 들어있는 대표적 게송이라고 할 수 있다. 달마는 "나의 법은 마음으로써 마음을 전하니 문자로 세울 수 없느니라."고 하였다. 선(禪)이란 언어문자의 뜻을 가지고 선을 말하거나 나타내기가 어렵다는 의미이다. 『금강경(金剛經)』4)에도,

무릇 모양 있는 것은	凡所有相
모두 허망한 것이니	皆是虛妄
만약 모든 모습이 실재하지 않는다는 것을 안다면	若見諸相非相
곧 부처를 볼 것이다.	卽見如來

라고 하였다. 언어라는 상(相)으로써는 여래를 볼 수 없다고 하였으니 말의 뜻을 가지고 그 말에 얽매여서는 선(禪)의 도리를 전할 수 없다는 것이다. 여기서 다시 달마는 혜가에게 법을 전수하며 다음과 같은 「전법게(傳法偈)」5)를 남겼다.

내가 본래 여기에 온 것은	吾本來玆土
법 전해 중생 제도키 위함이라.	傳法求迷情
한 송이 꽃 다섯 잎이 피어나리니	一花開五葉
열매는 저절로 자연스레 맺히리라.	結果自然成

---

4) 『金剛經』, 「如理實見分 第五」.
5) 달마, 「傳法偈」.

달마가 인도에서 중국으로 건너 온 것은 불법을 널리 전파해서 중생들
을 구제하자는 것으로 한 송이 꽃에서 다섯 개의 꽃잎이 피어나서 불법
이 장차 크게 발전하고 많은 사람들이 제도를 받게 될 것이라는 뜻이다.
여기서 한 송이의 꽃은 달마를 의미하고 다섯 개의 꽃잎은 달마 이후의
혜가(慧可)·승찬(僧璨)·도신(道信)·홍인(弘忍)·혜능(慧能)을 의미하기도
하고 혜능 이후의 오가(五家), 곧 위앙종·임제종·조동종·운문종·법안
종을 의미하기도 한다. 이러한 달마의 선게(禪偈)야말로 선종의 사상을
대표적으로 드러내고 있는 것이다. 중국 선종의 시조로 숭앙 받고 있는
보리달마(菩提達磨)의 법을 구하기 위하여 혜가(慧可)가 설중단비(雪中斷
臂)를 하고 중국선종의 3조인 감지승찬(鑑智僧璨)이 제자에게 게송으로
법을 전한다. 이렇게 선사상(禪思想)의 요지를 전하는데 있어 이심전심
의 선어(禪語)는 불리(不離)의 하나라 하겠다. 또한 승찬의『신심명(信心
銘)』은 팔만대장경의 심오한 불교사상과 1천 7백의 격외(格外)의 도리
공안(公案) 전체가 포함되어 있다고 해도 과언이 아니다.

　선종에서 불립문자라고 하였지만 구도(求道) 오도(悟道)의 방법과 정신
을 제자에게 전하기 위해서는 언어문자라는 도구를 사용 할 수 밖에 없
었다. 이러한 4구게의『신심명』은 선시 발생에 큰 영향을 미쳤으며 이에
당나라로 들어와 한산(寒山)6)이 지은 '한산시(寒山詩)'는 본격적인 선시
의 시초가 되고 있다. 한산이 불립문자의 선의 경지를 전하기 위하여는
문자라는 시를 통할 수밖에 없었다. 이것은 불교사상의 발달과 아울러
불가 선시의 발달임을 논증 하여 주고 있다.

　불가 선시는 중당, 만당에 접어들며 크게 성함을 보여 당대의 훌륭한

6) 생존연대 미상.『寒山子詩集』三卷. "唐代著名 詩僧 居浙江 天台寒岩 因稱寒山子 或
　寒山 與國淸寺 僧拾得友善 好吟詩唱偈 有詩三百餘首 後人輯爲"

선승들이 보여준 많은 게송에 비할 수 없을 만큼 높은 수준을 보여 주고
있다. 송대에도 선시는 야보(冶父)에 의해 성행된 바, 그는 『금강경송(金
剛經頌)』, 곧 『야보송(冶父頌)』이라는 명작을 남겼다. 선가의 소의경전(所
依經典)인 『금강경(金剛經)』을 종밀(宗密), 부대사(傅大士), 혜능(慧能), 야
보(野父), 종경(宗鏡)의 다섯 명의 대가가 해석한 책 『금강경오가해(金剛
經五家解)』그 중에서 야보는 파격적으로 선시로 주석을 붙였다.

 이러한 중국 불가 선시의 흐름이 고려 진각국사(眞覺國師) 혜심(慧諶)
에게로 이어져 한국 불가 한시가 본격적으로 형성하게 되었다. 한국 불
가 선시의 대표적 시승(詩僧)과 시세계에 드러난 미의식7)의 특징을 정
리하면 다음과 같다. 대각의천(大覺義天)(1055~1101) 무위자연(無爲自然)
→ 진각혜심(眞覺慧諶)(1178~1234) 유려선(流麗禪) → 원감충지(圓鑑沖
止)(1226~1292) 선정(禪情) → 백운경한(白雲景閑)(1298~1374) 득도(得道)
→ 태고보우(太古普愚)(1301~1382) 장편시가(長篇詩歌) → 나옹혜근(懶翁惠
勤)(1320~1376)임제풍선(臨濟風禪) → 함허득통(涵虛得通)(1376~1433)청
정(淸淨) → 벽송지엄(碧松智嚴)(1464~1534)선지(禪智) → 허응보우(虛應普
雨)(1515~1565)회고(懷古) → 청허휴정(淸虛休靜)(1520~1604)산정(山情) →
정관일선(靜觀一禪)(1533~1608)도가적선(道家的禪) → 부휴선수(浮休善
修)(1543~1615)선정(禪淨) → 청매인오(靑梅印悟)(1548~1623)공안(公案) →
기암법견(奇巖法堅)(1552~1634)직관(直觀) → 소요태능(逍遙太能)(1562~
1649)자재(自在) → 중관해안(中觀海眼)(1567~?)평상선(平常禪) → 운곡충
휘(雲谷沖徽)(?~1613)선가풍(仙家風) → 영월청학(詠月淸學)(1570~1654)훈
고풍(訓古風) → 편양언기(鞭羊彦機)(1581~1644)산수(山水) → 취미수초(翠
微守初)(1590~1668) 선풍(禪風) → 허백명조(虛白明照)(1593~1661) 절창(絕

---

 7) 석지현의 『선시감상사전』과 동국역경원의 『韓國佛敎全書』를 토대로 정리하였음.

唱) → 백곡처능(白谷處能)(1617~1680)산수자연(山水自然) → 월봉책헌(月峰策憲)(1624~?)무위진인(無位眞人) → 백암성총(栢庵性聰)(1631~1700)탐미선(耽味禪) → 설암추붕(雪巖秋鵬)(1651~1706)무상(無常) → 용담조관(龍潭慥冠)(1700~1762)조고각하(照顧脚下) → 초의의순(草衣意恂)(1786~1866)선다(禪茶)→ 범해각안(梵海覺岸)(1820~1896)진공묘유(眞空妙有)→석전영호(石顚映湖)(1870~1948)시선일규(詩禪一揆) → 만해용운(萬海龍雲)(1879~1944)의 구법(求法)으로 우리나라 고려시대에서 근대까지 불가의 선시승과 선시에 드러난 미의식의 특징을 찾아 볼 수 있다. 이러한 불가 선시의 미의식에서 본고에서는 반관의 미의식을 연구범위로 하여 고찰하기로 한다.

먼저, 혜심이 이은 우리나라 불가 한시의 맥락을 보면 삼국시대 중국으로부터 문물이 수용되면서 전래된 불교는 불가문학 발달을 촉진시키면서 불교문화를 정착시켜 나갔다. 이러한 토양 위에서 불교의 발달과 불가의 수행자들에 의해 불가 한시가 창작되었던 것이다.

11세기 후반의 대각국사(大覺國師) 의천(義天)은 승려로서는 최초로 시문집을 남겨 다양성과 문예성을 갖춘 불교시의 새로운 전기를 이루었다. 이후 의천의 제자인 계응(戒膺)과 혜소(惠素)를 비롯해서 시문에 능한 시승들이 출현하여 문사들과 교유하면서 시단의 한 분야를 구성하였으며, 무신집권기에 이르러서는 무신들의 비호아래 선종이 불교의 주도권을 잡았고, 이것의 영향을 받아 더욱 풍성한 선시가 창작되었다. 이러한 불교시의 전통을 이어 고려 중엽 지눌의 선사상을 배경으로 그의 법맥을 이은 혜심으로부터 한국 선시의 본격적인 형성이 이루어졌다.[8] 그의 『무의자시집(無衣子詩集)』은 선적 진리를 표현함에 있어서 이러한 자기

8) 인권환, 『고려시대 불교시의 연구』, 고대 민족문화연구소, 1983, 52쪽 참조.

반조(反照)를 통하여 함축과 상징, 초월과 역설의 선종적 시풍을 강하게 드러냄으로써 이전의 불교시와는 다른 시세계를 열었던 것이다. 이는 그의 선의 실천적 특성으로 이해된다. 이렇게 고려 불가한시의 흐름은 혜심으로부터 영향 받은 한국 선시의 배경 속에는 '조고각하'의 선지(禪旨)가 곧 시로 표현된 미의식을 지니고 있다.

고려에서 조선으로의 불교의 흐름은 척불숭유정책으로 위축을 면치 못했다. 그러나 척불정책의 역경 속에서 불가문학은 이론의 심화에 열중하여 역대 선승들의 맥락을 이어 불가 한시가 꾸준히 산출되었다. 그러나 조선의 선시는 본격적인 선리시(禪理詩)나 시법시(示法詩)보다는 자연 취향의 선취시(禪趣詩)나 생활시가 많은 것은 그 시대적 여건에서 영향을 받은 것으로 보아야 한다. 조선초의 선시인으로는 먼저 무학(無學)의 제자인 함허득통(涵虛得通)(1376~1433)을 들 수 있는데 송나라 선승 야보도천(冶父道川) 못지않은 청정한 의식이 투영되어 있다. 홍자성은 『채근담(菜根譚)』에서 야보도천이 『금강경오가해(金剛經五家解)』에 주석으로 쓴 선구(禪句)를 들어서 선가의 '응무소주이생기심(應無所住而生其心)'[9]의 경지를 유가(儒家)에도 있음을 말하였다.

> 대 그림자 뜰 쓸어도 티끌 움직이지 않고   竹影掃階塵不動
> 달이 못 속을 뚫어도 물결은 흔적도 없네.   月輪潭沼水無痕[10]
>
> 흐르는 물 급하여도 주위는 항상 고요하고   水流任急境常靜
> 꽃잎 번거롭게 떨어져도 마음 절로 한가하네.   花落雖頻意自閑[11]

---

9) 『금강경』.
10) 홍자성, 『채근담』 63장. "高德云 竹影掃階塵不動 月輪穿沼水無痕"
11) 홍자성, 『채근담』 63장. "吾儒云 水流任急境常靜 花落雖頻意自閑"

라고 하여 직관적인 선적 의식이 그대로 투영되어 있다. 이러한 야보도
천의 조고각하의 관조 의식을 선시승 함허의 「반야가(般若歌)」[12)에서
본다.

마음 내어 찾는 곳엔 원래 자취도 없고	有心求處元無迹
의심을 버린 마음에는 언제나 역력하네.	不擬心時常歷歷
앉고 눕고 하는 가운데에 다니다 보면	於中坐臥及經行
모름지기 의심을 버려야 분명해 지리라.	不須擬心要辨的

라고 하였으니 함허의 거침없는 선지가 선시 속에 표현되었다. 반야란
지혜를 일컬으니 지혜를 터득 하는 일은 사리 분별을 가지고 증득하는
것이 아니요, 모름지기 알음알이를 버리면 저절로 조고각하의 자리에
역력히 드러남을 말하였다. 행주좌와(行住坐臥) 어느 순간이든 반야는
반조되어 짐을 설하였다. 다음으로는 허응당 보우가 있다. 그는 조선
불교사에 빛나는 거승으로 선교일체설(禪敎一體說)로 지눌 이래의 사상
통일을 주장하였고, 이런 바탕 위에 유교의 이기설(理氣說)까지 융섭시
켜 일원적 논리를 전개하였던 사상가였다. 문집 『허응당집(虛應堂集)』
에서 보는 것처럼 훌륭한 선시인으로 화엄사상을 바탕으로한 '一 中 一
切 多 中 一'의 불이(不二)의 선사상이 그의 선시에 미의식으로 돋보인
다. 보우의 뒤를 이어 청허 휴정에서 한국 선시는 그 전성기를 맞게 된
다. 청허당 이전의 선시는 중국 임제풍 선시의 영향을 크게 벗어나지
못하고 있었다. 그러나 청허에 와서 한국 선시는 임제풍에서 벗어나 한
국 특유의 서정풍으로 변모해 갔으며, 청허는 서정성이 강하고 자연과
의 직관력이 뛰어났던 선승으로, 그를 통하여 선시가 탈속한 분위기를

---

12) 함허, 『涵虛堂得通和尙語錄』, 「般若歌」.

지닌 관조적 선시풍으로 정착되었다. 청허(淸虛)에 의해서 분출된 한국 선시의 맥은 17·18세기 조선 후기로 와서 그의 제자들에 의해 찬란하게 꽃피었으니 그 주역들은 정관일선(靜觀一禪)·사명유정(四溟惟政)·청매인오(靑梅印悟)·기암법견(奇巖法堅)·소요태능(逍遙太能)·중관해안(中觀海眼)·편양언기(鞭羊彦機) 등의 시승 이다. 서산 이후 또 한 사람의 뛰어난 선시인은 무경자수(無竟子秀)이다. 그의 선시는 예지로 가득 차 있으며 유려한 시상이 막힘이 없이 굽이치고 있어 조선조 중기 이후의 한국 선시에 천변만화하는 예지의 관조적 미의식에 강한 영향을 주고 있다. 이후 초의(艸衣)의 선시에서 이러한 반관을 통한 시선일미(詩禪一味)의 선시가 태어나고, 후대로 와서 초의의 시(詩)·선(禪)·다(茶)를 통하여 도달한 경지를 수용 계승한 맥을 꼽는다면, 범해각안(梵海覺岸)·석전영호(石顚映湖)·만해용운(萬海龍雲)을 들 수 있다.

이와 같이 고찰한 불가 선시의 형성 배경을 보면 불가의 선을 전법하는데 '교외별전(敎外別傳)·불립문자(不立文字)·직지인심(直指人心)·견성성불(見性成佛)'이라 하였지만 문자라고 하는 것을 통하지 않을 수 없는 불리문자였으니 이것이 바로 선시이다. 이러한 선시의 배경 속에서 미의식을 불가의 선풍 속에 면면히 전해져 온 '반관' 수행을 통한 반관의 미의식을 관물(觀物)의 미의식·관아(觀我)의 미의식으로 대별하여 고찰하기로 한다.

Ⅲ. 불가(佛家) 선시(禪詩)의 미의식(美意識)

불가 선시 속에 드러난 다양한 미의식의 세계를 본고는 '조고각하'[13]에서 반관의 미의식을 찾고자 한다. 먼저 불가 선시에 나타난 반관의 미의식을 관물반관(觀物反觀)과 관아반관(觀我反觀)으로 대별하여 고찰하기로 한다.

1. 관물(觀物)의 미의식(美意識)

관물반관(觀物反觀)은 선시의 조고각하의 선 수행과정에서 객체의 물을 관조하여 진여(眞如)를 찾는 과정을 선시로 표현한 속에 드러난 미의식이다. 불교경전 능엄경에 관물의 요체를 다음과 같이 설하였다.

> 너희들은 오히려 인연하는 마음으로 법을 듣고 있으니, 이 법도 인연일 뿐, 법의 본성을 얻은 것이 아니니라. 어떤 사람이 손으로 달을 가리켜 다른 사람에게 보인다면, 그 사람은 당연히 손가락을 따라 달을 보아야 하는데, 여기서 만일 손가락을 보고 달 자체로 여긴다면, 그 사람은 어찌 달만 잃었겠느냐. 손가락도 잃었느니라. 왜냐하면 가리킨 손가락을 밝은 달로 여겼기 때문이다. 어찌 손가락만 잃었다고 하겠느냐. 밝음과 어둠도 모른다고 하리라. 왜냐하면 손가락 자체를 달의 밝은 성질로 여겨서, 밝고 어두운 두 성질을 알지 못하기 때문이다.[14]

라고 하였으니 손가락으로 달을 가리키는 것은 그 손가락의 뜻이 달에

---

13) 조고각하(照顧脚下) : 선가에서는 '조고각하'라고 하여 선방의 고무신 벗는 섬돌에 많이 써 붙여 있는 것을 볼 수 있다. '신발을 바르게 벗어라' 또는 '머리를 돌려 발 뒷꿈치 아래를 바라 보라' 라는 이 단순한 말 속에는 불교 수행의 기본이 담겨져 있다. 이렇게 불교의 가장 기초적인 수행의 관법(觀法)은 자신의 행동 혹은 생각 등을 관찰하는 것에 있다. 이것이 바로 '조고각하', 즉 자신의 행위을 스스로 살펴 수행하는 것이다. 불가 수행의 관법에도 여러 가지가 있지만 무엇을 관하든 자신의 그 순간의 식(識) 또는 행위를 통해 참 나를 찾는 것이 수행이다. 이것이 바로 '조고각하'라는 말 속에 들어 있다.

14) 『능엄경』. "汝等尙以緣心聽法 此法亦緣非得法性 如人以手指月示人 彼人因指當應看月 若復觀指以爲月體 此人豈唯亡失月輪亦亡其指 何以故 以所標指爲明月故 豈唯亡指 亦復不識明之與暗 何以故 卽以指體爲月明性 明暗二性無所了故 汝亦如是 若以分別 我 說法音爲汝心者 此心自應離分別音有分別性"

있고 말로써 도를 표현하는 것은 그 말이 도에 있기 때문이라는 것이다. 말만을 귀담아 듣고 도를 돌아보지 않으면 도를 안다고 할 수 없고 손가락만을 바라보고 달을 보지 않으면 달을 알지 못하는 것이다. 지극한 도를 아는 사람은 항상 언어 밖의 소식을 묘하게 깨닫고 형상 이전의 실재를 얻게 된다는 설법이다. 이러한 관점에서 먼저 무의자혜심의 「선당시중(禪堂示衆)」[15)]에서 관물의 미의식을 찾아 보기로 한다.

> 맑은 눈으로 푸른 산을 마주하니　　　　碧眼對靑山
> 티끌도 그 사이에 용납되지 않네.　　　　塵不容其間
> 저절로 맑은 기운 뼛속에 이르니　　　　自然淸到骨
> 어찌 다른 곳서 열반을 찾을까?　　　　何更覓泥洹

　무의자 혜심이 선원(禪院)에서 대중에게 보인 선게(禪偈)이다. 시의 전반부에서 맑은 눈으로 청산을 마주 대하자니 그 사이에 티끌도 용납이 되지 않는다고 하였다. 맑은 눈과 그 눈으로 비춰보는 대상 사이에 티끌 하나 끼어들 수 없는 일이다. 이러한 선경(禪境)을 말로 해석하는 인간의 언어란 모두 티끌을 일으키는 부질없는 바람에 불과 한 것이다. 이곳이 언어도단 불립문자의 경지인 것이다. 시의 후반부에서 이러한 선원에서 선정삼매에 들면 저절로 맑은 기운이 뼛속에 스며든다는 선의 체득을 설하였다. 이러한 경지는 뼛속으로 스미는 그 자체의 일미(一味)이거늘 그것을 말로 한다면 티끌 앞에 바람을 일으키는 것에 불과할 뿐이다. 이러한 맑은 기운으로 청산을 마주 대한 관물의 관법에서 이미 열반락의 법열에 가득하니 어디 따로 극락을 찾을 것인가? 하는 관물선어(觀物禪語)의 미의식이 드러나 있다. 다음은 백운경한의 「거산·삼(居山·三)」[16)]

---

15) 慧諶, 『無衣子詩集』, 「禪堂示衆」.

이다.

골짜기의 흐르는 물은 쪽빛 물들인 것 같고	洞中流水如籃染
문 밖의 푸른 산은 그림으로 그릴 수 없네.	門外靑山畵不成
산 빛과 물 소리는 그대로가 드러나건만	山色水聲全體現
그 속에서 누가 무생의 이치를 깨달을까?	個中誰是悟無生

물소리에 귀 씻고 산 빛에 눈 씻는 선사의 삶이다. 시의 전반부에서 골짜기의 흐르는 물은 쪽빛을 물들여 놓은 듯 선사의 선관(禪觀)의 경지에 비쳐진 모습 그대로 이다. 문 밖의 푸른 산은 아무리 솜씨 좋은 화공이라 해도 그려 낼 수 없다고 하였으니 본래의 면목을 관하는데 마음에 집착이 되면 번뇌 망상이 일어나 본래의 모습을 떠나게 됨을 설파하는 것이다. 시의 후반부에서 산 빛과 물소리는 그대로 전체를 드러내고 있다. 무심의 경지에서 관하면 모든 경계가 멸하는 경지인 것이다. 이렇게 자연은 그대로 아무런 경계 없이 전체를 드러내고 있건만 이 안에서 무생(無生)의 이치를 깨달으려 하는 마음조차도 버려야 하는 관물의 미의식을 읽을 수 있다. 다음은 태고보우의 「신제(愼齊)」[17]에서 조고각하 관물의 미의식을 찾아보기로 한다.

녹음방초에 봄비가 내리고	芳草三春雨
단풍나무엔 서리가 내리네.	丹楓九月霜
마음 비우고 변화를 관하니	虛心觀物變
아무일 없이 모두가 일체네.	無事但平等

---

16) 白雲, 『白雲和尙語錄』, 「居山 · 三」.
17) 普愚, 『太古和尙語錄』, 「愼齊」.

보우는 수행이란 봄에는 봄 인줄 알고 가을에는 가을 인줄 아는 것이라 한다. '허심관물(虛心觀物)'의 수행을 통하여 '평상심시도(平常心是道)'를 선어(禪語)로 전하는 속에 조고각하의 반조의 미의식이 들어 있다. 기구에서 봄이 되어 녹음방초에 봄비가 내리는 이치를 말하고, 승구에서는 가을이 되어 단풍이 들고 찬 서리가 내리는 삼라만상의 변화를 관조하였다. 이 모두는 허심(虛心)의 지관(止觀)에 여여히 드러나는 현상이고 이것을 직시하는 것 자체가 수행임을 말 하였다. 결구에서 마음을 비우고 모든 만물을 그대로 관하면 일체의 분별심을 떠나게 된다는 선수행의 결과를 선어로 표현한 내용에서 관물반관의 시적 미의식을 찾아 볼 수 있다. 다음은 청허휴정의 「곡지(曲池)」[18]이다.

맑은 연못의 수면 텅 비어 있으니   清潭一面虛
산 그림자 맑은 거울 위로 비치네.   山影生明鏡
산의 새를 보고 물 속 고기를 보니   觀鳥又觀魚
날고 잠기는 것이 또한 본성대로네.   飛潛亦本性

라고 하였다. 선가의 관법 수행은 명경(明鏡)에 만상을 비춰보는 것이다. 기구에서 맑은 연못에 수면이 텅 비어있는 듯 고요하다고 하였으니 마음의 번뇌 망상이 끊어진 삼매의 경지이다. 승구에서 수면이 고요하여 주변의 삼란 만상이 그대로 비춰오니 그 자리를 그대로 관하는 것이 진여를 바로 보는 것이라 하였다. 전구에서 관물의 대상을 조(鳥)·어(魚)에서 찾으니 새는 하늘을 날고 물고기는 물속에 잠기는 이치가 그대로 본성의 행(行)인 것을 관(觀)하였다. 다음은 용담조관(龍潭慥冠)의 「차증성학사미(次贈聖學沙彌)」[19]이다.

---

18) 淸虛, 『淸虛堂集』, 「曲池」.

성불의 도를 알고자 한다면　　　　　　要知成佛道
꼭 육근 육진을 비춰보아라.　　　　　　恰恰照根塵
오늘의 일 하지 말 것이니　　　　　　　莫作今日事
옛사람 만나기 어렵느니라.　　　　　　難逢舊時人
개미의 꿈은 가련할 뿐이고　　　　　　可憐蟻子夢
옥루의 봄 헛되이 져버렸네.　　　　　　虛負玉樓春
이렇게 서쪽으로 가는 길에　　　　　　且持西歸路
홍련 덕수 물가에 피어나리.　　　　　　蓮紅德水濱

성학 사미승에게 주는 시이다. 덕수 물가의 홍련(紅蓮)을 법제자에게 관물의 수행 대상으로 비유하였다. 사미승은 출가를 하여 아직 구족계를 수계하지 못한 어린 승려를 말하니 용담은 당부해 주고 싶은 말이 많았으리라. 성불의 도를 알고자 한다면 육근 육진을 반조(返照)라고 하였다. 안이비설신의(眼耳鼻舌身意)의 육근이 청정하면 색성향미촉법(色聲香味觸法)의 육진이 인신(人身)에 들어가 육근을 혼탁하게 하는 일이 없을 것이니 육진을 떨쳐 육근이 청정하면 그 자리가 성불자리인 것이다.

성불로 가는 서방극락정토 길에 한갓 개미의 꿈을 꾸거나 백옥루의 지나는 봄에 한 눈 팔고 수행을 게을리 하지 말 것을 말하니 이렇게 수행하다보면 한 송이 홍련이 덕수 물가에 피어나리라 했다. 중국 선가의 공안(公案) 중에 덕산스님의 일화를 들어보면 덕산 스님은 금강경을 항상 강설하였는데 길가의 떡 파는 노파가 금강경 뜻을 묻는 것에 답을 하지 못하고 그 노파가 알려주는 용담숭신(龍潭崇信)에게 가서 귀의해 크게 깨달았다고 한다. 붉은 연꽃이 덕수 물가에 피어나리라고 하였으니 부질없는 꿈 져버리고 한 송이 연꽃을 피워내는 수행을 할 것을 당부하는

19) 慥冠, 『龍潭集』, 「次贈聖學沙彌」.

선지식(善知識)의 가르침을 불리문자인 언어로 전함에 선시에 들어 있는 관물의 미의식을 찾아 볼 수 있었다.

위와 같이 객체의 물을 관조하여 진여(眞如)를 찾는 과정을 선시로 속에 드러난 관물의 미의식에서 찾아 보았다. 다음에서는 관아의 미의식을 고찰하기로 한다.

2. 관아(觀我)의 미의식

관아반관(觀我反觀)은 자신을 통해 진여의 깨달음을 찾는 지관(止觀)의 과정을 선시를 통해 설한 내용이다. 자신을 선정 지혜를 균등하게 담는 수행법으로 관하여 물이 그치면 삼라만상이 그대로 비치듯 모든 번뇌를 그치는 것이다. 그 속에서 관(觀)은 자신의 본래 마음을 관찰하고, 사물의 본성을 꿰뚫어보는 것을 말한다. 초기 불교부터의 수행법으로써 천태종의 개창자인 지의(智顗)[20]는『마가지관(摩訶止觀)』에서 지관의 종류를 점차지관(漸次止觀), 부정지관(不定止觀), 원돈지관(圓頓止觀)의 3가지로 나누는 등 지관의 수행법을 설하였다. 불교경진『관무량수경(觀無量壽經)』에서는 서방극락 세계를 관하는 방법으로 13가지의 관법[21]을 설

---

20) 중국 천태종의 개조(開祖). 자는 덕안(德安) 속성은 진(陳). 중국 남북조 시대의 승려. 약 10년 동안 천태산에서 수도하였고 수양제로부터 두터운 신임을 받고 지자대사(智者大師)의 호를 받았음. 저서『마하지관(摩訶止觀)』이 있음.

21) 13관법(觀法)은 다음과 같다.
   ① 일상관(日想觀) : 해가 지는 모습을 보고 정토의 존재와 아름다움, 자기 죄업을 관함.
   ② 수상관(水想觀) : 맑은 물을 보고 물을 변화시켜 유리와 같은 정토의 대지를 관함.
   ③ 보지관(寶地觀) : 유리와 대지 위에 있는 황금의 길, 누각 등을 관함.
   ④ 보수관(寶樹觀) : 정토에 있는 칠보의 나무와 그 나무로부터 나오는 광명을 관함.
   ⑤ 보지관(寶池觀) : 여덟 가지 공덕수가 충만한 칠보의 연못을 관하고, 그 물이 흘러 개울이 되고, 연화의 꽃이 피고, 흐르는 물소리는 무상무아의 법을 설하고 있음을 관함.

하였다. 이와 같은 13관법에 의해 무량겁 동안 더럽혀진 생사의 죄를
멸하고 정토에 왕생할 수 있다고 하는 선가의 중요한 관법수행인 것이
다. 여기 13관법 중 두번째 수상관(水想觀)은 맑은 물을 보고 물을 변화
시켜 유리와 같은 정토의 대지를 관하는 관법으로 물을 본다는 것은 지
관의 수행이며 관아관법임을 선시의 미의식에서 찾아 볼 수 있다. 이러
한 관아관법의 선수행이 선시에 드러난 미의식으로 고려때 무의자혜심
(無衣子慧諶)의 선시 「대영(對影)」22)을 본다.

<blockquote>
연못가에 홀로 나와 앉아 있자니 　　　　池邊獨自坐
연못 속에서 우연히 스님 만났네. 　　　　池底偶逢僧
묵묵히 바라보며 미소만 짓는 건 　　　　黙黙笑相視
말 할 것 없음 그대 알아서 이네. 　　　　知君語不應
</blockquote>

『증일아함경(增一阿含經)』에서 "진리에 공양하는 사람은 즉 나에게 공
양하는 것이요, 진리를 본 사람은 곧 나를 본 것이니라. 이미 진리가

---

⑥ 보루관(寶樓觀) : 정토의 칠보 누각에서 천인이 연주하는 음악이 모두 삼보를 염
　하도록 설하고 있음을 관함.
⑦ 화좌관(華座觀) : 부처님이 앉아 계신 연화좌가 찬란하게 정토를 비추고 있음을
　관함.
⑧ 상상관(像想觀) : 하나의 큰 연화 위에 빛이 찬란한 아미타불의 앉아 계신 모습을
　관함.
⑨ 진신관(眞身觀) : 아미타불의 상호에서 광명이 비춰 중생을 섭수하고 계심을 관함.
⑩ 관음관(觀音觀) : 관세음보살의 몸이 광명으로 빛나는 영락을 두르고 있음을 관함.
⑪ 세지관(勢至觀) : 아미타불, 관음, 세지의 3존이 정토에 모여 중생을 위해 설법
　하시며 고통 받는 중생을 인도 하시는 것을 관함.
⑫ 보관(普觀) : 불보살이 허공에 가득한 정토에 왕생한 것을 관함.
⑬ 잡상관(雜想觀) : 잡다한 불신을 관하는 것으로 정토의 보배 연못에 있는 불상이
　시방세계에 몸을 변현 시켜 여러 가지 몸으로 일체를 교화함을 관하는 것이다.
22) 혜심, 『무의자시집』, 「對影」.

있으면 내가 있으리라."[23]라고 하였다. 즉 삼라만상의 만법을 관하는
것은 곧 자신을 관하는 것이요. 삼라만상의 법을 아는 사람은 곧 나를
아는 것이다. 무의자 스님은 연못가에 홀로 앉아 수상관의 삼매에 들어
있다. 연못 속에서 우연히 스님을 만나니 물속 스님과는 아무 할 말이
없는 것이다. 내가 나를 설명할 필요가 없는 것 아닌가? 이 도리를 안다
면 만법귀일(萬法歸一) 자타일여(自他一如)의 관법(觀法)에서 무심일도(無
心一道)의 선오(禪悟)의 경지를 어찌 허공에 그리겠는가? 이렇듯 본래 선
지(禪旨)는 말로 할 수 없으니 불립문자라고 하였다. 혜심은 물 속 자신을
들여다보고 이심전심의 삼매경지에서 자신을 조고각하고 있는 미의식
이 그의 선시에 그대로 드러나 있다. 다음은 백운경한의 「거산(居山)·
십일(十一)」[24]이다.

배고프면 밥 먹고 피곤하면 잠을 자니　　　飢來喫食困來眠
한 생각 가라앉아 모든 경계 한가롭네.　　　一種平懷萬境閑
시비를 가져 와서 날 분별하지 말게나　　　莫把是非來辨我
뜬세상의 인간사는 진십하지 않는나네.　　　浮生人事不相干

　백운화상은 시의 전반부에서 배고파 오면 밥 먹고 곤해지면 잠을 청
하는 자체를 관아관법으로 표현하였다. 이렇게 자신을 관조하여 모든
경계를 떠나버리면 마치 하나의 파도가 쉬어 온 바다의 물결이 쉬어지
듯 한 생각 쉬어 모든 경계가 저절로 쉬어 진다고 하였다. 시의 후반부
에서 어떠한 시비에도 망상을 일으키지 말 것이고 또한 덧없는 번뇌
망상을 쉬어 마음을 멸하는 관아를 설하였다. 이에 백운의 선시에서

23) 『增一阿含經』. "其有供養法恭敬我 己其觀法者觀我 其有法有我"
24) 백운, 『백운화상어록』, 「居山·十一」.

무념무상의 관법을 자신을 관조하는 미의식으로 표현한 선어를 고찰
하였다. 다음은 용담조관의 「증활사지구(贈濶師之求)」25)에 드러난 관
아관물의 미의식이다.

복성공부 무루연(無漏緣)26)에 달려 있으니   復性工夫在靜緣
가히 무루의 법과 조사선을 관하라.   可觀無漏祖師禪
마음을 바루어 부침을 여워 버리면   凝心倘得離沈棹
제불이 어찌하여 현전치 않으리오?   諸佛如何不現前

공자의 제자 안연이 극기복례(克己復禮)27)에 대한 질문을 하자 공자는
사물(四勿)28)로 대답을 해준다. 용담선사는 활사(濶師)스님에게 성품을
회복하는 공부를 마음을 고요히 하여 청정한 법신을 회복할 것을 말하며
무루법(無漏法)과 조사선(祖師禪)을 관하라고 말해주고 있다. 무루법은
번뇌의 때를 여윈 청정한 법을 말하며 삼승(三乘)의 성인이 얻는 계·정
·혜와 열반을 말한다. 이러한 청정한 법신을 회복하면 생멸 또한 벗어날
것이니 무루법을 관하여 복성(復性)을 하라고 한다.

또한 조사선(祖師禪)을 관(觀)할 것을 당부하니 조사선은 여래선(如來
禪)이라고 하며 불립문자 교외별전의 조사(祖師)가 전래한 선(禪)을 말한
다. 불성을 회복하는 공부 방법으로 이렇게 자신의 성품을 반관함에 무

---

25) 조관, 『용담집』, 「贈濶師之求」.
26) 무루연(無漏緣) : 98수면(隨眠) 가운데 멸(滅)·도(道) 2체에 속하는 6혹은 무루법을
   연하는 것으로 무루연이라 이름 한다. 그 밖의 92수면은 모두 유루법을 연하므로 유루
   연(有漏緣)이라고 이름 한다.
27)『논어·안연』. "顏淵問仁 子曰 克己復禮爲仁 一日克己復禮 天下歸仁焉 爲仁由己 而
   由人乎哉"
28)『논어·안연』. "顏淵曰 請問其目 子曰 非禮勿視 非禮勿聽 非禮勿言 非禮勿動 顏淵曰
   回雖不敏 請事斯語矣"

루법과 조선선의 방편을 제시하였다. 유가의 학업으로 극기복례의 수신 덕목을 닦아 무루법 조사선의 관법으로 불성을 회복하고자 함이 곧 바로 불가의 사상이라 할 수 있고 선시에 드러난 관아관물의 미의식적 특징이라 할 수 있다. 다음은 용담조관의 「임수우음(臨水偶吟)」29)이다.

걸어 나가 시냇가에 닿으니 　　　　　步出臨溪上
맑은 물 쉬지 않고 흐르네. 　　　　　清波逝不休
가만 보니 머무르는바 없고 　　　　　細觀無所住
천지는 하나의 물거품이어라. 　　　　天地一浮漚

불교의 13관법 수행 중의 하나인 수상관법(水想觀法)을 통한 선사의 수행관을 찾아본다. 참선 여가의 행선(行禪)이다. 걸어서 물가에 이르니 흐르는 물은 멈추지 않고 흐르고 그 자체가 삼라만상의 본연의 자리인 것이다. 물속을 들여다보며 바로 자신을 관한다. 관아관법에서 머무는 바 없는 자리의 무상(無常)을 바라보니 이러한 무상 속에서 무엇을 꿈꾼단 말인가? 바로 천지간 모든 만물은 흐르는 물위에 잠시 생겼다가 자취도 없이 사라지는 물거품인 것이다. 용담선사는 이러한 선의 이치를 관(觀)하여 언어로 남겼으니 그 속에서 선시의 미의식을 또한 찾아보았다. 다음은 용담조관의 「송흘상인입선(送屹上人入禪)」30)이다.

고요히 앉아 마음을 관하니 　　　　　靜坐觀心地
허공 또한 하나의 티끌이네. 　　　　　虛空亦是塵
본래 한 물건도 없는 것을 　　　　　　本來無一物
안 연후 도에 가까워지리라. 　　　　　然後道方親

---

29) 조관, 『용담집』, 「臨水偶吟」.
30) 조관, 『용담집』, 「送屹上人入禪」.

용담선사는 기구에서 정관(靜觀)을 말하였다. 고요한 자리는 본래의 자리, 어느 무엇도 일으키지 않은 진여의 자리이다. 승구에서는 바로 그 자리에서 자신을 관아(觀我)하니 천지만물도 보이지 않는 티끌에 불과한 것이다. 본래 이러한 관아관법이 진여를 찾는 길이고 본래면목을 아는 길이라 하였다. 선정(禪定)에 드는 일은 본래 한물건도 없는 것을 바로 아는 것이니 여기에는 바로 나라고 하는 것도 없는 것이기에 관아관법(觀我觀法)을 통하여 무아(無我)의 도에 가까이 간다 하였다.

이와 같이 시승(詩僧)의 선시를 통해 선가의 외적 사실을 객관적인 언어로 표현함에 '조고각하(照顧脚下)' 즉 '반관(反觀)'을 바탕으로 한 미의식을 관물관법(觀物觀法)·관아관법(觀我觀法)으로 나누어서 선가의 시세계에 드러난 미의식의 일면을 고찰하였다.

Ⅳ. 맺음말

위와 같이 「선시(禪詩)의 미의식(美意識)-불가시(佛家詩)를 중심(中心)으로-」를 고찰하였다. 논의 된 내용을 정리하고 후고의 문제를 제기하여 맺음말로 삼고자 한다. 본고에서는 불가 선시의 미의식에서 반관(反觀)의 미의식을 연구범위로 하여 고찰할 것을 연구범위에서 밝혔다. 이에 불가 선시에 드러난 전반적이 미의식의 특징을 조명하기 위하여 불가 선시의 배경을 한국 불가의 선승의 법맥을 중심으로 살펴보았다. 이에 선시를 이룬 선시승과 그들의 선시 속에 드러난 미의식의 특징을 검토하여 본고에서 그 특징 중 반관의 미의식을 연구 범위로 하였다.

팔만대장경의 심오한 불교사상과 1천 7백의 격외(格外)의 도리 공안(公案) 전체가 불립문자의 종지(宗旨)에서 문자를 떠나지 못한 결과물로 남겨진 것이다. 선종에서 불립문자라고 하였지만 구도 오도의 방법과 정신을 제자에게 전하기 위해서는 언어문자라는 도구를 사용 할 수 밖에 없었던 것이었다.

이렇게 불가의 많은 선사들이 남긴 선시의 자취를 들여다보니 중국 선종의 시조로 숭앙 받고 있는 보리달마(菩提達磨)로부터 혜가(慧可)·승찬(僧璨)이 제자에게 게송으로 법을 전하였다. 여기서 득도의 경지를 언어라는 틀에 가두어 버리면 이미 생명력을 잃게 되기 때문에 불립문자라고 하였지만 언어를 떠날 수 없었음이 여실히 드러났다. 진공묘유의 선의 세계에서 어떠한 언어나 문자도 용납하지 않을 뿐만 아니라 일체의 형식적인 틀도 거부 하였지만 그럼에도 불구하고 불가의 선의 세계와 언어 미학의 상관성은 불리문자의 관계성을 거부 할 수가 없었음을 고찰 할 수 있었다.

이런 관점에서 선시 문학을 이해하기 위해서는 선시 속에 드러난 선승들의 미의식을 이해하는 일이 선행 되어져야 할 부분에 문제를 제기했고 불가 선승의 조고각하의 기초 수행 관법을 통한 선시와 선의 오도의 경지를 시를 통해 말한 미의식을 살펴 볼 수 있었다. 이렇게 우리나라 불가 선수행 사상이 선시에 투영된 내용을 '조고각하(照顧脚下)'의 불가 관법 수행에서 실마리를 찾아냈다. 이에 '불립문자·교외별전·직지인심·견성성불'의 경계를 표출하였던 선(禪)의 입장에서 '평상심시도(平常心是道)'의 자연스러운 조고각하 반관의 수행관을 관물관아 관아관물의 미의식으로 나누어 고찰하였다.

① 관물(觀物)의 미의식에서 선시 속 선가의 외적 사실을 객관적인 언어로 표현함에 '조고각하(照顧脚下)' 즉 '반관(反觀)'을 바탕으로 한 미의식을 볼 수 있었다. 불립문자가 문자에 집착하지 말라는 불착문자(不着文字)의 뜻이지, 불용문자(不用文字)는 아니라는 관점을 통하여 문자로 말

미암은 장애를 일으키지 않고 그 묘리(妙理)를 전달한 것이 선시이다. '허심관물(虛心觀物)'의 수행을 통하여 '평상심시도(平常心是道)'라는 선어 (禪語)가 '조고각하'라는 관물의 미의식에 들어 있음을 확인하였다.

② 관아(觀我)의 미의식에서 관아반관(觀我反觀)은 자신을 통해 진여의 깨달음을 찾는 지관(止觀)의 과정을 선시를 통해 설한 내용임을 고찰하였다. 선정(禪定)에 드는 일은 본래 한물건도 없는 것을 바로 아는 것이다. 여기에는 바로 나라고 하는 것도 없는 것이니 관아관법(觀我觀法)을 통하여 무아(無我)의 도를 증득한 선어(禪語)의 오도시(悟道詩)에서 관아의 미의식을 찾아 볼 수 있었다.

이상과 같이 '조고각하'의 선수행을 통해 남긴 선어(禪語)에서 불가의 선시에 드러난 반관의 미의식을 중심으로 고찰하였다. 본 논고를 계기로 이외의 불가 선시에 드러난 미의식의 특징을 폭넓게 고찰하는 범위는 후고의 과제로 남겨 둔다.

참고문헌

間中富士子, 『佛敎文學 入門』, 세계성전간행협회, 1982.
鎌田茂雄 著, 申賢淑 譯, 『韓國佛敎史』, 民族社, 1988.
境野勝悟, 『禪の思想に 學ぶ 人間學』, 致知出版社, 平成6년.
杜松栢, 『禪詩三百首』, 臺北: 黎明文化事業公司, 民國70.
杜松栢, 『禪與詩』, 臺北: 弘道書局, 民國65.
杜松栢, 『禪學與唐宋詩學』, 臺北: 黎明文化事業公司, 民國65.
石破 洋, 『佛敎文學硏究論攷』, 興英文化社, 平成7년.
松本史郎, 『禪思想의 批判的硏究』, 大藏出版, 1994.
柳田聖山, 『禪語錄』, 中央公論社, 昭和49.

伊藤博之 外 편, 『佛敎文學講座』, 勉誠社, 平成6년.

子秀, 『無竟集』.

正訓, 『澄月大師詩集』.

志安, 『喚惺詩集』.

陳 香, 『禪詩六百首』, 民國74.

處能, 『大覺登階集』.

最訥, 『默庵大師詩草』.

秋鵬, 『雪巖雜著』.

取如, 『括虛集』.

捌關, 『振虛集』.

韓國佛敎全書 編纂委員會 編, 『韓國佛敎全書』, 東國大學校 出版部, 1989.

海日, 『瑛虛集』.

慧勤, 『懶翁和尙語錄』.

慧諶, 『無衣子詩集』.

慧諶, 『曹溪眞覺國師語錄』.

休靜, 『淸虛集』.

愼冠, 『龍潭集』.

金美善, "艸衣 張意恂 詩의 硏究", 성신여대 대학원 박사학위논문, 2000.

_____, 「韓國的 中國禪詩 受容美學」, 中國: 齊魯學刊 2006.

_____, 『艸衣禪師의 禪茶詩』, 이화출판사, 2004.

_____, 「映湖禪師的禪詩」, 中國: 聊城大學學報, NO.6, 2005.

_____, 「韓國的 中國禪詩 受容美學」, 中國: 齊魯學刊 2006. 7.

_____, 「佛家의 詩禪不二 思想」, 『동양철학연구』 제56집, 동양철학연구, 2008.

_____, 「龍潭禪師의 禪詩」, 『한자한문교육』 제23집, 한국한자한문교육학회, 2009.

_____, 「禪詩의 特徵과 展開 樣相」, 『동방한문학』 제42집, 동방한문학회, 2010.

동국대학교 한국불교전서편찬위원회, 『한국불교전서』 제9책, 동국대학교출판부, 1988.

서울대학교 규장각한국학연구원,『규장각소장문집해설-18세기』, 민창사, 2007.

석지현,『선시감상사전』, 민족사, 1977.

조선후기 연행록의 미학적 특질

-『수사록』의 내용을 『열하일기』와 비교하여 -

김동석

I. 머리말

'미학'은 여러 가지 뜻으로 정의될 수 있겠지만, 본고에서 말하는 '연행록의 미학적 특질'은 시간의 간극이 내재한 연행록의 내용 중에서 문학성이 뛰어난 것을 선별하고 배열하여 글 속에 감추어진 작가의식 이나 기록의 문학적 의의를 발견하는 작업에서 도출할 수 있을 것이 다. 이를 통해 지금 우리에게는 어떤 의미로 다가오는지 살피는 것이 다. 이런 관점에서 보면, 미학은 가치를 만들어 가는 것 또는 발견해 나가는 과정이라고도 말할 수 있을 것이다.

또 글에서 『열하일기(熱河日記)』와 『수사록(隨槎錄)』의 이야기를 펼 쳐가는 방식이 서사문과 흡사하다는 것에 주목한 것이다. 특히 시간 의 흐름에 따라 이야기를 진행시키고 있다는 점과 주제가 있다는 점 이다. 박지원(朴趾源)이 새로운 세계를 보기위해 연행을 떠날 때 문인 노이점(盧以漸)도 일생을 회고하면서 주제의식을 가지고 북경을 떠났다. 고전 서사물이 에피소드를 연결하여 내용을 전개하듯이 『수사록』도 수많은 일화가 시간에 따라 펼쳐진다. 여기에는 함께 떠난 동행인과 그리고 연행도중 만나는 다양한 인물, 심양과 북경에서 만난 중주인물이 있었다. 본고에서는 『수사록』에서 그려낸 연행서사로 논지를 이끌고 가면서 특별히 『열하일기』와 관련된 내용을 중심으로 살펴보고자 한다.

박지원과 함께 연행을 떠난 노이점의 연행록인 『수사록』은 그 작자와 가계도, 「서관문답서(西館問答序)」와 지전설, 노이점의 연행 시각과 박지원의 연행 시각, 연행 일정에 대한 비교는 이미 고찰된 적이 있다. 이 글은 기존연구[1]를 제외한 후속 연구의 일환으로 다음과 같은 것을 살펴보고자 작성되었다.

예를 들어 설명해 보겠다. 노이점의 연행 동기는 한차례 언급된 적이 있지만,[2] 연행도중 금석산(金石山)을 보고 자신의 심회를 토로하거나, 중주인사 박명(薄明)에게 보내는 편지에도 나타난다. 서로 연관 지어 본다면, 좀 더 명확하게 연행 동기를 규명할 수 있을 것이다.

동일 공간에서 동인한 인물과 사건을 노이점과 박지원이 어떤 반응을 보이면서 묘사하고 있는 지 살펴보았다.

『수사록』의 내용 중에 『열하일기』와 연관된 사항에는 『열하일기』 창작의 중요 소재가 되거나 창작 배경으로 볼 수 있는 것이 있다. 예

---

1) 南權熙, 「새로 발견된 노이점(盧以漸)의 『수사록(隨槎錄)』에 대한 서지적 연구(研究)」, 경북대 『도서관학론집』 23, 1995.
　　權延雄, 「노이점(盧以漸)의 수사록(隨槎錄) 해제 및 원문 표점」, 『경북사학』 제22집, 1998.
　　김동석, 「노이점(盧以漸) 수사록(隨槎錄)에 관한 연구」, 『한국한문학』 27집, 2001.
2) 김동석, 「수사록(隨槎錄) 연구」, 2002, 학위논문, 6~113쪽 참조.

를 들면, 노이점은 복장 때문에 조선 사람들이 청나라 사람들에게 당한 놀림을 생생하게 그려내고 있다. 박지원도 복장 문제에 관심을 자주 보이고 있는데, 당시 연행에서 직접 체험한 것이 중요한 영향을 끼쳤다고 할 수 있다. 박지원은 열하에서 북경으로 돌아와 한 달 정도 더 머물면서도 더 이상 일기체 서술을 하지 않고「알성퇴술(謁聖退述)」과 「황도기략(皇圖紀略)」, 「앙엽기(盎葉記)」같은 편에 항목별로 기술한다.『수사록』을 통해 북경 체류 일정과 그 의미를 짐작할 수 있다. 이밖에 박지원은 열하에서 곡정과 이야기를 할 때 물이 갈라지는 고사를 인용한다. 그런데 조선 사신이 북경으로 갈 때 고사의 배경이 된 그곳을 지나오면서 고사를 이야기 한 적이 있다. 노이점은 이런 사실을 기록하였고, 박지원은 「곡정필담(鵠汀筆談)」에서 곡정과 이야기하면서 언급한다.

본고는 이런 것을 중심으로 살펴보고자 한다.

Ⅱ. 연행 주제와 주된 관심사

환갑을 지난 노이점은 북경에서 박명에게 주는 편지 속에 연행을 하게 된 동기를 극명하게 밝히고 있다.

"태어날 때 하늘이 나에게 준 것은 많고 적음의 차이가 없었는데 나는 무엇 때문에 아득한 곳에 버려졌는가?" ······ '백발이 다하도록[백분(白紛)]' 한결같이 명상에 젖었으나 그 실마리를 찾지 못하여 이에 죽어 땅 속에 들어가서도 눈을 감지 못할 것을 두려워하였습니다. 드디어 분발하는 의욕이 생겨 중국에 한 번 가서 중화의 선비에게 물어 보고자 하였습니다.[3]

천태산(天台山)은 중국의 절강성(浙江省) 천태현(天台縣) 북쪽에 있는 산이고, 여산(廬山)은 강서성(江西省) 구강시(九江市) 남쪽에 있는 산으로 파양호(鄱陽湖)와 장강(長江)가에 우뚝 솟아 있다. 서자 출신인 노이점이 한평생 살면서 겪은 신분차별로 '아득한 곳에 버려졌다.'는 생각이 그의 일생을 지배한 듯하다. 이것이 연행 동기를 자극하였다.

연행 때 그의 의식은 종종 다른 방식으로도 표출된다.

금석산(金石山) 참(站)에 도착한다. 이 산은 변방의 명산으로 여러 봉우리가 험준하게 우뚝 솟아 연꽃을 깎아 놓은 듯한 것이 진실로 천태산(天台山)이나 여산(廬山)과 가히 우열을 가릴 수 없다. 그러나 멀리 떨어진 황량한 변경의 국경 지역에 치우쳐 있기 때문에 이름은 '순임금의 제사' [虞秩]4)를 받는데 오르지 못하고, 경치는 주유(周遊)할 때 수레[주철(周轍)]5)를 불러들이지 못했으니 이 또한 산이 때를 만나지 못한 것이다. 자못 안타깝다.6)

---

3) 盧以漸, 『隨槎錄』, 1권, 「與博詹事書」. "天之所以與我者, 初無豐嗇之殊, 則我何爲芒芒然棄之耶?'夙夜祗慄, 唯褻天是懼, 未嘗不留心於聖賢之書, 旁搜百家之言, 肪於鬖髻訖于白紛, 而一味冥埴, 罔尋其緒, 則恐此目之不暝於地下, 遂有奮發之志, 一欲就質於中華之君子, 而山川間之, 道涂遼焉, 今玆之行, 衣菱繩之服, 涉湯火之水, 跟行人之便, 而又値淫潦, 浹月, 平陸成海, 衝泥而遭沒膝之災. 濟川而罹滅頂之患, 甚至於臨不測而屢號神明, 褰裳褌而毛骨俱竦, 濱死者數矣. 而猶不以爲悔者, 其意豈淺淺也哉." 여기에 관련된 논문은 김동석, 앞의 논문 참조.

4) '순임금의 제사'[虞秩] : 순이 산천에 제사를 지냈다. 『서경·순전』, "望秩于山川"

5) 주철(周轍) : 옛날 목왕(穆王)이 자신의 의지를 보이기 위하여 천하를 다닐 때 수레바퀴의 흔적과 말 발자국을 남기었다. 『欽定四庫, 子部·初學記』, "昔穆王, 欲肆其志, 周行天下, 將必有車轍馬迹."

6) 盧以漸, 『隨槎錄』, 1권, 6월 26일. "至金石山站. 此山是塞上名山, 羣峰崒兀, 削出芙蓉, 眞可與台廬伯仲, 而僻在於荒微絶塞之間, 故名不登於「虞秩」, 景不引乎「周轍」, 是亦山之不遇者也, 殊庸慨惜."

산을 보고 산이 아름답다는 것만 느낄 수 있었겠지만, 노이점은 구
태여 대접을 받은 산과 그렇지 못한 산을 비교하여 생각하고 있다. 이
름 없는 산을 보면서 자신을 빗대어 심회를 우회하여 들어내듯이 똑
같이 빼어난 산이지만, 처지가 다르면 '순임금의 제사'같은 제사를 받
지 못한다고 지적하고 있다.

드디어 북경에 와서는 박명을 중주의 선비로 생각하게 된다. 박명을
통하여 자신의 심회를 은근하게 들어내는 듯한 표현을 한다.

> 우계(愚溪)는 남만(南蠻)의 가운데로 졸졸 흐르고 있었는데, 유자후(柳子
> 厚)가 한 자 내려준 이름 때문에 지금도 세상에 알려지게 되었습니다. 바
> 다 귀퉁이 조선에 사는 어리석은 사람이라 우매하지만 어찌 남만에 있는
> 우계만 못하겠습니까?7) 대가의 좋은 글도 자후의 희어(戲語)에 불과 했던
> 것입니다.8)

'유자후(柳子厚)~되었습니다.'에서 유자후가 우연히 죄를 지어 영주
부(永州府)에 있는 소수(瀟水)로 귀양을 가게 되었다. 유자후는 그곳에
있는 물을 사모한 나머지 자신의 이름을 우계(愚溪)로 바꾸고 시냇가에
있는 바위에 시를 지어 기록하였다. 노이점은 박명을 만나자 유자후의
고사를 떠 올렸다.

노이점은 박명에게 시를 보내주고, 이에 대한 화답시를 얻어 자신이
들어나기를 바란 듯하다.

---

7) 宋趙與, 『賓退錄』, 卷一. "子厚居柳築愚溪, 東坡居惠築鶴觀, 若將終身焉."
8) 盧以漸, 『隨槎錄』, 1권, 9월 1일. "愚溪蠻徼中一涓涔, 而得子厚一字之賜, 至今顯於
   世, 海隅愚生, 雖甚顓蒙, 豈蠻溪之不若耶？ 大家珠什, 不翅子厚之戲語爾."

혹시 버들을 꺾어 흙 장구를 치는 소리로는 균천(勻天)과 운소(雲韶)의 음악을 함께 섞일 수 없는 것은 알지만, 혹시라도 돌아봐 주시어 시문[경거(瓊琚)]을 적어 주신다면 어리석은 사람이 돌아가는 선물에 빛이 나게 하여 집안에 전하는 자산이 되게 할 것을 기약합니다. 서촉의 단청도 진귀한 것이 못할 뿐 만 아니라 '형양(荊揚)의 삼품(三品)'9)도 보배가 되지 못되고, 강남의 문채가 나는 비단도 아름다운 것이 되지 못합니다. 감동을 어찌 다 하겠습니까? 오직 합하께서 살펴주시기 바랍니다.10)

균천(勻天)은 균천(鈞天)인 듯하다. 균천(鈞天)은 "균천광악(鈞天廣樂)"을 약칭한 말로 하늘의 음악을 말한다. 운소(韻韶)는 황제의 무도(舞蹈)인 운문(雲門)의 악(樂)과 우순(虞舜)의 대소(大韶)의 악(樂)을 말한다. 뒷날 궁중의 음악을 광범위 하게 지칭하는 말로 쓰였다. 노이점이 박명에게 지나친 격식을 갖춘 듯한 편지이다. 노이점은 하늘이 자신을 버려 서자로 태어나게 했지만 자신에 대한 우월감이 없다고는 할 수 없다. 노이점은 심양에서 만난 학당 선생 정도의 독서 수준은 우습게 본 적이 있고,11) 심양의 교관으로 부터는 문장이 훌륭하다는 칭찬을 듣기도 한다.

"그대의 글을 보니 능히 중화에서 문장하는 학사도 감당할 수 있겠습니다. 가히 제왕의 교화가 가장 먼저 도달하는 곳이라는 것을 알겠습니다."12)

---

9) '형양(荊揚)의 삼품(三品)': 『周禮·職氏』, "揚州其利金錫, 荊州其利丹銀齒革"

10) 盧以漸, 『隨槎錄』, 1권, 「여박첨사서(與博詹事書)」. "固知折柳附缶之音, 不足混於勻天云韶之響, 而倘蒙睠眷, 惠以瓊琚, 則庸賁歸槖, 筮作傳家之資, 西蜀丹青, 不足以爲珍, 荊揚三品, 不足以爲宝, 江南义錦, 不足以爲美, 感戢曷旣, 唯閣下垂察焉, 某拜."

11) 盧以漸, 『隨槎錄』, 1권, 9월 19일. "故逐相揖, 而復入齋中, 與之筆話, 而彼皆不曉. 其不文而可知, 然而爲人經師, 甚可呵也. 開此處知音而不知義者多, 故有敎音之師云."

12) 盧以漸, 『隨槎錄』, 1권, 7월 11일, "觀尊華翰, 堪擬中華文章學士, 可見王化首及處"

북경에서도 노이점은 박명에게 인정을 받는다. 박명은 노이점의 시를 받고 나서, 열하에서 돌아온 박지원과 함께 만날 때 노이점의 시에 대하여 이렇게 말했다.

> 박명이 말한다.
> "부끄럽게도 아름다운 (시로) 읊어 주심을 입었습니다. 기운과 풍격이 웅건하고 노련하시고, 운률과 격조가 유창하고 아름다운 것이 평소의 소양을 보여주시는 것입니다."[13]

박명이 외국인인 노이점에게 다소 과장이 섞인 듯한 표현을 하여 이처럼 말할 수도 있을 것이다. 하지만 노이점이 평소에도 시에 능한 것이 알려졌고, 소과(小科)의 진사(進士) 시험에도 시로 시험을 보았다. 진택(震澤) 신광하(申光河)와 시를 주고받은 적도 있다.

노이점은 중주의 대표적인 인사를 만나 자신의 학문 세계를 검증하고자 하였다. 『수사록』이 하루 일과를 기록한 것 중에 제일 긴 문장으로 자신의 생각을 펼쳐 보인 것도 이 날의 필담이다. 이 필담 중에 당송팔가문에서 부터 명나라 학자들에 이르기 까지 언급을 하였고, 두보를 최고의 시인으로 보았고, 송나라와 명나라의 시에 대해서도 자신의 생각을 펼쳐 보였다.

> "송시(宋詩)가 고실(古實)을 숭상한 것은 정말 명나라 사람이 논한 것과 같습니다. 명나라 사람의 시는 허된 소리를 숭상하여 당나라 사람들의 '질박하고 순진한'[혼연(渾然)]이 없습니다. 풍기(風氣)가 올라갔다가 내려감이 어찌 이렇게 되지 않을 수가 있습니까? 지금의 시는 어떠합니까?"[14]

---

13) 盧以漸, 『隨槎錄』, 1권, 8월 22일. "博日：'愧荷佳咏, 氣格蒼老, 韻調流麗, 足徵素養'"

고실(古實)은 고실(故實)이라고도 한다. 고실(古實)은 전고(典故) 같은 옛 일에서 뜻을 빌리거나 참고하여 사용하는 것을 말한다. 노이점(盧以漸)의 평론은 여기에 그치지 않고 명나라 방손지(方遜志)에 까지 이른다.

"명나라 때 글 중에 방손지(方遜志)나 왕약명(王若明)같은 사람은 구양수(歐陽修)와 소동파(蘇東波)에 부끄럽지 않는 것 같습니다. 그 밖에 형산(荊川)과 공동(崆峒), 진강(晉江), 봉주(鳳洲) 같은 사람들은 체재와 격조는 각기 다르지만 대가가 되었다고 말해도 나쁠 것 없습니다. 응당 누구를 최고로 볼 수 있을 까요? 저는 방손지(方遜志) 보다 나은 사람이 없다고 보는데, 잘 알지는 못하지만 어떤 지요."15)

노이점이 관심을 보인 글은 유종원의 「진문(晉問)」, 「봉건론(封建論)」과 증공(曾鞏)의 「학사기(學舍記)」와 한유(韓愈)의 「원도(原道)」를 좋은 글이라고 꼽고 있다. 여기에 형산(荊川) 당순지(唐順之, 1507~1561), 공동(崆峒) 이몽양(李夢陽, 1472~1530), 진강(晉江) 왕신중(王愼中), 봉주(鳳洲) 왕세정(王世貞)같은 명나라 문장가 중에 방손지(方遜志)를 제일가는 문장가로 꼽고 있다.

『방손지집(方遜志集)』의 판본이 매우 좋으나 가격이 없어 살 수가 없으니 안타깝다. 그 문장은 전아하고 호박(浩博)한데, 명나라 때에도 없었을 뿐만 아니라 실로 전대(前代)에도 드물게 있는 것이다. 식암(息庵)이 글은 창려(昌黎)와 같고, 학문은 낮다고 말한 것은 실로 과장된 말은 아니다. 사오지

14) 盧以漸, 『隨槎錄』, 1권, 8월 22일. "余日: '宋詩多尙古實, 誠如明人之論, 而明人之詩, 專尙虛聲, 亦非唐人之渾然也, 風氣陞降, 惡得不然, 當今之詩, 未知何如耶?'"
15) 盧以漸, 『隨槎錄』, 1권, 8월 22일. "余日: '明時之文, 如方遜志, 王若明, 似無愧於歐, 蘇矣. 其餘荊川, 崆峒, 晉江, 鳳洲諸人, 雖體格各異, 而不害爲一家言也. 當以何家爲最耶? 愚意則無出於遜志未知如何?'"

않은 것은 우리나라에 많기 때문이다.16)

방손지(方遜志)의 이름은 지구(志求), 자는 문건(文健)이다. 식암(息庵)
은 그의 별호(別號)이다. 강서성(江西省) 청강현(清江縣) 사람이다. 방손
지는 책보기를 좋아하여 많은 책들을 필사하여 남겨 놓은 것으로 유명
하다.

노이점은 조선으로 돌아올 때 산해관을 나오면서 연행에 대한 의욕이
꺾인다.

검푸른 바다를 보니 나도 모르는 사이에 우울해지는데, 서쪽유람도 이제
는 의욕이 꺾이게 된다. 자못 크게 탄식한다.17)

노이점과 박지원은 중주의 인물을 만나는 것에 연행의 중요한 목적이
있었다. 하지만 두 사람은 독특한 차이를 보인다. 노이점은 심양교관을
만나 그의 학식을 대수롭지 않게 생각하거나 소극적인 태도를 보인 반
면, 박지원은 밤에 금기를 어기고 숙소를 빠져 나아가 그곳의 상인들과
밤새도록 이야기를 펼친다.

다시 북경에서 유명인사 박명을 만날 때, 노이점은 박명에게 보일 수
있는 최선의 존경을 보이면서 박명에게 글을 받으려고 간절하게 애원했
다. 이때 박지원도 박명과 필담을 나눈 적은 있지만 별다른 반응을 보이
지 않는다. 박지원은 열하에서 현달하지 못한 거인(擧人) 왕민호(王民皞)

16) 盧以漸, 『隨槎錄』, 1권, 8월 14일. "『方遜志集』板本極好, 而無價不得買, 可歡, 其文
典雅浩博, 非但皇明之所未有, 實前代之的罕有, 息庵所謂文似昌黎而學則過之者, 信非
過與矣, 未得買來者, 蓋我國多有故也."
17) 盧以漸, 『隨槎錄』, 1권, 9월 25일. "遙望雲岑, 越瞻滄溟, 不覺悵憫, 而西遊於是乎始
落莫矣. 殊庸浩歎."

같은 인물을 만나 서로 의기투합하면서 장편의 글을 남긴다.

　노이점은 노쇠한 몸과 병든 말 때문에 요동의 백탑[18]이나 의무려산[19] 같이 가보지 못한 곳도 많았다. 또한 알고 있는 정보와 고증도 자주 틀린다. 게다가 시장 같은 잡스러운 곳은 의도적으로 가기를 꺼렸다. 사물을 보는 것도 양분하여 보기도 한다.[20]

　반면 박지원은 『장자(莊子)』의 「지북유(知北遊)」에 있는 말처럼 '사소한 똥거름'같은 하찮은 것에서도 볼거리를 찾았다. 노이점은 '아득한 곳에 버려졌다'고 생각하면서도 연행에 임하는 태도는 소극적이다. 분명 노이점의 세계관은 박지원에 비하여 폭 넓지 못했기 때문이다.

Ⅲ. 중주인사와 주변인물

　『열하일기(熱河日記)』에는 수많은 사람들이 등장한다. 이들이 연행 도중 체험한 에피소드를 박지원은 개별 인물의 특성을 살려 잘 묘사하고 있다. 이 때문에 이들은 개성이 있는 인물로 부각되었고, 또 다른 이들의 활동을 『수사록』을 통하여 알 수 있다.

---

18) 盧以漸, 『隨槎錄』, 1권, 7월 8일. "望舊遼東, 見白塔聳起於空中, 不知其幾丈, 而骨立撑天. 如有神靈, 或謂此是華表柱, 而實訛傳也, 昔唐太宗征遼時, 使鄂公尉遲敬德造此塔, 多費功力, 蓋天下之塔, 多有高者, 而皆無及於此矣. 余以馬病路迂未得入見, 而聞行臺之言, 則無異目擊矣. 華表柱在遼東城中, 而居人亦不能的知其遺址云, 而城中之繁華富實, 視瀋陽爲尤勝誠壯大."

19) 盧以漸, 『隨槎錄』, 1권, 7월 14일. "而北望高山橫亙於數百里, 群峰崒兀, 出沒於雲靄縹茫之間, 聞是醫無閭山也. 常欲一見, 而今乃諧願, 雖云幸矣, 而路迂馬病, 不得遊覽於西嶽玉泉之間, 殊庸慨咄."

20) 盧以漸, 『隨槎錄』, 1권, 9월 20일. "晴, 平明發行, 渡漁陽橋, 而橋頭各有一廟, 東西相對, 問之則一是祿山廟, 一是楊妃廟也, 噫. 祿山逆羯也, 楊妃淫婦也, 而立廟祀之者何義也? 陋矣塞俗也."

하지만 연행 때 조선 사신 일행들은 행렬이 10여 리나 길게 이어져 연행도중이라도 함께 다니지 못하는 경우가 많다. 여기에 노이점과 박지원은 함께 다닌 적이 거의 없다. 이 때문에 두 사람이 보고 기록한 인물의 행동은 다르다. 또 박지원은 노이점을 묘사하기도 하고, 노이점은 박지원을 묘사하기도 한다.

노이점도 박지원을 묘사한 것이 있다.

운주(雲州)를 지나 고북유(古北口)를 나가 사막 끝에 있는 성을 찾아 4〇리를 다녀오면서 진귀한 구경을 다하여도 피곤한 기색이 없었고, 채찍을 들어 말을 몰면서도 은연히 검을 울리는 관중의 뜻이 있었으니, 어찌 장하지 아니한가?[21]

공자는 관중이 없었다면 산동을 비롯한 중화가 오랑캐가 되었을 것이라고 말한 적이 있다.[22] 관중은 동이족이 산동지역을 자주 출몰하던 시기 제나라 환공을 도와 제후의 맹주가 되게 하였고, 제환공은 관중의 도움으로 춘추시대가 시작할 무렵 처음으로 패권을 잡은 제후가 된 인물이다. 연행 당시 박지원에게 세상을 호령할 기상이 느껴진 것이다.

연행 당시 박지원과 노이점에 대한 인상은 청나라 문인 박명에 의하여 묘사된 적이 있다. 북경에서 박지원과 노이점, 박명이 함께 필담을 나눌 때 박명의 처조카인 황씨(黃氏)가 나중에 들어온다. 이때 박명은 박지원

---

21) 盧以漸, 『隨槎錄』, 1권, 「西館問答序」. "嘗欲一見中華, 今夏隨大行人入燕, 訪華表, 登北鎭廟, 東臨大瀛海, 歷山關, 弔金臺而 遍遊皇京, 過雲州, 出古北口 窮沙漠之城周遊 四〇里 極其壞觀而若無倦色 陽鞭〇馬 隱然有鳴劍夷吾之意 豈不壯哉? 每出而歸輒曰: '若不見中華幾乎虛度一生' 中華之士有學問文章者, 一見公, 未有不顚倒於下, 公長身大面, 眉秀而髯疎 有古人之風儀, 性嗜酒激睡, 彈西洋琴, 使人歌而聽之. 豪談雄辯, 驚動左右, 神采凜然, 有捕龍, 虎, 搏虎, 豹氣像."
22) 『論語·憲問』. "微 管仲, 吾其被髮左衽矣."

과 노이점을 황씨에게 소개하고 있다.

　"박공(朴公)은 고명(高明)하고, 노군(盧君)은 침잠(沈潛)한 사람이지요.
봄에 피는 꽃과 가을에 열매를 두 분이 각각 차지하고 있지요."[23]

　노이점은 자신의 주변 인물을 자주 묘사한다. 서자 취만(就萬)과 자주
동행한다. 취만은 연행 경험이 풍부했던지 연행 때 보고 들은 것을 노이
점에게 들려준다.

　서자(書者) 취만(就萬)이 하는 말을 들어보니, 요동의 서쪽 가장자리는
곧 해주위(海州衛)라고 한다. 옛날 당나라 태종이 고려를 원정할 때 해주위
에서 왔다고 한 것을 정말 믿을 만하다.[24]

　삼류하(三流河)를 지나 왕상령(王祥嶺)에 도착하였을 때에도 서자 취만
이 이야기를 들려준다. 서자 취만이 말한다.

　"왕상의 묘는 이 고개에서 거리가 멀지 않습니다."
　갈 길이 바빠서 우러러 보기만 하고 절을 하지는 못하지만 흠모하는 마음
을 누를 수 없다.[25]

　왕상령은 진(晉) 나라 태부(太傅) 왕상(王祥)이 살던 곳이고, 고개아래

23) 盧以漸, 『隨槎錄』, 1권, 8월 22일. "朴公高明, 盧君沈潛, 春華秋實, 二君以之."
24) 盧以漸, 『隨槎錄』, 1권, 10월 9일. "聞書者就萬之言, 則遼東之西邊, 卽海州衛也. 昔
　　唐太宗征高麗時, 自海州衛出來, 其果信然也, 夕至永壽寺. 止宿於舊主人楊潤家, 是日行
　　六十日."
25) 盧以漸, 『隨槎錄』, 1권, 7월 8일. "書者就萬云: '王子之墓, 距此嶺不遠.' 行忙未得瞻
　　拜, 不任悵慕."

의 물에서 얼음을 깨고 잉어를 얻은 곳이라고 알려졌다.

군뢰 나도강과 이야기를 주고받고 있다. 나도강은 서자 취만과 함께 노이점에게 많은 연행의 정보를 제공한다.

> 목장포(牧場浦)는 저들 말로 '무창(武昌)'이라고 부른다. ……
> 관청 하인에게 물었다.
> "이것은 어느 산의 나무인데 이렇게 좋은가?"
> 군뢰(軍牢) 나도강(羅道綱)이 말한다.
> "이 재목은, 우리나라 강변 7읍에 접한 저들의 국경에서 물길로 운반하여 오는데, 모두 호부(戶部)와 관련되어 있습니다."26)

서기가 길을 안내하는 장면도 있다.

> 이른 아침에 출발하여 백탑보(白塔鋪)로 향해 가다가 중간에서 길을 잃었다. 말몰이꾼과 군뢰(軍牢)들이 모두 우회하여 간다. 서기(書記)는 사신의 행차를 안내하며, 바른 길을 따라서 갔다고 스스로 말했지만 나중에 들어보니 이것도 우회해서 길을 간 것이다.27)

박지원이 노이점의 마두를 태휘(太輝)라고 말한 적은 있지만28), 노이

---

26) 盧以漸, 『隨槎錄』, 1권, 7월 8일. "牧(場)浦彼則稱武昌, 蓋以華音而稱之耳. 其間外路傍材木之堆積, 其高如陵, 其廣橫亙數里, 此是西來後第一壯觀也. 問于官隸曰：'此是何山之木, 而若是其美歟？' 牢子羅道綱云：'此材出於我國江邊七邑屬彼之境, 而以水道運來, 係於戶部矣!'"

27) 盧以漸, 『隨槎錄』, 1권, 7월 10일. "早朝發行, 向白塔鋪, 而中道失路, 馬頭牢子輩皆從迂路而去, 書者引使駕, 自謂從正路而行, 而追後聞之, 則此亦迂路矣."

28) 朴趾源, 『熱河日記』, 1권, 충남대학교소장본, 6월 27일. "太輝者, 盧參奉馬頭也, 初行, 爲人輕妄, 行過棗庄, 棗樹爲風雨所折倒垂墻外, 太輝摘啖其靑實, 腹痛, 暴泄不止, 方煩悶渴, 及聞薇毒殺人, 乃大聲呼慟曰, 伯夷熟菜殺人, 伯夷熟菜殺人, 叔齊與熟菜音相近, 一堂哄笑."

점은 자신의 마두를 문상오(文尙五)라고 밝히고 있다.29) 태휘와 문상오
가 동일 인물인 지 알 수 없다.

　노이점과 주부(主簿) 주명신(周命新)은 상방비장(上方裨將)의 신분으로
연행을 떠난다. 이 때문에 노이점은 주주부(周主簿)를 가까이에서 자주
묘사 한다. 주주부가 막 잠들고 있다가 납함(吶喊) 소리를 듣고 놀라 갑자
기 일어나 말한다.

　　"호랑이가 지금 여기를 지나갔나요. 호랑이가 여기를 지나갔나요?"
　　듣고 있던 사람들이 배를 잡고 크게 웃지 않는 사람이 없다.30)

　『수사록』을 보면, 주주부는 정사의 명을 받아 형을 집행하기도 했
다.31) 또, 주주부만 연암 일행 중에 중국어를 조금 이해한다.32) 주주부
는 주로 실무를 담당하고 있었기 때문에 같은 상방비장이었지만 노이점
과 함께 다닌 경우는 드물었다. 북경에서 돌아올 때 주주부가 먼저 조선
으로 떠나게 된다.

---

29) 盧以漸,『隨槎錄』, 1권, 6월 6일. "余於丙申冬, 隨節行過此, 而此邑人文尙五者, 非驛
　　隷而以此境馬頭迎我於中和, 而隨去安州矣. 余以病落後, 呻痛於安州者, 凡五十餘日,
　　尙五朝夕不離側, 病少間, 丁酉正月望日, 發還京之行, 而尙五亦隨來於京寓. 其情可佳,
　　無日忘之. 今行欲以此定馬頭, 渠果來謁, 故來率去."

30) 盧以漸,『隨槎錄』, 1권, 6월 26일. "同伴周主簿時方着睡, 聞吶喊聲而驚懼, 猶未快
　　寤, 猝起而急語曰 : '虎今過此, 虎今過此.' 聞者莫不捧腹大噱. 雖云露宿, 而雨後蒸鬱,
　　且四五人同宿於一幕, 少無寒意耳."

31) 盧以漸,『隨槎錄』, 1권, 6월 29일. "周主簿以驛隷之有罪, 奉使命捉入決棍, 則家主之
　　弟大怒胡叫曰 : '女人在近, 何敢無禮耶?'蓋謂其嫂適在相望之處也. 此俗則與午站劉家
　　河女子之混坐於我人, 大異矣. 聞驛人或向其內門而立, 則大聲驅逐云矣. 此站雖在於萬
　　疊亂山之中, 而開野頗闊, 人家甚稠, 聞驛丞在此, 卽我國郵官之類耳."

32) 盧以漸,『隨槎錄』, 1권, 7월 2일. "同伴皆以投錢消日, 隆章亦來見, 多以漢語相打, 周
　　主簿稍解漢語 他同伴無一解了者."

오늘은 응당 출발해야 된다. 주주부는 선래(先來)이므로 떠나갔다. 여러 달 아침저녁으로 (나를) 주선해주었지만 함께 올 수 없었다. 서글퍼짐을 감당할 수 없어서 12 운(韻)의 배율(排律)을 지어 주었다.[33]

선래(先來)는 외국에 갔던 사신이 돌아올 때에 앞서서 돌아오는 사람을 말한다. 노이점이 주주부를 만나게 된 것은 조선의 평산(平山) 땅이었다.

평산에 도착하여 주주부가 사신의 행차를 맞이하고 문안드리기 위하여 와있다. 언제나 말고삐를 나란히 하고 함께 가는 것이 한이었는데, 여기서 서로 만나게 되니 기쁨을 말로 할 수가 없다.[34]

『열하일기』에서는 박래원(朴來源)과 주주부(周主簿)가 정사를 수행하고 의주 성을 떠나는 장면이 묘사되어 있다.[35] 이들이 정사 신변에 있는 사람이라는 것을 알 수 있다. 그리고 심양으로 가던 도중 물로 길이 막히게 되자 통원보(通遠堡)에서 5일을 머물 때 정사의 명을 받고 물이 불어난 정도를 확인 하러 간 사람도 이들 상방비장인 박래원과 주주부였다.[36] 주주부는 상방비장으로 『수사록』과 『열하일기』에 자주 언급되는 인

---

33) 盧以漸, 『隨槎錄』, 1권, 9월 17일. "十七日 晴 今日當發行, 而周主簿以先來出去, 積月朝夕, 周旋之餘, 未得聯鑣, 不勝冲悵, 以十二韻排律贈之."

34) 盧以漸, 『隨槎錄』, 1권, 10월 25일. "至平山, 周主簿爲迎候使行來到, 常以未得并轡而歸爲恨, 又爲相逢於此, 喜不可言."

35) 朴趾源, 『熱河日記』, 1권, 충남대학교소장본, 6월 24일. "正使前排拂拂出城, (旗幟棍棒之屬, 排立於前, 故謂之前排) 來源與周主簿雙行矣. (來源, 余三從弟, 周主簿名命新, 俱上房裨將) 鞭鞘伏脇, 聳身據鞍, 肩高項長, 非不驍勇, 而坐下衾袋, 太厖毧, 僕夫藁鞋, 遍掛鞍後, 來源軍服, 靑苧也, 舊件新浣, 鬅騰郭索, 可謂太崇儉矣."

36) 朴趾源, 『熱河日記』, 1권, 충남대학교소장본, 7월 2일. "正使命來源及周主簿 前往視水, 余亦隨行."

물이다. 특히 노이점은 그에게 남다른 친근함을 느꼈다.

심양에서 박지원은 정계명과 함께 다니지 않았다. 이때 정계명은 노이점과 함께 있었다.

오후에 다시 정계명과 함께 나가 궁궐에 가보니 그 모습이 매우 장엄하고 화려하며, 대궐의 문은 일주문인데 높이 솟았다.[37]

노이점은 만부에서는 정계명과 함께 투숙했다.

주부(主簿) 박명위(趙明渭)가 『규벽경서(奎壁經書)』를 사려고 하였지만, 서반(序班)이 단지 그 첫 권만 보여준다. 이미 보름이 다 되어 가는데 아직 전질을 가지고 오지 않아 걱정이다.[38]

『규벽경서(奎壁經書)』는 명나라 때 호광(胡廣)의 지은 경전이다. 이상에서 살펴보면, 정사 주변의 인물을 『열하일기』와 『수사록』이 다 같이 묘사하고 있다. 하지만 『열하일기』에는 다양한 인물들의 일화가 소개되고 있는 반면 『수사록』에는 서자 취만과 주주부에 집중되고 있다. 또 마두처럼 신분이 낮은 사람들의 일화도 『열하일기』에 자주 묘사되고 있지만, 『수사록』에는 마두 문상오 같은 사람만 간단하게 기록하고 있다.

박지원과 노이점이 함께 다닌 적은 거의 없다. 이들이 서로 다른 공간에 있다 보니 『수사록』에 나타난 인물 묘사는 『열하일기』가 있기 때

---

37) 盧以漸, 『隨槎錄』, 1권, 7월 11일. "午后復與鄭季明同出, 往見宮闕, 其制亦極壯麗, 闕門以一柱高跱."
38) 盧以漸, 『隨槎錄』, 1권, 9월 14일. "十四日晴, 作五十絶, 而草草無足言矣, 因趙主簿明渭, 欲買奎壁經書, 而序班只示其初卷者, 已至一望, 而尙不持全帙而來, 可菀!"

문에 그 미적 가치의 대상이 된다고 할 수 있다.

Ⅳ. 동일 공간에서 묘사시각의 차이

기존 연구에서는 『수사록』과 『열하일기』의 인물 묘사를 분석 하면서 『열하일기』의 특징과 내용을 중심에 두고 『수사록』의 묘사 수법을 분석 하였다.39) 이번에 이 글에서는 노이점과 박지원이 동일공간에서 같은 대상을 두고 어떻게 다른 묘사를 펼치고 있는 지에 초점을 두고 살펴보고자 한다. 범위를 제한 시켜 같은 대상을 두고 어떤 필치를 보이고 있는지 살펴보기 위한 것이다. 즉 이들은 연행 내내 함께 다닌 적은 거의 없었지만 우연하게 같은 공간에 있던 적이 몇 번 있었기에 이 점을 주목해보자 한다.

1. 심양에서

노이점과 박지원이 연행의 긴 행렬 속에 함께 다니지는 못하였지만, 사신의 행차가 다 모이는 압록강과 노하(潞河)를 건널 때와 심양에 들어갈 때, 통원보에서 체류할 때, 쏟아지는 우박을 피해 주막에 있을 때, 북경에 머물 때 같은 곳에서는 종종 같은 공간에 있을 수가 있었다.

같은 공간에 있다고 하더라도 노이점과 박지원의 관심과 대상은 분명히 다르게 보여 준다. 이 글에서는 심양에 들어갈 때와 난하를 건널 때를 살펴보기로 한다.

---

39) 김동석, 「隨槎錄 연구」, 124쪽~146쪽.

『수사록』: ⑦사신의 행차가 도관(道觀)에 들어가서 잠시 쉰다. 도사(道士) 허씨 성을 가진 자가 머리에는 구량관(九梁冠)을 쓰고, 몸에는 검은 명주옷을 입고 있다. 그 모양새가 우리나라 중적막(中赤幕)과 같다.40)

『열하일기』:⑦관묘에서 한명의 도사가 나온다. 몸에는 한 벌의 야견사(野繭紗)로 된 도포를 입었다. 목에는 등나무로 된 삿갓을 쓰고 발에는 공단으로 만든 검은 색 신을 신었다. 갓을 벗고 어루만지면서 말하기를, "그대와 똑 같지요."41)

노이점은 이곳을 도관으로 박지원은 관묘로 다르게 설명하고 있다. 여기서 만난 한명의 도사에 대해서는 노이점과 박지원이 비슷하게 설명하고 있다.

『수사록』: ⑭그 사람은 우리를 반갑게 맞이하더니 사신에게 차를 내오고, 우리들에게도 권한다. 말할 것은 많았지만 중국말이 통하지 않아 그의 말을 알 수 없으니 정말로 안타깝다.42) ⑭책문에 들어온 후로 저들은 모두 변발을 하고, 뒷머리는 뒤에 까지 땋아서 '붉은 댕기'[홍말(紅秣)]를 묶었지만 이곳에 이르러 비로소 상투머리를 하고 관을 쓴 사람을 본다. 나도 모르는 사이에 반갑고 친근하여 가까이 하고 싶다. 그 사람도 우리를 보자 관대한 생각을 가진다. 그러나 그 사람은 대단한 사기꾼 같다. 하지만 내가 중국에서 태어났다면 도사(道士)로 도피하는 것 외에는 다른 방법이 없을 것이다. 문산(文山)이 황관(黃冠)을 간청한 것을 가히 상상할 수 있다.43)

---

40) 盧以漸, 『隨槎錄』, 1권, 7월 10일. "使行入道觀小憩, 道士許姓人者, 頭戴九梁冠, 身着黑繒衣而袖狹, 其制如我國中赤幕."

41) 朴趾源, 『熱河日記』, 2권, 충남대학교 소장본, 7월 10일. "廟中走出一箇道士, 身披一領野繭紗道袍, 項戴藤笠, 足穿貢緞黑靴, 脫笠自撫其日, 與相公一樣."

42) 盧以漸, 『隨槎錄』, 1권, 7월 10일. "其人欣迎, 進茶於使行, 亦以勸吾輩, 多有所言, 而不通華音, 故無以知之, 良可歎也."

43) 盧以漸, 『隨槎錄』, 1권, 7월 10일. "入柵以後, 彼人皆剃髮, 而辮髮於後頭, 着紅秣.

『열하일기』: ㉯도사가 두 잔에 차를 따라서 각기 권한다.44)

문산(文山)은 문천상(文天祥)을 말하고, 황관(黃冠)은 도사(道士)의 관(冠)을 말한다. 노이점과 박지원의 외모나 행동을 묘사한 것은 별다른 차이가 없다. 노이점은 그 도사를 보자 멸망한 명나라의 후예로 보더니, 순간 자기와 동일시한다. 배청숭명에 사로잡힌 노이점은 이런 행동을 자주 보여 준다. 박지원에게는 이런 감정이입은 없고, 그저 관찰의 대상일 뿐 이었다.

『수사록』: ①옆에 수염과 머리털이 모두 희고, 얼굴이 살쪄 두툼한 오랑캐가 와서 조아리며 말은 건다.45) ②자못 정성스러운 태도를 보이지만 말이 서로 통하지 않을 뿐만 아니라 그의 얼굴이 무식하고 불량한 사람 같아 보였기 때문에 함께 대꾸하지 않았다.46)
『열하일기』: ①어떤 노인이 수화주(秀花紬)로 된 홑적삼을 입고 벗어진 이마에 머리를 땋았다. 나에게 오더니 길게 읍을 하고 말한다. "수고가 많습니다." 노인은 내가 신고 있는 신발을 뚫어지게 보는데, 만드는 방법을 자세히 살피는 것 같다. 나는 바로 한 짝을 벗어 보인다.47)

至是始見結髻着冠之人, 不覺歡忻親愛之心, 渠亦見我輩, 而有款厚之意, 然其爲人, 則近於多詐矣. 然使我生於中國, 則逃身於道士之外, 無他道矣. 文山黃冠之請, 亦可想矣."

44) 朴趾源, 『熱河日記』, 2권, 충남대학교소장본, 7월 10일. "道士手注兩椀茶各勸."
45) 盧以漸, 『隨槎錄』, 1권, 7월 10일. "傍有一老胡鬚髮盡白, 狀貌豊厚, 來叩以語, 頗示款款之意."
46) 盧以漸, 『隨槎錄』, 1권, 7월 10일. "而不唯言語之不相通, 其面目似是無識不良之人, 故不與之酬酢."
47) 朴趾源, 『熱河日記』, 2권, 충남대학교소장본, 7월 10일. "有一老者, 披秀花紬單衫, 光頭垂, 就余長揖曰, 辛苦, 余答揖, 老者熟視余所着泥鞋, 意似詳觀制作, 余卽脫示一隻."

노이점과 박지원은 함께 이 사람을 만났지만, 노이점은 그 사람을 오랑캐라고 생각하고 그가 말을 걸어 왔지만 받아 주지 않았고, 박지원은 그를 만나 대화를 나눈다. 기행 견문록으로서 연행록이 보고 듣고 한 것을 기록한 것이라면 노이점은 임하는 태도에서 박지원을 따라 갈 수가 없다. 박지원이 적극적으로 행동하려는 자세도 『열하일기』의 미적 가치를 구성하는 중요한 요소임을 알 수 있다.

　　『수사록』: ③나중에 들어보니, 이 사람은 병부(兵部)의 원외랑(員外郎)인데 보고하러 왔다고 한다. ……
　　『수사록』: ④성밖 도관(道觀)에서 만났던 병부(兵部)의 원외랑(員外郎)은 상을 잘 보는 사람이라고 한다. 좀 더 빨리 알아 관상에 대하여 논하지 못한 것이 한스러울 뿐이다.[48)]
　　『열하일기』: ③노인은 나를 당(堂) 안으로 안내한다. 노인은 자기의 이름을 써 보이는데, 이름은 복녕(福寧)이고 만주족 성경(盛京)의 병부낭중(兵部郎中)으로 나이는 63세 이다. …… 노인의 집은 서문 안쪽의 마남(馬南) 근처에 있고, 대문에 병부낭중(兵部郎中)이라고 쓰여 있다고 한다. …… 도사는 코가 뾰족하며 눈동자가 한쪽으로 쏠린다. 행동거지가 경박하고, 은근한 것은 전혀 없다. 복녕은 사람이 뛰어나고 기상이 성대했다.[49)]

---

48) 盧以漸, 『隨槎錄』, 1권, 7월 10일. "追聞, 此是兵部員外郎, 而呈告而來云. …… 追聞, 城外道觀所逢兵部, 卽善相人, 恨未早知而論相耳."
49) 朴趾源, 『熱河日記』, 2권, 충남대학교 소장본, 7월 10일. "老者引余入廟堂裏, 老者書示姓名, 福寧滿洲人見任盛京兵部郎中, 年六十三, 避暑城外, 大池荷花盛開, 閒走一遭, 方回來, 因問相公官居幾品, 年紀多少, 余答姓名, 身是秀才, 爲觀光上國來, 賤降丁巳, 問日月生時, 余答二月初五日丑時, 問蝦, 答不是蝦, 福寧問這位上首坐的, 前年來京, 俺自京師還時, 到玉田, 數日同站, 這是翰林出身, 余答不是翰林, 駙馬都尉, 與俺爲三從兄弟, 問副使書狀, 各以姓名官品爲對, 使行改服臨發, 余辭起, 福寧前執手曰, 行李保重, 時方秋暑益熾, 切戒生冷飮, 俺家住西門內馬南邊, 門首着兵部郎中, 又有金字題癸酉文科, 尋訪容易, 公子回期, 可在何時, 余曰, 似於九月中還到盛京, 福寧曰, 自無公幹時, 當倒逢迎, 旣識貴庚日時, 靜當推籌, 以俟尊駕, 辭氣殷勤, 頗有惜別之意, 道士尖鼻會

원외랑(員外郎)은 상서성(尙書省) 소속으로 정원 외의 관직이다. 평상시에는 소속된 부서에서 장부를 맡아보다가, 시랑(侍郎)이 결원일 때는 그 직무를 맡아 본다. 노이점이 알게 된 복녕에 대한 정보는 박지원이 복녕과 대화를 통해서 얻은 정보를 나중에 전해들은 것이라고 할 수 있다. 노이짐은 도사의 차림새에 동징심을 가지고 이야기 하지 못한 것을 아쉬워하였고, 노인에 대해서는 외모에 선입관을 가지고 외면하다가 나중에 후회한다. 반면 박지원도 도사의 행동에 대해서는 경박하여 정성이 없다고 했지만, 노인에 대해서는 복장이나 외모에 좌우되지 않고 자못 호감을 가진다. 박지원은 복녕과 대화를 하려고 하였고, 할 수 있었기 때문에 동일한 사람을 놓고도 느낌이 다르게 느낀 것이다.

박지원은 사람들 사이에 벌어지는 진귀한 일화를 자주 묘사하고 있는 반면, 노이점은 이런 부분에 별로 관심이 없다. 심지어는 일정한 교양을 가진 사람이 아니면 좀처럼 함께 말을 섞으려 하지 않았다.

2. 노하(潞河)를 건너는 곳

북경으로 들어가기 전에 노하(潞河)를 건너 통주(通州)에 도착한다. 정사와 부사, 서장관, 노이점, 박지원은 노하에서 배 구경을 하려고 배에 오른다.

　　『수사록』: ①계주(薊州) 사람에게 들으니, 호북 안찰사가 군량을 운반하러 왔다가 북경에서 죽자, 이제 막 한림이 된 그의 아들이 목도(木道)로 시신을 반송하고 있는 것이라고 한다.
　　②배안으로 들어가려고 하니 방문 밖에는 창들을 세워 두었다. 누대 같

睛, 動止輕, 全沒款曲, 福寧爲人魁特磅礴."

은 집은 환하게 밝고, 의자와 기물을 많이 두었다.

③4~5명의 소년들이 맞이하여 방안으로 들어가기를 청한다. 그 사람들이 안내하여 들어가니, 누대에서 방까지가 깊다. 가운데로 가니, 창문과 문은 모두 푸른 비단으로 바르거나 유리를 끼우기도 하였다. 그릇과 기물도 모두 모두 화려하고 아름다우며 조각이 되어있는 의자를 많이 두었다. 우리나라의 호사스러운 재상이라도 이렇게 사치스럽지는 못할 것이다.50)

『열하일기』: 다시 삼사(三使)와 함께 어떤 배에 오른다. 왼쪽과 오른쪽에는 채색난간을 설치하였다. 집 앞에는 창으로 문을 만들었고 양쪽에는 의장(儀仗)과 기치(旗幟), 도극(刀戟), 봉인(鋒刃)를 두었는데, 모두 나무로 만든 것이다.51)

전조(轉漕)에서 '전(轉)'은 수레, '조(漕)'는 물길로 군량을 운반하는 것이다. 목도(木道)는 두 사람 이상이 짝이 되어, 무거운 물건을 밧줄로 어깨에 메고 나르는 것이다. 두 사람의 서술 방식에 차이가 있다. 배에 오를 때 노이점은 그 배의 주인과 상주(喪主)와 구체적인 상황을 모두 밝힌 다음 오르지만, 박지원은 배에 올라 상주를 만나기 전 까지는 상주에 대한 어떤 언급도 하지 않는다. 독자로 하여금 궁금증을 가지고 읽게 하기 위해서 시간의 흐름을 중요시 한 것이다. 정황으로 보아 정사와 서장관, 노이점이 먼저 배에 올랐고, 부장과 박지원이 뒤를 따라 오른다. 들어갈 때 몇 명의 소년들이 안내한 것은 노이점과 상사가 먼저 배에 올랐기 때문이다.

---

50) 盧以漸, 『隨槎錄』, 1권, 8월 1일. "聞薊州人, 爲湖北按察使, 轉漕而來, 死於京, 其子方爲翰林, 以木入其中則設桨載於房門外, 軒樓開朗, 多設椅子及器玩, 有四五少年迎接, 請見其房門之內, 其人逡導之而入, 自軒入房, 稍爲深邃, 入其中, 窓戶皆以碧紗塗之, 或以琉璃爲之, 器玩皆華美, 多置雕鏤椅子, 雖我國豪華宰相家, 無如此之侈者矣."

51) 朴趾源, 『熱河日記』, 4권, 충남대학교 소장본, 8월 1일. "與三使齊登一船, 左右設彩欄, 屋前設帳爲桨門, 左右竪儀仗, 旗幟, 刀戟, 鋒刃, 皆木造."

『수사록』: ④방의 서남쪽에는 1 개의 옻칠한 관이 비단 천으로 덮여 있고, 앞에는 '제사지내는 상'[奠床]이 준비되어있다.[52]

『열하일기』: 실내 안에 관 1 구를 두었고 앞에는 길게 탁자와 의자를 두었다. 제구가 진열되어 있다.[53]

실내에 들어와서 목격한 것은 노이점과 박지원이 비슷하게 설명하고 있다.

『수사록』:⑤그 옆의 한명은 흰색의 장의(長衣)를 입고, 머리털은 엉클어져 있고, 얼굴빛은 검은 흑색인데 채색(彩色) 의자 위에 앉아 있다가 사신을 보고 의자에서 내려와 서 있다. 사신이 손을 들어 읍을 하였으나 그 사람은 읍을 하며 응대하지는 않는다. 이 사람이 극인(棘人)이다. 역관에게 읍을 응대하지 않는 의도를 물어보니, 지금은 지치고 마음이 쇠약해져 있어 이런 예를 차릴 경황이 없다는 것이다. 예를 아는 사람 같은데 상주로서 채색이 무늬 있는 의자에 앉아 있는 다는 것도 매우 괴상한 일이다.[54]

『열하일기』: 상주는 푸른 비단 창문의 의자에 걸터앉아 있고 몸에는 비단 동정을 댄 소복을 입고 있었다. 머리는 깍지 않아 두어 치나 되어 두타(頭陀) 형 이였다. 사람들과 수작 나누기를 좋아하지 않는다. 앞에는 의례 한권이 있다. 부사가 앞에서 읍을 하니 상주가 읍에 답하고 이마를 숙여 엎드렸다 일어났다 하면서 머리를 조아리더니 자리에 다시 가서 앉는다. 부사가 나에 필담하라고 부탁하기에 나는 이에 부사의 성명과 관직을 쓰니 상주가 머리를 숙이면서 쓴다. 저의 이름은 진(秦)이고 이름은

---

52) 盧以漸, 『隨槎錄』, 1권, 8월 1일. "房之西南有一漆柩, 覆以錦衾, 前設奠床."

53) 朴趾源, 『熱河日記』, 4권, 충남대학교 소장본. "屋中置一柩, 前設椅卓, 擺列奠具."

54) 盧以漸, 『隨槎錄』, 1권, 8월 1일. "其傍有一人衣素長衣, 頭髮盤錯, 有深墨色, 踞于采椅上, 見使行下椅而立, 使行擧手而揖, 其人不答揖, 此卽棘人也. 使譯官問不答揖之意, 則答以方在衰疚中, 不違於此禮, 似是知禮者, 而第以棘人坐於書椅, 此甚可怪矣."

명영(名璟)입니다. 호북(湖北) 사람으로 아버지가 북경에서 벼슬을 하다
가 한림 편수로 있다가 금년 7월 9일 돌아가시어 황제가 토지와 배를 내
려 주시어 고향으로 유해를 모시고 가능중입니다. …… 부사가 몸을 돌려
말한다. "월파정(月波亭)에 놀러온 상주라고 할 수 있습니다." 내가 속으
로 웃는다. 55)

　장의(長衣)는 귀족들이 상중에 입던 새하얀 베옷이고, 극인(棘人)은 부
모의 상을 당한 사람을 말한다. 배에 먼저 오른 노이점과 정사가 상주를
만날 때 상주와 인사를 나누지 못했다. 이를 두고 노이점은 매우 이상하
게 생각한다. 정사와 노이점이 지나가고 나서 박지원과 부사가 함께 상
주를 만날 때는 정식인사를 하고 박지원이 필담도 한다.
　필담이 끝날 무렵 부사와 박지원은 한 차례 농담까지 하고 있다. 정사
가 이들을 부를 때 다시 한 번 해학적인 장면을 묘사한다.

　　『열하일기』: 정사가 볼 것이 있으니 빨리 맞이하여 오라고 사람을 보내
　　온다. 이에 부사와 함께 일어나는데, 뒤에서 넘어지는 소리가 들린다. 돌아
　　보니 부방비장 이서구(李瑞龜)가 미끄러져 넘어졌다. 보고 있던 사람들이
　　웃어 버린다.56)

───────────────

55) 朴趾源, 『熱河日記』, 4권, 충남대학교 소장본, 8월 1일. "喪人據椅, 碧紗下, 身披一
領綿布衣, 頭髮不削, 長得數寸, 如頭陀形, 不肯與人酬酌, 前置儀禮一卷, 副使前爲之
揖, 喪人答揖稽顙起伏頓首復坐椅, 副使要余筆譚, 余遂書示副使姓名官啣, 喪人頓首書
曰, 賤姓秦名璟, 系是湖北之人, 亡父遊宦京師, 官至翰林修撰, 本年七月初九日身故, 皇
上欽賜土地歸船, 返骸故鄕, 衰麻在身, 有失主儀, 副使書問年甲, 秦璟不答, 副使書問中
國皆行三年之制否, 秦璟曰, 聖人緣情制禮, 不肖者而及之, 副使曰, 喪制皆遵朱子否, 秦
璟曰, 一遵文公, 外斑竹欄干, 映紗瓏, 船鼓樂喧咽, 鷗鳥烟雲, 樓臺之勝, 透窓映帶, 沙
堤浩渺, 風帆出沒, 悠然忘其爲浮家泛宅, 若寓身華堂之間, 而兼有江湖景物之樂, 副使回
身作日, 可謂月波亭喪人, 余亦隱笑."
56) 朴趾源, 『熱河日記』, 4권, 충남대학교 소장본, 8월 1일. "正使使人忙邀, 謂有可觀,
遂與副使同起, 背後撲地響, 顧視則副房裨將李瑞龜跌顚, 視人而笑, 盖船上鋪板氷滑, 不

노이점과 박지원이 선상에서 동일한 상황을 묘사한 장면을 묘사한 것이 있다. 묘사의 차이를 극명하게 보여주는 장면이다.

『수사록』: 배의 나무판의 틈 속 사이로 배 안에 있는 방을 들여다보니, 옷을 빠는 여자와 불 때는 여자 종이 발아래에서 왔다 갔다 한다. 또 곱게 생긴 여자가 진한 화장에 검은 옷을 입고 방에 나란히 앉아 있다. 한림의 안 사람인가 보다. 구경을 마치고 배에서 내려 언덕에 오른다.[57]

『열하일기』: 문을 나서니 정사와 서장관이 나무판에 걸터앉아 배안을 구부려 내려다본다. 그곳은 주방이다. 두 명의 노부인이 흰 포로 머리를 감싸고 솥에서 녹두 싹과 무, 미나리 같은 것을 막 삶아내더니 다시 찬물에 씻는다. 나이 16살 쯤 된 처녀가 있는데, 어디 견 줄수 없이 곱고 아름답다. 손님을 보면서 조금도 부끄러워하는 태도가 없다. 한적하고 유순한 모습으로 자연스럽게 일을 하는데, 걷어 올려 주름진 옷은 안개 속에 있는 듯 하고 하얀 팔뚝은 연뿌리 같다. 진씨의 차환(叉鬟)인 듯한데 아침을 준비하고 있다.[58]

박지원은 정사와 서장관, 노이점이 나무 판에서 배안을 들여다보는 장면을 포착하고 있다. 배의 밑바닥을 보고 있다는 것을 노이점이 '발

堪着足, 副使方兢兢扶擁, 顧囑未了, 帶左連右, 一瀏同顧, 帳裡四人, 方投紙牌, 余就視之, 皆滿書不可知矣, 或日, 此名馬吊也, 深奧處列卓擺器, 其尊壺罐, 皆奇."

57) 盧以漸, 『隨槎錄』, 1권, 8월 1일. "自板隙中覷見屋中, 則瀚衣之女, 炊火之婢, 來往於脚下, 又有嬋姸女子, 凝粧炫服, 列坐於房內, 似是翰林家內眷也. 看了後下舡而坐於岸上. 待人馬畢渡, 行數里, 至通州. 道返襯云. 登其舡而見之, 則其高大如華屋, 舡頭雕爲龍頭, 全體皆施彩色, 金碧煒煌, 制度極巧."

58) 朴趾源, 『熱河日記』, 4권, 충남대학교 소장본, 8월 1일. "出一門, 正使與書狀, 據鋪板, 俯瞰艙中, 此是廚房, 二個老婦人, 鬐裹白布, 方鼎熟菉荳芽, 菁根, 水芹之屬, 更浴冷水, 有一個處女年可二八, 佳麗無雙, 見客小無羞之態, 窈窕幽閒, 執事天然, 而如霧, 皓腕若藕, 似是秦家叉, 爲具朝饌也, 船左右遍揷蕉葉扇, 書翰林知州正堂布政使, 皆亡者履歷也."

아래에서 왔다 갔다.'한다는 것을 통해 확인 할 수 있다. 부엌에 있는 여자를 묘사하면서 박지원은 부엌에 일하고 있는 노부인의 머리 형태와 삶아 내고 있는 나물의 이름까지 나열하면서 나타내고 있다. 박지원은 노이점과는 달리 자신이 목격하고 있는 장면을 독자에게 그림처럼 전달되도록 묘사를 펼치고 있다.

V. 『열하일기(熱河日記)』 창작에 배경이 된 노이점(盧以漸)의 연행체험

박지원은 「허생전(許生傳)」59)과 「자소집서(自笑集序)」60)에서 조선 사람의 복장에 대하여 깊이 있는 분석을 한 적이 있다. 복장에 관한 흥미로운 일화가 『수사록』에 보인다. 또 『열하일기』는 8월 20일까지 일기체로 쓴다. 『수사록』을 통해 빠진 일정과 내용을 알 수 있고, 『열하일기』가 이 이후의 일정을 생략한 것도 박지원의 창작 의도라는 것을 짐작하게 한다.61) 이밖에 노이점은 북경에 오면서 목도한 곳을 말한 적이 있는데, 박지원은 열하에서 왕민호를 만나 필담 때 언급한 것도 있다.

먼저 복장 문제를 살펴보기로 한다. 연행당시 조선 사람들은 북경 거리에서 자신의 복장 때문에 스스로 이질감을 느꼈고, 조롱을 받은 적도 있다. 노이점은 8월 5일 사신의 일행이 열하로 떠날 때, 숙소에서 덕승문(德勝門)까지 따라가서 배웅을 하고 돌아오는 길에 자금성 뒤편에 있는

---

59) 김명호, 『열하일기 연구』, 창작과 비평사, 1990, 197쪽 참조.
60) 신호열·김명호 옮김, 『국역 연암집』 1, 민족문화추진위원회, 2005, 308~311쪽 참조.
61) 김동석, 「隨槎錄 연구」, 학위논문, 98~99쪽.

경산(景山)과 고루(鼓樓) 사이에 있는 지안문(地安門)으로 돌아오다가 어느 가게로 들어가 구경을 한다.62) 이 때 노이점은 중국어를 제대로 못하면서도 중국말로 자신을 희롱하는 어린이를 중국말로 제압하는 장면에 그의 재치가 돋보인다.

북경에서 복장 때문에 놀림을 받은 것도 한 번 더 있다. 열하에서 돌아온 사신이 북경에 머물 때 건륭이 열하에게 밀운을 지나 북경으로 돌아온다는 소식을 듣고 그곳까지 마중 나간다. 노이점은 감기 때문에 밀운까지 함께 가지는 못하고 성문까지 배송하게 된다. 배송하고 돌아오다가 다시 복장 때문에 길에 지나가는 아이들에게 또 놀림을 받는다.

> 8월 29일 맑음. 아침 식사 후 사신의 일행은 길을 떠난다. 때문에 주주부(周主簿)와 함께 거리를 몇 리 쯤 '배송'[지송(祗送)]하고 돌아온다. 길을 막고 있는 어린아이들이 우리나라 사람의 의복을 보고 포복절도하지 않는 사람이 없다. 모자와 띠를 한 사람을 '장희(場戱)'라고 한다. [중국 발음으로는 '창시(昌市)'라고 발음한다.] 오랑캐 옷을 입은 사람은 '고려방자(高麗房子)'라고 하면서 [중국 발음으로는 '고려'를 '가오리(家五里)'라고 한다] 손가락으로 가리키고 지적하면서 웃는다. 대개 거리에서 광대놀이를 설치하고 연기하는 사람들이 언제나 우리나라 모자를 쓰고, 띠를 하고 있기 때문이라고 한다.63)

'배송'[祗送]은 여러 신하들이 임금의 출가(出駕)를 배송하는 것이다.

---

62) 盧以漸, 『隨槎錄』, 1권, 8월 5일. "入一廛房, 其中一人以雄黃末與我, 要入于鼻, 而其中年少輩見我輩衣冠大笑譏嘲, 侵侮之意頗多, 余以漢語打之曰: '爾輩文章知道乎? 請與筆談.' 彼輩答曰: '此無知文者.' 小兒輩始更瞠視, 而不復侵侮, 然所到處, 醜類四圍而打話, 而無以答之, 良亦苦矣."

63) 盧以漸, 『隨槎錄』, 1권, 8월 29일. "淸, 朝飯後, 使行離發, 故與周主簿出街上數里許, 祗送而歸. 欄街小兒見我國衣冠, 莫不絕倒, 帽帶者謂之'場戱'(華音'昌市'), 戎服者謂之高麗(家五里)房子, 指點而笑, 蓋街上設戱子遊者, 必着我國帽帶故云."

'창시(昌市)'는 창희(唱戲), '가오리(家五里)'는 고려(高麗), '고려봉자(高麗棒子)'는 고려방자(高麗房子)를 음차하여 중국어 발음을 한자로 쓴 것이다. 조선 사람들의 복장을 당시 '장희(場戲)'들이 입는 옷과 모양이 같다고 놀림을 당하곤 했다. 박지원도 이런 체험을 했을 것이고, 느꼈을 것이다. 노이점은 이런 사실을 충실하게 기록할 때 박지원은 직접 그 사실을 기록하지는 않았지만 다른 방식을 통해 중요한 글쓰기의 소재로 등장한다.

다음은 노정에 관한 이야기 이다. 박지원은 열하에 갔다가 북경으로 돌아온 날인 8월 20일 이후로는 더이상 일기체 형식으로 쓰지 않았다. 박지원이 나머지 일정을 일기체 형식을 고집하지 않고 주제별로 분류하여 기사(記事)했는지 짐작하게 하는 부분이 있다. 이즈음 하마례(下馬禮)와 영상(領賞), 상마례(上馬禮) 같은 청나라 예부에서 주도하는 각종 행사에 참가하여 삼배례구고두(三拜禮九叩頭) 같이 자존을 해치는 의식이 있기 때문이기도 할 것이다. 노이점은 다음과 같은 기록을 남긴다.

> 이것이 삼배례구고두(三拜禮九叩頭)이다. 그러나 엎드리기만 하였지 고두는 하지 않았다.[64]

노이점은 역사의식에 일관성이 부족하다. 배청의식에 모순을 보이기 시작하다가도 북경에 와서는 그들의 문화에 압도되어 오히려 감탄하기도 한다. 이 이후로는 폄하는 말이 눈에 띄게 줄어든다.

아아! 영상(領賞)은 성대한 거동이다. 예의가 가지런하니 가히 볼만하

---

64) 盧以漸, 『隨槎錄』, 1권, 9월 15일. "此所謂三跪九叩頭也. 然只俯伏, 而無叩頭之擧矣."

지 않다고 말할 수 없다. 모름지기 상전벽해의 느낌이 마음속에 매우 절
실하다.[65]

노이점은 『수사록』에 사실을 모두 남기겠다는 기록정신을 가지고 북
경에서 있었던 중요한 행사를 거의 모두 기록한 것이다. 심지어는 바로
자신들보다 앞서 새해에 왔던 정조사(正朝使) 때 진하(進賀)에 대해서도
들은 이야기를 바탕으로 기록한다.

정조사(正朝使) 때 정전(正殿)에서의 진하(陳賀)는 보지는 못하였지만 이
미 그들의 정전(正殿)을 보고, 또 일행들의 말을 들으니, 눈으로 보고 들은
것과 다름이 없기 때문에 기록한다.[66]

이밖에 조선 사신일행이 7일 30일 호타하(滹沱河)를 건너 북경에 들어
온 적이 있다. 노이점은 이때 다음과 같은 기록을 남긴다.

호타하에 이르니 …… 작은 배가 있어 곧바로 건넌다. 말 위에서 한(漢)
나라의 광무(光武)가 하천에 이르자 얼음물이 합쳐진 일을 생각한다. 흐릿
하지만 마치 어제 아침 일 같다. 하천 변에서 몇 리쯤 가면 촌락이 있는데,
빙태수(馮大樹)가 어느 마을에서 보리밥을 얻어먹었는지 알지 못하겠다.
아마도 이 근처를 벗어나지 않을 것이다. 어떤 사람이 말하기를, '이곳은
세조(世祖)가 건넜던 하천이 아니다. 다른 곳에 진짜 호타하가 있다.'라고
한다. 무엇을 근거로 말하는지 알지 못하겠지만 억지로 신기한 것만 찾는
사람의 말에 불과하다. 광무(光武)는 계주성(薊州城)에서 왕랑(王郎)의 추
적을 만났으니 이 하천이 호타하인 것을 명백하게 의심할 수 없다.[67]

---

65) 盧以漸, 『隨槎錄』, 1권, 9월 15일. "噫, 領賞盛擧也, 禮貌秩秩, 非無可觀, 而第桑海之
感, 深切于中."
66) 盧以漸, 『隨槎錄』, 1권, 9월 16일. "正朝正殿陳賀, 雖未見之, 而旣見其殿, 又聞同人
之言, 無異目聲故記之."

전한(前漢)의 광무제(光武帝)는 1세기 초 왕망(王莽)에게 나라를 빼앗기고 멸망한다. 왕망이 신(新)이라는 나라를 세우자, 군웅이 거병하게 된다. 이때 광무제 유수(劉秀)는 거병하여 왕망을 격파하였다. 빙태수(馮大樹)는 빙이(馮異) 장군이다. 자는 공손(公孫)으로 왕랑(王郞)이 병사를 일으키자 광무제와 피신하다가 굶주리게 되자 풍이가 콩죽을 올린 고사가 있다. 호타하를 건너 신도(信都)에 이를 때 풍이로 하여금 하간(河間)의 군사를 거느리게 하였다. 여러 장수들과 공을 논할 때면 풍이는 항상 홀로 나무 아래에 숨었기 때문에 군중(軍中)에서는 그를 대수장군(大樹將軍)이라고 불렀다고 한다.

노이점은 호타하를 건너면서 비교적 긴 글로 고사를 이야기한다. 반면 박지원이 이날 호타하를 건널 때에는 광무제의 고사를 이야기 하지 않다가 열하에서 왕민호와 필담을 나눌 때 고사로 인용하여 사용한다. 박지원이 이 고사의 배경을 의심하고 그런 것이라기보다는 반복을 피하기 위해서 나중에 말한 것으로 보인다.

Ⅵ. 맺음말

이 글은 『수사록』에 있는 기록 내용을 『열하일기』에 투과 하여 보는 방식을 취했다.

노이점의 연행동기와 다른 박지원의 연행동기는 노이점의 연행동기

---

67) 盧以漸, 『隨槎錄』, 1권, 7월 30일, "三十日 晴 至滹沱河 ……馬上憶漢光武至河氷水合之事, 依依如隔晨. 河邊數里許多有村落, 未知馮大樹乞麥飯於何邨, 而第不出若簡邊矣. 或云此非世祖所渡之河, 他處有眞滹沱河, 未知有何所據, 而不過務爲新奇者之說也. 光武自薊州城而遭王郎之追, 則此河之爲滹沱, 明白無疑矣."

를 살펴봄으로써 좀 더 확연하게 드러난다.

박지원은『열하일기』와『연암집』, 박규수 저작물에서 복장에 관한 이야기가 자주 언급이 된다. 노이점은 그 당시 조선 사신들이 복장 때문에 길거리에서 자주 곤욕을 당하였다고 기록하고 있다. 박지원은 이런 노골적인 체험올『열하일기』에 직접 말하지 않았다. 하지만 그의 이런 체험은 조선 복장에 관심을 가지게 하였을 것으로 본다.

주변인물의 경우『수사록』와『열하일기』에 함께 있는 인물을 살펴보았다.『수사록』의 거론된 사람의 숫자가『열하일기』에 비해 적지만, 색 다른 에피소드를 소개하고 있다. 노이점이 박지원에 비하여 사람에 대한 관심, 쇄쇄한 일상에 관심이 적지만 두 사람의 관점은 1780년 연행의 풍모를 더욱 다양하게 보여준다.

그동안 장르상 기행 산문인 연행록의 가치는 충분히 인정되고 있지만 아직은 우리 문학 연구에 깊이 있게 다루지 있지 못한 실정이다. 이번에 연행록과 서사미학 연결 지어 살펴보는 것은 앞으로 연행록 연구를 서사문학의 대상으로도 볼 수 있는 가능성을 열기 위한 것이다. 이를 통하여 우리 문학사에서 서사문학의 영역을 넓히고 동시에 미개척 분야인 연행록 연구의 새로운 방법을 도모하기 위한 시론이기도 하다.

참고문헌

盧以漸,『隨槎錄』, 경북대학교 도서관 소장본.
朴趾源,『熱河日記』, 충남대학교 소장본.
김명호,『열하일기 연구』, 창작과 비평사, 1990.
신호열·김명호 옮김,『국역 연암집』1, 민족문화추진위원회, 2005.

權延雄, 「盧以漸의 隨槎錄 해제 및 원문 표점」, 『慶北史學』 제22집, 1998.

김동석, 「盧以漸 隨槎錄에 관한 연구」, 『한국한문학』 27집, 한국한문학회, 2001.

_____, 「隨槎錄 연구-열하일기와 비교의 관점에서-」, 성균관대학교 학위논문, 2002.

南權熙, 「새로 발견된 노이점(盧以漸)의 『隨槎錄』에 대한 書誌的 연구」, 경북대 『도서관학론집』 23, 1995.

필기 양식의 기록성과 그 미의식의 전개 양상

신상필

Ⅰ. 필기 양식에 대한 미학적 접근의 가능성

필기(筆記)는 한국한문학사에서 늦은 출현에도 불구하고 한문의 현실
적 실효성이 바뀌니기 선사서 다양한 양상을 지속적으로 보여준 상당히
독특한 양식이 아닌가 한다. 이는 12세기 이인로(李仁老, 1152~1220)의
『파한집(破閑集)』과 최자(崔滋, 1188~1260)의 『보한집(補閑集)』을 시작으
로 20세기 황현(黃玹, 1855~1910)의 『매천야록(梅泉野錄)』에 이르는 과정
에서 보여준 필기 작품들의 존재가 증명하고 있다. 대략 7백 년에 달하
는 기간 동안 내용과 형식의 다기한 스펙트럼을 보여준 필기는 이제현(李
齊賢, 1287~1367)의 『역옹패설(櫟翁稗說)』로부터 참모습을 드러냈다. 이
를 이은 서거정(徐居正, 1420~1488)은 『태평한화골계전(太平閑話滑稽傳)』
『필원잡기(筆苑雜記)』『동인시화(東人詩話)』로 필기의 내용적 성격을 확
인함으로써 당대 문인들의 필기에의 관심과 인식을 단적으로 보여주었
다. 이처럼 문인들의 필기에 대한 인식과 성과는 이미 조선전기에 분명

하게 자리를 잡아가고 있었다.

> 예나 지금이나 문인으로서 저술한 잡기(雜記)가 많은데, 내가 본 것을
> 들어보면 …… 고려 때 이인로의 『파한집』, 이제현의 『역옹패설』과 본조
> (本朝)에서는 서거정의 『태평한화』·『필원잡기』·『동인시화』, 이륙(李陸)
> 의 『청파극담(靑坡劇談)』, 성현(成俔)의 『용재총화(慵齋叢話)』, 조위(曺伸)
> 의 『소문쇄록(謏聞鎖錄)』, 김정국(金正國)의 『사재척언(思齋摭言)』, 송세
> 림(宋世琳)의 『어면순(禦眠楯)』, 어숙권(魚叔權)의 『패관잡기(稗官雜記)』,
> 권응인(權應仁)의 『송계만록(松溪漫錄)』 등은 모두 견문한 일을 기록한 것
> 으로 한가할 때 볼 수 있는 자료들이다.[1]

심수경(沈守慶, 1516~1599)이 자신의 필기 저술인 『견한잡록(遣閑雜錄)』
에 붙인 발문(跋文)의 언급이다. 그 스스로가 저작의 성격을 명확히 파악하
고 선배 문인들의 저술을 망라한 것이다. 그는 내용적 성격에서 '잡다한
기록[雜記]'을, 창작방식에서 '견문의 기록'을 양식적 특징으로 지적하고,
당시까지의 대표적 저술들을 지목한 것이다. 이인로에서 권응인에 이르
는 작품의 면면은 바로 지금 필기로 일컬어지는 양식에 다름 아니다.
이와 함께 서거정의 저술태도에서도 알 수 있듯 소화(笑話), 야사(野史),
시화(詩話)라는 보다 구체적인 필기 양식의 내적 층위도 확인할 수 있다.
이처럼 서거정의 양식에 대한 명확한 인식과 심수경의 목록화 작업은
조선전기 필기 양식의 정착과정과 현황을 고스란히 대변해준다.

---

1) 沈守慶, 『遣閑雜錄』, 「遣閑雜錄跋」. "古今文人著述雜記多矣. 余所得見者, 『南村輟耕
錄』·『江湖記聞』·『酉陽雜俎』·『詩人玉屑』·『鶴林玉露』等書; 及前朝李仁老有『破閑集』,
李齊賢有『櫟翁稗說』; 我朝徐居正有『太平閑話』·『筆苑雜記』·『東人詩話』, 李陸有『靑坡
劇談』, 成俔有『慵齋叢話』, 曺伸有『謏聞鎖錄』, 金正國有『思齋摭言』, 宋世琳有『禦眠楯』,
魚叔權有『稗官雜記』, 權應仁有『松溪漫錄』. 皆是記錄見聞之事, 以爲遣閑之資耳."(이하
번역과 인용문은 별도의 언급이 없는 경우 한국고전번역원의 DB에 근거함.)

지금 이들 필기 양식에 대한 미학적 접근과 이를 통한 한국문학사에
의 새로운 이해가 본고에 주어진 과제이다. 사실 필기 문학에 대한 총체
적인 이해는 아직 만족스러운 상태가 아니다. 한국 필기 저술의 목록화
와 개별 저술의 이본 현황은 물론 작품에 대한 해제 작업이 종합적으로
이루어지지 못하고 있기 때문이다. 물론 조선조 주요 필기 작품을 집성
한 『대동야승(大東野乘)』과 이 밖의 주요 작품에 대한 번역과 연구가 진
행되었음은 물론이다. 하지만 아직도 수많은 필기류 저작이 번역과 전
문 연구자의 참여를 기다리고 있음도 분명하다. 이러한 현상은 필기류
수록 자료의 잡박성, 방대함과 함께 이들 자료에 대한 총체적 이해를
기반으로 삼은 개별 저술에의 접근과 연구 방법론의 부재에서 기인한
것이다. 이로 인해 개별 전공자들의 관심이 닿은 특정 자료가 비상한
주목을 받아 연구, 번역되는 상황이 산발적으로 반복되고 있다. 예컨대
『매천야록』이 근대 초기의 정치사회적 정황에 대한 이면사를 제공하고,
유만주(俞晩柱, 1755~1788)의 『흠영(欽英)』이 당대의 소설사와 사회사
관련자료로 주목을 받은 경우가 그러하다. 뿐만 아니라 필기에서 발굴
되어 정채를 발한 한문단편(漢文短篇)의 작가와 필기집이 야담작가와 야
담집으로 오해되는 경우도 있었다.

이 점에서 필기 양식에 대한 '미학적 접근'의 방법론은 일정한 시사를
던져 줄 수 있다고 생각한다. 적어도 특정 내용에 치우침이 없이 필기
양식의 미학적 성격을 조망함으로써 보다 객관적인 학적 접근에 다가설
수 있을 것이기 때문이다. 다시 말해 특정 내용에의 주목은, 개별 필기의
작가 성향과 저술 시점의 사회적 분위기가 특화시킨 일부분이라는 점에
서, 필기라는 숲을 보지 못하고 특수한 자료에만 천착할 가능성이 있다
는 것이다. 이때 필기 양식의 기본적인 미학적 특성에 주의한다면 필기
의 개별 자료는 연구자들에게 보다 풍성한 정보로 되살아날 수 있을 것

이라 생각한다. 문학의 미적 특질은 개별 양식의 성립과정에서 형성된 개성이라 할 때 필기 역시 그 고유의 미의식을 함축, 발산하고 있음이 당연하다. 이제 필기에의 미학적 접근을 그 산생과 정착의 조선적 특성에 유의하여 접근해 보고자 한다.

Ⅱ. 필기 기록으로서의 사대부 사회와 그 생활의식

앞서 언급한 심수경의 필기 저작 목록에서 논의를 시작해 보기로 한다. 그 저술 목록으로 볼 때 어숙권이 서얼 출신임을 제외하고는 이인로, 이제현, 서거정, 이육, 성현, 조신, 김정국, 송세림, 권응인 등 거개가 조선전기의 대표적 사대부 문인임이 주목된다. 당대 표기문자가 한문이 었다는 환경을 고려하면 당연한 현상이다. 하지만 고려 후기 신진 사인 들로부터 성장한 사대부층이 조선왕조의 창업 주체임을 생각해 보면 이들의 자부심과 학문적 위상을 그리 쉽게 간과할 수는 없다. 여기서 여말 선초 사대부 사회를 기반으로 성립된 필기 양식이 그들에게 특별한 무엇 이었음은 충분히 감지하게 된다. 이 때문에 "견문을 잡기한 기록류의 범칭"으로 정의함과 동시에 "문인학자의 서재에서 형성된 (중략) 사대부 의 생활의식을 그 내용으로 삼고" 있음을 필기의 특성으로 간파한 선행 연구는 다시금 주목을 요한다.[2]

필기는 '잡기(雜記)'의 기록 방식이 제일 먼저 눈에 띈다. 이는 견문에 따라 붓 가는 대로 기록한 무규칙한 상태로 여기기도 한다. 그래서 여타 의 한문체에 비해 고유한 문장 형식이 없다고도 할 수 있다. 그렇지만

---

2) 임형택, 「이조전기의 사대부문학」, 『한국문학사의 시각』, 창작과비평사, 414~415 쪽, 1984.

서거정의 저술 의식이 알려주듯 야사, 시화, 소화의 내용적 구분은 분명
해 보인다. 그렇다면 무형식의 글쓰기 양식처럼 보이는 필기의 미의식은
그 기록 내용으로부터 확인할 필요가 있다. 이와 함께 야사, 시화, 소화
로 구분되는 필기 기록에는 대체로 '사대부의 생활의식'이 배경으로 자
리 잡고 있음에 주목해야 한다. 사대부의 생활의식이란 여말선초의 사회
적 분위기, 특히 조선조 한양의 사회와 문화를 공유할 수 있는 분위기를
바탕으로 형성된 것이다. 필기의 내용에 사대부 생활의식이 중요한 이유
를 구체적 증거로 확인해 보기로 한다.

　필기의 시작이 이인로의 시화집인『파한집』에서 출발함은 일반적인
상식이다. 이때『파한집』과 함께 동시대 시화집으로 불릴 저술에 이규보
(李奎報, 1168~1241)의『백운소설(白雲小說)』이 존재한다. 하지만『백운
소설』은 당대 일류 문인이었던 이규보의 저술임에도 필기로 언급되지
않는다. 이는 필기 연구자들의 자의적 해석에 따른 평가절하가 아니다.
전통적인 문인들의 인식에서 으레 그러하였다. 앞서 인용한 심수경의
언급이 매우 중요하다. 어숙권의『패관잡기』에도 당대까지의 필기 목록
을 기록하고 있지만, 이 두 기록 모두 이규보의『백운소설』만은 언급하
지 않고 있다. 이는 단순한 기록상의 실수가 아니며 명확한 양식적 구분
의식의 반영이다. 그렇다면 이러한 양식적 구분의 근거는 무엇일까.『백
운소설』을 내용상 시화로 구분할 수는 있겠으나 필기 양식으로 인정하기
에는 무언가 미흡한 점이 있다. 여기서 사대부 생활의식의 반영 여부를
상기할 필요가 있다. 이규보는 무엇보다 저자 자신의 시문 자체에 관심
을 집중시켜 저술을 구성하고 있으며, 이로부터 시문에의 관심사와 품평
을 곁들인다. 그가『백운소설』에서 자신의 시문에 대한 관점, 즉 시문관
을 피력하는데 주안점을 두고 있다는 말이다. 이에 반해『파한집』과『보
한집』역시 자신의 시문에 상당한 비중을 두고 있으나,『백운소

설』의 그것과는 확연히 다른 양상을 보여준다.

> 계림 사람인 김생(金生)의 글씨는 마치 신기를 타고난 듯 너무도 훌륭하
> 여 초서도 행서도 아닌 글씨로써 대여섯 사람들의 체세(體勢)를 훨씬 능가
> 하였다. 본조의 화엄대사(華嚴大士) 경혁(景赫)과 추부(樞府) 김입지(金立
> 之)가 초서로써는 유명했으나 중익(仲翼)이나 중국의 주월(周越)의 속기(俗
> 氣)와 같았다. 의왕(毅王) 말년에 금(金)의 사신이었던 개익(蓋益)의 필세가
> 일품이라 청하(淸河) 최당(崔讜)이 그 글씨를 구해 가지고 자기 방벽에 걸
> 어 언제나 바라보고 흐뭇해했는데 어떤 사람이 빌려가서 진품대신 모사품
> 을 보내왔다.3)

인용문의 뒤로 일화와 관련된 이인로 자신의 시문을 곁들이고 있어
이규보의 저술과 유사하다. 하지만 그 일화를 주의 깊게 살펴보면 상당
한 의식적 기반의 차이가 느껴진다. 기본적으로『파한집』의 경우 저자의
시문을 제외하면 자신의 일화가 아니며, 글씨라는 하나의 주제에 몇 가
지 이야기가 엮어지고 있다. 인용문의 내용은 사실 후반의 최당(1135~
1211)이 얻은 금 사신의 서예 작품에서 비롯된 것이다. 하지만 이인로는
이에 그치지 않고 신라로부터 고려, 다시 중국에 이르는 서예가에 대한
관심의 궤적을 연결시켜 보여준다. 최당은 이인로의 선배 세대에 해당하
는 동시기 문인이다. 이때 주목할 것은 최당의 서예 작품에 대한 수장과
애호의 면모, 나아가 이를 모사해 진품을 가로챈 어떤 이의 서벽(書癖)
등 이인로 전후의 문인들이 공유하고 있던 문예 취향이 자연스레 녹아있
다는 점이다. 이를 기록한 이인로 역시 서예에의 흥취를 가지고 있음이

---

3) 이인로,『파한집』,〈한국고전문학전집 10〉, 수문서관, 1983, 16쪽. "鷄林人金生用筆
如神, 非草非行, 逈出五十七種諸家體勢. 本朝華嚴大士景赫·樞府金公立之, 以草擅名,
然未免仲翼·周越之俗氣. 毅王末年, 大金使人蓋益, 筆勢奇逸, 淸河崔讜購得之, 常掛壁
以賞之, 有人借觀, 留其眞迹, 而影寫還之."

물론이다.

이 한 편에서 느껴지는 이인로의 관심은 서예라는 문예 취미를 공유하는 당대 문인지식인들의 의식 세계의 일단을 여실하게 보여준다. 이러한 의식은 묵죽화(墨竹畵), 화훼에도 미치고 있다. 문예취미와 함께 보다 주목할 대목은 시문 창작과 관련된 일화의 등장인물이다. 『파한집』에 등장하는 면면의 대개는 이인로 당대인이자 주변 동료들이며, 이들은 과거시험을 거쳐 고려의 국사를 담당한 인물들이라는 점이다. 다만 『파한집』은 시화집이라는 성격으로 인해 이들을 시재(詩才)와 작시(作詩)라는 화두로 엮어내고 있을 뿐이다. 시문(詩文)이라는 사대부 사회의 공통분모가 작자로 하여금 주변 인물에 대한 관심의 시선을 유도한 것으로 생각할 수도 있다. 무엇보다도 그 바탕에는 문인지식층의 동류의식과 문재(文才)를 공유한 학적 식자층의 공감대가 자리 잡고 있음을 다시 한 번 강조해야 하겠다.

『파한집』은 저술의 첫머리부터 고향 그림에 감회를 표출한 군부참모(軍府參謀) 정여령(鄭與齡)의 작시 일화를 수록하고 있는바 문인학자의 동류의식이 시문 창작을 통해 무관에게로 확대되어 있다. 무엇보다 필기 저자인 이인로, 최자, 이제현의 면모로만 보더라도 고려후기 문인들의 지적 자부심과 상호유대가 강하게 느껴진다. 이러한 문인의식은 보다 직접적으로 표출되기도 한다.

우리나라 문장은 최치원(崔致遠)에서부터 처음으로 발휘되었다. 최치원이 당 나라에 들어가 급제하니 문명(文名)이 크게 떨쳐 지금은 문묘(文廟)에 배향되어 있다. 이제 그의 저서를 통하여 보면, 시구에는 능숙하나 뜻이 정밀하지 못하고, 사륙문체(四六文體)에는 재주가 있으나 말이 단정하지 못하였다. 김부식(金富軾)과 같은 이의 글은 풍부하나 화려하지 않고, 정지상

(鄭知常)의 글은 화려하나 드날리지 않았고, 이규보는 눌러[押] 다듬을 줄
알았으나 거두지 못하였으며, 이인로는 단련(鍛鍊)되었으나 펴지 못했고,
임춘(林椿)은 진밀(縝密)하나 통하지 못하였으며, 가정(稼亭)은 적실(的實)
하나 슬기롭지 못하였고, 익재(益齋)는 노건(老健)하나 아름답지 못하였고,
도은(陶隱)은 온자(醞藉)하나 길지 못하였으며, 포은(圃隱)은 순수하나 종
요롭지 못하였고, 삼봉(三峯)은 장대(張大)하나 검속(檢束)하지 못하였다.[4]

이는 조선전기의 문인 성현(成俔, 1439~1504)이 역대 문인들의 장단점
을 품평한 대목이다. 그는 최치원에서 시작한 역대 문장가들이 고려후기
괄목할 성장을 이룬 것으로 인식하고 있다. 이규보 이후의 인물들이 모
두 여기에 해당된다. 이인로와 이제현이 언급되고 있음은 물론이며, 필
기 저술을 남긴 최자의 경우에도 이와 같은 고려후기 문장가의 성황 속
에 일정한 자부심을 공유하기에 충분하다. 성현이 지목한 인물들은, 단
점을 지적한 비평에도 불구하고, 그 자신이 속한 사대부 지식인의 계보
도로 그려지고 있다. 실제 인용문의 뒤로는 양촌(陽村) 권근(權近), 춘정
(春亭) 변계량(卞季良), 고령(高靈) 신숙주(申叔舟), 영성(寧城) 최항(崔恒),
연성(延城) 이석형(李石亨), 인수(仁叟) 박팽년(朴彭年), 근보(謹甫) 성삼문
(成三問), 태초(太初) 유성원(柳誠源), 백고(伯高) 이개(李塏), 중장(仲章) 하
위지(河緯地), 서거정, 김수온(金守溫), 강희맹(姜希孟), 이승소(李承召),
김복창(金福昌), 성임(成任) 등을 거론하며 그들의 문학적 성취를 비평함
으로써 고려조에서 이어지는 조선조 문인 집단의 계보가 다시금 그려지
고 있다. 이를 통해 성현은 세종조 집현전을 통해 인정받은 당대 문인들

---

4) 成俔, 『慵齋叢話』, 권1. "我國文章, 始發揮於崔致遠. 致遠入唐登第, 文名大振, 至今配
享文廟. 今以所著觀之, 雖能詩句而意不精, 雖工四六而語不整. 有如金富軾能贍而不華,
鄭知常能曄而不揚, 李奎報能押闔而不斂, 李仁老能鍛鍊而不敷, 林椿能縝密而不關, 稼亭
能的實而不慧, 益齋能老健而不藻, 陶隱能醞藉而不長, 圃隱能純粹而不要, 三峯能張大而
不檢."

의 성황을 명확히 인식함과 동시에 사대부적 동료의식을 자부심으로 언
급하고 있다고 하겠다. 그는 고려조 이제현과 조선조 박팽년을 '집대성
(集大成)'으로 인정하는 세간의 평가를 언급하고 있기에 단순히 개인적
차원의 인식이 아님을 보여준다. 다시 말해 여말선초 사대부 문인들의
자의식 형성과 동료 의식이 강화되고 있는 조선조 사대부 사회의 저간의
정황이 담겨있다. 이인로, 최자, 이제현과 신숙주, 서거정, 강희맹, 성
임, 성현 등은 직접 필기 저술을 통해 동료인 사대부 문인들의 성취와
사회적 활동 등 다양한 일화를 관심과 자부심 어린 시선으로 기록하고
있는 것이다. 이로써 사대부의 생활 의식과 필기의 저술 의식과의 연관
성을 재확인하게 된다.

여기에『역옹패설』에서 감지되는 일련의 변화 분위기를 주의할 필요
가 있다.

> 손[客]이 역옹(櫟翁)에게 이르기를 "자네가 앞에 기록한 바는 먼 조종(祖
> 宗)의 계보를 기술하고, 유명한 재상의 언행도 자못 그 사이에 실있으나 끝
> 말에는 골계의 이야기로 끝마쳤고, 뒤에 기록한 바는 경사(經史)에 출입함
> 은 얼마 되지 않고, 나머지는 모두 장구(章句)를 분석하였을 따름이니, 어
> 찌하여 그 독특한 풍조(風操)가 없는가. 단아한 선비와 점잖은 사람은 마땅
> 히 할 바 아니다."한다.5)

지금『역옹패설』은『파한집』『보한집』의 시화집과 달리 후편에 실은
약간의 시화에 대해 세간의 이목을 의식한 자기 검열의 발언을 보여준
다. 이에 반해 조종세계(祖宗世系)와 공경언행(公卿言行)에 대한 기록은

---

5) 李齊賢,『東文選』권102,「櫟翁稗說後」. "客謂櫟翁曰: '子之前所錄, 述祖宗世系之遠,
  名公 卿言行, 頗亦載其間, 而乃以滑稽之語終焉. 後所 錄其出入經史者無幾, 餘皆雕篆
  章句而已, 何其 無特操耶? 豈端士壯夫所宜爲也?'"

긍정적으로 인식되고 있다. 경사(經史)에 대한 언급이 적은 것을 아쉬워한다는 점에서 이 시기 필기의 주요 기록 대상임을 알 수 있다. 이인로와 최자의 시대와 1세기의 시차가 이루어 낸 필기 저술에 대한 변모된 인식이다. 『파한집』과 『보한집』의 시문과 작시에 대한 비중이 동료 문인에 대한 관심이자 문화적 교양에서 양산된 형태였음에 반해 『역옹패설』은 오히려 시문에 대한 관심이 죄악시되는 양상을 보인다. 즉 국왕과 선후배 동료, 경서와 역사에 대한 기록이 당연시됨과 동시에 보다 강화되고 있는 것이다.

이와 같은 변모는 필기 저작에 대한 일정한 인식 전환으로 여겨진다. 적어도 고려말 지식층은 문자의 조탁에 힘쓴 시화보다 역대 국왕의 계보, 국가를 경영한 공경의 언행과 경사를 통한 경세의 문제에 보다 비중을 두고 있음을 말해준다. 이제현은 야승의 기록이 필기 저작에 중요한 비중으로 다루어질 필요가 있음을 의식하고 있으며, 이는 당대인들의 필기에 대한 기대치를 반영하는 것이기도 하다.

아마도 이러한 양상은 사대부 중심의 국가 운영 체제로 변모하고 있는 시대적 상황과 관련하여 이해해야 할 것이다. 시문 수창이 이들의 일상 교양이자 생활의 일부였던 것처럼 국가 행정에 관계된 인물, 즉 자신들의 선후배 동료가 활동하며 공유했던 정치적 혹은 문화적 공간이 일상의 기록인 필기 양식에서 상당한 비중을 차지하게 되었음을 말해준다. 특히 고려후기 문인 학자층의 자기인식에 기반한 유대 관계와 자부심은 필기 양식의 정착에 크나큰 자산으로 작동하고 있음에 분명하다.[6] 이런 성향으로 인해 사대부 생활의 주변이나 관심 영역에서 벗

---

6) 이와 관련하여 고려조에서 조선중기 전개된 신진사인과 신진사대부로부터 훈구관료와 사림의 등장에 이르는 일련의 과정이 필기의 등장과 발전에 관련되고 있음을 기억할 필요가 있다. 특히 여말선초 지식인들의 문명의식과 동인의식(東人意識)이 보다 직

어난 기록을 금기시하는 경향마저 엿볼 수 있다. 심지어 일반 서민들의 생활과 관심사에는 좀처럼 시선을 돌리지 않기 때문이다. 이 점에서 필기 수록 내용에 대한 인식의 비중 변화에도 불구하고 이들 문인 학자층의 일상이 보다 중심에 자리 잡고 있음을 여전히 유의해야 한다. 이처럼 필기의 문예미는 그 시작부터 사대부 문인늘의 생활정감에 근거하고 있으며, 이로부터 양식의 미적특질을 탐색할 필요가 있다. 여기서 먼저 필기의 내용적인 측면에서 '사대부 의식과 그 생활정감'을 미적특질의 하나로 지목해 두기로 한다.

Ⅲ. 기사체(記事體)로서의 필기 기록의 진실성과 신뢰성

앞서 필기가 문인학자, 즉 사대부들이 구축한 사회체제와 생활상의 정감에 기반하고 있음을 확인하였다. 다시 말해 조선왕조라는 사회문화적 토대에서 움튼 지식층의 사유의식이 필기라는 문학양식과 밀접한 관련이 있다는 것이다. 보다 구체적으로 필기는 한자문명으로 대표되는 사회 제 방면의 상층 메커니즘과 문인학자의 자의식이 연동되어 출현한 것임을 의미한다. 그렇다면 필기에는 저자 자신을 비롯한 상층관인이자 문인지식층인 선후배 동료에 대한 인식이 전제되어 있다.

우리 본조(本朝)는 국경이 봉래(蓬萊), 영주(瀛州) 등과 접해 있어 예부터 신선의 나라 일컬었다. 그 영이(靈異)한 것을 가꾸고 뛰어난 것을 길러 오기를 5백 년이나 되었다. 중국에다 우리의 아름다움을 나타낸 사람으로

접적인 촉매제이자 원천임을 이해해야 한다. 이에 대해서는 임형택, 「고려 말 문인지식층의 동인의식(東人意識)과 문명의식」, 『실사구시의 한국학』, 창작과비평사, 2000 참조.

서 학사 최고운(崔孤雲)이 앞에서 먼저 부르고 참정(參政) 박인량(朴寅亮)이
뒤에 화답하니 명유(名儒)와 운승(韻僧)이 문장에 뛰어나서 명성을 이역 땅
에 떨친 사람이 많았다. 이러한 자랑을 우리들이 기록해 두었다가 후세에
전하지 않으면 잃어버려 틀림없이 사라지고 말 것이다.[7]

　　우리 조정에서 인문(人文)으로 교화를 이루어 어질고 준걸한 사람이 간
간이 나타나 풍화(風化)를 도와서 발양하게 하였다. …… 금석(金石)에 그
글이 기록되어 있어 달과 별이 서로 찬란하게 빛나듯 하니 한(漢)의 문과
당(唐)의 시가 이즈음에 전성이었다. 그러나 고금의 여러 명현 가운데 문집
을 편성한 이는 오직 7, 8에 그치고, 나머지 명장수구(名章秀句)는 대개가
묻혀서 전해지지 않는다.[8]

　전자는 『파한집』 발문에 해당하는 이인로의 언술이며, 후자는 『보한
집』의 서문이다. 일반적으로 이러한 언급은 동료문인들의 문장에 대한
"연몰(煙沒)"의 감상에서 저술 의의를 확인하는 것으로 이해되곤 한다.
하지만 당시 고려의 문명(文名)을 중국에 떨쳐 성월(星月)처럼 빛냈지만
연몰의 대상이 된 인물들이란 이인로, 최자가 정신적 유대를 함께 하고
자 하였을 문인들이다. 그래서 이들의 문장과 시문은 한당(漢唐)에 버금
가는 성가(聲價)를 발한 것으로 인식되고 있다. 최자의 경우 인용문의
중략 부분에 무려 63인에 달하는 고려조 문인을 일일이 열거하며 정신적
유대감을 표출하기까지 한다. 이들에 대한 추념(追念)의 방식이 필기 저
술로 드러난 것이라고도 할 수 있다. 주목할 것은 이때의 기억은 기록의

---

7) 李世黃, 『破閑集』, 「世黃謹誌」, 같은 책. "我本朝境接蓬瀛, 自古號爲神仙之國, 其鍾靈
　毓秀間生五百, 現美於中國者, 崔學士孤雲唱之於前, 朴參政寅亮和之於後, 而名儒韻釋,
　工於題詠, 聲馳異域者, 代有之矣. 如吾輩等, 苟不收錄傳於後世, 則煙沒不傳決無疑矣."
8) 崔滋, 『補閑集』, 「補閑集序」, 같은 책. "我本朝以人文化成, 賢儁間出, 贊揚風化. ……
　皆金石間, 作星月交輝, 漢文唐詩, 於斯爲盛. 然而古今諸名賢編成文集者, 唯止七八家,
　自餘名章秀句, 皆堙沒無聞."

과정을 거침으로써 완성된다는 점이다. 즉 문인학자들의 동지적 연대감
에 대한 기억의 과정에 '기록 의식'이 작용하고 있음을 지적해야 한다.

　사관(史官)이 기록하지 아니한 조야(朝野)의 한담을 기록하여 볼거리에
대비하려고 한 것이니, 그 후세에 도움됨이 어찌 적겠는가. …… 그 저술
한 것이 모두 우리나라의 일을 찾아 모아서 위로는 조종(祖宗)의 신묘한
생각과 밝은 지혜로 창업하신 대덕(大德)을 찬술하였고, 아래로는 공경(公
卿)과 어진 대부(大夫)들의 도덕·언행·문장·정사 등 모범이 될 만한 일에
미쳤으며, 국가의 전고(典故)와 촌락의 풍속에 이르기까지 세상 교화에 관
계가 있는 것으로서 국사에 실려 있지 않은 것을 갖추어 기록해서 빠짐이
없었다. …… 필담(筆談)은 산림에서 듣고 본 것을 말한 것이요, 언행록(言
行錄)은 명신(名臣)의 실적(實跡)을 기록한 것인데, 이 책은 이 둘을 겸한
것이다.9)

　인용한 서문은 『필원잡기』의 내용에 '창업대덕, 공경대부의 도덕·언
행·문장·정사, 전고와 풍속'에 걸친 "조야의 한담"을 빠짐없이 기록하
고 있음에 찬사를 바치고 있다. 역대 군왕의 치적에서 촌락의 풍속에
이르는 매우 다양한 관심사가 기록의 대상으로 열거된다. 이때 그 대상
을 조선조 정치체제의 안정에 따라 "세교(世敎)"에 관계시키고 있다는
점에서 불교에서 유교로 의식을 전환한 조선조 사대부 사회의 위상이
한껏 느껴짐이 물론이다. 더구나 23년에 걸쳐 문형(文衡)을 담당하였던
서거정이니 만큼 그 저술의 성격도 걸맞게 예상되는 바가 있다. 그럼에

9) 表沿沫, 『筆苑雜記』, 「筆苑雜記序」. "欲記史官之所不錄朝野之所閑談, 以備觀覽, 其
有補於來世, 夫豈小哉! …… 其所著述, 皆博採吾東之事, 上述祖宗神思睿智創垂之大德,
下及公卿賢大夫道德言行文章政事之可爲模範者, 以至國家之典故閭巷風俗, 有關於世敎
者, 國乘所不載者, 備錄無遺. …… 蓋筆談談林下之聞見, 言行錄錄名臣之實跡, 而是篇殆
兼之."

도 국사에 실리지 않은 사실을 남김없이 기록한다는 저술 자세에 주목할
필요가 있다.

사실 그 기록 내용은 사서(史書)에 누락되었다기보다 실릴 수 없는 사
항이 대부분이다. "사관이 기록하지"않았거나, "국사에 실려 있지 않은
것"을 수록한다는 점에서, 저자 스스로가 사관(史官)에 준하는 의식과
자세로 저술하고 있다는 느낌이 든다. 이러한 저술 자세는 저자 자신이
국가사에 관여한 경험에서 기인하며, 대부분의 문인학자들이 관심을 갖
고 견문하는 사안들이기도 하다. 실제 왕조실록에는 국정을 비롯한 대소
의 예법에 대한 의난처를 이들 필기 기록에서 해결하는 경우가 어렵지
않게 확인된다. 그만큼 사대부들은 자신이 참여했던 왕조의 공업(功業)
에 대한 자부심과 그 동료 문인학자들이 이뤄낸 문화적 분위기를 자랑스
럽게 기록으로 남기고자 하였다. 대부분의 필기 저작이 노년에 저술되는
사실도 이와 관계될 것이다. 이처럼 필기의 '기록성'이 갖는 의미는 남다
른 점이 있다.

> 지금 공은 태평한 조정에 등용되어 밝은 임금을 만나 군주를 가까이 모시
> 며 보필하여 훌륭한 정치를 이룩하고 유림의 으뜸이 되어 일세의 모범이
> 되었으니, 그 마음과 그 학문과 그 사업의 거룩함은 진실로 익재에게 양보
> 함이 없을 것이며, 그 편찬한바 훌륭한 임금과 어진 신하의 제작(制作)과
> 행사(行事)의 자취는 고려의 군신이 그 만에 하나도 따를 수 있는 바가 아니
> 다. …… "공의 해박한 지식과 뛰어난 기억력은 천성에서 나왔다. 혹 한가할
> 때에 붓을 희롱하여 그 평상시에 듣고 본 것을 기록한 것일 뿐이요, 애초에
> 저서에 뜻을 둔 것이 아니다. 우맹(優孟)·시전(施旃)·동방삭(東方朔)의 말
> 을 사마천(司馬遷)과 반고(班固)가 사기에 빼지 아니하고 기록하였으니, 이
> 것도 기사체(記事體)이다." 하였다.[10]

---

10) 曺偉, 「筆苑雜記序」. "今公生於太平之朝, 遭遇聖明, 從容帷幄, 黼黻至治, 冠冕儒林,

조위(曺偉, 1454~1503)는『필원잡기』가 저자의 정치 경험과 학문적 실천의 결과로 저술된 것임을 강조해『역옹패설』을 넘어서는 성세(盛世)의 업적으로 치하한다. 그럼에도 소화(笑話)가 수록된 점을 염려하여 사마천과 반고의 예를 들어 변호하고 있으며, 그 근거를 '기사체(記事體)'에서 찾고 있다. 다시 말해 국가 전장제도에 관한 보사(補史)로서의 의미를 갖는 저술에 격이 낮은 소화가 수록되었음을 기사체라는 기록 의식이 강한 역사 서술 의식으로 변론한 것이다. 그렇다면 소화가 기사체의 영역에 포함될 수 있다는 변호에서, 역으로 그 밖의 수록 내용 보다 명확한 신뢰와 가치를 인정받게 된다.

하지만 필기는 기본적으로 불확실하거나 자의적일 수 있는 견문이라는 정보 수집 경로로 인해 기록 자체에 상당한 결함이 개입될 여지가 있다. 심지어 귀신과 혼령과의 직간접 체험이나 불가사의한 현상 등에 대한 기록도 심심치 않게 발견된다. 이는 직접 견문이 아닌 타인으로부터의 간접 견문에 특히 두드러지며, 객관 사실의 경우에도 와전에 의한 오류가 존재한다. 그래서 간혹 기록의 오류를 지적하며 저작 태도에 문제를 제기하는 경우도 있다.

그렇다면 앞서 기사체로 강조한『필원잡기』에의 의미부여는 일면 변명의 수단처럼 여겨지기도 한다. 이때 필기의 기록성에는 '진실성'과 함께 견문의 '신뢰성'을 기반으로 삼고 있음도 확인해야 한다. 필기에 수록된 자료의 진가(眞假)의 문제와는 달리 정보 전달자와 기록자는 해당 내

師範一世. 其心其學其事業之盛, 固將無讓於益齋. 而其所纂錄, 聖君賢相制作行事之迹, 有非高麗君臣所可彷彿其萬一也, 則是書之傳, 又非『稗說』之比也審矣. 或曰: '公之所錄, 皆可爲訓於後世, 而一二事未免襲『稗說』之滑稽何耶?' 曰: '公之博聞强記, 出於天性, 時於讌閑, 戲用翰墨, 書其平日所見聞者耳, 初非有意於著書也. 優·旃·方朔之言, 遷·固書而不削, 此亦紀事之體也.'"

용을 사실로 인정한다는 태도를 견지한다.[11] 이는 적어도 인물, 사건, 현상의 시원에 내재한 정황적 요소나 심증에서 비롯된 다중의 구전에 대한 믿음과 함께 그 현상 자체를 중시하는 필기의 기록성이라고도 할 수 있다. 따라서 개별 사건에 대한 참, 거짓의 여부와는 별도로 전달자, 기록자, 독자의 사이에 저류하는 필기 기록에의 진실성과 신뢰성도 필기 양식의 독특한 미감으로 주목할 필요가 있다.

Ⅳ. 하층 사회로의 관심 전환에 따른 서사성의 강화

사대부 생활에 근거한 기록의 전통 속에서 진실성, 혹은 사실에의 순수한 기록은 대체로 조선전기 필기 저작들로부터 그 기반을 마련할 수 있었다. 하지만 그것이 절대불변의 성격은 아니었다. 앞서 언급하였듯이 구전과 기록의 과정 자체에서 근원 사실에 대한 일정한 변화가 발생하고 있기 때문이다. 성현의 『용재총화』는 그러한 변모를 확인할 수 있는 대표적 사례이다. 『용재총화』 역시 필기의 기록 전통을 잇고 있지만 사회 제 방면의 견문을 수록한다는 기록 자체에 보다 폭넓은 관심을 기울이고 있다. 대표적인 변화의 성향은 일반 하층민으로 관심의 시선이 넘어서기 시작한다는 점이다.

> 무릇 우리나라 문장의 세대에 따른 고하(高下)와 도읍, 산천, 민풍(民風), 속상(俗尙)의 미악(美惡)이며, 성악(聲樂), 복축(卜祝), 서화 등 여러 기예, 조정과 민간의 기쁘고 놀랍고 즐겁고 슬픈 일로 담소에 도움이 되고

---

11) 임완혁, 「필기에서 사실의 의미-『鶴山閑言』을 통해 본」, 『동방한문학』 39집, 동방한문학회, 2009.

심신을 즐겁게 하면서도 국사(國史)에 갖추어지지 못한 것이 모두 이 책에
실려 있다.[12]

황필이 『용재총화』의 내용적 특징을 언급한 발문의 내용이다. 보사적
기능과 함께 수록 내용도 일반적 필기의 그것과 달라 보이지 않는다.
그럼에도 일반적으로 전장제도에 대한 기록을 싣기는 하지만 음악과 복
축, 서화 등 다양한 기예에 대한 자료까지 신경쓰고 있음은 독특한 점이
다. 나아가 "민풍(民風), 속상(俗尙)"과 같이 민간에 대한 관심과 기록을
저술의 특징으로 지적하고 있는 대목에 보다 주의할 필요가 있다. 성현
의 관심이 다방면에 걸쳐 있기는 하지만 적어도 필기의 경우 민간 하층
민에 대한 기록은 조선전기 저술에서 찾아보기 쉽지 않다. 이점에서 앞
서 시화와 소화의 수록에 대한 자기 검열을 상기해도 좋을 것이다. 사대
부 생활의식에서 이들 내용은 격이 맞지 않는 정도가 아니라 아예 작가
의식 자체에서 제외되어 있다고 해도 과언은 아닐 것이다. 실제 작품을
통해 살펴보기로 한다.

홍재상(洪宰相)이 나중에 남방절도사가 되어 진영(鎭營)에 있을 때, 하루
는 도마뱀[蜥蜴]과 같은 조그만 물건이 공의 이불을 지나가거늘 공은 아전
에게 명하여 밖으로 내던지게 하자 아전은 죽여 버렸는데, 다음날에도 조
그만 뱀이 들어오거늘 아전은 또 죽여 버렸다. 또 다음날에도 뱀이 다시
방에 들어오므로 비로소 전에 약속했던 여승의 빌미[神禍]인가 의심하였
다. 그러나 자신의 위세를 믿고 아주 없애버리려고 또 명하여 죽여 버리게
하였더니 이 뒤로는 매일 오지 않은 날이 없을 뿐만 아니라 나올 때마다

12) 黃㻶, 『慵齋叢話』, 「慵齋叢話跋」, 慶山大學校開校二十周年紀念 韓國學資料集成,
2000, 469~470쪽. "則凡我國文章世代之高下, 都邑山川民風俗尙之美惡, 暨乎聲樂卜祝
書畫諸技, 朝野間喜愕娛悲, 可以資談笑, 怡心神, 國史所未備者悉載是編."

몸뚱이가 점점 커져서 마침내 큰 구렁이가 되었다. 공은 영중(營中)에 있는 모든 군졸을 모아 모두 칼을 들고 사방을 둘러싸게 하였으나 구렁이는 여전히 포위를 뚫고 들어오므로 군졸도 들어오는 대로 다투어 찍어버리거나 장작불을 사면에 질러놓고 보기만 하면 다투어 불 속에 집어던졌다. 하지만 그래도 없어지지 않았다. 이에 공은 어느 날 밤 구렁이를 함 속에 넣어 침방에 놓아두었다. 낮에도 함 속에 넣어 두었고 변방을 순행할 때도 사람을 시켜 함을 짊어지고 앞서가게 하였다. 그러나 공의 정신이 점점 쇠약해지고 얼굴빛도 파리해지더니 마침내 병들어 죽었다.[13)]

인용문은 홍 재상이 현달하기 전에 비를 피하려다 만난 여승과 뒷날을 약속하며 정을 통하고는 그녀를 데리러 오겠다는 약속을 지키지 않자 그를 기다리던 여승이 운명을 달리한 뒤의 일이다. 인과응보라는 기본 구도 속에 여승이 구렁이로 화해 매일 밤 찾아와서 결국 홍재상도 죽음을 맞았다는 이야기이다. 일견 재상을 지낸 홍씨가 등장해 사대부 일화인 듯하다. 하지만 기본적으로 원한을 가진 여승이 구렁이로 화하는 설정에 인과응보의 요소가 가미되어 있으며, 지속적인 도마뱀의 출현과 큰 구렁이로 화하는 장면에는 민담적 흥미요소마저 녹아있다.

이처럼 『용재총화』에는 사대부 일화에 민담적 요소가 결합된 내용이 상당수 수록되고 있어 필기의 질적 변화를 보여준다. 사대부 사회에서 성장한 동료 문인학자에 대한 관심이 품격을 달리하는 하층 세계로 시선이 전환되는 그 자체에 굉장한 의미가 있다. 요컨대 상층 기반의 저술

---

13) 성현, 『용재총화』 권4, 같은 책. "公(洪宰樞)後爲南方節度使在鎭, 一日有小物如蜥蜴, 行公褥上. 公命吏擲外, 吏遂殺之. 翌日有小蛇入房, 吏又殺之. 又明日蛇復入房, 始訝爲尼所祟, 然恃其威武, 欲殲絶之, 卽命殺之. 自後無日不至, 至則隨日而漸大, 竟爲巨蟒. 公聚營中軍卒, 咸執刃釰圍四面, 蟒穿圍而入, 軍卒爭斫之. 又設柴火於四面, 見蟒則爭投之, 猶不絶. 公於是夜則以檟褪裹蟒置寢房, 晝則貯藏於檟, 行巡邊徼, 則令人負檟前行. 公精神漸耗, 顔色憔悴, 竟搆疾而卒."

의식이 하층의 생활 의식으로 시야를 확대한 것이라 말할 수 있기 때문이다. 보다 중요한 사실은 이때 필기의 일화는 '서사적 지향성'이 강화되는 성향을 갖게 된다는 점에 있다.14) 상층의 기록 의식이 민간 하층의 자유분방한 사고와 결합되며 형성된 흥미로운 현상이다.

김안로(金安老, 1481~1537)의 『용천담적기(龍泉談寂記)』는 귀변(鬼變)에 상당한 경사를 보여주며, 이후 민간의 생활상에 보다 밀착하여 사회의 다양한 변화상에 주목한 경우로는 유몽인(柳夢寅, 1559~1623)의 『어우야담(於于野談)』이 대표적이다. 이들은 사대부 사회의 관심 영역에 매몰되지 않았으며, 사실 혹은 실제의 문제에 일정한 거리두기를 시도하고 있는 셈이다. 뿐만 아니라 사회의 근원적 동력이라 할 하층 민인들의 생활을 기록함으로써 사회 전반의 다양한 현실적 변화상까지 자연스럽게 필기에 포섭할 수 있었다. 이 점에서 이들 필기는 다기한 사회 변동에 주목하는 과정에서 수많은 사회계층의 인물들에 대한 관심으로 '견문'에 비중을 두는 경향성을 보여준다. 마치 저자 당대 사회를 포괄하려는 듯 기록의식이 견문의 폭을 대대적으로 확장해 나가는 양상이다. 이와 같이 계층을 넘어서는 관심의 확대 과정에서 '흥미 추구'라는 현상이 동반되기 마련이다.

장군은 병사를 시켜 그녀가 가는 곳을 따라가 보도록 하였다. 그녀는 점을 치고 나자 말에 올라 여종들을 거느리고 남대문을 나가 사제동(沙堤洞)으로 향했다. 그녀의 집은 마을에서 가장 높은 곳에 규모도 큰 집이었다. 그 이튿날 장군은 사제동으로 들어가 이집 저집 기웃거려 보다가 마침 그 동네의 활쟁이[弓匠] 하나를 만났다. 장군은 무인이라, 활쟁이와 쉽게 친해져서는 날마다 찾아가 이야기를 나눴다. 그가 동네의 여러 집에 대해 물어

---

14) 신상필, 「필기의 서사화 양상에 관한 연구」, 성균관대 박사학위논문, 2005.

보는데 활쟁이는 하나하나 일러 주었다.[15]

이 장군이라는 인물이 자신의 이목을 끈 아름다운 여인과 인연을 맺어 보기 위해 수소문하는 대목이다. 장군은 자신의 졸병을 통해 거처를 알아내고, 다시 자신이 무인임을 내세워 마을의 활쟁이와 사귐으로써 재상의 딸로 과부가 된 여인의 집안 내력을 탐문한다. 벌써 여기에 이르면 그 다음의 진행 내용이 궁금해진다. 사건의 전개는 여기서 그치지 않아 이후 활쟁이를 통해 과부의 여종을 소개받고, 다시 과부의 방으로 숨어들기까지의 진진한 과정이 펼쳐진다. 이러한 기록은 기본적으로 민간의 구전 자료에 근거한 것이다. 그럼에도 민간 구전에 대한 저자의 관심은 기존의 필기 저자들의 자세와 현격한 차이를 지니며, 견문한 자료에 대한 문인의 서사적 문식과 맞물려 한편의 단형 서사로 발전하고 있다. 앞서 지적한 흥미추구에 따른 서사적 성향의 강화 현상과 맞물리는 문제이다.

사실『용재총화』는 민간의 소화에 보다 관심을 기울이고 있다. 내용적 측면에서 분명 소화로 분류될 것들도 사대부 일상에서 유발된 소화와는 달리 보다 저속한 내용을 담고 있는 경우가 대부분이다. 그런 점에서 민간의 원초적 삶에서 배태된 소화는 사대부의 그것과는 일정한 미적 간극을 지니기 마련이며, 이에 대한 성현의 관심은 조선조 구비문학의 일단을 갈무리하고 있어 당대 하층의 생활상을 전달한 공이 크다. 지금 인용한『용재총화』의 민간 구전서사 자료는 정욕(情慾)의 문제가 연계된 사회 일반의 한 세태가 녹아들어 보다 서사화가 진전된 사례이다.

---

15) 성현,『용재총화』권5, 같은 책. "將軍令卒往尋女所往, 則卜畢, 騎馬率婢僮, 入南門, 向沙堤洞. 家在洞中最高處, 亦巨室也. 翌日, 將軍入沙堤洞, 出入閭閻, 適有弓匠在洞裏. 將軍武人, 仍與結交, 日日論話, 歷問洞裏諸家, 弓匠一一言之."

여기서 하층의 구전을 통한 유전(流傳) 과정이 성현의 견문과 문재(文才)를 거치며 단편서사로서의 완성도를 갖춰가는 현장이 확인된다. 이와 같은 필기의 서사적 경향은 조선중기 사회경제적 요인이 동반된 이욕(利慾) 추구의 사회 세태로 녹아든 이야기들을 대거 등장시키기에 이른다. 『어우야담』은 그 대표적 사례이다. 『용재총화』의 경우 사회 전반으로 관심의 폭을 대폭 확장시키며 민간의 세태를 정욕의 관점에서 서사화한 사례들이 특징적이라면, 『어우야담』 역시 다양한 견문 가운데 이욕에 민감해진 사회 현실을 서사적 구성 속에 묘출한 작품들이 대거 눈에 띈다.

> 병사(兵使)는 기녀의 손을 붙잡고 흐느껴 울어 적삼 소매가 모두 젖었는데도 기녀는 눈물 한 방울 흘리지 않았다. 기녀의 부모가 병사의 등 뒤에서 자신들의 얼굴을 손으로 가리고 슬피 우는 시늉을 하면서 그렇게 하라고 시켰다. 그러나 아직 나이가 어린 기녀는 교태를 지으며 울 줄도 몰랐을 뿐더러 정도 없어서 울려고 해도 눈물이 나오지 않았다. 부모가 손짓으로 기녀를 불러 꾸짖으며 말하였다. "병사님이 병영의 재물을 다 써 가면서 너를 위해 우리 집을 일으켜 주셨지 않았느냐? 너는 목석이냐! 어째서 눈물 한 방울 흘리지 않고 전송한단 말이냐!" 그러고는 둘이 함께 기녀를 붙잡고 때려서 엉엉 울려 우정(郵亭) 안으로 들여보냈다.[16]

아끼던 기녀와 헤어지게 된 병사의 슬픔 뒤로 재물을 얻은 기녀 부모의 세태를 매우 짧은 편폭에서 극적으로 보여주는 작품이다. 곧 떠날

16) 유몽인 지음, 신익철·이형대·조융희·노영미 옮김, 『어우야담』, 돌베개, 2006, 144~145쪽. "把妓手而泣, 衫袖盡濕, 而妓目不淚. 妓父母從兵使背後, 自掩其面, 爲涕泣狀以敎之, 妓年尙少, 不解矯情而泣, 且無情, 雖欲泣而目不淚. 父母搖手而招之, 妓出, 父母戒之曰: '爾兵使罄兵營, 爲爾起家, 爾爲木石也. 何無一點淚以送之?' 遂相與捽而毆之, 妓大泣, 使之入."(원문 82쪽.)

병사이기에 더 이상 이득이란 없어 보이지만 기녀의 부모들은 혹여 뒷날을 생각해서인지 기녀인 딸과 병사의 인연에 미련을 남겨두고 싶은 마음이 역력하다. 유몽인은 짧은 에피소드 속에 인간의 저층에 자리한 욕망의 순간을 극적인 서사로 다듬어 세태의 한 국면을 성공적으로 묘파해낸다. 지면상의 제약으로 소개는 생략하지만 서사적 구성이 보다 선명한 작품들을 『어우야담』의 만종재본 〈사회편〉에서 어렵지 않게 찾아볼 수 있다. 필기에는 이처럼 사회적 변화상을 약여하게 담아낸 이야기의 비중이 늘어가면서 이후 3대 야담집으로 불리는 『청구야담(靑邱野談)』『계서야담(溪西野談)』『동야휘집(東野彙集)』을 산생시키는 성과로 나타난다. 특히 이들 이야기는 그 서사의 흥미와 함께 '인정물태(人情物態)'가 진솔하게 드러나고 있다는 점에서 당대인들의 관심을 받았던 것이다.17) 나아가 그 안에서 길어 올린 한문단편의 주옥과도 같은 성과는 필기의 새로운 미적 양태로 분화되었음이 주지의 사실이다.

V. 지적 관심과 학적 추구에 따른 필기의 전문화

조선후기 서사성이 특화된 필기로 야담집이 등장했다면, 다른 한편에서는 사대부의 지적 관심이 강화된 저술들이 속출하고 있었다. 사대부 지식인의 학적 독서 과정에서 특정 사안에 주목한 기록류 필기가 그것이다. 이는 지금 차기체(箚記體) 필기로 지목되고 있다.18) 차기체 필

---

17) 임완혁, 「이조후기 3대야담집의 편찬의식」, 『퇴계학과 유교문화』 35집, 경북대학교 퇴계학연구소, 2004.

18) 진재교, 「19세기 차기체 필기의 글쓰기 양상-『智水拈筆』을 통해 본 지식의 생성과 유통」, 『한국한문학연구』 36집, 한국한문학회, 2005; 진재교, 「이조 후기 차기체 필기 연구-지식의 생성과 유통의 관점에서」, 『한국한문학연구』 39집, 한국한문학회, 2007.

기는 기본적으로 지식인의 간략한 독서 후기라고 정의할 수 있으며, 특정 항목에 대해서는 다양한 관련 자료를 집적하는 양상도 보여준다. 사실 이와 같은 지적 관심의 기록은 조선전기 『용재총화』에서 이미 그 단초가 발견된다. 『용재총화』 1권에서 고금 풍속의 변화에 대해 논의한 대목이 그것이다. 연회의 절차, 신입례(新入禮), 혼례의 납채(納采), 처용무, 불꽃놀이, 나례(儺禮) 등에 대한 자세한 내용 서술은 물론 시대적 변모 양상까지 관심의 대상으로 삼아 문물제도에 대한 상당한 정보를 제공하는 것이다. 한편 차천로(車天輅, 1556~1615)의 『오산설림(五山說林)』에는 『사기열전』 『한서(漢書)』 『장자(莊子)』 『회남자(淮南子)』를 비롯한 중국 문인들의 시문 등에서 구두, 해석, 독음 등에 주목해 다양한 주석과 전고를 근거로 문학 방면의 변증이 이루어지고 있다. 이 역시 차기체 필기의 초기적 면모라 하겠다.

　하지만 이들은 조선후기 『지봉유설(芝峯類說)』 『계곡만필(谿谷漫筆)』 『성호사설(星湖僿說)』 『임하필기(林下筆記)』 『지수염필(智水拈筆)』 『오주연문장전산고(五洲衍文長箋散稿)』 등이 보여주는 면모와는 일정한 차이가 존재한다. 성현의 경우 자신이 관련 관직에 있으면서 직접 견문한 사실들을 기록하고 시대 흐름에 따른 변천을 고찰하고 있으며, 차천로는 시작(詩作)에 관한 난해 구절에 집중해 논증하는 입장이어서 그 편폭이 이미 협소하다. 이 점에서 이는 개인의 경험과 문학 창작의 입장에서 불거진 학적 관심사를 개인적 차원에서 기록한 초보적 단계에 그친다고 하겠다. 이에 반해 조선후기 차기체 필기는 그야말로 독서의 과정에서 도출된 관심 사안을 별도의 정리 노트로 작성하고 있다. 따라서 이들의 관심사는 중국으로부터 수입된 서적의 영향이 일차적이며, 당대의 학적 풍토와 그로부터 자극받은 학적 관심에 관계되어 일정한 공통분모를 공유한다는 성향을 갖는다. 다시 말해 당대 서적의 수입과 독서 경향에 따른 지식과 정보의 분류, 그리고 재배치라는 성격을 갖게 된다는 것이다. 이와 함께 조선후기 문인지식인들의 인적 교류를 염두에 둘 때 특정 인맥이나 가풍, 혹은 학맥에 따라 일정한 지적 네트워크를 형성하는 면모도 확인할 수 있다. 기본적으로는 고증학의 수용과 전파라는 조선후기 학문 조류와 연계되고 있다. 이러한 현상은 이들 필기의 서문에서도 감지된다.

> 경전을 근본으로 하고 역사서를 참고한 데다 시문도 두루 섭렵하고 고인의 언행도 충분히 갖추었으며, 국조(國朝)의 전장(典章), 항간에 떠도는 패설, 병가(兵家)의 학설, 명물(名物)의 수효에 이르기까지 탁론(卓論)으로 입증하고 자기의 의견을 덧붙여 모든 사리를 다 갖추고 조그만 장점도 다 바쳤다.[19]

> 책은 39권인데 모두 16편으로 분류하였고, 각 편마다 몇 백 조항의 항목이 있다. 각 조항에는 반드시 제목을 두어 강령을 제시하였고 일에는 반드시 근거가 있어 그 자취를 믿게 하였다. 널리 대응하고 곡진하게 해당시켜 날마다 쓰고 늘상 행하는 사이를 벗어나지 않으니, 한마디 말로 포괄한다면 '공(公)'이라 하겠다. 공적인 안목으로 바라보고 공적인 마음으로 생각하고 공적인 논리로 말을 한 뒤에야 비로소 이 저술의 요령을 얻게 될 것이다.[20]

『임하필기』의 전후로 붙인 정기세(鄭基世, 1814~1884)와 윤성진(尹成鎭)의 평가이다. 전자는 일견 『필원잡기』에서부터 줄곧 언급하던 필기의

---

19) 鄭基世, 『林下筆記』, 「林下筆記序」. "本之經典, 參之史乘, 動盪乎詩文, 涵濡乎言行, 以至國朝典章, 閭里稗說, 兵家者流, 名物之數, 證以卓論, 附以己意, 衆理畢具, 寸長皆效."

20) 尹成鎭, 『林下筆記』, 「林下筆記後跋」. "書凡三十九卷, 分十有六編, 編又各幾百頁, 條必有牓. 提其綱也, 事必有據, 信其蹟也, 泛應曲當, 不越乎日用常行之間, 而一言以蔽之曰公而已. 以公眼觀之, 公心思之, 公論言之然後, 始得是記之要領."

수록 내용과 그리 다르지 않은 것으로 여겨진다. 하지만 저자 자신의
탁론으로 입증하고 의견을 붙였다는 점은 기존의 필기와 성격을 달리한
다. 무엇보다 저자 개인의 학적 주관이 적극 개입하기 때문이다. 나아가
39권 16편으로 분류하고, 하위 항목에 붙인 제목을 통해 강령을 제시하
였다는 지적은 이 시기 특화된 차기체 필기의 학적 성격이 『임하필기』에
서 특징적으로 구현되고 있는 경향을 강조한 것이다. 더구나 윤성진이
공안(公眼), 공심(公心), 공론(公論)의 관점에서 『임하필기』의 존재를 강
조하고, 정기세가 학술의 실용적 측면에서 천인고금(天人古今)을 심구명
달(深究明達)한 것으로 인정하고 있음은 당시의 차기체 필기가 형성한
새로운 조류에의 의식적 반응을 보여준다. 이는 달리 말하면 천인고금이
라는 인간 사회의 제반 현상에 공적 자세로 접근하려했던 조선후기 지식
인의 학적 경세관의 필기적 천명에 다름 아니다. 필기사의 측면에서 볼
때 『임하필기』는 경세적 관심이 강화된 학문적 기록 의식의 소산이라고
할 수 있다.

　이처럼 소선후기 자기체 필기가 경세적 학술 차원에서 특화되고 있다
는 점에서 그 양적 확대는 자연스럽게 여겨진다. 이와 함께 한편에서는
역대 필기류 저술을 총집함으로써 조선조 문물제도에 대한 집적을 시도
하려는 경향도 생겨났다. 조선후기까지 저술된 주요 필기를 총집함으로
써 차기체에 준하는 효과를 획득하고자 한 것이다. 여기에는 고증학적
학풍의 성행 외에도 중국 유서(類書) 혹은 총서(叢書)의 영향이 일정정도
관계되어 있다. 『대동야승(大東野乘)』『한고관외사(寒皐觀外史)』(김려)『
대동패림(大東稗林)』등이 대표적이며, 미완이지만 실학파 총서로서 『삼
한총서(三韓叢書)』(박지원) 『소화총서(小華叢書)』(서유구)와 같은 총서가
기획되었던 것이다.[21] 다만 실학파 총서의 경우 필기류와 함께 일반 문
집을 비롯한 경학 관련 저술과 함께 소설류도 포함하는 등 필기의 범위

를 넘어서는 보다 확장된 기획을 하고 있어 그 기획 의도에 일정한 차이가 있다. 실학파 자신들의 학적 기준을 근거로 문적에 대한 집대성을 염두에 둔 것으로 생각된다. 그럼에도 이러한 일련의 양상은 '학적 추구 성향'을 보여준다는 점에서는 공통점을 갖는다고 하겠다.

Ⅵ. 미의식을 통한 필기에의 재접근

여말선초 문인학자의 등장과 조선조 사대부 사회의 성립을 기반으로 출현한 필기는 내용적 측면에서 '사대부 의식과 그 생활정감'을 바탕으로 견문에 대한 '기록성'을 저술 의식으로 삼아 조선조 문학사에 선명한 자취를 남겼다. 그 과정에서 사대부 내부로부터 견문의 시야를 넓혀 하층민의 동향과 시대에 따른 사회상의 변화에 주목함으로써 '서사적 지향성'을 새로운 동력원으로 삼은 필기는 야담집과 한문단편으로 서사문학사의 새로운 갈래를 형성하기도 하였다. 또한 사대부 자신의 고유 성향인 문인지식층으로서의 '학적 추구 성향'을 고도하게 발현시켜 천인고금의 학적 자세를 견지한 차기체 필기와 총서류를 기획하는 단계에 이르렀다. 지금 지적해 본 필기의 몇 가지 미적 특성과 양상만으로 그 전체를 총괄할 수는 없을 것이다. 이 외에도 내용을 일률적으로 분류하기 힘들 정도의 다양한 잡박성을 지적할 수 있을 것이고, 조선조 상층 사회의 풍토에서 기인한 당파성도 고려할 필요가 있다. 뿐만 아니라 본고에서 언급하지는 않았으나 소화의 경우 상하층을 불문한 본원적 인간미의 표

---

21) 영신아카데미 한국학연구소, 『野史叢書의 總體的 硏究』, 한국학자료총서 제10집, 1976; 김영진, 「조선 후기 실학파의 총서 편찬과 그 의미-『삼한총서』『소화총서』를 중심으로」, 『한국 한문학 연구의 새 지평』, 소명출판, 2005.

현이라 할 골계미에의 미학적 접근도 가능할 것이다.

이처럼 특정한 미의식을 확정하기 어려운 필기의 특성은 무엇보다 무정형의 형식과 무한한 관심의 확산에서 기인하는 것이다. 그렇다고 필기 양식에 대한 학문적 접근 방법에 기준을 세우지 않을 수는 없다. 따라서 필기의 미적 요소를 점검하고 이로부터 분학적인 접근 방법을 모색하는 것은 그 자체로 유효하다. 다만 필기 양식의 미의식을 그 성립 기반인 사대부 의식으로부터 그 저술 동력의 갈래를 명확히 인지함으로써 7세기 동안에 걸친 사회변화와 그에 따른 적응 과정의 특성에 유의하며 정치하게 다잡을 필요가 있다. 본고는 문인학자의 역사적 존재와 위상에 주목하여 이들의 관심의 기록인 필기를 서사적 경향과 학적 지향의 두 방면에서 그 통시적 행보에 주목해 보았다.

이제 필기에 대한 연구는 필기류 저술에 대한 총체적 면모를 확보 정리하는 것에서 다시 새로운 발걸음을 시작할 필요가 있다고 생각한다. 이로부터 개별 저술의 내용과 성격을 분석하고 각각의 위상을 잡아나가는 과정이 필요할 것이다. 이때 다음과 같은 구도를 상정해 볼 필요가 있다. 먼저 필기가 지닌 호한한 자료, 즉 분류되지 않은 자료들을 정리하여 재분류, 재분석할 필요성이다. 이런 과정을 통해 조선조 제 방면에 대한 당대적 의미망과 정보망을 구축함으로써 전근대 사회 제도에 대한 이해에 다가설 수 있으리라 생각한다. 다음으로 필기에는 당대를 살아간 수다한 인물들의 무질서한 집합체가 구현되어 있다고 해도 과언은 아닐 것이다. 이로부터 인적, 학적, 사회적 네트워크를 재구성하여 당대의 지적 정보를 유통망의 관점에서 접근하고 파악하는 탐색 과정이 진행될 필요가 있다. 이는 지금까지 필기 연구가 야담집과 관련된 서사성의 문제에 집중되었거나, 다양한 방면의 연구자들이 개별 자료만을 취사선택해 인용하던 1차적 연구 방법에 새로운 가능성을 제시할 수 있을 것으로 제안해 보는 것이다.

참고문헌

영신아카데미 한국학연구소, 『野史叢書의 總體的 硏究』, 한국학자료총서 제10
  집, 1976.
유몽인 지음, 신익철·이형대·조융희·노영미 옮김, 『어우야담』, 돌베개, 2006.
이인로, 『파한집』, 한국고전문학전집 10, 수문서관, 1983

김영진, 「조선 후기 실학파의 총서 편찬과 그 의미-『삼한총서』『소화총서』를
  중심으로」, 『한국 한문학 연구의 새 지평』, 소명출판, 2005.
신상필, 「필기의 서사화 양상에 관한 연구」, 성균관대 박사학위논문, 2004.
임완혁, 「이조후기 3대야담집의 편찬의식」, 『퇴계학과 유교문화』 35집, 경북대
  학교 퇴계학연구소, 2004.
_____, 「필기에서 사실의 의미-『鶴山閑言』을 통해 본」, 『동방한문학』 39집,
  동방한문학회, 2009.
임형택, 「李朝前期의 士大夫文學」, 『한국문학사의 시각』, 창작과비평사, 1984.
_____, 「고려 말 문인지식층의 東人意識과 문명의식」, 『실사구시의 한국학』,
  창작과비평사, 2000.
진재교, 「19세기 차기체 필기의 글쓰기 양상-『智水拈筆』을 통해 본 지식의 생
  성과 유통」, 『한국한문학연구』 36집, 한국한문학회, 2005.
_____, 「이조 후기 차기체 필기 연구-지식의 생성과 유통의 관점에서」, 『한국
  한문학연구』 39집, 한국한문학회, 2007.

조선시대 군왕 행장의 찬술 방식과 미의식

이은영

I. 서론

예로부터 군왕의 삶과 업적은 다양한 방식으로 기술되어 역사에 남았다. 생전의 언행과 공과가 사관들에 의해 기록되어 실록의 '기사'가 되었다면 죽음 후에는 그 생애가 행장과 시장, 묘지명 등으로 재구성되어 '문장'으로 남았다. 공식적인 모든 언행을 사실에 입각하여 기록하는 사서의 기사와는 달리 비지(碑誌)·전장류(傳狀類)의 글은 역사적 사실 중에서도 유의미한 사실을 취택할 수 있고 시비포폄을 곁들일 수 있으며 일정한 형상화가 이루어질 수 있다는 점에서 다분히 방향성과 의도성을 담보하고 있는 글이다. 그럼에도 불구하고 군왕의 비지전장은 사서(史書)에 실려 공식성이 부여되었고, 실제로 그 내용은 군왕을 포폄하고 그가 다스리던 시대를 평가하는 자료로 활용되기도 하였다.

그렇다면 임금의 행장은 사실적이고 객관적인가? 행장은 과연 한 군왕의 삶과 시대를 자세하고 충분하게 담아내고 있는가? 행장을 한 편의 문장 자료로 가정했을 때 그 안에서 서술 특징과 미의식이 포착되는가?
궁극적으로 행장이라고 하는 '문장'을 통해 재구성되는 군왕의 삶은 역
사적으로 어떤 의미를 지니는가? 본고는 이러한 물음에서 출발하였다.
그리고 행장이 군왕의 죽음 직후 가장 먼저, 그리고 가장 상세하게 씌어
지고 추후 입전과 추시(追諡), 비지문 서술 등에 있어서 저본으로 활용된
다는 점에 주목하였다. 이에 군왕의 생애를 잘 '드러내기' 위한, 혹은
잘 '드리우도록' 하기 위해 어떤 과정을 거쳐 행장이 완성되는지, 생애
가운데 어떤 부분을 취택하고 어떤 방향으로 엮는지 하는 것을 살펴 찬
술의도와 문학적 의의에 접근하기로 한다.

II. 행장의 수찬 과정

1. 자료 취합과 수찬 과정

가까운 친구나 문생이 고인의 세계·이름·작위·임관경력·연수 등을
서술하여 짓는 일반 사대부의 행장[1]과 달리 임금의 행장은 그리 간단하
게 또는 한 개인에 의해 찬술되지 않는다. 한나라 국왕의 생애를 재구성
하는 일이니만큼 우선 광범위하게 자료를 수집하는 사전 절차와 많은
사람들이 참여하는 논의의 절차가 있게 된다. 그 절차를 약술하면 다음
과 같다.

후사왕이나 왕대비에 의해 행장의 수찬 명령이 내려지면『실록』의 사
초와『승정원일기』의 기사를 중심으로 행장의 일차적인 얼개가 만들어

---

1) 서사증,『文體明辯』,「行狀」. "蓋具死者世系名字爵里行治壽年之詳 或牒考功太常使議
諡 或牒史館請編錄 或上作者乞墓誌碑表之類皆用之 而其文多出於門生故吏親舊之手 以
謂非此輩不能知也"

지게 된다. 사초의 기록은 실제 행적에 기반하고 있기 때문에 가장 객관
적이면서도 기본이 되는 자료라고 할 수 있다. 그러나 공식적 삶 뿐 아니
라 인품이나 성격 등 알려지지 않는 부분까지 한나라 국왕으로서의 총체
적인 면모를 소상하게 기술해야 하는 행장의 특성상, 주변 사람들의 언
술이나 사집(私集), 여지승람은 물론, 종가의 행록이나 구전되어 오는
말 등 비공식적 기록들까지 행장의 자원으로 활용되었다.2) 그 중에서도
임금을 가까이 모시던 신하들과 왕대비의 언술은 수찬 과정에 절대적
영향력을 미쳤다. 영조 승하 직후 행장 수찬을 즈음하여 신하들에게 "평
소 기거하실 동안의 성덕을 적어내라"고 하명하는 기사3)나 인종 승하
직후 "궁중에서 평소 거처하실 때의 언동과 덕행에 대해서 알고 계신
내용을 드러내 주십사"고 왕대비에게 청한 내용4) 등에서 사실을 확인할
수 있다. 이에 명령을 받은 신하들은 선왕의 행적이나 인품과 관련하여
자신이 보고 들은 것을 적어내었고 부탁을 받은 왕대비 역시 언문으로
된 행록과 참고가 될 만한 자료를 내려 보냈다.5)

이러한 자료들을 취합하여 초고가 만들어졌다. 그러나 초고는 또 몇

---

2) 『효종실록』, 효종 6년 4월 9일(계해), 효종이 열성의 행장 자문을 찾아내기를 명하자
홍문관에서 "열성의 행장 지문은 실록(實錄)에서 얻고 사집(私集)에서 나오고 여지승람
(輿地勝覽)에 보이는 것이 4도(道)입니다만."이라는 보고를 한 바 있다.

3) 『영조실록』, 영조 52년 3월 7일(무인).

4) 『명종실록』, 명종 즉위년 7월 20일(경진).

5) 성종·인종·정조·순조·헌종·철종 행장의 경우가 그 예이다. 당시 왕대비들은 "망극
한 중이라 기억이 잘 나지 않는다"고 하면서도 언문으로 된 행록을 내렸고 인종의 경우
왕대비는 특별히 궁중에서의 언행을 기록한 언서와 인종의 임종시 유언, 세자로 있을
때 지은 시문들과 선왕인 중종의 병이 위독하였을 때 하늘에 올린 제문, 세자 시절 왕
의 탄신일에 올린 전문(箋文)과 시(詩) 등을 함께 내렸다. 정조의 경우는 당시 왕대비
정순왕후와 함께 어머니인 혜경궁 홍씨 또한 자료를 내려 보냈다. 관련 내용은 연산
1년 2월 2일, 명종 즉위년 7월 22일, 『정조』·『순조』·『헌종』·『철종실록』 부록에 실려
있는 왕대비 행록과 왕대비 언서 참조.

차례의 가감절차를 걸치는 것이 상례였다. 예를 들어 인종의 행장 수찬 당시 초고는 조사수 등 몇 사람에 의해 이루어졌다. 그러나 신광한이 다시 가감하였고 서술에 이의를 제기하는 윤인경 등의 견해를 받아들여 내용 중 일부를 삭제하였다.[6)]

행장에 어떤 내용을 넣고 빼느냐의 문제, 어떤 표현을 쓰느냐의 문제 는 신료간 군신간 갈등의 단서가 되거나 심지어 당쟁과 옥사의 빌미가 되기도 하였다. 대표적인 예가 현종의 행장을 두고 수년간에 걸쳐 벌어 진 논란이다. 현종의 행장은 당시 이조참의였던 이단하가 지어 올렸는데 민감한 사안이었던 대비의 복제 문제를 행장에 쓴 것이 발단이 되어 최 초 수찬자인 이단하가 파직되고 소론의 영수였던 윤휴가 고쳐 썼다가 6년 후 대제학 남구만에 의에 다시 수정되는 기나긴 갈등을 겪었다.[7)]

---

6)『명종실록』, 명종 즉위년 7월 27일. 당시 문제가 된 내용은 대행왕 인종이 복성군을 위해 글을 올려 억울한 것을 호소하였다는 것과 조광조 등의 관직을 회복하였다는 것 등 두 가지였다. 삭제 이유는 이 내용을 그대로 싣다보면 대행왕을 칭송하는 효과는 있겠으나 인종의 선대왕이자 그 일의 책임자인 중종의 입장에서는 과실을 드러내는 결 과를 초래할 수 있다는 것이었다.

7) 효종 사후 대비가 기복(朞服)을 대공복(大功服)으로 입느냐의 문제로 노론 소론간 논 란이 뜨거웠던 당시, 결국 소론이 주장한 기복으로 확정되었는데 노론 계열의 이단하 는 이 내용을 행장에 기술하면서 "대공복을 주장한 책임 예관을 죄준 다음 국가의 전례 가 비로소 정해졌다"고 썼다. 행장을 검토한 사왕 숙종은 이 문장이 모호하다고 하면서 "예경에 상고하여 잘못된 복제를 이정(釐正)하고 그 이후에 예관을 죄었다"는 내용으로 바꾸라고 하였다. 즉 내용의 방점이 예경에 의거하여 잘못된 것을 바로잡은데 있어야 지 책임자를 문책한데 있어서는 안 된다는 의미였다. 이단하는 고친다고 고쳤으나 "예 관을 죄주고, 실대(失對)하였다고 하여 수상을 죄주었다"는 문장을 넣어 또 문제를 확 대하였다. 이에 숙종은 수상이 죄를 받게 된 것도 단순히 실대 때문이 아니라 선왕의 뜻에 반하는 "다른 의론을 부탁"했기 때문이라고 적시하기를 명했다. 즉 단순히 대신으 로서 직임을 완수하게 못했다는 소극적 죄가 아니라 특정 목적을 가지고 의도적으로 부탁하려한 적극적 죄상이 드러나도록 해야 한다는 것이었다. 명을 따르러 하지 않는 이단하와 분노한 숙종이 대치하고 있을 때 허적이 나서 "행장의 문장은 금석의 문과 같이 영구성을 갖는 것이어서 신중해야 하고 분명해야 하는데다가 숙종의 명대로 쓴다 면 선왕이 감정을 크게 가한 것처럼 되어서 글을 짓는 체식에도 맞지 않는다." 라고

이 때문에 현종의 행장은 윤휴와 남구만이 쓴 글이 『현종실록』과 『현종
개수실록』에 각각 수록되어 있다.

문구와 문투를 놓고 수년 동안 계속된 이 논란은 행장의 내용과 문장
이 어느 정도로 민감하게 받아들여지고 또 얼마나 많은 토론과 수정을
거쳐 완성되었는지를 단적으로 보여주고 있다. 특히 당쟁이 한창이던
시절, 역사적 사건을 행장에 어떻게 수록하는지의 문제는 왕심(王心)의
향배와 사건의 정당성을 입증하는 잣대로서 중요한 의미를 가졌다. 현종
이 효종의 행장을 보고 "대왕께서 평소 수립한 커다란 규범이 지금 행장
에서는 다 거론되지 못하였으니 불가불 다시 자세히 밝혀 후세에 전하
라"8)고 하여 고칠 것을 명한 것이라든지, 영조의 행장을 찬술하면서 정
조가 "행장을 완성된 글이라고 여기지 말고 자구 사이에 미안(未安)한
곳은 단락에 따라 상세히 논하도록 하라"9)고 지시한 일 등은 후사왕까지
적극적으로 개입하여 행장이 수정되었음을 시사해준다.

1. 작품 개관

현재 조선시대 군왕의 행장은 22편이 남아있다. 군왕의 행장은 사왕

하며 중재를 하였다. 그리고 결국 이 사안은 "예경을 따르지 않고 타인의 의논을 따랐
기 때문에 죄주었다"는 선에서 절충되었다. 그런데 봉합될 듯 하였던 이 문제는 얼마
안가 다시 불거졌다. 진사 박봉상등이 상소하여 '타인'이 누구인지를 분명히 적시해야
한다고 이의를 제기한 것이다. 여기서 타인은 송시열을 염두에 둔 것이고 송시열의
이름을 넣자는 것은 곧 문제의 발단이자 중심에 노론 세력을 넣자는 것이었다. 이단하
는 그것이 선왕 이 직접 지목한 내용이 아니라는 것과 또 본인이 송시열과 사제 관계에
있음을 언급하며 끝까지 고치지 않다가 파직되었다. 이후 현종의 행장은 소론의 영수
였던 윤휴가 직접 고쳐 다시 올렸고 6년후 대제학 남구만에 의해 다시 수정되었다.
8) 「현종행장」, "領府事李景奭, 撰進孝宗大王行狀, 王下札曰 …… 而今此狀中, 不甚擧論
此一款不可不明白寫出, 傳諸來世"
9) 『정조실록』, 정조 2년 11월 18일(갑진).

(嗣王)이 등극한 후 국상 절차 속에서 논의가 이루어지고, 완성된 전문이 실록-주로 부록조-에 실리는 것이 상례이다. 그러나 실제 현황은 시대와 대상에 따라 다소 다른 양상을 보여준다. 다음은 실록 및 각종 문헌에 수록된 군왕 행장의 목록이다.

군왕	찬술자	수록문헌
태조	행장 없음	
정종	미상	세종실록 세종1년 10월 6일(정축) 고부사(告訃使) 관련 기사에 수록
태종	미상	세종실록 세종4년 5월15일(신미) 고부사 관련 기사에 수록
세종	의정부	세종실록 세종32년 2월22일(정유) 고부사 관련기사에 수록
문종	신숙주	신숙주『보한재집』
단종	행장 없음	
세조	미상	예종실록 예종즉위년9월16일(임신) 고부사 관련기사에 수록
예종	미상	예종실록 예종1년 2월 11일(경신) 고부사 관련기사에 수록
성종	미상	성종실록 부록
연산군	행장 없음	
중종	행장 없음	
인종	영의정 윤인경 좌의정 유관 좌찬성 이언적 우찬성 권벌 좌참찬 정옥형 우참찬 신광한	이언적『회재집』
명종	이황	이황『퇴계집』
선조	호조판서 이정귀	이정귀『월사집』〈소경대왕행장(昭敬大王行狀)〉이라는 제목으로 수록
광해군	행장 없음	
인조	좌의정 이경석	인조실록 부록

효종	영돈녕부사 이경석	효종실록 부록
현종	이조판서 겸 지의금부사 윤휴/ 병조판서 겸 동지경연사 남구만	현종실록 부록/ 현종개수실록 부록
숙종	미상	숙종실록 부록
경종	이조참판 겸 대제학 이덕수	경종실록 부록
영소	대제학 서명응	영소실록 부록
정조	행 지중추부사 이만수	정조실록 부록
순조	우의정 박종훈	순조실록 부록
헌종	판중추부사 권돈인	헌종실록 부록
철종	좌의정 조두순	철종실록 부록
고종	완순군 이재완	순종실록 부록
순종	전 홍문관학사 윤덕영	순종실록 부록

주요 특징을 약술하면 다음과 같다. 첫째, 행장이 누락된 경우가 있다. 우선 연산군과 광해군은 행장이 없다. 왕이 정통성이나 정당성을 상실하여 행실이 이미 의미 없게 된 경우 행장은 지어지지 않았다. 이는 행장이 역사적 기록으로서의 의의는 물론 선양과 추앙의 목적을 동시에 가지고 있는 글임을 말해준다. 그런데 태조와 단종, 중종의 경우도 행상이 없다. 단종은 폐위된 상태로 죽음을 맞았기 때문에 당초에 행장이 지어지지 않았을 가능성이 있고 태조와 중종의 경우는 전란 중 유실된 것으로 보인다. 병자호란 직후 "병화에 유실된 …… 열성의 행장, 책문, 지문 등을 별도의 책으로 엮자"는 상소가 올라오고 있거니와[10] 이 때 홍문관에서 4년여에 걸쳐 열성조의 행장 지문 등을 찾아내는 작업을 했음에도 불구하고 이 두 편의 행장은 끝내 찾아내지 못한 것이 아닐까 추정된다. 수록 문헌이 일관적이지 않은 것도 이와 관련이 있는 것으로 볼 수 있다. 인조조 이전의 행장은 실록에 독립적으로 수록되어 있지 않고 관련 기사에서

---

10) 『효종실록』, 효종 2년 11월 26일(신축).

찾거나 찬술자의 문집에서 확인해야 하는데 이 역시 조선 중기 이후에
와서야 군왕 행장에 대한 인식이 제고되고 국가 차원의 관리가 이루어졌
음을 입증한다.

둘째, 당시 문명(文名)이 있을 뿐 아니라 정치적으로 영향력 있는 인사
의 이름으로 찬술이 이루어졌다. 최종 찬술자의 이름이 명기되어 있는
조선 중기 이후 행장을 살펴보면 대체로 당시 권력을 쥐고 있던 당파의
인사에 의해 찬술되었음을 확인할 수 있다. 국권 상실 이후인 고종 순종
의 경우, 친일파 인사에 의해 행장이 지어지고 있는 것 또한 행장에서
정치적 의미를 배제할 수 없는 이유이다.

셋째, 행장의 편폭이나 구성 방식, 표현 방식 등에 있어서 시대별·
군왕별 편차가 나타난다. 재위 연한이 길고 치적이 많아 적을 내용이
많은 왕일수록 편폭이 길어지는 것은 일반적인 특징이다. 그러나 시대를
놓고 보았을 때 초기로 올라갈수록 편폭도 짧고 관념적 추상적 서술 성
향이 강한데 비해 후대로 내려오면 편폭의 확대와 함께 찬술 방식에 있
어서도 구체성이 돋보인다. 예를 들어 정종의 행장은 100자 안팎으로
극히 소략하다. 이름자와 탄생-등극-사망의 내용을 간단히 기술하였을
뿐이다. 세종의 경우는 명(明) 황제에게 시호를 청하기 위해 보낸 글이
행장으로 대체되어 있는데 그 속에는 세종이 재위시절 황제에게 받은
16편의 칙서가 전문 수록되어 내용의 대부분을 차지하고 있다. 신숙주의
『보한재집』에 수록되어 있는 문종의 행장 역시 내용은 실록과 크게 다르
지 않다. 생애 전반을 논평하는 의론 부분이 들어가 있으나 인자한 품성
과 학문적 깊이, 어진 군주로서의 모습 등을 추상적으로 언술하는 형태
이다.[11]

---

11) 「문종행장」. "王姿儀秀偉 性寬弘簡重 明毅仁恕 孝友天成 奉上遇下 一以至誠 恭儉自

임금의 행장에 찬술자 이름이 명기되고 실록의 부록 항목에 수록되며 편폭이 대폭 늘어나면서 내용과 구성에 일정한 방향이 감지되는 것은 인종의 행장부터이다. 인종의 행장은 이언적을 포함한 6인이 공동 찬술한 것으로 되어 있고 연대기적 서술과 주제집중적 서술이 결합되어 있는 찬술 방식- 즉 일이 일어난 순서대로 기술하되 특정한 치적이나 인품을 도드라지게 하기 위해 관련 일화를 집중적으로 배치하는 형태-을 구사하고 있다. 찬술자에 따라 의론을 따로 붙이거나 '오호애재(嗚呼哀哉)' 등의 문구를 넣어 애통한 마음을 노출시키기도 한다. 이후 행장은 대개 비슷한 방식으로 서술되며 군왕 행장의 일반적인 체제로 자리를 잡게 된다.

　조선 중기에 와서 군왕 행장에 비중이 더해지게 되는 배경에는 사회 전반에 성리학이 뿌리를 내리고 경연이 활성화되며 유교 이념에 입각한 이상 사회의 모델과 성군상이 확립되고 있는 것 등이 영향을 미쳤으리라고 추정된다.

Ⅲ. 군왕 행장의 찬술 방식

　전장(傳狀) 문체에 속하는 행장은 태어나서 죽을 때까지의 일을 연대기적으로 기술하는 방식이 일반적이다. 추후에 시장(諡狀)이나 비지문(碑誌文)의 기초 자료가 된다는 점에서 서사 및 기술이 극히 상세해야 하는

持 不惑異端 不近聲色逸欲等事 無毫髮可指者 貫澈經史 洞達古今 而尤深於性理之學 時與近侍 尙論歷代治亂之機 先儒異同之說 而一歸于理 詞簡意暢 聞者莫不充然有得" 세조와 성종의 행장 역시 명황제의 칙서와 임금이 내린 교서를 원문 그대로 수록하고, 훌륭한 군조의 덕목을 추상적으로 나열하는 방식은 다르지 않다.

것도 기본적인 조건이다.12) 그러나 조선시대 군왕 행장의 경우 각각의 삶, 다른 시대를 기술하고 있다고 생각지 못할 정도로 일정한 공통점이 감지된다. 군왕의 행장에서 다채로운 삶을 찾기보다는 전형화 된 삶을 주시해야 하는 이유가 여기에 있다. 본 장에서는 군왕 행장의 생애 기술 과정에서 비중 있게 언급되는 내용과 공통적으로 포착되는 서술 특징을 중심으로 찬술 방식을 살펴보기로 한다.

1. 위대한 탄생과 비범한 자질: 탄생(誕生)과 성장(成長)

조선조 임금 27명 중에서 적통을 타고나서 원칙에 맞게 왕이 된 인물은 많지 않다. 실제 역사에서 임금이 되는 것은 여건과 정세에 크게 좌우되고 있었음을 보여준다. 그럼에도 불구하고 군왕의 행장은 '본래부터' 예정되어 있던 '비범한' 군왕의 탄생을 기술하고 있다. 가장 일반적인 것은 왕을 상징하는 용이 등장하는 것13)이다. 왕과 관련된 이의 꿈에 용이 보이는 것14)은 물론, 태어난 후 몸에 용반이 나타났다거나 용을 닮은 모습을 보였다는 식의 변이된 형태도 있다. 탄생할 때 방에 서기가 어렸다거나 오색 기운이 가득했다거나 상서로운 동물이 나타났다는 등의 상서로운 조짐과 신이한 요소들도 비범한 군왕의 필연적 탄생을 암시하는 장치이다.

적통이 아닌 경우, 또는 등극 과정에서 논란이 있었던 경우 신이한 요소는 더 부각된다. 예를 들어 반정을 통해 임금이 된 인조의 경우,

---

12) 심경호, 『한문산문의 미학』, 고려대출판부, 1998, 186쪽
13) 탄생담에 용이 등장하는 경우는 인조, 효종, 숙종, 영조, 정조, 순조 등을 들 수 있다.
14) 「숙종행장」, "孝廟嘗夢見明聖王后寢室 有物覆以衾 開視乃龍也"; 「정조행장」, "莊獻世子夢 神龍抱珠入寢 像夢中所覩 畫揭宮壁 誕降前一日 天大雷雨 流雲布護 彩龍數十 蜿蜒騰空 都人士咸覩而異之"

아무 날 귀한 분이 탄생할 것이라고 예언하는 사람은 물론 모후의 꿈에 "귀자희득천년(貴子喜得千年)"이라는 글귀를 쓰고 사라진 사람도 등장한다. 태어나서 보니 한고조의 관상이어서 선조가 누설하지 말라고 당부했다는 내용도 있다.[15] 영조의 행장에는 탄생 3일전에 붉은 빛이 동방에 뻗치고 그 위에 흰 기운이 서린 가운데 백룡이 보경당(탄생 장소)에 들어갔을 뿐 아니라 태어나자마자 팔뚝에 아홉 개의 용반이 보였다[16]는 내용이 실려 있다. 소현세자가 죽고 나서 등극한 효종의 경우 서기가 침실로 들어와 서려있었다는 탄생담과 함께 왕위에 오르는 날 오색 기운이 침실에 가득하고 머리와 몸이 큰 거북이가 벽 사이에 있었다는 등극담이 아울러 서술되고 있다.[17] 궁 밖에서 나고 자라 갑자기 왕위에 오른 철종 역시, 왕으로 추대된 날 나타났다고 하는 광기(光氣)와 무지개, 양화진에 양떼가 무릎을 꿇고 앉아있는 기이한 현상[18]등이 비중 있게 기술되고 있다. 이러한 신이한 요소들은 위인전이나 영웅 설화 속의 탄생담과 궤를 같이 하는 측면이면서 정치적 상징 조작[19]의 한 유형이기도 하다. 왕권의 정통성과 필연성을 강조하면서 군왕의 존엄성과 권위를 강조하는 효과를 나타낸다.

---

15) 「인조행장」. "及其日誕降 忽有紅光照耀 異香滿室 是夕 仁獻王后之母平山府夫人申氏 在傍睡 夢赤龍現於后側 又有人書諸屛兩行八字 二字則朦朧未記 而曰貴子喜得千年 府夫人欣然而寤 已誕矣"

16) 「영조행장」. "誕王于昌德宮 前三日紅光亘于東方 白氣罩其上 是夜宮人夢白龍 飛入寶慶堂 堂卽王誕降之室也 王生有異質 右腕果累龍蟠文者九"

17) 「효종행장」. "是夕白氣三條 飛入寢室 凝着西偏窓櫳間 似烟非烟 久而乃散 見者異之而已 ……王在藩時 相人者見王 竊相語曰 眞王者云 及入燕, 一日困臥 忽有五色之氣 凝滿寢室 壁間有一龜出頭 而體甚巨 王疑夢謠視之 非夢也 至是 相者之言驗焉 龜亦有知也歟"

18) 「철종행장」. "是年春夏 每夜中有光氣 見潛邸南山及輿衛渡甲津也 彩虹橫長江如橋 至楊花津 有群羊來跪 爲迎候狀"

19) 꿈을 통한 상징 조작의 예는 문재윤, 「조선조 정치적 상징조작에 관한 소고」, 한국동양정치사상사학회 학술대회 발표논문집, 한국동양정치사상사학회, 2008 참조.

그러나 이후 서술에서 비범성은 신이한 요소보다는 타고난 자질과 뛰어난 도덕성, 남다른 지혜에 의해 강화되는 경향이 있다. 일찍부터 일어서고 걷는 신체적 조숙성[20], 두서너살이 되던 무렵부터 글자를 알고 독서에 몰두[21]하는 영민함과 성실성, 아이답지 않게 유희를 일삼지 않거나 웃고 말하는 것이 적은[22] 속 깊은 자질 등이 그것이다. 그 비범성은 간혹 시험을 통해 임금의 재목으로 입증되기도 한다. 예를 들어 덕흥군의 셋째 아들로 왕위에 오른 선조의 경우 두 형과 함께 선왕 명종에게 "어관을 써보라"는 시험을 받자 "군왕이 쓰시는 것을 어찌 신하가 감히 머리에 쓸 수 있겠습니까"는 대답을 함으로써 명종이 "이 관을 너에게 주어야겠다"[23]고 마음을 굳히는 계기가 되었다. 현종은 선왕 인조가 요순과 걸주에 대해 질문을 하자 그들이 성군과 폭군이 되는 바를 『사략』에 근거하여 대답함으로써 현명함을 인정받았고[24] 정조는 "흉년이 들었을 때 어떻게 백성을 구제해야 하는가"라는 영조의 물음에 "양혜왕처럼 처리해야 한다"는 대답을 하여 그 학문적 수준과 사려 깊음에 대해 칭찬

20) 정조의 경우 백일도 안 되어 일어섰고 한 달도 안 되어 걸어 다녔다고 한다. 헌종 역시 백일도 안 되어 걸어 다녔다. 관련 행장 참조.

21) 인종은 세 살 때부터 이미 글자의 뜻을 알아 '생이지지자(生而知之者)'라고 하였다고 하며 효종은 5살 때부터 권하지 않아도 부지런히 배우는 모습을 보였을 뿐 아니라 공부를 안 하는 아이들을 타이르기까지 하였다. 정조는 돌상에 차려놓은 구경거리를 보지 않고 단정히 앉아서 책을 펴더니 읽었다고 하고 순조는 두 살 때 새 달력을 보고 병풍 속 글자와 같은 글자를 가려냈다고 한다. 헌종은 어려서부터 천자문을 읽었다고 하며 철종은 4살 때 천자문을 읽었다고 한다. 관련 행장 참조.

22) 인종과 인조, 고종의 경우가 대표적이다. 관련 행장 참조.

23) 「선조행장」. "幼時 恭憲王嘗幷與二兄召入 脫所御冠 令以次着觀所爲 次及於王 王跪而辭曰 君上之御 臣子何敢掛頭 恭憲王驚歎曰 然 當以此冠 遂給汝也"

24) 「현종행장」. "仁祖嘗展曾先之史略 歷問帝王賢否 至堯舜 則對以極賢 至桀紂 則對以甚惡 仁祖曰 何爲而賢 何爲而惡 對曰 堯則土階三等 遠金玉而親君子 其仁如天 其知如神 豈非賢乎 桀,紂則剝民財以實府庫 爲瓊宮瑤臺 忠諫者謂之誹謗 進言者謂之妖言 豈非惡乎 仁祖益奇之"

을 들었다.[25)]

천부적인 측은지심 역시 군왕의 자질이다. 숙종은 다섯 살 때 기르던 참새 새끼가 죽자 묻어주었고 우유를 짤 때 송아지들이 슬피 울자 그 소리를 듣고 불쌍히 여겨 우유를 들여오지 못하게 하였다[26)] 순조는 벌레나 지렁이 같은 미물조차 차마 다치게 하지 못하는[27)] 여린 마음을 가지고 있었으며 헌종은 어병(御屛)에 있는 인물을 그릴 때 '그림 속 인물이 아플까봐' 만지지 못하게 할[28)] 정도로 타고난 인애의 소유자였다. 맹자는 죽으러 가는 소를 차마 보지 못하는 제선왕의 행동에서 인정(仁政)의 단초를 보았거니와 하찮은 미물까지도 존중하고 아끼는 마음이야 말로 백성의 부모가 될 자격을 단적으로 보여준다.

무엇보다 군왕들은 극진한 효자였다. 특히 효성을 입증하는 예화는 극단적인 것이 많다. 문종은 부왕 세종이 승하하였을 때 몸에 등창이 심하여 건강이 몹시 안 좋은 상태였다. 이에 신료들은 작은 예절만 고수하지 말고 큰 계책을 생각하라고 하며 무리한 시빈을 말렸다. 그러나 왕은 '차마 그러지 못하겠'노라고 하며 끝내 도를 넘는 거상을 하였다.[29)] 인조는 모비의 환후에 손가락을 베어 피를 올렸고[30)] 인종은 중종이 위중해지자 추운 날 목욕재계하고 친히 글을 지어 하늘에 빌면서 밤새 노

---

25)「정조행장」. "嘗於賓筵問曰 三南告歉 何以濟民 王對曰 有粟則可濟 曰 何處得粟來, 對曰 如梁惠王事亦可也 英宗笑曰 善"

26)「숙종행장」. "所養雀雛死 令瘞之 內局取牛酪 而其犢悲鳴 王聞而憐之 不進酪 其仁孝之性 自幼如此 顯廟奇愛之"

27)「순조행장」. "雖蟲豸蠕息之微 不忍拂其性而傷其生"

28)「헌종행장」. "嘗所御屛畫人物 戒人勿命壓之曰 畫中兒疼矣"

29)「문종행장」. "景泰元年庚午二月 莊憲王又薨 王水漿不入口者三日 哀毀過制 凡喪祭 遵用古禮 王之在莊憲王喪也 方患疽 侍殯號擗 大臣咸曰 殿下瘡猶未合 不宜觸寒守殯 動勞身體 請退居于外 以待平善 侍殯未晚 何可苦辛少節 不爲大計 王曰 所不忍也 固請不聽"

30)「인조행장」. "母妃之寢疾也 王又割指進"

천에 서 있었다. 선왕이 죽자 머리 풀고 맨발로 당에 쓰러졌고 신하들이 흰 유건을 바쳤으나 발을 가리지 않았으며, 6일간은 물과 미음 모두 사절하여 지팡이를 짚어야 일어날 정도로 초췌해졌다. 신하들이 권도를 따라 육선을 권하였으나 인종은 외려 '성효가 미덥지 않아 이런 말이 나온다'며 자책을 하였다.[31] 정도를 넘어서 슬퍼하고 신체를 상하게 할 정도로 금식, 금욕하면서 거상하는 효자로서의 모습은 타고난 성품과 자질, 행실 등을 집약적으로 표현하고 있는 부분이다. 효(孝)야말로 치국 (治國) 이전에 이루어야 하는 수신(修身)과 제가(齊家)의 가장 기본적인 덕목이자 백성들을 가르치기 위해 군왕이 솔선수범해야 하는 절대적인 가치였기 때문이다.

2. 내성(內聖)에 이르는 길: 학문(學問)과 성덕(盛德)

왕도정치를 지향한 유교에서 임금은 단순한 통치자가 아니라 하늘의 도(道)를 구현하는 자여야 했다. 백성들을 교화시킬 수 있는 자여야 했으며 그러기 위해서는 남을 다스리기 이전에 임금 자신이 끊임없는 수양을 통해 도덕적으로 완벽한 인격체를 만들어 가야 했다. 그 방법은 학문에 있었다. 학문은 마음을 바르게 하는 근본이었고 만물의 이치를 궁구하는 방식이었으며 요·순·우·탕·문무로 대표되는 이상적 임금의 덕과 그들이 행한 훌륭한 정치에 근접하는 유일한 길이기도 하였다.

군왕의 행장에서 중요하게 언급되는 것이 학문에 관한 내용이다. 이른

---

31) 「인종행장」. "二十三年甲辰 恭僖王遘疾彌留 王侍側 晝夜不解冠帶 進藥必先嘗 粥飮 亦爲之廢 形瘁面墨 侍人無不泣下 知其必傷 王分遣宰執 遍禱宗社山川 請釋囚以祈命 時 方沍寒 沐浴齋潔 親於殿庭 露立祝天 自昏達朝 及薨 散髮跣足 仆于庭下 大臣憂憫 進以 素襦巾 亦不肯着 水漿不入口者六日 …… 大臣擧先王遺敎 請從權進肉 答曰 予之誠孝未 孚 致有此言 哀慟愈深 臺諫侍從伏閣以請 不聽 議政尹仁鏡率百官立庭以請者至於累日 亦不聽 母妃親自泣勸 王爲一勉從 而竟不之進"

바 호학 군주로 널리 알려진 성종 영조 정조 등의 행장에서는 물론, 경연
(經筵)이 강조되는 조선 중기 이후 명종·선조·효종·현종 등의 행장에
오면 학문과 관련된 내용이 전체 내용에서 차지하는 비중이 크게 높아진
다. 그 가운데 주목되는 것은 몸을 돌보지 않고 학문에 매진하는 학구열
이다. 행징에 의하면 싱종은 밤이 늦어 물러나기를 정하는 신하들을 '어
진 사대부와 접촉하면서 유익한 점이 많으니 피곤하지 않다'고 하며 밤
새 붙들어 두었고[32], 효종은 건강이 좋지 않아 수차례 신하들로부터
정강을 요청 받았음에도 불구하고 번번이 거절하며 한여름이나 한겨울
에도 쉼 없이 하루 세 번 경연을 여는 강행군[33]을 하였다. 인종은 까닭이
있어서 강을 쉬게 되는 경우 마음에 부족함을 느껴 혼자 한밤중까지 책
을 읽었으며[34] 현종은 눈병이 심해져 글씨를 보기 힘든 지경에 이르자
옥당의 관리에게 사서오경을 큰 글씨로 베껴오게 하여 보면서까지 책을
손에서 놓지 않았다.[35] 스스로 '만학도'라는 인식이 강하였던 영조는
시간을 절약하여 공부해야 한다는 생각이 절박하였다. 그 때문에 아무리
몸이 편치 않거나 날씨가 더워도 강학하기를 그치는 법 없이 밤 두시가
되어야 공부를 그만두었고 밤새 왕대비를 모시고 잔치를 하게 되었을
때에도 법복을 벗지 않은 채 날이 새기를 기다려 바로 경연에 참석하였
다.[36] 능에 행차하거나 적전을 간 뒤에도 피곤타하여 강을 폐지 한 적이

---

32) 「성종행장」. "至於夜分諸臣請退 王曰 古人有云 接賢士大夫之時多 則氣質變化自然而
成 予今日得聞所未聞之言 神益弘多 殊不爲倦勿退"

33) 「효종행장」. "庚寅早春 方有未寧之候 筵臣請姑停講 王曰 開筵論難 多有可聞 且無疾
痛 安得不爲 正當六月 日三臨筵 筵臣恐致勞傷 又請日一進講 王曰 予素多病 冬日嚴凝
則勢難頻講 欲於此時 頻數開筵 又於十一月 請姑停筵 王不許曰 若極寒 則予當觀勢處之
姑勿煩稟"

34) 「인종행장」. "其或有故輟講 則終日不慊於心 危坐不寐 讀至夜分"

35) 「현종행장」. "後眼患甚 令玉堂 寫進四書五經 大其字樣 以便覽閱 雖在疢疾之中 其孜
孜典學如此"

없었고 칠순이 되고 이령(頤齡)이 되어 시력이 어두워진 상태에서도 경
연에 참여하고 손에서 책을 놓지 않았다[37].

군왕의 학문이 군왕의 마음을 바르게 하여 이상적 군주[聖君]를 만드
는 역할을 하는 것이고 보면 호학 군주로서의 면모는 곧은 심성, 경건하
고 반듯한 삶, 절제된 생활 등 실천적 면모로 이어졌다. 군왕들은 성품이
엄중하여 한가하거나 편안히 있을 때도 농담을 하지 않고[38] 얼굴을 찡
그리거나 웃는 모습을 드러내지 않으며[39] 말수가 적고[40] 사냥, 성색,
음주 등을 가까이 하지 않으며[41] 사물이나 음식에 대해 좋아하거나 싫어
하는 기호가 없을 뿐 아니라 사치를 배격하는[42], 온유돈후한 성품의
소유자였다. 그들은 마음을 흐트러트리지 않고 백성들의 어려움을 새기
기 위해 〈무일도(無逸圖)〉와 〈빈풍도(豳風圖)〉, 〈사물잠(四勿箴)〉〈성학십
도(聖學十圖)〉등을 병풍으로 만들어 늘 곁에 두고 보았고[43], 공평치 못한

36) 「영조행장」. "夏六月 天甚熱 王猶講學不輟 至夜鼓四下 乃罷 … 秋七月 王以東朝七旬
召耆社臣宣饌以飾慶 東朝亦以王六旬有三 具饌以賜之 及諸臣醉歸 王至東朝侍話 以悅東
朝心 比退則天已明矣 不脫法服 直詣正堂, 召儒臣, 講中庸"

37) 「영조행장」. "以祁寒盛暑 增添講日 晝必移暑 夜輒趁鍾 雖當陵幸親耕之後 亦不以勞
倦或曠 方春秋七旬 以三伏日 開朝晝夕三講 討論不倦 比及于頤 視昏不能辨字 猶親誦小
學以爲講 一月六對"

38) 「인종행장」. "王性嚴重 雖在燕閒 淵黙無戲言"; 「순조행장」. "自少坐必跪臥必正 終日
無戲言"

39) 「인종행장」. "王 …… 嚬笑不形"

40) 「경종행장」. "王天性沈毅 德容渾厚 平居罕言笑 人莫測其際"

41) 「문종행장」. "王語大臣曰 人君必須憂勤 不可自逸 古有內作色荒 外作禽荒 酖酒嗜飲
峻宇彫墻 一向好著者 此人君之通患也 吾性不喜此 雖有勤者 不能好也"

42) 「선조행장」. "性素簡約 不喜紛華 聲色游畋之娛 逸豫侈靡之樂 無一掛于心 食不重味
衣常澣濯 妃嬪宮人 亦不敢服侈靡"

43) 「인종행장」. "令宮僚書程頤四箴 范浚心箴 曁書之無逸 詩之七月篇 列諸左右以觀省"
; 「선조행장」. "滉又撰聖學十圖 西銘考證 手寫程子四勿箴以進 王虛心嘉納 命皆繕寫爲
屛 置諸左右 朝夕觀省"; 「인조행장」. "聖學圖皇極圖及無逸篇 命儒臣書之 作屛置諸左右"

마음으로 선악(善惡)과 정사(正邪)를 분별하지 못할까 경계하면서 사욕을
억제하는 삶을 살았다. 한 시녀가 화려하게 단장한 것을 보고 궁 밖으로
쫓아냈다는 인종44)이나 병이 나은 후 하례를 청하는 신하들에게 "조심
함을 잃어 병이 생겼고 대신들에게 근심을 끼쳤으니 뉘우쳐야 할 일이지
하례를 받을 일이 아니"라고 하여 끝내 하례를 거절하였다는 선조45),
가뭄이 한창일 때 신하들이 단오첩을 지어 올리자 "이럴 때 허문(虛文)은
짓지 않는 것이 좋겠다"고 하여 첩사를 금지했다는 현종46), 사람이 자꾸
먹으면 번식이 되지 않는다고 하며 낙죽과 고기를 물리쳤다는 철종47)
등 군왕들의 유별난 고지식함은 일거수일투족이 수양이었던 그들의 삶
을 함축적으로 보여주고 있다.

3. 외왕(外王)의 실현: 인정(仁政)과 덕치(德治)

학문과 수양을 통해 도달한 내성(內聖)의 경지에서 나아가 결국 임금
이 궁극적으로 도달해야 하는 지점은 그 임금의 덕이 감화를 끼쳐 백성
들을 변화시키는 외왕(外王)의 경지이다. 임금의 학문과 삶이 일반 사대
부들보다 엄격하고 철저했던 것 역시 임금의 도덕적 자질이 훌륭한 정치
와 직결된다고 생각했기 때문이다. 치적은 군왕의 행장에서 **빼놓을 수
없는 주요 내용**이다. 그러나 행장에서 치적은 단순히 가시적인 업적이나
통치술을 의미하지 않으며 크기나 양으로 가치가 매겨지지도 않는다.

---

44) 「인종행장」. "王 …… 不邇聲色 不好奢侈 嘗有一侍女 服粧稍麗 怒而出之"
45) 「선조행장」. "時王有疾 久而乃瘳 禮曹累請陳賀 王曰 人之疾 殆未必不由於失攝之致
頃者不意得病 危而復蘇 貽憂大臣 驚動群下 方且祇懼悔罪之不暇 豈可偃然受賀乎"
46) 「현종행장」. "以旱災 理冤獄 避殿減膳禁酒 以端午帖製進 王曰 旱災此酷 如此虛文 勿
爲之可也"
47) 「철종행장」. "藥院有酪粥 …… 命停止曰 牛不字畜不蕃 又不喜肉曰 予若嗜此 士庶競
效之 畜之禍 必滋多"

치적의 무게를 가늠하게 하는 가장 중요한 요건은 인(仁)과 덕(德)이다.
가장 광범위하게 볼 수 있는 치적은 구휼(救恤)과 안민(安民) 정책이다.
가뭄 홍수로 인한 흉년이나, 전쟁, 역병 등의 위기가 있었을 때 군왕들은
감세 정책을 폈고 내탕고를 풀었으며 양식과 약을 내렸다. 어가 앞에서
호소하는 농민들의 목소리를 듣고는 차마 조세를 독촉하지 못했으며48)
사정이 긴박할 때에는 국전(國典)에 없고 상례(常例)에 없는 일이어도 개
의치 않고 구휼하였다. 또한 백성들의 힘을 동원하고 세금으로 비용을
충당해야 한다는 부담으로 될 수 있으면 토목공사를 벌이지 않았다. 영조
때 한양의 하천이 막혀 준설의 필요성이 제기되었을 때에도 백성을 위하
는 길이지만 백성들에게 부담을 줄 수 없다하여 내탕고를 열어 장정을
고용해서 일을 시행하였고49) 정조 때 화성 공사를 할 때에는 완공이
눈앞에 닥쳐 속력을 내야할 시점에 이르러서도 먼저 해야 할 것은 기근에
힘들어 하는 백성들의 구휼이라고 하며 공사를 과감히 중지하였다.50)

엄정함보다 너그러움을 지향했던 법 집행 역시 인정(仁政)의 면모를
잘 드러내준다. 군왕들은 엄히 법을 집행하여 국가의 기강을 잡는데 힘쓰
기 보다는 혹 한 명의 백성들이라도 억울하게 누명을 쓰거나 죄 없이
형벌을 받는 일이 있을까 하여 노심초사하였다. 백성들이 죄를 저지르게
되는 것도 군왕이 어질지 못하고 교화가 이루어지지 못한데서 연유하는

---

48) 「선조행장」. "京畿之民 以催糴爲苦 呈訴於駕前 王敎曰 有司獨不見畿甸之田野耶 蓬
蒿滿目 何忍催租"

49) 「영조행장」. "川漸壅閼 幾與隄平 霖潦之餘 往往有汎濫之患 …… 王曰 是雖爲民 豈可
煩民力乎 乃捐累萬緡 雇丁夫濬之 戒勿催督"

50) 「정조행장」. "冬 停華城城役 自癸丑始築 工幾完 至是 六道告歉 王屢欲停役 諸臣言工
役之不傷財不病民 敎曰 城役爲所重也 停役亦爲所重也 …… 予臨一國 一國之民 皆吾赤
子 不能使百億萬顝顝之類 不農不商 仰食於一城之役 則所活者幾何 爲今之道 莫如聚會
精神於荒政一事 仍下綸音于華城府 停其役"

것이기 때문에 임금이 반성해야 하는 문제이지 백성들을 단호하게 처벌하는 것이 능사가 아니라고 생각하였다. 이에 숙종은 부모가 자식을 죽인 사건이 나자 "백성들을 덕과 예로 인도할 줄 모르고 법과 형벌로 죄를 멀리 하기만을 바라온 탓"이라고 하며 자신을 통렬히 꾸짖었고[51] 영조는 성릉(靖陵) 가는 길에 장사를 지낸 한 백성이 있어 지방관이 그 묘를 파헤치자 임금이 다니는 길가에 장사를 지낸 것이 분명 국법을 어긴 일이긴 하지만 백성의 무덤을 파헤치는 것이 어찌 왕도 정치이겠느냐고 하며 백성을 용서하고 오히려 지방관을 죄 주는 파격을 단행하기도 하였다.[52]

부득이 백성들에게 형벌을 가해야 할 때에도 엄히 벌하기 보다는 너그럽게 용서하는 길을 택하였고 죄가 있어 벌을 받는 도중이라도 가급적 고통스럽지 않도록 하였다. 효종은 사형수의 경우 세 번 심의하여 결정하되 증거가 미진할 경우 사형을 면하게 하였고[53], 영조는 부모에게 받은 신체를 훼손하게 되어서는 안 된다고 하여 무릎을 으깨는 형, 주리를 트는 형, 단근질하는 형 등 이른 바 육형(肉刑)을 폐지하도록 하였다[54]. 정조는 국문을 당할 때 비가 오거나 더우면 초막을 설치하여 더위를 가려주고 하고 싶은 말을 충분히 할 수 있게 하였으며 귀양을 갈 때는 처첩을 데리고 갈 수 있도록 배려하였다. 조선시대 군왕들의 일관된 법

---

51) 「숙종행장」. "噫 父子慈愛 天賦之常性 渠雖蚩蚩 亦必不至於泪喪 而爲此至不忍之事 此豈無所致而然哉 藐予小子 曾不知以德禮導之 但欲以法制刑罰 苟冀其遠罪 使民不自愛而輕犯法 駸駸然日趨於綱常斁敗 國隨危亡 寡昧之自責痛心 奚但大禹之泣辜哉"

52) 「영조행장」. "秋九月王幸靖陵 見除道毀民塚 王怒曰 民不有國法 犯葬御路傍罪也 然 毀民塚 豈王者之政乎 遂罪地方官"

53) 「효종행장」. "十餘死囚 皆將伏法於今日 三覆議讞 猶慮其未盡 復欲問諸卿等 諸臣皆 贊之而更讞 特減二囚死"

54) 「영조행장」. "予於乙巳 旣除壓膝刑 壬子又除捕廳剪周牢刑 今只餘烙刑而已 頃當親鞫 亦循用之 然肉刑笞背 五刑之一 而漢帝唐宗 猶且除之 況無於刑之刑乎 吞金吾 其永除烙 刑著爲令"

의식은 "백성을 살리기 위한 것이지 죽이기 위한 것이 아니"라고 하는 호생지덕(好生之德)55)에 있었다.

한편 군왕들은 철저히 절제하고 검약하는 삶을 통해 인정(仁政)을 실천하였다. 창고에 있는 임금의 재물은 모두 백성들의 고혈이고, 임금의 사치야말로 백성의 고혈을 짜내는 일이라고 생각했기 때문이었다. 선조와 현종, 경종, 영조, 헌종 등 대부분의 군왕들은 겉옷이 아니면 절대 비단을 입지 않았고 무명옷을 몇 번이고 빨아 입고 꿰매 입었다56). 경종은 평소에 입던 옷이 너무 소박하고 낡아 상을 당했을 때 입혀드릴 옷이 없을 정도였다.57) 영조와 정조는 낮고 좁은 침전에 비가 오면 물이 새는 지경에 이르렀음에도 불구하고 궁궐을 수선하지 않았고58) 순조 역시 거처하는 곳에 흙 바른 것이 떨어지고 창문이 파손되며 방이나 기둥이 더러워졌는데도 '무릎만 용납하면 될 뿐 크게 꾸밀 일이 없다'하여 보수에 비용을 들이지 않았다.59)

이렇듯 행장에 나타나는 군왕들의 치적은 눈에 보이는 거창한 업적이 아니라 의미 있는 법이나 제도의 제정, 백성을 향한 따뜻한 배려의 모습으로 나타난다. 덕치와 인정이 현실과 동떨어져 관념적으로 존재하는 것이 아니라 임금의 어진 마음으로부터 나와 좋은 제도와 법을 통해 실

---

55) 『서경』 「대우모」에, 고요가 순 임금의 '호생지덕(好生之德)'을 찬양하면서 "무고한 사람을 죽이기보다는 차라리 형법대로 집행하지 않는다는 비난을 감수하려고 하셨다. [與其殺不辜 寧失不經]"라고 일컬은 말이 나온다.

56) 이 내용은 선조 인종·현종·경종·영조·정조·순조 등 대부분 군왕의 행장에 두루 나타난다.

57) 「경종행장」. "方寢疾 臣僚入覲臥內 見屏帳床褥 皆樸素 衣被無錦綺之屬 及喪 裘服無副 凡附於身者 多新製"

58) 「정조행장」. "寢殿樸陋湫隘 雨則有漏床"

59) 「순조행장」. "所居塗墍之剝泐者 窓疏之透缺者 未嘗命之補改 黼筵肆席 時多破敝 …… 或以房楹迫陋 請拓之 王曰容膝足矣 何必侈大也"

현될 수 있음을 보여주는 측면이다.

Ⅳ. 군왕 행장의 미의식

『서경』의 「요전」과 「순전」에는 요임금과 순임금의 덕을 찬양하여 "공경하고 밝고 문채가 빛나고 생각함이 자연스러우며 진실로 공손하고 능히 겸양하시다.[欽明文思允恭克讓]", "깊고 명철하고 문채나고 밝으시며 온화하고 공손하고 성실하고 독실하시다.[濬哲文明溫恭允塞]"라고 적고 있다. 『서경』의 이 대목은 이후 유교 사회에서 전형적인 성군의 이미지로 고착화 된다.60) 조선시대 군왕의 행장에서 모델로 삼고 있는 형상 역시 요순의 형상이다. 문제는 요순이라고 하는 전설적 인물의 추상적이고 관념적인 형상에 어떤 방식으로 실체감과 생동감을 부여하느냐에 있다. 군왕 행장의 미의식은 이 지점에서 발휘된다.

1. 일상적 소재의 의미화

정조는 영조의 행장을 엮으면서 "(대행왕의) 성덕과 대업은 신민의 마음속에 남아있고 후에 방책에 기록될 것이므로 굳이 행장을 만들지 않더라도 모두 알 것"이라고 전제하고 "그러나 외부 사람들이 자세히 알지 못하는 궁중의 일은 내가 말하지 않는다면 밝힐 사람이 없을 것"이라고 하면서 행장의 자료로 쓸 글을 내린 바 있다.61) 왕대비들이 언문 행록을

---

60) 이 구절은 군왕의 성덕을 찬양하는 제반 문장, 예컨대 비지문과 제문을 포함하여 애책문, 시책문 등에서 광범위하게 볼 수 있다.

61) 「영조행장」. "嗣王殿下 進臣等敎曰 我先王盛德大業 在今在臣民 在後在方策 固非有待於狀 乃若宮中之事 外人不與知者 予不戮不言之 夫孰能宜昭乎 肆予不戮 永思前烈 萬幾之暇 綴遺事六十六 則咨爾太史之臣 旁采訓謨 撰次爲狀 以附實錄之後"

내려 행장 찬술에 참고가 되게 한 것도 사서에서 배제될 수 있는 생애의
사적인 부분, 소소한 부분들을 메우기 위한 의도였다고 할 수 있다. 그렇
다면 행장에서 자잘한 일상, 단편적인 삶의 편린들은 어떤 의미를 가지
는 것일까? 행장에 등장하는 몇 가지 예화를 들어본다.

○ 인조 때 성균관에서 대사성의 가르침을 따르지 않는 무리가 있었다.
인조는 "나라에서 정한 스승을 소홀히 해서는 안된다"고 하며 학생들을 나
무랐다. 그러면서 벌을 내렸는데 "어온(御醞)을 벌주로 하사하는 것"이었
다.[62]

○ 현종은 임금이 행차하는 길을 닦을 때 가마만 겨우 드나들 수 있을
정도로 최소한의 공사만 하도록 하였다. 백성들의 농토에 손해를 끼치지
않기 위해서였다. 행차 후에는 곡식이 상했는지를 물어 손해를 본 농가에
대해서는 몇 배에 해당되는 값을 주었다.[63]

○ 영조 때 비축미 가운데 홍부미(紅腐米)-쌀이 상하여 색이 붉게 된 것-
이 햅쌀을 상하게 한다 하여 가격을 내려 백성들에게 팔자는 의견이 올라왔
다. 영조는 만일 먹을 수 없는 쌀이라면 백성들에게 속여 팔 수 없다하여
먼저 직접 먹어보겠다고 하였다.[64]

○ 숙종은 약으로 쓰기 위해 우황을 얻는 과정에 수백마리의 소가 도살된
다는 말을 듣고 이를 금지하게 하였다. 환후가 오래되었는데 차도가 없자
이번에는 약원에서 물오리를 진상하였는데 역시 "만물이 생육하는 봄철에

62) 「인조행장」. "金德誠爲大司成時 儒生輩有不率教者 王遣近侍 以御醞罰之曰 士有三死
師生之分重矣 況國之定爲師表者乎 金德誠立節昏朝 遊心經傳 求之當世 鮮有其倫 諸生
不法古規 不遵師訓 不可謂之無失矣 今以御醞罰爾等 其欽哉 諸生皆感悅"
63) 「현종행장」. "其幸溫泉時 王曰 道路修治 厘容駕馬毋或廣占 損害民田 …… 近侍有自
溫泉還者 王問有禾稼傷處乎 對以鋪伏近處 有些損害 王命優給其直"
64) 「영조행장」. "惠局奏 紅腐米積之久 反傷新米 宜輕其價 賣與畿民 以無用爲有用也 王
曰 善 然若其不可食也 豈容欺元元乎 予當爲民先嘗 速取紅腐來"

짐승을 차마 죽일 수 없다"하여 들이지 말라고 명하였다.65)

　○ 영조 때 군신들을 소대한 다음 음식을 내리고 부모가 계신 사람들에게
는 그 음식을 싸가지고 가서 부모님을 대접하게 하였다. 제신들은 서로 음
식을 싸서 소매에 넣어 가지고 가는데 부모가 계시지 않은 사람들은 빈손으
로 돌아갔다. 왕은 그들은 보고 복이 메었는데 모든 신하들도 감격하여 울
지 않음이 없었다.66)

　유가에서 도(道)란 고원(高遠)한데 있는 것이 아니라 일상생활 속 동정
(動靜)의 사이에 깃들여 있다고 말한다. 행장 속 이러한 소소하고 일상적
인 예화 역시 군왕의 성덕(盛德)을 드러내기 위해 찬술자의 서술 전략에
의해 선택되고 배치된 장치들이다. 대립과 갈등보다 화기애애한 술자리
를 통해 사제지간의 화해를 도모하도록 한 인조의 예화에서 글을 읽는
사람은 임금의 너그러운 성품과 현명한 대응 능력을 본다. 임금이 다니
는 길을 닦으면서도 백성들에게 피해가 가지 않았는지를 면밀히 살폈던
현종의 예화나, 헐값으로 싸게 파는 비축미일지언정 백성들을 속이거나
상하게 할 세라 직접 먹어보겠노라고 했던 영조의 예화 속에서는 불편을
감수하면서까지 백성을 배려하려했던 임금의 마음씀씀이를 읽을 수 있
다. 지존(至尊)의 약재로 부득이 써야하는 미물일지언정 생육의 계절에
차마 죽일 수 없다하여 물리친 숙종의 예화나 부모를 생각하며 눈물짓는
신하들 뒤에서 함께 목이 메는 영조의 예화에서는 정에 약하고 눈물 많
은 임금의 성정을 포착한다. 일상적 소재의 활용은 성덕(盛德)과 인정(仁

65)「숙종행장」. "因御藥所用生牛黃 數日之內 屠宰數百首之多 雖是畜物 心用惻然 屠宰
　限五日 姑停 …… 聖候久在違豫中 藥院進江鴨 王曰 禮記月令 無覆巢 無取鷇卵 古聖人
　取生育之意也 當此春和萬物生育之時 不忍傷害 治病自有他道 何必取此 勿復進入"
66)「영조행장」. "召對宣饌, 命有父母者歸遺之 於是諸臣爭取盈袖 其無父母者 空手而退
　王爲之悽咽 諸臣亦莫不感泣"

政)이라는 관념에 구체성을 부여하고 정서적으로 교감하게 하는 역할을
하고 있다. 일정한 서술 패턴과 유사한 내용 속에서 군왕의 모습과 마음
을 생생하게 감지할 수 있는 것도 보편적 삶과 일상 속에서 의미 있는
소재를 포착해 적절히 활용하고 있기 때문이다.

2. 사은(私恩)과 사정(私情)의 형상화

역모에 관련된 왕자들이나 친인척들을 죄 줄 때에 신료들은 늘 같은
명분으로 임금의 결단을 촉구하였다. 사은(私恩)으로 공의(公義)를 폐해
서는 안 된다는 것이었다.[67] 정치적 논리에 따라 근신이나 종친 심지어
가족까지도 제거해야 했던 시기, 신하들이 내세우는 공의의 논리는 늘
사은을 베풀고 싶은 군왕과 갈등의 국면을 형성하였다. 행장은 이러한
갈등의 모습을 진솔하게 그리고 있다. 예컨대 효종은 잠도 같이 자면서
하루도 떨어져있지 않았던 동생 인평대군이 역모에 휘말리자 그 사실을
끝까지 믿지 않았다. 위독하다는 말을 듣고는 급히 달려갔으며 죽음 후
에는 큰 더위에도 빈소를 떠나지 않고 죽도 마시지 않으면서 비를 맞고
친히 염습하였다.[68] 정조는 이복동생 찬(禶)을 정치적 이유로 사사한
후 마음이 아파 오랫동안 정사를 보지 않았다. 신료들이 '사사로운 은혜'
라고 하면서 극구 말렸으나 개의치 않고 찬을 후장하였으며 그 처는 석
방시켰다. 대비의 명에 의해 할 수 없이 동생 인(䄄)을 귀양 보낼 때에는

---

67) 공의(公義)와 사은(私恩)의 문제를 들어 논란을 벌인 대표적인 예로 태종 때 민씨
    처남들의 처단 문제, 양평대군의 폐위문제, 정조 때 외조부 홍봉환의 처벌 문제 등을
    들 수 있다. 해당 실록의 기사 참조.

68)「효종행장」, "與麟坪大君㴌 自幼時宿必同衾 不忍一日相離 及長 暫相阻 則輒戀戀不
    置 出入禁中 無朝無暮 …… 麟坪病革報急 王乘小輿 着黃徑出 近臣步而從 臨呼已絕矣
    撫而長號 淚如泉迸 侍衛之臣 無不哽咽 時暑熱方熾 而坐不暫離 粥亦不御 冒雨連臨 親
    莅襲斂"

신하들이 죽기를 무릅쓰고 수레를 붙잡았는데도 귀양 가는 동생을 돈화문 밖으로 배웅하였으며 일 년에 한번은 귀양지에서 몰래 불러들여 어가를 타고 가서 만나기도 하였다.[69]

한편, 예(禮)의 문제 역시 군왕에게는 인간적 고뇌를 유발하게 하는 요인이었다. 사회적 관계 속에서 인간의 행동을 규정짓는 것이 예일진댄 예에는 명분이 있고 그에 따라 정해진 법도가 있었다. 상제례는 이러한 명분론적 인식을 상징적으로 구현하는 의례였고 왕실의 상제례는 특히 더 철저하고 엄격한 원칙하에 이루어졌다. 그러나 상당수의 군왕들은 예와 법도 때문에 마음대로 하지 못하고 임금이기 때문에 차마 드러내기 어려웠던 마음 속 깊은 곳의 사정(私情)을 품고 살았다. 행장은 이 또한 담아내고 있다. 일례로 반정을 통해 왕위에 오른 인조는 일찍 부친을 여의고 편모슬하에서 자랐다. 그 어머니에 대한 효성은 군왕이 되고 나서도 변하지 않아 병이 위중하였을 때에는 손가락을 베어 피를 올리고 궁궐 뜰에서 기도를 할 정도로 극진했다. 그러나 기어이 상을 당하자 대통(大統)의 의리로 힘써 간하는 신료들의 의견을 받아들여 생모의 상을 장기(杖朞)로 확정하였음에도 불구하고 심상(心喪)의 제도를 따르겠노라고 하면서 버텼다. 상례를 중단하지 않는 임금과 탈상 및 곡례(哭禮) 중단의 요구를 하는 조정 대신들의 갈등은 계속 이어졌으나 인조는 "엄친을 잃고 편모도 오래 봉양치 못했는데 …… 원(園)의 흙이 마르지 않고 몸에 병도 없이 왜 권도를 따라야 하느냐"고 하며 끝내 자신의 주장을 관철했다.[70] 순조 역시 시마복(3개월)으로 결정된 어머니 수빈 상을 3년상으로

---

69) 「정조행장」. "王將行遷奉之禮 遣內司官 召祕於沁都 潛入城裏 廷臣莫有知也 慈殿屢下諺敎 責諸臣 大臣以下求對不許 排闥亦不召接 慈殿命中使 押祕還配 諸大臣令禁堂捕將 奉慈旨擧行 王遽命駕至敦化門外 諸臣攀輿以死爭之 輿不得前 不得已還內 自是歲 歲一召祕至京"

치르고 장례 후까지 상복을 입었다. 그리고 "나더러 지나치다 한다면 허물을 받아들이겠다"고 했다.71)

공의와 사은의 문제가 충돌하는 지점에서 행장은 국법에 따라 공의 앞에서 단호하게 행동하는 군왕보다는 사은을 지키지 못해 못내 안타까워하고 괴로워하는 인간적 군왕의 편에 선다. 예와 법도를 강조하기 보다는 임금이기 때문에 온전히 쏟을 수 없었던 어머니에 대한 그리움과 효심을 측면에서나마 그려낸다. 군왕의 행장은 조선시대 임금이 짊어지고 살아야 했던 고뇌와 번민의 기록이면서 그 고뇌와 번민을 인간적으로 수용하고 승화한 감동의 기록이기도 하다.

3. 공경과 겸손의 미학

유가에서는 가뭄, 홍수 천체의 변이 등 삶에서 일어날 수 있는 재이의 원인을 군왕에게서 찾는다. 나라가 장차 도를 잃으려 하면 하늘이 먼저 재해를 내려 꾸짖는 뜻을 알리고 그런데도 군왕이 스스로 반성할 줄 모르면 괴이한 일을 일으켜 두렵게 한다72)는 것이다. 군왕들은 덕과 인정에 대한 치열한 반성과 개선만이 재앙을 극복하는 유일한 길이라고 믿었다. 따라서 가뭄 홍수 등으로 하늘의 경고가 내려지면 임금들은 감선(減膳)·피전(避殿)·철악(撤樂) 등 자신을 단속하고 반성하는 절차를 밟았다.

---

70) 「인조행장」. "丙寅春母妃之寢疾也 王又割指 進而沐浴 親禱于禁中 及遭憂 欲行三年之喪 禮官臺諫以大統之義力爭之 乃行杖朞 而實持心喪之制 大臣率百官 請從權制於七朔之後 王曰 予早失嚴親 只恃偏母 榮養未久 慈堂遂空 惟予心事 曷有其極 得有一國之奉 而父母俱不在焉 東望西顧 痛哭而已 粤自初喪 仰遵禮制 抑至情者 非爲予身也 爲宗社也 爲慈殿也 爲臣民也今者園土未乾 身無疾病 豈有從權之理也"

71) 「순조행장」. " 今以予爲過 則子當以爲親之心 受以爲過 不敢辭也"

72) 『漢書』卷56,「董仲舒傳」. "國家將有失道之敗 而天乃先出災害以譴告之 不知自省 又出怪異以警懼之 尙不知變 而傷敗乃至 以此見天心之仁愛人君而欲止其亂也"

신하들에게 자신의 잘못을 묻고[求言] 그 잘못의 내용을 솔직하고 간절하
게 글로 적어 호소한 것도 재앙을 물리치기 위한 관행이었다.

> 인군이 몸을 조심하고 덕을 닦지 못해 재앙을 만났을 때 오직 기도만 하
> 는 것은 말세의 일이오. 그대들은 나의 허물은 책망하지 않고 기도만 하라
> 하니 이는 근본을 버리고 말단을 취하고 있구려. 인사가 아래에서 바로잡
> 히면 천기가 어찌 위에서 순하지 않겠소. 인사를 닦이지 않는데 하늘이 어
> 찌 감응할 수 있겠소. 내가 즉위하고부터 재해가 매우 심하니, 밤낮으로
> 근심되고 두려워서 어찌할 바를 모르겠소. 그대들은 말단의 일만 생각하지
> 말고 각각 곧은 말을 아뢰어 위로 내 잘못을 책망하고 아래로 백성의 억울
> 한 일을 풀어 주시오.73)

인조는 가뭄으로 인해 기우제를 지내면서 신하들에게 자신의 허물을
적어 내라는 분부를 내렸다. 그런데 드러내놓고 임금의 허물을 적시하는
것이 편치 못했을 신하들은 책망보다 기도가 중요하다는 취지의 말을
이뢰었던 것으로 보인다. 인조는 덕이 없이 재앙의 원인을 제공한 임금
에게 통렬한 반성과 자책 없이 기도만 하라는 것은 근본을 모르는 일이
라고 하면서 솔직하고 날카로운 직간을 주문하였다. 임금이 잘못을 들어
고백하고 뉘우쳐야 하는 순간에 그 잘못을 바로 알게 하지 못하는 것은
임금과 합심하여 왕도정치를 이루어야 하는 신하들로서는 직무유기가
분명하다는 호령이었다.74)

---

73) 「인조행장」. "人君不能側身修德 遇災惟知祈禳 末世之事也 爾等不責予過而勸予祈禳
可謂棄本取末矣 人事正於下 則天氣豈有不順於上乎 不修人事 天其應諸 自子忝位 災譴
甚酷 夙夜憂懼 罔知收濟 爾等勿思末務 各陳讜言 上責予過 下解民冤"
74) 정조는 마땅히 말을 해야 할 처지에서 함묵한다하여 사간원 사헌부의 신하들을 파직
하였고 헌종은 나라를 위해 조언을 구하는 자리에서 형식적인 건의만 올라오자 내용이
한심하거나 건의하지 않는 신하들을 파직, 감봉 처분하였다. 「정조행장」·「헌종행장」
참조.

보통 기우제문이나 교서는 임금의 이름으로 지어지지만 관각 문인들이 짓는 것이 통례이다. 그러나 숙종의 경우 신하가 지은 기우제문이 "나를 벌하고 책망하는 말이 지극히 소략하고 …… 책망하는 말투가 전혀 간곡하거나 애절한 뜻이 담겨 있지 않다"하여 다시 짓기를 명하다가[75] 아예 자책의 내용을 담은 글들을 손수 지었다. 그 내용과 기술 태도는 매우 공경스럽고 겸손하며 진솔하고 간절하다.

내 부덕하여 하는 일마다 모두 제대로 되지 않아 하늘의 재앙을 불러들였노라. 홍수와 가뭄, 풍상은 곡식을 해쳐 우리 무고한 백성들로 하여금 구렁텅이에 빠지게 하였노라. 이를 생각하면 내 마음이 찢어지는 것 같아 정녕 임금으로서 그대들을 대할 면목이 없다. 그러나 바라노니 그대들은 굶주림과 추위를 견디면서 처자들을 보호하여 혹시라도 유리걸식하는 경우가 없도록 하라. 나도 의복과 음식을 줄여서 그대들을 구휼하는 방도로 삼고자 하니 내 말이 거짓이라고 생각지 마라. 아 그대들은 나의 자식이 아닌가? 부모가 혹 가난하여 그 도리를 다하지 못한다고 어찌 자식이 그 부모를 버리고 떠나갈 수 있는가? 그리고 간혹 굶주림을 견디지 못해 도적질하는 자가 있더라도 그 또한 어찌 본심이겠는가? 실로 내가 그대들의 산업을 마련하여 주지 못한데서 비롯된 것이라.[76]

이 글은 홍수와 가뭄이 연달아 들어 곤궁에 빠진 백성들에게 숙종이 직접 지어 내린 교서이다. 부덕한 자신 때문에 백성들이 고통을 받고

---

75) 「숙종행장」. "王曰 日昨祭文中 罪已責躬之語 極其草略 …… 今觀三角祭文 略及責躬
之語 而全無懇迫哀籲之意, 改製以入"

76) 「숙종행장」. "予以否德 所爲多不善 以致天降之災 水旱風霜 害爾禾穀 使我無辜之民
貼於溝壑 念之至此 予心如割 誠無顔面 以臨于爾等之上也 惟望爾等 忍飢寒保妻子 毋或
流離 予方削衣減食 以爲求活爾等之計 勿以予言爲不信也 嗚呼 爾等非予之赤子乎 父母
雖或貧不能養其子 寧有其子棄父母而去者乎 且或有迫於飢餒而爲盜者 亦豈本心哉 實由
於予不能制爾等之産"

있다는 것, 마음이 찢어지고 면목이 없으나 자식을 구하는 부모의 마음으로 최선을 다해 구휼할 것이니 믿어달라는 간곡한 메시지를 담고 있다. 군왕의 행장은 이렇듯 임금이 신하들에게 허물을 묻는 내용, 신에게 죄를 고하고 반성하는 내용, 백성들에게 자신의 잘못을 고백하는 내용들을 비중 있게 싣고 있다. 숙종 행장만 해도 교서와 기우제문 등 자책의 내용을 담아 직접 지은 글 10여 편이 전문 수록되어 있다. 이러한 직접 인용 형태의 '전문(全文) 수록'은 재앙에 임하는 군왕의 경건한 마음과 백성들에 대한 책임 의식, 재앙을 극복하고자 하는 간절한 마음들을 함축적으로 담아 강력하게 전달하는 효과를 나타낸다.

무엇보다 스스로를 낮추고 꾸짖는 자책의 말이나 글들은 추상적이지 않고 구체적이며, 완곡하지 않고 직설적이다. 재이 앞에서 군왕들은 "내 마음이 바르지 않았는지 정치가 깨끗하지 못했는지"를 반성했다. "인재 등용을 신중히 하지 못했는지, 뇌물을 엄단하지 못했는지, 곤궁한 백성들을 적절히 어루만지지 못했는지, 군졸들이 피로한데 구휼을 다하지 못했는지, 변방 방비가 제대로 되지 않았는지, 상벌이 잘못되어 공과 죄가 분명치 않았는지, 부역이 고르지 않아 백성들이 원망하고 풍속이 아름답지 못하여 인륜이 도치되었으며 언로가 통하지 않아 직간이 원활치 못했는지"를 하나하나 적시하였다.[77] 때로는 "칠정 가운데 가장 쉽게 나오고 다스리기 어려운 것은 노(怒)인데 나의 병통이 여기에 있다"고 솔직하게 고백하면서 "함양의 공부가 미진해서 그렇게 된 것이"[78]라고

77)「명종행장」. "子念君心萬化之原 而心有所未正歟 王朝四方之本 而政有所未淸歟 用人 雖愼擇 而賢或有遺者歟 苞苴雖禁斷 而賄尙有行者歟 赤子困窮 而字撫失其宜歟 軍卒疲 弊 而捄恤未能盡歟 邊圉虛疎 而備禦或有闕歟 賞罰僭濫 而功罪或未辨歟 賦役不均 而民 怨有鬱塞歟 風俗不美 而綱常有倒置歟 言路或未通 而納諫有未快歟"
78)「숙종행장」. "七情之中 易發而難制者 唯怒爲甚 予之病痛 每在這裏 向日之事 亦不忍 一時之忿 致此無前過擧 玆實涵養之功 有所未盡而然也 反躬慙悔"

자책하기도 하였고, 왕의 성품이 편벽되다고 지적하는 신하에게 사실을 인정하며 "성낼 일이 있으면 참고 참아 한밤중까지 생각하겠노라"79)는 다짐을 하기도 하였다. "보위에 오른 지 10여년이 지났는데 백성을 위해 한 일이 하나도 없다 …… 모든 것이 내가 힘쓰지 않은데서 연유됨을 왜 모르겠느냐?"고 하면서 신하들에게 간곡히 나라를 구할 방도를 묻기도 하였다80). 행장 속에 포진된 공경과 겸손의 언사들은 군왕의 위엄과 신임이 스스로 세우고 높여 얻어지는 것이 아니라 오히려 낮추고 버리고 솔직해짐으로써 얻어지지는 것임을 여실히 보여준다. 그리고 역설적으로 이는 군왕을 칭송하고 드높이는 역할을 한다. 자신의 통치에 책임질 줄 알고 백성들 앞에 솔직할 수 있는 성군상의 또 다른 표현 방식이다.

V. 정치적인, 그리고 문학적인 글 군왕의 행장

군왕의 행장은 '찬술(纂述)' 또는 '수찬(修撰)'한다고 한다. '술(述)'의 개념은 '작(作)'과 달라 사실성과 객관성을 담보하고 있다. 객관적 찬술을 위해 행장의 수찬자들은 사건이 일어난 날짜와 배경을 상세하게 기술한다. 행위나 말의 주체를 분명히 하기 위해 조정에서 신하들과 논의한 내용이나 경연 과정에서 주고받은 말, 명나라에서 온 황제의 칙서나 사신의 말까지 직접 인용의 형태로 기술하는 것이 원칙이다. 직접 인용문의 형식은 기술하는 사실의 내용에 가감이나 윤색이 없음을 시사한다. 군왕

---

79) 「효종행장」. "宋時烈論及王性偏 請盡其和平之道 王曰 卿豈不知予之病哉 予之病痛 有氣質之偏 方其怒也 不知事之是非 故有不中者矣 自近日以來 如有怒事 則忍而治之 中 夜思之 則怒漸弛矣"

80) 「헌종행장」. "又教曰 予之嗣服 已過十載 民國之事 無一可施 予雖寡昧 豈不知皆由予 不能自强乎 咨爾方伯居留之臣 悉具民國爲弊之端 條列狀聞 毋孤予寡人臨門詢訪之至意"

의 행장이 실록에 실리고 역사적 평가 자료로 활용될 수 있는 것도 군왕의 행장이 가지고 있는 이러한 공식성과 객관성에 기반을 두고 있다.

그러나 행장은 매우 정치적인 글이다. 좋은 내용만 적어 왕권의 정통성과 정당성을 옹호하는 역할을 하고, 권력을 가진 자에 의해 찬술되며, 누차에 걸쳐 수정되면서 당파의 이해를 반영하여 엮어지는 경우가 많기 때문에 그렇다. 예를 들어 반정을 통해 등극한 인조의 행장에는 광해군의 폭정을 드러내는 것에 많은 지면이 할애되어 있다. 숙종의 행장은 송시열과 윤증의 싸움을 수록하면서 윤증은 '적(賊)', 송시열은 '유현(儒賢)'으로 표현하여 시비와 선악을 분명히 규정하고 있다. 경종의 행장에서 인현왕후에 대한 효성을 크게 부각시킨 것이라든지 영조 행장에서 영조의 세제 책봉의 부당성, 경종의 사인 의혹 등을 문제 삼아 일어난 이인좌의 난을 토벌하는 과정을 상세히 서술하고 있는 것 등도 두 행장이 지닌 정치적 성격을 잘 보여준다.

정치적 색깔이 무엇보다 선명하게 드러나는 것은 고종과 순종의 행장이다. 친일 인사에 의해 지어진 이 두 편의 행장은 이전시대 행장이 예화나 대화 등을 통해 형상화의 의도를 보여주고 있는 것과 달리 주요 정치적 사안들을 메모 형식으로 적고 있어서 서술 특징 면에서 차이를 보여준다. 두 편이 순종실록 부록에 함께 수록되어 있어 편차 면에서도 특이점을 발견할 수 있는데 이는 두 군왕의 행장이 애초부터 그다지 비중있게 찬술되지 않았음을 짐작하게 하는 대목이다. 무엇보다 고종의 행장에는 명성황후의 죽음에 대한 언급이 없다. 순종의 행장에 와서야 간략히 서술되어 있으나 "부황(父皇)의 마음을 받들어 슬프고 고통스러운 마음을 억제하였다"[81]고 하여 나라의 치욕을 한낱 개인의 슬픔으로 의미

81) 「순종행장」. "乙未八月 宮闈之戒嚴忽疎 而明成太皇后崩 帝遽遭酷禍 莫洩至恨 窮天

축소시키고 효성의 문제만을 부각시키고 있다. 경술국치에 대해서는 "시사(時事)가 크게 변혁되어 황제께서는 천도를 즐기는 사람이 천하를 보존한다는 뜻을 생각하여 열 줄의 조서를 내리고 만기(萬機)의 번잡함을 풀어버리고는 오직 종묘를 받들고 백성들을 편히 할 것에 전념하였다"고 하면서 "이에 백성들의 추대하는 마음이 더욱 깊어졌다"[82] 서술하고 있다. 고종 순종 행장이 보여주고 있는 사실의 왜곡은 행장 전편의 내용이 찬술자에 의해 얼마나 윤색되고 조작될 수 있는지 하는 것을 보여준다.

그러나 군왕의 행장은 역사 서술에서는 좀처럼 드러나기 어려운 인간 내면의 갈등, 정(情)의 문제를 적극적으로 다루어 감동을 생산하고, 사건과 인물들, 말과 글을 특정 주제에 맞게 선별하고 포진하는 찬술 의도를 선명하게 보여주고 있다는 점에서 문학적 성격 또한 농후한 글이다. 무엇보다도 전달하고자 하는 정치적 의미를 암시적이고 함축적인 형태로, 때로는 글보다 행간 속에 포진하고 있어 면밀한 수사적 독법이 요구된다. 군왕의 행장에서 포착되는 의미는 유교 사회에서 지향하는 이상적인 임금상, 즉 전형적 성군(聖君)의 모습이다. 군왕의 행장에서 사실 여부를 따지거나 어느 임금이 특별히 성군에 근접해 있는지를 논하는 것, 통치의 기술이나 정책적 변통 같은 현실적 통치자로서의 면모를 군이 추구하는 것이 의미 없는 이유도 거기에 있다. 사실에 기반을 두지 않은 것은 아니되, 군왕의 생애를 오로지 도덕성에 무게를 둔 성군의 모습으로 재구성, 이미지화하고 있기 때문이다.

조정에서 흔히 쓰이던 말 중에 "요 임금과 순 임금을 본받으려거든 조종을 본받아야 한다.[欲法堯舜 當法祖宗]"[83]는 말이 있다. 이 말은 행

極地 若無所歸 而以承順父皇之心爲心 勉抑悲苦之衷 常以愉容婉色 仰慰惟憂之念"

82) 「순종행장」. "泊庚戌 時事又丕變 帝思樂天者保天下之義 下十行之詔 釋萬機之煩 惟以奉宗廟安生靈爲念 是以下之所以愛戴者益深"

장의 기능을 압축적으로 설명하는데도 유용하다. 즉 행장은 관념적 요순의 형상을 실존했던 조종(祖宗)의 삶을 통해 구체화하고 있는 글이라고 요약할 수 있다. "내각의 신하들로 하여금 지문 행장 보감 실록 정원일기를 발췌해 책을 만들어 앞으로 서연에서 진강토록 하라"[84]는 정조의 명이나, 순조 때 "보감이나 지장에서 본받을 만한 치법(治法)이나 정모(政謨)를 뽑아 한권의 책자를 만들어 여가에 읽도록 하시라"는 남공철의 간언[85] 역시 행장의 기능을 잘 대변해 준다. 조선시대 군왕의 행장은 덕치(德治)로 표방되는 유교 정치의 이상을 선양할 뿐 아니라 선왕을 표본으로 삼아 후왕을 요순(堯舜)으로 인도하기 위한 권계의 근거요 교육 자료였다.

VI. 결론

현종의 행장을 찬술한 남구만은 전대 성군의 성덕을 칭송하면서 다음과 같은 찬을 붙인 바 있다. "엄숙하고 공손하고 두려워했을 뿐이며 감히 안일하지 않았을 뿐이다. 감히 홀아비와 과부를 없수이 여기지 않았을 뿐이고 공손하고 검소했을 뿐이다. 형벌을 제거하고 조세를 감면했을 뿐이고 덕택을 백성에게 내렸을 뿐이다. 사직을 오래 유지할 수 있었던 것도 결국 이러한 점에 의지했을 따름이다.[86]

---

83) 본래는 송(宋)나라 범조우(范祖禹)의 말인데 조선왕조실록이나 각종 문헌에 조종(祖宗)의 업적과 공, 계술(繼述)의 필요성을 언급할 때 상투적으로 등장한다.

84) 「정조행장」. "命內閣諸臣 抄出誌狀寶鑑實錄及政院日記 分授纂成 將備冑筵進講也"

85) 『순조실록』. 순조 1년 8월 19일(경인).

86) 「현종행장」. "然其所以贊之者 不過日嚴恭寅畏而已 不敢荒寧而已 不敢侮鰥寡而已 恭儉而已 除刑賜租而已 德澤在人而已 社稷長遠 終必賴之而已"

"불과…… 할 뿐이다[不過曰…… 而已]"의 한정 구문이 중첩되어 있는 이 마지막 문장은 성군의 모습이 거창하거나 장황한 것이 아니라 백성에 대한 진심어린 관심과 상식적인 배려의 범위 내에 있음을 시사한다. 정치의 성패를 임금의 도덕적 자질에 두고 덕으로 다스리는 정치를 지향했던 조선시대, 군왕의 행장은 요순으로 표상되는 '관념적 성군'의 모습을 구체적으로 형상화하여 '다가가 본받을 수 있는' 임금으로 만드는 역할을 했다. 흥미롭게도 이렇게 형상화된 조선시대 군왕은 뛰어난 능력이나 강력한 카리스마, 단호한 결단력과는 다소 거리가 멀다. 이들은 농담도 할 줄 모르고 기호도 딱히 없으며 타고난 능력보다는 학문을 통해 끊임없이 인격을 완성해가는 인물들이다. 신하들에게는 엄격하되 부모에게는 몸을 상할 정도의 효성을 보이고 백성들의 고통에 가슴 아파하는 여린 마음의 소유자이고, 어쩔 수 없이 겪어야 했던 재앙 앞에서 자신의 부덕과 무능력을 심하게 자책하는 인물이기도 하다. 몇 번씩 빨아서 낡은 옷에, 무너지고 부서진 궁궐도 수리하지 않고 사는 소박한 임금들이며 백성들을 위해 꼭 필요한 토목 사업을 벌이면서도 행여 그들의 생계에 지장을 줄세라 내탕고를 열어 공사 대금을 마련하는 임금들이다.

법과 원칙보다 인정과 도리를 내세우고 권위를 드날리고 위엄을 높이기보다는 하늘과 백성들 앞에 자세를 낮추고 고개를 숙이는 임금, 잘못이 있으면 흔쾌히 받아들이고 수긍할 줄 알며 마땅히 슬퍼하거나 아파해야 할 때 서슴없이 눈물을 흘리는 임금, 조선시대 군왕의 행장이 포함하고 있는 성군(聖君)의 메시지는 오늘날 우리의 정치 현실에도 시사하는 바가 크다.

참고문헌

국역『조선왕조실록』.

국학진흥연구사업추진위원회(편),『列聖誌狀通紀』, 한국정신문화연구원, 2003.

서사증,『문체명변』, 대북, 장안출판사, 민국67.

유협,『문심조룡』, 대북, 세계서국, 민국64.

심경호,『한문산문의 미학』, 고려대출판부, 1998.

소문의 문체파격 미학

김종철

I. 서론

한문 문류(文類)에서 소(疏)라 하면 네 종류의 문류를 생각할 수 있다. 먼저 경(經)을 주(注)한 소가 있고, 다음으로는 "夫書記廣大 衣被事體 筆箚雜名 古今多品 是以總領黎庶 則有譜籍簿錄 醫歷星筮 則有方術占 式 申憲述兵 則有律令法制 朝市徵信 則有符契券疏 百官詢事 則有關刺 解牒 萬民達志 則有狀列辭諺 並述理於心 著言於翰 雖藝文之末品 而政 事之先務也 …… 疏者 布也 布置物類 撮題近意 故小券短書 號爲疏也"[1] 라고 한 서기류로서의 소가 있다. 서기류는 주로 한대 이전에 편지글이 나 문자로 기록하는 것들을 총칭하였던 명칭이다. 이러한 고대 서기류의 한 지류였던 소는 중세로 접어들면서 서기류의 글쓰기 용도가 세분화되 고 전문화됨에 따라 "秦始立奏 而法家少文 觀王綰之奏勳德 辭質而義近

---

1) 최동호(1994), 321쪽.

…… 自漢以來 奏事或稱上疏 儒雅繼踵 殊采可觀"[2] "按奏疏者 群臣論諫
之總名也 奏御之文 其名不一 故以奏疏括之也 …… 上書章表 已列前編
其他篇目 更有八品 今取而總列之 一曰奏 奏者 進也 二曰疏 疏者 布也
漢時諸王官屬於其君 亦得稱疏 故以附焉 …… 至於疏對啓狀箚五者 又
皆以奏字冠之 以別於臣下私相對答往來之稱 讀者亦庶乎有所考矣"[3]등
과 같은 기록에서 밝히고 있는 것과 같이 한대이후로는 주소류로서의
소로 정착된다.

그리고 끝으로 이러한 주소류와는 전혀 별개로 쓰이는 소를 살펴 볼
수 있으니 "又按陳繹曾文筌云 功德疏者 釋氏禱佛之詞 及考諸集與事文
類聚 并有二家疏語 則知疏者不特用於釋氏明矣 故今錯而列之 以俟博
聞者 其曰齋文 卽疏之別名也"[4]라고 밝히고 있는 애제류에 속하는 도량
소(道場疏)를 들 수 있다.

본고에서는 바로 이러한 전통적인 소체(疏體)의 갈래들 속에서 우리
『동문선』과 『속동문선』에 선발된 소문(疏文)들의 갈래종류와 그 양상을
살펴, 두 자료의 편찬자들이 지녔던 소문에 대한 갈래인식을 밝히는 동
시에 파격형식의 소문에서 나타나는 미학적 양상을 제시해 보고자 하는
것이 본고의 목적이다.

Ⅱ. 소문(疏文)의 갈래 양상

『동문선』과 『속동문선』에서 소의 갈래와 관계하여 나타나는 가장 두

---

2) 최동호(1994), 294쪽.

3) 박완식(2002), 84쪽.

4) 박완식(2002), 168쪽.

드러지는 특징은 이들 자료의 편찬자들이 선발한 소의 갈래가 사실상 각각 다르다는 것이다. 먼저 이들 자료의 목차에서 나타나는 소문체의 배열 순서를 살펴보면, 『동문선』에서는 제(祭), 축(祝), 소(疏), 도량문(道場文), 재사(齋詞), 청사(青詞), 애사(哀詞), 뢰(誄) 등과 같이 애제류의 문류들과 함께 소가 배치되어 있다. 그 중에서도 도량문, 재사, 청사와 같은 유불(道佛)의 문류들과 무리지어 있다. 그러나 『속동문선』에서는 전(箋), 표(表) 등과 같은 주소류와 나열시키고 있으니, 이러한 목차상의 문체 배열에서도 두 자료의 차이를 알 수 있다.

　『동문선』편찬자들은 소의 선발 기준을 『문체명변』에서 "여러 문집과 『사문유취』를 살펴보면, 불가와 도가의 소어(疏語)가 있다. 소란 불교에서만 쓰지 않음이 분명하다. 이 때문에 오늘날 함께 나열하여 해박한 지식을 가진 자를 기다리는 것이다."라고 한 도량소(道場疏)를 대상으로 하였던 것이고, 『속동문선』편찬자들은 주소(奏疏)를 대상으로 하였던 것이다.

　실제 작품들을 살펴 본 결과도 『동문선』에 선발된 123편(표제를 우(又)라고 한 연작은 한 작품으로 간주하였음)의 소는 「구화수제도관소」「구화수대운사소」「부선원사소」와 같은 세 작품을 제외한 모든 작품이 석가경도지사(釋家慶禧之詞)에 속하는 도량소(道場疏)이며, 『속동문선』에 소재한 5편의 작품 「간폐비소」「간타위소」「홍문관예문관합사소」「논상제소」「의대행묘호소」는 모두 주소(奏疏)에 해당하는 작품이었다.

　소라는 동일한 문체명칭 아래 이와 같이 서로 다른 문체를 선문한 두 자료의 분명한 차이 속에서도, 『동문선』편찬자들은 주소 문장인 「구화수제도관소」「구화수대운사소」「부선원사소」와 같은 3작품을 『동문선』에 선발된 123편 도량소 전체문장들의 제일 앞에 연이어 배치함으로서, 소에 대한 그들의 문체 인식이 한 쪽으로 편협되거나 치우치지 않았으며, 단지 도량소에 해당하는 문장을 집중적으로 선발하였을 뿐이라는 선문관을 무언으로 제시하고 있다.

그러므로『동문선』과『속동문선』의 이러한 선문양상은 두 자료 편찬자들의 이질적인 문체관에서 비롯된 것이 아니라,『동문선』의 속집인『속동문선』편찬자들이 도량소(道場疏)로 편중된 성향을 보인『동분선』의 선문양상에 주소류(奏疏類)를 보완하고자 한 선문태도에서 발생한 자연스런 현상으로 보아야 할 것이다.

이러한 전체적인 갈래 구도 속에 나타나고 있는『동문선』과『속동문선』소재 128편 작품들을『문체명변』의 기준에 의하여 분류하여보면 아래 표5)와 같다.

갈래분류		작품명
奏疏	儒家의 疏文	「諫廢妃疏」「諫打圍疏」「弘文館藝文館合司疏」「論喪制疏」「議大行廟號疏」
	佛家의 疏文	「求化修大雲寺疏」「復禪源寺疏」
	道家의 疏文	「求化修諸道觀疏」

5) 문제(文題)가 동일 또는 유사한 경우 작품명 다음 ( )안에 '소재권(所載卷)'혹은 '소재권(所載卷)-순서'를 밝힘.『동문선』소체(疏體)는 110권~113권,『속동문선』소체는 11권에 소재한다. 지면의 활용을 위하여 각 작품별 소재권수는 생략하였다.

6) 「內殿行功德天道場疏」,「消災道場疏(卷110-2)」,「佛頂道場疏」,「爲相府祈雨五百聖衆齋疏」,「初入院祝聖壽齋疏文」,「初入院祝令壽齋疏文」,「辛惣郎五齋疏」,「忠肅懿孝大王忌晨齋疏」,「童子忌日水陸齋疏」,「法壽齋疏」,「彌陀齋疏」,「冲鏡王師小祥齋疏」,「大元皇帝節日齋疏」,「天成節祝壽齋疏」,「祝上羅漢齋疏」,「誕日齋疏(卷111)」,「誕日祝上齋疏(卷113-1)」,「誕日祝上齋疏(卷113-2)」,「誕日祝壽齋疏(卷113)」.

7) 「俗離寺占察會疏」,「兜率院占察會疏」,「龍華會疏」,「福川寺夏安居圓覺法會疏」,「禪源社慶讚法會疏」,「萬德社開設冬安居法會疏」,「寶幢庵重創法華三昧懺疏」,「消災法席疏」,「祝大駕消災仁王千手智論四種法席疏」,「開慶寺觀音殿行法華法席疏」,「卒誠寧大君法華法席疏」,「誠寧大君法華法席疏」,「洛山寺行消災法席疏」,「貞陵行太上王救病藥師精勤疏」,「原州覺林寺重創慶讚法華法席疏」,「觀音窟落成慶讚華嚴經疏」,「金光經法

갈래분류				작품명
道場疏	佛家의疏文	慶詞	生辰疏	「誕日疏(卷111)」「誕日祝上疏」「誕日祝壽疏」「誕日疏 外 又2篇(卷113)」
		禱詞	功德疏 齋疏	「消災道場疏(卷110-1)」외 20편6)
			會疏	「興王寺弘敎院華嚴會疏」외 23편7)
			說經疏	「轉大藏經道場疏」「金光明經道場疏」외5편8)
			慶讚疏	「洛山觀音慶讚疏」외 9편9)
			薦度疏	「代人薦母疏」외 23편10)
			祝疏	「祝元子疏」외 22편11)
			願疏	「祖師禮懺兼發願文」외 6편12)

席疏」, 「檜岩寺文殊會疏」, 「一心眞如法席疏」, 「演福寺行大藏經披覽疏」, 「星變消除疏」, 「懺經法席疏」, 「法華三昧懺法席疏」.

8) 「大藏經道場疏」, 「內殿行百座仁王說經道場疏」, 「內殿行金經說經疏」, 「興國寺金經說經疏」, 「疏文」.

9) 「法華經慶讚疏」, 「寫成法華經慶讚疏」, 「彌陀像點眼慶讚疏」, 「無量壽如來觀世音菩薩大勢至菩薩合安一幀點眼疏」, 「法華經涅槃經金光明經無量壽經轉讀疏」, 「寫成金字法華經疏」, 「書寫法華經疏」, 「丹本大藏經讚疏」, 「龍寶院新創慶讚疏」.

10) 「同前十王前疏」, 「薦羅宰臣疏」, 「薦法兄圓慧國統疏」, 「晉陽公追薦疏」, 「代李令薦考疏」, 「代李和寧薦亡舅疏」, 「代李惠薦父疏」, 「代李大從薦母疏」, 「前人薦父與弟懺經法席疏」, 「代禹判事薦亡妻百日齋疏」, 「姜判密夫人鄭氏疏」, 「薦沖鏡王師疏」, 「薦崔社立疏」, 「薦泊良崔禪師疏」, 「薦亡友李敖尙書疏」, 「演慶寺法華法席疏」, 「王大妃薦誠寧大君百齋」, 「水陸齋疏(卷113-1)」, 「觀音窟行水陸齋疏」, 「水陸齋疏(卷113-2)」, 「金提學薦妻七七疏」, 「夫薦妻小祥齋疏」, 「薦父疏」.

11) 「祝上疏(卷111-1)」, 「祝都指揮使崔有涁宰臣疏」, 「祝上疏(卷111-2)」, 「祝上疏(卷111-3)」, 「祖師禮懺祝上疏」, 「聞大駕還國祝上疏」, 「誕生元子祝上疏」, 「元子上朝祝壽齋疏」, 「聞化平院君承詔上都祝疏」, 「甘露入院祝法壽疏」, 「定慧入院祝法壽疏」, 「大元皇帝祝壽疏」, 「祝壽疏」, 「祝聖疏」, 「大駕還國祝壽疏」, 「都元帥金侍中祝壽疏」, 「謝賜御製書簇祝聖疏」, 「祝令壽疏」, 「恩門二相許祝壽疏」, 「祝聖冬安居起始疏」, 「定慧入院祝聖夏安居起始疏」, 「賀新登寶位祝聖疏」.

12) 「請上堂疏」, 「興天寺祈雨疏」, 「使臣柳珣鄭摠鄭臣義等災厄消除速還本國之願疏」, 「使臣柳珣鄭摠鄭臣義等速還本國之願」, 「顯妃殿行疏」, 「別新都疏」.

위의 표에서 나타나는 바와 같이『동문선』소재 소체는 크게는 주소(奏疏)와 도량소(道場疏)로 나누어지고, 다시 주소는 유가, 불가, 도가의 문장으로 분류되고, 도량소는 불가의 문장만이 나타난다. 도량소는 다시 경사(慶詞)와 도사(禱詞)의 갈래로 나누어 지며, 경사는 생신소(生辰疏)의 단독 갈래로 나누어지고, 도사(禱詞)인 공덕소(功德疏)는 그 문장의 용도에 따라 재소(齋疏), 회소(會疏), 설경소(說經疏), 경찬소(慶讚疏), 천도소(薦度疏), 축소(祝疏), 원소(願疏) 등으로 나누어지고 있다.13)

Ⅲ. 소문(疏文)의 문체파격 미학

도량소(道場疏)를 집중적으로 선발한『동문선』과 주소(奏疏)만을 선발한『속동문선』에 실려 있는 소문의 문체파격 양상을 문제 삼기 위하여서는 먼저 소박하게나마 소문의 정형성에 대한 논의가 전제되어야겠다.

이를 위하여『동문선』소재「대원황제축수재소」의 분석을 통하여 도량소의 문체정형성을 살펴보고사 한나.

聖天子優渥之恩 無遠不屆 大覺皇妙明之鑑 有感必通 宜仗慈庥 小酬洪祚 伏念弟子 濫紹祖門於五葉 謬司禪席於一時 縱居荒僻之陬 殊荷聖明之化 飢餐渴飮 悉爲舜德所需 夕點朝焚 專是堯年之祝 矧今特垂雨露 還錫土田 喜同枯木之逢春 快若涸鱗之得水 天澤旣殊於常等 葵心盍倍於平時 爰當重九之辰 普禮大千之刹 歸依之懇兮 人衆而心一 蘄嚮之誠兮 口異而音同 冀此涓功 格于鏡智 伏願皇帝

---

13) 분류 체계 중에서 생신소(生辰疏)와 공덕소(功德疏) 까지의 갈래분류는『문체명변』의 분류기준에 의한 하위분류이며, 공덕소(功德疏)를 다시 그 용도에 따라 재소(齋疏), 회소(會疏), 설경소(說經疏), 경찬소(慶讚疏), 천도소(薦度疏), 축소(祝疏)와 원소(願疏) 등으로 하위분류한 것은 필자가 공덕소(功德疏)의 용도에 따라 하위분류한 것이다.

陛下 億萬年爲父爲母 載育兆民 百千世傳子傳孫 永綏四海

이 작품은 석복암이 음력 9월 9일의 중양절을 맞이하여 대원황제의 장수를 부처님께 축원한 도량소체의 글이다. 이러한 도량소체는 일반적으로 서-본-결 의 3단 구조의 형식을 사용한다. 서에서는 부처에게 기원하고자 하는 글의 주제를 불가의 교리와 관련지어 소를 하게 된 사유를 밝히고, 본에서는 '복염(伏念)'과 같은 투식어를 사용하여 문장의 주제인 기도내용을 본격적으로 서술하며, 결에서는 '복원(伏願)'이라는 투식어를 사용하여 의례적인 상용문투로 자신이 2단락에서 밝힌 내용을 부처에게 기원한다. 1단락(문장 첫머리에 음영으로 처리된 부분)에서 부처의 '유감필통(有感必通)'하는 음덕을 빌어 축수하고자 한다고 밝히면서, 2단락에서는 '복염(伏念)'이라는 투식어를 사용하여 문장의 주제에 해당하는 대원황제의 장수를 기원하는 내용을 본격적으로 서술하고, '복원(伏願)'이라는 용어로 시작한 3단락(문장 끝 음영부분)에서는 2단락에서 기술한 내용을 부처에게 기도하고 있는 위의 작품은 이상에서 살핀 도량소체의 형식에서 한 치의 벗어남도 없다.

수사에 있어서도 작품전체가 단문임에도 불구하고, 지(之)의 빈번한 사용을 통한 부연, 혜(兮)와 같은 감탄사의 적극적 배치, 불가의 세계를 찬미하는 의례적이고도 과장된 표현[14]이 문장전체에서 빈도 높게 나타나는 점 등은 의례문에 속하는 도량소체의 수사적 특징을 잘 보여주는 것들이다.

이와 같이 이 작품은 전체적으로 도불의 도량소가 지니는 서(기도의 사유제시)-본(기도의 내용)-결(부처에게 발원)이라는 3단 형식과 의례문인

---

14) '聖天子優渥之恩' '大覺皇妙明之鑑' '伏念' '聖明之化' '舜德所霑' '天澤' '葵心' '鏡智' '伏願' '億萬年' '百千世' '天澤旣殊於常等 葵心 盡倍於平時'

도량소의 수사특성을 구현한 작품으로서 도량소의 문체전형을 잘 보여주는 작품이다. 『동문선』에 소재한 도량소 작품들은 거의 모든 작품들이 이와 동일한 문체특성을 지니고 있다.

이어서 앞의 장에서 주소로 분류한 『속동문선』 소재 「간폐비소」「간타위소」「홍문관예문관합사소」「논상제소」「의대행묘호소」 등 5작품이 실제로 주소인가를 분석하면서, 소략하게나마 주소류에 속하는 소 문체의 정형성에 대하여 정리하고자 한다.

天地氣乖 草木憔悴 父母心違 子孫顚倒 職雖分於中外 心何間於遠近 臣於成化十五年六月初六日 伏覩 內降敎書 不勝瞻天望闕流涕痛哭之至 臣伏惟古人之事君也 雖在畎畝之中 一飯之頃 未嘗忘于懷 山林處士大學書生 猶有出位論事者 況帷幄舊臣 肯以在外爲嫌而不盡此心乎 臣伏惟九重深邃之中隱微之除 其是非得失 非外臣所知 只在殿下一心權度而已 必是三思之斷 誰擬一豪之私 臣所以聞命痛哭而敢陳無已者 有數義焉 **考之於禮** 婦有七去 其一曰-(중략)-舜古之大聖人也 不告而娶 爲無後也 哀公問曰 冕而親迎 不已重乎 孔子對曰合二姓之好 以繼先聖之後 以爲天地宗廟社稷之主-(승략)-律文又云乘輿腹御物 收藏修止个 知法 其罪猶杖-(중략)-麟趾振振而已 瓜瓞縣縣而已 嗚呼 傾筐不盈專一之過耳 葛藟不縈 何其獨少此也-(중략)-昔周公之處兄弟也 三叔得罪祖宗 而降霍叔于庶人 猶從以七乘之車 是則私恩猶存於公義之中也-(중략)-五倫一箇之理 恩義不可相奪-중략-中無定體 隨時而在 變而不失其正 是乃平常之理而不偏之中也 伏望亟命攸司 迴入別殿 供奉守衛 一從權宜 天理復全 輿情胥悅 彛倫幸甚 宗社幸甚 **臣之不肖** 何足以知國家之大體 但敎書縷讀 中心自鑠 知其不可 然不能自止 敢攄愚懷 仰瀆聖聽 伏惟 殿下留神焉

이 작품은 손순효(1427~1497)가 폐비윤씨의 일이 부당하다고 성종에게 간한 「간폐비소」라는 주소이다. 주소체의 문장구조는 일반적으로 세 단락으로 구성된다. 1단락에서는 주소를 쓰게 된 사유를 밝히고, 2단락에서는 자신의 주장을 서술하고, 3단락에서는 군주에게 자신의 주장을 용납하여 달라는 주청을 하며 마무리 짓는 것이 일반적 구조이다.

위의 문장에서는 처음부터 음영으로 표시된 고지어례(考之於禮)까지가 1단락으로서 글의 서에 해당하며, 그 내용은 글의 주제를 제시하는 동시에 자신의 행위가 정당함을 제시하고 있다. 보통의 주소는 신하가 군주에게 올리는 글의 특성상 문장 첫머리에 투식어15)를 사용하는데, 위의 문장은 서를 기술하는 중간 중간에 자연스럽게 복원(伏覩)과 복유(伏惟:2번 사용)를 장치하고 있다. 고지어례(考之於禮)에서 음영 처리된 신지불초(臣之不肖)까지는 2단락으로서 이 글의 본론에 해당하며, 폐비윤씨의 일에 대하여 자신의 주장을 기술한 부분이다. 다음 마지막 부분이 이 문장의 결에 해당하는데, 이 부분은 사실 주소의 의례적인 표현으로서 군주에게 자신의 간을 용납하여 주기를 청하는 부분이다. 이 문장에서도 "불초한 신이 어찌 국가의 대체를 알 수 있겠습니까? 다만 교서를 읽고서 속마음이 죄여 불가한 줄은 알면서도, 능히 스스로 억제하지 못하옵고, 감히 어리석은 회포를 털어내어 우러러 성청을 모독하옵니다. 전하께서 생각해 주시기를 엎드려 바라옵니다." 라는 지극히 형식적이고도 의례적인 문투로 문장을 마무리 하고 있다.

주소에서는 자신의 논점에 대한 정당성을 확보하기 위한 수사적 장치로 역사적 인물이나 전고 그리고 전적의 내용 등을 비유적으로 인용하는 방법을 사용하여 자신이 잘못되었다고 생각하는 현실문제에 대한 수정을 군주에게 요구한다. 이 문장 또한 이러한 수사적 방법을 충실히 따르고 있다. 이 문장에서 이러한 목적을 달성하기 위하여 비유적으로 인용한 역사적 인물이나 전고 그리고 전적들을 살펴보면, 유학직인 가

---

15) '臣某謹啓' '伏以主上殿下' '臣聞' '臣等謹按' '臣伏惟' '伏願'과 같은 투식어.

치관16)만으로 문장전체의 논지를 펼치고 있음을 살필 수 있다. 이러한 사상성 또한 유학적 소양을 지닌 관료들에 의하여 지어진 주소의 특징을 잘 보여주는 것이라 할 수 있다.

이상에서와 같이 이 문장은 그 형식과 수사 그리고 내용 등에 있어서 전형적인 주소의 문체 특징을 갖추고 있는 작품이다. 살펴 본 바로는 『속동문선』소재 나머지 「간타위소」「홍문관예문관합사소」「논상제소」「의대행묘호소」4작품 또한 위에서 살핀 「간폐비소」와 같은 동일한 문체특성을 지니고 있다.

『동문선』과『속동문선』에 선문된 128편의 소문들은 의례문이 지니는 문장투식에서 자유롭지 못한 도량소와 주소인 관계로 거의 모든 작품이 앞에서 살핀 것과 같은 도량소와 주소의 문체형식을 잘 준수하고 있다.

1. 문체복합의 조화

의례문이 지니는 문장투식에서 자유롭지 못한 문체적 제약에도 불구하고,『동문선』에 선문된 도량소 123편 중 4편익 작품은 소체의 정형성을 벗어난 파격의 모습을 보여주고 있으니 주목해 볼 만하다.

그 파격의 양상은 도량소와 주소의 형식이 복합적으로 어우러진 이중문체, 형식의 파격, 수사의 파격, 사상성의 배제 등으로 나타나고 있다. 먼저 도량소와 주소의 형식이 복합적으로 어우러진 이중문체의 파격을 살펴보자.

特爲宗社底安 邦家永泰 祗率舊章 於天成殿 以今月十日之夕起首 約六晝夜 開啓轉大藏經 道場 備嚴科儀 供養敎主釋迦如來爲首 一會賢聖 以乞來成之福

---

16) '七去' '舜' '孔子' '宗廟社稷' '麟趾' '瓜瓞' '葛藟' '周公' '五倫' '不偏之中' '彝倫'

者 右伏以三十二相 卽非佛身 當觀無狀之狀 四十九年 所示法印 摠是不言之言
偉哉大事之緣 但爲衆生之故 惟應機有上中下之別 故設敎以圓頓漸之差 或說空
或說不空 或現實或現如實 以俗諦不離於眞諦 而有爲皆出於無爲 其蔭之也有如
大雲 其潤之也有如甘露 其救苦也有如藥石 其導迷也有如津梁 自竺乾浸矣而東
流 擧震旦翕然而內嚮 顧惟不穀 職此有邦 德寡升聞 曾莫釐上帝之命 業非富有
果未底烝民之生 天地幾於不交 陰陽爲之相錯 凡百姓有罪 咎在朕躬 況四時不行
責將誰任 肆乾乾而終日 常翼翼乎小心 仰惟大方便之門 斡以不思議之化 敢於內
殿 修此梵科 光動於玉毫而瞻之在前 語出於金口者聽之如昨 經才緖於十二 利已
浹於大千 伏願災則暇消 福惟千萬 爲天所子 茂膺胡考之休 保民無疆 坐擁榮懷之
慶 號令被於窮髮之北 提封限於出日之隅 使雨暘燠寒風 動循其序 至金木水火土
各得其宜 和氣格而百穀皆登 美化行而四方無侮 本支萬世 綱紀九州 仰對圓覺
無任懇禱之至 謹疏

위의 작품은 김부식의 「전대장경도장소」의 연작으로서 정지상이 「우」
라 제목하고 지은 작품이다. 이 작품의 표제는 도량소라 하였으나, 실제
형식은 도량소와 주소의 형식이 동시에 사용된 작품이다.

그 형식을 보면 도입부부터 일반적인 도량소와는 다르다. 부처의 교리
를 찬(讚)하며 소를 하게 된 사유를 밝히는 도량소의 도입부가 없다. 모두
가 "특히 종묘사직의 편안과 나라의 영구한 태평을 위하여, 공손히 옛
법을 좇아 천성전에서 이달 10일의 저녁을 시작으로 하여, 약 6주야 동안
대장경을 독경하는 도량을 개설합니다. 의식을 장엄하게 갖추고 교주
석가여래를 우두머리로 한 모든 성현들을 공양하여 장래에 복이 이루어
지기를 비는 것입니다."라며, 대장경도량이 개설되는 경위에 대하여 군
주에게 설명하는 서의 형식으로 시작하고 있다. 이러한 형식은 자신이
간하게 된 배경을 문장 도입부에 두는 주소에서 나타나는 형식이다.

그러나 문장의 본론부분(위의 문장 중 음영이 없는 부분)에서는 '우복이

(右伏以)’와 ‘복원(伏願)’이라는 도량소의 투식어를 사용하면서 대장경도
량을 개설하게 된 구체적 경위와 이러한 불사를 통하여 부처에게 복을
비는 전형적인 도량소의 형식을 취하고 있다. 그러다가 끝 부분에서는
다시 근소라는 주소체의 투식어로 마무리 하고 있다.

　이와 같이 이 작품은 부처에게 왕실과 백성과 국가의 복을 기원하는
도량소와 이러한 도량이 베풀어졌음을 군주에게 설명하는 주소의 형식이
한 문장에 복합적으로 어우러진 이중문체를 지닌 파격을 보여주는 작품
이다. 그러면서도 어느 특정 문체로 치우치거나, 부족하거나, 넘치는
어색함 없이 두 문체가 어우러져 도량소와 주소의 용도를 동시에 만족시
키면서 문장의 효용성을 극대화 시키는 조화의 미를 보여주는 작품이다.

2. 형식해체의 자유

　이첨이 갑작스런 뇌정(雷霆)의 우환이 소멸되기를 기원하며 지은 「소
재법석소」라는 작품이다.

　　威德輪王 大放光明之燄 吉祥神呪 廓開秘密之門 宜借加持 用消變恠 粵自承
　襲以後 念玆投艱之深 政敎更張 蓋爲萬姓 議論騰沸 悉叢一身 因民怨諮 致天譴
　告 至使雷霆之怒 遂爲施令之和 虩虩同震卦之驚 將恐將思 燁燁若詩人之刺 不
　令不寧 已然之跡如斯 將來之兆難測 肆邀緇侶 敢設熏科 致令六氣順時 三光循
　軌 穩保苞桑之業 永除蔓草之虞

　이 작품은 그 소재와 내용 그리고 용도에 있어서는 도량소의 문체요소
를 충실하게 갖추고 있다. 그러나 형식에 있어서는 본론을 시작하는 ‘복
염(伏念)’과 문장의 끝부분에 기도(祈禱)를 끌어내는 ‘복염(伏願)’과 같은
투식어를 생략함으로서 도량소의 기본 형식인 3단 구조를 해체하는 형

식파격을 시도한 문장이다.

　도량소 문장에서 단락 설정의 도구로 사용되는 '복염(伏念)' '복원(伏願)' 같은 도량소 문장의 가장 중요한 장치를 의도적으로 제거함으로서 도량소가 지닌 격식성과 의례성을 완화시키면서, 매우 잘 정제된 단문으로 한 숨에 문장을 연결하여 유연성과 자유로움이라는 미적 감응을 느끼게 하는 작품이다.

3. 수사변이의 간결

　『동문선』에는 앞의 「소재법석소」와는 다르게 도량소의 형식은 온전하게 유지하면서도 수사파격을 보이는 작품이 있다.

> 聞佛誕於右脇 說恩重經以遞傳 日父擔於左肩 繞須彌山而難報 **念無用之弱質** 早失容於嚴顔 早年未盡其誠孝 曷勝哀慕 祥旦俄臨於今日 庶助淸昇 伴趍寶刹以演眞 仍掃私廬而作法 **伏願**迴觀平日所信向之空門 斗斷妄緣 直徑登於覺地

　위의 작품은 하천단이 진양공을 천도하고자 지은 「진양공추천소」이다. 이 작품은 『동문선』소문(疏文) 중에서 가장 짧은 100여자에 불과한 단문임에도 불구하고, 그 형식에 있어서는 '염(念)'과 '복원(伏願)' 같은 단락 구별을 나타내는 투식어 장치를 그대로 사용하여 세 단락 구조를 분명하게 구성하고 있다.

　그러나 수사에 있어서는 소문 중에서도 의례성과 격식이 가장 강한 천도소임에도 불구하고, 전고, 나열, 비유, 강조 등과 같은 의례적인 과장이나 수식이 완전히 배제된 채, 천도하고자 하는 사실을 평이하면서도 간결하게 평포직서의 태도로 서술하고 있다.

　이와 같이 이 작품은 매우 짧은 단문임에도 불구하고 문체의 구조적인 형식성은 유지하면서도 수사적인 측면에서는 전통적인 도량소와는 완전히 다른 파격을 보이는 작품으로서 도량소에서는 보기 드물게 단아한 간결미로 눈길을 끄는 작품이다.

4. 사상배제의 순수

불가의 도량소임에도 불구하고, 불가의 색채가 배제되어 있는 작품으로 이첨의 「강판밀부인정씨소」를 살펴보고자 한다. 분석의 대상이 내용과 사상성이므로 편의상 번역문을 제시한다.

> 죽고 사는 것은 분수가 정하여 있으므로, 꿈속의 환상과 같이 볼 것이지만, 부부(夫婦)의 정이 뭉쳐 한 덩어리가 되었기에 오히려 구독(駒犢)의 사랑을 가지게 되므로 삼보를 우러러 의지하여 애달픈 정성을 다하려 합니다. **엎드려 생각하니** 죽은 아내 정씨는 천품이 유순하고 아름다우며, 절조(節操)가 정숙하였으므로 일찍이 동심(同心)의 약속을 맺어 한 번도 반목(反目)한 일이 없었으며, 또 자식들이 앞에 가득하니 이만해도 만족한데, 더욱이 부모님께서도 무양(無恙)하시니, 즐거움이 어떠하였겠습니까. 그러므로 오래도록 같이 살다가 같이 가자하였더니, 어찌 나를 버리고 먼저 갔습니까. 여러 시누이들이 호곡(號哭)하는 것을 달래며, 여러 친척들이 슬퍼하는 것이 불쌍합니다. 외로운 난새처럼 거울 속의 그림자를 대하는 비탄과, 봉황새처럼 점중(占中)에서 점괘를 얻어 울 뿐이니, 슬프게도 어이 이지경이 되었나이까. 이에 잿날을 당하여 법식의 자리를 마련하오니, 장만한 것은 약소하나 곧 감통하여 주소서. **엎드려 원합니다.** 일체가 한정 있는 법임을 깨달아 극락세계로 왕생하고, 사대(四大)의 무상한 몸을 버리고 소요자재(逍遙自在)하는 과보를 얻으소서.

이 작품은 이첨이 강판밀의 부인 정씨를 천도하고자 지은 문장이다. 이 작품에서 나타나는 가장 주요한 특징은 소중에서도 불가의 색채가 가장 강하게 드러나야 하는 천도소임에도 불구하고, 『동문선』의 어느 도량소 작품에서도 볼 수 없을 만큼 불가의 사상적 색채가 배제되고 있다는 점이다.

이러한 점은 사자에 대한 애도나 천도의 정한을 비유적으로 나타내기 위하여 인용된 한자어들이 '구독지애(駒犢之愛)' '고란(孤鸞)' '서봉(瑞鳳)' 과 같이 불교와 전혀 관계없는 일반적 의미의 한자어들이라는 것에서 분명하게 드러난다. 이러한 현상은 다른 작품, 특히 천도소에서는 나타나지 않는 현상이다.

불가의 천도소임을 알 수 있게 하는 표현은 서론 부분에 부처의 호칭으로 쓰인 삼보와 천도소로서 문장 끝에 쓸 수 밖에 없어서 지극히 상투적으로 쓰인 표현17)뿐이다. 그러나 이러한 표현은 천도소의 형식을 갖추기 위한 것일 뿐, 작가의 내면세계의 표출이라고는 볼 수 없는 상투적인 글쓰기 장치이므로 문장의 사상성과는 별개의 문제이다.

개인적인 정한과 천도의 의지를 본격적으로 서술하는 본론 부분에서는 단 한자도 불교와 관련된 언사나 비유를 발견 할 수 없다. 이러한 서술태도는 『동문선』전체 작품에서 유일하게 이 문장에서만 나타나는 현상이다.

이와 같이 이 문장은 불가의 천도소이면서도 불가의 사상성을 최대한 배제하면서 사자에 대한 감정을 진술하고도 담백하게 드러내고자 한 사상적 순수의 미가 도드라지는 작품으로서 불가의 도량소 특히 천도소로서는 보기 드문 작품이다.

---

17) "濟極樂方 捨四大無常之身 獲逍遙果"라는 표현.

Ⅳ. 결론

한문 문체 연구에 있어서 문체의 파격이란 용어를 사용하여 작품을 들여다보고 이를 문체미학과 접목해 보고자 한 시도는 아마도 본 논의가 처음이 아닌가 생각한다. 사실 이러한 논의는 문류발생론과 문류분화론 그리고 형식문체론, 수사문체론 등이 전제되어야 가능한 연구 분야이다. 그러므로 본 논의에서도 문류발생론적인 측면과 문류분화론적인 측면을 정리 제시하는 한편 문체의 정형성 또한 먼저 제시한 후에 파격의 양상을 논의한 것이다. 이러한 논의방법을 문체미학 논의의 연구방법론으로 제시하여 두고자 하는 것이 필자의 바램이다.

이런 논의 과정에서 느낀 점은 우리 산문 작품에서 드러나는 다양한 파격양상들을 그 유형별로 정리할 필요가 있겠다는 것이었다. 그러므로 본고에서는 산문에서 제일 흔하게 나타나는 대표적인 문체파격 유형으로 살핀 네 가지 유형, 즉 문체가 복합적으로 어우러진 문체복합(한 작품에서 두 장르 이상의 결합)의 파격, 형식의 파격, 수사의 파격, 사상성의 배제라는 문체파격양상을 조화, 자유, 간결, 순수라는 문학의 미적 형상화와 소박하게 연결하여 본 것이다.

본 논의가 지니는 한계는 특정문체에 한정하여 논의한 결과이므로 한문산문 문체파격의 전면적이고 보편적인 모습을 보여주지는 못하고 있다는 것이다. 그러나 이러한 점은 시대별 문체파격의 양상, 작가별 문체파격의 양상, 문단별 문체파격의 양상, 사조별 문체파격의 양상 등등과 같은 문체파격연구의 외연을 넓혀가는 과정 속에서 자연스럽게 해결될 것이라 생각한다.

참고문헌

박완식, 『한문 문체의 이해』, 전주대학교출판부, 2002.
서거정 외, 『동문선』, 민족문화추진회, 1998.
유협 지음, 최동호 역, 『문심조룡』, 민음사, 1994.

18세기 소론계 문인의
기몽시에 나타난 의식의 제양상

김영주

Ⅰ. 머리말

본고는 18세기의 현실 상황에서 비롯된 각종의 사유를 '꿈[夢]'이라는 소재를 통하여 문학적으로 해소하고자 노력한 소론계 문인들의 창작 활동에 주목하고, 이들의 활동이 어떠한 특징을 갖는지에 대한 연구 과정의 일환으로 소론계 문인의 기몽시에 나타난 의식의 양상들을 살펴보고자 한다.

'꿈[夢]'은 사전적인 의미로, 잠자는 동안에 깨어 있을 때와 마찬가지로 여러 가지 사물을 보고 듣는 정신 현상, 또는 실현하고 싶은 희망이나 이상으로 요약되는 일종의 물리적·정신적 현상이다. 동양의 전통 관념 속에서 그것은, '불명한 것',[1] '상상',[2] '무분별한 것',[3] '누워 자는 동안

---

1) 『說文』. 夢, 不明也. [段注] 夢之本義, 爲不明.
2) 『荀子』, 解蔽. 不以夢劇亂知, 謂之靜. [注] 夢, 想象也.

에 나타나는 것', 4) '신이 나타나는 것'5) 등 대체로 의식이 몽롱하거나 혼란한 상태, 논리적이지 못한 상태 등으로 정리된다. 여기에 공자가 신이한 것 또는 귀신의 일에 대한 부정을 천명하면서6) 꿈은 대체로 전통 시대 문인들의 관심권에서 벗어나 있었다. 그런데 한국고전번역원의 문집 총간 410권(전집 350권, 속집 60권)을 대상으로 '기몽(記夢)'이라는 제명의 시를 검색한 결과, 370여 수의 작품을 확인할 수 있었고, 시기적으로는 고려시대 임춘(林椿)에서부터 대한제국 말기의 곽종석(郭鍾錫, 1846~1919)에까지 걸쳐 있음을 확인할 수 있었다. 많은 분량이 아니기에 기몽시가 전통시대 문인들의 집중적인 관심의 대상에서 소외되어 있었다고 말할 수 있겠지만, 그럼에도 동일한 제명의 작품이 오랜 시간 동안 다양한 문인에 의해 창작된 배경에는 무시할 수 없는 기몽시의 고유한 의미가 있기 때문이라고 생각된다. 그것은 '꿈'이 완전한 사실도 아니면서 완전한 허구도 아닌, 현실 속 인간의 무의식의 영향 하에 교묘히 조직된 사실과 허구의 산물이라는 특성을 갖기 때문이다.

문학의 특성인 허구와 연결될 수 있는 특성을 가진다는 측면에서 기몽시에 주목한 여러 연구자들이 그것의 문학적 의미와 가치를 본격적으로 연구하기 시작한 것은 1980년대 후반부터이다. 그 시작은 작가의 개인사적 특수 상황에 기인한 기몽시 연구7)이고, 이후에는 주로 유선시(遊仙詩)를 연구하는 가운데 그 일부의 영역으로 꿈속에서 선계를 유람한 시

---

3) 『正字通』. 夢, 無分別貌.

4) 『墨子』, 經上. 夢, 臥而以爲然也.

5) 『列子』. 神遇爲夢. [注] 神之所交, 謂之夢.

6) 『論語』, 「述而」. 子不語怪力亂神.

7) 김남형, 「星湖 李瀷의 記夢詩에 대하여」, 『語文研究』 vol.27, 고려대 국어국문학연구회, 1989.; 이익(李瀷)이 노론과 소론간의 권력 다툼에 기인한 미묘한 역학관계에 의해 희생당한 형 이잠(李潛)에 대한 그리움을 나타낸 기몽시를 분석한 것.

를 분석한 것이 대부분이었다.8) 근래에는 조선중기9) 또는 16세기 기묘
사림(己卯士林)의 기몽시 연구10)와 같이 특정한 시기의 문예 현상의 일부
또는 정치적 특성을 반영하는 형태에 초점을 맞춘 연구들과 특정 작가의
기몽류(記夢類) 작품을 분석하여 꿈속에 등장하는 인물의 유형과 작가의
내면세계를 연계하여 고찰한 연구11) 등이 이루어졌다.

　본고에서 논의의 대상으로 삼은 18세기 동안 소론계는 다대한 변화를
경험한다. 경종 즉위 후의 신축옥사(1721)를 통해 인사권과 삼사를 장악
하고, 목호룡(睦虎龍)의 고변에 의한 임인옥사(1722)를 단행하여 노론계
의 사대신을 비롯한 대부분의 문초자를 장폐시키거나 사사하며 독점적
으로 정국을 주도하였다. 그러나 영조 즉위 후의 소론계 이인좌(李麟佐)
등이 중심이 된 무신란(1728)을 기점으로 정국을 주도하던 당파로서의
위상을 상실하고 노론계가 정계에 대거 진출하는 경신대처분(1740)을
거쳐 500여 명의 소론계 인물이 처형되는 을해옥사(1755) 이후에는 정치
적 명맥이 거의 단절되고 단지 왕권과 노론 주도의 정국에 충실한 실무
관료로서 존재하였다. 정계에서 밀려난 잔존 소론계 인물들은 가난으로
인해 세거지를 떠나 곤궁한 생활을 영위하였다.12) 순차적으로 발생한

---

8) ① 정민, 「16·7세기 유선시의 자료 개관과 출현 동인」, 『韓國 道敎思想의 理解』,
　　1990, 아세아문화사.
　　② 정민, 「16·17세기 학당풍에서의 낭만성의 문제」, 『목릉문단과 석주권필』, 1999,
　　태학사.
　　③ 강민경, 「이수광 유선시의 환상과 초월」, 『한국한문학연구』 vol.26, 한국한문학
　　회, 2000.
9) 이월영, 「記夢詩 연구」, 『語文硏究』 vol.52, 어문연구회, 2008.; 몽중의 유람·몽중
　　상봉·현실과 꿈의 비극적 정서를 중심으로, 이수광(李睟光)~이명한(李明漢)에 이르기
　　까지의 조선중기 기몽시의 일반적 양상을 분석하였다.
10) 손유경, 「16C 己卯士林의 記夢詩 硏究」, 『漢文古典硏究』 vol.16, 한국한문고전학회,
　　2008.
11) 강혜규, 「雪橋 安錫儆의 꿈과 내면세계」, 『한문학논집』 vol.34, 근역한문학회, 2012.

일련의 정치사건으로 인한 존재감의 상실과 무력화는 이들의 의식에 많은 영향을 끼쳤다. 감내하기 어려운 현실 상황에 대해, 그들은 의식 일부를 문학적 양식 특히 허구적 속성이 내재된 꿈이라는 기제를 활용하여 반영하였다. 그리하여 여타의 문인 계열에서 보기 드문 그들만의 독특한 의식 양상들을 아래와 같이 드러내었다.

II. 소론계 문인의 기몽시에 나타난 의식의 제양상

1. 불경에 근원하는 윤회적 생사관

공자는 사후세계에 대한 제자 계로(季路)의 물음에, 살아있는 사람을 제대로 섬기지 못 하면서 어찌 귀신을 섬길 수 있으며 삶을 모르는데 어찌 죽음을 알겠는가라고 대답하여, 현실의 경험적 세계에서 인식할 수 있는 것 이외의 것에 대해 관심을 두지 않았을 뿐더러 논의 대상으로서의 가치를 부여하지 않았다. 이 때문에 남효온(南孝溫)은 '사람이 죽으면 리(理)는 리(理)대로 기(氣)는 기(氣)대로 흩어져서 형상을 찾아볼 수 없으니 불가(佛家)에서 주장하는 불멸불사(不滅不死)의 주장은 허황된 것'이라고 주장하였다.[13] 정도전(鄭道傳) 역시 '불이 꺼져 버리면 연기와 재가 다시 합하여 불이 될 수 없듯이 사람이 죽은 후에 혼기(魂氣)와 체백(體魄)이 다시 합하여 생명이 될 수 없다는 이치 또한 명백하다'고 하여 죽음 이후에는 아무것도 존재하지 않음을 주장하였다.[14] 생사에 대한

---

12) 김영주, 『朝鮮後期 少論系 文人의 文學論 研究』, 경북대 박사학위 논문, 2005, 21~23쪽 참조.

13) 南孝溫, 『秋江集』 卷5, 「鬼神論」, a_016_110c. 人死而形骸旣滅, 則理自理, 氣自氣, 而質乃爲土, 顧安所有其心, 有其形乎? 佛氏欺人之說, 不攻自破矣.

14) 鄭道傳, 『三峯集』 卷9, 「佛氏雜辨, 佛氏輪廻之辨」, a_005_447b. 精氣爲物, 游魂爲

이와 같은 유가의 전통적 견해에서 사람과 죽음이란 기(氣)가 흩어졌다 모이는 것으로 인식될 뿐 이후의 일에 대해서는 논의하지 않는 것이 일반적이었다.15) 그러나 조선후기의 이덕수(李德壽, 1673~1744)는 이와 같은 전통적인 유가의 생사관의 범주를 벗어나 불가의 윤회적 생사관을 일정하게 수용하는 양상을 보였다.

　이덕수는 41세라는 비교적 늦은 나이에 문과에 합격하여 관직생활에 들어섰지만 박학다식으로 조정에 널리 알려졌다. 64세(1736)의 어느 날, 경연을 마친 영조가 그에게 평생의 학문 공부에 대해 질문을 하자, 20대의 10여년을 선가(仙家) 및 불가(佛家)의 서적에 탐닉하였고 30대가 되어서야 사서삼경을 다시 공부하기 시작하였다고 대답한다.16) 또한 그는 휴정대사(休靜大師)의 재전제자로서 화엄경(華嚴經)에 밝고 시문에 뛰어났던 추붕대사(秋鵬大師, 1651~1706)와 친밀하여 탑명을 지어주기도 하였는데 주목되는 점은 불가에 대한 이덕수의 태도이다. 승려 개인에 대한 우호적 정감에서 비롯된 교유이기는 하였지만 그는 유가의 전통적인 벽이단(闢異端)의 관념적 굴레에서 벗어나, 허환(虛幻)에 관한 불가의 견해가 세속적 인연을 좇아 물욕에 집착하는 자신을 비롯한 당대인을 위한 깨달음의 가르침이라고 규정하였다.17) 불교적 가르침에 대한 이와 같은

變. 天地陰陽之氣交合, 便成人物, 到得魂氣歸于天, 體魄歸于地, 便是變了. 精氣爲物, 是合精與氣而成物, 精魄而氣魂也, 游魂爲變, 變則是魂魄相離, 游散而變, 變非變化之變, 旣是變則堅者腐存者亡, 更無物也.

15) 이종은 外,「韓國文學에 나타난 韓國人의 宇宙觀과 死生觀 硏究」,『동아시아문화연구』 vol.30, 한양대 동아시아문화연구소, 1997, 132~135쪽 참조.

16) 李德壽,『西堂先生集』,「釋褐錄」, 全義 李氏 淸江公派 刊, 2000, 713쪽. 臣於二十前, …… 遂博觀仙佛諸書, 愛其玲瓏要妙, 泛濫出入殆十年. 三十年後, 始復從事於四書三經, 周而復始者, 數次矣. 唯其才鈍識昧, 故迄無所得. 臣之爲學, 大略如此.

17) 李德壽,『西堂先生集』,「雪巖禪師塔銘」, 전의 이씨 청강공파 刊, 2000, 158쪽. 余嘗問, 布袋雜噉魚肉, 多聞尙爲幻攝, 今之秉律者, 獨無愛染乎? 師言, 不也. 吾嘗內觀吾

긍정론은 아들의 죽음이라는 극도의 스트레스 상황에 대해 생사를 초월
하는 윤회의 가르침을 예술적 아름다움으로 승화시키는 바탕을 제공하
였다.

　덕이(德而) 정신검(鄭慎儉, 1700~1743)이 빈소에서 죽은 아이를 만나는
꿈을 꾸었다.
　아이가 말하기를,
　"이제 저는 다시 태어납니다."
　정생(鄭生)이 놀라고 기뻐하며 묻기를,
　"자네가 진짜로 죽은 것이 아닌데 잘못하여 염을 하고 관에 넣었으니 어
찌 이런 일이 있을 수 있단 말인가?"
　아이가 웃으며 말하기를,
　"제가 진짜로 죽었으니 어찌 염하여 관에 넣지 않겠습니까? 어른께서는
늘 제가 불경을 즐겨 읽는 것을 싫어하셨지만 지금 제가 다시 태어나게 된
것도 바로 이 불경 덕분입니다."
　정생이 다시 묻기를,
　"자네가 죽은 지 벌써 며칠이 지났는데 몸에 손상된 곳은 없는가?"
　아이가 말하기를,
　"사지의 마디가 다 온전하지는 못합니다. 만약 완전한 사람인가를 따지
신다면 진실로 많이 부족합니다. 지금 다시 태어나게 된 것만도 다행스럽
습니다."
　정생이 아이와 주고받은 말들을 낱낱이 기억할 수 있었기에, 아이의 제
문에 '관을 열어 볼 뻔하였다'는 말을 썼다.
　십여 일이 지난 뒤에, 나의 아내 역시 죽은 아이를 꿈속에서 만났다. 아
이가 누대에 올라 있었는데 기둥과 난간이 확 트여 있었지만 해와 달은 희

身, 幻而非有, 是身猶幻, 何況其餘? 如是思惟, 若食若色, 乃至世間種種悉幻非有, 既謂
之幻, 愛於何染? 世之妄逐緣塵, 流轉死生, 不知其初之未始有物, 而膠固纏縛, 解脫無門
者, 聞師此言, 亦可以少知警矣. 余所得於師者, 如是.

미하게 빛을 잃고 있었다. 다가가서 보니 아이의 모습은 생전에 비해 조금 수척해 있었고 두 입술은 더 커져 있었다.

　이승으로 돌아와 다시 가족이 되기를 권하자, 아이가 말하기를,

　"하루를 깨닫기에도 바쁩니다."

　"어찌 바쁠 리가 있느냐?"

　아이가 말하기를,

　"여기도 역시 그렇습니다."

　내가 이 말을 듣고서 느낌이 있어서 절구시 3수를 지었다.[18]

①

삶과 죽음이 천천히 한번 굽혔다 펴지니	生死悠悠一屈伸
추위와 더위가 번갈아드는 것과 같구나	正如寒暑遞相因
아이가 남달리 영명한 천성임을 알았지만	知渠剩有靈明性
거리낌 없이 빈번히 삼도(三途)에 출몰하네	不憚三途出沒頻

②

영성(靈性)의 오고 감은 이치에 없지 않으니	靈性去來理不無
연못에 바람 불면 다시 거품이 생긴다네	一池風起再生漚
비록 다시 중음신(中陰神)으로 바뀐다 해도	縱然重得中陰轉
생전에 육척의 몸이었음을 오래 기억하리라	長憶當時六尺軀[19]

---

18) 李德壽, 『西堂私載』卷3, 「鄭君德而夢於殯所見亡兒 兒言今得重生 鄭生驚喜問 君未眞死 而誤爲棺斂 乃有此事否 兒笑曰 吾固眞死 安得不棺斂 君於平日 每斥吾喜閱內典 今之復生 正賴是耳 鄭生復問 君逝多日 體中得無所損否 兒曰 肢節皆未健 若責以成人 則誠遠矣 今唯以復生爲幸也 其酬酢歷歷可記 故其祭文 有幾欲啓棺以視之語 其後十餘日 老妻復夢亡兒在一樓上 楹檻雖敞豁 而翳翳無日月光 就見則其貌比生時稍瘦 而兩吻加大 仍勸轉世 重成眷屬 兒曰 覺一日忙了也 曰 何忙之有 兒曰 是亦然矣 余備聞其說 感而題三絶」, 186_174d.

19) 李德壽, 『西堂私載』卷2, 「鄭君德而夢於殯所見亡兒, 兒言今得重生. 鄭生驚喜問, 君未眞死, 而誤爲棺斂, 乃有此事否? 兒笑曰, 吾固眞死. 安得不棺斂? 君於平日, 每斥吾喜閱內典, 今之復生, 正賴是耳. 鄭生復問, 君逝多日, 體中得無所損否? 兒曰, 肢節皆未健, 若責以成人, 則誠遠矣. 今唯以復生爲幸也. 其酬酢歷歷可記, 故其祭文, 有幾欲啓棺以視之語. 其後十餘日, 老妻復夢亡兒在一樓上, 楹檻雖敞豁, 而翳翳無日月光, 就見則其貌比生時稍瘦, 而兩吻加大, 仍勸轉世, 重成眷屬. 兒曰, 覺一日忙了也. 曰, 何忙之

이 시에서는 창작의 배경과 이덕수 부자가 믿고 있는 불가적 윤회관에 대한 개연성을 부여하기 위해 마련된 여러 장치가 주목된다. 제목에서 설명하듯, 이덕수는 그의 아들 이산배(李山培, 1703~1732)의 죽음으로 감당할 수 없는 슬픔에 사로잡혀 있었다. 그런데 요절한 아들을 꿈속에서 만난 두 인물이 있었다. 이산배의 친구 정신겸(鄭愼儉)과 이덕수의 아내이다.

친구를 조문하러 왔던 정신겸은 꿈에서 만난 이산배로부터 그가 환생한다는 것과 그것이 불경에 심취한 덕분이라는 말을 듣고도 믿지를 못한다. 오히려 그가 사망한 것으로 오인되어 잘못 염습을 당한 것이라 여기며 그의 관을 열어 보려고 한다. 이 장면은 현실을 중시하는 유가적 관념을 맹신하는 정신겸과 시공을 초월하는 불가의 윤회론을 믿는 이산배 부자의 사유 방식을 극명히 대립하여 보여준다. 환생에 대한 신뢰를 더하고자, 이덕수는 '십여 일 뒤'라는 시간 장치를 이용하여 아내의 꿈에 다시 이산배가 등장하여 그가 현실과 마찬가지로 운영되는 별도의 세계에 환생해 있다는 사실을 강조한다.

두 인물의 서로 다른 윤회 체험담을 이덕수는 절구시에 나타내었다. ①의 시에서 이덕수는 생사의 이치를 계절의 차례가 번갈아드는 것과 같은 자연적인 질서의 일부로 수용하고 불교의 윤회설에서 말하는 삼도론(三途論)을 긍정하였다. ②의 시에서는 영성(靈性)을 간직한 사람들이 세상을 오고가는 윤회가 이치상으로도 가능하다는 가설을 연못에 부는 바람으로 인해 포말이 다시 생긴다는 비유를 통해 설명하며 윤회에 대한 굳건한 믿음을 나타냈다.

이어서 죽은 아들은 '중음신(中陰神)'으로 바뀌어도 현세의 인연을 길

有? 兒曰, 是亦然矣. 余備聞其說, 感而題三絶」, a_186_174d.

이 간직하겠노라 다짐을 하는데, '중음신'이란 불가에서 죽은 후와 탄생 전의 과도적 상태를 의미한다. 이 기간 중에 죽은 사람이 비록 육체에서 는 떠나있을지라도 '색(色), 수(受), 상(想), 행(行), 식(識)'의 오음(五陰)을 간직하며 이때의 몸은 아이와 같다고 한다. 죽음에 대한 이와 같은 윤회 론적인 생각은 불경 속의 밀린다왕과 나선존자(那先尊者)의 문답 내용과 유사하다.

> 이 세상에서 태어난 사람은 이 세상에서 죽고, 이 세상에서 죽은 자는 저 세상에서 태어나며, 저 세상에서 태어난 자는 저 세상에서 죽고, 저 세 상에서 죽은 자는 다시 딴 세상에서 태어나는 것입니다.[20]

이덕수에게 보이는 윤회 의식은 이충익(李忠翊, 1744~1816)에게서도 나타난다. 그의 가계는 세칭 '육진팔광(六鎭八匡)'으로 불리던 소론계의 명문가였지만, 그가 12세 되던 해에 일어난 을해옥사(1755)로 생부 이광 현(李匡顯)은 경상도이 기장(機張)으로, 양부 이광명(李匡明)은 갑산(甲山) 으로 유배되는 가화를 겪는다. 남북을 오가며 유배된 두 부친을 봉양하 였기에 가계는 자연히 곤란할 수밖에 없었다. 더욱이 17세(1760) 때 양모 인 정부인(鄭夫人)의 죽음에 이어진 형 과산자(窠山子) 이문익(李文翊)의 죽음을 접하면서 그는 생사의 문제에 대해 고민하기 시작한다. 그리하여 25세 되던 1768년에 강화도로 들어가서 마니산(摩尼山)의 망경대(望京臺) 아래에 승려 혜운(慧雲)과 함께 암자를 짓고 폭포암주인(瀑布庵主人)·수 관거사(水觀居士)로 자호하며 불교 공부에 심취하였다. 그의 자호 중에 '수관(水觀)'은 불교의 능엄경에 월광동자(月光童子)와 부처의 대화내용에

---

20) 서경수 역, 『지혜와 자비의 말씀/미린다왕문경』, 동국대학교 부설 동국역경원, 1995, 5쪽 참조.

서 차용한 것으로 불교에 대한 그의 사상적 경향성을 대변해준다. 불가
에 대한 그의 심취는 가화로 인한 불우와 곤궁한 생활에서 비롯되었는데
그 구체적 양상은 불경의 애독과 유마경(維摩經) 같은 불경을 필사하는
것으로 나타났다.21)

불우한 가정환경에서도 그의 삶을 지탱해 주는 큰 기둥이던 두 부친이
연달아 사망하고, 스승으로 섬기던 종형 이영익(李令翊)마저 사망하는
일이 발생하자 그는 사랑하는 이들의 죽음에도 불구하고 그들의 존재의
영원성과 무한한 사랑을 불가적 사유에 근저한 기몽시로 표현하였다.

평생 쓰라린 마음이 많아 어쩌지 못했는데　　平生無奈苦情多
근년에는 회심(灰心)으로 부처를 배웠다네　　近歲灰心學佛陀
친척들이 연일 밤을 꿈속에 나타나니　　　　親戚連宵來入夢
항하(恒河)를 보듯 그 모습을 되려 사랑해야지　還應愛見似觀河22)

이충익이 말하듯이 그의 평생은 유년시절에 시작된 두 부친의 유배로
부터 파생된 가계의 곤란, 양모의 죽음, 형의 죽음 등 괴롭고 쓰라린
감정으로 점철되었다. 그러하기에 20대의 젊은 시절부터 불경을 애독하
고 필사하며 터득한 정신수양으로 마침내『장자(莊子)』에서 말하는 마음
이 외물에 전혀 동요되지 않는 '회심(灰心)'의 경지에 이른다. 이 때문에
그가 그토록 사랑하던 이들이 연달아 꿈속에 등장하는 장면에서도 하염
없는 눈물과 그리움으로 자신을 나타내기 보다는 항하를 보듯[觀河] 무한
히 사랑하리라는 다짐으로 자신을 다독인다.

'관하(觀河)'는『능엄경(楞嚴經)』에 나오는 말로 부처가 파사익왕(波斯

---

21) 李忠翊,『椒園遺藁』册2,「書自書維摩經後」, a_255_512c.
22) 李忠翊,『椒園遺藁』册1,「夢覺作」, a_255_488c.

匡王)에게 부단히 흐르는 항하의 물과 늙은 왕의 얼굴에 생긴 주름을 예로 들어 설명하는 과정에 나오는 말로 생멸의 이치는 본래 없으며 무한하게 이어지는 윤회적 순환이 반복됨을 설명한 것이다.23)

이덕수와 이충익의 경우에서 확인되는 불경에 근거한 윤회적 생사관은 소론계의 기몽시에 나타나는 녹특한 의식의 한 양상이다. 이것은 고통 가득한 현실을 극복하려는 그들의 무의식이 작용하여 이루어진 결과물로 현실의 사랑하는 이들의 죽음을 제한적인 시공간의 결정론적인 현상으로 받아들이기 보다는 생사가 무한 반복된다는 불가적 윤회논리 속에서 치유하려는 그들의 의식이 작용한 결과로 보인다.

2. 굴원(屈原)의 이미지를 활용한 탈속적(脫俗的) 청고(淸高)

이광덕(李匡德, 1690~1748)은 노·소의 대립이 치열하던 시기에 영조의 탕평정책에 동참한 완소(緩少) 계열의 인물이다. 가계를 살펴보면, 고조부 이경석(李景奭, 1595~1671)은 인조·효종·현종의 삼대에 걸쳐 중신으로서 정치적 소임을 다하였다. 병자호란 때는 명분보다 실리를 강조하는 현실주의적 입장에서 최명길과 함께 청의 요구를 형식적으로 수용하는 주화론을 피력하는 한편 불가항력적인 상황에 의해 삼전도비문(三田渡碑文)을 찬술하였다. 그러나 이 일은 그 자신에게만 역사적 오명을 안겨 준 것이 아니라 후손에게도 정치적 부담을 가중시켰다. 그의 손자

---

23) 『楞嚴經』 卷2. 佛言我今示汝, 不生滅性. 大王汝年幾時, 見恒河水? 王言我生三歲, 慈母攜我, 謁耆婆天, 經過此流, 爾時卽知是恒河水. 佛言大王如汝所說, 二十之時衰於十歲, 乃至六十, 日月歲時念念遷變, 則汝三歲, 見此河時, 年六十二, 亦無有異. 佛言汝今自傷髮白面皺, 其面必定皺於童年, 則汝今時, 觀此恒河, 與昔童時, 觀河之見, 有童耆不? 王言不也世尊. 佛言大王汝面雖皺, 而此見精性未曾皺. 皺者爲變, 不皺非變, 變者受滅, 彼不變者元無生滅, 云何於中受汝生死, 而猶引彼末伽梨等, 都言此身死後全滅? 王聞是言, 信知身後捨生趣生, 與諸大衆, 踊躍歡喜得未曾有.

이자 이광덕의 부친 이진망(李眞望, 1672~1737)은 소론계의 핵심 가문의 하나인 전주 이씨 덕천군파(德泉君派)를 대표하는 일인으로서 문학과 덕망으로 영조의 잠저 시절의 사부를 역임하였다. 청렴하고 검소하며 온후한 성품과 검소한 생활 자세를 유지한 그는, 영조의 즉위 후에 탕평정국에 참여하여 벼슬이 현달했지만 평생 청근(淸勤)한 몸가짐을 지키며 소란한 말세의 습속에서 자신을 깨끗이 하고 동요하지 않고 한가로운 삶을 희구하였다.24)

부친의 영향으로 탕평정국에 참여하게 된 이광덕은 뛰어나고 치밀한 문예 능력과 민첩한 사무 처리로 명성을 얻었다. 그러나 그와 뜻을 함께 하던 조현명(趙顯命)·송인명(宋寅明) 등과 완론(緩論)을 창도하여 동료들의 추복을 받았던 탓으로, 준론(峻論)을 주장하는 당여들의 극심한 미움을 받았다. 또한 성격면에서 온후했던 부친과 달리 깎아지른 듯한 강직한 성품으로25) 조태억과 시비를 벌이고, 전주 건지산 일대의 전지를 옹주방전으로 수용함이 불가함을 역설하는 상소에서 영조에 대한 과격한 표현을 서슴치 않았다. 이 일로 그는 영조로부터 "나이가 젊고 기품이 날카로우며 말을 가려하지 않는다", "밝고 투철하나 자기의 뜻만을 고집한다", "고집하는 것이 옳긴 하지만 말이 무엄하다"는 비판을 샀다. 이러

---

24) 『英祖實錄 13년, 1월 8일(丁酉)』 42책, 533쪽, '이진망의 졸기'. 知中樞府事李眞望卒. 上下敎悼之日, 文學雅望, 淸謹自持, 幾番波浪, 恬然不動, 囂囂末俗, 自潔無染. 非特予之所重, 與朝共知, 特邃雅操, 意有在矣. 追惟昔年, 其倍痛傷. 命賜喪葬需. 眞望於辛, 壬黨人用事時, 頗主平緩之論, 及丁未改紀, 首請李健命, 趙泰采分等. 上以其曾爲潛邸時師傅, 雅禮之. 稱甘盤舊契, 擢拜正卿, 眞望力丐閒, 不復責以職事. 眞望性廉儉謹厚, 不墜名祖風. 官旣顯, 出無馬, 或以木屐徒行. 母夫人性嚴有法, 子弟有過, 使家僮, 杖于庭, 蓋其梱敎有素云.이 외 『英祖實錄』3년~5년의 기사 참조.

25) 李奎象, 『幷世才彦錄』,「文苑錄」. 李判書匡德, 字聖賓, 官判書大提學, 眞望之子, 白軒相公景奭之後孫. 作詩文藻矯峭, 意致精妙, 殆甲一世. 善儷. 爲人亦刻削凌邁, 貫穿華顯. 晚道忽低回.

한 여러 일이 계제가 되어서 마침내 그는 조정에서 물러나 과천에서 농사에 힘쓰며 끝내 사환을 즐기지 않았다.[26] 이즈음의 심사를 그는 다음과 같이 말하였다.

아우는 신해년(1731) 이후로는 관악산 아래의 한 농부일 뿐입니다. 벼와 기장이 마르고 젖는 것이 제대로 안될까, 추위와 더위, 맑음과 비가 절기와 어긋날까 하는 것이 바로 저의 근심일 뿐 천하의 일이 저에게 무슨 상관이 있겠습니까? 젊은 시절과 중년에 어리석은 마음과 망령된 기운으로 백성과 나라의 일에 강개해 하고 강토의 방책을 주무했던 것은 이미 모두 전생의 지나간 겁으로 치부하고 하늘에 맹세코 부처께 고하여 다시는 한번이라도 천하의 일에 대해 입을 열지 않겠노라 다짐하였습니다.[27]

이 편지는 치밀한 능력과 민첩한 일처리로 명성을 얻은 그가 조정의 관료로서가 아닌 재야의 농사를 짓는 야인으로서 입장을 정리한 사정을 잘 나타낸다. 천신과 부처를 두고 한 다짐에서 알 수 있듯이, 재야의 농부로서의 은거를 자처한 그의 삶이 결코 일회성의 과시적인 것이 아니며 맑고 고상하게 살아가려는 그의 의지가 반영된 것임은 아래의 시에 잘 드러난다.

초혼(楚魂)이 구름 타고 북쪽 물가에 내려오고　　楚魂乘雲降北渚
높은 구의봉(九疑峯)에는 푸른 안개가 깔려있네　　九疑峯高橫綠烟
강남(江南)의 시인들은 가을바람을 원망하고　　江南騷客怨秋風

26) 『英祖實錄 24년, 7월16일(戊戌)』 43책, 300쪽, '이광덕의 졸기'.
27) 李匡德, 『冠陽集』卷14, 「答李君敬書 甲寅」, a_209_493d. 弟自辛亥以後, 則是冠岳山下一耕夫耳. 秔穄燥濕之失宜, 寒暑晴雨之愆候, 乃其憂也. 天下事於我何哉? 少日中年, 癡心妄氣, 慷慨民國之事, 綢繆疆圉之策者, 皆已付之前生往刼, 盟天證佛, 不欲復一開口矣.

수역(水驛)의 맑은 하늘은 그윽한 꿈을 이끄네　水驛淸宵幽夢牽
하관(荷冠)에 비단 도포 입은 이를 만날 듯하여　荷冠錦袍彷彿遇
한 편의 맑은 시를 베갯가에 남겨 두네　一篇淸詞留枕邊
보잘것없는 내가 문단에 종사하며　眇余從事風騷壇
일찍이 천지간의 남겨진 글을 보았지　早從天地看遺編
신교(神交)는 유명간(幽明間)에도 그침이 없으니　神交不曾間幽明
광세의 슬픈 마음을 더욱 서로 느끼도다　曠世悲懷相感偏
남쪽으로 올 때의 행색은 둘이 비슷하더니　南來行色巧相倣
떠난 후에 강산을 마주한 것이 이제 몇 년째인가　去後江山今幾年
강리(江蘺)는 다 떠내려가고 두약(杜若)은 시들었는데　江蘺流盡杜若衰
어지러이 흔들리는 길손의 근심을 배에 실어 보내네　擾亂羈愁載一船
맑은 시는 애오라지 사공의 노래에 어울리고　淸吟聊相棹夫歌
죽지가(竹枝歌) 소리는 채련곡(采蓮曲)과 어우러지네　竹枝歌聲和采蓮
청원(淸猿)과 골짜기의 새는 일시에 울어대고　淸猿谷鳥一時啼
경담(瓊潭)에 달 뜰 때 객은 뱃전에 기대네　月掛瓊潭人倚舷
깊은 대숲 흰 구름 아득한 사이에　幽篁白雲怳惚間
꿈속을 찾아온 초귀(楚鬼)는 바람과 같구나　楚鬼尋夢風颼然
계기(桂旗) 세운 운거(雲車)를 타고 말없이 들어오니　雲車桂旗入不言
술 취한 눈에는 오히려 한바탕 꿈처럼 보이네　醉眼猶似長安眠
일찍이 듣자하니 이미 배 젓는 노를 잃어버려　曾聞舟楫已失墜
고래를 타고 하늘로 올라 갈 수 없다더니　無乃騎鯨因上天
평생의 시 짓는 습관은 죽어서도 그침이 없어　生平詩癖死不休
삼상(三湘)의 슬픈 시들을 암송하노라　誦出三湘哀怨篇
고상한 읊조림에 칠택(七澤)에서는 구름이 일고　高吟曾起七澤雲
사람들에게 전하여 지는지를 물어 보자니　借問人間傳不傳
도리어 졸렬한 시로 고인을 범할까 부끄러워　還慚拙句犯古人
어젯밤 쓸쓸히 어깨를 옹그린 채 슬피 읊었네　昨夜悲吟虛聳肩
문인의 생각이야 진실로 한가지리니　文人意思固一般
시선(詩仙)과 나란히 할 만하다고 말하지 말게　不謂詩仙同着鞭

고륜(尻輪)의 신마가 갑자기 지나가니　　　尻輪神馬倏而逝
초택(楚宅)에는 아득히 지는 달빛만 매여 있네　　楚宅蒼茫殘月懸
시름겨워 일어나 앉으니 넋이 나간 듯　　　悄然起坐若有失
멍하니 봄 숲의 두견새 울음소리를 듣네　　怳聞春林啼杜鵑
맑디맑은 강가에는 단풍나무 서있고　　　湛湛江水上有楓
계속 시혼(詩魂)을 부르려 향기로운 산초를 끓이네　續招詩魂芳椒煎[28]

　죽지사(竹枝詞)는 당나라 때 유우석(劉禹錫)이 파투(巴渝) 일대의 민가를 채집하여 새로운 가사를 넣어 만든 것으로 천근하고 통속적인 민간가요의 비루함을 보완하고자 굴원(屈原, B.C.343~290)의 구가(九歌)를 본떠서 만들어졌다. 이를 계승한 후대 사람들이 토속적인 잡다한 일들과 남녀간의 상사(相思)의 정을 읊은 것을 흔히 '죽지사'라 칭하며 사패(詞牌)의 명칭으로도 활용하였는데 대개 7언 절구의 형식을 취하였다.[29]
　우리나라의 경우는, 특히 조선후기에 죽지사의 7언 절구의 형식 전통과 토속적인 잡다한 일을 기록하는 내용 특성을 계승한 작품들이 많이 창작되었다. 이유라면, 임·병 양란으로 야기된 문화적 변화, 즉 주자학적 세계관과 가치관을 고수하던 지배층의 지도력 이완과 기층사회의 역량 증가에 힘입은 우리 것에 대한 자각과 이를 문학적 예술적으로도 충족시키고자 하는 노력 때문이라 할 수 있다. 죽지사의 창작에 여러 작가

28) 李匡德, 『冠陽集』 卷2, 「夢傳竹枝詞」, 209_370b.
29) ①『中文大辭典』vol.6, 中國文化學術院出版部, 1973, 1820면. 竹枝, 樂府名, 亦名巴渝詞. 唐劉禹錫謫朗州時, 以俚歌鄙陋, 依騷人九歌, 作竹枝新辭九章. 後人仿其體, 詠土俗瑣事, 亦多謂之竹枝詞, 後乃轉作詞牌名, 因其體本於樂府之竹枝也.
　　②『中國古典文學大辭典』, 常春樹書坊, 1979, 232면. 竹枝詞, 樂府近代曲名, 本巴渝一帶民歌 唐代詩人劉禹錫根據民歌, 改作新詞, 歌咏三峽風光和男女戀情, 盛行於世也. 此後各代詩人寫竹枝詞的很多, 用以歌咏當地的特有風俗和男女相思之情, 形式都是七言絕句, 文辭通俗, 音調輕快, 間有哀怨之作, 後來也用作詞調名.

들이 참여하면서, 이것의 본래적인 형식 전통과 내용 특성 역시 변화를
겪게 되었다.

　이광덕이 지은 「몽전죽지사(夢傳竹枝詞)」는 죽지사의 원형적 모습이
시대사회와 작가현실에 따라 변용된 구체적인 예를 보여주는 대표적인
경우이다. 주로 현실의 구체적인 역사 지역을 배경으로 하는 일반의 죽
지사와 달리 이광덕은 '몽(夢)'이라는 비현실적 공간을 배경으로 하였다.
또한 형식면에서는 연작시 형태의 7언 절구시를 탈피하여 38구의 장편
시를 통해 서사성을 강조하였다. 내용면에서도 지방색이 짙은 토속적인
잡다한 일 보다는 초사(楚辭)에 나타나는 다양한 이미지와 소재를 활용하
여 나름의 탈속적인 청고(淸高)한 미의식을 형상하였다.

　첫 구절의 '초혼(楚魂)'은 송옥(宋玉)이 초나라의 충신인 '굴원(屈原)'의
넋'을 부르는 의미로 「초혼(招魂)」을 지은 데서 가져온 말이다. '북저(北
渚)'는 굴원이 지은 「상부인(湘夫人)」의 "황제의 따님들이 북쪽 물에 빠졌
으니, 그 아름다운 모습이 내 수심을 자아내네[帝子降兮北渚, 目眇眇兮愁
予]"를 활용한 것으로, 이광덕이 임금에게 버림받은 자신의 슬픔을 상강
에 빠져 죽은 아황(娥皇)과 여영(女英)과 동일시하고 있음을 보여준다.
'하관(荷冠)'은 「이소(離騷)」의 "기하(芰荷)를 마름질하여 저고리를 짓고,
부용을 모아서 치마를 짓네[製芰荷以爲衣兮, 蘂芙蓉以爲裳]."에서 차용한
것으로 주로 고결(高潔)한 인물이나 은사(隱士)의 복장을 지칭하는 어휘
로 쓰인다. '계기(桂旗)'는 계수나무와 신이(辛夷) 같은 향초를 묶어서 세
운 깃발로 주로 신선이 타는 수레를 장식한다.30) '두약(杜若)'과 '유황(幽
篁)'31) 모두 초사(楚辭)의 환상적인 아름다움을 완성하는 소재로 흔히

---

30) ①『楚辭·九歌·山鬼』. 乘赤豹兮從文狸, 辛夷車兮結桂旗. 王逸注, 結桂與辛夷以爲車
　　旗, 言其香絜也.
　　②『楚辭·九歌·湘夫人』. 桂棟兮蘭橑, 辛夷楣兮藥房.

이용된다. 이 외의 '구의봉(九疑峯)'이나 '삼상(三湘)'과 '칠택(七澤)' 역시 초나라 지역의 자연경관을 묘사한다.

이처럼 이광덕은 현실을 배경으로 짧은 시구 속에서 민중생활의 소박함과 일상성, 보편적인 정감을 나타내는 '죽지사(竹枝詞)'의 특징과 상반되는, 장편시의 서사적 특성과 귀족적인 초사류의 환상적이고 탈속적인 아름다움에 더하여 그의 개인사에 의한 애조서린 슬픈 정조를 완성도 있게 그려냄으로써 기몽시의 새로운 유형을 제시함과 동시에 새로운 미의식을 창출하였다.

3. 학시(學詩) 연원, 삶의 전범으로서의 소동파(蘇東坡) 숭상

조선의 시학 경향은 대체로 다음의 몇 시기로 분류된다. 첫째, 이백과 두보 또는 소식과 황정견을 배우던 전기, 둘째, '한격당조(漢格唐調)', '시필성당(詩必盛唐)'을 표방하며 고전의 모방을 통한 재현에 힘쓴 전후칠자(前後七子)의 영향을 받아 학당(學唐)에 경도되는 중기, 그리고 실학이 대두하는 영조 이후에 청나라의 사조를 수용하며 양상이 변모하여, 이용휴(李用休, 1708~1782)·이가환(李家煥, 1741~1801) 부자와 이덕무(李德懋, 1741~1793)·유득공(柳得恭, 1708~1782)·박제가(朴齊家, 1750~1805) 등의 주도로 기궤(奇詭)와 첨신(尖新)을 특징으로 하는 시풍이 추동되었다. 신위(申緯, 1769~1845)는 이들과 비록 당색은 달리하였지만 실학파 시인들이 주장하는 시론의 장점을 긍정하면서 학시의 전범인 두시(杜詩)를 배우기 위한 방법론을 고민하였다.

이 와중에 신위의 교우인 김정희(金正喜, 1766~1840)가 1809년 부친

---

31) ① 『楚辭·九歌·湘君』. 采芳洲兮杜若, 將以遺兮下女.
　　② 『楚辭·九歌·山鬼』. 余處幽篁兮終不見天. 王逸注, 幽篁, 竹林也.

김노경(金魯敬, 1766~1840)의 사행을 배행하여 북경에서 만난 옹방강(翁
方綱, 1735~1818)에게 신위의 재주와 학식을 소개하였다. 이것이 계기가
되어 순조 12년(1812) 8월에 주청사의 서장관으로서 사행길에 오른 신위
는, 학소(學蘇)에 열중하는 옹방강을 비롯한 청나라의 학자들을 목도하
고 시학의 전범을 향하는 계제로서 학소(學蘇)의 가치를 깨닫는다. 처음
대면하는 자리에서 신위의 학식과 재능에 감탄한 옹방강은 제자인 왕여
한(王汝翰)으로 하여금 신위의 초상화를 그리게 하고 화제시를 써 주었
다. 옹방강의 환대에 감격한 신위는 그의 시에 다음과 같이 차운하였다.

> 나는 바로 소자첨(蘇子瞻)의 주빈(周邠)이거늘 　　我應是子瞻之邠
> 공과 자첨(子瞻)은 누가 환(幻)이고 누가 진(眞)인가 　公與子瞻孰幻眞
> 환(幻)과 진(眞)이 아직 정해지지 않았는데 　　　　是幻是眞方未定
> 청풍이 자취 없듯 사람도 자취 없네 　　　　　　清風無迹本無人[32]

소동파는 제자인 주빈(周邠)의 시에 게송(偈頌)의 형태로 화답하고 그
중의 일부를 인용하여 자신의 서재 이름을 '청풍오백간(清風五百間)'이라
고 하였다. 이와 같은 고사에 착안한 신위가 자신을 소동파의 제자인
주빈에 비유하고 소식과 그를 추앙하는 옹방강 중에 누가 진짜이고 거짓
인지를 질문한 것이다.

소동파에 대한 신위의 숭모에 영향을 받아서인지 그의 아들 신명준(申
命準) 역시 소동파의 초상에 절하고 시를 지으며[33] 그를 배우는데 열중
하였다.[34] 이들 부자의 소동파 숭상은 꿈속의 일화를 기록한 다음의

---

32) 申緯, 『警修堂全藁』冊1, 「次韻翁覃溪[方綱] 題余小照 [江載靑畵], 其二」, a_291_
　　018b.
33) 申緯, 『警修堂全藁』冊18, 「臘十九, 兒子命準拜坡有詩, 秋史內翰, 甚激賞, 余又和之,
　　以示秋史, 其二」a_291_173a. 由蘇入杜拈花後, 留下金針度指尖.

시에서 확인된다.

　　아들 명준(命準)이가 꿈에 호숫가의 오래된 절에 가서 향을 사르고 부처
에게 절을 하였다. 옆에서 누군가가 가리키며, "부처는 바로 파공(坡公)이
고, 절은 바로 천축(天竺)이며, 도잠(道潛)이 주지로 있는 곳이라네."라고
하였다. 물러나서 어린 누군가와 주루에서 예술에 대해 담소를 나누었는데
누군지는 알 수 없었다고 하였다. 꿈에서 깨어나서 시를 지어 그 일을 기록
하였다.

　　근래에 어찌 그리도 파공(坡公)은 우리 부자의 꿈에 자주 나타나시는가?
　　시가(詩家)에 진실로 황금불의 장엄함이 있어서　　　　詩家儼有佛莊嚴
　　한 손에 담화(曇花)를 들고 불법을 보여주시네　　　　示法曇花手一拈
　　꿈속처럼 선도(禪道)에 들어 다시 깨닫기 어려우니　　夢裏參禪難再得
　　사람들에게 삼함(三緘)를 경계하라 말을 전하네　　　　人間傳說戒三緘
　　……
　　부자가 파공(坡公)에게 절하며 자주 광세지감에 젖어　父子拜坡頻曠感
　　세속의 구미를 따라 억지로 부합하지 않으려네　　　　不隨世味合酸鹹[35]

　　신명준이 꿈에서 만난 부처가 소동파이고 절의 이름이 천축이며 그곳
의 주지가 소동파의 절친한 벗인 승려 도잠(道潛)이라는 점을 감안할 때,
소동파와 불교, 그것의 문학적 영향 관계가 짐작된다.

　　소동파는 독실한 불교신자인 모친 정씨(程氏)와 송대의 운문종(雲門宗)
의 거장인 원통거눌(圓通居訥)과 보월대사(寶月大師) 등과 친교가 있었던
부친의 영향으로 어린 시절부터 불교를 접하였다.[36] 29세 때는 기산(岐

34) 申緯, 『警修堂全藁』 冊28, 「余一生詩盟。在由蕉入杜 …」, a_291_613a.
35) 申緯, 『警修堂全藁』 冊24, 「準兒夢至湖上古寺 拈香拜佛 傍有人指示曰 佛是坡公 寺
　　是天竺 道潛所主持也 退與一少妙年談荑酒樓中 不知爲誰也 覺來 詩而記之也 近何坡公
　　之頻發於吾父子宵寐也 卽依原韻」, a_291_531c.
36) 蘇軾, 『蘇東坡全集, 前集』 卷40, 「眞相院釋迦舍利塔銘」.

山) 부근의 군관이던 왕팽(王彭)과 교유하며 그를 통해 불법의 오묘한
이치를 깨우치고 불경을 좋아하게 되었다.37) 그러던 중 그가 과거에
급제할 무렵에 어머니를 비롯하여 첫 번째 부인 왕씨(王氏), 아버지의
연이은 사망으로 인생의 무상함을 느끼게 되었고 아우 소순(蘇洵)마저
조정에 출사하여 이별하게 되자 인생의 의미에 대해 성찰하고 불교에
심취하여 심신의 안정을 취하고자 하였다.38) 이후에 그는 오랜 출사
기간 동안에 왕안석(王安石)을 중심으로 하는 신법당(新法黨)과 대립하여
좌천을 겪으면서 거듭되는 삶의 괴로움에 대해 해월법사(海月法師)・변재
법사(辯才法師)・대각선사(大覺禪師) 등과 담론하며 철학적인 해답을 얻고
자 하였다.39) 특히 시문에 능했던 도잠대사와 불리(佛理)를 논하며 많은
작품을 주고받기도 하였다. 그가 도잠대사와의 교유에서 가장 크게 깨달
은 것은 '환(幻)'에 대한 것이었다. 그의 표현대로 "뒤늦게 불도(佛道)를
도잠에게서 들어보니 육신이 곧 몽환(夢幻)이라하고 진상(眞相)이 꿈이며
꿈이 곧 진상(眞相)이라네."라는 불가의 논리를 체득하였다.40) '진(眞)'
과 '환(幻)'의 의미에 대한 소동파의 깨달음에 대해 신위 역시도 일정한
이해가 있었던 듯, 옹방강과의 첫 대면에서 '진(眞)', '환(幻)'을 제재로
한 시를 통해 그의 학소(學蘇) 수준을 선보였다.

이밖에도 신위는 꿈에서 선형 신계(申緊)와 일찍이 사망한 친구인 송

---

37) 蘇軾, 『蘇東坡全集, 後集』 卷8, 「王大年哀辭」. 余始未知佛法, 君爲言大略, 皆推見至
隱以自證耳, 使人不疑. 予之喜佛書, 蓋自君發之.

38) 蘇軾, 『蘇東坡全集, 前集』 卷1, 「和子由澠池懷書」. 人生到處知何似, 應似飛鴻踏雪
泥, 雪上偶然留指爪, 飛鴻那復計東西, 老僧已死成新塔, 壞壁無有見舊題, 往日岐嶇還記
否, 路長人困蹇驢嘶.

39) 김장환, 「東坡의 佛教에 대한 접근과정 - 시를 중심으로」, 『중국어문학』 11, 영남중
국어문학회, 1986 참조.

40) 蘇軾, 『蘇東坡全集, 續集』 卷10, 「參寥泉銘」. 予晚聞道, 夢幻是身, 眞相是夢, 夢卽
是眞.

성기(宋聖起)를 만나 그들과 함께 이야기를 나누며 형제간의 우애를 확인하고 친구로서의 우정을 깨닫게 된 계기를 소동파의 영향으로 이해하였다. 즉 사별과 정치 생활로 인한 오랜 기간의 이별 등으로 가족의 소중함을 깨달았던 소동파가 문집 곳곳에 동생 자유(子由)와 함께 한 일화나 징인 왕경원(王慶源)과의 즐거웠던 일화를 기록해둠으로써, 그에게 가족과 우정의 소중함을 깨닫는 계기를 마련해 주고 꿈속에서 만나는 정신적 감응을 일깨운 것으로 생각하여 삶의 전범으로서의 소동파의 가치를 재고하였다.[41]

Ⅲ. 향후의 과제

이상에서 18세기 소론계 문인의 기몽시에 나타나는 독특한 의식 양상들을 고찰하였다. 서두에서 언급했듯이, 소론계에게 18세기는 정국을 주도하는 권력의 정점에서부터 정계에서의 위상이 약화되고 존립마저 위대로워 당대 정국을 주도하는 노론계의 정론에 순응하고, 그것을 실현하는 실무관료로 밀려나던 극변의 시기였다.

불안정한 시대를 살면서 그들의 의식 역시 현실정치의 자장을 벗어날 수는 없었기에 허구와 현실이 교차되는 '꿈'이라는 영역에서 그들의 의식을 노출하였다. 그 결과, 동시대의 다른 계열 문인의 기몽시에서 찾아보기 어려운 불교의 교리가 반영된 윤회적 생사관을 시로 나타내거나,

---

41) 申緯, 『警修堂全藁』 冊26, 「夜夢與先兄進士, 亡友宋聖起同話一堂 覺而念之 坡公與子由懷遠驛風雨對床 王慶源瑞草橋提壺藉草 此二事 集中屢言而不一言之 深有感于中者 綴爲一絶句」, a_291_571c. 風雨對床懷遠驛 壺觴藉地瑞草橋 友于知己平生事 坡老心中遺未消.

고단한 현실로부터 벗어나 그들의 청정함과 고상함을 유지하고자 초사 분위기의 탈속적인 경향의 시를 창작하였다. 또 일부의 문인은 기궤와 첨신 혹은 자주적인 시풍을 부르짖는 문단의 경향에서 벗어나 그들이 경험한 삶의 자취와 동궤의 인생을 경험한 소동파의 시를 숭상하며 단순한 작시의 전범으로서만이 아니라 모범적인 삶의 전범으로까지 숭상하였다.

　향후에는 특정 시대의 문인 그룹을 대상으로 하는 제한적인 기몽시 연구에서 벗어나 종적으로 횡적으로 좌표를 확장하여, 시대와 계파를 초월하여 나타나는 보편적인 제재 즉, 연군(戀君)·애친(愛親)·우의(友誼)·존사(尊師)·형제애(兄弟愛) 등의 유가적 도덕 윤리와 유선(遊仙)·창작(創作) 등의 탈유가적 제재에 내포된 문인들의 기몽시에 나타나는 의식의 동이 양상을 구체적으로 비교·분석해야 하겠다. 이와 같은 연구 성과들이 축적될 때, 전통시대 우리 한문학의 실체가 사실적으로 규명될 수 있을 것이다.

참고문헌

南孝溫, 『秋江集』.
蘇軾, 『蘇東坡全集』.
申緯, 『警修堂全藁』.
李匡德, 『冠陽集』.
李奎象, 『幷世才彦錄』.
李德壽, 『西堂先生集』.
李忠翊, 『椒園遺藁』.
鄭道傳, 『三峯集』.

『論語』.
『楞嚴經』.
『墨子』.
『說文解字』.
『荀子』.
『列子』.
『英祖實錄』.
『正字通』.
『楚辭』.

강민경, 「이수광 유선시의 환상과 초월」, 『한국한문학연구』vol.26, 한국한문학
　　회, 2000.
강혜규, 「雪橋 安錫儆의 꿈과 내면세계」, 『한문학논집』vol.34, 근역한문학회,
　　2012.
김남형, 「星湖 李瀷의 記夢詩에 대하여」, 『語文研究』vol.27, 고려대 국어국문
　　학연구회, 1989.
김영주, 「朝鮮後期 少論系 文人의 文學論 研究」, 경북대 박사학위 논문, 2005.
김장환, 「東坡의 佛敎에 대한 접근과정」, 『중국어문학』 vol.11, 영남중국어문
　　학회, 1986.
서경수 역, 『지혜와 자비의 말씀/미린다왕문경』, 동국대학교 부설 동국역경원,
　　1995.
손유경, 「16C 己卯士林의 記夢詩 研究」, 『漢文古典研究』 vol.16, 한국한문고
　　전학회, 2008.
이월영, 「記夢詩 연구」, 『語文研究』 vol.52, 어문연구회, 2008.
이종은 外, 「韓國文學에 나타난 韓國人의 宇宙觀과 死生觀 研究」, 『동아시아문
　　화연구』 vol.30, 한양대 동아시아문화연구소, 1997.
정민, 「16·17세기 학당풍에서의 낭만성의 문제」, 『목릉문단과 석주권필』, 태학
　　사, 1999.
＿＿, 「16·7세기 유선시의 자료 개관과 출현 동인」, 『韓國 道敎思想의 理解』,
　　아세아문화사, 1990.

조선후기 도검문학의 비장미에 대한 고찰

조혁상

I. 서론

고래(古來)로부터 도검(刀劍)은 강인한 힘 그 자체를 상징해왔다. 동서고금을 막론하고 사나이라면 본능적으로 희구하는 강함에 대한 의상(意想)을 가장 응축적으로 담고 있는 무기가 바로 도검인 것이다. 조선의 사대부는 이러한 도검에 대한 미학적 감수성을 문학적 형상화의 과정을 통해 재구성하여, 도검을 중요 소재 및 제재로 하는 '도검문학(刀劍文學)'1)을 창출하였다.

---

1) '도검문학'은 조선조 한문학에서 도검을 주요 소재 및 제재로 하는 문학작품을 통칭하는 용어로, 졸고 「조선후기 도검의 문학적 형상화 연구」(박사학위논문, 성균관대학교 한문학과, 2010)에서 처음 등장하였다. 문체를 막론하고 도검문학의 대체적인 경향을 살펴보면, 도검이라는 기물 자체에 주목한 작품과 도검을 사용한 장수나 무인 또는 검협에 관한 작품, 그리고 황창랑과 기녀의 검무에 관한 작품 등이 그 주류를 이룬다.

도검문학을 창작한 조선시대 사대부에게 있어서 도검은 과연 어떠한 의미를 지닌 기물이었는가? 사대부에 의해 창작된 도검문학에서 도검은 일차적으로 인명살상용 냉병기(冷兵器)로서의 본원적 성격을 지니고 있으며, 문학적 형상화의 과정을 통해 정의를 추구하는 사대부의 정신을 상징하는 의검(義劍)으로서 그 존재감을 강하게 드러내기도 하고, 심신 수양의 기물인 수양검(修養劍)·악수(惡獸)와 요괴를 물리치는 벽사(辟邪)의 신물(神物)인 신검(神劍)으로서의 면모를 보이기도 한다.

이처럼 다양한 문학적 형상을 지닌 도검은, 사대부 자신의 강직한 의기(義氣)를 투영하는 대상물로 도검문학 속에서 존재한다. 그런데 이러한 도검문학 속의 도검은, 때때로 작품의 비장미(悲壯美)[2]를 부각시키는 장치로서 기능하기도 한다. 적을 격멸할 수 있는 강력한 힘을 지닌 도검은, 도검문학의 주인공이 처한 비극적 상황을 타개할 수 없을 때 검갑(劍匣) 속에서 비통함을 표현하는 용음(龍吟)을 토해낸다. 그리고 좌절한 주인공이 부질없이 칼을 쓰다듬는 무검(撫劍)의 모습에서도 비통함의 정조가 드러난다. 도검문학 속에서 드러나는 이와 같은 비통함은 도검문학의 비장미를 간접적으로 노출시킨다. 외부 세계의 폭력적인 억압성에 의해 좌절된 자아가 지닌 비통함이, 도검이라는 기물을 통해 표면적으로 반사되는 것이다.

비통함이 담긴 비장미가 때로는 도검문학 작품 속의 도검 형상을 통해 직접적으로 드러나기도 한다. 도검을 휘두르고 화살을 날리며 적과 맹렬히 싸우던 영웅적 사대부가 도절시진(刀折矢盡)의 상황에 맞닥뜨리게 되

---

2) 유세종의 「비장미와 가을」(『중국학연구』3집, 중국학연구회, 1986)에서는 당의 비평가 사공도(司空圖)의 〈24시품(二十四詩品)〉 중 제19항의 '비개(悲慨)'를 바탕으로 비장미를 설명하면서, 중국 고전시가에서의 비장미를 '압도적인 비애감의 순간상(瞬間相)'이라 규정한 바 있다.

어 전장(戰場)에서 장렬히 전사하는 순간, 부러지거나 팽개쳐진 도검은 곧 사대부 자신의 좌절 그 자체를 의미한다. 강직한 의기가 적의 흉검(凶劍)으로 인해 꺾여버린 것이다. 그러나 이는 죽임을 당하는 순간의 좌절일 뿐 그 의기가 결코 스러지지는 않았음을 독자가 알기에, 그에 대한 안타까운 감정이 극대화되면서 비통함을 공감하게 되고, 이를 통해 작품의 비장미를 더더욱 느끼게 된다.

이러한 비장미는 검무시 속에서도 발견된다. 부친의 원수를 갚기 위해 검무로 백제왕을 암살한 후 도륙당한 황창랑(黃昌郎)을 다룬 황창랑 검무시는, 소년 영웅이었던 황창랑의 기개를 중국의 협객과 비교하여 칭송하면서, 동시에 아들을 잃은 황창랑 모친의 통한도 아울러 그려내고 있다.

본고에서는 상기 내용을 바탕으로, 17-18세기 조선의 도검문학에서 나타나는 비장미의 문학적 형상화에 주목하고자 한다. 도검문학 속의 비장미가 지닌 미학적 면모를 조명하는 본고의 작업은, 조선조 도검문학의 미학적 실체를 정립하는 연구의 출발점이 될 것이다.

II. 무검과 용음의 비장미

1. 「한산도야음」 차운시

이순신(李舜臣)의 검은 조선시대의 사대부들에게 있어서 단순한 냉병기가 아니라, 이순신 장군 자체를 상징하는 보검(寶劍)이었다. 충렬(忠烈)과 의기(義氣)로 대표되는 장군의 웅심(雄心)과 그 위세(威勢), 그리고 못다 이룬 복수의 유한(遺恨)은 갑중(匣中)의 용도(龍刀) 안에 그대로 녹아들어, 예전에 왜적의 검푸른 피에 젖었던 무시무시한 상도(霜刀)의 위용을 잃지 않고서 때로는 검광(劍光)으로, 때로는 용음(龍吟)으로 형상화되어 그 장렬한 기운을 도검문학 속에서 표출한다. 이 검은 그 존재 자체만으로도, 사대부들이 문약(文弱)에 빠져 국가의 위기상황에 무딘 칼인 연도(鉛刀)나 다름없는 신세로 전락하는 것을 경계시키고, 호란(胡亂)으로 인해 인심(人心)과 사기(士氣)가 몰락하고 춘추대의(春秋大義)가 없어진 세태에 대한 지사(志士)의 통한을 불러일으키는 단초가 되었다.[3]

조선 후기의 도검문학에서, 충무공 이순신의 「한산도야음(閑山島夜吟)」에 대한 차운시(次韻詩)는 도검문학이 지니는 비장미의 정조를 무검(撫劍)과 용음(龍吟)이라는 형태로 드러내준다. 충무공에 의해 「한산도야음」이 지어진 후 17세기 말에서 18세기 초 30인의 명사(名士)들이 총 33수의 차운시를 지었는데[4], 이 중 대부분의 작품은 충무공의 4대손인 이홍의(李弘毅)가 직접 충무공의 유필을 지니고 당대의 권신(權臣)과 명사(名士)들을 찾아다니며 받았다.

이러한 「한산도야음」 차운시에 나타난 비장미를 살펴보기 위하여, 우선 시의 주요 소재인 충무공의 검에 대해 알아보도록 하자. 이충무공 장검[5] 두 자루에 새겨진 검명인 '삼척서천산하동색(三尺誓天山河動色),

---

3) 이러한 충무공의 검에 담긴 충의(忠義)는 후일 공의 5세손이자 삼도수군통제사를 지낸 충민공(忠愍公) 이봉상(李鳳祥, 1676~1728)에게 그대로 유전되었다. 이봉상은 충청도 병마절도사로 부임했다가 1728년 이인좌(李麟佐)의 난 때 청주성에서 적의 기습을 받아 항복을 권유받았을 때, "우리 집안에는 대대로 충의가 있는데, 어찌 너희 역적놈들을 따르겠느냐! 역적들아 빨리 나를 죽여라![我家世忠義, 豈從汝逆竪叛耶! 逆賊逆賊速殺我!]"라 외치며 장렬하게 순절하였다.

4) 『이충무공전서(李忠武公全書)』의 『추화제작(追和諸作)』에 수록된 시는 모두 31수이며, 추가로 최석항(崔錫恒)의 『손와유고(損窩遺稿)』에 실린 1수와 김간(金榦)의 『후재집(厚齋集)』에 실린 1수를 합하면 전부 33수가 된다.

5) 보물 제326-1호인 이충무공 장검은 197.5cm의 거대한 전장을 지닌 무기로, 문화재청 현충사관리소에 공식적으로 등재되어있는 전장은 197.5cm이지만, 2003년 국립민속박물관에서 펴낸 『한국 전통무기 조사』와 2004년 육군박물관 도록인 『조선시대의 도검』에는 197cm로 기록되어 있다. 칼집은 상어피 위에 흑칠로 마감하였고, 패용장식

일휘소탕혈염산하(一揮掃蕩血染山河)'는 무인으로서의 적에 대한 격멸 의
지를 극명하게 드러내고 있다. 1594년(선조 27) 4월에 한산도 진중(陣中)
에서 두 자루의 장검을 제작한 이순신은, 당시 가는 곳마다 시산혈해(尸
山血海)를 만들어가며 조선 백성들을 도륙하던 왜적에 대한 분노와 적개
심을 그의 친필 검명 속에 담았다. 3척의 칼날로 하늘에 적을 무찌를
것을 맹세하니 산천이 색을 바꿀 정도로 비장함이 감돌고, 검을 한 번
크게 휘둘러 적병을 쓸어버리니 피가 세상을 물들인다는 그의 검명은
무인으로서의 유교적 충 의식과 적에 대한 격멸의지가 어우러져 표출되
어 강렬한 인상을 심어준다.6)

　최석항(崔錫恒, 1654~1724)의 「충무공검명발(忠武公鈒銘跋)」에서는 이
러한 충무공의 검명이 지니는 의미를 설명하고 있다. 그는 1712년(숙종
38)에 충무공의 현손인 이홍의(李弘毅)7)의 부탁을 받고 이 발문(跋文)과
차운시(次韻詩)를 지었다.

에는 두터운 끈자락이 달려 있으며, 자루의 양 옆에는 원형의 돌기를 규칙적 패턴으로
찍은 동판을 덧대어 흑칠한 가죽끈을 교차하여 감았다. 도신에는 동재질에 줄무늬 동
판을 덧댄 호인(護刃)이 있고, 혈조, 약식 만초문(蔓草文), 8자 명문과 '갑오(甲午) 4월
(月) 일초(日初) 태귀련(太貴連) 이무생(李茂生) 작(作)'이 각각 새겨져 있다. 칼집과 자
루에 사용된 장식에는 만초문양이 은입사로 시문되어 있다.
6) 이계 홍양호(耳溪 洪良浩, 1724~1802)의 『해동명장전(海東名將傳)』에 의하면, 임진
왜란의 영웅 김덕령(金德齡, 1567~1596)도 최초 의병을 일으키고 나서 무등산(無等山)
에 들어가 장검 한 자루를 제조하였는데, 밤중에 청백색의 서광이 산골에 가득하였고,
5~6일간 그 산이 우렁우렁 울렸다고 한다.
7) 이홍의(李弘毅, 1648~1735). 음사(蔭仕)로 태묘랑(太廟郎), 직장(直長), 서흥현감(瑞
興縣監) 등을 역임했고, 수직(壽職)으로 동지중추부사를 지냈다. 우암 송시열의 「이충
무공한산절구발(李忠武公閑山絕句跋)」에는 1680년 우암에게 발문을 받으러 온 이홍의
가 권귀(權貴)들에게 아부하지 못하는 성품이어서 벼슬을 잃고 실의에 빠져있었다는
기록이 보인다. 충무공의 유고 및 관련기록과 교명(敎命)을 모은 『충무공가승(忠武公
家乘)』 6권을 편찬했으며, 덕원군(德原君)에 추증되었다.

　예전 임진년에 섬나라 왜적들이 방자하고 사나워서, 안으로는 임금께서 국경으로 피난가시고 밖으로는 전국 팔도가 유린당하여, 나라가 망하지 않은 것이 겨우 터럭 한 올에 달려있을 뿐이었다. 이 때에 이충무공이 통제사의 직임을 부여받아 수군을 규합하여 여러 차례 흉악한 무리들을 패퇴시킴으로써, 마침내 한산도 앞바다에서 대첩을 거두었으나 치히 화살과 탄환을 무릅쓰다가 순국하였다. 조각배 하나라도 서쪽으로 향하지 못하게 하여 호서와 호남을 온전히 함으로써 재기할 수 있는 기반을 마련하였으니 성대하게 중흥의 제1공이 되었다. 이는 장순(張巡)과 악비(岳飛)에 비추어 보더라도 손색이 없을 것이다. 공이 일찍이 한 자루 긴 장검을 얻었는데, '삼척서천산하동색(三尺誓天山河動色)'·'일휘소탕혈염산하(一揮掃蕩血染山河)' 두 구로 명을 지어서 나누어 새겨서 분개한 감회를 붙였으니, 아아! 훌륭하도다. 공의 현손 홍의가 와서 발문을 청하여, 그 시말을 기록하고 아울러 공이 지은 절구 한 수를 가지고 나에게 주면서 화답할 것을 부탁하였다. 누차 말하여 그치지 않으니, 그 뜻이 애틋하였다. 아! 소백이 쉬었던 감당나무는 시인이 자르지 말라고 읊었고, 공명의 사당 앞의 잣나무는 후인이 아끼는 마음을 가졌다.[8] 이는 어찌 그 물건을 보고 그 사람을 생각하고, 그 사람을 생각하고서 그 덕을 사모하는 경우가 아니겠는가? 서 감정이 없는 한 그루 나무도 오히려 또 읊어서 길이 전하여, 오래될수록 시들지 않는데, 하물며 이 명이 새겨진 검은 충신의 손 안에 있던 물건으로, 국가를 흥하게 하고 하늘에 맹세한 정성과 흉악한 적을 제거하고 복수하는 뜻이 자구 사이에 늠름하게 서려있어, 후세에 보는 자들이 애호하고 감탄하며 칭송하니, 어찌 감당나무나 늙은 잣나무에 그칠 뿐이겠는가? 게다가 나도 깊은 감회가 있었다. 임진년부터 금년에 이르기까지 꼭 재차 2갑자가 되었다. 인심은 해이해지고 선비의 기풍은 점차 쇠미해졌으니, 춘추대의가 거의 없어져버

---

8)『시경(詩經)』「국풍(國風)」 소남(召南) 감당(甘棠): 소백(召伯)이 남국(南國)을 순행(循行)하며 문왕(文王)의 정령(政令)을 펼 때 감당나무 아래에 집을 지었는데, 사람들이 그 덕을 사모하여 감당나무를 베거나 꺾지 말라고 노래하였다. 두보(杜甫)는 성도(成都) 피난시절 지은 〈촉상(蜀相)〉에서 제갈량을 추모하면서 금관성(錦官城) 밖의 잣나무만 빽빽하다고 읊었다.

렸다. 지사의 통한이 마땅히 다시금 어떠하겠는가? 무릇 공의 자손된 자는 만약 능히 우리 공이 반드시 복수하려던 의기를 체득하고, 우리 공의 눈감지 못하는 뜻을 계승하여, 이 검으로 하여금 먼지 쌓인 갑에 던져서 매몰되게 하지 않는다면 조상에게 부끄럽지 않다고 할 수 있을 것이다. 어찌 이것을 힘쓰지 않아서야 되겠는가! 애오라지 이것을 가지고 이군에게 말해주고, 이어서 전운에 차운하여 평소에 흠모하던 회포를 대략 폈다.

훈공의 업적은 하늘을 떠받칠 정도로 컸고	勳業擎天重
정밀한 충정은 높은 해를 뚫었네	精忠貫日高
평생의 경모를 의미하나니	生平景慕意
눈물흘리며 쌍검을 어루만지네[9]	流涕撫雙刀

대부분의 「한산도야음」 차운시에서는 무검(撫劍)과 갑중도(匣中刀), 그리고 용음(龍吟)이 특징적으로 보인다. 검을 어루만지는 행위인 무검을 통해 충무공을 그리워하며 눈물을 뿌리고, 동시에 왜적에 대한 적개심을 고취하는 시 속의 정서는, 호국검(護國劍)의 전투적인 속성을 부각시키는 작용을 한다. 앞서 소개한 최석항의 시를 포함한 총 6편에서 이러한

---

9) 崔錫恒, 『損窩遺稿』 卷12, 跋, 「忠武公釖銘跋」. 在昔龍蛇之歲, 島夷肆虐, 內而乘輿播越, 外而八路創殘, 國之不亡, 董一髮耳. 于時忠武李公, 受任統制, 糾合舟師, 屢敗兇徒, 卒乃大捷于閑山之洋, 親冒矢石, 以身殉國. 使片舸隻帆, 不敢西向, 得全兩湖, 以基再造之業, 蔚爲中興第一功. 其視張睢陽·岳武穆, 無愧色矣. 公嘗得一霅長釖, 以'三尺誓天山河動色'·'一揮掃蕩血染山河'兩句, 作銘而分刻之, 以寓其憤慨之懷, 嗚呼偉哉. 公之孫弘毅, 來請跋語, 記其始末, 並與公所作一絶, 屬余和之. 累言不已, 其意勤矣. 噫, 召伯所之棠, 詩人有勿翦之詠, 孔明庙前之栢, 後人有愛惜之心. 豈不以覩其物而思其人, 思其人而慕其德也歟. 彼無情一樹木, 尙且謌詠而流傳, 愈久而不衰, 矧此銘釖, 爲忠臣手中之物, 而其許國誓天之誠, 除凶復讐之意, 凜凜於字句之間, 後之覽者, 愛護嗟賞, 豈止甘棠老栢而已哉. 抑否有深感焉. 自壬辰至今年, 恰更二甲子矣. 人心狃安, 士氣寢衰, 麟經大義, 幾於晦蝕. 志士之痛, 當復如何. 凡爲公子孫者, 若能體我公必復之義, 繼我公不暝之志, 毋使此釖棄擲埋沒於塵匣之中, 則可謂不忝乃祖矣. 盍於是勉之哉. 聊以此復李君, 仍次前韵, 略申平昔景仰之懷. '勳業擎天重 精忠貫日高 生平景慕意 流涕撫雙刀'

무검의 실상이 드러난다. 검갑(劍匣) 속에 보관되어 지금은 쓰이지 않는 검인 갑중도에는 충무공의 웅심(雄心)과 유한(遺恨)이 응축되어 있다. 웅심은 주로 갑중도가 토해내는 검광(劍光)으로, 유한은 울음소리로 대변된다. 총 7편에서 이러한 정서가 보이는데, 그 중 강양감사(江襄監司)를 지낸 이희룡(李喜龍, 1639~1697)의 시가 이러한 면을 부각시켜준다.

『남정록』을 모두 읽어보니	閱盡南征錄
공의 훈업이 제일 높도다	公勳第一高
영령이 아직도 사라지지 않아	英靈猶未泯
갑 속의 용도가 울부짖네	匣裏吼龍刀

　왜구를 평정한 기록인 『남정록(南征錄)』들을 모두 읽어보니, 여러 장수 중에서 충무공의 훈업이 제일 높다. 그 영령이 아직도 사라지지 않고 칼 안에 남아, 갑 속에서 용도(龍刀)가 울부짖는다. 이 시에서처럼 갑 속에서 나오지 못하거나, 다른 시에서처럼 임자 없이 허물어진 벽 위에 걸린 충무공의 오래된 용도는 밤마다 울부짖는다.

호령에 산하가 떨었고	號令山河動
공명은 일월처럼 높도다	功名日月高
지금은 허물어진 벽 위에	如今破壁上
밤마다 오래된 용도가 울부짖네	夜吼舊龍刀

　위의 작품은 삼도수군통제사와 공조판서를 지낸 무민공 유혁연(武愍公柳赫然, 1616~1680)의 시이다. 검의 울부짖음인 용음은, '대체로 사물은 평정함을 얻지 못하면 운다[大凡物不得其平則鳴]'라는 한유(韓愈)의 「송맹동야서(送孟東野序)」 구절처럼 검 스스로 자신에게 걸맞는 주인을 다시

만나지 못하여 현 세상에 쓰이지 못함을 한탄하는 한숨인 동시에, 용(龍)의 자식인 애자(睚眦)10)로서 지니고 있는 검 자체의 괴수적 속성을 드러내는 포효이며, 또한 유한(遺恨)의 발로이기도 하다. 징촌 오명준(徵村 吳命峻, 1662~1727)의 시에서도 용도는 밤마다 울부짖는데, 이 시에서는 유혁연의 시보다도 검에 깃든 유한의 정서가 더욱 두드러지게 나타난다.

제갈량이 기산에서 세운 공렬과	諸葛祁山烈
천추에 누가 더 높은가	千秋較孰高
한산섬 새벽달에 한이 남아	閑山殘月恨
밤마다 용도가 울부짖네	夜夜吼龍刀

「한산도야음」 차운시에서 보이는 무검과 용음은, 비단 차운시뿐만 아니라 장수의 전투용 도검인 호국검에 대한 문학 작품 속에서 자주 등장하는데, 이는 바로 도검에 대한 문학적 형상화의 전형적인 양태이다. 이러한 특질을 종합적으로 보여준다는 점에서 볼 때, 「한산도야음」 차운시들은 조선후기 도검문학의 특징을 전형적으로 드러내주는 사례가 된다.

2. 무숙공과 충장공의 시

무숙공(武肅公) 일옹 최희량(逸翁 崔希亮, 1560~1651)은 정유재란(丁酉再

---

10) 애자(睚眦): 용생구자설(龍生九子說)에 나오는 용의 자식 중 피와 살육을 좋아하는 이무기로, 살인무기로서의 검의 속성을 상징하는 괴물이다. 검의 도장구나 칼날에 자주 새겨지며, 도검에 대한 국내의 기존 연구에서는 치우문(蚩尤紋)이나 귀문(鬼紋)이라고 잘못 분석되기도 했었다. 이러한 오류를 일소시킨 이석재(李碩宰)의 「애자문연구(睚眦紋研究)」(『학예지』11 '조선의 도검 특집'호, 육군박물관, 2004)에서는 애자문 설명이 실제 유물 사진과 함께 상세하게 수록되어있다.

亂) 당시 흥양현감(興陽縣監)으로 재직하면서 충무공 이순신 휘하에서 누차 공을 세웠던 무신으로, 전공(戰功)으로 인해 무숙공이라는 시호를 받았다. 그는 무신임에도 불구하고 『일옹문집(逸翁文集)』을 저술할 만큼 문학에도 조예가 있어서, 진정 문무를 겸비한 사대부라 칭해질 만하다. 그의 『일옹문집』권1 중에서는 검에 대해 언급한 시가 총 9수 등장한다. 이 시들은 최희량이 노년에 지은 것으로, 호란으로 도탄에 빠진 당시 조선의 상황을 바라보는 늙은 무장의 심정이 잘 드러나고 있다.

검을 노래한 최희량의 시 전편에서는 비분강개의 정조가 보인다. 그의 국가와 임금에 대한 충성심과 외적을 무찌르겠다는 의기(義氣)는 비록 전장에서 말달리며 검을 휘두르던 젊은 시절과 같지만, 이미 노년이라 전투에 참가할 수 없기에 다만 분개하면서 시를 통해 자신의 심사를 표출할 수밖에 없었던 것이다. 그의 작품인 〈언지(言志)〉 4수 중 3수에 나오는 고갑 속에서 우는 용천검은[龍泉鳴古匣], 늙어버린 후에도 나라 걱정을 떨칠 수 없는 최희량의 애국심과 의기 그 자체를 상징한다. 최희량의 검은 그의 시 속에서 고갑의 검이나 고검(古劒)으로 표현되는데, 심정적으로는 전장에 다시 나서서 검을 휘두르고 싶으나 노쇠함으로 인해 실제로는 그리 할 수 없기에 생기는 울분이 오래된 검 속에 응축되어 있으며, 때로는 이 검이 늙어버린 최희량 자신과도 동일시된다.

이러한 갑중검과 고검의 정서는 최희량의 시 전반을 지배한다. 1636년(인조 14) 12월에 77세였던 최희량은 사헌부 감찰이었던 아들 결(結)이 임금을 호종하러 떠나는 길을 전송하면서 「탄로(歎老)」 2수를 읊었는데, 그 중 1수에서는 고검을 어루만지며 조선에 닥친 풍전등화의 위기를 걱정하는 시적자아의 모습을 보였다.

서른살에 동쪽 왜구 평정했는데　　　　　　　　三十東倭定

다 늙어 북쪽 오랑캐 어이하리	老衰北狄何
낡은 검 손에 들고 어루만지니	手摩一古劍
나라 위해 흘린 눈물 강을 이루네11)	爲國淚成河

또 「구십유감(九十有感)」 2수 중 1수에서는 '노쇠해도 마음만은 더욱 장해, 옛 검이 검갑 속에서 우네[老衰心益壯 舊劍匣中鳴]'라 하여 역시 자신의 의기(義氣)를 갑 속에서 우는 검에 빗대어 노래하기도 했었다.

다음으로 충장공(忠壯公) 현암 남연년(玄岩 南延年, 1653~1728)의 시에 나타난 비장미에 대해 알아보도록 하자. 남연년은 1727년 청주영장겸토포사(淸州營將兼討捕使)로서 청주 지역에 부임하였다가, 1728년(영조 4) 이인좌(李麟佐)의 난 때 반란군의 기습으로 포로가 되자, 회유를 거부하여 끝내 적에게 참살당한 기개있는 무장이었다.

이듬해(1728) 3월 15일에 이인좌가 거병하여 청주로 잠입하니, 때마침 하늘에서 눈이 내렸다. 한 밤중이 되어 청주의 군영이 혼란스러워져, 공이 그 소리를 듣고 놀라 일어나 검을 잡았는데, 적당들이 이미 침문의 안에까지 들어왔다. 공이 꾸짖기를: "너희 간적들이 감히 변란을 일으켰느냐!"라 하며 검으로 적을 내리치다가, 적에게 사로잡혀 관덕당(觀德堂)으로 끌려 갔다. 이인좌가 병사들을 늘어세우고 당상에 앉아서, 공을 협박하여 무릎을 꿇리게 하였다. 공이 꼿꼿이 서서 눈을 부릅뜨고 크게 꾸짖기를: "나는 세 조정을 섬긴 옛 신하로 이곳의 장수로 부임하였으니, 지금 나이가 70이 넘었다. 어찌 한 번 죽는걸 아까워하여 너에게 굽히겠느냐? 내 목은 벨 수 있어도, 내 무릎은 끝내 굽힐 수 없으리라." 적들이 크게 노하여 더욱 급박하게 공을 위협하였고, 심지어 칼을 뽑아 공의 두 무릎을 내리치기도 하였다. 공은 오히려 무릎을 꿇지 않고, "이 개새끼들아. 얼른 내 목을 베어라!"라 하며 꾸짖기를 그치지 않았다. 다음날 이른 새벽에 드디어 살해당하였

---

11) 崔希亮, 『逸翁集』 卷1, 「歎老」.

다. 당시 나이 76세였다.[12]

영조는 이 소식을 듣고 남연년을 병조판서로 특별히 증직하고 충장(忠壯)이라는 시호를 내렸으며, 후일 '세찬 바람이 불어야 굳센 풀을 알 수 있다[疾風知勁草]'는 『후한서(後漢書)』「왕패전(王覇傳)」의 고사를 인용하여 공을 칭송하였다. 또 다산 정약용은 그의 시 〈비서원(悲西原)〉에서 '하북(河北)에 어찌 일찍이 의사(義士) 있었던가. 절의 다한 이는 오직 하나 남연년 뿐[河北何曾有義士 盡節唯一南延年]'이라 하여 안록산의 난 때 하북 24개 군이 모두 무너졌으나 평원태수(平原太守) 안진경(顔眞卿, 709~785)이 적병을 토벌하였던 고사를 언급하면서, 적의 칼날 앞에서도 굴하지 않은 충장공의 의로움을 이와 비견해서 찬양하기도 하였다. 충장공은 비록 평생동안 전란을 겪지 않았기에 오래도록 무관직에 있어도 큰 공이 없었으나, 노년에 맞닥뜨리게 된 반란군의 칼날 앞에서 자신의 안위를 돌보지 않고 가열차게 적을 꾸짖는 용맹을 보여, 비록 역도(逆徒)의 흉검에 유명을 달리 히게 되었지만 미침내 천고의 충신으로 그 이름을 남겼다.[13]

남충장공의 유고(遺稿)를 모은 『남충장공시고(南忠壯公詩稿)』에는 검에 관한 시 11수가 전해온다. 그 중 「차박랑운(次朴郎韻)」은 1709년(숙종 35)경 평안도의 이산군수(理山郡守)로 재직 당시에 지은 작품으로 추정되는

---

12) 南延年, 『南忠壯公詩稿』, 「行狀」. 明年三月十五日, 麟佐擧兵入淸州, 會天雨雪. 夜將半, 淸州軍亂, 公聞之, 驚起按劍, 賊已入寢門之內. 公罵曰: "爾姦賊, 敢爲變邪!", 以劍擊賊, 爲所執賊, 牽去至觀德堂. 麟佐陳兵坐堂上. 脅公使跪, 公平立瞋目大罵曰: "吾以三朝舊臣, 來爲鎭帥, 年今七十餘矣. 豈愛一死, 而屈於汝乎? 吾頭可斬, 吾膝終不可屈." 賊大怒脅公益急, 至拔劍擊公兩膝. 猶不跪曰: "狗鼠輩, 速斬吾頭!", 罵不絶聲. 明日昧爽遂見殺. 時年七十六.

13) 『기문총화(記聞叢話)』와 『계서야담(溪西野談)』에 남연년의 의로운 죽음과 만시(輓詩)에 대한 일화가 남아있다.

데, 벽지에서 벼슬살이하는 자신의 신세를 칼을 울리는 검객[鳴劍客]에 비유하고 있다.

일찍이 시단을 향해 이미 맹세를 깨뜨렸으니	曾向騷壇已破盟
이제부터 문방사우들과 사귀는 정을 접으려하네	從今四友謝交情
두견새소리 근심스레 듣노라니 고향생각 간절하고	愁聽蜀魄添鄉思
수나라 구슬14)을 기쁘게 얻어 밤에도 빛남을 깨닫네	喜得隋珠覺夜明
신세는 명검객을 스스로 슬퍼하고	身世自憐鳴劍客
문장은 매양 독서생을 권면하네	文章每勸讀書生
흉년이라 특별히 가슴 아픈 일이란	荒年別有如傷痛
애달파라 이 서쪽 백성들 밭갈면서 굶주림이15)	哀此西民餒在耕

명검객(鳴劍客)은 원래 전국시대 제(齊)나라 설(薛)땅의 권력자 맹상군(孟嘗君)의 빈객이었던 풍환(馮驩)을 의미한다. 그는 맹상군이 자신의 능력을 몰라주고 제대로 대우해주지 않자 객관에서 매번 검을 두드리며 불평이 담긴 노래를 하였는데, 후일 인신하여 임금에게 재능이 알려지지 않아서 좋은 벼슬에 발탁되지 못한 일사를 지칭하는 용어로 사용되었다. 남연년은 비록 당시 일사는 아니었지만, 조선의 최북단 지역인 평안도의 군수 지위가 자신의 마음을 채우지는 못하였기에, 명검객인 자신의 신세를 가련하다고 표현하였다. 그의 다른 시 「만음(漫吟)」에서도 '칼 두드리며 높이 노래하는 세모의 하늘[擊劍高歌歲暮天]'이라는 구절이 보이는데, 이어지는 '남정과 북벌은 남아의 일이니, 옥섬돌 앞에서 성공을 고해야 하리[南征北伐男兒事 告厥成功玉陛前]'라는 부분은, 남연년의 명검(鳴劍),

---

14) 『장자(莊子)』 「양왕(讓王)」에 나오는 야광주(夜光珠)인 수후지주(隋侯之珠)를 의미한다.

15) 南延年, 『南忠壯公詩稿』, 「次朴郎韻」.

즉 격검고가(擊劍高歌)가 단순히 낮은 지위에 대한 불평이 아닌, 남정과 북벌로 공적을 세워 임금에게 성공을 고하고자하는 무신다운 기개의 발로임을 알 수 있게 한다.

　조정에서 중용되지 못하여 재능을 마음껏 발휘할 수 없는 자신의 처지에 내한 한탄은 남연년의 다른 시들에서도 계속적으로 드러난다. 「차우후령공운(次虞候令公韻)」에서는 '용천검 한 자루 뉘라서 휘두르랴, 번쩍이는 서늘한 빛 햇빛에 빛나네[龍泉一劍爲誰揮, 閃鑠寒光映日輝]'라 하였는데, 여기에서의 용천검은 남연년 자신의 숨겨진 재능을 뜻한다. 「차운증인(次韻贈人)」에서 연나라의 형가와 조나라의 예양처럼 검술로 유명한 장사를 불러와서 검을 어루만지며 비장한 노래를 듣던[招來燕趙士, 撫劍聽悲歌] 남연년은, 이제까지 국가를 위해 아무런 공이 없었으나 충성의 마음을 변치 않을 것임을 스스로에게 맹세한다. 여기에서의 무검(撫劍)은, 그의 또 다른 시인 「검(劍)」에서 그 성격이 더욱 명확히 드러난다.

십년동안 한 자루 검을 갈아내도	十年磨一劍
전하에 풍진이 없구나	天下無風塵
두루 방비하는 기물로 삼고자 하였는데	欲作周防物
탄식하며 너를 자주 쓰다듬네[16]	咨嗟撫爾頻

　이 시는 가도(賈島)의 시 「검객(劍客)」의 첫 구절인 '십년마일검(十年磨一劍)'을 차용하였다. 십년이나 걸려서 검 한 자루를 갈았어도, 평화로운 시절이라 천하에 먼지바람이 이는 변란이 없었다. 자신의 검을 외적의 침입으로부터 국가를 두루두루 방어하는 기물로 삼고자 하였으나 결국 검을 사용할 곳이 없었던 남연년은, 앞서의 시처럼 탄식하며 검을 쓰다

---

16) 南延年, 『南忠壯公詩稿』, 「劍」.

듬을 뿐이다. 「기증조생(寄贈趙生)」에서도 그는 '늙어갈수록 한갓 감개한 정만 남아, 이오 땅의 한 자루 검 아직 울리지 못했네[老大徒然感慨情 伊吾 一劍未曾鳴]'라 하며 이오산 보검(伊吾産 寶劍)[17] 한 자루를 지니고 있었으나 노년이 되도록 큰 전투가 없었기에, 전장에서 아직 그 검을 울게 할 공적은 세우지 못한 자신의 처지를 한탄하면서 중추부(中樞府)와 좌진영(左鎭營)에서 근무했던 지난날을 돌아보며, 헛된 명성에 집착하지 않고 국사에 임해 정성을 다할 것을 다짐한다. 상기 남연년의 시에서 나타나는 검은, 남연년의 재능을 상징하는 기물임과 동시에, 세상에서 제대로 쓰이지 못하는 남연년 자신의 모습을 투영하기도 한다. 그의 다른 시 「만음(漫吟)」에서 보이는, 무지개빛을 갑 속에 감춘 고검[古劍虹藏匣]은, 바로 이러한 점들을 함축적으로 지니고 있는 것이다. 「만음」에서 병법을 얘기하자니 "거친 마음 요동치고, 나라를 걱정하매 한 조각 마음 분명하던[談兵麤膽掉 憂國寸心明]" 남연년은, 「차용궁재운 감흥(次龍宮宰韻 感興)」에서도 마찬가지로 우국의 단심(丹心)으로 병법을 이야기하며 백발을 빛낸다. 그는 이 시에서 경상도 예천지역인 용궁(龍宮)의 수령에게 삼척검을 얻어 평생의 심정을 검에 부치고자 한다. 이 심정은, 비록 국가에 의해 그 재능을 인정받지 못했으나 끝까지 충성을 변치 않겠다는 신념을 고수하고자 하는 남연년의 결심 그 자체이다. 이러한 결심은 남연년의 시 속에서 수도 없이 검에 담기게 되고, 결국 남연년과 검이 동일화되는 결과를 초래한다.[18]

---

17) 이오(伊吾)는 서역(西域)인 신강(新疆)에 속한 하미[哈密] 지역의 한(漢)나라 때 명칭인데, 보검의 산지로 유명한 곳이다.

18) 남연년의 시에 나타난 검과 무검(撫劍)의 형상은, 때로는 위와 다른 모습으로 표현되기도 한다. 「영변사군견시패검위지부(寧邊使君見示佩劍爲之賦)」의 무검은, 호협(豪俠)처럼 패기(覇氣)를 간직했던 젊은 날을 그리워하는 무장의 감회를 담고 있다. 또 「술회(述懷)」에서의 무검은 무신으로서의 마음 속 웅지를 다잡으려는 수신적(修身的)인 성격을

이상으로 살펴본 무숙공과 충장공의 시는 기본적으로 비장미가 가득 담긴 비개의 정서를 지니고 있다. '장사는 장검을 어루만지고, 목 놓아 노래 불러 슬픔만 가득차네[壯士拂劍, 浩歌彌哀]'라고 했던 사공도(司空圖)의 비개에 대한 묘사와 일맥상통하는 상기 시들의 정조는, 비극 속 주인공이 지니는 인격의 비장미를 은연중에 내포하고 있는 것이다.

Ⅲ. 반검의 비장미

입재 강재항(立齋 姜再恒, 1689~1756)의 「김응하전(金應河傳)」은 명나라의 요청으로 건주위(建州衛)의 후금(後金)을 치기 위해 출병한 조선군 도원수(都元帥) 강홍립(姜弘立, 1560~1627)의 좌영장(左營將)이었던 충무공(忠武公) 김응하(金應河, 1580~1619)의 행적을 다룬 작품이다. 1619년(광해군 11) 3월에 3천명의 병력을 거느리고서 후금의 수만 기마부대와 일전을 벌인 김응하는, 강홍립의 명으로 김응하를 지원했던 우영상(右營將) 이일원(李一元)의 비협조와 비겁한 패주로 인해 위기를 맞게 된다. 그러한 상황에서도 병사들을 이끌고 용전하여 화포 포격으로 세 차례나 적의 공격을 격퇴했던 김응하는, 모래바람이 불어닥쳐서 포를 쏠 수 없게 된 틈을 탄 적의 공격에 아군의 전열이 무너지자, 버드나무에 기대어 서서 활과 검으로 영웅적인 무용을 발휘한다.

> 응하는 더 이상 어떻게 할 수 없음을 알고, 무거운 갑옷을 입은 채로 버드나무에 기대고는 적 수십·수백 명을 활로 쏘아죽였다. 그러자 적이 감히 공격해오지 못하고 에워싸고서 응하에게 활을 쏘아댔는데, 화살이 쏟아지

지닌다.

는 것이 마치 고슴도치와 같았으나, 응하는 조금도 움직이지 않았다. 그는
화살이 다하자 차고 있던 검을 **빼어들고는** 적을 치기 시작하여, 다시 수십
·수백 명을 죽였다. …… 응하가 더욱 노하여 힘을 다하여 싸웠는데, 검이
부러지자 다시 검을 바꾸어서 적을 치니, 앞뒤로 그가 죽인 적이 무수히
많았다. 강홍립은 이미 오랑캐와 내통하였기에 응하의 위급함을 보고서도
군사를 모아 구해주려고 하지 않았다. 이에 응하가 크게 소리쳐 말하였다.
"강원수는 어째서 싸우지 않는가! 처음에 우리 임금님께서 우리들에게 무어
라고 명하셨더냐? 임금님 목소리가 아직도 귀에 생생하구나. 목숨이야 참
으로 아깝지 않다만 왕명은 어찌 하려느냐! 하물며 유도독도 이미 죽었는
데, 우리의 의리상 홀로 살아서는 안된다!" 그가 다시 검을 **빼어** 적을 쳤는
데, 검이 모두 세 번이나 부러졌지만 응하는 반만 남은 검을 잡고서도 적을
향해 내리치니, 적들이 오히려 감히 가까이 올 수 없었다. 그러나 적의 창이
응하의 등 뒤를 찌르니, 응하는 마침내 죽고 말았다. …… 수 개월 뒤, 오랑
캐 중에 명나라 군사와 자신들의 죽은 병사들의 시신을 수습하러 간 자가
있었는데, 응하의 얼굴빛이 마치 살아있는 것과도 같았으며, 오른손에는
칼자루가 아직도 남아있었다. 오랑캐들이 함께 그 눈에 활을 쏘았다.[19]

김응하의 이러한 분전은 적마저도 놀라게 하여, "버드나무 아래의
장군은 용맹이 무쌍하구나. 조선에 만약 이러한 사람들이 몇 명만 있
었다면 어찌 쉽게 대적하였겠는가?[柳下將軍勇無雙, 朝鮮若有此輩數人, 豈
易敵哉]"라는 평을 적에게서 들을 정도였다.[20] 훗날 이 무용담으로 인

---

19) 姜再恒, 『立齋遺稿』 卷19, 「金應河傳」. 應河知事不濟, 被重鎧倚柳木, 射殺賊數十百
人. 賊不敢進, 環而射應河, 矢集如蝟, 應河不動. 矢且盡, 應河拔所佩釖擊賊, 復殺數十
百人. …… 應河愈怒戰益力, 釖折, 復易釖擊之, 前後所殺傷無數. 弘立已與虜通, 見應河
急, 斂兵不救. 應河大呼曰: "姜元帥胡不戰! 始吾王敕吾等云何? 玉音猶在耳. 生固不惜,
如王命何! 況劉都督已死, 吾義不可獨生!" 復引釖擊賊, 釖凡三折, 應河持半釖向賊, 賊
猶不敢近. 以槊從應河後刺應河, 應河遂死. …… 後數月, 虜人斂天兵及我兵死者, 應河
顏色如生, 右手釖柄猶在. 虜共射其目.
20) 김응하를 칭송한 작품으로 조선에서 널리 읽혔던 『충렬록(忠烈錄)』에는 김응하의 유

해 유하장군(柳下將軍) 혹는 의류장군(依柳將軍)이라 불리게 된 충무공 김응하는, 용맹한 조선 무인의 표상으로서 오래도록 사대부들의 칭송을 받았다.[21)]

그런데 이 글에서, '검범삼절(釰凡三折)'과 '반검(半釰)'은 김응하의 무용을 극대화시켜주는 역할을 한다. 김응하는 그의 분노가 담긴 검으로 적을 닥치는대로 격살하나, 그의 검은 병장기가 수도 없이 부딪히는 난전 상황 속에서 그만 부러지고 만다. 그러나 그는 주위의 다른 검을 바로 집어들고 수도 없이 적을 베어 죽인다. 그러한 상황에서 검이 또 부러지자 다시 검을 바꾸어 싸우던 김응하는, 세 번째 바꾼 검조차 부러지자 반 토막만 남은 검을 들고서도 전사하는 마지막 순간까지 적을 격살한다. 수 개월 뒤 시신을 수습할 때 발견된 김응하의 시신은 오른손에 부러진 검의 칼자루를 끝까지 놓지 않고 있었고[22)], 얼굴빛이 생시와 같았다. 유한(遺恨)으로 인해 눈을 부릅뜨고 전사한 김응하를 본 오랑캐들은, 그의 꺾이지 않은 항전 의지를 저어하여 김응하의 눈에 화살을 쏘아 박는 만행을 저지르고야 만다. 추후 화가 김후신(金厚臣)에 의해 그려진 「사후악검도(死後握劍圖)」에서 묘사된 이 장면은, 김응하의 충렬을 기술한 『충렬록(忠烈錄)』에 실려 수많은 조선 사대부의 심상에 김응하 장군의 애국정신을 각인시키는 역할을 하였다.

상(遺像)과 함께 그의 영웅적인 전투 모습을 그린 「우적파진도(遇賊擺陣圖)」·「의수사적도(倚樹射賊圖)」·「사후악검도(死後握劍圖)」가 수록되어 있는데, 이는 화가 김후신의 작품이다.

21) 김응하에 대한 입전은 여러 작품이 있으나, 강재항의 「김응하전」에서 김응하가 도검을 이용하여 몰려드는 적을 격살하는 전투장면이 특히 부각되어 있기에 본고에서는 이를 소개하였다.

22) 홍세태(洪世泰, 1653~1725)의 『유하집(柳下集)』에 실린 「김장군전(金將軍傳)」에서도 '땅에 엎어졌어도 검은 오히려 손에 있었도다[仆地, 劍尙在手.]'라는 구절이 보인다.

『충렬록』「사후악검도」

김응하 장군이 마지막 전투에서 검을 세 번이나 바꿔 쥐었고, 죽는 순간까지도 검을 잡고 있었는지의 여부는 실제로는 불명확하다. 『조선왕조실록』 광해군 11년(1619) 3월 12일조에 수록된 평안 감사의 치계에서는 김응하가 창에 찔려 죽어가면서도 활을 놓지 않았다고 하였고, 김응하를 주인공으로 한 다수의 전(傳)과 치제문(致祭文)에서 검에 관한 사실이 부각되지 않은 경우도 많다. 그러나 김응하의 검은 그의 우국 충정의 상징으로서 주목을 받았으며, 김응하의 장렬한 전사(戰死)를 부각시키는 소재로 문학 속에서 계속적으로 사용되었다. 이러한 점은 고산 윤선도(孤山 尹善道, 1587~1671)의 「제김장군전후(題金將軍傳後)」 3수(首)[23]

---

23) 尹善道,『孤山遺稿』卷1,「題金將軍傳後」.

중 '나는 공이 죽기를 각오하고 나무에 기대어 적을 쏜 것을 사랑하지
아니하고, 죽은 뒤에도 손에서 검을 놓지 않은 것을 사랑하지 아니하며
[我不愛公抵死倚樹射強胡, 我不愛公死後手中劍不置]'라는 구절이나, 이계 홍
양호(耳溪 洪良浩, 1724~1802)의 『해동명장전(海東名將傳)』중 '김응하는
기가 다하여 버드나무에 기대어 죽었는데, 칼자루를 잡고 버티어 서있는
채였다. 살아있는 듯 눈이 노기를 띠어 눈빛이 강렬하여, 오랑캐가 감히
범접하지 못했다.[應河氣盡, 依樹而死, 手劍柄植立. 如生怒目勃勃, 虜不敢犯]'
라는 부분, 그리고 정조(正祖, 1752~1800)가 지은 「요동백금응하포충사
치제문(遼東伯金應河褒忠祠致祭文)」24)의 '…… 경은 칼을 잡고 활을 당기
며, 구차하게 살려 하지 않았네. 뜻은 격렬했으나 목을 잃었고, 기운
장했으나 주먹이 펴졌네.[握刀開弧, 卿不苟活, 志激喪元, 氣壯張拳.]'에서 잘
나타난다.25) 목숨을 내던져가며 검을 휘두르고 활을 쏘던 김응하의 기
개는, 그의 비극적 운명과 맞물려 가열찬 비장미를 뿜어낸다. 이러한
비장미는 강재항의 「김응하전(金應河傳)」에 나타난 '검범삼절'과 '반검'
이라는 표현을 통해 한층 장엄한 색채를 지니게 되었던 것이다.

---

24) 正祖,『弘齋全書』卷21 祭文3,「遼東伯金應河褒忠祠致祭文」. 日昔萬曆, 己未二月, 帝
赫斯怒, 濯征虜窟. 眷我東服, 索賦從戎, 惟弘曁瑞, 受脤于公. 卿時奮袂, 左防營將, 兵
頓深河, 元帥劻勤. 薈莫我聽, 爲陵爲律, 握刀開弧, 卿不苟活. 志激喪元, 氣壯張拳, 死
聞于朝, 天子愍然. 微卿一辦, 以華而夷, 視彼貞珉, 大老有辭. 聖朝褒忠, 于廟賁額, 予
拜皇壇, 適丁舊甲. 匪風之感, 逿及伊人, 我酒孔嘉, 尙格維神.

25)『강로전(姜虜傳)』에서는 김응하가 죽어서도 왼손에는 창을 들고 오른손에는 칼을 쥔
채[猶左手持戟, 右手握劍.], 마치 살아있는 사람처럼 눈을 부릅뜨고 있어 한참동안 적
병이 감히 다가오지 못했다고 하였다.

Ⅳ. 황창랑 검무의 비장미

고래(古來) 검무의 기본적인 목적은 검을 이용한 무예수련과 살생에 있었다. 황창랑(黃昌郎)이 검무를 통해 백제왕을 암살한 것을 보아도 알 수 있듯이 황창랑의 검무는 애초 그 수련목적 자체부터가 살인을 통한 복수를 위한 것이었다. 이러한 황창랑의 검무를 노래한 검무시(劍舞詩)는, 필연적으로 그 안에 비장미를 내포한다.

휴옹 심광세(休翁 沈光世, 1577~1624)의 『해동악부(海東樂府)』 「황창랑(黃昌郎)」에서는 부친의 죽음에 대한 복수가 황창랑 고사의 근저에 깔려 있는 암살의 중점적 원인임을 보여준다.

> 신라 사람인데 그 아비가 백제에 죽임 당하였다. 황창은 10여세에 검무를 배웠는데 백제의 저자에서 춤을 추어, 왕이 듣고서 그를 보니 드디어 왕을 찔러죽이고는 더불어 같이 죽었다. 지금의 경주에 이 춤이 전습된다.[26]

십 여세에 검무를 배웠으니	十餘學劍舞
보는 자들이 온 저자를 기울인 듯	觀者傾一市
아이의 마음으로 어찌 원수를 갚지 않겠는가	兒心豈無以報仇
한 번 죽음을 가볍게 여겨 머리를 돌리고 웃었네	輕一死 回首笑
옛 사람 진무양은 진정 애송이였구나	古人舞陽眞竪子

어린 나이에 검무를 배웠음을 의미하고, 백제 저자에서 검무를 공연하는 황창랑을 보기 위해 상당히 많은 인원이 몰려들었음을 빗댄 표현이다. 부친과 나라의 원수인 백제왕을 격살하려 했던 황창랑의 결의를,

---

26) 沈光世, 『海東樂府』, 「黃昌郎」. 新羅人, 其父死於百濟. 黃昌年十餘學劍舞, 舞於百濟市, 王聞而見之, 遂刺王, 與之同死. 至今慶州傳習此舞. …….

'한 번 죽음을 가볍게 여겨 머리를 돌리고 웃었네[輕一死 回首笑]'는 죽음을 두려워하지 않고 오히려 고개를 돌려 웃음으로 넘겨버리는 황창랑의 비장한 태도를 보여주고 있다. '옛 사람 진무양은 진정 애송이였구나[古人舞陽眞豎子]'라는 표현은 형가와 함께 진시황제를 암살하려 했던 소년 협객 진무양이 진의 궁성에서 벌벌 떨면서 겁먹은 모습을 보였으니, 상대적으로 죽음을 가볍게 여겨 머리를 돌리고 웃었던 황창랑에 비해 용기가 부족한 애송이에 불과했음을 의미한다. 이 부분에서 유명한 진무양의 고사를 원용한 것은, 겁없이 복수를 성공한 황창랑의 의거가 훨씬 더 주목할 만하다는 점을 부각시키기 위한 일종의 의도적인 장치이다.

약산 오광운(藥山 吳光運, 1689~1745)의 『해동악부(海東樂府)』「황창무(黃昌舞)」에서는 위 작품에 열거한 사실들에 덧붙여 황창랑의 어머니에 대한 부분이 언급된다.

> 신라시대에 황창이라는 자가 있었는데 나이가 15,6세 정도였다. 검무를 잘 했는데 왕을 뵙고 말하길, "신이 원컨대 왕을 위해서 백제왕을 쳐서 왕의 원수를 갚고자 합니다."라 하고는 백제로 들어가서 사거리에서 춤추니 보는 자가 담과 같았다. 왕에게 들리자 궁중에 이르도록 불러서는 춤추게 하고 그것을 보는데 창(昌)이 조정에서 왕을 쳐서 그를 죽이고는 드디어 좌우 사람들에게 해를 당하였다. 그 어머니가 소식을 듣고 눈이 멀었는데, 사람 중에 그 어머니를 위해서 시력을 되찾기를 모의한 자가 있어서 사람들로 하여금 뜰에서 검무를 추게 하고는 거짓으로 말하길, "창이 와서 춤춥니다. 전의 말은 거짓이었을 따름입니다."라고 하니 어머니가 놀라고 기뻐하면서 시력을 되찾았다.[27]

---

27) 吳光運, 『海東樂府』, 「黃昌舞」. 羅代有黃昌者, 年可十五六歲. 善舞劍, 謁於王曰: "臣願爲王擊百濟王, 以報王之仇." 入百濟, 舞於通街, 觀者如堵. 聞於王, 召至宮中, 使舞而觀之, 昌擊王於庭殺之, 遂爲左右所害. 其母聞而喪明, 人有爲其母謀還明者, 令人劍舞於

황창랑의 어머니는 아들이 거사를 성공하고 죽자 자식을 잃은 고통으로 인해 울다가 시력을 잃게된다. 그리고 어머니의 처지를 딱하게 여긴 혹자가 사람들에게 검무를 추게 해서 어머니의 눈을 치유하는 수단으로 삼는다.

약산의 시에서도 마찬가지로 위의 시들에서 누락된 어머니에 대한 내용을 언급하고 있다.

신에게 검이 있으니 신에게 검이 있으니	臣有劍 臣有劍
임금의 십만 군대를 이긴다네.	勝君十萬師
백제의 저자 위에 서리와 눈이 흩날렸고	百濟市上霜雪翻
백제 궁중에 피비가 드날렸네.	百濟宮中血雨飛
삼분된 천지를 한 번 뒤흔들어 놀라게하니	三分天地一震驚
어린아이 형가에게서 영예를 빼앗았네.	童踦慶卿奪光輝
어머니 어머니 눈물 거두고 보시오	母兮母兮收淚視
황창 아이가 검을 끌고 돌아왔소.	黃昌小兒提劍歸

백제왕의 10만 군사를 무찌를 정도의 검력(劍力)을 지닌 황창랑이 백제의 저자에서 검무를 추자 검광이 서리와 눈이 흩날리듯 했고, 백제 궁중에서 그가 또 검무를 추자 백제왕의 선혈로 피가 비처럼 흩뿌려졌다. 황창랑의 의거는 고구려·백제·신라로 삼분된 당시 한반도를 진동시켜 놀라게 할 만한 일이었으며, 이로 인해 어린 황창랑은 형가에게서 영예를 뺏을 정도로 영광스런 이름을 얻었다. 이 시는 말미에서 황창랑의 어머니에게 검무를 보이며 황창랑이 돌아왔으니 눈물을 거두라는 혹자의 말을 서술하면서, 황창랑은 죽고 없지만 그의 검무는 계속 전승될 것임을 암묵적으로 의미하고 있다.

庭紿曰:"昌來舞矣. 前言詛耳." 母驚喜還明.

부친의 원수를 갚기 위한 어린 영웅의 검무와 백제왕 암살, 그에 이어 지는 장렬한 죽음. 아들의 사망 소식을 듣고 피눈물을 흘리며 통곡하던 끝에 눈이 멀어버린 어머니. 그 어머니의 눈을 뜨게 하기 위하여 추어지 는 검무. 이 모든 요소는 그 안에 비장미를 강하게 지니고 있다. 시의 중심적 요소가 되는 황창랑의 검무는 시상의 전개상 필연적으로 비장미 를 지닐 수밖에 없고, 검무에 사용된 환두대도(環頭大刀) 역시 비장미의 의상(意想)을 지니게 된다.

도곡 이의현(陶谷 李宜顯, 1669~1745)은 『동도악부(東都樂府)』 「황창랑 (黃昌郞)」에서 다음과 같이 읊고 있다.

더벅머리 어린아이라 말하지 말라	莫言髧髦是童齠
장렬한 기운은 용기와 날램 겸했네.	壯氣仍復兼勇驍
춤추는 칼 일어나니 물이 흐르는 듯	舞劍起兮劍如水
주변의 마음엔 결코 흔들리지 않았네.	咫尺枝心無少慴
저 형가·섭정이야 아이들 장난일 뿐	彼哉荊聶兒戲耳
용맹과 씩씩함은 산악이 흔들릴 듯.	猛厲直可山嶽搖
왕기 뒤로도 이같은 이들 보아왔으나	汪踦之後見若人
많고 많은 무리 중 홀로 뛰어나네.	群類紛紛獨自超

이 시는 어린아이임에도 불구하고 용효(勇驍)하고도 장렬했던 황창랑 이라는 인물형상을 압축해서 드러내면서, 주변 상황에 전혀 동요하지 않고 검무를 물흐르듯 추는 황창랑의 위용을 보여준다. 그리고 중국의 협객인 형가와 섭정도 황창에 비하면 오히려 용맹에 있어서 뒤떨어짐을 의미하면서 산을 뒤흔들 듯한 황창의 맹려(猛厲)함을 부각하고 있다. 노 나라의 소년 영웅인 왕기 이후에도 그와 같은 인물이 많고도 많았지만, 황창랑이 그 중 제일로 뛰어나다고 하면서 은연 중에 신라검무의 장렬함

을 아울러 칭송하고 있다.

위 시에서처럼 중국의 의협과 황창을 동일시하거나 황창랑을 우월하게 보는 특징은 명은 김수민(明隱 金壽民, 1734~1811)의 『기동악부(箕東樂府)』「황창무(黃昌舞)」에서도 또 드러난다.

황창랑이	黃昌郎
백제의 저자에서 춤출 때	舞釖百濟市
장마비 숙숙 찬 바람 일어	苦雨颯颯寒風起
처음엔 저문 봄에 배꽃 떨어지듯했고	初如暮春梨花落
점차 황혼에 흩날리는 눈발같았네.	漸似黃昏亂雪墜
왕이 듣고 기뻐하여 궁중에 불러 춤추게 하니	王喜聞 要玩戱
다섯걸음에 깊은 궁궐로 바로 들어가 찔렀네.	五步深宮直入刺
섭정이 칼지님과 일은 다르지만	事異聶政之仗釖
예양의 비수보다도 복수심은 깊구나.	仇深豫讓之挾匕
부친과 나라의 원수 갚으니	快復父親家國讎
검신의 묘한 술법 천년을 전하네.	釖神妙術傳千禩

이 시는 백제 저자에서 황창랑이 검무를 추자 비바람이 이는 듯, 봄에 배꽃잎이 우수수 떨어지는 듯, 황혼에 눈발이 날리듯 했다는 표현으로 검무의 정경을 묘사하고 있다. 백제왕이 그 소문을 듣고 궁중에 들어와서 공연을 하도록 하자 궁중으로 들어간 황창랑이 단 몇 걸음 내에 바로 왕을 찔러죽인다. 섭정이 부친의 원수를 갚기 위해 한왕(韓王)을 칼로 시해했던 것과 상황은 다소 다르지만, 암살에 실패했던 예양에 비해서 황창랑의 복수 의지가 훨씬 강했기 때문에 거사를 성사시킬 수 있었던 것이다. 이 시에서는 이어서 황창이 검무를 통해서 백제왕을 격살하여 부친과 나라의 원수를 갚았으며 그로 인해 그의 검무가 후세에 계속 이

어지게 되었음을 설명하고 있다.

위에 나타난 황창랑 검무시들에서 보이는 공통적인 특질은 신라시대의 상무적인 기풍에 대한 칭송과 전설적인 영웅에 대한 찬미이다. 그리고 그 영웅적 행동의 중심에는 검무와 검이 있다. 비록 검무시에서 검자체에 대한 주목보다는 황창랑과 그의 검무에 대한 묘사와 칭송이 주를 이루지만, 황창랑이 도검을 이용하여 백제왕을 암살했다는 사실은 시속에서 내재적이고도 중점적인 정체성을 지닌다.

조선 한시에서 나타나는 검무의 성격은[28] 황창랑에 대한 검무시 속의 무(武)적인 성향이 강한 황창무에서 기녀에 대한 검무시 속의 예(藝)적인 성향이 강한 검무로 변화된다.[29] 검무의 목적성도 무술수련의 성격을 벗어나 공연무용으로서의 성격으로 전환된다. 그리고 그 전승의미도 무술로서의 전승이 아닌 기예로서의 전승이라는 의미로 변환된다. 이러한 기녀의 검무에 대한 검무시는 주로 18~19세기 동안 집중적으로 창작되었는데[30], 연회에 참석한 사대부가 검무를 목도하고 즉석에서 지은 시가 대부분이다.

진암 이천보(晉菴 李天輔, 1698~1761)는 「야관검무(夜觀劍舞)」[31]에서 그가 본 검무의 실상을 다음과 같이 노래하였다.

---

28) 황창랑 검무시와 기녀 검무시의 개념과 실상에 대해서는 졸고 「조선조 검무시(劍舞詩)의 일연구」(성균관대학교 석사학위논문, 2004) 참조.

29) 조선조 검무가 예적인 성향으로 변모되어가는 과정에서도, 『연원일록(燕轅日錄)』에 기록된 「마상검무(馬上劍舞)」의 경우에는 상무적인 성격이 매우 강했었다. 기녀 난혜(蘭蕙)가 복식을 갖추고 말에 올라 박차고 달리면서 추는 쌍검무는 무사의 마상쌍검과 마찬가지로 화려하면서도 실전적인 동작을 보여준다.

30) 졸고, 「조선조 검무시의 일연구」에서는 「작가별 검무시 분포표」를 통해 15세기부터 19세기 사이에 창작된 검무시 작품 54수를 시대순·작가별로 분류하였고, 이후 이지양에 의해 추가로 몇몇 검무시가 발굴되었다.

31) 李天輔, 『晉菴集』 卷2, 「夜觀劍舞」.

짧은 옷소매와 융장은 비취색 치마를 감쌌고	短袂戎裝掩翠裳
미인의 검무는 참으로 당당하네	佳人劍舞政軒昂
차가운 빛 자리돌며 두성(斗星)을 흔들고	寒光匝席搖星斗
급한 기세에 바람생겨 눈서리와 다투네	急勢生風鬪雪霜
그림자 돌아보매 추골처럼 민첩하여 깜짝 놀라는데	顧影自驚秋鶻捷
몸돌리자 바다의 구름과 더불고자 하는 듯	回身欲與海雲翔
관하(關河)가 근접한 연나라 남쪽길	關河近接燕南路
협기(俠氣)는 의연하게 아가씨에게 있네	俠氣依然在女娘

이 시에서는 짧은 소매와 융장(戎裝)에 어우러진 비취색 치마라는 검무 복장의 특색을 먼저 소개한다. 무사의 복장에 여인의 치마가 혼합된 검무의 복식은, 기녀검무(妓女劍舞)가 지니는 의상(意象)을 드러내준다. 기녀가 검무를 추며 회전하자 두성(斗星)을 흔들듯 검신(劍身)의 차가운 빛이 자리를 도니, 그 급한 기세에 치마가 펄럭이며 바람이 생겨 번쩍이는 검광과 다투듯 어울린다는 것은 검무 속에서 드러나는 도검(刀劍)의 의상(意象)에 대한 형용이다. 그림자 돌아보매 추골(秋鶻)처럼 민첩하다는 부분은 검무의 동작 중 제비가 보금자리에 돌아가는 모습인 연귀소(燕歸巢)를 형용한 것이고, 몸돌리자 바다의 구름과 더불고자 한다는 것은 계속적으로 몸을 회전시키며 검무를 추는 연풍대(筵風擡)를 의미한다. 관하(關河)가 근접한 연나라 남쪽길은 중국의 형가를 떠올리게 하는데, 현재 그의 협기(俠氣)는 의연하게 검무를 추는 아가씨에게 있다. 이 협기는 바로 조선후기 사대부들이 추구하던 무풍(武風)을 상징하는 단어이며, 이는 도검의 의상(意象)과 결합되어 검무희(劍舞姬)와 검협(劍俠)을 동일시하게끔 하는 요인이 된다.[32]

---

32) 최성애(崔成愛)의 「18·19세기 사행록에 표현된 검무'협'의 특징 연구」(성균관대학교 대학원, 박사학위논문, 2010)에서는 검무희의 검무가 지니는 협(俠)의 성격과 특징에

V. 결론

단칼에 적의 생과 사를 가르는 강력한 무기인 도검. 왜란과 호란의 전란체험으로 인해 이러한 도검의 속성에 대한 사대부의 문학적 관심이 고조되면서, 17~18세기 전반에 걸쳐서 도검문학이 흥기하게 되었다. 도검을 소재나 제재로 한 한문학인 도검문학에 있어서는 도검의 원형상 징적 의상인 살인무기로서의 면모가 부각되기도 하였지만, 이러한 면모에 비장미라는 미학적 특질이 첨가되면서 도검문학 속의 도검은 그 문학적 가치를 지니게 되었다.

비장미는 조선 후기 도검문학에 전반적으로 내재되어있는 주된 정조 중 하나이다. 죽음을 앞에 두고도 정의(正義)를 위해 의연하게 목숨을 던지는 사대부의 결단력은, 도검이라는 기물로 인해 더욱 강조되고 부각된다. 영웅의 몸은 죽어도 마음을 상징하는 검은 남아, 분노와 통한을 이기지 못하고 스스로 운다. 주인없는 칼의 울부짖음은 주인의 비극적 죽음과 맞물려 더욱 처연한 심상을 지니게끔 하고, 설령 주인이 살아있을지라도 쓰이지 못하는 칼의 울부짖음은 곧 삭사의 심상과노 넌실뇌어 작품 속에서 비장미를 격동시킨다. 검을 쓰다듬으며 다짐하는 외적에 대한 복수의 의지는 협객의 고사와 맞물려 의협심과 복수심을 합일시키는데, 그 또한 비장미를 지니게 된다. 외적과의 전투로 인해 부러진 반검(半劍)과, 그 반검을 끝까지 손에서 놓지 못하고 죽어간 영웅의 모습은 그 형용 자체만으로도 비장미를 강하게 표출하며, 어린 나이에 목숨을 던져 백제왕을 암살한 황창랑의 검무도 비장함을 느끼게끔 한다.

조선후기 도검문학의 비장미에 대한 고찰은, 이처럼 도검이라는 기물

대해서 집중적으로 논하였다.

이 문학 속에서 어떻게 문학적 생명력을 지니게 되었는지를 보여주는 연구의 단초라 할 수 있다. 비장미는 도검문학이 내포하고 있는 수많은 미학적 특질 중 하나이며, 그 외에 도검문학 속의 도검이 지닌 다른 형태의 미학적 특질에 관한 연구는 추후의 과제로 남기도록 한다.

참고문헌

『姜虜傳』.
『溪西野談』.
『孤山遺稿』.
『記聞叢話』.
『南忠壯公詩稿』.
『損窩遺稿』.
『柳下集』.
『李忠武公全書』.
『逸翁文集』.
『立齋遺稿』.
『晉菴集』.
『忠烈錄』.
『海東名將傳』.
『海東樂府』.
『弘齋全書』.
『厚齋集』.

유세종, 「비장미와 가을」, 『중국학연구』 3집, 중국학연구회, 1986.
이석재, 「애자문연구」, 『학예지』 11집 조선의 도검 특집호, 육군박물관, 2004.
조혁상, 「조선조 검무시에 나타난 검의 이미지」, 『학예지』 11집 조선의 도검 특집호, 육군박물관, 2004.

_____, 「조선조 검무시의 일연구」, 성균관대학교 대학원 한문학과, 석사학위
　　논문, 2004.

_____, 「조선후기 도검의 문학적 형상화 연구」, 박사학위논문, 성균관대학교
　　대학원 한문학과, 2010.

_____, 「충무공 이순신의 검에 대한 소고」, 『이순신연구논총』 10호, 순천향대
　　학교 이순신연구소, 2009.

최성애, 「18·19세기 사행록에 표현된 검무'협'의 특징 연구」, 박사학위논문, 성
　　균관대학교 대학원 예술철학전공, 2010.

Ⅲ
한문학의
작가와
미학

세조의 '악장' 혁신운동과 그 수성의 미학

신두환

I. 문제의 제기

　조선의 15세기 미학을 조명하는 일에 있어서 조선건국의 철학이 담긴 악상(樂章)을 빼고는 서술되기가 어렵다. 또 15세기는 관각문학이 주류를 이루고 있었다. 15세기 조선건국과 함께 개혁되기 시작한 악장은 새로운 유교문화 공간에 개혁과 창조의 충동을 모든 면에서 수용하고 있었다. 이러한 개혁의 분위기는 주체적인 조선정신을 추구하고 수성의 방향을 정해주며, 새로운 악장을 탄생하게 했다. 조선의 건국과 수성의 주요 테마들이 민족 주체적인 조선악장에 담겨서 되살아나기 시작했다. 조선전기 악장에 나타나는 일련의 민족자주의식은 조선정신을 태동시켰으며 이는 우리역사에서 길이 남을 주목할 만한 것들이었다.

　유교를 국시로 삼은 조선은 국가대업의 기초를 예제(禮制)와 악장에 두었다. 이를 바탕으로 문학 작품들이 다투어 생산되었고, 성인의 정치에 합하고자 하여 화려한 문학적 성과를 거두었다. 조선전기 악장에 관한 연구는 문학과 관련을 지으면서 연구되어야 한다. 악장은 시·음악·무용이 삼위일체가 되는 종합예술로서 문학과 별개의 것이 아니라는 것을 강조하면서 이 시기 예악정립에 중요한 역할을 했던 세조의 악장혁신운동에 대하여 고찰하고자 한다.

조선은 건국과 동시에 고려의 예악을 정리하고 조선의 예악을 제정하려는 예악혁신운동에 박차를 가했다. 조선전기 문학연구에서 예악의 분야는 빼놓을 수 없다. 세조의 예악에 대한 혁신운동은 민족적인 주체성이 살아 숨 쉰다. 이것은 황제국(皇帝國)을 지향하고 있으며 민족주체성의 고양과 조선의 자긍심이 함의되어 있다. 이러한 세조의 악장연구는 15세기 우리문예미학을 조명하는데 간과할 수 없는 중대한 작업이라 판단된다.

세조는 왕위를 찬탈한 포악한 임금으로 주목되어 그의 업적마저도 비하되는 감이 있다. 세종 당시의 학술 진흥과 집현전 설치로 많은 학자들이 배출되는 듯했으나 세조대의 정변은 관학파 내의 분열을 야기하였다. 세조의 왕위찬탈에 대하여, 대의명분에 충실하려는 부류와 그렇지 않은 부류 사이에 첨예한 갈등이 드러나게 되었던 것이다. 세조의 왕위찬탈에 반대하는 부류들은 사육신과 같이 죽음으로 대의명분을 지키기도 하고 생육신과 같이 세상에 뜻을 버리고 지조를 지키려 하기도 하였다. 또한 현실과 이념 사이의 극심한 갈등 속에서 김시습(金時習, 1435~1493년)·남효온(南孝溫, 1454~1492년)과 같이 방외의 길을 가기도 하였다.

그러나 신숙주, 서거정, 양성지 등을 비롯한 조선조 수성의 정치에 뜻을 둔 일련의 집현전 학사들은 세조의 정권에 참여하게 된다. 이들 관료들은 중앙정계에서 활동하면서 아직 완비되지 못한 제도와 의례의 정비작업에 나섰다. 성종 대에 완결되는 경국의 제도와 의례의 정비는 이들 관료들에 의해서 기초가 이루어진 것이었다. 15세기 조선관각문학

의 방향은 문학의 가치를 대개 문장은 경국지대업(經國之大業)이요 불후
지성사(不朽之盛事)라는 입장에서 문이치용(文以治用)의 정신에 근거하고
있다.[1]고 보아야 할 것 같다.

　조선건국과 함께 발전되던 악장문학은 「용비어천가」에 와서 집대성
되었다. 세종대에 많은 제례작악(制禮作樂)의 정신이 창작에 머물렀다면
세조는 그 뜻을 계승하여 모든 공식행사에 활용될 수 있도록 하였다.
이 세조의 악장혁신 운동에 나타난 그 수성의 미학은 조선의 자긍심 그
자체였다. 세조는 우리의 실정에 맞는 우리의 악장토착화에 초점을 맞추
고 국악발전에 이바지했다. 세조에 대한 좋지 못한 선입견은 세조대의
많은 업적들을 비하시키고 있다. 그 중의 하나가 악장에 대한 것이다
.조선건국과 함께 진행되어온 조선의 악장은 우리 문학사의 중요한 부분
을 점유한다.

　조선전기의 악장연구는 국문학의 고전문학 분야에서 활발히 연구되
는 것에 비해서 한문학 분야에서 한문악장에 대해서는 그 연구가 지극히
소략하다.

　본고에서는 15세기 미학에 대한 조명의 일환으로 세조의 악장혁신운
동에 주목하고 그 실상을 연구하여 15세기 조선 문학사의 위상을 제고해
보고자 한다.

Ⅱ. 세조의 생애와 악장의 인식

　조선의 가장 포악한 임금으로 지목받고 있는 조선 제7대 임금 세조(世

---

1) 『典論』 論文, 蓋文章經國之大業不朽之盛事.

祖, 1417~1468)의 그 재위 기간은 14년(1455~1468) 이었다. 본관은 전주. 이름은 유(琈). 자는 수지(粹之). 세종의 둘째 아들이고 문종의 아우이며, 어머니는 소현왕후(昭憲王后) 심씨(沈氏)이다. 타고난 자질이 영특하고, 명민하여 학문도 잘했으며, 무예도 남보다 뛰어났다.

세조는 12세 때(세종10년, 1428 무신) 6월 16일(정유)2)에 대광보국진평대군(大匡輔國晉平大君)의 작호를 받았다. 같은 해 군기부정(軍器副正) 윤번(尹璠)의 딸에게 장가들었다. 왕비는 정릉왕후(貞熹王后) 윤씨이다.

세조는 14세 때 (세종12년, 1430 경술)에 성균관에 입학했다. 세종은 대군들을 성균관에 입학시켜 공부시켰다. 15세 때에 (세종13년, 1431 신해) 5월 4일(정묘)에 경회루 아래에 나아가 화포 쏘는 것을 구경하였다. 이 때 세종이 진평대군(晉平大君) 이유(李瑈)·안평대군(安平大君) 이용(李瑢)·임영대군(臨瀛大君) 이구(李璆)·공령군(恭寧君) 이인(李裀)·경령군(敬寧君) 이비(李裶) 이하 여러 종친에게 과녁에 활쏘기를 명하였다. 이때부터 무예를 열심히 닦고 병서에 관심을 보였다. 9월 23일(갑신) 진평대군 이유(李瑈)의 창진(瘡疹)을 치료했다는 기록이 있는 데 이때부터 부스럼 병이 있게 된 것 같다.

17세 때 (세종15년, 1433 계축) 7월 1일(임자)에 진양대군으로 작호가 변경되었다. 이 앞서 함평으로 봉하였었는데, 함평은 함흥의 별칭이고, 함평현과 혼동될까 하여 고친 것이었다. 12월 12일(신유)에 중국 사신 맹알가래(孟捏加來)·최진(崔眞) 등이 북경으로 돌아갔다. 세종은 진양대군 이유(李瑈)에게 명하여 임금을 대신하여 전별연을 모화관에서 베풀었다. 이후 세종은 진양대군에게 자주 전별연을 맡겼다. 전별연에는 악무

---

2) 세조의 생애에 대한 기록은 『세조실록』을 참조한 날짜별 기록이므로 이 이후는 주석을 생략함.

가 공연되었으며 이것은 후에 세조가 악무를 인식하는데 많은 도움이
되었을 것 같다.

　세종은 세조를 장차 왕권강화를 위한 큰 제목으로 쓰기 위해 그에게
다양한 경험을 통하여 지식을 쌓게 하였다. 18세 (세종16년, 1434 갑인)
6월 7일(임자)에 진양 내군 이유·안평 대군 이용·안숭선 등으로 '자격수
차를 보게 하다. 세조는 이것을 가뭄에 이용하면 좋겠다는 생각을 하게
된다. 7월 2일(정축)에 〈지중추원사 이천(李蕆)을 불러 의논하기를, "태
종께서 처음으로 주자소(鑄字所)를 설치하시고 큰 글자를 주조할 때에,
조정 신하들이 모두 이룩하기 어렵다고 하였으나, 태종께서는 억지로
우겨서 만들게 하여, 모든 책을 인쇄하여 중외에 널리 폈으니 또한 거룩
하지 아니하냐. 다만 초창기이므로 제조가 정밀하지 못하여, 매양 인쇄
할 때를 당하면, 반드시 먼저 밀랍을 판 밑에 펴고 그 위에 글자를 차례로
맞추어 꽂는다. 그러나, 밀의 성질이 본디 부드러우므로, 식자(植字)한
것이 굳지 못하여, 겨우 두어 장만 박으면 글자가 옮겨 쏠리고 많이 비뚤
어져서, 곧, 따라 고르게 바로잡아야 하므로, 인쇄하는 자가 괴롭게 여
겼다. 내가 이 폐단을 생각하여 일찍이 경에게 고쳐 만들기를 명하였더
니, 경도 어렵게 여겼으나, 내가 강요하자, 경이 지혜를 써서 판을 만들
고 주자(鑄字)를 부어 만들어서, 모두 바르고 고르며 견고하여, 비록 밀
을 쓰지 아니하고 많이 박아 내어도 글자가 비뚤어지지 아니하니, 내가
심히 아름답게 여긴다. 이제 대군들이 큰 글자로 고쳐 만들어서 책을
박아 보자고 청하나, 내가 생각하건대, 근래 북쪽 정벌로 인하여 병기를
많이 잃어서 동철(銅鐵)의 소용도 많으며, 더구나, 이제 공인들이 각처에
나뉘어 있어 일을 하고 있는데, 일이 심히 번거롭고 많지마는, 이 일도
하지 않을 수 없다." 그 부족한 것을 진양대군 유(珤)에게 쓰도록 하고,
주자(鑄字) 20여 만자를 만들어, 이것으로 하루의 박은 바가 40여 장에

이르니, 글자체가 깨끗하고 바르며, 일하기의 쉬움이 예전에 비하여 갑절이나 되었다.〉라고 하였다.

19세(세종17년, 1435 을묘) 4월 1일(임인) 임금이 장차 사신을 전별하려고 태평관(太平館)에 거둥하여 수레에서 내려 어실에서 도승지 신인손(辛引孫)에게 명령하기를, "내가 궁중에 있을 때에는 조금 불편하기는 하나 예는 행할 수 있으리라고 생각하였더니, 지금 여기에 와서는 허리와 등이 굳고 꼿꼿하여 굽혔다 폈다 하기가 어렵다. 지난해에 최 사신이 돌아갈 때에 나와 동궁이 모두 편치 못하여, 대군에게 명하여 대신 잔치하였으니, 지금도 역시 이 예에 의하여 진양대군 이유로 하여금 대신 잔치하고자 하였다. 임금이 곧 태평관에 나아가서 사신과 작별하고 환궁하여, 진양 대군 이유에게 명하여 대신 전별연을 행하였다. 4월 3일(갑진)에 모화관에서 사신을 전송하다. 4월 27일(무진)에 임금이 몸이 편치 못하여 진양대군 이유를 명하여 대신 잔치를 베풀었다. 세종임금은 외국 사신들의 전별연은 거의 진양대군에게 믿고 맡겼으며 이런 계기를 바탕으로 세조는 예악에 대해 많은 관심을 가지게 되었으리라 추측된다. 20세(세종18년, 1436 병진) 7월 29일(임술), 통감의 주석이 그 옛날 주석은 글자 모양이 조금 지저분하므로 주상께서 춘추가 높아지시면 보시기가 어려울까 염려하시어, 진양대군 이유로 하여금 큰 글자로 써서 이를 새로 주조하여 새 글자로써 강(綱)을 삼고 옛 글자로써 목(目)을 삼게 하였다. 라고 하고 있다. 세조는 책을 편집하는 일에 경험을 쌓고 있었으며 세조는 후에 많은 서적을 편찬하는데도 공력이 있었다.

22세(세종20년, 1438 무오) 3월 3일(정해) 이조에 전지하기를, "함길도 경원과 경흥은 조종께서 임금으로 일어난 지방인데, 지금은 나누어 회령·종성이 되었고 모두 새로 설치한 진이니 온갖 규모를 건설하는 것이 마땅하나, 다만 경계가 저 사람들의 지역과 연접하여 오로지 방어하는

데에만 중하게 여기었다. 거주하는 백성들도 서울에 올라와서 벼슬하지
못한 까닭으로 조정의 전장에 익숙하지 못하고 큰 체통도 알지 못하므
로, 따라서 습관 풍속도 후하지 못하였다. 지금 그곳의 자제들을 가려
서울에 와서 서용하도록 하고, 또 경재소(京在所)를 설치하여 풍속을 살
피게 하고 종친에게 주장하도록 명한다. 신양대군 이유(李璵)는 경원을,
안평대군 이용(李瑢)은 회령을, 임영대군(臨瀛大君) 이구(李璆)는 경흥을,
광평대군 이여(李璵)는 종성을 주장하며, 각각 본 고을을 총괄하게 하여
길이 북방의 울타리가 되도록 하라."하였다. 이 기록은 세종이 세조에게
북방의 국토에 대하여 깊이 인식하게 하기위해 직접 경흥에 나아가 국방
의 중요성을 체험하고 국방의 중요성에 대해 깊이 체득하는 계기가 되게
하였다.

　　25세(세종23년, 1441 신유) 1월 10일(무신) 세종이 전지(傳旨)하기를, "금
후로는 진양대군 이유·안평대군 이용도 아울러 궁궐에서 강독하게 하
되, 집현전 관인으로 하여금 가르치게 하라."하매, 집현전에서 강독하는
법을 올리되, "날마다 읽은 것은 반드시 외우게 하고 일 년에 20차례
이상 직접 글을 읽게 하며, 날마다 통하고 통하지 않는지를 고찰하여
장부에 기록하였다가 월말에 보고하게 하옵되, 5일마다 전에 5차례 수
업한 것을 가지고 요량하여 통독해서 고강(考講)하게 하여 통하고 통하지
않는지를 써서 월말에 아뢰게 하소서."하니, 그대로 따랐다. 세조는 이
시기에 본격적인 공부에 치중하게 되었으며 이때부터 집현전 학사들과
교유하며 많은 연구를 하였을 것으로 추정할 수 있다. 6월 28일(계사)
『치평요람』의 편찬을 정인지에게 명하다. 이름을 내리기를 『치평요람』
이라 하였다. 진양대군 이유에게 명하여 그 일을 감독하게 하고, 드디어
문학하는 선비를 집현전에 모아서 분과하여 성취하게 하였다. 세조는
집현전의 학자들을 전공별로 나누어 관장하면서 집현전 학자들과 함께

다양한 방면에서 연구가 깊었을 것으로 추정된다.

26세 세종 24년(1442 임술) 3월 15일(병자)에 임금이 도리평(都里坪)과 원평(院坪)에서 사냥하는 것을 보았다. 진양대군 이유가 말을 달려서 사슴을 쫓다가 다른 사슴이 와서 받으니, 이 때문에 이유가 그만 말에서 떨어졌다. 마침 이유가 탔던 말은 발광하며 휙 도는 버릇이 있는 말이라, 임금이 사헌부에 전지(傳旨)하기를, "내구마 중에 이러한 악한 버릇이 있는 말은 기르지 말라고 앞서 전교한 적이 있었는데, 사복관리(司僕官吏)가 항상 그런 말을 길렀으니 제조 이사겸과 판사 김의지를 추문하여 아뢰라."하고, 곧 여러 대군에게 명하여 말 달리고 활 쏘는 것을 못하게 하고, 여러 대군들과 중추 홍약(洪約) 등을 일정구역 내에서만 사냥하게 하고 대현평에 돌아가 머물렀다. 세조는 아버지 세종으로부터 각별한 사랑을 받았다.

27세(세종25년, 1443 계해) 1월 22일(무인) 진양대군 이유에게 수릉 산맥을 찾게 하였다는 기록이 있는데 풍수지리설에 대해서도 공부를 했던 것 같다. 또 진양대군 이유와 안평대군 이용에게 진(晋)나라·송나라 이후 여러 나라의 세자에 대한 고사를 기록하여 올리게 명하였다. 이 사실에 미루어 보면 대군과 세자의 관계에 대해 올바로 정립하고 깊이 알았을 것으로 판단된다.

세종, 25년(1443 계해) 7월 10일(계해)에 임금이 승정원에 이르기를, "고려 때에는 원단제(圓壇祭)를 지냈었는데, 우리 태종께서 참례(僭禮)의 일은 다 혁파하셨다. 원단제를 혁파한 것도 그 중의 하나이다. 우리나라는 궁벽하게 해외에 있으므로, 임금이 말하기를, "하늘에 제사 지내는 것은 중대한 일이니 마땅히 의정부·예조와 의논하여야 할 것이다."고 하였다. 세조는 원구단의 제례에 대해 이때부터 깊은 관심을 가지게 되었다.

27세 (세종25년, 1443 계해) 11월 13일(갑자) 전제상정소(田制詳定所)를 설치하고, 진양대군 이유로 도제조(都提調)를 삼고, 의정부 좌찬성 하연 (河演)·호조판서 박종우(朴從愚)·지중추원사 정인지(鄭麟趾)를 제조로 삼 았다. 12월 13일(계사) 진양대군 이유·좌찬성 하연 등에게 명하여 서교 에 가서 전품을 나누어 시험하게 하였다는 기록이 있다. 세조는 전제(田 制)에 대해서도 깊이 연구하였다.

28세(세종26년, 1444 갑자) 2월 16일(병신) 집현전교리 최항(崔恒)·부교 리 박팽년(朴彭年), 부수찬 신숙주(申叔舟)·이선로(李善老)·이개(李塏)· 돈령부주부(敦寧府注簿) 강희안(姜希顏) 등에게 명하여 의사청(議事廳)에 나아가 언문으로『운회(韻會)』를 번역하게 하고, 동궁과 진양대군 이유 ·안평대군 이용으로 하여금 그 일을 관장하게 하였다. 11월 18일(계사) 집현전과 춘추관에서『치평요람(治平要覽)』과『역대병요의주(歷代兵要儀 註)』를 상정(詳定)한 여러 선비에게 잔치를 베풀어 주고, 진양 대군 이유 (李瑈)를 명하여 연회를 관리하게 하였다.

29세(세종27년, 1445 을축) 1월 18일(임진) 세자에게 양위할 뜻을 밝히 기를 임금이 진양대군(晉陽大君) 이유(李瑈)로 하여금 신개·하연·권제· 김종서에게 전지하였다. 세조는 이때부터 김종서와 자주 부딪히면서 대립이 점점 깊어갔을 것 같다. 세종은 자주 진양대군을 내세워 대신 왕명을 전달하게 하고 중요한 일을 자주 맡겼다. 2월 11일(을묘) 이유를 수양 대군으로 작호를 고치다.

31세 세종 29년(1447 정묘) 6월 5일(병인) 김수온의 형이 출가하여 중 이 되어 이름을 신미(信眉)라고 하였는데, 수양대군 이유와 안평대군 이 용이 심히 믿고 좋아하며 따랐다. 세조는 불교에 대한 믿음이 깊었다.

33세 (세종31년, 1449 기사) 6월 5일(계축) 흥천사에서 기우제를 지냈다. 수양대군 이유를 명하여 내향(內香)을 받들고 흥천사에 가게 하였는데,

이유가 합장을 하고 몸을 흔들며 불탑(佛塔)을 돌고, 또 대감감찰(臺監監察) 하순경(河淳敬)을 강제로 역시 자기와 같게 하니, 순경이 늙고 겁이 난지라, 할 수 없이 그대로 따랐다. 수양 대군이 장춘더러 부처에게 예를 하지 않는다 하여 꾸짖어 욕한 일이 있었는데, 그 뒤로부터 부처에게 예를 하지 않는 자가 없으나, 그러나, 대감(臺監)으로서 부처에게 예를 하기는 순경으로부터 시작하였다. 세조는 불교에 신봉하였으며 강한 카리스마가 있었던 것 같다.

7월 1일(기묘) 수양대군 이유와 도승지 이사철(李思哲)에게 명하여 흥천사에서 기우하게 하였는데, 이유가 승도들 속에 섞여서 뛰어 돌아다녀 땀이 흘러 등이 젖었어도 조금도 피곤한 기색이 없이 불도의 가르침에 빠졌다. 그는 일찍이 말하기를, "공자의 도보다 나으며, 정자와 주자가 그르다고 한 것은 불씨를 깊이 알지 못한 것이었다. 천당·지옥과 사생·인과가 실로 이치가 있는 것이요, 결코 허탄한 것이 아닌데, 불씨의 도를 알지 못하고 배척한 자는 모두 망령된 사람들이라, 내 취하지 않겠다."하였다. 종실 중에 이유와 이용이 깊이 존경하여 신봉하였다.

12월 11일(정사) 신악의 존폐 여부를 의정부와 관습도감에서 논의하게 하다. 임금이 승정원에 이르기를, "이제 신악(新樂)이 비록 아악(雅樂)에 쓰이지는 못하지만, 그러나, 조종(祖宗)의 공덕을 형용하였으니 폐할 수 없는 것이다. 의정부와 관습도감에서 함께 이를 관찰하여 그 가부를 말하면, 내가 마땅히 고려하겠다."하였다. 임금은 음률을 깊이 깨닫고 계셨다. 신악(新樂)의 절주(節奏)는 모두 임금이 제정하였는데, 막대기를 짚고 땅을 치는 것으로 음절을 삼아 하루저녁에 제정하였다. 수양 대군 이유(李瑈) 역시 성악(聲樂)에 통하였으므로, 명하여 그 일을 관장하도록 하니, 기생 수십 인을 데리고 가끔 금중(禁中)에서 이를 익혔다. 그 춤은 칠덕무(七德舞)를 모방한 것으로, 궁시(弓矢)와 창검(槍劍)으로 치고 찌르

는 형상이 다 갖추어져 있었다. 처음에 박연에게 명하여 종율(鍾律)을
정하게 하였다. 박연이 일찍이 옥형(玉磬)을 올렸는데, 임금께서 쳐서
소리를 듣고 말씀하시기를, "이측(夷則)의 경쇠소리가 약간 높으니, 몇
푼을 감하면 조화가 될 것이다."하시므로, 박연이 가져다가 보니, 경쇠
공이 잊어버리고 쪼아서 고르게 하지 아니한 부분이 몇 푼이나 되어,
모두 임금의 말씀과 같았다. 세조는 음악에 상당한 조예가 있었으며 세
종의 악장혁신의 뜻을 깊이 계승하고자 하였다.

34세 때(세종32년, 1450 경오) 윤1월 20일(을축) 예겸과 사마순이 북경
으로 돌아가니 수양 대군 이유로 하여금 모화관에서 전송케 하였다. 세조
는 전별연을 직접 관장하면서 우리의 악장이 필요함을 깊이 인식하였다.

36세(문종2년, 1452 임신) 4월 27일(신묘) 지금 조정에서 전해 말하기
를, '수양대군이 음악을 아는 까닭으로 관습도감의 도제조로 임명했는
데, 지금 이유를 관습도감의 도제조로 삼으니, 이것은 조종의 이루어진
법을 무너뜨리는 것입니다. 모름지기 이를 고치기를 청합니다."하였으
나, 임금이 윤허하지 아니했다. 세조는 음악에 상당히 정통하고 있었다.
세조는 세종과 문종으로부터 강한 신임을 얻고 있었다. 문종은 세조를
옹호하며 관습도감의 도제조를 맡겨 예악을 관장하게 하였다. 이때 향악
의 악보도 감장, 정리하였다.

세종이 세조에게 『율려신서(律呂新書)』를 보라고 명하며 말하기를, "이
러한 큰일은 네가 힘써야 할 것이다."하였다. 세조가 이를 읽으면서 오직
날짜가 부족해 하며, 사람들에게 이르기를, "학문이란 모름지기 어려운
곳에서 그 효과가 나타나는 것이다."하고, 또 말하기를, "율(律)·역(曆)의
이치란 그 깊이로 말하면 한이 없고, 그 크기로 말하면 끝이 없어서 오직
성현만이 관장 할 수 있던 것이다."하였고, 세종이 또 문종과 더불어
역법을 논하여 말하기를, "역법은 깊은 미도(味道)가 있어야 하니, 수양대

군에게 맡기면 능히 이를 알 것이다. 수양대군은 학문에 매우 정통한 사람이다."하였다.3) 세조는 음악뿐만 아니라 다양한 분야에서 박학다식 하였다. 세종은 둘째아들인 세조에게 제례작악의 발전을 위해 음악을 공부해 두기를 은근히 바랐다. 세조의 음악에 대한 공부와 타고난 천성은 후대 조선의 악장을 활용하고 실천하려는 밑거름이 되었다.

1452년 5월에 문종이 죽고 어린 단종이 즉위하였다. 이에 7월부터 그는 심복인 권람(權擥)·한명회(韓明澮) 등과 함께 정국 전복의 음모를 진행시켜 이듬해 1453년(단종 1) 10월, 이른바 계유정난을 단행하였다. 하룻밤 사이에 폭력으로 정국을 전복시키고 군국의 대권을 한 손에 쥔 그는 자기 심복을 요직에 배치, 국정을 마음대로 처리하였다.

39세 1455년 윤 6월 단종에게 강요하여 왕위를 수선(受禪)하였다. 즉 위한 해 8월에 집현전직제학 양성지에게 명해 우리나라의 지리지와 지 도를 찬수하게 하였다. 11월에는 춘추관에서『문종실록』을 찬진하였다.

40세 1456년(세조 2) 6월에 좌부승지 성삼문 등 이른바 사륙신이 주동 이 되어 단종 복위를 계획했으나 일이 발각되자 이 사건에 관련된 여러 신하들을 모두 사형에 처하였다. 뒤따라 집현전을 폐지시키고 경연을 정지시켰으며, 집현전에 장치된 서적은 모두 예문관에 옮겨 관장하게 하였다.

세조는 즉위년에 '육전상정소(六典詳定所)'를 신설하고 그 상정관으로 최항을 신전(新典) 편찬의 총책임자인 제조로 임명하고, 호전은 한계희 (韓繼禧), 형전은 김국광(金國光), 예전은 강희맹(姜希孟) 등에 책임을 맡 겨 편찬에 착수하였으며, 1458년(세조 4)에 초안이 만들어져 찬진되자 세조는 몸소 수정을 가하였다. 최항(1409~1474)과, 한계희(1423~1482)

---

3)『세조실록』, 卷31, 9년 12월(乙未) 조항 참조.

가 책임자가 되어 재정. 경제의 기본이 되고 개인의 재산거래관계가 들어 있는 호전(戶典)과 호전등록(戶典登錄)을 합하여 『경국대전호전(經國大典戶典)』이라고 불렀다. 성종 대에 만들어진 『경국대전』・『국조오례의』・『동국통감』・『동국여지승람』・『동문선』・『락학궤범』 등은 모두 세조 때에 기획되어 성종 때 완성을 본 것이었다. 세조의 분신으로 조선 수성기의 학문적 토대를 담당하게 되는 양성지・서거정・성임・강희맹・정인지・신숙주 등의 학문적 경향은 다분히 민족적이고 진취적이며 실용적이었다.

세조는 충순당에 나아가서 고령군 신숙주・상당군 한명회・영의정 구치관・좌의정 황수신・우의정 박원형・우찬성 조석문・좌참찬 윤자운・호조판서 로사신・대사헌 량성지・한성부윤 리석형을 불러 술자리를 베풀었다. 임금이 정자영 등과 더불어 태극・무극의 이치를 때가 지나도록 토론하였다.[4] 세조는 성리학에 대한 연구도 깊게 하였다.

세조가 양성지와 임원준 등에게 명하여 여러 학문을 나누어, 각 학문에 6인을 두고 나이 어린 분신을 여기에 배정하였는데, 천문문에 이형원・정효상・하숙산・김술・김경례・김승경이고, 풍수문에 최팔준・배맹후・김나・김제신・김준・신숙정이고, 율려문에 성준・안집・원보륜・박량・어세공・최한량이고, 의학문에 이수남・손소・이길보・김의강・이익배・류문통이고, 음양문에 유척・홍귀달・이경동・박희손・손비장・유윤겸이고, 사학문에 김계창・김종련・최숙정・류휴복・김량사・김종직이고, 시학문에 최경지・민수・류순・김극검・성현・리칙이었다.[5]

이 사실에서 볼 때 세조는 당시에 유행하던 학문을 총류로 분류하고,

---

4) 『世祖實錄』, 12년 4월 19일(己未) 조항 참조.
5) 『世祖實錄』, 10년 7월 27일(戊寅) 조항 참조.

세분하여 전문적인 연구로 학문의 체계를 이루어 나가려는 노력이 나타
난다. 양성지는 이 학문연구의 선봉이 되어 김종직·성현·최숙정·손비
장 등 후배학자들을 적재적소에 배치하여 학문연구의 풍토를 조성하고
본격적인 연구를 진행한 것 같다. 모든 학문을 유형별로 나누는데 각
학문마다 나이 젊은 문관으로 6명씩 배치시켜 공부하게 하였으며 학문의
분류는 「천문문」·「풍수문」·「율려문」·「의학문」·「음양문」·「사학문」·
「시학문」으로 나누었다. 여기에서 특기할 사항이 '율려문'이다. 세조는
율려문에 성준·안집·원보륜·박량·어세공·최한량을 배정하고 있으며
이들로 하여금 음악에 관해 연구하도록 하고 있다. 이것은 음악에 치중한
것으로 악장개혁운동과 깊은 관련이 있었다. 여기에 나열된 학문의 성격
들은 경세적이고 실용적인 성격이었다.

세조는 신료들이 명나라에 갈 때 책을 조사하여 보충하도록 하였다.
『明皇誡鑑』을 번역하게 하였고, 『태평광기』 번역사업도 전개하였다.
도서를 관장하는 문헌학을 장려하기도 했다. 또 세조는 역대의 인물과
정명도·이천·주렴계·사마광의 문장과 사업을 논하였다.[6] 세조는 국
시인 유교에 대한 공부를 게을리 하지 않았으며 유교에 박학다식했다.
그는 학문의 방향을 실용위주의 경세적 학문으로 방향을 잡았다.

세조는 양성지에게 오륜과 관계되는 것을 찬술케 하고『오륜록』으로
간행하게 했다.[7] 양성지는 여러 경전에서 오륜과 관련된 것을 뽑아서
윤리의 기초를 마련하였다. 세조는 조선의 수성을 위한 유교적 윤리학의
기초를 마련한 샘이다. 세조는 양성지에게 세자를 가르칠 책을 초록하게
했다. 세조는 다양한 교양을 섭렵하였고 제왕의 자질을 충분히 갖추고

---

6) 『世祖實錄』, 世祖9年, 9月13日 (己巳) 조항 참조.
7) 『世祖實錄』 世祖11年 7月 25日 庚午 조항 참조.

있었다.

Ⅲ. 악장혁신운동의 논리와 그 수성의 미학

1. 악도일치(樂道一致)의 성리학적 악장관

이미 쉽게 창업은 하였지만, 　　　　　　　旣能易創業

마땅히 수성의 어려움을 알아야 할 것이로다. 　當知難守成

　　　　　　　　　　　　　　　　　　　－세조의 어제시[8]

세조는 창업보다 수성의 어려움을 토로하면서 자기시대 수성의 책무를 저버리지 않았다. 어떤 행위가 있으면 어디든지 미학적 평가는 있을 수 있다. 선조들의 창업정신을 계승하여 수성의 중요성을 어려움으로 표현한 그는 조선의 악장혁신운동을 수성의 중요한 책무로 인식하였다. 그의 악장혁신운동에는 어떤 미학적 논리가 작용하고 있었을까?

조선은 유교의 나라이다. 조선은 국시는 신유학 즉 성리학이었으며 예악은 유교문화의 핵심이다. 조선의 수성은 성리학적 거대담론이 지배하였으며 세조의 악장혁신운동의 논리와 그 수성의 미학 저변에는 악도일치의 성리학적 예술철학이 함의되어 있다.

조선 건국의 설계자 정도전은 "역대 이래로 천명을 받은 인군은 무릇 공덕이 있으면 반드시 악장에 나타내어 당시를 빛나게 하고, 장래에 전하여 보이게 되니, 그런 까닭으로 한 시대가 일어나면 반드시 한 시대의 제작이 있게 된다."[9]고 하여 악장제작의 당위성을 피력하면서 '악도일

---

8) 『세조실록』 10권, 3년(1457 정축) 11월 27일(정해).

9) 『태조실록』 2년 7월 26일(己巳) 조항 참조.

치의 유교적 악장론을 주창하였다.

　조선왕조는 건국초기부터 구악을 청산하고 신악을 제정하는데 공력을 기울였다. 유교적 제례작악은 성인만이 할 수 있는 것이라 했다. 세종은 악이재도(樂以載道)의 정신을 가지고 제례작악을 했다. 그러나 실제 사용은 되지 못하고 있었다. 세조는 구악을 정리하고 세종이 지은 신악을 모든 행사에 적용하려는 악장혁신운동을 전개하고 있었다. 세조가 악학도감에 어서를 다음과 같이 내렸다.

　"예를 제정하고 악을 만드는 데 성인이 능하지 않음이 없었다. 이러한 까닭으로 천만년이 지나도록 조금도 경장함이 없는 것이 성인이 세상에 나오기 어려운 까닭이다. 이른바 예가 무너지고 악이 붕괴되는 것도 다만 여기에서 비롯될 뿐이다. 세종께서 하늘이 내신 성지(聖智)로서 여러 악무를 제정하셨는데, 미처 이를 사용하지 못하셨다. 지금에 이르러 비록 문을 숭상하고 무를 연마하기에 겨를이 없다 하더라도, 이때에 거행하지 않는다면 후세에 장차 폐지하여 없앨 것이니, 어찌 애석하지 않겠는가? 또 음악을 연주하는 악사는 군사에서 취하지 못하고 악서(樂署)에서도 또한 항상 (음악을) 익혀야 할 것이니, 지금부터 정대업(定大業)·보태평(保太平)·발상(發祥)·봉래의(鳳來儀)의 신악을 익히고 구악을 다 폐지하라. 그 인물과 헌가(軒架)의 수와 악을 익힐 절목을 속히 의논하여 아뢰어라. 라고 하였다."[10]

　세조는 국가에 있어서 예와 악이 국격을 좌우한다는 것을 잘 알고 있었다. 조선은 유교의 나라였으며 그 예술철학의 저변에는 성리학적 철학관이 깔려 있었다. 그는 아버지 세종임금이 천재적인 자질을 발휘해서 여러 악무를 제정하셨는데 미처 이것을 국가의 공식행사에 사용하지 못한 것을 안타까워하고 있다. 여기서 말하는 신악(新樂)은 유교

<hr>

10) 『세조실록』 20권 06/04/22(무진) 태백산사고본 원전 7집 390쪽.

적 예악사상에 근거하여 세종대왕이 만든 우리의 독창적인 형식으로 창작된 악무이다. 그러나 구악은 과거 고려 때부터 지속되어오던 불교사상에 입각한 음악과 송나라, 명나라의 악무나 악곡 등일 것이다. 세조는 관도지기의 입장에서 구악을 모두 폐지하고 신악을 실행하는 데 필요한 인물, 악기 소도구 등 제반 사항을 모두 조사하고 연구하여 보고 하도록 지시하고 있다. 세조의 이 악장혁신운동은 조선의 국시인 성리미학이 담긴 악무들을 직접 시행하는 성격의 운동이다. 세조는 신유학적 국시가 담긴 악도일치의 악장혁신운동이 조선이 처한 자기시대의 정치적 사명이라고 판단했다.

우리 조선의 음악은 고려 예종 11년(1116)에 송나라 휘종이 보내준 바 있는 많은 중국계 아악기와 더불어 중국계 음악이 우리나라에 처음 소개되었다. 이 음악은 교린정책상 받아들여져 제반 의례에 사용되긴 했지만 그 음악이 너무나 이질적이고 우리 민족의 생리에 잘 맞지 않았다. "송조가 어지러워지고 더욱이 의종 15년에는 유신들이 함부로 고침으로서 진퇴와 차서(次序)가 어지러워지고, 문무(文舞)와 무무(武舞)가 넘치고 쳐져 같지 않을 뿐 아니라 송조에서 의관과 악기만 주어졌기 때문에 제대로 익힐 줄 몰랐다. 그래서 승지 서온(徐溫)이 송나라에 가서 무의(舞儀)를 사습(私習)하고 돌아와서 가르쳤으나 진퇴의 빠르고 느린 절도가 도무지 믿을 만한 것이 못된다. 더욱이 노래를 부르는 악사는 그 가사의 뜻도 모르면서 단지 고저만 외울 뿐이니 귀신과 사람을 속이는 일이다."라고 한 점으로 미루어보아 중국으로부터 수입되어 쓰이는 아악에 대하여 비판하였으며 그 대안으로 조선악무로 개혁할 필요성을 인식하고 있었다.

2. 악장의 민족주의 논리와 '악교(樂敎)' 정신

세종은 "우리나라는 본시 향악을 익혀 왔는데 종묘제향때 먼저 당악
(唐樂)을 연주하고 겨우 종헌(終獻) 이후에 향악(鄕樂)을 연주하니 조고(祖
考)들이 평일 날에 듣던 음악과 비교하여 어떻겠느냐?(세종 7년 10월) 또
아악(雅樂)은 본래 우리나라 음악이 아니고 실은 중국 음악이다. 우리나
라 사람은 살아생전에는 향악(鄕樂)을 듣고 죽으면 아악(雅樂)을 연주하
니 어찌된 일이냐?(세종 12년 9월)"라고 하면서 민족음악의 필요성을 제
기하고 있었다.11)

세조는 세종의 악장에 대한 위업을 계승하여 원구단을 만들고 하늘에
제사를 지냈다.

> 처음으로 원구(圓丘)에 직접 제사를 지냈다. 과거에 동방에서는 단군이
> 감응하여 난 때로부터 하늘에 제사를 지내어 근원에 보답하였으며, 제천단
> 은 강화 마니산에 있다. …… 신라, 고구려, 백제로부터 고려에 이르기까지
> 모두 인습하여 하늘에 제사를 지냈다. 우리 태조대왕이 한양에 도읍을 정하
> 고 고려의 제도를 모방하여 남교(南郊)에다 원구를 쌓고 하늘에 제사지내어
> 비를 빌었다. 태종대왕이 처음 즉위하여 정월 상신(上辛)에 원구에서 곡식
> 이 잘 되기를 빌었는데, 곧 이어 천자가 아니면 하늘에 제사지낼 수 없다는
> 정부의 말로 인하여 마침내 원구의 제사를 없앴다. 마침 날씨가 오랫동안
> 가물어 비가 오지 않자, 어떤 사람이, "진(秦) 나라는 서쪽에 있었기 때문에
> 백제에게만 제사를 지냈다. 우리나라는 동쪽에 있으니 마땅히 청제(靑帝)에
> 게 제사를 지내야 한다."고 하였다. 예문관 제학 변계량도 아뢰기를, "제후
> 로서 하늘에 제사지낸 자는 노(魯), 기(杞), 송(宋)이 이런 경우입니다. 우리
> 동방은 단군이 하늘에서 내려왔으니 천자로부터 봉지(封地)를 나누어 받은
> 땅이 아닙니다. 그러므로 고황제(高皇帝) 역시 우리나라가 하늘에 제사지내

---

11) 張師勛(1981a), 28~31쪽, 참조.

는 것을 알면서도 의식은 본조의 풍속대로 따르고 법은 구장(舊章)을 지키
도록 허락했던 것이니, 대개 해외의 나라로서 애초에 하늘로부터 명을 받았
기 때문이었습니다."하니, 태종이 그 말을 따라 다시 원구에 제사를 지냈다.
세종 초년까지만 해도 원구에서 비를 빌었으나, 의논하는 자가 끝내 불편하
다고 하였으므로 없애고 거행하지 않은 지 몇 년이 되었다. 이때에 이르러
임금이 양성지의 상소 중, '천지신명에게 제사지내야 한다.'는 말을 깊이
받아들여 원구에 제사를 지내기로 결정하고, 유사에게 명하여 의주(儀註)를
마련하게 하였으며, 시일은 중국을 모방하여 정월 15일에 정하였다. 상이
재계하고 면복을 갖추어 입고 단에 나아가 제사를 행하기를 의식대로 하였
다. 원구단은 둘레가 6장 3척이고 높이가 5척이며, 열두 개의 계단과 3개의
제단이 있는데, 매 제단은 거리가 25보이고, 둘러싼 담장에는 네 개의 문이
있다. 요단(燎壇)은 신단 남쪽에 있는데, 넓이가 1장이고 높이가 1장 2척이
며, 문의 크기는 사방 6척이다. 위를 틔우고 남쪽으로 문을 내었다.[12]

세조는 황제만이 하늘에 제사지낼 수 있다는 원구단에 제사를 지내면
서 그동안 개혁된 악장을 총동원하여 시행하였다. 세조는 조선의 역사적
근원은 단군으로부터 시작됨을 천명하였다. 1456년(세조 2) 7월에 조선
단군의 신주를 조선시조단군의 신위로 고쳐 정하고, 후조선시조 기자를
후조선시조 기자의 신위로, 고구려시조를 고구려시조 동명왕의 신위로
고쳐 정하였다. 1457년 정월에 비로소 원구단을 만들어 하늘에 제사지
내고 조선 태조를 여기에 배향하였다. 민족의 시조 단군은 우리 역사상
크게 세 번 강조되었다. 고려시대 대몽항쟁시기 민족의 단합이 필요하던
시기에 처음 강조되기 시작하고, 두 번째로 이성계의 역성혁명으로 민심
의 분열과 국론이 통일되지 못하던 조선초기 민족의 대 단합이 필요하던
시기에 강조되었다가 사림파의 명분론에 후퇴하여 소멸되고 1945년 해

12)『국조보감』제10권 세조 2년(정축, 1457).

방이후 민족의 단합이 필요하던 시기에 단군이 강조되기 시작했다. 바로 단군은 민족의 화합이나 통일이 필요할 경우 민족의 단결력을 보여주기 위한 민족의 신앙으로 강조되었다. 세조는 기본적으로 단군조선설을 주장했다. 거기에는 민족정통성의 주창과 계유정난으로 흩어진 민심을 수습하고 단합하려는 의도가 함의되어 있었다.

　세조는 보태평과 정대업을 개수하여 원구에 제사지내고 종묘에 제사 지낼 때 연주하는 음악으로 삼았다. 처음에 세종이 아악을 고증하여 경안(景安), 숙안(肅安), 옹안(雍安), 수안(壽安)의 악장을 종묘에서 연주하는 음악으로 정하고, 또 달에 따라서 율을 쓰는 음악을 제정하여 연향(宴享)과 회례(會禮)에 사용하였다. 이후에 박연(朴堧)이 상소하여 아뢰기를, "속악은 토속에서 일어난 것으로, 아송을 쓰던 때에 국풍이 있었던 것과 한가지입니다. 완전히 폐지할 필요는 없으니, 바로잡아 상하가 통용하는 음악으로 삼아야 하겠습니다."하였다. 세조가 마침내 국초의 고취악(鼓吹樂)에다 아음(雅音)으로 선궁(旋宮)하는 법을 붙여 보태평, 정대업 등 무곡(舞曲)을 지어 연향과 회례의 종장(終章)에 쓰게 하였다. 상이 처음 즉위하여 종묘에 직접 제사지내고 돌아와 경회루에 나아가서 음복연(飮福宴)을 베풀었는데, 이때 보태평, 정대업의 춤을 보고 정인지를 돌아보며 이르기를, "이것을 보면 조종(祖宗)의 창업이 어려웠다는 것과 세종의 제작(制作)이 거룩하다는 것을 알 수 있다."하였다. 얼마 있지 않아서 명하기를, "악학과 관습도감을 하나의 관사로 통합하여 악학도감이라 칭하고, 아악서와 전악서를 하나의 관사로 통합하여 장악서라 칭할 것이며, 재랑(齋郎), 무공(舞工), 악생(樂生)은 좌방(左坊)에 소속시키고 악공(樂工)은 우방(右坊)에 소속시키고, 악생을 가성랑좌방령(嘉成郎左坊令)이라고 부르라."하였다. 이에 하교하기를, "예를 제정하는 것은 성인이 아니면 할 수 없다. 그러므로 수천수만 년이 지나도록 고쳐진 경우가 없었던 것은 성인이 세상에 나기 어렵기 때문에 그런 것이다. 세종께서 하늘이 내려준 성지(聖智)로 여러 악무(樂舞)를 제작하셨는데도 미처 쓰지 못하였으니, 지금 일으키지 않는다면 나중에는 폐기되고 말 것이다. 이 어찌 애석하지 않겠는가. 지금부터 정대업, 보태평, 발상, 봉래의 등 새 악장을 익히고 옛 악장을 모두 폐지하되, 인물과 헌가의 수, 익히는 절목에 대해 속히 의논하여 아뢰도록 하라."하고 마침내 양성지와 성임을 악학도감 제조로 삼아 새 악장을 가르치고 익히게 하였다. 상이 별도로 곡보를 지어 상일(上一)에서 상오(上五)까지, 하일(下一)에서 하오(下五)까지를 가지고 만(慢), 중(中), 삭(數) 삼조(三調)의 규정을 정하였는데, 무릇 중에 해당되는 것이 궁(宮)이고 궁 이상은 삭이 되고 궁(宮) 이하는 만(慢)이 되었다. 그러므로 아악의 청황(淸黃)이 속악의 상이(上二)가 되고, 청임(淸林)이 상오(上五)가 되고, 황종(黃鐘)이 하삼(下三)이 되고, 탁임(濁林)이 하오(下五)가 되었으니, 모두 세종조의 보태평, 정대업의 곡보를 따르지 않은 것이었다. 또 아악의 옛 제도를 없애고 속악의 새 제도로써 대신하였으니, 아악은 당상(堂上)에는 현가(絃歌)가 있고 포죽(匏竹)이 없으며 당하(堂下)에는 포죽이 있고 현가가 없는데 비해 속악은 당상과 당하에 모두 현가가 포죽이 있고 필률(觱篥)과 비파 등의 악기가 섞여 있었다. 또 아악은 영신할 때 천, 지, 인에 따라 그 수를 달리하여 천신(天神)은 6성, 지기(地祇)는 8성, 인귀(人鬼)는 9성이며, 그 밖에 관헌(祼獻) 이하는 당상에서는 음여(陰呂)가 오른쪽으로 돌아 곡을 마치고 당하에서는 양율(陽律)이 왼쪽으로 돌아 곡을 마친 다음 음양이 소리를 합해 번갈아가며 연주하되 매 절을 각각 1성으로 한 데 비해, 속악은 천신과 인귀의 구분이 없이 영신부터 삼헌까지 모두 각각 9성을 연주하였고, 또 각각 인입(引入)과 인출(引出)이 있어 11성(聲)이 되었다. 그리고 원구에는 당상과 당하 모두 협종(夾鐘) 징음(徵音)을 써서 곡조를 시작하고 마치며,

종묘에는 당상과 당하 모두 황종(黃鍾) 청궁(淸宮)을 써서 곡조를 시작하고 마쳐 양은 있되 음은 없고 창(倡)은 있되 화(和)는 없었으므로 왼쪽으로 돌고 오른쪽으로 도는 절차도 없었으니, 한번 제사지내는 때를 통틀면 모두 47성이었다. 이는 모두 예지(叡智)로 재정한 것으로 정대업, 보태평 가사를 지을 때 〈용비어천가 15장〉을 모두 사용하였는데, 이때에 이르러 제향의 악장가사가 아니라고 하여 최항에게 명하여 악장을 개찬하게 하였다. 이것은 『국조보감』에 실려 있는 보충설명이다. 이와 관련하여 양성지는 세조의 명을 받아 「용비어천가」를 악장으로 개수하면서 그 부당함을 말하기를 "고사를 끌어다가 지금의 일을 증거하고 반복하여 노래하고 읊었으므로, 편차가 호한하여 진실로 그 요점을 모아서 그 대강을 제시하기란 어려운 일입니다."[13]라고 하고 있어 「용비어천가」를 당대의 악장으로 고쳐 악보에 맞추려니 합리적이지 못함을 지적하고 있다. 양성지는 고사를 끌어서 연관시키는 현실성 없는 전기적인 요소들의 심한 반복에 대한 허구와 여러 사건들을 집체한 성격으로 작품에 대한 통일성이 결여된 점이 용비어천가의 결점으로 제시한 것 같다.

세조는 그동안의 악장혁신운동의 결과를 총 반영하여 원구단 제사를 성공리에 마쳤다. 세조의 악장혁신운동의 그 미학적 성격은 악도일치의 신유학적 악장론과 다른 하나는 중국과 다른 민족주체성과 우리의 향토사상을 불어넣는 민족 악장의 성격이다. 세조의 악장혁신운동과 수성(守成)의 악장들은 대부분 유교적 프로파간다로서 호건하며 우아하고 전아한 풍격의 미학을 지니고 있다.

세조는 양성지 등에게 원구단 교천례의 성공적 결과에 대해 상을 내리면서 다음과 같이 말했다.

---

13) 『世祖實錄』, 3년 6월 28일(庚申) 조항 참조.

"옛 사람이 이르기를, '문왕을 명당에 종사하여 상제께 제사하였다.'고 하였는데, 이는 실로 제왕의 성사이다. 또 내가 처음으로 신악을 제정하여 교묘에 사용하여서 드디어 대례를 치루어 선왕의 뜻이 이제 와서 이루어졌으니, 기쁨을 헤아리겠느냐?" …… "예를 제정하고 악을 만드는 것은 대개 백년이 되어야 가히 일으킬 수 있는 것인데 선왕의 뜻과 사업을 계승하여 다행히 하루아침에 완성하고, 이에 교묘의 제사에 연주하여 신과 사람이 다같이 기뻐하였다. 생각건대, 우리 태조께서 홍업의 터전을 열으셨으나, 바야흐르 너무 바쁜 경륜을 당하여 예악에까지 미칠 겨를이 없었으며, 우리 세종 때에 이르러 큰 운수를 타고나시어 대업을 안정하는 상징과 태평을 보존하는 생각에서 악·무를 제정하여 장차 교묘에 천용하려 하였으나, 뜻만 가지고 미처 이루지 못하였던 것이다. 내가 부덕한 몸으로 큰 터전을 이어 지키게 되어, 선왕의 뜻에 따를 것을 생각하고 후사에 영원히 보일 것을 기약하여 다시 두 가지 춤을 제정해서 인사(禋祀)에 사용하니, 지극한 음이 신명에 통하고 화기가 상하에 융화하여 마침내 대례가 이루어졌으니, 비상한 은전을 선포한다."[14]

세조는 천자만이 올릴 수 있는 원구단에 제사를 지내면서 세종이 민든 신악을 사용하여 시험 삼아 시행하게 한 결과 성공했다. 세조는 지극한 음이 신명에 통하고 화기가 상하에 융화하여 대례가 이루어 졌다고 기뻐하여 그동안 노력한 신하들의 노고에 대해 비상한 은전을 선포했다. 세종이 제례작악 하고 세조가 악장을 혁신하여 실제로 사용하려는 시도가 이러했다. 원구단의 교천례 행사는 세조의 악장혁신운동의 시험무대였으며 그 악장혁신운동의 방향은 악도일치의 성리학적 토대위에 중국의 악장에서 벗어난 민족고유의 자주적 사상의 융합이었다. 여기서 세조의 예악에 대한 수성의 방향과 우리 민족 악장의 미학을 엿볼 수 있다.

---

14) 『世祖實錄』, 10년 1월 15일(戊辰)조항 참조.

세조는 악장개혁운동의 선봉에 서서 그 동안 개혁해 오던 것을 원구단 제사에 실제 적용하여 성공을 거두었다. 세조는 구악을 정리하고 세종이 지은 신악을 모든 행사에 적용하려는 악장혁신운동을 전개하고 있었다. 이것은 민족예악의 실천운동으로 볼 수 있다.

세조가 종묘에 친히 제사하였는데, 새로 만든 정대업·보태평의 음악을 연주하였고, 그 의식을 성공적으로 이루었다. 이때 보태평의 춤과 정대업의 춤을 새로 만들고 보완하였으며 도구들을 갖추었다. 이 때 종묘제례악으로 정해진 정대업과 보태평은 오늘날까지 전해지고 있는 것이라고 한다.[15] 세조는 천자만이 올릴 수 있는 원구단에 제사를 지내면서 그동안 만든 신악을 사용하여 시험 삼아 양성지로 하여금 시행하게 한 결과 성공했다. 세조의 예악에 대한 관심은 국시인 유교와 우리의 민족주체성을 결합시키는 것이었다.

세종 당시에 지어졌던 우리의 악무가 실제로 사용되지 못하고 있었다. 이것은 우리 음악사는 물론이고 조선전기 시가 역사에 많은 문제점을 시사하고 있다. 세종대의 제례작악 중에 가장 뛰어나고 조선 건국과 함께 지어졌던 악장들이 집대성 된 「용비어천가」도 세조 당대까지는 실제 사용되지 못하고 있었다. 세조는 이 악무의 실용을 위하여 애쓰고 있다. 지금 사용하지 않으면 이후에는 버리게 될 것이라고 안타까워하고 있다. 조선의 악장은 가사와 음악과 무용을 의식하면서 지어졌으며, 시·악·무의 삼위일체가 되는 종합예술적인 성격을 지니고 있다. 세조는 세종의 제례작악 정신을 계승한데서 자부심을 느끼고 있다.

바로 15세기 후반에 성리학적 조선악장 (시·악·무)의 혁신운동이 성공을 거두고 있었다. 조선의 악장이 제후의 음악에서 천자의 음악을 지향

---

15) 張師勛(1981b), 31쪽 참조.

하는 자주국가의 위상을 지니게 되었으며, 그 성격은 악도일치의 성리학
적 악장관과 민족의 자주성을 천명하고 구악 청산과 애국애족가사의 계
승발전, 세계의 중심국가로서 조선의 긍지심 고취, 치세지음의 강화,
가사가 구체적·합리적·사실적인 방향으로 전환되고 있었다. 세조의 원
구단 교천례 행사이후 조선의 악풍이 달라지고 있었다.

세조는 악장의 존재가치를 유교적 역사상에 입각한 악교의 정신에서
찾아 그 실용성을 추구하려고 하는 악도일치의 경세적인 음악관을 가지
고 있었다. 그리고 거기에는 우리의 역사적 사실을 악장으로 형상화하여
민족주체성을 확대하려는 자주적인 의식이 깔려있다.

악교는 성교(聲敎)와 용교(容敎)가 있다. 성교는 노래의 교화를 말하고,
용교는 무용의 교화를 말한다. 성교는 사람의 마음의 의지를 발휘하게
하고, 용교는 사람들에게 위의를 바르게 한다. 악은 시·소리·춤이 어울
려서 만들어진 것이다.[16] 양성지는 악무에 관심을 보이면서 무에 대한
도구와 소용되는 인원을 토대로「보태평도」와「정대업도」를 보완하여
새로 만들었다. 보태평의 춤은 '약(籥)'과 '적(翟)'을 춤추는 자들이 쥐었
고, 정대업의 춤은 검(劍)·창(槍)·궁(弓)·시(矢)를 잡고 춤을 추었다. 전
자는 문무(文舞)요 후자는 무무(武舞)이다.[17]

세조 5년 사월에 세조는 양성지와 성임으로 악학도감제조를 삼으시어
신악을 가르치고 연습시키도록 하시었다.[18] 성임과 양성지는 세조의 명
으로 신악을 익히고 악무를 연구하였다. 그 결과「신제아악보도(新製雅樂

16)『禮記』,「樂記」. 故歌之爲言也 長言之也 說之故言之 言之不足 故長言之 長言之不足
故嗟嘆之 嗟嘆之不足 故不知手之舞之 足之蹈之也.
17) 李敏弘(1997a), 54쪽.
18)『訥齋集 券6』,「遺事」. 世宗 以天縱聖智 製諸樂舞 未及用之 此時不擧 後張廢棄 豈不
惜哉 自今肄 定大業 保太平發祥鳳來儀等 新樂 而盡廢舊樂 其人物軒架之數 肄習節目 速
議以啓 遂以梁誠之 成任 爲樂學都監提調 敎習新樂 (國朝寶鑑)

譜圖)」를 만들어 올렸다. 세조실록에는 「등가도」「헌가도」「보태평도」와 「정대업도」의 도록이 있다. 세조는 양성지, 성임 등에게 명하여 천자의 예로 신악을 만들어 원구단에 제사하였는데, 새로 만든 음악을 천자의 예에 맞게 시험하여 성공했다.

세종대의 제례작악 중에 가장 뛰어나고 조선 건국과 함께 지어졌던 악장들이 집대성 된 「용비어천가」도 세조 당대까지는 실제 사용되지 못하고 있었다. 세조는 이 예악과 악무의 실용을 위하여 애쓰고 있다. 지금 사용하지 않으면 이후에는 버리게 될 것이라고 안타까워하고 있다. 세조의 이 언급으로 보면 소실될 위험에 처해 있는 세종 당시에 애써 지어진 제례 작악이 무용지물이 되어가고 있는 것을 알 수 있다. 세조의 악장은 민족주체성과 악교의 정신이 담긴 수성의 테마였으며, 詩·樂·舞의 삼위일체가 되는 종합예술적인 성격을 지니고 있었다.

3. 악장의 국체(國體)의식과 세계화 논리

세조는 대군시절 외국에서 오는 사신들을 세종을 대신해서 관장한 것이 여러 번이었다. 세조는 조선에 오는 외국 사신들에게 연주하는 예악을 개혁할 것을 주장하면서 그 구체적인 대안을 눌재 양성지에게 연구하도록 했다. 눌재는 다음과 같이 제시했다.

한 왕조가 일어나면 반드시 한 왕조의 제례작악 있는 것이니, 때에 따라 덜 것은 덜어 버리고 보탤 것은 보태야 하는 것으로서 한 가지만 고집하여 할 수는 없는 것입니다. 신이 예조에서 왜인과 야인에게 잔치를 베풀 때 보니 남악(男樂)을 사용한 가무와 의관의 차림이 차마 눈으로 볼 수 없었습니다. 이것은 이웃나라 사람들에게 듣게 할 만한 것이 못되옵니다. 지금 중국에서는 번사(番使)에게 잔치를 할 때에는 잡기를 쓰고 우리나라에서도

명나라의 사신을 연향할 때에는 또한 여악(女樂)을 사용합니다. 바라옵건
데 지금부터는 동북의 사자를 연향할 때에는 무동을 제거하고 여악으로 고
쳐 쓰며 서조(西朝)의 사신을 연향할 때는 또 우리나라의 잡기 중에서 볼만
한 것은 골라서 겸하여 사용하게 하십시오[19]

양성지는 세조에게 한 왕조가 일어나면 한 왕조의 제도가 있는 것이라
고 하여 예악개혁운동의 당연성을 피력하고 있다. 특히 왜인과 야인에게
남악(男樂)을 연주하는데 그 가무와 옷차림새가 차마 눈뜨고 보지 못할
정도라고 판단하고 이것은 이웃나라 사신들에게 보여줄 것이 못된다고
했다. 또 명나라 사신이 올 때만 여악(女樂)을 사용하는 것에 대해 못마땅
해 하며 동북의 사자들이 올 때도 명나라와 똑같이 여악을 사용하고,
서조(西朝)의 사신을 연향할 때는 우리나라 잡기 중에서 뛰어난 것을 골
라서 사용하자는 개혁안을 올렸다.
    세조는 대군시절부터 일찍이 외국 사신을 전별하는 전별연을 주관한
것이 여러 번이었다. 세조는 곧바로 개혁에 착수했다. 남악은 여악에
비해 질이 떨어지는 것이며 이 여악은 명나라 사신만을 위해 연주되고
있는 것은 명나라에 대한 독특한 사대를 반대하고 이웃나라에게도 조선
의 뛰어난 예악을 보여줘야 한다는 것에 세조는 공감하고 있었다. 이것
은 유독 명나라만을 위한 사대교린에서 한 차원 높여 조선의 국체를 인
식한 세계화의 지향이었다. 동남아의 중심국으로 중국의 변방 제후국으
로서가 아니라 동남아시아의 중심에서 자주적인 국가의 위상을 정립하
려는 예악외교정치를 염두에 둔 것이어서 주목된다. 이 제안에는 세계화

---

19) 『訥齋集』, 卷3, 「軍國便宜十事」. 一代之興 必有一代之制禮樂 因時損益 不可執一而爲
    之也 臣觀 禮曹宴倭野人之時 用男樂 歌舞衣冠 不堪掛目 是不可使聞於隣國也 今中國宴
    藩使 用雜技 本朝之宴 大明使 亦用女樂 乞自今 宴東北使 際舞童 改用女樂 其宴西朝使
    則又擇本國雜技之可觀者 兼用之.

를 지향하는 민족 자존심과 우리의 음악을 사용하자는 민족음악에 대한
열정이 들어 있다.

세조의 음악에 대한 민족적인 인식은『악학궤범』을 편찬하는데도 많
은 영향을 미쳤을 것으로 생각되며, 이것은 세조가 악무에 대한 관심이
지대하였다는 것에서도 증명된다. 세조 는 악장혁신운동의 선봉에 서서
민족예악을 실천에 옮긴 역사적인 공을 이룩하였다.

양성지는 세조의 명으로 무(舞)에 대한 도구와 소용되는 인원을 토대
로「보태평도(保太平圖)」와「정대업도(定大業圖)」를 만들었다. 보태평의
춤은 '약(籥)'과 '적(翟)'을 무자(舞者)들이 쥐었고, 정대업의 춤은 검·창
·궁(弓)·시(矢)를 잡고 춤을 추었다. 전자는 문무요 후자는 무무(武舞)이
다.20) 양성지는 세조의 명으로 무에 관한 것을 현 실정에 맞게 다시
조정하고 규모를 정하여 다시 악무도(樂舞圖)를 만들었다. 양성지가 만
든 이 도표는 악학궤범에 실려 있는 도표와 똑같다.

『악학궤범』의 무보(舞譜)에는『고려사』,「악지」,「무보」에는 소개되
어 있지 않는 춤들이 소개되고 있는데 '초입비례도(初入排列圖)', '왕모헌
도도(王母獻桃圖)', '작대회무도(作隊回舞圖)', '작대도(作隊圖)', '진무도(進
舞圖)', '회무도(回舞圖)', '회무격고도(回舞擊鼓圖)', '오방작대도(五方作隊
圖)', '시종회무도(始終回舞圖)' 등이 앞에 소개되어 있어 의장대가 서는
위치, 죽간자(竹竿子)가 서는 자리, 춤추는 사람의 배치 방법이 고려사
악지에 비해 상세하게 기록되어 있다. 『악학궤범』,「무보」는『고려사』,
「악지」에 비해 진일보한「무보」라고 할 수 있다.21) 이렇게 볼 때 악장은
시, 음악, 무용을 동시에 행하여야 하는 것으로 어느 하나만을 일컫는

---

20) 李敏弘,『韓國民族樂舞와 禮樂思想』, 성균관대학교 인문과학연구총서 제2집, 집문
   당, 1997, 54쪽.
21) 張師勛(1984b), 69~71쪽, 참조.

것이 아니라 종합예술의 성격을 지닌다는 것을 알 수 있다. 『악학궤범』
은 시·악·무의 종합적인 사실을 싣고 있다는 점에서 악장의 정의는 보
충된다. 『악학궤범』은 세조 대의 악장혁신운동을 거치고 여러 가지 실험
을 거쳐서 만들어진 조선의 음악의 전범이며 민족 악무의 결정체라고
할 수 있다.

　세조는 조선민족악장의 세계화를 지향하는 음악정책으로 '번부악(藩
部樂)'을 제정하였다. '번부악'의 개념은 조선조가 황제이거나 주변국가
의 맹주임을 전제로 한 악무 인식이다. 당악(唐樂)을 수입, 또는 억지로
수용하여 아악(雅樂)으로 격상시켜 연희한 것과는 달리 왜와 여진의 사신
들을 영접하자는 주장은 중국이 사이(四夷)의 악무를 천하통치의 시각에
서 활용한 의도를 모방하고 있는 것 같다. 이는 음악을 통한 외교정책으
로서 조선의 국가위상을 천자의 지위로 끌어올리는 역할을 하였으며,
이런 여러 가지 정황으로 미루어 볼 때 세조는 악무에 있어서도 중화사
상에서 벗어나서 동양사상의 중심을 조선에 두고 주변 국가들을 경영하
려는 세계화의 의지가 보인다. 세조는 양성지의 '번부악'을 설치하여야
하는 당위성을 받아들였다.

　　번부악(藩部樂)을 설치하는 것입니다. 대개 중국의 악은 아악·속악·여
　　악·이부(夷部) 등의 악이 있는데, 본조에서 사용하는 것은 헌가(軒架)·고
　　취(鼓吹)·동남(童男)·기녀(妓女)·가면잡희(假面雜戲) 등의 제도가 있으니,
　　대저 악이란 상(象)을 이루는 것입니다. 태조께서 천운을 타고 흥기 하심으
　　로부터 태종·세종께서 서로 이으시니 동린(東隣)의 헌침(獻琛)과 북국의
　　관새(款塞)로 예를 제정하고 악을 만들어 아악·속악이 모두 바르게 되었으
　　나 홀로 번악(藩樂)은 아직 의정하지 못하였습니다. 바야흐로 지금 성상께
　　서 용비(龍飛)하여 대위에 새로 등극하시어 일본·여진의 사자가 와서 즉위
　　를 하례 하는 자가 항상 수백 인이 궐정(闕廷)에서 절하고 뵈오니, 해동의

문물이 이때보다 성함이 있지 않았습니다. 빌건대 일본의 가무로써 동부악
을 삼고, 여진의 가무로써 북부악을 삼아서 일본악은 삼포의 왜인에게 익
히게 하고, 녀진악은 오진(五鎭)의 야인에게 익히게 하되, 그 의관제도가
괴상하다고 조롱당하지 말고, 동사(東使)에게 잔치하면 겸하여 북악을 쓰
되 동악은 쓰지 않고, 북사(北使)에게 잔치하면 겸하여 동악을 쓰되 북악은
쓰지 않으며, 중국 사신에게 잔치하면 아울러 동악·북악을 쓰고 나아가 조
정에서도 이를 쓰고 종묘에도 연주하게 하여, 태평한 다스림을 분식(賁飾)
하고 우리 조종의 업을 빛나게 하면 다행함을 이기지 못하겠습니다.22)

세조는 조선조의 악을 중국의 악과 대비시켜 세계의 중심에 놓으려는
의도가 강했다. 중국에도 이부악(夷部樂)이 있는 터에 조선조도 여기에
해당하는 '번부악'을 설치할 것을 주장하고 있다. 번국에 대한 표현은
선례가 있었다. 고려조 국가의 공식축전이었던 팔관회에서도 송상과 동
·서번인 왜와 여진, 그리고 탐라국 등이 예물을 바치고 참석하였다는
기록에서 서번은 중국 서쪽에 있는 북방민족의 여러 국가들을 의미하고,
동번은 왜를 지칭한다. 양성지가 번국이라는 용어를 쓰는 것도 이와 같
은 의미이며, 번국은 민족 주체성이 강한 용어이다.

세조 10년 신년하례식에 왜와 야인들도 반열에 끼여 있었다. 세조가
왜인과 야인들에게 근정전에 올라가 춤을 추고 노래를 하라고 했다는
기록이 있다. 춤을 추고 노래를 하려면 음악이 필요하다. 번부악의 설정
은 이런 점에서도 필요했으며 그 나라 사신이 왔을 때 그 음악을 연주하
여 주려는 외교정책으로 교린의 뜻이 강했다. 조선의 국가위상이 이렇게
강했던 것은 우리나라 역사상 처음 있는 일일 것이다. 튼튼한 국방력과
주변국가에 대한 통제의 정책에서, 동아시아의 자주적인 국가로서 진취

22) 『訥齋集』, 卷2, 「便宜二十四事, 設番部樂」, 참조.

적인 기상이 넘쳐흐른다. 여진·일본·몽고 등 주변국가를 예악으로 다
스리려는 시도는 황제의 국가를 지향하고 있으며 동아시아의 중심으로
세계의 질서를 바로잡으려는 원대한 계획이 실행되고 있었다. 양성지의
번부악에 대한 주장은 민족예악의 차원에서 학계의 주목을 받은 적이
있다.[23] 세조의 예악사상과 제전의식에는 민족 주체성이 서려있고 국가
의 위상이 들어 있으며 경세적인 실용정신이 포함되어있다.

> 신이 그윽이 듣건대, 악에는 아악·속악·당악·향악이 있고, 남악이 있
> 고, 여악이 있으며, 또 번부·잡기도 있고, 또 헌가(軒架)·고추(鼓吹)의 제
> 도도 있다고 하였습니다. 우리나라의 향악은 신라로부터 비롯되었고, 아악
> 은 송나라에서 대성악을 내려 준 것인데, 그 종(鍾)·형(磬)·태상(太常)은
> 지금까지도 전하고 있습니다. 전일에 중국 사신 예겸(倪謙)이 와서 헌가악
> (軒架樂)을 보고 칭찬하기를 마지않았으니, 이는 가히 기쁜 일입니다. 근년
> 에 문무(文舞)·무무(武舞)의 2무를 폐하고 또 헌가의 수를 감하였는데, 신
> 은 성악(聲樂)의 일은 알지 못하지만, 그러나 아악(雅樂)을 폐하고서 쓰지
> 않으면 태상(太常)의 악공(樂工)이 늙어 죽어서 다할 것이니, 후일에 비록
> 다시 아정한 음을 듣고자 하더라도 얻어들을 수 없을 것입니다. 빌건대,
> 대신에게 명하여 상세히 의논을 더하여 정하여서 지금의 음악과 옛날의 음
> 악을 병행하여 폐하지 않는다면, 매우 다행함을 이길 수 없겠습니다.[24]

양성지는 조선조 악무를 주장하면서도 아악을 보존해야 한다고 주장
하고 있다. 당시에는 여러 가지 악무가 설치되어 신라 때부터 이어온
우리나라 향악을 바탕으로 남악, 여악, 번부, 잡기 등 다양하게 연주되
고 있었지만 한편으로 아악이 사라져 가고 구악(舊樂)의 형태가 변질되어

---

23) 이민홍, (2000b) 참조.

24) 『睿宗實錄』, 1년 6월 29일(辛巳) 조항 참조.

서 고례(古例)를 찾기가 힘들어지는 것을 목격한 양성지는 아악을 현재의 음악인 향악과 병행하여 연주할 것을 주장한다. 여기에는 아정의 음을 듣고 치세지음을 지향하려는 정치의식이 깔려 있다.

세조는 세종 때 제정된 예악이 쓰이지 않는데 대해, 양성지 등의 관료를 통해서 실용화에 힘쓰도록 권장한 바가 있다. 양성지는 예악의 실용화에 특별한 노력을 기울였으며 세종이 창작한 새로운 악무에 특별히 많은 관심을 가졌다.

박연이 구악을 정리하면서 향악은 보잘 것 없다고 하면서 명나라 대성악을 극구 칭찬했다. 그래서 악을 만들고 정리하긴 했지만 실재 사용되지 못하고 있었던 반면에 양성지는 향악을 중요시하여 우리의 음악만을 사용하여 새로운 악무를 우리민족의 상황에 맞게 개혁했다. 조선조는 실로 동양사회에서 창출된 예악을 완벽하게 통합하여 국가를 경영한 중세국가의 전범이었다. 이렇게 된 이면에는 양성지의 악에 대한 헌신적인 노력과 당시 관료들의 노력이 경주되었을 것이다.

세조는 악장의 존재가치를 신유학사상의 악교의 정신에서 찾아 그 실용성을 추구하려고 하는 경세적인 음악관을 가지고 있다. 세조는 민족예악의 국악에 기초를 두고 악교의 정신을 추구해 나갔다. 악장의 효용은 질서 있는 사회와 잘 다스려지는 사회를 이룩하는데 도움을 줄 수 있는 내용을 담고 있어야 하며 정치와 연결이 되어 있어야 한다.

세조는 당대사회의 안정과 질서를 위하여 관제음악의 필요성을 인식하고 있었다. 그리고 그 악장의 창작은 치세의 음을 지향하고 있는 것이어야 했다. 세조의 악장개혁은 이웃나라에 대한 외교정치로 교린지향적이다. 우리의 역사적 사실을 형상화하여 민족주체성을 확대하려는 자주적인 의식이 깔려있다. 세조의 악도일치의 악교정신은 음악으로서 정치를 보좌하고 백성들을 교화하여 성인의 도에 부합하려는 높은 이상이 서려있다.

세조가 "이제 연주한 새 악곡이 대례를 잘 진행하여 하나도 차실이 없으니, 세종의 유의를 이루어 매우 기쁘다."하니, 박원형 등이 이르기를, "만일 성상의 좋은 계승이 없었더라면 세종의 뜻도 마침내 땅에 떨어졌을 것입니다."하였다.[25)]

세조의 악장혁신운동은 성공을 거두었으며 이는 뒷날 조선악장의 전범이 되었다. 양성지는 독립제후의 나라에서 한 차원 높여 천자의 나라라는 독립성을 주장하면서 제천례를 지지했다. 제사에 태조를 배향한 사실을 들어 무왕과 주공의 달효(達孝)와 같은 것이라고 하여 세조의 악장혁신운동을 적극 옹호하였다. 그는 이에서 더 나아가 비단 제천례뿐만 아니라 중국 천자만이 할 수 있다는 생신일의 칭절, 연호의 제정, 번부악의 제정을 주장하여 세조의 악장혁신운동의 확산을 적극적으로 지지하고 있다. 이 당시에 세조가 불합리하다고 주장한 종묘제례악의 보태평이나, 정대업 등의 악무제도가 우리의 실정에 맞게 수정 보완되고 있었으며, 세조가 악장혁신운동에 필요한 모든 것을 조사하여 보고하라는 명에 대해 양성지는 악장혁신운동의 도구일체에 대해 조사하였으며 이결과 당시의 실정으로 신악을 연주하기 위해 필요한 것은 너무나 부족하며 쓸만한 것은 단지 한 벌뿐이라고 지적 하면서 악장혁신운동에 필요한 도구를 지정하여 보고 하였다. 세조는 종묘제례악에 신악을 사용하기 위하여 필요한 사업들을 파악하여 전개하고 거기에 필요한 도구들을 완벽하게 보완하였다.

양성지는 의관과 언어가 예악에 미치는 영향을 고려하여 우리의 의복과 우리의 언어를 사용하여 풍속을 지킬 것을 세조에게 건의하였다. 세

25)『世祖實錄』, 10년 1월 14일(丁卯)조항 참조.

조는 언어에 대한 민심의 이반을 생각하며 중국의 제도를 반드시 따를 필요가 없다고 했다. 세조의 이러한 의도 속에는 우리의 글과 우리의 언어로 음악을 만들어 활용하자는 민족의 자부심이 깔려있었다. 세조의 중국에 대한 외교는 민족 주체적이며 조선의 자긍심이 함의된 것으로 맹목적인 사대를 배격하고 맹자가 왕도정치로 주장한 이소사대(以小事大) 정신에 입각하고 있었다.

정조는 찬집당상을 소견하였다. 정조임금이 봉조하 서명응에게 이르기를, "세조조에 교천례를 썼었는데, 이는 대절문이다. 그런데 경은 천자의 예이기 때문에 기록하여 두는 것이 부당하다고 하였다. 대저 우리 조정이 명나라 조정에 대해서는 만력(萬曆)을 전후하여 구별을 두고 있고 또 국초이래 조종이라고 칭하였었어도 황조(皇朝)에서 금하지 않았었다. 교천례에 이르러서는 이것이 조종의 고사에 관계된 것이니, 경들은 잘 상량하여 고려하고 부집할 것이요 피혐할 필요가 없다."26)하였다.

정조는 원구단에서 교천례를 지내려 하자 봉조하 서명응이 교천례는 중국의 황제들만 지낼 수 있는 천자의 예이기 때문에 우리 조선에서 그것을 행하는 것은 문제가 된다고 난색을 표했다. 그러자 정조는 세조가 원구단에 지냈던 교천례를 위대한 절문이라고 하며 조사하게 한 적이 있었다. 정조는 세조의 악장혁신운동과 원구단 행사를 조선의 위대한 업적으로 평가하였다. 이것은 아마도 세조이후 사림파의 등장으로 인해 원구단의 제사가 중지된 것 같다.

세조는 아들에게 예악의 중요성을 강조하여 어찰을 세자에게 주며 이르기를, "예악은 잠시라도 몸에서 떠나서는 안되는 것이나, 어버이를 섬기는 예는 더할 수 없이 큰 것이다. 무릇 예라는 것은 몸의 엄숙함이

---

26)『정조실록』12권, 5년(1781 신축) 11월 10일(무신).

니, 엄숙함은 나약함을 다스리는 것이다. 악이란 것은 동작의 화함이니, 화함은 포악함을 다스리는 것이다. 엄숙함이 아니면 몸을 세울 수 없고, 화함이 아니면 발용할 수 없는 것이니, 엄숙하지 아니하고 몸을 세우면 몸에 굳음이 없고, 화하지 아니하고 발용하면 동작이 통달하지 못한다. 이것이 성인이 물이 인연하여 교화를 베풀어 백성의 뜻을 미리 안정시키고 천하의 형세를 굳게 하여 태평한 교화를 이루는 소이이다. 그러므로 예보다 더 중한 것이 없는데 이를 가볍게 하면 그 폐단이 야비함을 이루고, 악보다 요긴함이 없는데 속함에 흐르면 그 폐단이 음탕함을 이룰 것이다. 가볍게 하지 말고 이를 지켜서 변치 말게 하며, 유용하지 말고 절조 있게 쓰면, 비록 군진(軍陣)과 연한(燕閑)의 즈음에라도 일마다 근원을 만나 취해 씀이 무궁할 것이니, 선왕의 뜻을 이어 일을 행하는 데에 무슨 어려움이 있겠느냐? 위의 말은 대략을 말한 것이고 세세한 조목은 너 스스로의 생각에 달려 있는 것이니, 오랫동안 힘써 행하여야 얻을 수 있을 것이다. 특별히 써서 내려주니, 허리 띠 에 써서 잊지 말도록 하라."27)라고 하였다. 여기서 세조가 예악을 얼마나 중요하게 인식해 왔는 지를 엿볼 수 있다.

　15세기 조선의 수성을 위한 세조의 악장혁신운동은 조선 역사에 길이 남을 위대한 업적이었다. 그의 악장혁신운동의 근간이 되는 경세철학의 미학적 논리는 조선의 국시가 함의된 악도일치의 성리학적 예술관과 조선의 자긍심과 민족주체성이 담긴 민족예악의 예술적 교융이었다.

---

27) 『세조실록』 29권, 8년(1462 임오) 8월 20일(임오).

Ⅳ. 결론

이상으로 15세기 조선 한문학에 나타난 미학 조명의 일환으로 세조의 악장혁신운동과 그 수성의 미학에 대해 살펴보았다. 15세기 조선 한문학에 나타난 미학을 조명하면서 악장을 빼고는 서술되기 어렵다. 악장은 모든 행사에 공연되는 가사(詩)·음악(樂)·무용(舞)의 종합예술로서 15세기 조선시대 문학예술의 백미이다.

세조의 악장혁신운동과 그 수성의 미학은 크게 세 가지로 나눌 수 있다. 하나는 조선의 신유학적 국시가 담긴 악도일치의 성리학적 예술철학이었고, 다른 하나는 중국과는 다른 민족 고유의 사상과 황제국을 지향하는 자주적인 민족주체성이 담긴 조선민족예악의 천명이다. 셋째는 조선 악장의 국체인식과 세계화를 향한 웅혼한 기상이다. 세조는 이 세 갈래의 실천과제를 조화롭게 융합하는 것을 악장혁신운동과 그 수성의 미학으로 인식했다.

조선의 가장 극악무도하고 잔인한 왕, 왕위찬탈로 인해 조선왕조상 가장 악한임금으로 평가받는 분이 곧 세조이다. 그러나 세조는 많은 업적을 남긴 왕이다. 그 중에서도 조선의 악장혁신운동은 우리 역사상에 길이 남을 위대한 업적이다.

그의 악장혁신운동에 나타나는 수성의 미학에는 조선의 국격이 들어 있었다. 거기에는 중국의 악장에서 벗어나려는 주체성과 황제의 나라를 지향한 국가의 원대한 비젼이 들어 있었다. 우리민족의 정통성과 민족의 진취적 기상이 들어있고, 조선의 자긍심이 들어있었다.

15세기 후반에 성리학적 조선악장 (시·음악·무용)의 혁신운동이 위대하게 성공하고 있었다.

이것은 제후의 음악에서 천자음악위주의 음악을 지향하는 자주국가의 원칙성이 강조되고 있었으며, 그 성격은 건국의 국시인 유교정신에 입각하여 악도일치의 성리학적 악장관을 고수하고 있었다. 또 민족의 자주성을 천명하고 구악 청산과 애국가사의 계승발전, 조선 국가의 긍지심 고취, 치세지음의 강화, 가사가 구체적·합리적·사실적인 방향으로 전환되고 있었다.

세조의 원구단 교천례는 조선건국부터 공력을 기우려오던 악장혁신운동의 종합이었다. 그동안 개혁한 조선의 악무가 총동원된 행사였으며 조선의 국가적인 위상을 정립하고 세계화를 지향한 민족의 자긍심을 최대한 신장시킨 위대한 업적이었다. 원구단 행사이후 조선의 악풍이 달라지고 있었다. 세조의 예악사상과 제천의식에는 민족 주체성이 서려있고 국가의 위상이 들어 있으며 경세적인 실용정신이 포함되어있다. 세조의 악장혁신운동과 守成의 악장들은 대부분 유교적 프로파간다로서 호건하며 우아하고 전아한 풍격의 미학을 지니고 있다. 15세기 조선 한문학의 미학에 대한 조명과 악장에 대한 지평이 넓어지기를 기대한다.

참고문헌

『국역 新增東國輿地勝覽』, 민족문화추진회, 1967.
『국역 악학궤범 Ⅰ,Ⅱ』, 민족문화추진회, 1967.
『국조인물고』 서울대학교 출판부, 1992.
『增補文獻備考』, 韓國學振興院, 1986.
姜希孟, 『私淑齋集』, 韓國文集叢刊 12집.
金守溫, 『拭疣集』, 韓國文集叢刊 9집.
卞季良, 『春亭集』, 韓國文集叢刊 8집.

徐居正, 『四佳集』, 韓國文集叢刊 10·11집.

徐居正외. 『국역 東文選』 민족문화추진회 1983.

梁誠之, 『訥齋集』, 韓國文集叢刊 9집.

鄭道傳, 『三峰集』, 韓國文集叢刊 5집.

정조, 『국역 弘齋全書』, 민족문화추진회, 2001.

CD국역조선왕조실록 증보판, 서울시스템주식회사, 조선왕조실록CD~ROM간
    행위원회, 1995.

文一平, 『湖岩全集』, 1~4권, 三文社, 1978.

申斗煥, 「訥齋 梁誠之의 상소문에 나타난 현실대응논리」, 『한문학보』 제3집,
    우리한문학회, 2000.

_____, 「訥齋 梁誠之의 頌에 대한 一研究」 『한국시가연구』 제9집, 한국시가학
    회, 2001.

_____, 『눌재 양성지의 예악사상과 문학세계』, 성균관대학교 박사학위논문,
    2002.

申斗煥, 『조선전기 민족예악과 관각문학』, 국학자료원, 2004.

양광석 외, 『한국문학사상사』, 계명문화사, 1991.

李敏弘, 『韓國民族樂舞와 禮樂思想』, 성균관대학교 인문과학연구총서, 제2집,
    집문당, 1997.

_____, 『한국민족악무와 예악사상』, 집문당, 1997.

李成茂, 『조선의 과거제도』, 춘추문고, 한국일보사, 1976.

李海炯, 국역 「동국통감」, 탐구당, 1990.

張師勛, 『한국 전통음악의 이해』, 서울대학교 출판부, 1981.

_____, 『韓國舞踊槪論』, 大光文化社, 1984.

한영우 외, 『우리 옛지도와 그 아름다움』, 효형출판사, 2001.

한영우, 『다시찾는 우리역사』, 경세원, 2001.

_____, 『조선전기 사회사상연구』, 지식산업사, 1983.

_____, 『조선전기 사회사상』, 춘추문고017, 한국일보사, 1976.

불우헌 정극인 한시의 강호한정 미의식

박명희

Ⅰ. 머리말

15세기 호남한시는 16세기와 대비했을 때 여러 측면에서 엉성하다.[1] 우선 다른 것은 차치하고 작품을 생산해내는 주체인 작가가 풍부하지 않다. 주요 작가를 꼽으라면 정극인(丁克仁, 1401~1481) 정도이다. 물론 또 다른 문인으로 최부(崔溥, 1454~1504)·최충성(崔忠成, 1458~1491) 등을 손꼽을 수 있겠으나 이들은 도본문말의 강한 의식 때문인지 남아있는 한시가 없다. 이로써 15세기 호남한시의 연구 대상은 정극인 한 사람으

---

[1] 16세기 문단에서 활약한 호남 문인의 실상은 이수광(李睟光)·허균(許筠)과 같은 후대 비평가들에 의해 정리되었다. 이들이 언급한 주요 문인으로는 박상(朴祥)·임억령(林億齡)·임형수(林亨秀)·김인후(金麟厚)·양응정(梁應鼎)·박순(朴淳)·최경창(崔慶昌)·백광훈(白光勳)·임제(林悌)·고경명(高敬命)·박우(朴祐)·최산두(崔山斗)·유성춘(柳成春), 희춘(希春) 형제·양팽손(梁彭孫)·나세찬(羅世纘)·송순(宋純)·오겸(吳謙)·이항(李恒)·기대승(奇大升) 등이다. 이들 문인들은 당대 조선 문단에서 시풍을 주도하는 등 주요 역할을 수행하였는데, 이러한 양상은 전 시대인 15세기와 확연한 차이를 보인다.(許筠, 『惺所覆瓿稿』 권23, 「惺翁識小錄中」과 李睟光, 『芝峰類說』 권14, 文章部7, 「詩藝」 참조)

로 압축되며, 선택의 여지가 없는 듯하다. 그렇다고 어쩔 수 없이 정극인을 연구 대상으로 삼는다면, 여기에도 문제는 있다. 이는 연구 대상을 선별함에 가치를 기준으로 한 것이 아닐 수 있기 때문이다.

하지만 정극인의 한시는 가치를 기준으로 둔다면, 연구 대상으로서 충분하다. 우선 정극인은 관각문인들이 득세하던 15세기 몇 안 되는 사림으로 한시 작품을 통해 유학자적인 면모를 강하게 보여주고 있다는 점에 주목할 필요가 있다. 많은 연구자들이 조선조 사림문학은 이황·이이 등이 활약한 16세기에서 출발하여 그때 가장 흥성했을 것으로 생각하는데, 그 단초를 정극인의 한시에서 볼 수 있다는 점에 주목을 요한다. 물론 정극인의 시대와 16세기의 학문적인 성숙도를 대비해보면, 확연한 차이가 있다. 정극인의 시대가 고려 때에 수용한 성리학이 점차 실천 유학으로서 성격이 부각된 반면, 다음 시대는 유학이 심학화(心學化) 되면서 학문적인 완숙도를 높였기 때문이다. 따라서 이러한 학문적인 완숙도로 인한 중요성 때문에 16세기 유학자 문인에 대한 연구는 활발히 진행된 반면, 상대적으로 15세기 유학자 문인의 작품에 대한 연구는 김종직(金宗直) 등 몇 명 외에는 별로 주목하지 않았다. 그러나 16세기의 학문이 완숙하여 그 중요도가 부각된다고 해도 15세기의 문학 작품의 성과가 감쇄되는 것은 아니라고 생각한다. 오히려 완숙한 학문적 성과를 이룩한 16세기를 준비하는 전단계로서 15세기는 어떠했는지를 고구해보는 것은 그 나름의 의미 있는 작업이 될 것이다. 이렇다고 할 때 정극인의 역할이 새삼 중요하다. 정극인은 15세기 초입에 출생하여 후반기까지 살았던 문인으로 당대를 온몸으로 체험하며 작품을 생산해 냈기 때문이다. 이것이 정극인의 한시를 주목한 1차적인 이유이다.

『불우헌집』 소재 정극인의 한시는 총 35제 57수이다. 이러한 작품 수는 결코 많다고 할 수 없는데, 황윤석이 「행장」에서 '공이 지은 시문과

가곡, 그리고 벗들과 주고받은 시문을 합하여 1책이 있었는데, 왜란의
병화(兵火)를 겪은 뒤 그 가운데 겨우 한두 가지만 전하게 되었다.'2)라고
한 것을 보면, 더 많은 작품이 있었던 것으로 추측된다. 하지만, 작품의
수가 반드시 많아야만 작품의 진면목을 볼 수 있는 것은 아니어서 그
수의 다과(多寡)에 연연할 필요는 없다고 생각한다.

　본 논고는 정극인의 강호시를 대상으로 거기에서 표출된 '한정(閑情)'
의 미의식을 구명하고, 미의식의 의의와 한계 등을 정리하고자 한다.
정극인은 자신의 생애에서 두 차례의 강호 생활을 하였다. 이것을 1차와
2차 강호 생활로 명명할 수 있는데, 이러한 강호 생활을 하던 중에 지은
시문을 보면 둘은 차이가 있음을 발견하게 된다. 1차 강호 생활은 37세
때 성균관에서 불교를 배척하는 상소문을 올려 이것이 빌미가 되어 처향
(妻鄕)인 태인(泰仁)에서 지낸 때를 말하고, 2차 강호 생활은 70세 때 벼
슬에서 치사한 후 다시 처향으로 내려가는데 이와 관련된다. 그리고 이
러한 강호 생활 중에 시문을 남기는데, 둘 모두는 '한정'과 관련된 측면이
강하다. '한정'은 '한가로운 정을 편다'는 의미로서 조선조 문인들의 경
우 주로 세속과 멀리 떨어진 강호와 관련지었는데, 정극인도 마찬가지라
고 하겠다. 정극인은 두 차례의 강호 생활 중에 시문을 통해 '한정'을
드러내었으며, 그러면서도 이 두 생활 중의 '한정'은 다른 면모를 지니고
있다. 2차 강호 생활 중에 지은 시문에서 비로소 '한정'의 미를 표출하는
데, 이것이 가장 주목을 요하는 부분이기도 하다. 그리고 마지막으로
15세기라는 상황과 16세기 문인학자의 강호 문학과 견주어 의의와 한계
를 도출할 것이다.

---

2) 丁克仁, 『不憂軒集』 권수, 「行狀」 (황윤석), "有詩文歌曲并知舊唱酬一册, 閱倭燹僅傳
　一二."

정극인은 주지하다시피 최초의 가사 작품으로 알려진 「상춘곡(賞春曲)」의 작자이다.[3] 때문에 국문시가의 주요 연구 대상이었고, 지금까지 다방면의 연구가 축적된 상황이다. 이에 반해 한시에 대한 연구[4]는 다소 늦게 출발하였으며, 강호와 관련하여 미의식을 도출한 경우는 없었다. 따라서 본 논고를 통해 15세기 호남 한시의 미의식의 한 단면을 볼 수 있을 것이다.

Ⅱ. 강호의 삶과 출사 의지

정극인의 자는 가택(可宅)이요, 호는 불우헌 또는 다각(茶角), 다헌(茶軒) 등이다. 지금의 경기도 광주에서 태어나 어려서 관향인 전남 영광으로 옮겨 살았고, 17세 때 향시에서 장원 급제했는가 하면, 29세 때 생원시에 합격하고 성균관에 들어가 공부하였다.

그러던 8년 후인 37세 때 당시 흥천사(興天寺)의 주지로 부임한 행호(行乎)를 참형에 처단할 것을 요구한 상소문을 당시 임금인 세종에게 직접 올린다. 흥천사는 현재 서울특별시 돈암동에 있는 사찰로 1396년 태조의 비 신덕왕후(神德王后)가 죽자 왕비의 명복을 빌기 위해 창건하기 시작하

---

3) 그동안 논란이 된 「상춘곡」의 최초 가사설과 작자의 진위 여부는 본 논고와 무관하므로 여기서는 일단 일반론적인 면만을 언급한다.

4) 지금까지의 정극인 한시 연구로는 이병기의 논문(「정극인 한시고」, 『전북대학교 논문집』23집, 전북대학교, 1981), 양해준의 논문(「불우헌 정극인의 시문학」, 동국대학교 교육대학원 석사학위논문, 1996), 유육례의 논문(「정극인 한시의 미학」, 『고시가연구』22집, 한국고시가문학회, 2004. / 「정극인의 贈詩 연구」, 『고시가연구』14집, 한국고시가문학회, 2008) 등이 있었다. 이중에서 유육례의 논문(2008)은 정극인 한시에 드러난 관계의 미학이라는 장 아래에 훈계, 송별, 어울림, 그리움, 감격이라는 절을 설정하여 논의를 전개하였는데, 본 논고의 주 관점인 강호의 미와는 무관함을 밝힌다.

였고, 그 후 보수와 중창을 거듭하다가 1437년(세종19) 사리전을 중수하기에 이른다. 이는 유교를 국가의 이념으로 채택한 조선이 겉으로는 불교를 탄압한 듯했지만, 왕실에서는 오히려 불교를 통해 마음의 안식을 얻고자 했음을 보여준 한 사례라고 하겠는데, 문제는 이때 발생한다.

세종은 당초 몇 가지의 불교 정책을 단행하는데, 그 대표적인 것이 5교를 폐지하고 선(禪)·교(敎) 양종(兩宗)만을 남겨둔 일, 중외 사찰의 노비와 전토를 모두 폐지하여 관청에 귀속시킨 일, 왕릉에 있는 승사(僧舍)를 폐지한 일 등이었다. 따라서 유학자의 입장에서는 이러한 세종의 불교 정책에 흡족해 했는데, 흥천사 건물의 중수로 충격을 받는다. 흥천사의 중수는 큰 토목 공사여서 결국 백성들의 고혈을 짜낼 수밖에 없다는 것이 뭇 유학자들의 생각이었다. 때문에 대간들이 뜻을 모아 진언을 했지만, 세종은 대간들의 말을 따르지 않고 흥천사의 중수를 계속 하였다.

그러자 이번에는 성균관의 유생들이 세종의 흥천사 중수를 반대하며 권당(捲堂)을 하기에 이른다. 권당은 요즘의 동맹휴학인데, 세종도 유생들의 이러한 결단을 그냥 두고 볼 수만은 없었던지 권당을 주동한 정극인을 불러 힐난하였다. 이때 정극인은 임금의 앞이었지만, 소신을 다해 「태학청주요승행호소(太學請誅妖僧行乎疏)」를 올린다. 이 상소문의 주 내용은 불교의 폐단과 당시 흥천사의 주지인 행호의 방자한 행동 등을 비판한 것이었다. 이 상소문은 결국 세종의 심기를 건드리는 결과를 가져와 정극인은 죽음에까지 이를 수 있었는데, 다행히 당시 재상으로 있던 황희(黃喜)의 만류로 죽음은 면한 대신 함경도로 유배를 가게 되었다. 이윽고 사면한 정극인은 처향인 태인으로 돌아가는데 그 후의 행적을 「행장」에서는 다음과 같이 적었다.

공은 남쪽으로 돌아온 뒤로 한결같이 유정(幽貞)한 뜻으로 과거에 응시

하기를 즐기지 않고, 초가삼간을 짓고는 그 집을 불우헌, 그 내를 필수(泌
水)라고 명명했으며, 송죽을 심어 두고는 농사짓는 사람, 나무하는 사람들
과 섞여 지냈다. 이러한 가운데서 정신을 기쁘게 하고 심성을 기르며, 평
이하게 처하여 천명을 기다리며, 한가로이 노닐면서 즐거워하고 근심을
잊었다. 오직 자질과 고을의 자제들을 모아서 가르치되 부지런히 힘쓰고
게을리 하지 않았으며, 「향약계축(鄕約契軸)」을 만들어 정성과 신의로 권
면하였다.5)

정극인 개인에게는 비록 불미스러운 일로 강호에 머물게 되었지만,
글의 내용을 통해 볼 때, 유학자의 면모를 견지했음을 알 수 있다. '유정
(幽貞)하다'는 말은 『주역』 「이괘(履卦) 구이(九二)」의 '밟는 길이 평탄하
니 유인(幽人)이라야 곧고 길하리라.'에서 나온 말로 은사가 도를 지켜
곧고 바른 것을 뜻한다. 곧, 고결하고 굳센 절조를 지키는 것을 말하는
데, 정극인이 향촌에서 어떻게 지냈는지를 알 수 있는 말이다. 또한 초가
삼간을 '불우헌', 내를 '필수'라고 명명했는가 하면, 향촌의 보통 사람들
과 어울리며 지냈고, 몸과 마음을 기쁘게 했으며, 한가로이 노닐며 즐거
워하고 근심을 잊었다고 하였다. 여기서의 '근심'은 기본적으로 유학자
의 삶의 태도를 보여준 『논어』 「위령공(衛靈公)」편의 '군자는 도를 걱정
하지 가난은 걱정하지 않는다.'6)와 『주역』 「계사전상(繫辭傳上)」의 '천명
을 알고 즐기기 때문에 걱정할 것이 하나도 없다.'7) 등을 뜻한다 하겠다.
즉, 정극인은 비록 빈한한 삶이지만 그것을 걱정하거나 근심하지 않는

---

5) 丁克仁, 『不憂軒集』 권수, 「行狀」 (황윤석), "公旣南歸, 壹意幽貞, 不樂赴擧, 築草舍
   三間, 名其軒曰不憂, 名其川曰泌水, 植松竹, 混耕樵. 怡神養性, 居易俟命, 徘徊夷猶,
   樂而忘憂. 惟子姪及鄕之弟, 是聚是誨, 孜孜不倦, 爲修鄕約契軸, 而勉之以誠信."

6) 『論語』 「衛靈公」, "君子憂道不憂貧."

7) 『周易』 「繫辭傳上」, "樂天知命, 故不憂."

유학자적인 면모를 견지하였다.

또한 자질(子姪)과 고을 자제들을 교육시키고「향약계축(鄕約契軸)」을 만들었다고 하였다. 향약은 '향약규약(鄕村規約)'의 약칭으로 숭유배불 정책에 의해 유교적 예절과 풍속을 향촌 사회에 보급하여 도덕적 질서를 확립하고 미풍양속을 진작시키며, 각종 재난에 대비해 상부상조하는 규약을 의미한다. 그런데 정극인은「향약계축」에서 오륜 가운데 '붕우'를 강조하고 있어서 특별히 벗과의 우정을 돈독히 할 목적이 있었다고 생각한다. 다음은 당시 만든「향약계축」으로 총 28구로 이루어져 있으며, 그 앞부분을 인용하면 다음과 같다.

인륜 다섯 가지 중에	人倫有五
붕우가 그 하나라네	朋友居一
함께 이 세상에 살면서	並生斯世
얻기 어렵다 말 하네	號曰難得
더구나 같은 고을에서	矧同一鄕
조석으로 따라 노닒에랴	從遊朝夕
벗으로서 인을 도움을	以友輔仁
곧 유익한 세 벗이라 하네	是謂三益
정성과 믿음으로 계를 이루니	作契誠信
끈끈한 정이 교칠과 같다네	猶膠與漆
경사엔 반드시 하례하고	吉慶必賀
우환엔 반드시 구휼하네	憂患心恤[8]
(생략)	

오륜은 부자유친·군신유의·부부유별·장유유서·붕우유신을 말하는

8) 丁克仁,『不憂軒集』卷1,「泰仁鄕約契軸」.

데, 유교의 기본 윤리로 인간관계 속에서 반드시 지켜야 할 덕목이기
도 하다. 이 가운데 특히, '붕우'를 강조하고 있는데, 당시 향촌의 질서
를 바로 잡는데 무엇보다 중요한 것은 인간적 관계 형성과 유지였기
때문이다. 여기에서 가장 소중하게 여겼던 것은 '정성과 믿음[성신(誠
信)]'이었고, 경사에는 축하하고, 우환이 있을 때는 구휼하기로 했음을
알 수 있다. 이로써 보면, 향약계는 요즘의 친목계와 같은 성격의 모임
이라고 하겠다. 이와 같이 정극인은 유유자적한 강호 생활을 즐기면서
도 유교적 덕목을 기본으로 향촌을 교화하려는 자세를 가졌는데, 자신
의 유학자적인 면모를 여실히 보여주었다.

그런데 유유자적하며 만족스러운 생활을 하는 듯한 이면에 말직이
라도 출사하고 싶다는 의지를 노골적으로 드러내었다. 다음 시는 출사
의 의지를 표출한 주목할 만한 작품으로 자신의 뜻을 은유적으로 표현
하였다.

바둑 두는 지혜에 비록 수가 많으나	圍碁運智縱多籌
분수 밖의 높은 관직 필히 구할 것 없네	分外高官不必求
하찮은 의복이라도 없으면 해 넘기기 어려운데	無褐無衣難卒歲
누가 나에게 추위 견딜 가죽옷을 줄 것인가	誰將惠我禦冬裘[9]

살아가는 방법이 다기(多岐)함을 바둑에 비유하였다. 즉, 자신은 자신
대로 살아가는 방법이 있는데, 분수에 넘친 지나친 관직은 필요하지 않
고 추운 겨울을 견디기 위한 하찮은 의복만 있으면 된다고 하였다. 그러
면서도 누가 나에게 추위를 견딜 수 있는 가죽옷을 주겠는가 하여 반문
하였다. 여기서의 가죽옷은 추위를 막는 옷이기도 하지만, 바로 '관직'

---

9) 丁克仁, 『不憂軒集』 卷1, 「又寄栗甫」의 두 번째 작품.

또는 '벼슬'을 상징한다고도 할 수 있다. 마지막 구의 어투는 어느 누구도
자신에게 가죽옷을 줄 수 없다고 생각한 나머지에서 나온 세상에 대한
푸념이라고도 할 수 있으며, 심하게는 벼슬을 구걸하는 것처럼 보인다.

　다음 작품도 같은 맥락에서 볼 수 있다. 정극인이 먼저 박중손(朴仲孫)
에게 편지를 부쳤고, 박중손이 답장 형식의 차운시를 보내왔는데, 이
둘은 성균관에서 함께 공부했던 사이로 서로의 처지가 상반되어 있었다.
정극인은 특히, 이런 상반된 처지를 강조하였다.

　　① 나이 겨우 마흔에 승정원에 오르니　　　　　年纔四十步銀臺
　　　세상의 공명이 참으로 으뜸일세　　　　　　　世上功名正是魁
　　　어찌 알랴 태산의 산 아래 노인이　　　　　　豈識泰山山下老
　　　근심과 기쁨을 알지 못한 채 그저 배회함을　不知憂喜漫徘徊10)

　　② 연 소왕은 곽외를 위해 금대를 쌓았는데　　燕昭爲隗築金臺
　　　하물며 그대는 재명이 홀로 뛰어났음에랴　　況子才名獨擅魁
　　　지금 성대에 초야의 숨은 서비를 일으킬 터이지라　聖代卽今揚側陋
　　　응당 강호에 오래도록 배회하지 않으리　　　江湖應不久徘徊11)

　작품 ①에서 정극인은 처음 두 구에서는 박중손이 나이 겨우 마흔으로
승정원에 올랐으니 훌륭하다 하며 예찬하였다. 그렇지만, 정작 자신이
전하고 싶은 내용은 3·4구에 있었다. 3구의 태산 아래 노인은 정극인
자신을 가리키는데, 박중손은 자신과 같은 처지를 겪어보지 않았기 때문
에 자신의 고통을 알 수 없을 것이라고 하였다. 원문의 '기식(豈識)'은

---

10) 丁克仁, 『不憂軒集』卷1, 「寄朴承旨慶胤仲孫」제1수.

11) 丁克仁, 『不憂軒集』卷1, 「寄朴承旨慶胤仲孫」시문에 대한 朴仲孫의 차운시.

실상 부정을 말한 것으로 '알 수 없다'는 뜻을 담고 있어서 역설적 표현을 했다 하겠다. 4구의 근심과 기쁨을 알지 못한다는 뜻은 작자 정극인의 감정이 무디어져 있음을 말한 것으로 아무런 느낌도 없이 한가로이 배회하고 있노라고 말하여 현실에 그리 만족하지 못함을 드러내었다.

작품 ②는 박중손의 차운시로 정극인이 부쳐온 시문의 내용을 간파했음을 알 수 있다. 먼저 1·2구에서는 전국시대에 연(燕)나라 소왕(昭王)이 황금대를 쌓고 곽외(郭隗) 등 유능한 인재를 초빙했던 사실을 들어 정극인도 곧 곽외와 같은 처지가 될 것임을 비유적으로 표현하였다. 또한 지금은 바야흐로 성군의 시대로 능력은 있지만, 어쩔 수 없이 초야에 묻혀있는 선비들을 곧 천거할 것이기 때문에 강호에서 배회하는 시기도 그리 오래되지 않을 것이라고 하였다. 정극인의 입장에서는 출사의 기회가 생길 수 있기 때문에 상당히 고무적인 내용이라고 할 수 있다.

그후 정극인은 실제로 천거되어 광흥창승(廣興倉丞)이라는 벼슬을 받게 되는데, 이때가 그의 나이 51세였다. 당시 어떤 경위에서 천거를 받았는지 황윤석은 「행장」에서 다음과 같이 적었다.

대종(代宗) 경태(景泰) 2년이자 우리나라 문종 1년인 신미년 겨울에 왕명으로 일민(逸民) 가운데 학행이 있으나 늙도록 급제하지 못한 사람을 천거하게 한 일이 있었는데, 대신이 예조 및 성균관과 함께 합사(合辭)하여 '경학이 밝고 행실이 닦였으며 재능과 학문이 모두 정명하다[經明行修 才學俱精]'는 말로 공을 천거하였다. 이에 종사랑(從仕郎) 수(守) 광흥창(廣興倉) 부승(副丞)에 발탁되어 임명되었는데, 이는 조정에서 관례적으로 은일에게는 차례에 구애받지 않고 바로 육품(六品)의 직위를 내리는 은전이었다.[12]

12) 丁克仁, 『不憂軒集』 卷首, 「行狀」(黃胤錫), "代宗景泰二年我文宗元年辛未冬, 命舉逸民, 有學行而老不第者, 大臣與禮曹成均館合辭, 以經明行修, 才學俱精, 薦公. 擢授從仕郎守廣興倉副丞, 是故事隱逸六品不次之典也." 정극인의 유일 천거에 대한 기록은 『조

위 내용을 보면, 정극인은 일민으로 천거되었으며, '경학이 밝고 행실
이 닦였으며 재능과 학문이 모두 정명하다'는 것이 천거의 직접적인 이유
였다. 앞에서도 언급했듯이 정극인은 17세에 향시에서 장원급제하였고,
29세에 생원시에 합격한 후 성균관에 들어가 유학을 본격적으로 공부하
였다. 때문에 이러한 그의 모습을『불우헌집』서문을 쓴 황경원(黃景源)
은 '공은 장헌왕(莊憲王, 세종)의 매우 성대한 시기에 태학에 유학하여
요·순·우·탕·문왕·무왕의 가르침을 들었으니, 그 도가 또한 이미 바르
다고 하겠다. 어찌 맹자가 이른 바 '성인의 무리'가 아니겠는가.'[13]라고
정리하였다.『조선유현연원도(朝鮮儒賢淵源圖)』에 따르면, 정극인은 사
실 길재(吉再)와 김숙자(金叔滋)의 학통을 이은 사림으로 정통 유학자이
다. 그가 성균관 시절 앞장서서 불교를 비판했던 이유도 정통 유학자로
서 이단이 횡행하는 것을 용납하지 못했기 때문이다. 즉, 정극인이 '경학
에 밝고 행실이 닦였다'는 것은 유학을 깊이 학습하였고, 어디에서든
이를 실천해 옮긴 것을 말한 것이라고 하겠다. 정극인이 일민으로 천거
될 수 있었던 것도 이러한 그의 행적을 높이 샀기 때문이다. 일민이라는
말은『논어』「미자(微子)」편에서 유래했는데, 통상 '학문과 덕행이 있으
면서도 초야에 묻혀 지내는 사람'을 지칭한다. 다시 말해 '세상에 나와
봉건체제의 정치에 관여할 가능성을 완전히 끊는 은자'를 말하며, 현실
세계를 부정하는 도가적 인물과는 차이가 있다.

지금까지 정극인이 1차로 강호에 머무르게 된 경위와 행적, 그리고
그의 의식을 바탕으로 한 분명한 출사 의지와 유일로 천거되기까지의
과정을 정리하였다. 이것을 보면, 정극인은 원래 '치인'을 실천하기 위하

선왕조실록』문종1년 11월 30일조에도 나와 있다.
13) 丁克仁,「不憂軒集序」(黃景源), "公當莊憲極盛之時, 游於太學, 聞堯舜禹湯文武之敎,
   則其道亦已正矣, 安知非孟子所謂聖人之徒耶."

여 '수기'의 과정을 거치고 있었는데, 불교를 반대하는 상소문으로 인하
여 결국 뜻대로 되지 않고 처향 태인에 머물게 되었다. 따라서 이때의
강호 생활은 자의적인 것이 아닌 타의에 의한 것으로 현실에 그리 만족
할 수가 없었다. 이 무렵 지은 작품인 「승아곡여제학자관목마(乘阿谷與諸
學子觀牧馬)」의 함련 '공부에 부지런한 뜻을 가진 여러 젊은 학도요, 독서
에 마음이 없는 늙은 생원이로세.'14)는 당시 정극인의 심사를 알 수 있는
대목이다. '젊은 학도'는 부지런히 학문을 연마하는 사람인 반면, '늙은
생원'인 자신은 독서에 마음이 없는 사람이라고 하여 현실에 순응하지
못하고 있음을 드러내었다.

그런데 앞에서 본 황윤석의 「행장」 내용은 상당히 현실에 만족해하며,
유유자적한 생활을 할 뿐 아니라 '과거에 응시하기를 즐기지 않았다.'라
고 하여 마치 출사의 뜻이 전혀 없는 것처럼 기록하였다. 황윤석의 이
기록은 아마도 유학자가 강호에 머물고 있을 때 출사의 뜻을 내비쳤다고
하면, 세속에 대한 욕망을 드러낸 부정적인 인물로 평가될 것을 염려한
때문이라고 하겠다. 그렇지만 여러 정황상 정극인은 1차 강호 생활에
만족하지 못하였고, 언제든지 출사하여 세상에서 경륜을 펴고자 하는
마음을 가지고 있었다. 때문에 강호에 머물고는 있지만, 자연과 가까울
수 없었고, 늘 멀리 하고자 하는 마음이 있었다. 앞에서 든 「승아곡여제
학자관목마」의 미련 '묻노니 두견새는 무슨 일로 괴로이 우는지, 밤새
숲을 격하여 잠들 수 없구나.'15)와 「기김화헌추산(寄金花軒楸山)」의 3·
4구 '흐르는 물가에서 술 마시고 읊조림을 바라 마지않으나, 다만 농사

---

14) 丁克仁, 『不憂軒集』 卷1, 「乘阿谷與諸學子觀牧馬」 함련, "有意勤工諸幼學, 無心懶讀
老生員."

15) 丁克仁, 『不憂軒集』 卷1, 「乘阿谷與諸學子觀牧馬」 미련, "借問杜鵑何事苦, 隔林終夜
不能眠."

짓는 집 형편에 비로소 호미 메고 나가네.'16)는 강호에 머물고 있지만,
결코 자연과 동요되지 못하는 정극인 자신을 보여주고 있다. 두견새 울
음은 꼭 괴롭게만 들릴 수 있는 것이 아님에도 불구하고, '괴롭게 운다'라
고 하여 밤새 잠을 이루지 못하고 있다. 또한 '비로소 호미를 메다.'라는
행위의 '비로소'는 '어쩔 수 없이'라는 의미가 함축되어 있다. 다시 말해
강호에 머물고 있는 사람으로서 두견새가 우는 소리가 괴롭게 들리고,
비로소 호미 메고 나가는 행위는 현실과 결코 가까이 있지 않음을 말한
것이다. 따라서 정극인의 1차 강호 생활은 강호에 그냥 머무른 것이지
끝내 '한가로운 정을 편[한정(閑情)]'것이 아니었다고 결론지을 수 있다.

Ⅲ. 강호한정 미의식의 표출과 지향

   51세에 일민으로 천거받은 정극인은 2년 후인 53세에 과거시험을 치
러 합격한다. 당시 시법(試法)은 경서를 외우는 상경(講經)을 먼저 하고,
시문을 짓는 제술(製述)을 뒤에 하였는데, 이 모든 과정을 완수 후 전시
(殿試)에 급제하였다. 그 후 55세에 전주부(全州府) 교수(教授)로서 진휼
의 일에 참여하였고, 10년이 지나 성균관 주부가 되었다가 사헌부 감찰
로 내려가게 되었고, 통례문 통찬으로 옮긴 후 다시 세 번 성균관 주부로
들어갔으며, 거듭 종학(宗學) 박사(博士)를 겸임하고, 또 교수와 훈도를
각각 거듭 맡았다. 그리고 세 차례 양전(量田) 경차관(敬差官)을 역임하였
다. 69세 때 태인현 훈도로 있었는데, 특명으로 사간원 헌납에 임명되
고, 이윽고 조산대부(朝散大夫) 행(行) 사간원(司諫院) 정언(正言)으로 옮

---

16) 丁克仁, 『不憂軒集』 卷1, 「寄金花軒楸山」, 3·4구, "臨流觴詠非無望, 只迫田家始荷鋤."

졌다. 이 무렵 정극인의 행적에서 중요한 것은 불교를 배척하다가 옥에
갇히게 되었고, 얼마 지나지 않아 풀려났다는 사실이다. 정극인은 일찍
이 37세 성균관 시절에 불교를 배척하는 상소문을 올려 곤혹을 치른
바 있는데, 이로써 불교에 대한 배척 의식을 지속적으로 지니고 있었음
을 알 수 있다. 그 해에 예종이 승하하는데, 이 무렵 정극인은 이듬해에
자신의 나이가 70세가 된다고 하며, 사직의 글을 올려 치사할 것을 요청
한다. 그래서 드디어 치사하고 처향 태인으로 되돌아가게 되었다. 2차
강호 생활이 시작된 것이다.

다음은 「치사음(致仕吟)」 세 수 가운데 두 번째 작품으로 벼슬에서 물
러나는 소회를 밝혔다.

①돌아가길 생각하는 결연한 신하여	歸去來思斷斷臣
시냇가의 실버들에 눈이 처음 고르네	澗邊絲柳眼初均
태산 기슭에 양양한 필수가 흐르고	洋洋泌水泰山麓
빈 골짝의 봄에 희디흰 백구가 있으리	皎皎白駒空谷春
향리에선 미천한 사람과 옛이야기 나누고	鄕曲古談當賤子
사간원의 청아한 흥취는 높은 사람에게 부쳤네	諫垣淸興屬高人
임금의 화롯불 향기만 의관에 남아 있고	御爐香惹衣冠在
이 몸엔 모두 한 점 티끌이 없어라	身上都無一點塵[17]
② 세상에 누가 가장 한가로운가	世上阿誰最大閑
늙은 간신이 물러나길 청하여 귀향하였네	老諫乞骸歸故山
거문고와 바둑, 술과 시로 긴 날을 보내니	琴碁觴詠消長日
천지간에 기쁨만 있고 근심은 없네	有喜無憂俯仰間[18]

---

17) 丁克仁, 『不憂軒集』 卷1, 「致仕吟」 두 번째 작품.
18) 丁克仁, 『不憂軒集』 卷1, 「詠懷」 여덟 번째 작품.

작품 ①의 전체적인 분위기는 마치 진(晉)나라 도연명의 「귀거래사」를 연상하게 만들며, 한 마디로 치사의 변(辭)이라고 하겠다. 도연명은 그의 나이 41세 때 팽택현 지사를 마지막으로 고향으로 돌아가면서 세속과 결별하겠다는 내용의 「귀거래사」를 남긴다. 이 작품은 망세적 은둔에 빠져 시대를 조롱하는 것과는 달리 조용히 스스로 물러나 선비로서의 절의와 안빈낙도를 지키겠다는 소박한 처세가 모든 사람들에게 공감을 주었다.[19] 그중 특히, 조선조 유학자들은 이러한 도연명의 출처관에 크게 공감하면서 유배나 치사와 같이 벼슬에서 멀어질 때면 으레 도연명과 같이 초연한 자세를 보였는데, 위 시도 그러한 분위기를 보여주고 있다.

정극인은 먼저 수련 첫 구절에서 자신을 가리켜 '단신(斷臣)'이라고 하며, 마치 세속의 모든 인연을 끊었음을 내비치었다. 때문에 눈에 보이는 것은 세속의 그 무엇이 아닌 '시냇가의 실버들'인 것이다. 함련의 '필수'는 지난 1차 강호 시절에 정극인이 명명한 시내 이름이고, '희디흰 백구'는 원래는 『시경』「소아 백구(白駒)」에서 유래한 것으로 '현자의 귀가를 만류한다.'는 뜻인데, 여기서는 정극인의 귀향을 반갑게 맞이하는 매개체로 이해할 수 있다. 경련에서는 1, 2구에서 '천자(賤子)'와 '고인(高人)'과 같은 서로 상반되는 인물형을 등장시켜 현재 자신의 처지를 자연스럽게 수용하는 자세를 보였다. 그렇지만 마지막 미련에서 자신의 몸에는 한 점 속진(俗塵)이 없음에도 '임금의 화롯불 향기가 의관에 남아있다.'라고 하며, 망세(忘世)하지 않는 유학자적인 자세를 견지하였다. 세상의 소식에 언제든지 귀를 기울이겠다는 의지를 간접적으로 보여준 것이기도 하다.

---

19) 조기영, 「귀거래의 수용과 시적 전개」, 『한국시가의 자연관』, 북스힐, 2005, 164~165쪽 참조.

작품 ②의 1구에서 작자는 자신만큼 한가로운 사람은 없을 것임을 간접적으로 말하였다. 자신은 늙은 신하로서 벼슬에서 물러나기를 청하여 귀향하게 되었고, 하는 일이라고는 거문고를 켜며, 바둑을 두고, 술을 마시며, 시를 읊는 것 등이라고 하였다. 그러면서 마지막 4구에서 기쁨만 있고, 근심은 없다[무우(無憂)]라고 하며, 유유자적한 현재의 모습에 만족스러워 하였다.

이와 같은 치사의 변을 남긴 정극인의 그 후의 삶은 1차 강호 시절과 크게 다를 바 없어 보이지만, 유달리 유유자적 한가롭게 노닐며 근심이 없음을 강조하고 있다. 먼저 정극인 자신이 지은 「불우헌기」 일부를 인용하면 다음과 같다.

> 이 헌을 불우라고 명명한 것은 한가로이 지내는 뜻을 드러내 기록함이다. (중략) 신세를 뜬구름같이 여기고 고관을 헌신짝처럼 버린 채 자신의 내면에 기량을 간직하고 일의 기미를 보아서 일어나 기쁜 마음과 자득한 모습으로 여기에서 조석으로 지내고 여기에서 기거한다. 그리고 남자 종은 밭을 갈고 여자 종은 베를 짜서 그 수고로움을 대신하고, 부모는 자애롭고 자식은 효도하여 그 인륜을 돈독하게 하여, 벼슬길의 부침을 듣지 않으니 어찌 세도의 승강을 알 것인가. 높은 하늘 낮은 땅 사이에 한가히 지내는 한 사람이니, 무엇을 근심할 것인가.[20]

앞에서 본 바 불우헌은 1차 강호 시절에 지은 누정으로 당시는 건물만 지어놓고 기문을 짓지 않았는데, 이제야 기문을 지은 것은 분명한 의도가 있다고 생각한다. 기문을 지어 자신의 강호 생활이 어떻다는

---

20) 丁克仁,『不憂軒集』卷1,「不憂軒記」, "軒以不憂名, 志閒也. (中略) 浮雲乎身世, 弊屣乎軒冕, 藏器於身, 見幾而作, 欣欣然囂囂然, 朝夕於斯焉. 起居於斯焉, 奴耕婢織, 足以代其勞, 父慈子孝, 足以厚其倫, 不聞宦海之浮沈, 焉知世道之升降. 天高地下間, 一閒人也, 夫何憂哉."

것을 분명히 보이고 싶었을 것이다. 이 「불우헌기」의 내용을 보면, '근심하지 않는다' 또는 '근심이 없다'는 '불우'의 의미를 잘 드러내고 있으며, 세상을 긍정적으로 바라보는 유학자적인 사고가 그대로 배어 있다. 따라서 황윤석은 「행장」에서 '공은 돌아온 후에도 오히려 한가로이 노닐면서 즐거워하고 근심을 잊음이 지난날에 하던 것과 다름이 없었고, 남에게 알려지거나 영달하기를 구하지 않고 장차 그대로 몸을 마칠 것 같음도 지난날에 하던 것과 다름이 없었다. 인하여 「불우헌기」를 지어 한가로이 지내며 근심이 없는 뜻을 서술하였다.'21)라고 하였다. 즉, 한가롭게 노닌 것과 영달을 구하지 않은 것, 「불우헌기」를 지은 것 등을 주요 내용으로 다루었다. 또한 손비장(孫比長)도 「묘갈문」에서 '『주역』「건괘(乾卦)」에 말하기를 '세상에 숨어 지내면서 근심하지 않는다.' 하고, 『논어』「안연편(顔淵篇)」에 말하기를 '근심하지 않고 두려워하지 않는다.' 하니, 공은 이러한 도리를 따른 것이리라. 공은 이러한 도리를 따른 것이리라. 이것이 바로 공이 보통 사람들보다 만 배나 뛰어난 점이라고 할 것이다.'22)라고 하여 '불우'를 강조한 정극인의 삶을 높이 찬양하였다.

사실 정극인에게 있어 불우헌은 강호한정의 상징물이라고 할 수 있다. 불우헌에서 자연을 만나고, 자신의 한가로운 정을 펴고 있기 때문이다. 1차 강호 생활에서는 거의 볼 수 없었던 2차 강호 생활만의 모습이라고도 할 수 있다. 1차 강호 생활에서 누정을 이미 만들어 자연과 어울려 한가로운 정을 편 듯했지만, 사실 그렇지 않았음은 앞 2장에서 언급하였

---

21) 丁克仁, 『不憂軒集』卷首, 行狀(黃胤錫), "公自旣歸, 猶且徘徊夷猶, 樂而忘憂, 無異於前之爲也, 不求聞達, 若將終身, 亦無異於前之爲也. 因記不憂軒, 以敍閑而無憂之意."
22) 丁克仁, 『不憂軒集』卷首, 「不憂軒 墓碣 缺文」, "易曰, 遯世而無悶, 語曰, 不憂不懼, 公其以之也, 公其以之也. 此公之出於尋常萬萬也."

다. 당시는 바깥 세상에 나아가려는 출사의 의지가 워낙 강렬해 자연에
쉽게 동화될 수가 없었다. 그러나 2차 강호 생활은 1차 때와는 상황이
달라졌다. 치사 후 하는 강호 생활이기 때문에 자연을 바라보는 인식
자체가 달라졌다 하겠다. 그 전에 볼 수 없었던 자연물이 눈에 들어오고,
마음도 여유로워 자연에 쉽게 어울리는 태도를 보이고 있다. 불우헌에서
읊은 한시 작품을 보이면 다음과 같다.

① 청산에 또 백운을 길이 차지하니	長占青山又白雲
불우헌 위에서 마음 다스리네	不憂軒上事天君
주리면 먹고 목마르면 마시는 한중의 맛	飢餐渴飮閑中味
청풍명월이 함께 하리라	明月淸風可與云23)
② 넓지 않은 선비의 집 치우쳐 누추하지만	一畝儒宮雖僻陋
꽃 피는 아침 달 뜨는 저녁 흥을 표현하기 어렵네	花朝月夕興難言
시서와 바둑으로 한가로이 날을 보내니	詩書棊奕閑消日
앉고 눕기를 맘대로 하는 **불우헌**일세	坐臥隨意不憂軒24)
③ 벼슬길에 부침함은 본디 같은 근원이고	浮沈宦海本同源
영욕은 서로 순환하여 함께 뿌리를 이루네	榮辱相乘互作根
누가 알랴 자미화 아래 놀던 객이	誰識紫薇花下客
한가함을 구하여 **불우헌**에 크게 누웠음을	求閑大臥不憂軒25)

작품 ①의 시제는 「불우헌음(不憂軒吟)」이고, ②와 ③은 총 9수로 이루
어진 「영회」시 가운데 두 작품이다. 작품 ①의 1구의 '청산'과 '백운(白
雲)'은 자연물을 상징하는데, 불우헌 주변의 승경이 어떻다라는 것을 말

---

23) 丁克仁, 『不憂軒集』 卷1, 「不憂軒吟」.
24) 丁克仁, 『不憂軒集』 卷1, 「詠懷」 다섯 번째 작품.
25) 丁克仁, 『不憂軒集』 卷1, 「詠懷」 일곱 번째 작품.

한 것이다. 2구의 '천군(天君)'은 사유의 기능을 담당하는 '마음'을 이르는데, 원래『순자』「천론(天論)」의 '마음이 가운데 텅 빈 곳에 거하면서 다섯 가지 감각 기관을 다스리기 때문에 하늘의 임금님이라고 이른다.'[26]라는 말에서 유래하였다. 즉, '마음을 다스린다'고 함은 본래부터 가지고 있는 선심(善心)을 다스린다는 뜻으로 이해된다. 3구는 불우헌에서 느끼는 한가로운 기분을 말한 것으로 사소한 일이라도 자연의 순리에 따르는 자세를 보였으며, 마지막 4구에서는 대표적인 자연물인 '청풍명월'을 등장시켜 거기에 동화되는 모습을 표현하였다.

작품 ②의 1, 2구에서는 안빈낙도하는 삶의 모습을 표현하였다. 비록 자신이 머물고 있는 불우헌이 누추하지만, '꽃 피는 아침과 달 뜨는 저녁'이 되면 승경이 아름다워 흥을 다 붙일 수 없다 했는데, 누추한 곳이지만, 그곳에서 도를 즐기려는 자세를 볼 수 있다. 3구는 앞에서 본「영회」여덟 번째 작품의 3구와 흡사하게 시서를 읊고 읽으며, 바둑을 두는 등의 일이 소일거리라고 하였고, 4구에서는 불우헌 공간을 자유 자재로운 행동이 허락된 곳으로 묘사하였다.

작품 ③에서는 인생의 영욕이 마치 순환하듯이 지난날 벼슬에 있던 작자 자신이 현재는 한가롭게 불우헌에 누워있다 하여 현실에 순응하는 자세를 보이고 있다. 3구의 자미화(紫薇花)는 사간원을 상징하는데, 정극인이 마지막으로 관직 생활을 했던 곳으로 4구의 불우헌과 대비하였다.

이상 시문 몇 작품과「불우헌기」의 기록을 통해서 정극인이 치사 후 강호에서 유락(遊樂)했음을 살폈다. 그 주된 공간은 불우헌이며, '불우'가 의미하듯이 주로 근심을 떨치고 한가롭게 노니는 모습을 볼 수 있었다. 즉, 강호한정을 작품에서 미의식으로 승화시켜 고스란히 표출했다

---

26)『荀子』「天論」, "心居中虛, 以治五官, 夫是之謂天君."

하겠는데, 여기서 한 가지 문제 삼을 것은 2차 강호 생활에서 정극인은 자연을 어떻게 인식했는가 하는 점이다. 이는 결국 정극인의 현실관과 결부된 것으로 단순하게 볼 수는 없다.

먼저 정극인은 과연 일관되게 고향으로 돌아가 자연만을 지향하며 유유자적하며 한가로운 생활을 했을까? 하는 점이다. 앞의 몇 시문에서 보았듯이 표면적으로는 자연 속에서 한가로운 생활을 한 것으로 나타나지만, 실상 꼭 그렇지만은 않았고 사회 지향적인 모습을 생이 끝나는 얼마 전까지 지속적 보여주었다. 따라서 『불우헌집』 서문을 쓴 황경원도 정극인의 이러한 모습을 주목하여 '공은 벼슬을 그만두고 전리(田里)에 돌아가 노년을 보내는 즈음에도 오히려 글을 올려 시정(時政)의 폐단을 조목조목 나열했다.'27)라고 적었다. 치사 후의 주요 사회 지향적인 면모를 「행장」의 기록 내용에 의거해 정리하면, 71세 때 성종이 구언(求言)의 하교를 내리자 8조목으로 상소한 일, 75세 때 마을에 향음주례를 마련하고 규약을 세워 서문을 작성한 일, 78세 때 당시 재해를 당한 일로 성종이 구언을 하자 이에 대해 상소한 일, 80세 때 시정의 폐단을 정리하여 상소한 일 등이다.28) 정극인은 70세에 치사

---

27) 丁克仁, 『不憂軒集』序(黃景源), "然公致仕, 歸老田里, 猶上書條列時弊……."
28) 정극인이 올린 상소문과 관련하여 『조선왕조실록』을 확인한 결과, 「행장」의 내용과 약간의 차이가 있었다. 「행장」에는 71세, 78세, 80세 때 올린 상소문을 언급하였고, 『조선왕조실록』에서는 78세, 80세 때 올린 상소문이 기록되어 있다. 이 가운데 78세 때 올린 상소문의 내용은 「행장」의 기록과 차이가 난다. 「행장」에는 재해(災害)로 인해 임금이 구언을 하자 상소한 것으로 나와 있는데, 『조선왕조실록』에는 '여러 고을에서 사도서를 납미하는 과정에서 부정을 일삼는다고 진언하다.'로 기록되어 있기 때문이다. 또한 75세 때 작성한 「동중향음주서(洞中鄕飮酒序)」는 당시 향촌 교화용으로 1차 강호 시절의 향약계축의 연계선상에 있다 하겠는데, 우리나라 향약의 역사에서 상당한 의미를 지니고 있다. 고려 말 우리나라에 들어온 향약이 최초로 실시된 것은 『조선왕조실록』에 중종 12년으로 기록되어 있는데, 사실 정극인이 당시 동(洞)을 중심으로 이미 향약의 씨앗을 틔우고 있었기 때문이다. 특히, 정극인이 싹을 틔운 향약은 '고현동

하여 81세를 일기로 생을 마치는데, 생이 끝나는 몇 개월 전까지도 당시 사회의 판세를 주목하고 있었던 것이다. 물론 71세와 78세 때 올린 상소문은 구언을 해서 작성하였지만, 80세 때 올린 상소문의 경우는 노구(老軀)이지만, 스스로 말을 타고 서울로 직접 가서 올렸다 한다. 임금의 입장에서 보자면 시폐(時弊)를 스스럼없이 제언하는 신하가 그리 나쁘지만은 않았을 것인데, 그래서 정극인의 나이 72세 때 일찍이 유서(諭書)를 내리기도 하였다. 임금과 멀리 떨어진 향촌에서 임금으로부터 뜻 깊은 유서를 받았으니 기쁘기 그지없었을 것이다. 이때의 기쁨을 「행장」에서는 '매양 천은이 망극함을 생각하고 고려 「한림별곡(翰林別曲)」의 음절에 따라 「불우헌곡(不憂軒曲)」을 지었는데, 먼저 단가로써 때때로 그 영광을 가영(歌詠)하고 이어서 주상의 천수를 축원하였다.'29)라고 적었다. 『불우헌집』권2에 「불우헌가(不憂軒歌)」와 「불우헌곡」이 실려 있는데, 이 무렵 지은 것임을 알 수 있다.

이와 같이 정극인은 향촌에 머물며 강호한정만 노래하며 거기에 매몰된 것이 아니라 사회 지향적인 모습을 지속적으로 지니고 있었는데, 시문에서도 그러한 면모를 드러내었다. 관련된 작품의 주요 부분만 보이면 다음과 같다.

① (전략)
다만 몸과 마음이 아직 쇠하지 않았으니   只有身心衰未了
나이를 줄여 다시금 홍진을 밟고 싶어라   縮年還欲踐紅塵30)

향약(古縣洞鄕約)'으로 그 역사성을 인정받아 현재 보물 제1181호로 지정되어 있다. 고현동향약에 관한 연구는 김경식의 논문(「社會敎化로서의 鄕約에 관한 일고찰」, 『교육학연구』 3집, 원광대학교 교육문제연구소, 1984)을 참조할 것.

29) 丁克仁, 『不憂軒集』卷首, 「行狀」(黃胤錫), "每念天恩罔極, 倚高麗翰林別曲音節, 作不憂軒曲, 先以短歌, 以時歌詠其榮, 申祝上壽."

② 한 통의 조서가 있어 구원으로부터 빛나니　　　一封薇檄賁丘園
　　세상의 영화를 이루 말할 수 있으랴　　　　　世上榮華可勝言
　　당년에 임금을 모셔 후한 위로 입었으니　　　得侍當年蒙厚慰
　　이 생애에 크나큰 은혜 보답할 길 없구나　　　此生無計報鴻恩[31]

③ (전략)
　　양양한 성군의 은택 어디에 보답할까　　　　洋洋聖澤將何報
　　하늘과 같길 축수하여 충정을 쏟아내네　　　祝壽齊天瀉肺肝[32]

④ (전략)
　　다만 가장 먼저 제거할 일은　　　　　　　　只有最先除去事
　　이단이 크게 펴져 천상을 어지럽히는 일일세　異端張大亂天常[33]

　　①은 「치사음」세 번째 작품의 마지막 부분인 미련의 내용인데, '홍진
(紅塵)'이라는 시어에 주목할 필요가 있다. '홍진'은 번거롭고 속된 세상
이라는 뜻을 지니고 있는데, 여기서는 벼슬살이를 의미한다. 곧, 정극
인은 자신이 아직은 심신이 쇠하지 않았으니 다시 벼슬에 나아가고 싶
다는 의지를 드러낸 것이다. 스스로 물러나겠다고 하여 치사했음에도
속내는 오히려 반대였음을 알 수 있다.
　　작품 ②는 정확히 언제 지었는지 분명하지 않지만, 내용으로 미루어
보면 72세 때 유서를 받은 후 지은 것으로 추측된다. 1구의 '구원(丘園)'
은 『주역』에 나오는 말로 위에 있는 임금을 비유적으로 표현한 것이다.
　　작품 ③은 ②와 연결되는 측면이 있는데, 모두 임금의 은혜가 커서

30) 丁克仁, 『不憂軒集』 卷1, 「致仕吟」 세 번째 작품.
31) 丁克仁, 『不憂軒集』 卷1, 「詠懷」 두 번째 작품.
32) 丁克仁, 『不憂軒集』 卷1, 「詠懷」 여섯 번째 작품.
33) 丁克仁, 『不憂軒集』 卷1, 「寄鄭承旨」 첫 번째 작품.

보답할 방법이 없다 하였다. 국문 시가에 흔히 등장하는 '역군(亦君)이 샷다' 정도 된다 하겠다.

작품 ④는 정극인이 유학자로서 다른 학문을 인정하지 않는 태도에서 나온 것으로 특히, 여기서의 '이단'은 불교를 말한다고 할 수 있다. 앞에서 이미 보았듯이 정극인은 성균관 시절에 불교의 반대하다가 목숨까지 잃을 뻔했는데, 그 후로도 상소문 내용에서 불교의 폐단을 지적하지 않을 때가 없었다. 심지어 자신의 상사(喪事)에 불사(佛事)를 배척하라는 유언까지 남겼다고 하니 어느 정도로 불교를 배척했는지를 헤아려볼 수 있다.

이상 정극인의 치사 후의 행적을 여러 기록 자료를 바탕으로 살폈다. 결론적으로 시문을 통해서는 강호한정의 미의식을 표출하며, 자연 지향적인 태도를 보인 측면도 있었지만, 반대로 사회 지향적인 측면도 강하게 드러내어 사고가 복잡하게 얽혀있음을 알 수 있다. 곧, 자연과 사회를 모두 놓치고 싶지 않은 이율배반적인 의식이 자리 잡고 있다 하겠는데, 이를 어떻게 이해해야 되는가 하는 측면이 있다. 그 이해의 선결 조건은 정극인의 학문과 사상을 살피는 것이다.

지금까지 살핀 바에 따르면, 정극인은 정통 유학을 고수한 유학자라고 할 수 있다. 따라서 유학자로서 출처의 개념을 분명히 하고, 자신이 처한 위치에서 소신있는 행동을 하려 했을 것이다. 벼슬에 있을 때는 온 힘을 다해 직무에 열중하고, 벼슬에서 물러난 뒤에는 유학자로서 강호 생활을 만끽하는 반면, 대사회적인 관심도 늘 가지고 있는 다시 말해, '몸은 강호에 있으나 마음은 궁궐에 가 있다.[身在江湖 心存魏闕]'라는 말을 몸소 실천해 옮기려 한 것이라고 하겠다. 곧, 정극인은 도연명과 같은 귀거래 의식을 강하게 지닌 유학자라고 할 수 있다. 귀거래의 생활은 비록 현실에서의 도피이기는 하지만 완전한 도피는 아니다. 왜냐하면 현실과 손을 끊고 홀로의 세계에 잠김을 표방하더라도 결국에는 그렇지 못하고 강호와 현실의 두 세계에 다리를 걸치고 있기 때문이다.34) 그래서 시를 통해서는 강호한정의 미의식을 표출한 반면, 사회에 대한 지향(志向)을 떨칠 수 없었다.

또한 강호한정을 노래하면서도 자연에 완전히 동화되지 못하는 모습을 보이고 있다. 시문에 드러난 대표적인 경우로 앞에서 본 「영회」 다섯 번째 작품의 3구 '시서와 바둑으로 한가로이 날을 보내니'와 여덟 번째 작품의 3구 '거문고와 바둑에 술과 시로 긴 날을 보내니' 그리고 「불우헌기」의 '남자 종은 밭을 갈고 여자 종은 베를 짜서 그 수고로움을 대신하고' 등이다. 강호에 머물며 한가롭게 노닐면서도 자연이 아닌 시서, 바둑, 거문고, 술 등에 더 많은 관심을 두고 있는 것은 한정을 표출하고는 있지만, 내면의 의식은 그렇지 않음을 알려주는 것이기도 하다. 이런 결과가 나올 수밖에 없는 것은 정극인이 강호 생활을 하면서도 사회 지향적인 자세를 견지하고 있었기 때문이다. 다시 말해, 정극인은 겉으로는 강호한정의 미의식을 표출했지만, 내면적으로는 사회를 지향했다고 하겠다. 그래서 그가 바라본 자연은 관조적일 수밖에 없었다. 따라서 2차 강호 생활은 1차 강호 생활보다 자연과의 친밀도가 높아지기는 했지만, 완전히 친밀하진 않다라고 하겠다.

Ⅳ. 미의식의 의의와 한계

한국한시사에서 15세기는 고려시대의 풍모를 완전히 떨치지 못하였

---

34) 崔珍源, 「江湖歌道의 硏究」, 『논문집』 8집, 성균관대학교, 1963, 18쪽 참조.

을 뿐 아니라 국가의 이념인 유교의 울타리를 벗어나지 못한 때이기도
하였다. 즉, 고려중엽 이후 일기 시작한 송시풍, 특히 소식을 숭모하는
풍모가 그대로 이어진 측면도 있었으나 유교적 사유를 바탕으로 시와
문을 종속적으로 바라보는 시각이 만연해 있었다. 이러한 시각은 경술을
중시한 반면, 제술은 경시하는 경향으로까시 나아가 결국 시 창작을 저
해하는 요인으로까지 작용하였다. 또한 이 때 활약한 문인군을 보면,
사장파와 관학파가 공존하였지만, 김수온(金守溫)·서거정(徐居正)·강희
맹(姜希孟)과 같은 관학파가 좀더 우위에 있었다.[35] 사장파든 관학파든
모두 유학에 바탕을 둔 문인들이지만, 처한 환경, 문과 시를 바라보는
시각과 인식 및 작품을 통해 드러나는 문예미 등에서 차이가 났다.

  그러나 15세기 문단을 주도했던 주요 세력은 사장파와 관학파와 같이
양갈래만 존재했던 것은 아니다라고 말할 수 있으며, 굳이 한 부류를
더 추가한다면, 이학파(理學派)가 있지 않을까 한다. 이학파는 성리학을
바탕으로 한 문인학자군을 이르는데, 16세기의 인물인 이황과 이이를
대표로 들 수 있다. 그들의 문학은 성리학 내지 주자학과 무관하지 않으
며, 따라서 지금까지의 논의도 주로 이러한 측면에 기울어져 있었다.[36]
이런 이유로 걸출한 두 문인학자의 문학을 논할 때는 반드시 학문적 경
지를 이해해야만 하는 측면도 있었다. 그런데 여기서 한 가지의 물음을
던질 수 있다. 조선조 문단에서 이학파는 16세기에만, 아니면 16세기부
터 존재했던 것일까? 하는 점이다. 또한 적어도 그 이전부터 약간의 실

---

35) 이에 대해서는 이종묵의 논문(「조선전기 관각문학의 성격과 문예미」, 『국문학연구』
   8집, 2002), 41쪽 참조.

36) 대표적인 연구 성과로는 임형택의 논문(「16세기 士林派의 文學意識」, 『한국문학사
   의 시각』, 창작과 비평사, 1984)과 이민홍의 논저(「士林派文學의 硏究」, 성균관대학교
   박사학위 논문, 1984./ 『朝鮮中期 詩歌의 理念과 美意識』, 성균관대학교 출판부,
   1993) 등이 있다.

마리는 있지 않았을까? 하는 의심을 가져본다. 비록 이황과 이이처럼 학문적인 수준이 깊지 않았다 하더라도 고려 말 수입된 성리학인지라 16세기 이전에 어떤 형태로든지 그 모습은 나타났다고 할 수 있다. 어떤 학문이든지 발흥(發興)한 초기부터 심오할 수는 없다. 그런 측면에서 성리학도 우리나라에 수입된 이후 성숙한 단계에 이를 때까지 초기의 미성숙한 모습을 띨 수밖에 없었다. 이런 측면에서 15세기 이학파는 당대 사장파와 관학파에 대비할 때 미미하다 하겠다. 그리고 감히 미미한 이학파의 문인군 속에 정극인을 포함시킬 수 있겠다. 그 이유는 그가 우선 사림파의 학맥을 이었다는 점이고, 실제로는 『불우헌집』에 소개된 그의 행적에 대한 기록 때문이다.

① 공은 장헌왕의 매우 성대한 시기에 태학에 유학하여 요·순·우·탕·문왕·무왕의 가르침을 들었으니, 그 도가 또한 이미 바르다고 하겠다. 어찌 맹자가 이른 바 '성인의 무리'가 아니겠는가.[37]

② 경사를 섭렵하고 성현을 사우(師友)로 하여, 몸에 기량을 간직하고 기미를 살펴 일어나 신세를 뜬구름처럼 보고 헌면(軒冕)을 해진 짚신처럼 여겼는가 하면, (중략) 공자의 시의(時宜)와 안연의 낙도(樂道)는 곧 원하는 바이며, (중략) 근심하지 않고 두려워하지 않는 것으로 법을 삼았다.[38]

①은 정극인이 성균관에서 공부한 내용을 적었으며, 주로 유학을 학습했다 하였다. ②에서는 무엇보다도 경사를 섭렵하였고, 성현을 사우로 삼았으며, 공자와 안연을 닮고자 했다 하였다. 이러한 기록은 정극인

---

37) 丁克仁, 『不憂軒集』序(黃景源), "公當莊憲極盛之時, 游於太學, 聞堯舜禹湯文武之敎, 則其道亦已正矣, 安知非孟子所謂聖人之徒耶."
38) 丁克仁, 『不憂軒集』卷首, 「行狀」(黃胤錫), "涉獵經史, 師友聖賢, 藏器於身, 見幾而作, 浮雲乎身世, 弊屣乎軒冕, (中略) 孔之時顔之樂, (中略) 而不憂不懼者爲法."

의 학문적 방향을 알려주는 자료인데, 한마디로 유학의 도를 익혔으며, 그를 이학파로 분류하는 이유도 이런 데에서 출발한다. 그리고 이미 정극인은 평생 불교를 반대하는데 앞장섰다고 했는데, 그러한 그의 행동은 당대 유학을 일으키려는 상황에서 나온 당연한 처사라고 하겠다.

그렇다면 여기에서 정극인의 유학의 깊이는 어느 정도였는가? 하는 점에 의문을 던질 필요가 있다. 이학파에게 있어서 학문적 깊이 정도와 문학 창작은 불가분의 관계를 맺고 있어서 문학을 연구하는 입장에서는 경홀히 할 수 없기 때문이다. 그런데 이 문제는 철학을 연구하는 연구자의 몫이지만, 안타깝게도 지금까지의 정극인에 대한 연구 성과를 보면, 그런 부분에 대한 언급은 없었다. 이런 와중에 그가 남긴 시문, 특히 강호 생활 중에 읊은 작품에서 그의 학문적 깊이를 가늠할 수 있다.

16세기를 대표하는 성리학자인 이황과 이이는 사림파문학의 문학론을 가장 충실하게 구현한 거장들로 평가받고 있다.[39] 이들은 유학을 충실히 익힌 학자로서 완숙한 경지를 문학 작품을 통해 승화시켰다, 따라서 국문시가든지 한시든지 이들의 작품에서는 이학적인 요소가 강할 수밖에 없었다. 철학을 문학 작품에 담는다는 것은 지난(至難)한 일임에 분명하다. 철학과 문학은 학문적 성격 자체가 상반된 측면이 있어 전자가 이성에 호소한다면, 후자는 감성에 호소하는 측면이 강하기 때문이다. 그렇지만, 이들이 남긴 작품에서는 철학을 담은 듯하지만, 반드시 거기에만 매몰되지 않은 측면이 있어 이런 점을 높이 평가받는다. 특히, 이들은 산수와 관련하여 내재된 성정(性情)을 담아야 한다고 했는데, 온축된 학문이 자연스럽게 표출되기를 바랐던 것이다. 따라서 이들 산수시에서 주목받는 것은 음영성정(吟詠性情)으로 정극인의 강호시와 연계해

---

39) 이민홍의 앞 논문(1984), 118쪽 참조.

서 볼 수도 있다.

앞에서 살펴본 바 정극인은 두 차례의 강호 생활을 했었다. 그리고 그 생활 중에 창작한 시를 통해 미의식을 추출하였다. 1차 강호 생활 때는 출사에 대한 의지가 강했던지라 한가롭게 정을 펴지 못하여 한정의 미를 획득하지 못하였다. 반면, 2차 강호 생활은 치사 후인지라 1차 때와는 달리 심신의 여유를 작품을 통해 미적으로 표출하려 했지만, 사회 지향적인 요소가 강하여 완벽한 강호의 미는 거두지 못한 것으로 평가하였다. 그나마 강호한정의 미를 표출한 2차 강호 시절의 작품을 보면, 학문적 온축의 측면은 엿보이지 않는다. 심지어 음풍농월적(吟風弄月的)인 요소가 강한데, 「불우헌음」 시에서 '청산에 또 백운을 길이 차지하니, 불우헌 위에서 마음 다스리네. 주리면 먹고 목마르면 마시는 한중의 맛, 청풍명월이 함께 하리라.'고 읊은 것에서 알 수 있다. 흔히, 음풍농월은 음영성정과 반대되는 개념으로서 전자가 단순히 자연을 즐기며 시를 읊는 경우를 말한다면, 후자는 산수나 강호를 읊을 때 재도적인 요소를 고려한 것으로 알려져 있다. 이학파에 속한 문인학자들은 시를 지을 때 주로 말장난에 불과한 것 같은 음풍농월을 경계 대상으로 삼았는데, 비록 한 편의 시이지만 그 속에 이치를 담고자 했기 때문이다. 이런 측면에서 보자면, 정극인의 강호 시는 학문이 켜켜이 쌓여 자연스럽게 표출된 것은 아니라고 하겠다. 이처럼 정극인의 시에서 이학파적인 요소가 거의 보이고 있지 않기 때문에 정극인을 이학파로 분류했지만, 명확히 본 것인지에 대한 갈등을 하게 된다.

그러면서 이런 시점에서 정극인 시에 표출된 강호한정 미의식의 의의를 찾을 수 있는데, 이는 15세기 성리학의 학문적 수준과 맞닿아 있다 하겠다. 정극인이 활동한 15세기는 조선이 건국된 지 1세기도 채 지나지 않은 시점이었고, 유교를 국가의 이념으로 삼았다고는 하지만, 성리학에 대한 이해가 불철저한 때였다. 따라서 당대 문인학자들은 성리학에 대한 심도있는 이해와 철저한 철학적 무장보다는 널리 보급하는 것을 중요하게 생각하였고, 유교적 덕목으로 향촌을 교화하려 하였다. 정극인이 불교를 반대하며 적극 차단하려 했던 것, 「향약계축」 등을 지은 일련의 일들은 당시 성리학의 성향과 수준을 감안하면 이해되는 측면이다. 이로써 결론짓는다면, 정극인의 강호 시는 16세기 문인학자들이 남긴 산수시와 연결될 수 있다는 점에서 의의를 찾을 수 있다. 그렇지만, 16세기 문인들이 궁극적으로 추구했던 음영성정의 단계까지는 가지 못하고 한가로운 정을 편 '한정'의 수준에 그쳤다 하겠다. 아직은 성리학을 내면화시켜 시문을 창작할 단계까지 이르지 못하였고, 이것을 또한 한계로 지적할 수 있다.

V. 맺음말

본 논고는 정극인의 강호시를 대상으로 거기에서 표출된 '한정(閑情)'의 미의식을 구명하고, 미의식의 의의와 한계 등을 밝히고자 했으며, 이를 통해 15세기 호남 한시의 미의식의 한 단면을 볼 수 있을 것으로 예상하였다.

정극인은 29세에 생원시에 합격한 후 성균관에 들어가 공부를 하게 되었고, 8년 후 불교를 배척한 상소문을 올린 일이 빌미가 되어 결국 처향 태인으로 오게 된다. 1차 강호 생활이 시작된 것이다. 따라서 이때의 강호 생활은 자의적인 것이 아닌 타의에 의한 것으로 현실에 그리 만족할 수가 없었기에 시문에서 현실에 순응하지 못하는 모습을 볼 수 있었다. 그리고 지속적인 출사의 의지를 보여 강호에 머물고는 있지만,

자연과 가까울 수 없었고, 늘 멀리 하고자 하는 마음이 있었다. 이러한 이유로 정극인의 1차 강호 생활은 강호에 그냥 머무른 것이지 끝내 '한가로운 정을 편[한정(閑情)]'것이 아니었다고 결론지었다.

51세에 일민(逸民)으로 천거받은 정극인은 53세에 과거시험에 합격하여 본격적인 벼슬살이를 시작한다. 그리고 70세가 될 때 스스로 치사하겠노라고 말하고 벼슬에서 물러난다. 2차 강호 생활이 시작된 것이다. 이때의 특징으로는 1차 때와 대비해보면, 유달리 유유자적 한가롭게 노닐며 근심이 없음을 강조하고 있다는 점이다. 1차 때의 강호 생활은 타의에 의한 것이었지만, 2차 때는 자의적인 측면이 강해 자연을 바라보는 인식 자체가 달라졌기 때문이다. 그리고 1차 때 지어놓고 미처 즐기지 못했던 '불우헌' 누정을 강호한정의 상징물로 삼아 여러 편의 시문을 남기는데, 그 내용은 대체로 안빈낙도요 유유자적함이었다. 하지만, 표면적으로는 자연 속에서 한가로운 생활을 한 것으로 나타나지만, 실상 꼭 그렇지만은 않았고 사회 지향적인 모습을 생이 끝나는 얼마 전까지 지속적 보여주었다는 사실이다. 곧, 자연과 사회를 모두 놓치고 싶지 않은 이율배반적인 의식이 자리 잡고 있다 하겠는데, 이는 정극인이 유학자라는 사실에서 그 이유를 찾았다. 다시 말해, '몸은 강호에 있으나 마음은 궁궐에 가 있다.[身在江湖 心存魏闕]'라는 말을 몸소 실천해 옮기려 한 것이라고 결론지었다. 때문에 2차 강호 생활에서 읊은 시문도 자연과 어울리려는 한정의 미를 표출했지만, 사회에 대한 지향은 떨치지 못했다고 하였다.

15세기 문단을 주도했던 문인군으로 사장파와 관학파 외에 이학파를 설정하고 정극인을 이학파에 포함시켰다. 정극인의 강호 시는 16세기 문인학자들이 남긴 산수시와 연결될 수 있다는 점에서 의의를 찾았다. 그렇지만, 16세기 문인들이 궁극적으로 추구했던 음영성정의 단계까지

는 가지 못하고 한가로운 정을 편 '한정'의 수준에 그쳤으며, 아직은 성리
학을 내면화시켜 시문을 창작할 단계까지 이르지 못하였고, 이것을 또한
한계로 지적하였다.

참고문헌

『論語』.
『荀子』.
『朝鮮王朝實錄』.
李睟光, 『芝峰類說』.
丁克仁, 『不憂軒集』.
許　筠, 『惺所覆瓿稿』.

金璟植, 「社會敎化로서의 鄕約에 관한 일고찰」, 『교육학연구』 3집, 원광대 교
　　육문제연구소, 1984.
梁海準, 「不憂軒 丁克仁의 시문학」, 동국대학교 교육대학원 석사학위논문,
　　1996.
유육례, 「정극인 한시의 미학」, 『고시가연구』 22집, 한국고시가문학회, 2008.
＿＿＿, 「丁克仁의 贈詩 연구」, 『고시가연구』 14집, 한국고시가문학회, 2004.
이민홍, 「士林派文學의 硏究」, 성균관대 박사학위논문, 1984, 118쪽.
＿＿＿, 『朝鮮中期 詩歌의 理念과 美意識』, 성균관대학교 출판부, 1993.
李炳基, 「丁克仁 漢詩考」, 『전북대학교 논문집』 23집, 전북대학교, 1981.
이종묵, 「조선전기 관각문학의 성격과 문예미」, 『국문학연구』 8집, 국문학회,
　　2002.
林熒澤, 「16세기 士林派의 文學意識」, 『한국문학사의 시각』, 창작과 비평사,
　　1984.
조기영, 「귀거래의 수용과 시적 전개」, 『한국시가의 자연관』, 북스힐, 2005.
崔珍源, 「江湖歌道의 硏究」, 『논문집』 8집, 성균관대학교, 1963.

눌재 박상 시의 미의식

― 기(奇)와 장(壯)을 중심으로 ―

신태영

I. 서론

문간공(文簡公) 박상(朴祥, 성종 5, 1474~중종 25, 1530)이 활약했던 시기는 우리나라 한시사에서 가장 빛났던 시기였다. 허균은 중종조에 우리나라 시가 크게 이루어졌다며, 이행을 시작으로 박상·신광한·김정·정사룡 등이 한 시대에 등장하여 찬란하게 빛났으니 일찍이 없었던 일이었다고 칭송하였다.[1] 그리고 이수광은 근세의 시인은 호남에서 많이 배출되었다며, 박상을 필두로 임억령·임형수·김인후·양응정·박순·최경창·백광훈·임제·고경명 등을 열거하였다.[2]

---

1) 洪萬宗 纂, 『詩話叢林』, 「惺叟詩話」(許筠) 35항. "我朝詩, 至中廟朝大成. 以容齋相倡始, 而朴訥齋祥·申企齋光漢·金冲庵淨·鄭湖陰士龍, 竝生一世, 炳烺鏗鏘, 足稱千古也."
2) 李睟光, 『芝峯類說』 권14, 「文章部」7. "頃世詩人 多出於湖南, 如朴訥齋祥·林石川億齡·林錦湖亨秀·金河西麟厚·梁松川應鼎·朴思庵淳·崔孤竹慶昌·白玉峯光勳·林白湖悌·高苔軒敬命."

이러한 평에 걸맞게 박상은 평생을 관직에 있었지만 시를 여사가 아닌 하나의 업(業)으로 인식한 것으로 보인다. 이제신은 박상은 고관이 되었는데도 반드시 이소 한 편을 읊고 율시 한 수를 지은 뒤에야 잠자리에 들었다고 했다.[3] 이제신의 이 말은 박상의 시에 대한 애착과 그의 작품에 있어 굴원이 차지하는 비중이 어느 정도였는지를 말해준다.

시에 대한 애착은 문집을 통해서도 다시 확인할 수 있다. 박상의 문집이 결코 분량이 적은 것은 아니지만, 그의 『눌재집』은 시 일색이라 해도 과언이 아니다. 『눌재집』 12권(原集 7권, 續集 4권, 別集 1권) 중 산문은 고작 15편(속집 8편, 별집 7편)에 불과하며 원집에는 아예 산문이 없다. 한국문집총간본으로 봐도 박상의 작품 160여 쪽 중 산문은 14쪽에 불과하다. 이 운문도 부(賦)가 12편이고 나머지는 모두 시이다. 시의 편수에서도 오언시보다는 칠언시, 절구나 고시·배율보다는 율시가 압도적으로 많다. 비록 그러하지만 박상은 장편에 능한 시인으로 보인다. 비록 칠언율시가 대세를 이루지만, 이것은 잠자리에 빨리 들기 위한 하나의 방편이 아닐까 한다. 절구는 성이 안차고 장편은 시간을 많이 요하기 때문이다. 그리고 실제로 그의 시적 특색은 단편보다는 장편에서 유감없이 발휘되는 것으로 보인다.

박상은 다양한 색채를 지닌 시를 지었다. 그는 강서시파의 대표 시인으로 평가받기도 하지만 동시에 당풍에도 능했다. 당풍으로 유명한 임억령이 그의 제자이며, 박순은 그의 조카였다. 한편 박상의 동생이자 박순의 아버지인 박우(朴祐, 1476~1549)는 『눌재집』 서문에서 『시경』과 『초사』, 이백과 두보의 시에 능하지 않으면 박상의 시를 이해하기 어렵다고

---

3) 李濟臣, 『淸江先生鯚鯖瑣語』, 「淸江先生詩話」. "朴訥齋雖當劇官, 夜必誦離騷一遍, 作近律一首, 然後就寢云."

까지 하였다.4) 당연하겠지만 실제로 굴원의 작품을 숙지해야 온전히 이해할 수 있는 구절도 다수 보인다. 아울러 필자는 여기에 노장의 서적까지 추가해야 한다고 본다. 노장 역시 박상의 시에서 중요한 비중을 차지하고 있다. 이처럼 박상은 다양한 문학 세계를 아우른 만큼 다양한 품격을 지닌 시인으로 거론되기도 한다.

일찍이 이민홍 교수님는 "품격은 주제의식과 형상의식을 함께 포괄한다."라고 하셨다.5) 주제의식뿐만 아니라 형상의식도 함께 논의될 때 작가로서의 온전한 면모를 볼 수 있다는 의미이기도 하다. 필자는 수년 전 박상의 부를 통해 그의 작가 의식과 작품의 특징적 성향에 대해 살피면서, 박상이 얼마나 삶에 대해 치열하게 고민했는지 다룬 적이 있다.6) 하지만 이것은 주제의식을 위주로 탐색한 것으로 형상의식까지 다룬 것은 아니었다. 이에 본고는 형상의식을 위주로 그의 문학에 나타난 미의식을 탐색하고자 한다.

앞서 언급했듯이 박상과 같은 시인은 다양한 성향의 작품을 창작했기 때문에 어느 하나의 품격으로 그 특색을 규정하기는 쉽지 않다. 이에 먼저 박상 시에 대한 역대 평가를 통해 품격을 개관해보고, 이를 바탕으로 이러한 품격이 박상 시에서 어떻게 구현되었는지 다시 살펴볼 것이다. 품격만으로도 시의 특징을 가늠해볼 수 있겠지만 구체적인 작

---

4) 朴祐, 『訥齋集』, 「訥齋先生集序」. "三百篇, 發於性情, 文章之祖, 肪於屈宋, 詩道之 興, 極於盛唐. 非深於風雅騷李杜者, 則難能會訥齋之詩矣. 公天才卓越, 抱蓄甚鉅, 平生 著述, 殆千百餘篇, 衆體兼備, 雄剛且奇, 駕古作者."

5) 이민홍(2000), 56쪽. 또한 같은 곳에서, 품격은 풍격과 같은 말인데 우리 선인들이 풍격보다는 '품격'이라는 용어를 즐겨 사용한 것 같아서 이를 취한다고 밝혔다.

6) 신태영(2007). 이 외에 박상 시의 주제의식에 대해서는, 박준규(1993) 참조; 박상 시의 강서시파적 특징에 대해서는 이종묵(1995) 참조; 박상 문학 연구의 현황에 대해서는 김대현(2000) 참조; 박상의 총체적인 면모에 대해서는 차용주(1999) 참조.

법이나 작품 세계 자체를 가늠하기는 사실상 어렵고, 현대에 들어와서 품격 용어를 이해한다는 것은 더욱 어려운 측면이 있다고 보기 때문이다. 본고에서는 박상의 대표적인 품격인 기(奇)와 장(壯)을 위주로 살펴보고자 한다.

Ⅱ. 박상 시의 품격

품격 비평은 주지하다시피 시인 한 사람을 대상으로 평하기도 하고, 시 한 수, 또는 시의 구절마다 서로 다른 품격으로 평하기도 한다. 그러므로 품격 비평을 행한 상황을 무시하고 일률적으로 논단하기는 어렵다고 할 것이나, 그 대체를 얻을 수는 있을 것이다. 여기서는 박상의 시를 일괄적으로 평한 평어만을 모았다.

신흠은 박상의 시가 험괴기건(險壞奇健)하다고 했고 남용익은 감개(感慨)하다고 했으며 김석주는 '노봉전무 석뢰명단(爐峯轉霧 石瀨鳴湍, 향로봉을 감도는 안개요, 돌 여울의 요란한 소리)'라고 평하였다.[7] 박우는 여러 체를 겸비해서 웅강(雄剛)하고도 기(奇)하다고 평하였다.[8]

그러나 누구보다 박상의 시를 가장 좋아했고 또 많은 평을 내린 사람은 바로 정조였다. 박상의 시는 기장농욱(奇壯濃郁)[9] 또는 침울[10]이라

7) 洪萬宗 纂, 『詩話叢林』, 「晴窓軟談」(申欽) 35항; 「壺谷謾筆」(南龍翼) 1항; 「玄湖瑣談」(任璟) 36항.
8) 朴祐, 『눌재집』 首卷, 「訥齋先生集序」. "衆體兼備, 雄剛且奇."
9) 正祖, 『눌재집』 수권, 「傳敎」. "言議志槩之見於文字事爲之際者, 有非匹夫一時慷慨之思, 最是奇壯濃郁 不失三百篇之遺意者, 其詩已然."
10) 정조, 『눌재집』 수권, 「正宗大王弘齋全書日得錄所載·原任直提學臣尹蓍東丙辰錄」. "我東詩學, 世不乏人, 而挹翠軒朴誾之天成, 訥齋朴祥之沈鬱, 皆盛世風雅之遺, 非後來擅名詞垣者之比也. 兩集, 遂命刊印以進."

평하기도 하였으며, 청고담박(淸高淡泊)하여 절로 무한한 취미(趣味)가
있다고 하였고,[11] 고건(古健)하여 속안으로는 그 좋은 점을 알 수 없다고
도 하였으며,[12] 기걸주려(奇傑遒麗)하여 우리나라 시 중에서 제 1가에
들지만 이를 아는 사람들이 없다고도 하였다.[13] 그런가 하면 결구가 치
밀하여 언뜻 보면 알기 어렵지만 오래 볼수록 그 맛이 점점 뛰어나다고
하였다.[14] 그리고 다음과 같이 평하였다.

> 우리나라 시는 권필·이안눌·박은·최립 등의 시를 많이들 꼽는다. 그러
> 나 최립은 문식이 지나치고, 박은은 종종 매우 높은 곳이 있지만 또한 흠이
> 좀 있으며, 이안눌은 태반이 수창조(酬唱調)이고, 권필은 지나치게 연약하
> 고 예쁘다. 유독 눌재 박상의 시만이 여러 장점을 겸비하고 있으니 당연
> 첫 째라 할 것이다.[15]

박상의 시가 최고인 이유는 바로 대가들의 장점을 두루 겸비했기 때
문이라고 했다. 이 말은 다른 대가들은 시가 한 쪽으로 치우쳐 나름의
장점밖에 지니지 못했다는 말이기도 하다. 이처럼 박상이 여러 장점을
겸비하고 있었던 것은 그의 문인인 윤구(尹衢)가 찬한 「행장」에서 이미

---

11) 정조, 『눌재집』 수권, 「正宗大王弘齋全書日得錄所載·原任直閣臣李秉模乙巳錄」. "訥
齋詩, 淸高淡泊, 自有無限趣味, 謂之頡頏挹翠, 未爲過也."
12) 정조, 『눌재집』 수권, 「正宗大王弘齋全書日得錄所載·原任直閣臣金根淳丁巳錄」. "朴
祥詩, 往往有恰似俗所謂百聯鈔體. 然其古健處, 非後人所能及. 如以俗眼看之, 必不能
知其好處."
13) 정조, 『눌재집』 수권, 「正宗大王弘齋全書日得錄所載·原任直提學臣徐龍輔丙辰錄」.
"朴訥齋詩, 後人無稱道者, 而嘗見其遺集, 奇傑遒麗, 儘是東詩中第一家數."
14) 정조, 『눌재집』 수권, 「正宗大王弘齋全書日得錄所載·原任直閣臣李始源丁巳錄」. "訥
齋詩, 結搆緻密, 乍看 艱晦難知而久看 其味漸雋."
15) 정조, 『눌재집』 수권, 「正宗大王弘齋全書日得錄所載·待敎臣金祖淳己酉錄」. "我東詩
律, 多數石洲東岳翠軒簡易, 而簡易文勝, 翠軒往往甚高着, 然亦有些欠處, 東岳半是酬唱
調, 石洲太軟媚. 獨朴訥齋兼有諸能, 當爲第一耳."

지적되었다.

선생님께서 시와 문장을 지으실 때는 또한 익숙하고 연약한 것은 좋아하지 않아 진부한 말을 힘써 제거하셨고, 유독 옛 작자를 추종하여 그 무리가 되고자 하셨다. 무릇 선생님께서 취하신 것은 이미 무리 중에서도 뛰어난 것이지만, 또 옛 일을 널리 살펴셔서 어둡고 깊은 곳을 탐색하고 찾아내어 향기로운 꽃을 따고 씹으셨으니, 이렇게 하기를 미치지 않은 곳이 없었다. 이리하여 대성(大成)에 이르셨던 것이다. 그러므로 원류가 혼혼(混渾)하여서 기력이 웅경(雄勁)하고 흥을 부친 것이 유원(幽遠)하고 만물을 일컬은 것이 방미(芳美)하였다. 남아 있는 시가 무릇 팔백여 편으로『눌재집』라 이르나니, 실로 세상에 드문 기보(奇寶)였다.16)

윤구는 박상의 문인이며, 또 위의 인용문은 「행장」에 실려 있기 때문에 100% 신뢰할 수는 없다. 하지만 정조의 평처럼 여러 대가의 체를 두루 갖추게 된 비결은 알 수 있다. 박상은 고금의 시를 널리 연구하여서 장점만을 취하여 자신만의 독특한 시를 만들어냈던 것이다. 타고난 천부석 새능노 둥요했겠시민 필국 노력의 신물이었던 셈이다. 이올기 익숙히고 연약한 것을 좋아하지 않았고 진부한 말을 제거하려고 노력했다는 점에서, 의도적으로 기(奇)와 장(壯)을 추구하였고 또 이를 창작의 바탕으로 삼고 있다는 점도 짐작할 수 있다.

이상의 평어를 정리하면, "험괴기건(險壞奇健)·감개·웅강·기·기장농욱(奇壯濃郁)·청고담박·침울·기걸주려(奇傑遒麗)·고건(古健)·웅경(雄勁)·유원(幽遠)·방미(芳美)"등을 들 수 있다. 이를 다시 비슷한 품격끼리

---

16) 尹衢,『눌재집 부록』권1 5장, 「行狀」. "先生爲詩與文, 亦不樂熟軟, 力去陳言, 獨追古作者爲徒. 夫其中之所存, 旣拔乎萃, 而又博觀古昔, 冥探幽搜, 擷芳咀華, 靡所不至, 以至於成. 故源流混渾而氣力 雄勁, 託興幽遠而稱物芳美. 其存者, 凡八百餘篇, 號訥齋稿, 實希世之奇寶也."

거칠게 묶으면, ① 기(奇), ② 건(健)·웅강(雄剛)·장(壯)·걸(傑)·주(遒)·웅경(雄勁), ③ 여(麗)·농욱(濃郁)·괴(瓌)·방미(芳美), ④ 험(險), ⑤ 침울(沈鬱)·감개(感慨) ⑥ 청고담박(淸高淡泊) 등으로 나눌 수 있다. 이 중에서 박상의 시를 이해하는데 긴요하다고 생각되는 대표 품격으로 필자는 '기·장·여·침' 이렇게 네 가지를 들고 싶다.[17] 그리고 앞서 언급했듯이 이 네 가지 품격 중에서 기(奇)와 장(壯)을 우선적으로 다루고자 한다. 기존 평에서 "기건(奇健)·기장(奇壯)·기걸(奇傑)"처럼 두 품격이 짝을 이루어 나타나는 경우가 많고, 박상의 시를 이해하는 데에 있어서도 이 두 품격이 긴요하다고 보기 때문이다. 그의 시에 줄곧 등장하는 험(險), 즉 험벽(險僻)한 시어나 전고는 물론, 여(麗)와 침(沈)도 이 과정에서 자연스럽게 드러나리라 본다.

먼저 박상의 시 한 수를 들어 위의 품격이 어떻게 드러나는지, 그리고 박상 시의 특징이 무엇인지 그 대체를 파악할 필요가 있다. 다음의 「지석가(止石歌)」[18]는 『눌재집』에서도 한시의 제일 첫머리를 장식하고 있다. 첫머리를 장식하는 시답게 박상 시의 특징은 물론 그의 기상까지도 비교적 잘 나타나 있는 것으로 보인다.

넓고도 넓은 영평강(永平江)에　　　　　　　　　　　浩浩永平江

---

17) 물론 품격 용어를 현재 우리가 사용하는 한자의 의미만으로 그 미감을 판단하기에는 상당한 위험이 있는 것이 사실이다. 하지만 개개 품격어의 의미를 엄밀하게 단정하기는 어렵다. 그리고 똑같은 평어라도 시대와 사람마다 다르게 느꼈을 수도 있다. 실제로 똑같이 박상의 시를 평하였지만, 그 평어는 "기건(奇健)·기장(奇壯)·기걸(奇傑)" 등으로 서로 다르다. 품격 용어에 대한 엄밀한 규정은 물론 중요한 일이다. 하지만 본고에서는 편의상 이를 지양하기로 한다. 참고로 두몽(竇蒙)은 『어례자격(語例字格)』에서 장(壯)은 힘이 뜻보다 앞서는 것[力在意先曰壯], 여(麗)는 형식 밖에 여유가 있는 것[體外有餘曰麗], 침(沈)은 깊고도 뜻이 원대한 것[深而意遠曰沈]이라고 했다.

18) 朴祥, 『訥齋集』 1권 8장, 「止石歌」.

거대한 돌이 소용돌이 속에 서려 있다오.	巨石盤回洑
물속에 들어간 것 수십 척이지만	入漫幾尺尋
보이는 건 기껏 몇 장이면 족하다오.	見者纔丈足
긴 고래가 등지느러미 떨치며 일어나고	長鯨振鬐起
큰 붕새는 부리 추켜세우며 목욕한다오.	大鵬褰味浴
꿇어 엎드려 곁에 모시는 건	跪伏旁趨附
혹은 여종인 듯 남종인 듯하다오.	或婢而或僕
아래는 바로 어룡의 집이요	下其魚龍家
위로는 가마우지의 집이라.	上也鸕鶿屋
구름 안개는 어두운 우거진 초목을 좋아하고	雲霧喜冥翁
조화옹은 기이하고 특이함을 모아놓았다오.	造化鍾奇特
물결이 찧어대어도 굳셈을 갈아내지 못하고	浪舂不磨堅
구불구불 에워싼다 해도	困闉孰搖腹
누가 그 중심을 흔들 수나 있으랴.	
둘러싼 파도는 짙은 쪽빛으로 뭉쳐 있는데	繞波蔚藍團
깊이 재보려도 넝쿨을 잇대기 어렵다오.	測深蔓難續
그 모습에 내력도 기이한 것 같으니	形橫怪經過
궤이하기는 천고에 으뜸이리.	詭殊千古獨
말을 세우고 그 시초를 궁구해보자니	立馬究厥初
초파리의 의혹 밝혀낼 듯싶구나.	擬發醯鷄惑

「지석가」의 전반부이다. 드물게 측성운을 사용하여 강건하게 읽히도록 했다. 전반 4구까지는 지석(止石)의 규모에 대해 읊었다. 강 한가운데 커다란 돌이 있으면 병목현상이 일어나 자연히 물살이 거세지고, 이렇게 거세진 물살은 돌을 감아 돌면서 흐르게 된다. 이것을 작자는 지석이 드넓은 강의 거센 물살 속에 씩씩하게 서 있다고 읊었다. 길고 평평한 영평강을 수평선으로 삼고 지석을 수직선으로 그어서 넓은 공간을 확보하여 壯의 미감을 준 것으로, 박상의 시에 주로 나타나는 기법이다. 물

위로 드러난 것보다 물속에 잠긴 것이 훨씬 깊다고 하여 지석이 범상한 존재임을 보였다.

　이어서 시야를 좁혀 지석과 그 주변의 모습을 구체적으로 형용하여 지석의 위용과 신비감을 더하였다. 길고 거대한 고래나 심지어 대붕도 지석 옆에서 노닐 뿐 이를 앞도하지는 못했다. 고래와 대붕도 이럴지니 지석 주변의 크고 작은 바위들도 결국은 지석을 모시고 있는 종에 불과할 뿐이다. 지석 주변으로 물안개가 피어오르면 이내 인근의 빽빽한 초목들까지 모두 어두워져 분간할 수 없게 되고, 마치 조화옹이 재주를 부리듯 모든 것이 기이하게 그리고 아름답게 보일 뿐이다.

　작자의 시야는 이제 지석을 향해 출렁이는 물결로 향하여, 지석의 웅장함을 더욱 구체화시켰다. 절굿공이로 방아를 찧듯이 일렁이는 파도가 구불구불 지석을 포위하고 흔들어댄다 해도 그 뿌리가 얼마나 깊은지 지석은 요지부동이다. 이에 쪽빛 파도 속으로 그 깊이를 재보려고 넝쿨을 이어서 넣어보지만 그나마 소용이 없다. 지석의 뿌리, 지석의 내공의 깊이는 측량 자체가 불가능했다. 의아해진 작자는 곧 깊은 생각에 잠겼다. 도대체 주변의 돌들과는 비교도 되지 않는 이 지석은 어떻게 해서 여기에 있게 되었는지 그 내력을 궁구하게 된다.

기모(氣母)는 곤(坤)의 찌끼를 잉태하였는데	氣母孕坤滓
낳은 알은 너무나 거칠었다지.	卵播甚鼺酷
복희씨의 제위를 이은 여와씨는	媧皇嗣庖帝
귀신같은 솜씨로 오색돌을 불렸다네.	鬼神鍊五色
뚫어진 하늘 기우길 밤낮으로 계속하였고	補缺繼日夜
천둥과 번개 공정을 재촉하였지.	雷電功程督
한 조각 바람 따라 떨어져서	一片落隨風
호탕하게 동쪽 바다 후미진 곳으로 흘러왔다네.	浩蕩東海曲

솟구쳐 흐르는 물에 떠돌아 들어왔으니	浮漂汨㶁內
사람이 떠나가 가족을 잃음과 같았다네.	猶人去失族
......	
이름을 어찌 여기에서 얻었겠는가?	名豈以此得
수경(水經)에도 먼 지역은 누락되어 있다네.	水經漏荒服
관가에서는 여기에 의지해 터를 잡고	官家據爲窟
그물로 이익을 쏠쏠히 거두어들인다오.	網罟利密數

작자는 태곳적까지 상상력을 펼치어 지석의 기원에 대해 생각해보았다. 지석이 생긴 것은 아득한 옛날로 원기(元氣)의 모체(母體)가 땅을 낳은 이후였다. 그리고 그 먼 옛날 물의 신 공공(共工)과 불의 신 축융(祝融)이 싸웠는데, 공공이 하늘을 떠받치고 있던 부주산(不周山)을 들이받아 산이 무너지자 하늘의 기둥이 기울어져 대 재앙이 발생했다. 여와씨가 오색석(五色石)을 불려서 하늘에 난 구멍을 메우기 위해 밤낮으로 애쓸 때, 돌 한 조각이 떨어져 나와 마치 가족을 잃고 헤매는 사람처럼 이곳저곳을 떠돌다가 『수경(水經)』에도 누락될 정도로 먼 이곳까지 와서 멈추게[止] 되었다고 했다. 이로써 지석이 주위의 돌과는 선혀 어울리지 않는 "궤수천고독(詭殊千古獨)"의 이유가 풀린 것이다.

그렇다면 태곳적 신비를 간직한 이 거대하고도 기이한 지석을 관가에서는 어떻게 이용하고 있을까? 너무나 커서 딱히 사용할 방도를 모르는 관가에서는 고작 이 지석에 터를 잡고 그물로 물고기나 잡아들일 뿐이었다. 지석의 내력에 비한다면 참으로 어이없고 허무하기까지 한 결말이라 하지 않을 수 없다. 이 마지막 두 구절은 독자들에게 긴 여운을 남겼다. 김석주의 "노봉전무(爐峯轉霧) 석뢰명단(石瀨鳴湍)"이라는 평이 바로 이 작품에도 해당한다 할 것이다.

후반부에서 돌의 내력을 길게 읊었는데, 이와 유사한 방법을 사용한 작품으로 「석고(石鼓)」부(賦)19)를 들 수 있다. 박상은 석고가 오랜 세월 동안 영고성쇠를 거쳤다는 점에 착안하여 자신이 석고가 되어, 여와씨의 오색돌에서부터 석고의 내력과 그 심정을 대신 토로하였다. 석고의 사연을 들은 박상은 모든 사물은 영고성쇠를 거치는 법이어서 석고만 유독 이러한 시련을 거친 것은 아니라는 말로 위로했다.20) 여기서 석고는 박상의 분신이라고 할 수 있다. 박상 자신의 기막힌 삶을 석고에 투영해서 읊은 후, 자기 자신을 스스로 위로한 것이다.

「석고」에서처럼 「지석가」도 박상 자신의 모습을 투영해서 읊었다고 볼 수 있다. 주변 사람들과 조화되지 않는 성품으로 인해, 결국 조정에서 나와 지방관을 전전하며 여생을 보내야 했던 박상의 삶, 그리고 끝까지 굴하지 않고 신하로서의 본분을 다하려고 했던 박상의 지조는, 세찬 물결 속에서도 확고부동하게 제자리를 지키고 있는 지석과 여러 모로 닮아 있다. 그리고 큰 포부와 경륜을 갖춘 그를 조정에서는 고작 한 지방의 목민관으로 쓸 뿐이라는 점도 그러하다.

이 「지석가」에서처럼 박상의 시는 기(奇)와 장(壯)이 조화를 이루고 있다. 전체적으로 규모가 크면서도 동시에 세세한 작은 사물에도 주의를 기울여 아름답게 표현했다. 그 아름다움은 간혹 이어서 발음하기도 힘들 정도의 험벽한 글자나 전고를 사용하여 험괴(險瑰)·험려(險麗)한 모습으로 드러나기도 하고, 시 속의 대상에 자신의 감정을 투영하여서 감개하거나 침울한 품격으로 드러나기도 한다. 이처럼 다양한 미의식이 하나의

---

19) 『訥齋集·別集』권1 15장. 석고는 중국 동주(東周) 초엽 진(秦)에서 만든 열 개의 북
　　모양의 돌로, 주(周) 왕실의 중흥 공적을 송가한 글을 지어 대전(大篆)으로 새겨놓은
　　것이다.

20) 『訥齋集·別集』권1 15장, 「石鼓」. "一理兮循環, 無往而不易. 漢庭仙人, 終委街陌. 物
　　皆如是, 非汝獨兮."

작품에서 서로 어우러져 드러나는 것도 박상 시의 한 특징이다.

Ⅲ. 장(壯) - 시공간의 확장과 거대 담론 제시

기(奇)와 장(壯) 중에서도 장(壯)이 그의 시를 이해하는데 있어 보다 본질적이라 생각되므로 먼저 다루기로 한다. 박상은 장(壯)을 기본 바탕으로 삼고, 그 위에 기(奇)·여(麗)·침(沈) 등의 다양한 품격으로 채색해서 여러 품격이 조화를 이루며 동시에 나타나도록 하고 있다. 이에 박상의 장(壯)을 이해하기 위해서는 부득이 하게 여타의 다른 품격도 함께 거론할 필요가 있다.

두몽(竇蒙)은 『어례자격(語例字格)』에서 장(壯)은 힘이 뜻보다 앞서는 것[21]이라고 했다. 이는 본의를 나타내기 전에 그 기세로 상대를 압도하는 것으로, 독자의 입장에서는 상대방을 보기도 전에 이미 그 기세에 압도당하는 것이라 풀이할 수 있을 것이다.

박상의 시는 그림을 그리는 '마당'을 크게 제시한다는 특징이 있다. 공간은 물론이고 시간까지도 장대(張大)하게 그려내어 마음까지도 장쾌(壯快)하게 펼쳐지도록 했다. 본의를 드러내기 전에 이미 시공간으로 독자를 압도하여 장(壯)의 미감을 유발하고, 또 장대하게 펼쳐진 시공간 사이에서 자신의 본의를 마음껏 펼칠 수 있었다. 이러한 특징은 고시나 배율 또는 부 등의 장편에서 더 두드러지지만 율시라 하여 예외는 아니다. 공간을 확장하여 거대한 마당을 확보한 경우부터 살펴보겠다.

> 만리나 되는 서호 저 너머엔 오나라 하늘이 있고　　西湖萬里隔吳天

---

21) 앞의 주 17) 참조.

동서의 푸른 물결은 홀연히 눈 앞에 뚝 떨어져 있다.	綠浪東西忽墮前
하늘 위로 솟은 옥루(玉樓)는 이내 몸이 앉은 곳이고	天上玉樓身坐處
바닷속 오극(鼇極)은 시력이 다한 끝이라.	海中鼇極眼窮邊
강의 물고기는 아름다운 여인의 거문고 소리 늘 들었고	江魚慣聽靑娥瑟
성의 나무들은 비단 같은 촛불 연기에 항상 그을려 있다.	城樹恒燻錦燭煙
고개 넘으며 험한 길 간다 쓸데없이 근심했구나,	度嶺謾愁深涉險
평생토록 감상한 경치 모두 다 티끌에 불과했던 것을.	平生經賞摠塵筵[22]

「차영남루운(次嶺南樓韻)」의 두 번째 수로, 영남루는 밀양도호부 객사에 있다. 수련과 함련은 하늘 높이 솟은 영남루의 모습과 함께 그곳에서 바라본 장관도 함께 읊었다. 수련에서는 영남루에서 바라본 밀양강을 중국의 서호처럼 넓다고 하여, 드넓은 강과 강 너머에 있는 드높은 하늘을 장대하게 표현해냈다. 이어서 동서로 길게 펼쳐져 있는 푸른 강이 자신의 눈앞에 뚝 떨어져 있다고 하여 영남루가 매우 높은 곳에 위치했음을 보였다. 영남루가 얼마나 높은 곳에 위치했는지는 다음 구에 나온다. 자신이 의기양양하게 앉아 있는 이 아름다운 영남루는 하늘 위로 높이 솟아서, 심지어 바다 저 멀리에서 하늘을 바치고 있는 큰 거북의 다리[鼇極]를 볼 정도라고 했다. 강과 하늘의 두 평행선이 길게 펼쳐져 있고, 그 사이를 영남루라는 수직선으로 이어서 작자의 시야를 장쾌하게 확보하였다.

경련에서는 시상을 급전환시켰다. 먼 곳을 바라보았으니 이제 가까운 곳을 볼 차례가 되었다. 천하 절경인 영남루에서 아름다운 여인들이 거문고를 연주하고 시인묵객들이 촛불을 밝히는 모습을, 강의 물고기들이 거문고 가락을 늘 익숙히 들었고 밀양성 안의 나무들이 그 연기에 항상

---

22) 박상, 『눌재집』 권5 9장, 「次嶺南樓韻」 제 2수.

그을렸다고 기발하고도 섬세하고 아름답게 읊었다. 마지막 미련에서는 다시 한 번 시상을 완전히 전환시켜 영남루의 흥취를 마무리했다. 밀양에 오면서 너무나 험한 길을 간다고 근심 걱정이 이만저만이 아니었는데, 정작 와서 보니 자신이 평생토록 감상했던 경관이 결국 먼지나 바치고 있는 승록(承塵, 塵筵)에 불과했음을 깨달았다는 것이다. 경탄과 웃음을 교묘하게 섞어 넣어 영남루의 흥취를 극대화시켰다. 특히 이처럼 은근히 웃음을 뒤섞는 기법은 박상 시의 한 특징이라 할 것이다. 8구의 '진연(塵筵)'은 『초사(楚辭)』 「초혼(招魂)」에 나오는 시어로 『초사』를 익숙히 보지 않은 사람은 알기 어렵다. 박상이 험벽한 시어를 사용하고 있음을 다시 확인할 수 있다.

다음은 시간을 확장하여 거대한 마당을 확보한 경우이다. 박상은 허공을 드넓게 표현할 뿐만 아니라, 허공 속으로 상승하려는 요구도 보인다. 우주 저 멀리까지 이르기도 하고 심지어 「지석가」에서처럼 시간을 거슬러 올라가 태초의 세계로 가기도 한다.

행명(涬溟)에서 홍몽(洪濛)을 만나	遇洪濛於涬溟兮
태초의 첫 길을 묻고는,	訊太初之首途
신마(神馬)에 채찍질하며 광풍처럼 달려가	策神馬而飆逝兮
기모(氣母)의 도움으로 찾아 갔다네.	求氣母之所都
북두성이 옆에서 인도해주었고	維斗挾以導御兮
해와 달이 그 가운데서 비추고 있었다네.	瞻二曜之中開[23]

부(賦) 「몽유(夢遊)」의 일부분이다. 자연의 혼돈(混沌)한 기운[涬溟]이 천지 형성 전의 혼돈 상태[洪濛]를 만나서 태초로 가는 길을 묻고는, 신마

---

23) 박상, 『눌재집 별집』 권1 1장, 「夢遊」.

를 타고 광풍처럼 달려 원기의 본원인 기모가 도읍한 곳을 찾아갔는데, 이 때 북두성이 안내하고 해와 달이 빛나는 것을 보았다고 했다. 이처럼 박상은 시간과 공간에 구애받지 않고 마음껏 상상력을 펼쳤다. 「황종부(黃鐘賦)」에서는 훌륭한 음악의 기원을 찾아 헌원씨를 찾아갔고, 「오현금(五絃琴)」에서는 세상에서 가장 지극한 소리를 찾아 오현금을 연주했다는 순임금을 찾아갔다. 박상이 시공을 초월하여 상상의 세계로 상승하려는 요구는 불합리하고 답답한 현실을 벗어나거나 이를 개선할 해법을 찾기 위해서였다.24)

박상은 시공간을 확장할 뿐 아니라, 삶에 대한 이치나 거대 담론을 제시하여 드넓은 마당을 확보하고자 했다.

물이 되어서 바다가 되지 않는다면	爲水不爲海
어떻게 하늘로 차오르는 파도가 될 것인가.	安得凌天波
흙이 되어서 산이 되지 않는다면	爲土不爲山
소와 양이 짓밟는 언덕을 면하지 못하리라.	未免牛羊坡
장부는 얕고 낮은 것 싫어하나니	丈夫厭淺狭
입지(立志)는 용문의 물길을 뚫듯이 해야 하느니라.	立志如鑿龍
학문 사이에 힘을 쓰며	用力學問間
열심히 대종(大宗)을 구해야 하느니라.	矻矻求大宗25)

위의 시는 성균관으로 공부하러 가는 성산(星山) 이진사(李進士)를 격려하면서 써준 고시 중 첫 부분이다. 물과 흙의 최고 경지인 바다와 산을 들어 시상을 열었고, 또 1연과 2연의 하구에서는 '능천파(凌天波)'와 '우양파(牛羊坡)'로 극과 극의 대를 이루었다. 이어서 3연과 4연에서는 장부

---

24) 신태영(2007), 217~223쪽.
25) 박상, 『눌재집』 권1 12장, 「送星山李進士入國學」.

라면 학문에 어떻게 정진해야 할지를 읊었다. '천비(淺痺)'의 '비(痺)'는 '비(痹)'와 통용된다. 운자도 똑같이 평성 지(支)운이지만 평범하고 쉬운 글자가 아니라 복잡하고 어려운 글자를 사용하였으며, 아울러 '마비되다'라는 뜻도 더하여서 그 의미를 강조하는 효과도 보았다. '착룡(鑿龍)'은 우임금이 치수할 때 용문(龍門)을 터서 물길을 인도했다는 전실에서 나온 말로, 아울러 등용문을 연상시켜 대과에 급제하라는 뜻으로도 읽을 수 있다. 즉 평범한 글자와 구절을 이어가면서도 중간에 험벽한 글자를 배치하여 자신만의 특징을 보여주었다. 이처럼 거대한 이치와 포부를 보여주어 장쾌한 미감을 느낄 수 있도록 한 것이다.

가을 터럭 또한 가는 것이 아니요	秋毫亦非細
태산 또한 거대한 것이 아니라오.	太山亦非巨
거대하다 가늘다 이름에서 나오나니	巨細出於名
무명이 곧 그 모체라오.	無名乃其母
홀로 서서 우주를 향해 읊조리지만	獨立嘯宇宙
흰 구름 부질없이 가고 간다오.	白雲空去去
곱고 예쁜 것도 무성한 잎으로 변하고	灼灼者蓁蓁
영화로운 꽃도 평범한 잡목 사이로 떨어진다오.	英華沒平楚
봄을 애석해 하는 일이 누구에게 맡겨졌다고	惜春屬何人
읊조리길 이백 두보보다 더 괴롭게 하시오.	謳吟苦李杜
......	
그대를 데리고 공부자에게 물어보러	携君問夫子
저 수수와 사수 물가로 따라가리라.	遵彼洙泗渚
큰 열매 다행히 먹히지 않았으니	碩果幸不食
주워서 내 광주리에 담아두리라.	拾之收我筥26)

---

26) 박상, 『눌재집』 권1 10장, 「奉酬石川(林億齡大樹)韻」.

임억령에게 화답한 시인데, 아마 임억령이 박상에게 제자로 받아달라는 내용의 시를 보낸 것으로 보인다. 초반부터 거대 담론을 들어 상대방의 마음을 넓혀주고 이로써 큰 가르침을 전해주고자 했다. 1연에서는 『장자』 「제물론(齊物論)」을 인용하여 절대적인 것은 없다고 하였고, 2연에서는 『노자』의 첫 구절을 인용하여 크다느니 작다느니 하는 것은 이름을 짓는 분별에서 나온 것이라고 일깨워주었다. 장쾌한 시공간뿐 아니라 그 언설 또한 장대하게 열어서 본의를 꺼내기도 전에 기세로 압도한 것이다.

이어서 시선을 장대한 우주로, 그리고 다시 반전시켜서 발밑의 땅으로 이동시켰다. 바야흐로 봄이라 아름다운 꽃들이 한껏 피어 있는데, 저 아래 보이는 총림(叢林)도 마치 평평한 풀밭처럼 보인다[平楚]고 했다. 작자는 『시경(詩經)』 「도요(桃夭)」의 "작작기화(灼灼其華)" "기엽진진(其葉蓁蓁)"의 구절을 인용하되, '기화(其華)'와 '기엽(其葉)'을 생략하고 '자(者)'자 한 자로 처리하였다. 지금은 비록 아름답지만 시간이 지나면, 저 화려하게 정채를 발하던 꽃들도 결국은 그저 그렇게 보이는 잡목들 사이로 시들어 떨어지고 나뭇잎만 남아 우거질 뿐이라는 것이다.

자연의 이치가 이러할 진데 봄을 읊어야 하는 임무라도 있는 것처럼 대 시인인 이백이나 두보보다도 더 힘을 들여 괴롭게 시를 읊을 필요가 있느냐고 물었다. 다시 말해 크다 작다 옳다 그르다, 모두 다 중요한 말 같지만 저 흰 구름처럼 아무도 자신의 말에 귀를 기울이지 않는다. 뿐만 아니라 결국 시간이 지나면 시들어 떨어지는 꽃잎처럼 모두 다 소용없는 일일 뿐이라는 것이다. 이쯤 되면 노장의 세계로 완전히 빠져버릴 것 같지만 그렇지 않다. 마지막 부분에서 수사(洙泗)의 공자 계신 곳, 즉 유가의 올바른 도로 이끌어주겠다고 했으니, 노장에서 시상을 열어서 유가에서 마무리한 것이다.27)

『노자』와 『장자』 그리고 『초사』는 박상의 문학 세상을 이루는 매우 중요한 세계이다. 특히 『장자』의 구절구절은 박상 시에서 매우 빈번하게 등장하며 또 시상을 전개시키거나 마무리하는 등 중요한 역할을 수행하여, 작품을 장(壯)하고 기(奇)하게 만드는 요인으로 작용한다.

다음의 「탄금대(彈琴臺)」는 박상의 시 중에서도 가장 유명한 작품이라 할 것이다. 이 시에는 지금까지 논한 장(壯)의 기세를 형성하는 기법들이 비교적 잘 드러나 있다.

깊고 깊은 긴 강가에 단풍나무 있는데	湛湛長江上有楓
신선 누대는 홀로 흰 구름 숲을 끊었다오.	仙臺孤截白雲叢
가야금 타던 사람은 학 곁의 달로 갔는데	彈琴人去鶴邊月
피리 부는 나그넨 소나무 아래 바람 속으로 왔다오.	吹笛客來松下風
세상만사 한 번뿐이라 흘러가는 물 서글퍼하며	萬事一回悲逝水
덧없는 인생 거듭 탄식해 날리는 쑥대만 어루만진다오.	浮生三歎撫飛蓬
누가 그려낼 수 있으랴 이 호주목사를	誰能寫出湖州牧
석양 속에 미칠 듯 읊조리며 헤매는 것을.	散步狂吟夕照中[28]

수련 상구는 『초사』「초혼」의 "담담강수혜상유풍(湛湛江水兮上有楓)" 구절을 점화하여 한 구로 만들었다. 「초혼」의 이 구절은 두 가지로 풀이할 수 있다. 단풍나무는 강물의 은택을 입어 잘 자라고 있지만 굴원 자신

---

27) 신태영(2007) 참조. 박상이 노장의 세계에 심취해 있기는 했지만 그는 어디까지나 유자였으며, 타협을 모르는 매우 강건한 성격의 소유자였다. 그는 심지어 연산군 후궁의 아비를 장살(杖殺)한 적도 있었고 중종의 비 신씨(愼氏)를 복위시키자는 상소를 올렸다가 유배되기도 했으며, 기묘사화 때에는 목숨을 걸고 그 부당함을 지적하는 상소문을 작성하기도 했다. 현실에 대한 실망과 절망은 박상에게 유가의 현실참여와 노장의 은둔 사이에서 무수히 갈등하게 했지만 어느새 유자의 모습으로 돌아오곤 했다.

28) 박상, 『눌재집』권5 42장, 「彈琴臺」. 『기아(箕雅)』와 『대동시선(大東詩選)』에 따라 글자를 수정하였다. 『눌재집』에는 3구 6자가 전(前), 4구 1자가 휴(携), 5구 4자가 회(廻), 6구 4자가 탄(嘆), 7구 3자가 화(畫), 8구 4자가 금(唫)으로 되어 있다.

은 임금의 은혜를 입지 못해 쫓겨났으니 단풍나무만도 못하다는 자탄으로 풀이한 것과, 물가의 나무숲은 조수들이 모여 사는 곳이지 사람이 거처할 곳이 아니라는 풀이가 그것이다. 일견 평범해 보이는 구절 속에 박상의 깊은 수심이 들어 있다. 아울러 이 「탄금대」의 함련과 경련은 상구와 하구의 대가 절묘할 뿐 아니라, 전반적으로 시선의 이동도 매우 자연스럽게 처리되어 있어 결구가 치밀하다 하겠다.

수련의 상구는 강물이 단풍나무가 우거진 언덕을 따라 길게 흘러가는 모습을 그렸고, 하구에서는 돌연 신선이 살 것 같은 신비한 누대가 구름을 뚫고 우뚝 솟았다고 했다. 「지석가」와 「차영남루운」에서처럼 수평선에 수직선을 그어 공간을 장대하게 확장함으로써 탄금대의 웅장한 모습을 그려낸 것이다. 함련에서는 이곳에서 가야금을 타던 우륵은 벌써 천 년 전에 저 하늘로 떠나갔는데, 도리어 천 년 후에 자신은 피리 부는 나그네가 되어 왔다고 읊었다. 즉 시간을 천 년의 세월로 확장시키면서, 있는 것과 없는 것을 대비시켜 상실감을 키우는 기이한 대를 이루고 있다.

경련에서는 급격히 시상을 전환하여, 세상만사는 흘러가면 그만인 저 물처럼 단 한 번뿐이니 돌이킬 수 없고, 돌이킬 수 없으니 한탄밖에 나올 것이 없다며, 인간의 삶이란 바람에 이리저리 흔들리는 쑥대와 같다고 했다. 곧 자연의 모습에서 인간 삶의 이치를 끌어낸 것이다. 미련에서는 「차영남루운」에서 그랬던 것처럼 재차 시상을 급전환시켰다. 이번에는 자기 자신을 아예 그림 속으로 집어넣었다. 저물녘 바람을 맞으며 이리저리 배회하는 '광'적인 모습을 객관화시켜 자신의 심정은 그 누구도 이해할 수 없다고 외쳤다.

수련과 함련에서 각각 공간과 시간을 확장했는데, 경련에서는 그 확장된 마당 속을 삶의 이치로 채워 넣었다. 그리고 미련에서는 여기에 서글

픈 심정을 극대화하여 한 장의 그림으로 제시했다. 시의 내용이 매우
참담한데도 나약하게 읽히지 않는 이유는, 바로 장(壯)의 미감을 형성하
는 여러 기법들이 사용되었기 때문으로 보인다.

「지석가」와 「차영남루운」은 공간을 확장시켜서 장쾌(壯快)하거나 장
건(壯健)한 미감을 갖게 하고, 또 이어지는 세부 묘사에서 기이하고 기궤
하기까지 한 미감을 주어, 전체적으로 기장(奇壯)한 미감을 형성했다.
이에 비해 「탄금대」는 부분적으로는 기장한 미감이 보이지만, 전반적으
로 침울하고 강개한 미감을 보여준다. 이것은 장(壯)의 품격이 현실의
갈등을 만나서 침울하고 강개하게 된 것으로 보인다.

Ⅳ. 기(奇) - 무한한 상상력과 시어의 단련

품격 기(奇)는 기이로 일상적이지 않고 평범하지 않은 것을 말한다.
앞서 언급했듯이 박상은 진부한 말을 제기하고 참신한 표현을 얻기 위해
노력했고, 또 그러기 위해 옛 작가들의 시에서 장점만을 취하여 사기
것으로 만들기 위해 노력했다. 이러한 노력의 귀결점은 당연히 기의 품격
이라 할 것이다. 본장에서 주목하고자 하는 것은 참신한 발상을 위한
'상상력'과, 참신한 시어와 시상을 얻기 위한 '글자의 단련'이다.

선천성(宣川城) 석공이 곤오도(昆吾刀)를 손에 쥐고	宣城石工手握昆吾刀
심야에 만장 깊은 곳을 들어가니 벽옥이 차더라.	夜沒萬丈碧玉寒
은은히 지하에서 곡소리 들리는가 싶더니	隱隱如聞地下哭
천년 묵은 붉은 용의 간을 도려냈더라.	刳出千年赤龍肝
용은 게걸스럽게도 단사육(丹砂肉)을 먹더니	龍饞饞食丹砂肉
비린내 나는 피는 끈적거리고 또 끈적거리더라.	腥血未麟頑復頑

칼을 갈아 쪼고 깎아내니 하늘도 놀랐는지　　　磨刀琢削天爲驚

허공을 밀치며 줄지은 별들이 찬란히 떨어지더라.　排空列星落斑斑

……

불러다가 벼루바닥에 침을 탁 뱉고 마르길 기다리는데 呼爲唾面待乾客

느리고 둔하여서 가볍고 날카로운 무리는

쳐주지도 않는구나.　　　　　　　　　　　　　遲鈍不數輕銳曹[29]

　「선천자석연가(宣川紫石硯歌)」라는 제목에서 알 수 있듯이 이 시는 자석(紫石)으로 만든 벼루를 노래한 고시의 앞부분과 맨 마지막 부분이다. 그러나 제목을 모른다면 도대체 무슨 내용인지 짐작하기도 어렵다. 시의 중반 쯤 읽어 내려가야 벼루를 노래하고 있다는 것을 짐작할 수 있을 정도다. 자석은 붉은색 돌로 수분 흡수율이 적어 먹물이 마르지 않고 또 단단하고 고와서 먹이 찌꺼기 없이 잘 갈리는 특성이 있다. 박상이 선물로 받은 벼루는 선천(宣川)에서 제작된 것으로, 매화와 대나무 뿌리가 서로 얽혀 있는 조각이 있었다.

　박상은 벼루의 붉은색에서 착안하여 '상상력'을 극도로 펼치어 벼루가 만들어지는 과정을 기궤하게 형상화했다. 곤오도(昆吾刀)는 곤오석(昆吾石)을 불려서 만든 칼인데, 이 칼로 옥을 자르면 진흙처럼 잘려나간다고 한다. '자석(紫石) → 적룡(赤龍)의 간 → 단사(丹砂) → 붉고 끈끈한 피'의 순서로 연상하면서 석공이 자석을 쪼아 벼루를 만들 때 떨어져 나간 돌 조각을 밤하늘을 밝히는 별로 섬세하고도 아름답게 형상화하였다. '공오도(昆吾刀)·만장(萬丈)·적룡(赤龍)' 등 초반에 등장한 시어와 시가 펼쳐지는 마당 자체가 예사롭지 않다. 이렇게 묵직한 의상 덕분에 힘차고 강한

---

29) 박상,『눌재집』권2 9장,「宣川紫石硯歌(金成之出鎭義州, 得宣川紫石硯, 梅竹交根, 制極工. 因南學諭赴, 并詩以寄. 當時在艱棘, 不可吟韻, 不果報. 卒喪還朝, 則成之又按鎭南.)」.

의경을 조성할 수 있었다. 예사롭지 않은 벼루를 받아든 박상은 전혀
거리낌 없이 벼루 바닥에 침을 탁 뱉고 벼루의 성능을 시험해본다. 작자
의 씩씩한 기세를 느낄 수 있다.

한나라 사신 전마를 구하려고	漢使覓天馬
나는 듯이 남쪽으로 출발했다네.	飄飄啓南征
사원(沙苑)은 무더운 지역에 아득히 있어	沙苑渺炎洲
저 멀리 방성(房星)의 정령을 찾아갔다네.	遠搜房星精
아스라한 돛대 주작(朱雀)을 스치는데	危檣拂朱雀
큰 거북의 등엔 푸른 나무 종횡으로 있다네.	鼇背靑縱橫
마침 대붕(大鵬)이 옮겨가는 것을 만났으니	適遇大鵬徒
바다 파도가 한밤중 쳐 올랐다지.	溟波激三更
눈 덮인 산이 앉은 자리 한 구석에서 솟아오르고	雪嶽湧坐隅
무서운 폭풍은 구슬갓끈마저 끊어버렸지.	颲威摧珠纓
선생은 기대어 앉아 오만하게 웃으며	先生寄笑傲
두 성인의 행동을 아득히 생각해보았다네.	緬懷二聖行
종각(宗慤)은 아직 어린 아이에 불과했지만	宗慤是小豎
장풍이 일자 칼자루 구멍에서 퓨 소리가 났다네.	長風劍呚聲
질타하여 미쳐 날뛰던 교룡 복종시키고	叱咤伏狂螭
채찍 휘둘러 내달리는 고래 쫓아버렸다네.	鞭笞逐奔鯨
온갖 괴물 죄다 달아나 자취를 감추자	百怪盡遁跡
만리 드넓은 바다 일시에 잠잠해졌다네.	萬里俄澄淸
남해 바다 한가운데 당당하게 서 있나니	挺身南海中
씩씩한 기운 한없이 드높기만 했다네.	壯氣高崢嶸[30]

---

30) 박상, 『눌재집』 권1 14장, 「國家倣古制 置牧場於諸路 皆在洋中 每三歲遣朝臣 點閱其
數 籍以藏之太僕. 今年秋 星山李孝叔甫受是命 巡湖南右界 入海島逾半月. 吾州之別乘
愼斯立 以監牧隨行 備言菅刪之危. 遂作古風一首 粗紋其事 仰慰征懷 仍求和敎」.

여기에 인용한 대목은 전체 시의 중간 부분에 해당한다. 제목에 의하면, 이 시는 섬에 들어가 마적(馬籍)을 점검하는 일을 맡은 이효숙(李孝叔)의 노고를 위로하기 위해 지은 것이다. 사원(沙苑)은 중국 섬서성에 있는 목축하기 좋다는 곳의 지명이고 방성(房星)은 말을 담당하는 별이다. 주작(朱雀)은 남방 7수의 일곱 별자리를 말한다. 바다이므로 오(鼇)를 등장시켰는데 여기서는 섬을 말하는 것으로 보인다. 이후 대붕(大鵬)이 남쪽 바다로 이동할 때 물을 쳐서 3천리나 튀게 한다는 고사를 인용하여, 갑자기 몰아친 폭풍우를 형용하였다. 한밤중에 새하얀 파도가 바로 옆에서 산처럼 솟아오른다 했고 폭풍우에 심지어 갓끈이 끊어질 정도라고 했다. 그런데 이 폭풍우를 표현하는 데는 "설악용좌우(雪嶽湧坐隅), 구위최주영(颶威摧珠纓)"의 단 두 구밖에 필요하지 않았다. 큰 것[雪嶽]과 작은 것[珠纓]을 들어서 폭풍우가 몰아치는 상황을 실감나게 표현해낸 것이다. '남정(南征)·염주(炎洲)·위장(危檣)·주작(朱雀)·오(鼇)·대붕(大鵬)' 등 '바다' 내지는 '남쪽'을 연상시키는 시어들을 곳곳에 배치한 점도 눈여겨볼 대목이다.

그런데 이 시의 주인공은 바로 이효숙이므로, 이후부터는 그의 활약상을 연출하였다. 먼저 종각(宗慤)의 승풍파랑(乘風破浪) 고사를 인용했는데, 그가 어렸을 때 "장풍을 타고 만리 파도를 깨뜨리고 싶다[願乘長風破萬里浪]."라며 자신의 원대한 포부를 밝힌 적이 있다. 작자는 이효숙이 칼을 휘둘러 장풍을 일으키자 미처 날뛰던 교룡과 사납게 내달리던 악한 고래는 물론이고 온갖 괴물들이 일시에 사라졌다며, 이효직의 기개를 칭찬하였다. 그렇다고 이효숙이 제대로 실력 발휘를 한 것도 아니었다. 그저 칼자루 끝에서 '퓨' 하는 작은 소리를 낼 정도에 그쳤을 뿐이다.[31]

---

31) 『莊子』 「則陽」 참조. 요순의 정치 실력이란 피리 소리가 아니라 고작 칼자루의 작은

제목에서 알 수 있듯이, 박상의 별장 신사립(愼斯立)이 이효숙을 수행하면서 겪은 일을 갖추어 말하자 이를 듣고 지었다고 했는데, 신사립이 갖추어 말했다는 것은 '관괴지위(菅蒯之危)'로 결국 파도가 아닌 띠풀 때문에 고생을 했다는 말이다. 이처럼 극도로 펼쳐지는 뛰어난 상상력이 바로 품격 기(奇)의 모체였다고 하겠다.

박상이 비록 용(龍)·오(鰲)·붕(鵬)·경(鯨) 등의 기이한 동물이나 태초의 혼돈과 신선 세계 같은 기이한 배경을 선호하기는 하지만, 기(奇)의 미감을 주는 시들이 모두 다 그런 것은 아니다.

강가에서 술 한 잔 들고	江上一杯酒
그대를 관의 동쪽으로 보낸다.	送君關以東
말은 모래톱 풀에 세우고	馬停沙磧草
사람은 학 서있는 물가 바람 속에 앉았다.	人坐鶴汀風
하얀 물은 가슴 속으로 흐르고	白水流襟內
푸른 산은 눈동자 속으로 떨어진다.	青山落眼中
표연히 형제끼리 이렇게 헤어지나니	飄然分棣萼
따스한 봄날을 언제나 함께 하려나.	春意幾時同32)

관동으로 가는 동생을 배웅하면서 지은 시이다. 수련은 그저 담담하게 읊었는데, 하구에 시에서는 좀처럼 사용하지 않는 '이(以)'를 넣어서 '관동(關東)'을 읽는데 뜸을 들이도록 하여, 동생을 보내기 싫은 무거운 마음을 표현하였다. 함련은 말을 세운 위치와 사람이 앉은 위치를 섬세하게 그려놓았는데, 학이나 앉을 법한 물가에까지 나아가 앉아 있다고 하여

구멍에서 나는 '퓨' 하는 작은 소리에 불과하다고 하였다.

32) 박상, 『눌재집』 권3 10장, 「中原北津 別舍弟歸關東幕」. 원주 "정의정(亭疑停)"에 따라 글자를 수정하였음.

떠나보내기 싫은 마음을 표현했다. 강가에 앉았으니 이제 강의 풍경을
읊을 차례다. 경련에서는 눈물을 연상시키는 하얀 물이 가슴속으로 흐른
다고 했고, 동생의 마지막 모습을 찾기 위해 강 건너 청산을 뚫어져라
쳐다보는 작자의 심정을 푸른 산이 눈동자 속으로 떨어진다고 충격적이
고도 참신하게 표현하였다. '유(流)와 낙(落)'이 바로 시안에 해당한다.
미련에서는 작자의 심정을 직서해서 마지막으로 강조하였다. 체악(棣萼)
은 당체꽃의 꽃받침으로 형제를 뜻한다. 하구에서 '춘의(春意)'라는 시어
를 쓰기 위해 이 시어를 고른 것이다.

평범해 보이는 구성이지만 곳곳에 떠나보내기 싫은 마음을 숨겨놓
았다. 별 수식 없이 담담하게 읊은 것처럼 보이는 이 시에도 치밀한 안
배와 글자의 단련 과정을 거쳤기에 읽을수록 맛이 난다고 하겠다. 이
외에도 "지나간 날은 어디에 쌓여 있는가, 남은 허물만 다투어 오는구
나.[何邊堆往日, 餘咎競來人.]33)"라는 구절이나, "시렁 서적엔 주인이 없
어 새 좀 벌레가 나왔겠고, 담장의 죽순은 사람을 찾아 옛 벽을 뚫었겠
지[架書欠主新魚出, 墻筍尋人舊壁穿.]34)"와 같은 구절도 참신함을 넘어
웃음까지 자아낸다.

그 외에 평범하지 않고 기(奇)한 미감을 주기 위해 강서시파들이 즐겨
사용했던 이속위아(以俗爲雅)의 수법을 들 수 있다.

> 병진년에 진사를 같이 했는데 　　　　　　　　　　丙辰同進士
> 신사년에 사문을 송별한다. 　　　　　　　　　　　辛巳別斯文35)

---

33) 박상, 『눌재집』 권3 8장, 「復和彦龍」.
34) 박상, 『눌재집』 권5 10장, 「述懷」.
35) 박상, 『눌재집』 권3 10장, 「送別徐直學德載父」.

금남에 갔다가 돌아오는 길 늦었더니	錦南行色歸倈晩
무등산 서쪽에 다섯 버드나무 봄이로구나.	無等山西五柳春
연곡의 친구 즐거이 한 번 들렸는데	淵谷故人忻一過
눌재의 봄놀이와 관련 있을 듯싶구나.	訥齋春事似相關[36]

첫 번째 시는 좀처럼 사용하지 않는 간지를 시어로 사용했다. 병진년 (1496)은 박상이 23세 때였고, 신사년(1521)은 48세였으니 25년이나 알고 지낸 오랜 친구 사이라는 점을 참신하게 드러내었다. 그 다음 시는 금남(나주)과 무등산이라는 지명을 인용했고 마지막 시는 연곡(淵谷, 李元和)과 눌재(訥齋)라는 호를 등장시켰다. 자신의 호마저 시어로 사용한 것이다. "한산(韓山)의 이곡(李穀)과 이색(李穡)은 천하에 알려져, 구양수 소식과 시대를 달리해 서로 바라본다네."[37]처럼 한 구절에서 두 명씩 인명을 인용하여 기이한 미감을 주기도 했다. 시에서 꺼리는 단어를 사용해 시를 보다 참신하게 보이도록 하여 기(奇)의 미감을 이끌어냈다.

V. 결론

박상은 평생을 관료로 살았지만 좋은 시를 짓기 위해 많은 심혈을 기울였다. 그는 익숙하고 연약한 말을 좋아하지 않았고 진부한 표현을 없애기 위해 노력하였다. 이러한 노력은 그의 시가 기와 장의 품격을 이루도록 하는데 많은 기여를 한 것으로 보인다. 아울러 박상은 고인들의 시에서 좋은 부분을 깨내어 자신의 시에 적용시키고자 노력하였고, 이러

---

36) 박상, 『눌재집』 권5 16장, 「奉和之贈權子醇 七言短律」의 첫째 수와 둘째 수임.
37) 박상, 『눌재집』 권2 8장, 「錦南贈仲野行 二十韻」. "韓山稼牧聞天下, 歐蘇異代遙相望."

한 노력의 결과 다양한 품격을 지닌 시를 창작할 수 있었다고 생각된다. 즉 박상은 이백처럼 일필휘지로 시를 지었다기보다는 두보처럼 부단한 수정과정과 이를 통한 글자와 구법의 단련을 통하여 나름의 시세계를 만들어 나간 것이다. 이렇게 부단한 학습과 연구 과정, 그리고 단련 과정을 통해 시를 창작하는 것은 강서시파의 특징이기도 하다.

본고는 박상 시에 대한 평어를 모아, 이를 거칠게 재단하여 '기(奇)·장(壯)·여(麗)·침(沈)' 등의 네 품격으로 압축하였다. 품격 용어 자체만으로는 시인의 시를 모두 말해주지 못한다고 보았기 때문에, 우선 '기(奇)와 장(壯)' 두 품격이 박상의 시에서 어떻게 펼쳐지는지 살펴보았다.

박상에게 있어서 장(壯)의 품격을 이루도록 하는 주요 원인으로, 그림을 그리는 '마당'의 규모를 크게 제시한다는 점에 주목하였다. 긴 수평선을 그리고 이를 바탕으로 수직선을 그어 공간을 크게 확장하였고, 또 시간에 있어서도 태초의 세계로까지 거슬러 올라가는 등 시간을 과거로 무한히 확장하였다. 그리고 이러한 확장은 시공간의 물질적 공간뿐 아니라 관념적 공간으로도 확대된다. 즉 거대한 담론이나 삶의 이치 등을 들어서 시적 '마당'을 장대하게 확장한 것이다.

이렇게 확장된 '마당'에서는 현실적인 소재뿐 아니라 상상이나 신화속 세계까지 가리지 않고 거침없이 전개된다. 이로써 장(壯)의 미감뿐 아니라 기(奇)의 미감까지도 동시에 확보할 수 있었다. 또한 거대한 '마당'을 확보했기 때문에 시인이 현실적 갈등을 만나 고뇌하고 낙담할 때도 연약한 모습이 아니라 감개하거나 침울한 미감을 획득할 수 있었다. 그리고 거대하게 확장된 마당을 섬세하고 아름다운 경물로 채워서 섬려(纖麗) 또는 농욱(濃郁)의 미감을 주기도 했다.

기(奇)의 품격은 바로 무한한 상상력에서 연유되었다고 보았다. 자석벼루를 적룡의 간으로 묘사하고 폭풍우에 갓끈이 끊어져 버렸다고 묘사하는 등, 극대화된 상상력으로 매우 섬세하고도 아름답게, 그리고 심지어 기이하거나 기궤하게까지 묘사해내곤 하였다. 또한 평범하고 일상적인 시에서도 글자를 단련하거나 시에서 좀처럼 사용하지 않는 단어를 시어로 사용하여 참신한 표현을 얻기도 하였다. 이 역시 기(奇)의 품격이 발현되는 하나의 방법일 것이다.

박상의 시를 이루는 주요 세계로는 『초사』와 『장자』를 들 수 있다. 물론 『시경』이나 이백과 두보, 그리고 도연명도 주요한 원천으로 작용했다. 하지만 특히 『초사』를 통해 섬세하고 아름다운 표현을 익히고, 『장자』를 통해 무한한 시공간과 거대한 담론 등을 자신의 시로 끌어들인 것으로 보인다. 『초사』와 『장자』가 거침없는 상상력 그 자체라는 점에서도 더욱 그러하다. 그리고 박상의 시에서 느낄 수 있는 깨끗하고 강경한 지조는 굴원의 그것과 다르지 않다.

본고에서는 박상의 네 가지 품격을 나름대로 제시하였으나, '여(麗)와 침(沈)'에 대해서는 미처 다루지 못했다. 박상의 시에는 다양한 웃음이 나오는데, 흥을 돋우기 위한 웃음도 있고 자조적인 탄식도 있으며, 한 발 물러나 여유를 갖거나 삶을 관조하기 위한 웃음도 있다. 그 외에 본고에서 다루지 못했지만 박상 시의 세계 중 도연명이 차지하는 비중도 결코 작지 않아 보인다. 관료 생활 중 망중한의 여유와 전원을 즐기는 여유 등이 표현된 시도 상당수가 있다. 이 모두는 차후의 과제로 남긴다.

참고문헌

朴祥, 『訥齋集』, 한국문집총간 18권, 19권.
홍만종 찬, 『詩話叢林』, 아세아문화사, 1973.
광주직할시 향토문화개발협의회, 『訥齋朴祥의 文學과 義理 精神』, 광주직할시,

1993.

김대현, 「訥齊 朴祥 文學에 대한 연구 쟁점과 과제」, 『한국언어문학』 44, 2000.

박준규, 「訥齋 朴祥과 그의 詩文學」, 『湖南詩壇의 硏究』, 전남대학교 출판부, 1998.

신태영, 「訥齋 朴祥의 賦 硏究 −유가적 충의와 장자적 초탈−」, 『溫知論叢』 17집, 사단법인 온지학회, 2007. 9.

이민홍, 『조선조 시가의 이념과 미의식』, 성균관대학교출판부, 2000.

이종묵, 『海東江西詩派硏究』, 태학사, 1995.

차용주, 「朴祥 硏究」, 『한국한문학작가연구』 2, 아세아문화사, 1999.

명종연간 유일의 시에 나타난 미의식

― 조식·임훈·김범을 중심으로 ―

강정화

Ⅰ. 서론

유일(遺逸)은 예로부터 학덕과 재능을 지녀 조관(朝官)이 될 자질을 갖추었으면서도 벼슬하지 않고 재야에 은거히는 자를 일컫는다. 이들은 유일 외에도 '은사(隱士)·일사(逸士)·일민(逸民)·은자·은군자·처사·징사(徵士)' 등의 칭호로 불리었으며,[1] 역대로 피천(被薦) 대상으로 주목을 받아 왔다.

본고에서 다루는 인물은 16세기 명종연간 유일로 피천된 이들이다. 이들은 사화기를 거치면서 지방에 은거하였다가 유일천거에 의해 등용되는 인물로, 각지에서 출사하지 않고 심성수양과 학문연구에 진력하여

---

1) 蔣星煜(1992), 1~5쪽. 이 외에도 은일·은둔·은윤(隱淪)·가둔(嘉遯)·고답(高踏)·둔세(遯世)·유거(幽居) 등의 용어가 같은 칭호로 사용되었는데, 이중 '은사'가 가장 보편적으로 통용되었다고 하였다.

백성의 신망이 두텁던 당대 석유(碩儒)들이었다. 명종연간 세 차례에 걸쳐 피천된 유일은 모두 11인인데, 이를 정리하면 아래와 같다.[2]

- 1551년(명종 6)

성수침(成守琛 1493~1564), 파주 거주, 내자시주부(內資寺主簿, 종6품)

조욱(趙昱 1498~1557), 지평(砥平) 거주, 내섬시주부(內贍寺主簿, 종6품)

- 1552년(명종 7)

조식(曺植 1501~1572), 삼가(三嘉)·덕산(德山) 거주, 전생서주부(典牲署主簿, 종6품)

이희안(李希顔 1504~1559), 초계(草溪) 거주, 장악원주부(掌樂院主簿, 종6품)

성제원(成悌元 1506~1559), 공주(公州) 거주, 돈령부주부(敦寧府主簿, 종6품)

- 1566년(명종 21)

성운(成運 1497~1579), 보은(報恩) 거주, 통례원인의(通禮院引儀, 종6품)

이항(李恒 1499~1576), 태인(泰仁) 거주, 사축서사축(司畜署司畜, 종6품)

임훈(林薰 1500~1584), 안음(安陰) 거주, 언양현감(彦陽縣監, 종6품)

김범(金範 1512~1566), 상주(尙州) 거주, 옥과현감(玉果縣監, 종6품)

한수(韓脩 1514~1588), 청주(淸州) 거주, 장원서장원(掌苑署掌苑, 정6품)

남언경(南彦經 1529~1594), 한양 거주, 지평현감(砥平縣監, 종6품)

---

2) 이긍익(李肯翊)의 『연려실기술』에는 중종·명종대에만 '유일(遺逸)' 항목을 두었는데, 모두 15인이 실려 있다. 중종대에는 서경덕(徐敬德)과 유우(柳藕, 1473~1537) 2인 뿐이며, 명종 대에는 아래 11인과 정렴(鄭磏, 1505~1549)·정작(鄭碏, 1533~1603)을 포함하여 13인이다. 『연려실기술』에서 두 왕대에만 '유일' 항목을 두었다는 것은, 두 왕대에 유일천거가 가장 활성화되었으며, 이 시대의 유일천거가 전후와 다른 역사적 변별성이 있음을 뜻한다고 하겠다.

한대(漢代)의 향거리선제(鄕擧里選制)에 뿌리를 두고 있는 유일천거는, 우리나라에서도 그 역사가 깊다. 조선시대에는 초기부터 이를 제도화하여 활용하였는데,3) 실제 피천인물이 관직을 받은 경우는 많지 않았다. 예컨대 중종 35년(1540)에 피천된 44인의 유일 중 몇몇 인물만 9품직인 참봉을 제수 받았고,4) 그 외는 생평에 관한 자료조차 확인할 수 없는 실정에서도 이를 확인할 수 있다.

그런데 위에서도 보듯 명종조 유일은 피천과 동시에 전례 없이 6품직을 제수 받았다. 그 뿐인가. 이들은 상경하여 임금과 면대하라는 특례를 부여받았으며, 상경할 때 역마(驛馬)를 탈 수 있는 특전까지 하사 받았다.5) 피천 되었음에도 노환이나 신병을 이유로 사양하고 나오지 않는 이들을 위해 음식과 약제 등을 특별히 하사해 주었으며, 그들 사후에는 후한 부의(賻儀)와 물자를 지원하고 증직과 시호를 하사하였다.6) 명종연간의 유일은 전후의 징소자(徵召者)와는 그 성향을 달리하는, 매우 특별한 의미를 갖는 시대적 산물이었던 것이다.7)

---

3) 성구선(1995), 25~31쪽. 『조선왕조실록』·『국조인물고』·『국조인물지』·『영남인물고』 등을 통해 모두 23명의 피천 인물을 밝혀 놓았는데, 태종대 7명, 성종대 11명으로 전체의 절반 이상을 차지한다.

4) 『중종실록』 35年 7月 25日 甲寅.

5) 『명종실록』 21년 7월 14일 癸卯. "傳于政院曰 六條俱備六人 今晦日 皆令乘馹詣京事 各道監司及六人處 下書."

6) 김범과 성수침이 세상을 떠나자 명종은 초자(超資)하여 벼슬을 추증하고 후한 부제(賻祭)를 내리라 명하였다. 선조는 조식의 장례에 신하를 보내 사제(賜祭)하고 부의(賻儀)를 하사했다. 또한 성수침은 후에 좌의정에, 조식은 영의정에 추증되고, 두 사람 모두 '문정(文貞)'이란 시호를 받았다. 이외에도 이항·임훈·조욱·성제원 등이 증직과 함께 시호를 받았다.

7) 이동환(2002), 「16세기 사림에서의 출처관의 문제」, 『남명과 동시대 大儒들 발표자료집』, 경상대 남명학연구소, 1~13쪽. 논자는 이들이 16세기 우리 역사에 새로이 등장하는 '유일(遺逸)'의 한 전형을 제시했다는 점에서 그 지성사적 의의가 대단히 크다고 주장하였다.

유일 연구는 천거제도와 개별 인물에 대한 성과가 꾸준히 산출되고 있으나,[8] 개별연구의 경우 유일로서보다는 16세기 사인으로서의 성향을 다룬 것이 일반적이다.[9] 그만큼 유일에 대한 인식이 부족하다는 방증이기도 하다.

논자 또한 16세기 명종조 유일에 대한 연구를 진행하였다.[10] 주로 그들의 사상사적 기저를 이루는 출처의식과 그에 따른 현실대응 양상을 중심으로, 16세기 재야사인의 존재방식과 자기정체성의 표방양식을 개괄적으로 살핀 연구라 할 수 있다. 그러나 명종조 유일에 대해 보편적 개괄적 논의로 포문을 열었으나, 이후 진전된 논의를 지속시키지 못한 아쉬움이 있다. 예컨대 논자는 명종연간 이들의 문학을 '유일문학'이라 명명하고, 그 성향을 '사대부문학⊃처사문학⊃유일문학'의 포함관계 속에서 설명하였다. 이는 16세기 유일의 문학적 성향을 특성화하여 우리 한문학사에 중요한 용어로 자리매김하기 위한 관문이라 할 수 있다. 그러나 이후 그들의 내적 성향의 유형을 보다 세분화하는 작업을 진행하지 못하였다.

이에 본고에서는 명종연간 유일 중 영남지역의 세 인물인 조식·임훈·김범을 대상으로 삼아,[11] 그들 한시 속에 나타난 미의식을 살펴보고자

---

8) 최선혜(2011), 참조.
9) 성운(成運)에 대해서는 강정화(1994); 신병주(1999); 장원철(2002)의 선행연구가 있고, 李恒에 대해서는 정대환(2002); 홍성욱(2002), 임훈(林薰)에 대해서는 정일균(2000); 동방한문학회 편(2002), 성제원(成悌元)에 대해서는 김문준(2002); 강정화(2004), 김범(金範)에 대해서는 강정화(2000)의 연구가 있다.
10) 강정화(2006); 강정화(2007); 강정화(2009) 참조.
11) 합천에 거주했던 이희안(李希顔) 또한 학식과 덕망을 갖춘 당대 영남지역 대표적 사인이었다. 그러나 이희안의 문집 『황강실기(黃江實記)』에는 그의 한시가 1수도 실려있지 않으므로, 본고의 논의대상에서 제외한다. 『황강실기』는 문인 전치원(全致遠, 1527~1596) 등이 이희안의 사후에 스승의 글을 수집하여 집안에 보관해 오다가, 주손

한다.12) 이를 위해 먼저 명종조 유일의 성향을 개괄하고, 이에 의거해 영남지역 유일의 특징적 성향을 적출해 보고자 한다. 이는 이들의 한시에 나타나는 미의식의 문학적 기저를 살피는 작업이 될 것이다. 마지막으로 이에 근거하여 세 인물의 시세계에 나타나는 미의식을 살펴보고자 한다. 이러한 시도는 궁극석으로 명종연간 유일 각각의 개별적 특성을 찾아가는 과정의 하나로써, 영남지역에 은거지를 두었던 유일의 보편적 특성을 찾는 작업이 되리라 기대한다.

Ⅱ. 명종연간 유일의 특징적 성향

조선전기 한문학 연구는 오랜 기간 '사대부문학'13)과 '사림파문학(士林派文學)'14)의 자장(磁場) 내에서 진행되어 왔다고 해도 과언이 아니

(冑孫)인 전양(全漢) 때에 이르러 원고가 화재로 소실되었기 때문에 남은 기록이 극히 소략하다. 이후 후손들이 『동국유선록(東國儒先錄)』·『갱장록(羹牆錄)』·『국조보감(國朝寶鑑)』 및 여러 문집에서 이희안과 관련힌 글을 모아 1900년에 간행하였다. 강정화 (2007), 146~152쪽.

12) 논자가 주최측으로부터 제의 받은 논제는 '16세기 영남 한시의 미의식'이다. 이는 16세기 영남지역 한시의 전반적인 미의식을 개괄해 줄 것을 요하는 주제이다. 16세기 영남지역의 한시 작가로는 조식과 이황이 대표적이라 할 수 있는데, 이들에 관한 선행연구는 문학뿐만 아니라 다양한 분야에서 이미 수많은 성과가 축적되었으므로, 논자의 천근한 지식으로는 이에서 진전된 논의가 어려울 듯하다. 따라서 같은 시기에 또 다른 문학층을 형성했으나 여태껏 연구가 활성화되지 못한 명종연간 유일(遺逸) 가운데 영남지역에 은거지를 두었던 인물을 적시하여, 그들의 한시 속에 나타난 미의식을 살펴보고자 한다. 다만 명종조 유일의 한시는 전하는 작품이 극히 소략하므로, 본고의 논지 전개에 있어 그들의 여타 문학작품, 예컨대 賦 등을 충분히 활용하였음을 미리 밝혀두고자 한다.

13) 임형택(1984), 361~362쪽. 논자는 조선전기 문인의 문학을 '사대부문학'이라 규정하고 이를 '관료적문학·처사적문학·방외인문학'으로 분류하였다.

14) 이민홍(2000), 9~16쪽. 저자는 16~17세기를 '사림파문학의 시대'라 인정하고, 사림

다. 물론 이후 이에서 진전된, 특히 사림파의 유형과 관련한 발전된 논의가 진행되기도 하였다. 예컨대 이러한 선행 논의들이 시대의 변천에 따른 사인들의 의식적 사상적 문학적 다기(多岐) 현상을 충분히 반영하지 못했다는 점을 보완하여, 사대부문학의 한 범주인 처사문학을 '참여적문학·귀거래적문학·은구적문학'으로 세분화하거나,15) 김종직(金宗直) 학단(學壇) 이후 사림파의 유형을 '관료형사림·은구형사림·방외형사림'으로 분류하고 그들 문학의 차별성을 밝힌 논의16) 등이 이에 해당한다. 이러한 논의들은 보편적 일반적 성향에 치중한 연구방향을 반성하고 보다 발전된 단계로 나아가도록 한 점에서 그 의의가 크다고 할 수 있다. 본고 또한 이러한 선행연구에 상당부분 기대고 있음을 인정하지 않을 수 없다. 명종연간 유일은 이들 유형에게서 나타나는 다기한 현상을 복합적으로 견지하고 있기 때문이다. 따라서 이들 선행연구의 성과를 수렴하면서 명종연간 유일에게서 나타나는 특징적 성향을 살펴보면 다음과 같다.

첫째, 명종연간 유일의 학문적 사상적 의식적 기저는 주자 성리학의 자장 속에 있었다. 이들은 피천(被薦)을 계기로 출처의 선택이 달라지기도 하나, 일생 향리의 자연 속에서 위기지학에 힘쓰며 은거의 삶을 살면서도 주자 성리학을 떠나지 않았고 매몰되지도 않았다. 이는 그들의 퇴처(退處)가 결코 현실 외면이 아니었음을 시사 하는 것이라고도 하겠다.

둘째, 이들은 자연과 밀착된 강한 친화력을 보여줄 뿐만 아니라, 그들 은거지를 중심으로 지속적인 회합을 보여주고 있다. 이들은 주로 명산을

파문학을 창출한 인물로 이황과 이이, 김인후(金麟厚)와 기대승(奇大升), 윤선도(尹善道)와 조익(趙翼)을 꼽았다.

15) 김문기(1986), 63~82쪽.

16) 정우락(2005), 7~62쪽.

근거지로 삼아 각지에 은거하였고, 끊임없는 방문과 서신교환을 통해
지속적으로 교유하였다. 그들의 은거지에 대한 남다른 애정은 이러한
교유를 통해 드러난다. 예컨대 성수침이 은거한 백악산, 조식의 은거지
지리산, 성운의 은거지 속리산, 임훈의 은거지 덕유산 등은 퇴처인들의
회합장소였으며, 그들은 지속적인 교유를 통해 퇴저인으로서의 의식 뿐
만 아니라 각자의 학문과 사상 등을 공유하였다.

  이들은 서로의 은거지를 방문하여 인근의 명산을 유람하거나 세태에
대해 공유하였다. 서경덕(徐敬德)과 이지함(李之菡)·서기(徐起) 등이 보
은현감으로 있던 성제원을 찾아가 며칠을 함께 한 것은 유명한 일화이
다.17) 조식은 속리산의 성운을 내방하였다가 성제원을 만났고,18) 다음
해 해인사에서 다시 만나 민생고를 논하였다. 둘의 회합은 이후 실추된
선비의식을 반성케 하는 일화로 널리 일컬어졌다.19) 조식과 성운의 친
분은, 성운이 조식의 묘갈에서 오랜 지기임을 인정한 것이나,20) 정인홍
(鄭仁弘)이 「회퇴변척소(晦退辨斥疏)」에서 성운을 스승인 조식과 같은 축
으로 거론한 것21) 등에서 확인할 수 있다. 성제원의 가장 절진한 벗은

17) 成悌元, 『東洲集』, 「年譜」. "先生在縣時 南冥土亭花潭 皆遠至 爲對牀連夜語"
18) 李肯翊, 『燃藜室記述』, 明宗朝遺逸 成悌元條. "成運隱俗離 安靜恬淡 琴書自樂 曹植
    嘗來訪 公適在坐 植與公初面 親若舊友 徐敬德李之菡亦連袂而至 同歡數日 植將行 公預
    設餞席於中路 獨追而送之 執手泣別日 君我俱中年 各棲異鄕 更面詎可期乎"
19) 朴趾源, 『燕巖集』卷1, 「海印寺唱酬詩序」. 박지원은 '자신들도 지금 이 자리에서 시
    를 짓고 있지만, 부르지 않아도 절로 찾아오는 고을 수령들이 기생과 악공들을 불러
    즐기고만 있으니 백성들의 삶에 이로울 것이 없다. 그 옛날 조식과 성제원이 만나 밤새
    민생에 대해 고민하던 그 아름다운 만남을 그리워하지 않을 수 없다.'고 하였다.
20) 成運, 『大谷集』卷下「南溟先生墓碣」. "運忝在交朋之列 從游最久 觀德行於前後 亦有
    人所不及知者 此皆得於目而非得於耳 可以傳信"
21) 『광해군일기』3년 3월 26일 병인. 정인홍은 이언적(李彦迪)과 이황(李滉)의 문묘종
    사(文廟從祀)에 대한 부당함을 논하면서 두 사람과 대척되는 인물로 그의 스승인 조식
    과 성운을 내세우고 있다. 당시 북인의 영수였던 정인홍이 스승과 같은 축으로 성운을

성운이다. 자신의 유람에 성운을 불러 며칠씩 머물기도 하였는데,[22] 이
들의 만남은 '뜻이 같고 도가 합치된 것[志同道合]'이라 일컬었다.[23] 조식
은 1566년 문인과 함께 안의(安義)로 임훈을 찾아가 인근의 명승을 유람
하였다.[24] 이희안의 경우, 성수침·성운·조식·성제원 등이 황강정(黃江
亭)을 차례로 내방하여 머물렀으며,[25] 만년에는 조식 등과 지리산을 유
람하였다.[26]

이처럼 서로 간의 은거지를 방문하여 새로운 인물을 만나는가 하면,
문인을 보내 수학케 함으로써 친분을 지속하였다. 조식은 속리산을 찾
았다가 성운과 막역했던 박태암(朴泰巖, 1480~1554)이나 문인 최흥림
(崔興霖, 1506~1581) 등과 교유하였고, 반대로 자신의 문인을 성운에게
보내 가르침을 청하곤 하였다.[27] 이는 그들의 유대감과 공동의식이
문인을 통해 계승되었음을 뜻한다. 이들은 이러한 교유를 통해 다양한
학문적 관심을 공유하였고, 또한 토론과 논쟁을 통해 학문적 역량을
키워나갔던 것이다.

셋째, 명종조 유일의 현실대처 성향은 어떠한가. 이는 재야지식인으

인정했다는 것은 조식 문하에서의 성운의 위치를 가늠하는 중요한 단서라 하겠다.

22) 成運, 『大谷集』卷上, 「上邑宰成東洲」. "遊觀必召與 林館或烟寺 卜晝嫌苦短 留連至
信次 靈境若喜遇 水咽山增翠 樽酒酌不盡 雄辨雜嘲戱"

23) 崔興霖, 『溪堂遺稿』, 「家狀」. "大谷先生在鍾山 東洲先生莅本縣 志同道合 樂與從遊"

24) 曹植, 『南冥先生編年』丙寅 三月條.

25) 李希顔의『黃江實記』, 「年譜」에 의하면, 그는 27세 때인 1530년에 성운(成運)·신계
성(申季誠)과 함께 김해(金海) 산해정(山海亭)을 방문하였다. 그리고 33세에는 성운이,
36세에는 성제원이, 47세에는 성수침이, 54세에는 조목(趙穆)·황준량(黃俊良)이 황강
정을 찾아와 강마하였다.

26) 曹植, 『南冥集』권2, 「遊頭流錄」.

27) 曹植, 『南冥集』권2, 「與成大谷書」. "今去數君 嘗從吾遊者 常欲奉謁於案下 今方委進
因入俗離 亦代以老顔送去 聊施緖言爲望"

로서의 존재방식과 삶의 좌표를 확인하는 것일 뿐만 아니라 문학적 성향을 가늠하는 부분이라 특히 주목해 볼 만하다. 정우락의 위 논의에 견주어 본다면, 이들은 방외형 사림에 가장 근접한 인물 유형이다. 이들의 의식적 기저는 방외형 사림이 견지했던 '현실에 대한 초월과 참여의 사이'에 있었다[28]고 할 수 있다. 당세가 출사할 만한 때가 아니라 여겨 은거의 삶을 살면서도, 당면한 현실 문제를 외면하거나 방기하지 않았다. 그러나 전반적으로는 적극적이지 않는, 온건한 성향의 소유자들이라 할 수 있다.

그럼에도 불구하고 이들의 성향은 몇 가지로 분류해 볼 수 있다. 먼저 퇴처했더라도 국가와 백성을 위해 현실에의 관심을 견지한 '현실참여형'이다. 주로 정치적 비판과 시폐에 대한 질책 및 대안을 적극적으로 제시하고, 나아가 재야지식인으로서 향촌교화 등에 치력하는 행위가 이에 해당된다. 본고에서 다루는 조식·임훈·김범 등이 이 부류에 해당된다. 이에 대해서는 Ⅲ장에서 보다 자세히 다루도록 한다.

다음으로 공자·안연의 안빈낙도관에 의거해 보다 적극적으로 자연과의 융합을 추구한 '은일자적형'이 있다. 이들은 주로 자연 속에서 자적(自適)·자오(自娛)하는 삶을 영위하고 이록(利祿)이나 영달을 추구하지 않는 생활을 지향했으며, 의식주의 고통에도 아랑곳 않고 내면의 자연적 천성을 따르려 하였다. 세상에 나아가려 하지 않아 드러나는 것이 없었으므

---

28) 정우락(2005), 20~25쪽. 관료형 사림은 자연 속에서 연마한 학문적 역량에 입각하여 관료로서 왕도정치를 이룩하고자 하였으며, 수기치인의 관점에서 보자면 치인 쪽에 더욱 밀착된 유형이다. 은구형 사림은 사림과 본래의 기능을 더욱 강화하면서 은거를 통해 유가적 진리의 세계를 추구하고자 하였으며, 무엇보다 치인보다는 수기에 치중하여 심성수양을 통해 천리를 보존하고자 한 유형이다. 방외형 사림은 자연 속에서 성리학적 세계관을 견지하면서도 도가나 불가적 세계관을 탄력적으로 받아들여 정신적 초월을 이룩하고, 또한 현실의 모순을 강하게 비판하는 부류라 하였다.

로 세상 사람들이 알아주지 못했을 뿐만 아니라, 세상에 알려지는 것조차 거부하였다. 세상과 단절된 듯하나 무언(無言)·무성(無聲)의 가르침을 통해 자신의 존재가치를 드러내는 경우로, 성수침·성운·조욱·성제원 등이 이에 해당된다.

또한 자연 속에서 학문에 침잠하여 사(士)로서의 자기정체성을 확립하고 학문탐구에 진력한 '지적탐구형'을 들 수 있다. 곧 학문 탐구를 통해 존재방식의 기저를 찾는 부류이다. 명종연간 유일은 성리학적 세계관이 투철한 학자로서, 자신을 보편적 진리의 실현자라 자각하였다. 때문에 그 진리를 실현하기 위해서는 이론적·논리적 객관화가 불가피하였다. 이들은 서로간의 방문과 서신교환 등을 통해 각자가 견지한 여러 학설을 공유하였다. 서경덕의 기론(氣論)이나 이항(李恒)의 기일물설(氣一物說), 남언경(南彦經)의 양명학적(陽明學的) 관심 등은 이 시기 유일에게서 나타나는 심화된 학문적 성과이다.

넷째, 이들은 성리학적 자장을 벗어나지 않으면서도 천문·지리·의학·불교·복서(卜筮)·노장·양명학 등 다양한 학문 분야에 관심을 갖는 개방적이고 박학적인 성향을 추구하였다. 이는 명종조 유일에게서 나타나는 대표적인 특징이라 할 수 있다.

조식의 경우 지리·음양·도류(道流)는 물론 궁마(弓馬)·병진(兵陣) 및 연수(鍊戍)에 이르기까지 두루 관심을 가졌고,29) 성제원은 스승인 유우(柳藕)에게서 이러한 성향을 전수 받았으며,30) 이항과 이희안은 무예와 병법에 뛰어났는데, 이후 성리학에 침잠한 인물이다.31) 임훈과 조욱은

---

29) 曺植, 『南冥集』 권4, 「行狀」. "又嘗言釋氏上達處 與吾儒一般 至於陰陽地理醫藥道流之言 無不涉其梗槪 以及弓馬行陣之法 關防鍊戍之處 靡不留意"

30) 李肯翊, 『燃藜室記述』明宗朝故事本末 明宗朝遺逸 成悌元條. "少孤力學 卓犖不群 爲文汪洋大肆 自成一家 至於醫卜地理之末 無不涉獵"

승려와 주고받은 많은 시들이 방증의 예가 될 것이며, 또한 동기간인 임운(林芸)과 조성(趙晟)에게서 짙게 드러나는 이러한 성향32)을 통해 두 사람으로부터의 영향 관계도 충분히 유추해 볼 수 있다.

명종조 유일에게서 이처럼 박학성이 두드러지는 까닭은 무엇인가. 유학이 현실과 깊은 관련성을 갖는 학문이므로 본래 폐쇄적이지 않다는 점과, 당시는 주자학이 고착되기 이전이므로 현실과 밀접할 수밖에 없다는 것도 하나의 요인이 될 수 있겠다. 무엇보다 자득을 추구하는 이들의 학문성향이 상당부분 영향을 끼쳤을 것으로 보인다. 이들 가운데 일정한 스승 없이 학문의 경지를 자득한 이로는 성운·조식·이희안·임훈·김범 등이다. 자득적 학문 성향에다 지속적인 교유를 통한 학문적 교감, 게다가 지식인으로서의 강한 지적 호기심이 더해져, 성리학만이 아닌 다양한 학문으로까지 관심을 넓혀갈 수 있었으리라 판단된다.

또한 이들은 혼란스럽고 어려운 시대를 구제하려는 재야지식인이었다. 지방에 은거했던 이들은 민생고를 가까이에서 목격하였고, 따라서 그들의 학문적 효용성은 보다 현실과 밀접할 여지가 많았다. 개인의 수양 못지않게 백성의 삶에 유용한 학문을 추구하고 이를 통해 어려운 시기를 극복하는 것을 지향하였는데, 이를 위해서는 다양한 학문적 관심과 수용이 절실히 필요했던 것이다.

---

31) 李恒, 『一齋集』 附錄, 「墓碣銘」. "早業武擧 如南致勗·致勤·閔應瑞輩 惟先生指揮 人 雖目以狂荒 而亦有知其爲非常人者 時年已卄八九矣"; 『명종실록』 14년 5월 13일 이희 안 졸기. "旣能文 又閑弓馬 不得試其一焉"

32) ① 林芸, 『瞻慕堂集』 권3, 「行狀」. "於書無所不讀 而功力專在於四書近思錄心經朱子 等書 而於易尤精 其他天文地理醫藥卜筮地法 無不涉獵 而尤留意於筭數之學 兵家之書 多有自許自任之重" ② 趙昱, 『龍門集』 권6, 「請額疏」. "晟 則早歲志學 與昱齊名 最善於 覃精深究 一時士友皆退遜 自以爲不及 而儒術之餘 旁及於天文地理醫藥律呂筭數 無不精 通 輒辭除命 一以育才爲任"

마지막으로 이들의 문학적 성향을 살펴 볼 필요가 있다. 명종조 유일
은 일생 자연 속에 은거하였고, 지독한 산수벽(山水癖)을 지니고 있었다.
은거지 인근의 명승은 물론이고, 회합을 통해 각지의 명산을 두루 유람
하였으며, 나아가 유람록과 유람시를 여럿 남기고 있다. 그들 삶의 중심
에는 자연이 자리하고 있었던 것이다.

그러나 이들은 문학 활동, 곧 시작(詩作)에는 적극적이지 않았다. 공통
적으로 작품 수가 많지 않은 점이 이를 예증하고 있다. 조식과 성운이
2백 수 내외의 시를 남겼을 뿐, 그 외 인물들은 대여섯 수에서부터 많게
는 수십 여 수의 작품을 남기는데 그치고 있다. 조식이 시황계(詩荒戒)[33]
나 완물상지(玩物喪志)[34] 등을 통해 문학적 견해를 표출한 반면, 그 외
인물에게서는 문학 관련 이론이나 기록이 확인되지 않는다.

그럼에도 불구하고 그들의 몇 안 되는 한시와 부(賦) 속에는 성리학적
성향을 견지한 재야지식인으로서의 의식뿐만 아니라 박학성이 반영되어
있으며, 또한 퇴처의 삶에서 나타나는 은일적 지향이 다분히 표출되고
있다. 문학작품의 형식에 있어서도 다양성이 확보되는데, 예컨대 임훈의
가설적 형식을 통한 4편의 기문에 나타난 문학적 상상력[35]은 문학가로
서의 역량은 물론 다양한 시도를 보여주는 참신한 발상이라 할 수 있다.

다음으로 이러한 성향에 의거해 영남지역의 유일인 조식·임훈·김범
등에게서 나타나는 공통적 성향, 곧 그들의 문학적 성향의 기저를 찾아
본다. 이는 그들의 한시에 나타난 미의식의 기저를 살피는 작업이라 할

---

33) 鄭仁弘,『來庵集』권12,「南冥先生詩集序」."常指詩荒戒 以爲詩人意致虛曠 大爲學者
　　之病 故旣不喜述作"
34) 曹植,『南冥集』권2,「答成聽松書」."嘗以哦詩 非但玩物喪志之尤物 於植每增無限驕
　　傲之罪 用是廢閣諷詠 近出數十載"
35) 강민구(2002), 171~194쪽.

수 있다.

Ⅲ. 문학적 기저로서의 현실인식

명종연간 유일은 당대 현실이 출사할 만한 때가 아니라 여겨 은거의 삶을 살면서도 끊임없이 사(士)로서의 정체성과 존재방식을 확립하려 했던 이들이다. Ⅱ장에서도 언급하였듯 이들의 성향은 '현실참여·은일자적·지적탐구'로 분류할 수 있는데, 조식·임훈·김범은 현실참여형에 속하는 부류이다. 물러났다 하여 현실을 외면하는 것이 아니라 끊임없는 관심을 보이는 유형이다. 주로 재야지식인으로서 시정(時政)의 폐단을 비판하고 나아가 이의 구제책을 제시하며, 향촌 종장(宗匠)으로서의 책임과 역할을 수행하는 행위로 나타난다.

선비의 습속이 온통 허물어졌고, 공정한 도리가 온통 없어졌으며, 사람을 쓰고 버리는 것이 온통 혼란스럽고, 기근이 계속 되풀이되고 있습니다. 또한 창고는 온통 고갈되었고, 제사를 지내는 것이 온통 더럽혀졌으며, 세금과 공물을 멋대로 걷고, 국방은 허술할 대로 허술합니다. 뇌물을 주고받음이 극도에 달했고, 백성들을 착취하는 풍조가 극도에 달했으며, 백성들의 원통함이 극도에 달했고, 사치도 극에 달했고, 음식을 호화스럽게 먹고 있습니다. 공헌(貢獻)이 통하지 않고, 오랑캐가 업신여겨 쳐들어오고 있습니다. 온갖 병통이 급하게 되어, 하늘의 뜻과 사람의 일 또한 예측할 길이 없습니다.[36]

---

36) 曺植, 『南冥集』 권2, 「辛未辭職承政院狀」. "士習毁盡 公道喪盡 用捨混盡 飢饉荐盡 府庫竭盡 饗祀瀆盡 徵貢橫盡 邊圉虛盡 賄賂極盡 掊克極盡 冤痛極盡 奢侈極盡 飮食極盡 貢獻不通 夷狄凌加 百疾所急 天意人事 亦不可測也"이하 남명의 작품 번역은 경상대 남명학연구소(2001), 『남명집』 번역본 참조.

조식은 명종연간 유일지사 가운데 현실에 대해 가장 단호한 비판의식을 보인 인물이다. 그는 일생 은거의 삶을 살았으나 결코 현실을 잊지 않고 끊임없는 관심을 기울였으며, 나라를 근심하고 백성을 불쌍히 여겨 홀로 있을 적엔 눈물을 흘리기도 하였다.[37] 그리하여 시폐(時弊)에 대해 예리하게 비판하는 한편, 과감하고도 결단력 있는 간언을 올리는 등 부단한 현실참여 의식을 보여 주었다.

위 상소의 주장대로라면 나라가 망하지 않을 수 없을 듯하다. 다양한 각도에서 현실의 시폐를 핍진하게 묘사하였고, 이러한 폐단으로 인해 고통 받을 백성을 애달파하고 있다. 그는 나라가 손 댈 곳이 없을 정도로 부패했음에도 누구 하나 걱정하거나 바로잡으려 하지 않는다고 분노하였다.[38] 과격한 언사로 인해 지나치다는 비판을 받기도 하였지만,[39] 현실을 직시하는 냉철한 의식은 높이 인정하지 않을 수 없다.

조식은 수차례의 천거와 관직 제수에도 불구하고 일생 출사하지 않았다. 이는 그가 시폐에 대한 근본적인 원인을 지적하고 이의 개선을 촉구하면서도 당대가 여전히 출사할 만한 때가 아니라 여겼던 것이다. 이에 반해 임훈은 세상이 나아지고 기회가 주어진다면 나아가 자신의 능력으로 현실을 개선하려 하였다. 때문에 피천하여 현감직을 제수받았을 때 과감히 나아가는 쪽을 택하였고, 나아가서는 현실 문제를 개선할 방안들

---

37) 成運, 『大谷集』 卷下, 「南溟先生墓碣」. "不能忘世 憂國傷民 每値淸宵皓月 獨坐悲歌 歌竟涕下 傍人殊未能知之也"

38) 曹植, 『南冥集』 권2, 「乙卯辭職疏」. "殿下之國事已非 邦本已亡 天意已去 人心已離 比如大木 百年虫心 膏液已枯 茫然不知飄風暴雨何時而至者 久矣 在廷之人 非無忠志之 臣夙夜之士也 已知其勢極而不可支 四顧無下手之地 小官嬉嬉於下 姑酒色是樂 大官泛泛 於上 唯貨賂是殖 河魚腹痛 莫肯尸之"

39) 『明宗實錄』 18년 12월 26일 庚午, 成守琛의 卒記. "少與曹植友 見其辭職疏 言甚激發 乃曰 久不見楗仲 謂已圓滑 今見此疏 鋒鋩太露 做功猶未盡熟也 則踐履所到 就可知矣"

을 끊임없이 진언하였다.

임훈은 언양현감(彦陽縣監)에 부임한 다음해 언양현의 여섯 가지 폐단과 그 대책을 조목조목 열거하였는데,[40] 이러한 문제들은 주로 군정과 세금에 관한 것으로써 민생을 피폐시키는 주요 원인이었다. 그는 현민(縣民)들이 처한 현안을 조목조목 세세히 거론한 뒤 시정해 줄 것을 청하였다. 철저히 민생에 근접한 구체적인 비판태도라 하겠다. 이처럼 냉철한 그의 비판은 여러 곳에서 찾아볼 수 있다. 광주목사로 재직 시에는 과도한 공납의 폐단과 부세 및 요역의 제도적 불평등 등을 자세히 조사하여 이를 개선하였고,[41] 「정축사은봉사(丁丑謝恩封事)」에서는 경상도와 전라도를 덮친 흉년과 전염병의 피해 상황을 상세히 지적한 후 이렇게 궁핍한 때에 85년 간 실시하지 않던 양전(量田)을 시행함은 현실을 무시한 처사라 통탄하였다.[42] 자신의 위치에서 시폐를 적시하고 이를 시정하려는 적극적 태도는 현실참여형 유일의 특징적 성향이라 할 수 있다.

명종연간 승려 보우(普雨)가 불교를 부흥시키려 하자, 전국적으로 이를 저지하는 모임이 일어났다. 김범은 도내 유생들을 대표해 다음과 같

---

40) 林薰, 『葛川集』 권2, 「彦陽陳弊疏」.

41) 林薰, 『葛川集』 권4, 「行狀」. "十月 改守光州牧使 先生卽引年辭避 有旨不許 卽陞辭 赴任 州有天鵝之貢 民甚病之 先生卽馳報于監司 因以轉聞于朝廷 命蠲過半之數 又其民 素患賦役之不均 而莫之敢改者 久矣 先生卽與一二鄕人 改紀田簿 以均其役 民甚便之 其 他征徭科役之病民者 私自低昂 且減且改者不一 而亦未嘗爲苟簡悅民之擧 以取目前之快 而唯務爲經遠之計也"

42) 林薰, 『葛川集』 권2, 「丁丑謝恩封事」. "臣觀今日生民之勢 自經軍籍 如罹兵禍 加之以 天災時變 至於此極 奉作橢鳥之嘆 盡爲浮萍之計……其間年穀之不稔 豈無不至如今日之 時乎 民生之憔悴 豈無不至如今日之時乎 人畜之死亡 豈無不至如今日之時乎 八十五年之 間 民生之勢 亦豈無不至如今日之甚者乎 然而量田之際 民生之勞費 不啻如兵革之亂 非 積年年豐人足之餘 不可以行矣"

이 상소하였다.

지금은 바로 전하께서 마음을 옮겨 진력할 때이고, 실로 인심이 거취이
합(去就離合)할 조짐을 보이는 때입니다. 만약 다시 대의를 일으키고 마음
을 돌이켜 토벌하지 않는다면 신 등이 전하를 저버림이 어찌 심하지 않겠습
니까? 섬돌에 머리가 부서지는 한이 있더라도 맹세코 이런 적승(賊僧)과
나란히 이 세상을 살아갈 수는 없습니다.[43]

각 도의 유생이 보우의 처벌 문제를 두고 서울에 모여 항의모임을 시
도할 때, 김범은 김우굉(金宇宏 1524~1590)과 함께 호남지역 유생들에게
동참할 것을 권하는 통문을 돌렸다.[44] 이를 기점으로 호남지역 등 9개
도의 유생들이 동조하여, 대대적인 항의시위를 거행할 수 있었다.[45] 특
히 이때 상주지역의 유생이 많이 참여하였는데, 김범은 이들을 위해 "말
을 베는 찬 칼날 눈서리보다 차가운데/ 서생들의 곧은 기개 하늘까지
관통했네/ 천둥번개에도 꿈쩍 않고 용감히 나섰으니/ 한 장의 이 상소가
천심을 감동시키리라"[46]는 시를 지어 격려하였다. 이는 그가 출사하지
않고도 향촌의 유생을 인도할 주도적 인물이었음을 확인하는 것으로,
이를 통해 유일의 존립방식의 일면을 살펴 볼 수 있다.

유일지사가 현실에 참여하는 또 다른 방식은 바로 향촌사회 사족으로

---

43) 金範, 『后溪集』, 「代道內儒生請斬賊僧普雨疏」. "今日正殿下轉移振勵之時 實人心去
就離合之幾 若不更唱大義回天討賊 則臣等之負殿下 豈不甚哉 碎首玉階 矢不與此賊 并
生於此世也"
44) 林薰, 『葛川集』권2, 「告湖南司馬所業儒鄕校書」. "吾道尙州進士金範·金宇宏等 擧義
請誅 移文道內 今月二十四日 直向京師 排雲叫闔 冀回天聽云云"
45) 『明宗實錄』20년 8월 25일 己丑. "按此時 嶺南之士 實先上京陳疏 而移文他道之士
故以所聞先後坌集京師"
46) 金範, 『后溪集』, 「送陪疏儒生」. "斬馬寒錟凜雪霜 書生直氣貫靑蒼 雷霆勇進無難色 應
感天心第一章"

서의 역할이다. 이들은 향리로 퇴처하여 학문연구와 심신수양으로 향촌
의 수장(首長)이 되었던 인물이다. 따라서 그들에겐 향촌의 기강 확립,
특히 흥학(興學)의 책임과 역할을 자임할 책무가 있었다. 경도(京都)와
떨어져 있어 제대로 된 학자나 교육적 지원을 받지 못하는 지방에서 사
풍(士風)을 진작시키고 학문을 부흥시키는 것은 무엇보다 중요한 역할
중 하나였다. 주로 그 지역의 선현을 향사할 서원과 사당을 건립하고,
이를 통해 지역의 사인들을 집중시키며, 나아가 향풍을 진작시키는 행위
로 나타났다.

　임훈은 함양의 흥학을 위해 남계서원(灆溪書院) 건립에 중추적 역할을
하였다. 정여창(鄭汝昌)의 학문과 덕행을 추모하기 위한 남계서원 건립
은 강익(姜翼)·임희무(林希茂) 등 함양지역 사림의 주도로 시작되었으나
중도에 지원이 끊기면서 중단될 위기에 처하였다. 임훈은 부족한 재정을
보충하고 원활한 완공을 위해 사인과 향민의 적극적 동참을 유도하는
통문을 보냈다. 그리고 사우(祠宇)가 완성되었을 때 기문을 지어 추모의
정을 극진히 하였다.[47] 향리의 선현향사에 남다른 열정을 쏟음으로써
향촌의 사풍(士風)을 진작시키고 기강을 확립하려 하였으니, 이를 통해
향촌사림의 수장다운 면모를 살필 수 있겠다.

　또 다른 인물로는 김범을 들 수 있는데, 그는 관·민의 조우(遭遇)에서
최대 효과를 거둔 예로 평가할 수 있다. 1552년 상주목사(尙州牧使)로
부임한 신잠(申潛 1491~1554)은, 상주의 궁벽한 지리적 여건으로 인해
선비들이 장수(藏修)할 곳이 없음을 안타깝게 여겨, 각 고을에 수선서당
(修善書堂) 등 18개의 서당을 건립하여 지방교육 활성화를 위해 큰 역할
을 한 인물이다.[48] 그는 향리의 수사(修士)를 선발해 서당을 이끌게 했는

---

47) 林薰, 『葛川集』 권3, 「文獻公一蠹先生祠堂記」.

데, 18개 서당 중 김범은 도곡서당(道谷書堂)을 맡았던 것으로 보인다.49)
이는 김범이 향촌사회에서 지니는 위상을 보여주는 한 예라 할 수 있다.
이때 그의 역할과 공효는 상주지역 흥학의 전범으로써 후인에게 귀감이
되기도 하였다.

　　공자는 효로써 지덕(至德)과 요도(要道)로 삼았으며, 맹자는 친한 이를
　친히 하고 어른을 어른으로 대접하는 것으로써 천하를 평정하는 근본으로
　삼았다. 그러나 그 가르침은 사람으로 하여금 반성하여 지근(至近)한 속에
　서 이를 구하고 이로써 강학의 단서를 열어주는 것에 불과하니, 이를 따라
　극진히 하여 날로 달로 축적되면 점점 도의 대체(大體)로 나아갈 것이다.
　후계(后溪, 金範) 등 여러 노선생들이 효경(孝敬)의 도를 창도해 일으키면서
　부터, 후인들이 모두 '부모를 섬김'이 일상의 떳떳한 인륜임을 알았다.50)

　이 글은 상주지역의 거유였던 창석(蒼石) 이준(李埈 1560~1635)이 향약
도청(鄕約都廳)에 보낸 것으로, 당시 향촌사림으로서 교육과 사풍을 주도
하여 후학에게 끼친 김범의 영향력이 어떠했는지를 알 수 있게 한다.
　이렇듯 영남의 세 인물에게서 보이는 현실참여 성향은, 보다 철저하게
자연과의 융합을 추구하고 완전한 정신적 자유를 지향했던 은일자적형
인물과 비교하여 살펴보면 보다 명확히 이해할 수 있다. 이들 중 성운의
처세는 특히 주목해 볼 만하다.

　선생이 40년 동안 산림 속에 살면서 세상에 나가지 않고 자기의 뜻을 세

---

48) 권태을(1994), 43~44쪽.
49) 강정화(2000), 242~248쪽.
50) 李埈,『蒼石集』권11,「與鄕約都廳」. "孔子以孝而爲至德要道 孟子以親親長長而爲天
　　下平之本 然其爲教 不過使人反而求之至近之中 以開其講學之端 馴致日滋月益 而漸趨於
　　道之全體之大也 自后溪諸老倡興孝敬之道 後人皆知事親之爲人倫日用之常"

운 데에는 반드시 그만한 학문이 있었을 것이며, 겸손하게 물러나 지조를
확고하게 지킨 것은 반드시 그만한 소견이 있었을 것이며, 옛 책을 탐독하
여 배고픔도 잊고 늙어 가는 것도 몰랐던 것은 반드시 그만한 즐거움이 있
었을 것이다. 그런데 사람들은 다만 그가 경치 좋은 골짜기를 취해 집을
짓고 거문고와 책으로 자오(自娛)했던 것으로만 알지, 그의 내면에 간직된
생각에 대해서는 엿보아 헤아린 이가 적었다. 그리고 선생은 평생 사람들
이 자기를 칭찬하는 것을 원하지 않았다.[51]

번롱에서 벗어나 산림으로 물러나니	退身林下脫樊籠
세상사 미련일랑 깨끗이 쓸어 버렸네	塵事心頭一掃空
약 마시고 천천히 솔 그늘을 거닐며	下藥緩行松影裏
새소리에 글 읽으며 조용히 앉았네	讀書淸坐鳥聲中
한밤 창가엔 종산의 달빛이 환하고	夜窓烱烱鍾山月
대낮 책상엔 부곡의 바람 시원하네	午榻泠泠釜谷風
옳고 그른 시비 소리 들리지 않으니	人是人非聞不得
요사이 두 귀가 통 안 들려 기쁘다네	邇來雙耳喜全聾[52]

위 글은 우계(牛溪) 성혼(成渾 1535~1598)이 성운을 두고 시은 것으로,
세상에서의 평가에는 아랑곳 않고 자신의 의지대로 산림에서 자적하며
사는 그의 삶을 표현하였다. 아래 글은 성운이 속리산의 은거지에서 읊
은 것인데, 현실에서 벗어나 자연과 융화된 은일자적의 모습을 엿볼 수
있다. 200수에 가까운 성운의 시는 대개가 이러한 은자적 삶의 감흥을
읊고 있다. 그는 문도를 모아 강학하는 것도 좋아하지 않았고, 세상사에
대해 언급하는 것조차 싫어하였다. 피천 이후 유일들이 시정에 대해 이

51) 成渾, 『牛溪集』 권6, 「堂叔大谷先生墓碣記」. "先生居林下四十年 其所以杜門求知者
必有其學 謙退確守者 必有其見 玩而忘飢 不知老之將至者 必有其樂 人但見考槃澗谷 琴
書自娛而已 若其所存則鮮能窺測 而平生不欲人稱述"
52) 成運, 『大谷集』 卷上, 「幽居遣興」.

런저런 언사를 표출하였지만 성운만은 한마디도 내뱉지 않았는데, 이 점은 다른 유일지사에게서 칭송을 받기도 하였다.

평소 나의 몸가짐이 보잘 것 없어서 오늘날의 이런 비방을 불러 온 것이니, 공이 옥처럼 자신을 지켜 남들이 감히 이러쿵저러쿵 흠잡을 수 없게 하신 점에 더욱 머리가 숙여집니다. 더욱이 공이 일찍이 질병을 얻어 세상사에 귀를 기울이지 않고 문을 굳게 닫아 버린 것이 부럽습니다.[53]

건숙(健叔, 成運)이 공부한 것을 드러내지 않는 데에 다시금 경탄합니다. 일찍이 남에게 보장받은 적이 없으면서도 저는 유독 스스로 자랑하여 크게 군자를 속였으니, 이 사람을 볼 면목이 없습니다.[54]

조식은 물러나 있으면서도 늘 세상사의 갈등에 얽혀 있었다. 위 글은 자신의 처세가 순정하지 못했음을 자조(自嘲)한 것으로, 은거하여 자신을 온전히 지켜 낸 성운이 자신보다 한 수 우위임을 인정하고 있다. 이황(李滉)은 "성건숙(成健叔, 成運)의 청은(淸隱)한 지취(志趣)는 사람으로 하여금 공경하는 마음을 일으키게 하지만, 사람들이 그 고상함을 알아주지 못하는 것이 애석할 따름이다."[55]라 하였고, 노수신(盧守愼)은 하나의 행실도 흠잡을 데가 없다는 것으로써 경연에서 그를 칭송하였으니,[56] 당시 성운의 처세가 사(士)의 모범이 되고 존중받았음을 알 수 있다.

현실참여형 유일은 몸을 자연 속에 두면서도 늘 현실로 향하는 시선을

---

53) 曺植, 『南冥集』 권2, 「與成大谷書(又)」. "自是 平日持行無狀 以致今日之謗 益服公律 身如玉人 莫敢間焉 尤羨公曾得疚疾 耳無所聞 而機關深閉也"

54) 曺植, 『南冥集』 권2, 「答成聽松書」. "更歎健叔之藏修不露 曾未見保於人而愚獨自衒 於世 厚誣君子 吾無以見此人矣"

55) 李滉, 『退溪集』 권19, 「答黃仲擧」. "成健叔淸隱之致 令人起敬 可惜時人不甚知其高耳"

56) 盧守愼, 『蘇齋集』, 「年譜」(65세). "成運 溫雅簡黙 亦不接引後學 常以謙讓自守爲主 故能爲一世完人 雖有欲毀者 無指摘之瑕"

거두지 않았던 인물이다. 이러한 삶의 태도는 세간의 오해를 불러오기 십상이었고, 때문에 여러 차례 구설수에 오르기도 하였다. 특히 조식의 도발적인 발언들은 여러 차례 세간의 부정적 평가를 불러일으켰는데, 진정한 은자적 삶을 추구했던 조식으로서도 이 점에 있어서는 부끄러움으로 인정할 수밖에 없었던 것이다.

요컨대 이들은 사회를 구제할 책임을 부여받은 지식인이었다. 퇴처해 있으면서도 국정 전반에 대한 시폐를 비판하고, 민생고의 개선을 요구하며, 향리의 사풍을 이끌고 향풍을 주도하는 등은, 영남지역에 거주지를 두었던 조식·임훈·김범에게서 두드러지게 나타나는 특징이라 하겠다. 나아가 이러한 현실참여 의식은 그들 문학의 미의식적 성향을 이루는 기저로 표출되고 있다.

Ⅳ. 시세계에 나타난 미의식, 자연의 인간화

우리는 조식·임훈·김범이 자연 속 은거의 삶을 추구하면서도 인간을 향한 현실적 삶에 그 의식적 기저가 있음을 확인하였다. 그들의 자연은 인간적 삶을 벗어나지 못하는 현실로서의 그것이었다. 그들의 관심사는 자연이 아니라 인간에게 있었다. 곧 '자연의 인간화'[57]를 염원하였던 것이다. 이러한 '자연의 인간화'는 그들의 문학적 성향의 한 특징이라 할 수 있는데, 특히 시세계에서 지향했던 미의식의 기저를 이루고 있다.

---

57) 조식의 한시에 나타나는 미의식을 '자연의 인간화'로 규정한 선행연구로는 장원철 (1995)의 「남명시 세계의 한 국면-그 사상적 기저와 미의식을 중심으로」(『남명학연구』 제5집, 105~131쪽)가 있다.

하늘의 바람이 큰 사막을 진동시키는 듯하고   天風振大漠
치닫는 구름 어지러이 가렸다 흩어졌다 하네   疾雲紛蔽虧
솔개가 날아오르는 건 본래 당연하다 해도   鳶騰固其宜
까마귀까지 치솟아서 무엇을 하려는 건지?   烏戾而何爲[58]

폭풍우가 일어나고 비구름이 흩어졌다 모이며, 솔개나 까마귀가 날아오르는 것은 자연현상의 하나일 뿐이다. 그러나 조식은 그러한 자연현상마저도 자신이 몸담고 있는 현실세계의 하나로 인식하였다. 곧 자연을 통해 인간을 표출하고 있는 것이다. 따라서 능력 없는 소인배가 혼란한 시기를 틈타 날뛰는 현실의 부당함을 변화무상한 자연현상으로 표출한 위의 시는, '자연의 인간화'를 지향하는 미의식 형상의 한 단면이라 하겠다.

조식의 시에서 이러한 형상은 어렵지 않게 확인된다. 예컨대 거주지 인근의 단속사 정당매가 꽃을 피운 것을 두고서 "절도 중도 쇠잔하니 산도 옛 산이 아니로세/ 고려의 임금, 집안 단속 잘하지 못하였구나/ 추울 때 피는 매화, 조물주의 잘못으로/ 어제도 꽃 피우더니 오늘도 꽃을 피우누나"[59]라고 읊었다. 정당매는 고려시대 정당문학(政堂文學)을 지낸 강회백(姜淮伯 1357~1402)이 젊어서 단속사에 공부하러 왔다가 심은 매화이다. 후에 그는 출사하여 정사를 바로잡고 백성을 보필한 공적이 많았는데, 그의 인품을 숭상하여 그 매화를 정당매라 불렀다고 한다.[60]

---

58) 曺植, 『南冥集』 권1, 「漫成」.

59) 曺植, 『南冥集』 권1, 「斷俗寺政堂梅」. "寺破僧嬴山不古 前王自是未堪家 化工正誤寒梅事 昨日開花今日花"

60) 姜希孟, 『晉山世稿』, 「養花小錄」. "我先祖通亭公 少年 讀書智異山斷俗寺 手種梅一株 於庭前 仍題一絕云 一氣循環往復來 天心可見臘前梅 直將殷鼎調羹實 謾向山中落又開 公登第 歷仕至政堂文學 在朝 左右規正調和 相濟之事 悉多 時人謂之詩讖 居僧戀公之德 愛公之才 且慕公之清風高格 而終不能忘也 則見其梅如見公 每歲封土於根 培養得其宜

이후 단속사를 탐방하는 많은 문사들이 강회백의 시에 차운하고 이를 칭송하였는데,[61] 조식은 결구에서 보듯 강회백이 고려조에 벼슬하다가 지조를 지키지 않고 조선조에도 벼슬하였음을 풍자하고 있다. 곧 자연경물을 통해 그 시대를 살피고, 나아가 당대 사인들을 경계시킨 것이다.

그 외에도 덕산 인근의 백운동(白雲洞) 계곡을 유람하면서 그곳의 빼어난 자연경관을 즐기기보다는, 한 고조를 도와 천하를 통일하는데 큰 공을 세웠으면서도 척박하기 그지없는 유(留) 땅에 봉해지기를 원했던 장량(張良)의 경지를 떠올리며, 이리저리 분주히 설치면서도 사양하고 물러날 줄 모르는 당세의 출사자를 비꼰 것이나,[62] 1558년 지리산 청학동으로의 유람에서 "한 마리 학은 구름을 뚫고 하늘로 올라갔고/ 구슬이 흐르는 한 가닥 시내는 인간세상으로 흐르네/ 누(累) 없는 것이 도리어 누가 된다는 것을 알고서/ 마음에 둔 산하는 보지 않았다고 말해야겠네"[63]라고 하여, 청학동의 그 절경도 결국 '인간세상으로 향하는' 자신의 마음을 재차 확인하는 매개일 뿐이라는 언급에서도 여실히 드러나고 있다.

> 무리를 떠나 홀로 지내기에　　　　　　離群猶是獨
> 비바람도 막아내기 힘들겠지　　　　　　風雨自難禁
> 늙어감에 머리는 다 없어졌고　　　　　老去無頭頂
> 상심하여 속이 다 타버렸다네　　　　　傷來爇腹心[64]

故至今相傳 號爲政堂梅"

61) 金馹孫, 『濯纓集』 권1, 「政堂梅詩文後」.

62) 曹植, 『南冥集』 권1, 「遊白雲洞」. "天下英雄所可羞 一生筋力在封留 青山無限春風面 西伐東征定未收"

63) 曹植, 『南冥集』 권1, 「青鶴洞」. "獨鶴穿雲歸上界 一溪流玉走人間 從知無累翻爲累 心地山河語不看"

나아가고 은거함은 대개 자신이 결정하는 일	强半行藏辦自家
고치고 구제하려면 십 년 된 쑥이 필요할 뿐	也徒醫濟十年艾
구름 낀 산에서 그를 따라 늙어가려 했지만	雲山只欲從渠老
세상 일이 언제나 마가 되는 것을 어찌하랴?	世事其如每作魔65)

조식은 은거의 삶에 족적을 두면서도 세상으로 향하는 자신 때문에 늘 고뇌하였고, 또한 그러한 번뇌를 숨기지 않았다. 나이가 들수록 현실에의 기대와 염원은 더욱 깊어져 '속이 새까맣게 타들어' 갈 정도이고, 자연 속에서 조용히 늙어가려 하나 결국엔 '세상일이 마(魔)가 되어' 그러지도 못하고 고통스러워하는 자신의 속내를 표현하고 있다. 조식에게 있어 자연은 그가 인식하는 '현실', 곧 '세상'이라는 또 다른 이름이라 할 수 있다. 그는 자신이 지향하는 인간 세상을 '자연'이라는 매개를 통해 표출하고 있는 것이다. 자연 속에 살면서도 오히려 자연을 인간 속으로 끌어오는, 곧 자연의 인간화를 지향했다고 하겠다.

조식의 미의식이 자연경물을 통해 세상으로의 관심을 직설적으로 표출한 경우라면, 김범의 미의식은 현실을 살아가는 '인간의 마음수양'에 집중되어 나타난다. 세상사에서 발생하는 모든 문제는 인간관계에서 기인하며, 이의 해결책은 인간이 하늘로부터 품부 받은 본연지성을 회복하는 것에 있다고 보았다. 정도에서 벗어나기 쉬운 마음을 단속하는 것이 중요한데, 이를 방해하는 요소로 '게으름[怠]'과 '의심[疑]'을 제시하여 구체화하였다.

먼저 마음에 '게으름'이 끼어들게 되면 "일이 성사되다가도 이내 흩어져 버리고, 학업은 성취되려다 도리어 무너져 버리며, 매번 마음을 우선

---

64) 曺植, 『南冥集』 권1, 「咏獨樹」.

65) 曺植, 『南冥集』 권1, 「無題」.

편안한 데로 이끌고, 항상 사람을 눈앞의 안일한 데로 이끈다"[66]고 하였으며, 마음에 '의심'이 들게 되면 "신하가 임금을 핍박해 의(義)가 막혀 버리고, 아비가 자식을 시기해 인정이 옮겨가 버리며, 부부가 마음이 맞다가도 소원해져 버리고, 벗이 친하다가도 등 돌리고 떠나버린다"[67]고 하여, 이로 인해 제기되는 인간사의 폐단들을 상세히 거론하였다.

특히 이러한 '게으름'과 '의심'이 파고들어 생기는 폐단은 한 나라의 군주도 예외가 아니며, 군주가 이 폐단을 재단하지 못해 나라를 도탄에 빠뜨린다면 결국 백성에 의해 쫓겨날 수밖에 없다고 하였다.

그러나 재앙을 내린 것은 하늘이 아니고	然降禍之非天
사람이 스스로 불러들여 전복된 것이라	人自取夫顚覆
만약 천자의 덕을 부지런히 닦았다면	苟厥德之克修
어찌 옛 대업을 부흥시키지 못했으랴!	豈難復乎舊業
……	
누가 알았으랴, 후손 된 자 생각 없어	安知夫嗣者之罔念
하루아침에 문득 잃어버리게 될 줄을	奄一朝而喪失
어찌 터전이 달라서 그런 것이겠는가?	豈土地之有異
진실로 보존하고 지킴이 같지 않아서라	信持守之不一[68]
게으름은 만족하는 데서 생기기 쉬우니	怠易生於滿足
이를 깨닫기란 임금에겐 더욱 어렵다네	覺尤難於人牧
마음은 성색을 좇아 여기저기 옮겨가고	心隨移於聲色
생각은 도리어 안일과 쾌락에 빠지네	意反沒於逸樂

---

66) 金範, 『后溪集』 권1, 「怠賦」. "事雖成而輒解 業將就而還墜 每導心於姑息 恒引人於偸安"
67) 金範, 『后溪集』 권1, 「疑賦」. "臣逼君而義阻 父猜子而情移 夫婦合而或疎 朋友密而背馳"
68) 金範, 『后溪集』 권1, 「黍離賦」.

하루라도 이를 잊고 생각하지 않으면	貽一日之罔念
만 가지 기미가 다스려지지 않으리라	政萬機之不理
미적미적 거리며 힘쓰지 않는지라	遂逶靡而莫勵
끝까지 본연지심을 지니는 이 없다네	鮮有終之始始
반드시 끊어질 썩은 줄을 붙잡고서	理杇索之必絕
임금 자리를 보존한 자는 없었다네	曾莫保乎天位[69]

　　김범은 수양론에 있어 특히 군주의 역할을 강조하였다.[70] 주의 패망은 하늘이 시킨 것도 물려받은 땅이 달라서가 아니라 결국 사람이 불러들인 재앙임을 예시하고서, 이는 천자가 덕을 닦고 자신을 수양하는 데 철저하지 못했기 때문이라 단언하였다. 결국 군주가 부단히 제덕(帝德)을 연마하여 정도를 부흥시키지 못하면, 제왕의 자리도 나라도 지킬 수 없다고 하였다. 그는 군주의 수양이 중요하므로 언젠가 직접 군주를 만난다면 이를 먼저 상주(上奏)하겠다고 하였으며,[71] 실제 경명행수(經明行修)로 천거되어 사정전(思政殿)에서 명종을 인견했을 때 이를 먼저 진언하였다.[72]

　　그렇다면 마음속에서 일어난 게으름과 의심을 제거할 방법은 무엇인가? 바로 '경(敬)'을 통해 철저히 존양할 것'을 주장하는데, 특히 행동으로 드러나기 이전인 미발 상태에서의 존양을 강조하였다.

---

69) 金範, 『后溪集』 권1, 「怠賦」.
70) 『후계집(后溪集)』에는 10수의 시와 8편의 부(賦)가 전하는데, 시보다는 부를 주목해 볼 만하다. 「怠」·「黍離」·「訟」·「疑」·「存養」 등의 제목에서도 알 수 있듯, 그의 부는 하늘로부터 품부받은 본연지심을 회복하는데 핵심이 있으며, 궁극적으로 군주의 성찰을 요하는 것으로 귀결되고 있다.
71) 金範, 『后溪集』 권1, 「疑賦」. "庶上下之相孚 甄一世之至治 幸他日之前席 達斯義於玉墀"
72) 『明宗實錄』 21년 10월 7일 甲子.

보이지 않는 곳에서 생각을 삼가고	愼思慮於不見
미발 상태에서 정욕을 절제하라	節情欲於未發
생각은 반드시 늘 깨어있어야 하고	念必在於惺惺
덕은 독실한 데서 이루길 구해야 하리	德要成於慥慥
잃지 않도록 보존하고 주리지 않도록 길러서	存勿失而養勿餒
깊이 나아가는 지극한 도를 터득하라	得至道之深造
마음을 안정시키고 이치를 밝히려 한다면	心欲安而理欲明
어찌 한 순간도 태만하고 소홀할 수 있으리?	詎一時之怠忽
낮 동안에 잃어버릴까 두려워하고	懼朝晝之梏亡
우산에 새싹이 돋는 것을 기뻐하라	喜牛山之萌蘗
어떠한 경우에도 안일과 방자를 경계하고	戒安肆於造次
잠깐 사이에도 장중함과 경을 붙들어야 하리	秉莊敬於瞬息
옥루에서도 전연 부끄럽지 않고	對屋漏而無愧
편안함 속에서도 어그러지지 않으며	居燕安而不悖
진실로 그 근본을 해치지 않아야 하고	信厥本之罔害
외물을 좇아 밖으로 치달려서는 안 되네	非逐物而馳外
이미 존양에 공려을 다 기울였다면	旣盡功於存養
마음이 참되고 고요해 성심이 가득하리	內眞靜而積實[73]

수기(修己)에 있어 무엇보다 중요한 것은 '게으름'과 '의심' 두 방해요소에 의해 안일하거나 나태해지지 않도록 늘 깨어있는 상태를 유지해야 한다는 말이다. 세상사로 인해 본연의 순수함을 잃었지만, 그 본래의 심성은 존양을 통해 회복될 수 있다. 특히 신독(愼獨)의 중요성을 강조하여, 정시(靜時)에서의 수양이 제대로 이루어진다면 이것이야말로 동시(動時)에서 행동의 근본이 된다고 주장하고 있다.

김범이 지향했던 문학적 미의식은 이처럼 철저한 심성수양을 통해 인

---

73) 金範, 『后溪集』 권1, 「存養賦」.

격을 완성하려는 사대부 지식인의 전형적인 의식의 표출이었다. 무엇보다 현실문제의 대책으로써 정군심(正君心)을 강조하였는데, 이는 표출상의 차이일 뿐 그 의식적 기저는 조식과 크게 다르지 않다. 김범 역시 자연보다는 '인간'에 더 주안을 두었으며, 그러한 의식들이 작품 속에 '자연의 인간화'라는 미의식으로 드러나고 있는 것이다.

현실문제의 대책으로써 '정군심'을 강조한 것은 임훈도 예외가 아니었다.

> 오늘날의 폐단으로는 민생의 곤궁하고 초췌함보다 더한 것이 없습니다. 신이 일찍이 수령을 지냈는데, 민생의 폐단은 수령의 힘으로 구제할 수 있는 바가 아닙니다. 신은 항상 백성을 구제할 계책이 없음을 한스러워 했습니다.……신의 망령된 생각으로는, 전하로부터 정심수신하여 학문의 공력이 날로 진보한다면 치세의 효과가 저절로 드러날 것이며, 백성은 저절로 편안해질 것입니다.[74]

그는 만년에 언양과 비안(比安)의 현감에 재직하는 동안 몇 차례의 봉사(封事)를 올렸다. 대체로 그 지방의 피폐한 사정을 소상히 진술하여 시정을 요하는 내용이었지만, 항상 지방민의 고통과 피폐의 근원적인 요인을 임금에게 돌리며 군주의 정심수신(正心修身)을 강조하였다. 83세인 1582년에 올린 「임오사은봉사(壬午謝恩封事)」에서도 "전하께서는 나의 다스림이 이미 충분하다 생각지 말고 더욱 부지런히 하시며, 나의 마음이 이미 바르다 생각지 말고 더욱 공경히 하십시오. 공론을 발표함에는 전하의 생각을 버리고 백성의 뜻을 따르며, 사람을 등용함에는 반

---

74) 林薰, 『葛川集』 권2, 「庚午召對草」. "當今之弊 莫過於民生之困悴 小臣嘗爲守令 民生之弊 非守令之力所能救也 臣常恨救民之無策也……臣之妄意 自上心正身修 學問之功日進 則治效自著 民生自安矣"

드시 어렵게 여겨 신중히 하고 한결같이 화평하게 하십시오. 백성 보기
를 상처 입은 사람처럼 하시며, 백성의 부르짖음을 두려운 마음으로 돌
아보신다면 저 몇 가지 폐단들이야 말할 거리도 못 될 것입니다."75)라고
하여, 그 해결책이 임금의 성찰에 있다는 것으로 끝맺고 있다.

아, 성스런 요임금 한 번 가신 뒤로	嗟聖帝之一去
슬프게도 이 계단 폐허가 되었구나	悵茲階之蕪沒
은택이 우(禹)의 비궁에 겨우 이어졌으니	澤纔延於卑宮
세류는 끝내 돌이킬 수 없게 되었네	世流終而不復
기와가 비록 숭상할 만한 것이지만	雖瓦器之足尙
어찌 단지 겉만을 수식하려 하는지	奈徒飾乎邊幅
하물며 백성을 착취해 자신을 받드니	矧剝民以自奉
또한 어찌 그 화려한 집을 나무라리?	又何責乎瓊室
여왕(厲王)의 계단 날로 높아짐을 통탄하고	痛厲階之日構
왕도가 날로 낮아짐을 개탄하도다	慨王道之日卑
훗날 임금이 요임금의 행적 행하는 것	願安得使後君而行堯行
어찌하면 이 시대에 친히 볼 수 있을까	於吾身親見之哉76)

'토계(土階)'는 요(堯)가 흙으로 세 개의 계단을 쌓아 그 위에서 정사를
펼치던 곳으로, 군주가 질박함과 덕화로 백성들을 인도하여 이룩한 태평
성대를 상징한다. 그런데 후대로 오면서 백성들을 핍박하고 사치와 화려
함으로 자신을 받드는 데 치중하여, 왕도가 낮아지고 더불어 그의 상징
인 토계가 힘을 상실하였다고 주장하였다. 위 인용문은 당대 현실을 안

---

75) 林薰, 『葛川集』 권4, 「行狀」. "殿下勿謂吾治之已足而益致其勤 勿謂吾心之已正而益
致其敬 公論之發 必舍己而從人 用人之際 必難愼而和一 視民如傷 用顧畏于民嵒 則彼數
者之弊 無足道矣"
76) 林薰, 『葛川集』 권1, 「土階」.

타까워하면서도 군주의 정심을 통해서만이 요의 태평성대를 기약할 수 있음을 강조하고 있다. 그가 지향하는 의식의 방향 또한 인간에게로 집중되고 있음을 확인할 수 있다.

현실에 바탕을 둔 임훈의 실용정신은 농사에서 백성의 노고를 덜어주는 이앙기인 앙마(秧馬)의 칭송에서도 잘 드러나 있다.

아! 농가의 그 고충을	噫田家之苦
오직 너만이 감당해내는구나	惟汝是克
진흙을 건넘은 적노마보다 못하지 않고	超泥不下於的盧
뜻대로 부리기는 교슬마보다 유쾌하네	稱意猶快於嚙膝
아내와 아들을 데리고 나가니	提携婦子
떨어지고 부딪힐까 누가 걱정하리	孰憂墜突
우리 백성에게 곡식을 먹게 하니	粒我蒸民
너의 지극한 공 아닌 것이 없구나	莫匪爾極
너는 그래도 자랑하지 않으니	爾猶不伐
천하에 그 누가 너와 공을 다투리	天下莫與爭功
내 이런 생각 뒤에야 백성들이 크게 힘입어	吾然後知斯民之大賴
이롭게 씀이 무궁한 줄 알았네	而利用之無窮也
어찌 저 방울을 달고 금 안장을 하고서	又何羨夫揚和鸞而御金鞍
화려한 거리를 달리는 청총마가 부러우리	騁紫陌之青驄也哉[77]

임훈은 작품의 전반부에서 앙마의 효용성에 대해 충분히 설명하고 있다. 백성들의 고통을 덜어 두 다리를 펴게 해 줄 뿐 아니라 벼 포기가 새끼를 쳐서 천만 석의 벼를 수확하도록 해 준다고 했다. 지금의 백성이 먹고 살 수 있는 것은 모두 앙마의 공적이라 하고, 또한 화려하고 사치스

---

[77] 林薰, 『葛川集』 권1, 「秧馬」.

럽게 꾸몄지만 민생에 무익한 청총마를 대비시켜 그 이로움을 한껏 높이고 있다. 이를 통해 그가 백성의 삶과 직결된 현실의 문제에 얼마나 관심을 기울였으며, 이의 해소를 위해 노력했는지 알 수 있다. 작품 속에 내재되어 있는 이러한 의식들이야 말로 '자연의 인간화'를 지향하는 그의 미의식을 대변하는 것이라 할 수 있겠다. 또한 이는 현실참여형 유일의 시세계에서 지향한 공통된 미의식 성향이라 할 수 있다.

V. 결론

지금까지 명종연간 유일 가운데 영남지역에 은거지를 두었던 조식·임훈·김범의 현실참여적 성향을 살피고, 이에 근거하여 그들의 한시에 나타난 미의식을 살펴보았다. 이를 간략히 정리하고, 이후의 연구 과제를 점검하는 것으로 마무리할까 한다.

명종연간 유일은 다기한 성향을 보이는 16세기 문인 가운데 독특한 문학층을 이룬 부류이다. 그들의 성향은 '현실참여·은일자적·지적탐구'의 세 유형으로 분류할 수 있는데, 조식·임훈·김범은 현실참여형에 속하는 인물이다. 이들은 자연 속에서 은자적 삶을 추구하면서도 현실에의 관심을 거두지 않는 사(士)의 처세로 일관하였다. 그들의 시선은 인간에게로 향하고 있었던 것이다. 따라서 당대 재야지식인으로서의 책무를 외면할 수 없었고, 때문에 시폐에 대해 끊임없이 시정을 요구하고 개선책을 제시하였다. 이러한 현실참여 의식은 그들의 문학작품에도 그대로 표출되었는데, 이는 '자연의 인간화'를 지향하는 미의식으로 특징지을 수 있었다.

그러나 이들 세 인물에게서 공통적으로 나타나는 이러한 미의식을 '영남'이라는 지역적 특성과 어떻게 연결시킬 것인가에 대해서는 보다 정치한 연구를 요한다. 이는 명종연간 유일의 또 다른 유형, 곧 은일자적형과 지적탐구형과의 비교 연구, 나아가 유일 각각에 대한 개별연구가 뒷받침될 때 가능할 것이다. 특히 현실참여형과 달리 '인간의 자연화'를 추구했던 은일자적형 유일과의 비교 연구는 유일의 성향을 보다 세분화하고 명징화하는 작업이 될 것이다.

또한 서두에서도 밝혔듯 본고는 이들 세 인물의 한시에 나타나는 보편적 특성을 밝히는 것에 주안하였다. 따라서 이 외에 그들 각각에게서 나타나는 개별적 특성들, 예컨대 조식에게서 나타나는 친도가적 성향, 임훈의 친불가적 성향에 대한 연구가 요구된다. 김범의 경우 내용상으로는 심성수양 관련 작품이 절대적 분량을 차지하는데, 그중 장편고시인 「병생(瓶笙)」・「안자(鴈字)」・「영(影)」은 그의 문학적 상상력과 다양성을 밝히는 작품으로써 연구를 요한다. 이는 후일의 과제로 남겨둔다.

참고문헌

『광해군일기』, 민족문화추진회, 1992.
『명종실록』, 민족문화추진회, 1983.
『중종실록』, 민족문화추진회, 1976.
『南冥先生編年』, 경상대학교 남명학연구소 소장.
姜希孟, 『晉山世稿』, 진주강씨 문량공파 문중, 2003.
金範, 『后溪集』, 경상대학교 남명학연구소 소장.
金馹孫, 『濯纓集』, 민족문화추진회, 1988.
盧守愼, 『蘇齋集』, 민족문화추진회, 1989.
成運, 『大谷集』, 민족문화추진회, 1988.

成悌元, 『東洲集』, 경상대학교 남명학연구소 소장.

成渾, 『牛溪集』, 민족문화추진회, 1989.

李肯翊, 『燃藜室記述』, 민족문화추진회, 1982.

李埈, 『蒼石集』, 민족문화추진회, 1991.

李恒, 『一齋集』, 민족문화추진회, 1988.

李滉, 『退溪集』, 민족문화추진회, 1989.

林芸, 『瞻慕堂集』, 민족문화추진회, 1989.

鄭仁弘, 『來庵集』, 민족문화추진회, 1989.

曹植, 『南冥集』, 민족문화추진회, 1989.

趙昱, 『龍門集』, 민족문화추진회, 1988.

崔興霖, 『溪堂遺稿』, 경상대학교 남명학연구소 소장.

강민구, 「葛川 林薰의 문학적 상상력과 諸意識의 표출」, 『동방한문학』 22집, 동방한문학회, 2002.

강정화, 『大谷 成運 연구』, 경상대학교 교육학석사논문, 1994.

_____, 「后溪 金範의 학문성향과 士意識」, 『남명학연구』 10집, 경상대학교 남명학연구소, 2000.

_____, 「東洲 成悌元의 학문성향과 처세관」, 『남명학연구』 17, 경상대학교 남명학연구소, 2004.

_____, 『16세기 遺逸文學 연구』, 경상대학교 박사학위논문, 2006.

_____, 「16세기 遺逸의 산수인식과 문학적 표출양상」, 『남명학연구』 23집, 경상대 남명학연구소, 2007.

_____, 「黃江實記 해제」, 『남명학관련문집해제(Ⅰ)』, 경상대 남명학연구소, 2007.

강정화, 「16세기 遺逸의 방외인적 성향에 대한 고찰」, 『동방한문학』 38집, 동방한문학회, 2009.

권태을, 『尙州의 문화』, 상주대학교 상주문화연구소, 1994.

김문기, 「權好文의 詩歌 연구」, 『한국의 철학』 14집, 경북대학교 퇴계연구소, 1986.

김문준, 「동주 성제원의 생애와 도학정신」, 『동서철학연구』 24집, 한국동서철
학회, 2002.

동방한문학회, 『갈천 임훈과 첨모당 임운 연구』, 보고사, 2002.

신병주, 「대곡 성운의 학풍과 처세」, 『남명학연구논총』 7집, 남명학연구원,
1999.

이동환, 「16세기 사림에서의 출처관의 문제」, 『남명과 동시대 大儒들 발표자료
집』, 경상대 남명학연구소, 2002.

이민홍, 『사림파문학의 연구』, 월인, 2000.

임형택, 「조선전기의 사대부문학」, 『한국문학사의 시각』, 창작과비평사, 1984.

蔣星煜, 『中國隱士與中國文化』, 상해서점, 1992.

장원철, 「남명시 세계의 한 국면-그 사상적 기저와 미의식을 중심으로」, 『남명
학연구』 5집, 경상대 남명학연구소, 1995.

_____, 「隱逸과 自適의 미학-남명과 대곡」, 『남명학연구』 13집, 경상대학교
남명학연구소, 2002.

정대환, 「一齋 李恒의 성리학(一)」, 『동서철학연구』 25집, 한국동서철학회,
2002.

정구선, 『조선시대 천거제도 연구』, 초록배, 1995.

정우락, 「사림파 문인의 유형과 隱求型 사림의 전쟁체험」, 『한국사상과 문화』
28집, 한국사상문화학회, 2005.

정일균, 『갈천 임훈의 생애와 사상』, 예문서원, 2000.

최선혜, 「조선전기 遺逸薦擧制의 운영과 그 의의」, 『조선시대사학보』 56집, 조
선시대사학회, 2011.

홍성욱, 「남명과 일재의 학문방법과 처세태도」, 『남명학연구』 13집, 경상대학
교 남명학연구소, 2002.

약천 남구만 시의 미의식

성당제

I. 머리말

숙종조는 조선 역사상 당쟁이 가장 치열했던 시기이다. 이 때 영의정으로서 당파에 지우치시 않고 공정하게 일을 처리하여 나라의 명맥을 보호한 위인이 있었으니, 약천(藥泉) 남구만(南九萬, 1629~1711)이 바로 그이다. 약천 남구만은 효종·현종·숙종조에 국정 전반에 걸쳐 많은 공적을 쌓은 탁월한 경륜가이자 대문장가이며 다수의 문학작품을 창작한 걸출한 관료문인이다.

약천은 한미한 가문에서 벼슬길에 나아가 이끌어주는 사람 없이 자신의 특출한 재능과 식견으로 최고의 관직까지 올랐다. 그는 효종 7년(1656) 28세에 별시(別試)에 합격하여 가주서(假注書)로 벼슬길에 첫발을 내딛었다. 그 후 대사간·대사성·관찰사·형조판서·한성부좌윤·도승지·대제학·병조판서 등 요직을 두루 거쳐 영의정에 올랐고, 영중추부사를 거쳐 79세에 봉조하(奉朝賀)가 되었다. 약천은 『조선왕조실록』에 정치적 업적이나 경륜 등으로 순조조까지 1,000여 회 이상 거명되는데, 여기서 약천의 위상과 영향력이 얼마나 대단했었는지를 충분히 짐작할 수 있다.

약천은 학문이 깊고 문재가 있는 데다 대제학까지 지냈으므로 그의 학문을 우러러보고 배움을 청하는 선비들이 많았다. 이에 벼슬에 종사하여 분주한 중에도 후학을 지도하여 제자가 100여 명에 달했다. 제자 중에는 최석정(崔錫鼎)·최규서(崔奎瑞)·박태보(朴泰輔)·이사명(李師命)·최석항(崔錫恒)·조태억(趙泰億) 등 당대의 명사들이 많이 있었다. 이들은 박태보를 제외하고 뒷날 소론의 주요 세력으로 성장하여 학문적·정치적으로 활약하게 된다. 그러므로 약천의 문학이 당시 관료들과 문인들에게 큰 영향을 끼쳤을 것은 자명한 일이다. 뿐만 아니라 약천의 문학은 조선후기 소론계 문인들과 성호 이익, 순암 안정복, 다산 정약용 등 실학파 문인들에게도 적지 않은 영향을 끼쳤다.[1]

약천은 조선의 전환기인 17세기 초엽에 탄생하여 18세기 초엽에 삶을 마감했다. 이 시기는 성리학이 권위가 약화되기는 하였지만 여전히 위세를 떨치고 있던 때이다. 약천 자신도 백강(白江) 이경여(李敬輿)와 동춘당(同春堂) 송준길(宋浚吉) 등을 사사하여 성리학을 공부한 사람이다. 그러나 그는 같은 시대를 살았던 사람들과는 달리 성리학에 경도되지 않았다. 그는 오히려 실용적·실증적인 사고를 갖고 있었다. 이러한 점은 그의 문집인 『약천집(藥泉集)』의 여러 글에서 쉽게 접할 수 있다.

그러므로 약천은 그 이전 사림파 문인들의 성리학적 문예인식과 다른 미학 견해를 가졌을 것이라고 예상할 수 있다. 실제로 약천은 당시 문인 및 사림파 문인들과는 달리, 시를 통해 고증적 고토 인식태도를 드러내

---

1) 성당제(2007). 265~279쪽 참조.

고 격정적인 시어를 구사하기도 했다. 또한 시로써 서예가를 비평하는가
하면 남녀 간의 연정과 관련된 노래를 한시화하기도 했다. 반면에 그의
문집에서는 성정미학(性情美學)적인 시와 성리학을 논한 산문은 거의 찾
아볼 수 없다.

약천은 상소문에 뛰어나 260편의 많은 상소문을 짓기도 했지만, 그에
못지않게 900여 수의 많은 시를 창작하기도 했다. 그러나 문집을 발간할
때 초고시 900수에서 276수만 뽑아 간행하였기 때문에 그 나머지는 현
재 전하지 않는다. 그런데 실제로 『약천집』에 실린 시를 헤아려보면 279
수이고 또 다른 문인의 문집에 2수가 실려 있어, 총 281수가 된다. 그리
고 31세(1659) 때부터 83세(1711)로 별세할 때까지의 시만 문집에 수록되
어 있다.

약천의 시는 대부분 사대부나 문인들의 시가 그렇듯 일상적인 삶을
음영한 작품이 많다. 그러나 이 외에 북방 변새를 노래한 시, 유자(柚子)
를 읊은 시, 서각(書刻)을 형상한 시, 가곡(歌曲)을 한시화한 시 등 주목되
는 훌륭한 작품도 많이 있다. 한편 약천의 시는 『동국시화휘성(東國詩話
彙成)』에 14수가 수록되어 전하는데, 그 가운데 가곡을 한역(漢譯)한 3수
의 시에 대해 청려(淸麗)하다는 품격평이 있다.

이처럼 약천은 그 이전 사림과 문인들과는 다른 성향의 주목할 만한
시를 남겼다. 그리고 그의 문학은 당시 문인들은 물론 후대의 문인들에
게도 많은 영향을 끼쳤다. 게다가 약천은 다른 사람의 작품에 품격평을
했고, 자신의 시에 품격 용어를 구사하기도 했다. 이러한 점에 주목하여,
본고에서는 앞에서 언급한 작품을 위주로 약천 시의 미의식과 미적 특징
을 살펴보고자 한다.

Ⅱ. 약천 시의 미의식

미의식은 작가의 시관(詩觀)에 따라 각각 다르게 마련이다. 그러므로
작품을 살펴보기에 앞서 약천의 시관을 검토할 필요가 있다. 약천은 젊
었을 때 남녀 간의 애정을 노래할 정도로 문학의 제재나 서정영역에 개
방적이었다. 그런데 이와는 달리 만년(82세) 들어 문이재도(文以載道)적
시관을 다음과 같이 피력했다.

　　이른바 온유돈후(溫柔敦厚)의 가르침에 대해서는 또한 일찍이 대략 들었
다. 『시경』의 가르침은 본래 온유돈후한 것으로써 성정을 다스려 풍화(風
化)를 드러내고 사람의 마음을 감동시켜 세상의 도를 돕고자 하는 데 있다.
…… 때때로 혹은 고원한 데에 마음을 붙이고 시사(時事)에 감회를 일으켜,
흉중의 감분(感憤)을 의상(意象)의 표면에 은연중 드러낸 것 또한 일찍이
온유돈후한 것을 근본으로 삼지 않은 것이 없었다. 이 때문에 이를 듣는
자는 깨달음이 있고 이를 말하는 자는 죄가 없으니, 이는 시의 가르침을
깊이 이해했다고 할 만하며 또한 그 사람됨을 살필 만하다.[2]

요컨대 약천의 시관은 『시경』에 바탕을 두고 있으며, 온유돈후한 시로
써 성정을 다스리고 사람의 마음을 감동시켜 풍속을 바로잡는 데 도움이
되어야 한다는 것이다. 따라서 약천은 전통적인 유가의 문이재도적 시관
을 갖고 있었음을 알 수 있다. 이러한 시관은 『문심조룡(文心雕龍)』에
이른 바 '고전에서 법식을 구한 유가 지향적 품격'인 '전아(典雅)'에 해당
한다.[3] 이민홍 교수도 "온유돈후가 시교(詩敎)이니만큼, 시교와 가장 관

---

2) 『藥泉集』, 第二十七, 「琴湖遺稿序」: "若所謂溫柔敦厚之敎, 亦嘗略聞之矣. 詩之爲敎,
本欲以溫柔敦厚者, 理性情而形風化, 感人心而裨世程. …… 時或寄心於高遠, 興懷於時
事, 胸中感憤, 隱見於意象之表, 亦未嘗不以溫柔敦厚者爲之本. 故聽之者可以有悟, 言之
者可以無罪, 此可爲深於詩敎, 而亦可得審其爲人也."

계가 깊은 품격은 전아이다."라고 밝힌 바 있다.4)

한편 위 글에서 약천의 형상미를 엿볼 수 있는바, "고원한 데에 마음을 붙이고 시사(時事)에 감회를 일으켜 흉중의 감분(感憤)을 의상(意象)의 표면에 은연중 드러낸 것 또한 일찍이 온유돈후한 것을 근본으로 삼지 않은 것이 없다."는 언급이 그것이다. 곧 작자가 높고 원대한 뜻을 가지고 시사(時事)에 대한 울분을 시로 형상하되, 뜻을 노골적으로 드러내지 말고 은연중 드러내야 온유돈후한 시가 된다는 것이다. 여기서 시는 재도지기일 뿐만 아니라 형상미도 아울러 갖춰야 한다는 약천의 주장을 엿볼 수 있다.

1. 호방한 품격의 변새시

약천의 북방관련 문학은 그의 문학에서 큰 비중을 차지한다. 약천은 현종 12년(1671)에 함경도 관찰사로 부임하여, 함경북도 변방 가까이에 있는 고토(古土)에 주목하고 이를 시로 노래했다. 그리고 다시 그곳의 승경을 기문으로 묘사했고, 북방 변새의 고토에 애착을 갖고 상소를 올려 북방정책을 건의했기 때문이다.

약천은 69세(숙종 23년)에 손수 제작한 지도와 함께 상소를 올려 국토수호정책을 건의했다. 그는 이 상소에서 "지금 일 천여 년이 지났는데도 아직 동국의 옛 땅을 회복하지 못하고 있습니다."라고 하여,5) 조국 강토의 상실에 대한 아쉬움과 회복의지를 드러냈다. 또한 독도 문제로 대마도 도주와 서계(書契)를 교환할 때도 임금에게 "지금 왜인이 거주하게

---

3) 劉勰, 『文心雕龍』, 「體性」 第二十七: "典雅者, 鎔式經誥, 方軌儒門者也."
4) 이민홍(2000), 217쪽.
5) 『藥泉集』第十, 疏箚, 「進盛京地圖兼陳北關事箚」: "曾在高句麗盛時, 凡遼東一帶及女眞之居, 大抵皆是封內, 以此爲海東强國. …… 至于今累千載, 猶未能復東國之舊境.

해서는 안 됩니다. 조종의 강토를 어떻게 남에게 줄 수 있겠습니까?"6)라 고 하여, 확고한 국토수호 의지를 보이기도 하였다. 이러한 약천의 고토 회복의지와 강토의식은 북방 변새를 읊은 시에 그대로 드러난다.

경원부(慶源府) 동쪽 두만강 가에 조선태조의 고조인 목조(穆祖)가 살 았던 동림산성(東林山城)이 있다. 목조는 뒤에 여기서 두만강 건너 알동 (斡東)으로 옮겨가 살았다. 동림산성 동쪽 물가에 사당이 있는데 조정에 서 해마다 향과 제수를 보내 두만강 신에게 제사를 지내는 곳이다. 이 사당을 주민들은 '용당(龍堂)'이라 부른다. 용당에 오르면 두만강 북쪽으 로 훈춘강·야춘산·현성(縣城) 등 여러 지역이 아득하게 보인다고 한 다.7) 현성은 목조가 알동에 거주할 때 여진족과 교제하며 왕래했던 곳이 다.8) 약천은 관찰사 겸 순찰사로서 함경북도 변방을 순시하다가 이 용당 에 올라 다음과 같은 시를 읊었다.

동림성 물가에 옛적엔 도읍을 이루었는데	東林城畔舊成都
두만강 사당 앞은 지금 오랑캐와 접해 있구나.	北瀆祠前今接胡
두만강 물줄기는 국경으로 뻗어 흐르고	萬水江流亘地界
칠암산 산세는 하늘 높이 우뚝 솟아 있구나.	七巖山勢迥天衢
모래벌판 끝으로 은은히 큰 나무가 보이고	沙邊隱見徵橋木
변경 밖으로 아득히 현성(縣城)이 보이는구나.	徼外微茫認縣郛
왕업 일으킨 신성한 자취 회상하며	緬憶興王神聖迹

---

6) 『조선왕조실록』 숙종 20년 2월 23일 辛卯條: "是夏, 南九萬白上曰: '…… 今不可使倭 居之. 祖宗疆土, 又何容與人乎?' "

7) 『藥泉集』 第二十八, 記, 「北關十景圖記」 「龍堂記」: "慶源府東四十里江邊, 有東林山 城, 太宗大王元年, 使都巡察使姜思德築之. 俗傳穆祖初居于此, 自此移于斡東云 …… 今 城之東畔, 有祠宇三間, 自朝廷歲送香幣, 祭豆滿江神, 而土人稱以龍堂云. 上龍堂北望則 …… 江之北訓春江·也春山·縣城等諸地, 彌望不知邊際."

8) 『조선왕조실록』 「太祖實錄」 卷一, 總書 참조.

용당(龍堂)에 올라 하루 종일 홀로 읊조리누나.　　　　登臨竟日費吟孤[9]

목조가 살았던 동림성과 두만강 가에 있던 용당이 오랑캐 땅과 인접해 있다. 두만강은 조선과 오랑캐의 경계를 가르며 말없이 흐르고, 칠암산은 하늘 높이 우뚝 솟아 두만강을 굽어보고 있다.

용당에 오른 시인의 시선은 모래벌판 끝에 서 있는 큰 나무에 머물렀다가 다시 두만강 건너 국경 밖 아득한 곳으로 향한다. 그곳엔 목조가 여진족과 교제하며 왕래하던 훈춘강·야춘산·현성 지역이 펼쳐 있다. 동남쪽으로는 멀리 알동 지역이 희미하게 보일 듯하다. 알동은 목조가 살았던 조국 강토였다. 그러나 지금은 오랑캐 땅으로 변해 가고 싶어도 갈 수 없다. 이에 시인은 못내 아쉽고 안타까워 왕업을 일으킨 신성한 자취를 회상하며 온종일 읊조리고 있는 것이다.

함련의 "두만강 물줄기는 국경으로 뻗어 흐르고/ 칠암산 산세는 하늘 높이 우뚝 솟아 있구나."라는 구절은, 사공도(司空圖)의 품격 호방을 설명한 글에 "하늘에는 바람이 광활하게 끝없이 불고, 바다 위의 산은 아득히 솟아 있다.[天風浪浪, 海山蒼蒼.]"는 내용과 흡사하다. 약천의 호방한 기상이 엿보이는 구절이다. 시야가 광활하고 굳센 기상이 느껴지면서도 국경의 정황과 시인의 착잡한 심경이 잘 드러나 있는 시이다.

이렇듯 약천의 안타까운 심정은 잃어버린 고토를 회복하고픈 강렬한 의지로 발전한다.

무이성은 두만강 가를 누르고 있는데　　　　撫夷城壓萬江邊
관찰사로서 올라보니 생각이 아득하구나.　　　杖節登臨思渺然
일천 봉우리엔 세 길 눈이 쌓여 참담하고　　　慘淡千峰三丈雪

---

9) 『藥泉集』第一, 詩, 「慶源龍堂」.

팔지(八池)에는 오색 연꽃이 희미하구나.	微茫五色八池蓮
금룡(金龍)을 산에 묻은 원대한 생각과	金龍遠想埋山日
백마 타고 물 건넌 일 아직도 전하는구나.	白馬猶傳渡水年
왕의 자취 어린 옛터 남의 땅 되었으니	王迹舊基爲異域
동해를 기울여 비린내 씻고 싶구나.	欲傾東海洗腥膻10)

위 시는 약천이 경흥(慶興) 두만강 가에 있는 무이보(撫夷堡)에 올라 읊은 시이다. 앞에서 살펴본 「경원용당」시가 비교적 경관을 묘사하는 데 중점을 두었다면, 이 시는 정서적 측면이 강하게 드러나 있다. 함련의 "팔지(八池)엔 오색 연꽃"과, 경련의 "금룡(金龍)을 산에 묻은 원대한 생각"과 "백마 타고 물 건넌 일"은 민간에 전해오는 전설이 시에 수용된 것이다. 그리고 금룡을 산에 묻은 것은 지맥을 돕기 위한 것이다.11)

약천은 이 시의 이해를 돕기 위해 시 말미에 다음과 같은 미주(尾注)를 달아 놓았다.

들에 팔지(八池)가 있는데 민간에서는 오색 연꽃이 있었다고 전한다. 강 가에는 옛 안릉(安陵)이 있었고 산허리에 금룡(金龍)을 묻었다고 하는데 지 금은 오랑캐의 땅이 되었다. 또한 익조가 옛적에 알동에 살았었는데, 여진 에게 핍박을 당해 부인과 함께 백마를 타고 적도(赤島)로 건너간 일이 지금 도 전해진다.12)

약천이 관찰사로서 무이보에 올라보니, 깎아지른 수많은 산봉우리에

---

10) 『藥泉集』第一, 詩, 「慶興撫夷堡」.

11) 『藥泉集』第二十八, 記, 「北關十景圖記」「撫夷堡記」: "自堡稍下, 北岸有大山, 逆流彎 回, 乃穆祖王妃古陵. 陵之左山腰稍低, 鑄鐵爲龍埋之, 以補地脈云."

12) 『藥泉集』第一, 詩, 「慶興撫夷堡」의 尾注: "野有八池, 俗傳有五色蓮. 江邊有古安陵, 山腰埋鐵龍云, 而今爲胡地. 且有翼祖舊居斡東地, 至今尙傳爲女眞所逼, 與夫人共騎白 馬, 往赤島事."

눈이 두텁게 쌓여 있다. 두만강 너머 들녘을 바라보니, 팔지 연못엔 오색 연꽃이 보이는 듯하다. 민간에는 지금도 여전히 목조비(穆祖妃)의 옛 능인 안릉에 지맥을 돕기 위해 금룡을 묻은 일과 익조가 여진을 피해 알동에서 백마를 타고 적도로 건너간 역사적 사실이 전해지고 있다.

　그런데 문제는 제7구의 "왕의 자취 어린 옛터"이다. 왕의 자취 어린 옛터는 바로 목조와 익조가 거처했던 알동이다. 이 알동에 옛 안릉이 있건만 지금은 오랑캐 땅이 되어 갈 수가 없게 되었다. 약천은 미주에서도 "지금은 오랑캐의 땅이 되었다."라고 거듭 강조했다. 이렇게 된 상황은 관찰사인 자신이 용납하기가 힘들고 매우 안타까운 일이었다. 게다가 조종의 강토를 남에게 줄 수 없다는 의식이 있었기에, 약천은 결국 '동해를 기울여 비린내 나는 오랑캐를 쓸어버리고 싶다'는 격앙된 어조를 구사하여, 잃어버린 고토를 되찾고 싶다는 강렬한 의지를 표출했던 것이다. 사림파 문인들이 정감의 발로를 억제했던 것과는 사뭇 다른 면이다. 여기서 '동해를 기울인다'는 것은 이른바 '우주를 떠받칠 만한 거대한 힘[撐拄宇宙]'으로 호방한 기상을 이른다.

　시의 공간적 배경이 광대하여 시야가 광활하다. 또한 시간적 공간도 길어 몇 백 년 전 고려 때로 거슬러 올라가 조선태조의 고조인 목조의 행적이 언급되어 있다. 자잘한 미사여구와 수식은 찾기 어렵고 시어가 크며 시인의 굳센 기상이 느껴진다. 약천 자신이 만년에 주장한 온유돈후한 시관과 대비되는 작품으로, 그의 강직한 성품과 관각문인의 면모가 여실히 드러나 있는 호방한 품격의 시이다.

　약천이 북방 변새에 관심이 많았던 점으로 볼 때, 북방 변새를 읊은 시가 많았을 것으로 보인다. 그런데 지금은 안타깝게도 8수 정도만 문집에 전한다. 비록 그렇지만 약천의 북새문학은 선구적 위치에 있다. 약천이 조선 중기에 처음으로 북관 고토에 주목하고 이를 문학적으로 형상하

고부터, 조선후기 소론계 관료문인인 최창대(崔昌大)·홍량호(洪良浩)·
홍경모(洪敬謨)·이유원(李裕元) 등이 그 영향을 받아 차례로 맥을 형성하
며 북새문학을 발전시켰기 때문이다.

2. 비흥(比興)적 미의식의 추구

약천은 남해(南海)로 유배되었을 때 「영유시(詠柚詩)」를 지었다. 이 시
는 같은 운자(韻字)를 반복해 주제를 각각 달리하여 20수로 유자를 노래
한 것이다. 약천은 이 시서(詩序)에서 작시(作詩) 동기를 다음과 같이 밝
혔다.

> 기미(己未, 1679)년에 은혜를 입어 거제도로 귀양 갔다가 남해로 옮겼다.
> 가을이 깊어 밤은 긴데 잠은 더욱 줄어들고, 기운이 본래 수척하고 약한데
> 다 눈 또한 어둡고 침침하여 불을 밝혀도 책을 읽을 수가 없었다. 잠자리에
> 서 뒤척였지만 더불어 서로 터놓고 이야기할 사람도 없어, 이로 인하여 영
> 유시(詠柚詩)를 지었다. 첩운으로 20수를 만들었는데 시라고 할 것은 아니
> 나 적으나마 스스로 마음을 풀었을 뿐이다. …… 아! 유자는 비록 하나의
> 미물이지만, 비흥(比興)의 체(體)와 원이(遠邇)의 뜻을 또한 여기에서 추구
> 할 수 있기에, 뜻이 계속 이어져도 그만두지 못하고, 말이 복잡한데도 줄이
> 지 못하는 것은 까닭이 있어서이다.[13)]

약천은 먼저 긴 가을밤에 잠도 오지 않고 터놓고 말을 주고받을 사람도
없어 시를 지어 답답한 마음을 풀어보고자 시를 지었노라고 작시의 배경

---

13) 『藥泉集』, 第二, 「詠柚詩二十首」, 幷序: "歲己未, 承恩謫配巨濟移南海. 及秋深夜長,
眠睡益少而氣素羸弱, 眼且昏翳, 不能曉燈讀書. 輾轉枕席, 無與晤語, 因作詠柚詩. 疊韻
成二十首, 非以爲詩, 聊自遣意耳. …… 噫! 柚雖一微物, 比興之體·遠邇之義, 亦可於此
乎推之, 意之留連而不已, 言之煩複而不刪者, 有以也夫."

을 밝혔다. 그다음 유자는 미물이지만, '비흥(比興)의 시체(詩體)'와 '원이 (遠邇)의 뜻'을 추구할 수 있어 유자를 시의 소재로 선택했다고 했다.

'비흥'은 『시경』에 쓰인 수사법으로, '비(比)'는 비유법이며[14] '흥(興)' 은 다른 사물을 먼저 서술하여 표현하고자 하는 말을 이끌어내는 방법 이다.[15] '원이(遠邇)의 뜻'은 『논어』에 시는 "가까이로는 부모를 섬길 수 있게 하며, 멀리로는 임금을 섬길 수 있게 한다.[邇之事父, 遠之事君]"는 뜻으로 볼 수 있다. 그러나 「영유시」 20수 전체의 내용을 검토해보면, 약천이 '시를 통해 드러내려는 다양한 의미'로 보는 것이 타당하리라 생 각된다.

『시경』에 쓰인 수사법에는 '비·흥' 외에 '부(賦)'가 더 있다. 그런데 약 천은 여기서 '부'를 제외시키고 '비·흥'만을 취했다. '부'는 직서하는 수 사법이므로 약천 자신의 온유돈후한 시를 근본으로 삼는 시관에 어긋나 기 때문에 '부'를 빼버린 것이다. 따라서 '비흥의 시체를 추구한다'는 말 은 작가의 감회나 뜻을 직접 노골적으로 표현하는 것이 아니라 간접적 으로 은연중 드러내는 온유돈후한 시를 읊겠다는 뜻이다. 그렇다면 「영 유시」의 품격은 '전아'에 해당함을 알 수 있다.

이상으로 볼 때, 약천은 유자를 보고 느낀 감회나 다양한 의미를 비흥 의 시체, 즉 비흥적인 미의식으로 읊어, 유배지에서 수심을 달래고자 「영유시」 20수를 창작했음을 알 수 있다.

그러면 약천이 어떻게 비흥적인 미의식으로 유자를 노래했는지 작품 을 살펴보기로 하겠다.

---

14) 『詩經』 「國風」 「蒹斯」의 注에 "比者, 以彼物比此物也."
15) 『詩經』 「國風」 「關雎」의 注에 "興者, 先言他物, 以引起所詠之詞也."

<table>
<tr><td>말 타고 앞마을 지나며 채찍질 일부러 더디 함은</td><td>馬過前村策故遲</td></tr>
<tr><td>단지 향기 짙은 껍질 탐내 완상하기 위해서라네.</td><td>秖緣貪賞老香皮</td></tr>
<tr><td>산의 이슬비는 황금 표면을 씻어내고</td><td>山霏洗出黃金面</td></tr>
<tr><td>바다의 아침햇볕이 백옥 육질을 만들었구나.</td><td>海旭烘成白玉肌</td></tr>
<tr><td>야외에서 순령(荀令)의 자리에 올랐나 의심하고</td><td>野外疑登荀令坐</td></tr>
<tr><td>숲속에서 자방(子房)의 스승을 만났나 놀랐다네.</td><td>林間驚遇子房師</td></tr>
<tr><td>그 고상한 맛 응당 귤과 같음을 알겠나니</td><td>知渠風味應同橘</td></tr>
<tr><td>육아(吳兒)의 회유(懷袖)에 스스로 부끄러울 때로다.</td><td>自愧吳兒懷袖時[16]</td></tr>
</table>

두련에서는 시인이 향기 짙은 유자를 완상하기 위해 말을 천천히 모는 모습을 말했고, 함련에서는 유자의 겉은 노란색이며 유자 속에는 백옥 같은 하얀 육질이 들어 있음을 밝혔다.

그 다음 경련에서는 시인이 향기롭고 노란 유자를 보니, 순령(荀令)의 자리에 오른 듯 한(漢)나라의 개국 공신 자방(子房:張良)의 스승 황석공(黃石公)을 만난 듯하다고 했다. 순령은 후한 때 상서령(尙書令)을 지낸 순욱(荀彧)을 가리키는데, 그가 앉았던 자리에는 3일 동안 향기가 남아있었다고 한다.[17] 그러므로 '순령의 자리에 올랐다'는 말은 시인이 향기 풍기는 유자 곁에 있음을 뜻한다. 황석공은 장량에게 태공(太公)의 병법을 전수해준 사람이다. 황석공이 황색의 유자와 같은 황씨(黃氏)이므로 '자방의 스승'인 황석공, 즉 유자를 숲속에서 만났다고 한 것이다. 요컨대 노란 유자를 보니 순령의 자리에 오른 듯 장자방의 스승을 만난 듯 매우 기쁘다는 것이다.

미련(尾聯)에서는 시인이 유자를 맛보자 귤이 연상되면서 오(吳)나라 육적(陸績)의 회귤(懷橘) 고사에 부끄러움을 느낀다고 했다. 육적은 여섯

---

16) 『藥泉集』, 第二, 「詠柚詩二十首」 중 제 2수.
17) 『太平御覽』 卷七百三: "襄陽記: '荀令君至人家, 坐處三日香.'"

살 때 원술(袁術)을 방문했다가 원술이 내놓은 귤을 어머님께 갖다드리려
고 몰래 소매 속에 넣었던 사람이다. 어린 육적도 이렇게 효도했건만,
시인 자신은 부끄럽게도 모친을 고향에 홀로 남겨둔 채 남해로 유배 와
불효하고 있다는 것이다.

이처럼 약천은 유자를 만나 매우 기쁜 감정을 직서하지 않고 '순령의
자리'와 '자방의 스승' 등의 전고를 인용하여 간접적으로 은연중 드러냈
다. 또한 유자를 맛보자 귤이 연상되면서 이로부터 육적의 회귤 고사를
이끌어내 자신이 불효하고 있음을 은연중 간접적으로 표현했다. 따라서
이 시는 흥(興)에 해당하는 전아한 품격의 시라고 하겠다.

한편 약천은 유자껍질을 말려 바둑알로 만든 것을 보고 효용성을 노래
하기도 했다.

이 손톱에 향기가 더디 그침을 괴이하게 여겼는데　　怪玆爪甲歇芳遲
오동나무 바둑판에서 마른 껍질을 만졌기 때문이네.　緣撫楸枰一槁皮
죽은 지 오래도 여전히 향기로우니 진정한 협골이요　死久猶香眞俠骨
나이가 많아도 변치 않으니 진정 신선의 살결이로다.　年多不化定僊肌
비록 쟁반 위에 오르진 못했지만　　　　　　　　　縱然未作盤中薦
애오라지 넌 바둑판의 군사(軍師)가 되었구나.　　聊爾仍成局上師
쓰고 버림은 사람에 달렸지 너에 있지 않아　　　用舍在人非在汝
유주(柳州)가 시를 남김은 이 때 느낀 것이라네.　柳州遺序感斯時[18]

두련에서 시인은 자신의 손톱에서 향기가 계속 난다는 점을 들어 유자
껍질을 말려 만든 바둑알을 소개했다. 그다음 함련에서는 그 바둑알이
오래도록 향기를 품고 있는 것을 호협한 기골에, 오래 되어도 변질되지

18) 『藥泉集』, 第二, 「詠柚詩二十首」 중 제 13수.

않은 것을 신선의 피부에 각각 비유하여, 유자껍질로 만든 바둑알을 한
껏 찬미했다. 경련에서는 쓸모없는 유자 껍질이 누군가의 의해 바둑알로
만들어졌음을 말한 다음, 미련에서 "쓰고 버림은 사람에 달렸지 너에
있지 않아"라고 하여, 실용적 측면을 강조하고 있다.

미련의 "유주가 시를 남김[柳州遺序]"은 당나라 유종원(柳宗元)이 유주
자사(柳州刺史)로 좌천되었을 때 지은 「유주성서북우종감수(柳州城西北隅
種柑樹)」란 시를 가리킨다.[19] 그러므로 시인 자신도 남해로 유배되어 유
자를 읊고 있는 처지가 유종원과 비슷하기 때문에 그의 시를 언급한 것
이다. 위 시 역시 유자껍질로 만든 바둑알을 찬미하면서 그로부터 실용
적 측면을 노래했으므로 흥(興)의 수사법에 해당한다.

약천은 또 다음과 같이 유자의 효용성을 읊기도 했다.

> 반도(蟠桃)가 바다 밖에서 몹시 더디게 오는 것은 　蟠桃海外苦來遲
> 본래 이 동산 안에 좋은 과실이 있어서라네. 　自有園中好實皮
> 치아에 닿는 맑은 샘물 놀랍도록 위장을 세척하고 　激齒淸泉驚滌胃
> 목구멍에 뿜는 향기는 가만히 살찌게 하는구나. 　噗喉香霧暗滋肌
> 아름다운 이름 이미 신농(神農)의 글에 기록되었고 　佳名已載神農筆
> 신묘한 효용을 지금 채약사(採藥師)에게 들었노라. 　妙用今聞採藥師
> 반드시 장기(瘴氣) 고장에 이런 과일 나게 했으니 　必使瘴鄕生此物
> 천심(天心)을 알게 된 것도 바로 이때라네. 　天心仍可認玆時[20]

반도는 전설상 창해(滄海)의 선경(仙境)에서 난다는 복숭아로, 삼천 년
만에 한 번 열매를 맺는데 이를 먹으면 장수한다고 한다. 그런데 아무리
좋은 반도라 할지라도 남해(南海)의 동산에는 훌륭한 유자가 있기 때문에

---

19) 『唐詩鑒賞辭典』(上海辭書出版社, 2003), 925쪽 참조.
20) 『藥泉集』, 第二, 「詠柚詩二十首」 중 제 17수.

들어오기가 몹시 힘들다고 하여, 유자가 반도와 맞먹는 훌륭한 과실임을 강조했다. 그런 다음 함련에서 유자의 즙은 사람의 위장을 세척하고 그 향기는 사람을 살찌게 만든다며 유자의 효용이 신묘함을 극찬했다.

약천은 유자의 효용을 알아보기 위해『본초강목(本草綱目)』을 뒤져 보기도 하고 본토 사람의 말을 들어보기도 했다. 그 결과『본초강목』에서는 유자가 위의 나쁜 기운을 제거한다는 사실을, 본토 사람들로부터는 유자가 습기와 가래를 제거하고 장기(瘴氣)를 치료하는 데 가장 좋다는 정보를 얻게 되었다.[21] 여기서 약천이 실용성을 추구하는 인물이었음을 확인할 수 있다.

경련에서 "신농의 글"이란 신농씨(神農氏)가 지었다는『본초(本草)』를 가리킨다. 신농씨는 약효를 알아내기 위해 하루에 70가지의 독초를 맛보았고, 약초를 맛보느라 하루에도 수없이 죽었다 깨어났으며, 이렇게 해서 알아낸 약효를 기록한 책이『본초』라고 한다.(『通志·三皇記』) 그러므로 시인은 "아름다운 이름 이미 신농의 글에 기록되었다."고 하여, 유자가『본초』에 실릴 정도로 약효가 뛰어난 과실임을 거듭 찬미한 것이다. 이 시 또한 유자를 들어 사물의 효용성을 읊었으므로 흥(興)에 해당한다.

한편 약천은 유자에 대한 과세 때문에 남해의 백성들이 겪는 고통을 시로 읊기도 하였다. 시서(詩序)에 따르면, 유자나무가 있는 집을 관아에서 조사해 장부로 만들고, 가을에 유자가 익으면 아전을 보내 그 수를 세어두었다가 유자를 걷어갔다. 그 뒤 유자가 바람에 떨어져 수가 부족한 집은 유자를 사들여 숫자를 채워야 하는 고통이 따랐다. 이 때문에 유자나무 뿌리를 불태우고 줄기를 베어 그 폐단을 끊어버렸다. 그 결과

---

21) 『藥泉集』第二, 「詠柚詩二十首」(제17수)의 詩序 참조.

유자나무를 심은 집이 2,3할로 감소되었다고 한다. 약천은 이 말을 듣고 마음아파하며, 이런 실정을 위정자에게 들려주고 싶지만 유배된 몸으로 불가능하기 때문에 시를 지어 홀로 노래 부른다고 했다.[22]

천 그루 유자나무를 심고 십 년을 기다렸는데	千奴栽得十年遲
무슨 일로 뿌리를 불태우고 줄기를 잘랐던가.	何事燒根且斫皮
다강(茶綱)이 고을에 원망을 초래할 뿐만 아니요	不獨茶綱招邑怨
예로부터 귤세(橘稅)가 백성의 살을 베어갔네.	從來橘稅割民肌
꺾고 파괴함은 미녀를 시기하는 여자 만난 듯	摧殘似遇猜桃女
황폐시킴은 진정 가시나무 기르는 원예사 된 듯.[23]	荒廢眞成養棘師
내가 이 말을 듣고 마음이 매우 슬프니	我聽此言心惻惻
풍속 순후하고 물품 풍부할 때 언제 오려나.	風淳物阜在何時[24]

시인은 두련에서 주민들이 긴 세월 동안 힘들게 길러온 유자나무를 잘라버린 의문을 제기한 다음, 함련에서 유자나무를 잘라버린 이유가 혹독한 유자세 때문이었음을 밝히고 있다. 다강(茶綱)은 옛날 엽차(葉茶)에 대한 세금을 거두던 관원을 가리킨다. 그다음 경련에서는 혹독한 유자세 때문에 고통을 없애려고 유자나무를 제거하는 주민들의 행위와 그 결과 좋은 유자나무가 없게 된 정황을 말하고 있다. 미련에서는 이 말을 들은 시인은 마음이 매우 슬프다고 했다. 유배된 몸이기에 이 혹독한

---

22) 『藥泉集』 第二, 「詠柚詩二十首」(제16수)의 詩序 참조.

23) 『맹자』 「고자상」에 "지금 원예사가 오동나무와 가래나무를 버리고 가시나무를 기른다면 천한 원예사가 되는 것이다.(今有場師, 舍其梧檟, 養其樲棘, 則爲賤場師焉.)"라고 하였다. 그러므로 가시나무 기르는 원예사란 천한 원예사를 가리키며, "황폐시킴은 가시나무 기르는 원예사가 된 듯"하다는 것은 천한 원예사가 좋은 유자나무를 버리고 좋지 않은 유자나무만 길러 좋은 유자나무가 없게 되었음을 뜻하는 말이다.

24) 『藥泉集』, 第二, 「詠柚詩二十首」 중 제 15수.

유자세의 폐단을 위정자에게 보고하여 그 고통을 덜어주지 못하기 때문
이다. 그러므로 시인은 어쩔 도리 없이 풍속과 물품이 순후해지고 풍부
해지기만 기다릴 뿐이다. 백성의 고통을 걱정하는 우민적 정서가 간접적
으로 잘 드러나 있다. 이 시 역시 유자를 들어 혹독한 유자세 때문에
겪는 백성들의 고통을 노래했으므로 흥(興)의 수사법에 해당한다.
　한편 약천은 유자에만 관심을 두지 않고 유자나무도 노래했다.

울창하게 수풀 이루어 만색(晩色)이 더디니	鬱鬱成林晩色遲
녹운(綠雲)이 잎 되고 청동(靑銅)이 목피 되어서라네.	綠雲爲葉碧銅皮
가시 많으니 벌레와 새 오는 것 허락하지 않고	刺多不許來蟲鳥
수명 오래이니 또한 응당 뼈와 살 단련했겠지.	壽久還應鍊骨肌
맑고 흰 꽃은 문채가 적은 재상과 같고	淡素花如文少相
굳고 곧은 가지는 높은 절개 지닌 스승 같도다.	堅貞枝比節高師
또한 대나무를 좋아해 가까이 이웃하여	更憐孤竹相隣近
한 몸 되어 사시사철 푸르고 푸르구나.	一體靑靑貫四時[25]

　유자꽃은 문채가 적은 재상과 같고, 나뭇가지는 높은 절개를 지닌 스
승과 같으며 대나무처럼 사시사철 푸르러 변절함이 없다고 하는 등, 온
갖 비유를 들어 유자나무를 극도로 찬미하고 있다. 한마디로 말해 유자
나무는 절조 있고 단단하고 아름다운, 송(松)·죽(竹)·매(梅)에 비견되는
격조 높은 훌륭한 나무라는 것이다.
　그러면 약천은 무슨 까닭으로 이토록 유자나무를 격찬한 것일까? 일
찍이 초(楚)나라 굴원(屈原)은 강남(江南)으로 유배되었을 때 「귤송(橘頌)」
이란 시를 읊어 자신의 지절(志節)을 귤나무에 비유했다.[26] 「귤송」의 내

25) 『藥泉集』 第二, 詩, 「詠柚詩 二十首」 중 제 18수.
26) 陳子展, 『楚辭直解』(江蘇古籍出版社, 1991), 602쪽: "王逸『楚辭章句』說: '橘受天命生於

용을 보면 약천이 유자나무를 칭송한 것과 거의 유사하다. 그러므로 약천은 굴원이 귤나무에 자신의 지절을 비유했듯이, 자신을 유자나무처럼 절개를 지닌 사람으로 비유하려는 의도가 있어 이렇게 유자나무를 격찬했던 것이다. 따라서 이 시는 비(比)의 수사법에 해당한다.

이상과 같이 약천은 비흥적인 미의식으로 유자를 통해 자신의 불효, 사물의 실용성과 효용성, 우민적 정서, 유자세로 인한 백성들의 고통, 자신의 절개를 비유하는 등 다양한 의미를 노래했다. 그러므로 「영유시」는 약천의 시관에 입각한 대표적인 작품이라 할 수 있다. 한편 「영유시」에 전고가 많이 인용된 것을 볼 수 있었는데, 이는 비흥적인 미의식으로 읊은 시가 갖는 특징 중 하나이다. 작가의 감회나 뜻을 간접적으로 은연중 드러내기 위해서는 전고가 필요하기 때문이다.

3. 서각(書刻)의 시적 형상과 품격평

약천은 일찍이 김생(金生)의 글씨를 좋아하였으나 만년에는 안진경(顏眞卿)의 서체를 좋아하여 스스로 일가를 이루었다고 한다.[27] 약천이 서예에 뛰어났음은 『조선왕조실록』의 남구만 졸기에 "남구만은 젊어서부터 문재(文才)가 있었고, 필법도 또한 정교하고 아름다웠다."[28]는 기록에서도 확인할 수 있다.

이처럼 약천은 서예에도 뛰어나 좌상남지비(左相南智碑) · 찬성장현광비(贊成張顯光碑) 등을 썼고, 개심사(開心寺) · 양화루(兩花樓) · 영송루(迎

江南, 不可移徙; 種於北地, 則化而爲枳也. 屈原自比志節如橘, 亦不可移徙.'這是說, 橘受命不遷; 屈原自以爲稟性不移, 志節如橘, 同樣深固難徙."

27) 『藥泉年譜』 제8권, 八十三齡辛卯에 "公於書迹, 亦頗留意, 而不專一體, 顧嘗好金生, 晚而喜顏魯公, 自成一家."

28) 『조선왕조실록』 숙종 37년 3월 17일 丙午條: "九萬少有文才, 筆法亦工媚."

送樓) 등의 액자(額字)를 남겼다. 또한 서예에 대한 몇 편의 발문(跋文)을 쓰기도 했는데, 「백사헌의수초발(白沙獻議手草跋)」·「윤좌상지선가장춘궁보묵발(尹左相趾善家藏春宮寶墨跋)」·「정명공주필적발(貞明公主筆蹟跋)」·「효령대군유묵첩발(孝寧大君遺墨帖跋)」 등이 그것이다.

광해조(光海朝)에 백사(白沙) 이항복(李恒福)은 인목대비(仁穆大妃) 폐모론(廢母論)에 반대하여 헌의(獻議)한 적이 있다. 그 뒤 백사의 손자인 이시현(李時顯)이 이 헌의의 수초(手草)를 첩자(帖子)로 만들고 모각(摹刻)하여 간행할 때 약천에게 발문을 부탁했다. 이 때 약천은 인본(印本)을 보고 「백사헌의수초발」을 짓고 직접 썼는데, 그 글씨가 안진경풍의 정성이 넘치는 글씨라고 한다.29) 약천은 이 발문에서 백사의 글씨를 다음과 같이 평했다.

성주(星州) 이사성(李士成 : 李時顯)이 그의 왕고(王考) 백사(白沙)선생께서 정사(丁巳 : 광해 9, 1617)년에 헌의(獻議)를 수초(手草)하여 작성한 것을 첩자(帖子)로 만들어, 후손들이 영원히 보존하여 지킬 것을 도모하고 또 이를 모각(摹刻)하고 간행하여 널리 전하고자 했다. 그 때 나는 벼슬길에서 물러나 서해의 바닷가[結城]에 은거하고 있었고, 사성(士成)은 당시 영남에 있었기 때문에 수초의 첩자는 길이 멀어 얻어 볼 수가 없었다. 그러나 다행히 그 인본(印本)을 보게 되었는데, 그 충의의 정대한 기운이 일월과 빛을 다투는 것을 오히려 여기에서 상상할 수 있다.

선생의 필묵은 세상에 간행되어 유포된 것이 또한 많다. 그런데 이것은 경건(勁健)하고 매왕(邁往)한데 다른 것을 보면 또 새로우니, 어찌 보는 자의 감흥이 더욱 깊어서 그렇겠는가? 비록 그러나 필묵에 재주가 적으니, 또한 어찌 감히 여기에 쓸데없이 덧붙여 논하겠는가?30)

___

29) 『朝鮮中期의 書藝』, 「白沙眞蹟帖跋」(學古齋, 古書畵圖錄 4. 1990), 40쪽, 96쪽 참조.
30) 『藥泉集』第二十七, 題跋, 「白沙獻議手草跋」: "李星州士成, 以其王考白沙先生丁巳獻

약천은 백사가 남긴 글씨만 보고도 그의 '일월과 다투고 바르고 큰 충의'의 기운을 느낄 수 있다고 했다. 주목할 곳은 약천이 백사의 서예 품격을 '경건(勁健)'하고 '매왕(邁往)'하다고 높이 평가한 부분이다. 경건은 힘차고 웅건한 품격을 말하고 매왕은 범속함을 초탈한 품격을 뜻한다.

약천이 품격 용어로 서예를 비평한 예는 다른 발문에서도 볼 수 있다. 「윤좌상지선가장춘궁보묵발」에서는 세자[景宗]의 붓글씨를 "붓을 움직임이 장건하고 글자의 구성이 굉위(宏偉)하여, 진실로 팔극(八極)을 떠받칠 기세와 만물을 덮을 역량이 있다."[31]라고 평하였다. 또한 「정명공주필적발」에서는 정명공주(貞明公主)의 붓글씨를 평하여 "웅건(雄健)하고 혼후(渾厚)하여 규합(閨閤)의 기상과는 전혀 같지 않다."[32]라고 하였다. 장건은 굳세고 웅건함을 말하고, 굉위는 크고 위대함을 뜻하며, 웅건은 웅대하고 건장함을 말하고, 혼후는 질박하고 중후함을 의미한다. 이처럼 경건·매왕·장건·굉위·웅건·혼후 등의 품격 용어로 서예를 비평한 것은, 약천이 서예에 대한 안목과 조예가 깊었기 때문이다.

약천은 서예에 조예가 깊었던 만큼 서각(書刻)에도 관심이 지대했다. 영남진휼어사로 나갔을 때는 영천(榮川)에 들러 김생이 쓴 「백월서운탑비(白月棲雲塔碑)」를 살펴본 다음, 그 내력을 자세히 기술하고 관리가 소홀하여 마멸 된 것을 매우 애석해 하였다.[33] 또한 길을 가다가도 바위에

議手草, 作爲帖子, 以圖子姓久遠之保守, 而又摹刻之, 梓以廣其傳. 時余屛伏西海之瀕, 而士成方在嶺南, 手草之帖, 路遠不可得見, 而幸觀其印本. 其忠義正大之氣, 與日月爭光者, 猶可想像於此. 先生之筆, 刊布於世者亦多, 此其勁健邁往, 視他又新, 豈觀者之興感, 尤有深而然耶? 雖然筆墨蹊逕, 又何敢贅論於此哉?"

31) 『藥泉集』 第二十七, 題跋, 「尹左相趾善家藏春宮寶墨跋」:"抑以淺見膚識, 妄有所論, 其運筆壯健, 結字雄偉, 眞有撐拄八極之氣勢, 覆燾萬類之力量, 此實宗社之福, 豈特相公一時恩賜之寵爲哉?"

32) 『藥泉集』 第二十七, 題跋, 「貞明公主筆蹟跋」:"且奉玩筆蹟, 實規模我宣祖大王之法, 雄健渾厚, 殊不類閨閤中氣象."

서각이 있으면 이끼를 헤치고 살펴보거나 글자를 만져보기도 했다.

　이 뿐만 아니라 약천은 안평대군(安平大君)의 서각본(書刻本)을 보고 그 느낌을 네 수의 시로 읊기도 했다. 그 중 첫째 수에서 약천은 서각 모양을 시로 형상하여 주목되는데, 이는 다른 문인들의 시에서 보기 드문 경우이다.

> 삐침은 구름처럼 삐쳐올림은 안개같이 멋대로 기울고　　撤雲挑霧恣傾欹
> 추미(遒媚)함이 넘쳐나니 격률(格律)이 기이하구나.　　遒媚橫生格律奇
> 새긴 필획에 서자(西子)의 자태가 그대로 남아있고　　刻畫猶存西子態
> 훌쩍 날 듯한 비폭 끝에 청지(淸之)라 써 있구나.　　翩翩䨻幅末寫淸之[34]

　서법에서 '별(撤)'은 왼쪽 아래로 비스듬히 삐치는 필획이고, '도(挑)'는 왼쪽 위쪽으로 고리 모양처럼 삐쳐 올리는 필획이다. 기구(起句)에서는 '별'의 모양이 구름이 비껴 흘러내리 듯하고, '도'의 형태가 안개가 피어오르듯 자연스러우면서도 자유자재로 기운 청태를 형상하여, 안평대군의 붓놀림이 자연스러우면서도 자유분방함을 나타냈다.

　승구(承句)의 "추미(遒媚)"는 '추미(遒美)'와 같은 말로 경건하고 우미(優美)하다는 뜻이며 필법을 평하는 데 쓰이는 용어이다. 곧 안평대군의 서예가 경건하면서도 우미한 품격을 지녔다는 것이다. 전구(轉句)에서는 붓글씨를 새겨 놓은 모양을 춘추시대 때 절세의 미녀로 유명한 오(吳)나라 서시(西施)의 자태 같다고 하여, 비석에 새긴 붓글씨의 아름다운 모양을 극찬하고 있다. 결구(結句)에서는 비석 끝 부분에 "청지(淸之:안평대군

---

33) 『藥泉集』第二十九,「嶺南雜錄」: "到榮川. 舊聞本郡字民樓下, 有金生書白月棲雲塔碑, 取見之, 碑石猶完而刻劃刓缺, 殆不堪模打."

34) 『藥泉集』第二, 詩,「見安平書刻本有感」의 제 1수.

의 字)"라 쓰여 있다고 노래하여, 안평대군이 쓴 글씨임을 밝히고 있다.

약천은 또 안평대군이 거처했던 무계동(武溪洞)의 비해당(匪懈堂) 옛터를 찾아가 그곳의 광경과 바위에 새겨진 글씨를 다음과 같이 노래하기도 했다.

무계동 깊은 골짝에 새 소리 슬픈데	武溪深洞鳥聲悲
비해당 높은 집터 분별하지 못하겠네.	匪懈高堂不辨基
기상은 호방하고 화려하여 꿈을 꾸는 듯	意氣豪華如夢裏
단지 유묵(遺墨)만으로도 그 당시를 알겠구나.	只將遺墨認當時[35]

무계동은 현재 자하문(紫霞門) 밖 서쪽 골짜기를 가리킨다. 이곳에는 지금도 둥그런 바위에 "武溪洞"이라고 새긴 글자가 남아있다.

약천이 무계동에 와 보니 새소리만 쓸쓸하게 들릴 뿐 비해당 집터가 어느 곳에 있었는지 분간할 수가 없다. 그런데 유묵(遺墨), 즉 안평대군의 글씨를 바위에 새긴 "武溪洞"이란 서각을 보니, 그 기상이 호방하고 화려하여 꿈을 꾸는 듯하며, 이로써 당시 비해당의 규모와 안평대군의 풍모를 알만하다고 했다. 이렇듯 약천은 안평대군의 글씨를 호방하고 화려한 품격으로 평가했던 것이다.

한편 약천은 시를 통해 신라 때부터 조선중기까지 역대의 서가(書家)들을 간략히 비평하기도 했다.

김생(金生)을 어른으로 보고 행촌(杏村)과 벗했으며	丈視金生友杏村
탄연(坦然)과 영업(靈業)은 자식과 손자 격이로다.	坦然靈業是兒孫
한석봉은 뒤에 나왔으나 단지 비대(肥大)할 뿐	石峰後出徒肥大
삼 백 년 동안 공(公)께서 홀로 높구나.	三百年來公獨尊[36]

---

35) 『藥泉集』第一, 詩, 「見安平書刻本有感」의 제2수.

김생(金生)은 신라 때의 명필로서, 해동(海東)의 서성(書聖)으로 일컬어지고 송나라에서도 왕희지(王羲之)를 능가하는 명필로 알려졌던 인물이다. 약천은 안평대군이 김생을 어른으로 보았고, 글씨에 뛰어나 동국의 조맹부(趙孟頫)로 불렸다는 행촌(杏村) 이암(李嵒)과 벗할 정도였다고 했다. 그 다음 고려 때 승려로서 명필이었던 탄연(坦然)과 또 신라 때의 승려로서 명필로 알려진 영업(靈業)은 안평대군에 비하면 자식과 손자 격이라고 했다.

이어서 한석봉(韓石峰)은 안평대군보다 뒤에 태어나 명필로 이름났지만, 그의 글씨는 비대하여 안평대군과는 필적할 수 없으며, 안평대군이 삼백 년 동안 홀로 우뚝하다고 했다. 요컨대 안평대군의 서예는 김생에 버금가는 명필이라는 것이다.

이 같은 약천의 서가 비평은 비록 간략하지만, 서예가로 유명한 옥동(玉洞) 이서(李溆, 1662~1723)나 원교(員嶠) 이광사(李匡師, 1705~1777)의 비평보다 앞선다. 이렇듯 약천은 서가비평사에도 선구적 위치에 있다.

그러면 약천 본인의 서예 품격은 어떠했을까?『조선왕조실록』은 약천의 서예 품격을 이렇게 평했다.

사신(史臣)은 말한다. 남구만은 사람됨이 단아하고 정연하여 언소(言笑)가 망령되지 않았고, 일어나고 앉는 몸가짐에도 절도가 있었다. 문사가 전아하고 아름다웠으며, 필획 또한 고건(古健)했다.[37]

사관(史官)은 약천의 필획이 "고건(古健)"하다고 했다. 고건은 고박웅

---

36)『藥泉集』第二, 詩,「見安平書刻本有感」의 제 3수.
37)『조선왕조실록』숙종[보궐정오실록] 37년 3월 17일 丙午:"史臣曰:'九萬爲人雅整, 不妄言笑, 興居有節. 文辭典麗, 筆畫古健.'"

건(古朴雄健)한 품격으로 예스럽고도 질박하며 강건하면서도 힘이 있는 것을 말한다. 그러므로 약천이 좋아한 서예 품격도 대체로 경건·장건·웅건 계통의 품격들이고 또 이런 품격의 서예를 높이 평가했던 것이다. 뛰어난 서예가 사람됨과 자세에서 우러나오는 것이라면, 약천의 서예 품격은 사람됨이 단아하고 정연하며 몸가짐이 절도가 있는 데서 나온 것이라 하겠다.

4. 청려한 품격의 한역시

약천은 46세 때 조선초부터 당시까지 민간에서 불리어지던 11곡의 가곡을 한시화하고 이를 「번방곡(翻方曲)」이라고 이름을 붙였다. 한시화한 이유는 가곡의 뜻을 오래도록 전하기 위해서였다.[38]

이 「번방곡」의 내용은 충심(忠心)(1수)·연군(戀君)(2수)·망국(亡國)의 탄식(1수)·권농(勸農)(1수)·탄로(嘆老)(1)·연정(戀情)(5수) 등 다양하다. 그런데 여기서 주목할 점은 유가적 전통에서 외면당하던 연정적인 노래가 11수 중 5수로 가장 많다는 것이다. 이는 약천이 교화적 측면뿐만 아니라 남녀 간의 사랑이나 이별 등 인간의 보편적 정서에도 관심이 많았음을 말해준다.

약천의 「번방곡」을 최초로 거론한 책은 홍중인의 『동국시화휘성』이다. 여기에는 「번방곡」 11수 중 6수가 실려 있는데, 저자는 「동창이 밝았느냐」·「탄로가」·'황진이가 읊은 노래'를 한역한 3수의 시에 대해 '청려(淸麗)'하다고 평했다.[39] '청려'는 맑고 신선하며 아름답고 고운 인상을

---

38) 『藥泉集』第二十七, 題跋, 「白沙獻議手草跋」: "余嘗北登咸關嶺 … 雖然歌曲俚語也, 不可與文字之傳並其久遠, 故余於登嶺之日, 諷誦遺曲, 韻之而爲詞."

39) 『東國詩話彙成』권17, 本朝, 南九萬: "藥泉翻坊曲詩曰: '… 此皆世俗所傳歌曲, 而以詩翻音, 更覺淸麗.'"

주는 품격이다.

　그러면 홍중인이 '청려'하다고 평한 한역시를 위주로 작품을 검토하여, 어째서 이들 한시를 청려한 품격이라고 평했는지 그 까닭을 알아보고, 아울러 약천이 가곡을 어떻게 한시화 했는지 그 특징을 규명해보기로 하겠다.

　다음은「동창이 밝았느냐」라는 가곡을 약천이 한역한 시이다.

　　　동창이 블갓느냐 노고지리 우지진다
　　　쇼 칠 아히는 상긔 아니 니러느냐
　　　재 너머 스래 긴 밧츨 언제 갈려 ᄒᆞ느니40)

　　동방이 밝았느냐　　　　　　　　　　　　東方明否
　　노고지리 벌써 울고 있다.　　　　　　　　鸝鴣已鳴
　　소치는 아이야　　　　　　　　　　　　　飯牛兒
　　어째서 방에서 잠자고 있느냐.　　　　　　胡爲眠在房
　　산 너머 사래가 긴 밭이 있는데　　　　　　山外有田壟畝闊
　　지금 아직도 안 일어났으니 언제 갈겠느냐.　今猶不起何時耕41)

　　동방이 밝으려나　　　　　　　　　　　　東方欲曙未
　　꾀꼬리 먼저 울었다.　　　　　　　　　　鶬庚已先鳴
　　얄미운 목동들아　　　　　　　　　　　　可憎牧竪輩
　　아직도 늦잠을 즐기느냐.　　　　　　　　尙眈短長更
　　위 밭은 사래가 긴데　　　　　　　　　　上平田畝長
　　해 좇아 밭 갈지 않을까 두렵구나.　　　　恐未趁日耕42)

---

40)　朴乙洙,『韓國時調大事典』(亞細亞文化社, 1992), 1293번.
41)　『藥泉集』第一, 詩,「翻方曲」제5수.
42)　李衡祥,『瓶窩集』卷四, 樂府,『湖嘝謳』「督農課」.

작품 분석의 이해를 돕기 위해 원사(原詞)에 이어 약천의 한역시와 이형상(李衡祥)의 한역시를 함께 나열했다.

먼저 약천의 한역시를 보면, 산 깊은 전원의 밝은 아침과 하늘에서 즐거이 노래하는 노고지리 소리가 상쾌하고 밝은 느낌을 준다. 소치는 아이가 늦잠을 자고 주인이 이를 일찍 깨우지 않은 데서는 넉넉함이 느껴진다. 또한 자문자답 식으로 짜여 있어 원사보다 경쾌한 감을 주며, 운자(韻字)도 명(鳴) · 방(房) · 경(耕) 같은 밝은 느낌을 주는 글자를 썼다. 음악성이 있는 맑고 고운 품격의 시이다. 이 때문에 홍중인은 이 한역시를 '청려'한 품격으로 평했던 것이다.

한시화 방식을 보면, 약천의 한역시나 이형상의 한역시는 분위기나 내용 전달 면에서 모두 원사와 별반 차이가 없다. 단지 이형상의 한역시는 '노고지리'가 '꾀꼬리'로 바뀌었을 뿐 형식면에서도 초 · 중 · 종장에 각각 두 구씩 배정하여 6구(句)로 구성한 것도 동일하다. 그러나 약천은 한시의 정형성을 벗어나 가곡의 음악성을 살려 구(句)에 장단(長短)을 두었고, 이형상은 한시의 형식미를 살려 오언으로 정형화하였다.

장단구는 민가적 악부시에서 흔히 사용되던 형식으로 송사(宋詞)와 관련이 매우 깊다. 송사는 대개 장단구로 이루어지므로 사(詞)를 장단구라 부르기도 한다. 또한 장단구 양식의 중요한 특징 중 하나가 '합악이가(合樂而歌)'인데, 이는 음악성과 깊은 관련이 있다. 그러므로 약천은 대부분의 한역시에서 가곡을 반드시 한시처럼 정형화하지 않고 구에 장단을 두어 음악성을 살렸던 것이다.

다음은 이중집(李仲集)이 지은 가곡의 원사와 이를 한역한 약천의 시이다.

뉘라셔 날 늙다 ᄒᆞ는고 늙은이도 이러ᄒᆞᆫ가

곳 보면 반갑고 잔(盞) 잡으면 우음 난다
춘풍(春風)에 훗느는 백발(白髮)이야 낸들 어이 ᄒ리오43)

누가 날 늙었다고 하나	謂余爲老
늙은이도 바로 이와 같을 수 있는가.	老者乃能如此耶
꽃 보면 웃음이 절로 나고	看花笑自發
잔 잡으면 흥 도리어 많네.	把杯興還多
단지 이 춘풍(春風)에 백발이 어지러이 날릴 뿐	只此春風亂白髮
그것이 절로 나오는 걸 내 어찌하리.	渠自生來吾奈何44)

　주인공은 실제로 늙은 처지이지만, 그의 감정과 태도는 전혀 어두운 구석이 없다. 꽃을 보면 젊었을 때처럼 기분이 좋아 절로 신이나 웃음이 나오고, 술잔을 잡으면 젊었을 적보다 오히려 흥이 더 난다고 했다. 마음은 젊었을 때 그대로인데 백발만 봄바람에 나부낄 뿐이다. 나이가 들었다고 백발이 나오는 것쯤은 별로 신경 쓸 것 없다는 말이다. 작자가 「탄로가(歎老歌)」를 한역했지만, 늙음을 한탄하는 표현이나 슬픈 정조는 찾을 수 없고, 오히려 꽃과 웃음, 술과 흥, 춘풍 등 밝고 고운 시어를 구사하고 있다. 그러므로 홍중인은 이 한역시를 또한 '청려'한 품격으로 평했던 것이다.
　한시화 방식은, 우선 구에 장단을 두어 음악성을 살렸다. 그리고 가곡의 초·중·종장에 두 구씩 배정하여 6구로 한역한 점은 앞서 살펴본 한역시와 동일하다.
　그런데 여기서 주목되는 점은, 내용 전달 면에서 가곡의 원사보다는 약천의 한역시에서 '탄로'의 심정을 더 명확하게 감지할 수 있다는 것이

43) 朴乙洙, 『韓國時調大事典』(亞細亞文化社, 1992), 964번.
44) 『藥泉集』第一, 詩, 「翻方曲」제6수.

다. 물론 한글로 해석했을 경우를 말하는데, 원사 초장의 "늙은이도 이러
흔가"와, 중장의 "우음 난다", 종장의 "훗ᄂᆞᆫ" 같은 경우는 현재 고어(古
語)가 되었으므로 쉽게 이해할 수 없게 되었다. 그러므로 한역시가 아니
면 내용을 쉽게 파악할 수 없다. 이는 약천이 "가곡은 속언이므로 문자가
전해지듯이 오랫동안 전해질 수가 없다."45)라고 예견했던 문제점이다.
이러한 우려 때문에 약천은 우리의 가곡을 소중히 여겨 영구히 보전하기
위해 한시화했던 것이다.

화담(花潭) 서경덕(徐敬德)과 황진이(黃眞伊)가 서로 연모했다는 이야기
가 야담에 전한다. 어느 날 황진이는 화담과 만나기로 약속했다. 그런데
황진이가 무슨 일 때문인지 뒤늦게 한밤중에 화담을 찾아갔다. 그 때
화담은 홀로 앉아 근심스레 아래와 같은 노래를 부르고 있었다.

ᄆᆞ음이 어린 후(後)니 ᄒᆞᄂᆞᆫ 일이 다 어리다
만중(萬重) 운산(雲山)에 어늬 님 오리마ᄂᆞᆫ
지ᄂᆞᆫ 닙 부는 ᄇᆞ람에 힝혀 ᄀᆞᆫ가 ᄒᆞ노라

이 노래를 듣고 난 뒤, 황진이는 다음과 같이 화답했다.

내 언제 무신(無信)ᄒᆞ여 님을 언직 속엿관ᄃᆡ
월침(月沈) 삼경(三更)에 온 뜻이 전혀 업ᄂᆡ
추풍(秋風)에 지ᄂᆞᆫ 닙 소ᄅᆡ야 낸들 어이 ᄒᆞ리오

약천은 위 두 가곡을 모두 한시화했는데, 다음은 황진이가 화답한 노
래를 한역한 시이다.

───────────────

45) 40)번 주 참조.

언제 첩이 신의가 없이   何曾妾無信

님을 속였길래   乃與君相欺

깊은 밤 멀리서 온 뜻   深夜遠來意

님은 진정 몰라주네요.   而君諒不知

부는 바람 지는 잎은 본래 무정해   鳴風落葉本無情

그게 절로 소리 냄을 첩이 어찌해요.   渠自爲聲妾何爲[46]

우선 한역시가 주는 인상은, 여주인공이 자신을 믿지 못하는 님을 야속해 하는 내용이지만 어두운 느낌이 없다. 여주인공은 '바람 소리와 낙엽 지는 소리가 님을 착각하게 만든 것은 자연 현상인 만큼 자신도 어쩔 수 없노라'고 밝은 마음으로 재치 있게 님에게 응수하고 있다. 바람 소리와 낙엽 지는 소리는 신선하고 맑은 느낌을 준다. 가을바람은 신선하고 서늘하며 낙엽 지는 소리는 날씨가 맑아야 잘 들리기 때문이다. 여주인공의 야속해 하는 마음이 담겨 있으면서도 밝고 신선함이 느껴지는 시이다. 이 때문에 홍중인은 이 한역시를 청려하다고 평했던 것이다.

한시화 방식을 보면, 원사의 내용을 그대로 번역하지 않고 형상미를 가하여 한역했다. 즉 원사의 "월침 삼경에 온 뜻이 젼혀 업닉"에서 "월침 삼경에 온 뜻"을 "깊은 밤 멀리서 온 뜻"으로 한역하고, 님을 원망하는 어투의 "젼혀 업닉"를 "님은 진정 몰라주네요."라고 한역하여, 원사보다 더 여성스럽고 애교 있는 말투로 여주인공의 야속해 하는 심정을 더욱 분명하고 운치 있게 드러냈다. 또한 원사의 "추풍에 지는 닙 소리야 낸들 어이 ᄒ리오"를 "부는 바람 지는 잎은 본래 무정해/ 그게 절로 소리냄을 첩이 어찌해요"라고 한역하여, 내용을 더 분명하게 전달하면서도 여성스러운 어투를 구사하여 한시화했다. 시 형식은 원사의 초장·중장·종

---

46) 『藥泉集』第一, 詩, 「翻方曲」제 8수.

장에 한시를 각각 두 구씩 배정하고, 장단구를 두어 가곡의 음악성을 살렸다.

약천은 위의 가곡을 한시화하면서 정감을 고려해 압운하는 세심함을 보이기도 했다. 위 한역시의 '기(欺)·지(知)·위(爲)'는 모두 지(支)자 계통의 운자인데, 지(支)자 계통의 운자들은 '섬세하고 부드러운 정감의 표현에 적합다고 한다.47) 위 시 역시 여성적이며 섬세하고 부드러운 느낌을 준다. 이 점을 감안하여 약천은 지자 계통의 운자로 압운했던 것이다.

위 한역시에서 보듯이, 약천은 남녀간의 연정을 노래한 가곡을 5수나 한시화했다. 당시 약천의 나이는 46세(현종 15년, 1674)로 윤휴(尹鑴)와 박세당(朴世堂)이 사문난적(斯文亂賊)으로 몰리기 전이었다. 그러므로 여전히 주자학이 위세를 떨치던 시기이다. 그런데도 이때 약천은 이렇듯 남녀 간의 연정을 노래한 가곡을 한시화했다. 여기서 약천이 여타의 성리학을 공부한 문인들과 문학적 성향을 달리했음을 확인할 수 있다.

이상에서 약천의 한시화 방식을 검토해본 결과 몇 가지 특징을 살필 수 있었다. 첫째 장단구를 두어 가곡의 음악성을 살렸고, 둘째 형상미를 가하여 원사의 내용보다 더욱 운치 있게 시적으로 표현하거나 원사의 내용을 더욱 분명하게 전달했으며, 셋째 가곡의 분위기나 정감을 고려해 운자를 썼다는 것이다. 이처럼 약천은 가곡을 단순하게 한역하지 않고 미의식을 발휘하여 청려한 품격으로 한시화했던 것이다.

Ⅲ. 마무리

47) 신용호(2001), 25쪽.

　지금까지 약천의 시에 나타난 미의식을 살펴보았다. 그 결과 약천의 조국 강토를 사랑하는 마음과 애민 정신이 작품 속에 그대로 녹아 있음을 볼 수 있었다. 아울러 실용성과 효용성을 노래한 시, 격앙된 감정을 표출한 시, 연정적인 가곡을 한역한 시에서 약천이 사림파 문인들의 성리학적 문예인식과 다른 미학 견해를 갖고 있었음을 확인할 수 있었다.

　작품의 품격은 작가의 개성을 대변한다. 약천은 "문장의 아름다움은 진실로 역시 사람에게서 말미암는다는 것을 또한 알 만하다."[48]라고 하여, 문장은 사람의 인품과 관련이 깊다는 점을 강조했다.

　약천은 임금의 대단한 진노 앞에서도 결코 굴하지 않고 할 말은 모두 하고야 마는 강직한 성품을 지니고 있었다. 게다가 조국 강토를 남에게 줄 수 없다는 확고한 국토 수호의지를 갖고 있었다. 그러므로 고토 회복 의지를 강렬하게 표출한 호방한 품격의 변새시를 읊었던 것이다.

　또한 약천은 성품이 강직한 데다 사람됨이 단아하고 정연하며 몸가짐이 절도가 있었다. 따라서 그의 서예 품격이 고건했던 것이며, 좋아한 서예 품격도 경건·장건·웅건 계통이었고, 이런 품격의 서예를 높이 평가했던 것이다.

　약천은 온유돈후한 시로써 풍속을 바로잡는 데 도움이 되어야 한다는 시관을 갖고 있었다. 그리고 작가가 높고 원대한 뜻을 가지고 시사에 대한 울분을 시로 형상하되, 뜻을 노골적으로 드러내지 말고 은연중 드러내야 한다는 형상미를 언급하기도 했다. 때문에 그는 비흥적인 미의식을 추구하여 다양한 의미를 노래한 전아한 품격의 「영유시」를 창작했던 것이다.

　약천은 서예에도 조예가 깊었음을 작품을 통해 확인할 수 있었다. 그

---

48) 『藥泉集』 第二十七, 序, 「醒翁集序」: "文之美, 實亦有由於人者, 又可見矣."

는 서각을 시로 형상하고, 그 글씨를 품격 용어로 평하는가 하면 시를 통해 역대의 서가들을 비평하기도 했다. 이는 서예에 조예가 깊지 않은 문인들의 시에서 보기 드문 점으로, 약천의 시가 갖고 있는 특징 중의 하나이다.

약천은 우리 민간 가곡을 소중히 여겨, 이를 영구히 전할 목적으로 한시화했다. 약천의 한시화 방식을 살펴본 결과, 가곡의 음악성을 살리거나 형상미를 가하여 그 내용을 운치 있게 표현하는 등 청려한 품격의 시로 한역했음을 알 수 있었다.

한 작가의 작품에는 여러 품격이 존재한다. 약천이 문학의 제재나 서정영역에 개방적이었던 만큼 그의 시는 품격이 다양하리라 생각된다. 그러나 본고에서는 호방·전아·청려 등의 품격으로 약천 시의 미의식을 살펴보는 데 그치고 말았다. 현재 전하는 약천의 시 중에는 만시가 50수 정도로 가장 많다. 그러므로 만시를 위시하여 더 많은 작품을 다루어야 약천의 미의식이 온전히 드러날 것이다.

참고문헌

『국역 약천집』(성백효 옮김), 민족문화추진회, 2004.
『唐詩鑑賞辭典』, 上海辭書出版社, 2003.
『조선왕조실록』, 국사편찬위원회, 1957.
남구만, 『藥泉集』, 한국문집총간 131·132권.
박을수, 『韓國時調大事典』, 亞細亞文化社, 1992.
홍중인, 『東國詩話彙成』, 韓國精神文化硏究院 소장본.

곽소우, 『詩品集解』, 北京 人民文學出版社, 1998.

김학주, 『中國文學史』, 新雅社, 1994.

성당제, 『약천 남구만 문학 연구』, 한국학술정보, 2007.

신용호, 『漢詩形式論』, 전통문화연구회, 2001.

유 협, 『文心雕龍』, 上海古籍出版社, 1993.

이민홍, 『조선조 시가의 이념과 미의식』, 성균관대학교출판부, 2000.

연암 박지원의 생태 미의식

박수밀

I. 문제 제기

마을의 어린애에게 천자문을 가르치다가 읽기 싫어하기에 꾸짖었더니, 그 애가 말합니다. "하늘은 푸르고 푸른데 하늘 天 글자는 푸르지가 않아요. 그래서 읽기 싫어요." 이 아이의 총명함이 창힐을 굶어 죽이겠소.

－「답창애(荅蒼厓)」3[1]

한 줄에 네 글자씩 250 구로 이루어진 천자문은 "하늘 천(天), 땅 지

---

1) 『연암집』의 번역과 관련해서는 김혈조 교수의 『그렇다면 도로 눈을 감고 가시오』, 학고재, 1997, 북한 홍기문 선생의 『나는 껄껄선생이라오』, 보리, 2004. 등의 성과가 이루어져 왔다. 신호열, 김명호 교수는 『연암집』, 돌베개, 2007. 전문을 최초로 완역, 충실한 주석과 교감 작업까지 진행함으로써 연암 연구사에 한 획을 그었다. 또한 박희병 교수는 『연암산문 정독』1·2, 돌베개, 2007.을 통해 기존 번역들을 한자리에 모아 번역의 차이까지 살피는 작업을 진행하고 있다. 발표자도 이같은 성과를 바탕으로 『연암 산문집』, 지만지, 2011.을 간행하기도 했다. 『연암집』은 충실한 번역 성과가 이루어져 왔다고 판단되므로 따로 원문은 제시하지 않는다. 『열하일기』의 경우 김혈조 교수의 『열하일기』1·2·3, 돌베개, 2009.을 참고하되 약간 다듬기도 했다.

(地), 검을 현(玄), 누를 황(黃)으로 시작한다. 하늘은 검고 땅은 누르다는 뜻이다. 그런데 한 맹랑한 꼬마 아이는 하늘은 검지 않고 푸르다고 항변한다. 당연한 상식을 의심하고 따지는 것이다. 연암은 지금 기호 문자가 자연 사물의 실상을 제대로 반영하지 못하고 있다고 의문을 제기하고 있다. 요컨대는 문자가 실상을 왜곡 전달하고 있다고 생각한 것이다.

나아가 연암은 현실 사회가 깊이 병들었다고 진단한다. 그는 이미 십 대 후반에 수 년 간 불면증을 앓았다. 인간 사회의 위선과 부조리를 목도하고 깊은 실의에 빠진 것이다. 세력과 이익만을 추구하는 사람들, 자신의 당파만을 옳은 양 고집하고 반대편은 무조건 배척하는 붕당 정치, 겉과 속이 다른 위선적인 지식인들이 사회를 추악하게 만들고 있다고 생각했다. 이는 그가 젊은 시절부터 평생에 걸쳐 품은 문제의식이기도 했다.

어떡하면 천편일률의 판에 박힌 글쓰기에서 벗어나고, 추악한 현실 사회를 치료할 수 있을까? 본고는 연암이 그 치유의 요체를 자연 사물에서 찾고 있다고 보고 있다. 연암은 문학 행위이 춘반전, 사회 현실은 치료하는 돌파구로써 자연 사물에 주목한다. 그는 자연 사물로 돌아가 자연의 몸짓을 배울 때 사회 현실이 개선될 수 있다고 믿었다.[2] 연암이 자연 사물을 어떤 마음으로 바라보고 있는지를 들여다보아, 그의 자연 심미 태도가 문학 세계와 인간관, 세계관과 어떻게 관련 맺는지를 살펴보고자 한다.

---

2) 연암의 글이 생태적 사고와 밀접하게 관련 있다는 사실은 일찍이 박희병 교수에 의해 제기된 바 있다.(박희병, 『한국의 생태사상』, 돌베개, 1999. 297~370쪽. 김대중, 「요연과 박지원의 원초적 텍스트 이론」, 『한국실학연구』15, 한국실학학회, 2008.에서는 연암이 천지만물을 가장 근원적인 텍스트로 바라보았다는 점에 초점을 두어 요연과의 비교 연구를 진행했다.

Ⅱ. 연암의 생태[3] 미의식

연암은 지금 내 눈앞의 자연 사물이 최고의 예술이자 가장 위대한 문장이라는 생각을 갖고 있다. 그는 아무리 훌륭한 그림도 살아있는 사물만 못하다고 본다. 그는 객관 사물을 아무리 핍진하게 베끼고 본뜨더라도 본래의 실물을 따라갈 수 없다고 생각한다. 계수나무를 아무리 멋지게 그려도 살아있는 평범한 오동나무만 못한 것이다.[4]

흔히 사람들은 빼어난 경관을 보면 "강산이 그림 같다"라고 경탄을 한다. 연암은 이 말에 의문을 제기한다.[5] 이 말에는 재현물인 그림을 기준 삼아 실물인 강산이 나왔다는 인식이 담겨 있다. 그렇지만 강산이 원본이고 그림은 재현된 모방품에 불과하다. 곧 강산이 실물인 진(眞)이라면 재현된 세계인 그림은 모방물인 환(幻)이다. 논리적으로 따지자면 그림이 강산과 같다(닮았다)고 말해야 하는 것이다. 그는 아무리 실체와의 닮음을 지향한다고 해도 모방물은 결코 실제 사물을 능가할 수 없다고 보고 있다. 그에게 참된 아름다움의 세계는 인식 주체인 '나'가 마주한 눈앞 사물 그 자체이다. 즉사진취(卽事眞趣), 즉 눈 앞 사물에 참된 정취가 있는 것이다.[6]

따라서 그는 사물에 나아가서야 문학의 참 정신을 획득할 수 있고,

---

3) 생태(生態)란 인간을 포함한 모든 존재를 살아있는 시스템으로 보는 것으로써 자연과 인간의 상호 평등과 공존을 담은 개념이다. 인간 중심의 입장에서 자연을 관리, 보존하는 환경이라는 개념과 구분하기도 한다. 생태적 시각의 본질은 인간을 포함한 자연의 평등성과 상호 유기적인 통합성에 있다. 생태(생태학)의 개념과 특성에 대해서는 졸고, 「21세기 문명과 박지원의 생태정신」, 『동아시아문화연구』47집, 2010.를 참고하기 바란다.

4) 박지원, 『연암집』, 「증좌소산인」. "始知畵桂樹, 不如生梧檟."

5) 박지원 지음/김혈조 옮김, 『열하일기』1, 돌베개, 2009, 367~368쪽.

6) 박지원, 『연암집』, 「증좌소산인」. "卽事有眞趣, 何必遠古担."

참된 글쓰기를 할 수 있다고 믿는다.

> 벌레의 더듬이와 꽃술에 관심이 없는 자는 도무지 문장의 정신[文心]이 없는 것이고, 사물의 형상을 음미하지 못하는 자는 한 글자도 모른다고 말해도 상관없을 것이다. ―「종북소선자서(鍾北小選自序)」

문장의 정신이 벌레의 더듬이와 꽃술에 담겨 있다는 것이다. 일찍이 그 누가 벌레의 더듬이와 꽃술 따위에 관심을 가졌겠는가? 그러니 그가 보기에 이전 문장가는 날아가는 새를 새 조(鳥)라는 죽은 문자로 치환함으로써 생기를 말살하고 빛깔을 없애고 소리를 삭제해 버릴 뿐이었다. 인간의 미적 감수성을 회복하여 예술과 문학을 살려내기 위해서는 자연의 성(聲)·색(色)·정(情)·경(境)을 발견해야 했다.

연암은 참된 인식의 출발점을 자연 사물로 본다. 그러므로 자연 사물에 대한 그의 심미 태도를 살피는 일은 그의 문학관, 인간관, 세계관을 알게 되는 것이기도 하다. 자연 사물에 대한 연암이 인식과 심미 태도를 다음과 같이 나누어 보았다.

1. 매미소리가 시 읊는 소리다.

1777년 박지원은 가족을 데리고 황해도 금천에 있는 연암협(燕巖峽)으로 이사를 갔다. 일반적으로는 당시 권력을 좌지우지하던 홍국영의 해를 피하기 위한 것이라고 알려져 있다. 그런데 또 한편으로 연암의 말에 따르면 그가 굳이 한양과 먼 연암 골짝에서 살려고 한 까닭은 목축에 뜻을 두었기 때문이었다. 연암 골짝은 물과 목초가 아주 좋아서 가축을 키우기에 안성맞춤인 곳이었다. 연암은 조선이 가난한 까닭은 목축의 요령을 얻지 못했기 때문이라 생각했다. 그는 조선의 말이 일찍 죽거나

병드는 이유에 대해 말 다루는 방법이 잘못되었다고 하면서 다음과 같이
말한다.

> 무릇 동물의 성질도 사람과 같아서 피로하면 쉬고 싶고, 답답하면 시원
> 하게 뻗치고 싶으며 구부리면 펴고 싶고, 가려우면 긁고 싶다. 말이 비록
> 사람에게 먹이는 얻어먹기는 하지만 때때로 제 스스로 유쾌하게 지내고 싶
> 을 때가 있다. 그러므로 때때로 고삐나 굴레를 풀어서 물이 있는 연못 사이
> 에 내달리게 하여 울적하거나 근심스러운 기분을 마음껏 발산하도록 해주
> 어야 한다. 이것이 동물의 성질에 순응하고 기분에 맞게 하는 방법이다.[7]

이용후생(利用厚生)의 관점 속에서 제기된 언급이지만 그의 이용후생
은 단순히 경제 논리에 있지 않고 사물 생명에 대한 애정을 바탕으로
하고 있다. 사람들은 말을 다룰 때 '말이야 죽든 말든 많이 실으려고만
욕심을 내고', '오로지 바짝 옭아맨 것이 더 단단하지 못할까 걱정하며
당기고 압박하는 고통'을 준다. 그렇지만 연암은 말도 사람과 똑같은
감정을 갖는 동물이라고 여기고, 말의 기분과 느낌, 생리와 습성을 공유
하고 이해하려 한다. 8월 7일자 기사에서 하룻밤에 강을 아홉 번 건너는
가운데 나온 조선의 여덟 가지 어마법(御馬法)도 잘 들여다보면 인간의
입장에서 말을 다루지 말고 말의 입장에서 생각해보자는 것이다. 조선
사람들은 말의 생태나 습성을 고려하지 않고 오직 인간의 입장과 편리함
만을 생각한 결과 말을 모는 방법이 매우 위험했다. 그러니 연암이 「일야
구도하기」에서 명심(冥心)을 깨닫고 그 실천으로서 '말의 고삐를 푼' 행
동에는 사물에 대한 존중감이 담겨 있는 것이다.

그런데 자연과 인간의 조화라든가 물아일체 등은 동양 사회가 추구해

---

7) 박지원 지음/김혈조 옮김, 위의 책 2, 84쪽.

온 기본 가치이다. 자연 사물을 아끼고 존중하는 태도는 비단 연암만이 아니라 옛 사람들의 공통적인 행동 양식이기도 한 것이다. 그렇긴 하나 인간의 도구인 가축에 대해 그 입장으로 돌아가 고통을 헤아려주는 태도는 남다른 데가 있다. 유가 윤리에 따르면 인간만이 만물의 영장으로서 윤리의 실천이 가능하며 다른 사물은 막힌 기운을 타고났으므로 지혜가 없고 예의가 없다고 본다.

그렇지만 연암은 「호질」에서 말했듯, 범의 본성이 악하다면 사람의 본성도 악할 것이고, 사람의 본성이 선하다면 범의 본성도 선할 것이라고 말한다. 윤리와 도덕은 인간의 약탈과 잔인함을 합리화하는 허울 좋은 명분에 그치고 있다. 사물의 입장에서 보면 동물이 오히려 인간보다 더 윤리적이고 도덕적인 측면을 갖고 있다는 것이다.

연암은 인간과 사물의 기원이 같다고 본다. '사람과 사물이 생겨날 때는 원래 구별이 되지 않았으니, 남과 나는 모두 사물이었다'[8]는 것이다. 만물의 존재구조를 동일하다고 보는 인물성동론(人物性同論)의 관점을 따른 것이면서 다음과 같이 독특한 데가 있다.

> 먼지와 먼지가 서로 의지하여 응결되면 흙이 되고, 먼지가 거칠게 응결되면 모래가 되고, 견고하게 응결되면 돌이 되고, 먼지가 진액으로 응결되면 물이 되며, 먼지가 따뜻하게 응결되면 불이 됩니다. 먼지가 맺히면 금속이 되고, 먼지가 번영하면 나무가 되고, 먼지가 움직이면 바람이 되고, 먼지가 쩌지고 기운이 꽉 차면 여러 가지 벌레로 바뀝니다. 지금 우리 사람이라는 것도 바로 그 벌레의 한 종족일 뿐입니다.[9]

인간은 벌레의 한 종류일 뿐으로, 모든 사물과 생명체의 기원은 먼지

---

8) 박지원, 『연암집』, 「애오려기」. "夫民物之生也, 固未始自別, 則人與我皆物也."
9) 박지원 지음/김혈조 옮김, 위의 책, 389쪽.

에서 출발한다고 보고 있다. 인간을 포함한 만물의 기원을 이(理)와 기(氣)로 나누어 보는 성리학과는 분명 다르다. 만물의 원리를 먼지[塵]로 보는 관점은 홍대용의 「의산문답(醫山問答)」에도 비슷하게 보이는데 생명체의 근원을 물질로 보는 관점은 기일원론과 관련이 있어 보인다. 여하간 연암에 따르면 땅과 사람은 동일한 속성에서 비롯되었으며 인간은 인간이 하찮게 여기는 벌레와 동일한 종족이다. '사물에서 나를 보면 나 또한 사물의 하나다'10)라고 하는 상대적 태도와 연결된다.

연암의 생각으로 들어가자면, 사물과 인간은 현상적으로는 서로 구분되지만 근원적으로는 하나이다. 인간과 다른 생명체들, 심지어 벌레도 같은 종족이다. 그러므로 인간만이 만물의 주인이 될 수는 없으며 다른 생명체들도 인간과 마찬가지로 각자의 방식에 따라 살아가고 있는 것이다. 다음은 이와 같은 연암의 생각이 잘 나타난 글이다.

> 그대는 신령스런 지각과 예민한 깨달음이 있다고 남에게 잘난 척하거나 사물을 업신여기지 말게. 저들이 만약 약간이라도 신령스런 깨달음이 있다면 어찌 스스로에게 부끄럽지 않겠으며, 저들이 만약 신령스런 지각이 없다면 잘난 척하고 업신여긴들 무슨 소용이 있겠는가? 우리는 냄새나는 가죽 부대 속에 문자를 갖고 있는 것이 남들보다 조금 많은 데 불과하다네. 저기 나무에서 매미가 시끄럽게 울고 땅속에서 지렁이가 소리 내는 것이 시를 읊고 책을 읽는 소리가 아니라고 어찌 장담하겠는가?   ―「여초책(與楚幘)」

초책(楚幘)에게 보낸 글이다. 그가 남들 앞에서 잘난 척 뻐기고 생명체를 함부로 업신여겼던 모양이다. 자기 우월의식, 인간중심적인 사고를 갖게 되면 남을 얕잡고 자연 사물을 함부로 파괴하고 해친다. 그러나

---

10) 박지원, 『연암집』, 「답임형오론원도서」. "卽物而視我, 則我亦物之一也."

연암이 생각하기에 인간의 지식이란 고작 냄새나는 가죽부대 같은 몸에 문자 몇 개를 조금 더 아는 것에 불과하다. 그는 사물의 활동을 인간의 행위와 다르게 보지 않는다. 매미의 울음은 인간이 시를 읊는 행위와 같으며, 지렁이 소리는 인간의 책 읽는 소리에 해당한다. 인간만이 지각을 갖고 예술 활동을 하는 것이 아니다. 그건 인간 우월의식의 산물일 뿐이다. 모든 생명체는 인간과 마찬가지로 각자 삶의 방식이 있고 각자 삶의 활동을 영위한다. 그러니 인간만이 만물의 영장이라는 착각에 빠져 다른 자연 사물을 함부로 파괴하거나 업신여겨서는 안 되는 것이다. 인간중심의 사고는 해체되고 자연은 존중의 대상이자, 친구가 된다.

> 옛사람 중엔 파초를 벗한 이가 없는데 나만이 파초를 사랑한다네. 줄기는 비록 백 겹으로 말려 있지만 가운데가 본래 비어 있어 한번 잎을 펼치면 아무런 꾸밈이 없으니 내 허심탄회한 벗이 된 것이네. 달 밝은 창이나 눈 내리는 문 옆에서 가슴을 열고 마음껏 이야기하니, 중산군(붓)이 재빠르게 말없이 숨는 것과는 다르네. — 「답이감사서구적중서(答李監司書九謫中書)」

자연친화의 관점에서 위 내용은 그다지 특별할 것은 없어 보인다. 조선조 선비들은 매화, 대나무, 국화, 소나무 등에게서 군자의 표상을 발견하고 가까이 했다. 그렇지만 파초에 주목한 이는 없었다. 연암이 파초에서 발견한 아름다움은 꾸밈이 없는 소박함이었다. 연암은 파초의 소박하고 수수한 자태에 교감을 느끼고 마음을 나누는 친구가 되었다. 또 어떤 때는 다리가 부러진 까치와 친구가 되어 농담을 나누기도 했다.[11] 「과정록」에 의하면 연암은 사사로이 죽인 고기를 먹지 않았으며, 뜰에 앉은 까마귀에게 고기조각을 주기도 했다.[12] 기존의 사대부들이 돌아보

---

11) 박지원 지음/신호열, 김명호 옮김, 『연암집』중, 돌베개, 2007, 54쪽.

지 않던 자연 사물과도 교감하고 마음을 터놓는 친구가 된 것이다. 이는 그가 상투성에 길들여진 시선으로 사물을 바라보지 않았다는 사실을 말해준다. 개개의 사물들을 인간과 동일한 감정을 지닌 존재로써 바라본 것이다. 자연 사물은 그의 고통을 어루만져주고 마음에 위안을 가져다주었다. 연암은 근원적으로는 자연 사물의 생태 활동과 인간 활동이 동일하다고 판단했던 듯하다.

자연을 생명 활동의 장으로 생각하는 연암은 자연 사물의 생태를 인간 활동과 연결시킨다. 「하야연기」에서는 자연의 소리를 음악활동으로 연결시킨다. 우레 소리에서 얻은 영감을 통해 천뢰조(天雷操)라는 곡목을 만든다.13) 자연은 예술의 원천으로써 자연과의 교감을 바탕으로 자연의 몸짓과 소리를 읽어 인간의 예술 활동으로 연결시킨다. 이는 홍대용이 말한 자연성(自然聲)과 동일한 의미이다.14)

자연 사물의 몸짓이 인간 활동으로 연결되는 예는 글쓰기에서도 찾아볼 수 있는데, 특별히 다음의 글쓰기가 주목된다.

내가 번번이 잠자코 응하지 않으면 발끈하여 낯빛을 붉히고 손을 치켜들고 노려보는데 눈썹은 개자 모양으로 찡그리고 손가락은 마른 마디 같아, 굳세고 삐죽삐죽한 모습이 문득 대나무 모양이 되었다.

─「죽오기(竹塢記)」

---

12) 박종채 지음/박희병 옮김, 『나의 아버지 박지원』, 돌베개, 1998, 232∼33쪽. 박종채 저/김윤조 역주, 『역주 과정록』, 태학사, 1997, 263∼264쪽.

13) 박지원, 『연암집』, 「하야연기」. "去年夏, 余嘗至湛軒. 湛軒方與師延論琴. 時天欲雨, 東方天際雲色如墨, 一雷則可以龍矣. 旣而長雷去天. 湛軒謂延曰: "此屬何聲? 遂援琴而諧之. 余遂作天雷操."

14) 홍대용, 『담헌서외집』 권6, 「주해수용(籌解需用)」, 「농수각의기지(籠水閣儀器志)」. 羽調界面之異; "海東俗樂, 有羽調界面調, 中國未知, 亦分調異律. 而羽音卽天地間自然聲, 風雷之響天水之籟是已."

잠깐 사이 해의 절반을 가리자 어둠침침하고 어스레한 것이 한을 품은
것도 같고 근심하는 것도 같아 찡그리고 편안해하지 않는 모습이었다. 햇
발은 옆으로 뻗쳐 모두 긴 꼬리의 혜성 모양을 이루어 성난 폭포처럼 하늘
아래로 내리쏘았다.　　　　　　　　　　　　　－「마수홍비기(馬首虹飛記)」

첫 번째는 의물법(擬物法)을 사용하고 있다. 의물법이란 인간에게 동
식물이나 사물의 속성을 부여하여 빗대는 방법이다. 인간을 동식물이나
사물과 동일시할 때 사용한다. 오늘날 의물법은 그 ‘사람’을 부정적으로
말할 때 주로 사용한다. 짐승이나 사물은 인간보다 비천하거나 낮다고
생각하는 것이다. 예를 들어 돼지는 욕심 많고 더러운 사람으로, 여우는
교활한 사람으로 빗대어 쓴다. 그렇지만 연암은 그 사람의 ‘긍정화 되기’
에 의물법을 사용한다. 「불이당기」에서는 “이 학사야말로 진짜 눈 속에
서 있는 측백나무이다.”라고 하여 학사 이양천을 고고한 측백나무로 빗
대고 있다. 두 번째 글은 의인법의 예이다. 구름과 햇살의 마음으로 들어
가 검은 구름이 꽉 몰려든 상황을 의인화한 것이다. ‘사람의 사물화되기’
든 ‘사물의 인간화되기’든, 모두 인간과 사물의 동일성을 비탕으로 한다.
인간을 자연 사물의 형상으로 치환하는 의물법이나 그 반대인 의인법은
인간과 자연 사물이 깊이 연결되어 있으며 둘은 서로를 비추어주며 서로
를 드러내준다는 사실을 깨닫게 해준다.

연암의 미의식에서 드러나는 특징적인 국면이긴 한데, 연암은 자연
사물의 생태를 긍정하고 그 아름다움에 주목하는 반면 인간 사회에 대해
서는 그 위선과 모순에 주목한다. 연암의 글 전편(全篇)을 살펴보면 연암
은 현실 사회를 삶의 가치가 뒤죽박죽 뒤엉킨 공간, 모순과 부조리로
가득한 곳으로 바라보고 있다. 그리하여 위선적인 군자들, 편견에 갇힌
유자들을 신랄하게 비판한다. 「옥갑야화」에서도 확인되는 사실이지만

문자(지식)가 화(禍)의 뿌리라는 생각을 보여준다. 실상과 동떨어진 판에 박힌 글을 찍어내는 글이 진실을 가리고 왜곡된 정보를 전하고 있다고 생각한다. 그가 생각하기에 인간 사회는 자잘한 예법이나 따지고, 인간을 우열로 가르며, 고정관념에 빠져 자신과 다른 생각을 손쉽게 배척하고, 약자와 타자를 잔인하게 해치는 공간이었다. 이러한 인간 사회의 위선과 폭력을 집약적으로 보여준 글이 「호질」이다.

> 대개 자기 소유가 아닌데도 이를 취하는 것을 도(盜)라 하고, 생명을 해치고 물건을 빼앗는 것을 적(賊)이라 한다. 너희들은 밤낮없이 돌아다니면서 팔을 걷어붙이고 눈을 부라리며 남의 것을 빼앗고 훔치면서도 부끄러운 줄을 모른다. 심지어는 돈을 형님이라 부르고, 장수가 되려고 아내를 죽이기도 하니, 인륜의 도리를 다시 논할 수가 없을 정도다. 그런데다 다시 메뚜기에게서 밥을 가로채고 누에한테는 옷을 빼앗으며 벌을 쫓아내어 꿀을 훔친다. 더 심한 놈은 개미 새끼로 젓을 담가 조상에게 제사를 지내기도 한다. 그 잔인하고 야비한 행위가 네놈들보다 심한 이가 누가 있겠느냐? 네놈들이 이(理)를 말하고 성(性)을 논할 때, 툭하면 하늘을 들먹이지만, 하늘이 명령한 바로써 본다면 범이든 사람이든 만물의 하나일 뿐이다. 하늘과 땅이 만물을 기르는 어짊으로 논하자면, 범과 메뚜기, 누에와 벌, 개미는 사람과 함께 길러지는 것이니, 서로 어그러져서는 안 되는 것이다. 그 선악으로써 판별한다면, 벌과 개미의 집을 공공연히 빼앗아 가는 놈이야말로 천지의 큰 도둑이 아니겠느냐? 메뚜기와 누에의 살림을 제 마음대로 훔쳐 가는 놈이야말로 인의(仁義)를 해치는 큰 도적이 아니겠느냐? —「호질」

연암은 인간사회의 추악성과 야비함을 신랄하게 폭로한다. 인간은 생명을 손쉽게 해치고, 남의 것을 빼앗으며, 돈을 받들고 자기 명예를 위해서라면 가까운 사람도 서슴없이 해친다. 다른 생명체를 함부로 죽이고 윤리를 빙자해 자기 이익을 챙긴다. 한마디로 도적이라는 것이다. 「양반전」에서는 양반을 도둑[盜]이라고 하더니, 여기서는 남을 해치고 죽이는 적(賊)의 의미를 덧붙였다. 풍자의 대상은 서로 다르지 않지만 그 강도는 매섭도록 강력해졌다. 「호질」에서 선비들에게 조롱하는 언어들은 거침이 없다. 선비 유(儒)는 아첨할 유(諛)와 같다고 하여 문자의 의미를 전복시키더니, 호랑이의 입을 빌려 역겹다, 잔인하고 야비하다, 인의(仁義)를 해치는 큰 도적이다 등등 극단적인 말들을 서슴없이 내뱉는다. 유학자를 대상으로 이처럼 맹렬하고 노골적으로 공격한 말은 일찍이 없었다. 「호질」에서 연암은 그가 전 생애에 걸쳐 비판 대상으로 설정한 위선적인 유자들에 대한 풍자의 모든 것을 쏟아내고 있다. 「호질」의 본문 앞에서 언급한, 고국으로 돌아가 조선 사람들에게 한번 읽혀 주면 응당 배를 잡고 웃다 너무 웃어 입안의 밥알들이 벌 날듯 튀어나오고 갓끈이 썩은 새끼줄처럼 끊어질 것이라는 장담은 과장의 말이 아니다. 반대로 「호질」은 풍자의 대상에겐 굉장히 불쾌하고, 화가 나며, 참을 수 없는 모욕감을 준다. 편파적이고 극단적이라는 느낌을 주기까지 한다.

그러나 연암의 궁극적 의도는 유학자에 대한 조롱 자체에 있지 않다. 그는 "범이든 사람이든 만물의 하나일 뿐"이라는 사실을 말하고 싶은 것이다. 따라서 범과 메뚜기, 누에와 벌, 개미는 사람과 함께 길러지는 것이기에 서로 어그러져서는 안 되는 것이다. 곧 연암은 자연 사물의 생태를 토대로 지식인 사회의 모순과 부조리를 깨부수는 것이다. 그가 자연 사물의 편에 선 것은 사물 생태의 어떤 양상들, 예컨대 자연 사물의 미적 가치나 자연 사물의 살아가는 꼴이 비정하고 비열한 현실을 자각하도록 만들 수 있다고 여겼기 때문으로 보인다. 그가 늘 고민했던 인간 사회의 제 문제들에 대한 대안을, 자연 사물의 생태에서 마련하고자 한 것이다. 요컨대 연암은 자연 생태의 원리를 통해 타락한 인간 사회의 도덕을 다시 회복시키고자 하는 염원을 품었던 것이다.

2. 버릴 물건은 하나도 없다.

『열하일기』에서 연암은 자제군관의 자격으로 연경으로 향하는 도중 7월 1일 새벽에 큰 비가 내려 한 만주족 민가에 머물게 되었다. 거기서 집 뜰을 둘러볼 기회가 있었는데 그 인상을 다음과 같이 묘사했다.

> 뜰은 넓어 수백 칸이나 되었는데 오랜 비에도 진창이 되지 않았다. 바둑 돌 또는 참새 알 크기의 물에 닳은 냇가의 돌이란 본래 무용한 물건이지만, 그 모양이나 색깔이 서로 비슷한 놈을 골라서 문 앞에 이리저리 깔아서 날 아가는 봉황 모양으로 만들어 진창이 되는 것을 막았으니 이로 미루어 그들 에게는 버리는 물건이 없음을 알겠다.15)

냇가에 흔하게 널려 있는 돌을 뜰에 깔아 진창을 막고 있다는 내용이 다. 가볍게 지나가듯 쓴 부분처럼 보이나 이 안엔 연암의 미의식을 관류 하는 생각이 있다. 냇가의 돌은 아무도 관심 갖지 않는 버린 물건이다. 그런데 이 물건을 활용해 뜰에 깔자 아름다운 문양과 더불어 비가 올 때 진창이 되지 않도록 해주었다. 연암은 중국 사람들이 버리는 물건이 없음을 깨달았다고 했다. 그런데 이 생각은 수십 년 뒤 연암이 안의 현감 으로 재직할 때 다시 등장한다.

> 아버지는 늘 도간(陶侃)이 대나무 조각과 톱밥을 모아 두었다가 긴요하 게 쓴 일을 말씀하시면서 "천하에는 본래 버릴 물건이 하나도 없다."라고 하셨다. 그 당시 사용된 대나무 조각은 모두 예전에 발을 짤 때 대나무 밑동 을 잘라서 버린 것을 모아두신 것이었다.16)

---

15) 박지원 지음/김혈조 옮김, 위의 책 1권, 97쪽.
16) 박종채 지음/박희병 옮김, 위의 책, 89쪽. 박종채 저/김윤조 역주, 위의 책, 113쪽.

아들인 박종채(朴宗采, 1780~1835)의 증언이다. 진(晉)나라 때 인물인 도간은 톱밥을 버리지 않고 모아두었다가 질퍽질퍽한 땅을 덮는데 썼다고 한다. 질척한 땅을 덮는 용도로 쓰였던 냇가의 돌이 동일한 기능을 하는 톱밥으로 바뀌었을 뿐이다. 돌과 톱밥은 쓸모없는 물건을 상징한다. 그러나 쓸모없는 물건이 매우 요긴하게 활용되고 있다. "천하에는 본래 버릴 물건이 하나도 없다." 이 말은 연암의 인생 전체에 걸쳐 내면화된 생각이었던 것이다. 실제로 이 생각은 연암의 인생관과 심미 의식을 대표하는 발언으로 계속 등장하고 있다.

이 발언의 의미를 크게 두 가지 차원에서 생각해 보고자 한다. 하나는 연암에게는 모든 존재가 미적 가치의 대상이라는 것이다. 기존의 세계관에선 미적 가치를 얻는 사물은 고상한 것, 우아한 것, 유용한 것이었다. 그렇지만 연암은 사람들이 버리는 것, 작고 보잘 것 없는 존재조차 미적 가치가 있다고 말한다. 이러한 생각은 이미 청년 시절부터 형성되고 있었다. 「예덕선생전」에서 연암은 선귤자의 입을 빌려, "깨끗한 것도 깨끗하지 못한 것이 있고, 더러운 것도 더럽지 않다."라고 말한다. 사람들이 손가락질하는 똥 푸는 사람을 옹호하면서 꺼낸 말이다. 흔히 가장 더럽고 지저분한 것을 말할 때 '똥'을 이야기한다. 그러니 똥푸는 사람은 신분적으로 가장 밑바닥에 위치한 인생이다. 그렇지만 연암은 똥을 푸고 거름을 메어 사는 엄행수야말로 지극히 향기롭고 덕이 높은 사람이라고 추켜세운다. 그는 진실한 인간인 엄행수를 통해 깨끗한 것과 깨끗하지 못한 것, 더러운 것과 더럽지 않은 것에 대한 기존의 가치를 전복시키고 더러운 것이 더럽지 않다는 역설적 심미 태도를 취한다. 이 생각은 장년 시절로 가면 "세상에서 떠드는 쓸모 있는 사람이란 반드시 쓸모없는 사람이며, 세상에서 떠들어 대는 쓸모없는 사람이란 반드시 쓸모 있는 사람"이라는 생각으로 확증된다.[17] 세상에서 쓸모있는 사람이란 권력이 높은 사람, 신분이 높은 사람, 명예가 높은 사람이다. 세상에서 쓸모없는 사람이란 신분이 낮고 천한 사람, 가진 것 없는 사람이다. 그렇지만 연암의 눈에 쓸모 있는 사람들이란 한갓 허세만 부리고 마음속에 간사한 생각을 품으며, 명예와 잇속을 좇는 위선적인 사람일 뿐이다. 오히려 쓸모없는 사람이야말로 진실하고 정직하며 소박하고 꾸밈이 없다. 그가 「방경각외전」에서 거지와 떠돌이 등을 주인공으로 내세운 것은 '평등사상의 구현'이라는 거창한 주제의식 이전에, 누가 진정 아름다운 사람인가에 대한 생각이 기존의 가치와 달랐기 때문이었다.

글쓰기에서도 이같은 미적 태도는 적용된다. 전통적인 글쓰기에서는 고상하고 전아한 글자만이 미적 가치를 지니고 있었다. 하지만 연암은 말이란 굳이 거창할 필요가 없다고 한다. 도(道)에 부합하기만 한다면 기와조각이나 벽돌도 쓸모 있다고 한다.[18] 기와 조각, 벽돌은 사람들이 꺼리는 소재, 속된 말(어휘) 따위를 말한다. 고문의 관점에선 폐기되어야 하는 언어다. 그렇지만 연암은 진실함을 드러내는데 소용된다면 써도 상관없다고 한다. 글을 잘 쓰는 사람은 따로 가려쓰는 글자가 없어야 한다고 본다. 마치 좋은 장군을 얻으면 호미나 곰방메도 굳세고 날랜 무기가 되고, 헝겊을 찢어 장대에 매달면 정채로운 깃발이 될 수 있는 것과 같은 이치이다. 이치를 터득하기만 한다면 집에서 쓰는 상스런 말도 학교에서 가르칠 수 있고 동요와 속담 따위도 『이아(爾雅)』에 넣을 수 있는 것이다.[19] 상황에 맞기만 하면 추(醜)한 언어, 고상한 언어의 구별은 아무런 의미를 갖지 못한다.

이로 보건대 연암에겐 존재 자체가 미와 추, 좋고 나쁨을 결정짓는

---

17) 박지원 지음/신호열, 김명호 옮김, 『연암집』중, 돌베개, 2007, 402쪽.
18) 박지원 지음/신호열, 김명호 옮김, 위의 책, 15쪽.
19) 박지원 지음/신호열, 김명호 옮김, 위의 책 상, 130쪽.

것이 아니라 그 상황에 얼마나 적합한가 하는 점이 중요하다. 사물은 아름다움과 추함, 좋고 나쁨을 생래적으로 갖고 있지 않다. 모든 사물은 각자 쓰임새를 갖고 있다. 더할 나위 없이 보잘 것 없는 사물들, 예컨대 풀, 꽃, 새, 벌레 따위도 모두 지극한 경지를 갖고 있다.[20] '지극한 경지 [至境]'란 존재가 도달할 수 있는 최고의 경지인 참된 이치를 말한다. 풀, 새, 벌레 따위는 기존 관점에서는 너무도 하찮은[至微] 존재들이다. 귀함과 천함이 엄격히 분리된 성리학적 사고에서 하찮은 사물은 하찮은 존재일 뿐이다. 그렇지만 연암은 지극히 하찮은 사물[至微]에도 최고의 경지[至境]가 담겨있다고 본다. 기존 미추관의 전도(顚倒)이다.

이렇게 되면 사물의 아름다움과 추함, 귀함과 천함이 아닌, 쓰임새에 얼마나 적합한가 하는 점이 사물의 존재 가치를 결정짓는다.

> 자네는 음식 가운데 강정이라는 것을 보지 못했나? 쌀가루를 술에 재었다가 누에 크기만큼 잘라서 뜨거운 구들장에 말린 다음 기름에 튀기면 그 모양이 누에고치 같아진다네. 보기에 깨끗하고 아름답기는 하지만 그 속이 텅텅 비어 아무리 먹어도 배부르지 않다네. 그 성질은 부스러지기 쉬워 혹 불면 눈발처럼 날리지. 그래서 물건 가운데 겉만 예쁘고 속이 빈 것을 '강정'이라고 부르네. 개암과 밤, 찹쌀과 멥쌀 등은 사람들이 하찮게 여기는 것이지만 실상 아름다우면서도 참으로 배부르게 한다네. 이것으로 하늘에 제사를 드릴 수도 있고 귀한 손님을 대접할 수도 있지.　　　－「순패서」

강정은 겉보기엔 깨끗하고 아름다운 사물이다. 그렇지만 배부르게 하는 음식엔 소용이 되지 못한다. 반면 개암이나 밤 따위는 사람들이 하찮게 여기는 사물이지만 배를 부르게 한다. 아름다운 강정은 쓸모없는 사물이 되었고, 하찮은 개암이 아름다운 사물이 되었다. 배를 부르게 하는

---

20) 박종채 저/김윤조 역주, 위의 책, 63쪽.

음식의 기능에서 바라보자 미의식의 전도(顚倒)가 일어났다. 조건이 달라지자 아름다움의 기준이 바뀌고 사물의 가치가 달라졌다. 그렇기에 그는 말한다.

> 묵은 장(醬)도 그릇을 바꾸면 입맛이 새로워지고 일상의 생각도 환경이 달라지면 마음과 눈이 모두 옮겨간다.(宿醬換器, 口齒生新, 恒情殊境, 心目俱遷)
> 　　　　　　　　　　　　　　　　　　　　　　　　　　　－「순패서」

'묵은 장'과 '일상의 생각'은 입이 질리도록, 눈이 시리도록, 귀가 따갑도록 익숙해 버려서 하찮고 당연해져 버린 존재를 상징한다. 그러나 조건과 환경을 바꾸자 새로운 입맛, 새로운 눈길이 가는 존재로 거듭났다. 아무리 하찮은 것, 변변치 못한 사물도 조건(환경)이 바뀌면 아름다운 가치를 얻게 되는 것이다. 또 반대로 아름다운 사물도 조건에 따라 쓸모없는 물건으로 버려지기도 하는 것이다.

요컨대 천하에 버릴 것이 없다는 연암의 생각은 쓸모없는 것의 가치를 끌어올린다. 그리하여 전통적으로 추의 영역에 속한 것을 미의 영역에 끌어들이고 미의 영역에 속한 것을 추의 영역으로 끌어내린다. 기존의 미추관을 갱신하려는 연암의 의도는 무관심하게 버려진 것, 보잘것없어 보이는 존재의 가치를 재인식하게 함으로써 진짜 쓸모없는 것은 무엇인가? 진짜 아름다운 것은 무엇인가에 대한 재고를 요구하는 것이다.

3. 색(色)에는 빛[光]이 있다.

「능양시집서」에는 유명한 까마귀 날개의 비유가 있다. 사람들은 일반적으로 까마귀 날개는 검다고 생각한다. 그런데 연암은 이의를 제기한다. 빛의 조명에 따라 까마귀 날개는 다양한 빛깔로 드러난다는 것이다.

그러므로 푸른 까마귀라고 해도 좋고 붉은 까마귀라고 해도 상관없다는 것이다. 실제로 옛 문헌을 보면 까마귀는 창오(蒼烏)라고도 불렀고, 적오(赤烏)로도 불렀다. 그렇다면 까마귀는 본디 정해진 색이 없음에도 보는 사람들이 한 가지 색으로 고정시킨 것이다. 연암이 더욱 안타깝게 여긴 것은 까마귀를 검은색으로 고정시키는데 그치지 않고 세상의 온갖 색을 하나로 가두어버리는 세상의 태도였다. 그러면서 연암은 다음과 같이 말한다.

> 검은 것을 일러 어둡다고 하는 자는 비단 까마귀를 알지 못하는 것뿐 아니라 검은색도 모르는 것이다. 왜냐? 물은 현묘하기 때문에 비출 수 있고, 옻칠은 검기 때문에 비춰 볼 수 있는 것이다. 그러므로 색깔[色]이 있는 것엔 빛[光]이 있지 않은 것이 없고, 형상[形]이 있는 것엔 자태[態]가 있지 않은 것이 없다. −「능양시집서」

검은색은 단순히 어두운 색이 아니다. 검은색 안에는 다양한 종류의 빛깔이 있어서 다른 사물들을 밝게 비추기도 한다. 앞부분의 말을 인용하자면 '저 사물은 본래 정해진 색이 없다.' 빛에 따라 색은 다르게 보인다. 색과 빛[光]에 대한 연암의 생각은 대단히 과학적이어서 현대 미술 이론과도 부합한다. 우리는 사물마다 고유의 색이 있다고 생각하지만 과학적 진실에 따르면 사물에는 일정한 색이 있지 않다고 한다. 사물에 빛이 반사되는 과정에서 어떤 파장의 빛을 내보내는가에 따라 사물의 색이 결정되는 것이라고 한다. 그러니깐 색은 빛에 따라 결정되는 것이다. 까마귀 날개의 비유는 이러한 진실을 정확하게 짚어내고 있다.

나아가 '저 사물은 본래 정해진 색이 없다'는 말은 빛에 따라 시시각각 변하는 사물의 이미지를 표현한 인상파를 떠올린다. 모네는 빛에 따라 달리 보이는 루엥 성당의 이미지 수십 여점을 시간의 추이에 따라 그렸다. 루엥 성당은 매 시간마다 빛에 의해 다른 모습을 띄지만 모두가 루엥 성당이다. 특정한 상황에서의 하나의 이미지만이 참이 아니라 각각의 루엥 성당 모두가 참이다. 그러므로 하나의 색, 하나의 형태만을 참되다고 말해서는 안 되는 것이다. 이러한 생각은 연암의 색과 빛에 대한 이해와 그대로 일치한다.

색과 빛[光], 형(形)과 태(態)에 관한 생각에는 사물마다의 개별적 진실을 존중하려는 연암의 미의식이 담겨 있다. 전통 유학에서는 자연 사물을 관찰할 때, 하나의 이치를 꿰뚫는 보편의 원리를 찾아내려 한다. 불변의 이치, 모든 사물에 두루 관통하는 원리를 수립하려고 한다. 까마귀를 '까맣다'고 말하는 행위는 곧 기존의 통념(세계관)에 지배를 받아, 갖가지 현상과 작용을 하나의 틀로 고정시키는 고정 관념을 비유한 것이다. 하지만 저 까마귀 날개는 천변만화하며 생의로운 몸짓으로 충만하다. 까마귀 날개는 결코 한 가지로 고정되어 있지 않다. 자연 사물은 상황에 따라 항상 변화하는 가운데 있으며, 상황마다 각기 아름다운 자태를 뽐낸다.

그렇다면 문제가 되는 것은 보는 '나'이다. 사물 자체는 이상할 것이 없다. 조건과 상황에 따라 저 스스로 갖가지 자태를 드러낼 뿐이다. 그런데 하나의 잣대, 기준만으로 보는 내가 사물이 이상하다고 화를 낸다. 자신이 세운 기준과 다르면 무조건 비방하고 욕설을 한다. 흰 백로를 기준삼아 까마귀를 비웃고 짧은 물오리 다리를 기준 삼아 학의 긴 다리가 위태롭다고 여긴다. 곧 연암은 다양한 진실을 단 하나로 가두는 폐쇄적 사고방식, 하나의 기준만을 따르라고 강요하는 획일적 현실을 답답해하는 것이다. 그러면서 상황에 따라 달라지는 진실의 문제를 제기하고 있는 것이다.

하나의 질서, 하나의 기준만을 강요해서는 안 된다. 환경과 조건에 따라 달라지는 존재의 빛깔과 자태를 인정해 주어야 한다는 연암의 생각

은 비단 「능양시집서」의 주인공인 계지(繼之) 박종선의 글에만 적용되는
것은 아니다. 자연 생태, 인간의 삶, 사회 현실에 두루 적용되는 연암의
심미 태도이다. 연암은 평소 획일적인 질서보다는 자연스러움과 진실함
을 사랑했다.

> 꽃이란 들쭉날쭉 틀어지고 비스듬한 것이 도리어 정제된 모습이 되는 것
> 이니, 마치 진(晉)나라 사람인 왕희지의 초서 글씨가 글자를 구차스레 배열
> 하지 않고도 줄이 저절로 시원스레 곧은 것과 같다. 만약 노란 꽃 흰 꽃을
> 서로 마주 대하게 한다면 이는 곧 자연스런 멋을 잃어버리고 만다.
> － 「제우인국화시축(題友人菊花詩軸)」

연암은 꽃이 질서 정연하게 가지런한 모습을 좋아하지 않았다. 들쭉날
쭉 비스듬한 모습이 더 정제된 모습이라고 생각했다. 그는 질서와 규칙
보다는 자연스러움을 중요하게 여긴다. 개인의 취향일 뿐이라고 생각할
수도 있겠으나 꼭 그렇지도 않다. 그는 글쓰기에서도 자연스러움과 진실
함을 가장 중요한 요소로 생각했다. 용모를 가다듬고 옷의 주름을 쫙
편 초상화는 평소의 참 모습을 잃어버리게 되므로 옷의 주름이 그대로
드러나는 자연스런 모습을 그려야 한다고 했다. 글쓰기가 이와 같아야
한다는 것이다.[21] 그는 평소 삶에서도 예법이나 격식을 잘 따지지 않았
다. 망건도 쓰지 않고 버선을 벗고 창문에 다리를 걸치고 누워 하인들과
이야기를 나누곤 했다. 여러 날 세수도 않고 열흘 이상 망건을 쓰지 않기
도 했다.[22] 한 인간의 가치관은 평소의 삶에서 드러나기 마련이다. 연암
은 반듯하게 규칙대로 맞추고 질서와 규범에 얽매이는 태도를 좋아하지

---

21) 박지원 지음/신호열, 김명호 옮김, 위의 책 중, 15쪽.
22) 박지원 지음/신호열, 김명호 옮김, 위의 책 중, 53~54쪽.

않았다. 예법과 가식을 벗어던지고 자연스러움과 진실함을 사랑하고 중
요한 본질로 생각했다.

따라야 할 행위 규범과 가치가 이미 선험적으로 주어져 있게 되면 동
일성으로의 구속, 경직된 원칙주의의 위험이 따른다. 인간의 행동 양식
과 지향이 오직 하나의 기준만을 따르게 되기 때문이다. 기준을 한 가지
로 고정시키면 존재의 개성을 가두고 실체를 왜곡한다. 내가 지금 여기
에서 눈으로 실제 본 상황이 아니라 이미 주어진 관념으로 바라본다.
푸른빛으로 빛나는 까마귀든 붉은 빛으로 빛나는 까마귀든 이미 내 머릿
속에 주입된 검은색 까마귀로만 인식할 뿐이다. 곧 전범과의 일치를 지
향하는 동일성의 원리가 작동되는 것이다.

연암은 하나의 색, 획일적인 형상[形]으로 가두는 그 시대 세계관이
고정관념을 만들고 다양한 색을 배제시키는 것을 염려하였다. 연암은
유사성, 동일성을 거부하고 비슷함을 구하는 것은 참되지 않다고 생각한
다. 비슷하다, 닮았다는 말에는 이미 거짓되다, 다르다는 의미가 전제되
어 있는 것이다. 종이가 희다고 해서 먹도 따라서 희게 될 수는 없으며
초상화가 아무리 실물과 닮았다고 해도 그림이 말을 할 수는 없는 것이
다.23)

따라서 대상과 닮으려 하거나, 하나의 잣대로 바라보지 말고 사물의
개별적 자태를 존중하자고 한다. 사물의 형상은 고정되어 있지 않고 환
경과 조건에 따라 매순간 다양한 모습으로 드러난다. 사물의 진실은 어
떤 상황, 어떤 조건에 있느냐에 따라 다양한 양상을 보여주는 것이다.
이는 차이에 대한 인정이며, 개별적 진실의 발견이다. 동일성에서 차이

---

23) 박지원, 『연암집』, 「영처고서」. "夫云似也似也, 彼則彼也, 方則非彼也, 吾未見其爲
彼也. 紙旣白矣, 墨不可以從白, 像雖肖矣, 畵不可以爲語."

로, 보편성에서 개별성으로의 전환이다.

색과 빛, 형과 태에 대한 연암의 심미 의식을 더 깊이 들어가면 진실의 자리는 상황과 관계에 따라 바뀐다는 사실을 알려준다. 사물마다 존재하는 각각의 빛, 각각의 자태는 서로 다르지만 그 각각의 모습은 진실의 자리에 있다.

그렇다면 제각기 모습들이 모두 참된 모습이라면 옳고 그름이란 없는 것인가? 연암은 불가지론(不可知論)을 말하지 않는다. 올바른 자리는 하나로 정해져 있지 않으며 상황에 맞는 진실이 있다고 본다. 파리를 사슴과 비교하면 '작다'고 말할 수 있지만, 개미와 견주면 반대로 '크다'고 말해야 하는 것이다. 마을에서 산을 오르는 사람을 보면 '머릿니' 같지만 거꾸로 산에 올라 마을 사람들을 보면 '진을 친 개미들' 만하다. 그러니 연암의 말을 빌리자면 '형체의 크고 작음을 견주고 보이는 대상의 멀고 가까움을 구별한다면 너와 나 모두 망령된 짓일 따름'인 것이다.[24] 사물의 진실은 사물과 사물의 관계에 따라 개별적으로 정해지는 것이다.

모든 사물에 똑같이 적용되는 보편적 원리란 없다. 그러니 하나의 잣대로 타자를 공격하거나 배척해서는 안 되며 기준을 고정시켜서는 안 된다. 연암은 이 점을 말하고 싶었다고 본다.

Ⅲ. 연암의 생태 미의식이 갖는 의미

이상과 같이 연암은 자연 사물의 생태에서 배운 깨달음을 통해 세계관을 확장시켜 나갔다. 미의식과 관련한 그의 글들은 문학 이론을 설명하

---

24) 박지원 지음/신호열, 김명호 옮김, 위의 책 중, 410~411쪽

는 자리에서, 혹은 사회와 현실을 비판하는 대목에서 나타났다. 그는 문학 관점이나 사회 현실을 이야기할 때 사물 생태에서 비유를 끌어와 설명했다. 곧 그의 미의식, 문학 이론, 현실 인식은 개별적이지 않고 복잡하게 얽혀 있는 것이다. 연암은 인간이 살아가는 방식이나 사물의 원리는 다르지 않다고 생각했다. 그의 자연 사물에 대한 의식은 그의 인간관, 문학 이론, 현실관과 서로 깊이 연결되어 있었다. 이러한 그의 생태 미의식이 갖는 의미를 다음과 같이 생각해 보았다.

첫째, 연암은 버림받은 존재들도 모두 소중한 개체이며, 다양한 삶의 양식 가운데 하나라는 생각을 갖고 있었다. 연암은 아무리 미미한 사물 도 무시하거나 폄훼하지 않았다. 모든 사물은 저마다 최고의 미적 가치 를 지닌다고 보았다. 인간도 마찬가지이다. 연암은 세상이 버린 자들, 보잘것없는 자들에게 깊은 애정을 드러낸다. 이는 비단 「방경각외전」에 만 나타나는 것은 아니다. 예컨대 「발승암기」에서는 가난뱅이로 전락해 아내도 없이 절에 의지해 사는 김홍연을 주인공으로 내세운다. 김홍연은 왈짜였다. 본래 부자였으나 물 쓰듯 돈을 쓰는 바람에 가난뱅이로 전락 한 사람이었다. 이름을 남기고픈 욕심으로 오르는 산마다 자기 이름을 새겨 넣는 사람이기도 했다. 일반의 시선으로 보자면 그는 비웃음 당해 마땅한 인간, 버림받은 인간이다. 그렇지만 연암은 그에게 연민과 안타 까움의 애정 어린 시선을 보낸다. 그는 틀린 삶을 사는 사람이 아니라 다양한 인생 가운데 하나의 삶을 살아가는 사람이었다. 누군가의 삶과 행동 양식을 하나의 고정된 기준으로만 판단해서는 안 된다. 자신의 처 지에 따라 각자 다른 삶을 살아갈 뿐이다. 연암은 그 점을 말하고 싶었다 고 본다.[25] 연암이 친구로 삼은 사람들, 입전 대상으로 삼은 사람들은

---

[25] 「발승암기」에 대해서는 박희병, 『연암을 읽는다』, 돌베개, 2006, 183~220쪽에 잘

대체로 사회적 약자이거나, 세상에 버림받은 사람들이었다. 그는 주변적인 인물들에게 따스한 시선을 보냄으로써 지배적 가치에 의해 배척받았던 존재들 역시 동일하게 소중하고 가치 있는 존재라는 점을 말하고 싶었던 것이다.

둘째, 이용후생의 의미를 다시 생각하게 한다. 이용후생은 쓰임을 이롭게 해서 삶을 도탑게 하자는 것으로 특히 연암그룹의 실학적 세계관을 대표하는 용어로 자리매김하고 있다. 용어에 경제를 중요하게 여기는 생각이 담겨 있으므로 인간중심적이고, 자연을 도구적으로 이용한다는 혐의가 강하게 드러난다. 현실에 유용한, 현실적 쓸모만을 아름다움의 기준으로 삼는 듯 보이는 것이다. 요컨대는 자연과 문명에 대한 인식이 중요할 터인데 다음의 내용이 참고가 된다.

이제 내가 오행의 작용에 대해 먼저 말해 보겠다. 그러면 홍범구주의 이치는 쉽게 파악할 수 있을 것이다. 왜냐하면 '이용'을 한 뒤라야 '후생'할 수 있고, '후생'을 한 뒤라야 '정덕'을 힐 수 있기 때문이다. 지금 물을 제때에 모으고 빼고 하여, 가문 해를 맞으면 수차를 이용해 논밭에 물 대고 갑문을 이용해 짐 실어 나르는 배들이 통하게 한다면, 물을 이루 다 쓸 수 없을 터이다. 그런데 지금 자네에게 물이 있어도 쓸 줄을 모르면 이는 물이 없는 것이나 마찬가지다. 지금 불은 사계절에 따라 화후(火候)가 다르고 강약의 정도에 따라 그 효과가 다르니, 질그릇, 쇠그릇, 쟁기, 괭이를 만드는 데에 각기 적절하게 맞추면 불을 이루 다 쓸 수 없을 터이다. 그런데 지금 자네에게 불이 있어도 쓸 줄을 모르면, 이는 불이 없는 것이나 마찬가지이다. 우리나라로 말하면 백 리 되는 고을이 삼백육십 군데이지만 고산준령이 열에 일고여덟을 차지하니 명색만 백 리이지 실제 평야는 삼십 리를 넘지 못한다. 이 때문에 백성들이 가난할 수밖에 없다. 하지만 저 우뚝하니 높고 큰

나타나 있다.

산들을 사방으로 측량해 보면 평지보다 몇 배나 더 많은 면적을 얻을 수 있으며, 그 속에서 금, 은, 동, 철이 흔히 나온다. 만일 채광(採鑛)의 방법과 제련의 기술이 있다면 우리나라의 부가 천하에서 으뜸갈 수도 있을 것이다.
- 「홍범우익서」

그의 이용후생 관점을 보면 자연 사물의 생태를 잘 이용하여 인간의 생활에 도움을 주는 것이다. 백성과 만물이 살 수 있도록 서로 도움을 주고받는 것이다. 연암은 자연을 파괴하거나 착취하자고 말하지 않는다. 그는 물을 이용해 수공(水攻)에 남용하고, 불을 이용해 화공(火攻)에 남용하며, 쇠를 이용해 뇌물에 남용하고, 나무를 이용해 궁실을 짓는데 남용하며, 흙을 이용해 논밭을 만드는데 남용하는 행위에 대해서는 강하게 비판한다.[26] 인간의 이기(利己)만을 위해 자연을 함부로 활용하는 행위를 반대한다. 그는 기왕에 버려진 자연이라면 쓸모 있게 만들어 인간의 삶을 윤택하게 하는데 도움을 주자고 했다. 저 『열하일기』의 「장관론」에서도 버려진 사물인 똥과 기와조각이 인간의 삶에 실제적인 이로움을 주는 진정한 장관이라고 설파해 독특한 심미 관점을 드러내기도 했다. 그의 이용후생은 자연에 대한 깊은 이해와 존중 속에서 자연과 인간이 함께 共生하는 방도로써 제기된 것이었다. 인간우월주의, 문명의 이기에 기반을 둔 것이 아니라 자연 사물의 본성을 최대한 존중하면서 쓸모 있게 잘 활용하려는 것이었다. 그는 자연을 파괴하거나 지나친 욕망을 추구하는 행위를 분명히 반대했다. 그의 이용후생의 밑바탕에는 자연을 먼저 존중하는 생각이 담겨 있는 것이다.

셋째, 연암의 생태 미의식은 관계의 중요성을 환기시킨다. 고립적이고 절대적인 진리가 있으면 관계는 그다지 중요하지 않다. 절대적인 전

---

26) 박지원 지음/신호열, 김명호 옮김, 위의 책 상, 39쪽.

범을 잘 따라가기만 하면 된다. 확정적이고 형이상학적인 절대 진리를 추구하던 조선조 성리학 사회에서는 이미 마련된 이상적 전범을 좇기 위해 닮음의 미학, 동일성의 미학을 지향했다. 인간의 행동 양식은 이상적 전범을 닮으려는데 목표를 두었으며, 다른 행동 양식과 가치는 배제되었다. 그러나 연암은 진실은 상황과 관계에 따라 달라진다고 했다. 색마다 여러 빛이 있어서 다양하게 빛나며 형상마다 각자 꼴이 있어서 다양한 의미를 보여주는 것이다. 그의 표현을 빌리자면, '봄 숲에서 새 울음을 들으면 소리마다 각기 다르고 페르시아 보물을 둘러보면 하나하나 다 새로운 것'[27]이다. 진실은 무엇과 관계하느냐, 어떤 상황에 놓이느냐에 따라 거기에 맞는 각각의 진실이 있다. 아름다움의 가치는 정해진 것이 아니라 환경에 따라 달라진다. 따라서 존재와 존재가 관계를 맺는 맥락이 중요해진다. 그가 고정된 법을 반대하고, 때[時]와 형세를 중요하게 여긴 것도 존재 가치나 의미는 시공과 상황에 따라 달라진다고 여겼기 때문이다.

　이와 같이 사물간의 복잡성, 다양성에 주목한 연암의 생태 미의식은 그의 문학과 예술, 삶과 현실에 깊숙이 녹아 있다. 그렇기에 그의 사상과 세계관은 어느 한 가지로 규정하기가 어렵다. 그는 기본적으로는 유자였지만 한 가지 학설에 매이지 않고 노자와 장자를 비롯한 다양한 학자들의 사상을 섭렵했다. 연암의 관심은 특정한 당파성을 드러내는 것이 아니라 모든 생명체의 조화로움과 상생을 염원한 데 있었다고 본다. 상생한다는 것은 서로 자식이 되고 어미가 된다는 것이 아니라 서로 힘입어서 살아간다는 것이다.[28] 어미가 자식을 낳는 것처럼 한쪽으로 향해가

27) 박지원 지음/신호열, 김명호 옮김, 위의 책 중, 359쪽.
28) 박지원, 『연암집』, 「홍범우익서」. "金石相薄, 油水相蕩, 皆能生火, 雷擊而燒, 蝗瘞而焰, 火之不專出於木, 亦明矣. 故相生者, 非相子母也, 相資焉以生也."

는 것이 아니라, 서로가 도움이 되고 서로를 비추어주는 공존의 미학인 것이다.

Ⅳ. 결론

자연 사물에서 문학의 근원을 발견하려는 논의는 비단 연암만의 생각은 아니다. 천기(天機)니 물아일체니 하는 용어에서도 쉽게 떠올릴 수 있듯 성리학은 기본적으로 자연과 문학의 친연성을 강조한다. 또 불교, 노장 사상에도 자연과 문학, 자연과 사회의 연관성이 잘 나타난다. 그렇지만 여타의 사상이 자연과 인간, 자연과 사회와의 일치, 조화를 이야기했다면 연암은 자연의 생태를 들어 인간과 사회를 비판했다고 하겠다. 연암은 자연에 대해서는 창조와 변화의 공간으로 인식했지만 인간과 사회는 모순되고 병들었다고 인식했다. 물론 여기서 말하는 인간은 주로 위선적인 유학자, 편견과 고정관념에 갇힌 사람들을 가리킨다.

그렇다고 연암의 생태 미의식을 다른 사상과의 차이를 애써 부각시키려는 방향으로 끌고 갈 의도는 없다. 어느 사상이든 자연 사물을 소중히 여기고 가까이 하려는 마음은 모두 동일한 무게를 지닌다. 따라서 연암의 생태적 사고는 생태 사상 가운데 실학적 특성을 반영한 의식으로 바라보고자 한다. 그런 입장이 연암의 미의식에도 부합할 것이다.

연암의 자연관은 인간을 바라보니 멀수록 더욱 좋다는 현실 도피의 자연관도 아니고 자연과 인간의 합일을 추구하는 물아일체의 자연관도 아니었다. 자연 사물의 원리를 들어 인간과 사회의 모순과 폭력성을 비판하는 태도를 보여주었다. 그런 점에서 연암의 생태 미의식은 순수 자연미에 가깝기보다는 사회 정치적인 성격을 강하게 띠고 있다고 하겠다.

참고문헌

박영철 편, 『연암집』, 1932.

홍대용, 『담헌서』, 민족문화추진회, 1974.

김대중, 「요연(廖燕)과 박지원의 원초적 텍스트 이론」, 『한국실학연구』15, 한
    국실학학회, 2008.

김명호, 『박지원 문학 연구』, 대동문화연구원, 2001.

김문환, 『미학의 이해』, 문예출판사, 1992.

김혈조, 『박지원의 산문문학』, 성균관대 대동문화연구원, 2002.

_____, 『열하일기』1·2·3, 돌베개, 2009.

문현경, 『박지원 문학 연구』, 동국대학교 석사학위논문, 2004.

박수밀, 「21세기 문명과 박지원의 생태정신」, 『동아시아문화연구』47집, 한양
    대 동아시아문화연구소, 2010.

_____, 「연암 박지원의 생태 글쓰기와 그 양상」, 『고전문학과 교육』22집, 한
    국고전문학교육학회, 2011.

_____, 『박지원의 미의식과 문예이론』, 태학사, 2005.

_____, 『연암 산문집』, 지만지, 2011.

박종채 저, 김윤조 역주, 『역주 과정록』, 태학사, 1997.

_____, 박희병 옮김, 『나의 아버지 박지원』, 돌베개, 1998.

박지원 지음, 신호열, 김명호 옮김, 『연암집』상·중·하, 돌베개, 2007.

박희병, 『연암산문 정독』1, 2, 돌베개, 2007.

_____, 『연암을 읽는다』, 돌베개, 2006.

_____, 『한국의 생태사상』, 돌베개, 1999.

서복관 저, 권덕주 외 역, 『중국예술정신』, 동문선, 1997.

이 암, 『연암 미학 사상 연구』, 국학자료원, 1995.

이현식, 『박지원 산문의 논리와 미학』, 이회, 2002.

임형택, 「박연암의 인식론과 미의식」, 『한국한문학연구』11집, 한국한문학회,
    1988.

장파 지음, 유중하 외 옮김, 『동양과 서양 그리고 미학』, 푸른숲, 1999.

채의 주편, 강경호 역, 『문예미학』, 동문선, 1989.
최신호, 「연암의 문학론에서 본 사물인식과 창작의식」, 『한국한문학연구』제8
집, 한국한문학회, 1985.

윤기 문학의 미의식

김병건

I. 서론

무명자(無名子) 윤기(尹愭, 1741~1826)에 관한 연구는 1977년에 성균관 대학교 대동문화연구원에서 『부명자집(無名子集)』을 영인 출간한 이후로 조금씩 진행되어 이제는 적지 않은 연구와 번역이 이루어진 듯하다.[1]

---

1) 李丙燾, 「解題」, 『無名子集』, 成均館大學校 大東文化硏究院, 1977.

　　李敏弘, 『朝鮮朝 成均館의 校園과 太學生의 生活像(完譯 泮中雜詠)』, 성균관대학교 출판부, 1999.

　　＿＿＿, 「泮中雜詠」에 나타난 18세기의 성균관」, 『문헌과 해석』, 문헌과 해석사, 2005.

　　졸고, 『無名子 尹愭의 思想과 文學』, 학위논문(박사), 성균관대학교, 2004.

　　＿＿＿, 「無名子 尹愭 한시의 時代槪括과 諷戒的 성격」, 『한문학보』제12집, 우리한 문학회, 2005.

　　＿＿＿, 「尹愭의 「家禁」에 나타난 家庭敎育의 面貌와 現代的 意味 －顔之推의 『顔氏家訓』, 丁若鏞의 「家誡」와 함께－」, 『東方漢文學』第48輯, 東方漢文學會, 2011.

　　임완혁, 「無名子 尹愭의 散文世界」, 『한문학보』19권, 우리한문학회, 2008.

　　임완혁 역, 『尹愭산문선 차라리 벙어리로 살리라』, 태학사, 2009.

2004년 졸고 및 그 이후의 연구를 통하여 그의 문학에 있어 창작론에 관하여는 시문의 표현을 쉽게 하여야 한다는 문종자순(文從字順)과 개성적 표현 및 천기를 중시 한다는 점을 밝혔다. 비평론에 관하여는 시문은 스스로 정해진 가치를 가지고 있다는 문자유정가(文自有定價)와 문장의 평가는 작자에게서 시작하여야 한다는 자인언문장(自人言文章) 등으로 파악하였다.

윤기 시문의 두드러진 특징은 남다른 역사의식과 사가적(史家的) 소명 의식을 다양한 시문으로 나타내고 있다는 점이다. 즉 그의 산문이나 운문들의 여러 특성은 결국 진실을 밝히고 그것을 명확히 기록하여 동시대와 후세에 널리 알리고자 하는 의도가 시발점이자 최종 목적지 인 것으로 보인다. 그러므로 그의 시문에 있어서 미학적 측면도 사가적 의식의 연장선에서 파악하여야 할 것으로 보인다.

당시에는 문학론의 관점에서 접근 하였지만 본고에서는 미학의 관점에서 재고하고자 한다. 먼저 윤기가 여러 곳에서 백거이의 인격과 문학, 출처 등에 대하여 상당한 애정과 존경을 표하고 있음을 볼 수 있었다. 이에 백거이의 문학적 특성을 살펴 윤기 문학과의 공통점을 찾고 그의 문학관과 미의식에 어떤 영향을 끼쳤는지 살펴보고자 한다. 윤기의 시문은 산문과 운문의 미의식이 다소 상이한 것으로 보인다. 먼저 산문의 미의식은 평이하고 명백한 직설을 추구하고 있다. 어떤 사유와 의도로 이러한 미의식을 가지게 되었는지 그 형성 과정과 의의 등을 살펴보고 실제 산문 작품에는 어떤 형태로 구현되어 있는가를 밝히고자 한다. 운문은 주로 실제에 근사하게 모사하여 이를 통하여 대상의 생동감 넘치는

김문식, 「尹愭가 노래한 성균관 풍경」, 『문헌과 해석』, 문헌과 해석사, 2005.
尹愭, 『無名子集』, 韓國文集叢刊 256, 民族文化推進會, 2000.(본고의 저본으로 함)

모습을 얻고자 하였다. 이러한 미의식이 실제의 작품에 여하히 형상화되어 있는지 고찰하고자 한다.

윤기는 당시의 문장가 들이 고문의 부흥 운동에 힘을 쏟고 시에 있어서 당시, 송시를 배우고자 이리 저리 쏠리며 서로 파당(派黨)을 이루어 서로 칭찬하지만 자신의 파당이 아니면 배척하고 폄하하는 풍조에 대하여 상당한 거부감을 나타내고 있다. 그들의 실상에 대하여도 비판적인 평가를 내리고 있으며 이러한 관점이 자신의 시문에 있어서 미의식을 표출하는데 일정한 영향을 준 것으로 보인다. 본고의 논의를 통하여 윤기의 미의식을 도출할 뿐만 아니라 당시에 성행하던 주류 문단의 흐름에 대한 그의 제3자적 평가를 통하여 조선 후기 문학사의 다양한 모습을 볼 수 있는 기회가 되었으면 한다.

Ⅱ. 백거이(白居易)와 윤기(尹愭)의 미의식

정약용이 언급한 "오늘날에 있어서 시율(詩律)은 마땅히 두공부(杜工部)로써 공자를 삼아야 한다. 그의 시가 모든 작가의 으뜸이 되는 까닭은 『시경』3백 편의 남긴 뜻을 얻었기 때문이다."[2]라는 말에서 두보가 얻은 유의는 이른바 '시대를 슬퍼하고 풍속을 개탄[傷時憤俗]'하여 '찬미하고 풍자하며 권장하고 징계[美刺勸懲]'하는 것을 뜻한다. 이렇듯이 두보의 시에 나타나는 풍계(諷戒)의 경향이 출중하다는 점은 모든 사람이 인정하는 바이다. 그러나 백거이는 두보의 시에 대하여 다음과 같이 평가하였다.

---

2) 丁若鏞,『與猶堂全書』卷二十一,「寄淵兒」, "後世詩律 當以杜工部爲孔子 蓋其詩之所以冠冕百家者 以得三百篇遺意也"

이백(李白)의 시는 재주가 있고 기묘하고 사람이 따라가지 못하지만 거기서 풍아(風雅)와 비흥(比興)을 찾아보면 열에 하나도 없습니다. 두보의 시는 가장 많아 전할 만한 것이 천여 편입니다. 고금을 꿰뚫고 격률이 자세하고 더 없이 좋은 점에 이르러서는 또 이백을 능가합니다. 그러나 그의 「신안리(新安吏)」 「석호리(石壕吏)」 「동호리(潼關吏)」 「새려자(塞蘆子)」 「유화문(留花門)」 편들을 요약해 보면 '부잣집에는 술과 고기 냄새 풍겨 나고, 길에는 얼어 죽어 뒹구는 뼈가 있다.[朱門酒肉臭 路有凍死骨]' 같은 구절이 들어 있는 것은 역시 13~14수[3]에 불과합니다. 두보조차도 이러한데 하물며 두보에 미치지 못하는 사람이야 더 말할 나위가 있겠습니까. (중략) 조정에 나와서부터 나이가 점점 들어가고 일을 처리함이 점점 쌓여 사람들과 애기할 때마다 시대의 급무를 묻는 일이 많아졌고 책을 읽을 때마다 다스리는 도리를 찾는 일이 많아졌습니다. 그제야 비로소 문장은 시정을 위해서 써 내야 하고 시가는 정사를 위해서 지어야 함을 알게 되었습니다.[4]

이를 통해서 보면 백거이는 이백에 대하여는 풍아송(風雅頌)과 부비흥(賦比興)으로 대표되는 『시경』의 시대상을 반영하고 고발하는 특징적 면모를 거의 찾을 수가 없다고 보았다. 두보의 시는 그런 면에서 천여 수의 의미 있는 시가 있지만 실제로 시대상을 고발하는 고대의 채시(采詩)의 의미를 가진 시는 많지 않은 것으로 보고 있다. 백거이는 구체적으로 다섯 작품을 예로 들고 표현에 있어서도 '주문주육취(朱門酒肉臭) 노유동사골(路有凍死骨)'의 표현을 거론하여 이런 부류를 시의 전범으로 삼아야

---

3) 판본에 따라서 十三四[13~14수]와 三四十[30~40수]로 된 것이 뒤 섞여 있어 정확히 알 수 없으나 杜詩 전체의 편폭으로 보면 매우 적다는 의미는 전달이 된다고 하겠다.

4) 白居易, 『白氏長慶集』 卷四十五, 「與元九書」. "李杜之作才矣奇矣人不逮矣 索其風雅比興 十無一焉 杜詩最多可傳者千餘篇 至於貫穿今古 覼縷格律盡工盡善 又過於李 然撮其新安吏石濠吏潼關吏塞蘆子留花門之章 朱門酒肉臭 路有凍死骨之句 亦不過十三四 杜尙如此況不逮杜者乎……自登朝來 年齒漸長 閱事漸多 每與人言 多詢時務 每讀書史 多求理道 始知文章合爲時而著 歌詩合爲事而作"

한다고 보여주고 있는 듯하다. 그러면서 자신이 가지고 있는 시대와 시에 대한 관점을 제시하고 있다. 평소에 시무에 관심을 가지고 시대의 급무를 처리해야 하고, 독서는 치리(治理)를 공부하여 문장으로 시대상을 나타내고 시가로는 시대의 일을 형상화하는 것을 자신의 임무로 설정하고 있다. 백거이와 원진이 주창한 이른바 '신악부운동'이 추구하는 바를 알 수 있는 대목이다. 또 그의 '다만 백성들의 고통만 불쌍히 여길 뿐, 당시 기휘는 알지도 못 하였네[但傷民病痛 不識時忌諱]'[5]라는 구절 등을 통하여 백거이 시에 있어서 주제적인 측면에서 시대적인 문제에 대하여 그것을 통렬히 풍자하는 경향을 명확히 알 수 있다.

다음으로 윤기가 백거이를 평가하며 장편으로 쓴 '나는 평생 백거이의 사람됨을 사모했다[余平生慕白樂天之爲人]'라는 말로 시작하는 글 가운데, 주지의 일화이지만 백거이의 시의 주제 및 풍격과 관련된 언급을 간략히 본다.

> 악부 백여 편을 지어 당시의 일을 풍자했는데 궁중에까지 소문이 들어가 헌종이 기뻐하여 한림학사를 제수하였다. …… 시를 지으면 늙은 할멈에게 보여 "무슨 말인지 알겠소? 모르겠소?"라고 하여 할멈이 "알겠다."고 하면 기록하였다.[6]

이 부분을 보면 백거이의 시사에 대한 풍자의 경향과 시문을 평이하게 짓고자 하는 경향을 알 수 있다. 악부 백여 편으로 시사를 풍자한 것으로 인하여 한림학사에 제수되었다는 것은 그의 작품이 내용과 표현에서 뛰어난 것임을 알 수 있다. 그는 「여원구서(與元九書)」에서 채시관이 없어

---

5) 白居易, 『白香山詩集卷』一, 「傷唐衢二首」
6) 尹愭, 『無名子集』文稿 冊十三, 「峽裏閒話」. "余平生慕白樂天之爲人 …… 作樂府百餘篇 規諷時事 流聞禁中 憲宗悅之 拜翰林學士 …… 作詩示老嫗曰解否 嫗曰解則錄之"

지고 육의가 사라지고 국풍(國風)이 「이소(離騷)」로 변한 것을 안타까워 하였다. 이에서 추론하면 그는 자신의 시문이 하나의 국풍이 되거나 악 부가 되기를 희망한 것으로 볼 수 있다.

그리고 노파가 이해할 정도의 시를 쓰고자 노력한 사실에 대하여 윤기 는 중요한 관심을 기울이고 있다. 백거이의 평이하여 이해하기 쉬운 표 현법을 높이 평가하고 자신이 추구하는 바와 공통점으로써 인식하고 있 다. 이러한 사실을 「무진원일(戊辰元日)」7) 을 통하여 확인해 본다.

> 문장은 또 찬란하게 피어났는데   文章又燁發
> 간곡하면서도 평이하였지.   懇惻而平易
> 늙은 몸으로 농사짓고 누에쳤으며   父老課農桑
> 노래를 지어 풍자를 잘 하였지.   風謠善諷議

원래 12연의 꽤 긴 편폭의 시로 다양한 관점에서 백거이를 주제로 한 시인데 여기서는 문장과 관련된 것을 살펴본다. 윤기는 백거이가 화 려한 문장을 구사하여 간곡하면서도 평이한 점을 주목하고 주제에 있어 서는 스스로 농사를 지으면서 시를 통해 풍자를 잘 한다고 하였다. 앞의 내용과 크게 다르지 않지만 그 내용을 좀 더 구체적으로 보여주고 있다. 즉 단순히 쉽기만 한 것이 아니라 그러면서도 간곡[懇惻]한 내용을 전달 하고 있다는 의미이고, 풍요(風謠)를 통하여 풍자하는 뜻을 나타내고 있 다는 점을 강조하였다.

일반적으로 백거이 문학의 특징적 면모는 쉽고도 명확한 표현 방법과 시대의 질곡을 풍자하는 것인데, 다소 통속적이라는 지적을 받기도 하지 만 대체로 명쾌하고 직설적이라고 하겠다. 윤기는 이러한 경향에 깊이

---

7) 같은 책, 詩稿 冊五.

동감하여 백거이를 문학의 중요한 전범으로 삼고 있다. 물론 직접적인 영향을 받았다고 하기 보다는 자신이 내포하고 있던 문학적 경향과 가장 일치하는 인물로서 백거이와 독서상우(讀書尙友)하는 동지적 공감을 하고 있는 것으로 보인다.

  그의 나이 76세에 쓴 「협리한화(峽裏閒話)」의 서술 내용과 문집에 언급된 말 들을 분석해 보면 윤기는 백거이에 대하여 모든 면에서 그를 높이 평가하고 존경하는 뜻을 나타내고 있다. 문학적 측면뿐만 아니라 인격적인 면모, 관직 생활의 여러 가지 정치 행위, 폭넓고 깊이 있는 교유 관계와 노년의 치사(致仕)하는 과정 등 모든 것에 걸쳐 있다. 그러나 이렇게 그의 장점에 대하여서만 주목을 하고 백거이가 만년에 '권귀(權貴)의 질시로 결국 풍자시의 창작 보다는 한적시(閑適詩)로 영역을 바꾼 점'에 대하여는 전혀 언급을 하지 않고 있다. 오히려 만년에 치사하고 자유롭게 노닌 것을 칭송하고 있다. 그렇다면 윤기의 삶의 행적이나 시문의 창작과 관련하여 백거이와의 동일점과 차이점을 어떻게 평가하여야 할 것인가? 먼저 윤기의 삶에 있어서 관인으로의 삶은 시작부터 매우 어렵고 험난한 과정을 거쳤으며 백거이같이 임금의 총애를 받은 적도 없었고 두드러지게 자신을 후원해 줄 명망 있는 인물도 없었다. 시문의 창작과 관련하여서도 백거이가 시 한편을 쓰면 온 천하가 주목하는 대가인 반면 윤기는 무명자(無名子)로서 남의 지우나 관심을 받지 못하였다. 그렇지만 백거이는 세상의 시무를 풍자하던 필봉을 끝내 지켜 내지 못하고 만년에는 세상과 일종의 타협을 했다. 반면 윤기는 비록 그 영향력은 적었지만 자신의 문학적 경향성을 지키며 죽는 날까지 초지일관된 시문을 구사하였다.

Ⅲ. 평이명백(平易明白)한 직필(直筆)

1. 산문의 평이명백한 미의식

한 인물의 창작경향을 한두 가지의 성격으로 규정하는 것은 지난한 일이라고 볼 수 있겠다. 그러나 오랜 시간에 걸쳐 한 인물의 작품을 읽고 공부하는 과정에서 그의 특징적인 면모를 느끼지 못하는 것도 아니다. 지금 까지 윤기의 시문을 공부해 오면서 그의 작법에 있어서의 특징적인 면모를 생각하면 동 시대 인물과는 다소 상이한 점을 확연히 찾을 수 있었다. 그러나 그것을 문자로 표현하는 것은 쉽지 않은 작업이고 또 임의의 용어로 설명하는 것이 타당한 지 확신 할 수 없었다.

이에 평소에 그의 산문 들을 읽으며 느꼈던 일관된 풍격을 『문심조룡』의 「체성편(體性篇)」의 8가지 작풍 가운데서 찾아보면 정약(精約)과 현부(顯附) 2가지와 근사한 듯하다. 정약은 '간결한 작풍'을 의미하는데 유협(劉勰)은 '핵심적인 글자와 생략한 글귀로, 미세한 데까지 해부 분석한다.[覈字省句, 剖析毫釐者也]'라고 설명하고 있다. 현부는 '선명한 작풍'을 의미하며 '말이 곧고 뜻을 막힘없이 표현하고, 사리에 부합하여 마음에 흡족하게 한다[辭直義暢, 切理厭心者也]'라고 설명하고 있다. 그 가운데서도 유협이 8가지 개념의 상대적인 풍격을 서로 대비하여 놓은 것을 참고하면 '정약'의 상대되는 풍격으로 '번욕(繁縟)'을 들고 있는데 이는 '광범위한 부연으로 문채를 빚어내고, 지엽적으로 파생한 부분이 찬란하다.'라고 설명하고 있다. 반면 '현부'의 상대되는 풍격으로는 '원오(遠奧)'를 들고 있는데 이는 '문체가 꽃 같고 점잖으며 심오한 철학을 다룬다.'라고 하였다. 이 두 가지의 상대적 개념을 참조하여 생각해 보면 '정약'과 '현부' 가운데서도 현부의 풍격에 더 가까운 것으로 생각된다. 즉 '말이 곧고 뜻을 막힘없이 표현함[辭直義暢]'이 윤기 산문의 작풍과 잘 어울린다고 하겠다.

이에 대하여 윤기 자신은 소위 고문을 한다는 사람들의 행태를 비판하는 대목에서 다음과 같이 작문의 묘리를 설명하고 있다.

지금 옛 삭자의 문장을 고찰해 보건대 어찌 일찍이 이외에 별도로 이른바 고문의 법이 있었겠는가? 일찍이 지금 세상의 고문을 하는 사람을 보니 대다수가 세상에 드문 자구로 엮어 놓고 공갈의 기세로 포장하여, 혹은 한 구의 안에 뜻이 통하지 않고 혹은 전편의 가운데 맥락이 닿지 않으니 고문의 작법이 바로 이와 같을 뿐인지 알지 못하겠다. 우리 스승[孔子]에게 물어보니, "말은 의미를 통하게 할 뿐이다."라고 하는데 대개 '뿐이다'라는 것은 이에서 끝나고 다른 것이 없다는 말이다. 이것으로 말하자면 한 달(達) 자로써 작문의 묘리를 다한 것이다. (중략) 이 때문에 공자의 문장은 모두 평이명백하며 전혀 난해하고 드러나지 않는 뜻이 없다. 주자(朱子)의 문장 또한 그러하니 자연히 조리가 자세하고 두루 통하는 묘미가 있다. 나는 고문을 짓고자 하면 마땅히 이것을 배우고 저것을 배워서는 안 될 것이라 생각한다.8)

당시에 소위 고문가들의 문제점을 첫째, 세상에 거의 사용하지 않는 이상한 자구를 엮어 놓고서는 자신의 문장이 대단 한 듯이 허장성세하여 공갈치듯이 자랑을 한다는 것. 둘째, 이런 결과로 문장의 문맥이 통하지 않아 의미를 파악할 수 없음으로 진단하고 있다. 당시에 스스로 고문을 한다고 목소리를 높이는 사람들의 행태를 이렇게 비판한 것이다. 그러나

---

8) 같은 책, 文稿 册五, 「答人論文書」, "今歷考古作者文章 何嘗外此而別有所謂古文法耶 嘗見今世之爲古文者 類多點綴希世之字句 鋪張虛喝之氣勢 或於一句之內意義未暢 或於 全篇之中脉絡不貫 未知古文之法 直如此而已乎 聞諸吾夫子 曰辭達而已矣 夫而已矣者 盡於斯而無他之辭也 以此言之 一達字足以盡爲文之妙矣 …… 是故夫子之文 皆平易明白 絕無艱險幽晦之意 朱子之文亦然 而自然有曲暢旁通之妙 愚則以爲欲爲古文 當學此而不 當學彼也"

그가 생각한 고문의 핵심은 공자의 말대로 '의미를 통하게 하는 것'이 가장 중요하다고 보았다. 그 반증으로 공자나 주자의 글이 전혀 난해하지 않고 그 의미가 명쾌하지 않은 것이 없다는 사실을 밝히고 있다. 고문을 창작하고자 하면 당세의 이런 잘못된 작법을 배울 것이 아니라 쉽게 글을 지어 의미를 잘 통하게 하는 것이 무엇보다 중요함을 강조하고 있다.

윤기는 인용문에 이어서 당시 사람들이 "이 문장은 좌구명(左丘明), 장자(莊子), 반고(班固), 사마천(司馬遷)의 문체라고 하여 '의미를 전달하는 것 뿐'이라고 하고 그러한 것은 문장이 아니라고 하며 문장가의 체격이 따로 있다."고 한다는 것이다. 그러면서 "서로 추종하고 높은 경지라고 스스로 표방하고 마치 견식이 특별하고 수단이 남다른 것이 있는 것 같이 행동하고 남의 문장을 평가할 때는 여러 말이 많다. 그러나 실제로 그들의 실상을 살펴보면 무엇이 고문인지 아닌지 구별도 하지 못하면서 단지 사람을 보고서 평가할 뿐"이라고 하고 있다.[9]

그는 문장을 창작하는 데 있어 실체를 얻지도 못하면서 시대의 구호에 휩쓸려 다니는 시대상을 씁쓸한 시선으로 보고 있는 것 같다. 그는 작문의 요체는 어떤 문체의 특징적 면모를 위하여 벽자(僻字)를 짜깁기 하여 뜻이 통하지도 않게 하는 것은 아무 의미도 없는 일이며 또한 이런 부류의 사람들이 서로 한 그룹을 이루어 서로 높이고 칭찬하고 자신의 그룹이 아닌 사람은 깎아내리는 일을 개탄하고 있다. 이 보다는 문장의 가장 기초가 되는 '의미의 전달'이라도 되도록 '평이한 작법'이 필요하다는 점을 강조한 것이다.

---

9) 尹愭, 『無名子集』文稿 册五, 「答人論文書」, "今之論者輒曰此左也此莊也 此班馬也 彼達而已者 非文章也 文章自有文章家體格 轉相慕效 高自標榜 有若見識之特出 手段之自別 及其評人之文 則初無膏眼之透瀅 只隨名稱之隆庳 於其所畏待者則曰此古文法也 於其所不敷者則曰此不過科文也 而夷考其實 則盖未知何如爲古文 何如爲科文者也 是則可歎"

그렇다면 윤기는 당시의 기문벽자(奇文僻字)의 풍조가 유래한 원인을 무엇으로 보고 있는가? 그는 같은 글에서 문장은 시대가 내려올수록 그 수준이 계속 떨어졌다고 하면서 다만 송(宋)에 와서는 이치가 빼어나고 사(辭)가 통창하여 체격은 고대만 못하지만 그 전달의 측면을 보면 괜찮다고 하였다.10) 그러나 명(明)에 와서는 여러 문제가 노출되는 것으로 보고 있다.

명대의 문에 이르러서는 본원(本源)과 기력(氣力)이 하나도 믿을 만한 것이 없고, 한갓 기묘한 것을 새로 만들고[生新奇巧]와 비속한 것에 물들지 않기[不染俗陋]를 일삼아 지극히 노심초사하며, 남이 말하지 아니한 내용을 힘써 말하여 스스로 전인보다 뛰어나다고 여겼다. 그러나 상세히 살펴보면 체(體)는 날카롭고[尖碎] 소리는 급하여[噍輕] 아름다운[俊俏] 듯하지만 실제로는 위축되고 연약[痿弱]하고 노련한 듯하지만 실제로는 공허[浮虛]하다. 그러므로 고문에 있어서는 자색(紫色)이 붉은색을 문란 시키고 향원(鄕原)이 덕을 손상시키는 정도에 그칠 뿐만이 아니니, 어찌 취할 만하겠는가. 근세에 한 문인은 말하기를, "문은 세대마다 발전하여 명대에 이르러서 가장 발전하였다"라고 하였다. 그리하여 자기 저술의 대부분을 명나라 사람이 뱉은 침 같은 문자를 끌어다 사용하고, 말하는 내용은 다른 사람이 말하지 못했던 내용을 굳이 말하고자 하니, 참으로 가소롭고 또한 불쌍하기까지 하다.11)

---

10) 같은 책, 같은 곳, "嗚呼 文以世降 昔人所論 今讀尙書 五十篇之內 典謨以下 漸不及典謨 至其末終諸篇 又不知落下幾層 此自然之理必然之勢也 至於秦漢則猶有古意 而唐不如漢 宋不如唐 宋則理勝而辭暢 語其體格之高古 則雖日不及於前 語其達則不害爲聖人之徒也 且世稱唐宋八大家 而歐蘇終遜於韓柳 以三蘇言之 大蘇不如老蘇 小蘇不如大蘇 而曾王則又不及矣 文章之係於世代 有如是夫"

11) 같은 책, 같은 곳, "至於明文則本源與氣力 無一可恃 徒以生新奇巧 不染俗陋爲事 焦心極力 務道人所不道 自以爲高掩前人 而細觀之則其體尖碎 其音噍輕 若俊俏而實痿弱 若老鍊而實浮虛 其於古文 不翅若紫之於朱 鄕原之於德也 何足取哉 近世有一文人 謂文以世高 至於明而無以加 以故其所著述 率皆攟拾明人之遺唾 而其所爲言 亦是必欲道人所

이른바 가슴속에 '안개 수면 만 리 길[煙波萬里]'의 쌓인 것이 없고 헛되이 기이하고 교묘한 것을 새로 만드는데 전념하고 속되고 비루함을 없애는 것만을 할 일로 삼아 노심초사하며 색다른 말을 하는데 모든 힘을 쏟고는 자신이 뛰어나다고 생각한다는 것이다. 그러나 그 내용을 분석해 보면 본체는 너무 날카롭고 그 말은 급박하여 얼핏 보기에는 아름답고 노련한 것처럼 보이지만 실제로는 연약하고 공허하다고 평가하였다. 이렇게 겉만 고문이고 그 실상은 그렇지 못한 당시의 경향은 진정한 고문운동에 악영향을 준다고 보았다.

여기서 윤기가 염두에 두고 있는 부류는 누구일까? 동시대에 그가 염두에 둔 것으로 추정되는 가장 유력한 부류는 아마도 연암(燕巖) 그룹으로 추정된다. 그리고 명나라 문장이 가장 발전 하였다고 주장하는 사람의 예를 들어 그가 명의 진수는 얻지 못하고 그들의 문자를 그대로 베껴서 사용하고 말은 남다른 것을 하고자 노력하는 것을 보면 가소롭다고 하고 그들이 사용하는 문자라는 것이 명나라 사람이 뱉은 침과 같은 것이라고 개탄하고 있다.

2. 평이명백(平易明白)한 직필의 형상

윤기는 당시 사람들의 두 가지 병폐로 첫째, 기문벽자(奇文僻字)의 풍조[12]와 둘째, 논의의 정당성 실종[13]을 비판하고 있다. 이러한 문제의식

不道之意也 甚可笑 亦可哀也"

12) 같은 책, 文稿 冊十一, 「閒居筆談」. "한 奇文을 보면 스스로 세상에서 높은 학문이라 여기고 한 어려운 글자라도 적으면 스스로 남보다 뛰어난 견식이라고 생각한다.[今人 稍能涉獵書史 則輒妄自尊大 是己非人 見一奇文則自以爲高世之學 記一難字則自以爲出 人之見]"

13) 같은 책, 文稿 冊十二, 「峽裏閒話」, "세상 사람들은 조금이라도 文識이 있으면 매번 기이한 의논을 지어서 세속의 이목을 의혹시키니 참으로 이른바 교묘하고자 하다가 오

을 가지고 있는 그의 실제 작품을 살펴본다. 그가 「당태종(唐太宗)」이란 제목으로 당 태종의 생애와 업적에 대한 세간의 평가와 자신의 의견을 밝힌 사론(史論)에 해당하는 글이다. 윤기의 논의를 보기 전에 먼저 당태종에 대한 일반적인 평가는 어떠한지 간략히 살펴보고 이와 비교해 보는 것이 그의 논의를 정확히 파악하는데 도움이 될 듯하다.

> 황제가 세자를 침전으로 불러들여 묻기를, "무슨 글을 읽느냐." 하니, 아뢰기를, "『통감』을 읽고 있습니다." 하였다. 황제가 이르기를, "역대의 제왕 중에 누가 현명하던고." 하니, 대답하기를, "한고조와 당태종입니다." 하였다.14)

> (거론한 인물들) 모두가 무용(武勇)이 절륜하여 세상에 이름을 떨친 영웅들인데, 그중에서도 당 태종이 가장 기이하고 뛰어난 인물이라고 하겠다.15)

> 후세의 정치로는 한(漢) 문제(文帝)와 당 태종이 훌륭했다 하겠으나, 끝내 삼고(三古) 시대와 비슷할 수 없었다.16)

예로 든 3가지 경우는 첫째는 고려 세자의 관점이고 아래 두 가지는 장유(張維)와 정약용(丁若鏞)의 말이다. 세 경우가 내포한 의미에 있어 세자는 현명한 사람으로 그를 꼽았고, 장유와 정약용은 업적이나 정치에 있어 가장 뛰어난 인물로 당태종을 거론하고 있다. 즉 그의 인품을 포함하여 공적에서 특히 최고의 평가를 하고 있는 것으로 보인다. 이는 그가 황제가 되는 과정의 잘못보다는 그의 업적에 주로 관심을 기울인 결과일

히려 졸렬해지는 것이다. 다른 사람의 의논과 다르고자 힘쓰는 병이다.[世人稍有文識 每欲爲奇異之論 以疑歧世俗之耳目 眞所謂欲巧反拙也 …… 務爲異於人之論之病]"
14) 金宗瑞, 『高麗史節要』卷二一, 忠烈王 三. 「前代英雄帝王早年立功建業」.
15) 張維, 『谿谷漫筆』卷一.
16) 丁若鏞, 『經世遺表』卷一, 「敎官之屬」.

것이다. 그럼 실제 윤기의 평가가 담긴 「당태종」을 살펴본다.

　세상에서 모두 당태종을 '정관의 치'로서 삼대 이후의 영주라 하고, 한 문제와 나란히 부른다. 그러나 그의 평생의 극악한 대죄에 대해서는 도리어 생략하고 있는데 이것은 공을 가지고 죄를 용서받는 법인가? 아니면 선을 알리고 악을 감추는 뜻인가? 공리(功利)가 사람의 마음을 함정에 빠뜨리는 것이 오래되었다. 속여서 사냥하는 것은 높이 평가하고, 법도대로 말을 모는 것을 부끄러워하며 춘추필법에 이르러서는 말하지 않는 것이다. 실로 이와 같이 하면 성의정심(誠意正心)과 수신제가는 치국평천하의 근본이 될 수 없고, 권선징악과 옛것을 거울삼아 지금을 경계하는 의리는 사용할 곳이 없게 되는 것이 괜찮은 것인가? 내가 들으니, 옛날의 군자는 하나의 불의를 행하고 한 명의 죄 없는 사람을 죽여서 천하를 얻더라도 하지 않는다고 했다. 어찌 그것이 크고 작은 이해의 나눔에 어두워서 그렇게 한 것이겠는가? 진정 그것은 이익이 비록 크고 허물이 비록 작더라도 의리에 어긋나지 않고자 한 것이다. (중략) 당태종은 어찌 하나의 불의도 행하지 않고, 한 명의 무고한 사람도 죽이지 아니한 임금에 비교할 수 있겠는가. 아버지의 신하를 겁주고, 형제를 죽이고, 아버지를 위협하여 자리를 대신하고, 아우의 부인을 아내로 삼아 황후에 봉하려 하고, 자기가 낳은 아들 조왕명(曹王明)[열네 번째 아들]으로 하여금 소자왕(巢剌王) 이원길(李元吉)[태종의 아우로 그의 아내를 자신의 비(妃)로 맞아들이려 함]의 뒤를 잇게 하였으니, 그의 행위를 살펴보면 불인하고 의롭지 못하며 이치를 어그러뜨리고 인륜을 무너뜨려 인간의 도리에 있어서 할 수 없는 짓 아닌 것이 없었다. 그런데 뻔뻔하게 자기의 악은 가리고 선을 드러내고자 하였고, 심지어는 유월 사일의 일17)을 가지고 주공(周公)이 관숙(管叔)과 채숙(蔡叔)을 죽인 것에 비견하면서 "짐(朕)이 한 일도 또한 이와 비슷할 뿐이다."고 하였다. 아, 이미 차마 하지 못할 짓을 차마 하고 또 이런 말을 차마 하면서 안으로 자기 마음을 속이고 밖으로 신하와 천하 후세를 속인단 말인가. 저 태자와

---

17) 武德九年에 玄武門에서 황태자 李建成을 살해한 일.

이원길은 애초부터 천하에 죄를 얻지 아니한 자들이었으니, 그가 죽인 것은 단지 일개인의 사욕으로써 달려 큰 물건을 차지한 것일 뿐이다. 어찌 주공의 마음이겠는가. 그가 바야흐로 활을 겨누어 자기의 형을 쏘았을 때 만약 고조가 물러남을 조금만 망설였던들 묵특(冒頓: 아버지 頭曼을 살해하고 선우가 됨)처럼 자기 아버지를 활로 쏘는 행동이 없으리라고 어찌 보장하겠는가. (중략) 해치는 습관, 음탕하게 구는 풍조가 절로 가법을 이루었는데, 사람들에게 귀를 가리도록 하였으니, 또한 어찌 말할 만한 게 있겠는가. 정자(程子)는 왕규(王珪)와 위징(魏徵)이 이건성(李建成)의 난리에 죽지 않고 태종을 따른 죄를 논하여 "의리에 손상이 있다. 나중에 비록 공로를 세웠다고는 하지만 어찌 속죄할 수 있겠는가?"[18]라고 하였으니, 나는 태종에 대하여 또한 그렇게 말한다.[19]

중간에 생략된 내용을 개략적으로 정리하면, "형제의 자식들을 모두 살해할 뻔하였고, 본래 사나운 성격이나 지혜가 있어 억지로 요순을 외우며 양제(煬帝)의 실패를 보고 일체를 그와 반대로 하였다. 사사(私邪)를 품고 인의로 꾸미고 자잘한 선행을 알리는데 급급했으나 끝내는

---

18) 程端學, 『春秋本義』, 「問答」, "程子謂王魏後雖有功何足贖之語此豈非人倫大節綱常所係而朱子言之是也或一道也"

19) 尹愭, 『無名子集』文稿 册十四, 「唐太宗」, "世皆以唐宗貞觀之治 爲三代後令主 與漢文并稱 而至其平生極惡大罪則反忽之 此是將功贖罪之法耶 抑揚善隱惡之義耶 功利之陷人心久矣 以詭遇爲高 以範驅爲恥 而至於春秋筆法則莫之講也 信如斯也 則誠正修齊 不足爲治平之本 而勸懲監戒之義 無所用也而可乎 吾聞之 古之君子 行一不義 殺一不辜而得天下 不爲也 豈其昧於大小利害之分而然哉 誠以利雖大過雖小 而不欲違於義也 (中略) 唐太宗者 豈直行一不義殺一不辜之比哉 劫父臣虜 殺兄及弟 駭君親而代其位 室弟婦而欲以爲后 生子明而繼巢刺後 跡其所爲 無非不仁不義 悖理滅倫 人道所不得爲者 而厭然欲揜其惡而著其善 至以六月四日事 比之於周公誅管蔡 曰朕所爲 亦類是耳 嗟乎 夫旣忍所不忍 而又忍發此言 內以欺其心 外以欺其臣 及天下後世耶 夫隱太子與元吉 初非得罪於天下者 則其殺之也 特以一己之私欲 趣取大物耳 豈周公之心乎 方其關弓而射其兄之時 若使高祖小靳廢立 則安知無冒頓鳴鏑之擧乎 (中略) 嗜淫穢之風 自成家法 令人掩耳 又何足道哉 程子論王魏不死建成之難而從太宗之罪曰 害於義矣 後雖有功 何足贖哉 愚於太宗亦云"

본색이 노출되었고, 위징(魏徵)과 왕규(王珪)를 얻었으나 올바르게 대하지 않았다."는 것이다. 주제를 중심으로 보면, 윤기는 당태종이 이룩한 공업이 무엇이든지 그가 살아오면서 행한 여러 가지 잘못을 가릴 수 있는 것은 아니라고 보고 있다. 그 이유는 그가 형제를 살해하고 부모를 협박하는 것을 『용비어천가』에서 묘사하고 있는 것20)과는 전혀 다른 관점으로 보고 있는 것이다. 즉 '천하와 무고한 한 사람의 생명과 바꾸지 않겠다.'는 말과는 완전히 상반되는 행동으로 보고 이런 사람에게 공적을 세웠다는 이유로 다른 잘못을 덮어두는 것은 있을 수 없는 일이며 권선징악과 감고계금(鑑古戒今)이라는 명제와도 전혀 일치하지 않는 일이라고 보았다.

더구나 당태종은 만약 고조가 즉시 행동하지 않았다면 상황에 따라서는 부모도 살해할 수 있는 인물로 평가하고 있다. 그의 정치 행위나 공적이란 것에 대하여는 겉으로는 요순인 양 행동하지만 속으로 사사로 모든 것을 처리하는 인물로서 요즘의 개념으로 본다면 이미지 정치를 하는 사람으로서 진실성이 없는 인물이라고 생각하고 있다. 윤기는 결론적으로 정자가 왕규와 위징에 대하여 의리를 어긴 일은 뒷날의 공으로 보상할 수 없다는 말을 그대로 차용하여 당태종에 대한 평가는 완전히 무의미한 것으로 결론 내린 것이다.

서술 방법에 대하여 살펴보면 특별하게 난해한 표현을 사용한 것이 없으며 용사도 거의 쓰지 않고 있다. 마치 백거이가 그랬던 것처럼 정말

---

20) 『龍飛御天歌』에 등장하는 당태종(31장)과 조선의 태종 임금(103장)의 형상은 모두 형제에게 공격을 당하면서도 너그럽게 용서하는 모습들로 그려져 있다. 이외에 당태종(53장)이나 태종 임금(93장) 모두 출중한 능력을 발휘하여 국가의 간성임을 강조하고 있다고 하겠다. 종국에는 두 사람이 일월의 도움으로 똑 같이(90, 101장) 제위에 오르는 운명을 타고 난 것으로 묘사하고 있다.

'노파가 이해 할 수 있는 수준'의 쉬운 표현을 쓰고 있으며 사용하고 있는 글자 역시 벽자는 거의 사용하지 않고 있다. 또 은유적인 표현이나 완곡한 표현을 지양하고 모든 점에 대하여 자신의 주장을 직설적인 표현으로 조금의 유보 없이 명확하게 표현하고 있다.

이 글은 윤기가 사망하기 1년 전인 그의 나이 85세에 쓴 것으로 평생을 살고서 내린 결론적인 논의이다. 우리가 주지하듯이 당태종은 조선의 태종과 행적이 매우 유사하고 동일시되는 인물인데 윤기가 노구에도 불구하고 이렇게 직설적으로 당태종을 비판하는 것은 조선 왕조의 도덕성과 태종 임금의 모든 행적에 대하여 심각한 문제를 제기한 것이며 어쩌면 금기를 저촉하는 일이라고도 할 수 있다. 특히 조선의 태종도 원죄가 있었지만 정치적으로는 성공 하였다고 할 수 있으며 조선 500년의 기틀과 세종이 최고의 통치자가 될 수 있는 기반을 닦아준 공적에 대하여 모두가 인정하는 바이다. 그러나 윤기의 논리를 연장하여 태종 임금에게 적용한다면 그가 이룩한 업적은 아무런 가치도 없는 일이 된다. 이는 오늘 날의 정치에 있어서 어떤 인물을 평가 할 때 도덕성을 중요시 할지, 능력이나 업적에 가치를 둘지에 대한 중요한 지침이 될 수 있을 것이다.

지면상 사례를 충분히 거론 할 수 없으므로 위의 사례에 이어서 「첨설(諂說)」이라는 글을 마지막으로 살펴서 그의 평이명백한 직필의 실제를 검토해 본다.

아첨이란 남을 기쁘게 하는 데 힘쓰지만 그것으로 자기에게 이롭게 되길 바라는 것이다. 그러므로 신하가 임금에게 아첨하는 것은 임금에게 신임을 얻으려는 것이요, 천한 사람이 귀한 사람에게 아첨하는 것은 귀한 신분으로부터 힘을 빌릴 수 있기를 바라는 것이요, 가난한 사람이 부유한 사람에게 아첨하는 것은 풍부한 재산을 통해 물질적 도움을 받기 원하는 것이다.

이는 모두 신분이 낮고 천한 위치에 있어서 높은 위치에 있는 사람에게 붙는 것이며, 궁핍한 처지에 있어서 풍족한 처지에 있는 사람에게 이익을 바라는 것이다. 진실로 정직하고 성품이 곧아 이익에 대한 욕심을 초월한 사람이 아니라면 또한 보통의 정서로는 벗어나기 어려운 바이니 이익을 매개로 하여야 환란에서 벗어날 수 있기 때문이다. 다만 괴이한 것은, 남의 아첨을 받는 자가 기뻐하여 진실로 자기를 아낀다고 생각하고 남의 직언을 듣는 자가 싫어하여 틀림없이 자기를 멀리 한다고 여기는 점이다. (중략)

그렇다면 아첨을 기뻐하는 자 또한 자기에게 아첨하는 것이 진실한 정세나 참다운 지경이 아니라는 것을 일찍이 알지 못하는 것은 아니니 그렇다면 영아의 무지와 비교하더라도 또한 같지 않다. 그러나 이는 오히려 예로부터 있어 온 공통의 근심이니, 아첨에 기뻐하는 자가 한때 귀에 들어온 말을 달게 여기는 것은 아첨을 잘하는 자가 한 때 사람들을 기쁘게 하는 것에 빠지는 것과 같다. (하략)[21]

이 작품은 그의 나이 71세경의 작품으로 당시에 아첨이 횡행하는 시대적인 풍조에 대하여 총체적인 상황의 기술과 그 내면의 요인이 무엇인지에 이르기 까지 심도 있는 논설을 가한 것이다.

생략 부분을 포함한 전체적인 내용을 살펴보면 크게 세 부분으로 나누어 볼 수 있다. 첫째, 아첨이 발생하는 요인과 그 속성을 분석한 것. 둘째, 아첨을 받는 사람의 심리상태와 아첨하는 사람을 대하는 태도 등에 대한 분석. 셋째, 아첨이 횡행하는 당시의 풍조, 특히 아랫사람뿐만 아니라 윗사람이 아랫사람에게 아첨하는 현상의 고발로 이루어져 있다.

---

21) 尹愭,『無名子集』文稿册十,「諂說」, "諂者求悅於人而欲以利於己也 故臣之諂於君者 欲其得於君也 賤之諂於貴者 欲其賴於貴也 貧之諂於富者 欲其資於富也 是皆以下而附於上 以瘠而求於肥也 苟非正直剛方 超外利欲之人 亦常情之所不免 爲其媒於利而免於患也 獨怪夫悅人之諂而以爲眞愛己也 惡人之直而以爲必疎我也 (中略) 然則悅諂者又未嘗不知其諂於己者非實情眞境 則比之嬰兒之無知 又不如矣 然此猶自古通患 悅諂者之甘於一時之入耳 猶善諂者之耽於一時之悅人也"

이 작품도 앞의 「당태종」과 유사한 특징을 가지고 있는데 먼저 표현에 있어 매우 평이하고, 그 주제에 있어 명쾌하고 차분한 직설로 자신의 주장을 표현하고 있다. 고사를 많이 사용하지 않는 경향이 있지만 여기서는 아첨하는 사례를 들기 위하여 2개의 고사를 들었다. 하나는 염조은(閻朝隱)이 측천무후(則天武后)에게 아첨하기 위하여 '희생을 대신하여 자신이 도마[俎]에 엎드린 일'과, 송(宋)의 팽손(彭孫)이 이헌(李憲)에게 아첨하여 '이헌의 발에서 향기가 난다고 하다가 머리를 밟혔다.'는 고사를 인용하고 있다. 이 두 고사를 통하여 아첨하는 사람과 아첨을 받는 사람의 심리상태의 변화와 그 후의 대처에 대하여 효과적으로 논지를 이끌어가고 있다. 즉 기문벽자의 사용을 자제하고 있으나 절대로 사용하지 않겠다는 그런 상황은 아니고 꼭 필요한 경우에는 상황에 적합한 용사를 통하여 용이하게 문장을 서술해 가고 있다.

주제와 관련하여 살펴보면 윤기는 아첨이라는 것이 사람이 세상을 살아가는 형세 상 보통 사람이 벗어나기 힘든 일이란 점을 밝혔다. 아첨이 횡행하는 원인은 아첨하는 사람보다는 아첨을 받는 사람이 아첨을 진실이라고 믿기 때문으로 보아 아첨을 받는 사람에게서 찾고 있다. 윤기가 이 글에서 강조하고자 한 것은 당시에 윗사람이 아랫사람에게 아첨함으로써 그들을 부리는 기술로 삼는 다는 사실이다. 그 내면의 심리상태는 서로가 좋은 것이 좋은 것이지 굳이 명분을 따질 것은 없다고 생각하는 데서 이런 현상이 일어났다고 날카롭게 지적하였다. 그러면서 아첨하지 못하는 자신에 대하여 해학적인 자조를 하면서도 '고결한 인간으로 살겠노라'는 다짐으로 끝맺고 있다. 아첨의 본질에 대하여 예리하고 차원 높은 분석을 직설적으로 진행하고 있다.

Ⅳ. 핍진(逼眞)한 모사(模寫)

1. 운문의 모사 중시의 미의식

윤기의 지기였던 강세정(姜世靖)의 아들인 강준흠(姜浚欽)이 「윤참의기만(尹參議耆晩)」[22]에서 윤기의 생애를 평가한 가운데 문장과 관련한 것으로 '옳고 그름이 일찍이 상대에 따라 변하지 않았고, 문장은 다만 한 대(代) 한 대 전해질 뿐이 아니네.[涇渭不曾隨物化, 文章非獨有薪傳]'라고 하였다. 윤기의 문장을 평가하면서 사물의 평가에 있어 상대에 따라서 그것을 바꾸지 않는다고 하고, 문장에 대하여는 『장자』「양생주(養生主)」의 사제가 전수하거나 학문을 일대(一代) 일대 이어간다는 의미의 '신진화전(薪盡火傳)'을 인용하여 문장이 계속 이어지는 정도의 수준이 아니라고 하였다. 사물에 대한 판단과 문장을 동시에 거론한 이유는 무엇인가? 강준흠은 아마도 윤기의 문장이 사물의 판단과 그것을 어떻게 묘사하고 평가하는 가에 중요한 비중을 두고 있는 것으로 보고 있는 듯하다. 그렇다면 윤기 한시의 특징적 면모와 사물의 판단에 관한 것이 어떤 연관이 있는지 탐색해 본다.

먼저 윤기 시의 성향을 사공도(司空圖)의 '시품24칙(詩品二十四則)'에서 가장 근사한 것을 찾아보면 아마도 '자연(自然)'과 '실경(實境)'이 아닌가 한다. 주지하는 바이지만 참고로 인용해 본다.

> 고개 숙여 주우면 바로 그것이라, 이웃에서 취하지 않는다.
> 다 함께 길 잡아가는 것으로, 손을 대면 봄 이룩하니.
> 꽃 핀 것 만난 것 같고, 해 새로워진 것 바라봄 같다.
> 진정으로 준 건 빼앗지 않고, 억지로 얻은 건 쉬 빈약해진다.

---

22) 姜浚欽, 『三溟集』, 「尹參議耆晩」, 300쪽, 探究堂, 1991.

그윽이 숨은 사람 인적 없는 산에서, 비 지나가고 마름 따네.
잠깐 동안 정답게 만나니, 유유한 천연의 움직임이라. 〈자연〉23)

말을 취함이 심히 곧고, 생각을 따짐이 깊지가 않다.
그윽이 사는 사람 문득 만나니, 도심(道心)을 보는 것 같다.
맑은 골짝 물의 모롱이, 푸른 소나무의 그늘에.
한 객은 나무를 지고 있고, 한 객은 거문고를 들고 있다.
정성(情性)이 가는 곳이지, 기묘함을 억지로 찾진 않는다.
하늘에서 오는 것 만난 것이나, 맑게 울려 나는 드문 소리다. 〈실경〉24)

차주환 교수는 '자연'에 대하여 '시의 풍격으로서의 자연은 결국 꾸밈
내지 조작이 없이, 보고 느끼고 생각하는 대로 써 낸 데서 우러나는 미감
으로 그 한계를 따지기 어렵다.'라 하고 '실경'에 대해서는 '과대나 환상
이 개입되지 않고 직면한 정경을 곧이곧대로 그려 내는 데서 우러나는
미감'25)이라고 설명하였다.

윤기의 시작(詩作) 경향에서 보이는 평이한 시어와 용사의 자제라는
측면에서는 사공도의 자연의 성격과 상통히는 점이 많은 것으로 생각된
다. '말을 취함이 심히 곧고, 생각을 따짐이 깊지가 않다.'라는 점에서
보면 시에 있어서 화려한 수사법을 사용하기 보다는 산문과 같은 담담한
묘사를 위주로 하여 말하고자 하는 바를 직유적으로 표현하는 점에 있어
실경과 유사한 특징을 가진다고 볼 수 있다. 그 가운데도 그의 시에서

---

23) 彭定求, 『全唐詩』 卷六 百三十四, 「司空圖 詩品二十四則」, "俯拾卽是 不取諸隣 俱道
適往 着手成春 如逢花開 如瞻歲新 眞與不奪 强得易貧 幽人空山 過雨采蘋 薄言情悟 悠
悠天鈞"

24) 같은 책, 같은 곳, "取語甚直 計思匪深 忽逢幽人 如見道心 晴磵之曲 碧松之陰 一客荷
樵 一客聽琴 情性所至 妙不自尋 遇之自天 冷然希音"

25) 車柱環, 『訂補版 中國詩論』, 서울대학교 출판부, 2003.

실제로 기묘한 것을 찾지 않을 뿐 만 아니라 자신의 시론에서도 교묘함을 찾고자 하는 병폐에 대하여 반복적으로 매우 심한 거부감을 보여주고 있어 '기묘한 것을 억지로 찾지 않는다.[妙不自尋]'와 관련이 깊다.

다음에서는 윤기의 시에 대한 견해를 엿볼 수 있는 「여인논시우음(與人論詩 偶吟)」26)을 먼저 살펴본다.

시가 되지 않음은 어찌할 수 없지만,	詩亡末可奈
'사달(辭達)'은 그 누가 진실로 할 수 있겠는가.	辭達誰能眞.
아직 열심히 독서하고 배우지 않고서,	未得讀書力
도리어 무리에서 뛰어나기를 바라네.	還期絶等人.
간혹 탁월한 듯한 사람 있다고 듣지만,	驟聞如有卓
자세히 살펴보면 도리어 형편이 없다네.	細繹却無倫.
이러한 뜻 전현(前賢)에게서 알 수 있나니,	此意前賢解
문종자순(文從字順)하고 진부한 말 사용하지 말라 하네.	文從乃去陳.

짧은 편폭의 시이지만 제목에서 볼 수 있듯이 시에 대한 자신의 논점을 남에게 표현한 것이므로 윤기의 시에 대한 관점의 일면을 볼 수 있을 것이다. 그는 시의 가치에 있어 가장 핵심적 요소로 '의사를 타인에게 전달함[辭達]'을 꼽고 있다. 시의 수준의 고하를 따지기 전에 의미 전달이라도 바로 할 수 있느냐고 묻고, 이를 위해서는 '독서와 학문에 힘써야[讀書力學]'함에도 그런 노력을 기울이지는 않고서 남보다 뛰어나기만을 바란다고 지적하고 있다. 때때로 노력을 쏟지 않고도 시에 출중한 사람이 있다는 소문이 있어 그 실상을 확인해 보면 실상은 형편이 없다는 것이다. 이런 현상을 해결할 수 있는 방안은 일찍이 한유(韓愈)가 제시한 '문자가 순조로워 각자 그 직분을 알았다.[文從字順 各識職]'와 '오직 진부한

---

26) 尹愭, 『無名子集』, 詩稿 冊三.

표현을 없애는 데 힘쓸 것.[惟陳言之務去]'27)을 변용하여 '글은 읽기 쉽게
쓰고 진부한 말을 없애라[文從乃去陳]'는 대안을 제시하고 있는 것이다.
그러면 여하한 방법으로 '사달(辭達)'을 달성할 수 있을 것인가. 사실 '사
달'이라는 명제는 이미 공자가 '말은 의미를 통하게 할 뿐이다.[子曰辭達
而已矣]'에서 세시한 섯으로 일반적으로 유학자들이 시문을 짓는데 있어
가장 강조하는 점이라고 하겠다.

　이어서 윤기가 작시(作詩)와 논시(論詩)에서 무엇에 큰 비중을 두었는
지 언급한 것을 살펴보자. 이 시의 제목에서 두보의 시구에 대한 유극(劉
克)의 지적을 통하여 고인들이 시를 어떻게 보았는지의 사례로서 보여주
고 있다.

　　『서청시화(西淸詩話)』에 이르기를 유극이 두보의 '원일(元日)에서 인일
　(人日)에 이르기 까지, 흐리지 않은 날이 없네.'라는 구에 대하여 말하기를
　"사람들이 하나는 알고 둘은 알지 못한다. 소릉[杜甫]의 뜻은 '천보(天寶)의
　시대가 어지러워 사방이 혼란하고 갈라져 사람과 동물이 해마다 재앙을 당
　한다.'는 것이니 어찌 『춘추』의 왕정월(王正月)의 뜻이겠는가? 대개 동방삭
　(東方朔)의 점치는 책에 새해가 바뀌고 8일에 대하여 1일은 계일(鷄日), 2일
　은 견일(犬日), 3일은 시일(豕日), 4일은 양일(羊日), 5일은 우일(牛日), 6일
　은 마일(馬日), 7일은 인일(人日), 8일은 곡일(穀日)이라 하고 그 날이 맑으
　면 주인이 되는 사물도 잘 자라고 흐리면 해당 동물에 재앙이 생긴다는 말
　이다."라고 하였다. 내가 그것을 읽고 고인의 작시와 논시의 방법에 대하여
　느낀 것이 있었는데, 다만 성조와 격률의 사이에만 있는 것이 아니라는 것
　이다. 애오라지 일절을 짓는다.

　　『시경』 이후 『춘추』에서 성인의 마음 볼 수 있으니,　詩後春秋見聖心

27) 韓愈, 『朱文公校昌黎先生文集』, 「答李翊書」, "惟陳言之務去"
　　같은 책, 「南陽樊紹述墓誌銘」, "文從字順 各識職"고 하였다.

소릉[杜甫]이 인일에 항상 흐리다고 탄식하였네.　　少陵人日歎恒陰
속인들이 어지러이 격률을 논하지만,　　　　　　俗子紛紛論格律
모름지기 유극이 비로소 지음이 되었네.　　　　直須劉克始知音28)

이 시화는 두보의 시 구절의 해석에 있어서 정확한 의미 파악을 하지 못하고 있다는 것을 유극이 밝힌 것이다. 원일에서 인일까지의 의미는 단순히 정월 초의 며칠을 가리키는 것이 아니라는 사실은 동방삭의 점치는 책의 내용을 인지하고 있어야 그 의미를 정확히 파악 할 수 있겠다. 윤기는 이 시화에서 고인 들이 시작과 시평에서 무엇을 강조하는 가를 지적하고 있는데, 그것은 다름 아니라 시의 성조와 격률 같은 수사법을 중요시 하는 것이 아니고 소위 '의사를 타인에게 전달함[辭達]'에 주목하고 있다는 것이다. 세상사람 들의 엉뚱한 논의는 결국 아무 소용없는 일이 되고 두보가 말하고자 한 것을 파악하고 알아준 이는 유극이 처음이라고 보았다. 시인이 시를 지을 때나 독자가 감상할 때나 그 말하고자 하는 사실의 전달에 가장 큰 비중을 두고 있음을 예증하고 있는 것이다.

이와 같이 사달을 중시한 윤기 시의 특징으로 핍진한 모사가 자연스럽게 부각된다.

보내 주신 편지에 또, 사람들이 저의 시는 모사를 잘하고 색향(色響)이 부족하다고 여긴다고 하셨습니다. 대저 색향은 높은 것이려니와 진실로 저 같은 자에게 빗대어 의논할 수 없는 것입니다. 모사에 이르러서는 진실로 어렴풋이 비슷하다면 또한 시의 한 도이니 또 어찌 시에 능하지 못한 자와

---

28) 尹愭, 『無名子集』 詩稿册三, 「西淸詩話云劉克論子美元日到人日未有不陰時之句曰 人知其一 未知其二 少陵意謂天寶亂離 四方雲擾幅裂 人物歲歲俱災 豈春秋書王正月意邪 盖東方朔占書 歲後八日 一日雞二日犬三日豕四日羊五日牛六日馬七日人八日穀 其日晴 主所生之物育 陰則災也 余讀之有感於古人作詩與論詩之法 不徒在於聲調格律之間 聊成 一絶」, "詩後春秋見聖心 少陵人日歎恒陰 俗子紛紛論格律 直須劉克始知音"

함께 논할 수 있겠습니까?

아! 이 말을 하는 사람은 과연 색향과 모사가 어떤 것인지 참으로 알기는 하는 겁니까? 대개 시는 삼백 편의 『시경』보다 높은 것이 없을 것인데 핍진한 모사와 자연스런 색향이 있어 풍송(諷誦)을 반복하는 사이에 족히 감발시키고 징계하니 이것이 시의 정도(正道)와 종맥(宗脈)이라고 일컫는 것입니다. 요컨대 모두 성정에서 나오고 시세(時世)에 기인한 것이므로 정변(正變)의 구별이 없을 수 없을 것입니다. 공자께서, "시를 통해 살펴볼 수 있다."라고 하셨으니, 어찌 믿지 않겠습니까? 내려와 한위(漢魏)에 이르러 비록 삼대(三代)를 감히 바라 볼 수는 없으나 고색창연함이 있고, 곱고 아름다움이 있어 때때로 비흥(比興)의 심원함이 많아 바라보아도 볼 수가 없고, 들어도 다할 수가 없는 것이니 이는 삼백 편의 뒤에 조금은 옛날의 시도(詩道)가 있는 것입니다. 당나라에 이르러 색향이 극히 성하여 도리어 너무 드러난 혐의가 있었으나 산동(山東)의 두보가 천추에 출중하였습니다. 이백은 타고난 재주가 표일(飄逸)하고 두보는 원기(元氣)가 우뚝하여 사람들이 시선과 시성으로 부르는 것이 실은 지나친 것이 아니었고, 중후기 이후로는 오히려 모사를 높여 격조는 도리어 떨어졌습니다. 송은 비록 이(理)가 뛰어났으나 색향은 당에 비할 수 없었고 명(明)은 비록 큰 말을 부끄러워하지 않고 심정을 모두 토로하였으니, 끝내 몸종을 싱내하게 치상하였으나 마님의 모습과 다른 탄식이 있었습니다.[29]

여기서는 윤기의 운문에 대하여 모사에 장점이 있고 색향에 단점이

---

29) 尹愭, 『無名子集』文稿 册五, 「答人論文書」, "來教又言人以爲僕之詩長於模寫而短於色響 夫色響尙矣 固不可擬議於如僕者 而至於模寫 苟能依俙髣髴 則亦詩之一道 又何可與論於不能詩者哉 噫 爲此言者 其果眞知色響與模寫之爲甚麼物事乎 夫詩莫尙於三百篇 而有逼眞之模寫 自然之色響 諷誦反復之間 足以感發懲創 則此之謂詩之正道宗脉 而要皆出於性情 因於時世 故又不能無正變之別 夫子曰詩可以觀 豈不信哉 降至漢魏 雖不敢望三代 而有蒼古之艶雅 往往多比興深遠 望之而不可見 聽之而不可窮者 此則三百後稍有古道者也 至于李唐 色響極盛 反有太露之嫌 而山東杜曲 高步千秋 李則天才飄逸 杜則元氣磅礴 人之以仙聖稱之者 儘不溢矣 中晚以後 尤尙模寫而格調反下 宋則雖理勝 而色響則不可比唐 明則雖大言不怍 嘔出心肝 而終有盛飾婢子異乎夫人之歎"

있다고 평가한데 대한 그의 반론이다. 그는 색향은 차원이 높은 것이므로 감히 자신에게는 바랄 수도 없고 모사라도 잘하는 것 역시 매우 어려운 일이라고 하여 약간은 격앙된 논조로 답신을 하고 있다. 먼저 여기서 말하는 모사와 색향은 어떤 의미로 사용하고 있는 지를 살펴보자.

모사의 의미는 사물을 그려내듯이 그대로 묘사하여 실제와 유사하게 표현하는 것을 말하며 언급하였듯이 사공도의 '시품'에서 '실경(實境)'과 근사한 것으로 차주환 선생의 설명을 참고하여 표현하자면 '자신의 주장이나 왜곡이 없이 마주친 정경(情景)을 그대로 그려 내는 데서 생겨나는 미감'이라고 할 수 있겠다.

색향의 의미를 고찰해 보면 이 말은 실제로 그다지 많이 사용되던 것은 아닌 듯하다. 대개 색향성취(色響聲臭)로 사용되는 경우가 간혹 있는데 색향(色響)은 여색과 음악을 말하는 것으로 사람의 인품을 알아보는 방법으로, 그 용모와 음성을 살피는 것을 의미한다.[30] 윤기와 동 시대 인물인 이덕무(李德懋)가 표현은 다소 다르지만 색향이란 용어를 사용하고 있는데[31] 용례를 살펴보면, '그 시는 기력도 있고 또 색향이 좋아서 보는 사람의 마음을 흐뭇하게 하는 것이 있다.', '송익필(宋翼弼)은 염락(濂洛)의 풍미를 띤데다 색향에 신화(神化)를 이룬 분이다.', '노소(老蘇)[蘇洵]의 문장은 기력이 있고 또 재사(才思)가 있으며, 소소(小蘇)[蘇轍]는 색향이 부족하고 장소(長蘇)[蘇軾]는 일가를 집대성하였다.' 등의 사례가 있다. 윤기는 당에서 색향이 극성하였다고 하고 오히려 너무 드러난 혐의가 있으며 색향의 최고 인물로 두보를 거론하고 있다. 이렇게 본다면 색향은 '시에 있어 대상의 성색(聲色)을 느낄 만큼 겉모습만이 아니라

---

30) 『詩經』, 「大雅, 文王」, '上天之載 無聲無臭'라고 하고, 「箋」에, '天之道難知也 耳不聞 聲音 鼻不聞香臭'라고 설명하였다.
31) 李德懋, 『靑莊館全書』 卷五, 「嬰處雜稿一, 瑣雅」.

생동감 넘치는 표현으로 그 내면의 정감을 충분히 느끼게 하는 미감'을
의미하는 것으로 추정된다. 윤기와 이덕무의 논의의 핵심은 시의 격조는
색향의 수준과 긴밀히 관련되어 있어 작품의 성패를 결정짓는 가장 중요
한 요소로 보고 있다.

그렇다면 윤기는 모사와 색향의 관계에 대하여 어떤 관점을 가지고
있었는가?『시경』에 대하여 '핍진한 모사와 자연스런 색향이 있다.'라는
것이 그의 생각을 가장 잘 반영한 말이 아닌가 한다. 그는 모사와 색향이
별개의 것이 아니라 대상의 외형과 내면을 있는 그대로 핍진하게 모사해
내면 그 결과로 색향이 자연스럽게 나타나는 것이라고 보는 것이다. 문
제를 제기한 사람이 마치 모사와 색향이 별개의 물건으로서 '색향은 부
족하지만 모사는 잘한다.'고 하는 것은 윤기의 이러한 생각과는 상반되
는 주장으로써 그 자체를 납득할 수 없다는 점을 우회적으로 표현한 것
이다. 더 나아가 핍진한 모사를 통하여 색향을 성취하는 것은 무엇을
위한 것인가? 문학의 목적에 대하여 그는 명확한 관점을 견지하고 있는
데, '감발시키고 징계하는 것[感發懲創]'이라고 결론 내리고 이것이 바로
시의 정도와 종맥(宗脈)이라고 하였다. 그러므로 그가 자신을 모사에 능
하다고 한 것에 대하여 그것만이라도 고맙다고 한 것은 단순히 겸사이거
나 상대에게 약간의 조롱을 포함 한 것도 있겠으나, 이 보다는 모사를
제대로 하면 자연스럽게 색향이 생겨나므로 자신은 모사라도 제대로 하
고자 하겠다는 의지를 표현한 것으로 볼 수 있겠다.

2. 핍진(逼眞)한 모사의 형상

윤기는 시에 대하여 "대개 시는 회포를 풀고[陶寫] 영탄(詠歎)하되 비흥
(比興)의 수법으로 풍계(諷戒)하여 말이 끝나도 뜻은 여운이 남음을 추구

한다.[蓋詩欲陶寫詠歎 比興諷戒 言有盡而意無窮]"32)라고 정의 하였다. 도사
(陶寫)의 사전적 의미는, '회포를 풀다. 마음을 풀다. 심회를 읊다. 정회
를 쏟다.'등 이고, 영탄(詠嘆)의 의미는, '목소리를 길게 뽑아 깊은 정회
(情懷)를 읊음.'의 의미로 쓰인다. 이를 근거로 풀이하자면 "심회를 나타
내어 길게 뽑아 읊음[陶寫詠歎]"으로 표현할 수 있을 듯하다. 이를 위하여
비흥(比興)의 수법을 사용한다고 했는데『시품』33)에서는 이에 대하여
'문(文)이 이미 끝났는데도 의(意)에 여운이 남는 것이 흥(興)이고, 물(物)
에 인하여 지(志)를 비유하는 것이 비(比)이다.[文已盡而意有餘興也 因物喻
志比也]'라고 설명하였다. 즉 "상대에 따라서 뜻을 비유하여, 시문의 표현
이 다 끝나도 그 뜻은 여운이 남아 있도록" 하는 수사 기법을 쓴다고
하였다. 비흥의 단점으로는 '뜻이 너무 깊어지는 폐단이 있으며, 뜻이
깊어지면 사(詞)가 차질이 생기게 된다.[患在意深 意深則詞顇]'라고 하였
다. 비흥에 치우치게 되는 문제로는 너무 의미에 치중하여 문사가 그
의미를 모두 수용하지 못하여 표현에 차질이 생긴다는 말이라고 하겠다.
이는 결국 모사를 중시하는 경향의 문제점과 같은 내용이라고 해야겠다.
　윤기의 말과 시품의 설명을 종합하여 본다면 '다소 의미에 치우쳐 문사
(文詞)에 차질이 생기더라도 상대에 따라 뜻을 붙여서 심회를 나타내어
읊음'을 의미하는 말이다. 여기서는 실제로 그의 시를 살펴 여하히 핍진하
게 모사하고 도사 영탄하는 시를 읊고 있는지 살펴보고자 한다.

촌사람 서울로 가져가 팔려는 명주,　　　　鄕人持絹向京賣
고생고생 베틀에 올라 짜낸 것.　　　　　　出自辛苦機中織
세도가의 겸종(傔從)을 길에서 만났는데,　勢家傔從遇諸塗

---

32) 尹愭,『無名子集』文稿册十二,「井上閒話 五十一」.
33) 鍾嶸,『詩品』,「序, 第三段」.

어찌 눈앞에서 빼앗아 가려 한단 말인가.　　　　　忍能對面爲盜賊

공연히 자기 물건이라고 우겨대니,　　　　　　　公然認作自己物

촌사람의 명주 증표 있지만 누가 알아주겠는가.　縱有標證誰能識

촌사람 화가 날수록 말은 더욱 어눌해지고,　　　鄕人怒甚語愈訥

겸인은 급히 수를 쓰면서 더욱 힘껏 잡아당기네.　傔人計急持益力

길에는 구경꾼들 담처럼 둘러싸고 있는데,　　　路傍觀者如堵墻

혹은 흑백을 가리려 하고 혹은 묵묵히 있네.　　或欲別白或但黙

창졸간에 주객을 분별할 방법이 없어,　　　　倉卒無由辨主客

함께 관청으로 가서 시비를 가리기로 하네.　　相與詣官判曲直

관청에서는 어느 집 겸인인지 물어 알았으니,　官府問知其家傔

어찌 촌사람을 측은히 여겨 주겠는가.　　　　肯爲鄕人垂隱惻

관청의 서리를 불러 판결문을 쓰도록 하는데,　呼來府吏寫判辭

"이 일은 흑백을 가리기가 어렵지 않다.　　　"此事不難分白黑

저 사람은 겸종인데 어찌 대낮에 도적질을 하겠는가,　彼傔豈敢白晝剽

촌사람의 하는 짓은 헤아릴 수 없다."　　　　鄕人所爲未可測"

드디어 명주를 겸인에게 주고 마니,　　　　遂將絹匹與傔人

재판에선 간사힘을 속일 수 없다고 스스로 자랑하네.　自誇聽訟奸無匿

촌사람의 머리채를 쥐어박으며 꾸짖고 훈계하기를,　捽却鄕人責且諭

"네가 죄를 면한 것은 이것이 나의 덕택이다."　"爾得免罪斯我德"

촌사람 움츠러들어 눈물을 땅에 떨어뜨리고,　鄕人蹙蹙淚墮地

겸인은 의기양양 기쁜 기색이 넘쳐 나네.　　傔人得得溢喜色

관청에서는 이와 같이 해야 승진해서,　　　官能如此方陞遷

큰 지역의 목사며 부사를 모두 얻을 수 있다네.　雄州鉅牧無不得

가련한 백성들 도대체 무슨 죄를 졌단 말인가?　有庫之民抑何罪

아, 이런 일에 대해 길게 탄식하지 않을 수 있겠는가.　嗚呼得不爲之長太息

　이 시는 윤기가 70세 되는 해에 지은 것인데「잡요(雜謠)」라는 제하에
주제를 달리하는 4편의 시를 연작으로 지은 것이다. 편폭이 첫 편은 좀

684 한국한문학의 미학적 접근

짧은 편이지만 나머지 2편은 인용한 시보다 그 길이가 더 장편이다. 그 주제에 있어서도 첫 편은 자신들의 길흉에 영향을 준다는 이유로 까치집을 부수는 사람들의 행태를 적고 있다. 둘째 편은 높은 수레를 타고 거들먹거리는 사람의 모습을 차분히 모사하며 끝에는 풍자의 의미를 붙이고 있다. 셋째 편이 인용한 것이고, 넷째 편은 한양의 가난한 집에서 계모에게 혹독한 고생을 당하는 아이의 모습을 자신의 평가 없이 곡진하게 묘사하여 읽는 이로 하여금 현실의 냉엄함과 그 아이의 애처로운 처지가 절로 눈에 남아 가슴이 먹먹하게 만드는 시이다.

이 시의 서술 기법을 중심으로 살펴보면 첫째, 사건의 전모를 파악할 수 있도록 일의 진행 상황을 정확히 보여주고 있다. 처음 길에서 순진한 시골 사람이 명주를 가지고 팔러 가는 길에 갑자기 도시의 겸종이 자신의 물건을 빼앗으려는 행동에서 이 일이 발단된 것으로 거의 날 강도를 당하는데 주위 사람들의 행태를 보면 도와 줄려는 사람과 그냥 방관하는 사람으로 나뉘어 있고 당연히 그 명주에는 시골사람이 표시 해둔 증표가 있지만 아무도 알아주지 않는다. 이런 혼란 속에서 결국 소유주를 밝히는 판결은 졸지에 관청으로 넘어가게 되었는데 관장(官長)의 판결은 매우 명료하다. 그 소유주를 판결하는 가장 중요한 근거는 그 물건의 원 주인이 누구였냐는 것을 밝히고자 하기 보다는 그 사람이 관장에게 끼치는 영향력을 기준으로 하여 자신에게 해를 줄 수 있는 사람인지 아닌 지로 판결을 내리는 것이다. 자신 때문에 죄를 면하게 되었다고 이죽거리며 기뻐하는 겸종과 주눅이 들어 눈물을 떨어뜨리는 시골 사람의 애처롭고 안타까운 모습을 비교하여 보여준다. 끝에서 3째 연까지의 상황은 이렇게 전개되고 있다. 마지막 2연에서는 자신의 감회를 붙이고 있는데 앞에서 말한 '심회를 붙여 나타내어 읊음'에 해당하는데, 그 어조는 평이하지만 몇 마디 말로써 그 시대 관리들의 위정의 문제점을 예사롭지 않게 지적하고 있으며 백성들의 안타까운 처지에 대하여 깊이 탄식하고 있는 모습이다.

　시의 전체적인 느낌은 완연히 서사적인 성격을 띠고 있으며 그 주제와 표현 그리고 묘사법에 있어 마치 두보의 '삼리(三吏)'와 유사점이 있는 것 같이 보인다. 윤기가 이 사건을 직접 목도한 것인지 이문(耳聞)한 것인지 언급이 없어 명확하지 않지만 그는 눈에 보이는 사실만을 보여주고 '다음은 어떻게 되었는지 모르겠다.'라는 방식이 아니라 길거리에서의 모습과 관청에 들어가서의 재판의 과정과 결과 그리고 등장인물의 대화와 비분하고 허탈한 심리상태까지 모두 보여준다. 현대적인 관점으로 보면 길거리에서 일어난 사건을 마치 동영상으로 찍듯이 선명하게 보여주는데 그냥 길가는 사람의 시선이 아니라 연출자가 직접 따라다니면서 모든 상황을 다양한 앵글로 촬영하여 보는 사람이 사건의 전말을 명확하게 이해할 수 있도록 하고 끝 부분에는 인터뷰까지 붙여 당사자의 심정을 들어본 후 마치고 있다. 여기서 시인의 역할은 마치 내레이터가 차분한 어조로 상황을 설명하는 것 같은 역할을 하고 있으며 자신의 느낌도 표현하고 있다.

　다음은 행랑채에 붙여 살면서 나무를 해다 팔아서 생계를 꾸려 가는 가난한 사람과 그의 아내를 차례로 읊은 시, 「영인우매사자(詠隣寓賣柴者)」[34]와 「우영매사자지처(又詠買柴者之妻)」[35]를 간략히 살펴본다.

> 집도 밥도 없는 데다 또 몸은 쇠약해지고,　　　無家無食又衰羸
> 옷은 너덜너덜 꿰맸지만 살갗도 가리지 못하는구나.　百結鶉衣不掩肌
> 날마다 땔나무하기 위해 삼십 리 길 오가는데　　日日採樵三十里

---

34) 尹愭, 『無名子集』, 詩稿 册六.
35) 같은 책, 같은 곳.

외상 쌀 값 갚고 와선 저녁거리 또 거른다네.　　償來米價夕還飢

행랑채 아래 붙여 살자니 슬픈 일 많은데,　　寄人廊下事多悲
남편이 땔나무 져다 팔아도 굶주림을 면치 못하네.　夫壻負薪不免飢
세 아이는 방에 있고 한 아이 뱃속에 있는데,　三稚在房一在腹
홑치마로 우물물 긷는데 눈물이 뺨에 가득.　單裙汲井淚交頤

　이 시의 제목에 '이웃의 더부살이 하는[隣寓]'이란 말이나 내용상으로
보면 이 시는 윤기 자신이 목도한 내용이라고 추정된다. 찢어지게 가난
한 부부의 도탄에 허덕이는 삶의 모습을 사실적으로 그리고 있다. 땔나
무 파는 자의 삶은 그 자신 건강은 점점 악화되는데 옷은 헤어져 아무리
기워도 살갗도 가리지 못하고 나무를 하려고 30리를 오가도 그날그날의
끼니도 때우지 못하는 처지이다. 그의 아내는 더부살이로 온갖 모멸을
받으며 굶주림에 허덕이고 설상가상으로 아이는 많은데 임신까지 한 상
황이라 서러움이 복받쳐 절로 눈물이 흐르는 상황이다.
　이러한 장면에 대하여 시인은 자신의 감회는 전혀 개입시키고 있지
않다. 저녁거리를 거른다거나 슬픈 일이 많다는 것을 인지하는 것을 보
면 두 사람의 내력이나 자세한 정황을 잘 알고 있는 듯하다. 그렇다면
이렇게 열심히 살아도 의식주 어느 것 하나도 제대로 해결할 수 없는
시대 상황에 대하여 무언가 언급이 있을 법 하지만 시인은 다만 사실대
로 모사를 하고 있을 뿐이다. 그러나 윤기가 항상 이러한 객관적인 모사
만을 추구한 것은 아니다. 예컨대 「영수전노(詠守錢虜)」[36]같은 경우에는
부자의 여러 행태를 단순히 모사만 한 것이 아니라 그의 행동이 왜 그렇
게 나타나는 것인가에 대하여 전지적 시점으로 파헤쳐서 독자가 숨은

36) 같은 책, 詩稿 冊六, 「詠守錢虜」.

사실을 모두 알 수 있도록 하고 있다. 즉 그는 모사만으로도 그 의상이 전달되는 경우에는 이렇게 하지만 그의 행동이 이중적이고 남을 속이는 행동을 하는 경우에는 그에 적합한 기법을 사용한 것으로 보인다.

V. 결론

윤기는 문학의 수사법과 그 목표를 정하는데 있어 백거이를 전범으로 삼은 것으로 보인다. 백거이는 이백은 말할 것도 없고 두보의 시에도 '시대상을 고발하는 고대의 채시(采詩)의 의미'를 가진 시는 많지 않은 것으로 보고 있다. 백거이는 소위 '신악부운동'에 나타나듯이 평소에 시무에 관심을 가지고 시대의 급무를 처리해야 하고, 독서는 치리(治理)를 공부하여 문장으로 시대상을 나타내고 시가로는 시대의 일을 형상화하는 것을 자신의 임무로 설정하고 있었다. 백거이가 명확한 표현 방법과 명쾌한 직설로 시대의 질곡을 풍자한 점에 깊이 동감한 것이나.

그러나 백거이는 평이한 문체로 세상의 시무를 풍자하던 필봉을 끝내 지켜 내지 못하고 세상과 일종의 타협을 했다. 반면 윤기는 자신의 문학적 경향을 지키며 죽는 날까지 변함없는 관점을 유지하였다.

윤기 산문의 미의식은 평이하고 명백한 표현으로 직필을 추구하였다. 그의 산문의 풍격은 『문심조룡』「체성편(體性篇)」의 정약(精約)과 현부(顯附) 2가지와 근사하다. 정약은 '간결한 작풍'이고 현부는 '선명한 작풍'이라 하겠다. 이 가운데서도 현부의 '말이 곧고 뜻을 막힘없이 표현함[辭直義暢]'이 윤기 산문의 작풍과 근사한 것으로 보인다.

그는 작문에 있어서 어떤 문체의 특징적 면모를 위하여 벽자를 짜깁기하여 기이하고 교묘한 것을 새로 만드는데 전념하여 뜻이 통하지도 않게 하고는, 유파를 형성하여 서로 칭송하고 이외의 사람은 폄하하는 부류가 있다고 하였다. 그러나 그 실상을 분석해 보면 본체는 너무 날카롭고 그 말은 급박하여 얼핏 보기에는 아름답고 노련한 것처럼 보이지만 실제로는 연약하고 공허하다고 평가하였다. 이렇게 겉만 고문이고 그 실상은 그렇지 못한 당시의 경향은 진정한 고문 운동에 악영향을 준다고 비판하였다. 이 보다는 '의미의 전달'이라도 되도록 평이한 작법이 필요하다고 강조하였다.

산문의 서술 방법에 대하여 살펴보면 특별하게 난해한 표현을 사용한 것이 없으며 불가결한 경우 외에는 용사를 쓰지 않고 글자 역시 벽자는 거의 사용하지 않고 있다. 또 은유적인 표현이나 완곡한 표현을 지양하고 모든 점에 대하여 자신의 주장을 직설적인 표현으로 조금의 유보 없이 명확하게 표현하고 있다. 이는 역사를 기술 할 때 명확한 의미의 전달을 중시하는 수사법과 관련이 있다.

운문에 있어서의 미의식은 핍진한 모사를 중시하였다. 그의 시작 경향을 사공도(司空圖)의 '시품24칙'에 대비해 보면 평이한 시어와 모사의 중시라는 측면은 '자연'과 상통하고 시에 있어서 화려한 수사법을 사용하기 보다는 산문과 같은 담담한 묘사로 말하고자 하는 바를 직유적으로 표현하는 점은 '실경'과 유사한 특징을 가진다.

윤기는 시작(詩作)과 시평에서 성조와 격률 같은 수사법 보다는 소위 '의사를 타인에게 전달하는 것[辭達]'에 주목하고 있다. 그는 『시경』에 대하여 '핍진한 모사와 자연스런 색향(色響)이 있다.'라고 하여 대상의 외형과 내면을 핍진하게 모사해 내면 그 결과로 색향이 자연스럽게 나타나는 것이라고 보는 것이다. 그는 시의 가치를 '다소 의미에 치우쳐 문사에 차질이 생기더라도 상대에 따라 뜻을 붙여서 심회를 나타내어 읊어 풍계(諷戒)를 붙이는 것'으로 보았다.

그의 시를 살펴보면 자신의 감회는 개입시키지 않고 다만 사실대로 모사를 하는 경우가 많다. 그러나 때로는 모사만으로는 그 의상이 전달되지 않는 경우에는 그에 적합한 기법을 사용하였다.

윤기는 스스로 "평생토록 한가히 음풍농월을 짓지 않았고, 작은 흥취도 은근한 풍자와 경계 아닌 것 없네."라고 하였는데 실제로 그의 시문에서는 음풍농월은 찾기 어렵고 시문을 쓰는 목적을 풍계에 두고 있다. 풍계적 성격과 더불어 그의 시문에서 특징적 요소의 하나로 해학과 풍자의 경향이 있는데 이는 주로 자신의 궁핍을 서술할 때 채택하고 있는 요소이다. 이러한 점에 대하여는 이미 논의 한 바 있었다.

윤기는 동시대 문장가들의 글과 행동이 불일치하고 표현이 솔직하지 못하며 기문벽자를 일삼는 점을 비판하였다. 그가 직접 언급하지는 않았지만 연암 계열을 염두에 둔 것으로 추정된다.

참고문헌

姜浚欽, 『三溟集』.
金宗瑞, 『高麗史節要』.
金昌協, 『農巖集』.
白居易, 『白氏長慶集』.
_____, 『白香山詩集卷』.
尹愭, 『無名子集』, 成均館大學校 大東文化研究院, 1977.
____, 『無名子集』. 韓國文集叢刊 256, 民族文化推進會, 2000.
張維, 『谿谷漫筆』.
程端學, 『春秋本義』.
丁若鏞, 『經世遺表』.

丁若鏞, 『與猶堂全書』.
鄭麟趾, 『龍飛御天歌』.
鍾嶸, 『詩品』.
彭定求, 『全唐詩』.

김문식, 「尹愭가 노래한 성균관 풍경」, 『문헌과 해석』, 문헌과 해석사, 2005.
김병건, 「無名子 尹愭 한시의 時代概括과 諷戒的 성격」, 『한문학보』 제12집, 우리한문학회, 2005.
_____, 「尹愭의 「家禁」에 나타난 家庭敎育의 面貌와 現代的 意味 -顔之推의 『顔氏家訓』, 丁若鏞의 「家誡」와 함께-」, 『東方漢文學』 第48輯, 東方漢文學會, 2011.
_____, 『無名子 尹愭의 思想과 文學』, 학위논문(박사), 성균관대학교, 2004.
李敏弘, 「泮中雜詠」에 나타난 18세기의 성균관, 『문헌과 해석』, 문헌과 해석사, 2005.
_____, 『朝鮮朝 成均館의 校園과 太學生의 生活像(完譯 泮中雜詠)』, 성균관대학교 출판부, 1999.
임완혁, 「無名子 尹愭의 散文世界」, 『한문학보』 19권, 우리한문학회, 2008.
임완혁 역, 『(尹愭 산문선) 차라리 벙어리로 살리라』, 태학사, 2009.
車柱環, 『정보판 中國詩論』, 서울대학교출판부, 2003.

초정 박제가 미의식 연구

정일남

Ⅰ. 서론

18세기 조선의 실학파 내지 북학파문인의 미의식은 그들의 시론과 함께 이미 석지 않게 다루어진 상황이다. 그럼에도 불구하고 이들의 미의식에 연연하는 이유는 시대를 앞선 근현대적 성격 때문이 아닌가 한다. 그 중 특히 초정 박제가 미의식의 초출함은 근대는 물론, 현대의 문예사조에까지 연결되는 것이므로 체계적인 검토와 더불어 좀 더 진전된 논의가 필요하다고 생각한다. 따라서 본고는 기존연구를 바탕으로 초정의 미의식을 정리하는 동시에 중국의 문인 내지 근현대 미의식과의 대조를 통해 그의 미의식의 부분적 내함을 새롭게 해석해 보고자 한다.

북학사상 내지 열린 사유와 관련 있는 초정의 미의식은 특히 개혁성향을 띤 그의 시론과도 관계가 밀접하다. 따라서 초정의 미의식을 다룬 논문은 거의 동시에 그의 문학관을 언급하였다. 본고도 예외가 아님을 밝히면서 우선 기존연구를 살펴보기로 한다.

「실학파 문학관 일고찰」[1]은 초정의 심미관을 물질적 풍요와 아름다움은 상보적인 관계이고, 동시에 추구되어야 할 목표라 지적하고 이를 초정 미학의 가장 큰 특점으로 보았다. 다음 초정이 생각하는 최선의 시는 독자들에게 미적 쾌감을 환기시켜 주는 작품이고, 이런 시의 표현특점은 생취(生趣)라고 판단했다. 그리고 시의 다양성을 인정하고 시인의 개성을 존중해야 한다는 점을 밝히었다. 특히 기(奇)의 문학을 선호했고, 시인은 시대의 변화를 의식하고, 변화에 맞게 시를 써야 하며, 시인과 자연의 관계를 반영하는 제(際)를 터득해야 좋은 시를 쓸 수 있다는 점을 들었다. 초정의 미의식을 보다 전면적으로 다룬 글이다.

「초정 박제가의 문학사상」[2]은 사물에 대한 허(虛)의 심미 태도와 고도의 집중화 과정, 백미구존(百味俱存)의 선시조건, 자연, 삼라만상을 문학창작의 스승으로 삼는다는 등 제 측면으로 초정의 미의식을 거론했던바 기왕보다 새로운 해석이 돋보인다.

「초정 박제가의 미의식과 시론」[3]은 미적 체험의 대상, 미적 대상의 접근방식, 미의식의 지향점 등의 소제로 초정의 미의식을 다루었다. 미적 체험의 대상으로 고동서화(古董書畵)와 같은 실용적이지 못한 사물과 그 밖에 눈과 마음을 기쁘게 할 수 있는 모든 자연현상을 들었다. 미적 대상의 접근방식은 제, 양허(養虛), 다독(多讀), 다양한 맛의 중시, 정성자(情聲字)의 통일로 보았고, 미의식의 지향점은 "법고이지변, 창신이능전(法古而知變, 創新而能典)", 자연스러운 표현, 자가음(自家音), 활(活)과 신(新)의 시 등 요소로 개괄했다. 연구 시점이 독특하면서 일부 새로운 관점이 보인다.

---

1) 宋載卲(2000).
2) 鄭雨峰(1997).
3) 박종훈(2008).

「박제가 시미론 연구」4)는 시미(詩味)를 시미(詩美)로 간주하고 중국 시미론과의 비교 가운데서 초정의 시미론을 고찰하였다. 즉 초정의 시미론은 중국의 시미론을 계승하면서도 독특한 일면이 있음을 지적했고, 아울러 중국 시미론이 청에 이르러 쇠퇴의 길을 걷고 있을 때 초정의 시미론이 빛을 발한 것으로 평가했다.

이상의 연구는 초정의 미의식을 그의 시론과 결부시켜 전면 다룬 것으로서 얼핏 보면 재론의 여지가 없다. 단 중국의 해당문인들과의 비교 내지 근현대 미의식과의 대비 속에서 논한다면 그 가치가 더욱 분명하게 드러날 것이고, 일부는 새로운 해석이 가능하다.

II. 초정의 미의식

초정의 미의식을 미적 범주 내지 대상, 미적인 것과의 교감, 심미에 있어 일반인과 성인의 차이, 심법의 미학, 기와 법상의 미학, 생취의 미학, 실용과 미의 병행, 미적인 것이 인간의 심성에 끼치는 영향 등으로 분류하여 다룬다.

1. 미의 개념과 범주를 제시했다. 초정은 "무릇 사물이 변화하여 마음을 움직이고 눈을 즐겁게 하는 것은 모두 맛"5)이라고 하였다. 여기서 맛은 곧 미에 다름 아니다. 즉 마음의 감동을 주고 이목을 즐겁게 하는 하늘과 땅 사이의 모든 사물이 미라는 것이다. 비록 초정의 언급에 목(目)의 감각대상이 주로 제시된 것이지만 실은 이(耳)의 감수도 내포한다.

---

4) 정일남(2007).

5) 朴齊家, 『楚亭全書』 중, 「詩選序」, "凡物之變化端倪, 有足以動心悅目者皆味也."이하 저자 같음.

자연의 삼라만상에는 눈뿐만 아니라 귀를 자극하는 사물이 수없이 많기 때문이다. 그리고 보통 이목을 같이 지칭하지만 여기서 초정은 다만 열독할 수 있는 시작품에 한해서 말한 것이므로 귀에 미치지 않았을 뿐이다. 단 「시학론(詩學論)」에서는 문장의 도는 "심지를 열고 이목을 넓히는 것"6)이라 하여 이목을 함께 언급하기도 했다. 게다가 초정은 귀를 자극하는 성에도 많은 관심을 가졌던 것도 사실이다. 그러므로 "동심열이목 (動心悅耳目)"의 모든 것이 미라는 정의로 확대 규명해도 무방하다.

"동심열이목"에서 이목은 객관적 사물에 대한 직각적 감각기관이고 동심은 이목을 통해 마음에 전달된 깊은 감동을 말한다. 즉 외계 사물이 이목에 자극을 주어 동심이 이루어지는 것이다. 초정의 생각에 하늘과 땅 사이의 모든 것이 이목을 자극하는 객관적 존재이다. 우선 눈을 자극하는 사물을 보기로 한다.

> 맛이란 무엇인가? 저 구름과 노을, 비단과 자수를 보지 못했는가? 그것을 보고 있노라면 순식간에 마음과 눈이 함께 거기로 옮아가서 잠깐 사이에도 변화가 무쌍하다. 그 모양을 대충 보아 넘기면 그 실제 모습을 이해할 수 없지만 세밀하게 음미하면 그 맛이 무궁하다.7)

여기서 구름과 노을, 비단과 자수는 눈을 자극하는 미적 사물이다. 뿐 아니라 구름과 노을은 순식간에 다양한 변화를 일으켜 보는 이로 하여금 미묘한 느낌을 갖도록 하는바, "무궁한 맛"이 곧 그것이고, 동심의 표현이라 하겠다. 초정은 「고동서화」편에서도 사람들은 본능적으로 "청산백운"을 사랑한다고 했다. 그것은 "청산백운"이 아름다운 느낌을 주기

6) 『楚亭全書』 중, 「詩學論」, "文章之道在於開其心智, 廣其耳目."
7) 『楚亭全書』 중, 「詩選序」, "味者何? 不見夫雲霞與錦繡歟? 頃刻之間, 心目俱遷, 咫尺之地, 舒慘異態. 泛觀之不足以得其情, 細玩則味無窮也."

때문이다. 아름답기 때문에 사람들의 시선을 끌고, 그에 대해 감동하게
되며, 다시 미적인 사물로 간주하게 되는 것이다.

> 새와 짐승, 벌레와 물고기 등이 그려진 물건, 술항아리나 술잔의 형태,
> 그리고 산천의 네 계절을 묘사한 글과 그림 등, 이러한 모든 것이 지닌 의
> 미를 『주역』에서는 괘의 형상으로 나타냈고, 『시경』에서는 흥으로 엮었
> 다. 그렇게 함으로써 마음속의 지혜를 돕고 인간의 천성을 활발히 하는 것
> 이다.[8]

이에 앞서 같은 글에서 북경 유리창에 진열된 오래된 제사용 술잔,
옥구슬, 고서화 등 기묘한 것들을 형용할 수 없을 만큼 휘황찬란하다고
저자는 자신의 느낌을 토로했다. 비록 의식주에 도움이 되지 않는 비실
용적인 것이고, 태반은 진품이 아니지만 이런 "휘황찬란한" 것들은 겉으
로 분명 시선을 무척 자극하는 사물임에 틀림없다. 여기서 고동서화만이
아니라 그림과 시적 표현대상인 조수충어(鳥獸蟲魚), 산천과 네 계절의
변화 등은 모두 시선을 끄는 사물이고 심미의 상대이다. 이것을 『주역』
과 『시경』은 이목의 자극과 동심의 과정을 거쳐 미적인 것으로 형상화
했고, 그것을 다시 미적인 사물로 접한 독자들은 유사한 감동을 받음으
로써 지혜를 돕고 천성을 활발히 하는데 유조하다. 사실 『시경』은 당시
가시였으므로 이목 모두를 자극하는 미적인 문학예술작품이었다.

다음은 귀를 자극하는 미적인 사물을 보기로 한다. 귀를 자극하는 사
물은 당연히 소리이다. 소리는 글자와 소리의 관계에서 말하는 소리를
지칭한다. 초정은 「유혜풍시집서(柳惠風詩集序)」에서 글의 정성자의 불

---

8) 『楚亭全書』 하, 「古董書畵」, "故鳥獸蟲魚之名物, 尊罍彝爵之形制, 山川四時書畵之
意, 易以之而取象, 詩以之而托興, 豈其無所然而然哉. 蓋不如是, 不足以資其心智, 動
盪天機也."

가분리 관계에 대해 언급했으나 주로 그 중에서도 정성의 중요성을 강조
했다. 정과 소리는 실은 하나다. 정은 소리를 통해 전달되고, 소리가운
데 정이 내포되어 있다. 소리는 또 글자라는 매개를 통해 이루어지고
소통이 된다. 정과 소리는 하나이고 정성자의 관계는 곧 소리와 글자의
관계에 다름 아니다.

> 글자가 소리부터 멀어지는 것은 물고기가 물을 벗어나고, 영아가 어머니
> 품을 떠나는 것과 같다. 글자가 소리로부터 멀어지므로 글자의 생기가 날
> 이 갈수록 사라지고, 천지의 이치가 소진되는 것을 나는 염려하지 않을 수
> 없다.9)

　소리와 글자의 관계에서 소리의 중요성을 역설한 대목이다. 고기의
생존환경에 물이 없고 영아가 어머니 품을 떠난다면 양자의 생명은 위태
롭다. 소리는 생명과 직결된다. 소리가 없는 단순한 글자는 생취가 없는
것은 물론 죽은 거나 다름없다. 즉 글자로서의 역할과 매력을 상실한
것이다. 그렇다면 여기서 소리는 이목으로 직접 견문하고 얻은 마음의
감동을 나의 독특한 소리로 나타낸 것이라 해도 무방하다. 그것은 시학
과 관련된 미적 추구의 한 형태로서 내면의 감동과 외부의 소리가 하나
로 융합된 아름다운 소리여야 할 것이다. 그 소리가 다시 청자 내지 독자
의 심금을 울렸을 때 비로소 미성(美聲)이 되는 것이다.

　그리고 "하늘과 땅 사이의 모든 것이 시다. 사계절은 변화하고, 온갖
소리는 웅성거리는데, 그 몸짓과 빛깔 그리고 소리와 리듬은 자유자재이
다. 어리석은 자는 그런 현상을 깨닫지 못하지만 지혜로운 자는 그 현상

---

9) 『楚亭全書』 중, 「柳惠風詩集序」, "夫字之離聲, 猶魚之離水, 而子之離母也. 吾恐其生
趣日枯, 而天地之理息矣."

을 받아들인다."[10]는 등의 언급은 곧 자연의 삼라만상이 거의 모두가
심미대상이 되기에 족하다는 언명이다. 여기에는 시선을 자극하는 청산
백운, 조석운하(朝夕雲霞), 산천초목, 사계절의 변화, 조수충어, 모든 빛
깔 등이 망라되고, 청각을 자극하는 온갖 소리와 리듬 등이 내포된다.
그런데 어리석은 자는 단순히 이목을 자극하는데 그칠 뿐이지만 지혜로
운 자는 이 모든 것들을 이목의 자극을 거쳐 심미 상대로 받아들일 수
있다는 것이다.

요컨대 초정의 안목에 천지인과 관련된 자연과 인간과 사회의 모든
것이 가능한 미적인 존재이다. 여기에는 골동품과 서화, 음악 등 예술품,
그리고 시문을 포함한 문학작품이 망라된다. 단 이런 것들은 미적인 것
으로 될 수 있는 가능성을 제공할 뿐 그 자체가 전부 아름다운 것은 아니
다. 다만 그것이 이목을 즐겁게 하고 마음의 감동을 줄 때만이 미가 되는
것이다. 이런 의미에서 무당의 가사, 광대의 사설, 시정과 여항의 노래,
자장가 등 민간의 모든 문학예술도 이목을 자극하고 마음을 감동시키는
심미대상이 되기에 족하다.

2. 마음을 비우는 허는 외부 사물과의 심미적 교감을 달성할 수 있는
전제이다. 상술한바 대상의 객관적 존재는 사람에 따라 혹은 미가 될
수 있고 혹은 '미'가 되지 않을 수도 있다. 왜냐하면 어떤 사람은 아름다
운 것이 그의 주변에 분명 존재해 있어도 발견하지 못하거나 무시해버릴
수 있기 때문이다. 그러므로 그 객관적 존재를 미로 전환시키기 위해서
는 일정한 방법과 수단이 필요하다. 그것의 중요한 방도의 하나가 곧
마음을 비우는 것이다. 이는 초정의 열린 사유와도 관련된다.

10) 『楚亭全書』 중, 「炯菴先生詩集序」, "盈天地之間者, 皆詩也. 四時之變化, 萬籟之鳴
呼, 其態色與音節自在也. 愚者不察, 智者由之."

마음을 비워야 하는 것은 사람들에게 이미 형성된 선입견이 있기 때문
이다. 초정은 그 선입견을 각막이라고 지칭했다. "오늘날 사람들은 아교
로 붙이고 옻칠을 한 속된 각막을 가지고 있어 아무리 노력해도 그것을
떼어낼 도리가 없다. 학문에는 학문의 각막이, 문장에는 문장의 각막이
가 단단하게 붙여져 있다."[11] 초정은 조선인들의 중국관은 수많은 각막
이로 막혀 있어 그것이 문제시 되고 있음을 크게 염려하였다. 그는 중국
의 선진기술과 문화를 배우려면 우선 이런 각막을 제거하는 일이 급선무
라고 생각했다. 학문이나 문장 그리고 청(淸)에 대한 인식에 이런 각막이
존재한다면 미의식에도 유사한 각막이 존재할 것은 당연했다. 그러므로
모든 분야에서 새로운 사물을 인식하려면 그 인식에 불리한 기존의 각막
을 제거하는 과정이 필요하다. 그 과정이 곧 양허이다. 미적인 것을 미로
인식하고자 그것에 불리한 각막을 제거하는 작업이 곧 마음을 비우는
과정이다.

> 허는 실의 반대이다. 군자는 실에 힘써야 하는데 어찌 허가 숭상할만하
> 겠는가? 비록 그렇지만 장자가 말하기를 "사람에게 공허한 마음이 없으면
> 여섯 구멍이 서로 다툰다."고 하였다. 저 산과 물을 보지 못하였는가? 물은
> 스스로 흐르고, 산은 스스로 높아, 사람과 아무런 상관도 없는 듯하다. 그
> 러나 바야흐로 저녁 산안개가 피고, 봄 물결이 일면, 바라만 보아도 기뻐하
> 고 부러워하지 않음이 없는 것은 오직 이 마음만이 습속을 고칠 수 있고
> 욕심을 없앨 수 있게 하기 때문이다. 양허의 뜻이 여기에 있다."[12]

---

11) 『楚亭全書』중, 「漫筆」. "今人只是一副膠漆俗膜子, 透開不得. 學問有學問之膜子, 文
　　章有文章之膜子."
12) 『楚亭全書』중, 「養虛堂記」. "夫虛者, 實之反也. 惟君子實學是務, 何虛之足尙. 雖然,
　　而莊生云: '人無空虛, 六鑿相攘'. 獨不見夫山水乎! 彼流者自流, 而峙者自峙, 宜若無干
　　於人矣. 方其夕嵐出而春波深, 則望之莫不森然而喜, 油然而羨之者, 惟此心也. 可以醫
　　俗, 可以寡欲, 養虛之義, 於是乎在矣."

허를 숭상하는 이유는 마음을 비워야 하는 필요성 때문이다. 장자는 방안에 빈 곳이 없으면 고부간에 서로 다투고 마음이 하늘처럼 공활하지 않으면 눈, 귀, 코, 입 등 여섯 구멍이 서로 다툰다고 하였다.[13] 이 원리에 근거하여 초정은 인간 기존의 습속을 치유하고 과욕을 실현하려면 마음을 비워야 한다고 했다. 즉 욕심으로 가득 찬 기존의 습속을 제거해야 만이 새로운 미를 발견, 향유할 수 있다는 것이다.

뿐 아니라 초정은 여기서 양허의 방도까지 제시해준다. 그는 고행승처럼 모든 것을 외면한 채 마음을 비우는 불교식 양허가 아니라 아름다운 경치를 통한 양허를 주창했다. 저녁 안개, 봄 물결 같은 미적인 경치는 바라만 보아도 온갖 번뇌가 가셔지고 스스로 양허, 즉 마음속의 습속이나 욕심이 저절로 없어진다는 것이다. 곧 미적인 것으로 양허를 한다는 의미에 다름 아니고, 동시에 미적인 것은 인간의 심성을 도야한다는 또 하나의 방증이 되겠다.

미적인 것의 교감과 관련하여 초정은 주목의 뜻을 갖는 벽(癖)의 개념을 제시했다. 그는 비록 벽은 질병으로 인한 치우침의 의미를 내포하고 있지만 "고독하게 새로운 세계를 개척하고, 전문적인 기예를 익히는 자는 오직 벽을 가진 사람만이 가능하다."[14]고 했다. 사물을 깊이 인식함에 있어서 벽의 중요성을 엿볼 수 있는 대목이다. 명말의 문인 장대(張岱)는 "벽이 없는 사람과는 사귀지 말라. 깊은 정이 없기 때문이다. 허물이 없는 사람과는 사귀지 말라. 진실한 기운이 없기 때문이다."[15]고 지적한바 있다. 교우와 관련된 언명이지만 여기서 벽의 내함을 감지

---

13) 『莊子』 제26편, 「外物」, "室無空虛, 則婦姑勃谿. 心無天遊, 則六鑿相攘."

14) 朴齊家, 『楚亭全書』 중, 「百花譜序」, "雖然, 具獨往之神, 習專門之藝者, 往往惟癖者 能之."

15) 張岱, 「五異人傳」, "人無癖不可與交, 以其無深情也 ; 人無疵不可與交, 以其無真氣也."

할 수 있다. 즉 벽이 없는 사람은 친구와의 관계에서 깊은 우정을 맺을 수 없다 함은 다른 말로 친구를 배신할 소지도 있다는 의미로 이해된다. 왜냐하면 끈질긴 정신을 바탕으로 하는 듬직한 인격이 결여되기 때문이다. 허물이 없는 사람은 진실한 기운이 없다고 한 것도 역으로 벽의 정신에 일종 병적, 광적인 집착이 함축되어 있음을 말한다. 어떤 일에 혼을 빼앗긴 듯 집착하면 사람들은 흔히 그것을 이상한 병적인 허물로 보는 경우가 적지 않다. 곧 멍청이 취급을 당할 수 있다는 것이다. 지금도 사람들은 세상물정에 어둡고 책이나 연구에 빠져있는 학자나 전문가를 책벌레 혹은 멍청이 취급을 하는 경우 쉽게 찾아볼 수 있다. 바로 이런 의미에서 장대는 벽 내지 허물이 없는 '완벽'한 사람을 폄하한 것으로 보인다. 실은 벽은 인간이 후덕한 성품을 갖추게 되거나 어떤 일에서의 성공을 기함에 있어서 불가결의 요소라 하겠다.

초정은 그의 「백화보서(百花譜序)」에서 김군이라는 인물을 등장시켜 벽의 의미를 구체적으로 부각했다. 김군은 "백화보"를 그리기 위해 "미친놈", "멍청이"라는 비웃음을 감수하면서도 매일 꽃을 관찰하는데 빠져 있었고, 손님이 와도 말 한마디 건네지 않았다. 결국 천고의 이름을 남길 "백화보"를 그려 낸 장거를 이루어낸 것이다. 초정은 김군의 성취를 벽의 공로라고 찬했다. 김군의 성취로 미적인 것을 창조하는 모든 문학이나 예술현상을 설명할 수 있다. 대하소설 같은 경우는 심지어 수십 년 집착해야 써낼 수 있다는 것은 다 아는 바다.

초정이 그의 「소전(小傳)」에서 언급했던 남들이 모르는 즐거움을 그만이 체득한 것 역시 벽의 도움으로 일정기간 자연을 자세히 관찰한 끝에 달성한 것이다. 초정이 「북학의」에서 중국의 선진문물을 대량으로 소개한 것도 벽의 정신으로 관찰, 탐구한 결과이다. 그는 조선의 낙후함을 개변할 수 있는 새로운 미의 세계를 중국에서 발견했던 것이다. 물론 미적인 것의 접근 방식에는 자칫 멍청이로 취급받을 수 있는 벽만이 아니다.

다른 하나의 미의 교감 방식으로 제(際)를 들 수 있다. 제는 시인과 자연 사이의 관계를 의미하는 개념으로서 여기서 자연은 시인을 제외한 모든 객체를 망라한다. 즉 주체와 객체의 관계로 설명되는 제는 주체가 객체를 어떻게 터득하고 파악하여 작품화 하는가 하는 문제이다. 가을의 제 조짐을 터득한 형암 이덕무의 시를 통해 천명한 제의 함의는 초정의 다른 글들에서 그대로 산견된다.

저 산천일월성신의 유원함과 초목충어상로의 은미함이 날로 변화하되 왜 그러한지를 알지 못하던 것이 삼연히 흉중에서 계합이 있으니, 말로 그 정감을 다 표현할 수 없고 입으로 그 맛을 비길 수 없어 홀로 체득했으며 남들은 그 즐거움을 모른다고 여겼다.[16)]

수평선 넘어 광활한 하늘을 바라보고, 만물의 시초를 생각하였다. 마음은 황홀하여 끝이 없더니 내 스스로 정신이 없어졌다. 비로소 지극히 큰 것은 다 말할 수 없고, 지극히 많은 것은 이치로 따질 수 없음을 알게 되었다.[17)]

나무에 앉은 새들은 서로 대단히 유사한 모습을 하고 있지만 천천히 하나씩 살펴보면 그 모습이 만 가지나 다르다. 그 이유는 하늘이 낸 사물이기 때문이다.[18)]

---

16) 『楚亭全書』중, 「小傳」, "越萬里而翺翔, 觀雲烟之異態, 聆百鳥之新音, 與夫山川日月星辰之遠, 草木蟲魚霜露之微, 所以日變化而莫知然者, 森然契于胸中, 言語不能悉其情, 口舌不足喻其味, 自以爲獨得百人莫知其樂也."

17) 『楚亭全書』중, 「海獵賦」, "思萬物之端倪, 心忽忽而不竟, 終半途而自迷, 始知至大之不可以語悉, 而至多之不可以理詰."

18) 『楚亭全書』중, 「飮中八仙圖序」, "夫鳥集于木, 至相類也. 徐而察之, 態萬不同者, 得

실은 제를 터득하는 전제는 허이고, 제를 실현하는 방식은 곧 벽의
정신이다. 문예인이 '자연'의 오묘한 이치를 터득하려면 일정기간의 관
찰이 소요된다. 화가의 경우 더욱 그러할 것이다. 그런 연후에야 일필휘
지로 대상물에 대한 감수를 토로하거나 그려낼 수 있다. 즉 "흉유성죽(胸
有成竹)"으로 표현된 의장(意匠)의 역할이라 하겠다. 위의 "흉중의 계합",
"무궁한 맛"19), "큰 것과 많은 것의 이치", "만 가지 모습" 등은 곧 제의
터득과정일 것이다. 시화에 능한 초정은 스스로도 "복잡한 명리를 따져
서 종합하고 심오한 것에 침잠하여 사유한다."20)고 자신의 벽의 정신을
자긍하기도 했다.

요는 미적인 것을 발견하는 데는 마음을 비워야 하고, 미적인 것의
접근방식에는 벽의 정신을 바탕으로 하는 제의 터득이 필요하다. 물론
미적인 것의 발견 내지 창조에는 여러 가지 도경이 있을 수 있다. 단
초정의 경우를 보면 양허, 벽, 제의 터득으로 특징지어진다.

3. 미적 대상에 대한 감지여부에 있어서 성인과 일반인의 구별을 제시
했다. 미적인 것을 발견하고 그것을 작품화하는 데는 남다른 예민한 감
수성과 지혜가 필요하다. 공자는 "먹고 맛이지 않는 사람은 없지마는
맛을 잘 아는 이는 드물다"고 했다. 즉 그 맛의 내함을 정확히 알아내고
명시할 줄 아는 사람이 적다는 말이다. 초정은 공자의 이와 같은 언급을
통해 성인은 세밀한 마음을 가졌고 또한 그러한 마음의 소유자이므로
맛의 오묘한 이치를 터득할 수 있는 것으로 보았다. 여기서 초정이 말하
는 성인은 곧 문인의 남다른 감수성을 소유한 사람을 포함할 것이다.

平天也."

19) 『楚亭全書』 중, 「詩選序」, "味者何? 不見夫雲霞與錦繡歟? 頃刻之間, 心目俱遷, 咫尺
之地, 舒慘異態. 泛觀之不足以得其情, 細玩則味無窮也."
20) 『楚亭全書』 중, 「小傳」, "方其玩心高明, 遺落世務, 錯綜名理, 沈潛幽渺."

그러나 속인은 그렇지 못하다. "속인들은 온통 한 가지 색깔로 모든 것을 파악하여 날마다 접촉하면서도 그 맛을 분간할 줄 모른다."[21]즉 이목이 표면적인 것에 그치기 때문에 내실을 파악할 수 없다는 말이다. "물은 아무런 맛이 없다"는 사람들의 생각이 그러하다. 실은 물맛은 오로지 다른 맛과의 배합을 통해서만이 맛을 낼 수 있을 뿐 오미(五味)의 아무에도 속하지 않는다. 곧 물은 아무런 맛이 없고, 무색이라는 한 가지 '색깔'로 파악한다는 뜻이다. 그런데 초정은 목마른 사람이 물을 마셨을 때 물맛은 천하의 별미라고 했다. 물 자체는 무미무색이지만 갈증을 느낄 시에는 그 무엇보다도 감미롭고 '아름답다'는 것이다. 여기서 초정은 맛은 인간의 욕구와도 관련 있다는 중요한 메시지를 전한다. 곧 심미에 있어서 객관보다 주관의 역할이 더 요긴함을 말해준다. 한편 초정의 생각에 속인은 갈증을 느끼지 않을 경우 물의 감미로움을 모르지만, 성인은 그것을 진작 터득, 즉 미외미(味外味)를 감지했다 함이다. 이것이 곧 성인 내지 시인과 속인의 구별이다.

이런 견해는 「음중팔선도서(飮中八仙圖序)」에서도 보인다. 즉 나무에 앉은 새들의 만 가지 모습을 재주 없는 화가는 온갖 색깔로 열 마리를 다 그리기도 전에 재주가 바닥을 보인다고 하여[22]재주 있는 화가와 범상한 화가의 차이를 언급했다. 즉 범상한 화가가 천차만별의 자태를 취한 새의 모습을 다 그려낼 수 없는 이유는 그들이 성인과 같은 세밀한 관찰능력이 부족하기 때문이다. 하늘의 조화에 따라 생긴 사물이므로 그 오묘함을 세밀한 관찰력으로 천천히 살펴보아야 할 것이다. 아직 '속

---

21) 『楚亭全書』 중, 「詩選序」. "聖人心細, 故能得不言之妙於其口. 俗人泯然一色, 日用而不知耳."

22) 『楚亭全書』 중, 「飮中八仙圖序」. "夫鳥集于木, 至相類也. 徐而察之, 態萬不同者, 得乎天也. 乃庸師者, 欲以色色而分之, 形形而異之, 不出十鳥, 而巧窮矣."

인'에 속하는 화가는 잘 그리려고 애는 쓰고 있지만 생각대로 되지 않는
다. 사물에 대한 세밀한 관찰을 통한 터득이 중요하다는 점을 시사하는
대목으로 현대인에게도 계발이 크다고 하겠다.

　　4. 기이함과 범상의 미학을 추구했다. 「제이사경문(祭李士敬文)」은 약
관의 나이에 천 편의 시를 지은 이사경의 죽음을 애도하여 쓴 제문이다.
글은 그의 죽음을 슬퍼하면서도 생전에 그와 있었던 시에 대한 변론을
떠올리기도 했다. 당시 이사경이 송시를 폄하하고 당시를 숭상하는 작법
에 대해 초정은 "시란 본래 정해진 실체가 없으니"[23] 어떤 기호에만 치
우치면 아무리 힘써도 막힌다고 타일렀다. 여기서 "정해진 실체"란 이른
바 산문은 진한과 같아야 하고 시는 당시처럼 써야 한다는 등 전통적
'격식'을 가리킬 것이다. 초정은 시작(詩作)에 있어서 전인들이 정해놓은
격식에 얽매이지 말기를 바랐다. 하지만 이사경은 오히려 초정더러 기이
한 것에 미혹되지 말라고 반박했다. 그가 초정의 시를 "지나친 기이함"이
라 비평했고, 초정이 또 그런 권고를 받아들일 수 없다고 자신의 관점을
고집한 것을 보면 역으로 초정의 시작품이 기이한 것을 추구했음이 확인
된다. 뿐 아니라 초정은 그의 주장의 타당성을 진일보 해석했다. "글이란
본래 중심이 없어서 물처럼 여기저기 흐르는 것, 바닥이 생긴 대로 흘러
가서 기이하고 평평함을 가리지 않는다."[24] 여기서 중심이 없다는 것은
역시 정해진 격식이 없음을 말한다. 흐르는 물처럼 "기이하고 평평함"을
가리지 않는다 함은 시가 격식의 구애가 없이 자유자재로 마음이 내키는
대로 쓸 수 있다는 것이다. 즉 "슬픔 일면 울고", "가려우면 긁는 것"처럼
시도 인간의 희로애락을 자유롭게 써야 한다는 것이다. 이로 보면 초정

---

23) 『楚亭全書』 중, 「祭李士敬文」. "詩之爲物, 本無定體."
24) 『楚亭全書』 중, 「祭李士敬文」. "文本無心, 如水流行. 隨地淪漪, 孰奇孰平. 鳥之嚶
　　嚶, 非爲音聲. 蟲之趯趯, 非爲容飾. 哀至而哭, 寧有宿搏. 癢至而搔, 焉擇去就."

이 추구하는 기이함이란 곧 전통적인 격식의 구속을 받지 않음을 뜻한
다. 이에 대해 청의 이조원(李調元)이나 반정균(潘庭筠)도 초정의 시를 전
인의 것을 모방하지 않았고 귀에 익숙한 것이 없다고 평했다.[25] 평소
인간이 어떤 사물에 접하여 발하는 순수한 감정을 자유롭게 썼을 경우
확실히 그 어떤 격식을 찾아볼 수 없을 것이다.

이처럼 일정한 틀의 구속을 받지 않는다는 주장은 이지(李贄)의 "동심
설(童心說)"이나 원굉도(袁宏道)의 "성령설(性靈說)"과 뜻이 통한다. "동심
설"의 영향을 입은 원굉도는 "홀로의 성령을 토로하되 격식에 구애받지
않는다. 나의 가슴속에서 흘러나오지 않는 것이면 필을 들지 않는다.
때로는 정과 경이 만나 경각 사이에 천 마디의 말이 이루어져 강이 동쪽
으로 흐르듯 하고 사람들의 혼을 빼앗는다."[26]고 하였다. 그는 또 여항
의 여인들이나 아이들이 부른 민요는 진인(眞人)의 폐부에서 불려나오는
참 소리로서 옛 것을 본받지 않고 "나름대로 발로하여, 사람들의 희로애
락과 취미, 정서, 욕구와 통한다.(任性而发, 尚能通于人之喜怒哀乐, 嗜好,
情欲.)"[27]고 하였다. 곧 기성의 격식에 얽매이지 말고 나의 사상, 나의
감정과 욕구를 나름대로 토로해야 한다는 원굉도의 사상은 초정의 견해
와 맥을 같이 한다. 초정이 「묘향산소기(妙香山小記)」에서 원굉도가 쓴
서위(徐渭)의 전기를 읽었다는 기록을 보면 어느 정도 원굉도의 영향을
입지 않았는가 추측된다.

그리고 기의 미학은 중국 명의 탕현조(湯顯祖)의 견해와도 유사하다.

25)『韓客巾衍集』, 李調元 序. "今觀四家之詩 …… 有一類於前之所謂者乎?";『韓客巾衍
集』, 潘庭筠序, "楚亭詩 …… 來無過熟耳."
26) 袁宏道,「敍小修詩」. "都獨抒性靈, 不拘格套, 非從自己胸臆流出, 不肯下筆. 有時情
與境會, 頃刻千言, 如水東注, 令人奪魂."
27) 袁行霈(2003). 223쪽 재인용.

그는 "천하의 글이 생기가 있는 것은 전부 기이한 선비의 덕분이다. 선비가 기이하면 머리가 민첩하고, 머리가 민첩하면 비동(飛動)이 가능하다. 비동이 가능하면 천지를 오르내리고, 고금을 왕래할 수 있으며, 굴신, 장단, 생멸이 생각대로 되지 않는 것이 없다.[28] 고 하였다. 이처럼 탕현조는 기이한 글을 충분히 긍정했고, 기이한 글은 또 저자의 기이한 성정에서 발로됨을 지적했다. 뿐 아니라 기문(奇文)과 생기(生氣)의 긴밀 관계를 보아냈던바 이는 기문은 내용과 형식의 통일에서 구현되고 있음을 밝힌 것이다.

이왕의 격식에 절대적으로 따르지 않는 것이 기이하다고 하면, 이른바 하찮다는 평범한 소재를 취급한 시 또한 '기이'함에 속할 것이다. 이는 중국의 평범한 이야기를 소재로 한 "삼언·이박(三言·二拍)"을 "기이한 내용이 없기 때문에 기이한 것"[29]이라는 견해와 비슷한 의미를 갖는다. 상인이 시대의 총아가 되고, 연애 혼인 자주의식과 여성의식이 크게 신장된 "삼언·이박"을 중국문학사에서는 "시민사회의 풍속도"라 평가하는바 범상미학의 전범이라 해도 과언이 아니다. 실은 초정에게서도 유사한 미의식이 여러 곳에서 산견된다. 하늘과 땅 사이의 모든 것이 시라는 언명 자체가 삼라만상을 포함한 자질구레한 모든 것을 망라한다. "재잘재잘 새소리가 좋은 음악이요, 톡톡 튀는 벌레도 고운 맵시라네", "산천의 초목은 글자가 안된 시구라네.(山川草木, 不字之句)"[30]; 그리고 "무릇 사물이 변화하여 마음을 움직이고 눈을 즐겁게 하는 모든 것이 맛 "(「詩選

---

28) 吳功正(2001), 631쪽 재인용. 湯顯祖, 「序丘毛伯稿」. "天下文章所以有生氣者, 全在奇士. 士奇則心靈, 心靈則能飛動, 能飛動則下上天地, 來去古今, 可以屈伸 長短, 生滅如意."

29) 袁行霈(2003), 207쪽 참조.

30) 『楚亭全書』 중, 「祭李士敬文」.

序」)이라는 언급과 "무당의 가사와 광대의 웃고 매도하는 사설"(「柳惠風詩
集序」), "어린애가 울 때 잠을 재우는 자장가"(「炯菴先生詩集序」)등은 "침
중한 역사감과 드넓고 처량한 우주의식"[31]이 배제된 범상의 미학에 속
하는 것들이다. 초정의 미의식은 중국의 명작들과 궤를 같이 한다고 해
노 지나치지 않을 것이다.

5. 상술한 내용과 관련하여 초정은 간접적으로 "심법(心法)"의 미학을
지향했다. 「형암선생시집서」에서 손은 "예로부터 내려온 시의 모범을
따르지 않고 등지며, 홀로 자기 마음에서 새로 만든 법을 스승 삼아 모십
니다."[32]라고 하여 초정이 전인의 격식을 따르지 않고 마음이 내키는
대로 시를 쓰는 작법을 비난했다. 이는 저자가 손의 입을 빌어 스스로
자신의 관점을 발로한 것으로 보아도 무방하다. 저자가 나중에 "다른
작가의 입에서 나온 말이나 우러러보고, 케케묵은 종이쪽지에서 근거
없는 찌꺼기나 줍는 글쟁이들이야말로 근본에서 너무도 많이 벗어났
다"[33]고 한 발언을 감안하면 "심법"을 언급한 전술한 손의 비난이 일리
가 있어 보인다. 비록 하늘과 땅 사이의 모든 것이 시라는 '사법자연(師法
自然)'의 명제를 내놓기는 했지만 그것도 마음의 터득 내지 자유자재로
나의 감수를 토로할 수 있는 "심법"에 크게 의지해야 하는 것이다. 실은
자가음의 표출도 나만의 "심법"을 통해야 가능하다. 그러니 시를 짓는데
근본은 곧 "심법"에 다름 아니다. 따라서 초정이 말하는 "심법"은 곧 현대
주의 미학사조와 어느 정도 접근한다고 하겠다.

---

31) 吳功正(2001), 626쪽.

32) 『楚亭全書』 하, 「炯菴先生詩集序」. "今子遺淡泊之味, 自然悅藻繪之新工, 背前轍而不
遵, 獨師心法之法."

33) 『楚亭全書』 하, 「炯菴先生詩集序」. "故彼仰脣吻於他人, 拾影響於陳編, 其於離本也
亦遠矣."

19세기 말에서 20세기 초반에 나타난 현대주의는 상징주의, 표현주의, 미래주의, 초현실주의, 의식의 흐름 등 각종 문학사조를 망라한다. 비록 유파지간 문학주장이나 예술경향 면에서 일정한 차이를 보이고 있지만 같은 현실적 생존 환경과 문화심태를 배경으로 산생 발전했다. 따라서 현대주의 유파의 공통된 이론적 바탕은 곧 비이성적인 철학사상이라 하겠다. 이들은 세계관 면에서 모두 세계본질의 비이성 특징을 강조했고, 인식론 면에서는 오로지 인간의 의지, 본능과 직각을 세계를 인식하는 정확한 도경으로 삼았다. 이러한 비이성 철학이론과 사상의 영향으로 산생된 서방 현대주의문학도 비이성적인 특성을 갖게 된다. 한편 현대주의 문학은 극력 인간의 비이성적인 잠재의식요소를 발굴하고 인물 내심의 고독과 방황, 동물성과 광적 특성을 두드러지게 표현하고자 했다. 다른 한편 현대주의 문학예술표현은 허다한 심미원칙과 표현방법을 파생시켰다. 예컨대 비이성적인 생명의 터득, 직각, 유미주의형식, 언어의 비논리성과 비규칙성 등이 그러하다. 따라서 현대주의 문학은 이처럼 문학관념과 문학모체에서의 돌파와 창의성으로 현실주의에서 현대주의에로, 이성문학에서 비이성문학의 위대한 과도를 완성한 것이다.[34)]

필경 초정의 "심법"은 조선조 18세기의 산물인 것만큼 현대주의 내함과 절대로 똑 같을 수는 없다. 단 적어도 그 중 한 가지라도 유사한 점이 있다면 그것은 초정의 초출한 선견지명이라 하기에는 족하다. 상술한바 현대주의 문학은 비이성적인 생명의 감오 내지 직각 등을 심미원칙의 하나로 보았다. 초정의 "심법" 또한 직각을 통한 생명의 터득에 다름 아니다. "심법"은 직각적 감수를 주로 하기 때문에 비이성적이다. 비이성적이기 때문에 일정한 틀이 없는바, 슬프면 울고, 가려우면 긁는다.

---

34) 楊乃喬(2005), 378~379쪽 참조.

이 점에서 현대주의 "의식의 흐름"과도 너무나 닮아있다. 특히 "글이란 본래 중심이 없어서 물처럼 여기저기 흐른다(文本無心, 如水流行)"는 언명은 흡사 "의식의 흐름"을 정의라도 하듯 일맥상통하다. "심법"에 따르므로 틀이 없고, 틀이 없으므로 비이성적이다. 무엇을 써야 한다는 정해진 내용도 없다. 중국고전문학사를 돌이켜 보면 어느 시대나 복고적 경향이 심했고, 복고는 아니더라도 어떤 나름대로의 형식과 내용의 틀을 만드는데 급급했다. 예컨대 학문을 시로 한다는 북송 황정견(黃庭堅)의 강서시파, 경화수월(鏡花水月)의 예술표현을 추구하는 청초 왕사정(王士禎)의 신운설(神韻說)35), 유가경전과 학문을 근본으로 한다는 청대 옹방강(翁方綱)의 기리설(肌理說) 등이 그러하다. 하지만 초정의 "심법"은 아무런 틀이 없다. 하늘과 땅 사이의 모든 것을 소재로 삼고 사물에 직면하여 수시로 생성되는 감수 내지 터득을 마음이 내키는 대로 쓴다는 것이다. 근대적 의식은 물론, 현대주의 감각이 물씬 풍기는 시미의식(詩美意識)이 아닐 수 없다.

실은 초정의 "심법"은 이보다도 20세기 70년대 이후에 나타난 서방의 포스트모더니즘의 내함과 더 가깝다. 건축학에서 기원한 후기현대주의는 "정체"관념을 배척하고 이질성과 특수성을 강조한다. 특히 이들은 특정한 방식으로 고유한 또는 기정된 이념을 반대했다. 그러므로 격식의 구애에 반감을 갖는 초정의 "심법"은 이에 더 접근된다고 하겠다. 시에서 두보만을 배우는 자와 회화에서 왕희지만을 본받는 자가 그 수준이 가장 낮다고 한 발언도 전범에 대한 반감의 표출로서 그 저의는 오히려 후기현대주의 이념과 더 근사하다.

---

35) 물론 초정에게도 神韻풍의 시가 보인다. (졸저『초정박제가 문학 연구』, 지식산업사, 참조)이는 오히려 나름대로 다양한 시풍을 구사한 心法의 역할을 설명한다.

6. 다양한 미감을 뜻하는 "백미(百味)"와 한 가지 맛의 '극미(極味)'의 병존설을 제시했다. 이는 시선(詩選)의 문제와 관련된 것으로서 저자와 독자 두 측면으로 고찰할 수 있다. 저자의 측면에서 보면 저자의 애호와 개성에 따라 심미방식은 다양하다. 저자마다 선호하는 소재나 제재, 주제가 다르고, 풍격도 부동하게 표현된다. 이렇게 형성된 작품은 문여기인(文如其人)인 것처럼 자연히 나름대로의 특색을 갖추게 될 것이다. 따라서 시 선집을 편찬할 때 곧 각 저자의 특색을 고려하여 시를 택한다 함이다. 한편 한 저자의 작품을 선택하여 시 선집을 만드는 경우에도 같은 이치로서 여러 가지 맛을 내는 작품을 선한다는 것이다. 초정의 「시선서」는 바로 이런 견해로 일관된 글이다.

"작품을 뽑는 방법의 요체는 온갖 맛을 살리고 한 가지 색깔로 만들어서는 안 된다"36) 획일적이지 않은 "온갖 맛"이나 여러 "색깔"은 "백미"에 해당되고 이런 것을 일컬어 다양한 풍격 내지 특색이라 할 것이다. 그런데 온갖 맛 중에서 한 가지 맛을 선할 때에는 그 많은 작품 중에서 지극한 맛(極味)을 내는 시를 선한다. 예로 짜고 시고 달고 쓰고 매운 맛 중 전자의 경우 각각 다섯 가지 맛을 내는 시를 골고루 선하는 것이고, 후자의 경우 다섯 가지 맛 중 신맛을 요구할 때에는 신 맛 가운데서 지극한 맛의 작품을 선한다는 것이다. 즉 "백미"와 "극미"의 병존설이 되겠다.

독자의 측면에서 보면 초정의 "백미"설은 독자를 중시하는 수용미학의 원리에 부합된다. 수용미학은 작품에 대한 독자의 이해와 반응은 다양하다고 인정한다. 그것은 독자자신의 두뇌 속에 이미 존재하였던 그 어떤 의식구조를 전제로 하기 때문이다. 예컨대『홍루몽』을 독자에 따라 정치소설, 윤리소설, 사회소설, 철학소설, 도덕소설이라고37) 보는

---

36)『楚亭全書』중,「詩選序」, "選之法, 要當百味俱存, 不可泯然一色."

것과 같다. 수용미학은 독자의 이와 같은 부동한 이해를 허용한다. 아울러 작품이 독자의 부동한 감수와 이해를 유발할 시 그 작품은 더욱 유명해지고 더욱 생명력을 갖게 되는 것이다. 「시선서(詩選序)」는 독자라는 개념을 직접 제시하지는 않았지만 시선은 본래 독자를 염두에 두고 편찬하는 것이기 때문에 독자의 다양한 구미를 의식했음은 당연하다고 하겠다. 비록 수용미학은 한 작품에 대한 독자의 다양한 이해를 다루는 것이어서 시선과는 직접 관련은 없다. 단 여러 독자의 다양한 구미(이해)가 곧 시선의 전제임을 감안하면 양자는 통하는 것이다. 수용이론에 따르면 작품을 감상할 때 독자마다 지식구조에 의한 '선구조(先結構)' 혹은 '접수막(接受幕)'이 있다. 이런 선입견이 곧 독자가 작품을 열독하고 이해하고 해석하는 입장, 관점, 방법, 취미를 결정한다.[38] "신맛이 필요할 때에는 지극히 신 맛을 택하고, 단맛이 필요할 때에는 지극히 단 맛을 택해야 한다."[39] 즉 시를 선하는데 맛을 기준으로 하되, 획일적이 아닌 다양한 맛을 함께 살려야 하고, 같은 부류의 맛 중에서는 지극한 맛을 선해야 한다는 것이 초정의 주장이다. 비록 왜서 다양한 맛을 택해야 하는 이유를 이론적으로 밝히지는 않았지만 독자에 따라 신 맛이 필요한 사람, 단 맛이 필요한 사람, 매운 맛이 필요한 사람이 있다. 즉 짜고 시고 달고 쓰고 매운 등 다양한 맛 중 어느 한 가지 맛을 선호하는 독자가 있기 때문이다. 초정은 바로 이와 같은 다양한 층차의 독자의 구미를 의식하고 있었던 것이다. 초정이 "백미"설을 언급한 것은 18세기 후반이다. 20세기 중반에 출현한 수용미학의

---

37) 陳惇, 劉象愚(2001), 144~146쪽 참조.

38) 상동.

39) 『楚亭全書』 중, 「詩選序」, "方其酸時, 極酸之味而擇焉, 其甘也, 極甘之味而擇焉, 然後可以語於味矣."

원리를 그보다 앞서 200여 년 전에 이미 제시했다는 것은 초정의 선견
지명과 탁월함을 시사한다.

7. 생취의 문예미학을 제시했다. 생취는 문예에서 사물을 어떻게 효과
적으로 표현하는가 하는 문제로서 작품의 형식미와도 관련된다. "시는
활기찰수록 좋으니 수은이 쟁반에 구우는 듯하고, 시는 새로울수록 좋으
니 염이 산을 만난 듯하다."[40) 활기 찬 시와 새로운 시는 무엇을 의미하
는 것일까? 전자는 성자관계에서 성과 관련되고 후자는 옛것이 아닌 참
신한 시를 말할 것이다. 성은 이미 전술한바와 같이 정을 동반한 소리를
가리키는 것으로 단순히 물리적 성만을 지칭하는 것은 아니다. 자가음
내지 나의 목소리로 이루어진 참신한 내용과 진지한 감정이 들어있다.
가령 참신함이 결여된 케케묵은 내용을 아무리 활기차게 묘사한 들 미감
을 주지 못할 것은 당연하다. 이런 의미에서 활기는 생동한 언어표현을
말하고 새롭다는 것은 진지하고 참신한 감정과 사상을 가리킨다고 하겠
다. 요컨대 새로운 내용을 활기차게 표현하는 것이 곧 초정의 생취미학
이다. 단 그의 생취미학은 시에만 국한되는 것이 아니라 시화 모두에
통한다.

초정이 「음중팔선도서」[41)에서 그림에 담은 8선의 형상을 다음과 같
이 평가했다. "법도나 지키는 세상밖에 살면서 불로 익힌 음식을 먹지
않는 선계의 천연스런 분위기가 절로 살아 있다. 역력한 그 모습에서
손으로 더듬으면 그들의 이름을 알 것만 같고, 냄새를 맡으면 그들의
성정을 이해할 것만 같다."8선의 형상을 너무도 생동하게 그렸으므로
눈을 감은 채 손으로 더듬고 코로 냄새를 맡아도 그들의 이름과 성정을

---

40) 『楚亭全書』 중, 「祭李士敬文」, "詩不厭活, 如汞走盤, 詩不厭新, 如染遇酸."
41) 『楚亭全書』 중, 「飮中八仙圖序」, "蹊逕之外, 又自有一種天然不食烟火之意歷歷焉. 捫
之而拾其姓名, 嗅之而得其性情."

감지할 정도다. 비록 시처럼 소리를 이용하지 않았지만 색채와 선으로 생취미를 나타낸 것이다. 반대로 모사본은 아무리 인물의 위치를 다르게 그리려 해도 "8인의 모양만 다를 뿐 정신은 한 사람에 불과하다."[42]고 했다. 즉 생취의 그림은 전신(傳神)의 그림에 다름 아니다. 그러므로 시 화 모두에 통하는 초정의 생취에는 정감의 전달이나 전신의 힘이 내재해 있음을 알 수 있다.

8. 실용의 추구와 미의 추구를 병행할 것을 주장했다. 주지하는바 초 정은 이용후생의 실학자로서 당연히 실용적인 것을 추구했다. 그가 저술 한 「북학의」는 곧 실용적인 이용후생의 지침서와 다름이 없다. 그는 정 치, 경제, 문화를 망라한 거의 모든 것이 낙후된 조선의 현실에 비추어 중국의 선진기술과 문화를 적극 도입하여 조선을 부국강병의 나라로 건 설하고자 하였다. 이와 동시에 초정은 이른바 쓸모없다는 미적인 것도 추구해야 함을 강조했다.

> 중국 사기는 모누 아름답고 오묘하다. 황량한 마을에 다 쓰러져가는 집
> 에도 황금색과 푸른색으로 채색된 항아리, 술잔, 물동이, 주발 등이 있다.
> 그 사람들이 사치를 좋아해서가 아니다. 질그릇 기술자가 만든 것이라면
> 마땅히 그와 같아야 하기 때문이다.[43]

글에서 중국인이 일부러 사치(미)를 추구해서가 아니라 기술자가 그렇 게 아름답게 만들었기 때문이라고 했다. 그러므로 살림이 가난한 집도 아름다운 자기를 소지하게 된 것이다. 실은 이 말에는 중국인의 실용적 인 것과 미의 추구는 하나의 관습이 되었다는 뜻이 들어있다. 공예가

---

42) 『楚亭全書』 중, 「飮中八仙圖序」, "八人之面目雖殊, 神情則一人而止耳."
43) 『楚亭全書』 하, 「北學議・瓷」, "中國瓷器, 無不精者, 雖荒村破屋之中, 皆有金碧彩畵
    之壺, 鍾, 罐, 碗之屬, 非其人之必好奢也, 土工之事當如此也."

거칠면 백성들도 거칠어지고 반대로 공예가 정교하면 백성들도 그와 같은 심성을 갖게 된다. 게다가 미적인 것의 추구는 인간의 본능이라 했다. 살림이 가난한 집의 정교하고 아름다운 자기에서 중국인의 실용적이면서도 미적인 추구가 자연스럽게 이루어지고 있음을 설명한 것이다.

"전주의 장사꾼은 처자식을 거느리고 생강과 참빗을 짊어지고 걸어서 의주까지 간다. 이익이 없는 건 아니지만 걷느라고 모든 근력이 다 빠지고, 가정적인 낙은 즐길 틈이 없다."44)즉 장사를 하더라도 즐기면서 하라는 것이다. 여기서 가정적인 낙이란 장사행위를 즐거운 가정여행으로 간주하라는 뜻이다. 장사 시에 수레를 몰고 먼 길을 다닌다면 도중의 아름다운 경치를 즐길 수 있다 함이다. 역시 실용과 미의 추구를 함께하라는 의미에 다름 아니다.

중국 배에 대한 기술에서는 실용과 미감의 병행의식이 더욱 짙게 드러난다. "배의 길이는 10장 정도 되었다. 무늬가 있는 창과 채색된 다락집이 높이 우뚝 솟아 있었다. 그 가운데 방이 있고 위에는 다락이 있으며 밑은 창고로 사용하고 있었다. 글씨 쓴 족자와 그림 액자가 걸려 있고, 장막과 침대는 향기롭고 그윽하며 구불구불하게 가려져 있어 그 아늑한 맛은 헤아릴 수 없었다."45)30만 섬의 곡식을 운반하는 큰 배의 모습이다. 배는 필경 실용적인 물건이다. 하지만 실용적인 것에만 신경을 쓴 것이 아니라 미적인 것에도 소홀시 하지 않았다. 다락집은 채색되었고 창문은 무늬로 장식되어 있다. 방에는 글씨 족자, 그림 액자가 걸려 있고 장막과 침대는 향기롭다. 바깥 경치는 더욱 시선을 끈다. 배 주변을 날고

---

44) 『楚亭全書』 하, 「北學議·車」, "全州之商, 挈妻子買薑梳, 而步往龍灣, 則利非不倍徒也, 筋力消於路, 而室家之樂無時也."

45) 『楚亭全書』 하, 「北學議·船」, "船長十餘丈, 門窓彩閣, 屹然高峙. 中有室, 上樓下庫. 書畵牌額, 帷帳衾枕, 芬馥幽深, 曲折遮掩, 賫不可測.

있는 갈매기 떼, 연기처럼 흐르는 구름, 모래언덕과 바람 받은 돛, 가옥들과 오가는 사람들, 그야말로 이보다 더 뜻 깊고 멋진 여행은 없을 상싶다. 이런 식으로 아무리 먼 곳을 여행하더라도 실증나지 않을 것이다. 역시 먼 길의 장사를 영행으로 간주하라는 뜻이다. 이처럼 초정은 실용과 미를 병행할 것을 주장했고 궁극적으로는 물질적 풍요와 아름다움이 어우러진 사회를 지향했다.

9. 아름다운 것은 사람들의 마음을 즐겁게 하고 심지(心智)를 열어주고 천성을 활발히 한다. 이는 공리성이 완전히 배제된 심미효과를 염두에 두고 한 말이다. 초정은 물질적 문명과 정신적 문명을 동시에 추구했다. 정신적 문명에는 많은 내용을 포함하겠으나 결과적으로 인간의 심성을 도야하고 마음을 즐겁게 하는 심미효과로 이어질 것이며, 이 또한 가장 중요한 측면이라 하겠다.

초정은 「고동서화」에서 조수충어 등이 그려진 항아리, 술잔의 형태, 산천의 네 계절을 묘사한 글과 그림, 이런 것들을 집대성한 『주역』이나 『시경』 등은 마음속의 지혜를 열고 사람의 천성을 온전히 하는데 계발을 준다고 하였다. 그것은 우아한 문명의 경지와 인연을 맺고, 고동서화를 예술품으로 감상하고 즐기는 자만이 가능하다. 그는 그의 견해의 설득력을 강조하기 위해 꽃과 벌레의 관계를 예로 들었다. "벌레도 꽃에서 사는 것은 날개와 수염에서 향기가 나지만 더러운 곳에 사는 것은 꿈틀거리는 것이 징그럽기만 하다. 미물도 이와 같으니 사람도 당연히 그러하다. 아름다운 비단 속에서 자란 사람은 더러운 먼지 속에 빠진 사람과는 틀림없이 다를 것이다."[46] 맹모삼천(孟母三遷)과 같은 환경 지배론은 다

---

46) 『楚亭全書 하, 「古董書畫」, "蟲之生於花者, 翅鬚猶香, 生於穢者, 蠢息多醜. 物固如此, 人亦宜然. 生長于韶華錦繡之中者, 必有異於汩沒於塵埃薄陋之地者."

아는 사실이지만 초정은 지나치게 굳어져 온 사람들의 의식을 돌려세우
기 위해 간단하면서도 쉽게 이해할 수 있는 사례를 든 것이다. 누구나
좋은 환경에서 살고자 하는 욕구는 인지상정이다. 가령 아름다운 환경에
서 살던 이를 아무런 연고도 없이 악취가 풍기는 곳에서 살라하면 단
일분도 살자고 하지 않을 것이다.

"천하의 도서를 국내로 들여오게 할 수 있으므로 조선의 풍속에 얽매
인 선비들의 편벽되고 꽉 막히고 고루하며 좁디좁은 견해가 굳이 개변시
키려 애쓰지 않아도 저절로 고쳐질 것이다."47) 지식성 내지 견식을 넓히
는 문제와 관련된 것이지만 엄청난 도서의 심미효과를 의식한 언급이다.
서적의 다독(多讀)으로 인한 박학은 물론이고 선진기술도 배우고 심성도
크게 도야될 것을 내다 본 탁월한 사고가 아닐 수 없다.

Ⅲ. 맺는 말

이상 초정의 미의식을 여러 측면으로 살펴보았다. 우선 하늘과 땅 사
이의 모든 것이 시라는 전제하에 "동심열이목"의 모든 사물이 아름답다
는 미감의 개념과 미의 범주를 확대 제시했다. 따라서 무당의 가사, 광대
의 사설, 시정과 여항의 노래와 같은 민간의 예술도 심미대상이 되기에
족하다. 다음은 심미대상과의 교감에서 양허의 중요성, 벽의 접근 방도
및 주체와 객체의 관계인 제의 터득을 미적인 것의 발견 내지 시작의
기본으로 삼았다.

미적인 것과의 교감에 있어서 성인과 일반인의 차이를 제시했다. 즉

---

47) 『楚亭全書』 중, 「丙午所懷」, "天下之圖書可致, 而拘儒俗士, 偏塞固滯纖瑣之見, 可不
攻而自破矣."

성인은 물의 맛을 아는 것처럼 사물의 미외미 내지 오묘함을 터득하는데 능하고, 일반인은 미적인 것을 곁에 두고도 감지 못한다. 그것은 벽의 정신과 세심한 관찰력 및 제의 자득력이 부족하기 때문이다. 특히 주체의 수요에 따라 미감이 생긴다는 언명은 심미활동에서 객관보다 주관의 역할이 큼을 시사한다.

　그 다음 초정은 기이함과 범상의 미학을 추구했다. 전통적인 틀에 구애가 없어 기이하고, 범상하기 때문에 기이한다. 특히 범상의 미학은 중국 명청시기 서민문학과 궤를 같이하고 근현대적인 미의식에 가깝다. 동시에 초정은 심법의 미학을 지향했다. 이는 심미활동에서 주관의 중요성을 다시 한 번 말해준다. 초정의 심법은 근현대의식은 물론이고, 20세기 초반에 나타난 세계적인 조류인 현대주의 내지 후기 현대주의의 문학사조와도 부분적으로 상통한다.

　'백미'와 '극미'의 병존설도 초정 미의식의 탁월함이 그대로 묻어난다. 특히 독자의 다양한 구미와 이해를 전제로 한 '백미'설은 20세기 중반에 형성된 수용이론과도 일맥상통하는 점이 있어 더욱 빛을 발한다. 이밖에도 생취의 문예미학, 실용과 미의 병행, 미적인 것의 심성도야 등 관점도 역시 초정의 독특한 미의식을 시사해주는 중요한 부분이라 하겠다. 특히 미적인 사물을 통해 양허한다는 견해는 인간의 심성을 도야하는데 있어서의 미의 중요성을 다시 한 번 확인해준다.

참고문헌

朴齊家 著, 李佑成 編, 『楚亭全書』(중, 하),亞細亞文化社, 1992.
박제가 지음, 안대회 옮김, 『궁핍한 날의 벗』, 태학사, 2000.

袁宏道, 「敍小修詩」, (http://baike.baidu.com/view/2744631.htm)
張 岱, 「五異人傳」, (http://wenku.baidu.com/view/d2607adad15abe2348 2f4de7.html)
『莊子』, (http://www.tianyabook.com/zhuangzi/)
『韓客巾衍集』, 국립중앙도서관 소장본.

박종훈, 「楚亭 朴齊家의 美意識과 詩論」, 『東方學』, 제14집, 한서대학교 동양 고전연구소, 2008.
宋載邵, 「實學派 文學觀 一考察」, 『韓國漢文學硏究』, 제26집, 한국한문학회, 2000.
楊乃喬 主編, 『比較文學槪論』, (중국)北京大學出版社, 2005.
吳功正, 『中國文學美學』中, (중국)江蘇敎育出版社, 2001.
袁行霈 主編, 『中國文學史』4, (중국)高等敎育出版社, 2003.
鄭雨峰, 「楚亭 朴齊家의 文學思想」, 『朴齊家의 學問과 思想』,韓國思想史硏究 會 주최, 박제가 학술발표회 논문집, 1997.8.6.
정일남, 「朴齊家 詩味論 연구」, 『韓國漢文學硏究』, 제39집, 한국한문학회, 2007.
_____, 『초정 박제가 문학 연구』, 지식산업사, 2004.
陳惇, 劉象愚 主編, 『比較文學槪論』, (중국)北京師範大學出版社, 2001.

서유구의 청년기 저작에 대한 효용론적 비평과 미학적 지향

강민구

I. 서론

한국 고전 문학 연구에서는 Horatius가 『시학(詩學)』에서 "시는 독자에게 교훈이나 쾌락을 주어야 한다."라고 한 효용론이나 유약우(劉若愚)가 '효용론은 유가사상을 토대로 문학이 정치적·사회적·도덕적·교육적 목적을 성취하는 가장 영향력 있는 이론'[1]이라고 한 유가적 효용론을 큰 고민 없이 원용하였다.

Horatius가 제시한 효용론에서 '쾌락'은 한문학과 다소 거리가 있는 개념이지만 '교훈'은 정교적 기능을 중시하는 한문학 작품의 분석 이론으로 더없이 좋은 개념이기 때문이다. 물론 효용론을 특정 이론으로 한정하지 않은 경우도 있지만 한문학 연구자들은 대체로 유약우의 유가적 효용론을 하나의 이론으로 발전시켜 왔다. 그 결과 한문학 비평에서 원

---

1) 유약우 저, 이장우 역, 『중국의 문학이론』, 동화출판사, 204쪽, 1984.

용된 효용론은 크게 두 가지 양상을 보인다. 첫째는 문학과 도의 관계에
대한 연구다. 이는 문학은 도의 가치와 의의를 표현하는 도구라는 관점
에 대한 것이다. 또 하나는 문학과 성정의 관계에 대한 연구다. 이는
문학이 독자의 성정을 도야하는 수단, 즉 교화의 수단이라는 관점에 대
한 것이다.2) 이와 같이 유가적 문학이론의 범주 속에서 효용론이 논의된
결과 효용론은 유가적 문학론에 매몰·종속되고 말았다. 그러나 본고에
서는 '문학의 쓰임새'라는 원론적 차원의 효용론을 제시하고자 한다.3)
이는 유가적 효용론을 토대로 하되, 문학의 기능적 측면을 확장하여 문
학의 존재 가치를 탐색하는 작업이 될 것이다. 그러나 효용성이 아무리
강조되어도 심미적 요소가 배제된다면 문학의 범주에서 논의될 자격이
없다. 따라서 본고는 실제 비평에서 유가적 효용론을 지양하면서 동시에
심미적 의식이 견지되는 양상을 분석해 보고자 한다.

『풍석고협집(楓石鼓篋集)』의 작품에 대한 비평 중에는 그 '쓰임새'를
중점적으로 논하되 그 심미적 가치를 평한 것들이 다수 있다. 따라서
본고는 효용론적 관점을 토대로 하면서 심미적 의식의 지향이 이루어진
비평을 연구의 대상으로 설정하되, 실제 작품의 분석을 통하여 그와 같
은 비평이 이루어진 요인을 탐색해 보려고 한다. 이러한 연구에서 선결
되어야할 사안은 비평의 신뢰도이다. 『풍석고협집』의 비평에는 이덕무
(李德懋)·성대중(成大中)·이의준(李義駿)이 참여하였는데, 그 중에서 이

---

2) 정대림, 『한국 고전문학 비평의 이해』, 태학사, 1991, 10쪽.
3) 예를 들면 정하영 교수는 문학의 효용성이 갖는 큰 비중에 대하여 "문학 연구의 가장
   중요한 과제 가운데 하나는 문학 자체의 효용성을 밝히는 일이다. 이 문제는 작가에게
   있어서나 독자에게 있어서나 다 같이 중요한 관심의 대상이 된다. 작가의 창작활동이
   나 독자의 독서활동은 문학의 효용성을 확실히 인정하는 바탕 위에서나 가능한 일이기
   때문이다."라고 한 말은 같은 것이다. (「균여의 문학효용론」, 『일산 김준영선생 정년기
   념논총』, 형설출판사, 1975, 217쪽.)

덕무가 비평을 주도하는 양상을 보인다.4) 그런데 이덕무는 "남의 시문
이 나의 뜻과 일치하지 않는 것을 보면 반드시 크게 의심하고 꺼려서
공연히 '세도(世道)를 망가뜨리고 심술(心術)을 파괴하는 것'이라고 단정
한다. 아! 이 같은 사람은 참으로 세도를 망가뜨리고 심술을 파괴한다.
시문은 마치 사람의 얼굴이 모두 다른 것과 같으니 어찌 반드시 억지로
같게 하겠는가?"5)라고 하여 비평에서 객관성을 유지하지 못하고 타인의
작품을 자신의 기호와 주관대로 재단하는 위험성을 경계하였다. 그는
또 "자기 글을 남에게 보여 칭찬을 바래서는 안 된다. 남이 혹여 칭찬하
면 우쭐하게 기가 살고 남이 비난하면 시무룩하게 기가 꺾이는데, 재주
는 한량이 있고 이름은 정가가 있으니 어찌 사의(私意)를 그 사이에 개입
할 수 있겠는가? 나는 일찍이 이에 대해 깊이 경계하여 내 글을 감히
남에게 보여 비평을 구하지 않았다."6)라고 하여 비평에 매우 신중한 자
세를 취하고 있었다. 이 역시 비평은 객관성을 유지해야 한다는 견해다.
그리고 이덕무가 당대 문학계에서 상당한 위치를 점하면서 비평에도 권
위가 있었던 사실은 성대중이 "(당시의 문사들이) 이덕무의 비평을 얻으면
보물보다 진귀하게 여겼다."7)라고 한 말에서 잘 알 수 있다. 이와 같은
정황으로 본다면, 이덕무의 비평은 작품의 실제적 분석에 객관적 이론으
로 기능할 수 있을 것이다. 한편 이의준과 성대중은 이덕무가 효용론적

4) 『풍석고협집』의 비평 양상에 대한 연구로는 졸고(2003, 2005)를 참조할 것.
5) 『青莊館全書』, 「士小節 五・士典・事物」. 見人詩文, 不與我同一意致, 則必大生疑忌,
公然勒定曰: "敗世道壞心術也." 嗚呼! 如此之人, 眞是敗世道壞心術也. 詩文如其面之不
同, 何必强而同之?
6) 『青莊館全書』, 「士小節 五・士典・事物」. 不可持自己文字, 向人要譽. 人或譽之, 則勃
然興起, 人或非之, 則茶然沮喪, 才有限量, 名有定價, 豈可以私意容於其間哉? 余嘗深戒
于此, 不敢以文字, 輕示人以求評批.
7) 『青城集』, 「李懋官哀辭」. 得其評批, 珍於金璧.

관점으로 비평한 작품에 대하여 주로 심미적 관점에 입각한 비평을 주로 하였다. 그들 비평가 3인은 서유구의 작품이 갖는 문학적 특성을 다각도에서 밝혀냈다고 하겠다.

II. 본론

1. 음악론을 겸한 효의 실천법과 환골탈태의 기법

조선 사회의 가장 기본적인 윤리덕목은 '효'다. 조광 교수는 조선 시대의 효가 갖는 정치·사회적 기능과 역사적 의미에 대하여 "조선시대의 성리학적 사회사상에서는 가족 관계를 기본으로 하여 현실의 인간 관계를 설명하고자 했으며, 그 중에서 효의 가치를 가장 강조하여 '백행(百行)의 근본'이라고 규정하였다. 이러한 상황에서 조선 사회의 집권층들은 성리학적 효에 대한 강조를 통하여 부자관계를 기본축으로 사족(士族) 중심의 사회질서를 구현하고자 하였다."[8]라고 하였다. 효는 조선왕조의 전 기간에 걸쳐 강조되었던 덕목이었고, 효 윤리 교육을 위하여 『소학』·『삼강오륜행실도』와 같은 유가의 효행서와 『부모은중경(父母恩重經)』과 같은 불가의 효행서가 간행 보급되었다. 그런데 효는 지극히 당연한 덕목으로 간주되었기 때문에 당시의 효행서에는 효의 실천 사례에 대한 기록이 대다수를 차지하는 반면 효 실천의 이론과 구체적 방법에 대한 기록은 많지 않다. 더욱이 조선 시대에는 효의 요체가 경(敬)과 순(順)에 있다고 규정하였고 그 양상은 가난과 자신의 희생을 무릅쓰고 부모를 봉양 보호하는 환난구제(患難救濟)의 행위, 부모에게 순종하는 행위, 부

---

8) 조광, 「조선조 효 인식의 기능과 전개」, 『한국사상사학』, 제10집, 1998, 289쪽.

모의 병을 구완하기 위해서 특이한 음식을 구해 봉양하는 하는 행위, 상처를 정성껏 치료하고 할고단지(割股斷指)를 하는 행위 등으로 정리되는 수준에 머물렀다.9) 그렇기 때문에 서유구가 「악락료기(樂樂寮記)」에서 제시한 '음악이 효의 실천 수단이 될 수 있다.'는 견해는 이전에 볼 수 없던 효의 이론이라고 할 수 있다.

서유구는 중부인 서형수의 요청에 의하여 악락료(樂樂寮)라는 건물에 기문을 붙였다. 서유구의 「악락료기」에 대해서 이덕무는 "예에 대해 말하고 마음에 대해 말함에 점철하고 은근히 비추니 『예기』의 「악기(樂記)」를 보충하고 『효경』에 우익(羽翼)이 될 만하다."10)는 비평을 붙였다.

다음에서 「악락료기」의 전문을 보고 이덕무가 그와 같이 비평한 요인을 분석해 보도록 한다.

① 백학산 기슭이 구불구불 달려 붙다가 남으로 내달려 나지막한 언덕이 되어 밭두둑을 싸안듯 휘돌아 육지마냥 된 곳을 명고(明皐)라고 한다. 나의 중부 오여선생(五如先生 – 徐瀅修)이 선처사(先處士 = 徐命誠)의 묘자리를 잡은 뒤 그 아래에 집을 짓고 악락료(樂樂寮)라고 명명하니 대개 『예기』에서 이른바 "음악은 고국의 소리가 듣기 좋다."라고 한 말에서 취한 것이다.
② 내가 기문을 써서 그 명명의 의미를 밝히자고 청하여 말하였다.
"효자가 부모를 섬기는 데는 또한 방법이 많으니 어찌 즐겁게 해 드리는 정도에서 그치겠습니까? 그러나 말이 마음에 근본하여 정(精)에 응축되고 신(神)에 풀리는 것이라면 즐거움이 클 것입니다. 지금 저 냄새와 맛이 코와 입을 기쁘게 할 수 있고 소리와 색이 귀와 눈을 즐겁게 할 수 있고 편안한 침소와 처소가 사지를 쾌적하게 할 수 있나니, 이러한 행동이 세상에서 이른바 어버이를 잘 섬기는 것입니다. 그러나 기쁘게 해드리고 즐겁게 해

---

9) 조광, 상게 논문, 261쪽.
10) 言禮言心, 點綴隱映, 可以補樂記而翼孝經. 炯庵.

드리고 쾌적하게 해드리는 것은 모두 육신에 있고 마음에 있지 않습니다. 그렇기 때문에 군자는 그것을 하찮게 여깁니다.

화기(和氣)를 극진히 하며 공경을 극진히 하며 정성을 드러내고 위선을 제거하며 근본을 궁구히 하고 변화를 알아 융연히 정(精)에 응축되고 신(神)에 풀리는 것이라면 오로지 예와 악일 것입니다. 비록 그렇지만『예기』에서 '음악은 마음에서부터 표출되고 예는 밖으로부터 표현된다.'고 말하지 않았습니까? 세상에는 진실로 모습을 꾸미고 어버이를 섬기지만 그 마음을 고찰해보면 숨길 수 없는 것이 있습니다. 이른바 '둥근 관을 높다랗게 쓰고 큰 치마를 가지런하게 입고, 앉으면 요임금의 말을 하고, 일어서면 순임금의 걸음을 하면서도 공자와 맹자의 마음을 자신의 마음으로 삼지 않는 자'가 이것일 따름입니다.

또 어찌 다만 예만 한다고 하겠습니까? 오로지 음악이라면 그렇지 않아서 종·북, 피리·경쇠, 우(羽)·약(籥), 간(干)·척(戚) 등의 기물이 비록 구비되더라도 반드시 마음에 근본하고 정신에 모인 연후에라야 기물이 그것을 따릅니다.

슬픔·즐거움·기쁨·성냄과 부정(不正)·시비가 한결같이 마음에 감동되는 것이라면 소리가 그와 더불어 그러하니 이것이 음악이 생을 즐겁게 하는 이유입니다. 이런 까닭에 군자가 음악을 지극히 하여 부모를 섬기면 화락하고 편안하여 화기(和氣)가 마음에서 통창하고 기쁜 낯빛과 화순한 용모가 외모로 표출됩니다.

나의 정에 응축된 것이 우리 부모의 정을 응축되게 할 수 있고 나의 신에 풀리는 것이 나의 부모의 신을 풀리게 할 수 있습니다. 그러므로 "색(色)을 눈에서 잊지 말고 소리를 귀에서 끊지 말고 심지(心志)와 기욕(嗜慾)을 마음에서 잊지 않는다."라고 하였습니다. 이는 모두 악의 도가 귀착되는 것입니다.

어째서인가요? 마음에 근본하는 것으로는 악보다 큰 것이 없고 발현되어 거짓이 될 수 없는 것으로는 또 악보다 큰 것이 없으니 의당 선생께서는 반드시 여기에서 의의를 취했을 터입니다."

③ 집이 완성된 뒤에 선생이 돌아가서 노년을 보낼 뜻이 있었는데 나 또

한 이 해에 명고산 남쪽 기슭에 부모의 장지(葬地)를 다시 가려 쓰려던 참이었기에 따라가 보았다. 그러니 이 현판은 오직 선생이 경계를 붙인 것일 뿐 아니라 또 나를 경계한 것이다. 그리고 나를 경계한 것일 뿐만 아니라 또 대대로 만자손이 변하지 말기를 경계한 것이다.

　　드디어 써서 새겨 후손에 전하노라.[11]

「악락료기」는 서유구의 중부인 서형수(徐瀅修)[12]의 악락료(樂樂寮)에 붙인 기문이다. 이 글은 3부분으로 나눌 수 있다. ①은 기문을 쓰게 된 경위에 대한 기술로 도입부에 해당한다. ②는 건물의 명칭인 '악락(樂樂)'의 의의에 대한 기술로 본론에 해당한다. ③은 에필로그에 해당하는데 '악락(樂樂)'의 실제적 효용의 극대화에 대한 서술이다.

　①에서는 악락료(樂樂寮)가 축조된 경위와 위치, 건물명의 유래에 대

---

11) 白鶴之麓, 蜿蜒奔屬, 南馳而低岸, 回如抱瓛, 平如陸者曰明皋, 吾仲父五如先生移卜先處士之宅兆, 而築室于其下, 名曰樂樂寮, 蓋取諸記所謂樂樂其所自生者也. 有榘請記之以昭其命名之義曰: "夫孝子之事親也, 蓋亦多方矣, 奚止於樂哉? 然語其本之於心, 以凝諸精而釋於神者, 則樂爲大焉. 今夫臭味足以悅其鼻口, 聲色足以樂其耳目, 寢處安逸, 足以適其四軆, 此世所謂善事親者也. 然其悅之也樂之也適之也, 皆在形而不在心, 故君子小之. 若乃致其和致其敬, 著誠而去僞, 窮本而知變, 融然凝諸精釋於神者, 則其惟禮與樂乎! 雖然記不云乎? '樂由中出, 禮自外作.' 世固有餙貌事親, 而考其心則不掩者. 所謂圓冠袤如, 大裙禪如, 坐而堯言, 起而舜趨, 不以孔孟之心爲心者是已. 又豈徒曰禮爲哉? 惟樂則不然, 鐘鼓管磬羽籥干戚之器雖備, 而必本之於心會之於精神, 然後器則從之. 凡其哀樂喜怒回邪曲直, 一感於心者, 其聲與之然, 此樂之所以樂其生也. 是以君子致樂而事親, 則陶陶焉逐逐焉, 和氣暢於內, 愉色婉容形於外. 凡吾之凝諸精者, 可以凝吾父母之精, 吾之釋於神者, 可以釋吾父母之神, 故曰: '色不忘乎目, 聲不絶乎耳, 心志嗜欲, 不忘乎心.' 此皆樂之道歸焉爾, 夫何也? 以本於心者莫大乎樂, 而其發見而不可以爲僞者, 又莫大乎樂也, 宜先生之必取於斯也. 寮旣成, 先生有歸老之志, 而有榘亦將以是歲改卜親葬于皋之南麓而往從焉. 然則是扁也, 非唯先生之寓警也, 亦所以戒小子也. 非唯小子之戒也, 亦所以戒世世萬子孫毋變也. 遂書以刻之, 以垂諸後云.

12) 서형수(徐瀅修): 1749~1824. 자는 유청(幼淸), 호는 명고(明皋). 서명응(徐命膺)의 아들로, 숙부인 서명성(徐命誠)에게 입양되었다. 광주목사와 영변부사를 지내고 1804년 이조참판을 거쳐 이듬해 경기관찰사가 되었다. 저서로 『명고전집(明皋全集)』이 있다.

한 기술을 하고 있다. 서형수는 선친의 묘가 좋지 못하다는 지관의 말을 들고 5,6년 동안 일 년에 한 두 번씩 서씨 일족의 장원이 있던 경기도 장단(長湍) 부근에서 길지를 찾으러 다닌 끝에 마침내 길지에 선친의 묘를 옮겼다고 한다.13)

서형수는 자신의 선친인 서명성(徐命誠)의 묘를 백학산 기슭으로 이장하고 그 아래에 집을 지었다. 이 집이 악락료인데, '악락(樂樂)'은 『예기』, 「단궁(檀弓)」의 "음악은 고국의 소리가 듣기 좋다.[樂, 樂其所自生.]"14)는 말에서 취하였다고 한다. '악락(樂樂)'이 표면적으로는 음악과 관련 있는 것처럼 보이지만, 사실 효와 관련이 있다. 그러나 이 말에는 효가 표면적으로 노출되지 않기 때문에 악락(樂樂)의 의의를 효과적으로 서술하기 위해서는 음악과 효의 관련성을 설득력 있게 개진하여야 한다. 그래서 서유구는 서형수에게 악락(樂樂)이라는 명명의 의의를 밝히겠다고 요청하였고 ②가 그 내용에 해당한다.

②에서 서유구는 서형수의 악락료(樂樂寮)라는 건물의 의의를 설명하는 동시에 자신이 생각하는 참된 효란 무엇인지 논리적으로 밝히고 있다. 서유구는 먼저 효에는 여러 가지 방법에 있으며 효의 궁극적 목표는 악(樂)에 있다고 하였다. 그러나 육신을 즐겁게 하는 것에서 그치는 봉양은 진정한 효가 아니라고 하였다. 효는 정(精)에 응축되고 신(神)에 풀릴 수 있어야 하는데, 그 수단이 될 수 있는 것은 오로지 예(禮)와 악(樂)이라는 것이다. 일반적 관념으로는 효는 예에 속하거나 예에 가까운 덕목으로 생각한다. 그러하기에 효에 대해 논하면서 예를 언급하지 않을 수 없다. 그러나 악락료의 명명 의의를 논하면서 논리를 악에 집중시키지

---

13) 『明皐全集』, 卷八, 「明皐記」.
14) 『禮記注疏』, 卷七, 「檀弓 上」.

않으면 안 되기에 예의 한계를 밝히고 그것의 배제를 시도하였다. 서유구는 그 논거를 『예기』, 「악기」의 "樂由中出, 禮自外作."이라는 말에서 찾았다. 일반적으로 예와 악은 상호보완적이라고 말하지만 예와 악은 상대적인 속성을 갖는다. 그리고 "樂由中出, 禮自外作."은 그와 같은 속성을 가장 잘 설명한 말이니, 악은 내면의 감정을 드러내며 예는 외면적 행위를 제어한다는 의미이다.[15] 효는 마음에서 우러나야 하는 것이기에 외부로부터 표현되는 예보다는 마음으로부터 표출되는 악이 더욱 절실하다는 논리이다. 예의 시각으로 볼 때, 겉으로는 흠잡을 데 없이 효도를 하지만 그 속마음을 알 수 없는 한계가 있다는 것이다. 그러나 음악은 그렇지 않아서 비록 악기(樂器)라는 형식이 구비되어 있어도 마음에서 우러나야 악기가 제구실을 할 수 있다고 하였다.

서유구는 이어서 『예기』, 「제의(祭義)」의 "색을 눈에서 잊지 말고 소리를 귀에서 끊지 말고 심지와 기욕을 마음에서 잊지 않는다.[色不忘乎目, 聲不絶乎耳, 心志嗜欲不忘乎心.]"라는 말을 논거로 제시하였다. 공영달(孔穎達)은 이 문장에 대해서 '자식이 부모의 제사를 지낼 때 마치 부모가 살아계신 듯 생각하라.'는 의미라고 주석하였다.[16] 방각(方慤)도 "색을 눈에서 잊지 않으면 항상 부모님의 모습을 뵐 때와 같고 소리를 귀에서 끊지 않으면 항상 부모님의 말씀을 들을 때와 같다."라고 하면서 이 말은 "마치 공자가 '제사를 지내실 적에는 선조가 앞에 계신 듯이 하셨으며, 신을 제사지낼 적에는 신이 앞에 계신 듯이 하셨다.'는 것과 같기에 이처

---

15) 김영욱, 「『악기』의 음악론과 음악교육사상」, 『음악과 민족』, 민족음악학회, 2004, 331쪽.

16) 『禮記注疏』, 卷四十七, 「祭義」. 正義曰: "此一經覆說孝子祭時念親之事. 致愛則存者, 謂孝子致極愛親之心, 則若親之存, 以嗜欲不忘於親故也. 致慤則著者, 謂孝子致其端慤敬親之心, 則若親之顯著, 以色不忘於目, 聲不忘於耳故也. 著存不忘乎心者, 言如親之存在, 恒想見之, 不忘於心, 既思念如此, 何得不敬乎?"

럼 한다면 태만한 마음이 들어오지 못할 터이니 어떻게 공경하지 않을
수 있겠는가?"[17])라고 주석하였다. 음악은 부모를 생전에 진정으로 모실
수 있는 수단일 뿐 아니라 사후에도 추원할 수 있는 수단이라는 것이다.

"나의 정에 응축된 것이 우리 부모의 정을 응축되게 할 수 있고 나의
신에 풀리는 것이 나의 부모의 신을 풀리게 할 수 있다."는 말은 결국
자식과 부모가 음악을 공유하는 것이라고 할 수 있다. 그는 음악과 효는
마음이 근본이 되고 표현에 거짓이 없다는 속성을 공유한다고 보았다.

이덕무는 「악락료기」를 예와 마음에 대해 말한 글로 단정하고 있다.
일반적인 시각으로는 「악락료기」가 효와 음악에 대해 논한 글로 보이기
때문에 그와 같은 이덕무의 평가는 선뜻 이해가 가지 않는다. 이덕무는
악은 예의 범주에 속하고 효는 심(心)의 범주에 속한다고 파악한 듯하다.
그것은 "『예기』, 「악기」를 보충하고 『효경』에 우익(羽翼)이 될 만하다."
라고 한 평에서 확인할 수 있다. 이덕무는 「악락료기」가 고대의 이상적
음악론이나 효에 대한 논리를 보강할 수 있는 효용이 있다고 평가한 것
이다. 이덕무는 「예기억(禮記臆)」이라는 글을 저술할 정도로 『예기』에
상당한 관심을 갖고 있었다.[18]) 그러나 「예기억」은 『예기』에 대한 본격
적 논문이라기보다는 『예기』 각 편에 대한 자신이 의난처(疑難處)를 논한
것이다. 따라서 「예기억」에 비록 「악기(樂記)」가 편재되어 있지만 음악
에 대한 견해는 볼 수 없다. 「악기」는 인간이 바른 음악을 듣는 것이
도덕적 수양이 된다는 사상으로 일관하며 개인의 인격성으로서의 덕을
강조한다.[19]) 따라서 음악이 효의 가장 좋은 수단이라는 견해는 『예기』,

---

17) 『禮記集說』, 卷一百十, 「祭義」. 嚴陵方氏曰: "色不忘乎目, 常若承顔之際也, 聲不絕乎
耳, 常若聽命之際也. …… 孔子曰: 祭如在祭, 神如神在, 非謂是歟? 果如在, 則怠慢之
心, 無自而入, 安得不敬乎?"
18) 『靑莊館全書』, 卷七.

「악기」에서 볼 수 없던 내용이기에 「악기」의 내용을 보충할 가치가 있으며, 『효경』의 우익이 될 수 있을 정도로 효 실천의 전범으로서 가치가 있다고 평가한 것이다.

그렇다면 「악락료기」가 갖는 심미적 가치는 어디에서 찾을 수 있을까? 이러한 물음의 답은 이의준(李義駿)이 "한정껏 구양수의 「유미당기(有美堂記)」를 모방하였지만 거의 환골탈태하여 독자는 깨달을 수 없다."[20]라고 한 비평에서 찾을 수 있다. 「유미당기」는 구양수가 매지(梅摯)의 요청에 응하여 지은 기문(記文)이다. 매지가 항주로 부임할 때 그를 아끼던 인종(仁宗)이 시를 하사하였다.[21] 매지가 항주에 이르러 당을 짓고 인종에게 하사받은 시의 첫 장인 "地有吳山美, 東南第一州" 중에서 글자를 따서 '유미당(有美堂)'이라고 당호를 지었다. 「유미당기」에 대한 평은 대체로 두 가지이다. 하나는 구양수가 현장에 한 번도 가보지 않고 「유미당기」를 지었다는 것이고 하나는 유미당의 아름다움을 잘 부각했다는 것이다.

「유미당기」는 구양수가 말하였듯이 매지의 예닐곱 번의 요청에 응하여 지은 글로, 구양수는 그곳에 가보지 않았다. 따라서 「유미당기」는 '경치를 상상하여 지은 글,[22] 현장에 한 번도 가보지도 않고 지은 글이지만 현장에서 직접 보고 지은 글보다도 훨씬 상세하다.'[23]는 평

---

19) 김영욱, 상게 논문, 343쪽.

20) 極意摸六一公有美堂記, 幾於換脫, 讀者不能覺. 愚山.

21) 「賜梅摯知杭州」, 『宋詩紀事』, 宋 厲鶚.

22) 『義門讀書記』, 卷三十八, 淸 何焯 撰.
 · 歐公作有美堂記, 不得已而出于蹈虛也.
 · 通篇, 以虛景成文.

23) 『古今事文類聚續集』, 卷九, 居處部, 宋 祝穆 撰. 梅公作此堂, 最得登臨佳處, 歐公爲之作記, 人謂公未嘗至杭而所記如目覽, 坐堂上者, 使之爲記, 未必能如是之詳也.

을 받았다.

「유미당기」의 문학적 성취에 대한 또 하나의 평가는 유미당을 자연스럽게 부각시켰다는 점이다. 구양수는 천하의 명승으로 금릉(金陵)과 항주(杭州)를 제시하고 다시 금릉과 항주의 비교를 통하여 '항주가 더 뛰어나다'고 하면서 명승지의 범위를 좁혔다. 그리고 항주의 아름다움을 한눈에 볼 수 있는 곳이 바로 유미당이라고 하였다. 구양수는 유미당이 천하의 가장 뛰어난 명승을 볼 수 있는 곳이라는 점을 성공적으로 표현하였다. 이처럼 유미당의 훌륭함을 자연스럽게 드러낸 기법에 대하여 송의 누방(樓昉) 등이 높이 평가하였다.[24]

「악락료기」와 「유미당기」 두 작품을 나란히 비교해 본다면 표현상의 유사점을 발견할 수 없다. 뿐만 아니라 「유미당기」의 수사적 기법을 「악락료기」에서 차용하지도 않았다. 그렇다면 '「악락료기」가 「유미당기」를 한껏 모방하였다'라고 한 이의준의 비평은 무엇을 두고 이른 것일까? 이는 두 작품의 착상이 유사하다는 데 있다. 「유미당기」는 유미당이 천하의 가장 아름다운 것과 즐거운 것을 동시에 겸한 곳이라는 점을 서술하는 구도로 되어 있다. 「악락료기」는 예(禮)와 악(樂)의 두 가지 범주에서 효라는 덕목을 실천해야 한다는 논리로 '악락(樂樂)'의 의미를 서술하였다. 결국 「악락료기」는 '악락료라는 건물은 예와 악을 겸함으로써 지상의 덕목인 효를 실천할 수 있다는 곳'이라는 논리적 구조를 갖는다고 하겠다. 이의준은 두 작품이 이처럼 내용이나 형식상 유사점을 전혀 볼 수 없고 저변의 착상이 동일하다는 점에서 '환골탈태(換骨奪胎)'라고 하였다. 시문을 지을 때 전인(前人)의 뜻을 바꾸지 않고 조어(造語)만 새로 하는 것을 환골법(換骨法)이라 하고, 전인의 뜻을 엿보아 그것을 말로

---

24) 『崇古文訣』. 將他州外郡, 宛轉假借, 比並形容, 而錢塘之美自見, 此別是一格.

형용하는 것을 탈태법(奪胎法)이라 한다.25) 이의준은 「악락료기」가 「유
미당기」의 착상을 차용하였다고 평가한 것이다. 그러나 이의준의 말과
같이 독자들은 두 작품간의 공통점을 찾을 수 없다. 즉 「악락료기」는
매우 교묘한 환골탈태 기법이 적용되었다고 하겠다.

　서유구는 수학기에 당송팔가문 중 유종원과 구양수에 뜻을 두었다
고 술회한 바 있다.26) 그런데 「악락료기」를 창작할 즈음에는 구양수
의 작법을 독자가 알아볼 수 없을 정도로 원용할 수 있는 수준에 도달
하였던 것이다. 또 그것을 정확하게 알아보는 이의준의 비평안이 놀랍
기도 하다.

2. 활쏘기를 겸한 학문의 방법과 고아(古雅)한 풍격

　서유구의 청년기 저작으로 흥미를 끄는 글 가운데 하나는 「학서학사
기(鶴西學射記)」이다. 이 글의 이덕무가 "전반부는 탄소가 준평에게 활쏘
기를 가르쳐 주고 후반부는 준평이 탄소에게 학문에 비유하였으니 서로
스승이 되는 이로움이 있고 문장 역시 우아하여 읽을 만하다."27)라고
평하였듯이 서유구가 유금(柳琴, 1741~1788)에게 활쏘기를 배우면서 그
것으로부터 학문하는 법을 유추하게 되었다는 내용이다.28) 따라서 이
글은 활 쏘는 방법과 학문하는 방법을 동시에 논한 효용성을 갖는다는
평가를 받았다.

---

25) 『冷齋夜話』, 卷一, 「換骨奪胎法」, 宋 惠洪 撰. 山谷云: "詩意無窮, 而人之才有限, 以
　有限之才, 追無窮之意, 雖淵明少陵不得工也. 然不易其意, 而造其語, 謂之換骨法, 窺入
　其意, 而形容之謂之, 奪胎法."
26) 『金華知非集』, 「與朋來書」. 唐宋八家文, 嘐然有志於柳子厚, 歐陽永叔之文章.
27) 前一半, 彈素敎射于準平, 後一半準平喩學于彈素, 互有師資之益, 文亦爾疋堪讀. 炯庵.
28) 유금(柳琴)에 대해서는 서유구의 「送遠辭哭幾何子 有序」와 김윤조 교수의 「기하(幾何)
　유금의 시에 대하여」(『어문학』, 제85집, 한국어문학회, 2004.)를 참조할 만하다.

다음에서 「학서학사기(鶴西學射記)」의 전문을 보도록 한다.

내가 학산(鶴山)에 있을 때 한 달 동안 이럭저럭 지내며 일삼는 바가 없었는데 객 중에 유탄소(柳彈素)라는 이가 있어서 내가 하는 일이 없는 것을 걱정하여 말하였다.

"산 서쪽에 들판이 넓고 평평하기에 과녁을 세우고 활을 쏠만 하니 어찌 활쏘기로 즐거움을 삼지 않는가?"

내가 말하였다.

"좋습니다!"

드디어 과녁을 펼치고 어깨를 벗고 깍지와 팔찌를 갖추고 화살 네 대를 꽂고 나갔다.

나는 활을 잡아 본 적이 없는 사람이기에 활을 채 끝까지 잡아당기지도 못했는데 손이 벌벌 떨리고 흔들리다가 문득 화살을 쏘자 구부정하게 튕겨 나가 몇 걸음도 못가서 떨어졌다. 유탄소는 평소 활쏘기를 익혔기에 나를 가르쳐 말하였다.

"이것은 시위에 문제가 있네. 시위를 당길 때는 가득 차게 하려고 하고 시위를 놓을 때는 신속하게 하려고 해야 하네. 당길 때 가득 차게 하지 않으면 느슨하고, 놓을 때 신속하지 않으면 느른하게 되지. 그래서 화살이 멀리 가지 못하네."

그의 말처럼 하니 화살이 멀리는 가지만 빗나가서 과녁의 왼쪽과 오른쪽에 떨어지는 등 대중이 없었다.

유탄소가 말하였다.

"이것은 활등에 문제가 있네. 자네는 활등을 잡을 때에 팔을 뻗지 않더군. 팔을 뻗지 않으면 고정되지 않고 고정되지 않으면 쉽사리 흔들리지. 그래서 명중하지 못한다네."

그의 말처럼 하였더니 화살이 과녁 쪽으로 날아가기는 하는데, 어떤 것은 지나쳐버리고 어떤 것은 채 미치지 못하였다.

유탄소가 말하였다.

"이는 자네의 몸에 문제가 있네. 너무 치켜들지 말고 너무 숙이지도 말아야 하네. 너무 치켜들면 적중되기를 바랄 수 없고 너무 숙이면 빨리 적중시킬 수 없지."

그 말과 같이 하여 두 발을 명중시켰다. 내가 이에 활을 활집에 넣고 화살을 전통(箭筒)에 넣고 말하였다.

"그만두렵니다. 저는 다시 활을 쏘지 않겠습니다."

유탄소가 말하였다.

"무슨 까닭인가?"

내가 말하였다.

"저는 성인을 배울 작정인데 무엇 때문에 활쏘기를 배우겠습니까? 계셔 보시지요. 제가 활 쏘는 이치에 대해 말해보겠습니다.

활을 당길 때 가득 차게 하려는 자는 활 당기기를 충분히 하고 시위를 놓을 때 신속하게 하는 자는 쏘는 것이 빠릅니다. 활등을 잡을 때 팔을 곧게 뻗치는 자는 활등을 강하게 잡습니다. 너무 치켜들지 않고 너무 숙이지 않는 자는 몸에 치우침이 없습니다. 활을 당기는 것은 역량에 가깝고 빠른 것은 용기에 가깝고 강한 것은 신의에 가깝고 몸이 치우치지 않는다면 자기를 바르게 하는 것입니다. 이런 까닭에 군지는 역량으로 모범을 심고 용기로 행하고 믿음으로써 지기고 자기를 바르게 한 뒤에 움직이니, 비록 적중되지 않더라도 그리 멀지는 않을 것입니다. 네 가지는 덕의 창고입니다. 제가 장차 이로써 성인을 배우는데 어찌 활쏘기를 배우겠습니까?

또 저 군자는 뜻을 활촉과 같이 연마하고 말을 화살과 같이 냅니다. 그 학문을 말하면 삼균(三均)과 구화(九和)입니다. 재료를 갖고 말하면 가시나무와 굴나무를 줄기로 쓰고, 푸르스름하고 흰 색 소뿔을 쓰는 격입니다. 나가고 물러가는 것이 법도에 맞고 주선하는 것이 법도에 맞으며 마음은 바르고 몸은 곧습니다. 그러므로 자신을 표현하는 언행이 모두 절도에 맞습니다. 군자는 활 쏘는 데에 몰두할 따름이니 활을 울리고 화살을 뽑는 것을 의미하지 않습니다."

유금이 서글프게 실의하여 일어나 말하였다.

"활을 쏨이여, 활을 쏨이여! 나는 도덕을 활과 화살로 삼고 인의를 과녁으로 삼아서 무형의 활쏘기에 종사하기를 원하노라."[29]

이 글은 이덕무가 평한 바와 같이 크게 두 부분으로 구성되어 있다. 서유구가 유금에게 활쏘기를 배우는 내용이 전반부이고, 서유구가 유금에게 배운 활쏘기로부터 자득한 학문의 방법을 말하는 내용이 후반부이다. 유금은 서유구의 집에서 한 때 객으로 있으면서 서유구에게 활쏘기를 가르쳐 주었다.

유가에서 활쏘기는 무예에 국한 되는 것이 아니었다. 『주례』에서 활쏘기는 예악사어서수(禮樂射御書數)라 하여 군자의 육예(六藝)로 중시되었으며『논어』·『맹자』·『예기』등의 유교 경전에서도 심신을 수양하는 수단으로 중시되었다. 활쏘기는 개인적 차원에서 뿐만 아니라 국가적 차원에서도 중시되었다. 조선 왕조에서는 성종·연산군·중종대에 대사례(大射禮)를 시행하였고 상당 기간 중단하였다가 영조대에 다시 시행하였다. 대사례 중단의 이유는 조선이 두 차례의 큰 전란을 겪으면서 경제적·사회적으로 대사례를 시행할 여유가 없었고, 선조대 후반부터 가속화되

---

29) 徐子在鶴山厒月日, 漫漫無所事, 客有柳彈素者, 憫其無業也. 告之曰: "山之西, 平疇曠夷, 可侯而射, 盍射以爲樂?"徐子曰: "諾!" 遂張侯袒決拾, 搢乘矢以出. 蓋徐子未嘗操弓者也, 彎未旣, 手顫掉, 輒舍矢, 紆而趨, 不數武落. 彈素習弓, 敎之曰: "是病于弦, 宛之欲滿, 釋之欲按, 宛不滿則需, 釋不按則茶, 故矢不遠."如其言, 矢遠而邪, 左右侯而落無常. 彈素曰: "是病于栒, 執栒不挺臂也. 不挺臂則不固, 不固則易搖, 故不中."如其言, 矢向侯而或過之或不及. 彈素曰: "是病于子之身. 毋已昂毋已俯. 已昂則莫能以愿中, 已俯則莫能以速中."如其言, 獲二矢焉. 徐子酒弢其弓捆其矢曰: "已哉. 吾不復射矣."彈素曰: "何故?"徐子曰: "吾將學聖人, 而焉用學射? 居! 吾語子射. 夫宛欲滿者, 充其彀也, 釋欲按者, 發之劑也, 執栒挺臂者, 操之勁也, 毋已昂毋已俯者, 身無偏也, 彀近乎量, 劑近乎勇, 勁近乎信, 身無偏則正己也. 是故君子量以範之, 勇以行之, 信以守之, 正己而後動, 雖不中不遠矣. 四者德之府也, 吾將以是學聖人, 而焉用學射? 且夫君子, 礪志如鏃也, 發言如矢也. 語其學則三均而九和也. 語其材則荊橘幹而靑白角也, 進退中矩, 周旋中規, 內體正外體直, 故發已皆中節. 君子之於射, 沒身焉已矣, 而非鳴弓抽矢之謂也."彈素憮然作而曰: "射哉射哉! 吾願道德以爲弓矢, 仁義以爲侯的, 而從事于無形之射."

기 시작한 붕당정치의 전개로 말미암아 국왕 주도의 국가 의식을 시행할
수 있는 여건이 마련되지 않았던 데 있다.[30] 유금이 서유구에게 활쏘기
를 배우라고 권유한 것도 이 같은 시대적 맥락과 무관하지 않으리라.
그런데 서유구는 활을 전혀 쏘아 본 경험이 없었기 때문에 모든 것이
문제였다. 우선 시위를 당기는 법에 문제가 있었다. 그는 시위를 올바로
당기지 못하여 화살이 멀리가지 못했다. 유금으로부터 시위 당기는 법을
배우자 이번에는 화살이 멀리는 날아가지만 방향이 대중없었다. 이것은
활등을 잡는 방법에 문제가 있었기 때문이다. 유금에게 활등을 잡는 법
을 배우자 화살이 과녁 쪽으로 가기는 하지만 명중되지 않았다. 이것은
자세에 문제가 있었기 때문이다. 유금에게 자세를 바로 하는 법을 배우
고 나자 마침내 과녁을 적중시킬 수 있었다. 유금은 서유구에게 시위를
당기는 법, 활등을 잡는 법, 올바른 자세, 이 세 가지를 전수해 주었다.
이것은 『예기』, 「사의」의 내용을 토대로 하되, 구체적 상황에서 문답을
통하여 문제를 해결하는 형식으로 되어 있다. 이는 활쏘기의 기초적 이
론으로 활용할 수 있는 정도의 효용성이 있다. 여기까지가 전반부에 해
당한다.

　과녁을 맞히게 된 서유구는 더 이상 활쏘기를 배울 필요가 없다는 의
사를 밝히는데, 자신이 활쏘기의 주요 이치를 다 깨달았기 때문이라고
하였다. 서유구는 활쏘기로부터 네 가지 덕을 터득하게 되었으니, 역량
으로 모범을 삼고 용기로 행하고 믿음으로써 지키고 자기를 바르게 한
뒤에 움직이는 것이다. 그리고 『주례』에서 활 만드는 법을 인용하여 그
것을 학문하는 법에 대비시켰다. 그는 학문은 삼균(三均), 구화(九和)와
같다고 하였다. '삼균(三均)'이란, 활을 만드는 재료의 훌륭함·활 제작

---

30) 신병주, 「영조대 대사례의 실시와 대사례의궤」, 『한국학보』, 28권 1호, 일지사, 2002.

기술의 뛰어남·활 제작 시기의 알맞음, 세 가지를 이르는 말이다. 그리
고 삼균에 활을 만드는 재료인 뿔이 나무줄기를 이기지 못함·나무줄기
가 힘줄을 이기지 못하는 관계가 또 하나의 삼균이며 그들 세 가지 재료
의 역량을 측정하여 나무줄기가 만약 일석(一石)을 견뎌내면 뿔을 더하여
2석을 견디게 하고, 힘줄을 입혀 3석을 견디게 하는 것이 또 하나의 삼균
이니 이들을 합하여 '구화(九和)'라고 한다.[31] 학문은 재질과 기술이 뛰
어나고 시기가 적절해야 한다는 것이다. 그리고 다시 학문적 자질에 대
하여 말한 '재료로 말하면 가시나무와 귤나무를 줄기로 쓰고'[32] '푸르스
름하고 흰 색 소뿔을 쓰는 격'[33]이라는 것도 모두 『주례』에서 인용한
내용이다. 또 "나가고 물러가는 것이 법도에 맞고 주선하는 것이 법도에
맞으며 마음이 바르고 몸이 곧습니다. 그러므로 자신을 표현하는 언행이
모두 절도에 맞습니다."라는 말은 『예기』, 「사의」에서 활을 쏘는 사람의
올바른 태도에 대하여 서술한 문장[34]을 변형하였다.

서유구의 말을 들은 유금이 동감을 표하며 "나는 도덕을 활과 화살로
삼고 인의를 과녁으로 삼아서 무형(無形)의 활쏘기에 종사하기를 원하
노라."라고 답하였다. 활쏘기를 인(仁)으로 귀착시키는 관념은 『예기』,
「사의」에서 "활쏘기는 인(仁)의 도이다. 활쏘기는 자기에게 바름을 구
한다. 자기의 몸이 바르게 된 뒤에 화살을 쏘며 활살을 쏘아서 맞추지

---

31) 『周禮』, 卷42. 材美, 工巧, 爲之時, 謂之參均, 角不勝幹, 幹不勝筋, 謂之參均, 量其力
　　有三均, 均者三, 謂之九和. [有三讀爲又參. 量其力又參均者, 謂若幹勝一石, 加角而勝
　　二石, 被筋而勝三石, 引之中三尺. 假令弓力勝三石, 引之中三尺, 弛其弦, 以繩緩摬之,
　　每加物一石, 則張一尺.]

32) 凡取幹之道七, 柘爲上, 檍次之, 㯭桑次之, 橘次之, 木瓜次之, 荊次之, 竹爲下.

33) 角欲靑白.

34) 『禮記』, 「射義」. 射者, 進退周還, 必中禮, 內志正外骸直, 然後持弓矢審固, 持弓矢審
　　固, 然後可以言中. 此可以觀德行矣.

못하면 나를 이긴 자를 원망하지 않고 자신에게 돌이켜 원인을 찾을 따름이다."[35]라고 한 말에 근거한 것이다. 학문의 방법에 대해서 논한 후반부 역시 『예기』, 「사의」와 「고공기」의 내용과 표현 방식을 적절히 섞어서 구성하였다. 그래서 성대중은 이 글에 대해서 "『예기』, 「사의」를 계승하고 「고공기」의 법을 겸하여 사용하였다."라고 평하였다.

이 작품이 갖는 문학적 성취에 대해서 이의준(李義駿)은 "문장의 기가 고아하고 준수하니 팔가(八家)를 본뜨는 자는 이와 같은 말을 지을 수가 없다."라고 높이 평가하였다. 이는 이덕무가 "문장 역시 우아하여 읽을 만하다."라고 한 평가와 같은 맥락이다. 「학서학사기(鶴西學射記)」가 『예기』, 「사의」와 「고공기」의 내용과 표현 방식이 적용되었기 때문에 전체적 풍격이 고아하게 된 것이다. 이의준은 「악락료기」에 대한 비평과 마찬가지로 「학서학사기」의 비평에서도 독창성 여부를 평가의 중요한 지표로 삼고 있다. 그 결과 당송팔대가를 모방하는 부류가 지을 수 없는 작품이라고 높이 평가하였다.

3. 마음의 정화와 창작의 수단

「세심헌기(洗心軒記)」는 서유구가 당숙 서로수(徐潞修)[36]의 부탁으로 지은 글이다. 서형수(徐瀅修)가 지은 「세심헌기」에 의하면 서로수의 세심헌은 그의 종부형 서형수가 명명하였다고 한다. 다 쓰러져가는 폐가를 서로수가 고치고 청소하여 깨끗하게 만들었듯이 마음도 학문 연마를 통

---

35) 『禮記』, 「射義」. 射者, 仁之道也, 求正諸己, 己正而後發, 發而不中則不怨, 勝己者, 反求諸己而已矣.

36) 서로수(徐潞修): 1766~1822. 자는 경박(景博), 호는 홀원(笏園), 부친은 서명민(徐命敏). 서로수의 생애는 이만수(李晚秀)가 지은 「서경박묘갈명(徐景博墓碣銘)」(『극원유고(屐園遺稿)』)을 참조할 만하다.

하여 깨끗하게 만들라는 의미로 서형수가 편액의 이름을 지었다고 하였
다.37) 서로수는 자신의 세심헌에 붙일 기문을 서형수와 서유구에게 부탁
한 결과, 제목과 소재는 동일하지만 주제와 내용과 표현이 판이한 글을
얻게 되었다. 서형수의 「세심헌기」는 작자와 건물 주인인 서로수의 대담
형식을 취하여 세심(洗心)의 의미를 서술하고 있다. 그런데 서유구의 「세
심헌기」는 서형수의 「세심헌기」와 달리 작명의 경위에 대한 내용이 전혀
없다. 따라서 세심헌에 대한 정보도 존재하지 않는다. 서유구의 「세심헌
기」는 건물의 이름인 세심의 의미에 대한 의론에만 집중하고 있다.
　다음에서 「세심헌기」의 전문을 보도록 한다.

　① 나를 좋아하고 남을 미워하고 곤궁을 근심하고 형통을 즐거워하는
것, 이것은 사람의 일반적인 심정이다. 그러나 마음은 곧 허명(虛明)할 따
름이니 좋아함·미워함·근심·즐거움이 어찌 마음에 본래 있는 것이겠는
가? 다만 외물이 그렇게 만들고 허명한 것이 응할 따름이다. 그러므로 군자
의 학문은 반드시 빈 것을 비게 하고 밝은 것을 밝게 하여 내 마음의 전체가
확립되게 하고 밖에 있는 외물이 접촉하여도 어지럽지 않고 내게 오더라도
능히 대응하나니 이것이 군자가 그 마음을 씻는 이유이다.
　대개 보통 사람의 경우라면 마음으로 외물을 따라간다. 그러므로 외물과
자아의 사이에서 미혹되고 곤궁과 형통의 길에 어두워 진실로 하나라도 세
상에서 얻음이 있으면 반드시 기쁘게 안색에 드러나고 소리에 발현된다.
만약 얻지 못한다면 크게 근심하고 두려워하여 두 가지가 끝없이 서로 연속
된다. 어지러움이 반복되고 칠정(七情)이 멋대로 생겨나서 허명한 것을 볼
수 없다면 그 형체됨도 어리석을 것이다. 이는 유독 나의 욕망이 한정 없는
데 나의 욕망을 채울 수 있는 외물은 한정이 있다는 것을 모르기 때문이니
어찌 슬프지 않으랴?

---

37) 『明皐全集』, 卷八, 「洗心軒記」.

군자의 경우라면 그렇지 않아서 나에게 있는 성(性)을 극진히 하고 저에
게 있는 명(命)을 편안히 여겨 부귀한 분수면 부귀를 행하고 빈천한 분수면
빈천을 행하고 환란을 겪을 분수면 환란을 행하여 위로 하늘을 원망하지
않고 아래로 사람을 허물하지 않는다. 대개 외물의 밖에서 초월하고 나의
허명이 변함없으니 이것이 어찌 세심(洗心)의 소치(所致)가 아니겠는가?

② 나의 당숙 경박씨(景博氏)가 자신의 거처에 '세심(洗心)'이라고 편액하
고 나에게 기문을 써달라고 하였다. 나는 군자가 그 덕을 신명(神明)하게
하는 방법은 나의 마음에서 생겨 나의 마음을 씻는 것이라고 생각하니 어찌
헌(軒)을 명명하는 것으로써 하겠는가?

대저 보통 사람의 마음이란 허명한 것은 일찍이 미약하고 외물이 나의
마음을 빼앗는 것은 일찍이 많다. 그러므로 옛사람은 반드시 절차탁마의
보탬과 법으로 경계하는 마련을 두어 양심을 확충하고 사악한 짓을 막았다.
지금 우리 당숙은 이것으로 자신의 헌(軒)에 이름을 붙이고 드나들며 경계
하고 반성하는 사이에 일찍이 엄한 스승과 충직한 벗이 앞에 있는 것처럼
생각하였다.

③ 무릇 좋아하고 미워하고 사랑하고 즐거워하는 감정이 마음에 드러나
는 깃을 한결같이 허명으로 씻어내 마음으로 하여금 외물에 대해 생각을
기술하거나 외불에 생각을 머물게 하지 않는다면 거의 군자의 외물 대응에
서 어긋나지 않을 것이다. 내가 그렇기 때문에 즐겨 말을 하고 또 인하여
스스로를 경계한다.[38]

---

[38] 好我而惡物, 憂於窮而樂於亨, 此人之常情也. 然心卽虛明已, 好惡憂樂, 豈心之本有
者哉? 特物使之然而虛明者應之矣. 故君子之學, 必也虛其虛明其明, 使吾心之全體立,
而物之在外者, 觸而不亂, 至而能應, 此君子之所以洗其心也. 蓋衆人則以心殉物, 故惑於
物我之間, 冥於窮亨之路, 苟有一得於世, 則必欣欣然見於色發於聲. 若不得者則大憂以
懼, 二者相尋於無窮, 眩亂反復, 七情橫生, 而其虛明者無可以見, 則其爲形也亦愚哉! 是
獨不知吾之欲無盡, 而物之可以盡吾欲者有盡矣, 豈不悲夫? 若君子則不然, 性之在我者
盡之, 命之在彼者安之, 素富貴行乎富貴, 素貧賤行乎貧賤, 素患難行乎患難, 上不怨天,
下不尤人. 蓋以其超於物之外, 而吾之虛明自若也, 此豈非洗心之致乎? 余從祖叔父景博
氏, 扁其居曰洗心, 謂余爲之記. 余以爲君子之神明其德, 生於吾心, 洗乎吾心, 奚以名軒
爲哉? 夫常人之心, 虛明者嘗微, 而外物之奪我心者嘗多, 故古之人, 必有切磋之益法誡

통상적으로 건물에 붙이는 기문은 글을 쓰게 된 경위를 먼저 제시하기 마련인데, 「세심헌기(洗心軒記)」는 의론부가 전면에 배치되어 있다. 서유구는 ①에서 세심(洗心)의 필요성과 효용에 대하여 논하였다. 세심을 하여야 하는 이유는 나의 마음이 외물과 접촉하여도 흔들리지 않고 대응을 잘할 수 있기 때문이다. 그리고 세심의 효용은 외물의 밖에서 초월하고 허명한 마음이 변하지 않을 수 있다는 것이다.

②에서는 기문을 짓게 된 경위를 서술하였고, ③에서는 세심이 건물의 주인에게만 한정되지 않고 자신에게도 적용된다고 덧붙였다.

「세심헌기」에 대해서 이덕무는 "마음을 논한 글은 주렴계·장횡거·정자·주자가 아니라면 썩은 두건에 떨어지기 쉬울 터인데 이 기문은 밝게 찌꺼기가 없다. 그러니 주인에게 세심의 공부가 있을 뿐만 아니라 작가에게는 세문(洗文)의 수단도 된다."39)라고 논평하였다. 이덕무는 '마음을 논한 글은 송나라의 대표적 성리학자들이 아니라면 부유(腐儒)의 말로 전락하기 쉬운데 「세심헌기」는 논리와 표현이 투명하게 밝고 찌꺼기가 없다.'고 하였다. '세심헌'이라고 명명한 서형수는 세심이 공자의 말도 아니고 불가나 도가의 말도 아니라고 하였다. 따라서 서유구도 세심에 대하여 논하면서 어떠한 인용도 하지 않고 자신의 생각을 개진하였다. 그렇기 때문에 글이 간략하고 분명하다. 이러한 점을 이덕무는 '세문(洗文)'이라고 평가한 것으로 보인다. 「세심헌기」는 글을 부탁한 사람을 포함한 독자에게도 심성을 닦게 하는 효용성을 제공할 뿐만 아니라 작가에

之設, 以擴其良心而防其非辟之干. 今吾叔以是名其軒, 而出入警省之際, 嘗若嚴師忠友
之臨乎前. 凡好惡愛樂之形於心者, 一以虛明洗之, 使夫方寸能寫意於物, 而不留意於物,
則庶幾不畔於君子之應物. 余故樂爲之道, 且因以自警焉.

39) 論心之文, 除非周張程朱, 則易墮於腐頭巾, 而此記皎然不滓, 匪惟主人有洗心之工, 作
者爲洗文之手. 炯庵.

게도 창작상의 효용성을 주는 작품이라고 평가한 것이다.

한편 성대중은 "「초연대기(超然臺記)」 이후에 또 이런 작품이 있도다."40)라고 평가하였다. 소식의 「초연대기」는 천고기문(千古奇文)으로 일컬어지는 명문이다.41) 「초연대기」는 '물욕에 구속되지 말고 물질세계를 벗어난다면 삶이 언제나 즐겁게 된다.'는 내용이다. 「세심헌기」의 "是獨不知吾之欲無盡, 而物之可以盡吾欲者有盡矣, 豈不悲夫?"는 「초연대기」의 "人之所欲無窮, 而物之可以足吾欲者有盡.[인간의 욕망은 끝이 없으나 우리의 욕심을 만족시켜줄 물질은 한계가 있다.]"과 발상이 동일하다. 그래서 성대중은 「초연대기」가 성취한 작품성의 연장선상에 「세심헌기」가 위치한다고 보았다. 「세심헌기」는 수준 높은 문학성을 통하여 독자로 하여금 물욕의 구속으로부터 벗어나도록 하는 효용성을 지닌다고 본 것이다.

4. 각성의 수단과 은영(隱映)의 기법

「불속재기(不俗齋記)」는 서유구가 백씨 서유본(徐有本)의 불속재(不俗齋)에 붙인 글이다. 이 작품에 대해서 성대중은 "정신을 불러 깨우는 말이다."42)라고 극찬을 하였다.

「불속재기」의 전문은 다음과 같다.

하늘을 풍(風)이라고 하고 땅을 속(俗)이라고 한다. 하나라 사람들은 충(忠)을 숭상하고 은나라 사람들은 질(質)을 숭상하고 주나라 사람들은 문(文)을 숭상하는 것이 풍(風)이다. 노나라의 봉액(逢掖)과 송나라의 장보관

---

40) 超然臺記後又有此作. 靑城.

41) 『御製文集』, 卷四, 「反蘇軾超然臺記說」.

42) 喚醒語. 靑城.

(章甫冠)과 오나라·월나라 사람들의 문신(文身)은 속(俗)이다. 두 가지는 옛날부터 지금까지 천하의 커다란 문(文)이다. 그러므로 "진량(陳良)은 초나라 태생이다."[43]라고 하였고 또 "백이(伯夷)의 풍(風)"[44]이라고 하였다. 그러니 풍(風)에 구속되지 않고 속(俗)에 구속되지 않는 자는 아마도 성인뿐이리라! 현인 이하로는 여전히 '풍속(風俗)'이라고 말한다. 비록 그러나 하늘의 덕은 둥글면서 움직이고 땅의 덕은 모나면서 고요하다. 이런 까닭에 풍(風)을 옮기기는 쉽고 속(俗)을 바꾸기는 어렵다.

나는 당우(唐虞) 뒤로 또 삼대가 있다는 말은 들었어도 진나라·초나라의 강하고 사나운 습속이 변하여 제나라·노나라의 예와 의가 되었다는 말은 듣지 못하였다. 나는 우리나라 사람이다. 우리나라의 풍속이 중화와 가장 가까운데 습속에 물이 든 이래로는 항상 그 비루함을 걱정하였다. 믿을만 하도다. '속(俗)'의 변역하기 어렵다는 것을.

정유년[1777] 여름 5월에 나의 형님이 뜰에 대나무를 심었는데 대나무가 매우 무성하였기에 드디어 그 거처를 '불속(不俗)'이라고 명명하였다.

훗날 내가 사람들에게 말하였다.

"좋도다! 우리 형님의 풍(風)을 변이시키고 속(俗)을 변역(變易)함이여. 옛날에 공자께서 '위나라에서 대나무 소리를 들으시고 석 달간 고기 맛을 모르셨다.'고 하셨고 또 '사람에게 대나무가 없으면 속되다.'[45]라고 하셨다. 그러므로 속을 변역하는데 대나무보다 좋은 것이 없다.

옛글에서 '대나무의 싸늘하고 담박함은 옛사람의 풍과 같다.'라고 하였다. 그러므로 풍을 변이하는데도 대나무보다 좋은 것이 없다. 다만 대나무를 속되지 않다고 한 것은 그 어려움을 들어 한 말이다. 대저 중도(中道)라면 변이하지 않고 바르면 변역하지 않으니 변이할 수 있고 변역할 수 있는 것은 풍속을 이른다. 이런 까닭에 지역적 거리가 천여 리이고 시간적 거리가 천여 년인데, 뜻을 얻어 중국에서 행하는 것이 부절을 합한 듯하니 이것

---

43) 『孟子』, 「滕文公」, "陳良楚産."

44) 『孟子』, 「萬章」, "伯夷之風."

45) 楊萬里, 『御定歷代賦彙』, 卷八十一, 「淸虛子此君軒賦」: 夫子適衛, 公孫靑僕, 子在淇園, 有風動竹, 聞蕭瑟檀欒之聲, 欣然忘味, 三月不肉, 顧謂靑曰: "人不肉則瘠, 不竹則俗."

이 성인의 덕의 중정(中正)이다. 외체(外體)는 곧고 내체(內體)는 비어서 엄한 서리도 꺾을 수 없고 차가운 바람도 잎을 떨굴 수 없으니 이것은 대나무의 품기(品氣)의 중정(中正)인데, 그 풍(風)을 변이하고 속(俗)을 변역하는 것이라면 그와 공이 같다. 비록 그렇지만 천하고금을 들어 논한다면, 대나무를 심는 것은 사람들마다 옳게 여기는데 백성들은 날마다 쓰면서도 알지 못하지만 군자는 물(物)을 보면 의(義)를 생각한다. 『주역』에서 '군자는 상(象)을 써서 속(俗)을 선하게 한다.'46)라고 하였으니 우리 형님이 그것을 따라하셨다."47)

「불속재기」는 크게 두 부분으로 이루어져 있다. 전반부는 풍속에 대한 논리의 개진이고 후반부는 「불속재기」를 짓게 된 동기와 '불속(不俗)'의 의의에 대한 논리의 개진이다. 서유본(徐有本)48)이 뜰에 심은 대나무가 무성해지자 대나무의 속성에 착안해 자신의 거처를 '불속'이라고 이름 짓고 속되지 않은 삶을 살겠다고 다짐하였는데, 불속재에 붙인 서유구의

---

46) 『周易』, 「漸」. 象曰: "山上有木, 漸, 君子以, 居賢德, 善俗."

47) 天曰風地曰俗. 夏后氏尙忠, 殷人尙質, 周人尙文, 風也. 魯之逢掖, 宋之章甫, 吳越之文身, 俗也. 二者古今天下之大閒也. 故曰陳良楚産也, 又曰伯夷之風. 然則不囿於風, 不囿於俗者, 其惟聖人乎! 自賢以下, 猶曰風俗云. 雖然天之德, 圓而動, 地之德, 方而靜. 是以移風易易俗難. 吾聞唐虞之後, 復有三代矣, 而未聞秦楚之强悍, 變爲齊魯之禮義也. 余東人也. 東俗最近中華, 猶於習染之來, 常患其陋也. 信乎俗之難易也. 丁酉夏五月, 余伯氏種竹于除, 竹甚茂, 遂名其居曰不俗. 他日余語人曰: "善哉! 吾伯氏之移風易俗也. 昔仲尼在衛聞竹, 三月不知肉味, 曰人不竹則俗. 故易俗莫善乎竹. 傳曰竹之冷淡如古人風. 故移風亦莫善乎竹. 但曰不俗, 舉其難也. 夫中則不移正則不易, 可移可易者, 風俗之謂也. 是故地之相去也千有餘里, 世之相後也千有餘歲, 而得志行乎中國, 若合符節, 此聖人之德之中正也. 外體直內體虛, 嚴霜不能摧, 淒風不能撓, 此竹之品氣之中正也, 而其移風易俗則與之同功焉. 雖然擧天下古今而論之, 種竹者夫人而是也, 百姓日用而不知, 君子見物而思義. 易曰: '君子以善俗.' 吾伯氏以之.

48) 서유본(徐有本): 1762~1822. 자는 혼원(混原). 호는 좌소산인(左蘇山人). 서호수(徐浩修)의 장남. 『규합총서(閨閤叢書)』의 저자로 잘 알려진 빙허각이씨(憑虛閣李氏)의 남편이다. 문집으로 『좌소산인문집(左蘇山人文集)』이 있다.

기문은 논문이라고 하여도 과언이 아니다. 그는 속(俗)의 개념을 분명히
전달하기 위하여 풍(風)의 개념과 대비하였다. 먼저 풍은 하늘, 속은 땅
이라고 규정하고 하늘의 동적인 속성을 공유하는 풍은 변화하기 쉽지만
정적인 땅의 속성을 공유하는 속은 변화하기 어렵다는 논리적 얼개를
만들었다. 그리고 우리나라 사람들의 비루한 속을 바꾸어야 하는데 대나
무가 효과적인 수단이 될 수 있다고 하였다. 속기를 제거하는 대나무의
효능은 공자의 일화로 증명할 수가 있다고 하였다. 그리고 대나무가 속
기를 변화시킬 수 있는 이유를 대나무의 속성에서 찾았다. 대나무는 외
체가 곧고 내체가 비어서 사나운 서리도 줄기를 꺾을 수 없고 찬 바람도
잎을 떨굴 수 없는 성질을 갖고 있기에, 대나무를 가까이에 심어두고
본받는다면 속기를 제거할 수 있다는 것이다. 그리고 사물의 속성을 본
받아야 한다는 논거로『주역』,「점(漸)」의"漸, 君子以, 居賢德, 善俗."
이라는 말을 제시하였다.

이덕무는 이와 같은 서유구의 논리 전개에 대해서 "대나무는 줄기가
있고 가지가 있기에 나무의 속성을 면하기 어렵고 마디가 있고 잎이 있
기에 풀의 속성을 면하기 어렵다. 그러나 그 속이 비고 강하고 곧은 특성
이 어찌 일찍이 나무와 풀의 속성에 물들겠는가? 우리나라에 살면서 중
화를 사모하는 것도 사람 가운데 대나무이리라! 이「불속재기」는 대개
이 문단의 뜻을 은근히 내비춘다."[49]라고 평가하였다. 속된 인간으로서
또 우리나라 사람이 지닌 특유의 문제점을 자각하고 그것을 고치기 위한
구체적 방법을 제시하였다는 점에서「불속재기」가 효용성을 지닌다고
평가한 것이다. 그리고 그 주제를 드러내는 문학적 수법을 '은영(隱映)'이

---

49) 夫竹有幹有柯, 難免乎木之俗也, 有節有葉, 難免乎草之俗也. 然其虛空勁直, 何嘗染木
草之俗? 居東而慕華, 其亦人中之竹也歟! 齋記蓋隱映此段之旨. 炯庵.

라고 하였다. 즉 주제를 직설적으로 노출하지 않고 은근히 드러냈다는 평이다. 비록 「불속재기」가 '환성어(喚醒語)'라는 효용적 가치를 지니지만 그 주제를 직서하지 않고 문학적 기제를 마련하여 효과적으로 전달하였다고 평가한 것이다.

Ⅲ. 결론

관점에 따라 이견이 있겠지만, 효용성은 문학의 가치를 구성하는 요소 가운데 가장 중요한 것이다. 특히 실제 용도를 중시하는 유가적 문학관념에 입각하여 작품을 창작할 때 효용성은 선결 과제가 아닐 수 없다. 유가에서 문학의 '상용(尙用)'에 대한 관념은 '심미(審美)'에 대한 관념보다 앞서는 것이기 때문이다. 본말을 중시하는 유가관념에서 상용이 심미에 우선하는 가치이지만 심미가 결여된 글은 이미 문학이 될 수 없다. 따라서 상용을 표방하면서도 그깃의 효과직 표현을 위한 심미석 요소노 석설히 융합되어야만 한다.

본고는 이와 같은 문제의식으로부터 출발하여 서유구의 청년기 저작에 대한 제가의 비평 중 효용론과 관련이 있으면서 문학적 성취에 대한 언급이 동시에 이루어진 것을 분석해 보았다. 특히 본고에서는 논리 전개의 집중성을 고려하여 효용론과 관련 있는 작품 중 기문(記文)을 연구의 대상을 삼았다.

분석의 결과 효용론에 입각한 비평은, 대부분 이덕무에 의하여 이루어졌다. 이는 이덕무의 문학관념이 반영된 결과라고 하겠다. 한편 문학적 성취에 대한 비평은 이의준, 성대중, 이덕무가 모두 보여주고 있다. 특히 이의준은 독창성 여부를 중요한 평가의 지표로 삼았다. 그들은 문학의 효용성을 중시하였지만 문학이라는 자격을 얻기 위해서는 미학적 특성을 갖추지 않으면 안 된다고 생각하고 있다. 미학적 특성을 구비되어야만 효용성이 극대화 될 수 있기 때문이다.

한국한문학 작품이 갖는 효용론에 대한 실제적 비평에 대한 연구는 서구나 중국 문학이론의 효용론을 넘어서서 한국한문학 비평의 독자적 이론을 구축하는데 일조할 것이다. 그리고 효용과 심미의 관계에 대한 연구는 한국한문학의 미학적 특성 규명에 기여할 것이다.

참고문헌

『禮記注疏』.
『禮記集説』.
『御定歷代賦彙』.
『御製文集』.
『周禮』.
『孝經』.
樓昉, 『崇古文訣』.
徐有榘, 『金華知非集』.
徐有榘, 『楓石鼓篋集』.
徐瀅修, 『明臯全集』.
成大中, 『青城集』.
李德懋, 『青莊館全書』.
李晩秀, 『屐園遺稿』.
何焯, 『義門讀書記』.
惠洪, 『冷齋夜話』.

강민구, 「『풍석고협집』을 통해 본 18세기 후반 문학 비평 연구(Ⅰ)」, 『동방한문학』 25집, 동방한문학회, 2003.

_____, 「『풍석고협집』을 통해 본 18세기 후반 문학 비평 연구(Ⅱ)」, 『동방한문학』 29집, 동방한문학회, 2005.

김영욱, 「『악기』의 음악론과 음악교육사상」, 『음악과 민족』 27집, 민족음악학회, 2004.

김윤조, 「기하 유금의 시에 대하여」, 『어문학』 제85집, 한국어문학회, 2004.

신병주, 「영조대 대사례의 실시와 대사례의궤」, 『한국학보』 28권 1호, 일지사, 2002.

유약우 저, 이장우 역, 『중국의 문학이론』, 동화출판사, 1984.

정대림, 『한국 고전문학 비평의 이해』, 태학사, 1991.

정하영, 「균여의 문학효용론」, 『일산 김준영선생 정년기념논총』, 형설출판사, 1975.

조광, 「조선조 효 인식의 기능과 전개」, 『한국사상사학』, 제10집, 한국사상사학회, 1998.

김려 문학의 미의식

박준원

Ⅰ. 왜 김려인가?

김려(1766~1821)는 약 55년 남짓 살았다. 길다면 길고 짧다면 짧은 삶이다. 그러나 그가 남긴 삶의 궤적은 녹록치 않다. 현재 학계에서 거론 되고 있는 그의 족적을 간략히 열거해보자.

(1) 이옥을 위시한 다수의 담정그룹 문인들을 소개한 『담정총서』 제작.
(2) 우리나라 최대의 야사집인 『광사』와 『한고관외사』, 『창가루외사』 편집.
(3) 조선후기 최대의 장편고시인 「고시위장원경처심씨작(방주가)」와 다수 의 한시 창작.
(4) 패사소품체로 전(傳)작품집인 『단량패사』를 창작.
(5) 우리나라 최초의 어보인 『우해이어보』의 창작.
(6) 산문과 시를 결합한 독특한 형식의 유배일기인 『감담일기』의 창작.

시와 소설, 산문, 동인문집의 발간, 거기에 야담집 편찬, 어보의 창작에 이르기까지, 문학 전반의 여러 영역에 걸쳐 그의 손길이 미치지 않은 곳이 거의 없을 정도이다. 그는 일생동안 끊임없이 다양한 작품을 창작하고, 자신과 남의 글을 모았다. 10년에 걸친 유배생활로 분실된 작품을 합치면, 실제로 창작된 작품은 이보다 그 양이 훨씬 많다. 아마도 그의 손을 거친 총서류와 야사류 모두를 합치면, 그 분량이 대략 계산하더라도, 족히 수백 권의 분량에 이를 것이다. 이렇게 전 방위적인 문학 분야의 다양한 활동영역을 고려할 때, 필자가 보기에 김려는 영락없는 타고난 작가이다. 그것도 전업 작가에 가깝다. 실제로 그는 따로 도학(道學)에 관한 견해를 밝히거나, 다른 학자들과 도학논쟁을 벌인 기록을 남긴 적이 거의 없다. 평생을 오직 올곧게 창작과 작품 수집에 전념했을 뿐이다. 관념적 성리학자가 아닌 치열한 작가로서의 삶이 김려 문학의 형식과 내용을 결정짓게 했고, 이것은 다음 장에서 다루는 김려 문학의 미의식 세계 전반에도 그대로 투영되어 나타난다.

Ⅱ. 직관과 감수성에 의한 창작미학

김려는 언제 어디서든 눈에 보이는 대로 썼고, 닥치는 대로 글을 모았다. 여유가 있고 마음이 편안할 때도 그랬고, 가난과 고통에 시달릴 때에도 그랬다.

집안이 매우 가난해서 겨우 입에 풀칠할 정도였다. 그러나 나는 매번 병들은 틈새에서도 눈에 보이는 대로 멋대로 종이에 시를 써서 원고함에 던져 둔 것이 많았다.[1]

---

1) 『만선와잉고』, 「題萬蟬窩賸藁卷後」, 49쪽, "家甚褒乏, 三旬九食, 每病暇, 隨目所見,

1806년 유배에서 돌아와 가난을 타개하기 위하여 직접 농업에 종사하던 때의 기록이다. 시를 쓸 때에 자신의 눈에 보이는 대로 창작을 했다는 것은 바로 직관에 의한 창작을 했다는 것을 의미한다. 그는 논리적으로 분석하고 규명하며 시를 창작한 것이 아니라, 직접 본 것들을 모두 직각적으로 시로 형상화 한 것이다. 이러한 창작과정에서는 시의 소재가 무한대로 확대될 수 있다. 그야말로 눈에 보이는 모든 것이 시의 소재인 셈이다. 깊은 사유나 추리 등을 통하지 않은 작가의 감각적인 직관에 의한 창작이라고 할 수 있다. 이것은 그가 시의 대상물에 대하여 언제나 즉발적(卽發的)으로 시를 창작할 수 있는 예민한 감수성과 창작능력을 소유하고 있었으며, 또한 그러한 감수성과 창작능력으로 말미암아 시의 창작이 끊임없이 일상적이고 지속적으로 이루어져 왔음을 대변하는 말일 것이다. 이러한 시인의 직관은 '시생어정(詩生於情)'의 논리로 이어진다.

> 시란 정(情)에서 생겨나서 흥(興)에 따라 펼쳐진다. 그것이 펼쳐져서 성률(聲律)이 되는 것이다. 지금 나는 전혀 흥취가 없으니 어떻게 시를 쓸 수 있겠는가?[2]

이른바 '정(情)의 문학론'이다. 이것은 기본적으로 인간의 감정을 중시하는 창작론이다. 김려는 시의 창작에 있어서 '정'을 중시하고 있다. 시의 창작은 인간의 자유분방한 정에서 출발한다는 것이다. 그래서 그는 정에서 생겨난 흥취가 없으면 시를 쓸 수 없다고 했다. 이러한 문학론은 기본적으로 작가의 자유로운 감정의 유출을 가능하게 할 것이다. 그리고

漫咏紙墨, 遂多投諸巾衍."
2) 『보유집』, 12쪽, "詩生於情, 隨興而發, 發之爲聲律, 今我頓沒興趣, 安得爲詩."

이렇게 자유로운 감정의 유출에 따라 창작된 작품 속에는 관념적이고 도학적인 개념들이 들어설 여지가 적어지게 된다. 바로 새로운 감수성이 창출되는 공간이 생겨나는 것이다.

김려 자신이 직접 언급한 두 개의 창작 과정에서 우리는 다음과 같은 결론을 도출할 수 있다. 첫째 '직관에 의한 창작'에서는 시의 창작대상이 확대되어서 주류에서 소외된 수많은 주변 군상과 사물에 대한 시각이 열리고, 이들에 대한 자유로운 묘사가 가능하게 된다. 따라서 아무런 제약 없이 시인의 직관에 따라 모든 사물을 형상화 할 수 있게 되고, 다양한 미학적 탐색이 가능하게 될 것이다. 둘째 '정'의 문학론'에서는 도학적 논리에 기반을 두고 온유돈후(溫柔敦厚)를 지향하는 기존의 창작론과는 다르게, 감정의 개방을 유도하여 새로운 감수성으로 새로운 미의식을 지향할 수 있게 된다는 것이다.

이러한 두 가지 창작론을 기반으로 하고 있기 때문에, 김려의 시작품들에서는 언제나 작가의 예민한 직관과 거침없는 감수성이 넘쳐흐른다. 그러므로 시인으로서의 빼어난 직관과 감수성에 의한 김려 문학의 미학구조는, 다산과 연암으로 대표되어지는 실학파 문인들의 미학구조와는 또 다른 양상과 범주를 보여주고 있다. 다산의 경우에는 평생을 바쳤던 경학연구에 기반을 둔 투철한 논리와 이론적 배경을 가지고 있지만, 김려에게서는 경학에 대한 언급이 보이지 않는다. 그는 도학적 논리 대신 단지 자신의 문학적 직관과 감수성에 의해서 작품을 창작을 했을 뿐이다. 연암의 경우에도 북학과 이용후생이라는 실학정신이 작품의 창작배경으로 존재하지만, 담정에게는 이러한 배경이 존재하지 않는다. 그는 오직 자유로운 창작정신과 문예지향성에 의하여 창작을 수행했다고 할 수 있다. 즉, 그는 학자라기보다는 창작을 평생의 직업으로 생각했던 철저한 작가였다. 그가 자신과 주변의 동료들의 작품들을 모아 『담정총서』라는 그룹의 문예지성격을 띤 문예작품집을 평생에 걸쳐 발간하려했다는 것에서 김려를 위시한 그룹의 구성원들에게 강력한 문예지향성이 존재함을 알 수 있다.

Ⅲ. 김려 문학의 미적 범주

1. 야취적 미의식의 투영

김려의 시작품에는 야취적 미의식이 내포되어 있다. '야취(野趣)'의 사전적 의미는 '중앙이 아닌 들판이나 시골의 정취'이다. 즉 김려의 시 속에는 '투박하고 거친[野] 정취[趣]의 미의식'이 들어있다는 말이다. 이러한 미의식은 도시적인 중심부의 분위기를 담고 있는 것이 아니라, 주변부인 외곽의 분위기를 담고 있다. 따라서 그의 작품들은 중앙의 권력층의 모습이나 형이상학적인 대도(大道)의 묘사에서 벗어나, 소외된 초야의 민생들의 소박한 삶의 현장을 그려내고 있는 것이다. 특히 유배이후에서부터 말년에 관직에 나아가기 이전에 창작된 작품들에게서 이러한 성향이 두드러지게 나타난다.

> 양도의 튼실한 아낙 호랑이처럼 억세서　　　羊島健娥虎不如
> 머리에 수건 쓰고 두멍에 정어리를 담고 있네　頭兜瓦甀盛鰮魚
> 무명치마 붉은 다리로 바쁘게 일마치고　　　綿裙赤脚渾忙了
> 아마도 저녁에는 또 반성으로 떠나겠지　　　應向瀊城趁晚虛[3]
>
> 고성의 어촌 아낙은 배도 잘 부려서　　　　固城漁婦慣撑船
> 키를 돌려 뱃머리 열자 제비처럼 날아간다　板柁開頭燕子翩

---

3)『우해이어보』,「정어리[鰮鱺]」, 55쪽.

매갈 젓갈 서른 항아리면	梅渴酸𩹨三十甀
당연히 이천 냥은 불러야지	親當呼價二千錢[4]
섬 마을 각시들 남자처럼 튼튼해서	島村閣氏健如男
엉덩이 크고 허리 넓어 유행에 어둡지	膀濶腰豊妙理暗
조개 목걸이 좋아하나 큰 조개 쓰고	蛤蚧附鈿拳樣大
묶은 줄도 들판의 쪽풀로 물들였다네	棉條縋得染田藍[5]

유배지인 진해에서 쓰여진 『우산잡곡』에 수록된 작품들이다. 정어리와 매갈을 소재로 한 첫 번째와 두 번째 시에서는 척박한 환경을 이겨내며 건강하게 살아가는 강인한 여성의 형상이 그려지고 있다. 양도에 사는 아낙은 호랑이처럼 튼실해서 아침부터 저녁까지 부지런히 생업에 종사하고 있으며, 고성의 아낙은 자신이 직접 배를 몰고 진해까지 와서 매갈 젓갈을 팔고 있다. 이방인인 담정의 눈에 이들의 모습은 매우 건강하고 꿋꿋하다. 세 번째 시에 나타난 섬 마을 각시들도 남성 못지않게 건장한 여인들이다. 이들은 모두 외모나 유행에 신경을 쓰지 않고 자신의 일에 전념하는 어촌의 전형적인 여인들인 것이다.

대개의 경우 김려의 작품에 나타난 야취성의 미의식은 활기찬 건강함도 함께 보여주고 있다. 중앙에서 소외된 주변부 인물들을 소재로 다루었음에도 불구하고, 이들 작품에는 마치 생명력이 넘치는 잡초처럼 꺾이지 않은 강인한 건강성이 발현되고 있는 것이다. 부령에 유배되었을 때를 그리워하며 쓴 『사유악부(思牖樂府)』도 이러한 야취성의 미의식이 농후하게 내재되어 있는 시집이다.

---

4) 상동, 「매가리[鮇鱺]」, 69쪽.
5) 상동, 「명주조개[絲蛤]」, 74쪽.

너에게 묻노니 어디를 생각하나?	問汝何所思
생각하는 곳은 북쪽 바닷가	所思北海湄6)
작은 키의 최포수 날래고 용감해	短小精悍崔知彀
눈빛은 번쩍, 몸은 살쾡이보다 날쌔지	眼彩曶曶輕於狖
어려서부터 총쏘기 배워 그 기술 뛰어난데	早年學砲砲法工
남산 속 오가며 곰사냥을 한다네	往來捕熊南山中
곰이 노하여 팔뚝을 물었지만	熊怒而掊嚼其臂
총부리 그 입에 대고 쏘아 죽였네	擧砲築口仍殺熊
지난 가을 계곡에서 흰색 호랑이 만났는데	前秋溪上白額虎
최포수 총 한 방에 그 뱃속 꿰뚫었지	知彀一砲貫虎肚
아아, 최포수는 참으로 신포라네	嗟乎知彀眞神砲
숲속의 노루 사슴일랑 쏘려고도 않는다네	肯射林間影與麖7)

이 고을 사람인 최북은 총을 잘 쏘았다. 지난 가을, 호랑이가 성 안에 나타났을 때 그가 호랑이를 죽였다. 나는 〈최신포전〉을 지은 적이 있다.8)

　　자신과 함께 북방의 산촌인 부령에 살았던 포수 최북을 소재로 다룬 작품이다. 그가 앞에서 소재로 다룬 어촌의 아낙처럼, 최포수도 도시가 아닌 험준한 산 속을 누비고 다니며 자신의 생을 꾸려가고 있다. 김려는 그에게 '신포(神砲)'라는 찬사를 아끼지 않고 있다. 최포수는 곰에게 물리는 위기 속에서도 곰을 쏘아 죽였고, 노루나 사슴 따위는 거들떠보지도 않는 호랑이 전문사냥꾼이다. 이 작품 속에서도 김려는 거친 산야를 거침없이 떠도는 포수를 그려내어 우리에게 야취성의 미의식을 물씬 느낄 수 있게 해주고 있다. 또한 김려는 자신이 직접 주석에서 「최신포전(崔神

---

6) '問汝何所思 所思北海湄'는 『사유악부』의 모든 작품에 들어있다. 이후 인용에서는 생략하기로 한다.

7) 『사유악부』, 7쪽.

8) 상동, "府人崔復善砲. 前秋虎入城中, 復殺之. 余別有崔神砲傳."

砲傳)」을 지었다고 밝힘으로써, 자신도 이들의 건강한 삶의 방식에 호감을 표시하고 있음을 간접적으로 시사하고 있다. 마치 작자 스스로 이러한 부류의 작품 속에 내재되어 있는 야취적이고 건강한 미의식들을 인정한 것 같기도 하다. 『사유악부』에 등장하는 인물도 다양하다. 장사꾼, 주막집 주인, 공장(工匠), 무사, 등의 생업을 가진 사람들이 관리나 토호의 수탈에 시달리면서도 절망하지 않고 씩씩하게 살아가려고 분투하는 모습을 그렸다.[9] 야취성을 효과적으로 살리기 위하여 작자는 평측이나 압운도 고려하지 않았다. 또한 야취성의 미의식이 드러난 작품 속에는 시적 표현방식에 있어서 때론 격렬한 감정이 표출되기도 한다. 다음의 작품을 보자.

부령의 육씨 여자	富春兒女身姓陸
밤마다 강가에서 하늘 보며 울부짖네	夜夜叫天臨江哭
그 남편 지난 가을 황장목 운반하다	夫婿前秋運黃腸
홍원에서 파선하여 목숨 잃었네	船破渰死洪原洋
사또는 도망하다 자초한 화라 덮어씌우며	本官猶言任逃禍
부모님 잡아다 열 달을 고문했네	十朔拷掠爺與孃
들으니 서울의 관청에선 황장목 요구도 없었다는데	傳聞內需無公務
본관사또 어명을 사칭해 자기 배 채웠다네	本官矯旨私營度
하늘이여 하늘이여, 아는가 모르는가?	天乎天乎知道否
어찌하여 유도호를 벼락 쳐 죽이지 않나	那不震殺柳都護[10]

유상량이 임금의 명령을 사칭해 황장목 천 그루를 베어내어 배로 실어가다가, 그 배가 홍원에서 파선하였다. 그러자 유상량은 뱃사람들에게 그 값을 뜯어내었다. 그래서 백성들은 그를 '황장목 나으리'라고 불렀다.[11]

9) 조동일, 『한국문학통사3』, 지식산업사, 2005, 273쪽 참조.
10) 『사유악부』, 18쪽.
11) 상동, "相亮矯旨斬黃腸千餘部, 船運至洪原而破 反誅求船夫家, 民號黃腸令公."

부령의 육씨 부인이 탐관오리 유상량에게 고초를 겪는 장면을 묘사한 작품이다. 몰래 벌채한 황장목을 운반하다 배가 침몰하여 남편이 억울하게 죽은 것도 원통한데, 도호부사 유상량은 모든 죄를 남편에게 뒤집어 씌우고 육씨 부인을 열 달 동안이나 고문하고 협박했다는 것이다. 김려는 건강한 민초들의 삶을 유린하는 관료들의 부패에 대해서 분노했다. "어찌하여 유도호를 벼락 쳐 죽이지 않나(那不震殺柳都護)"라는 표현에서 이들에 대한 증오의 강도를 알 수 있다. 『사유악부』 곳곳에 부패한 관료들에 대한 원색적인 분노가 드러나 있다.

> ○ 개 같은 김가놈, 살쾡이 같은 이가놈이 함께 날뛰네.
> (金狗李猫共跳梁)
> ○ 죽일 놈의 벼슬아치 유진 최창규!
> (可殺玉蓮崔留鎭)
> ○ 탐관오리 삶아죽이지 않으면, 하늘에서 비도 내리지 않으리라.
> (弘羊不烹天不雨)
> ○ 비단옷 입은 자제들은 진짜 개돼지들
> (綺紈子弟眞犬豚)

그는 일반적인 한시에서는 보기 힘든 욕설에 가까운 표현까지 마음껏 구사하고 있음을 알 수 있다. 바로 고통 받고 있는 하층민에 대한 강렬한 애정의 표현이다. 이것은 자유로운 감정의 유출이 가능한 정의 문학론에서 출발한 야취성의 미의식이 내포하고 있는 미적 범주의 일부인 셈이다. 이 밖에도 야취성 미의식이 투영되어 있는 작품들은 『만선와잉고』, 『감담일기』 등에도 다수가 수록되어 있다.

2. 골계미와 염정적 미의식의 구현

김려의 문학의 미적 범주의 또 다른 한 축은 골계미와 염정적 미의식
이다. 이를 차례로 살펴본다. '골계미'란 '익살스럽고 풍자적인 아름다
움'이다. 곧 골계미란 익살스럽고 풍자적인 기법을 작품 속에 사용하여
미적으로 구현시켰다는 의미가 될 것이다. 앞서 언급한 바와 같이 김려
는 기질적으로 준엄한 도학자 스타일이 아니라, 다정다감하고 다양한
문학의 표현기법에 관심이 많았던 문인이었다. 그는 이미 유교적 엄숙주
의의 구속에서 벗어나 있었기 때문에, 그의 많은 작품 속에는 자연스럽
게 다양한 골계미가 구현되고 있다.

정월 대보름달 유난히도 밝은데 　　　　元宵月色劇淸圓
노인들 말하시길 '먼저 본 여인 아들 낳는다' 　先見生男古老傳
어째서 앞마을 늙은 노처녀는 　　　　底事南隣老處子
남몰래 돌아서서 말없이 눈물 흘리나 　背人無語淚泫然[12]

부럼을 깨물면 이빨이 튼튼해지고 　　胡桃鄰栗養牢牙
부스럼 말랑말랑 터져 낫는다네 　　嚼破瘡臍軟似瓜
정말로 하느님 이 주문 들어준다면 　假使天神依此呪
침쟁이 의원 좋은 시절 사라지리라 　瘇鍼醫絶好生涯[13]

정월 대보름의 풍속을 노래한 『상원리곡』에 수록된 작품이다. 두 수
모두 대보름에 행해지는 민간 풍속을 모티브로 하여 독자들의 얼굴에
미소가 드리우게 할 정도로 유머러스한 표현을 구사하고 있다. 『상원
리곡』에는 모두 25수의 시가 수록되어 있는데, 여기에 수록된 시들은

---

12) 『상원리곡』, 49쪽.
13) 상동, 50쪽.

거의 다 골계적인 미의식을 풍부하게 보여주는 작품들이다. 다음의 시를 보자.

미친 벌 나비처럼 머리를 맞대고	痴蜂狂蝶竝頭偎
천만번 속삭이며 소곤대기를	細語千回復萬回
"옥이 박힌 은가락지 하나	眞玉指環銀一定
내년 봄 연경 가는 사행 길에 사다줄게"	明春燕市使行來
사랑을 나누는 첫날 밤 신혼방	暮雲朝雨劇戲場
힘이 옛날의 7할도 안되다니	七分本事勢難當
힘쓰던 젊은 시절 생각하니 열통이 터져	翻思盛壯心頭火
사십년 전엔 열다섯 살 청춘이었지	四十年前十五郎
양털 양탄자 비단 무늬 붉게 빛나고	氍毹班文錦表紅
단원의 명품 풍속화 병풍 펼쳐놓았네	檀園俗畫小屏風
오늘 밤 편안히 원앙 꿈 꿀 때에	今宵穩做元央夢
사랑하는 깊은 정 촛불 속에 몽롱하리라	雲雨朦朧燭影中[14]

이 시는 골계미와 염정적 미감이 함께 드러나고 있는 작품이다. 이 작품은 이미 작가가 '희작으로 시를 지어 놀렸다(詩以戲嘲)'라고 단서를 달았으므로, 골계미의 범주에 속하는 작품이 분명하다. 그러나 여기에 담긴 염정적 미의식도 무시할 수 없다. '염정'이란 바로 이성간의 사랑의 감정이다. 그는 이 작품이 희작임을 전제로 하여 신혼방에서 일어나는 남녀 간의 사랑의 행위를 적나라하게 묘사하고 있는 것이다. 이러한 부류의 시들의 창작은 이옥을 위시한 담정그룹 전반의 특징적인 면모이기도 하다. 다음의 시를 보자.

---

14) 『보유집』, 「金僚長卜姓 詩以戲嘲」, 15쪽.

은과 구리로 만든 조그만 비녀 노리개   銀錯烏銅小鑷子
미인이 주었기에 더욱 아름다워   美人之貽非汝美
광화문 밖 돌다리 서쪽   光化門外石橋西
정설염 집에서 엉망으로 취했을 때   鄭雪艶家醉如泥
그녀는 노리개 풀어 나에게 주었지   解出鑷子親手贈
나는 무엇을 주었을까? 금빗을 주었지   何以報之純金鎞
이젠 그녀를 볼 수 없어 노리개만 바라보고   不見雪艶但見鑷
하루 종일 매만지며 눈물만 펑펑   六時摩挲淚盈睫
만약에 노리개조차도 볼 수 없다면   如今鑷子亦不見
내 얼굴엔 눈물로 가득 차 넘쳐 나리라   淚流滂沱滿我頰[15]

　이 작품에는 정설염이라는 기생이 정표로 준 노리개를 어루만지며, 잊지 못하는 김려 자신의 모습이 그대로 노출되어 있다. 이제는 볼 수 없는 연인 정설염을 잊지 못해 김려는 눈물만 하염없이 흘리고 있다. 여기에서 우리는 작자 자신의 가식 없고 진솔한 사랑의 감정이 표출되고 있음을 알 수 있다. 그는 이성간의 사랑의 감정을 긍정하고 있을 뿐만 아니라, 자신이 실제로 행동에 옮겼다.

나무 가득 맺힌 복사꽃 봉오리   全樹桃花結紅蕚
그 중 하나 먼저 화사하게 피어나서   一花先坼明綽約
가지 잡아 손에 들고 자세히 살펴보니   我手攀枝摘花來
흡사해라, 연희의 귀여운 보조개랑   恰似蓮姬寶靨開
연희더러 받으라 살포시 던지니   聊將投擲蓮姬前
두 손으로 받아서 그윽이 바라보네   蓮姬雙擎玩一廻
섬섬옥수 한잎 한잎 꽃잎 뜯으며   笑彈纖指捻一捻
"술 취하신 서방님 붉은 뺨 같네요"   道似阿郞醉紅頰

15)『사유악부』, 26쪽.

연희 말에 이 늙은이 껄껄 웃으며 　　　　　　　　　　我今老醜還喫笑

꽃술과 흰 수염을 견주어 보았지 　　　　　　　　　　强把花鬚較霜鬢16)

　유배지인 부령에서 만난 부기인 연희와의 사랑을 노래한 시이다. 화사한 봄날 복사꽃 아래에서 두 사람의 사랑은 한창 무르익어 가고 있다. 마치 애정영화의 한 장면처럼, 복사꽃 아래 연희와 김려의 애정행각은 거침이 없다. 김려는 유배생활 동안 연희와의 운명적인 사랑에 빠졌다. 그는 항상 연희의 성품과 자질을 칭송하고, 그녀와 인간적인 신뢰에 기반한 사랑의 감정을 나누었다. 심지어 이 시기에 김려는 〈연희언행록〉을 창작하기도 했다. 일반적으로 '언행록'이란 훌륭한 위업을 남긴 위인이나 선현을 대상으로 창작이 이루어진다는 것을 감안할 때, 김려의 연희에 대한 애정의 강도가 어느 정도였는가를 짐작할 수 있다.

　연희에 대한 그의 사랑은 진해로 이배된 이후에도 더욱 깊어져서, 부령 시절을 회고한 『사유악부』를 창작하게 된다. 마침내 우리 문학사에서 길이 남을 염정시집이 탄생하게 된 것이다. 이처럼 농밀함이 드러나는 염정적 미의식을 보여주는 작품이 탄생하게 된 것은, 물론 예학의 질곡이나 엄숙함에 얽매이지 않은 자유로운 창작정신이 발현되었기 때문이다.

3. 비장미의 표출

　'비장미'란 슬픔을 승화시켜 숭고함과 함께 표출하는 미감이다. 김려의 작품 중에 비장미가 가장 잘 드러나는 작품은 『감담일기(坎窞日記)』이다.17) 『감담일기』는 유배의 일정을 기록한 유배일기이기 때문에, 작품

---

16) 상동, 57쪽.

17) 김려는 31세 때인 1797년 11월 12일 강이천의 비어사건에 연루되었다는 혐의를 받고 전격적으로 체포되어 형조에 수감되었다. 이때부터 유배지인 함경도 부령에 도착하여

전편에 걸쳐 슬픔과 이를 극복하려는 작가의 의지가 내재되어 있어 비장미가 잘 나타나 있다. 그는 형조에 체포된 11월 12일부터 부령에 처음 도착한 12월 10일까지 하루도 빠짐없이 유배의 여정을 기록했다. 특히 『감담일기』에는 자신의 억울한 심정을 토로한 54수의 장편 한시들이 함께 수록되어 있다. 그는 일기에 한시를 적절히 배치하여, 유배의 슬픔을 극복하고 승화시키려는 비장미가 표출되는 과정을 잘 보여주고 있다.

돌이켜 생각해보면 평생 도리에 어긋난 일이란 해본 적이 없는데 갑자기 이런 변을 당하고 나니 정신이 얼떨떨해서 어찌해야 할지 알 수가 없었다. 위로는 임종에 가까운 늙은 부모님이 계시고 아래로는 금방 혼사를 치러야 할 여러 동생들이 있는데, 이제 하늘가 땅의 끝자락을 떠돌며 떨어져 있게 되었다. 또 자식을 낳았으나 얼굴조차 보지 못하고, 병든 아내를 눕혀 놓은 채 소식조차 전할 수 없게 되었다. 용담에서 경원까지의 거리가 삼천여 리라는 것을 생각하니 가슴은 터질 것만 같고 눈물은 하염없이 흘러내렸다.[18]

북풍은 어이히여 이디지도 모진가	北風何太急
차가운 달빛은 온 하늘에 가득해라	寒月滿天明
어버이 이별하니 자식 마음 애달프고	賤子離親恨
서울을 떠나자니 신하의 정 괴롭구나	孤臣去國情
공야처럼 어진 사람 누명쓸 줄 어찌 알았나	那知公冶縲
계통처럼 죄 없이 귀양길을 떠나다니	遂作季通行
목 놓아 통곡하니 애간장 터지는 듯	痛哭肝腸裂
무심타 저 하늘도 이 마음 몰라주네	皇穹不照誠[19]

정착하게 되는 전 과정을 일록의 형태로 기록한 것이 바로 『감담일기』이다.

18) 『감담일기』, 4쪽. "回念平生, 行己無悖, 忽遭此變 ,心神貫廓,, 罔知收措. 且上有臨年之老親 ,下有方亨之諸弟, 天涯地角, 流離散落. 兒生而不見面目, 妻病而莫憑音耗, 龍衙之距源府爲三千餘里, 思之臆塞, 有淚如霆."

19) 상동, 「樓院道中 馬上口號 遙寄犀園」.

전도양양하던 젊은 유생 김려에게 갑자기 찾아온 정배형은 커다란 충격이었다. 연로하신 부모님과 가족을 남겨두고 홀로 유배를 떠나야 하는 작자의 비장한 슬픔이 잘 형상화 되어 있다. 죄 없이 형벌을 받아야 했던 고인들에 빗대어 자신의 결백함을 주장하고 있는 것이다. 그러나 아무리 목 놓아 통곡해보아도 어쩔 수 없었다. 이러한 분노와 슬픔은 곧 비장미로 전환되어 나타나게 된다.

어두워서 어산골 주막집에 이르렀다. 주막집은 매우 좁고 누추한데 눈 때문에 길이 막힌 나그네들이 가득 차 있었다. 지대가 조금 높은데다가 맵고 짠 바람이 세차게 불기 시작하는데 그 어느 곳도 조금도 몸 붙일 만 한 곳이 없었다. 온몸에 눈을 뒤집어썼는지라 몸은 차츰 젖어드는데 사립문 밖에 서있으려니 당장에 얼어 죽을 것만 같아 도무지 서 있을 수가 없었다. 단천 관가 사람들이 말하기를 여기서 한 오 리쯤 가면 마을이 있는데 대단히 좋다고 하였다. 그래서 눈을 무릅쓰고 밤길을 걸었다. 근근이 얼마쯤을 가니 하늘이 칠흑 같아 전혀 길을 알아볼 수 없었다. 그만 다리 밑으로 떨어졌는데 미끄러운 얼음에 굴러 하마터면 죽을 뻔하였다. 위 서방은 눈구덩이에 빠졌는데 구덩이는 두어 길이나 되었다. 천만다행으로 말꼬리를 붙들고 겨우 솟아올라 눈구덩이를 벗어날 수 있었다.[20]

지난 해 다보골에 눈이 내릴 때	去年多寶雪
어산골 여기보다 더 많았는데	劇於漁山道
올해에는 어산골에 내리는 눈이	今年漁山雪
작년 다보골 보다 곱절이 많네	一倍過多寶
평지에 쌓인 길은 스무길 넘어	平地二十丈

---

20) 상동, 31쪽, "曛黑達漁山谷店舍, 舍甚狹陋, 且行旅之阻雪者充滿, 皆露坐簷霤下. 地又高峻, 烈風始起, 萬無住接之策. 渾身霑濕, 蹢躅扉外, 凍僵不能立跟. 端川公人云, 此去五里, 有村落甚好. 因冒雪夜行, 纔數息許, 天漆黑, 迷失道. 落橋下, 氷滑攧墜幾死, 韋奴陷雪窣中, 窣深數仞, 賴有天幸, 附馬尾, 僅得聳出以脫."

하늘에 맞닿은 듯 아득하구나	渺溔連蒼昊
하 많은 봉우리는 옥룡이던가	千岊玉龍矗
여기저기 골짜기는 은용이던가	萬壑銀虯倒
숲속에는 나는 새 보이지 않고	林鎭鳥飛斷
길가에 사람 자취 끊어졌는데	逕埋人蹤掃
내 가는 길 정해 놓은 기한 있으니	我行有期程
어찌 감히 늦고 이름 헤아려 보랴	豈敢限暮蚤
밝기 전 이른 아침 단천을 떠나	黽發端川驛
날 저문 저녁에야 성진에 왔네	夕指城津堡
밤 깊어 하늘 더욱 어두워지니	夜久天益黝
초조한 이 내 마음 시름 많아라	慌惑增懷懊
나의 말 다리에서 떨어졌을 때	我馬落橋西
검은 털에 성에 덮여 부루말 되고	玄氄變氷縞
나의 하인 다리에서 넘어 졌을 때	我僕跌橋東
다리 기둥 부여잡고 엉엉 울었네	嚶嚶橋柱抱
예부터 집 떠나 길 가는 나그네	古來行路者
모두들 이곳에서 싈늙었으리	皆從此中老
어려운 때 만나니 주역 괘 생각나고	遭難思羲澬
억울한 말 들어도 빌지 않은 공자님 부럽네	觀閔羨孔禱
스승 좋은 교훈 남겨주었네	聖師垂遺訓
제 한 몸 깨끗하게 보전하라고	所貴明哲保
앞날은 그래도 오고 말리니	來日庶可追
부질없는 조급한 맘 버려야 하리	毋爲空懆懆[21]

　작품 전편에 혹독한 추위와 육체적 고통을 무릅쓰고 나아가는 유배의 고통과 슬픔이 그려지고 있다. 김려는 별다른 준비 없이 유배길에 올랐기 때문에, 눈보라 속에서 여러 차례 죽을 고비를 넘기기도 하였다. 『감

---

21) 상동, 「漁山谷」, 32쪽.

담일기』에 기록된 유배일정을 보면, 그는 온 몸이 동상에 걸렸었고, 유
배지에 도착했을 때는 거의 탈진 상태에 이르렀다.

그러나 그는 스승의 말씀을 떠올리고 자신의 몸을 보전하기로 비장한
결의를 다지고 있다. "앞날은 그래도 오고 말리니, 부질없는 조급한 맘
버려야 하리.(來日庶可追 毋爲空懆懆)"라는 대목에서 절망에 빠진 순간에
서도 끝까지 포기하지 않고 희망을 찾으려는 숭고한 비장미를 느낄 수
있다.『감담일기』에 소재한 산문과 시편들에는 대부분 이러한 비장감이
표출되어 있다고 할 수 있다. 이러한 비장감은 북방 지역에 위치한 선현
들의 유적지를 지나면서 더욱 깊어진다.

이곳은 우암 선생 귀양 오셨던 곳	曾聞此地謫尤翁
노인들 아직까지 그 때의 일을 전한다네	古老猶傳赤舃東
떠도는 길손 서글퍼 옛 일을 회상하니	怊悵離人懷舊意
깊은 밤 잠 못 들고 달빛 아래 거니노라	夜深起步月明中[22)

『감담일기』의 기록에 의하면, 그는 이날 저녁 무렵에 德源府에 들어
서자마자 추위에 지쳐 혼절했다가 밤늦게 깨어나서 이 시를 지었다고
하였다. 적막에 쌓인 깊은 밤, 유배지 달빛 아래에서 잠 못 이루고, 우암
을 회고하는 작자의 비장한 심정이 잘 드러나 있다.

『감담일기』는 일기(산문) + 한시(운문)라는 장르의 결합을 통한 새로운
문예미를 창조하는데 성공했다. 그는 억울하게 북방으로 유배를 떠나야
하는 자신의 슬픈 현실에 대한 비장미를 배가시키는데, 장르의 결합이라
는 새로운 장치를 훌륭하게 활용한 것이다.

---

22) 상동, 「宿德源 聞宋文正公會謫是府」, 13쪽.

Ⅳ. 김려 문학 미의식의 특징

김려 문학의 미의식의 모든 범주들은 기본적으로 휴머니즘에서 출발한다. 김려의 대다수 작품들의 창작의식의 저변에는 휴머니즘이 내포되어 있다는 말이다. 우리가 앞서서 살펴본 김려 문학의 미적 범주들—야취적 미의식, 골계미, 염정적 미의식, 비장미— 등이 모두 그러하다. 기실 주제적인 면에서 볼 때, 김려 문학의 진수는 소외된 인간군상에 대한 휴머니즘적 접근이다. 그의 작품에는 소외된 여성 계급, 변방의 하층민, 심지어 천민인 백정에 대한 관심과 애정이 지속적으로 나타난다.

그 중 대표적인 작품이 바로 「고시위장원경처심씨작(古詩爲張遠卿妻沈氏作)」이다.[23] 이 작품은 백정의 딸 방주와 무관 장파총 자제와의 결혼이 주된 내용이다. 백정 마을을 지나던 장파총은 방주의 영민한 모습에 감탄을 하고, 백정의 집에 묵으며 자신의 아들과 혼사를 제안한다. 여기서 김려는 다음과 같이 주장한다.

지체의 귀하고 천함으로	莫以地貴賤
어질고 어리석음을 단정하지 말아라	看取人賢愚
연꽃은 진흙 구렁에서 피어나고	菡萏發泥淖
용은 개천에서 나오느니	蛇螭産溝渠
고기를 먹을 때 하필 방어며	食魚何必魴
양반집 여자도 같잖은 것 있으니	齊姜亦不如
영지는 당초에 뿌리가 없고	靈芝旣無根
예천이 따로 근원이 있으랴	醴泉寧有源
하늘은 한편에 치우치는 법이 없나니	洪勻不偏與
지당하시다 성인의 말씀이여	至哉先民言[24]

---

23) 조선후기 최고 장편서사시이다. 오언고시로 모두 720행에 달하는 방대한 분량이다.

훌륭하게 성장한 방주의 모습을 형상화 한 부분이다. 백정의 여식인 방주는 여느 사대부 집안의 규수 못치 않게 빼어나다. 가장 하층의 신분인 백정의 딸에게서 아름답고 이상적인 여성의 전형을 창조한 것이다. 그는 여기서 인간의 현우(賢愚)는 귀천과 관계가 없음을 주장하고, 조물주는 누구에게나 공평하게 인간의 권리를 부여하였다고 하여 만민평등의식을 고취시키고 있다. 이러한 견해는 백정인 방주의 아버지에게 동석에 앉을 것을 권하는 장파총의 다음과 같은 대화에서도 재확인된다.

뜻이 맞으면 모두 친구요	義孚皆朋舊
정이 깊으면 바로 형제이다	情深卽兄弟
누가 말했나 하늘의 공평한 뜻이	誰謂天公意
사람 사이 계급을 나누었다고	以玆限級陛25)

한 자리에 마주앉은 백정 방주의 아버지와 양반 파총은 정겹게 혼담을 주고 받는다. "누가 말했나 하늘의 공평한 뜻이, 사람 사이 계급을 나누었다고.(誰謂天公意 以玆限級陛)"라는 표현에서 보듯이, 김려는 인간의 본원적 평등의식을 인식하는 진보된 작품세계를 보여주고 있다. 이러한 의식은 전(傳)문학 부문에서도 확인된다. 그의 전 작품집인 『단량패사』에 수록된 장생, 삭랑자, 고수재, 이민철, 안황중, 김용행 등은 모두 현실에서 소외된 불우한 인물들이다.

김려 문학의 미의식이 이러한 휴머니즘에 기반을 두고 있기 때문에, 더욱 존재가치가 있다고 생각한다. 작가의 주제의식이나 창작의도에 대한 고려가 없는 미학 자체만을 위한 미의식 탐구는, 자칫 내면이 부재한

---

24) 『보유집』, 2쪽.
25) 상동, 5쪽.

외피만의 연구에 빠질 수 있는 위험이 존재하기 때문이다.

V. 남은 이야기들

김려의 시작품에 전반에 나타난 표현기법은 대체로 사실적인 묘사가 두드러진다고 할 수 있다. 이것은 기본적으로 작가가 자신의 작품을 구체적이고 리얼하게 묘사하려는 의지가 강하게 작용한 결과이고, 그의 문예미학이 이루어낸 커다란 성과라고 할 수 있다.

그런데 필자는 김려가 이렇게 사실적인 기법을 활용할 수 있었던 요인 중에 하나는 바로 주석을 적절하게 활용했기 때문이라고 생각한다.[26] 김려에게 있어서 주석은 개개의 작품이 가지는 구체적 사실성을 보완하는 중요한 정보로 작용한다. 실제로 김려는 거의 광적일 정도로 주석에 집착했다. 어떤 문집의 경우에는 모든 작품에 빠짐없이 주석을 달았다. 실제로『우해이어보』, 『만선와잉고』, 『황성리곡』 등에 소재한 작품에 니다닌 주석들은 독자들에게 삭품의 '사실적인 생생한 미감'을 풍부하게 제공해주고 있다. 이러한 미감은 작품의 구체적 형상화에 커다란 역할과 기능을 하고 있다. 따라서 우리는 주석과 함께 김려의 작품을 읽을 때, 그의 작품세계를 더욱 생생하게 파악할 수 있다. 그가 이렇게 주석에 집착하게 된 것은, 아마도 당시에 유행하던 고증학이나 박물학에 의해서 영향을 받았던 것으로 보인다.

본고에서는 김려 문학의 미의식 전반에 대하여 개략적으로 다루었다. 이제 이러한 검토를 시작으로, 앞으로 김려 그룹 전반과 개별 작가에

---

26) 주)8, 주)11 참조.

대한 미학적 검증이 이루어지길 기대해본다.

참고문헌

『담정유고』 문집총간, 289, 민족문화추진회.
『담정총서』 통문관.

강혜선, 「김려의 만선와잉고에 나타난 일상성」, 『돈암어문학』 20호, 돈암어문
　　학회, 2008
_____, 「조선후기 박물학적 취향과 김려의 한시」, 『한국문학논총』 제43집,
　　2006.
_____, 「조선후기 한시 속의 일상의 양태와 의미」, 『한국한시연구』 제15호, 한
　　국한시학회, 2007
_____, 『유배객 세상을 알다』, 태학사, 2008
박준원, 「감담일기 연구」, 『한문학보』 19집, 우리한문학회, 2008
_____, 「담정 김려 시 연구」, 성균관대 대학원 석사학위논문, 1984.
_____, 「담정총서 연구」, 성균관대 대학원 박사학위논문, 1994
_____, 「만선와잉고 연구」, 『한문학보』 18집, 우리한문학회, 2008
_____, 「우해이어보 소재 우산잡곡 연구」, 동양한문학연구 제 16집, 동양한문
　　학회, 2002
_____, 「황성리곡 연구」, 『한문학보』 7집, 우리한문학회, 2002
_____, 『한국 최초의 어보 우해이어보』, 도서출판 다운샘, 2004
박혜숙, 「사유악부 연구」, 『고전문학연구』 6집, 한국고전문학연구회, 1992
_____, 『부령을 그리며』, 돌베게, 1996
오희복, 『글짓기 조심하소』, 겨레고전문학선집12, 보리, 2006
정우봉, 「일기문학의 관점에서 본 감담일기의 특징과 의의」, 『한국한문학연구』
　　46집, 한국한문학회, 2011.
허준구, 「담정 김려의 시세계」, 성균관대 대학원 박사학위논문, 2001.

성호가 문학의 미의식

– 매산·섬계·성호를 중심으로 –

윤재환

I. 미의식의 개념과 가계

일반적으로 미의식이란 미적 의식과정이나 미적 가치에 관한 체험을
의미한다. 이 미의식은 크게 미적 관조와 창작의 2가지 유형으로 나누어
지며, 미의식을 이루는 요소로 감각·표상·연합·상상·사고·의지·감정
등을 들 수 있다. 따라서 이 요소들의 결합 정도와 방식에 따라 미의식의
성격이 달리 드러난다고 할 수 있다. 이와 같은 미의식의 사전적 정의를
그대로 인정하였을 때 미의식이란 기본적으로 개인적 차원의 의식 세계
속에 내재되어 있는 사유양식이라고 할 수 있다.

미의식을 개인적 차원의 의식 세계 속에 존재하는 하나의 사유양식으
로 규정하였을 때, 미의식은 기본적으로 개인적 가치 판단의 결과를 의
미한다. 따라서 미의식은 본질적으로 보편성보다 개별성을 중심으로 하
게 된다.

그렇지만, 미의식이 보편성보다 개별성을 중심으로 하는 개인적 사유 양식의 하나로 규정된다고 해서 미의식을 전적으로 개인적인 가치 판단의 결과물로만 규정할 수는 없다. 그것은 한 개인의 삶이 사회를 떠나 유지될 수 없듯이, 개인의 의식 세계를 형성하는 경험과 학습이 사회 속의 다양한 관계를 떠나서는 성립할 수 없기 때문이다.

성호(星湖) 이익(李瀷)의 가계는 조선 후기 근기 남인계열의 중심에 놓여 있는 가문이다. 다양한 방면으로 걸출한 수많은 인물들을 배출하였고, 이를 통해 가문의 여러 전통들을 이어갔다. 성호의 가문은 선대부터 전해온 여러 전통들을 이어가며 발전시켰을 뿐만 아니라 새로운 다양한 전통들을 만들고 전파하였는데, 새로운 전통의 수립은 다음 세대 성호 가문의 위상 확립에 적지 않은 영향을 미쳤다고 생각된다.

이 글은 성호 이익의 가계 내에서 창작된 문학 작품 속의 미의식에 관해 살펴보고자 하는 것이다. 이 글에서 지향하고 있는 성호가(星湖家) 문학 속의 미의식에 대한 탐구가 큰 오류 없이 진행되기 위해서는 앞에서 전제한 것과 같이 다음 두 가지 조건에 대한 고려가 우선되어야 할 것이다. 첫 번째는 개인적 차원의 사유 양식이자 가치 판단인 미의식의 범주를 가계, 혹은 가문으로 확장하는 것이 가능한가 하는 것이다. 그것은 개인의 삶이 사회와의 관계 속에서 유지되고, 경험과 학습이 사회 속의 다양한 관계를 통해 형성되는 것이라고는 하지만, 삶과 경험 그리고 학습의 주체는 분명히 한 개인이기 때문이다. 두 번째는 첫 번째 전제와 대척적인 지점에 놓인 것으로 개인적인 가치 판단의 결과물인 미의식이 사회적 관계를 배제하고서도 형성 가능한가 하는 것이다. 즉, 가계 내의 학문적 혹은 문학적 전통과 유리된 독립적인 미의식의 성립이 가능한가 하는 것이다. 그것은 경험과 학습의 주체가 개인인 것은 부정할 수 없지만, 한 개인이 경험하고 학습하는 내용은 사회적 관계 속에서 이루어지는 것으로 일정한 보편성을 지니는 것이기 때문이다.

이 전제 조건을 성호가의 미의식에 직접 대입해보면 첫 번째 전제 조건은 "가문의 미의식"이라는 개념을 도출해 낼 수 있는가, 혹은 그와 같은 시도가 가능한가 하는 것이고 두 번째 전제 조건은 한 개인의 미의식이 가문의 보편적 미의식과 분리될 수 있는 "독립적인 혹은 독자적인 미의식"으로 성립 가능한가 하는 것이다. 이와 같은 전제는 개인과 전체, 보편과 특수의 교합관계를 의미한다.

개인의 미의식이 사회나 가문 안에서 존재하는 보편적 미의식에 영향을 받을 수밖에 없다는 것은 당연하다. 하지만, 그 영향이 개인의 경험 영역 위에 위치하여 전적으로 개인의 의식 형성을 좌우한다고 단정하기는 쉽지 않다. 반대로 개인적 경험과 학습 영역의 기저는 사회적 관계 속에서 형성된 보편성을 바탕으로 한다. 따라서 개인의 미의식은 어떤 식으로든 사회적 보편 미의식과 연관될 수밖에 없다.

그렇다면 문제는 어디까지가 보편성에 기반한 것이고, 어디부터가 개별성에 연유한 것인가를 구분하는 것이다. 하지만, 현재까지 이를 분명하게 구분 지을 수 있는 방법은 없어 보인다. 다만, 개개인의 삶의 역정과 경험, 그리고 학습의 과정에 대한 탐색과 만들어진 작품 사이에 존재하는 상호 관계성에 대한 고려를 통해 유추해 볼 수밖에 없을 것이다.

이 글은 전술한 것과 같이 성호가 문학 속에 드러난 미의식을 살펴보고자 하는 것이다. 성호가라고 한다면 일반적으로 성호를 정점으로 하여 후대로 이어진 성호의 가계를 의미하는 것이겠지만, 이 글에서는 성호의 선대부터 성호에 이르기까지를 대상으로 한다. 그 중에서도 특히 성호의 부친 매산 이하진과 둘째 형 섬계 이잠, 그리고 성호 이익 세 사람 만을 논의의 대상으로 한다. 이 세 사람만을 대상으로 하면서 성호가라고 한다는 것은 상당한 어폐가 있는 것이지만, 부친 매산과 둘째 형 섬계는 성호에게 지대한 영향을 끼친 인물이면서 성호와 혈연관계를 지니고 있는 인물이라는 점에서 성호가, 특히 형성기 성호가라 불러 큰 무리는 없으리라 생각한다. 형성기 성호가에 대해 관심을 두는 것은 아직까지 성호의 학문과 문학적 경향의 정립에 관한 전체적인 탐구가 이루어지지 않았다는 생각과 성호가에 대한 올바른 판단은 다른 어떤 것 보다 성호 그 자체에 대한 체계적인 접근을 바탕으로 하여야 한다는 생각 때문이다.

매산과 섬계, 그리고 성호 세 사람 사이에 존재하는 미의식의 동이점에 대해 보다 객관적으로 확인하기 위해 이 글에서는 세 사람 각각의 삶과 경험 그리고 학습의 과정을 비교하여 살펴본 뒤 시를 중심으로 이들의 문학 작품 속에 드러난 미의식의 동이점을 살펴보도록 할 것이다.

Ⅱ. 삶의 경험과 학습의 과정

성호가는 조선후기 정치적으로 상당한 곤경을 겪었던 근기 남인계열의 대표적 가문이다. 따라서 이 가문의 중요 구성원이었던 매산과 섬계, 그리고 성호의 삶은 기본적으로 정치적 질곡으로 점철되어 있다. 이들의 삶이 이들이 살았던 당대의 정치적 파랑에 따라 부침을 거듭하였다는 점에서 삶의 경험은 기본적으로 공통점을 지닌다. 하지만, 보다 구체적으로 살펴보면 동일한 범주 속에서 상당한 차이를 지닌다는 것을 확인할 수 있다.

학습의 과정 역시 이들 모두 가학 연원을 바탕으로 한다는 점에서 공통점을 지닌다. 특별히 외부의 어떤 스승을 찾아가 학습하기보다 가계 내 어른을 통한 학습을 바탕으로 개인적인 수양을 통해 자신들의 학문 세계를 이루었다는 점에서 동일한 면모를 보여준다. 하지만 앞에서 언급한 구체적인 삶의 역정과 같이, 개인적인 학문의 수련 과정도 세부적인 면에서는 상당한 차이가 있다. 이 장에서는 이들 세 사람의 삶의 역정과 학습 과정에 대해 동이점을 중심으로 간략하게 살펴보도록 하겠다.

1. 매산(梅山) 이하진(李夏鎭)

매산(梅山) 이하진(李夏鎭)은 인조 6년(1628) 무진 봄 2월 10일 오시(午時)에 여주이씨 가문의 세거지인 정동(貞洞)에서 태어나 숙종 8년(1682) 6월 14일 유배지인 평안북도 운산에서 55세의 일기를 끝으로 세상을 떠났다. 자는 하경(夏卿), 호는 매산 혹은 육우당(六寓堂)이라고도 한다. 아버지 지평공(持平公) 지안(志安)과 어머니 전주이씨 사이의 5남 1녀 중 장남으로 태어난 매산 이하진은 17세기 정치적 격변의 한가운데에서 남인계열의 관료로 당대의 정치적 혼란을 몸소 겪으며 살아갔다.

타고난 자질이 영민하였고 잡기보다는 독서와 서예를 즐겨 일찍부터 당대의 명필로 추앙받던 중부(仲父) 청선공(聽蟬公) 지정(志定)에게 서예의 자질을 인정받았다. 어려서부터 엄격한 부친의 훈도와 여러 족부의 가르침, 종형들의 영향 아래 학문을 시작한 매산은 35세가 되던 해에 중양과(重陽科)에 수석으로 합격하여 전시(殿試)에 직부(直赴)할 수 있었지만, 북인 계열을 거쳐 남인계열로 바뀐 가문의 정치적 성향으로 인해 관직 진출이 어려웠다.

이후 현종 7년(1666) 봄 39세의 나이로 전시에서 갑과의 2등을 차지하면서 본격적인 관직생활을 시작했다. 여러 관직을 옮기며 상당한 정치적 명망을 얻었지만, 관직 생활 3년 만에 대관(臺官) 김징(金澄)의 무고로 체직되어 광주의 매산별업(梅山別業)에 들어가 3년의 퇴거생활을 했다. 약 3년간의 퇴거기를 지낸 뒤 현종 12년(1671) 3월 병조좌랑에

서용되면서부터 매산의 관직생활은 다시 시작되었다. 그는 정랑 겸 진
휼청감·간원의 정언·태학의 직강과 사예·춘방의 사서·황해도 관찰사
를 거친 뒤 장령·수찬·헌납·교리·사간·사성·집의·부교리
·부응교·응교를 거듭하였고, 숙종이 즉위한 뒤로부터 경신대출척(庚申
大黜陟)이 있기까지 6년 동안 정치적 황금기를 맞이하였다.

숙종 즉위 이후 남인계열이 정권의 중심에 서게 되자 매산은 남인계열
의 중진으로 활동했다. 이 기간 동안 매산은 중앙부처의 요직을 두루
거치면서 미수 허목과 백호 윤휴의 출사를 강력하게 건의하여 실행시켰
고, 이들의 정국 운영에 동조했다. 그러나 허적(許積)의 정치적 행적을
못마땅하게 여겨 점차 청남 계열에 가까이 접근하게 되었다. 또 훈척권
신인 김석주(金錫冑)와 사사건건 마찰을 일으켰다. 허적·김석주와의 반
목은 이후 그의 관직생활을 위태롭게 했고, 특히 김석주와의 불화는 그
가 평안북도 운산으로 유배되는 결정적인 원인으로 작용했다.

숙종 4년(1678) 도승지와 부제학을 거친 뒤 3월 진향정사(進香正使)로
중국에 사신을 갔으며 귀국 이후 형조참판 겸 예문관 제학·오위도총부
부총관을 지냈다. 이와 같은 매산의 정치적 황금기는 숙종 6년(1680)
2월 25일 그가 대사간으로 있으면서 강화도 돈대구축의 잘못과 윤휴의
사직, 허목의 해직, 홍우원의 원찬(遠竄)에 대해 올린 항소를 계기로 종
말을 맞이하였다. 매산의 항소는 그 즉시 숙종의 진노를 불러와 매산은
당일 특명으로 진주목사로 좌천되었고, 이후 다시 삭탈관직·문외출송
(門外出送)되어 마포의 상수동 근처에 있는 서호 주변에서 생활하다가
이 해 10월 평안북도 운산군으로 원배(遠配)되었다.

운산으로 유배된 이듬해 10월 매산은 계비 안동권씨에게서 막내 성호
이익을 낳았지만, 그는 운산에서의 유배생활을 채 2년도 넘기지 못하고
숙종 8년(1682) 6월 14일 55세의 일기를 끝으로 유배지에서 운명하였다.

매산의 일생을 살펴보면 그가 비록 정치적으로 다양한 부침을 경험하였지만, 운명하기 불과 얼마 전까지 당대 정권의 중심에서 활동하던 중앙 관계의 실세였음을 알 수 있다. 그의 일생이 정치적 곤경과 혼란을 벗어날 수는 없었지만, 그 속에서 매산은 영예와 오욕을 함께 겪으며 살았던 당대 정계의 중심인불이었다. 이와 같은 매산의 삶은 그의 정치적 성향이 근기 남인계열, 특히 청남계열 남인들을 대표하는 것이었고, 교유관계 역시 이를 중심으로 형성되었음을 알게 한다.

매산의 생애와 함께 그의 학문 수학과정을 살펴보면 그가 일정한 스승의 문하에서 학습한 경험이 없음을 알 수 있다. 어려서부터 선친과 족부・종형에게 육예를 익혔고, 장성해서는 이렇게 익힌 학문을 기반으로 독학하여 자신의 학문세계를 이루었다. 매산의 학문 수학과정은 매산 뿐만 아니라 그의 가문에서 볼 수 있는 보편적인 현상이다.

매산 가문 선조들의 사적을 기록하고 있는 『여강세승』이나 성호의 「선고사헌부대사헌부군행장(先考司憲府大司憲府君行狀)」을 살펴보면 매산은 부친인 지평공 지안과 중부 청선공(聽蟬公) 지정(志定), 그리고 종형인 태호공(太湖公) 원진(元鎭)에게 상당한 영향을 받았다고 생각되는데, 그 영향의 종류와 정도에 대해서는 자료의 불비로 인해 정확한 파악이 불가능하다. 다만, 그가 32세 되던 효종 10년(1659) 부친의 삼년상을 마칠 무렵 쓴 「성궁편(省躬篇)」과 「복거매산기(卜居梅山記)」, 「변힐(辨詰)」 등을 살펴보면 그의 학문세계는 대체로 독서를 통한 박학의 추구, '경'을 통한 내면 수양, 실천을 중시한 학문 태도, 서예와 시문학을 위주로 한 예술관으로 정리할 수 있는데, 이와 같은 학문관은 가문의 대체적인 학문 경향이었다고 보인다[1].

---

1) 매산 이하진의 삶과 생애 및 학문과 교유관계에 대해서는 윤재환, 『매산 이하진의

2. 섬계(剡溪) 이잠(李潛)

섬계 이잠은 매산과 그의 첫 번째 부인 증정부인(贈貞婦人) 용인이씨 사이의 3남중 2남으로 서울의 소정동에서 태어났다. 자는 중연(仲淵), 호는 섬계(剡溪) 혹은 서산(西山)이라고도 한다. 첫째 아들인 청운(靑雲) 이해(李瀣)가 출생한 지 13년이 지난 뒤에 태어난 아들이었고, 또 그가 태어난 이후 부친인 매산의 관운과 과운(科運)이 트이기 시작했기 때문에 섬계는 유년 시절을 비교적 순탄한 가정환경 아래에서 부모의 남다른 사랑을 받으며 성장할 수 있었다. 특히 27세의 젊은 나이로 요절한 형 청운 이해를 대신하여 집안의 장남 역할을 담당하였다.

섬계의 학문은 아버지 매산과 그보다 13세 연상인 형 청운, 16세 연상인 매부 목창명(睦昌明)에 의해 이루어졌다고 보인다. 섬계는 16세가 되던 숙종 1년 진사시에 응시하여 합격하였지만 부친인 매산의 경계에 따라 대과의 응시를 미루었다. 당시 매산이 섬계가 재주만 뛰어나고 덕이 부족할까 염려하여 "큰 그릇은 일찍 이루어지는 것을 꺼린다[大器忌무成]"고 경계하였기 때문이다[2]. 하지만 이로부터 불과 5년 뒤 일어난 경신대출척으로 매산이 평안북도 운산으로 유배되고, 2년 뒤 유배지에서 운명하자 섬계는 22세의 젊은 나이로 과거의 꿈을 완전히 접었다.

이후 섬계의 삶은 비분과 강개에 가득 차게 되었다. 그것은 비록 기사환국 이후 6년간 남인 재집권 시기가 있었지만, 얼마 지나지 않아서 일어난 갑술환국으로 다시 노론 계열이 정권을 장악하자 남인계열이 정치권에서 완전히 소외되었기 때문이다. 소외된 남인의 후예로서 섬계는 강한

삶과 문학, 그리고 성호학의 형성』의 제1장 「17세기 조선과 매산, 매산가」에 자세히 나와 있다.
2) 李孟休, 『驪江世乘』 卷9, 「剡溪公 家傳」, "十六發解, 大憲公戒之日; 大器忌早成, 遂 不赴會試."

좌절감을 느꼈고, 이런 좌절감 속에서 섬계는 무명옷과 짚신 차림으로 산수간을 방랑하며 주변의 연소한 자제들을 훈육하는 것으로 그의 삶을 일관하였다. 특히 섬계는 부친의 사후 안산에 은거해 있던 계모 안동권씨에게 문안을 드리고 막내 동생 성호(星湖) 이익(李瀷)의 학업을 지도하는 것 이외에는 일정한 거처나 목적이 없는 방랑 생활을 계속하였다.

방외의 삶을 살던 섬계는 경상도 유생 임부(林溥)가 김춘택(金春澤)의 처벌과 국정의 쇄신을 건의하는 상소를 올려 귀양 가자 적극적으로 현실 속에 뛰어들었다. 평소 노론계 김춘택의 행위에 강한 울분을 느꼈던 그는 김춘택이 희빈 장씨의 소생인 원자 윤(昀)[景宗]의 세자 책봉을 미루는 것이 원자인 균을 제거하고 연잉군[英祖]을 후사로 삼기 위한 것이라고 생각하였다. 이에 주위의 만류를 뿌리치고 숙종 32년(1706) 9월 17일 5,000여자에 이르는 만지장서(滿紙長書)의 상소문을 지어 올렸다. 이 상소는 당시 국정을 장악하고 있던 노론계의 거센 반발과 숙종의 진노를 불러와 섬계는 참혹한 국문을 당하였다. 9월 18일부터 25일까지 8일 동안 계속된 국문 아래에서도 끝내 자신의 주장을 굽히지 않았던 섬계는 마침내 9월 25일 47세의 일기로 장살당해 생을 마감하였다.

섬계의 삶은 부친 매산의 삶보다 훨씬 더 큰 정치적 곤경 속에서 지속되었다. 부친 매산이 운명한 22세 이후 과거의 꿈을 접었고, 47세에 상소로 인해 장살당했다는 것에서 알 수 있듯이 그의 일생에서 정치적 혹은 의지적 안정기는 20세 이전으로 제한된다고 할 수 있다. 상소로 인해 장살되었다는 삶의 역정으로 인해 그에 관해 현재 전하고 있는 자료로는 시 91제 133수, 문 2편에 불과하다.

섬계의 생애를 통해 짐작할 수 있듯이 섬계의 정치적 성향과 교유관계는 부친인 매산보다 더 당색에 치우친 모습을 보여준다. 정치적으로 또, 사회적으로 섬계의 삶은 조선후기 이후 고착화 되어가던 당파의 경향성

을 강하게 보여주고 있으며, 섬계는 그 경향성을 바탕으로 자신의 정체
성을 지키기 위해 노력했다고 생각된다3).

3. 성호(星湖) 이익(李瀷)

매산의 막내 성호 이익은 매산과 후배(後配)인 안동권씨 사이에서 태
어난 2남 중 막내이다. 자는 자신(子新), 호가 성호인데, 광주군 첨성리
(瞻星里)의 호숫가 주변에서 살았기 때문에 호를 성호라 했다고 한다.
성호의 일생을 살펴보면 그가 그다지 순탄치 못한 삶을 살았다는 것을
알게 된다. 그의 순탄치 못한 삶은 근본적으로 당대의 정치적 상황에
의한 것이었지만, 보다 정확하게 말하면 운산으로 유배가 유배지에서
운명한 부친과 성호가 26세 되던 해에 장살 당한 둘째 형 섬계에 의한
것이었다고 할 수 있다.

어려서 병약했던 성호는 나이 10세가 넘어서야 겨우 글을 익힐 수
있었고, 25세가 되던 1705년(숙종 31)에 증광문과에 응시했으나 녹명(錄
名)이 격식에 맞지 않는다 하여 회시에 나가지 못했으며, 다음 해 9월
둘째 형 섬계가 장살 당한 뒤로는 경기도 안산[廣州 瞻星里]으로 피신하여
과거를 포기한 채 은둔하며 학문에만 몰두했다.

안산의 선영 부근에 있는 성호장(星湖莊)에 은둔하면서 학문에 열중하
던 시기 성호의 삶은 양반지주로서 경제적인 여유가 있는 것이었지만,
1715년(숙종 41) 성호가 35세 되던 해에 모친을 여의고 장례를 마친 뒤
노비와 재물, 서책을 모두 종가에 돌려주면서부터 곤궁한 삶을 살았다.

생활의 어려움에도 불구하고 학문을 통한 수양에 힘썼던 성호는 33세

---

3) 섬계 이잠의 생애와 학문 및 교유 관계에 대해서는 윤재환, 「섬계 시를 통해 본 좌절
과 우환의식」, 『한국한시연구』 11, 2003과 윤재환, 「섬계 이잠 시세계의 일단면」, 『한
문학보』 9, 2003에 자세히 나와 있다.

되던 1713년(숙종 39)에야 아들 맹휴 하나를 두었다. 맹휴는 어려서부터 총명해 29세가 되던 1742년(영조 18)에 정시(庭試)의 장원으로 급제해 예조정랑이 되었고, 1745년(영조 22)에 만경현령이 되었다. 아들 맹휴의 총명한 자질에 성호는 상당한 기대를 가졌지만, 병약한 몸이어서 맹휴는 끊임없이 치료를 받아야만 했고, 그 치료에도 불구하고 39세가 되던 1751년(영조 29) 여름 운명하여 성호는 아들을 먼저 잃는 슬픔을 맛보아야 했다.

이후 성호의 삶은 더욱 고단해졌지만, 그럴수록 집안 후손들과 제자들의 교육에 힘을 쏟았다. 하지만 70대 후반기에 접어들면서 성호는 황달로 거동이 불편한 정도가 되었고, 말년에는 재산이 고갈되어 땅도 없이 겨우 고노(雇奴) 한 사람만 있었을 뿐이었다. 이러한 괴로운 생활 끝에 성호는 1763년(영조 39) 12월 17일 83세의 일기로 운명하였다.

이와 같은 고단한 삶의 역정에도 불구하고 성호 이익은 조선후기 근기 남인 학파의 태두이자 실학파의 하나인 경세치용학파의 창시자로, 근기 남인계열 뿐만 아니라 조선후기라는 한 시대를 이끄는 정신적 지주가 되었다. 성호의 학문세계는 미수(眉叟) 허목(許穆)을 거슬러 한강(寒岡) 정구(鄭逑)에게 이어지고 다시 퇴계에게 접한다고 알려져 있다. 하지만 성호의 학문세계를 퇴계학의 사숙만으로 이루어진 것이라 보기는 어렵다. 그것은 성호가 시무(時務)와 실사(實事)에서는 율곡과 반계를 추숭했고, 또 이들의 학문을 따라 배우려고 노력했기 때문이다. 이기와 심성을 논할 때 정반대에 서 있었던 퇴계와 율곡에게서 각각 배울 것을 찾아 자신의 학문세계를 형성했기 때문에 성호는 당대 보편적인 지식인들이 추구하고 있었던 형이상학적이고 사변적인 학문 태도를 벗어나 실용의 학문을 창도할 수 있었다. 따라서 성호의 학문세계는 단선적인 한 학통의 전승만으로는 설명하기 어려운 점이 많다.

다양한 학파의 다기한 학문 경향을 수용하였지만, 성호 학문의 뿌리는 그의 가문 내에 존재하고 있었던 가학의 전통이었다고 생각된다. 이 가학의 전통이 부친 매산을 거쳐 그의 둘째 형 섬계 이잠과 셋째 형 옥동 이서를 통해 성호에게 전해졌다고 보인다.

성호가 태어난 다음해에 매산이 운명했기 때문에 성호는 부친 매산에게서 직접 학문을 전수받지 못했다. 그러나 성호는, 유일한 스승으로 부친 매산을 두었던 두 형을 통해 학문의 기초를 익혔기 때문에 성호의 학문은 두 형을 통해 전해진 가학의 전통을 바탕으로 이루어졌다고 보아야 할 것이다. 즉, 성호의 학문은 중형 섬계에게서 시작하여 셋째 형 옥동과 종형 소은(素隱)의 영향을 받아 기초를 형성하였다. 섬계는 성호의 둘째 형이지만, 큰 형인 청운 이해가 운명한지 8년 뒤에 태어나 큰 형을 전혀 접할 수 없었던 성호에게는 가장 큰 형이었고, 옥동은 섬계의 바로 밑 동생으로, 섬계와 옥동은 모두 성호의 이모형(異母兄)이었다. 소은은 성호의 중부인 은진의 아들 이진(李濃)이다.

유배지에서 태어나 이듬해에 부친을 잃은 성호는 이 세 사람의 형을 따라 배우면서 학문을 시작하였는데, 그 순서는 섬계를 시작으로 옥동, 소은의 순으로 이어졌다고 보인다. 그런데 섬계가 병술년에 화를 당하자 성호는 잠시 동안 학문을 포기하고 화에 연좌될까 두려워 몸을 피했다고 했는데, 섬계가 화를 당한 병술년은 숙종 32년(1706)으로 성호의 나이 26세였을 때이다. 이 당시 성호가 얼마나 오랫동안 몸을 피해야 했었는지는 정확히 알 수 없지만 성호는 상당히 곤란한 처지에서 안산의 첨성리로 몸을 피했던 것 같다.

성호의 가장에는 성호가 어려서 몸이 약해 일찍부터 글을 배우지 못했다고 했는데, 성호의 글을 살펴보면 대략 10세를 전후할 때까지 성호는 글을 익히지 못한 듯하다. 이 10세를 전후한 어느 시기부터 성호는 섬계에게 학문을 익혔다고 생각된다. 당시 성호는 타고난 영민한 자질을 바탕으로 독서에 빠져들었는데, '박람군서(博覽群書)'로 그의 학습태도를 밝히고 있는 것으로 보아 가문의 학문 전통과 같이 성호도 어려서부터 박학에 상당한 관심을 보였다고 할 수 있다.

섬계에게 학문을 익힐 당시 셋째 형 옥동은 성호의 학습에 직접적으로 어떤 영향을 미치지 않았다고 보인다. 옥동은 10세가 되던 해(숙종 12년, 1671)에 숙부 주진의 후사로 들어가 명례동에 나가있으면서 부친인 매산에게 학문을 익혔다. 주진의 후사로 들어간 옥동은 매산이 유배지인 운산에서 운명하자 섬계와 함께 운산에서 부친의 시신을 모시고 와 장례를 지낸 뒤 과거의 뜻을 버리고 주진의 산소가 있는 포천의 청량포에 은거하여 도학에 몰두했다. 이 시기 성호는 겨우 4, 5세의 어린아이에 불과했고, 병약한 몸이어서 학문을 시작하지 못하고 있었으며, 옥동도 포천의 은거지를 떠나지 않았었다. 따라서 성호가 옥동과 종유하며 학문을 다듬은 것은 섬계의 화가 있고난 뒤라고 보아야 할 듯하고, 이런 사정은 성호 학문의 수학 과정을 언급할 때 항상 섬계의 다음으로 옥동과 병기된 소은과의 관계에서도 마찬가지라 생각된다. 이렇게 본다면 성호 학문의 가장 기본적인 바탕을 형성해 준 사람은 섬계이고, 섬계가 만들어 준 바탕을 다듬어 준 사람이 옥동과 소은이라고 유추할 수 있다.

장성한 뒤로 성호는 퇴계와 미수를 사숙하여 자기 학문의 기틀을 확립하는 한편, 고질적인 병폐를 지니고 있었던 당대의 현실 문제를 해결하기 위해 율곡과 반계, 지봉을 추종하여 자신의 학문 세계를 정립하였다. 성호의 이러한 학문은 이후 다양한 갈래로 발전하여 경세치용학파, 혹은 성호학파라 부르는 하나의 학맥을 형성하였다.

드러난 결과로만 본다면 성호의 삶이 형인 섬계보다 순탄한 것이었다고도 할 수 있다. 하지만 섬계의 삶이 당대의 정치적 고난에 대한 적극적이고 주체적인 대응의 결과였던 것이었던데 비해, 성호의 삶은 선대의 행위에 대한 타율적 적응, 소극적 저항으로 점철되었다는 점에서 결코 그의 삶이 섬계보다 원만했다고 보기는 어렵다.

또, 이와 같은 삶을 살았기 때문인지 성호의 정치적 성향과 교유관계는 부친인 매산이나 둘째 형인 섬계와는 상당히 다른 모습을 보여준다. 우선 정치적으로나 교유관계에서 당파에 크게 구애받지 않았다. 물론 성호가 당대의 정치적 역학 관계에서 완벽하게 자유로웠다고 할 수는 없지만, 그의 정치적 판단은 당파에 의한 것이었다기보다 자신의 학문적 주관에 더 크게 영향을 받았다. 교유관계 역시 청남계열의 근기 남인들이 중심이 된 것은 분명하지만, 소론과 노론 계열의 다양한 인물들과도 학문과 문학을 통해 상당한 친분관계를 유지하였다.

Ⅲ. 삶과 문학, 그리고 문학 속 미의식과 미감

매산과 섬계 그리고 성호의 삶은 기본적으로 동일한 토대에서 시작되었지만, 앞에서 살펴본 것과 같이 구체적인 삶의 양상은 다양한 차이를 보여준다. 이와 같은 차이는 그들의 미의식 형성에 적지 않은 영향을 미쳤을 것이라 생각된다. 그러나 이들 모두 자신의 "미의식은 이런 것이다"라고 구체적으로 밝히고 있지 않다. 이들이 스스로 "어떤 것이 미감의 원천이다"라고 밝힌 부분을 찾을 수 있다면 이것을 바로 이들의 미의식이라고 단언해도 틀림없을 것이다. 하지만 이들 스스로 자신의 미의식에 대해 밝힌 부분을 찾을 수 없는 상황에서 이들이 지니고 있었던 미의식을 오류 없이 찾아내는 것은 불가능에 가깝다. 그것은 이 세 사람의 미의식을 이들이 창작한 작품을 역추적하여 확인해야 하기 때문이다. 그러나 창작을 위해 작가가 지니고 있었던 미의식과 창작 결과물에서 드러나는 미감, 그리고 창작 결과물을 바라보는 독자의 미적 평가가 완전히 일치하기는 쉽지 않다.

이와 같은 어려움과 문제점이 있음에도 불구하고 이들이 스스로의 미의식에 대해 밝혀놓지 않은 이상 이들의 미의식을 확인하기 위해서는 이들이 창작한 작품 속에서 드러나는 미감을 우선 살펴볼 수밖에 없다. 이를 위해 이 장에서는 우선 이들이 지니고 있었던 문학 특히 시에 관한 의식을 살펴보기로 한다. 다양한 문학 갈래 중 이 장에서 시를 대상으로 논의를 전개하는 이유는 이들의 문학 활동이 대부분 시를 통해 이루어졌기 때문이다.

매산은 문학을 본질적인 것이거나 필수적인 것이라고 여기지 않았다. 이와 같은 태도는 매산에게서 발견할 수 있는 독특한 특성이 아니라 당대 사대부들의 일반적인 의식이었다. 그러나 그의 문집이나 성호가 쓴 글을 살펴보면 표면적인 언급과 달리 문학, 특히 시에 대한 그의 관심을 확인할 수 있다. 특히 성호는 「선고사헌부대사헌군행장(先考司憲府大司憲君行狀)」에서 매산에 대해 "시를 짓는 것에 대해서는 조직적으로 글자를 짜 맞추는 것이라고 하여 즐기지 않았으나 붓을 대면 막히는 곳이 없어 잠깐 사이에 여러 편을 지었다. 어떤 사람이 시에 대해 물으니 대답하기를 시는 풀이하고자 하지만 풀이되지 않는 그 사이를 높게 여기는 것이라고 하였으니 대체로 말은 만들어낼 수 있으나 참된 느낌은 깨닫기 어렵다는 것을 말한 것이다."[4]라고 하였고 또, "공은 스스로 호를 매산(梅山)이라 하였고 또 호를 육우당(六寓堂)이라고 하였다. 이어서 또 풀이하

---

4) 李瀷, 『星湖全集』 卷67, 「先考司憲府大司憲君行狀」. "爲詩不屑爲組織之工, 下筆源源, 頃刻累數篇. 或問詩, 應曰; 詩以欲解未解間爲高, 蓋爲言語可造, 而眞賞難論也."

기를 '천지간에 이 몸을 두고, 경사(經史)에 마음을 두며, 술잔에 흥취를 두고, 초목에 눈을 두며, 시구에 흥을 두고, 서법에 정신을 둔다'고 했다."5)라고 하였는데, 이로 보아 매산이 문학 특히 시에 상당한 재능과 흥미를 지니고 있었다고 추론할 수 있다.

그러나 이와 같은 단편적인 언급만으로 매산이 지니고 있었던 미의식이 어떤 것인지를 단언하기는 어렵다. 다만, 앞 장에서 살펴본 매산의 학습 내용과 가학의 성격 그리고 지금 살펴본 간략한 언급을 통해 그가 지니고 있었던 미의식이 기본적으로 당대 사대부 일반이 지니고 있었던 심성의 수양과 효용에 바탕을 둔 도덕미6)가 아닐까 짐작해 볼 수 있다.

섬계의 경우 그 스스로나 후대에서 그의 문학에 대해 언급한 내용을 찾을 수 없다. 장살 당했다는 섬계 삶의 이력이 47세의 생을 살았으면서도 문학에 관한 다른 어떤 언급 없이 133수의 시와 2편의 문만을 남기게 만든 것이 아닌가 생각된다.

성호의 경우『성호사설』속에서「회헌잡저서(悔軒雜著序)」·「석은집서(石隱集序)」·「시가조회(詩家藻繪)」·「학시(學詩)」 등의 다양한 글을 통해 그가 생각하고 있던 문학 특히 시에 대해 밝히고 있는데, 그의 문학관은 부친 매산이나 당대 보편적인 사대부 문인들의 일반적인 의식과 같이

---

5) 李瀷,『星湖全集』卷67,「先考司憲府大司憲君行狀」. "公自號梅山, 又號六寓堂. 仍又解曰; 寓形於天地, 寓心於經史, 寓趣於壺觴, 寓目於卉木, 寓興於詩句, 寓神於書法."

6) 일반적으로 선을 의미하는 도덕미는 사회 구성원들이 양심, 사회적 여론, 관습 따위에 비추어 스스로 마땅히 지켜야 할 행동 준칙이나 규범의 총체를 실현한 상태에서 느끼는 미감을 말한다. 도덕이란 외적 강제력을 갖는 법률과 달리 인간 개개인의 내면적 원리로서 작용하며, 또 종교와 달리 초월자와의 관계가 아닌 인간 상호 관계를 규정하는 것인데, 인간은 사회의 일반적인 행동양식, 기존의 질서 등이 관습의 형태로 개인에게 부과될 때 이를 '규율·규칙·법규·법률'로 이해하게 되며, 이에 대해 다양하게 반응한다. 도덕미란 그 반응 양태가 규범의 구체적 실현으로 나타나면서 이 반응의 결과가 미적 쾌감을 수반한 것을 말한다.

도덕적 효용론에 바탕을 두고 있다.

이렇게 보았을 때 매산과 섭계, 성호의 미의식은 모두 기본적으로 도덕미, 특히 효용성을 중심으로 하는 도덕미를 바탕으로 하고 있다고 유추할 수 있다. 그러나 이들의 미의식이 모두 도덕미를 바탕으로 한다고는 하지만, 그 도덕미의 층위가 동일한 것이라고 볼 수 있는가, 혹은 작품 속에 드러난 미감이 동일한 것인가 하는 점에는 의문의 여지가 있다. 그것은 동일한 의식 세계를 지니고 있다고 하더라도 구체적인 삶의 양상에 따라 의식 세계의 표출 방법이 달리 나타나는 것과 같이, 같은 미의식을 지녔다고 하더라도 문학 속에 드러난 미적 결과는 다른 양상을 지니는 경우가 상당하기 때문이다.

매산의 경우 55년을 살면서 1,900여 수의 시와 111편의 문을 남겼다. 1,900여 수의 시는 20대 때부터 50대까지 지속적으로 창작한 것이며, 하나의 성격으로 규정하기도 어렵다. 관직 생활의 포부와 유배의 울분에서부터 경물에 대한 감흥과 이별에 대한 슬픔까지 다양한 소재와 내용을 포괄하고 있다. 섭계의 경우 47년을 살면서 133수의 시와 2편의 문을 남겼다. 생존 기간으로 비교해 본다면 부친 매산보다 불과 8년이 짧을 뿐이지만, 남아있는 작품의 수는 채 10%가 되지 않는다. 대체적인 내용도 울분과 우환의식으로 규정이 가능하다. 성호의 경우 83년을 살면서 1,100여 수의 시를 남겼다. 창작 시기도 30대 후반부터 80대 초반까지 비교적 생애의 전 시기에 걸쳐있으며 시의 소재와 주제 역시 다양한 양상을 보인다. 하지만 부친 매산과 비교해 보았을 때 25년을 더 살았으면서도 창작한 시가 약 800여 수 적다는 점에서 부친 매산보다는 시 창작에 관심을 두지 않았다고 할 수도 있다. 하지만, 성호의 시 역시 그 수가 적다거나 창작 경향이 일률적이라고 하기는 어렵다는 점에서 성호 또한 시 창작에 적지 않은 관심을 두었다고 볼 수 있다.

　다음으로는 지금까지 살펴본 매산과 섭계, 성호의 삶의 역정, 기본적
인 미의식의 근저, 창작된 작품의 양적 상황을 고려하면서 구체적인 작
품을 살펴 그 속에 드러난 미감[7]을 비교해 보고 이를 통해 이들의 미의
식에 다가가보기로 한다.

　앞에서 이미 언급한 것과 같이 매산의 시문학 작품은 다양한 성격을
지니고 있다. 기본적으로 사환기와 방축기(放逐期)에 창작된 시의 성격
이 다르고, 같은 사환기와 방축기의 시라고 하더라도 어떤 계기로 무엇
을 대상으로 하여 창작 하였는가에 따라 각기 다른 모습을 보여준다.

아득히 검게 하늘 덮은 구름이	漠漠一天雲
부슬부슬 온종일 비로 내리네.	絲絲終日雨
이때가 되어서 꽃을 심고 있으니	栽花及此辰
한적한 섬돌 위로 해 지는 줄도 모르네.	未覺閑階暮[8]

　이 시는 사환기에 창작된 시로 봄비를 만나 꽃을 심으며 기뻐하는 매
산이 자신의 심경을 읊은 것이다. 하늘을 검게 덮고 있던 구름이 이슬비
가 되어 하루 종일 부슬부슬 내렸다. 이 비는 매산의 활동을 제약하여

---

　7) 아름다움에 대한 느낌, 또는 아름다운 느낌을 美感이라 하는데, 이는 美가 다양성을
　　특징으로 하는 것인 만큼 단순하게 몇 가지로 구분하기 어려울 정도로 많은 종류를 지
　　닌다. 문학에서는 미의 기본 범주로 숭고미, 우아미, 비장미, 골계미의 4분법 체계를
　　드는 것이 일반적이다. 대체적으로 숭고미는 일상생활에서 벗어난 크고 위대한 것을
　　추구하는 데서 오는 아름다움을 말하는 것으로 경건하고 엄숙한 분위기이고, 우아미는
　　일상생활의 실상을 있는 그대로 받아들이며 작고 친근한 것을 추구하는 데서 오는 아
　　름다움을 말하는 것으로 아름다운 형상이나 수려한 자태를 그린 것이며, 비장미는 삶
　　의 부당한 제약을 거부하고, 숭고한 이념을 긍정하려는 투쟁에서 오는 아름다움으로
　　패배로 끝나는 경우나 슬픔이 극에 달하는 한의 정서를 표출한 것이 많고, 골계미는
　　딱딱한 관념의 구속을 거부하고 삶의 발랄한 모습을 긍정하려는 각성에서 오는 아름다
　　움을 말한다. 이 글에서는 이 일반적인 4분법 체계에 따라 미감을 찾아보기로 한다.
　8) 李夏鎭, 『六寓堂遺稿』卷1, 「喜雨呼韻」.

그를 무료하게 만드는 따분한 것이 아니라 그가 기다리고 있었던 것이었다. 촉촉하게 내리는 봄비 속에서 꽃을 심으며 그는 비 내리는 하루를 바쁘게 보냈다. 그래서 매산은 조용하고 한적한 섬돌 위로 저녁이 깔리는 것도 느끼지 못하는 것이다.

이 시에서 매산을 기쁘게 하는 것은 꽃을 심기에 알맞게 부슬부슬 내리는 봄비이다. 그런데 시 속에서 봄비라는 경물을 대하는 매산의 태도는 객관적 관찰을 넘어서고 있다. 이것은 경물을 통해 느낀 그의 감정이 경물 그 자체를 넘어서서 경험에 의해 환기된 흥을 불러오고 있음을 보여주는 것이다. 그의 시선이 대상 경물의 객관적인 모습을 넘어서게 되는 것은 그가 삶의 공간에서 접하는 사물에 대해 가지고 있었던 관심과 애정 때문이라고 할 수 있다. 따라서 이 시에서 드러나는 미감은 흥의 유로(流露)에 의한 "우아미"라고 규정할 수 있다.

품속에는 어린 자식 위로는 시부모님	懷中弱息上爺孃
스물일곱 청춘이 조각 꿈처럼 황망하네.	三九春光片夢忙
생일날 술잔이 이내 제상 술잔 되니	生日杯棬仍坐奠
시집 올때 입은 옷엔 아직 향기 남았네.	嫁時裳服尙餘香
옛 산등성 아래 터에 겨우 무덤 얽었으니	舊崗下邑纔營兆
새로 얽은 종남산 집 시렁 들보 하나 없네.	新搆終南未架樑
지금의 모든 일 다 같이 눈물만 흘리게 하니	萬事卽今皆涕淚
차마 무슨 말로 반랑을 위로할까.	忍將何說慰潘郎[9]

이 시는 매산이 진사 이여명(李汝命)의 부인의 죽음을 애도한 만시이다. 이 시에 드러난 매산의 정조는 부인의 죽음에 대한 안타까움뿐이다. 그가 느낀 안타까움은 부인의 죽음과 부인의 죽음을 슬퍼하는 남편을

9) 李夏鎭, 『六寓堂遺稿』 卷1, 「挽李進士 汝命 內」.

바라보고만 있어야 하는 그 자신의 어찌할 수 없는 상황에서 출발한다.

시의 시작부터 매산은 부인이 죽어서는 안 되었다는 것을 강조했다. 위로는 두 분 시부모님께서 살아계시고, 아래로는 어린 자식들이 있으니 그의 죽음은 애초에 말이 안 되는 것이다. 더욱이 이제 겨우 스물일곱 청춘이니 해야 할 일들, 누려야 할 것들이 아직 많이 남아 있었다. 부인의 죽음은 누구도 생각지 못한 창졸간의 일이었다. 생일을 축하하는 술잔을 들었던 것이 언제였는데 곧 그 술잔은 제상의 술잔으로 변해버렸고, 시집올 때 입었던 옷은 아직 색이 바래지도 않고 향기를 풍기며 남아 있다. 함련의 '生日杯棬'과 '坐奠', '嫁時裳服'과 '餘香'은 모두 생과 사의 대비를 통해 죽음의 무상함과 애상을 강조하는 표현이다. 이 시에서 찾을 수 있는 매산의 정조는 서러움과 안타까움 뿐이다. 따라서 시 속에서 찾을 수 있는 미감은 서러운 감정의 분출을 통한 "悲壯美"라고 할 수 있다.

관새 비는 처량하게 나그네 밤새 내리고   關雨凄凄客夜闌
병든 심사 그 오직 술잔을 빌려 풀 뿐이네.   病懷聊借酒杯寬
고향의 소식을 누구에게 물어보나   故園消息憑誰問
텅 빈 휘장 정 없는지 등불만 아스라하네.   虛幌無情燭盡殘[10]

이 시는 매산이 연행 도중 비 오는 밤에 홀로 앉아 느끼는 客愁를 읊은 것이다. 변새에 처량하게 비가 내리니 서글픈 심사에 매산은 밤이 되어도 잠을 이루지 못했다. 이런 서글픈 심사를 달리 어떻게 풀어볼 수 없어 그저 매산은 술잔을 기울일 뿐이다. 술잔을 기울이며 나그네가 된 서글픔을 풀어보려 하지만 고향 소식이 그립기만 했다. 그는 고향

---

10) 李夏鎭, 『六寓堂遺稿』 卷1, 「北征錄」 中, 〈有懷〉.

소식이 그리워 어찌할 줄 모르지만, 고향 소식을 물을 수 있는 누구도 찾을 수 없었다. 이렇게 상심하며 밤을 보내는데, 늘어져 있는 휘장이 바람을 막지 못해 등불의 심지를 위태롭게 한다. 연행 도중 비 오는 밤을 만나 서글픈 심사에 괴로워하는 매산의 내면이 '燭燼殘'이라는 세 글자 속에 잘 드러나 있다. 이렇게 보았을 때 이 시 속에서 찾을 수 있는 미감 역시 앞의 시와 같이 감정의 분출을 통한 "비장미"라고 할 수 있다.

텅 빈 숲에 변새 바람 울려드니	空林鳴朔吹
천리 떠나온 나그네 마음 놀라네.	千里客心驚
길 끊어져 구름은 골짜기 메우고	路斷雲寘壑
개울 휘감아 산골짜기 성 안고 있네.	溪廻峽擁城
늘 취한 건 풍속을 좇아서이고	醉多緣徇俗
시 폐한 건 이름을 감추는 거지.	詩癈爲臧名
또 산 어귀 땅이나 좀 사서	且買山頭地
봄이 들면 화전이나 배워야겠네.	春來學火耕[11]

이 시는 운산으로 유배된 뒤 매산이 쓴 시이다. 이 시에서 매산은 운산의 유배 생활에 완전히 적응하고 있음을 보여주고 있다. 특히 이 시에서 매산은 스스로 변새의 삶 속에 뛰어들어 그들과 함께하려는 모습을 보인다. 비록 앞의 두 연에서 여전히 그의 마음속에 남아있는 유배객이라는 자기 인식과 변새의 험난한 지형을 묘사하고는 있지만, 다음 두 연에서는 그들과 하나가 되어 있고, 그들 속에서 삶을 영위하고자 하는 매산의 모습을 보여준다. 이로 보아 이 시 속에서 찾을 수 있는 미감은 절제된 울분을 바탕으로 한 "비장미"라고 할 수 있다.

이렇게 살펴본 매산의 시에 드러나는 미감은 비장미가 중심이 된다.

---

11) 李夏鎭, 『六寓堂遺稿』卷3, 「雲陽錄」, 〈冬日〉.

그러나 이를 바탕으로 매산 시의 기본적 미감을 비장미로 규정하는 것은 적절하지 못하다. 비장미 이외에도 우아미가 드러나는 시를 볼 수 있고, 비장미의 표출 양상도 감정의 분출과 절제로 구분되기 때문이다. 따라서 매산의 시에서 찾을 수 있는 미감을 하나로 확정하기는 어렵다. 그러나 섬계의 시는 이와 다른 모습을 보여준다. 다음으로 섬계의 시를 살펴보도록 한다.

사립문 적막하게 뭇 봉우리 향하니	柴門寂寞向千峰
이로부터 아득한 물외 자취 가졌네.	自此悠悠物外蹤
거친 밥 배를 채워 좋은 음식 잊었고	蔬食充飢忘列鼎
민요가락 분수 따르니 좋은 음악 되네.	杵歌隨分當鳴鍾
살림살이 애초에 보리밭 몇 떼기가 전부고	生涯原有靑靑麥
심사는 벼랑에 달린 낙락장송 되 버렸네.	心事崖懸落落松
서울 벗들 소식조차 끊어져	京洛故人書信斷
구름 낀 산 서쪽 보니 겹겹이 어지럽네.	雲山西望亂重重[12]

이 시는 섬계가 관곡 기슭에 물러나 있으면서 쓴 시이다. 하지만 이 시에서 섬계는 산림 속에서 자족하거나 자락하는 여유를 보이지 못하고 있다. 그것은 자신이 처한 현실을 잊지 못했기 때문이다. 그가 비록 시의 전반부에서 산림 속에 머무는 자신의 삶에 대해 만족하는 듯 한 모습을 보이고는 있지만, 후반부로 가면서 점차 내면에서 일어나는 세상에 대한 아쉬움과 자신의 처지에 대한 갈등을 드러내어 현실과 유리될 수 없는 자신을 보여주고 있다.

이 시를 통해 현실과 합하지 못하는 자신을 돌아보며 고뇌하고 있는 섬계의 모습을 느낄 수 있지만, 섬계는 시 속에서 자신이 느낀 좌절과

---

12) 李潛, 『剡溪先生遺稿』乾, 「寬谷雜興呼韻」其2.

울분을 세상을 향해 풀어놓지도, 자신의 처지를 벗어나기 위해 세상과 타협하지도 않았다. 그것은 잠영(簪纓)의 후예라는 섬계의 자기 인식이 그에게 좌절과 울분을 안겨준 현실을 인정할 수 없게 만들었지만, 똑같은 정도로 그 현실을 버릴 수 없게 하였기 때문이라 보인다. 이에 따라 섬계의 이 시에서 찾을 수 있는 미감은 절제된 "비장미"라고 할 수 있다.

가난한 마을 해 밑에 솥에선 먼지만 나고	窮村歲暮釜生塵
열 식구 살 방법 없어 죽음 가에 이르렀네.	十口無營到死濱
어찌하면 동군의 사물 살리는 은택 얻어	那得東君生物澤
복숭아 오얏 길러주는 봄 한번 맞게 할까.	响成桃李一番春[13]

　이 시는 섬계의「우음(偶吟)」세 수 중 마지막 수이다. 섬계는 당대의 현실에서 소외되었지만, 자신을 소외시킨 현실에 대한 애정을 접을 수 없었고, 현실에서 고통 받는 백성에 대한 안타까움을 버릴 수도 없었다. 지난 겨울 섬계가 바라본 산골 마을의 풍경은 아늑하지도 아름답지도 않았다. 한 겨울 먹을 것이 없어 불을 때지 못한 아궁이의 솥에서는 먼지만 일어났다. 바짝 말라버려 먼지가 일어나던 솥은 음식 구경을 하지 못한지 이미 오래 되었음을 말해준다. 이전 해 모진 흉년이 들었는지, 아니면 가혹한 관리들의 수탈이 있었는지 열 식구나 되지만 겨울을 넘기기 위해 먹을 것을 준비해둘 수가 없었다. 그래서 늦봄 복숭아와 오얏이 열매 맺는 것을 본 뒤 섬계의 머리 속에 떠 오른 것은 지난 겨울 모진 추위 속에 고통 받던 백성들의 모습이었다. 섬계는 복숭아와 오얏을 보며 東君의 은택을 조금이라도 백성들에게 나누어주고 싶어 했다. 이 시에서 찾을 수 있는 미감도 앞의 시에서와 같이 절제된 "비장미"라고 할

---

13) 李潛,『剡溪先生遺稿』乾,「偶吟」其 3.

수 있다.

육년을 연이어 광주 서쪽 어귀에 있으니	六年仍坐廣西頭
어둠침침한 천지는 또 가을이 저무네.	天地陰森又暮秋
가난한 집 주린 해에 즐거울 것은 없고	家窖歲飢無以樂
위태한 때 늙은 몸은 근심만 남아도네.	時危身老有餘愁
서릿바람에 더욱 주리는 것은 임포의 학이고	風霜剩餒逋仙鶴
물결 속에 멀리 가여운 것은 나그네의 갈매기네.	波浪遙憐海客鷗
이익 다한 어장 염전 백성 살 길 급한데도	利盡魚鹽民事急
도리어 쌀값이 양주보다 싸단 말을 듣네.	還聞米價賤楊州

이 시는 섬계의 울분과 좌절이 극대화되어 드러난 「차추흥팔수운(次秋興八首韻)」의 일곱 번째 시이다. 이 시에서 섬계는 현실 속에서 느낀 자신의 좌절감과 부조리한 현실에 대한 우환의식, 그리고 위기의식을 숨기지 않았다. 육년을 연이어 광주 서쪽 한 어귀에 물러나 있었지만 그동안 섬계의 눈에 들어온 세상은 잔뜩 찌푸려 어두컴컴한 것이었고, 그는 아무것도 하지 못하면서 또 한 해를 보내게 되었다. 섬계의 근심과 회한은 다음 연에서 구체화되어 드러난다. 가난한 집에 흉년까지 겹치니 어디서도 즐거움을 찾을 수 없는데, 혼란한 시절 세상에 대한 근심 속에 그의 몸은 늙어가기만 한다. 그는 다가설 수도 물러날 수도 없는 세상에서 고뇌하고 좌절하는 그의 모습을 임포의 학, 나그네의 갈매기에 비유했다. 섬계의 비유는 현실 속에서 그 스스로가 느끼는 내면의 갈등과 좌절감의 표현이다.

섬계의 갈등과 좌절감은 그의 시선이 백성들의 삶에 미치면서 극대화되어 현실에 대한 구체적인 우환의식으로 형상화되었다. 함련의 '歲飢'와 '時危'는 백성들의 삶이 풍족할 수 없음을 말해주는 것인데, 도리어

섬계는 쌀값이 양주보다 싸다는 말을 들었다. 그 자신이 느끼는 개인적
인 내면의 좌절감이 백성들의 삶으로 확대되면서 현실에 대한 강한 위기
의식, 우환의식으로 전환되어 더할 수 없는 무게로 그의 가슴을 짓누르
는 것이다. 이로 보아 이 시에서 찾을 수 있는 미감 역시 앞의 시와 같은
설제된 "비장미"이다. 이렇게 보았을 때 섬계의 시에서 확인할 수 있는
미감은 매산과 달리 대체로 "절제된 비장미"로 규정이 가능해진다.

　섬계 시의 특성과 그 속에서 찾을 수 있는 절제된 비장미가 성호에까
지 그대로 이어졌다고는 보이지 않는다. 이 말은 성호의 시에서 절제된
비장미를 찾을 수 없다는 것을 의미하는 것이 아니다. 이 말은 성호의
시 세계는 매산과 같이 다양한 성격을 지니는 것이고, 그 만큼 시 속에서
찾을 수 있는 미감도 다양하다는 뜻이다.

　　저자거리 가운데서 은거하셨던 곳 찾으니　　　閭閻中間訪隱居
　　지금까지 오히려 좋은 술에 취해 있는 듯　　　至今猶在醉醇餘
　　눈물 흘리는 후생은 누구를 의지할거나　　　後生垂淚將安放
　　당시 묻고 답한 편지 거듭 읽어본다네.　　　重讀當時答問書

　　성긍이 찾아와 안부를 물을 때　　　聖肯來問疾
　　이상하게 난 혹 그가 죽을까 걱정했네.　　　怪我或慮死
　　돌아가길 재촉해도 끝내 못 일어나니　　　催歸便不起
　　삶과 죽음이 끝내 이와 같은가.　　　存沒果如此
　　난 살아 밤 낮 괴롭고　　　我生日夜苦
　　그대 죽음은 천리를 따른 것　　　君歸順天理
　　나를 가져다 그대와 비교하면　　　以此持比彼
　　누가 정녕 즐거운지 알지 못하겠네.　　　未知孰樂耳

　　주린 배 못 먹어도 남의 신뢰 받았고　　　腸飢不食信孚人
　　천한 몸 의원되어 병든 백성 고쳤네.　　　身賤爲醫濟病民

칠십의 온전한 죽음을 슬퍼하지 말게나　　　七十全歸休悵化
흰 구름 밝은 달이 그대 전송하리니.　　　　白雲明月送尸輪

　이 세 수의 시는 모두 성호의 만시이다. 첫 번째 시는 『성호선생전집
(星湖先生全集)』 권1의 「만파은박선생 호 삼수(挽坡隱朴先生 浩 三首)」 중
첫 수로, 박호(朴浩, 효종 4~숙종 44, 1653년~1718년)는 자를 호연(浩然),
호를 파은(坡隱)이라고 하는데, 숙종 4년(1678) 사마시에 합격하였으나
벼슬을 사양하고 학문에만 진념하여 향리에서 제자들을 가르쳤던 인물
이다. 두 번째 시는 문집 권 3에 있는 「도성긍(悼聖肯)」이다. 성긍은 성호
의 조카 이당휴(李堂休)를 말한다. 마지막 시는 문집 권 6에 있는 「만이지
신(挽李志新)」이다.
　세 수의 시 가운데 두 번째 시인 「도성긍」을 제외한 두 수의 시는 성호
가 망자에 대한 칭양을 통해 비탄의 정서를 드러내고 있는 시이고, 성호
가 이들을 칭양한 이유는 이들이 유가적 도덕관념을 충실히 지켜왔다는
것이다. 따라서 이 두 수의 시에서 확인할 수 잇는 미감은 "숭고미"라고
할 수 있다. 그러나 두 번째 시에서 확인할 수 있는 미감은 다른 시들과
다른 양상을 보여준다. 「도성긍」 속에서 성호는 조카의 죽음을 비탄하거
나 그를 칭양하지 않고 조카 성긍의 죽음을 접하고 느낀 자신의 심사를
담담한 어조로 풀어내고 있을 뿐이다. 따라서 이 시에서 확인할 수 있는
미감은 절제된 "비장미"가 된다.

영감은 타작하고 할미는 방아 찧고　　　　老翁打穀嫗舂糧
닭은 흐른 벼를 쪼고 개는 겨를 핥네.　　　鷄啄遺秔狗舐糠
마을 사람 찾아와 묻는 때가 있으면　　　　時有邮人來問訊
농사 일 이야기로 하루 해가 저무네.　　　　談農說圃到斜陽

울타리 무너져 쓸쓸한 곳에 해는 밝게 비치고	籬落蕭條白日明
정오의 닭 울음소리 나무 꼭대기 너머 울리네.	午鷄咿喔樹巓鳴
주인 영감 헛기침 하면서 창 앞에 가서는	主人警欬囱前到
술안주와 술잔을 가만히 쳐다보네.14)	看進肴盤與酒觥

한여름 너위가 금빛 보리 거두니	火旺徵金草
밀 보리 온통 흥으로 바뀌네.	來麰務轉興
미리 맞은 가을은 문드러지게 빛나고	探支秋爛熳
일 맞아 해는 더욱 풍성해지누나.	卽事歲豊登
흘린 이삭은 아이더러 줍게 하고	滯穗敎兒拾
연이은 도리깨질 힘 더욱 더하네.	連耞用力增
막걸리 나도 맛보고	濁醪吾亦喫
가양주는 아내에게 기대보네.	家釀細君憑

푸른 물결 잠깐 땅위에 번뜩이더니	翠浪纔翻陸
누른 구름 금세 광주리 가득 넘치네.	黃雲已溢籯
비록 큰 풍년 맞은 건 아니지만	雖無九歧瑞
아마도 창고나마 가득 차게 되겠지.	庶見百廛盈
보누늘 힘 모아 야호 소리 내더니	衆力邪呼起
가난한 집에도 낟가리 쌓이네.	單門委積成
시골 사람 일 없이 먹는 이 없으니	野人非素食
하나하나가 고운 쌀밥과 같네.15)	一一敵香粳

섬돌 앞까지 자라난 저 갈대는	茅葦侵尋逼砌前
새싹이 옛 뿌리에 잇닿아 솟아나네.	新芽迸出舊根連
아침 들자 삽 들고 직접 도랑 쳐서는	朝來提鍤親疏滌
올 들어 채소 심을 밭을 조금 만드네.	添得今年種菜田

---

14) 李瀷, 『星湖全集』 卷1, 「華浦雜詠九首」 중 1, 2수.

15) 李瀷, 『星湖全集』 卷2, 「打麥四首」 중 1, 2수.

동쪽 언덕 가는 오이 특별히 물기 많으니	綿毯東陵別瓜多
서쪽 지방 오이가 남쪽 지역만 못하네.	西瓜猶未及南瓜
가을 들어 맛 더하니 더욱 먼저 힘써야겠고	秋來滋味宜先力
콩은 깍지에 가득 차니 알알이 아름답네.16)	豆實型盛種種嘉

이 여섯 수의 시는 모두 성호 나이 40세 이후의 작품들이다. 이 시들을 살펴보면 성호가 시의 대상이 되는 田家의 삶에 기본적인 애정을 가지고 있었고, 전가의 삶을 과장하거나 미화하기보다 있는 그대로 담담하게 묘사해내고자 하였음을 확인할 수 있다. 이와 같은 태도는 성호에게 전가의 삶은 과장이나 미화 이전에 벌써 미적 영역으로 인식되었기 때문이라고 생각된다. 이에 따라 이 시에서 발견할 수 있는 미감은 절제된 "우아미"라고 할 수 있다.

이상과 같이 매산과 섬계, 성호의 시를 거칠게 살펴보고, 이들의 시 속에서 찾을 수 있는 미감을 비교해 보았을 때 매산과 섬계, 성호의 시에서 드러난 미감의 차이는 미감의 다양성과 표출 방법에서 찾을 수 있다. 먼저 미감의 표출 방법을 보면, 섬계의 경우 대부분의 시에서 자신의 감정을 내적으로 갈무리하는 감정의 절제를 미감 표출 방법으로 사용하고 있다. 이와 달리 매산과 성호는 상황에 따라 감정을 절제하기도 하지만, 자신의 감정을 있는 그대로 시 속에 분출하고 이를 통해 미감을 형성하기도 한다. 감정의 절제 정도에 따라 세 사람의 시를 살펴보았을 때 그 순서는 섬계 〉 성호 〉 매산이 된다.

미감의 다양성 측면에서 살펴보았을 때, 섬계의 시는 대체로 비장미로 정리가 가능하지만, 매산과 성호의 시는 이와 같이 정리하기 어렵다. 다만, 앞의 각주에서 구분한 문학 작품 속에서 확인할 수 있는 일반적

---

16) 李瀷, 『星湖全集』 卷5, 「閒居雜詠二十首」 중 1, 2수.

미감, 즉 숭고미·우아미·비장미·골계미 중 매산과 성호의 시에서 골계미를 찾기는 쉽지 않다.

이렇게 보았을 때 매산과 성호의 시에서 확인할 수 있는 미감은 시에 따라 다르게 나타나며, 따라서 이들의 시를 하나로 일관하여 설명하기 어렵다는 것을 알 수 있다. 또, 미감의 표출이 창작의 결과물을 통해 확인할 수 있는 것인 만큼, 미감의 확인을 통해 이들의 미의식을 유추한다는 것도 쉽지 않다는 것을 짐작할 수 있다.

그렇다면 매산과 섬계, 성호의 미의식을 확인하기 위해서는 작품 속에 드러나는 미감보다 이들이 시를 창작하게 된 계기에 대해 검토해 보는 것이 보다 타당하리라 생각된다. 우선 앞에서 살펴본 매산의 시를 보면 그가 시를 쓰게 된 동기가 꽃을 심기에 적절하게 내리는 봄비에 대한 고마움과 죽어서는 안 되는 젊은 부인의 죽음이 주는 안타까움, 고향에 대한 그리움, 그리고 유배 생활 속의 자기 위안이다. 이 네 가지 계기가 매산의 인식체계 속에서 현실적 혹은 이상적 당위와 어떤 관계를 형성하고 있느냐에 따라 그의 시는 감정을 절제하거나 분출하면서 우아미를 드러내기도 하고 비장미를 드러내기도 하였다.

섬계 시의 경우 대부분 감정의 절제를 통한 미장미를 보여주고 있는데, 그의 시는 현실세계의 부조리에 대한 자신의 한계와 울분, 즉 이상과 현실의 부조화에서 느끼는 자기 패배를 시의 창작 계기로 삼고 있다. 이것은 섬계의 인식세계 속에 존재하고 있던 현실적·이상적 당위가 현재의 모순과 대립한 결과 나타난 패배가 그에게 시 창작의 계기로 작용하고 있었음을 의미한다.

성호 시의 경우 죽어서는 안 될 사람의 죽음에 대한 서러움, 생활 주변에서 느끼는 소소한 즐거움들이 시 창작의 계기로 작용하고 있다. 성호의 시를 살펴보면 숭고미와 비장미가 서러움의, 우아미가 즐거움의 표현에서 왔다는 것을 확인할 수 있는데, 이와 같은 경향은 매산이나 섬계의 경우와 같이 성호가 자신의 의식세계 속에 존재하고 있었던 현실적·이상적 당위와 현재 상황을 비교한 결과라 할 수 있다.

이렇게 살펴보았을 때 매산과 섬계, 성호가 생각하고 있었던 최상의 경지 즉 미의 원천은 현실적인 그리고 이상적인 당위가 구현된 상태라고 규정할 수 있고, 이 당위의 문학적 추구가 바로 이들의 시문학이었다는 설명이 가능하다. 현실적인 그리고 이상적인 당위의 구현 상태란 인간이 스스로 지켜야 할 도리를 체득한 상태, 혹은 그 도리가 구현된 상태를 의미한다는 점에서 도덕적인 상태를 뜻한다고 할 수 있다. 그렇다면 결국 매산이나 섬계, 성호의 미의식은 도덕미로 규정이 가능하지 않을까 생각된다.

매산과 섬계, 그리고 성호는 다 같이 현실적 효용과 이상의 추구를 위한 도덕미를 근본 미의식으로 삼고, 이 도덕미가 현재적 상황 아래에서 어떻게 구현되고 부정되었는가에 따라 각기 다양한 양상의 시문학 작품을 창작한 것이라고 할 수 있다.

Ⅳ. 미의식과 미감 그 차이의 의미

매산과 섬계, 성호는 한 가계 안에서 비슷한 시기를 살아갔던 인물들이다. 유사한 정치적 상황 속에 놓여 있었고, 동일한 학문 전통을 학습의 기반으로 삼아 개인적 성취를 이루었다. 조금씩의 차이는 있지만, 이들의 교유관계나 사회적 입장 역시 대척적인 지점에 놓여 있지 않다. 이와 같은 점에서 이들 세 사람의 의식세계의 근저는 유사하다고 할 수 있다. 하지만, 보다 자세히 살펴보면 이들 세 사람의 개인적인 삶의 역정이 가지는 구체적 양상은 각기 다르게 나타난다. 따라서 이들 세 사람의 의식세계는 같으면서 다르고, 또 다르면서 같다고 할 수 있다.

같으면서 다른, 또 다르면서 같은 이들의 의식세계는 미의식이라는 미적 의식과정이나 미적 가치체험에도 그대로 적용되었다고 생각된다. 현실적 혹은 이상적 효용가치에 대한 개념과 구현 양상이라는 점에서 당대 일반적인 사대부 문인들과 적지 않은 차이를 지니고는 있지만, 이들 세 사람의 근본적인 미의식도 효용성을 중시하는 도덕미라는 점에서는 당대의 보편적인 미의식과 궤를 같이한다고 할 수 있다. 그러나 이와 같은 공통점에도 불구하고 이들 세 사람의 개인적인 삶의 역정이 지니는 간극이 효용성의 개념과 현실적 적용에 대한 인식의 차이를 불러와 각기 다른 양상의 작품을 창작하게 했고, 또 작품의 미감을 구분지은 것이라 생각된다.

매산과 섬계, 성호의 시에서 확인할 수 있는 인간에 대한 긍정, 삶에 대한 애정이라는 주제적 요소의 동질성이 바로 도덕적 효용성이란 도덕미를 기본으로 하는 이들의 시에서 찾을 수 있는 미의식의 공통점으로, 이들 가문의 문학 경향, 성호가 문학의 특성이 될 것이고, 소재의 선택과 묘사의 차이에서 나타나는 미감과 그 미감 표출 양상의 차이가 이들 상호간의 개별적인 특성이라고 할 수 있다. 특히 이들 세 사람의 작품 속에서 공통적으로 확인할 수 있는 감정의 절제라는 묘사 방법과 비장미라는 미감은 이들의 家系가 공통적으로 겪었던 당대의 질곡 속에서 자연스럽게 형성된 이들 사이의 공통분모이고, 각기 다른 양상으로 나타나는 숭고미와 우아미는 개인적 차원의 특성이라고 할 수 있다.

이 동질성과 변별성, 그리고 그 의미에 대해서는 앞으로 보다 더 많은 작품을 대상으로 비교 분석해 보아야 좀 더 선명한 답을 내릴 수 있겠지만, 동일한 가계 내에서 비슷한 삶의 상황들을 거쳤다는 점에서 이들의 시는 본질적인 공통점을 지닐 수밖에 없다. 하지만, 이 기본적인 공통점은 개인적인 학습 과정과 개별적인 삶의 역정 속에서 나름의 변화를 일으킬 수밖에 없다는 점을 분명히 인식할 필요가 있다. 따라서 매산과 섬계, 성호의 시는 친연성과 거리감을 동시에 지니는 것이 당연하다고 할 수 있다.

이 논의를 확대해 본다면 조선 후기 당대의 문학 작품들이 지니는 성격상의 유사성과 개별적 특수성에 대해서도 어느 정도 설명해낼 수 있는 방법을 찾을 수 있지 않을까 생각한다.

참고문헌

『驪江世乘』.
李瀷, 『星湖全集』.
李潛, 『剡溪先生遺稿』.
李夏鎭, 『六寓堂遺稿』.

윤재환, 「섬계 시를 통해 본 좌절과 우환의식」, 『한국한시연구』 11, 한국한시학회, 2003.
_____, 「섬계 이잠 시세계의 일단면」, 『한문학보』 9, 우리한문학회, 2003.
_____, 『매산 이하진의 삶과 문학, 그리고 성호학의 형성』, 문예원, 2010.
정환국, 「六寓堂遺稿 解題」, 『近畿實學淵源諸賢集』 1, 成均館大學校 大東文化研究院, 2002.
진재교, 「剡溪遺稿 解題」, 『近畿實學淵源諸賢集』 2, 成均館大學校 大東文化研究院, 2002.

IV

한문교육과
미학

한문교육에 있어서 미학적 접근

송병렬

Ⅰ. 들어가는 말

현행 한문과 교육과정은 한문 과목의 성격을 "한문의 학습을 통하여 다양한 유형의 한문 자료를 비판적으로 이해하고 심미적으로 향유할 수 있는 능력을 기르기 위한 과목"[1]으로 정의하였다.

그렇다면 '심미적인 향유'를 위해서는 '무엇을? 어떻게?'라는 질문이 주어진다. 이를 위해서 한문교육에서 미학적 정의와 개념 공유가 필요하다. 그러나 현실적으로 어디까지 미학적인 교육이 가능한 지 아직 탐색해 본 바가 없다.

한문교육의 미학교육은 학교 교육의 수준에서 이뤄지는 미학이다. 반면 한문에서의 미학 이론은 매우 높은 수준이다. 예를 들면 산문에 대한 미학의 견해를 보아도 그 수준이 매우 높다. "한문 산문에서의 핵심의

---

1) 교육인적자원부(2008), 11쪽.

문체는 당송고문이다. 그 당송고문은 문이재도(文以載道)·문도합일(文道
合一), 혹은 문이명도(文以明道)라고 하는 독특한 미학이론을 확립하여,
그것이 비단 고문(古文)의 영역에서만이 아니라 고문을 포함한 한문 산문
의 영역에서 늘상 참조되었다. 그 미학이론은 문장이란 성인의 도(道)를
전하거나 밝히는 수단"2)이다. 따라서 '문이재도·문도합일'과 같은 미학
의 내용을 학교 한문교육에서 미학 교육의 기준으로 삼을 수 없다. 또한
한문산문이나 한시에 대한 미학 교육뿐만 아니라, 한자, 한자 어휘, 한
자성어, 단문까지 포함한 교육이 미학적으로 얼마나 가능한 지 미지수이
다. 이에 본고는 한문과 교육에서 미학적인 접근이 얼마나 어떻게 가능
한 지를 탐색해 보기 위해서 '한자미(漢字美)'와 '한문 산문의 미'를 탐색
해보고, 그에 대한 학문적 성과들을 이론화할 수 있는지, 또는 교육적으
로 이론화된 것을 '미적 교육'으로 제시할 수 있는지 알아보고자 한다.

Ⅱ. 한자미와 그에 대한 접근

1. 한자미의 탐색

고교 시절 한문 선생님은 칠판에 한자를 쓸 때마다 '한자에는 그림이
있다.' '한자를 쓸 때에 한 획 한 획 바르게 써야 한다.' '중간에 획이
잘 못 되어도 마지막 획을 바르게 쓰면 한자는 바르게 된다. 인생도 이
한자를 쓰는 것과 같다.'라고 하면서, 그는 '거북 구[龜]'자 하나를 쓰면서
도 '마음 공부'임을 강조하였다. 이후 필자는 한자·한문의 미적인 요소
에 매료되어 전공까지 하게 되었다.

---

2) 심경호(1998), 25쪽.

'미(美)' 하나의 글자를 보면 '羊大' 즉 '양이 크다' '큰 양'이 된다. 유홍준은 "'羊+大=美'가 비록 옛날의 '미(美)'란 글자의 의미를 함축하고 있지 않는다 하더라도 별로 큰 차이는 없으니, '양이 육축(六畜) 가운데에서 주로 먹을 것을 제공해 준다'는 사실로 인해, 양은 살지고 클수록 사람들이 더 기뻐하고 아름답게 여겼다"[3]라고 '미(美)'자에 대한 미적 탐구를 하였다.

우석영은 "착하다[善], 아름답다[美], 옳다[義]— 이 세 개념어들은 놀랍게도 모두 양(羊)으로부터 나온 것들이다. 선(善)은 '羊+言'이니, '言'는 곧 언(言)이다. 즉 좋은 말, 상서로운 말 혹은 상제에 양을 바칠 때 쓰이는 거짓 없고 순수한 말이 선(善)이었다. 하늘에 대고 할 수 있는 말, 삿됨이 없는 말, 기이는 뜻이 없는 말, 바른 말이 바로 '착함'이었던 것이다. …… '착하다'는 '언행이 바르고 어질다·마음씨가 곱고 어질다'는 뜻이다. '바르다'는 '옳다'는 것과 통하고 '곱다'는 '아름답다'는 것과 통한다. 즉 우리말 '착함'이란 '옳음 義'와 '아름다움 美'와 통하는 개념어다."[4]라고 '선(善), 미(美), 의(義)'의 관계를 심미적으로 풀어냈다. 이들을 문자학에서 본다면 그 분석과 내용은 사실과 어긋날 수 있다. 그러나 그 내용의 옳고 그름을 떠나서 이러한 한자의 다양한 의미의 확대는 한자가 갖는 기본적인 '기호(記號), 기표(記表), 기의(記意)'[5]의 특징에서 비롯한다. 한자는 단순히 그림에서 출발했다는 사실 하나만으로도 외적인 모양에서 미적 요인을 충분히 갖고 있을 뿐만 아니라, 한자가 어휘로서 연변(演變)하는 과정 속에서 의미를 확장하고 함축된 의미 속에 심미적인

---

3) 유홍준(1988), 24쪽.
4) 우석영(2011).
5) 기호(記號), 기표(記表), 기의(記意)는 음성 언어를 중심으로 설정된 용어로 표의문자인 漢字에는 불일치하는 요소가 있다. 한자에는 '형·음·의(形音義)' 삼요소가 있다.

요소가 충분하다는 것을 증명해 보이는 것이다.

　이러한 한자의 심미적인 요소를 가장 많이 제공하는 것은 한자의 자원 (字源)에 관한 자원설(字源說)이다. 한자의 제자원리(製字原理)로 가장 많이 알려진 것은 허신(許愼)의 '육서(六書)'[6]설이다. 육서의 제자원리는 한자의 문자학 발전에 큰 공헌을 하였지만 이 또한 하나의 문자학의 설이다. 19세기 말엽 하남성 소둔촌의 밭에서 갑골이 발견되고 연구된 이후로 갑골학은 한자 자원에 대한 꽤나 근거가 높은 설을 제공했지만, 이 또한 하나의 문자학의 설이 될 뿐이다. 이와 같이 한자의 자원이 다양한 것은 한자가 단순 기호가 아니라, '의미를 지닌 어휘'이기 때문이다. 때문에 사람들은 이 한자의 자원이 무엇이냐에 대해 궁금하게 여긴다. 결국 한자에 대한 분석이 다양해지는 것은 한자의 뜻이 왜 그렇게 되었는가를 추정하려는 욕구 때문이다. 따라서 속설이지만 그럴 듯하고 재미 있는 이야기를 수없이 창출한다. 그에 대한 예를 들어 보자.

　　(가) 어느 땐가 텔레비전을 보고 있자니, 뉴스 시간에 새로운 자산증식법을 개발하였다고 칭하는 사람이 나왔다. 그는 돈을 벌고자 한다면 무조건 자기 말을 신용하라고 호소하면서, 그래서 "돈을 번다는 뜻의 '儲'라는 글자는 '사람의 말을 믿는 자'라고 쓰지 않습니까?"라고 하였다. 그는 '儲'라는 글자를 '人'과 '言'과 '者'로 분해하고, 그리고 다시 '人'과 '言'을 합하여 '信'으로 해서, 그것들을 읽어서 자기 주장을 하였다.[7]
　　(나) '坡'자는 흙의 껍질이다.[8]

　(가), (나)는 한자를 파자(破字)해서 의미를 부여한 것이다. 이 둘은

---

6) 허신, 「설문해자서」. "周禮八歲入小學, 保氏敎國子, 先以六書."
7) 아쓰지 데쓰지(阿辻哲次) 지음, 심경호 옮김(1996), 93쪽.
8) 포선순(鮑善淳) 지음, 심경호 옮김(2001), 23쪽.

재미있기는 하지만 문자학적으로는 틀린 것이다. (가)의 한자 풀이를
한 사람은 자산증식법을 개발했다는 사람이다. 그는 한자학에 대한 전
문 지식을 가진 사람이 아니다. 그런 그가 '儲'자를 '다른 사람의 말을
믿는 사람(人 + 言 + 者)'이라고 분해해서 의식한 것은 학문적인 발상은
아니지만, 의미를 지니는 단음절의 한자가 결합해서 이루어지는 결합
자의 특성을 정확하게 활용한 결과이다. (나)의 한자 풀이를 한 사람은
중국 송대(宋代)의 유명한 학자이다. 고문가(古文家)로서 그는 당송팔대
가 중의 한 사람이다. 그런 그도 당시에 '坡'에 대한 잘 못된 풀이를 한
것이다. '坡'는 허신(許愼)의 '육서(六書)' 설(說)을 적용해도 형성자임이
분명하다. 그런데 그가 이렇게 잘 못된 풀이를 한 이유는 당시의 '우문
설(右文說)' 때문이다.

한자 가운데 형성자의 경우, '左文(왼쪽 글자)'은 의미를 나타내는 자,
'右文(오른쪽 글자)'은 소리를 나타낸다. 우문설(右文說)이란 이런 상식
과 달리 형성자의 성부(聲符)에서도 뜻(어원)을 찾거나 의미를 부여하는
학설이다.9) 그런데 이러한 속설이나 우문설(右文說)이 존재하는 이유
가 있다. 이는 한자가 "세월이 오래되면서 와전되어 대부분 참뜻을 잃
어 버렸다. 마음대로 글자체를 변화시킨 것도 있고, 알지 못하여 획을
잘못 쓴 것도 있으며, 고금에 통용되는 것도 있다. 대개 그 편방을 취
한 것이 더욱이 뜻을 지니고 있으나 착란되어 징험할 수 없는 것도 있
기"10) 때문이다. 그러나 한자가 오랜 세월 지나면서 착란되어 징험할
수 없는 요소가 한자의 다양한 분석을 가능하게 하였으며, 이러한 것

---

9) 『설문해자』에서 동(東)을 설명하기를 "東, 動也." 라 한 것이나, 『논어』에서 "政者,
正也.", 『예기』, 『중용』에서 "仁者, 人也. 義者, 宜也."라 한 것 등이 그것이다.
10) 이형상 지음, 김언종 역(2008), 54쪽; 398쪽, "世久傳訛, 舉失其眞. 或有有意變體者,
或有無知誤畫者, 亦或有古今通用者, 蓋其偏旁所取, 尤係意義, 而錯亂無徵."

은 한자의 형상적인 모양이 주는 미적 요소 때문이다.

Ⅱ. 한자미에 대한 한자학 이론의 활용

위에서 언급한 한자의 자원 분석과 관련하여 보면, 다양한 한자의 미적 이론은 역시 한자와 관련된 문자학에서 제공될 수 있겠다. 그러나 한문 교과 교육의 수준에서 이루어져야 한다. 따라서 이러한 것을 중심으로 미적 접근의 이론을 제시해보면 다음과 같다.

그 첫 번째로 한자의 형·음·의(形音義)에 대한 이론이다. 한자는 각 글자가 모두 어휘의 성격을 지닌다. 따라서 '형·음·의 삼요소'를 지닌다. "언어표기로서 정착시키기 위한 자형(字形), 음성언어(音聲言語)와 서사언어(書寫言語)를 연결시키는 자음(字音), 전달의 작용을 하는 자의(字義)이다. 이 형·음·의의 세요소가 서로 밀접하게 유기적으로 관련됨으로서 한자는 존재한다."11) 이에 대해서 2011년 교육과정은 다음과 같이 성취기준을 제시하였다.

(1) 한자의 형·음·의를 알 수 있다.

한자는 한나의 글자가 모양[形]·소리[音]·뜻[義]의 세 요소를 동시에 갖추고 있는 문자이다. 곧 한자는 하나의 글자가 단지 어떤 音의 단위만을 나타내는 表音文字와 달리, 하나의 글자가 어떤 뜻의 단위를 나타낼 뿐만 아니라 그 뜻에 해당하는 소리까지도 아울러 나타내는 표의문자(表意文字)이다. 따라서 한자를 학습할 때에는 해당 글자의 모양과 소리와 뜻을 동시에 익혀야 한다.12)

---

11) 아쓰지 데쓰지 지음, 심경호 옮김(1996), 14쪽.
12) 교육과학기술부(2011a), 316쪽.

두 번째는 허신의 육서(六書)의 원칙과 정의이다. 한자의 자원에 관한 연구도 이것으로부터 시작된다. 이는 허신의 『설문해자(說文解字)』서 (敍)에 정의된 것을 중심으로 한다. "周禮, 八歲入小學, 保氏敎國子先以 六書. 一曰指事, 指事者, 視而可識, 察而見意, 上下是也. 二曰象形, 象 形者, 畵成其物, 隨體詰詘, 日月是也. 三曰形聲, 形聲者, 以事爲名, 取譬相成, 江河是也. 四曰會意, 會意者, 比類合誼, 以見指撝, 武信是 也. 五曰轉注, 轉注者, 建類一首, 同意相受, 考老是也. 六曰假借, 假借 者, 本無其字, 依聲託事, 令長是也."13) 이에 대해 2011년 교육과정은 다음과 같이 진술하였다.

(5) 한자의 짜임을 알 수 있다.

한자가 만들어진, 원리, 곧 한자의 짜임을 이해하면 한자의 모양과 소리 와 뜻을 익히는 데 도움이 된다. 한자의 짜임은 일정한 구성 원리와 응용 원리에 따라 크게 '상형(象形)', '지사(指事)', '회의(會意)', '형성(形聲)', '전 주(轉注)', '가차(假借)' 등 6가지로 나뉜다. 이를 육서(六書)라고 한다. 이 중 '상형', '지사', '회의', '형성'은 새로운 글자를 만드는 원리이고, '가차'와 '전주'는 이미 만들어진 글자를 응용하는 원리이다. '가차'와 '전주'는 학설 이 다양하여 학습에 혼동을 주므로, '상형', '지사', '회의', '형성'을 위주로 학습한다.14)

세 번째는 한자의 글씨이다. 한자의 자체(字體)와 서체(書體)는 '서예 (書藝), 서법(書法), 서도(書道)' 등의 이름으로 수천 년 동안 예술적인 추 구를 해왔으며, 하나의 예술 분야로 미적 탐구의 대상이 되었다. 서예가 가 붓을 들고 한 획 한 획 필획을 써 내려갈 때마다 독자적인 창조가

---

13) 최영애(1995), 71~72쪽 재인용.
14) 교육과학기술부(2011b), 10쪽.

가능하기 때문이다. 때문에 한국의 서예에서 원교(員嶠) 이광사(李匡師),
창암(蒼巖) 이삼만(李三晩) 등의 조선진체(朝鮮眞體)[15]가 등장할 수 있었
던 것이다. 학교 교육에서는 이와 같은 독자적 서체의 예술까지 다룰
수 없지만 최소한의 자체의 변천과정에 관한 미적 접근은 필요하다.

한자의 자체에 대한 변천은 갑골문, 금문, 전서, 예서, 해서 등으로
여러 가지 자체의 변화를 거쳤다. 이에 대해서는 2007 개정 한문과 교육
과정 해설서에 자세하게 진술되어 있다.

한자의 글자 모양은 사물의 모습을 본뜬 발생기의 그림 문자 형태에서
점차 발전하여 갑골문(甲骨文), 금문(金文), 전서(篆書), 예서(隸書), 해서
(楷書) 등으로 여러 차례 자체(字體)의 변천을 겪어 왔다.

갑골문은 글자를 거북의 껍질이나 짐승의 뼈에 칼로 새겨 놓은 것이므로
필체가 가늘고 길다는 특징이 있다. 이미 그림 문자 단계를 벗어나 문자로
서 어느 정도 완비된 형체를 갖추고 있지만, 아직 많은 글자들의 획과 부수
가 완전히 정형화되지는 못하였다.

금문은 글자를 청동기에 주조(鑄造)하거나 조각해 넣은 것이므로 자획이
넓고 굵으며 비교적 정연하여 균형이 잡혀 있다. 갑골문에 비해 회화적인
특징이 줄어들고 기호적인 특성이 두드러지게 되었다.

… 중략 …

전서(篆書)에는 대전(大篆)과 소전(小篆)이 있다. 대전은 '주문(籒文)'이
라고도 하는데, 전국 시대 각 제후국에서 통행한 것으로, 주(周)나라 선왕
(宣王)때의 태사(太史)인 주(籒)라는 사람이 옛 글자들을 줄이고 고쳐서 정
리한 것이라고 한다. 그러나 여전히 구조가 복잡하고 중첩된 것이 많아서
쓰는 데 몹시 불편하였다. 소전은 진나라 때 문자를 통일하면서 정한 자체
이다. 후세에 전서라고 부르는 것은 일반적으로 소전을 가리킨다. 소전은
형체가 대전보다 간단하고 구조도 금문에 비하여 가지런하며, 쓰는 방법도

---

15) 김병기(2005).

일정한 규범을 지니게 되어 동일한 편방(偏旁)을 취하고 있는 여러 글자는 그 편방(偏旁)을 쓰는 방법과 위치가 모두 일정하였다.

예서(隸書)는 진(秦)나라 말기부터 사용되기 시작하여 한(漢)나라에서 통용되고 삼국(三國) 시대까지 사용된 자체로서, 전서를 대폭 간략화하여 쓰기에 편리하도록 만든 것이다. 전서의 필획을 생략하고 곡선이나 원을 직선과 네모난 모양으로 간략화하여 장방형(長方形)의 틀을 갖추도록 하였다. 예서의 출현은 이후 해서(楷書)의 등장을 위한 기초가 되었다.

해서(楷書)는 한(漢)나라 말기에 출현하여 지금까지 통용되는 자체이다. '해(楷)'는 '본보기'라는 뜻이니 사람들이 본뜰 만한 표준적인 자체라는 말이다. 해서는 그 이전의 상형적인 원칙을 버리고 원래 구불구불하고 쓰기 힘들던 획들을 곧은 획으로 고쳐서 네모 글자의 발전을 위한 토대를 닦아 놓았다. 오늘날의 한자는 바로 이 해서체를 바탕으로 형성된 것이다.

··· 중략 ···

초서(草書)와 행서(行書)는 필기체의 서체(書體)이다. 초서는 복잡한 글자의 윤곽을 간략화하거나 생략하여 갈겨 쓴 서체이다. 행서는 해서(楷書)와 초서의 중간에 해당하는 서체로서, 해서보다는 쓰기가 편리하고 초서보다는 읽기가 쉬웠으므로 사람들이 즐겨 쓰는 서체이다.

약자(略字)는 획수가 복잡한 한자 정자(正字)를 간략화하거나 생략하여 정자(正字) 대신에 쓰는 글자이다. 약자는 우리나라와 일본, 중국이 공통으로 쓰는 것도 있지만 서로 다르게 쓰는 것도 있다. 원래는 약자로 만들어진 것이지만 정자로 인정되어 사용되는 한자도 있다. 중국의 간화자(簡化字)는 자주 쓰는 한자들 중 복잡한 한자를 간화시키고 표준화하여 정자로 공포한 것인데, 이 중 상당수는 예전부터 통용되던 약자이거나 해당 약자를 기초로 정리한 것이다.[16)

이상의 것으로 한문 교육에서의 한자미(漢字美)에 대한 탐색과 그 이론을 제시해 보았다. 그러나, 이것으로 한자미(漢字美)에 대한 모든 이론적

---

16) 교육인적자원부(2008).

토대를 제공한 것은 아니다. 앞서 언급한 바가 있듯이 한자는 우문설(右
文說)에 따른 속설도 가능성은 있다. 다만, 교육적인 효과는 충분히 있으
나 이를 가지고 평가할 수 없는 문제가 있다. 따라서 이러한 충분한 가능
성을 파악하고 한자미에 대한 이론을 제공해야 할 것이다.

Ⅲ. 한문 산문의 미와 그에 대한 접근

1. 한문 산문의 미적 탐색

한문 산문은 동아시아 중세 문학의 주요 장르였다. 그러나 오늘날의
문학의 장르 범주에서 포함되는 것도 있고, 그렇지 못한 것도 있어 근대
들어서면서 일찌감치 문학의 범주에서 배제되었다. "산문에 해당하는
것이 오늘날의 수필이기는 하나, 산문은 수필보다는 범위가 훨씬 넓다.
고전의 산문은 실생활의 요구에 의해 경험을 기록하거나 사실이나 정보
를 전달하는 것을 기본 특성으로 삼았으며, 오늘날의 편지, 기행문, 머
리말, 평론 등은 모두 고전 산문 장르에 해당한다. 문예적 특성의 작품
도 있고, 공용성이 짙은 작품도 있다. 서구의 문학 장르 분류 의식에
따른 오늘의 시각으로 분류해보면, 창작적인 문예물이 아니라, 실용문
으로 분류된다. 따라서 '붓가는 대로 쓴다'는 오늘날의 수필이라는 개념
에 맞지도 않는다."17)

동아시아의 산문은 허구적 창작에 문학성을 부여하는 문예물이 아니
었다. 실용적인 작품이라도 글을 읽는 독자를 설득하고 감동시키는 수사
(修辭)나 특수한 문체적(文體的) 표현 형식도 창작적 문학으로 인정했던

---

17) 박수밀(2009), 167쪽.

것이다. 따라서 한문교육에서 미학적 접근을 하기 위해서는 단순한 오늘날 개념의 문예적 창작의 개념에서 접근하는 것이 아니라, 동아시아 전통의 미학적 관점에서 접근해야 한다.

표현 방식은 한문의 산문에서 중요한 미적 영역이다. 표현 방식은 산문의 하위 양식의 문체를 결정하기 때문이다. 산문의 하위 양식의 다양한 문체는 서구 중심적인 문체의 분류 기준을 가지고 접근하기 어렵다.

한문 산문은 전개 방식이나 서술 방식을 매우 중요하게 여겼다. 공식적인 글로 자신이 전달하고자 하는 중요한 정보 외에 그 정보를 읽는 독자나 받는 상대방을 설득하거나 감동을 주어야 하기 때문이다. 예를 들면 '빈주법(賓主法)'과 같은 서술 방식은 보조 재료를 통해 주재료를 효과적으로 전달하는 방법을 말한다. 즉, 주(主)와 연관이 있는 빈(賓)을 내세워 주(主)를 두드러지게 나타내는 방법이다. 비유적으로 표현하자면, "배가 물 위에 떠 있을 경우 물이 불어나면 배는 저절로 올라간다. 여기서 배는 주(主)에 해당하며 물은 빈(賓)이다. 배경인 빈(賓)을 강조하면, 이에 따라 자연스럽게 주(主)가 강조되는 것이다."[18] 주돈이(周敦頤)의 「애련설(愛蓮說)」을 보자.

(a-1) 뭍과 물에서 피는 초목의 꽃 중에서 사랑할 만한 것이 실로 많으니, 진대의 도연명은 홀로 국화를 사랑하였고, 당나라 때부터는 세인들이 모란을 몹시 아끼게 되었으나,

(b-1) 나는 유독 연을 사랑하니, 진흙에서 나왔으나 물들지 아니하고, 맑은 물결에 씻기면서도 요망하지 아니하고 속은 통하되 겉은 바르며, 넝쿨을 치지도 않고 가지를 뻗지도 않으면서 향기는 멀수록 더 맑아지고 우뚝 맑게 선 모습이 멀리서 바라볼 수는 있으되 때 묻히기는 어려운 까닭이라.

---

18) 고광민(2009), 5~6쪽.

나는 말한다,

(a-2) 국화는 은일하는 사람의 꽃이고, 모란은 부귀를 소망하는 사람들의 꽃이지만,

(b-2) 연꽃은 군자의 꽃이라,

(a-3) 아, 국화를 사랑한다는 얘기는 도연명 이후 들어본 적 드물고

(b-3) 연을 사랑함에 있어 나와 같은 자가 얼마나 되리!

(a-4) 그저 모란을 사랑하는 이가 많은 것은 당연하지 않겠는가.[19](기호 필자)

위의 글은 (a)와 (b)가 연속적으로 반복되고 있다. (a)는 빈(賓)에 해당하고, (b)는 주(主)에 해당한다. 작자 주돈이는 연꽃인 빈(賓) (a)를 먼저 서술하여 드러내 보이고, 주제에 해당하는 연꽃인 (b)는 계속 뒤에 서술한다. 이는 (b)를 강조하기 위한 글쓰기 전략인 것이다. "자신이 좋아하는 연꽃을 표현하기 위해 작자는 국화와 모란을 등장시키고 그것을 좋아하는 도연명을 등장시켰다. 만약에 이들을 등장시키지 않고 연꽃만을 좋아하는 이유만을 열거했다면 평범한 문장이 되었을 것이다."[20] 이렇게 되면 자신의 연꽃 사랑과 연꽃의 특별함이 더욱 돋보이게 되는 것이다. 단순한 전략이지만, 오늘날 우리가 '작문이나 화법'에서 얼마든지 활용할 수 있는 것이다. 그런데 여기서 빈주법과 같은 전략을 쓰기 위해서는 고려해야 할 점이 있다. 우선 연꽃과 대응되는 것 '국화, 모란' 등을 등장시켜야 하며, 연꽃을 좋아하는 자신과 상대될 만한 '도연명'과 같은

19) 周敦頤, 愛蓮說, 詳說古文眞寶, 220쪽. (a-1) 水陸草木之花, 可愛者甚蕃. 晉陶淵明, 獨愛菊. 自李唐來, 世人甚愛牧丹. (b-1) 子獨愛蓮之出淤泥而不染, 濯淸漣而不妖, 中通外直, 不蔓不枝, 香遠益淸, 亭亭淨植, 可遠觀而不褻玩焉. 子謂: (a-2)菊花之隱逸者也. 牧丹花之富貴者也. (b-2) 蓮花之君子者也. (a-3) 噫! 菊之愛, 陶後鮮有聞, (b-3) 蓮之愛, 同予者何人? (a-4) 牧丹之愛, 宜乎衆矣.
20) 고광민(2009), 6쪽.

인물을 대조적으로 활용해야 한다.

이제현(李齊賢)은 「운금루기(雲錦樓記)」에서 재미있는 글쓰기 전략과 수사법을 구사했다. 외척으로서 권세가 있던 현복군(玄福君) 권후(權侯)는 도성 개성의 남쪽 연못가에 운금루기를 짓고, 이제현에게 기문을 부탁해서 그가 「운금루기(雲錦樓記)」는 짓게 된 것이다.

「운금루기(雲錦樓記)」는 4개의 단락으로 구성되어 있다. 요약하면 다음과 같다.

첫째 단락 : 명승지는 일반적으로 생활공간과 먼 곳에 있기 마련이지만, 가까운 도성에도 얼마든지 있다. 다만 사람들이 안복이 부족해서 알아보지 못한다.

둘째 단락 : 개성 남쪽에 못이 있는데 일반 사람들의 생활 공간이다. 그런데 꽤 빼어난 경관이지만, 사람들은 그 곳에 그렇게 빼어난 공간이 있을 것이라 생각하지 못하는데, 권후는 그 곳에 누각을 짓고 '운금루'라고 이름 지었다.

셋째 단락 : 내가(이제현) 직접 가서 보니, 경관도 빼이니고 여염집에 생할 모습이 흰히게 갈 보여 구경거리가 늘늘하나, 사람들은 못만 있는 술 알지, 좋은 누각이 있는 줄 모른다.

넷째 단락 : 권후는 권세있는 자로 다른 이록이나 부귀에 빠지기 쉬운데도 그렇지 아니하고, 도리어 이런 좋은 경관을 찾아내고, 그러면서도 남에게 자랑하지 않으며 빼어난 경치를 즐기고 친족과 손들에게까지 즐거움을 주는 지혜가 가상하다.[21]

---

21) 이제현, 운금루기, 익재란고, 권6 :

첫째 단락 : 山川登臨之勝, 不必皆在僻遠之方, 王者之所都, 萬衆之所會, 固未嘗無山川也. 爭名者於朝, 爭利者於市, 雖使衡廬湖湘列于跬步俯仰之內, 將邂逅而莫之知有也. 何者? 逐鹿而不見山, 攫金而不見人, 察秋毫而不見轝薪, 心有所專, 而目不暇他及也. 其好事而有力者, 踰關津卜田里, 規規於丘壑之遊, 自以爲高, 康樂之開道, 小民之所驚, 許氾之間舍, 豪士之所譏, 又不若不爲之爲高也.

이 글은 4개 단락이 유기적으로 구성되어 있다. '기(記)'라고 하는 문체에 충실한 글로서, 작자가 '운금루의 빼어남'과 '권후의 안목의 뛰어남'을 동시에 드러낸 것이다. 이 글의 목적은 이제현이 권후가 운금루를 짓고, 그에 대한 기문으로 운금루의 빼어난 경관을 먼저 잘 드러내 주어야 한다. 그래서 그는 4단계의 '기승포결(起承鋪結)'의 전형적인 전개법을 활용한 것이다. 첫째 단락은 기(起)에 해당하는 것으로 '빼어난 경관이 무엇인가'를 진술한다. 여기서 이제현은 일반적인 빼어난 경관은 도성에서 먼 곳, 즉 일상 생활 공간에서 먼 유명한 산천이지만, 도성에 일상 생활 공간의 근처에서 빼어난 경관도 있다고 진술한다. 그러면서 그는 그러나 도성 근처의 빼어난 경관은 사람의 눈에 잘 띄질 않는다고 전제한다. 이는 그가 깔아 놓은 일종의 복선이다. 도성 근처의 빼어난 경관을 찾아내기 위해서는 안목과 지혜가 있어야 한다. 이는 다음 단락에 그런 경관을 찾아낸 권후의 안목을 칭찬하기 위한 복선인 것이다.

둘째 단락 : 京城之南有池, 可方百畝, 環而居者, 閭閻煙火之舍, 鱗錯而櫛比, 負戴騎步, 道其傍而往來者, 絡繹而後先. 豈知有幽奇閑廣之境, 迺在其間耶? 後至元丁丑夏, 荷花盛開, 玄福君權侯見而愛之, 直池之東, 購地起樓. 倍尋以爲崇, 參丈以爲袤, 不礎而楹, 取不朽, 不瓦而茨, 取不漏, 桷不斲不豐而不撓, 堊不艧不華而不陋, 大約如是, 而一池之荷, 盡包而有之. 於是請其大人吉昌公與兄弟姻婭, 觴于其上, 怡怡愉愉, 竟日忘歸, 子有能大書者, 使之書雲錦二字, 揭爲樓名.

셋째 단락 : 余試往觀之, 紅香綠影, 浩無畔岸, 狼藉風露, 搖曳煙波, 可謂名不虛得者矣. 不寧惟是, 龍山諸峯, 攢青抹綠, 輻輳簷下, 晦明朝夕, 每各異狀, 而瀕之閭閻煙火之舍, 其面勢曲折, 可坐而數, 負戴騎步之往來者, 馳者休者顧者招者, 遇朋儕而立語者, 値尊長而趨拜者, 亦皆莫能遁形而望之可樂也. 在彼則徒見有池, 不知有樓, 又安知樓之有人? 信乎登臨之勝, 不必在僻遠, 而朝市之心目, 邂逅而莫之知有也, 抑亦天作地藏, 不輕示於人耶?

넷째 단락 : 侯腰萬戶之符, 席外戚之勢, 齒不及古人強仕之年, 宜於富貴利祿, 寢酣而夢醉, 乃能樂乎仁智之所樂, 不見驚于民, 不見謗于士, 而奄有幽奇閑廣之境於市朝心目之所不及, 樂其親以及於賓, 樂其身以及於人, 是可尚也已. 益齋居士某, 記.(단락 구분 필자)

둘째 단락 承에서는 개성 남쪽에 못이 하나 있는데, 도성 안의 경관으로 매우 빼어난 경관이다. 안목이 없는 이들은 쉽게 알아보기 어려운 곳이라는 것이다. 다만 권후가 그 곳에 운금루를 지었다는 것이다. 이제현은 첫째 단락 '기(起)'의 전제를 이어서 쓴 글인 '승(承)'에서 자연스럽게 권후의 안목을 칭찬한 것이다. 셋째 단락 포(鋪)에서는 이제현이 직접 운금루를 찾아가서 운금루의 경관을 묘사한다. 포(鋪)는 말 그대로 펼쳐 보이듯이 기(起), 승(承)에서 제시한 이유를 다 펼쳐서 근거를 제시하여야 한다는 말이다.

그는 여기서 운금루의 세 가지 경관을 묘사하고 있는데 이는 마치 카메라로 경관을 촬영한 듯 느껴질 정도이다. 첫째 장면은 "향기로운 붉은 꽃과 푸른 잎의 그림자가 끝없이 펼쳐져 이슬을 머금고 바람에 흔들리며, 연기 낀 파도에 일렁이어(紅香綠影, 浩無畔岸, 狼藉風露, 搖曳煙波)"라고 하여 여름에 연꽃이 핀 못을 사진을 찍듯이 묘사하였다. 이 광경은 연꽃이 핀 못을 하나의 장면에 담은 사진과 같다.

그 다음 두 번째 장면은 너욱 새미있다. "어찌 그것뿐이랴? 용산(龍山)의 여러 봉우리가 청녹색을 휘날리며 처마 밑에 몰렸는데, 밝은 아침 어두운 저녁이면 매양 형상이 달라지며,(龍山諸峯, 攢青抹綠, 輻輳簷下, 晦明朝夕, 每各異狀)"라고 한 것은 연못 건너편의 용산의 봉우리가 처마의 천장 쪽에서 내려오는 처마와 맞닿은 경치를 묘사한 것이다. 그러니까, 이 번에는 누각 안에서 찍은 또 다른 한 장의 사진과 같은 장면 묘사인데, 용산의 청녹색을 띤 봉우리가 어두운 처마의 안쪽의 상단과 맞닿은 장면인 것이다. 운금루를 가보지 않은 사람이라도 그 장면의 대강을 상상할 수 있는 장면 묘사이다. 그런데 단순한 하나의 장면이 아니다. '밝은 아침 어두운 저녁이면 매양 형상이 달라진다'고 하여, 오랜 시간 같은 장면을 동영상으로 찍어 놓고 짧은 시간에 빠르게 돌리는 영상처럼 묘사한 것이다. 아침에 해가 떠 오른 때부터 해가 지는 어두운 저녁때까지 그 변화의 과정은 보지 않아도 상상이 간다.

마지막 세 번째 장면은 첫 장면과 둘째 장면의 사이이다. 즉, 연못 건너편이고, 멀리 용산을 뒤로 하고 있는 마을 여염집들의 동네에 대한 장면이다. "저쪽 여염집의 연기가 피어오르는 민가는 그 형세의 변화를 앉아서도 세어 볼 수 있으며, 지거나 이고 타거나 걸어 왕래하는 사람들, 달려가는 사람, 쉬는 사람, 돌아다보는 사람, 부르는 사람과 친구를 만나자 서서 이야기하는 사람, 어른을 만나자 달려가 절하는 사람들이 또한 모두 모습을 감출 수 없어 바라보고 있노라면 즐겁기 그지없다.(鄕之閭閻煙火之舍, 其面勢曲折, 可坐而數, 負戴騎步之往來者, 馳者休者顧者招者, 遇朋儔而立語者, 値尊長而趨拜者, 亦皆莫能遁形而望之可樂也.)" 여염집의 연기가 피어오르기 전과 피어오를 때와 연기가 그치고 난 뒤의 모습, 그리고 그곳을 오고가는 사람들을 '물건을 지고 가는 이(남자), 이고 가는 이(여자), 달려가는 이(어린 애), 쉬는 이(노인), 돌아보는 이, 부르는 이, 서서 이야기 하는 이(벗들 또는 지인들), 어른을 만나 절하는 이(어른과 젊은이들)에 대한 묘사는 긴 시간 그 곳에서 여염집 마을을 바라 보면서 한 컷 한 컷 찍어서 보여주는 것과 같은 장면 묘사이다. 이러한 장면 묘사에 사용된 수사법은 열거법이다. 이때의 열거법은 여러 개의 상황이나 장면을 빠른 시간에 회상시켜주는 효과가 있다. 그리고는 이 세 가지 장면을 볼 수 있는 곳은 오로지 누각에서일 뿐이라고 하였다. 이런 경치는 하늘이 만들고 사람에게 보이지 않으려 한 것이라고 하면서 운금루의 빼어난 경관을 칭찬한 것이다.

마지막 단락 결(結)은 현복군(玄福君) 권후(權侯)에게로 말 문을 돌린다. 권후라는 사람은 권세가 외척으로서 권세 있는 자이다. 따라서 다른 이록이나 부귀에 빠지기 쉽다. 그런데 그는 그런 유혹에 빠지지 않았다.

그것만으로도 그는 훌륭한데, 게다가 이런 운금루와 같은 **빼어난** 경관을 찾아내고, 그것을 남에게 자랑하지 않으며 **빼어난** 경치를 즐길 줄 알고, 친족과 손들에게까지 즐거움을 주니 그의 지혜가 가상하다고 하면서 글을 맺는다.

「운금루기」는 기승포결의 전개 방식의 글쓰기 전략으로 글의 목적을 충분히 달성하고 있다. 본디 문예적인 목적으로 창작된 글이 아니다. 기문의 부탁을 받고 그의 부탁에 따라 지은 실용문이다. 운금루 주변 경관의 아름다움과 그 아름다운 경관을 지닌 누각을 지은 권후의 안목을 칭찬하는 글이지만, 전개 방식과 다양한 묘사의 수사는 문예적인 글로도 충분하다.

이규보의 「이옥설(理屋說)」은 논변체인 '설(說)'이다. 그는 제목에서 '집수리(理屋)'라고 달았지만, 그 주제는 '작은 잘못은 빨리 바로 잡아야 한다.'이다. 그는 주제를 구현하기 위해 전개 방식과 서술 방식에서 다양한 전략을 구사하였다. 글은 세 개의 단락으로 구성되었다.

첫째 단락 : 세 칸의 지붕의 무너져 집수리를 하게 되었는데, 두 칸은 장마 때에 이미 비가 샌 것을 알았는데도 미루어 두었던 것이고, 한 칸은 한 번 비가 와서 샜을 때 바로 수리했던 것이다. 오래 미뤘던 두 칸은 서까래, 마룻대, 들보 모두 다 썩어서 재목을 다시 쓸 수 없어서 비용이 많이 들었고, 바로 수리 했던 한 칸은 재목이 모두 멀쩡해서 비용이 훨씬 적게 들었다.

둘째 단락 : 이로 미루어 본다면, 사람도 잘못된 것을 알고도 그대로 둔다면, 나중에 그것을 돌이키고 바로잡기가 매우 어려워져서 선인(善人)이 되기 어렵지만, 잘못을 알고 바로 고칠 줄 안다면 훗날 선인(善人)이 되기가 매우 수월할 것이다.

셋째 단락 : 더 나아가 나라 일을 두고 본다면, 백성에게 해가 되는 일을

바로 잡지 않고 그대로 둔다면 백성이 무너지고 정치가 위태로워지는 지경
에 이른다. (백성에게 해가 되는 일이 있으면 즉시 바로잡아야 한다. 그러
면 나라가 안정될 것이다.) 그러니 삼가야 할 것이다.[22]

이 글은 세 개의 단락이 점층적이다. 첫째 단락은 실제 '집수리'에 관
한 일을 예로 들어 온 것이고, 둘째 단락은 그것에 미루어 '선인(善人)'이
되는 문제를, 셋째 단락은 그것을 한 단계 더 끌어올려 '국정(國政)'에까
지 이르도록 한 것이다.

궁극적 주제는 마치 마지막 단락에서 제시된 '잘못된 국정은 빨리 바
로 잡아야 한다.'는 것으로 귀결될 수 있지만, 앞의 두 단락에 논한 것도
주제와 무관한 것이다. 따라서 이 글은 세 개의 작은 글이 하나의 공통된
주제로 일관하는 글쓰기 방식이다. 세 개의 글의 공통된 것은 '작은 잘못
을 빨리 바로 잡지 않으면 큰 낭패를 보므로, 작은 허물이 발생했을 때
빨리 바로잡아야 한다.'는 것이다.

따라서 이 글은 세 개의 단락이 점층적이면서 병렬적으로 주제를 구현
하는 전개 방식이다. 이규보는 「이옥설」에서 점층적이고 병렬적인 전개
방식의 글쓰기를 통해서 글의 목적을 달성하였다. 이 글은 크게는 국정
에 관련된 논변의 글이기도 하지만, 개인에게는 수양과 관련된 논변의
글이요, 일상의 생활과 관련된 논변의 글이 되기도 한다. 따라서 하나의

---

22) 이규보, 이옥설, 동국이상국전집, 제21권.
　　첫째 단락 : 家有頹廡不堪支者, 凡三間, 予不得已悉繕理之. 先是 其二間爲霖雨所漏
寢久, 予知之, 因循莫理, 一間爲一雨所潤, 亟令換瓦. 及是繕理也, 其漏寢久者, 橫桷棟
樑皆腐朽不可用, 故其費煩. 其經一雨者, 屋材皆完固可復用, 故其費省.
　　둘째 단락 : 予於是謂之曰: "其在人身亦爾, 知非而不遽改, 則其敗已, 不啻若木之朽
腐不用, 過勿憚改, 則未害復爲善人, 不啻若屋材可復用.
　　셋째 단락 : 非特此耳, 國政亦如此. 凡事有蠹民之甚者, 姑息不革, 而及民敗國危而後
急欲變更, 則其於扶越也難哉. 可不愼耶?

짧은 '說' 작품을 가지고 여러 가지를 논변한 이 글은 문예적으로 충분한 것이다.

이러한 전개 방식 이외에도 글쓰기의 전략에 대해 필자는 '주객 대화의 서술 방식'과 '우언 인용의 서술방식'[23)을 분석한 바 있다.

이늘 늘늘의 전개 방식을 주로 글쓰기 전략으로 말하였지만, 사실 이는 작자의 입장에서의 전략이라고 표현한 것이다. 독자의 측면에서 본다면 이런 전략이 하나의 즐거움으로 다가온다는 것이다. 따라서 글을 읽을 때는 맛(味)이 있을 뿐만 아니라, 글을 읽고 나면, 글의 아름다움(美) 느낄 수 있는 것이다.

이러한 내용을 종합해 본다면, 한문 산문은 근대적 문학 장르의 수필 장르보다 훨씬 큰 범위에 있어, 비문학으로 취급되는 작품들이 대부분이지만 산문의 작문 전략의 내용을 보면 주제 구현에 있어서 문예적인 미학적 요소를 충분히 갖추고 있다. 바로 이러한 부분들이 한문 교육의 미학적 접근을 가능하게 하는 요소인 것이다.

산문의 전개방식의 학습 내용은 학습자들의 '논술'과 관련하여 논술적 사고와 표현을 길러주는 데 충분한 도움을 줄 수 있다. 그러나 한문과 교육에 있어서 산문의 서술방식과 수사법에 대한 교수·학습 방법이나 교육적 활용에 대한 연구는 미진하다. 또한 필자는 여러 산문과 관련된 논문 속에서 한문 산문 개별 작품을 형식적 측면과 전개 방식이나 수사법 등의 방면에서 치밀하게 분석한 것은 그다지 많지 않음을 발견했다.[24)

---

23) 송병렬(2010).

24) 문장 작법 또는 전개 방식과 관련해서 작품을 분석한 것으로 심경호(1998)의 『한문산문의 미학』(고려대학교 출판부); 송혁기(2006)의 『조선후기 한문산문의 이론과 비평』(월인); 정민(2010)의 『고전문장론과 연암 박지원』(태학사); 강민구(2010)의 『조선후기 문학비평의 이론』(보고사) 등이 있다.

이러한 것이 한문 교육의 미학적 접근을 방해한 것이 아닌가 한다.

2. 한문 산문의 미에 대한 이론의 교육적 접근

한문 산문의 미학적 이론을 적용하고자 하면, '문이재도(文以載道)'론을 언급하지 않을 수 없다. 재도론(載道論)은 '문장에서 성인의 도를 전하거나 밝히는 수단이[25)'이라는 미학 이론이다. 관도론(貫道論) 역시 마찬가지이다. 이 개념은 "한유의 고문운동에서 가장 분명한 형태로 천명되었다."[26] 그러나 이러한 미학 이론은 학교 한문 교육의 미학의 이론으로 삼기에는 어려운 면이 있다. 물론 교육과정 해설서에서도 이를 다루지 않고 있다.

형식미에 있어서는 한문 산문의 편장자구법(篇章字句法)에 관한 이론이 있다. 첫째로 편법(篇法)이다. "편법은 문장 전체의 구성을 말한다. '입주뇌(立主腦)' 즉 주제를 세우고, 이를 효과적으로 공략하기 위해 글의 얼개를 짜는 과정이 여기에 해당한다. 전편의 대의를 글의 앞부분에 배치하고 이 뜻으로 일관하여 전개하는 제강법이 있고, 곡절 없이 차례에 따라 집을 짓듯 펼쳐나가는 서사법(敍事法), 앞에서 먼저 말하고 뒤에서 이에 호응하는 조응법(照應法), 처음 기세를 눌렀다가 뒤에서 펼쳐 기세를 높이는 억양법(抑揚法), 허구의 문답을 설정하여 논난의 과정을 통해 문제에 접근하는 문난법(問難法), 직접 결론을 내리지 않고 독자에게 내맡기는 혼함법(渾含法) 등이 있다."[27] 이들 편법은 문장의 구성과 관련이 있는 것으로 전개 방식과 비슷하기는 하지만 전개 방식은 아니다. 그런

---

25) 심경호(1998), 25쪽.
26) 심경호(1998), 25쪽.
27) 정민(2010), 110~111쪽.

데 이와 같은 편법론 가운데 일부 산문 형식 이론으로 제공할 수 있겠으나 원문을 다루어야 하는 한문 교육에서 번역 이후에 편법을 다루기에는 다소 무리가 있다. 물론 '문난법(問難法)' 등은 문답의 과정이므로 작품의 길이만 적당하다면 충분히 학교 교육에서 다루어 볼 만 한 것이 있다.

두 번째로는 장법(章法)이나. "장법은 각 단락 단위의 전개 방법을 말한다. 다만 이 때 기승전결과 같은 큰 의미 단위의 장이 있고, 형식 단락 단위의 장이 있을 수 있다. 장법은 한 물결이 채 가라앉지 않았는데 한 물결이 또 일어나는 변화를 추구한다. … 중략 … 일반적으로 충첩(層疊), 쌍관(雙關), 억양(抑揚), 완급(緩急), 빈주(賓主), 왕복(往復), 종금(縱擒), 일정일반(一正一反), 일허일실(一虛一失) 등이 있다."28) 이들 가운데 기승전결이나 빈주법, 쌍관법 등의 장법(章法)은 오히려 편법(篇法)과 유사한 측면이 있다. 따라서 기승전결(기승전합, 기승포결) 등의 전개 방식은 편법과 함께 다루어도 될 법하다. 그리고 다른 것들은 일부 수사법으로 취급될 만한 것이다.

여기서 짚고 넘어가야 할 것 중에 하나는 수사법과 편장법의 구분이다. 수사법은 서구적인 문장의 표현 방법을 위주로 분류된 것이며, 편장법은 동양의 문장론에서 나온 것이다. 양자 간에는 개념의 차이가 존재하면서도 유사하고 겹치는 부분도 있다. 학교 교육에서는 주로 수사법을 위주로 학습하고 있다. 편장법을 온전하게 이론으로 제시하기에는 상당한 무리가 따른다. 그동안 서구적인 수사법에 익숙한 학교 교육에 갑작스럽게 전통의 산문 문장론의 작법을 여과 없이 제시할 수 없다. 따라서 교육과정 해설서에는 산문의 형식미를 '특수한 표현형식'과 '수사법'으로 제시하였다. 2007년 개정 한문과 교육과정에 따른 수사법과 특수한

---

28) 정민(2010), 111쪽.

표현에 대해 제시해 보면 다음과 같다.

[Ⅰ-이해-⑸] 한문 산문의 특수한 표현 방식을 이해하고 감상할 수 있다.

한문 산문은 글의 종류와 목적에 따라 서로 다른 서술 방식과 표현 방식을 사용할 수 있다. 가령, 사물의 이치를 따지거나 자신의 사상을 천명함으로써 남을 설득시킬 것을 목적으로 하는 글들은 주로 의론적인 서술 방식을 사용한다. 산천의 경물이나 지리 또는 사회의 풍속이나 인정을 기술하는 글들은 주로 묘사적인 서술 방식을 사용한다. 인물의 언행이나 사건의 경과를 서술하는 글들은 주로 서사적인 서술 방식을 사용한다. 사람이나 사물, 사건에 대해 느낀 개인의 감정을 표현하는 글들은 주로 서정적인 서술 방식을 사용한다. 따라서 한문 산문에서 사용된 특수한 표현 방식을 바르게 이해하고 감상하기 위해서는 글의 종류와 목적에 따라 서술 방식이 어떻게 달라지는지, 그리고 서술 방식이 달라짐에 따라 표현 방식이 어떻게 달라질 수 있는지 등을 아울러 고려해야 한다.[29]

[Ⅰ-문장-⑷] 문장의 수사법을 이해한다.

(가) 비유(比喻) : 나타내고자 하는 대상을 다른 대상에 빗대어 표현하는 방법으로, 두 사물 사이의 유사성을 이용하여 표현하는 수법이다.

(나) 대우(對偶) : 자수와 구법이 서로 같거나 서로 비슷한 어구의 표현을 이용하여 상반되거나 상관된 의미를 표현하는 방법이다.

(다) 과장(誇張) : 표현상의 필요에 의하여 고의로 그 사실을 과장하거나 객관적인 사람, 사물, 일에 대하여 확대 혹은 축소하여 묘사하는 방법이다.

(라) 도치(倒置) : 뜻을 돌출시키고 어기(語氣)를 순하게 하며 성음을 조화롭게 하기 위하여 고의로 일반적인 언어 순서를 바꾸어 놓는 방법이다.

(마) 연쇄(連鎖) : 앞의 어휘나 어구 또는 문장을 뒤에서 다시 받아 사용하는 방법이다. 한 문장 안에서도 사용할 수 있고 문장과 문장 사이에도 사용할 수 있다. 어느 경우이든 내용과 형식에서 서로 같거나 비슷한 표현

---

29) 교육인적자원부(2008), 30~31쪽.

이 앞과 뒤에서 맞물리게 하는 방법이다.

(바) 점층(漸層) : 표현의 강도를 조금씩 높여 나가면서 맨 마지막을 가장 강하고 중요한 어구로 끝맺는 방법으로 설득력을 높이고 강한 호소력을 준다.

(사) 중첩(重疊) : 동일한 글자나 구를 두세 번 같은 자리에 쓰는 방법이다.

(아) 비교(比較) : 두 종의 서로 모순되거나 대립되는 사물, 혹은 동일한 사물의 두 가지 같지 않은 방면을 가지고 대조하는 것으로 어의가 선명해지는 표현 효과를 얻는 방법이다. 열등비교, 우등비교, 최상급비교가 있다.[30]

이상의 것은 교육과정 해설서에 진술된 특수한 표현과 수사법에 관한 것이다. 그런데 이상의 것만을 가지고 본다면, Ⅲ장에서 분석한 작품들의 미학적 접근의 방식을 온전하게 이해할 수 없다. 따라서 이에 대해서 보다 교과 교육적인 시각에서 다양한 이론과 분석의 개발이 필요하다.

Ⅳ. 나오는 말

필자는 중·고등학교 시절 국어 교과서에 실렸던 이양하의 「신록에찬」, 「나무」, 피천득의 「인연」, 민태원의 「청춘예찬」 등을 최고의 고전인 줄로만 알았다. 그리고 한시는 『두시언해』의 언해된 두보시 작품이 가장 훌륭한 한시로 생각했다.[31] 그러나 중세의 문인들은 한문 산문을 실용의 문예 창작물로, 한시를 일상의 문예적 창작물로 즐겼다. 위의 작품들과 견주어도 손색이 없는 작품들이 무궁무진하다. 이들은 우리 교과서에도 실릴만한 충분한 작품들이다.

---

30) 교육인적자원부(2008), 63~66쪽.

31) 아마도 언해되지 않았다면 두보 작품들도 실리지 않았을 것임. 물론 이들 작품은 국어 교과서 실릴 만한 충분한 자격도 있으며 문예적인 미적 요소를 충분히 갖추고 있음.

우리의 근대가 자국어 표기에 몰입하면서, 국어 교육은 국문학에서 이들 한문학의 작품을 제외하였다. 물론 학계에서 국문학 대신 한국문학이라는 말로 대체되며 그 범주가 한문학에까지 미치고 있기는 하지만, 순결주의적 국어 교육의 태도와 어문 정책은 한문 교과의 내용에 큰 영향을 끼쳐서 문예적 미학성이 풍부하고 오늘날 문학 교육에도 충분한 한문 작품을 충분히 다루지 못하는 현실은 지극히 안타깝다.[32]

한문 교육에서 한자를 익히고, 한문을 해석을 익히는 것은 매우 중요한 학습 요소이고 내용이다. 그러나 보다 바람직한 교육이 되기 위해서는 한문의 학습을 통하여 다양한 유형의 한문 자료를 이해하고 심미적으로 향유할 수 있어야 한다. 그러나 미학적 교육을 추구할 때는 학습자들의 수용 능력을 고려하여 반드시 교육적 측면에서 접근해야 한다. 따라서 한자 및 한문 산문에 대한 이론은 교육과정으로 수렴되어야 할 것이다.

참고문헌

『詳說 古文眞寶大全』, 보경문화사, 1983.
李奎報, 『東國李相國全集』, 제21권, 한국문집총간 1, 민족문화추진회, 1986.
李齊, 『益齋亂稿』, 권류, 한국문집총간 2, 민족문화추진회, 1986.
許愼, 『說文解字』.

강민구, 『조선후기 문학비평의 이론』, 보고사, 2010.
고광민, 「한유 증서 산문의 빈주법 연구」, 중국학보 59집, 한국중국학회,

---

32) 宋秉烈(2009).

2009.

교육과학기술부, 『2011년 중학교 교육과정』, 교육과학기술부, 2011a.

교육과학기술부, 『고등학교 한문과 교육과정』, 교육과학기술부, 2011b.

교육과학기술부, 『고등학교 교육과정 해설 13 -한문-』, 교육과학기술부, 2008.

김병기, 「한국 서예의 독창성 탐색과 세계화의 전략」, 『대동한문학』 제22집, 대동한문학회, 2005.

박수밀, 「한문 산문의 교육에의 활용 가능성 고찰」, 『온지논총』 22집, 온지학회, 2009.

송병렬, 「디지털 시대 한문교육의 대안 탐색」, 『대동한문학』 제31집, 대동한문학회, 2009.

송병렬, 「한문산문의 서술방식과 수사법에 대한 교육적 활용 연구」, 『동방한문학』 45집, 동방한문학회, 2010.

송혁기, 『조선후기 한문산문의 이론과 비평』, 월인, 2006.

심경호, 『한문산문의 미학』, 고려대학교출판부, 1998.

아쓰지 데쓰지(阿辻哲次) 지음, 심경호 옮김, 『한자학-설문해자의 세계』, 이회, 1996.

우석영, 『낱말의 우주-맘에 숨은 그림, 오늘을 되묻는 철학-』, 궁리, 2011

유홍준, 『미학에세이』, 도서출판 청년사, 1988.

이형상 지음, 김언종 역, 『역주 자학』, 푸른역사, 2008.

정민, 『고전문장론과 연암 박지원』, 태학사, 2010.

최영애, 『한자학강의』, 통나무, 1995.

포선순 지음, 심경호 옮김, 『한문을 어떻게 읽을 것인가』, 이회, 2001.

한시 교육의 미학적 접근

이미애

Ⅰ. 들어가며

미학이란 철학의 한 부류로 예술에 관해 생기는 의문들을 탐구해 나가는 학문이며 미학교육은 이러한 철학적 탐구 과정을 통해 학생들의 창의력과 탐구력을 신장시킨다[1]고 하였다. 한시교육에서 미학이 필요한 이유는 한시에 대한 궁금증들을 철학적으로 탐구해 나가는 과정을 통해 학생들이 한시에 대한 흥미와 관심을 가지고 한시를 이해하며 감상하여 정서적인 안정감, 사람과 환경, 자연, 사물의 중요성을 인식하는데 필요한 인지적 능력과 창의적 탐구력 및 미적 표현력을 증대시킬 수 있다. 이는 "다양한 유형의 한문 자료를 비판적으로 이해하고 심미적으로 향유할 수 있는 능력을 기르며, 또한 한문 기록에 담긴 선인들의 삶과 지혜를 이해[2]시키는데 아주 적합한 장르라고 2007개정교육과정의 교육목표에

---

1) 김단비(2006), 1~2쪽.
2) 교육과학기술부(2008), 160쪽.

서도 강조하고 있다. 즉, '한시(漢詩)가르쳐야 하는가'라는 질문에 철학
적인 원리적 근거를 제공하며 한시라는 문학 양식이 가지는 미학적 요소
와 작가의 내면세계를 더욱 충실하게 분석하여 학습할 수 있는 근거를
마련하였다고 생각된다. 따라서 한시 미학수업을 통해 한시의 미적 아름
다움과 선인들의 정신세계를 알 수 있도록 한다면 교육 목표에도 부합할
뿐더러 수업 내용에 공소함을 보완할 수 있다.3)

그러나 가장 큰 문제는 지도자이며 안내자인 교사들의 미학에 대한
인식이라 볼 수 있다. 교사들은 현장에서 이루어지고 있는 한문교육에서
미학을 어떻게 체계화시키고 정립시키며 도입해야 하는지를 폭넓게 다
루어야 할 것이다. 여러 가지 교육적 효과를 생각한다면 절대 소홀히
다룰 수 없는 영역이 바로 미학교육이기 때문이다. 따라서 본 연구는
한문교육에 있어 특히 한시교육에서 미학교육의 중요성을 인식시키고,
한문수업시간에 미학을 적절히 적용할 수 있는 학습지도안을 제시함으
로써 학생들의 탐구력과 미적 표현력 및 한문교사들의 미학교육에 대한
이해를 돕는데 그 목적이 있다.

따라서 본 연구에서는 토론하기, 음악을 이용한 노래하기, 그림으로
표현하기, 역할극, 인터뷰하기 등 다양한 교수-학습방법을 원용하여 미
학적 접근의 한시교육을 실시하였다.

Ⅱ. 미학에 대한 선행연구 고찰

국내에서 현재까지 미학과 관련된 선행연구물을 살펴보면 이론 위주

---

3) 조영호(2009), 1쪽.

의 연구방법이 많이 이루어지고 있으며 이를 직접 학교현장에서 학생들에게 적용시켜서 실험한 연구 논문은 부족한 편이다. 이런 현실을 감안하여 미학적 접근에 대한 선행연구를 살펴보고자 한다.

미학과 관련된 국내 연구에서 첫째, 미술 분야의 미학관련 연구물을 살펴보면, '미술 이해를 위해 표현 실기를 하면서 조금씩 생각할 거리를 제공하는 '변증법적 접근법'을 제안한 연구물4)과 초·중등학교 미술과에서 중요하게 다뤄야 할 미학교육의 필요성 및 미학교육의 교수-학습방법과 수업모형 등을 제시하였다5). 또한 미술교육의 기본전제로서 인지적 접근을 강조하는 연구들도 있었는데 이를 통해 미학 중심의 미술교육이 갖는 타당성을 확인할 수 있었다.6)

둘째, 음악 및 체육 분야에서 살펴보면, 미학의 관점에서 음악 감상 지도법을 제시하였고 음악미학에 대한 깊이 있는 연구와 음악 미학에 기초한 체계적인 음악 감상 지도법 및 수업 지도안을 제시하였으며7) 댄스스포츠를 미학에 접목시켜 연구하였다.8)

셋째, 국어과에서의 시 미학과 관련된 선행연구를 살펴보면, 문학교육에 대한 체계적인 이론의 부족과 실제적 지도 방법의 부족함을 해결하기 위해 문학교육의 의의와 목적을 살피고 구체적인 시 교육을 위하여 다양한 교수-학습방법을 연구하였으며 효과적인 이해와 감상, 창작 지도 방법을 모색한 연구물이 많았다.9) 따라서, 타교과에서 미학과 관련

---

4) 김진엽(1999), 참조.
5) 안금희(2001), 이정희(2001), 황훈영(2001), 심영옥(2003), 이영미(2003), 김단비(2006), 참조.
6) 윤자정(1999), 황향숙(1998), 황연주(2001), 참조.
7) 배희정(2008), 김민정(2009), 김동희(2010), 참조
8) 이경숙(2011), 참조.
9) 유병학(1993), 최미숙(1992), 김이상(1994), 최원규(1993), 강현재(1992), 김주향

된 선행연구물을 살펴보았는데, 타교과에서는 이미 미학과 관련된 교수
－학습방법에서 많은 연구가 이루어지고 있다는 것을 알 수 있었다.

한문과에서 미학 관련 연구를 살펴보면, 한시의 세계를 풍성한 예화로
전하고, 한시의 다양한 형태미와 내용 분석을 흥미롭게 보여준 내용10)
신혼부부의 사랑싸움을 노래한 이규보의 '절화행'과 서당 훈장의 일생의
고단한 삶을 그린 김삿갓의 '훈장' 등의 감상을 통해 한시에 대한 미학을
설명한 내용11) 또한 국토산하를 노래한 한시를 추출하여 분석하면서 자
연의 아름다운 미학을 설명하였으며12) 한자의 기원과 발전부터 고사성
어의 활용까지 생활전반을 폭넓게 접할 수 있도록 다양하고 풍부한 내용
을 실은 미학도 있다.13)

또한 한문학의 미의식을 규명하는 문예 미학적 연구 방법의 모색 단계
로 고문을 중심으로 한 한문문체의 역사적 흐름과 그 특성의 문제를 살
펴보았으며14) 여류시인 난설헌(蘭雪軒)의 한시를 대상으로 주제에 따른
난설헌의 폭넓은 시세계를 재분석하여 염려(艶麗)한 풍격을 갖춘 표현
미학의 기교까지 규명하였다.15)

한편, 한시교육과 관련된 선행연구를 살펴보면, 이종복16)은 한시가
전통문화의 유산이자 운율미가 체현된 한문의 대표적인 분야로서 인간
의 정서교육에 긴요한 것이라는 의미를 강조하였으며, 이태희17)는 중

(1991), 정경진(2010), 참조.

10) 정민(2003), 참조.
11) 김상홍(2001), 참조.
12) 심경호(1995), 참조.
13) 신두환(2010), 참조.
14) 장원철(2002), 참조.
15) 한성금(2006), 참조.
16) 이종복(1995), 참조.

· 고교 한시 교육에서 가장 중요한 시안을 '시의 형상(形象) 전달'에 두고 신문의 4단 컷 만화를 활용한 한시 지도의 해결 방법을 제시하였다. 조영호[18]는 고등학교『한문』교과서 소재 한시 작가들의 정신 구도와 그것의 미적 구현인 풍격에 더욱 관심을 기울여, 작품의 미적 특질에 대한 정치한 분석과 작가들의 의식지향을 보다 섬세하고 실체적으로 드러냈으며, 실제 학교현장에서 학생들에게 쉽고 재미있게 한시를 학습할 수 있는 지도 방안의 계발 및 실제적인 교수-학습지도안을 제시하였다.[19] 또한 한시를 실제 수업에 적용하여 효과를 검증하였으며[20] 박미혜[21]는 가치관 정립기의 청소년의 정서함양·선인의 삶에 대한 통찰·상상력을 통한 총체적 체험·세련된 언어감각 향상이라는 한시 교육의 필요성을 인식하고 이것과 연계되는 교사와 학습자의 상호 활동에 의한 수업 사례형의 지도방안을 제시하였다. 송영일[22]은 한시의 감수성과 상상력을 기를 수 있게 협동교수 학습법, 낭독학습법, 학습자 중심의 창의 교수학습법, 매체활용 교수학습법 등 다양한 활용법을 제시하였다. 김희정[23]은 논어를 통해 공자의 미학사상과 예술교육에 대해서 논의했지만 실제 교육현장에서 시 암송하기, 시화 그리기, 만화로 표현하기, 역할극 하기 등에 대해 체계적으로 분석한 것이 미흡하다고 하였다.

---

17) 이태희(1997), 참조.
18) 조영호(2009), 참조.
19) 윤은정(2004), 이묘희(2009), 참조.
20) 김연수(2005), 최윤용(2006), 참조.
21) 박미혜(2002), 참조.
22) 송영일(2004), 참조.
23) 김희정(2011), 참조.

Ⅲ. 한시와 미학

1. 미학

'미학(aesthetics)'이 하나의 독립된 학문으로 등장한 것은 18세기 중반의 유럽에서이다. 독일의 철학자 바움가르텐(Alexander Gottlieb Baumgarten)이 1735년 자신의 논문「시의 몇 가지 요건들에 대한 철학적 성찰(Meditationes Philosophicae de Nonnullis ad Poema Pertinentibus)」에서 인간의 감성을 연구하는 독립된 학문으로서 '미학'의 필요성을 요청한 것이 그 효시이다. 그는 당시 인간의 덕목으로서 '이성적 인식'에 비해 저급한 것으로 인식되고 있던 '감성적 인식'의 독자적인 가치를 주장하고 '감성적 인식의 학문'으로서 미학을 철학의 한 부문으로 간주하여, 이를 'aesthetics'라고 불렀다. 이것이 '미학'이 하나의 학문으로 자리 잡게 된 출발점이었다. 바움가르텐의 뒤를 이어, 칸트(Immanuel Kant)는 미적 판단 문제는 '취미판단'에 의해 다루어야 한다고 주장함으로써 미학의 독자성을 확립하였고, 나아가서 쉴러(Johann Christoph Friedrich von Schiller), 헤겔(Georg Wilhelm Friedrich Hegel), 쇼펜하우어(Arthur Schopenhauer)등 대 사상가들의 체계적이며 심도 있는 논의를 거치면서 19세기 중반 미학은 철학적 분과의 하나로 자리 잡게 되었다.[24]

그 후 현대미학은 미와 예술에 대한 이론적인 탐구에 있어 추상적인 미의 관념에도 집중하고 구체적인 예술현상에 직면하여 예술작품의 성립구조와 예술창작 작품이 사회에 끼치는 효과 등을 과학적인 분석의 입장에도 다루었다. 즉, 미학은 미와 예술을 주제로 본질을 규명하기 위한 철학의 한 갈래로 철학이 우리가 사유하는 방식의 명료화 혹은 분

---

24) 김진엽(2007), 10쪽.

석적 학문이라 정의한다면 미학은 그 중 예술작품과 미적인 요소에 대한 철학적 분석을 의미하였다.[25] 미학은 그 소재를 여러 예술들에서 얻었는데, 문학이나 시에 근거를 두는 시의 미학, 미술에 근거한 이론과 사상의 미학, 음악의 미학 등 결국 미학연구에 대해서는 자신의 취향에 따라 방향이 달라질 수 있다[26]고 설명하였다. 또한 미학적 연구의 한 방편으로 미적 범주가 이루어지는데 이론적 접근은 매우 다양한 경로로 이루어진다. 즉, 미에는 자연미와 예술미, 감각미와 정신미, 음악미, 시각미 등과 미의 특수한 형태인 숭고미, 비장미, 골계미 등도 미적 범주이고 적합미, 장식미, 매력미, 위엄미, 우아미, 정교미, 숭고미도 미적 범주로 보았다.[27] 이영미[28]는 미술교육에서 미학교육의 의의를 다음과 같이 설명하였다.

첫째, 미학교육은 인지적 능력을 신장시킨다. '인간은 대상을 어떻게 이해하고 표현하는가?' 그 과정을 이해하는 것은 단지 철학만의 문제가 아니다. 그리고 현대의 인지과학, 나아가 뇌(腦)과학 등이 이러한 의문에 대해 많은 사실들을 알려주고 있지만, 지금까지 알려진 내용을 종합하자면, 인식 혹은 형상은 대체로 '아는 것'과 '보는 것' 사이에서 결정된다는 사실이다.

둘째, 철학적 탐구력 향상이다. 즉 미학도 비평 활동을 전개하는 학문이다. 다만, '미와 아름다운 것'에 대한 판단을 비평하는 활동으로 우리가 생각하는 미와 예술 그리고 아름다운 것은 무엇인가에 관한 것을 논점으로 삼아 철학적으로 탐구하는 것이다. 그 예로 '예술의 본성은 무엇

---

25) 김단비(2006), 5쪽.
26) 이경숙(2011), 52~53쪽.
27) 김단비(2006), 5쪽.
28) 이영미(2003), 31쪽.

인가, 창조적 예술가와 비 예술가를 구분하는 것은 무엇인가, 이러한 경험은 왜 가치가 있는가? 등 이러한 문제가 제기될 때 이를 철학적, 비판적으로 탐구하기 위해 미학은 유용하다. 학생들은 철학적 탐구활동을 통해 사고력, 판단력, 통찰력, 분석력을 계발할 수 있고, 비판 능력이 어느 정도 발달된 중·고등학생들에게 이러한 지도를 강화하는 것은 시기적으로 필요하다고 볼 수 있다.

셋째, 미적 지각력 신장이다. 예술작품은 수용자가 응시하기 이전에는 기호 체계로 이루어진 텍스트에 불과하지만, 수용자의 지각에 의해 의미가 해석되면서 예술작품은 잠재적인 존재에서 현실적인 존재가 된다. 즉, 작품은 작가와 감상자의 상호소통관계에서 그 생명을 얻을 수 있으며 감상자의 해석방법에 따라 의미가 달라진다 할 수 있다. 미학교육은 작품을 감상하는 부분에 있어서 학생들의 사고력을 단순화하거나 획일화되는 것을 방지하는 역할을 한다. 즉, 미학 수업에서 이루어지는 질문을 통하여 잘 알려진 작품에 대한 맹목적인 수긍을 피하고 자신들의 사고가 정체하는 것을 막을 수 있다. 미학의 성립이후 지금까지 미학의 중심적인 주제였던 미에 대한 논의는 단지 예술작품과 그것의 의미를 넘어 미적인 것과 그 특질들에 관한 것이었다. 즉, 우리가 미적 지각의 대상으로 하는 것들은 예술작품 뿐 아니라 우리의 삶 그리고 주위의 자연환경까지 포함될 수 있다. 따라서 학생들은 삶과 예술의 기본적인 가치와 사용을 구별할 수 있기 이전에 미적 지각을 이해해야 하며, 미적인 것과 비 미적인 것을 명확히 파악해야한다. 이러한 이유에서 학생들의 미적 지각력 신장을 위한 구체적이고 계획적인 미학교육이 필요한 것이다.

2. 한시와 미학

한시에서 미학을 이해하기 위해서는 한시작품을 읽기, 풀이하기, 이해하기, 감상하기 등 모든 한시활동을 수업에서 활용해야 한다. 즉, 한시를 풀이할 때에는 우선 음과 뜻을 알고 난 후 직역의 단계를 충실하게 거친 후 한시 속에 함축된 뜻이 시적으로 유려하게 드러나도록 의역하는 단계에 이르도록 하는 것이다. 풀이하고 난 후에 이해할 수 있다. 이해의 경우, 독창성과 감정을 자유롭게 표현하기 위해서는 많은 경험과 지적 탐구가 병행되어야 하며 한시를 이해하고 난 후에 한시에 대한 감상을 할 수 있는 활동이 작용한다.

1) 2007 개정 교육과정에서의 한시 미학 영역

본 장에서는 개정교육과정에서 한시영역에 대한 내용을 살펴보고, 그 중에서 미학과 관련된 부분을 탐구하고자 한다. 그리고 교수·학습의 실제는 한시교육에서 미학과 관련된 학습법을 실제 교육현장에서 수업한 사례를 상황에 맞게 적절히 변형하고 구성한 것이다. 특히 문학제재로서의 한시라는 텍스트의 특성에 주목하여 '이해와 감상'에 초점을 둔 한시 미학교수학습법을 설계한 것이다. 이를 위해 먼저 한문과 한시교육의 기반이 되는 교육 과정에 대한 논의가 우선되어야 한다.[29]

본 절에서는 개정교육과정에 근거하여 중학교 한문과 한시교육의 미학교육과 관련된 영역을 분석하고자 한다.

① 2007 개정 한문과 교육 과정 목표

2007 개정 교육과정에서 설정한 중학교 한문과 목표를 전문과 하위

---

29) 홍은정(2011), 110쪽.

목표로 나누어 살펴보면 다음과 같다.[30)

> 한문에 대한 기초적인 지식을 익혀 한문 독해와 언어생활에 활용하며, 다양한 유형의 한문 자료를 비판적으로 이해하고 심미적으로 향유할 수 있는 능력을 기른다. 또한 한문 기록에 담긴 선인들의 삶과 지혜를 이해하여 건전한 가치관과 바람직한 인성을 함양하고, 전통 문화를 바르게 이해하고 창조적으로 계승 발전시키며, 한자문화권의 문화에 대한 기초적인 지식을 익혀 한자문화권 내에서의 상호 이해와 교류 증진에 기여하려는 태도를 지닌다.
>
> ㉮ 중학교 한문 교육용 기초 한자 900자의 음과 뜻을 알고 쓸 수 있는 능력을 기른다.
> ㉯ 한문에 대한 기초적인 지식을 익혀 한문 독해와 언어생활에 활용하는 능력을 기른다.
> ㉰ 다양한 유형의 한문 자료를 비판적으로 이해하고 심미적으로 향유할 수 있는 능력을 기른다.
> ㉱ 선인들의 삶과 지혜를 이해하고 건전한 가치관과 바람직한 인성을 함양하며, 전통 문화를 바르게 이해하고 창조적으로 계승 발전시키려는 태도를 지닌다.
> ㉲ 한자문화권의 문화에 대한 기초적인 지식을 익혀 한자문화권 내에서의 상호 이해와 교류 증진에 기여하려는 태도를 지닌다.

위의 하위 목표항은 전문에 제시된 목표를 구체적으로 제시하는 성격을 띤다. 하위 목표 ㉮~㉲항 중에서 미학과 관련된 부분을 추출해 보면, ㉮와 ㉯항은 '한시를 읽고 풀이할 수 있다'라는 인지적 영역으로 포함시킬 수 있으며, ㉰항의 '다양한 유형의 한문 자료를 비판적으로 이해한다'는 철학적 탐구력 영역으로 포함시킬 수 있고 역시 ㉰항의 '심미적으로 향유할 수 있는 능력을 기른다'와 ㉱항의 '선인들의 삶과 지혜를 이해하고 건전한 가치관과 바람직한 인성을 함양하며, 전통 문화를 바르게 이해하고 창조적으로 계승 발전시키려는 태도를 지닌다'라는 하위목표는 한시를 감상하여 내면화할 수 있는 최종 영역으로 미적 표현력을 길러낼

---

30) 교육과학기술부(2008), 160쪽.

수 있다. 특히 한문의 학습을 통하여 다양한 유형의 한문 자료를 비판적
으로 이해하고 심미적으로 향유할 수 있는 능력을 기르기 위해 교과에서
미학은 개정교육과정에 새롭게 삽입되었다. 따라서 본 연구에서는 한시
에서의 미학영역을 인지적 영역, 철학적 탐구력 영역 그리고 한시를 내
면화하는 미적 표현력 영역으로 구분하였다.

2) 2007 개정 한문과 교육 과정 내용체계 영역[31]

개정교육과정은 내용체계를 '영역'과 '내용'으로 구성하되, '내용'을
다시 영역별로 '중·소영역'과 '내용 요소'로 나누어 제시하였다.

내용체계 영역은 아래 〈표 1〉과 같다.

〈표 1〉 개정 교육과정의 한문 내용체계

영 역		내 용
한 문	읽 기	단문의 읽기와 풀이
		산문의 읽기와 풀이
		한시의 읽기와 풀이
	이 해	단문의 이해와 감상
		산문의 이해와 감상
		한시의 이해와 감상
	문 화	전통문화의 이해와 계승
		한자문화권의 상호 이해와 교류

따라서, 개정교육과정의 내용체계에서 한시교육의 미학관련의 내용
체계를 추출하여 설명하면 다음과 같다.

---

31) 교육과학기술부(2008), 162쪽.

〈표 2〉 개정 한문과 중학교 교육과정에서의 한시 미학내용

중영역	소영역	내용	미학 영역	교수-학습자료
읽기	한시의 읽기와 풀이	· 한시를 소리 내어 읽을 수 있다. · 한시를 끊어 읽을 수 있다. · 한시를 바르게 풀이할 수 있다.	인지적 영역	· 강의식
이해	한시의 이해와 감상	· 한시의 형식과 특징을 이해한다. · 한시의 내용과 주제 이해한다. · 한시의 특수한 표현 방식을 이해하고 감상할 수 있다. · 다양한 유형의 한문 자료를 비판적으로 이해할 수 있다.	철학적 탐구력	· 한시 작품 토론하기 · 한시작가와의 인터뷰하기
문화	전통문화의 이해와 계승	· 선인들의 삶과 지혜를 이해하고 건전한 가치관과 바람직한 인성을 함양한다. · 전통문화를 바르게 이해하고 창조적으로 계승 발전시키려는 태도를 지닌다. · 다양한 유형의 한문 자료를 심미적으로 향유할 수 있는 능력을 기른다.	미적 표현력	·음악으로 표현하기 ·그림으로 표현하기 · 역할극 하기

〈표 2〉에서 제시 된 바를 살펴보면 읽기 및 풀이 영역은 미학의 인지적 영역으로 이해 영역은 철학적 탐구력 영역으로, 문화영역은 미적 표현력으로 구분하였다.

하지만 각 영역의 내용은 완전히 분리되어 구획된 것이 아니라 교육의 국면에서는 서로 보완하고 중첩된 부분을 지니고 있기 마련이다. '문화'에 대한 학습 내용은 결국 한시의 내용과 주제의 이해를 통해 가능하다. 문화의 차원을 해석할 수 있는 한시제재를 선택하여 보다 깊이 있는 내용탐구와 전통문화에 대해 창의적으로 학습하는 것이 '문화'에 대한 학습 내용을 포괄 하는 것이라고 볼 수 있다.

2007 개정 교육과정에서 한시교육 과정은 '읽기'를 통하여 '풀이'로 나아가고, '풀이'를 통하여 '이해'로 나아가며, '이해'를 바탕으로 '감상'에 이르며 문화영역은 한시를 내면화하는 과정이라고 할 수 있다. 즉,

읽기와 풀이는 한시 미학에서 인지적 영역이며 이해와 감상영역은 철학적 탐구력을 길러주며 문화영역은 내면화하는 과정으로 미적 표현력을 길러주는데 있다고 할 수 있다.

3) 한시 교육의 미학적 교수·학습 방법

한문과목의 교수학습방법이 단순히 우리의 고전문화만을 교수 학습하는 것이 아니라 교육과정 구성의 방향에서 추구하는 인간상을 실현하기 위한 방법[32]으로 되어야 하므로 다양한 수업 방법과 멀티미디어의 활용 등을 통해 통합적인 지도가 될 수 있어야 하며, 교수학습자료는 바람직한 인간성을 구현하고 실생활에 활용도가 높으며 전통문화의 이해와 올바른 가치관을 확립하는데 도움이 될 수 있어야 한다[33]고 했다. 본 연구에서는 2007 개정 교육과정에서 권고하는 다양한 교수·학습 방법과 자료를 활용하였다. 특히 2007 개정 교육과정에서의 교수학습방법을 살펴보면 학습자가 쉽고 재미있게 학습할 수 있도록 하되, 학습 부담을 지나치게 느끼지 않는 범위 내에서 각 영역에 적합한 창의적 교수 · 학습 방법으로 지도하도록 강조하고 있다.

첫째, 한시의 '읽기 및 풀이'영역에서는 한시의 음과 뜻을 알고 풀이할 수 있도록 인지적 영역을 강조한 강의식 수업을 진행하였다.

둘째, '이해 및 감상'에서는 한시의 내용과 주제를 이해하기 위해 한시를 철학적 탐구를 할 수 있도록 다양한 수업방법으로 적용하여 이해하고 감상할 수 있도록 지도하였다. 즉, 작가와의 인터뷰하기, 한시의 지은이와 가상으로 인터뷰하면서 한시의 창작배경에 대해 질의응답으로 진행

---

32) 박영호(2006), 16쪽.
33) 정재철(1999), 67~68쪽.

하였으며, 토론 학습법으로 문제 해결을 위해 학급을 몇 개의 작은 모둠으로 나누어 모둠끼리 학습 내용을 자유롭게 토론하고, 발표하는 수업을 진행하였다.

셋째, 문화영역에서는 선인들의 삶과 지혜를 이해하고 건전한 가치관과 바람직한 인성을 함양하며, 전통 문화를 바르게 이해하고 창조적으로 계승 발전시키려는 태도의 미적 체험 및 표현력을 길러주기 위해 한시를 전체적으로 감상하고 난 후 그림이나 만화, 음악, 역할극으로 표현하여 내면화시켰다.

Ⅲ. 한시 미학 지도의 실제

1. 한시 미학교육의 실태분석

본교는 1학년에서 한문수업을 일주일에 3시간 진행하고 있으며, 〈표3〉은 본교 한문교과의 연간 진도계획이다.

〈표 3〉 2011학년도 한문(1학년 1학기) 교과진도운영계획

2011학년도 1학년 1학기 교과 수업지도 계획표, 시수(3)							
교과서명 : 비상교육 (저자명) : 이동재, 안영길, 최종찬, 허연구			행사일	교과서명 : 비상교육 (저자명) : 이동재, 안영길, 최종찬, 허연구			행사일
주	월일	단 원 명	비고	주	월일	단 원 명	비고
1	3.2~ 3.5	한자의 유래(2)	입학식 (3/2)	11	5.9 ~ 5.13	단원 정리 평가(1) 11. 가정이 화목해야(1)	휴업일 (5/9, 5/10)
2	3.7~ 3.11	1. 해와 달이 밝고(2) 2. 나날이 새롭고, 또 날로 새롭게(1)		12	5.16 ~ 5.21	11. 가정이 화목해야(1) 12. 친구는 믿음으로(2)	

3	3.14 ~ 3.19	2. 나날이 새롭고, 또 날로 새롭게(1) 3. 일 년은 춘하추동, 사계절이(2)		13	5.23 ~ 5.27	13. 이웃과 함께하며(2) 14. 나라와 사회를 위하여(1)	
4	3.21 ~ 3.25	4. 하늘과 땅 사이에 네 방향이(2) 5. 꽃은 피고 지고, 새는 오고(1)		14	5.30 ~ 6.4	14. 나라와 사회를 위하여(1) 15. 세상과 더불어 살아(2)	
5	3.28 ~ 4.2	5. 꽃은 피고 지고, 단원 정리(2) 6. 입고 먹고 살며(1)		15	6.6 ~ 6.10	단원 정리 평가(1) 16. 좋은 시구를 모아서(1)	현충일 (6/6)
6	4.4~ 4.8	6. 입고 먹고 살며(1) 고사성어 익히기(2)		16	6.13 ~ 6.18	17. 친구의 집에서 시를(1) 18. 숨은 덕행은 보답을(1)	
7	4.11 ~ 4.16	7. 배움에 힘쓰며(2) 8. 부모님께 효도하며(1)		17	6.20 ~ 6.24	18. 숨은 덕행은 보답을(1) 19. 한마디 말에도 (2)	
8	4.18 ~ 4.22	8. 부모님께 효도하며(1) 9. 몸과 마음을 닦으며(2)	1,2,3년 현장 체험	18	6.27 ~ 7.2	20. 모든 것에는 배울 바가 (2)	2차 지필 고사
9	4.25 ~ 4.30	10. 우애를 다지며(2) 수행평가(1)		19	7.4 ~ 7.8	16. 좋은 시구를 모아서(1) 17. 친구의 집에서 시를(1)	2차 지필 고사
10	5.2~ 5.7		1차 지필 고사	20	7.11 ~ 7.14	단원정리 평가(1)	여름 휴가식 (7/14)

본 연구와 관련하여 1학년 여학생 3개 반 103명을 대상으로 '한시수업에 대한 인식'을 설문조사를 통해 실시하고 분석하였다. 설문조사를 한시 수업 후에 한 이유는, 대부분 학생들이 사전에 한시를 배운 경험이 없었기 때문에 한시수업을 진행한 후에 한시 수업에 대한 인식 설문조사

를 실시하였다.

(1) 초등학교 때 한문을 배운 적이 있는가? (n=103)

질문내용	응답 구분	인원	%	그래프
초등학교 때 한문을 배운 적이 있는가?	있다	90	87	초등학교 때 한문을 배운 적이 있습니까? ■ 배운적 없다 13% ■ 배운적 있다 87%
	없다	13	13	

(2) 초등학교 때 한시를 배운 적이 있는가? (n=103)

질문내용	응답 구분	인원	%	그래프
초등학교 때 한시를 배운 적이 있는가?	있다	20	19	초등학교 때 한시를 배운 적이 있습니까? ■ 배운적 없다 81% ■ 배운적 있다 19%
	없다	83	81	

(3) 현재 한시에 대한 관심과 흥미는? (n=103)

질문내용	응답 구분	인원	%	그래프
현재 한시에 대한 관심과 흥미	매우 많다	17	16.7	한시에 대한 관심 매우 적은 편이다 8.8 적은 편이다 13.7 보통이다 44.1 많다 6.7 매우 많다 6.7 0.0 10.0 20.0 30.0 40.0 50.0
	많다	17	16.7	
	보통이다	45	44.1	
	적은 편이다	14	13.7	
	매우적은 편이다	10	8.8	

(4) 한시를 배울 필요가 있다고 생각하십니까? (n=103)

질문내용	응답 구분	인원	%	그래프
한시 학습의 필요성	매우 필요하다	8	7.8	한시 학습의 필요성
	많다	25	24.3	전혀 필요하지 않다 1.8
	보통이다	60	58.3	필요하지 않다 7.8
	적은 편이다	8	7.8	보통이다 58.3 필요하다 24.3 매우 필요하다 7.8
	매우적은 편이다	2	1.8	0.0 20.0 40.0 60.0 80.0

(5) 한시의 내용에 공감을 느꼈습니까? (n=103)

질문내용	응답 구분	인원	%	그래프
한시 내용의 공감성	매우 그렇다	15	14.6	한시의 내용
	그렇다	43	41.7	전혀 그렇지 않다 2.9
	보통이다	30	29.1	그렇지 않다 11.7
	그렇지 않다	12	11.7	보통이다 29.1 그렇다 41.7 매우 그렇다 14.6
	전혀 그렇지 않다	3	2.9	0.0 10.0 20.0 30.0 40.0 50.0

(6) 한시 중 아름다운 표현에서 자신이 가장 감탄한 부분은? (n=103)

질문내용	응답 구분	인원	%	그래프
한시 미학에서 감명 깊은 부분	한시의 비유 상징	8	7.7	한시 미학 감탄
	한시의 압운 규칙	4	3.9	한시의 비유나 7.7
	선인들의 사상 감정	87	84.5	상징표현 3.9 선인들의 사상과 84.5
	기타	4	3.9	감정 3.9 0.0 20.0 40.0 60.0 80.0 100.0

(7) 한시 수업에서 가장 재미있었던 분야는? (n=103)

질문내용	응답 구분	인원	%	그래프
한시 수업	역할극	29	28.3	한시의 학습
	음악으로 표현하기	22	21.4	
	그림 및 만화 그리기	28	27.2	인터뷰하기 및 토론하기 10.5 그림으로 표현하기 27.2
	인터뷰 및 토론하기	11	10.5	음악으로 표현하기 21.4 역할극 28.2
	기타(비유, 신문활용)	13	12.6	기타(신문, 만화그리기) 0.0 0 5 10 15 20 25 30

(8) 한시수업을 통해 본인이 얻을 수 있었던 것은 무엇이라고 생각합니까?　　(n=103)

질문내용	응답 구분	인원	%	그래프
한시 수업의 유익한 점	모르겠다	6	6.3	
	간접체험	6	6.3	
	교양	46	45.7	
	지식	32	31.2	
	정서순화	13	12.5	

한시의 유익한 점

모르겠다　6.3
간접체험　6.3
교양　45.7
지식　31.2
정서순화도움　12.5

0　10　20　30　40　50

위의 설문에서 나타난 바를 종합적으로 분석해 보면 첫째, 대부분의 학생들이 한시에 대한 선수학습이 이루어지지 않았으며 중학교에서 한시를 배우고 난 후에 의견을 조사한 결과, 한시수업이 흥미와 관심을 가지게 되었다는 의견의 비교적 긍정적인 반응이 많았다. 그리고 한시 수업에서 역할극 및 음악적 요소와 그림을 병행하여 수업한 것이 재미있다는 의견이 높았으며, 한시를 통해 교양이나 지식, 정서순화에 도움을 주었다고 응답한 비율이 높았다.

2. 한시미학 교수-학습의 실제

한시미학과 관련된 교수학습의 실제는 2007 개정 교육과정의 '다양한 수업 방법을 창의적으로 적용하여 읽고 풀이할 수 있도록 지도한다'라는 교수-학습방법에 근거[34]하여 지도하였다.

1) 수업 적용의 실제

한시교육에 대한 교수-학습 지도안의 실제는 중학교 한문1의 교과서

---

34) 교육과학기술부(2008), 212~213쪽.

에서는 16과 "좋은 시구를 모아서", 17과 "친구의 집에서 시를 지으니" 2편이다. 따라서 이를 통하여 수업을 실시하였고 학생작품을 예시로 대신하였다. 본 지도안은 1차시는 인지적 영역의 한시의 이론 수업을 실시하였으며 실제 미학수업의 지도는 2-3차시에 실시하였다.

가) 교과서명
중학교 한문 1 (비유와 상징)

나) 단원의 소개
  A. 대단원명 : 선인들의 삶의 방식
  B. 소단원명 : 좋은 시구를 모아서, 친구의 집에서 시를 지으니

다) 소단원 학습목표
  ① 한자 및 어휘의 뜻과 음을 익힌다.
  ② 한시의 형식과 특징을 알고 주제를 이해하고 감상한다.
  ③ 한시를 바르게 풀이하고 조상들의 정서적 사상과 감정을 내면화한다.

라) 본 시안 원문 제시

16과 : 人心朝夕變, 山色古今同. 花開昨夜雨, 花落今朝風.
17과 : 風雨到君家, 雨晴山日斜. 今年秋色早, 八月已黃花.

마) 교수-학습과정

단 원 명	16과. 좋은 시구를 모아서, 17과. 친구의 집에서 시를 지으니	교과서 쪽수	88~ 95 쪽	차 시	2차시

학습 목표	·한시를 바르게 띄어 읽을 수 있다. 한시의 형식과 특징을 이해한다. ·한시 속에 담긴 선인들의 정서를 이해한다.

미학요소	·그림, 노래, 역할극의 활동을 통해 미적 표현력을 기른다. ·작가와의 인터뷰, 토론하기를 통해 철학적 탐구력을 기른다.

단계	학습 내용	교수 · 학습 계획	학습 자료 및 유의점
도 입 5분	· 학습 목표 및 동기 유발	·전 시간에 배운 한시를 읽고 풀이한다. ·과제 준비물을 점검한다.	·교과서, 준비물, ·A4용지
전 개 35 분	· 모둠별 자료 준비	·교사 : 전개방식 설명(모둠별 개인별 과제) ·그림 및 만화로 표현하기 ·작가와 인터뷰하기(송한필, 김남중) ·음악으로 표현하기 ·토론하기 ·역할극하기 교사 : 그림이나 노래, 인터뷰하기에 대한 설명 을 듣고 준비한 자료를 점검한다. 학생 : 모둠별로 모여 준비한 작품을 그리거나 토의를 함.	·교과서 88쪽 멀티미디어 자료 CD 활용 ·학급 전체 참여 – 한시 읽기 – 한시 풀이 – 한시 감상 및 이해
	자기 주도적 한시미학 관련 자료 발표하기	학생 : 각 모둠별로 발표 준비 각 모둠별 발표 ·1모둠 : 그림 및 만화로 표현하기 ·2모둠 : 작가와의 인터뷰하기 ·3모둠 : 노래로 표현하기 ·4모둠 : 토론하기 ·5모둠 : 역할극하기	·모둠별 및 개인별로 발표한다.
정리 및 평가 5분	·학습 정리 ·형성 평가 ·차시 예고	·본문을 다 같이 읽고 풀이하며 각 모둠별로 수업 에 대한 소감을 발표하고 최종 평가한다. ·다음 과제를 내준다.	·발표한 내용을 확인 하도록 한다.

바) 한시 미학의 교수-학습 사례

(1) 한시를 그림이나 만화로 표현하기

한시를 읽고 감상한 후 내면화하기까지에는 한시의 형식, 시상의 전개 과정 등 작품을 분석·이해하고 작자의 환경·사상 등을 살펴서 주제를 파악하고 난 후, 한시 특유의 표현미와 정서를 맛볼 수 있어야 한다. 한시의 미적 표현력을 위해 '그림으로 표현하기'를 실시하여 한시의 심미적 구체화를 이루게 하였다. 본 연구에서는 16과 '좋은 시구를 모아서' 와 17과 '친구의 집에서 시를 지으니'를 사례로 제시하고자 한다.

〈표 4〉 "그림으로 표현하기"를 통한 미적 표현력 기르기

소단원	16과. 좋은 시구를 모아서	17. 친구의 집에서 시를 지으니
미학주제	그림으로 표현하기	
학습 목표	한시를 바르게 읽고 이해하여 풀이할 줄 안다. 한시를 그림으로 표현하여 미적 표현력을 기른다.	
학습절차	1. A4로 용지에 "좋은 시구를 모아서"에 대한 기승전결을 나눈다. 2. 그림을 그리기 시작함. 3. 모둠별로 그린 그림을 발표함(발표 시 시상 전개에 따라 그림의 의미를 발표함)	

※ 기승전결 4단의 그림으로 나타내 보자.
시에 담긴 내용과 시에서 느낄 수 있는 느낌을 잘 담을 수 있도록 하세요.

기: 어젯밤 비에 꽃이 피더니	花開昨夜雨	기: 비바람 맞으며 그대 집 이르니	風雨到君家
승: 오늘 아침 바람에 꽃이 지네	花落今朝風	승: 비는 개고 산 너머 해가 기우네	雨晴山日斜
전: 가련하구나 한 봄날의 일이	可憐一春事	전: 올해는 가을이 빨리도 와서	今年秋色早
결: 비바람 속에 오고 가네	往來風雨中	결: 팔월인데 벌써 국화꽃 피었네	八月已黃花

학생 작품	
느낀점	· 한 단락씩 그림을 그려 설명하니 훨씬 더 가슴에 와 닿았다. · 한시를 현실에 비유하여 표현하였다. · 그림 그리는데 시간을 많이 보냈다. · 조별로 활동하다보니 그림 잘 그리는 친구가 활동을 가장 많이 하게 되었다. · 한시를 우리 인생으로 표현해 보았다. 〈청소년기-장년기-노년기〉

(2) 한시를 음악으로 표현하기

원래 한시는 노래로 불리우던 것이 정형화되었다는 것이 주지의 사실
이다. 학교에서 한시를 가르칠 때 한시의 시적 음악성을 살리기가 쉽지
않지만, 한시 수업에서 시적 음악성을 배제하는 것은 바람직하지 않
다.35) 한시를 낭송할 때에 배경으로 음악을 활용하여 듣는 사람으로
하여금 음악미를 일으키게 하는 경우도 있지만 본 수업에서는 한시가
갖고 있는 계절적 배경, 내용, 이미지를 잘 파악하고 거기에 맞는 음악을
잘 선택해서 한시를 노래로 표현하여 음악적 미학요소가 가미된 효과적
인 한시수업을 하였다.

---

35) 이태희(1997), 참조.

〈표 5〉 "음악으로 표현하기"를 통한 미적 표현력 기르기

소단원	16. 좋은 시구를 모아서, 17. 친구의 집에서 시를 지으니	
미학주제	한시를 음악으로 표현하기	
학습요소	花開作夜雨, 花落今朝風, 可憐一春事, 往來風雨中.	
학습 목표	한시를 읽고 풀이할 줄 안다. 한시를 노래로 표현함으로써 음악적인 미적 표현력을 기른다.	
학습 내용	1. 한시의 종류에 대해 설명한다. 2. 5언 절구의 一春事의 운자를 설명한다. 3. 한시를 풀이하고 한시를 노래가사로 표현한다.	
학생 작품		
	남행열차의 곡에 한시의 가사를 맞춰서 노래를 불러봄	쉬운 동요로 가사를 바꾸어 불러보니 한시가 흥미로왔다.
수업후 느낀점	· 한시를 노래로 불러보니 너무 재미있고 흥미 있다. · 이 수업이 매우 재미있었으나 노래를 작곡하는데 시간이 많이 필요했다. · 조원들이 협동이 되지 않아 조금 힘들었다. · 노래로 불러보는 수업이 재미있었다.	

(3) 작자와의 인터뷰 및 토론하기

배운 시와 연관 지어 지은이 즉, 송한필과 이명한은 어떤 상황에서 시를 지었으며 그때의 감정은 어떠했겠는가 하는 마음을 상상해보는 활동을 지은이와의 인터뷰 형식으로 상상하며 활동할 수 있다. 한시의 지은

이를 통해 우리의 관점을 미래와 현재 과거 등을 옮겨 생각하는 것이다.
한시에서 한시를 쓰게 된 지은이를 이해한다면 더욱 바람직한 한시공부
가 될 것이다. 즉 학생들에게 상상력을 발휘하여 지은이와 대화 장면을
설정하고 실제로 만날 수 없는 시인과의 대화를 상상해서 구성함으로써
학생들에게는 옛 선인들을 만나봄으로써 상상력을 기를 수 있을 것이다.

〈표 6〉 "송한필 및 이명한과 인터뷰 토론"을 통한 철학적 탐구력 기르기

소단원	16과. 좋은 시구를 모아서	17.친구의 집에서 시를 지으니
미학주제	송한필 및 이명한과 인터뷰	
학습목표	한시를 읽고 풀이하며 감상할 줄 안다. 지은이와 인터뷰를 통해 작자와의 아름다운 정서적 사고력 및 철학적 탐구력을 기른다.	
학습 내용	1. 전 시간에 송한필 및 이명한에 대해 조사해 오도록 한다. 2. A4용지에 송한필 및 이명한 인터뷰내용을 적도록 한다. 3. 서로 짝을 이루어 발표하도록 한다.	
학생 작품	송한필 및 이명한의 인터뷰	
수업후 느낀점	· 역사속에서의 인물과 현재 내가 인터뷰를 해 보니 선생님이 살아계시는 느낌을 받았다. · 한시 수업이 훨씬 재미있고 이해하기가 쉬웠다. · 인터뷰를 하면서 송한필에 대해 더 자세하게 알 수 있었다. · 송한필의 불우한 가정상황에서도 공감이 가고 좋은 시를 만들었는걸 보니 그 학문적 능력이 대단하다고 느꼈다. 시에 대한 관심이 더 많아졌다. · 이명한선생은 나라에 잡혀 가시면서까지 열심히 글을 쓰신게 대단하시다. 그리고 내가 이명한 선생님이었다면 비바람을 맞으면서까지 친구집을 찾아가지는 않았을 것이다.	

(4) 역할극 하기

역할극은 사람들이 인간관계에서 야기되는 문제들을 자의적으로 연기하고 연기자와 관찰자들의 도움을 받아 그 연기 행위들을 분석하는 교육연극 기법이다. 학습자들은 역할극을 통하여 주어진 상황속의 인물이 되어 보면서 그 문제 상황을 해결하는 과정을 거쳐 문제를 좀 더 효과적으로 이해하는 능력을 기를 수 있다. 역할극은 자신의 역할이 다른 사람에게 어떤 영향을 미칠 것인가를 체험해 보는데 효과적인 방법이다. 한시에 있어 작품 감상을 통해 상황에 맞게 자신을 표현한다면 시적 감수성 및 상상력을 키우고 참된 삶을 가꾸어 나갈 수 있다.[36]

<표 7> "역할극"을 통한 미적 표현력 기르기

소단원	17과. 친구의 집에서 시를 지으니
미학주제	역할극 하기
학습목표	한시를 읽고 풀이하며 감상할 줄 안다. 역할극을 통해 한시의 심미적 체험으로 미적 표현력을 길러 준다.
학습 내용	1. 전 시간에 송한필 및 이명한에 대해 조사해 오도록 한다. 2. A4용지에 송한필 및 이명한 인터뷰내용을 적도록 한다. 3. 서로 짝을 이루어 발표하도록 한다.
학생 작품	역할극 하기 및 작자의 마음 이해하기

수업 후 느낀점	· 한시 수업이 훨씬 재미있고 이해하기가 쉬웠다. · 연극을 하면서 더 실감이 났다. 송한필에 대해 더 자세하게 알 수 있었다. · 조원들이 협력을 하지 않아 힘들었지만 한시작품을 훨씬 더 쉽게 이해할 수 있었다. · 한시에 대해 기억에 오래 남을 것 같다.

Ⅳ. 나오며

21세기 지식사회는 정보화, 개인주의, 물질문명의 시대로 지식위주의 학교에서 탈피하여 인간중심, 타인에 대한 배려심, 사람을 바라보는 아름다움, 정서적, 자연에 대한 아름다움을 이해하고 탐미해 나갈 수 있는 전인적인 인간상을 길러낼 필요가 있다.

이에 본 논문에서는 2007 개정 교육과정에 의거하여 한시교육에서 미학적 학습요소를 인지적 영역, 철학적 탐색, 미적 표현력 영역으로 구분하였다. 한시의 '읽기 및 풀이' 영역에서는 한시의 음과 뜻을 알고 풀이할 수 있도록 인지적 영역을 강조한 강의식 수업을 진행하였다. 그리고 '이해 및 감상'에서는 한시의 내용과 주제를 이해하기 위해 한시를 철학적 탐색을 할 수 있도록 토의하기 및 작가와의 인터뷰하기 등 다양한 수업방법으로 적용하여 이해하고 감상할 수 있도록 지도하였다. 문화 영역에서는 선인들의 삶과 지혜를 이해하고 건전한 가치관과 바람직한 인성을 함양하며, 전통 문화를 바르게 이해하고 창조적으로 계승 발전시키려는 태도의 미적 표현력을 길러주기 위해 한시를 전체적으로 감상하고 난 후 그림이나 만화, 음악, 역할극 등으로 표현하여 내면화하는데 중점을 두었다.

본 논문에서의 시사점은 중학교 한시교육에 있어 미학교육의 필요성과 중요성을 인식시키는데 있다. 그리고 한문수업 시간에 미학을 적절히 적용할 수 있는 학습지도안을 제시함으로써 한문교사들의 미학교육에 대한 이해를 돕는데 그 의의가 있다.

향후 한문과 미학교육의 연구과제로는 첫째, 연구자가 진행한 교수-학습방법 이외에 미학적 접근의 다양한 교수학습방법의 개발 및 적용이 필요하다.

둘째, 미학교육에 대한 필요성 인식이 중요하다. 학생들이나 현재 학교에서 가르치는 교사들에게 생소한 미학교육을 중등학교 실정에 맞게 가르쳐야 할 필요성 인식이 중요하다. 그러기 위해서는 교사들을 위한 미학적 접근의 교수학습방법의 실질적인 연수 프로그램 개발이 필요하다.

셋째, 수업시수의 부족이다. 미학교육은 철학의 한 분류로서 미적 체험과 감상 표현 등을 이해하고 실시하려면 충분한 수업시수의 확보가 시급한 과제이다. 특히 2007 개정 교육과정에서는 한문과목의 입지가 좁아지고 있지만 한시영역에서는 한시를 읽고 풀이하여 이해하며 감상하여 내면화하기까지에는 한시에 대한 수업시수 확대가 꼭 필요하다.

넷째, 학교현장에서 한시를 통해 미학학습을 함으로써 학생들의 창의성 향상과 정서적 아름다움에 어느 정도 영향을 미치는지(자연미, 우아미, 기쁨, 즐거움, 슬픔, 숭고미) 수치화, 계량화 하는 작업도 매우 중요한 의의가 있다고 생각한다.

참고문헌

교육과학기술부, 『중학교 교육과정 해설(V)』, 2008.
강현재, 「시교육의 수용론적 방법 연구」, 서울대학교 석사학위논문, 1992.
김단비, 「초등학교 미술 교과에서 미학교육의 필요성 및 방법 연구」, 한국교원대학교 석사학위논문, 2006.

김동희, 「교과 통합을 통한 표제음악 감상 지도 방안 : 초등학교 4학년을 중심으로」, 한국교원대학교 석사학위논문, 2010.

김민정, 「무소르그스키 「전람회의 그림」의 감상 수업 지도 연구」, 단국대학교 석사학위논문, 2009.

김상홍, 「한시의 미학, 그 심오한 세계-한시 감상을 통한 단문의 이해-」, 난국대학교 학생 생활연구소, V6. 2001.

김연수, 「한시 교수 학습의 원리와 모형, 구성주의 이론을 바탕으로」, 『한자한문교육』, 한국한자한문교육학회, v.15, 2005.

김이상, 『시교육론』, 육일문화사, 1994.

김주향, 「시교육 방법 연구-상상력 계발을 중심으로」, 서울대학교 석사학위논문, 1991.

김진엽, 「미적 경험과 예술: 축제적 시간을 통한 삶의 고양」, 『미학』, 책 세상, 2007.

김희경, 「미적 체험을 위한 시 교육 방안 연구 :교육연극을 중심으로」, 한국외국어대 교육대학원 석사학위논문, 2007.

김희정, 「공자의 미학사상과 예술교육에 관한 연구 -詩敎를 中心으로-」, 고려대학교 교육대학원 석사학위논문, 2011.

박미혜, 「한시 교육의 필요성 및 지도방안」, 『한자한문교육』, 한국한자한문교육학회, v.9. 2002.

박영호, 「한국에서의 한문교육의 현황과 과제」, 『한문교육연구』, 제14집, 한국한문교육학회, 2000.

배희정, 「베토벤의 「운명 교향곡」 감상 지도 연구 : 초등학교 6학년을 대상으로」, 한국교원대 교육대학원 석사학위논문, 2008.

송영일, 「한시 교육의 목적과 효율적 지도 방법 연구」, 『한국어문교육』, 한국교원대학교 한국어문교육연구소, V.13, 2004.

신두환, 「생활한자의 미학 산책」, 『장원교육』, 2010.

심경호, 「국토산하를 노래한 한국한시의 미학적 전통에 대해」, 『한국한문학연구』, 한국한문학회, 1995.

심영옥, 「초등학교 미술교육에 있어서 미학적 요소의 필요성」, 『조형교육』한국 조형교육학회, 조형교육, Vol.21, 2003.

안금희, 「고등사고력 신장을 위한 미학과 미술 비평, 통합 미술과 교수-학습 원리와 사례 연구」, 『미술교육논총』 제12집, 한국미술교육학회, 2001.

유병학, 「시문학 교육 연구」, 세종대학교 박사학위논문, 1993.

윤은정, 「중학교 한시 수업 모형 연구: 제7차 교육과정을 중심으로」, 부산대학 교 석사학위논문, 2004.

윤자정, 「'보는 미술'에서 '읽는 미술'로-미술교육의 전제에 대한 검토-」, 『미 술교육논총』 제7집, 한국미술교육학회, 1999.

이경숙, 「댄스스포츠의 미학적 탐색」, 한국체육대학교 박사학위논문, 2011.

이동재외 3인, 중학교 『한문1』, 비상교육, 2010.

_____, 중학교 『한문1』, 교사용 지도서, 비상교육, 2010.

이묘희, 「창의적 신장을 위한 한시 교수·학습 방법에 관한 연구, 고등학교 한문 교과서 수록 한시를 중심으로」, 고려대학교 석사학위논문, 2009.

이영미, 「미술 교과에서의 미학 교육의 필요성과 방향에 관한 연구」, 서울대학 교 대학원 석사학위논문, 2003.

이정희, 「미학을 통한 미술과 교수, 학습 방법 연구」, 이화여자대학교 교육대학 원 석사학위논문, 2001.

이종복, 「한시의 지도방법에 관한 연구」, 『한자한문교육』, 전국한자한문교육학 회, v.2, 1995.

이태희, 「近體詩의 4단 구성과 그림으로 하는 한시 수업」, 『漢文敎育硏究』, 제 11호, 한국한문교육학회, 1997.

장원철, 「한문 산문에서의 미학적 특성- 그 전체적 이해를 위한 하나의 관견」, 『한국한문학연구』한국한문학회, 2002.

정경진, 「수용미학을 통한 시 교수-학습 모형 연구-문제점과 보완을 중심으로-」, 성신여자대학교 석사학위논문, 2010.

정민, 「한시 미학 산책」, 『휴머니스트』, 2010.

정재철, 「제6·7차 한문과 교육과정의 비교 연구」, 『한문교육연구』, 제13호, 한 국한문교육학회, 1999.

조영호, 「제7차 교육과정 고등학교 한문교과서에 나타난 한시 작가의 정신 풍
　　모 분석」, 『한문교육연구』, 한국한문교육학회, V.32, 2009.

최미숙, 「시 텍스트 해석 원리에 관한 연구」, 서울대학교 대학원 석사학위논문,
　　1992.

최윤용, 「ARCS 모델을 적용한 한시의 교수·학습 방법」, 『한문교육연구』, 한국
　　한문교육학회 V.27, 2006.

최원규, 「시 감상 지도의 이론과 방법에 관한 연구」, 『한국 현대시의 성찰과 비
　　평』, 국학자료원, 1993.

한성금, 「허난설헌 한시의 미학」, 조선대학교 박사학위논문, 2006.

홍은정, 「상호텍스트성을 활용한 한시 교육 연구」, 한국교원대학교 석사학위,
　　2011.

황훈영, 「초등학교 미술 교육에서 철학적 탐구과정으로서의 미학교육의 필요성
　　에 대한 고찰」, 대구교육대학교 석사학위논문, 2001.

황향숙, 「미술교육에서의 인지적 교수-학습 방법 환경 설계를 위한 이론적 배
　　경」, 『미술교육』 제8호, 한국미술교육학회, 1998.

황연주, 「영상 정보화 시대에 대처하는 미술교육에서의 '비주얼 리터러시'교육」,
　　『미술교육논총』 제12집, 2001.

한문교과 산문교육에 있어서 미학 원리의 적용과 실천 방안 연구

허 철

Ⅰ. 서론

한문교과[1]에서 주 교육 내용으로 삼고 있는 3대 영역은 한자·어휘·한문이다. 이 세 영역 중 한문 영역은 문학의 한 영역임에도 불구하고, 더 이상 생산성을 갖추고 새롭게 창작되어 향유되지 않고 있다. 한자를 이용하고 한문식 어순으로 구성되어지는 글쓰기는 근대 어문개혁, 즉 언문일치와 한글 쓰기 운동을 통해 "글쓰기"로서의 주도권을 완전히 상실하였다. 일부 한문학 지식을 갖춘 이들에 의해 유지되어 왔다고 할 수 있으나, 이건 이전의 "사회적 글쓰기의 모범적 혹은 표준적 양식"과는 완전히 대비된다. 즉, 한문을 이용한 글쓰기는 이제 사어(死語)가 되었

---

1) 여기서 말하는 한문교과란 중고등학교 정규 교육과정에 편성된 교과로서의 한문교과를 의미한다. 이는 일반적으로 사회에서 교육되거나, 비공식적으로 교육되는 한자·한문교육과 구별된다.

다. 그럼에도 불구하고, 인문학에 관심이 있는 사람들 대부분이, 특히 동양학에 관심 있는 사람들일수록 한문 학습이 이 시대에 가치가 있느냐는 질문에 대해 '그렇다'라는 긍정을 '그렇지 않다'라는 부정보다 더 많이 말하고 있다. 이는 바로 '한문'은 글쓰기라는 기능적 측면이 아닌, 그 기능을 통해 그 속에 담고 있는 문화적 측면에서 그 의의가 현존하기 때문이다. 곧 기능적 글쓰기로서의 한문은 이미 사어화 되었으나, 한문으로 글쓰기가 이루어졌던 수많은 전통 문화 유산은 아직도 우리에게 생생히 살아 숨 쉬는 또 하나의 자기 영역을 창조해 내고 있다.

이 관점은 바로 '한문'이란 어휘를 어떻게 정의하는가가 가장 중요하다. 한문을 단순히 '문장의 작법' 정도로 생각한다면 중고등학교에서 다루는 한문교과는 문장을 독해하는 훈련을 하는 것이지만, 한문을 한자와 한문이라는 '형식을 통한 문학'으로 취급한다면 여기에는 그 사회의 전통 문화적 측면이 강하다. 후자의 정의대로라면 한국의 전통 문화를 올바르게 이해하기 위해 가장 기본적으로 수행되어야 할 교육이 바로 '한문교과' 교육인 셈이다.

한편, 한국의 문화는 인문학적 유산으로 유별한다면 크게 문(文)·사(史)·철(哲)로 대변된다고 할 수 있으며, 특히 문학은 '예술'의 영역에 속한다. 예술이란 인간이 살아가면서 만나게 되는 수없이 많은 사물과 사건, 현상에 대해 주관적인 인식과 생각을 어떤 행위를 통해 표현하는 것이다. 다시 말하자면, 한문은 글쓰기의 형식으로서의 한문이지만 그 내용은 문학과 역사, 철학으로 구분되며, 이 중 가장 인간 개개인의 주관적 인식과 말하기의 방법이 두드러지게 나타나는 것이 바로 문학, 그 중에서도 한문학이라고 할 수 있다.[2]

---

2) 역사적 글쓰기에서 비평을 제외한다면 역사적 글쓰기는 사실적 글쓰기(기록)에 충실

때문에 문학을 학습한다는 것은 단순히 문장의 작법과 함께 그것을 독해하는 차원에서 한 단계 더 나아가 그 작품을 쓴 작자를 이해하고, 그가 가진 생각을 이해하는 측면에서 접근해야 한다. 곧 '작자와 작품을 이해한다'는 것은 작가의 외적·내적 환경, 즉 그가 살았던 시대 상황, 당시의 시대적 사상과 문화의 흐름, 가문과 교유 관계, 학풍 등 총체적 입장에서의 접근을 필요로 한다.

이를 통해 볼 때 현재의 중고등학교 한문교과의 목표로 제시되어 있는 "전통문화의 계승과 발전"은 이 생각과 맥을 같이 한다. 한문교과 학습을 통해 달성되는 "전통문화의 계승과 발전"은 단순하게 문장을 독해하는 차원이 아니라, 그 작품을 온전히 이해하고, 그 작품에 내외적으로 표출되어 있는 작가와 시대상황에 대한 이해와 고려, 그리고 그것을 통해 작품을 바라보는 심미적 안목이 확충되어질 때 가능해진다. 그럼에도 불구하고, 현재 중·고등학교 한문교과서를 살펴보면, 그러한 목적과 내용이 충분히 고려되어 나타나지 않고 있다. 이는 중고등학교 한문교과의 특성에 대한 파악과 더불어 문학 특히 본고에서 다루는 한문 산문교육이 지향해야할 바가 무엇인지에 대한 명확한 의식과 접근이 부족해서이다.

때문에 본고는 우선 "한문학", 특히 한문산문이 가지고 있는 미학적 특질이 한문교과에서 어떻게 표출되고 있으며 그 내용이 적절하게 구성되고 있는가를 집중적으로 살피면서 향후 한문교과에서 문학, 특히 한문 산문을 교육 내용으로 선정하고 조직할 때 어떤 계획과 방법론을 제시할 것인가에 대해 논하고자 한다.

하고, 철학적 글쓰기는 그 서술 내용이 개인의 생각보다는 개개인의 주관적 인식론과 더불어 그 생각에 동의하고 있는 비슷한 생각을 가진 집단적 주관으로 발달하는 경우가 문학적 성격 보다 강하기 때문에, 이는 문학과 일정 정도 구분되어지며, 예술적 측면에서 볼 때 문학과 그 정도가 같을 수 없는 특성을 지닌다.

Ⅱ. 한문학과 한문교과교육

1. 문학과 한문학의 관계

문학은 "언어를 통한 예술 행위"라고 규정지을 수 있다. 여기서 말하는 언어란 음성언어와 기록 언어 모두를 총칭하며, 예술이란 인간의 사상과 감정, 사고 등을 종합적으로 표현하는 것이다. 즉, 언어를 매개로 인간의 내적 욕구를 외적으로 표출하는 행위를 "문학"이라고 규정지을 수 있다. 때문에 문학은 기록자의 입장에서 보았을 때, 구전되던 '이야기'를 채록하거나 개변하는 구비문학과 처음부터 '문자'를 이용하여 기록하는 기록문학으로 구분된다는 것은 주지의 사실이다. 특히 한문학은 우리 입말과 다른 통사적 구조를 가진 '한문(중국 고대 문어)'를 '한자'라는 문자를 통해 기록한다는 측면에서, 한글로 기록된 우리말 문학과는 다른 변별점을 가진다. 때문에 한문학 작품들은 직접적인 읽기와 이해, 감상이 아니라 번역이라는 2차적 접근을 통해 '이해와 감상'이 이루어진다는 점에서 차별점을 지닌다. 즉, 한자와 한문이라는 개별적인 문자와 통사 구조를 이해하고 인식하는 과정, 즉 문식화(文識化)의 과정이 반드시 필요하게 되며, 이 과정에는 또한 한자와 한문에 대한 기본적인 지식과 기능적 습득이 요구된다. 이 기본적인 지식과 기능적 습득이란, 한문학 작품에 사용된 많은 종류의 한자의 형·음·의를 기본적으로 암기하고 있을 뿐 아니라, 이를 적극적으로 활용하여야 하며, 여기에 한문이라는 독특한 문장 구조에 대한 파악이 함께 수반되어야 함을 말한다. 따라서 한문학을 문학으로 접근하여 파악하는 것은 한글로 된 작품을 파악하는 것과는 그 접근성에 많은 차이가 따르게 된다. 한국인의 입장에서 볼 때, 언어 통사 구조가 다른 한문학 작품의 이해와 감상은 곧 또 다른 지식의 구조와 내용의 이해와 활용이 수반되어야 이루어질 수 있다.

한편, 실제 한문학은 우리나라에서만 창작되어진 것은 아니다. 한자문화권에 속하는 대부분의 국가에서는 그들의 음성언어와 다르지만 '한문'이라는 중국의 고대 어법을 전범으로 한 '한문학'을 탄생시키고 발전시켰다. 때문에, '한문학'이란 문자와 어법이라는 측면에서 볼 때 중국의 글쓰기 방식이라고 할 수도 있으며, 동시에 동아시아 한자문화권의 공통된 글쓰기 형식이었다. 이를 보편적 한문학이라고 할 수 있는데, 실제 보편적 한문학이라는 용어는 글쓰기의 방법적 측면에서 접근한 것이다. 반면 내용이나 주체적 측면에서 본다면 이는 보편적이라고 말할 수 없는 특성을 함께 지닌다. 바로 국가별로 나타나는 개별적 한문학이다. 한국, 중국, 일본, 월남 등지의 한문학 중 특히 한국 한문학은 작품의 창작자나 내용, 저술 장소 등이 한국 혹은 한반도라는 제한된 조건 속에서 탄생하게 된다.

결국 한문학은 문학의 일종이며, 보편적인 한문학과 특수한 한문학, 곧 개별 국가의 한문학으로 구별된다. 더욱이 문학이라는 속성상 그 작품을 온전히 읽고 이해하기 위해서는 단순한 문식성의 차원에서 이해와 감상이라는 다음 인식의 단계로 진입하여야 하는 속성을 지니며, 대부분의 한국 한문학 작품은 이제 고전으로서만 존재할 뿐 형식적 글쓰기는 더 이상 이루어지지 않으나 그 내용적 측면에서는 여전히 살아있는 문학적 특성을 발휘하고 있다.

2. 한문학 연구와 한문교과교육 연구의 관계

결국 "한문"을 주로 학습하게 되는 한문교과에서 다루는 내용 또한 한문학 작품의 이해와 감상을 온전히 수행하기 위한 학습의 과정이라고 말할 수 있다. 전술하였듯 한문학은 수많은 세계의 문학 중 하나라고 말할 수 있으며, 표면적 생산은 중지되었으나, 문화적 생산은 계속 이루어지고 있다는 점3)에서 다른 국가나 언어의 문학과는 다르다. 그런데, 우리가 여기서 눈여겨봐야 할 것은 한국한문학 작품의 이해와 감상에 '한국'이라는 특수성만이 존재하는 것일까 하는 점이다. 한문은 한자라는 문자와 한문이라는 통사구소를 공통요소로 지니기 때문에 여기에는 보편성을 함께 갖추고 있다. 이 보편성은 글쓰기의 형식 뿐 아니라, 내용이나 창작 태도에도 많은 영향을 주고 있다. 주지하듯 한문학 저술의 전범은 대개 중국의 고전 문학 작품이다. 이 고전문학작품은 다른 외부 세계로 널리 퍼지면서 하나의 글쓰기 전범이 된다. 또한, 유학이라는 사상 영향도 강하게 작용하여, 복고주의(復古主義)와 고문운동(古文運動), 재도지기(載道之器), 관도론(貫道論) 등 도(道)와 문(文)의 관계에 대한 기본적인 사고는 한국한문학 작품의 창작에 큰 영향을 끼치게 된다.

그러므로 작품을 이해하기 위해서는 우선 작품 외적인 요소와 작품 내적인 요소에 대한 통합적 지식을 요구하게 되는데, 한문학 작품에서도 이는 예외가 되지 않는다4).

이를 통해 볼 때 학습자가 한문학 작품을 학습하기 위해서는 우선 한문학 작품에 쓰인 한문 문장을 번역하는데 필요한 필수적인 요소에 대한 학습이 필요하고, 번역 이후 작가 파악과 함께 작품의 소재와 주제를 파악한 후 이를 통해 전체적인 이해와 감상으로 나아가게 된다.

그런데 우리가 여기서 간과하고 넘어가지 않아야 할 것은 바로 한문학

---

3) 표면적 생산이란 한자와 한문을 이용한 글쓰기를 말함이고, 문화적 생산이란 독해, 이해, 감상을 통한 문학적 발견과 새로운 글쓰기로의 발전을 의미한다.
4) 작품 외적인 요소란 창작자가 살았던 시대배경과 가계, 사승과 교유 관계 등을 말하며, 내적인 요소란 문학 저술에 대한 작가의 문장관과 서술 태도 등 구체적인 문장 저술과 관련된 행위를 의미한다.

과 한문교과의 학습 내용이 일치하는가라는 의문이다. 주지하듯 근대화 이전 한문교육은 바로 한문학을 수행하기 위한 인재를 양성하기 위한 교육이었다. 즉, 현실적으로는 과거를 통해 관직에 나아가는 수단과 방법이 바로 한문 공부였지만, 그들만의 문화적 향유를 위해 필수적으로 필요하였던 보편 문화가 바로 한문 문화, 한문학이었다. 그들에게 한문을 교육 받는다는 것은 결국 문장을 쓰는 훈련, 즉 문학 활동을 하기 위한 기본적인 교육이다. 그러나 근대 이후 어문생활의 변화로 인해 사실 한문교육은 일부만의 특수한 교육, 수많은 교과 중의 하나의 교과로 되었다. 그럼에도 불구하고, 한문교육의 내용과 목적을 아직도 이전의 한문 교육과 동일한 시각으로 바라보거나, 한문학을 향유하기 위한 교육으로 바라보는 시각이 여전히 존재하고 있다. 주지하듯 이제 한문학은 기득권의 문학이 아니라, 선조들의 문학, 즉 고전문학으로서의 존재 가치를 가지게 되었고, 이 고전문학은 더 이상 모든 이들을 대상으로 하는 보편교육이 아니다. 때문에 근대화 이후 시행되는 교과로서의 한문교육 또한 그 목적성이 달라져야 한다. 즉, 한문교육은 언어교육으로서의 한문교육과 고전교육으로서의 한문교육의 기능을 충분히 발휘할 수 있어야 한다. 이것이 현재 시행되는 한문교과의 기본적 목표이다.

결국 한문학은 문학의 한 종류로서 예술적 행위를 지칭함이고, 한문교과란 한자와 한문으로 된 문장을 독해하고, 이를 이해 감상하는데 그 목표가 있다는 점이 다르다고 할 수 있다. 때문에 한문학 연구는 기본적으로 한문학에 대한 소질과 자질이 있는 상태에서 보편 한문학과 아울러 한국 한문학의 특성을 밝히려는 연구라고 할 수 있다. 곧 문학과 예술이라는 측면에서 새로운 접근과 연구 방법론을 통해 고전에 새로운 생명을 불어넣는 작업을 진행하는 것이 바로 한문학 연구이다. 반면, 한문교육은 한문학을 교육하는 것 뿐 아니라, 한자와 한문에 대한 지식을 좀 더 효율적으로 교육하고 습득할 수 있는 조건을 만들며, 타 학문에서 기연구된 연구 성과를 적극적으로 수용하되 객관적으로 보편 타당한 학습 이론과 내용을 정리하고 제공하며, 학습 단계와 연령에 따라 교육 내용을 조직화하고 위계화하는 것을 연구 내용으로 삼고 있다.

더욱이 한문교과에서 일차적 목표로 삼고 있는 한문 독해 능력은 단지 '문학'이라는 특정한 분야에만 국한되어 필요하지 않다. 한문을 통한 글쓰기는 문학 뿐 아니라 역사, 철학, 음악, 미술, 일반 생활 문서 등 모든 글쓰기에 이루어져 있다. 때문에, 중고등학교에서 학습하는 한문에 대한 독해 능력은 이런 모든 종류의 글쓰기 어디에도 적용될 수 있는 보편적이며 기초적인 학습과정이라고 할 수 있다. 결국 중고등학교 한문교과는 특성상 보편 교양 교과이며, 전문교과로 진입하기 위한 준비 단계이다. 때문에, 중고등학교 한문교과에서 학습할 내용의 조직에 있어 문학 뿐 아니라 다양한 종류의 한문 문장 학습이 필요하다. 문제는 다른 장르와 다르게 한문학은 문학적 특성을 지니고 있다는 점이다. 이 특성은 학습자의 학습 단계와 학습 목표, 구성 등에 중요한 핵심요소가 된다.

Ⅲ. 미학과 한문산문교육

한문학과에서 전공을 삼지 않더라도, 인문학 특히 한국학에 소양이 있는 사람들 대부분은 연암 박지원에 대해서 한번 쯤 혹은 그 이상 익숙하게 접해 보게 된다. 그의 글 중 「발승암기(髮僧菴記)」에는 까마귀를 소재로 유명한 이야기가 등장한다.

"까마귀는 온갖 새가 다 검은 줄 알고, 백로는 다른 새가 희지 않은 것을 의아해하는구나. 흰 새와 검은 새가 각기 옳다고 우기면 하늘도 그 송사에 싫증내겠구나. 사람은 모두 두 눈이 갖춰져 있지만 한 눈을 감아도 잘 보인다. 어찌 꼭 두 눈이라야 밝게 본다 하겠는가. …… 뭇사람들은 각기 자기 만족에 사는 법이니, 꼭 서로 배울 것은 없지. 그는 이미 뭇사람과 다른 길을 갔는데, 이 때문에 서로 의아하게 여긴 것이다."5)

결국 세상의 모든 만물은 비슷하면서도 서로 다른 특성을 가지고, 그 특성에 대한 긍정이 어려운 이유는 바로 자신의 관(觀)으로부터 시작한다는 것이다. 이는 인간이 다른 사물, 즉 세계를 어떻게 인식하는가의 문제이다.

1. 미학의 관점에서 본 일반 예술과 한문학의 구별

미학은 인간의 심미적 관점이 인식의 대상에 어떻게 적용되고 발현되는가에 집중하는 일종의 철학적 사변이라고 할 수 있다. 일반적으로 '미학'이라는 말을 오늘날과 같은 의미로 처음 사용한 사람은 라이프니츠볼프학파(Leibniz Wolffische Schule)의 A.G.바움가르텐이라 하고 있다. A.G.바움가르텐은 그때까지 이성적 인식에 비해 한 단계 낮게 평가되고 있던 감성적 인식에 독자적인 의의를 부여하여 이성적 인식의 학문인 논리학과 함께 감성적 인식의 학문도 철학의 한 부문으로 수립하고, 그것에 에스테티카(Aesthetica)라는 명칭을 부여하였다. 그리고 '美'란 곧 감성적 인식의 완전한 것을 의미하므로 감성적 인식의 학문은 동시에 미의 학문이라고 생각하였다.6) 여기서 말하는 '미적인 것'은 이념으로서

---

5) 烏信百鳥黑, 鷺訝他不白. 白黑各自是, 天應厭訟獄. 人皆兩目俱, 瞑一目亦覩, 何必雙後明…衆生各自得, 不必强相學. 大深旣異衆, 以玆相訝惑.
6) 네이버, 「미학」조 참고.

추구되는 미가 아니라 어디까지나 우리들의 의식에 비쳐지는 미이다.

유사 이래 인간은 지식의 발달 뿐 아니라, 예술적 활동도 같이 이루어지고 있다는 것은 주지의 사실이다. 인간은 춤과 노래 뿐 아니라 미술 등의 활동 등을 통해서도 인간 본연이 가지고 있던 인식과 감성을 표출해 내었고, 이는 문자가 개발되고 사용된 이후 문학이라는 형식으로 발전하게 되었다. 때문에 문학 활동은 단순히 문자를 기록하고 의사를 전달하는 단순한 기능에서 벗어나 예술적 활동으로서 작용하게 된다. 예술적 활동은 그것을 주관하고 있는 작가의 인식과 더불어 그것을 받아들이고 공감할 수 있으며 향유할 수 있는 대상과의 호흡이 매우 중요해 진다.

때문에 공동의 활동 영역과 인식을 하는 집단 사이에 이런 예술의 공유가 더욱 용이해진다고 할 수 있다. 물론 문자라는 매개체는 이성적 인식의 산물이기에 이 이성적 산물은 학습과 사용을 통해서 적용되어진다는 점에서 다른 예술 활동과는 분명 구분되어 진다. 다시 말해, 음악과 미술과 같은 예술 활동은 그것을 어떤 지역의 어떤 다른 언어와 문자를 사용하는 집단이더라도 그 의식의 공유가 어느 정도 이루어질 수 있다. 시각과 청각이라는 두 완전한 인식에서는 그 공유가 비교적 용이하다는 특성을 지닌다. 그러나 문학은 문자의 학습과 더불어 그 문자를 이용한 글쓰기라는 학습의 과정을 통할 때 그 인식의 공유가 가능해진다는 측면에서 이중적 절차를 가지게 된다. 이런 측면에서 문식성(文識性)이라는 표현이 가능해 진다.[7] 곧, 인식의 주체인 화자는 문(文)을 통해 자신의

---

[7] 영어의 'literacy'에 해당하는 우리말은 지금까지 크게 세 가지로 사용되어 왔다. 하나는 '문식성(文識性)'으로 '문식(文識)' 즉 '글을 아는 것'이라는 단어에 추상명사형 접미사인 '성(性)'이 붙어 만들어진 용어가 그것이다. 반면 일부 사회학자들은 'literacy'를 '문식성'이라는 말 대신 '문해력(文解力)'라고 번역하기도 하는데, 이는 '글자 해독'의 의미가 강하다고 하겠다(노명완 외, 2002). 또 하나는 'literacy'를 '리터러시'라는 영문 그대로 사용하는 경우로(이병민, 2005), 이러한 용어 사용 자체가 사회 문화적

의견을 표현해내고, 이 문(文)은 학습의 결과인 셈이어서, 그것을 받아들이는 수용자의 입장에서도 문(文)에 대한 기본 학습이 절대적이다. 이런 측면에서 문학에서의 미학은 다른 예술 활동의 미학과는 그 차별점이 뚜렷하다.

한편 문학이 시대상을 반영하고 있다는 점은 다른 예술 활동과 매우 비슷한 특징을 지닌다. 즉, 모든 예술 활동은 그 작자가 어떤 시기에 어떤 의식 환경 속에서 어떤 소재와 주제를 가지고 어떻게 표현하는가가 중요하다. 여기에는 또한 그 이해의 대상에 대한 독자의 인지 능력이 매우 중요한 요소가 된다. 결국 모든 예술 활동과 작품을 이해하기 위해서는 또 다른 문식성이 필요해 지는 셈이다. 이는 미술 작품의 이해도 마찬가지이다. 만일 하나의 작품을 이해하는데 있어 자신의 시각적 감상만을 추구한다면 이는 곧 자기 만족에 빠져들어 작가의 그 작품을 오해할 확률이 매우 크다. 인간은 모두가 자기 시각을 가지고 있지만, 그 시각에는 곧 한계가 주어지고 있다. 때문에 어떤 작품을 바라보고 이해할 때는 자신이 가지고 있는 지적 시야, 즉 관심도와 흥미 유발 정도와 더불어 이해를 위한 지적 지식이 함께 필요해 지는 셈이다. 이 지적 시야란 결국 작가에 관련된 것들과 더불어 시대 사조와 예술의 흐름과 변화까지도 포함되며, 여기는 다른 비평가들의 안목과 내용도 들어 있다. 곧 하나의 작품을 온전히 이해하기 위해서 절대적인 심미적 훈련이 필요하며, 이는 문학을 이해하고 수용하는데 있어서도 예외가 아니다.

그런데, 전술하였듯 문학은 인간의 오감만으로는 해결할 수 없는 중간의 벽이 존재하고 있다. 그것이 바로 문자이며, 말하기 방법이다. 우리

의미를 포괄하려는 확대 변천된 개념으로서의 문식성의 모호성을 반영하는 결과로 이해할 수 있다.

가 고전 작품을 읽을 때 모두가 학습하여 알고 있는 한글로 된 작품을 읽더라도 문식성에 어려움을 느끼는 것은 말하기 방법이 달라서이다. 그럼에도 그것은 우리 음성언어, 즉 말하기와 유사한 구조를 가지기 때문에 조금의 훈련을 거치면 독해가 된다고 할 수 있다. 그러나 한문으로 된 작품을 읽을 때는 한자라는 기본적인 문자의 학습과 더불어 우리와는 전혀 다른 문장 구조를 이해해야 한다. 이것이 한문학을 학습하는데 있어 독해 능력이 기본이라는 것이며, 이 때문에 한문학 자체가 국문학과 달리 접근의 용이성에 차이를 가지게 되는 기본 요인이다. 더구나 여기에 전술한 것처럼 예술작품을 이해하기 위한 여러 인지 요소, 즉 지식의 축적 또한 매우 중요하다.

예를 들어, 김시습의 「금오신화(金鰲新話)」를 이해하는 과정은 한자의 음과 뜻을 알고, 문장 형식을 알아 독해를 하고, 그 독해의 바탕 위에 김시습 개인의 삶과 사상, 「금오신화」가 창작될 당신의 시대적 배경과 더불어, 금오신화 속에 드러나 있는 개별적 등장 인물의 상징성과 비유까지도 파악할 때에만 가능해 진다. 이런 파악이 이루어지지 않으면 김시습의 「금오신화」에 등장하는 이야기들은 단순한 '사랑'과 '연민' 등의 이야기로 취급되어 질 수도 있다.

이 점이 바로 다른 예술과 문학이 타자에게 인식되어 지는 과정의 차별점이며, 또한 국문학과 한문학의 차별점이 되는 셈이다.

그렇다면 한문학과 다른 기타 어문학관의 관계는 어떨까? 여기는 중요한 구별점이 있는데, 이는 바로 한문학은 고전적 글쓰기이며, 또한 중세 시기 보편 글쓰기였다는 점이다.

고전적 글쓰기란 말은 이미 우리가 실제 어문 생활에서 사용하지 않고 있는 글쓰기라는 말인데, 이 점은 또한 우리가 한문 작품을 독해하는데 매우 어려운 과정을 겪을 수밖에 없게 하고 있다. 반면 영문학, 독문학,

불문학 등은 현재에도 계속 그 글쓰기가 유효하여 마치 한글을 익숙하게 사용하면 한글 고전 문학을 독해하는데 기본이 되는 것처럼 유용하여 진다.

또 하나의 특징적 요소는 한문 글쓰기와 공유가 중세시기 입말의 상이성에도 불구하고 동아시아 전반에 걸친 공통 글쓰기였다는 사실이다. 이는 곧 다른 언어의 글쓰기가 그 언어와 밀접하게 연관되어 자국의 글쓰기로만 국한되었던 상황과 달리 자국의 언어에서 벗어나 공통의 글쓰기를 통해 공유가 가능하여졌다는 의미가 된다.

결국 한문학은 다른 어문학과는 매우 다른 특징적 요소를 가지고 있는 동시에 그 작품을 이해하기 위해서는 보편적인 미학적 감수성과 더불어 특수한 훈련이 필요한 셈이다. 이런 보편적인 미학적 감수성에 대한 특수한 훈련이 바로 "한문 산문 미학 교육"인 셈이고, 이는 바로 한문학에서 이룩한 연구 성과를 학습자로 하여금 습득하고 인지하게 하며, 이후에 다른 한문학 작품을 접하였을 때 이해하고 감상하는 방법을 숙지하게 한다는 점에서 한문교과에서의 다루는 한문교육 중 경전 교육을 포함한 다른 내용 요소의 교육과는 그 접근법이나 지향점이 완전히 다르다.

2. 한문 산문의 미학적 특징

한문은 문학의 차원에서 말할 때 크게 시와 문으로 구분되어지는데, 이 중 시는 그 형식적 규제로 인해 표면적으로 매우 많은 수사와 함께 예술적 취향이 강하게 나타난다. 이는 현재에도 한시에 대한 다양한 인식과 해석이 존재하게 된 근본 요인이 된다고 할 수 있다. 반면 산문은 한시에 비해 자유로운 글쓰기가 가능하여 표면적으로 보았을 때 어떤 형식적인 아름다움이나 운율적인 아름다움을 발견하기 쉽지 않다. 산문은 긴 호흡을 가진 글을 통해 작가가 가지고 있는 인식과 세계관, 개성을 보여준다는 점에서 매우 중요하다고 할 수 있다. 결국 우리는 문학 작품을 통해 선조들의 사유와 삶의 방식을 이해할 수 있게 되고, 그 이해는 곧 당대의 현실을 파악하는 것 뿐 아니라 우리 고유의 전통 사상과 문화를 이해하는데도 큰 도움이 된다고 할 수 있나.

한편 이는 형식적 차원에서 그렇다는 의미이지, 내용에서도 그렇다는 것은 아니다. 우선 형식적으로 볼 때, 한문학 작품들은 동아시아 어떤 한문학에서도 비슷한 형태적 특성을 지닌다.[8] 한문에서의 문체는 독특한 형식과 더불어 그것의 목적성이 달라진다. 중고등학교 교육과정 해설서[9]에서도 이러한 점을 분명히 하여 '논변류(論辨類), 서발류(序跋類), 주의류(奏議類), 서독류(書牘類), 증서류(贈序類), 조령류(詔令類), 전장류(傳狀類), 비지류(碑誌類), 잡기류(雜記類), 잠명류(箴銘類), 송찬류(頌讚類), 애제류(哀祭類), 사부류(辭賦類), 소설류(小說類)' 등으로 구분하여 설명하고 있다. 이와 같은 7차 교육과정 해설서의 서술들을 살펴보면, 이러한 산문의 형식이 일단 표면적인 형식으로 구별되어지기 쉽지 않음과 더불어 우리나라 만의 독특한 형식도 아님을 알 수 있다. 즉, 동아시아 한문 산문에 전체적으로 적용될 수 있는 분류인 셈이다.

물론 이렇게 큰 범주에서의 형식 뿐 아니라, 문장의 수사법에서도 특징을 지닌다고 할 수 있다. 비유와 상징뿐 아니라, 같은 내용을 전달하더라도 그 문장을 평서형으로 쓰는가 혹은 반어형, 혹은 도치 등의 방법을 쓰는가에 따라 작가가 전하고자 하는 느낌은 달라지게 마련이고, 그 느

---

8) 심경호는 한문산문의 미학에서 이를 "역사기록체, 전장체, 잡기체, 필기체, 논변체, 풍유체, 서신체, 서발체, 증서체, 잠명체, 비지체, 제체 , 주의체, 조령체, 격이체"로 구분하였다. 이처럼 문체의 분류는 학자들마다 의견을 달리하고 있다.
9) 교육과학기술부(2008).

낌은 독자들에게도 전달되어진다. 또한 의성어와 의태어 등의 빈번한 활용과 더불어 우리 고유의 어휘를 사용하는 것도 이러한 구조적 측면에서 이해할 수 있다. 사실 이러한 방식은 굳이 산문이라고 한정짓지 않더라도 모든 문학적 글쓰기에 공통되어 나타나는 현상이라고 할 수 있다.

이렇게 볼 때, 한문 산문의 미학적 특징을 이해하기 위해서는 우선 일반적인 문학적 수사법의 특징의 파악과 더불어, 문체적 특징도 함께 고려해 보아야 함을 알 수 있다.

결국 한문 산문을 이해하기 위해서 독자는

첫 번째, 한자를 학습해야 하고,

두 번째, 문장의 구조를 파악하여 우리말로 독해 할 수 있어야 하며,

세 번째, 문장 작법에 쓰인 독특한 문장 형식에 대해 반응하고,

네 번째, 그 문학 작품을 서술한 작가와 시대 상황에 대한 기초적인 지식이 갖추어져야 비로소 개별 문학 작품을 올바르게 이해하고 감상할 수 있게 된다.

결국 한문산문의 미학적 특징은 바로 "한자"와 "한문", 그리고 '문체', '수사법'이라는 외부 형식적 요소가 가장 중요하며, 이를 기반으로 하여 그 속에 담긴 내용 전개의 구성 방법과 전달력 등의 독특한 내부적 요소가 결합되어 나타난다고 할 수 있다. 때문에 한문교육에서 다루게 되는 한문산문은 이러한 한문산문의 미학적 특질을 가장 효과적으로 교육시킬 수 있어야 한다.

Ⅳ. 미학적 관점에서 바라본 한문교과 산문교육

1. 한문교과서의 산문 소재 교육 태도

교육과정 해설서에는 산문의 형식적 분류를 14개로 하고 있는데, 이 14개의 산문 형식이 교과서에서는 어떻게 구체적으로 드러나고 있는 가를 알아보기 위해서 중고등학교 한문교과서의 제재는 어떻게 편성 되었는가를 살펴보아야 한다. 필자는 현재 2007 개정 교육과정에 의해 발간된 중1-2교과서와, 7차 교육과정에 의해 발간된 중3, 고1, 한문고전 등의 교과서 사용 제재를 한자어, 단문(명언, 명구, 격언, 속담), 한시, 산문으로 나누어 분류를 시도하여 보았다. 산문은 모두 352개의 제재가 사용10)되었는데, 이 중 '名文'이라고 지칭11)되는 작품들 중 사서(四書)를 제외하면 〈부록1〉과 같다.12) 이 중 이규보의 「경설」이나 한유의 「사설」, 제갈량의 「전적벽부」를 수록한 교과서 본문을 보면 다음과 같다.

　　(가) 居士曰, 鏡之明也. 娟者喜之, 醜者忌之, 然娟者少, 醜者多, 若一見, 必破碎後已, 不若爲塵所昏, 塵之昏, 寧蝕其外, 未喪其淸, 萬一遇娟者而後, 磨拭之, 亦未晚也, 噫! 古之對鏡, 所以取其淸, 吾之對鏡, 所以取其昏, 子何怪哉, 客無以對.〈경설(鏡說), 동국이상국집(東國李相國集), 정진 11-2과, 중앙교육 39과〉

　　(나) 古之學者, 必有師,師者, 所以傳道授業解惑也, 人非生而知之者, 孰能無

---

10) 본고의 지면상의 제약상 모두 제시하지 못하고, 일부만 〈부록1〉에 제시한다.

11) '名文'이란 용어는 필자의 의견이 아닌, 교과서 집필자의 분류 용어에 따른 것이다.

12) 본고에서는 교과서에서 따른 표기와 구두를 그대로 사용하였다. 어떤 경우는 표점부호를 어떤 경우는 토를 사용하기도 한다.

惑, 惑而不從師, 其爲惑也, 終不解矣, 生乎吾前, 其聞道也, 固先乎吾, 吾從而師之, 生乎吾後, 其聞道也, 亦先乎吾, 吾從而師之, 吾師道也, 夫庸知其年之先後生於吾乎, 是故, 無貴無賤, 無長無少, 道之所存, 師之所存也, 嗚呼, 師道之不傳也久矣, 欲人之無惑也難矣, 古之聖人, 其出人也遠矣, 猶且從師而問焉, 今之衆人, 其下聖人也亦遠矣, 而恥學於師, 是故, 聖益聖, 愚益愚. 〈사설(師說), 한창려집(韓昌黎集), 천재 198쪽, 새한 209쪽〉

(다) 壬戌之秋七月旣望 蘇子與客 泛舟遊於赤壁之下 淸風徐來 水波不興 擧酒屬客 誦明月之詩 歌窈窕之章 少焉 月出於東山之上 徘徊於斗牛之間 白露橫江 水光接天縱一葦之所如 凌萬頃之茫然 浩浩乎如憑虛御風 而不知其所止 飄飄乎如遺世獨立 羽化而登仙 (中略) 蘇子曰 "客亦知夫水與月乎 逝者如斯 而未嘗往也盈虛者如彼 而卒莫消長也 蓋將自其變者而觀之 則天地 曾不能以一瞬 自其不變者而觀之 則物與我 皆無盡也 而又何羨乎 且夫天地之間 物各有主 苟非吾之所有雖一毫而莫取 惟江上之淸風 與山間之明月 耳得之而爲聲 目寓之而成色 取之無禁 用之不竭 是造物者之無盡藏也 而吾與子之所共樂", 〈전적벽부((前赤壁賦), 고문진보(古文眞寶), 정진 218쪽, 지학사 192쪽〉

(라) 且夫天地之間物各有主 苟非吾之所有 雖一毫而莫取 惟江上之淸風 與山間之明月 耳得之而爲聲 目遇之而成色 取之無禁 用之不竭 是造物者之無盡藏也 而吾與子之所共榮. 〈전적벽부, 지학사37과〉

(가)~(라)에서 알 수 있듯 어느 교과서를 막론하고 제재로 활용되는 작품의 일부분만 제시되어 있다. 이는 한문교과서의 집필 규정 중 한문교육용 기초한자 1800자 제한 규정 때문이라고 볼 수도 있지만, (다),(라)와 같이 하나의 작품을 집필자에 따라 각기 다른 영역을 취사선택하는 것은 교육의 균질성 문제와 더불어 교육의 형식적 절차성에서 문제를 가지고 있다.

주지하듯이 대부분의 산문 작품은 그러하듯, 그 내용은 처음부터 끝까지 하나의 일관된 구조를 가지고 작가의 의도를 충분히 반영하면서 저술되어진다. 그런데, 이렇듯 일부분만을 제시한다면 학습자는 그 작품의 의도를 충분히 학습할 수 없다. 더욱이 그것이 집필자에 따라 다른 부분적 요소만을 학습하게 되었을 때 자칫 작품 자체에 대한 인상이 달라질 수도 있는 셈이다. 때문에 이런 점에 착안하여 일부 교과서의 경우 생략된 내용을 본문의 앞이나 혹은 뒤의 보충, 혹은 이해란에 삽입하여 설명하고 있으나, 대부분의 교과서에서는 매우 짧은 설명으로 대체하는 경우가 많다. 결국 요점을 정리해 주는 셈이다. 그러나 원문을 통한 학습과 번역된 것을 인지하는 학습은 미학적 관점에서 전혀 다른 감수적 태도를 보이며, 그것도 집필자의 생각이 확실하게 드러나는 해설이나 요약의 경우를 보고 일으키는 학습자의 반응은 다르다. 우리가 문학 작품을 대할 때 요약본이나 해설이 아닌 원전을 그대로 익혀야 하는 것은 그 인식에 대한 감수가 다르기 때문이다.

사실 이 문제는 대부분의 작품을 학습하는 과정에서 드러나는 문제점이기도 하다. 그렇다면, 이런 문제점을 극복하기 위해 어떤 대안을 내놓고 있을까? 대안을 내 놓는다는 것은 결국 문제를 인식하였다는 의미가 된다. 즉, 집필자는 이 작품들을 단순히 '명문'으로 취급하여서 게재하거나, 문장의 독해만을 위주로 구성하였다는 의미가 아니라, 하나의 문학 작품을 독자가 올바르게 이해하고 감상해야 한다는 의식 속에서 출발하였다는 것을 말한다.

한편 학습목표의 제시를 보면 특정 수사법, 예를 들어 '평서형을 이해한다', '반어법을 이해한다' 라든가 '허사의 쓰임을 안다' 혹은 '선현들의 사상을 이해할 수 있다' 등과 같이 개별 작품의 문학적 특수성이 반영되지 않고 있다. 더욱이 대부분의 교과서에는 작가와 작품에 대한 상세한 설명과 같은 것은 대부분 서술되지 않고 있다는 것은 학생들로 하여금 문학 작품을 이해하기 어렵게 하고 있다. 심지어 교육과정 해설서에 제시한 산문의 종류에 대한 서술도 거의 이루어지지 않고 있다. 이는 국어교과에서 문학 작품을 다루는 것과 매우 차별되는 학습 구조를 가지고 있는 셈이다.

결국 학생들은 위의 제시한문학 작품을 학습하면서도 그 작품이 왜 명문(名文)이란 칭호를 얻게 되는지, 그 작품을 어떻게 이해하고 감상해야 하는지 알 수 없는 상태에서 단순히 그 작품을 번역하고 해석하는 것에만 주된 학습을 하는 것이다.

결국 문학작품을 한문교과서에서 게재하고는 있으나, 그 문학작품에 대한 학습이 다른 기타의 문장 학습과 변별되는 차이는 드러나지 않고 있다. 이는 한문 교과에서 시행되는 문학 교육이 문학의 입장에서 시행하는 것이 아닌 한문 문장 독해 연습에만 국한되어 있는 형편이다. 그 구체적인 예를 이규보의 「경설」을 통해 살펴보자.

2. 「경설」과 「슬견설」을 통해 본 한문과와 국어과의 문학 교육 접근의 차이

이규보의 작품 중 「경설」은 한문교과서 뿐 아니라, 국어 교과서에도 실려 있다. 우선 정진출판사와 중앙교육출판사의 「경설」 부분을 살펴보자. (정)의 경우 학습목표로 "상징적 표현 이해", "사물을 보는 관점"을 제시하였고, (중)의 경우 "경설의 산문 익히기", "선현의 처세관 이해하기"를 제시하였다. 본문 이외의 구성에 있어서 (정)의 경우에는 '설(說)'이란 장르에 대한 소개와 함께 본문에 제시되지 않은 앞 단락을 한글로 번역하여 소개하였고, 배경 학습의 이 이야기의 배경에 대한 간단한 소개도 수록하였다. 한편 (중)은 본문 이해의 길잡이라는 코너에서 이 작품에 대한 소개를 직접 서술한 이외에 특별히 이 작품을 이해하고 감상하기 위한 교육적 내용을 구성하지 못하고 있다. 반면에 어구풀이나 다른 읽기 자료를 제시하는데 많은 분량을 제공하고 있다. 특히 문학작품으로서의 「경설」을 이해하기 위한 형식적 특성, 즉 설이나 문장의 특성, 수사법 등에 대한 언급이나 학습요소가 배치되지 않고 있어서, 한문으로 된 「경설」과 한글로 번역된 「경설」을 읽고 이해하는 것 사이에 어떤 차이가 있는지를 학습자로 하여금 인식할 수 없을 뿐 아니라, 개별 작품 하나인 「경설」을 이해하는데도 매우 부족한 교육 요소를 가지고 있다. 단지 「경설」을 제재로 삼아 문장 독해 훈련 만을 시행하고, 나머지 「경설」에 대한 이해와 감상은 교사와 학생에게 전가하고 있다고도 보여진다.13) 이 문제는 형성평가를 통해 집필자의 의도를 알 수 있다. 형성평가 문항을 보면 본문과 활용 등에서 서술되지 않았던 작품의 내적 문제, 즉 주제나 소재 등의 내용을 파악하는 문제를 출제하고 있다. 곧 1~2시간 정도의 한문 교과 시수에 하나의 소단원을 학습하게 교과서를 구성하여야 하며, 그 구성에 있어 한문 산문이란 특성의 고려보다는 전체 교과서 소단원을 동일하게 구성해야 한다는 원칙이 크게 작용하고 있다고 보여 진다. 더욱이 한문산문의 무엇을 어떻게 교육해야 하는가에 대한 명확한 집필자의 의도가 드러나지 않고 있다.

　이러한 학습 태도는 국어과에서 다루고 있는 「슬견설」과 많은 부분에서 차이가 있다. 물론 전술하였듯 한문 고전 작품을 한문으로 이해하고 감상하는 것과 그 번역문을 가지고 이해하고 감상하는 데는 많은 차이가 있다. 그것은 이 '이해'의 과정 속에 포함된 문식성 때문인데, 이 때문에 문식성을 방해하는 오역이 있다면 이는 문학 작품을 이해하는데 큰 문제

---

13) 교과서 본문은 〈부록2〉를 참고.

를 발생시킬 수 있다. 일단 국어 교과서에 수록된 번역이 정확하다고 가정하고, 어떤 내용 요소를 배치함으로써 학습자가 하나의 문학작품을 이해하도록 하고 있나를 중점적으로 살펴보자. 「슬견설」은 7차 중2 국어교과서 대단원 3, 2단원에 수록되어 있다. 교과서 본문을 보자.

▶읽기 전에
  * 텔레비전이나 백과사전에서 혹시 아래와 같은 장면을 본 적이 있는가? 아래 사진은 짝짓기를 막 끝낸 암사마귀가 수사마귀를 잡아먹고 있는 모습을 찍은 것이다. 이 사진을 보고서 어떤 생각이 드는지 이야기해 보자.

이 소단원에는 '슬견설'이라는 고전 수필이 실려 있다. 글쓴이가 이 글을 통해 말하고자 하는 것은 무엇인지, 그리고 그것은 위에서 내가 사진을 보면 생각한 것과 어떻게 관련이 되는지 생각하며 읽어 보자.

슬견설(虱犬說)

이규보(李奎報)

어떤 사람이 내게 말했다.
"어제 저녁, 어떤 사람이 몽둥이로 돌아다니는 개를 때려죽이는 것을 보았네. 그 모습이 불쌍해 마음이 너무 아팠네. 그래서 이제부터는 개고기나 돼지고기를 먹지 않을 생각이네."
그 말을 듣고 내가 말했다.
"어제 저녁, 어떤 사람이 화로 옆에서 이[虱]를 잡아 태워 죽이는 것을 보고 마음이 무척 아팠네. 그래서 다시는 이를 잡지 않겠다고 맹세를 하였네."
그러자 그 사람은 화를 내며 말했다.

"이는 하찮은 존재가 아닌가? 내가 큰 동물이 죽는 것을 보고 불쌍한 생각이 들어 말한 것인데, 그대는 어찌 그런 사소한 것이 죽는 것과 비교하는가? 그대는 지금 나를 놀리는 것인가?"

나는 좀 구체적으로 설명할 필요를 느꼈다.

"무릇 살아 있는 것은 사람으로부터 소, 말, 돼지, 양, 곤충, 개미에 이르기까지 모두 사는 것을 원하고 죽는 것을 싫어한다네. 어찌 큰 것만 죽음을 싫어하고 작은 것은 싫어하지 않겠는가? 그렇다면 개와 이의 죽음은 같은 것이겠지. 그래서 이를 들어 말한 것이지, 어찌 그대를 놀리려는 뜻이 있었겠는가? 내 말을 믿지 못하거든, 그대의 열 손가락을 깨물어 보게나. 엄지손가락만 아프고 나머지 손가락은 안 아프겠는가? 우리 몸에 있는 것은 크고 작은 마디를 막론하고 그 아픔은 모두 같은 것일세. 더구나 개나 이나 각기 생명을 받아 태어났는데, 어찌 하나는 죽음을 싫어하고 하나는 좋아하겠는가? 그대는 눈을 감고 조용히 생각해 보게. 그리하여 달팽이의 뿔을 소의 뿔과 같이 보고, 메추리를 큰 붕새와 동일하게 보도록 노력하게나. 그런 뒤에야 내가 그대와 더불어 도(道)를 말할 수 있을 걸세."

▶학습 활동

〈내용 학습〉'슬견설'에서 개와 이의 죽음을 바라보는 '손님'과 '나'의 시각은 서로 다르다. 어떤 점에서 다른지 각각의 이유를 아래에 정리해 보자.

'손님'의 생각	'나'의 생각
개의 죽음과 이의 죽음은 다른 것이다. 왜냐 하면,	개의 죽음과 이의 죽음은 같은 것이다. 왜냐 하면,

〈목표 학습〉글쓴이는 이 글을 통해 읽는 이에게 어떤 깨달음을 주려고 하는지, 또 그 깨달음은 나에게 어떤 의미가 있는지 생각해 보자.

1. 글쓴이가 이 글을 통해 읽는 이에게 깨우쳐 주려고 한 것은 무엇인지 말해 보자.

2. 암사마귀가 수사마귀를 잡아먹는 이유를 선생님께 들어 본 다음, 내

가 '읽기 전에'에서 생각한 것과 이 글의 내용은 어떤 점에서 서로 관련되는지 생각해 보자.

3. 이 글을 읽고 한 학생이 다음과 같은 말을 하였다. 이 학생의 말에 대해 어떻게 생각하는가?

> 생명은 다 같이 소중하다. 그렇다고 바퀴벌레나 모기의 생명도 소중하게 생각해야 하는 걸까? 집 안에 바퀴벌레나 모기가 들끓는 것을 그냥 둘 수는 없잖아?

「슬견설」이라는 하나의 작품을 이해하기 위해, 국어 교과서에서는 읽기 전에, 학습활동과 목표 학습 등을 통해 이 작품이 문학적으로 어떤 접근을 하여야 하는가를 학습자에게 알려주고 있다. 이런 학습 내용은 교과서가 아닌 교사들의 직접적인 학습지도에서 더 분명히 알 수 있다. 이완근 이학준의 희망의 문학(http://www.seelotus.com)에 게재되어 있는 학습지도안을 보면 이러한 접근의 차이를 더욱 분명히 알 수 있다.

이 학습지도안에는 이 작품이 4단 구성[14]으로 이루어져 있으며, '설'이라는 갈래의 특징적 요소를 다음과 같이 설명하고 있다.

> 설이라는 갈래는 '사실+의견' 또는 '체험 + 깨달음'의 2단 구성으로 이루어지며, 우의적(寓意的)인 표현을 활용하는 것이 일반적이다. 이 글에서 우의적 표현이 활용된 점, 유추에 의한 사고의 확장과 주제의 보편화가 이루어진 점 등은 설의 일반적인 표현 형식을 따른 것이라고 할 수 있다. 그러나 한 사람이 다른 사람의 견해를 논박하는 형식을 통해 주제를 제시한 것은 이 글만의 독특한 점이라고 할 수 있다.

---

14) 4단 구성을 요약하면 다음과 같다. 기 :손님의 생각 : 개의 죽음 - 마음이 아픔, 승 :나의 이야기 : 이의 죽음 - 마음이 아픔, 전 :손님의 생각 : 이는 미물이기에 죽음은 하찮음, 결 :나의 생각 : 생명체의 죽음은 모두 처참함, 왜냐하면 본질적으로 모든 생명체는 같고 소중함.

이외에도 표현적 요소와 내용을 파악하는 요소를 함께 수록하고 있다. 특히 이 중에서도 이 글의 핵심요소인 손님의 견해와 '나'의 견해의 대립으로 되어 있으면서 '나'가 손님을 타이르는 구도를 통해 상대주의 관점과 절대주의 관점의 대립으로 학습의 주안점을 두고 있다는 점은 고전문학을 감상하는 방법을 교육한다는데 매우 중요한 의의가 있다.

이처럼 국어과에서 접근하는 문학 교육과 한문교과에서 접근하는 문학 교육은 그 차이가 매우 크다. 그러나 이러한 차이가 국문학 연구와 한문학 연구의 차이는 아니다. 실제 위에 제시한 두 작품 모두 한문학 연구의 소산이기 때문이다. 그렇다면 결국 이 작품을 교육의 영역으로 끌어오는 교과교육의 문제로 볼 수 있다. 국어과의 경우 뿐 아니라, 대부분의 언어교과에서는 장르적 특성에 맞는 영역의 분류를 시도하고 있다. 또한 그 영역의 특성에 맞는 교육 내용을 선정하고 조직한다. 때문에 고전 문학 작품을 대하는 태도와 쓰기나 현대 문학, 비문학 등의 읽기를 내용으로 하는 학습은 비슷한 것 같지만 다른 요소들을 가지고 구성되어진다. 그런데, 한문교과에서는 이러한 자이를 인정하지 않고 모두 하나의 소단원, 하나의 소단원은 1차시로 구성하려는 태도를 지니고 있다. 아울러, 학습자의 학습 경험과 인지적 능력, 특히 문학 감상의 능력을 고려하지 못하고 있다는 것은 매우 심각한 문제이다. 위에서 보았듯 「슬견설」과 같은 작품은 이미 중학교 때 학습한 내용이다. 이미 학생들은 고전문학작품을 감상하는 태도를 학습하였다고 할 수 있다. 그런데, 이규보의 다른 작품인 「경설」의 경우 고등학교 한문교과에서 학습하게 되어 있으며, 그것도 한문 독해 위주의 학습이 이루어지게 되어 있다는 것은 학습자들에게 새로운 무엇인가를 자득하는 과정을 통한 즐거움을 제공해 줄 수 없다는 점에서 다시 고려해 보아야 할 문제이다.

3. 한문과 산문 교육을 위한 제안

결국 하나의 작품을 이해하기 위해서는 다변화되고 계층적인 구조가 필요하고, 그 내용을 구성하기 위해서는 여러 요소가 복합적으로 설계되어야 한다.

「경설」을 학생들이 이해하기 위해서는 우선 작가인 이규보와 「경설」의 기본적인 특징인 설(說)이라는 문체의 특징, 주제 의식, 전체 작품의 형식과 구성, 이 작품을 통해 알 수 있는 가치관과 그 적용 등이 구체적으로 서술되고 교육적 요소로 포함되어야 한다. 물론 현재의 한문 교과서에도 일부 내용은 조금씩이나마 반영되어 있다. 그러나 이러한 내용요소를 살펴보면 집필자나 출판사의 집필 의도에 따라 각기 다르게 비중이 편성되고, 그 서술 내용도 일반화되어지지 않고 있다. 이런 내용은 교수 학습에도 영향을 미치게 되는데, 특히 어구풀이와 감상 차원이 교과 시간에 거의 이루어지지 않으며, 평가 요소와 활동에도 반영되기 어렵다.

물론 여기에는 반론의 여지가 있다.

다루어야 할 한문 산문의 종류는 다양함에도 불구하고 교과서는 한문 교육용기초한자 1800자로만 구성되어야 하며, 수업 시수도 매우 적기 때문에 어쩔 수 없이 일부만을 전제하고 되어야 하며, 미적 감수를 수반하는 작품 바라보기는 현재 중고등학교의 현실에 비추어볼 때 매우 어렵다는 것이다.

이는 곧 현실적 한계 속에서 그 한계를 인정할 수 밖에 없는 제도적 문제로 보인다. 그러나 이러한 제도적 문제를 근본적으로 해결하려는 움직임은 매우 중요하다. 주지하다시피, 문학을 감상하는 안목을 학습한다는 것은 문학 교육에 있어 기초적인 학습요소이며, 때문에 어떻게 문학을 가르칠 것인가라는 새로운 시각과 방법의 모색이 필요하다.

이런 인식이 집필자를 비롯하여 교육과정이나 교과서 집필 지침 속에 서술되어 진다면 이 문제는 조금씩 해결의 실마리를 찾을 수 있다. 이런 실마리 속에서 우리가 또 하나 고려해야 할 것은 바로 한문학 작품을 이해하기 위해서는 우선 단계적 학습, 즉 위계화의 문제이다. 그리고 이 위계화의 문제는 학습의 주체인 학생들의 인지와 감성의 발달과 내우 유기적으로 연결된다. 즉, 피학습자가 이러한 내용을 인지적·감성적으로 받아들일 준비가 되어 있는가에 따른 위계화의 설계가 필요하다.

결국 중고등학교 한문교육 전체를 놓고 볼 때, 한문교육에 포함되는 여러 내용과 그것이 지향하는 목표는 조금씩 층위가 달라진다고 할 수 있다.

초기 학습의 경우 한자와 문장의 독해가 주가 되고, 그 이해와 감상이 부가 된다면, 향후 학습 단계로 상위로 진행될수록 문장 독해에 대한 학습 목표의 비중이 차츰 줄어들고, 이해와 감상이 주된 학습 목표로 상승되어야 한다. 이는 곧 한문 산문의 올바른 이해와 감상에 대한 비중이 점차 늘어나야 함을 말한다.

이러한 차원에서 접근해 보면, 지면상의 이유와 현실적인 제약 조건에 대해 다시 한번 고려해 볼 수 있다. 즉, 하나의 소단원에 하나의 글감만을 채택하는 현실에서 벗어나, 하나의 소단원을 다 차시의 과정을 거치는 구조로 변화시켜 볼 수 있다. 이렇게 될 때, 하나의 작품을 이해하기 위한 최소한의 교육 요소들을 적절히 배치시켜 볼 수 있게 될 것이고, 이를 통해 작품을 올바르게 이해하기 위한 토론과 감상 등의 여러 활동들도 이루어 질 수 있다. 우리가 현재 대부분 사용하고 있는 1차시에 하나의 소단원을 학습하는 구조나 한문교과의 학습이 문장의 독해에 초점이 맞추어져야 한다는 생각에서 조금만 벗어나면 얼마든지 새로운 산문교육의 형식이 제작되어 질 것이고, 그 새로운 형식은 학생들로 하여금 문학 작품을 감상하고 이해할 수 있는 기본 배경이 될 것이다.

결국 모든 문제의 출발점과 해결점은 한문 산문교육을 어떻게 취급할 것인가라는 문제에서 시작된다고 볼 수 있다.[15) 이런 측면에서 초기 한문교과의 학습인 단문 교육이나 독해 교육의 중점과는 다른 중점, 다른 기타 장르와는 다른 성격을 가진 한문 산문 교육만의 소단원 구성 방식과 내용 요소 선정, 방법의 다양화가 필요하다. 이는 앞으로 한문과 교육의 형식과 내용을 좀 더 풍성하게 만드는데 매우 중요한 연구 영역이다.

V. 결론

지금까지 한문교과에서 시행되어야 할 산문교육에 대해 나름의 의견을 펼쳐보았다. 한문교과에서 산문이라는 영역은 문학의 주요 영역이면서도 그 산문 영역에 대해서는 구체적인 논의가 진행되지 못하였다. 특히 한문 산문을 이해하고 감상한다는 구호적이거나 선언적 교육목표와 달리 현실에서는 그렇지 못하다는 것이 필자의 의견이다. 한문교과에서 산문교육이 중요하다는 것에 대해서는 이론의 여지가 없으나, 그것을 어떻게 구조화할 것이고 어떻게 위계화하며 어떻게 반영할 것인가에 대해서는 아직 그렇게 많은 논의가 이루어지지 못하고 있다. 근본적인 이유로 우리는 현실적인 문제를 거론하지만, 실제 현실적인 문제에 앞서 필자는 한문교과에서 문학을 어떻게 취급해야 할 것인가라는 기본적인 문제 인식과 그 해결을 위한 방법이 모색되어져야 한다고 생각한다. 그

---

15) 물론 일부 논자들은 여기서 다루는 문학 작품의 비중, 즉, 한국문학의 비중을 문제로 제기하기도 하지만, 본고의 큰 주제와 관련이 없어 이 문제는 향후에 다른 기회에서 논의하기로 한다.

러한 문제 인식과 해결 방안에 대한 구체적인 토론과 논의가 부족하다면 결국 한문교과의 표면적인 목표는 "전통 문화의 계승과 발전", "문학 작품의 이해와 감상"이면서도 실제 교과의 내용은 문장의 독해 차원에서 머물고 있는 현실과 큰 차별성을 보일 수 없을 것이다.

이를 위해서는 필자는 한문교과의 학습목표의 위계적 목표, 즉, 초기 학습자로부터 고급 학습자까지 조금씩 다른 학습목표를 제시할 것과 교과서의 1차시 1소단원 학습이라는 암묵적 규율에서 벗어나 작품을 올바르게 감상할 수 있도록 다차시를 통한 작품의 학습으로 구조적 변경을 제시하였다. 물론 이러한 교육적 측면에서의 구조 변경에는 '문학 작품을 바르게 이해하기' 위한 다수의 학습요소, 즉 작가와 시대배경, 작품의 소재와 주제, 의의 등에 대한 학습 요소들이 포함될 뿐 아니라, 기술적인 내용의 선정과 배치가 필요할 것이며, 이는 결국 한문교과에서 문학을 어떻게 교육할 것이며, 왜 교육해야 하는가라는 많은 고민이 전제되어야 한다.

결국 한문학 작품은 중고등학교 한문교과교육의 주요 핵심 내용 요소 중 하나이며, 이 내용 영역은 문학에서의 미학 교육이라는 측면에서 다른 한문 문장들의 문해력 신장과는 다른 교육적 접근과 목표를 필요로 하고 있다. 이러한 목표를 달성하기 위해 우리는 한문교과에서 다루어야 할 교육 내용이 무엇이며, 어떤 내용을 어떤 시기에 선정하고 어떻게 조직화하여야 하는지 보다 섬세하고 치밀한 교육과정과 교수계획이 필요하다.

참고문헌

교육과학기술부, (7차)중학교 국어(2)-1, 교육과학기술부.
김경수 외3, (7차)고등학교 한문, (주)교학사.
김상홍 외, (7차)고등학교 한문, (주)중앙교육진흥연구소.
박갑수, (7차)고등학교 한문, (주)지학사.
신표섭 외7, (7차)고등학교 한문, 도서출판 대학서림.
안재철 외2, (7차)고등학교 한문, (주)미래엔.
유성준, (7차)고등학교 한문, 새한교과서(주).
이명학 외3, (7차)고등학교 한문, 두산동아(주).
이수철 외1, (7차)고등학교 한문, 정진출판사.
이희목 외3, (7차)고등학교 한문, (주)천재교육.
최상익 외3, (7차)고등학교 한문, (주)금성출판사.

교육과학기술부, 『2007년 개정 중학교 교육과정 해설(5)- 외국어(영어), 한문,
    정보, 환경, 생활외국어』, 2008.
노명완, 『문식성 연구』, 박이정, 2002.
이병민. 「리터러시 개념의 변화와 미국의 리터러시 교육」. 『국어교육』 117(2),
    한국어교육학회, 2005.
네이버 백과사전 http://www.naver.com
이완근 이학준의 희망의 문학(http://www.seelotus.com)

한자교육의 미학적 접근

－ 자체 변천을 활용한 '형'·'음'·'의' 통합교육 중심으로 －

이돈석

Ⅰ. 들어가는 말

서양에서 '미학'이라는 용어는 1735년 바움가르텐(Baumgarten)에 의해 처음으로 만들어졌다. 그는 『미학(Aesthetic)』이라는 저서를 통해 미학은 "감성적 인식에 관한 학문"으로 규정하였다.[1] 여기에서 언급하는 "감성적 인식"은 외부의 대상을 오감으로 느끼고 지각하여 표상을 형성하는 인간의 인식이라 할 수 있다. 바움가르텐은 미를 '감성적 인식의 완전성'으로 보았다. 그리고 가장 완전한 형태의 감성적 인식을 '시(詩)'에서 찾았다. 시를 '감성적 표상, 표상들의 연쇄, 분절화한 음성'이라는 세 부분으로 구분하고, 이 세 부분이 모두 완전할 때 아름다울 수 있다고 보았다. 즉 사유의 조화, 질서의 조화, 기호의 조화가 동시에 이루어질

---

[1] 볼프강 벨슈 저, 심혜련 역(2005), 8쪽 참조.

때 '시(詩)'라는 감성적 인식은 완전성에 도달하여 아름다울 수 있다.[2] 이와 비슷한 '미(美)'에 대한 인식은 동양에서도 찾을 수 있다.

 * 子謂〈韶〉:「盡美矣, 又盡善也。」謂〈武〉:「盡美矣, 未盡善也」。[3]
  공자께서 〈소악〉을 평하시되 "지극히 아름답고 지극히 좋다."하셨으며, 〈무악〉을 평하시되 "지극히 아름답지만 지극히 좋지는 못하다."하셨다.

  공자는 〈소악(韶樂)〉에 대한 평에서 '미(美)'를 언급 하였다. 이에 대해 주자는 "美者 善容之盛"이라 하였는데, '미(美)'는 소리(음악)와 모습(춤)의 성대함이라는 것이다.[4] 여기에서 말하는 '성대함'이 '미(美)'라고 할 수 있다. 즉, 음악과 춤의 조화가 완벽함을 갖추었다는 의미로 볼 수 있다. 따라서 동양의 '미(美)' 또한 모든 것과의 "조화와 완벽함"으로 볼 수 있다. 이렇게 본다면 '조화와 완전성'이 동·서양의 '미(美)'에 대한 공통적인 인식임을 확인할 수 있다. 이와 같은 맥락에서 '한자'에 대해 미학적으로 접근한다면 하나의 한자가 가지고 있는 '형(形)'·'음(音)'·'의(義)'가 서로 조화를 이룰 때 아름다움을 인식할 수 있을 것이다.

  먼저 '자형(字形)'의 측면에서 사물의 모습을 본떠 만든 '상형자(象形字)'는 사물의 모습을 어떻게 단순화시켜 표현하였는지에 대한 아름다움을 볼 수 있다. '지사자(指事字)'는 점과 선을 이용하여 추상적 의미를 어떻게 표현하였는지에 대한 아름다움을 살펴볼 수 있다. '자의(字義)'는 '회의자(會意字)'와 '형성자(形聲字)'를 통해 확인할 수 있다. 각각

---

2) 진중권(2003), 243쪽.
3) 『論語』, 「八佾」, 25장.
4) 『論語』, 「八佾」, 25장. "慶源輔氏曰 : 聲容, 樂之聲, 舞之容也."

의 한자가 결합되는 아름다움과 결합된 한자를 통해 '자의(字義)'를 유
추할 수 있는 사유와 철학의 아름다움으로 요약될 수 있다. 그리고
'한자'의 '자음(字音)'과 관련하여서는 '한자'의 '장단음(長短音)', '성조
(聲調)', 한자로 이루어진 한문 문장이나 한시(漢詩)를 '성독(聲讀)'할
때 느낄 수 있는 청각적 아름다움도 느낄 수 있다.

　그러나 지금까지 '한자의 미(美)'에 대한 논의는 '형(形)'·'음(音)'·'의
(義)'의 조화보다는 대부분 자형미학(字形美學)5)이었다. 기존의 연구
중 한자의 '자형(字形)'의 '미(美)'를 활용하여 '민화(民畵)'나 '문자도(文
字圖)'6) 혹은 '字源(자원)'의 '미(美)'를 활용한 교수학습 방법들이 이와
궤를 같이하고 있다.7)

---

5) 송하경(2002), 224쪽, "이제 21세기의 서예는 열린 마음과 열린 형식을 통해 선(線)
　중심 서예의 선(線)을 뛰어넘고, 서예 장르의 경계선을 뛰어넘고, 20세기의 경계선을
　뛰어넘어 전통서예를 재해석하고 재창조하며 21세기의 시대예술로 부활되어야 한다."
　　이순옥(2009), 150쪽, "동한(東漢)시대에는 '예서(隷書)의 시대(時代)'라고 부르기도
　하는데 이러한 실용성 지향의 사회 문화적인 현상에 그치지 않고, 초서(草書)라는 새로
　운 서체가 발생하기에 이르렀으며, 문자를 기술하던 실용적 수단이 점차 예술성을 보
　이면서 일정한 예술적 지위를 확립하기에 이른다."
　　이승연(2009), 490쪽, "한문서체의 연변 과정에서 나타나는 서예미학사상은 동양사
　상의 주류를 이루는 유(儒)·불(佛)·도(道)의 흐름과 그 맥을 같이 하여 탄생되고 연변
　되었으며, 당대 이후에는 개인의 풍격과 개성이 가미된 서풍으로 변하여 동양예술정신
　을 표현해내는 최고의 예술이 되었다."
　　정세근(2009), 246쪽, "오페라는 언어를 음악화 시키고 있다면, 서예는 문자를 회화
　화하고 있기 때문이다. 음성언어의 예술이 음악이라면, 시각언어의 예술이 서예인 것
　이다."
6) 김은경(2007), 민화(民畵)와 문자도(文字圖), 사찰(寺刹)구조물 그리고 돌맞이 옷 사
　규삼(四揆衫)을 활용, 각 문화유산(文化遺産)의 명칭을 통해 한자(漢字)및 한자어(漢字
　語)를 학습하고 그 의미를 익히는 교수 학습 과정을 보여주었다.
7) 한자(漢字)의 자원(字源)을 활용한 교수학습 방법과 관련된 논문은 다수 발표되었다.
　따라서 본고에서는 한자교육 내용 간의 연계와 '형(形)'·'음(音)'·'의(義)'에 대한 통합
　교육을 중심으로 다루었다.
　　한연석(2005), 「구형학 이론을 적용한 한자 학습 신장 방안」, 『한자한문교육』, 제14

그렇다면 '한자'와 '교육'이라는 어휘가 결합한 '한자교육의 미학(美學)'은 어떻게 바라보아야 하는가? 동·서양의 '미(美)'에 대한 공통적인 인식을 바탕으로 생각해본다면, '형(形)'·'음(音)'·'의(義)'가 서로 조화를 이루는 것이다. 곧, '자형(字形)', '자의(字義)', '자음(字音)'이라는 교육 내용이 유기적으로 통합되어 학습자의 호기심을 유발시키며 학습 동기를 부여하는 것이다. 이는 한자교육 내용 요소 간의 '조화와 통합의 미'라고 할 수 있고 이를 통해 '한자교육의 미학'을 살펴볼 수 있을 것이라 기대한다.

본고는8) 표의문자(表意文字)인 한자의 특징을 살려 '한자 자체(字體)의 변천' 이미지를 활용하였다. 다만, '자형(字形)'에만 국한하지 않고 '자형(字形)', '자의(字義)', '자음(字音)'이 유기적으로 통합되어 조화를 이루는 교수·학습방법을 제시하고자 한다. 따라서 기존의 교육과정

집, 한국한자한문교육학회.

황병호(2003), 「VTR과 MIND MAP을 활용한 부수지도 연구」, 『한자한문교육』, 제11집, 한국한자한문교육학회.

양원석(2006), 「중국의 자원을 활용한 한자교육 방법」, 『한자한문교육』, 제17집.

한은수(2006), 「자원을 활용한 한자 교수, 학습 방법 연구 -초등학교 한자 교재를 중심으로-」, 『한자한문교육』, 제17집, 한국한자한문교육학회.

한연석(2006), 「자원을 활용한 한자교수학습방법 연구 -고등학교 한문교과서를 중심으로-」, 『한자한문교육』, 제17집, 한국한자한문교육학회.

이승현(2009), 「한문교사의 한자자원 활용 수업」, 『한자한문교육』, 제22집, 한국한자한문교육학회.

8) 일반적으로 '한자교육(漢字敎育)'이라는 의미는 한자(漢字)와 관련된 모든 교육을 포괄하고 있기 때문에 한자(漢字)의 교육내용, 학습자 등이 다양할 수밖에 없다. 따라서 본고에서는 '한자교육(漢字敎育)'의 대상을 중등학교 학생으로 한정하였고, 한자교육 내용도 현행 중학교 한문 교육과정 해설서에서 기술한 내용을 중심으로 하였다. 그리고 한자(漢字)의 자원(字源)을 다루면서 '자체(字體)의 변천(變遷)'이라고만 언급한 것은 한문 교육과정 해설서에 "1-한자-(8) 한자의 자체(字體)의 변천 과정을 이해한다."라는 내용이 제시되어 '자원(字源)'의 내용을 '자체(字體) 변천(變遷)'에 통합하였기 때문이다.

해설서나 교과서 같이 한자 학습요소를 독립적으로 학습하는 것이 아
닌 '한자 자체 변천' 이미지를 활용하였다. 이 이미지를 통하여 학습자
에게 흥미와 호기심을 자극하고 한자 교육내용 간의 통합과 조화를
통해 학습자가 효과적으로 학습할 수 있는 새로운 교수·학습방법을
제시하고자 한다.

한자 교육내용 간의 통합이란 '형(形)'과 관련된 학습 내용인 '한자
의 형(形) 알기', '한자 쓰기', '상형·지사자 알기', '한자의 부수 알고
자전에서 한자 찾기'를 자체변천 이미지를 통해 조화롭게 학습할 수
있도록 하는 것이다. 또한, '음(音)'의 교육내용인 '여러 가지 음의 한
자를 안다'와 '형성자의 짜임을 안다'라는 것에 대한 통합이며, '의(義)'
의 교육내용인 "여러 가지 뜻을 가진 한자(漢字)를 안다", "상형·지사
·형성자의 짜임을 안다"와 같은 것에 대해 유기적 연결이라 할 수 있
다. 즉, '형(形)'·'음(音)'·'의(義)'에 대한 통합 교육을 통하여 학습자들
이 교육내용에 대해 더욱 쉽게 이해하고 효과적인 학습이 이루어질
수 있는 교수·학습방법이라 할 수 있다.9) 이것은 곧, 한자교육 내용
요소 간의 '조화와 통합의 미'라 할 수 있고 이를 통해 '한자교육의 미
학'을 살펴볼 수 있을 것이라 기대한다.10)

한자교육에 대한 미학적 접근은 한자교육의 새로운 교수학습 방법을

---

9) 이영수(2004), 374쪽. 한자 학습에서 한자들의 형·음·의를 낱낱이 무조건 암기하는
   방식은 효율성이 떨어진다. 인간의 뇌는 무의미하다고 생각되는 것들을 거부하고 있는
   경향이 있으므로, 정보를 뇌에 강요하기보다는 뇌가 패턴을 추출할 수 있는 방식으로
   제시하는 것이 이상적이라는 견해와 언어를 효과적으로 학습하기 위해서는 연습 대상
   을 연관성 있고 잘 다룰 수 있는 덩어리(Chunk)로 분류해서 구성하는 것이 바람직한
   원리를 한자 학습에 적용한다면 암기의 방식을 개선할 필요가 있다.
10) 한은수(2006), 199쪽. 자원 교수·학습은 한자의 형, 음, 의가 형성된 과정을 탐구하
    여 학습자 체계적으로·조직적으로 한자를 이해할 수 있도록 가르치고 학습하는 방법
    이다.

제시할 수 있을 것이다.

Ⅱ. 한자교육의 내용

한자교육의 미학적 접근을 탐색하기 위해서는 현재 한자교육(漢字敎育)이 어떻게 이루어지고 있는지 살펴볼 필요성이 있다. 이에 따라 최근에 발행된 『교육과정 해설서』와 『한문 교과서』의 내용을 분석해 본다.

우선 교육과정 해설서의 '한자'영역의 교육내용은 '1. 한자의 '형(形)'·'음(音)'·'의(義)'를 안다.', '2. 여러 가지 음과 뜻을 가진 한자를 안다.', '3. 한자의 부수를 알고 자전을 찾을 수 있다.', '4. 한자를 바르게 읽고 쓸 수 있다.', '5. 상형·지사자의 짜임을 안다.', '6. 회의·형성자의 짜임을 안다.', '7. 한자의 형성과정을 이해한다.', '8. 한자 자체(字體)의 변천과정을 이해한다.'[11] 이다. 중등학교 한문 교과서는 2종 도서이다. 따라서 교육과학기술부 2종도서 검정에 합격해야만 교과 수업시간에 활용할 수 있다. 이로 인해 한문 교과서는 위와 같은 한문교과 교육내용을 모두 반영하고 있다.

---

11) 교육과학기술부(2008), 175쪽~180쪽.

내용 익히기

1. 한자의 3요소

한자는 글자 하나하나가 뜻을 지닌 글자이다. 따라서 한자는 각 글자마다 고유한 모양(形)과 뜻(義)과 소리(音)를 가지는데, 이 것을 한자의 3요소(三要素)라고 한다.

모양	天	地	日	月
뜻	하늘	땅	해, 날	달
소리	천	지	일	월

한자의 3요소

형(形)	모양
음(音)	소리
의(義)	뜻

명사(名詞)
이름을 나타내는 말.
예 天, 地, 山

2. 한자의 여러 가지 뜻

① 日 : '해'라는 뜻에서, 해가 뜨고 지는 하루인 '날'의 뜻으로도 쓰인다.

② 月 : '달'이라는 뜻에서, 초승달에서 그믐달까지의 기간인 '한 달'의 뜻으로도 쓰인다.

한자는 하나의 글 자에 여러 가지 뜻이 있으므로 풀 이할 때 주의해야 한다.

3. 한자의 필순

① 위에서 아래로 쓴다.

天 : ⼀ → ⼆ → 天 → 天

② 왼쪽에서 오른쪽으로 쓴다.

川 : ⼁ → ⼐ → 川

필순(筆順)
글자 쓰는 순서.

반올림

한자와 한문의 차이는?

• 한자 : 天, 山과 같은 하나하나의 글자를 漢字(한자)라고 한다.

• 한문 : 天高日月明(하늘은 높고 해와 달은 밝다.)과 같 이 한자로 쓰인 글을 漢文(한문)이라고 한다.

▶ 천자문(千字文): 각각 다른 천 자의 漢字로 이루어진 책

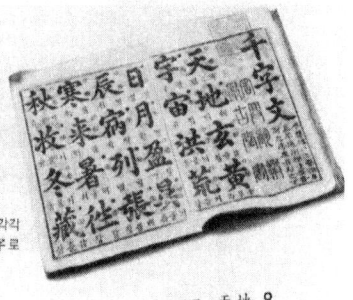

1. 한자의 짜임

※ 상형자(象形字): 구체적인 사물의 모양을 본떠 만든 글자를 상형자라고 한다.

山 : 🌄 → ⛰ → 山 → 山

木 : 🌳 → ⽊ → 米 → 木

日 : ☉ → 日 → 日
月 : ☽ → 夕 → 月
川 : ⦙⦙ → 川 → 川

2. 모양이 비슷한 한자

① ┌ 日 해, 날 일
　 └ 月 달　　월

② ┌ 木 나무 목
　 └ 水 물　 수

3. 어휘의 활용

▲ 火山 활동으로 생긴 한라산의 백록담

① 2015년 一月 一日은 木요일이다.
② 백두산과 한라산은 火山 활동으로 생긴 山이다.
③ 태양 주위를 水星, 金星, 火星, 木星, 土星 등이 돌고 있다.

같은 글자, 다른 소리

山을 우리나라에서는 '산'이라고 해.

중국에서는 '샨'이라고 하는데.

일본에서는 '센'이라고 해.

『중학교 한문1』의 1단원 '천지(天地)'는 "내용 익히기"에서 '1. 한자의 3요소', '2. 한자의 여러 가지 뜻', '3. 한자의 필순'으로 교육내용을 제시하고 있다. 그리고 "좀 더 익히기"는 '1. 한자의 짜임(상형자)', '2. 모양이 비슷한 한자', '3. 어휘의 활용'으로 구성되어 있다.[12] 본 교과서의 1단원은 교육과정 해설서의 교육내용인 '1. 한자의 '형(形)'·'음(音)'·'의(義)'를 안다.'와 '2. 여러 가지 음과 뜻을 가진 한자를 안다.' 그리고 '4. 한자를 바르게 읽고 쓸 수 있다.'와 '5. 상형·지사자(指事字)의 짜임을 안다.'를 잘 반영하고 있다고 할 수 있다. 그러나 교육과정 해설서에서 제시한 교육내용과 교과서에 반영된 교육내용은 모두 별도의 교육내용처럼 구별하여 제시하고 있다. 즉, '1. 한자의 3요소', '2. 한자의 여러 가지 뜻', '3. 한자의 필순', '1. 한자의 짜임(상형자)', '2. 모양이 비슷한 한자'와 같은 제목으로 교육내용 간 조화와 통합이 되지 않아서 독립적인 교육내용인 것처럼 보인다. 또한, 각 교육내용의 개념에 대한 설명도 대부분 교육과정 해설서의 내용을 반복하고 있다. 한자는 표의문자 특성상 하나의 한자를 학습할 때에는 '형'·'음'·'의'를 동시에 학습해야 하므로 한자교육의 핵심은 한자의 3요소인 '형'·'음'·'의' 교육이라고 할 수 있다. 따라서 한자를 학습할 때에는 항상 '형'·'음'·'의'를 함께 익히는 것이 기본이 되고, 이 '형'·'음'·'의' 교육내용이 모든 한자교육 내용으로 파생된다고 해도 과언이 아니다. 교육과정 해설서에서 제시한 한자교육 내용을 세부 하위 교육내용으로 구분시키면 '형'·'음'·'의' 통합교육의 필요성을 명확히 확인할 수 있다.

---

12) 이희목 외(2010), 8쪽~10쪽. 본 교과서외 다른 『중학교 한문1』 교과서도 이와 비슷한 구성과 교육내용으로 이루어져 있다.

〈교육과정 해설서의 한자 교육내용과 하위 교육내용〉13)

영역	교육 내용	하위 교육 내용
漢字	[1-한자(1)] 한자의 형·음·의를 안다.	한자의 형을 안다.
		한자의 음을 안다.
		한자의 의를 안다.
	[1-한자(2)] 여러 가지 음과 뜻을 가진 한자를 안다.	여러 가지 음을 가진 한자를 안다.
		여러 가지 뜻을 가진 한자를 안다.
	[1-한자(3)] 한자의 부수를 알고 자전을 찾을 수 있다.	부수 알기
		총획색인, 부수색인
		자음 색인
	[1-한자(4)] 한자를 바르게 읽고 쓸 수 있다.	한자를 바르게 읽기
		한자를 바르게 쓰기
	[1-한자(5)] 상형·지사의 짜임을 안다.	상형의 짜임
		지사의 짜임
	[1-한자(6)] 회의자와 형성자의 짜임을 안다.	회의자의 짜임
		형성자의 짜임
	[1-한자(7)] 한자의 형성 과정을 이해한다.	한자의 형성 과정
	[1-한자(8)] 한자 자체(字體)의 변천 과정을 이해한다.	한자의 자체 변천 과정

이 표와 같이 한자교육 내용에서 가장 기본이 되는 것은 '형'·'음'·'의' 교육이며, '형'·'음'·'의' 교육은 독립적으로 학습할 수 없으며 다른 교육내용들과 통합적으로 학습해야 한다. 그러나 교육과정 해설서나 교과서에서는 '형'·'음'·'의'에 대해 각 각의 교육내용인 것처럼 독립적으로 제시하고 있다. 따라서 본고에서는 이러한 기존의 교육과정 해설서나 교과서의 문제점을 인식하고 한자교육의 미학적 접근 측면에서 '형'·'음'

---

13) 교육과학기술부(2008), 175~180쪽.

·'의' 교육이 통합되고, '형'·'음'·'의' 속에서 한자 교육내용들이 조화롭게 연계될 수 있는 교수·학습방법을 제안해 본다.

Ⅲ. '형(形)'·'음(音)'·'의(義)' 통합 교수·학습 방법

교육과정 해설서에서 첫 번째로 제시하고 있는 한자교육의 내용은 '한자의 '형(形)'·'음(音)'·'의(義)'를 안다.'이다. 이는 한자교육에서 한자의 '형'·'음'·'의'가 가장 기본적인 내용이기 때문이다. 그러나 교육과정 해설서나 교과서에 반영한 내용처럼, 한자의 '형'·'음'·'의'를 독립적으로 제시하고 학습하는 것에 그치는 것이 아닌 '형'·'음'·'의'를 학습하면서 다양한 한자 교육내용을 통합하여 학습한다면 학습자의 흥미와 동기가 유발되어 효율적으로 한자교육을 이룰 수 있을 것이다.

한자의 3요소인 '형'·'음'·'의' 중 '형(形)'에 대해 학습할 경우 '자체(字體)의 변천' 이미지를 세시하여 '한지의 형(形) 알기', '한자 쓰기', '상형·지사자 알기', '한자의 부수 알고 자전에서 한사 찾기' 등의 내용 을 조화롭게 학습할 수 있다.

'자체(字體)의 변천' 이미지를 활용하는 것은 현재 교육과정 해설서에서 제시하고 있는 '자체의 변천' 내용이 단편적으로 한자의 역사만을 다루고 있기 때문이다. '자체 변천'은 한자 학습에서 많이 활용할 수 있는 교육내용이다. '자체 변천' 이미지에 나타나는 한자 자원을 통하여 '형(形)'을 학습하고 '의(義)'에 까지 나아갈 수 있으며 한자의 필순 및 상형과 지사자의 원리 등 다양한 교수·학습방법으로 활용할 수 있다.

물론, 모든 한자의 자체 변천을 활용하여 학습할 수는 없을 것이다. 아직 발견되지 않은 갑골문과 이설(異說)들이 많은 자원은 분명히 한계가 있다. 그러나 '자체 변천'을 통해 쉽게 접근할 수 있는 한자에 대해서는 '자체 변천' 이미지가 교수·학습방법에 효과적일 것이다. 예를 들어 '각(角)'의 '형(形)'을 제시할 때 자체의 변천 내용도 함께 제시해 주어 '자형(字形)'뿐만 아니라 '한자 자체(字體)'의 변천 내용도 함께 학습할 수 있다.

'각(角)'의 자체 변천을 이미지로 제시해주고 '형(形)'을 학습한다. 이때 '각(角)'이라는 한자는 "뿔의 모습을 본떠서 만들었다"라는 것을 설명해 주어 '의(義)'도 파악할 수 있는 데 까지 나아가야 한다. 또한, 이를 통해 한자가 만들어지는 형성과정과 자형의 변화 과정을 이해할 수 도 있다. 이렇듯 한자 자체의 변천 이미지를 통해 '자형(字形)'을 학습하고 '자의(字義)'를 파악할 수 있게 된다면 학습자는 교육내용에 대해 흥미롭게 접근할 수 있을 것이다.

다음으로, 한자의 '자체(字體)의 변천' 이미지를 활용하여 '한자 바르게 쓰기'도 연계하여 학습할 수 있다. 한자를 바르게 쓰기 위해서는 한자의 필순은 중요하다. 그러나 교육과정 해설서에서 "글자를 쓰는 순서나

획수 지도를 지나치게 강조하지 않는다."라고 하였다. 물론 필순 원칙에
서 예외적인 경우도 많고, 한자를 사용하고 있는 중국, 일본 등 국가별로
도 필순이 다르기 때문이다. 그러나 교육과정 해설서나 위의 교과서 같
이 필순의 기본적인 원칙만을 제시하고 학습시킨다면 학습자들의 흥미
와 동기유발이 나타나기 어려울 것이다. 이때 '자체의 변천' 이미지를
활용한다면 교육과정 해설서에서 제시하고 있는 한자 쓰기의 9가지 방
법을14) 더 쉽게 이해할 수 있다.

  '각(角)'의 자체(字體) 변천에서 '초서(草書)'와 '행서(行書)'의 자형을 보
면 '왼쪽에서 오른쪽', '위에서 아래', '안쪽과 바깥쪽이 있을 때에는 바깥
쪽을 먼저' 등과 같은 필순의 기본적인 내용을 자연스럽게 학습할 수
있다. 특히, '초서'와 '행서'의 삐침을 자세히 보면 다음 필순까지도 파악
할 수 있는 효과가 있다. 또한, '견(犬)'과 같은 경우 교육과정 해설서처럼
'오른쪽 위의 점은 나중에 찍는다.'라는 것을 굳이 설명하지 않아도 아래
자체의 변천 과정을 살펴보면서 익힐 수 있다.

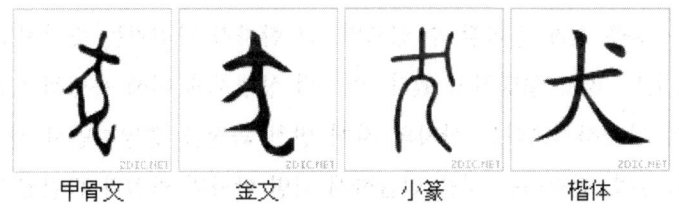

甲骨文   金文   小篆   楷体

  우측 상단의 점(丶)은 귀이고, '대(大)'는 개의 낯, 몸통, 사지의 상형이
변화한 것으로 大(大: 사람이 사지를 활짝 펴고 서 있는 모양)와 근원이 다르
다.15) 따라서 개의 머리 부분인 가로획을 쓰고 다리를 쓰며 몸통과 꼬리

---

14) 교육과학기술부(2008), 176~177쪽.

를 쓴 후, 마지막으로 귀 부분을 완성한다는 것을 설명하면 학습자는 필순에 흥미롭게 접근할 수 있을 것이다. 그러나 이와 같은 교수학습 자료에 대해 "교수자는 '갑골문(甲骨文)', '전서(篆書)', '예서(隸書)', '초서(草書)', '행서(行書)'를 모두 알고 있어야 하는가?"에 대한 의문이 있을 수 있다. 본고에서 논의하고 있는 자체 변천의 이미지는 한문 교과에서 배워야 하는 모든 한자에 대해 적용하는 것보다는 한자 교수·학습에 효과적으로 활용할 수 있는 한자가 대상이 될 것이다.

자체(字體)의 변천 이미지는 '상형자(象形字)'·'지사자(指事字)'의 생성 원리도 흥미롭게 학습할 수 있다. 교육과정 해설서와 위에 제시한 교과 서도 '상형자'에 대해 다음과 같이 제시하고 있다.

日(일): ☼ → ☉ → 日[해]
月(월): ☽ → ☽ → 月[달]

"'상형자'는 위의 보기처럼 시각적인 형태 자체에서 그 문자가 가리 키는 사물을 쉽게 짐작할 수 있으며, 그 한자가 가리키는 뜻까지도 알 수 있다.[16]"라고 설명하고 있다. 이처럼 상형자에 대해 독립적으로 제 시하여 학습하기보다는 한자의 자체 변천 과정을 설명하면서 사물의 모습을 본뜬 한자라는 것을 언급하게 되면 한자의 짜임과 관련된 학습 내용을 통합하여 학습할 수 있다. 그리고 상형자의 특성상 사물의 모 습을 본뜬 글자이기 때문에 자체 변천을 통해 그 '의(義)'를 미루어 짐

---

15) 김언종(2001a), 249쪽. 이하 자원에 대한 설명은 갑골문이 발견된 이후 중국 고문자 학의 이론을 가장 잘 반영하고 있는 『한자의 뿌리 1, 2』를 참고하였다.
16) 교육과학기술부(2008), 177쪽.

작할 수도 있다. '지사자(指事字)'도 이와 같은 방법을 적용할 수 있다.

上(상):	●	→	上	→	上[위]
本(본):	木	→	木	→	本[근본]

교육과정 해설서에서는 '지사자'는 추상적인 생각이나 뜻을 점이나 선으로 나타낸 글자이다.17) 라고 제시하고 있다.

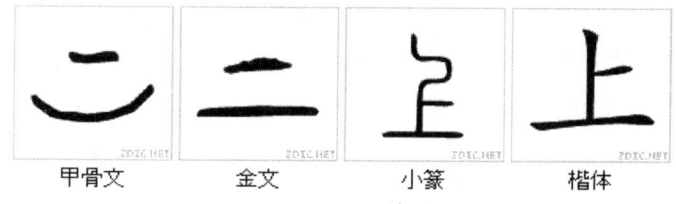

|甲骨文|金文|小篆|楷体|

'지사자'도 위와 같이 자체의 변천 이미지를 제시하고 설명하면 '자체(字體)의 변천'을 학습하면서도 '한자의 자형(字形)', '지사자의 원리', '한자 바르게 쓰기'를 유기적으로 학습할 수 있으며 더 나아가 '형(形)'을 통해 '의(義)'를 학습할 수도 있을 것이다.

'한자의 부수 알기'와 같은 경우도 214자에 대한 부수를 별도로 학습하는 것보다는 자체의 변천 이미지를 통해 자원을 살펴보면 학습에 효과적이다. 예를 들어, '기(器)'를 학습할 때 자체의 변천 이미지를 다음과 같이 제시한다.

---

17) 교육과학기술부(2008), 177쪽.

篆書	隷書	草書	行書

'기(器)'는 '견(犬)'과 네 개의 '구(口)'로 구성된 글자이다. 여기에서 '구(口)'에는 제사에 쓰던 귀한 그릇, 진귀한 보물을 담아둔 상자라는 뜻이 담겨 있다.[18]라는 자원에 대해 설명하고 '기(器)'의 부수는 '구(口)'이며 '구(口)'의 변천 과정을 설명한다.

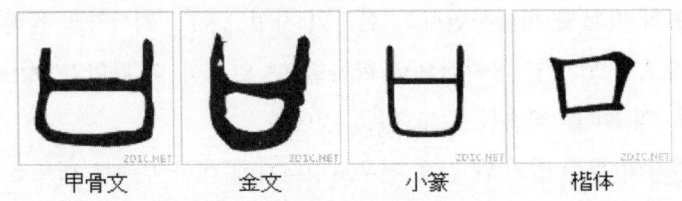

"'구(口)'자는 '사람의 벌린 입 모양'을 본뜬 자형이다. '구(口)'를 부수자로 하는 문자는 '사람이나 동물의 발음'이나, '입의 동작'과 관련된 뜻이 있다."라는 것을 부연하게 되면, '기(器)'의 '자형(字形)'만을 학습하는 것이 아닌 '한자의 부수', '한자 쓰기', '한자의 자체 변천' 등과 같은 교육

---

18) 김언종(2001a), 308쪽.

내용뿐만 아니라 '구(口)'를 부수로 하는 한자의 '의(義)'도 통합하여 학습할 수 있다. 또한, '구(口)'라는 부수를 학습하고 '구(口)'를 부수로 하는 한자 중에서 '부수+부수'가 결합한 한자를 학습하면 부수에 대한 교육이 더 효과적으로 이루어질 수 있다. '구(口)'와 같은 경우는 '품(品)', '명(名)', '문(問)', '원(員)'과 같은 한자를 학습하여 다른 부수 인 '석(夕)', '문(門)', '패(貝)'까지도 학습할 수도 있다.19)

부수를 알고 자전에서 한자 찾기는 한자의 '형(形)'·'음(音)'을 활용하여 그 '의(義)'에 까지 학습할 수 있다는 점에서 '형(形)'·'음(音)'·'의(義)' 통합교육의 대표적인 학습 내용이다.

자전에서 한자 찾기는 교육과정 해설서에서 3가지 방법을 제시하고 있다. '형(形)'을 이용한 방법으로 부수를 알고 한자를 찾는 방법인 '부수색인 이용법'과 '총획색인'이 있다. 그리고 '음(音)'을 이용한 방법으로 '자음색인'이 있다. '부수색인 이용법'과 '총획색인'과 같은 경우 위에서 언급한 것처럼 한자의 자체 변천을 통해 부수를 이해하고 자전에서 한자를 찾을 수 있으며 총획색인은 한자 바르게 쓰기와 연관하여 학습할 수 있다. 자음색인은 자음(字音)이 제시된 경우는 자음색인 방법을 활용할 수 있지만 그렇지 않은 경우는 '형성자'의 원리인 일부는 뜻(形)을 나타내고 일부는 음(聲)을 나타낸다는 내용을 통합하여 학습하면 효과적일 것이다.

한자의 '음(音)'의 경우는 '여러 가지 음의 한자를 안다'와 '형성자의

---

19) 주동일(2000), 479쪽. 북학 한문 교과서의 한자의 지도는 부수자의 결합을 통한 한자의 지도와 육서를 통한 한자의 지도가 많이 보인다. 이것은 남한의 한자 지도에서는 부수자는 한자를 익히기 위한 수단으로써 주로 활용되고 있으며, 부수자를 따로 한자의 범위에서 지도하지 않는 것과 비교할 때, 보다 구체적인 한자의 지도 방법이라고 할 수 있을 것이다.

짜임을 안다'라는 교육내용을 조화롭게 학습할 수 있다. 교육과정 해설서에서 '여러 가지 음의 한자'와 관련된 기술을 살펴보면 "한자는 원칙적으로 하나의 글자가 하나의 음을 가진다. 그러나 인류의 문화가 날로 발달하고 사회가 복잡해짐에 따라 이미 있는 한자를 응용하는 다양한 방법이 개발되어 하나의 한자가 여러 가지 음을 가지는 경우가 적지 않게 생겨났다."라고 기술하고 다음과 같은 표를 제시하였다.

	악	음악	20)
樂	락	즐기다	
	요	좋아하다	

'여러 가지 음의 한자'를 위와 같은 방법으로 교육과정 해설서에서 기술하였기 때문에 대부분 교과서에도 위의 표를 활용하고 있다. 그러나 '여러 가지 음'과 관련된 부분도 '자체 변천' 이미지를 활용하여 통합적으로 학습할 수 있다.

篆書	隷書	草書	行書	楷書
樂	樂	乐	樂	楽

'락(樂)'의 '형(形)'을 학습할 때 '락(樂)'의 자원을 설명하게 된다. 이때 '락(樂)'의 자형은 '나무 목(木)'와 '실 사(絲)'의 상형을 합한 것임을 알 수 있다. 이때의 나무는 공명통(共鳴筒)이 있는 속이 빈 나무였을 것이고,

---

20) 교육과학기술부(2008), 175쪽.

실은 실이라기보다는 굵기가 다른 두어 줄의 끈이었을 것이다. 이 끈을 후대에 絃(현) 이라 부르고 이 악기를 '현금(絃琴)'이라 부른다.21) 이로써 '음악'이라는 뜻으로 사용될 때는 '악'으로 읽었다. 그런데 음악이 사람을 즐겁게 만들기 때문에 '즐기다'라는 뜻으로 전용되면서 발음이 '락'으로도 사용되고, 또 음악을 즐기는 것은 좋은 것이므로 '좋아하다'라는 뜻으로 사용되면서 '요'로 읽힐 수 있다는 내용을 부연 설명해 주면 '락(樂)'의 '음(音)'을 학습하면서 '형(形)', '의(義)'까지도 통합하여 학습할 수 있을 것이다.

"형성자의 짜임을 안다"라는 교육내용도 교육과정 해설서나 교과서에 반영한 내용을 보면 형성자에 대한 단편적 지식만 다음과 같이 제시하고 있을 뿐이다.

*門[(문) 문] + 耳[(이)] 귀 → 聞[(문) 듣다] -門 : 문이라는 음을 취함
-耳 : '귀'라는 뜻을 취함22)

이와 같은 형성사의 짜임과 같은 교육내용도 한자의 자체 변천을 설명할 때 함께 다룰 수 있다. 예를 들어 '문(聞)'23)과 같은 한자는 아래의 자체 변천을 제시하면서 형성자의 짜임에 대해 설명할 수 있다.

---

21) 김언종(2001b), 42~43쪽.
22) 교육과학기술부(2008), 178쪽.
23) '聞'의 한자의 짜임에 대해 '隷變'으로 보기도 한다. 그러나 본고는 교육과정 해설서를 준하여 서술하였다.

"'문(聞)'은 갑골문에서 볼 수 있는 것처럼 원래 '두 손을 모으고 꿇어 앉은 사람'과 그의 '귀와 입'을 확대해서 상형한 것이다. 사람의 몸체와 입이 빠지고 '대문'의 상형인 '문(門)'이 들어가 형성자가 된 현재의 자형은 '소전체(小篆體)'에 바탕으로 둔 것이다.24)"라는 자체 변천 과정과 자원을 설명한다. 그리고 형성자에 대한 설명을 하면서 현재 사용하고 있는 '문(聞)'자는 '소전체'를 바탕으로 하고 있다는 것은 모양을 본떠 만들던 갑골문 시대에서 훨씬 후대로 내려와 만들어졌다는 것을 쉽게 보여 줄 수 있다. 이를 통해 "상형의 방법을 사용하여 한자를 만들기 시작하였고 한자의 수가 많아지게 되자 이미 만들어진 한자를 결합하여 한자를 만드는 응용방법의 하나로 개발된 것이 바로 형성자이다. 형성자의 특징은 일부는 뜻(形)을 나타내고 일부는 음(聲)을 나타내는 글자이다."라는 부연 설명을 해준다면 자체의 변천을 학습하면서 형성자의 생성원리도 함께 이해할 수 있다. 또한, 형성자의 특성상 일부는 음(聲)을 나타내는 것이기 때문에 형성자 초성의 음가 변화에 따라 다른 한자의 음도 유추하는 학습방법도 활용할 수 있고, 이것을 통하여

---

24) 김언종(2001a), 536쪽.

자전에서 한자 찾기의 자음색인 방법과도 연관시킬 수 있다.

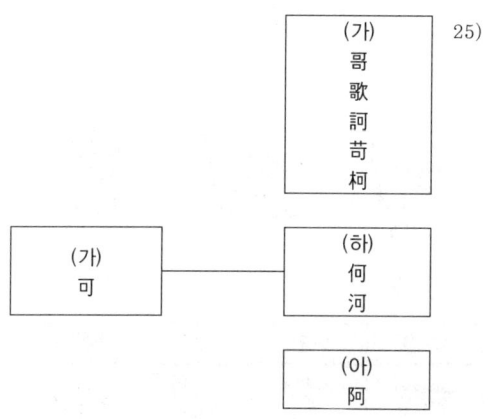

위의 도표와 같이 '가(可)'를 성부(聲部)로 하는 형성자의 경우 크게 '가', '하', '아'라는 음(音)으로 구별된다는 것을 학습하고 이것을 활용하여 모르는 한자의 '음'도 유추할 수도 있으며, 자전에서 한자를 찾을 때 음을 모르지만, 한자의 음을 유추하여 자음 색인 법을 활용할 수도 있다.

이처럼 자체의 변천 이미지를 제시하여 '여러 가지 음의 한자', '형성자의 짜임' 뿐 아니라 '상형(象形)'이라는 '형(形)'을 통해 '의(義)'도 파악할 수 있으며, 형성자 초성 음가의 변화에 따라 다른 한자(漢字)의 음(音)도 유추할 수 있는 통합적인 한자의 교수·학습방법이 될 수 있다.

'의(義)'는 "여러 가지 뜻을 가진 한자를 안다", "상형·지사·형성자의 짜임을 안다"라는 내용과 관련되어 있지만 앞서 기술한 내용과 같이 자체 변천 이미지를 활용하여 통합적으로 학습할 수 있다. 다만, 회의자(會意字)의 경우도 교육과정 해설서에 제시한 내용보다는 한자 자체 변천

---

25) 최제원(2005), 63쪽, 참조.

이미지를 제시하여 학습하면 효과적일 것이다.

*田[(밭] + 力[쟁기] → 男[(남) 남자][26]

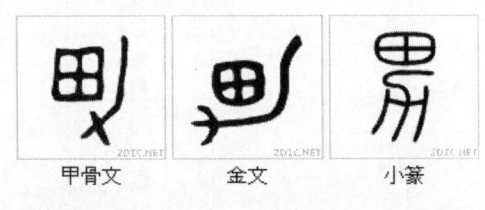

| 甲骨文 | 金文 | 小篆 |

隷書	草書	行書	楷書

　　학습자는 교육과정 해설서와 같이 "'력(力)'이 쟁기의 뜻이 있다."는 내용만 기술하면 쉽게 이해할 수 없을 것이다. 그러나 자체 변천 이미지를 활용하여 "'남(男)'은 갑골문에서 보이듯 '력(力)'은 끝이 세 갈래인 농기구 가래의 모양을 그린 것이다. '전(田)'에서 가래(力)로 땅을 파고 흙을 고르는 사람이 바로 사내(男), 밭일하는 데에는 힘이 있어야 한다. 그래서 '력(力)'에 힘이라는 뜻이 생겨났다.[27]"라는 자원에 대한 설명 이후 "이와 같이 이미 만들어진 둘 이상의 글자들을 결합하여 새로운 글자를 만들되, 그 글자들이 지닌 뜻을 합쳐서 새로운 뜻을 나타내는 글자를 회의자라고 부연 설명해주면 학습자들의 이해도는 높아질 것이다. 또한, 회의자의 짜임을 통해 결합한 한자의 '형(形)'을 학습하고 이에

---

26) 교육과학기술부(2008), 178쪽.
27) 김언종(2001a), 147쪽.

따라 '의(義)'도 유추할 수 있을 것이다.

결국, 한자교육의 미학은 다른 것이 아닌 한자의 3요소인 '형(形)'·'음(音)'·'의(義)'를 독립적으로 제시하거나 학습하는 것이 아니라 학습자들에게 흥미와 호기심을 자극할 수 있는 자체 변천의 이미지를 활용하여 '형'·'음'·'의' 교육이 통합되고 '형'·'음'·'의' 속에 한자 교육내용을 유기적으로 학습할 수 있도록 하는 것이다. 이것이 한자교육 내용 요소 간의 '조화와 통합의 미'라고 할 수 있다.

Ⅵ. 나오는 말

한문학 혹은 한문교육 관련 학회에서 '한자교육의 미학'이라는 주제를 가지고 학술대회를 개최한 것은 처음인 듯하다. 본고에서 필자는 '교육에서의 미학'이라는 점을 고려하였다. 따라서 '한자교육의 미학적 접근'이라는 주제는 '한자'와 '교육'이라는 두 요소를 미학적으로 접근하려고 노력하였다. 간단히 생각하면 '한자의 미학'이라는 시각의 측면으로 다가갈 수도 있었다. 그러나 '교육'이라는 측면을 고려하였을 때 기존의 '한자의 자형(字形)' 미학 이라는 시각적 미학만을 다룰 수 있는 것은 아니라고 판단하였다. 따라서 본고에서는 기존의 '한자의 자형(字形)' 미학 보다 한 단계 더 나아가 한자의 3요소인 '형(形)'·'음(音)'·'의(義)'를 통합적으로 학습하고 '형'·'음'·'의'와 한자 교육내용 간의 유기적 연결을 통해 보다 효과적인 수업이 이루어지는 방안에 대해 제시하였다. 이는 '교육'에 있어 미학이라는 것은 학습자의 호기심과 동기를 자극하여 교육내용을 쉽게 이해하고 그 교육내용을 다른 영역에까지 활용할 수 있는 효과적인 학습방법이라고 생각했기 때문이었다.

본고의 이론을 실천하기 위해서 현실적으로는 많은 문제가 있다. 따라서 한자교육의 미학적 접근을 이루기 위해 선행되어야 할 몇 가지 문제를 제시하는 것으로 논의를 마치도록 하겠다.

우선 본 논의의 중심이 되는 '형(形)'·'음(音)'··'의(義)'의 통합 교육 중 '한자의 자형(字形) 변천'이나 '한자의 자원(字源)'에 대해 중등학교의 한자 교육적 측면에서 연구가 부족한 실정이다. 따라서 '자형 변천'이나 '한자의 자원'에 대한 교육적 측면에서의 연구가 시급하다. 물론 '한자'의 자원(字源)은 갑골문 이전부터 글자를 만드는 과정에서 형성되었기 때문에 자원에 대해 정확하게 파악하기는 어렵다. 그러나 중등학교 한자 교육을 위해 한자의 자형 변천에서의 '자형(字形)'의 표준화 혹은 한자 자원에 대해 중등학교 학습자들 학습할 수 있는 문자학의 연구가 선행되어야 할 것이다.

다음으로, 이러한 연구와 성과를 전문가의 업적으로만 두는 것이 아니라 누구나 쉽게 접근할 수 있도록 데이터베이스를 구축하여 교수자는 전문가의 연구 자료를 교육에 활용할 수 있고 학습자들도 학습 내용에 대해 쉽게 접근할 수 있도록 제공하여 자기 주도 학습을 이룰 수 있도록 해야 할 것이다.

마지막으로 '형(形)'·'음(音)'··'의(義)'의 통합 수업이 가능할 수 있는 교재에 대한 개발과 다양한 멀티자료를 활용할 수 있는 여건의 조성이 이루어져야 할 것이다. 이러한 일련의 연구들은 한 연구자가 감당할 수 있는 차원이 아니므로 대학부설 연구소나 학회 차원에서 다양한 연구자를 참여시켜 공동의 연구를 진행해야 할 것이다. 이러한 연구가 선행되었을 때 본고에서 언급하는 '형'·'음'··'의'의 통합적 수업이 이론적인 것이 아닌 현실적으로 교육 현장에 실현 가능할 것이다.

참고문헌

교육과학기술부, 『중학교교육과정해설서(Ⅴ)』, 2008.
김언종, 『한자의 뿌리1』, 문학동네, 2001a.
_____, 『한자의 뿌리2』, 문학동네, 2001b.
볼프강벨슈 서, 심혜련 역, 『미학의 경계를 넘어』, 향연출판사, 2005.
이희목 외, 『중학교 한문1』, 천재교육, 2010.
진중권, 『미학오디세이1』, 휴머니스트, 2003.

김은경, 「문화유산을 활용한 한자·한자어교수학습」, 『한자한문교육』, 제18집,
    한자한문교육학회, 2007.
송하경, 「21세기 신 서예 미학정신 -선을 넘어 합으로-」, 『동방예술』, 제5집, 한
    국동양예술학회, 2002.
양원석, 「중국의 자원을 활용한 한자교육방법」, 『한자한문교육』, 제17집, 한자
    한문교육학회, 2006.
이순옥, 「동한시대 초서의 서예 미에 관한 고찰」, 『서예학연구』, 제14집, 한국
    서예학회, 2009.
이승연, 「서체에 나타난 서예 미학연구 -한자의 서체 연변을 중심으로-」, 『한
    국과 사상문화』, 제49집, 한국사상문화학회, 2009.
이승현, 「한문교사의 한자 자원 활용수업」, 『한자한문교육』, 제22집, 한국한자
    한문교육학회, 2009.
이영수, 「한자 학습의 효율성 제고를 위한 부수 및 성부 활용 연구」, 『한자한문
    교육』, 제12집, 한국한자한문교육학회, 2004.
정세근, 「미학적 견지에서 본 한국 서예 정신」, 『서예학 연구』, 제15집, 한국서
    예학회, 2009.
주동일, 「북한의 한문교육」, 『한문교육연구』, 제15집, 한국한문교육학회,
    2000.
최제원, 「형성자 초성음가의 변화를 통한 한자지도 방안연구」, 성균관대학교
    석사 학위논문, 2005.
한연석, 「구형학 이론을 적용한 한자 학습 신장방안」, 『한자한문교육』, 제14집,

한국한자한문교육학회, 2005.

_____, 「자원을 활용한 한자 교수 학습 방법 연구 −고등학교 한문교과서를 중심으로−」, 『한자한문교육』, 제17집, 한국한자한문교육학회, 2006.

한은수, 「자원을 활용한 한자교수 학습방법연구 −초등학교 한자교재를 중심으로−」, 『한자한문교육』, 제17집, 한국한자한문교육학회, 2006.

황병호, 「VTR과 MIND MAP을 활용한 부수지도 연구」, 『한자한문교육』, 제11집, 한국한자한문교육학회, 2003.

한국한문학의 미학적 접근

2012년 9월 22일 초판 1쇄 펴냄

지은이 강민구 외
펴낸이 김흥국
펴낸곳 도서출판 보고사

책임편집 한나비
표지디자인 오동준

등록 1990년 12월 13일 제6-0429호
주소 서울특별시 성북구 보문동7가 11번지 2층
전화 922-5120~1(편집), 922-2246(영업)
팩스 922-6990
메일 kanapub3@chol.com
http://www.bogosabooks.co.kr

ISBN 978-89-8433-305-5 93810

정가 40,000원